王杰 何信玉 主编

现代
悲剧理论研究
手册

（上）

上海人民出版社

本书系国家社科基金重点项目"中国现代悲剧观念的形成及其发展研究"(项目批准号 14AZW004)阶段性成果。

目录

导言

　　本书是马克思主义视野下关于现代悲剧理论的资料汇编手册,是国家社科基金重点项目"中国现代悲剧观念的形成及其发展研究"的阶段性研究成果。全书汇集了马克思、恩格斯、列宁之后包括乔治·卢卡奇、瓦尔特·本雅明、雷蒙德·威廉斯、吕西安·戈德曼、特里·伊格尔顿等在内的 25 位理论家探讨悲剧问题的理论文章(或著作节选),是本课题前期非常重要的理论基础。在理论谱系上,他们大都是西方马克思主义的代表人物,虽然有些人(例如阿尔贝·加缪、雅克·拉康等)并不是严格意义上的马克思主义理论者,但在特定的历史时期都直接或间接地受到过马克思主义的深刻影响,我们同样将他们的悲剧观点纳入到了整体性的马克思主义理论视野下。

　　在现代,悲剧是任何一位人文主义学者都不能回避的关键问题,亦是美学研究切入到现实领域的关节点。我们对现代悲剧问题的研究主要基于以下两方面的理论背景:一是悲剧在现代的存在与消亡。科技理性的兴起带来了神话世界的衰微,告别了传统而神秘的古代社会,悲剧在现代社会是否存在、该以怎样的方式存在? 这些都是19 至 20 世纪以来的西方学术界争议不断的焦点问题,亦是当代美学亟须解决的理论问题。在西方,以美国批评家乔治·斯坦纳为代表的一部分人认为悲剧在现代已经消亡,斯坦纳在代表作《悲剧之死》(1961)中的观点是:由于现代社会失去了神性及神性带来的权威秩序,真正的悲剧只能属于过去①,针对这一观点,雷蒙德·威廉斯、特里·伊格尔顿等马克思主义理论家与斯坦纳之间发生多次激烈的理论论争,斯拉沃热·齐泽克、阿兰·巴迪欧也发表过多部悲剧问题相关的理论著作,荷兰理论家约斯·德·穆尔还提出了一种"现代技术的悲剧维度",认为悲剧重生于现代科技理性精神②,力证悲剧在现代社会的存在。可以看出,现代悲剧是一个非常重要的理论问题,也是西方马克思主义者非常关切的热点话题。二是对"中国无悲剧"的回应。中国的悲剧问题一直存有很大的理论争议,2003年,英国学者特里·伊格尔顿在《甜蜜的暴力:悲剧的观念》中再次明确地指出"中国无悲剧"的观点,伊格尔顿认为,中国的传统文化中包含着一种以"命"为代表的起支配作用的幻想力量,这种高深莫测的力量足可以解释人类社会秩序的合理性,因此中国并没有悲剧、也没有悲剧理论。2010年,在我们与美国学者肯尼斯·苏林(Kenneth Surin)关于马克思主义美学与悲剧问题的访谈中,苏林认为中国社会由于宗教背景的缺失,并不存在悲剧③。这两个现象需要引起我们足够的重视。我们认为,悲剧是与人类信仰相关的重要命题,悲剧意识作为人类特有的情感经验,在任何一个民族国家都是存在着的,可以形成多种不同形式的审美表征。中华民族自古以来就拥有自身独特的悲剧意识与悲剧观念,自王国维的《〈红楼梦〉评论》(1904)开始,很多中国学者都有关于这一问题的研究著作。我们关于中国现代悲剧观念的研究可以追溯到1984年的甲午中日战争,这是中国步入现代化进程的历史开端,在现代化的进程中,中国社会经历了一个痛苦的、悲剧性的裂变过程,在多重矛盾势力的共同夹击下,社会内部的矛盾冲突与情感结构异常的复杂和激烈,整体性的悲剧结构也发生了历史性的变化与迁移,悲剧性成为中国现代众多优秀文艺作品中十分显著的美学风格。我们理论工作最重要的任务就是致力于对中国现代悲剧作品做出一种"深描式"的阐释,形成并确立自己的理论模式。在此基础上,一个非常重要的理论前

---

① 参见 G.Steiner: *The Death of Tragedy*, Faber, London, 1961.

② 参见约斯·德·穆尔:《命运的驯化:悲剧重生于技术精神》,麦永雄译,广西师范大学出版社 2014 年版。

③ 参见 Kenneth Surin, Wang Jie: *Socialism*, *Tragedy and Marxism Aesthetics*: *A discussion with Professor Kenneth Surin*, 载《马克思主义美学研究》2011 年第 14 卷第 2 期。

提,就是要在学理上对马克思主义的悲剧观念持有充分的理论认识,树立起坚定的学术勇气,对中国现代悲剧观念、中国式的悲剧提出我们自己的看法。

1859 年 4 月,马克思在《致费迪南·拉萨尔》的信中首次提出"现代悲剧"的美学范畴,距今已有 160 年的时间。一个重要的历史背景就是 1848 年爆发了几乎席卷整个欧洲大陆的革命运动,马克思与恩格斯敏锐地发现了 1848 年革命与以往革命之间的不同,称之为具有"世界历史意义"的伟大事件——在无产阶级革命团体的参与下,这次革命首次与反对资产阶级的"中心点"联系到了一起,在当时的历史时期代表了最现代的革命思想,但是,由于当时的社会历史条件并不成熟,1848 年革命最终只能以失败而告终。在恩格斯《致斐迪南·拉萨尔》的信中,他将这一悲剧冲突概括为"历史的必然要求和这一要求实际上不可能实现之间的冲突",马克思进一步指出这一"冲突"与未来世界之间的关联,完全可以构成一部"现代悲剧的中心点"。马克思与恩格关于悲剧问题的思考发轫于社会主义工人运动初期,代替一种形而上的哲学沉思,二人将美学上的悲剧问题与社会历史经验相结合,从反思现代性的角度提出了一种新的、具有革命意义的悲剧观念。相比于抽象的理论概念,这一概念更加适应现代社会灵活多变的情感结构,既注重一种经验性与感受性的观念传递,同时不乏对现实问题的理论阐释与哲学思辨,不仅打破了传统悲剧概念的阈限,在美学上还标志着一种现代悲剧理论的发生。关于马克思"现代悲剧"的核心观点:在现实社会中,表现为对眼前不合理的社会制度(资本主义制度)的超越,通向一个更加积极与美好的"未来",即社会主义与共产主义的理想和目标,这是眼下最现实、最迫切的革命任务;在文学与艺术创作上,表现为推崇一种"莎士比亚化"的创作方法,即用最朴素的形式,传达出最现代的思想观念和人类情感,用文学与艺术表征出一个合理化的、更加符合人性的未来,这是真正意义上的"现代悲剧"。哲学家们只是在用不同的方式解释世界,更重要的问题在于如何"改变世界"①,在以往的悲剧研究中,大多囿于以亚里士多德、康德、叔本华、黑格尔、尼采等人为代表的西方传统悲剧理论,惯于运用一种理论模式或多种价值冲突来

---

① 参见马克思《关于费尔巴哈的提纲》(1845),选自马克思,恩格斯:马克思恩格斯文集(第 1 卷),人民出版社 2009年版,第 499—502 页。

解释悲剧作品,这些理论在特定的历史时期的确起到非常重要的作用,但是在新的历史条件下,并不足以阐释当今时代出现的新现象与新问题。我们认为,马克思主义悲剧观念与传统悲剧理论最大的不同,就在于引入了关于未来的积极思考,这种思考对未来的乌托邦世界表现出最大程度的理解与包容,在现实中则外化为一种坚定的精神信仰,最大限度地发挥人的主观能动性,有意识地号召全体人民参与到整个历史进程中来。在这个意义上,马克思所谓的现代悲剧不仅关乎整个人类社会的发展命运,还关系到每一位个体的自我价值与人格理想的实现,本质上是一种哲学人类学的理论实践。

在美学上,马克思主义的悲剧观念很好地解答了两个非常重要的理论问题:一是悲剧在现代存在的可能性;二是什么是现代悲剧,亦即现代悲剧的本质。围绕着这两个基本问题,我们认为,20世纪以来,马克思主义的悲剧观念在现代发展过程中主要呈现出以下几种代表性的理论模式:第一,历史哲学模式。以两次世界大战为背景,这一模式从"恶"的历史经验出发,认为"恶的事物"可以使人们清醒地认识现实的矛盾冲突,反而积聚着潜在的革命力量,主要代表人物有瓦尔特·本雅明、西奥多·阿多诺,以及著名剧作家贝尔托·布莱希特。在马克思主义的辩证历史观的指导下,他们对后资本主义文化工业时代片面的进步观和以物质性尺度作为历史尺度的态度予以强烈批判,在法西斯主义居于主导地位的历史时期,对悲剧的否定事实上是为了获得一种更积极意义的肯定,只有这样才能冲破历史的连续体,走向一个可能实现的美好未来。第二,社会批评模式。商品经济的飞速发展带来了人类社会的异化和普遍信仰的缺失,如何重塑时代的精神信仰成为近代悲剧人文主义者思考的一个重要命题,这一模式通过一种社会学批评视角的介入,对晚期资本主义的社会危机与文化危机进行形而上的理论反思,试图在现代社会建构起一套悲剧世界观的理论模式,主要代表人物有乔治·卢卡奇、吕西安·戈德曼。在《隐蔽的上帝》中,戈德曼为卢卡奇早期的形而上学的悲剧观提供了必要的唯物主义基础,将马克思主义作为一种坚定的信仰与未来世界"打赌",坚信人类在任何危机中都具有创造历史的革命力量。第三,精神分析模式。资本主义极大地解放了社会的生产力,但在一种进步主义的驱使下,欲望的急剧膨胀成为导致种种社会危机产生的重要诱因,基于对现实问题的深刻反思,以雅克·拉康、斯拉沃热·齐泽克等为代表的精神分析模式致力于马克思主义与精神分析理论之间的结合。在拉康看来,悲剧的本质在于欲望,悲剧的安提戈涅在欲望的驱使下义无反顾地走向死亡,不顾一切地坚守自己所信奉的伦理原则,代表了一个美丽而崇高的现代客体形象。个体欲望的无限性与外部条件的有限性之间构成了典型的悲剧冲突,欲望的表达与审美机制成为这一模式思考的核心问题。第四,意识形态模式。意识形态与一定时期的文化观念具有非常密切的联系,可以弥散在社会生活的各个方面发挥作用,从安东尼奥·葛兰西提出的"文化领导权"开始、到路易·阿尔都塞的意识形态理论,都强调意识形态的深层次运作是导致一定历史时期的文化冲突与社会危机产生的重要原因,由此,悲剧在本质上是关于意识形态冲突的美学表征,这一观点为马克思主义的现代悲剧观念提供了必要的哲学基础。在此基础上,以雷蒙德·威廉斯、特里·伊格尔顿为代表的理论家,提出一种扩大化的悲剧观念(the idea of tragedy)[1],认为日常生活中同样具备着支撑起悲剧崇高精神信仰的基础存在,悲剧在现代社会并没有消亡。马克思曾在1858年阅读弗·泰·费舍的《美学》札记中指出,"革命是最适合于悲剧的题材"[2],他们将现代悲剧观念核心观点与20世纪的社会主义运动相联系,通过对俄国十月革命、"五月风暴"运动、苏联解体等重大历史事件的反思,认为社会主义革命作为现代最崇高的革命形态,同样会经历一个曲折变化的发展过程,这种先进的革命形态在现代优秀的悲剧作品中通常体现为一种新的情感结构和关于未来的审美表征,代表着最高级意义的美学形态。

除了以上四种悲剧理论模式之外,本书中还涉及以列维-斯特劳斯和罗兰·巴特为代表的人类学模式、以阿尔贝·加缪和让-保罗·萨特为代表的存在主义模式等,这些理论模式之间绝不是孤立存在的,在关于现代性问题的批判与反思中共同发挥了具有积极意义的理论影响,是马克思主义悲剧观念在发展过程中非常重要的组成部

---

① 特里·伊格尔顿在《甜蜜的暴力:悲剧的观念》中,提出用"悲剧的观念"代替"悲剧的理论",以适应现代社会复杂多变的情感经验。
② 柏拉威尔:《马克思与世界文学》,梅绍武、傅惟慈、董乐山译,上海三联书店1980年版。

分。最后,通过对马克思主义视野下现代悲剧观念的脉络梳理,我们试图探讨一种中国悲剧的可能性的理论模式。我们认为,中国现代悲剧观念的发展与中国的现代化进程相对应,是有自己的悲剧模式的,20世纪初期,马克思主义思想与其他西方思想一齐涌入了中国,随着现代化进程的展开,马克思主义逐渐在中国社会中居于主流的指导地位。与其他西方国家相比,中国的现代化经历了一个异常曲折和变动的发展历程,外来政治势力的压迫、新旧文化间的矛盾纠葛和对本民族文化的冲击,商品经济浪潮的强势涌入等等,种种复杂的矛盾冲突在中国现代的文化语境中表现得异常明显和激烈。与此同时,一个非常重要的特征就是中国的现代化进程与马克思主义思想之间存在着非常密切的内在联系,这是西方发达资本主义国家所不具备的"天然"条件,也是我们在当代中国研究马克思主义悲剧观念非常重要的现实意义。在不同的语境下,审美都构成了非常复杂的矛盾结构关系,通过对现代悲剧观念的分析、进入到特殊的情感结构,再进入到对社会关系的分析,这是马克思主义非常重要的一个研究路径。相比于西方学界关于马克思主义悲剧观念持续而深入的研究,中国在这方面的理论研究是相对欠缺的,在本课题接下来的研究工作中,我们会以马克思主义理论为指导,立足于中国社会自身的悲剧经验和情感结构,通过对中国现代优秀文学与艺术作品的深度阐释,提炼出具有中国特色的美学风格,用我们自己的话语提出中国现代悲剧观念的理论阐释模式。

综上所述,本书作为一本现代悲剧理论的资料汇编手册,兼具专业书与工具书的功能,可以为当代人文社科领域的学术研究提供多种使用途径。

首先,马克思主义悲剧观念最重要的现实意义就是将悲剧问题与共产主义理想相联系,启发人们对未来世界的思考。在任何一个历史时期,未来都是令全体人类感到困惑的问题,从500年前托马斯·莫尔的《乌托邦》、到马克思与恩格斯的社会主义与共产主义的崇高理想,其中都包含着一种积极向上的美好愿望与坚定的人类信念,这是乌托邦思想在现实世界中的积极意义。马克思主义正是在看到了社会主义与共产主义理想在未来社会必然实现的同时,也看到了其可能经历的曲折的、悲剧性的发展历程,坚信人类始终拥有改造世界的历史力量,在这个意义上,悲剧的观点始终是充满希望的。这是我们理解马克思主义悲剧观念的一个理论前提。

其次，在具体的学术研究中，马克思主义悲剧观念以其强大的自我更新能力与理论阐释力，从本质上对现代悲剧问题进行深入剖析，是最适应现代历史发展的悲剧理论。尤其在我们关于中国现代悲剧问题的课题研究中，如果仍然选择沿袭亚里士多德、黑格尔、叔本华、尼采等西方传统悲剧理论来解读中国问题，很难与中国现当代的历史条件和学科背景相适应。尤其在对很多与现实相关的关键问题的分析和阐释上，难以做到理论的彻底性与科学性，在诸种现代理论中，只有马克思主义始终坚持将文学创作与社会历史联系起来、以把握现实关系为目标，是真正的现实主义文学理论。

最后，本手册作为一本文艺学、美学方向的专业理论书籍，既可以在国内高等院校的教学中作为一本专业书籍使用，也可以用作哲学、艺术、文学、科学社会主义等专业方向的参考书。在教学与阅读中，本手册可以开拓学生的理论视野，还可以引导学生顺着马克思主义悲剧观念的发展脉络展开进一步的深度思考，从不同的理论侧面加深对马克思主义理论的了解与认识。

王杰、何信玉

2019 年 6 月 27 日

格奥尔基·瓦连廷诺维奇·普列汉诺夫

车尔尼雪夫斯基(节选)(1890 年)

车尔尼雪夫斯基的美学理论(节选)(1897 年)

附:《艺术与现实的审美关系》(节选)(1855 年)*

格奥尔基·瓦连廷诺维奇·普列汉诺夫

(Georgii Valentlnovich Plekhanov, 1856—1918)

俄国最早的马克思主义宣传家、第二国际理论家和活动家。他的哲学与美学思想在马克思主义发展史上具有重要地位。普列汉诺夫在文艺理论方面的主要著作有《论艺术》(又名《没有地址的信》)(1899—1900 年),《艺术与社会生活》(1912—1913 年),从 1929 年开始,普罗汉诺夫的著作逐渐被介绍到中国,后来相继出版了《普列汉诺夫哲学著作选集》(共 5 卷)(生活·读书·新知三联书店,1959 年)、《普列汉诺夫美学论文集》(人民出版社,1983 年)、《普列汉诺夫美学论文选》(陕西人民出版社,1983 年),等等。普列汉诺夫的悲剧理论主要是站在马克思历史唯物主义立场上对车尔尼雪夫斯基①的悲剧观进行辩证批判,从而表明自己的理论立场与悲剧观念。在此节选了普列汉诺夫对车尔尼雪夫斯基及其美学思想中关于悲剧问题的两篇评论,另附有车尔尼

---

* 《车尔尼雪夫斯基》选自《普列汉诺夫哲学著作选集》(第四卷),汝信译,生活·读书·新知三联书店 1974 年版,第 64—70 页;《车尔尼雪夫斯基的美学理论》选自《普列汉诺夫美学论文集》,曹葆华译,人民出版社 1983 年版,第 283—291 页。《艺术与现实的审美关系》节选自车尔尼雪夫斯基《艺术与现实的审美关系》,周扬译,"悲剧的概念""命运的问题""弱点与道德上的罪过""悲剧的概念""命运的问题""弱点与道德上的罪过",中国人民大学出版社 2009 年版,第 20—32 页。

① 尼古拉·加夫里诺维奇·车尔尼雪夫斯基(1828 年 7 月 24 日—1889 年 10 月 29 日),俄国革命家、哲学家、作家和批评家,人本主义的代表人物。车尔尼雪夫斯基的著述活动是多方面的,涉及哲学、经济学、美学、文学、社会学等各个领域。1855 年发表著名学位论文《艺术与现实的审美关系》,这篇论文向黑格尔的唯心主义美学进行了大胆的挑战,提出了"美是生活"的定义。车尔尼雪夫斯基把费尔巴哈的唯物主义哲学观点创造性地应用于美学和伦理学。他批判了黑格尔的"美是理念"说的唯心主义实质,提出了"美是生活"这一重要命题,认为"任何事物,我们在那里面看得见依照我们的理解应当如此的生活,那就是美的;任何东西,凡是显示出生活或使我们想起生活的,那就是美的"。车尔尼雪夫斯基其他重要的文学、美学著作有:《俄国文学果戈理时期概观》(1856 年)、小说《怎么办?》(1862—1863)等。其中,他在监狱中写下的长篇小说《怎么办?》,被誉为"生活教科书"。车尔尼雪夫斯基把俄国革命民主主义思想发展到空前的高度。他的光辉著作和威武不屈的品质,为他赢得了崇高的威望,成为俄国一代进步青年所景仰的英雄人物,对俄国革命运动发生了巨大的影响。他是继贵族革命家之后登上历史舞台的第二代俄国革命战士,即平民知识分子革命家中最杰出的代表。列宁把他誉为"未来风暴中的年轻舵手",普列汉诺夫把他比作俄国的普罗米修斯。

雪夫斯基在《艺术与现实的审美关系》中关于悲剧理论的原文,可以对二人悲剧观念的轮廓有一个比较清晰的认识。车尔尼雪夫斯基以唯物主义悲剧观反对黑格尔的绝对唯心主义,认为黑格尔为一切悲剧寻求理由辩护以满足最高"正义"的要求,事实上将被考察的历史变成了一种"神正论",在此基础上,车尔尼雪夫斯基给悲剧下的完整定义为"人生中可怕的事物"。在普列汉诺夫看来,车尔尼雪夫斯基悲剧研究中的最大问题在于忽略了历史、将悲剧等同于偶然事件,这就割断了悲剧与历史必然性之间的关联,但这种"有条件的乐观主义"事实上与悲剧问题并无直接关系。可是,车尔尼雪夫斯基又转而提出的"不同的社会阶级以他们的经济生活条件为转移而具有不同的美的理想"这一建设性意见,但并没有将发展的观点延续下去,这也是他自身理论的悖论所在。在这个意义上,普列汉诺夫认为黑格尔悲剧理论中的历史视点反而比车尔尼雪夫斯基更为深刻,但直到马克思与恩格斯以辩证法为武器,才在真正意义上对黑格尔悲剧观的理论弱点进行了辩证而理性的批判。

车尔尼雪夫斯基(节选)

四

值得注意的是,他虽然认为政治经济学领域中的历史观点并无价值,但却认为历史观点在文学批评的领域内是必要的。在他的一篇早期论文,即关于奥尔丁斯基翻译的亚里士多德的名著《诗学》的论文中,他认为美学的巨大功绩就是:它在我国从来也没有与文学史相敌对。在我国常常听到人们主张有研究文学史的必要,而且专门从事审美批评的人对文学史的贡献十分巨大,甚至大于我们今日的某作家。我们的美学常常承认应该"以精确地研究事实为依据"……"艺术史乃是艺术理论的根据"①。看来,写这一段话的人如果能够始终忠于自己的话,那他就应该毫无保留地承认,人类的经济发展史应该是经济"理论"的根据。但是我们已经看到,他并不是这样来看这种"理论"的。

车尔尼雪夫斯基对艺术理论的看法极为正确。这首先是由于他受到了他的先驱者们的有益影响:在出现黑格尔的《美学》和别林斯基的批评作品(哪怕我们只提起他论普希金的文章)以后,人们根本不可能再轻视艺术理论方面的历史观点了。此外,在

① 《车尔尼雪夫斯基全集》第 1 卷,第 3—4 页。

美学理论方面,只有主张所谓为艺术而艺术的人,亦即只有那些希望使"永恒的"艺术同现实和迫切的、紧要的现实社会问题不发生任何联系的人,才能反对历史观点。车尔尼雪夫斯基既然与这些人进行斗争,当然就不得不倾向于对艺术的历史观点,因为这种观点使他有可能把艺术的任务同当时最重要的社会倾向联系起来。谢林就已说过:"verschieden en Zeitaltern wird eine verschiedene Begeisterung zu Theil"①,发展这种思想,就不难彻底粉碎"纯"艺术的拥护者。——在政治经济学中却是另一回事。在那里,顽固的罗雪尔和他的一伙是反对车尔尼雪夫斯基最重视的工人阶级的意向的。他们是他所知道的政治经济学中的历史观点的唯一代表者。不足为奇,由于反对他们而造成的反作用,他对这种观点采取了这样一种态度,这种态度的错误只有在另一种条件下才会使他注意到。

但是,决不能说,我们这位作者已经彻底发挥了他对艺术史作为艺术理论的必要基础的意义所抱的观点。我们已经指出,简单地承认某一条原则还远不等于在相应的科学部门中彻底贯彻这条原则。车尔尼雪夫斯基有一个非常好的机会可以在《艺术与现实的美学关系》这篇学位论文中把艺术理论与艺术史联系起来,这篇学位论文是他在 1854 年初为了获取硕士学位而向彼得堡大学语文系提出的。这一著作在我们这位作者的其他许多作品中占据一个重要的地位;因此,它特别清楚地表现出他的观点和思维方式的一切优点和缺点。忠于自己的唯物主义观点的车尔尼雪夫斯基,在学位论文中决心要消灭美学中的唯心主义。他到唯心主义在美学中的一切藏身之处和避难之所去追击唯心主义:从关于艺术的起源和艺术在生活中的意义的一般理论问题开始,直到像关于悲剧和崇高的学说那样的细节为止。我们要引证一下他所提出的某些论题,因为它们恰好清楚地说明了车尔尼雪夫斯基对艺术的唯物主义观点。

他说:"真正的美的定义是:'美是生活。'——任何东西,凡是人在那里面看得见如他所理解的那种生活的,在他看来就是美的。美的事物,就是使人想起生活的事物……

---

① "不同的时代有不同的灵感"。《Ueber das Verhältnis der bildenden Künste zu der Natur》(《论造型艺术和自然界的关系》)。

崇高之影响人,决不在于它能唤起绝对观念;它几乎任何时候都不会唤起它。

一件东西,凡是比人拿来和它相比的任何东西都大得多,或是比任何现象都强有力得多,那在人看来就是崇高的。

悲剧与命运或必然性的观念并没有本质的联系。在现实生活中,悲剧多半是偶然的,并不是从先行因素的本质中产生的。艺术使悲剧具有的那种必然性的形式,是通常支配艺术作品的'结局必须从伏线中产生出来'这一原则的结果,或是诗人对命运观念的不适当的服从的结果。

按照新的欧洲文化的概念,悲剧是'人生中可怕的事物'……

现实比起想象来不但更生动,而且更完美。想象的形象只是现实的一种苍白的、而且几乎总是不成功的改作。

客观现实中的美是彻底地美的。

客观现实中的美是完全令人满意的。

艺术的产生,决不是由于人有弥补现实的缺陷[1]的要求……

产生美学意义上的艺术(美艺术)的要求,是和画人的肖像这件事所明白显露出来的要求相同的……艺术只是用它的再现使我们想起生活中的有兴趣的事物,努力使我们多少认识生活中那些引人兴趣而我们又没有机会在现实中去亲自体验或观察的方面。

再现生活是艺术的一般性格的特点,是它的本质;艺术常常还有另一个意义——说明生活;它们常常还有一个意义:对生活现象下判断……"[2]

我们对这些论题中的某些论题,只有加上某些使它们具有更广泛意义的附带条件后,才能表示同意。而对其中有一个论题,则甚至是绝对不能同意的,即决不能说:"按照新的欧洲文化的概念,悲剧是人生中可怕的事物"。"悲剧与命运观念并没有本质上的联系",这是完全正确的。但是,它与必然性观念的联系却是毫无疑义的。人生中的一切可怕的事物并不都是悲剧性的。例如,被正在建筑的房子的墙壁倒塌下来压死的人,他的命运是可怕的;但这种命运也许只有对其中某些人来说才是悲剧性的,那些人在生活中具有某些条件(如宏图大志、广泛的政治企图),这些条件才使他们由于砖墙倒塌而遭致的偶然死亡获得悲剧性的意义。但是,在我们所举的例子中,悲剧终究还是与偶然性紧密相联,因此它不是本来意义上的悲剧。真正的悲剧以历史必然性的观念作为基础。格拉古兄弟的命运是真正悲剧性的,他们的计划和生命本身都由于罗马无产者不能发挥政治独立精神而毁灭了。罗伯斯庇尔和圣茹斯特的命运是真正悲剧性的,他们由于自己在争夺优势地位而斗争的法国各社会阶级之间所处的历史地位具有不可克服的、无法避免的矛盾而遭到了毁灭。一般地说,真正的悲剧,是由于有限的、多少有点片面的必然性,以一种像自然规律一样起作用的历史运动的盲目力量,由个人的自觉意向的冲突所造成的。车尔尼雪夫斯基没有注意到而且也不可能注意到事情的这一方面,因为他为唯物主义而作的斗争①还只限于抽象的哲学原理的领域。在这个斗争中,他又一次陷于理性的极端,而简单地把悲剧与可怕的事物等同起来。但是,哪怕他只要想起黑格尔以索福克勒斯的《安提戈涅》为例对悲剧所作的解释,那么他就会明白,不是唯心主义者也能谈论必然性。黑格尔指出《安提戈涅》中两种权利、即宗族权利和国家权利的冲突。安提戈涅是第一种权利的代表者,克里翁是第二种权利的代表者[3],毫无疑问,这两种权利的斗争曾经在历史上起过重大作用,而且人们可以把悲剧同这种斗争联系起来,而丝毫也不犯唯心主义的错误。车尔尼雪夫斯基看不到这一点,因为他似乎在自己的研究中忘记了历史。更可惜的是,假如车尔尼雪夫斯基及时想起他的下面这个原则,即艺术理论应该以艺术史作为基础,那么也许他就能为美学提供一个崭新的理论基础。他在证明美是生活这个论题时,提出一个极其中肯的意见,即不同的社会阶级以他们的经济生活条件为转移而具有不同的美的理想。这段话极为重要,因此我们几乎把它全部引证在这里。

"在普通人民看来,'美好的生活''应当如此的生活'就是吃得饱,住得好,睡眠充足;但是在农民,'生活'这个概念同时总是包括劳动的概念在内:生活而不劳动是不可能的,而且也是无聊的。辛勤劳动、却不致令人精疲力竭那样一种富足生活的结果,使青年农民或农家少女都有非常鲜艳红润的面色——这照普通人民的理解,就是美的第

———————————

① 原文为:"他反对唯物主义的斗争",疑有误。——译者

一个条件。农家少女辛勤劳动,因此体格强壮,在有丰盛的食物的情况下就长得很结实,——这也是乡下美人的必要条件。'弱不禁风'的上流社会美人在乡下人看来是断然'不漂亮的',甚至给他不愉快的印象,因为他一向认为'消瘦'不是疾病就是'苦命'的结果。但是劳动不会让人发胖:假如一个农家少女长得很胖,这就是一种疾病,体格'虚弱'的标志,人民认为过分肥胖是个缺点;乡下美人因为辛勤劳动,所以不能有纤细的手足,——在我们的民歌里也是不提这种美的属性的。总之,民歌中关于美人的描写,没有一个美的特征不是表现着旺盛的健康和均衡的体格,而这永远是生活富足而又经常地、认真地,但并不过度地劳动的结果。上流社会的美人就完全不同了:她的历代祖先都是不靠双手劳动而生活过来的;由于无所事事的生活,血液很少流到四肢去;手足的筋肉一代弱似一代,骨骼也愈来愈纤细;而其必然的结果是小手小脚——这是社会的上层阶级觉得唯一值得过的生活,即没有体力劳动的生活的标志;假如上流社会的妇女大手大脚,这不是她长得不好就是她并非出自名门望族的标志……不错,健康在人的心目中永远不会失去它的价值,因为如果不健康,就是大富大贵,穷极奢侈,也生活得不好受,——所以红润的脸色和饱满的精神对于上流社会的人也仍旧是有魅力的;但是病态、柔弱、萎顿、慵倦,在他们心目中也有美的价值,只要那是奢侈的无所事事的生活方式的结果。苍白、慵倦、病态对于上流社会的人还有另外的意义:农民寻求休息和安静,而有教养的上流社会的人们,他们不知有物质的缺乏,也不知有肉体的疲劳,却反而因为无所事事和没有物质的忧虑而常常百无聊赖,寻求'强烈的感觉、激动、热情',这些东西能赋予他们那本来很单调的、没有色彩的上流社会生活以色彩、多样性和魅力。但是强烈的感觉和炽烈的热情很快就会使人憔悴:既然慵倦和苍白是她'生活了很多'的标志,他怎能不为美人的慵倦和苍白所迷惑呢?"①

人们的美的概念表现在艺术作品中。我们看到,不同社会阶级的美的概念很不相同,有时甚至恰好相反。某个时期在社会中占统治地位的那个阶级,也在文学和艺术中占统治地位。它把自己的观点和自己的概念带进文学和艺术。但是在不断发展的

① 《车尔尼雪夫斯基全集》第 1 卷,第 44、45、46 页。

社会中,不同阶级在不同时期内占统治地位。同时,任何一个阶级都有它自己的历史:它发展起来,达到鼎盛时期而占据统治地位,最后则趋于衰亡。它的文学观点和美学概念,也与此相应地发生变化。因此,我们在历史上可以看到人们的不同的文学观点和不同的美学概念:在一个时代中占统治地位的概念和观点,到另一个时代就变为陈旧的了。车尔尼雪夫斯基指出,人们的美学概念与他们的经济生活有着密切的因果关系。这是一个真正天才的发现。他留下要做的只是通过不同统治阶级的不断更替的全部人类史,去探溯他所发现的这个原理的作用。如果他把艺术理论与最新的唯物主义历史观密切联系起来,他就会在美学中完成最伟大的变革。但是我们知道,他本人在颇大程度上是与这种历史观格格不入的。因此他也就不能完成这样辉煌地开始了的事业;因此在他的《艺术与现实的美学关系》一书中,我们所看到的关于艺术史的真正唯物主义的见解,也比,例如,在"绝对唯心主义者"黑格尔的《美学》中所看到的少得多①。正如我们已经说过的那样,在车尔尼雪夫斯基的学位论文中,特别清楚地反映出他的思维方式的一切缺陷和一切优点。

注释:

[1] 车尔尼雪夫斯基的原文是:"现实中的美的缺陷"。

[2] 所有这些定义都是普列汉诺夫从车尔尼雪夫斯基的学位论文《艺术与现实的美学关系》(参阅《车尔尼雪夫斯基选集》上卷,三联书店1958年版,第100—102页)中引来的。

[3] 参阅《黑格尔全集》(第13卷),1940年俄文版,第39页。

---

① 例如,可参阅黑格尔关于荷兰绘画史的见解,任何一个现代的唯物主义辩证论者都能无条件地赞同他的见解(Aesthetik[《美学》]第1卷,第217、218页,第8卷,第217—223页)。还有许多类似的见解散见于他的《美学》中。

车尔尼雪夫斯基的美学理论(节选)

七

唯心主义美学家把所谓的崇高当作美的"因素"。车尔尼雪夫斯基证明,崇高不是美的变形,崇高的观念和美的观念彼此完全不同,它们之间"既没有内在的联系,也没有内在的对立"。他自己给崇高下了一个定义,在他看来,这个定义可以包括和说明一切属于这个领域的现象:"一个事物,较之人拿来同它相比的事物巨大得多,或者一种现象,较之人拿来同它相比的现象强有力得多,人就觉得它是崇高的。"①

车尔尼雪夫斯基是通过下面的议论达到他那关于崇高的定义的:"占统治地位的美学体系说道,崇高是绝对的显现,或者是观念对形式的优势。"②但是这两个定义就其含义讲来是完全不同的,因为从观念对形式的优势所得出的不是真正崇高的概念,而是模糊的、朦胧的概念和丑恶的概念。因此,只有这个定义,即崇高是绝对的显现,才是真正崇高的定义。但是这个定义也是经不起批评的。如果我们愿意深思一下,在直观崇高的事物的时候,我们心中发生的是什么,那么我们就会确信,我们看来崇高的是事物本身,而不是它所引起的心情:雄伟的是海,雄伟的是某一座山,雄伟的是某一个

---

① 参阅《车尔尼雪夫斯基选集》上卷,三联书店1958年版,第43页。——编者注
② 参阅同上书,第12页。——编者注

人。当然，直观崇高的事物可能引起各种不同的思索，加强我们所感受过的印象，但是我们所直观的那个事物始终是崇高的，与是否产生这些思想毫无关联。"所以，即使同意说静观崇高的事物总会引起无限的观念，可是产生这种思想的而非由这种思想所产生的崇高的事物，之所以能对我们发生作用，其原因应当不在于这种思想，而是在于其他的什么东西。"①但是事实上，直观崇高的事物远非总能引起我们无限的观念。勃朗峰和卡兹别克山都是雄伟的山，但是谁也不会说它们是大到无限的；大风暴是非常雄伟的现象，但是在大风暴与无限之间是没有任何共同之处的，爱情或激情可以是非常雄伟的，但是它也不能引起无限的观念。某些事物和现象我们看来之所以是崇高的，只是因为它比其他的事物和现象更加巨大。"勃朗峰和卡兹别克山都是雄伟的山，因为它们比我们所习见的平常的山岭和丘陵巨大得多。……海面比旅行者一再碰见的池塘和小湖要广阔得多；海浪比这些湖里的浪要高得多，因而海上的风暴是崇高的现象，即使它对任何人都没有危险。……爱情比我们的琐细的打算和冲动要强烈得多，忿怒、嫉妒、任何一般的激情也都比它们强烈得多，因而激情是崇高的现象。……更巨大得多，更强烈得多——这就是崇高的特点。"②

在着手批评占统治地位的崇高的定义的时候，车尔尼雪夫斯基感到遗憾，说他不能在自己的学位论文里表明绝对在形而上学概念领域里的真正意义。他对这一点感到遗憾不是没有理由的。表明绝对的意义，对他来说，就是从根本上推翻绝对唯心主义，而在推翻了绝对唯心主义的基础，使读者站在他自己的唯物主义观点上来之后，他就可以毫不费力地使读者承认唯心主义关于崇高的定义是站不住脚的，以及其他的美学概念也同样是站不住脚的。我们的作者没有讲完的东西，我们现在来把它讲完。

绝对唯心主义把绝对理念看作是整个世界过程的本质。黑格尔学派的美学家诉诸绝对理念。就像诉诸最高法院一样，认为一切的概念（美学的概念也包括在内）都取决于它，一切使我们感到困惑的矛盾都可在它那里得到解决③。如我们已经知道的，费

---

① 参阅《车尔尼雪夫斯基选集》上卷，第 16 页。——编者注
② 参阅同上书，第 18 页。——编者注
③ 参看费舍的《美学》（特别是第 1 卷第 47 页及以下各页）[1]或黑格尔自己的《美学》。

尔巴哈曾经表明，绝对理念是被当作世界过程的本质来看的思维过程。他摘下了绝对理念的皇冠。但是，同强大的女皇一起，她所有的许多的臣属也都倒下了。一切从绝对理念获得自己最高意义的个别观念和概念，仿佛都丧失了内容，因而需要作根本的改造。我们就拿崇高的概念作例子。当绝对理念被认为是一切存在物的基础的时候，唯心主义美学家说崇高是绝对的显现，这并不令人感到惊奇。但是，当绝对就是我们自己思维过程的本质的时候，这个定义就丧失了任何意义。大风暴是自然界的崇高的现象；但是我们自己的思维怎样能在它里面显现出来呢？因此，很明显，崇高的概念必须重新加以改造。车尔尼雪夫斯基试图为这个概念寻找新的定义，这就表明他意识到这种必要性了。

悲剧的概念也是这样的情形。

悲剧是崇高的极其重要的变形。车尔尼雪夫斯基既然同唯心主义者在崇高的概念上发生分歧，当然也一定同他们在悲剧的观点上发生分歧。为了弄清楚究竟是什么引起他同唯心主义者在这里的意见分歧，必须回想一下黑格尔的某些历史观点。据黑格尔看来，苏格拉底是雅典社会生活和精神生活的新原则的代表；这就是他的光荣和他的历史功绩。但是，苏格拉底以新原则的代表的姿态出现之后，就同雅典当时存在的法律发生了冲突。他破坏了那些法律，并且做了这种破坏的牺牲品而死去。历史上英雄人物的命运一般都是如此：作为大胆的革新者，他们破坏已经建立的合法的秩序；在这个意义上他们是犯罪的[2]。已经建立的事物的合法的秩序就用死亡来处罚他们。但是，他们活动中的罪过由他们的死亡抵偿了，而他们所代表的原则在他们死后胜利了。这种对英雄人物的历史活动的看法，包含着两个本质上不同的因素。第一个因素是指出历史上经常重复出现的，革新者与已经建立的合法的秩序冲突的事实。第二个因素是力图辩明同样时常重复出现的革新者死亡的事实是正当的。这两个因素是与绝对唯心主义的双重性质符合的。作为辩证的哲学体系，绝对唯心主义是从现象的发展中，从现象的发生和消灭中来考察现象。历史现象的发展过程是通过人的活动来进行的。旧与新的斗争是对立派别的人们的斗争。这个斗争有时候要以很多无辜的牺牲作为代价。这是不容争辩的历史事实。黑格尔指出了这个事实，并且阐明它是不可避免的。但是,黑格尔的唯心主义不仅是辩证的体系;它还想成为绝对真理的体系。它允诺把我们带入绝对的世界。然而在绝对的世界里没有不公正的行为。因此,黑格尔的绝对唯心主义硬说:其实,人们从来不会无辜地死亡的;因为他们的行动——个人的行动——必然带有局限性的印记,所以他们一方面是公正的,另一方面就是不公正的。正是他们的这种不公正成了他们死亡的原因。所以,"绝对理念""世界精神"就对随同人类前进运动而来的苦难不负责任了。这样被考察的历史就成了一种神正论[3]。

以黑格尔哲学作基础的悲剧学说对于读者将十分容易理解,如果我们说,依据这种学说,苏格拉底的命运是悲剧的最高的范例之一。这位雅典的哲人以自己的死亡抵偿了自己事业的不可避免的片面性。他的死亡是必要的赎罪的牺牲。没有这种牺牲,我们的道德感仍然会得不到满足。你们会同意,这种道德感要求那些比其他人更有毅力和更有成效地反对社会停滞的人死亡——这种道德感是非常奇怪的! 没有偏见的人是不能有这种情感的。它是哲学家们臆想出来和"构思出来的"。这自然隐瞒不了车尔尼雪夫斯基,他曾经十分正确地说过:认为每一个死亡的人都罪有应得,这是一种牵强附会和残酷无情的思想。按照他的说法,这种思想是从古代希腊人的命运观念发展起来的①[4]。但是"任何受过教育的人都了解,用希罗多德斯时代的希腊人的眼光来看世界是多么可笑,任何人现在都十分清楚地了解,伟大人物的苦难和死亡是没有什么必然性的;不是每个人的死亡都是由于自己的犯罪,不是每个犯了罪的人都要死亡,不是每一桩犯罪都要遭受社会舆论的惩罚等等。因此,不能不说,悲剧并不总是在我们心中唤起必然性的观念,必然性的观念决不是悲剧使人感动的基础,也不是悲剧的本质"②。

车尔尼雪夫斯基自己对于悲剧是怎样理解的呢?

看了上面所讲的一切话之后,我们就不难预料我们在《美学关系》里会看到什么样的悲剧观点。车尔尼雪夫斯基说:"悲剧是人的苦难或死亡——即使在这苦难里,在这死亡里不显示出任何'无限强大的与不可抗拒的力量',它也完全足以使我们充满恐怖

---

① 参阅《车尔尼雪夫斯基选集》上卷,三联书店 1958 年版,第 29 页。——编者注

② 参阅同上书,第 30 页。——编者注

和同情,无论苦难和死亡的原因是偶然还是必然——苦难和死亡反正总是可怕的。有人对我们说:'纯粹偶然的死亡在悲剧中是荒诞不经的事情';在作者所写的悲剧中也许是如此,而在现实生活中却不是这样。在诗中,作者认为'从情节本身引出结局'是必然的责任;在生活中结局往往是完全偶然的,而一个悲剧的命运可能是完全偶然的,但仍不失其为悲剧。我们同意,马克白和马克白夫人①的命运,那由他们的处境和行为必然要产生的命运是悲剧的。但是古斯达夫·阿道尔夫正走上胜利的道路,却完全偶然地在卢曾之役中战死了,难道他的命运还不是悲剧的吗?"[5]

最后,车尔尼雪夫斯基给悲剧下定义为人生中可怕的事物。他认为这是悲剧的最完整的定义。他补充说,"诚然,大部分艺术作品使我们有权利再加上一句'人所遭遇到的可怕的事物或多或少是不可避免的';但是,第一,艺术把这种可怕的事物几乎总是表现成不可避免的,这样的做法正确到什么程度,是很可怀疑的,因为在现实中,可怕的事物大半绝不是不可避免的,而纯粹是偶然的;第二,似乎常常只是依照习惯在每一部艺术作品里去寻找'各种情况的必然巧合''从行动自身的本质而来的行动的必然发展',所以我们不管好歹要去找出'事件进程的必然性来',即使那里根本没有什么必然性,例如,在莎士比亚的大部分悲剧里面"②。因此,人生中可怕的事物就称为悲剧,而把这种可怕的事物认为是"事件的必然进程的"结果,那就是错误的。车尔尼雪夫斯基的思想就是如此。它是否正确呢?在回答这个问题之前,最好先问问自己:为什么我们的作者认为在莎士比亚的大部分"悲剧"里都没有必然性呢?并且在这里可能谈的是什么样的必然性呢?显而易见,只是心理的必然性。我们说这些话是指的什么呢?这就是说,一定的人物——在这里即剧本中一定的主人公——的思想、情感、行动必然是从他的性格和他的处境产生的。但是可不可以说,在莎士比亚的剧本里没有这种必然性呢?完全不可以。恰恰相反!它是莎士比亚戏剧作品的主要的显著的特点。那么如何理解车尔尼雪夫斯基的话呢?看来只能够这样理解:他拒绝承认莎士比亚作

---

① 马克白和马克白夫人都是莎士比亚悲剧《马克白》(Macbeth)中的主角。——校者(现一般译为《麦克白》,此处遵照译者译文引用——编者注)

② 参阅《车尔尼雪夫斯基选集》上卷,三联书店 1958 年版,第 31 页。——编者注

品里所表现的一切罪恶和一切人的苦难是不可避免的,必然的。车尔尼雪夫斯基的社会观点是一种所谓的有条件的乐观主义的观点。他认为,人们如果妥善地安排自己的社会关系,那将会很幸福。这是一种完全可以理解的,非常值得尊敬的,而且在一定的心理条件下完全不可避免的乐观主义。但是,其实它与悲剧问题并没有直接的关系。莎士比亚所描写的不是可能发生的事情,而是已经发生过的事情;他所把握的人的心理的本性,不是它将来会具有的那种形态,而是他根据自己对他的同时代的人的观察而熟知的那种形态。他的同时代人的这种心理的本性并不是偶然的现象,而是必然的现象。如果偶然性不是被我们所忽视的必然性,那它又是什么呢?当然,我们不能把必然性想象成希腊人的天命。但是可以把它想象成完全另外的样子。在我们的时代恐怕没有人会把,比方说,格拉古兄弟的死亡归之于“天意”和“命运”等等。每个人或者几乎是每个人都同意,他们的死亡是罗马社会生活发展的进程所准备好的。但是,如果这个发展进程是必然的,那么,很明显,这两位卓绝的人民代言人就是由于“各种情况的必然的巧合”而死亡的了。这决不是说,我们应当漠不关心地对待这种人的死亡。我们可以衷心地希望他们胜利。但是这并不妨碍我们理解,他们的胜利只有在某些和某些社会条件存在的时候才是可能的,而在这些条件不存在的时候就是不可能的。一般讲来,把愿望同必然对立起来是经不起批评的,而且这种做法仅仅是那种,顺便说一句,也被车尔尼雪夫斯基的导师费尔巴哈斥责过的二元论的个别情形,——这种二元论割断了主体与客体之间的联系。任何一元论的哲学,——而车尔尼雪夫斯基的哲学不无理由地宣布自己是这种哲学,——都有责任尽力把愿望的解释为必然的,把一定的社会人的一定的愿望的产生,理解为符合规律的、因而是必然的过程。车尔尼雪夫斯基——甚至费尔巴哈本人——承认自己的哲学有这种责任,因为我们所指出的任务是以一般的抽象的公式向他提出来的。但是,不论费尔巴哈也好,车尔尼雪夫斯基也好,他们都不了解,任何一个想了解一般人类历史、特别是意识形态历史的人都必然会面临这个任务。这也就说明了为什么车尔尼雪夫斯基学位论文里所叙述的悲剧观点不能令人满意。黑格尔把苏格拉底的命运看作是雅典社会内部发展史中的一个戏剧性的插曲,他理解悲剧比车尔尼雪夫斯基深刻,在车尔尼雪夫斯基看来,这个命运不过是一个简直可怕的偶然事件。车尔尼雪夫斯基只有在像黑格尔一样站到发展的观点上时,他在悲剧的理解上才能与这位伟大的德国唯心主义者相比,然而可惜这种观点在他的学位论文里几乎完全没有。黑格尔对于这位苏格拉底的命运的看法有它的弱点,这是在于他力图使我们相信:为了使某人与某一事物和解,并且为了满足最高的正义的要求,这位雅典哲人的死亡是必然的,因为这种正义的要求仿佛多多少少被苏格拉底破坏了。但是,黑格尔的这个企图与他的辩证法没有任何共同之处。它是由他的哲学所固有的形而上学的因素引起的,这种形而上学的因素给他的哲学打上了如此显著的保守主义的印记。费尔巴哈和他那些批判黑格尔哲学的弟子们的任务,就是同这种形而上学的因素进行无情的斗争,而要消除这种因素就一定要使哲学成为进步的代数学[6]。车尔尼雪夫斯基如果彻底保持发展的观点,一方面,就能够把苏格拉底的悲剧的处境理解为雅典内部生活转变的结果,另一方面,就不仅能够揭露黑格尔所提出的悲剧理论的弱点,即把英雄人物的死亡说成是我们已经知道的"调和"的必要条件,而且能够表明这个弱点究竟是从什么地方来的,换句话说,也就是运用辩证法的武器来考察黑格尔的哲学本身。但是,不论车尔尼雪夫斯基自己也好,他的导师费尔巴哈也好,都不能够做到这一点。只有马克思和恩格斯才能够对黑格尔哲学进行辩证的批判。

在关于滑稽的学说中,我们的作者与"占统治地位的美学体系"很少发生分歧。产生这种情况的原因很简单:对于唯心主义者所下的定义"滑稽是形象对观念的优势",他不用多大的辩证的努力就能消除任何唯心主义的痕迹。他说,滑稽是"内在的空虚和无意义,妄自认为具有内容和现实的意义"。他补充说,唯心主义美学家过分地缩小了滑稽的概念,他们只是把它同崇高的概念相对立:"滑稽的渺小和滑稽的愚蠢或糊涂,当然是崇高的反面;但是滑稽的畸形、滑稽的丑陋是美的反面,而不是崇高的反面。"①

注释:

[1]　参阅弗·泰·费舍的《美学》(德文版)第 1 卷,1846 年版,第 47 页。

---

①　参阅《车尔尼雪夫斯基选集》上卷,三联书店 1958 年版,第 31 页。——编者注

［2］ 普列汉诺夫是指黑格尔在《哲学史讲演》第二卷中的论断。黑格尔在指出了苏格拉底由于"本体精神与雅典人民现存思潮"冲突的结果而毁灭之后,就作出了以下的结论:"一般讲来,这就是那些开创新世界的英雄们在全世界历史上的处境,新世界的原则是和从前的原则相矛盾的,而且总是要破坏它的,——他们是各种法律的强力破坏者。因此,他们本身遭到了自己的毁灭,可是在惩罚中被毁灭的仅仅是个人,而不是原则。……由此可见,苏格拉底的命运是真正悲剧性的,所谓悲剧性的,不是就这个字眼的表面意思而言,不是就人们把每一不幸称为悲剧性的这一意义而言。……例如,人们讲到苏格拉底,说他的命运之所以是悲剧性的,是因为他被判处了死刑。这样无辜的苦难只会是凄惨的,而不会是悲剧性的,因为这不是理性的不幸。只有当不幸是由主体的意志所产生的时候,不幸才是理性的,因为主体的意志应当永远是理性的和道德的。"(《黑格尔全集》〔俄文版〕第 10 卷,第 85—86 页。参阅黑格尔:《哲学史讲演录》第 2 卷,三联书店 1957 年版,第 106—108 页。——中文本编者)

［3］ 神正论(按字面上的解释:为神辩护),是一种宗教哲学学说,它是莱布尼茨哲学的一个部分;莱布尼茨在 1710 年曾写了一部以神正论为标题的著作。神正论的实质是为现存制度及其一切邪恶辩护,歌颂了"万福的"和"全能的"上帝,把他看作这个世界的创造主,这个世界是"所有可能有的世界当中最好的世界"。

［4］ 根据古代希腊人的概念,支配人的是一种盲目的力量——命运和宿命,这种力量预定了人的整个生活进程。这些概念主要反映在希腊神话中(例如,在提佛一带传说中关于奥烈斯特、阿加美诺、拉伊、窝狄浦等等的神话),部分地反映在古代希腊戏剧家的若干作品中(例如,埃斯库罗斯的三部曲)。

［5］ 《车尔尼雪夫斯基选集》上卷,三联书店 1985 年版,第 30—31 页。瑞典国王古斯达夫二世·阿道尔夫(1611—1832)在掠夺战争中取得一系列胜利之后,1832 年在卢曾附近的战斗中,在两队骑兵进行白刃战时被杀,年仅 38 岁。在文集《二十年间》的第二版和第三版中,"在卢曾附近"错印成"卢采附近"。

［6］ 在文集《二十年间》的第二版和第三版中,"进步的代数学"错印成"过程的代数学"。

附：

《艺术与现实的审美关系》(节选)

车尔尼雪夫斯基

悲剧的概念

但是,我们说到崇高的时候,一直还没有提及悲剧,人们通常都承认悲剧是崇高的最高、最深刻的一种。

现在科学中流行的悲剧的概念,不但在美学中起着极重要的作用,而且在许多别的学科(譬如历史)中也是一样,甚至同平常关于生活的概念融而为一了。所以,详论悲剧的概念,以便替我的评论安下基础,我认为并不是多余的。我在论述中将严格遵循费肖尔的说法,因为他的美学现在在德国是被认为最好的了。

主体生来就是活动的人。在活动中,他把他的意志加之于外在世界,以致和支配外在世界的必然规律发生冲突。但主体的活动必然带有个人局限性的印记,因而破坏了世界的客观联系的绝对的统一性。这种违犯是一种罪过(die Schuld),并且主体要身受它的后果,原是由统一的链子联系着的外在世界,被主体的活动整个地搅乱了;结果,主体的个别的行为引出一连串无穷无尽的、意料不到的后果,到那时候,主体已经不再能认出自己的行为和自己的意志了;但是他又必得承认这一切后果和他自己的行为有必然的关联,并且感到自己必须对此负责。对自己不愿做而又终于做了的事情负责,这便给主体带来了苦难的结果,就是说,在外在世界中,那被破坏的事物程序会有一种反作用加之于破坏它们的行为。当感受威胁的主体预见到后果,预见到祸害,想尽方法来逃避,却反而为这些方法遭到祸害的时候,这反作用和苦难的必然性就更增大了。苦难可能增大到这种地步,就是主体和他的事业一同毁灭。但是主体的事业只是表面上毁灭了,其实并没有完全毁灭:一系列的客观后果在主体毁灭后仍然存在,并且逐渐与总的统一体融成一片,净除了主体遗下的个人局限性。假使主体在毁灭的时候,认识了他的苦难是公平的,他的事业并未毁灭,倒是因为他的毁灭而净化和胜利了,那么,这样和解是十全齐美的,主体虽死而仍能光辉地在他的净化了的和胜利了的事业中长存。这一切的运动便叫做命运或者"悲剧"。悲剧有各种不同的形式。第一种形式是这样:主体并不是确实有罪,只是可能有罪;那戕杀他的力量是一种盲目的自然力,它以外强中干的个别主体为例,来证明个人之所以不能不毁灭就因为他是个人的缘故。在这里,主体的毁灭不是由于道德律,而是由于偶然的事故,只能以死亡是普遍的必然性这种调和思想来自宽自解。在单纯的罪过(die einfache Schuld)的悲剧中,可能的罪过变为实际的罪过。但是,这种罪过并不是由于必然的客观的矛盾,而只是由于与主体的活动有联系的某种错乱。这罪过在某些地方破坏了世界之道德的完整性。由于这个缘故,别的主体也遭受苦难,而因为罪过只是一个人犯的,所以初看好像别的主体是无辜受难。但是在这种情形之下,这些主体对于另一个主体就成了纯粹的客体,这是和主体性的意义相抵触的。因此,他们不能不因为犯下某种错误而和他们的长处相联系显露出他们的弱点,并且因为这个弱点而趋于灭亡;那主要主体的苦难,作为他的行为的报应,是从那违犯道德秩序的罪过而来的。惩罚的工具可能是那些被损害的主体,或者是认识到自己罪过的罪犯本身。最后,悲剧的最高形式是道德冲突的悲剧。普遍的道德律分裂为许多许多个别的要求,这些要求常常可能互相矛盾,以致人要适从这一条,就必须违犯另一条。这种并非由于偶然性,却是出于内在必然性的斗争，可能还是一个人心里的内在的斗争。索福克勒斯的安提戈涅①的内心斗争，便是如此。但是，因为艺术总是在个别的形象中体现一切，所以，通常在艺术中道德律的两种要求之间的斗争总是表现为两个人之间的斗争。互相矛盾的两种倾向当中必有一种更为合理，因此也更强，它在开始的时候征服一切反对它的事物，可是等它压制了反对倾向的合理权利时，自己又反而变成不合理的了。现在正义已在当初被征服的一方，本来较为合理的倾向就在自己非正义的重压和反对的倾向的打击之下灭亡；而那反对的倾向，它的权利受了损害，在开始反抗的时候，获得了一切真理与正义的力量；可是一旦胜利之后，它也同样地陷于非正义，招致灭亡或痛苦。这整个的悲剧的过程，在莎士比亚的《恺撒》中很出色地展开着：罗马趋向于君主政府的形式；恺撒就是这种倾向的代表；这比那企图保持罗马旧有制度的反对的倾向是更合理的，因而也是更强有力的；恺撒战胜了庞培②。但是旧制度也同样有存在的权利。恺撒死了；但是，阴谋者自己却因意识到死在他们手下的恺撒比他们伟大，他所代表的力量重又在三头政治中抬头，而辗转不安。布鲁特斯③与加西阿斯④死了；但是，安东尼和奥克太维斯⑤却又在布鲁特斯的墓前说出他们的遗恨。这样互相矛盾的倾向终于和解了，每种倾向在它的片面性中是又合理又不合理的，两种倾向都衰落之后，片面性也就逐渐消失了；统一与新生就从斗争和死亡中产生出来。

命运的问题

由上述解说可以看出，在德国美学中，悲剧的概念是和命运的概念联结在一起的，因此，人的悲剧命运通常总是被表现为"人与命运的冲突"，表现为"命运的干预"的结

---

① 索福克勒斯(Sophocles，约纪元前 497—406)，希腊悲剧作家，安提戈涅为其所著《安提戈涅》一剧中之主人公。

② 庞培(Pompey The Great，纪元前 106—148)，罗马大将，三执政官之一，恺撒的政敌。

③ 布鲁特斯(M.J.Brutes，纪元前 85—42)，罗马共和党首领，暗杀恺撒者。

④ 加西阿斯(L.Cassius，纪元前 1 世纪)，罗马政治家，同谋杀害恺撒者。

⑤ 安东尼(M.Antonius，纪元前 83—30)，罗马政治家，与奥克太维斯(Octavius)、雷比达司(Lupidus)共同组织三头政治者。

果。在最近欧洲的著作中,命运的概念常常被歪曲着,那些著作企图用我们的科学概念来解释命运,甚至把命运和科学的概念联系起来,因此必须恢复命运这个概念的本来面目,剥掉那勉强羼入的、实际上跟它矛盾的科学的概念,揭露命运的概念的全部空洞性(命运的概念最近被改变得适合于我们的习惯,因而将那空洞性掩盖起来了)。古代希腊人(即希腊哲学家出现以前的希腊人)有过一种生动而纯真的命运的概念,直到现在在许多东方民族中还存在着;它在希罗多德①的故事、希腊神话、印度史诗和《天方夜谭》等等中占有统治的地位。至于这基本的概念后来受到关于世界的科学概念的影响而有种种变形,这些我们认为无须一一列举,更不用详加批判,因为它们也像最近美学家对悲剧的概念一样,都是代表着这样一种企图:想要使那不能调和的东西——半野蛮人的幻想的观念和科学的概念——调和起来。它们和最近美学家对悲剧的概念一样毫无根据,所不同的只是互相矛盾的原则的这种勉强的结合在前述的调和的尝试中,比在悲剧的概念中更为明显,悲剧的概念是用非常辩证的深刻思想构成的。因此,我们以为不必去论述这一切歪曲的命运的概念,并且以为只要指出下面一点就够了:原来的基础,即使现在流行的美学关于悲剧的见解给它披上了最时髦、最巧妙的辩证的外衣,也无论如何掩盖不住它的本相。

凡是有一种真诚的命运概念的民族,都这样来理解人生的历程:假如我不预防任何不幸,我倒可以安全,而且几乎总是安全的;但是假如我要预防,我就一定死亡,而且正是死在我以为可以保险的东西上。我要去旅行,预防路上可能发生的种种不幸;例如我知道不是到处都能找到药品,于是我带上几瓶最需要的药,放在马车旁边的袋子里。依照古代希腊人的观念,这就一定会发生什么事情呢?我的马车一定会在路上翻倒,瓶子会从袋子里抛出来;而我跌倒的时候,太阳穴正碰在一个药瓶上,把瓶子碰破了,一片玻璃嵌进我的太阳穴,我于是死了。如果我不作种种预防,什么倒霉的事情也不会发生;但是我想防备不幸,反而死在我以为保险的东西上。这种对人生的见解与我们的观念相合之处是如此之少,它只能当作一种什么怪诞的想法使我们感到兴趣,

----

① 希罗多德(Herodotus,约纪元前484—425),希腊历史家,有"历史鼻祖"之称。

根据东方的或古代希腊的命运观念写成的悲剧,在我们看起来,好像是一种被改作所损坏的神话。可是上述德国美学中关于悲剧的一切概念,都是企图把命运的概念和现代科学的概念调和起来。通过对悲剧的本质的美学观点,把命运的概念引进到科学中来,这种做法是经过一番深思熟虑的,可以看出,为了要把非科学的人生观和科学的概念调和起来,聪明才智之士费了多少心机;但是这种深思熟虑的尝试,适足证明这个企图永无成功之望:科学只能说明半野蛮人的怪诞观念的来源,却决不能使那些观念与真理相调和。命运的观念是这样发生和发展起来的:

教育对人的作用之一,就在扩大他的眼界,使他可能了解那些他不熟悉的现象的真正意义。对于未受教育的人,只有熟悉的现象可以理解,而在他生活机能的直接范围以外的现象,他都是不能理解的。科学给人以这种概念:自然界的生活,植物和动物的生活是完全与人类的生活不同的。野蛮人或半野蛮人,除了他直接知道的人类的生活以外,不能想象别样的生活;在他看起来,树完全像人一样会说话,有感觉,有快乐也有痛苦;动物也像人一样有意识地活动着,——它们也有自己的语言;它们所以不用人类的语言,只是因为它们狡黠,希望沉默比说话能给它们带来更多的好处。同样,他想象河流与岩石都是活的:岩石是一个石化了的勇士,它有感觉和思想;河流是一个女水神,水仙,水妖。西西里的地震,是由于被该岛所压倒的巨人极力想摆脱他身上的重压的结果。在整个自然中,野蛮人见到的都是人类似的生活,而一切自然现象,在他看来也都是人类似的生物有意识的行动的结果。正如他将风、冷、热(想想我们关于风、霜、太阳三者争论谁更强的故事)、病(如关于霍乱、十二姐妹热、坏血症的故事;后者流传于斯匹兹白根①移民中)人格化一样,他也将意外之事的力量人格化。将意外之事的作用归因于一个类似人的生物的任意行为,比用同样的方法去解释自然和生活中其他现象更容易些,因为正是意外之事的作用,比其他的力量所产生的现象能更快地令人想到反复无常、任意以及人性中所特有的其他类似的性格。我们现在来看一看,把意外之事看成某一个类似人的生物的行为这个观点,是如何发展成被野蛮和半野蛮民族归

———————————
① 斯匹兹白根是北冰洋中的群岛。

之于命运的那些特性的。人想要做的事情愈重要,一如想望地完成这事情所需要的条件也就愈多;但是条件却几乎决不能如人所打算的那样具备着;因此,重要的事情几乎决不会正如人所预期的那样完成的。这种扰乱我们的计划的意外之事,在半野蛮人看来,如我们所说的,是一个类似人的存在——命运——做出来的;现代野蛮人、很多东方民族以及古代希腊人所归之于命运的一切特性,都是自然而然地从意外或命运中的这个基本特点而来的。很明显的,正是最重要的事情偏偏会遭到命运的玩弄(因为,如我们所指出的,事情愈重要,所依赖的条件也愈多,因之发生意外的可能也愈大)。我们再往下说吧。意外之事破坏我们的计划,——那就是命运喜欢破坏我们的计划,喜欢嘲笑人和他的计划;意外的事是无法预见的,为什么事情要这样发生而不那样发生,也是无法说明的,因此,命运是变幻莫测的、任性的;意外之事对于人常常是有危害的,因此,命运喜欢伤害人,命运是凶恶的;实际上,在希腊人看来,命运就是一个憎恨人类的女人。凶恶有力的人欢喜伤害最善良、最聪明、最幸福的人,——命运最爱杀害的也正是这种人,奸恶、任性而强有力的人爱显示自己的威力,预先对他要毁灭的人这样说:"我要对你这么办,来同我斗一斗吧!"——同样,命运也预先声明她的决定,以便幸灾乐祸地证明我们在她面前是多么无力,并且嘲笑我们想同她斗争、逃避她的努力是多么微弱而无用。这样的见解在我们现在看来是奇怪的。但是让我们看一看,这些见解如何反映在关于悲剧的美学理论里。

这理论说:"人的自由行动扰乱了自然的正常进程;自然和自然规律于是起而反对那侵犯它们的权利的人;结果,苦难与死加于那行动的人,而且行动愈强,它所引起的反作用也愈剧烈,因为凡是伟大的人物都注定要遭到悲剧的命运。"这里的自然似乎是一个活的东西,非常容易发脾气,对自己的不可侵犯性非常敏感。难道自然真的会受辱吗?难道自然真的会报复吗?当然不会;自然永远照它自己的规律继续运行着,不知有人和人的事情、人的幸福和死亡;自然规律可能而且确实常常对人和他的事业起危害作用;但是人类的一切行动却正要以自然规律为依据。自然对人是冷淡的;它不是人的朋友,也不是人的仇敌:它对于人是一个有时有利,有时又不利的活动场所。这是无可置疑的:人的任何一件重要的事情都需要他去和自然或别人作严重的斗争,但是为什么会这样呢？这只是因为不管那事情本身如何重要,要是不经过严重的斗争而能完成,我们总不认为它是重要的。比方,呼吸对于人的生活是最重要的事情;可是我们全不注意它,因为它平常不会碰到任何障碍;对于不花代价就可以吃到面包树果实的野蛮人和对于只有经过辛勤耕种才能获得面包的欧洲人,食物是同样重要的;然而采集面包树的果实并不是一件"重要的"事情,因为那很容易;耕种却是"重要的",因为那很艰难。这样看来,并非所有本来重要的事情都需要斗争;可是我们却惯于只叫那些本来重要而做起来又很艰难的事情为重要。有许多珍贵的东西,它们之所以没有价值,只是因为我们不必花什么代价就可以得到,例如水和日光;也有许多很重要的事情,我们之所以不认为重要,只是因为它们很容易做到。但是,就假定我们同意习惯的说法,认为只有那些需要艰苦斗争的事情才重要吧。难道这个斗争总是悲剧的吗？决不如此;有时是悲剧的,有时不是,要看情形而定。航海者同海斗争,同惊涛骇浪和暗礁斗争;他的生活是艰苦的;可是难道这生活必然是悲剧的吗？有一只船遇着风暴给暗礁撞坏了,可是却有几百只船平安地抵达港口。就假定斗争总是必要的吧,但斗争并不一定都是不幸。结局圆满的斗争,不论它经过了怎样的艰难,并不是痛苦,而是愉快,不是悲剧的,而只是戏剧性的。而且如果采取了一切必要的预防措施,事情的结局几乎总是圆满的,这难道不是真的吗？那么,自然中悲剧的必然性究竟在哪里呢？同自然斗争时发生的悲剧只是一个意外之灾。仅仅这一点就足以粉碎那把悲剧看成"普遍规律"的理论了。"可是社会呢？可是其他的人们呢？难道不是每一个伟大人物都得要和他们作艰苦的斗争吗？"我们又必须指出:历史上的巨大事件并不一定都和艰苦的斗争联结在一起,只是我们由于滥用名词,惯于只把那些与艰苦斗争联结在一起的事件叫做伟大的事件罢了。法兰克人接受基督教是一桩大事,可是那有什么艰苦的斗争呢？俄罗斯人接受基督教时也没有艰苦的斗争。伟大人物的命运是悲剧的吗？有时候是,有时候不是,正和渺小人物的命运一样;这里并没有任何的必然性。我们还必须补充说,伟大人物的命运往往比平常人的命运更顺利;但是,这也不是由于命运对杰出人物有特殊的好感,或者对平常人有什么恶意,而仅只因为前者具有更大的力量、才智和能力,使得别人更尊敬他们,同情他们,更乐于协助他们。如果说人总是惯于妒嫉别人的伟大,那么他们就更惯于尊敬伟大;社会崇拜伟大人物,除非有什么特殊的、偶然的原因,使社会认为这人于社会有害。伟大人物的命运是悲剧的或不是悲剧的,要看环境而定;在历史上,遭到悲剧命运的伟大人物比较少见,一生充满戏剧性而并没有悲剧的倒是更多。克里舍斯①、庞培、恺撒遭到了悲剧的命运;但是,奴马·庞比利②、美立亚斯、苏拉③、奥古斯达斯④都过了很幸福的一生。在查理曼大帝⑤、彼得大帝、腓特烈二世⑥的命运中,在路德⑦、伏尔泰的一生中,找得出什么悲剧来呢?这些人的生平有过许多斗争,但是一般说来,必须承认,成功与幸福是在他们一边。如果说塞万提斯死于穷困之中,那么难道不是有千万个平常人死于穷困之中,他们原也和塞万提斯一样,可以希望自己一生获得一个幸福的结局,而因为自己的卑微,就完全不受悲剧规律的支配吗?生活中的意外之事,一视同仁地打击着杰出人物和平常人,也一视同仁地帮助他们。但是,让我们的评论从悲剧的一般概念转到"单纯的罪过"的悲剧上去吧。

弱点与道德上的罪过

流行的美学理论告诉我们:"伟大人物的性格里总有弱点;在杰出人物的行动当中,总有某些错误或罪过。这弱点、错误或罪过就毁灭了他。但是这些必然存在他性格的深处,使得这伟大人物正好死在造成他的伟大的同一根源上。"毫无疑义,实际上常有这种情形:不断的战争把拿破仑高升起来,又把他颠覆下去;路易十四⑧差不多也是同样的情形。但也不一定如此。伟大人物的死亡,常常不是由于他自己的罪过。亨

---

① 克里舍斯(Cræsus),纪元前 6 世纪吕底亚之王,以富著称。
② 奴马·庞比利(Numa Pompilius,纪元前 715—678),古代罗马第二代皇帝。
③ 苏拉(L.C.Sulla,纪元前 138—78),罗马大将,政治家。
④ 奥古斯达斯(Augustus,纪元前 63—纪元后 14),罗马帝国第一代皇帝。
⑤ 查理曼(Charlemagne, 742—814),法兰克王。
⑥ 腓特烈二世(Frederick, 1712—1786),普鲁士王。
⑦ 路德(M.Luther, 1483—1546),德国宗教改革之首倡者。
⑧ 路易十四(Louis XIV, 1638—1715),法国全盛时代之国王。

利第四①就是这样死的,和他一起倒下的还有塞利②。我们在悲剧中也还多少可以看到这种无辜的死,不管这些悲剧的作者是如何被他们的悲剧的概念所束缚:难道苔丝德梦娜真的是她自己毁灭的原因吗? 任何人都可以看出来,完全是埃古③的卑鄙的奸恶行为杀死了她。难道罗密欧和朱丽叶自己是他们毁灭的原因吗? 当然,如果我们一定要认为每个人死亡都是由于犯了什么罪过,那么,我们可以责备他们:苔丝德梦娜的罪过是太天真,以致预料不到有人中伤她;罗密欧和朱丽叶也有罪过,因为他们彼此相爱。然而认为每个死者都有罪过这个思想,是一个残酷而不近情理的思想。它和希腊的命运观念及其种种变种之间的联系是很明显的。在这里我们可以指出这种联系的一个方面:照希腊的命运的概念,人的毁灭总是人自己的罪过;倘若他不曾那样行动,他就不会死亡。

悲剧的另外一种——道德冲突的悲剧——是美学从这同一观念中引申出来的,只不过把它倒置了而已。在单纯罪过的悲剧中,悲剧的命运是根据于这样一个假想的道理:一切的不幸,尤其那最大的不幸——死,都是犯罪的结果;在道德冲突的悲剧中,则是以这样的思想为依据:犯罪之后总是紧接着对犯罪者的惩罚,或者用死,或者用良心的苦痛。这个思想显然是起源于处罚犯罪者的复仇之神的传说。自然,这里所谓犯罪,并不是特指刑事罪而言,那总是由国家的法律来惩罚的,却只是指一般的道德上的罪过,那只能用各种巧合或舆论或犯罪者的良心来惩罚。

说到从巧合中予人惩罚,这久已成为笑柄,如在旧小说中所表现的:"德性结果总是胜利,邪恶总是受到惩处。"固然,我们可能没有忘记,就是在我们今天,人们还在写这一类的小说(我们可以举出狄更斯的大部分小说为例)。然而我们无论如何已经开始懂得:世界并不是裁判所,而是生活的地方。可是许多小说家和美学家还是一定希望世上的邪恶和罪过都受到惩罚。于是就出现了一种理论,断言邪恶和罪过总是受到舆论和良心的惩罚的。但是事实上并不总是如此。说到舆论,它决没有惩罚所有的道

---

① 亨利第四(Henry IV, 1553—1610),法国国王。
② 塞利(Sully, 1560—1641),法王亨利第四的财政大臣,亨利第四被刺死后,他也被迫辞职。
③ 埃古为《奥赛罗》中之一人物,即进谗言于奥赛罗、害死苔丝德梦娜者。

德上的罪过。假使舆论不能随时激发我们的良心,那么,良心多半是仍然很安的,或者即使感到不安,也很快就会安下来。凡是受过教育的人都知道,用希罗多德时代的希腊人的眼光来看世界是多么好笑;现在谁都知道得很清楚:伟大人物的苦难和毁灭是没有什么必然性的,不是每个人死亡都是因为自己的罪过,也不是每个犯了罪过的人都死亡,并非每个罪过都受到舆论的惩罚,等等。因此,我们不能不说,悲剧并不一定在我们心中唤起必然性的观念,必然性的观念决不是悲剧使人感动的基础,也不是悲剧的本质。那么,什么是悲剧的本质呢?

悲剧是人的苦难或死亡,这苦难或死亡即使不显出任何"无限强大与不可战胜的力量",也已经完全足够使我们充满恐怖和同情。无论人的苦难和死亡的原因是偶然还是必然,苦难和死亡反正总是可怕的。有人对我们说:"纯粹偶然的死亡在悲剧中是荒诞不经的事情",也许在作者所创造的悲剧中是如此,在现实生活中可不然。在诗里面,作者认为"从情节本身中引出结局"是当然的责任;在生活里面,结局常常是完全偶然的,而一个也许是完全偶然的悲剧的命运,仍不失其为悲剧。我们同意,麦克白[①]和麦克白夫人的命运,那从他们的处境和行为中必然要产生的命运是悲剧的。但是当古斯塔夫·阿道尔夫[②]正走上胜利之途却完全偶然地在卢曾之役中战死的时候,他的命运难道不是悲剧性的吗?

"悲剧是人生中可怕的事物"

这个定义似乎把生活和艺术中一切悲剧都包括无遗了。固然,大多数艺术作品使我们有权利再加上一句:"人所遭遇到的可怕的事物,或多或少是不可避免的。"但是,第一,艺术中所描写的可怕的事物,几乎总是不可避免的,这一点正确到什么程度,是很可怀疑的,因为,在现实中,在大多数情形之下,可怕的事物完全不是不可避免的,而纯粹是偶然的;第二,似乎常常只是到每一部伟大艺术作品中去寻找"各种情况的必然

---

① 麦克白为莎士比亚同名剧中之主人公。

② 古斯塔夫·阿道尔夫(Gustavus Adolphus, 1594—1632),瑞典国王,曾在三十年战争中大显威名。

的巧合""从故事自身的本质而来的故事的必然发展"这样一个习惯,使我们不管好歹要去找出"事件过程的必然性"来,即使那里根本没有什么必然性,——例如莎士比亚的大多数悲剧。

我们不能不同意这个关于滑稽的流行的定义:"滑稽是形象压倒观念。"换句话说,即是:内在的空虚和无意义以假装有内容和现实意义的外表来掩盖自己;但是,同时也应该说,为了保持把滑稽和崇高两个概念同时展开这一辩证方法,而将滑稽的概念只与崇高的概念相对照,滑稽的概念就过分地被限制了。滑稽的渺小和滑稽的愚蠢或糊涂当然是崇高的反面,但是滑稽的畸形和滑稽的丑陋却是美的反面,而不是崇高的反面。依照费肖尔自己的解说,崇高可以是丑的;那么,滑稽的丑陋怎么是崇高的反面呢,既然它们的差别不是本质上的,而是程度上的,不是质的,而是量的,既然丑陋而渺小属于滑稽的范畴,丑陋而巨大或可怕属于崇高的范畴?——十分明显,丑是美的反面。

[……]

格奥尔格·卢卡奇

现代戏剧(节译)(1906—1907 年)

悲剧的形而上学(1908 年)

诸形式的历史哲学难题:一般原则、悲剧、诸史诗形式(1914—1915 年)

马克思与拉萨尔的通信(1922 年)

马克思和恩格斯同拉萨尔关于《济金根》的论争(1930)*

格奥尔格·卢卡奇

(Georg Lukács,又译乔治·卢卡奇,1885—1971)

匈牙利著名的哲学家、文学批评家。卢卡奇在 1918 年加入匈牙利共产党,尽管多次被监禁、流放和驱逐,他依旧保持对党的忠诚。在他的早期思想中,受到包括黑格尔在内的诸多哲学家影响。卢卡奇 1911 年在匈牙利出版了获奖的《现代戏剧发展史》一书,早期的两部著作《心灵与形式》(1911)和《小说理论》(1920)可以说是他"前马克思主义"(pre-Marxist)作品,也是卢卡奇悲剧观的集中体现。他最具影响力的哲学贡献是《历史与阶级意识》(1923)一书,这部著作也使他被誉为西方马克思主义的奠基人,书中对阶级意识、异化和具体化采取一种黑格尔式的马克思主义方法,与卡尔·科尔施的《马克思主义与哲学》(1923)一书一样,卢卡奇也并不接受共产党

---

* 《现代戏剧》选自《卢卡奇论戏剧》,陈奇佳主编,北京师范大学出版社 2014 年版,第 50—91 页;《悲剧的形而上学》选自《悲剧:秋天的神话》,《悲剧的形而上学》一文,傅正明译,中国戏剧出版社 1992 年版,第 37—70 页。此文为卢卡奇《心灵与形式》一书的最后一篇《悲剧的形而上学》(The Metaphysics of Tragedy: Paul Ernst),本书英译本 Anna Bostock: *The Metaphysics of Tragedy:Paul Ernst, Soul and Form*, London: The Merlin Press Ltd., 1974, pp.152—175。本文还可参见新译本:《卢卡奇论戏剧》,陈奇佳主编,北京师范大学出版社 2014 年版,第 117—153 页,这个版本中的标题为"悲剧的形而上学:保罗·恩斯特",分为四部分并设有四个小标题:"悲剧性戏剧""悲剧中的命运""历史剧的悖论""诗性伦理学",英译本中没有四个部分的标题。此处选文除部分注释参照新译本外,正文部分均选取傅正明所译版本;《诸形式的历史哲学难题:一般原则、悲剧、诸史诗形式》选自《小说理论:试从历史哲学论伟大史诗的诸形式》,燕宏远、李怀涛译,商务印书馆 2012 年版,第 37—48 页,其中在第二部分"诸形式的历史哲学难题"专门有"悲剧"一节(分为"一般原则""悲剧""诸史诗形式"三部分)。还可参见《卢卡奇早期文选》,张亮、吴勇立译,南京大学出版社 2004 年版,第 14—32 页,书中"小说理论"的第一部分"与总体文化统一性或问题性有关的伟大史诗的形式"中的第二部分,即"形式的历史哲学问题";《马克思与拉萨尔的通信》选自《卢卡奇论戏剧》,陈奇佳主编,北京师范大学出版社 2014 年版,第 190—194 页。卢卡奇 1922 年在德国共产党机关报《红旗报》上发表不少文学和哲学评论短文。据译者本文译自 1983 年伦敦默林出版社(Merlin Press)出版的《卢卡奇评论集》英译本(*Georg Lukacs:REVIEWS AND ARTICLES from Die rote Fahne*),同时参考了《红旗报》上的德语原文。《马克思和恩格斯同拉萨尔关于〈济金根〉的论争》选自《马克思主义文艺理论研究》(第 11 卷),杜章智译,中国艺术研究院马克思主义文艺理论研究所《马克思主义文艺理论研究》编辑委员会编,文化艺术出版社 1989 年版,第 287—323 页。

的普遍观点,他的著作也因此被共产国际谴责为是唯心主义的。随着《勃鲁姆论纲》(1928)的失败,卢卡奇退回到文学和美学领域,尤其在1933年希特勒上台之后,卢卡奇致力于学术研究,相继完成了《青年黑格尔》(1938)、《理性的毁灭》(1950—1956)、《马克思主义美学》(1964)等著作。相比其他西方马克思主义理论家,卢卡奇的戏剧理论是比较丰富的,卢卡奇在早期著作《现代戏剧发展史》的开篇就对现代戏剧的存在与否这一问题展开思考,提出从经验上、历史发展上来寻求现代戏剧的本质,卢卡奇从社会学角度探讨现代戏剧的特征,即通过审美的形式来处理戏剧内部的伦理关系以达到平衡,在这个意义上,戏剧的风格实际上开创了一种戏剧模式——本质在于"流变事物中的坚固的必然性",与之相结合的则是意识形态的深沉力量。卢卡奇坚信形式具有非凡的力量,并对价值与形式、尺度与秩序充满向往,他的悲剧理论在《悲剧的形而上学》一文中得到了进一步的展开。在卢卡奇看来,悲剧模式与体验生活的神秘模式紧密相连,生活的体验是"理式"的外在显现,悲剧的奇迹则是一种"创造形式的奇迹",其本质在于自我实现,其生存是最应当属于这个世界的生存形式,其边界总是向死亡延伸,在这个意义上,卢卡奇将悲剧的形而上学的根源归结为人类存在的最深沉的渴望,而现代悲剧失败的原因则在于——在悲剧进入生活之前,就把悲剧的"先验条件"引进了悲剧本身,也就因此放弃了渴望。在此基础上,卢卡奇进一步指出悲剧与历史之间的悖论,"形式是生活的最高裁判",而历史中的表现形式并不能解决悲剧形而上学上的不协调。伊格尔顿认为,文学形式的问题在卢卡奇的著作中得到了最透彻的研究,而卢卡奇主要的批评概念——"整体""典型性""世界历史的"——本质上是黑格尔式的,而不是直接来自马克思①。在《小说理论》中，卢卡奇将悲剧置于诸种历史形式之中进行探讨，他追随黑格尔的看法，认为小说是描写社会中人的无家可归与异化现实的"资产阶级"的史诗，悲剧则并未被触动地在当代保留了下来，不过需要在生活概念与人的关系的彻底变化的时代中为其内在的渴望寻找新的话语与解决形式。因此，生活并没有从近代戏剧中消失，但这种变化了的生活关系使作为独异个体的人无法摆脱孤独的命运，而孤独（既是戏剧性的，也是心理上的）则成为了悲剧事件的真正本质，也继而产生了现代悲剧的新的悲剧难题——信任。在此基础上，卢卡奇又一次发展了他的"整体性"（又译"总体性"）概念，如果说"伟大史诗塑造了生活的外延总体，戏剧则塑造了人性的内涵总体"，指向的是一个包容一切、自我完善的世界。最后两篇选文是卢卡奇在马克思主义理论视野下对马克思、恩格斯与拉萨尔关于《济金根》通信的解读，卢卡奇从美学角度深入阐述了马克思主义辩证历史观，尖锐批判了拉萨尔的唯心主义历史观，这也是他20世纪30年代以来基本完成向马克思主义转变的重要标志。总之，卢卡奇对悲剧形而上的反思如同西方马克思主义悲剧理论发展过程中的一面旗帜，对瓦尔特·本雅明、吕西安·戈德曼、雷蒙德·威廉斯等人的悲剧观都产生了重要影响。

---

① 特里·伊格尔顿：《马克思主义与文学批评》，人民文学出版社1980年版，第33页。

现代戏剧（节译）[①]

　　一种现代戏剧(ein modernes Drama)是否存在并且是否是可能的,这个问题是什么意思? 在最通常的意义上意味着,是否存在着由现代生活所给予的外部条件,使得剧场(Theater)的出现成为可能,并且这种剧场会是什么样的? 这个问题意味着现代生活的作用下,是否会出现这类精神生活的现象,即它产生于现代生活的作用下、适合在戏剧形式中显示出来,或者也许它会直接地要求戏剧形式作为它的表现方式。这个问题意味着,一方面现代生活本身能给戏剧提供什么样的素材,另一方面从现代生活中衍生出的世界观能给戏剧提供什么样的风格要素。简而言之,现代生活中的戏剧风格要素是否存在,如果答案是肯定的,那么这些要素是什么,它们如何并且从哪里展现出自身?

　　如果我们知道存在着一种现代戏剧,如果自很久以来,每一个演出季都有大量戏剧上演,如果我们这个时代最有名的诗人只在戏剧或者至少在戏剧中表现自己最内在的思想,那么提出上面那个问题似乎就变成是多余的了。如果我们只是从任何一个确

[①] 本文译自 Georg Lukács: *Entwicklungsgeschickte des modernen Dramas*. "Erstes Buch: Grundsatzfragen. Ⅱ Das moderne Darama"(Georg Lukács Werke, Band 15, hrsg. Von Frank Benseler), Darmstadt und Neuwied: Hermann Lunterhand Verlag GmbH, 1981, S.52—132(格奥尔格·卢卡奇:《现代戏剧发展史》第一部分"基本问题"第二章"现代戏剧"〔弗兰克·本泽勒: Hermann Luchterhand 出版社有限责任公司,1981〕)。这是《现代戏剧发展史》的第一个德语版本,由 Dénes Zalán 译自布达佩斯,Franklin-Társalat 出版社,1911。文中所有未加说明的注释均为德语版译者所加,文中的加重号处为原文所有。——译注

定的、暂时的、假定的时间点出发,去尝试进行单部戏剧的分析,即什么是所有戏剧中共同的东西,它是什么时候开始的、是什么将它与之前的戏剧区分开来,那么以这种方法来探究问题显然是不够的。为什么我们不立即从经验上、在它的历史显现中(我们之后再谈)寻求现代戏剧? 为什么我们要暂时提出这样的问题? 为什么我们要从先验的、并无单个事实例外的角度来寻找现代戏剧? 为什么我们要试着从概念上,而不是单纯地从历史上来确定,什么是现代戏剧的本质?

或许在上面最后的句子中就已经包含了答案。"本质"是不能依靠单纯的历史来展现的。如果没有对单个事实的综合以及从中得出的抽象,我们不可能接近本质。因为这个抽象——即使在方法上——一直是很随意的。也即是说,它的合目的性,基于它自身基础之上的整体的秩序,以及它和其他整体的区别不会被现实所证明。因此,前述的通过概念的考查方式是必需的,借此我们才能尽可能地对整个现代文化进行切近而多样的研究,才能确定在我们观察历史现象时,我们将选择什么作为重要的现象,以及出于什么理由选择这些现象,我们把什么以及为什么将之看作是区分的差别。

因为在纯粹的历史的趋向中——我们在此不管它是否正确——所有发生的事情都不能被分解为可重复的、单个的、原子式的要素,所有严格区分的风格差异都被视为未被证明的抽象,各个时代之间最深刻的区别也变得模糊,一切都显得有如只是过渡,只是关联,而并无分离。似乎在此并不是时候、也没有什么意义来讨论这个观点在何种程度上是正确的,或者至少在何种程度上是正确的。我们在此只是想描绘出现代戏剧的发展史,展现出它从现实性的角度抽象出来的事情的真实演变。于是预先给出一个框架也是必要的,以说明我们基于这个框架的前提要在此而不是在别的地方,是这样而不是别的样子来划分界限。至于在什么程度上这个论题是正确且合理的,必须由这本书自己来回答。

一、关于现代戏剧的社会学

现代戏剧是市民阶层的戏剧(das Drama des Bürgertums),现代戏剧是市民戏剧(das Bürgerliche Drama)。[……]

[……]

我们在之后将看到,在戏剧的内容和表达形式之间存在着一个眼神的智性化过程,这个过程也是歌剧要想达到完满所缺乏的。没错,它整体的材料甚至允许只通过纯粹外部卖弄而产生的情感作用,而这对于戏剧来说只能算是例外。再次当然可以用一句话来指出这一点,即音乐是纯粹由其材料出发的,并始终保持着庄严的残骸,而对于其他任何一种艺术来说,连这个可能性也长久且最终被抛弃掉了。

这个矛盾的处境当然不是由现代大城市造成的。这只是纯粹地把那个由来已久的矛盾尖锐化了:戏剧和观众的处境。我们不知道雅典戏剧的观众们是什么样的,但就算是我们可以想到的最好的情况,我们也知道索福克勒斯的俄狄浦斯在斗争中并不是获胜者。而且在柏拉图的《会饮篇》(Symposion)里苏格拉底和阿伽通(Agathon)的对话中(尽管只是和阿伽通有关,柏拉图是证人,但为什么我们不能足够小心地利用它呢)听起来似乎有着对观众深深的轻视①。从 16 世纪和 17 世纪的戏剧中我们可以得到许多例子,戏剧形式(这是在最非哲学的外观中最哲学的艺术种类;它以最清晰的形式给予了最深刻的表达,等等)的尖锐矛盾已经得到了一个剧烈而深广的地步。因此这里所关心的不只是,为什么这个始终存在的矛盾直到现在才和这类不可承受的力量一起爆发了。为什么这些互相之间彼此抵制的力量变得如此索然无趣,而之前它们互相之间的永恒斗争却被称作美?

首先是这一点改变了:今天,这个斗争不再如此不可避免。今天——即自从新的戏剧诞生以来——诞生了书本戏剧(das Buchdrama),而这是以前不存在的。今天,那把生命必然地放在戏剧形式里感知的诗人可以完全不考虑舞台而创造出一种可能性,这种可能性对诗人来说,可以回避斗争,听任一种之后或许永远不会出现的、在今天也显得毫无希望的未来的决定。新的戏剧无疑最终获得了书本戏剧的形式。但这在它的形式只是对老的、为舞台而写的、源自舞台的戏剧形式的保留。现在它将变成一种

---

① 柏拉图:《会饮篇》(哲学丛书,第 81 卷),33 页,莱比锡,1926。

新的表达可能，变成一个广场，一个人们可以在不出场的情况下召唤出直接作用的地方。并且因为其必要性将变得越来越频繁和深入，它的可能性也伴随着一直增长的读者数量变得越来越确定，于是它也将越发频繁，直到最终它几乎变成戏剧作品的作用的唯一形式。剧场和戏剧分离的最终变化是通过书本戏剧引发的，并分别根据分离的定居和一种重新结合的希望或者无望而表现得不同。在法国和英国，在这些舞台的特殊生命力最强大的地方，所有戏剧元素中只是为舞台而写的东西也在逐渐消退。另一方面，戏剧自己也渐渐从纯粹技术上的非戏剧发展到了内在的非戏剧。而且这个发展伴随着时代一起发生得如此迅猛——正是因为剧场旺盛且无可否认的活力，这个剧场的现实戏剧几乎是不可想象的——以致在许多作家那里，戏剧的形式也急剧消失。[……]

然而，生活的这种形变和以此或者说由此发生的戏剧事件的形变，不仅是在含蓄的方向上改变了戏剧的形式，使其直接和普遍的作用变得越发困难，而且还拆散了那个大众，否则他们能够听从戏剧的号召。因此智性主义，作为精神进程的形式，有着破坏每一个共同体、孤立每一个个体、强调他们相互之间不可比较的强烈趋势(智性化的生活经验在内容上彼此接近，或者可能更容易格式化，在此不做考察)。于是今天的情感形式就将戏剧表现为一方面很难做到对任意的一群大众施加影响，另一方面每种戏剧形式本身真正强烈的、直接的影响也被严重阻碍了。并且这两种从同一个原因中产生的趋势，与被这种戏剧定型的观众们又彼此相互强化自身，这也是不需要再多加阐述的。

[……]

二、现代戏剧的特征

总结一下，作为材料和形式的新生活给人们的戏剧性的生活表达所带来的，是一种彻彻底底的形式分裂的方式。因为它还通过它的相对主义完成了人类和命运的纯粹分离,在这一点上形式也同样遭遇到了危险。解决风格问题的唯一路径在于对命运问题的解决。不仅是生活的形式,而且还有艺术的必然性都迫使着戏剧在此寻找它的重心:在人类之外,人作为直接的表现材料,给戏剧带来的一切都是离心的能量。风格问题的本质只能是,寻找向心的力量,或者换个说法,寻找一个在由生活推动者的力量中处于平衡的中心。我们看到,这个问题是以纯粹艺术的、技术的问题的方式提出来的。这个技术任务的解决就变成了生活问题:变成了对一个生活中心的寻求。对以前的时代和戏剧来说,这并不是一个问题;对于它们来说,这个一切都围绕着它的中心已经被给予了。几百年来,可以说只生活在这个向心力作用之下的人们,不断地面对着扣人心弦的悲剧体验,即还有其他力量的存在。建在这个岩石般的基础之上的世界秩序在单个的事件中仍会陷入动摇,即使只是一瞬间,即使只是在底下掀起了滔天巨浪,它已经从平静中被唤醒,但表面上仍保持着风平浪静,就好像什么都未曾改变一样。新的生活直接在这巨大的嘈杂中发展着,旧秩序的废墟和永久中断的新的自由宫殿的残片混杂在一起。新生后的趋势是对旧秩序的拆解,并建立起一个新的、不太被注定的、赋予人以更多自治的秩序。在这个生活中,没有什么绝对确定的东西、没有哪一种从一开始就被探讨的可能性是让人出神的。戏剧世界中已有的每一种多维度的划分,在生活中都变得越来越显著,不管是在每个人或是在人类整体中都一样,就在这喜剧或许归属于的大众中。在新的戏剧和它的观众之间,而之前这一直是和整个无意识的天真的力量联系在一起的;这也不仅是将戏剧的世界和它的观众的世界共同联系在一起的中心,而且它也联结着彼此。

因此对这个中心的寻找在首要的意义上仍然保持为一个纯粹的艺术问题。也正是如此,它深刻地指出了现代戏剧的问题所在,它变成了艺术问题,而这在以前绝不会是这样的问题,也绝不允许变成这样的问题。新的戏剧并未建立在它理应能够建立的旧的确定的基础上。它必须从自身中创造出一切;创造出把世界联系在一起并划分界限的元素,以及现成的世界和起作用的媒介、大众之间的联系。就更不要说,在现实中只能在非常难的、且只能在特别有利的状况下才能找到与被形式提供的大众情感相符合的大众。因为每一个凝聚着一切的中心,都是诗人自身虚构出来的。它只能是一种念头或者想象，一种深刻的哲学或者天才的直觉，最终对个人来说必然只是个体的、只是偶然的灵感。这就有一个巨大的矛盾，戏剧的材料是各种伦理之间的关系，而它如此显现出来的秩序是一种审美的形式。从另一个视角来看：它所处理的是各种力量的平衡，是审美关系，而制造出这种平衡的只能是伦理。或者更简单地说：只要悲剧在伦理上既不向内部，也不向外部变得可疑的话，纯粹秩序的美感就会一直非常自然；从某个确定的开端开始，一个被给定的伦理对于诗人和观众来说是共同的先决条件。只要伦理不再是被给定的，戏剧之中的伦理联结就必须——也即审美的——被创造出来。于是伦理和美学之间巨大的自发的统一性就在悲剧体验中变成了问题。在这儿和其他地方一样，那个曾经很自然的统一体便成了我们所要寻求的目标；那个曾经很天真的生活情感，变成了敏感的渴望的对象和错综复杂且深广的思想脉络的最终结果；那个曾经不可动摇的基础，变成了对这个大问题的一种完成和解决。

由此，戏剧的世界只能在事后借助于反思来找到这个结合着的中心。于是，我们已经作为戏剧的材料引导出来的东西就是那个对纷争的抽象：行为和行为者、罪与罚、人类和命运，不能够再有其他什么必然的联系被创造出来了。于是艺术学和社会学就在这里，在一种不可终结的争斗中联结在了一起，借此每一个都只是表现为这同一个联结中的一方。因为社会学说道，只要命运关系的价值变得有问题的话，人类和他的命运的联结就必须被抽象地建立起来。但戏剧作用的问题化却正是艺术导致的结果。这同一关系也可以反过来表达：因为戏剧世界结合起来的中心只能通过思考来找到，因为风格化的基础是如此的特殊随意，它的实现却又是抽象而智性的，所以所有对大众的作用、所有戏剧的作用都成了问题。

但是对这个纷争的抽象如何通过戏剧化的方式表现出来？至今的问题都只是单纯地触及戏剧的可能性，也即，一种戏剧能否完全地表现出这个世界。每一单个的戏剧都面对着这个问题，它们如何能够把所有结合的模式、抽象的纷争，通过人与人互相之间的关系和接触，并只能在这互相之间表达出来？对纷争的抽象的必然性中间有一张网、有一个系统能够从戏剧中如此地抽取出来。这不仅仅只是远远地超出每一个行动着的人的偶然性格的必然性,不,它几乎只是偶然性的,它只是在这个人中聚集起来。这是说,戏剧中的人们之所以被挑选出来,是为了让他们使这些模式、这种抽象的链条越发激烈地迸发出来。这些模式的内容是我们所知道的,而且我们也知道,如果这些模式是直接可知的而非只是通过事后的分析才确定的话,那么它意味着戏剧最终的僵化、沉沦于纯粹的智性化以及陷入讽喻。风格的问题即是:那个永恒的、今天已经发展到印象主义和病理学的人类灵魂的非理性如何可能有机地、稳定地和呆板模式的合规律性联合在一起,唤起共同生长的错觉? 这个联合并不能出现在一个点上,因为这并不是关于同质的两个点的联结,而是出现在无数个点上,以上千种方式;正是因为它们是完全异质的材料,并且要结合起来,虽然必须是要在一种绝对的途径上结合起来。

模式的本质是:流变事物中的坚固的必然性;这必然性在更高的程度上要比在其他戏剧中的还要强。这个戏剧只有形式上的必然性可以使用,但在由它的材料构成的特点中却有着比各自更多的非理性,而非必然性。于是某事便发生了,因为它必须发生;它消灭了想要反抗它发生的东西;它把它所要加速的东西推到一旁;它把它所想阻拦的东西放在一边;它把只把它当作工具来使用的人们抛开,只要它不再需要他。最初的、最简单的、最原始的联系时人类的灵魂。在此,从一开始或者在人们与悲剧遭遇的那一瞬间,它就已经认识到了自身与它的命运之间的关系。由此命运获得了它真正命运性的光明,而在它对灵魂的作用中,它显得只是有如每一个行动中的偶然个体的总和。在一些事情直接发生之后,直到那时,我们才能在作品那里看到真正运动着的力量。完全普遍地来说,那结合着的东西也即是意识形态;在戏剧中斗争着的人们也能在理论上感觉到理论的斗争。通过他观看的力量,他知晓了它抽象的象征性;通过与之相反显现出来的审阅的无力(Schwäche seiner Einsicht),他获得了它无限的力量;并且通过两者的结合,而这一切之中和内容相关的东西则是随意的。于是,像在亨舍尔哪里,突发事件的那种非理性的无序导致了灾难,并且他那种可以原谅一切的无知(verzeihendes Nichtsverstehenkönnen)激发了悲剧激情时,这就构成了一种形式解决的视角。这就如黑贝尔笔下的堪达乌勒斯(Kandaules)或者希嗳哈姆(Hieram)那样,他们遭遇了同一个问题:沦为那种抽象的历史必然性的牺牲品。

但是即使在那每种外在的状况和它们彼此间的关系中(以及,如我们说过的,每个人在其他人的眼里都是一个"外部的状况"),必然性的模式也已经自在并自为地显现出来。然而这只是就它的形式是抽象而言的? 对,这也只是处于和人类灵魂的关系中,对此它即是命运:这只是作为一个整体,只是处在戏剧事后的分析中。它的内容正是大量具体的事实,是一些可怕的事物、事物相聚合起来的扫除一切的潜在能量。它因此在屈于多样复杂的合规律性之下的外部状况联结中获得了一种完全直接的表达:在此,通过什么样联结的类型和什么样的力量,所有戏剧的人们能够彼此交织在一起;在此,什么样的状况、什么样的运动着的力量和角色可以归入他们的行为、思想和感受的动机。在局势的力量中以及它影响力的方向中,人们必须要有所作为。在这一状况中,他们将感受到:某种完全是自发性的行为是什么,把他带到这种处境中的东西是什么,对他之后的行为有着影响的东西又是什么。此种状况一言以蔽之,即是环境。

环境把人们带入模式之中,但是纯粹的环境却做不到这点。因为由它所制造出来的联结的系统如此庞大而繁杂,以至于它想要的向心力量又变成了离心的,并且并未绑在一起,反而在形式上更加分裂了。于是在自身最细节的地方上也是自然主义的环境,也同时可以说是象征性的和风格化了的。然而这种风格化和那些为了每个戏剧中的人和事从形式上所展现的风格化有所不同,并且更甚。风格化的方向变得不同,是因为透视的缩短(perspektivische Verkürzung)以及向象征性上的归约(Reduktion auf das Symbolische),这些事情的发生的视角是不同的。在这个环境中没有什么东西只是实在的,没有什么东西它的意义不是只从和它有所关涉的东西那里得到的,然而它的实在性力量的巨大强度,那种具体的力量,简短地说通过环境变得具有象征性,而它也通过这环境对它所设定的人和行为施加影响。在此,根据各自的情况,环境能够简化归纳到多少人或者多少事情,最自然主义的和最强烈的风格化的戏剧之间也只有程度上的差异,只是在概括上的区别;原则上且在风格化的主要方向上并没有什么决定性的偏离。环境概念的本质就是对人来说永远外在的事物的那种和人相对的力量;是它被其他的必然性所驱动的、但对它来说是以必然性的能量驱动着的自然。向着环境的风格化只能——它的手法也会是那种类型——努力达到多样的、从不同方向而来的必然性的交合、追求这个事物的怀有敌意的外在力量的效果。共同构成环境的每个人便——和各自依附于风格化的合理性的力量——和他的本质一面，转向被他所影响的人们，在此那个彻底穿过他而朝向这个整体的必然性就启示出自身来。于是这对于有关者便意味着，它是否会被意识到，一个抽象的东西，一个这种必然性的象征，以及所有这些的整体就意味着环境。但它的风格化只建立在它的命运的四处寻视（da-oder dorthin Gewendetsein）之上，它的象征主义只建立在这个寻视的作用方式上，并且完全独立于通过普遍的形式展现出来的风格化。这个风格化对于一个人来说只是单纯的一个视角，只是一个如此宣判的评价所要求的对他本质和行为所表现出来的姿态。这本身不应该因此而被消耗殆尽，或者一次也不能深深地触摸到。环境的象征性是现实的象征性；也是它超脱于他们的、穿行于每一个个体的人的，或者是在他们中聚集起来的那种必然性体系的可感化。它的途径是：一方面是在这个方向的体系中所理解的、所关注的人和人之间关系的以及对彼此作用的强度；另一方面是个体的人与抽象的进程之间的关系，正如他在所有这些的整体以及在其与个体的人的独特生活的关系中显现出来的。由此，无论自然主义还是风格化的方向在一个纯粹的说明性的次要情节中，也都无疑地会把环境描述出来，即使它只有一个装饰性的也即辅助性的作用。它能够通过把状况更加可感地塑造出来，以达到把一个已经形成的影响升级，却并不产生影响自身的效果。对此有一个有趣的例子，在《黑罗德斯和玛丽安妮》（Herodes und Mariamne）①中作为计时装置而被利用的阿尔塔薛西斯（Artaxerxes）特别是通过他的次序，即在悲剧状况达到完满的顶峰之后，同时也恰好是在他意识到这一状况和作出表达之前。

这是一个象征，是人类成为彼此命运的象征。他们彼此面对的重要时刻就是那个从模式中产生的线性系统的节点，这连同它产生的必然的联结一起，制造出了命运关

---

① 黑贝尔 1850 年创作的一部五幕悲剧。——译者

系中重要的装饰品,因为抽象纷争的艺术价值和意义只能如此:新的生活情感通过它在人类状况中变得稠密的激情而象征化;把人们和新的生活之间的关系,象征和外部世界显现出来的命运的关系(否则所有的环境描绘都只是以智性的细枝末节和无生命的摆设)。抽象给了象征的状况以一个新的象征,并给了从此至彼的道路以新的节奏(它为希腊的或者古典的悲剧和莎士比亚时代更严格的作品的装饰艺术提供了极为广泛的可能性)。因为在这里——这至少是一个目标——通过最可能的抽象力量和纯洁性,表达出了任何命运之间的关系。但在这个关系的目标中——在无数的点上从无数条路上而来的——成千上万的线条聚合到了一起;而关于这些的存在,古时的戏剧作者是不知道且不可能知道的。新的戏剧的主题的抽象性是唯一的可能,即在一个装饰物的统一性中去把握新生活那成千上万的碎片。只要所有被提出的和将要提出的问题在此能够找出解答,它的路线就能够创造一个丰富的综合,像所有已经发生的一样。它的视角能够达到一个更深的地步,并且将人类及其相遇变得更加具有象征性。因为它们能够和以前一样,同样给出纯净和深广的人性,但是所关涉的却更多样化,并且是在个体人们的灵魂里从现在开始不可分解的合一中。命运性的东西能够更容易把握地显现出来,因为它变得更加可分析,被分解成碎片,但它的本质仍是不可把握的。唤起感受的理由变得更错综复杂,它的表达却可以借助同一个基本的力量发生影响。伴奏更丰富,旋律听起来很明亮。背景深刻且色彩多样,以其强大的力量从背景站到前景来的人显得更加突出。这是对希腊和莎士比亚的综合,这作为新的戏剧的风格问题,它的方案或许是从克莱斯特那里首先被意识到的。对于直率表达的可能性、对于莎士比亚式表达的可能性都——因为将要表达的东西的混乱——失效了。这或者是进行了一个试验,这个及其多样化的被分解的材料必须在一些更大的点上被捏合在一起,并且通过导向那里的路仅仅被简略地提到,在这样一些重要的瞬间的世界里升华(本身在市民戏剧当中,例如抹大拉的马利亚)。一个伟大而充满了秘密的、超越了人性的进程,人的命运、生活关系整体的凝聚,是在一个装饰性的东西中相遇的。因为只有它的观赏性的、装饰性的力量才能够在这些点上产生出象征性的东西来;只有一个如此强的装饰性的力量才能够给出一切姿态、相遇的总和,而被抽象的东西只是出于对内容解释的缘故才是必需的。或者这只能如此说,它要是谁的象征的话,就不可能再有什么被附加到它的象征性意义上了。

　　把一切都绑在一起的模式是那个重要的必然性;某物只有通过它的绝对必然性才能够变成装饰。"一个好的装饰的最突出的特点并不是自由,而是力量关系中的内在必然性。"舍夫勒如此写道①。必然性也即是根据各自的模式而不同的必然性体系,其穿过戏剧所有的点,和其他一些在某个地方聚集在一个中心的他者结合起来。这个中心无疑同样也是一个形式上的假设;它的内容也可以没有那些它应能提供给这个生活自我控制的合规律性的意识和意义《丹东之死》(Dantons Tod),《查罗莱的格拉芙》(der Graf von Charolais)。那个伟大的、横扫一切的、以决不妥协的力量统治者一切的必然性就是戏剧的基础。这个伟大的形而上的必然性、这个生活进程的伟大的必然性,在诗人的视野中,通过戏剧表现出来的知识逐渐明了的、由戏剧提到的一个微小的或者是偶然的启示。此外具体的必然性:事实和事实之间实用性的、强制性的联结,常常把那个伟大的必然性掩盖起来;进一步说,即在个体的人中所发生的事情集结于一个统一性的必然性。所有这些——我们说过——都只是形式上的;这些必然性没有固定不变的、为每个人都可接受的内容:它的作用并不是对一个现存的情感的升级,而只是一种心理上的影响,是对意志的征服。因此今天对偶然的排斥这一问题就具有了如此的重要性。只要某种确定前提和确定结果的必然联系被给出的话,即使它自身出现在一个实用的偶然事物中,那么这个偶然事物也不能阻挡伟大进程的必然走向。这个以前被给予的东西,今天变成了显现者(Beweisende)。因此如果只考虑偶然的分析价值的话,也即通过一个潜在可能性的出现而达到目标,并且它并不包括在抽象的进程之中的话,那么它那显现着的、具有心理上影响的力量也即不会发生,必然性的图景也不会出现。这当然和生活的其他变革也密切相关:一种天命信仰(Vorsehungsglaube)并不排斥我们所说的偶然(Zufall)这种东西,因为它的确无法认出偶然的相关物,即那种抽象的必然性。在我们意义中的偶然这个词在必然性哪里却并无任何意义。要么所有

---

① 　卡尔·舍夫勒:《观赏性》,载《新博览》总第18(年)期(1907),第8小册,第905页。

的东西就都是一个这样的东西,要么就什么都没有。因为作为一个统一体的世界自身并不在一个原因链条的理性形式中展现出来,并且偶然的东西也是从那同一个链条中脱落出来的假象。然后,只要人们之间的接触从一个人到另一个人更远地伸展开来,那么从其他人的非理性性格中产生出来的或者偶然作用着的行为,也从一开始就被纳入计算并作为最终的事实、最终的动机来被接受,等等。

作品和模式的问题也就这样成为了一个纯粹的艺术问题。但也正因为如此——每个分析,从它一直出发的地方,必须导向这里——整个戏剧都深深地陷入了疑问中,因为它所自立的那个东西,却已经在它自身之外了。还有多少东西和它内在联结着?它已经甩掉了多少东西?一切没有被严格说明的东西或许只能如它所是的那样被接受,只因为它是如此。所有这些只是封闭在自身中,直到它不再对任何事物发生作用。只要它还能对一个人发生作用,那么世界观在心理上施加影响的作用就会成为疑问。这意味着这些是很容易被接受的。无疑,形式的本质是恰好能够对这个施加影响,但在现实中它的可能性却不能不被限制。因为不只是每种形式,而且在每个艺术类型中的每一个单个作品都预设了一定的观众预期来作为产品影响的条件。在何种程度上人们能够以纯粹的形式把握这个假设的条件,对易感的灵魂来说,只作为一个风向标,而不是作为一个一直表现自身有效内容的预期自身,这个假设便能够积极地以及相对地确定作品影响的可能性,因为它关联于灵魂性的东西。尽管这个假设也只是确认了可能的预期的模式,但这个能以各类不同的内容填充起来的形式,就会要求在作品和它应该面对的观众之间产生一个确定的形式上的共同点,而这个共同点可以在现实的公众中得以实现,由此影响便产生了。对于现代戏剧来说,这个形式上的共同点已经大为松动了。对于今天的每一个人来说,正是因为他对于上一个问题的信念并不是太过于教条,所以比以前的人们更容易受到心理上的影响。作用本身却变得更加肤浅,因为感性的和审美作用自身并不能无意识地就和如此狂迷的力量在自身中统一起来。但是这个易感性和柔顺性也有它的界限。因为这个界限对于诗人和观众都一样,都终将会不可预测地变得更为个体化和不稳定。哪些观众适合哪些戏剧,对于这部戏剧究竟是否会有一群观众适合它,将变得更难以预测。

这个矛盾的抽象化使得戏剧整体都和观众拉开了尽量大的距离。并且因为与它相对应的少数人要在自身中表现出这无限错综复杂的、抽象的进程，于是它要表现的任务也就与其拉开了巨大的距离。但也是这同一个进程的错综复杂——它是由直接细微的彼此间交错穿行的、彼此调整着微小影响的整体构成的——又要求一个私密的亲近(die große Nähe)，要求一个最大的私密性(die größte Intimität)(对这样一个特点的描述在此略过)。于是每一个现代戏剧都同时且不可分离的既是内在私密的(intim)，又是外在宏大(monumental)的。风格问题正是，人们如何——因为一个事件必须离开一段距离才能够观察——能够在一者中把握另一者：如何在内在私密的影响中展现出外在的宏大，或者那个有巨大的间离作用的壁画式的图式是如何充满气氛地被塑造出来的。戏剧从自然主义到风格化(以及相反)持续不断、反复地突然从一个极端向另外一个极端的改变会一直追溯到这个矛盾的情感上，对此无论在哪一个方向上做单边的尝试都是无益的，因为它无法做到把生活中所有丰富多彩的东西和多样化表达出来，在自身中把握。(这只有一些伟大的博学通识者才能慢慢接近；或许歌德、易卜生算是一个极端上最伟大的例子，而席勒、黑贝尔算是另一个极端。)

新戏剧的对话的矛盾也是一样的：气氛和尖锐的风格化之间的矛盾。一方面是极致精美的、但归根结底仍是接触的无望，是寂寞和理解的矛盾的融合；另一方面是材料和物质之间的矛盾。一个要求着个体生活的瞬间里那成千上万细微的颤动着的色调，另一个却要求抽象的承载者要拉开严格的生活距离。一个——自然主义的心理上的方向——想要因为它的原子化(Atomisiertheit)以一种非戏剧的方式展现对话，另一个——风格化的——则要把对话凝固在空荡荡的抽象中。一个要在形式中非戏剧地展现；另一个则是在内容上。一个或许不可能把自身提高到象征性的东西上；而另一个则想要一直待在譬喻的世界中。前者做不到扩大和保持那个通过不断接近而到达的影响，而后者则只能扩大影响，却并不知道这是从哪儿来的。在这儿，综合的必然性更加明显，并且只有两条路导向综合：要么日常生活的语言通过象征化，必须被提高到抽象的高度，进入到表达激情的纯粹模式中去(易卜生后期的戏剧)；要么就必须把抽象的情境深深地放在感性的图景中来体验——尽管它只能粗线条地构思——也即，它要让被激发出来的交织感,和它的在第一眼中和整理好的装饰相比很难与这气氛相似的、要在它的作用中才替代出现的震动产生出来(克莱斯特)。

这两个矛盾都同时是抽象的戏剧形式,并且这两者都同样在纯粹的形式分析和在新的戏剧的新要素的研究中,与那深刻的充满了矛盾的东西联系在一起。由此,戏剧只是借助于心理学才能够表达一切,并且不是只存在于心理学所已经表达出来的那一边,而是说把心理学当作一条路径,一条任意的、不充分的表达路径。于是生活的形式已经给予戏剧作为材料和风格可能性的那些东西,却并不完全成为一个新的问题。它并未最终地打碎形式。由此它证明了,它对于这种体验的表达是不合适且不充分。所以无论如何,一个全新的形式应该出现,借此这个时代的悲剧图景才能找到一个相应的表达。这些矛盾表现得越发尖锐,像从未出现过一样,以致它们和感性体验能否完全达到综合、融合都成了一个疑问。然而它只是使一个基本的矛盾更加矛盾,一个基本的问题更加成问题,一个困难更加困难。在这里所发生的对一直纯净的悲剧体验的启示并不能阻碍它而且也不能阻止它。

在这一点上,我们必须就我们的主要问题提到两个不同类的重点:是否存在一种现代的戏剧,是否能够普遍存在一种现代的戏剧。历史上已经表明,它是存在的,因为这已经被证明,它和任何一种旧的戏剧是不一样的,从原则上是不一样的,即使这新的戏剧在基础上也是成问题的。很难确定的是,人们是否能够这样说,就现代戏剧而言,存在一个艺术上更为幸运的时代,在此我们尝试把它作为新的风格去分析、去理解,而不是作为绝对的无风格性来说明。但能够确定的是,它所有的基础都是成问题的,今天所有的艺术难道不都有问题么? 戏剧,因为它的条件更深地根植于社会中,所以它比许多其他艺术的问题要大,当然不是比所有的艺术。并且它问到,是否那些并未成为问题的艺术甚至比那些成问题的更需要一个严格的形式,而不是更低级的秩序。然而这是有疑问的,并且在此连问题的形式也是徒劳的:这个区别真的很重要且有决定性的意义吗? 当人们能够普遍地谈论到现代艺术时,现代戏剧即便作为现存的、相对重要的、令人印象深刻的艺术形式而被接受也是不合理的吗? 或许只有在我们整体文明的现实文化被确定后,我们才能谈到那个决定性的"是"或者"不"。

悲剧的形而上学①

自然创造生命,她使孩子变为成人,使蛋变为小鸡。

上帝创造生命,他在孩子出生前就创造了成人,在蛋出现之前就创造了小鸡。

——埃克哈特大师:《崇高心灵的训诫》

一

一出戏剧是一场人与命运的游戏。上帝是这场戏剧的观众,而且他只是观众而已;他的言语、表情决不会与表演者的言语、表情混同起来。他睁大双眼凝视着他们,他所做的仅此而已。易卜生说过:"如果说,无论是谁,只要他一见到上帝就会死亡;那么被上帝看见了的人,难道却能继续活着吗?"

热爱生活的聪明人意识到了这一矛盾,于是便给予戏剧以无情的批评。但是,他们对戏剧所抱的鲜明的敌对态度,较之戏剧的胆怯的捍卫者的辩解之词,却更充分地

---

① 本文译自乔治·卢卡奇的《精神与形式》,安娜·博斯托克英译本,剑桥 1974 年版,第 152—174 页。——原译者。此处《精神与形式》,即指"Soul and Form"一书,现一般译为《心灵与形式》(本书英译本 Anna Bostock: *The Metaphysics of Tragedy*: *Paul Ernst*, *Soul and Form*, London: The Merlin Press Ltd., 1974, pp.152—175)。——原编者注

说明了戏剧的本质所在。他们说,戏剧是对现实的一种曲解;戏剧使得现实比它的本来面貌来得更粗糙。戏剧不仅消除了现实的丰富性和充实性,不仅总是让剧中的残酷事件在生存与死亡之间作出选择,从而避开了微妙的心理上的现实性,而且,最不足取的是:戏剧在人与人之间创造了一个真空——即使莎士比亚的戏剧也是如此。在戏剧中,只有一个人在说话(他的技巧是他的最深层的本质的完美显现),其他人只是在回答。而且一个人开口另一个人就闭嘴了,他们之间相互关系的细微变化——这种变化只有在现实生活中才能真正体现出来——在戏剧浮光掠影的描写中始终是那样一成不变,索然寡味。这些批评家们的评论包含着最深刻的真理。但是,那些戏剧的捍卫者们却走上前来,毫不审慎地仰仗莎士比亚的丰富性,乞灵于自然主义戏剧中的对白的闪光,称道梅特林克的命运剧中命运的整个轮廓的模糊性。这些人的确是轻率的捍卫者,因为他们在为戏剧辩护时所倡导的只不过是一种折衷调停——在现实生活与戏剧形式之间的折衷调停。

生活是光明与黑暗之间的一片混沌:在生活中,任何事物的价值都无法完全实现,任何事物的终结都是了犹未了;新的声音总是与先前所听到过的旧的声音混在一起组成大合唱。万物皆流,各种事物都正在转化为另一种事物,而其混合物并不融洽、纯粹,甚至将分崩离析,烟消石散;世界上绝对没有什么事物是始终繁荣不衰的。生存意味着走向毁灭,意味着不能终其天年便要趋于毁灭,在一切可想象得到的存在中,生活最不现实,也最没有生气;因而你只能消极地描述生活——因而你只能说是哪种事物偶然发生,并扰乱与打断了生活之流。谢林写道:"我们说一件事物在'持续'因为它的存在与它的本质不一致。"掩盖在经验生活之中的真正人生,总是毫无现实感,毫无存在的可能。突然间,一道光芒,一道闪电,照亮了经验生活的平庸之路:某种令人不安,引人入迷的东西,给人威胁,令人惊奇;意外的事变,伟大的瞬间,神秘的奇迹,或丰富多彩,或混沌不清。它无法持续;没有人能够忍受它,也没有人能够生活在那样的顶峰——那是他们自己的生活的顶峰,他们自己的终极的可能性的顶峰。因而,人们不得不退回到麻木的状态。为了生存,人们只能摒弃生活。

人们对生活的热爱。在于生活的朦胧不清,变幻无定,它就像钟摆一样不停地摆来摆去——然而,它的摆动决不会超出正常的限度。生活的变幻使人们热爱生活,这种变幻就像单调催眠的习习和风。但是,奇迹却是某种起确定作用并亦被确定下来的东西:它难以预料地闯进生活之中,偶然地、生硬地、无情地将生活转变为一种鲜明清晰的数学方程式,然后再将它解开。人们憎恨、害怕这种鲜明清晰。人们的软弱和怯懦使他们希冀任何外界强加的障碍物,任何置于他们路途中的绊脚石,他们毫无想象力,对于他们来说,无法实现的伊甸园永远是一个美好的梦想,生活也永远是一种热望和憧憬。命运使他们无法得到的东西则被廉价地、轻而易举地转化为灵魂的内在财富。人们从未见过全部生活之流融汇的地方,在那里,一切事物只具有可能性而无法转变为现实性。但奇迹却是现实性本身,它揭开了生活的一切虚幻的面纱,那由闪烁的瞬息、多变的情绪所编织而成的面纱——灵魂的轮廓被清晰、无情地显示出来,赤裸裸地站立在生活的面前。

然而,只有奇迹在上帝面前其有现实性。对于上帝来说,不存在相对性,没有无穷的变化,细微的差异。他匆匆一瞥,就使尘世间的一切事件丧失了时空。在上帝面前,没有表象与实体,外表与观念,事件与命运之间的差异。价值和现实的问题全部失去了意义;在上帝面前,价值创造了现实,而无须被梦想、被幻化为实现。为什么每一部真正的悲剧都是一出神秘剧,为什么它的现实、核心意义是上帝面前的上帝的启示,这便是原因之所在。自然和命运之神始终缄默无言、未获拯救,这个神只引发了沉睡在人的内心的神的声音,尽管这种声音在生活中已经微弱得寂然无声了,但这却是内在的宇宙之神唤醒了超自然的神,使之进入生活之中。"因为,没有生命,上帝就不会有发生影响或给予推动的愿望,他所希望的是在这生命之中与生命一道发生影响或给予推动,"这本倡导完美生活的小书①这样说道;黑贝尔(Hbbel)也说过:"让上帝导演一出独角戏是不可能的。"

---

① 在《卢卡奇论戏剧》一书中,此处译为《完美生活之书》(*Bü chlein vom vollkommenen Leben*)。——编者注。译注原文如下:此书亦被称为"*Der Frank futher*""*Theologia deutsch*"等,指的是 14 世纪的一本德语神学著作,它的作者据推测是当时法兰克福(莱茵河畔)条顿骑士团的一名无名修士。马丁·路德(Matin Luther)于 1516 年第一次将其手稿以"*Eyn deutsch Theologia*"(《德意志神学》)作为书名整理出版。

比较起来,现实之神和历史之神是固执的、轻率的。纯粹启示的力量和事物的美,并不能满足他们的欲望。他们希望不仅充当启示的实现过程的观众,而且也指引和促成这种实现。他们任性地用力拉扯那既像谜一样难解却又显而易见的、纷乱的命运之线;尽管愈拉愈乱,却能实现一种没有意义但却完美无缺的秩序。他们走到舞台上来了,他们的出现将人们降低为木偶,将命运降低为神圣;悲剧中的一桩严肃的事件在生活中会变为一件莫名其妙的赎罪的恩赐。上帝必须离开这个舞台,但他必须仍旧充当观众;这就是悲剧时代的历史的可能性。由于自然和命运从来没有像今天这样丑陋不堪,如同行尸走肉,由于人们的灵魂从来没有这样孤独地在荒林野径中飘泊无依,我们也许希望悲剧再度降临——我们懦弱地梦想,一种美好秩序的摇晃的暗影会投射到大自然中,尽管只能给我们一种虚假的安全感;一旦这些暗影消失之后,我们就会再度希望悲剧降临。保罗·恩斯特说过:"只有当我们完全失去上帝时,才能再度拥有悲剧。"想一想莎士比亚笔下的麦克白吧,他的灵魂根本无法承受通向必然目的的必然之路。女巫依然在命运的十字路口围着他载歌载舞,等待已久的奇迹向他宣布:最后如愿以偿的那一天已然到来。环绕着他的狂野的混乱,是他的全部行动重新创造的,并且使他的意愿变得更为复杂,因而,这种混乱仅仅对他的盲目的充满欲望的双眼来说,才成其为混乱,其混乱的程度,也仅仅如同他自己的灵魂所看出来的他自己的迷狂的程度。在现实中,自然的混沌与灵魂的混乱,都是神的一种判决,同样的神旨支配着这两者。神旨虚幻地将他提高到一定高度,用满足来迷惑他的渴望,让他沉浸在胜利的幻影中;等到他大功告成,一切愿望都实现之后,却同时无情地从他那里夺走一切。在麦克白身上,外在因素和内在因素是同一事物;用同一只手指引着命运和灵魂。在这里,戏剧仍是上帝的一种判决,上帝之剑的每一次砍杀仍是神旨天道的一部分。或者,就易卜生笔下的贾尔来说,他在他的梦中始终是一个国王,而一旦梦醒,他就根本不可能成为国王。他希望从各种力量的较量中获得的东西,正是上帝的判决,正是对终极真理的一个结论。但是,环绕着他的世界却按照它自己的道路发展,并不理睬这类问题或答案。世界上的一切事物都已变得麻木、迟钝了,在斗争的结尾,无论是胜利还是失败,其得到的报偿并无二致。在命运之轮的运转中,决不会再度清晰地听到上帝的审判。

上帝的声音赋予一切事物以生命,但生命必须通过它自身求得独立的发展,让审判的声音永远沉寂下去。这就是为什么贾尔能够胜利,麦克白却难免失败,麦克白是注定要毁灭的牺牲品,他在胜利之时甚至比在失败之时还要遭受更大的惨败。悲剧真理的声音既纯粹又清晰:生活的奇迹,悲剧的命运。只不过是揭示灵魂的东西。启示者和被启示者之间颇为疏远以致无法成为仇敌——前者来自一个不同的世界,属于更高一级的形态。已经成为"自我"的灵魂,以一个陌生人的眼光来衡量它自身先前的全部存在,发现先前的存在是那样不可思议,无关紧要,死气沉沉;它只能梦见自己曾几何时并非如此,因为只有新的存在方式才是真正的存在。然而,曾经支配着梦想的却仅仅是无根无由的意外之事,在清晨唤醒人们的只是一口遥远的钟的偶然一次鸣响而已。

在这里,裸露的灵魂与裸露的命运进行着对话,两者都已抛弃了一切并非最深层本质的东西;生存的一切关系已受到抑止,以建立起与命运的关系,在人与对象之间,一切朦胧的东西烟消云散,剩下一片空灵之气作为终极的问题和答案。在这里,偶然事件的奇迹已经把一个人和他的生命提高到一定的高度,而悲剧也就从此开始:这就是他为什么从悲剧的世界中被永远摒弃了的缘故。因为他再也不能将那些可以置于日常生活中的偶然的、丰富的事物糅进那种生命之中。悲剧只能向一个方向延伸:向上延伸。悲剧始于不可思议的力量从一个人那里抽出本质,迫使他去实现本质的瞬间,悲剧的过程存在于他的日益明显的、真正的本质之中。排斥偶然性的生活是色彩单调、索然寡味的,是一片没有任何高地点缀的一望无际的平原;这种生活的逻辑只是廉价的安然无恙的逻辑,是对一切新鲜事物消极拒绝的逻辑,是在枯燥的常识怀抱中麻木地休眠的逻辑。但是,悲剧已经将偶然性永远纳入自己的世界,使之无所不在,无时不有;因而也就不再需要更多的偶然性。

悲剧的可能性的问题是意义和本质的问题。它是这样一个问题:是否一切事物都是存在的,"存在"(is)仅仅因为它存在而已,没有存在的程度和等级吗?"存在"(being)是各种事物的一种特性还是对事物的一种价值判断,一种在他们之间的差异和区别?

因而,戏剧和悲剧的悖论在于:本质如何才能充满生命?本质如何能够成为可感的、直接的、唯一现实的真正的"存在"事物？戏剧独自创造了现实的人的存在,赋予了人的存在以形式,但正是由于这一点,它必须而且必然会剥夺其活生生的存在。他们的生活是由言语和表情组成的,但他们的一言一行不只是一个词或一种表情;他们生活的一切显现只不过是他们的最终关系的密码,他们的生活只不过是他们自己的柏拉图式理式的一个苍白的寓言。他们的存在,除了精神的现实性,即生活的体验和信仰的现实性以外,没有别的什么现实性。"生活的体验"像恐怖的深渊一样隐藏在每一种生活事件之中,这种体验是一扇通向审判大厅的门:它只是"理式"的外在显现,它与"理式"的联系不过是在现实生活的混乱的巧合中被想象出来的某种联系的可能性。信仰确定了这种联系并将它永远无法证明的可能性转化成为整个存在的先验基础。

这种存在不知道有空间和时间,它的全部事件都超出了逻辑解释的范围,正如它的人类精神超出了心理学的范围一样。更确切地说,悲剧的时间和空间无法变更或缓解人的行为或灵魂,在悲剧中,行动和受难的原因无论是外在的还是内在的均对其本质毫无影响。悲剧中的一切事物都有价值,一切事物几乎势均力敌。在悲剧中有生活的可能性的起点,生活敞开大门唤醒人们投入其中;在这生活的人们处的正确一边,各种可以生存的事物始终存在着,而且从同样的分量存在着。对于悲剧中的人物来说,要存在就要求完美。中世纪的哲学对此有一种明确的表达方式。据说"完美的存在"(ens perfectissimum)也就是"现实的存在"(ens realissimurn);一件事物愈完美,就愈能存在下去;一件事物愈符合它的理念,它的存在就愈伟大。但是,在现实生活中,人们如何去体验那种理念,如何与那种理念取得一致呢?(因为悲剧是存在着的最现实的生活)在活生生的生活中,这并不是哲学中的认识论的问题,而是伟大的瞬间痛苦地直接经历的现实。

伟大瞬间的本质是纯粹的自我体验。在日常生活中,我们只能肤浅地体验到我们自身,这就是说,我们只能体验到我们的各种动机和关系。我们的生活通常缺乏现实的必然性,而只有经验的存在的必然性,在千百次偶然的联系和关系中被千百条线纠缠在一起的必然性。但这全部必然性之网的基础是偶然的,无意义的;各种事物都可以有不同的情状,唯一的似乎真正具有必然性的是无法改变的过去。但过去难道就是绝对必要的吗？时间的偶然的流逝，一个人的生活经验对他的不成熟的观点带来的反复不断的改变，能够改变经验的本质特征吗？他能够从偶然性中造成某种必然性的东西和本质的东西码？它能够将外围变为中心吗？似乎经常有这种可能性，但实际上却只是一种幻觉。实际上，只有我们的瞬间的偶然的认识能造成某种发展得完美的东西和不变的历史。这种认识的最微小的变化——例如任何偶然事件所能引起的变化——使我们对"不变的"历史有了新的认识，在这新的认识中，各种事物突然之间获得了不同的意义，而且实际上变成了另一种不同的事物。易卜生仅仅在表面上是希腊人的弟子，他似乎继承了俄狄浦斯戏剧的传统，他的分析戏剧的真正意义在于这些戏剧揭示出过去的东西并非一成不变，已往的各种事物同样在流动、闪现和变化，不断通过新的洞察转变为另一种不同的东西。

　　生活中的伟大瞬间，也带来新的洞察，但这些洞察似乎只是一系列永远不断的重新评价。在现实中它们既是终点又是起点，给人以新的记忆、新的伦理和新的正义。许多曾经似乎是生活的坚固基石的事物销声匿迹了，而那微不足道的事物却成了生活的新的中流砥柱。一个人不能两次走在同一条路上，当他踏上曾经漫步过的小径时，他无法辨明方向，但他可以在本来无路的山坡上大胆攀登，爬上山顶，深深的忘却和敏锐的记忆将灵魂征服，新的洞察的令人目眩的闪光照亮了灵魂的中心，属于这中心的一切均可以发展成为生命。这种必然性的意识并不是因果关系的、不可避免的作用的结果；它没有原因，跨越过了经验生活的一切原因。这时，成为必然就意味着与本质紧密相联；这不需要别的什么理由，仅仅因为记忆只保留具有必然性的事物，将其他的一切简直忘得一干二净。这唯一能记住的，就是在灵魂的判决和自我判决面前的被告，只有它被单独地放在天平上衡量，其他一切事物，一切原因和理由都被淡忘了。这种严酷无情的判决是没有赦免，不能缓刑的，微不足道的过失，对于本质的任何一点背叛，都要遭受无情的惩罚。任何一个人，只要他久已淡忘的微小举动曾经辜负过他自己的本质，他就会被驱逐出真正的人的世界。这种判决是无法改变的，任何灵魂的天赋的富有和高贵都无济于事，闪烁着光彩的整个一生在它面前算不了什么。但对于那没有侵犯灵魂中心的日常生活中的罪恶却仁慈地宽恕了——宽恕的说法也许是言过其词了,因为审判者的眼睛一扫而过,完全忽略了这种罪恶。

这一瞬间既是起点又是终点。它前无古人后无来者,没有什么能够把它同日常生活联系起来。它并不表现生活,它本身就是生活——一种与日常生活相对的排斥日常生活的完全不同的生活。这就是戏剧之所以要有时间整一律的形而上学的原因。这种要求产生于尽可能接近这一永恒的瞬间的欲望,而这一永恒的瞬间恰恰是整个生命。(地点的整一律是在日常生活的不断变化中的这种刹那间凝固不动的自然象征,因此,是赋予戏剧形式时的一个技术上的必要条件。)悲剧只是一个瞬间,这就是时间整一律的意义之所在:要给予这一瞬间以时间的持续性,就必然带来一个技术上的矛盾,因为这一瞬间就其本质而言是没有时间持续性的,而人类语言在表达神秘体验时也显得无能为力。这正如祖佐(Suso)所提出的问题:"如何赋予没有意象的东西以形式? 如何证明没有证据的东西?"舞台悲剧必须表现时间如何变为无时间。整一性的一切要求实际上就是要将过去、现在和未来统一起来。将现在转变为某种间接而又不现实的东西,将过去转变为一种恐怖的经历,将未来转变为一种熟悉的经验(尽管可能只是一种无意识的经验),这不仅会将它们在经验上完全真实的顺序打乱、破坏,甚至会使那些瞬间借以相继发生的方式不再是时间顺序的问题。按时间的观点看,这种戏剧严格说来完全是静态的。瞬间不是相继发生而是存在于平行状态之中;而这种戏剧本身也不再处于时间经验的平面之上。时间的整一律在许多情况下是一个矛盾概念;限定时间或使时间循环的任何企图——这是达到时间的统一的唯一途径——正好否定了时间的特性。只要想一想尼采的复现理论(theory of recurrence)中的循环运动多么僵硬就能证明这一点。但是,戏剧不仅在开始和结尾打断了时间的永恒流动,使两极可以相互转向,糅在一起,而且在每一瞬间都施以同样的程式化,以致每一时刻都是象征,都是整体的比例缩小的意象,都是与整体仅仅在规模上有所区别而已。因而,将这些瞬间凑在一起必然会使它们相互融合,而不是先后相续。法国的古典主义者寻找合乎理性的理由来解释他们对这种情形的真正洞悉,他们借助一理性方式将这种神秘的统一公式化,从而将这个深奥的悖论降格为某种无足轻重的带有随意性的东西。他们从这种超时间的统一中引出一种时间之内的统一,从神秘的统一中引出一种机械的统一。恰恰在这个问题上,莱辛的观点中值得商榷的地方颇多。他认为莎士比亚较之那些貌似继承了希腊传统的人实质上更接近于希腊戏剧,这一点无疑是正确的,但他像法国人一样,提出的解释是肤浅的,理性主义的,因此是不恰当的。

由此可见,悲剧的经验既是起点又是终点。在这一瞬间,每个人既是方死的又是新生的,每个人都站在"末日审判"的面前。戏剧中每一个人物的任何"发展"都只是表面上的,是由这一瞬间的经验构成的,是由于人物被提升到悲剧世界,而在这之前,只有他的影子才能进入悲剧世界的外围。人物就是这样发展成人,就是这样从混乱的梦境中觉醒过来。这往往是突然发生的,而且都是同时发生;剧中的铺垫则只是为了观众的需要,为观众作好心理准备,以便接受突如其来的剧变。悲剧人物的灵魂则忽视各种铺垫,在致命的话终于说出之后,一切又会闪电般地转化成为本质。同样,悲剧人物在死亡面前的泰然自若或从容不迫,只有从表面上看来,只有在心理学的普通语言中,才是一种英勇无畏的品格。正如一位青年戏剧家所言,面临死亡的悲剧英雄,在他实际上死去以前,已经死了很长一段时间了。

这样一个世界的现实性与实际存在的现实性毫无共同之处。现实主义必定要毁灭悲剧中一切可以创造形式和维持生命的价值。这一这点我们早就列举过种种理由。如果戏剧写实将戏剧真实隐藏起来,那么戏剧就必定成为无足轻重的艺术形式。写实一旦进入真正的戏剧结构之中,就会成为不必要的,并为感官所忽略。戏剧的内在风格,在这个词的中世纪经院哲学意义上是现实主义的,但这排除了一切现代意义上的现实主义。

舞台悲剧是存在的顶峰形式,达到了存在的最终目的和极限。在这里,对于本质的神秘、悲剧体验成了与神秘主义的本质体验相分离的东西。在神秘的狂喜中所体验到的存在的顶峰,消失在"万物归一"的茫茫云空中;这种狂喜的生活的强化形式使得经验了它的人融入万物之中,而万物亦互相消融。神秘的现实存在只有当一切差异消除之后才会开始;神秘主义的世界所创造的奇迹必然毁灭一切形式,因为这一世界的现实性,即本质,只能存在于形式的背后,并且为形式所伪装和掩饰。而悲剧的奇迹则是一种创造形式的奇迹;它的本质是自我实现,如同在神秘主义中,这种本质是自我毁灭一样。神秘主义的经验是忍受万事,悲剧的经验则是创造万物。在神秘主义中,无法解释一个自我为何能将万事万物纳入自身之中,为何能在一种逐渐消失的流动状态中毁灭与它自身不同的各种事物以及整个世界,但却能保持这个自我去体验它自身的消亡。在悲剧中,与此相反的过程也同样难以解释。自我以排斥一切,毁灭一切的力量强调它的个性,但这种极端的自我确证会把一种严酷的顽强和自立的生活传给它所遭遇的一切,在达到纯粹自我的顶峰之后,最终也会将自我取消。个性的最后张力超越了仅仅属于个体的一切事物。它的力量将一切事物提到命运的高度,但是,它与自己创造的命运之间的伟大斗争使它成为某种超个体的东西,某种最终的命运关系的象征。这样,体验生活的神秘模式同悲剧模式既互相影响又互相补充。同时又互相排斥。这两者都将生存与死亡,自立的自我实现与自我在一个更高存在之中的彻底寂灭神秘地结合起来。屈服是神秘主义者的态度,斗争是悲剧中的人的态度在人生旅途的终点,前者被万物同化,后者被万物毁灭,前者本来与万物同一,但却跃入他的极乐狂喜的彻头彻尾的个人世界,后者却在其最真实的得意之时丧失了他的自我。谁能说出何处是生存的福地,何处是死亡的福地? 它们是对立的两极,日常生活将它们沟通起来又互相削弱,因为只有这样,失去力量而又难以辨认的日常生活才能承受生存或死亡。分开来看,每一极都意味着死亡——终极的边界。但它们的关系好比兄弟阋墙:每一极都代表着克服了另一极的唯一真正的胜利。

悲剧奇迹的智慧是边界的智慧。奇迹绝不会模糊不清,但一切明晰的东西都分为两个方面。每一个终点总是既是一次到达,又是一次停止,既是一次证实又是一次否定;每一个高峰都是一个顶点和边界,是生存与死亡之间的交叉点。悲剧的生存,在一切可能的生存中,是最应当属于这个世界的生存形式。这就是为什么它的边界总是向死亡延伸。现实的日常生活,决不能达到这个世界:它只是把死亡当作恐怖可怕的、毫无意义的现象来理解,视为某种突然截断生命之流的力量。神秘主义跳过了这个边界,从而剥夺了死亡作为现实性的任何价值。但对于悲剧来说,死亡这个边界是一种始终内在的现实性,与各种悲剧事件紧密相联。究其原因,不仅仅在于悲剧伦理学必然作为一条绝对原则要求已经萌生了的一切事物继续生存下去,直到死亡:也不仅仅在于悲剧心理学是死亡瞬间的科学,是探讨灵魂放弃存在的丰富性以后,只坚持它自身的最深刻的本质时的意识尚存的最后瞬间的科学。除了这些方面和许多其他消极的原因以外,还因为在纯粹积极的和肯定生存的意义上的死亡,也是悲剧内在的现实性。在生存与死亡之间的边界的体验是灵魂唤醒了意识和自我意识的体验——灵魂是有限的,所以它才能意识到它自身,也只有在此范围内,它才能意识到它自身。保罗·恩斯特在一出悲剧的结尾提出了这样的问题:

> 当我可以为所欲为时,
> 当别人只不过是我的牵线木偶时
> 我还会希冀什么吗?
> ……一个神能为他自己赢得光荣吗?

对这个问题的回答是:

> 我们所能实现的必然会有极限,
> 否则我们所处的世界就是无生命的沙漠。
> 我们之所以能生存下去是因为有些东西
> 无法得到。

"一个神能为他自己赢得光荣吗?"泛泛而论,这个问题也可以成为下面这样一些问题:难道神也能够生存吗? 完美无缺难道不会取消存在? 如叔本华所言,泛神论难道不正好是无神论的一种文雅的表现形式吗?上帝变为人的各种形式,上帝对人类形式的方式、方法的依赖,是否象征性地表明:甚至上帝也必须放弃他的无形的尽善尽美才能活着?

边界的二重意义在于它既是一种实现,又是一种失败。这种说法虽然令人迷惑,但却是日常生活的形而上学的背景,同时也是这样一种简单的认识:一种可能性只有在排除了所有其他可能性之后才能变为现实性。然而,在这里,一个灵魂的至高无上的可能性成了唯一的现实性;它与其他灵魂之间的对比并不仅仅是某种实现了的东西与某种只是潜能的东西之间的对比,而是现实与非现实、必然的思想与极其荒谬的思想之间的对比。这就是为什么悲剧是灵魂的觉醒。边界的发现提取了灵魂的本质特征,屏退了其他一切事物,给予这种本质特征以一种内在的唯一必要的存在。边界仅仅在表面上是一种有限的、消除可能性的原则。对于被唤醒的灵魂来说,它是对那些真正属于它自己的东西的发现。人是无所不能的,但只有当一个人具有抽象的绝对的人的理念时才能如此。悲剧是人的具体的本质特征的实现。个别事物能否具有理念或本质,这是柏拉图主义的最敏感的问题,悲剧对这个问题给予一个肯定的确切的回答。悲剧的答案将这个问题头尾倒置了:唯有个别的东西,唯有个别性达到极限的东西,才是符合它的理念的存在,即现实的存在。一般的东西,包含万物却缺乏它自身的形式的东西,在它的普遍性中过于软弱,在它的统一性中过于空虚,因而不可能成为现实的事物。它的存在超出限度以致不会有现实的存在;它的本体是一种同义反复;而理念也只符合于它自身。因此,悲剧对柏拉图的那个判断的回答是超越柏拉图主义。

悲剧的形而上学的根源在于人类存在的最深层的渴望:人渴望实现他的个性,渴望走过曲折的人生旅途,将经验的狭窄的高峰夷为广阔的平原,将生命的意义转变为日常的现实。悲剧的经验,舞台上的悲剧,是这种渴望的最完美的实现。但各种渴望的实现都是它自身的破灭,悲剧从渴望中产生,因而它的形式必须排斥渴望的任何表现。在悲剧进入生活之前,它就成了一种现实,从而也就放弃了渴望。这就是现代悲剧失败的原因所在。现代悲剧想将悲剧的"先验条件"引进悲剧本身,它想将一个原因转变为一次能动原则;但它只成功地加强了自身的抒情色彩,直到最后成为一种外强中干、粗鲁野蛮的东西。它从未进入舞台悲剧之门。它的朦胧的渴求,模糊、可怕的对话具有抒情的价值,却完全超出了舞台悲剧的范围。它的诗是日常生活的诗化,也就是说,这只是日常生活的强化,并没有将日常生活转化为戏剧生活。这种风格,不仅就其方法,而且就其目的而言,都是与戏剧风格相对立的。它的心理学强调人类精神中的瞬间闪念;它的伦理学对一切都给予理解和宽恕。它用一种诗意的风格,对人过分修饰，使人软化，并降低了人的格调。因此，今天的大众总是抱怨任何悲剧作家所写的对话，都是那样寒气逼人，冷酷无情；但这种冷峻乃是剧作家对软弱的情感表示轻蔑的一种形式，软弱的情感已渗透到现今一切悲剧性事物之中，因为对悲剧伦理学加以否定和给予肯定的人，都过于软弱无力，前者不敢否定悲剧本身，后者怯于高举悲剧大旗。理性化的对话限于鲜明地有意识地反映命运感，这样的对话并不意味着冷酷；它意味着在生活的这一特殊领域中的真实性和内在的真理。在舞台悲剧中，对人物性格和事件的简化并不意味着贫乏，而恰恰是这一戏剧类型的本质所赋予的丰富多彩。只有当人们之间的冲突已经获得了命运的地位，唯一的被描写的瞬间正好是命运的瞬间，人们才会在这种戏剧中出现。这一瞬间的内在真理也就成了清晰可见的外在真理；在对话中，这种真正的强化的公式化的表现形式，不是对冷酷情感的理性化的反映，而是对人物自身的命运感的抒情性的反映。在这里，也只有在这里，戏剧性和抒情性才不再是相互对立的原则；抒情性成了发展到顶峰的真正戏剧形式的特征。

二

《布龙希尔德》是保罗·恩斯特作为一位悲剧作家的第一部成功之作，尽管作为一位理论家，他早就预见过这一成功。作为一个根本性的原则问题，他觉得应当拒绝某些作品，甚至新近创作的或不久以前创作的最优秀的作品也不得不加以拒绝，这一点，他力求用戏剧的本质来解释。结果，他通过理论研究终于发掘出了那种本质，用他自己的术语来说，即"绝对戏剧"。但他的理论对他来说，仅仅是达到目的的手段；必须通过在实践上达到这个目的，再来回溯既往才能证明其正确性。千锤百炼、近乎完美的《布龙希尔德》是他的第一次实际行动的结果。

这是恩斯特的第一部"希腊"戏剧——第一次彻底偏离了自席勒和克莱斯特时代以来的德国戏剧的发展道路，这一道路的目标是将索福克勒斯与莎士比亚结合起来。德国戏剧家之所以做出巨大努力，以创立一种现代—古典的戏剧风格，这是因为他们不愿意做出希腊戏剧所要求的那种牺牲。他们追求与希腊人相接近的单纯的高贵，但同时要求莎士比亚式的情节的丰富性,恩斯特的早期悲剧就是在这方面的努力。这种企图注定要失败,因为他们必须同时接受赋予这种关系以形式的两种方式,即戏剧中的方式和生活中的方式,而这两种方式是互相排斥的,因为一种方式必然要抑制甚至破坏另一种方式的活动。恩斯特已经具有作出伟大牺牲的力量,为了保留内在的丰富性而牺牲一切外在的生活的丰富性,为了实现符合生活的终极意义的更深一层的非感官的美而牺牲一切感官的美,为了揭示纯粹形式中的纯粹精神内容而牺牲一切物质内容。他的悲剧是古典悲剧的复兴:他深化了高乃依、拉辛和阿尔菲耶里①的创作意图。这是一次真正的回归,回归到了索福克勒斯的《俄狄浦斯王》——一切寻求形式的灵魂的戏剧都以该剧作为永恒而伟大的模式。

　　这部剧作像《俄狄浦斯王》一样极为精炼和强烈。唯一的背景是城堡与教堂之间的一个庭院,在舞台上出现的人物,只有两对情侣加上哈根,展现命运的时间是短暂的一天。戏剧开场是新婚之夜过后的黎明,当西格弗里德在打猎中丧生,遗体被运回家后,布龙希尔德自杀,两人被放在一起火葬,仅用西格弗里德的剑将两具遗体隔开,此时太阳尚未西沉。事件的集中并不只是表面上的。在剧情的内在关系中,在人物之间的密切联系中,在他们的爱与恨,沉与浮的纠葛中,在他们揭示内心生活的言语中,不见一点刻意求工的斧凿痕迹,而只有命运和必然性。人物的举止和言语,就其最深刻的本质而言,是希腊的——无疑是有意识地符合传统风格,也许比许多古典悲剧更富希腊色彩。他们对命运的辩证法的认识,也许比黑贝尔②的认识还要更鲜明、更深刻;而其表现形式,像黑贝尔和希腊戏剧的表现形式一样,是一种带有讽刺性的尖锐的东西,是本质的各种要素的简明恰当的揉合。但是,正如在黑贝尔那里和希腊悲剧中一样,正如在任何一部真正的悲剧中一样,这种理性化——我们可以称之为神秘的理性主义——决不会使命运的不可表现的特征显得陈腐。因为并不是意志,更不是理性,要对悲剧中的人的纠葛和行为负起责任。这些人是有眼光、有理解力的伟大而崇高的男人和女人,他们看出了自己的命运,泰然自若地向命运致意,但这个事实对命运的作

---

① 阿里菲耶里(1749—1803):意大利剧作家。
② 黑贝尔(1813—1863):德国剧作家、诗人。

用不能造成任何影响，而只能加深它的神秘的不可分析的特征。

这部悲剧是一出描写神圣的爱情和世俗的爱情的神秘剧。前一种爱情鲜明清晰，抬向前方，导向上界，它本身是必然的；后一种爱情模糊不清，一团漆黑，毫无目的，它本身是无望的。《布龙希尔德》是一出神秘剧，它描写爱情，高洁之人相称的高尚爱情和无耻之徒不相称的卑贱情欲，作为国王和英雄的冈瑟被悲剧毁灭了，恩斯特并不打算去解救他，而且还牺牲了克里恩希尔德。这是一对劣等的情人，天性低人一格，他们所追求的不是爱情中的相配；他们永远也别想按照自己的样子来繁殖后代，他们只能永远害怕这种繁殖。对于他们来说，那些向着看不见的目标奔去的人们的存在是一种恐怖，一种耻辱。他们也希望幸福，但却偏要进行报复而又惧怕报复。西格弗里德和布龙希尔德则完全是另外一种人。

这是一出关于伟大、幸福……关于边界的神秘剧。剧中的伟大在寻找它自身时找到了笼罩在阴云中的幸福，它再度寻找自身，终于达到边界，发现了悲剧和死亡。对伟大抱着热望的幸福，只会将伟大降低到与幸福同等的层次上，幸福可以使通向伟大的道路更漫长、更艰难，但决不可能阻止这条道路。被抛在后面的幸福显得那样空虚而孤寂。伟大需要完美，要臻于完美才成其为伟大，而完美就是悲剧，就是最后的结局，就是各种思想的悄然寂灭。悲剧享有伟大这种特权，即死亡的特权：布龙希尔德和西格弗里德在同一堆干柴上被火化了，而冈瑟和克里恩希尔德却能苟延残喘。作为普遍法则，作为终极目标的悲剧，只不过是万事万物的永恒循环中的一个起点。

因为我们像绿色大地等候冰封雪盖

严寒到来又等候冰消雪化。

但人能意识到他的命运，因而他的命运对他来说，不止意味着一个必然有起有伏的浪峰，一切不断重复永无止息的竞赛，而是具有更丰富的内涵。人意识到他的命运，并且将这种意识称为“罪过”。他感到必然降临在他头上的一切，都是他自己造成的，因此，他替他自身之内的一切，替偶然闯进他的复杂的生活中的各种事物，勾勒了鲜明的轮廓。他使之成为必然，创造了围绕着他自身的边界，创造了他自身。从表面上看来，似乎没有罪过，不可能有罪过；每个人都将别人的罪过，看作命运造成的偶发事故，看作可以轻而易举完全改变的偶变事故。通过罪过，一个人承受了降临在他头上的一切，他感觉到这是他自己的行动所致，是他自己的罪过，因而克服了它，创造他自身的生命，将他的悲剧——这是从他的罪过中产生的——变为他的生命与"万有"(the all)之间的边界。但是，在圈划这种边界时，伟大人物与渺小人物是有所不同的。只要是曾经属于自身的生命的东西，伟大人物就决不会让他们留在圈外，因此，悲剧也就成了他们享有的特权。对于那些渺小人物来说，有幸福，也有不幸和复仇的欲望，因为他们总是觉得有罪的是别人。对于他们来说，一切都只能来自外界，他们的生命无法同化任何事物：他们不是悲剧性的，他们的生命是没有形式的。而对于伟大人物来说，尽管别人的罪过导致他们的毁灭，但他们始终只把这种罪过看作命运。在这里，我们可以窥见罪过、纠葛和命运的奥秘。

凡此种种，在这出戏中形成截然对立的阵营。两个伟大人物和两个渺小人物被杂多的命运之线联在一起，但没有一条线能形成现实的联结。在这两对情人之间的这种内在的鲜明的分野，本来也许会使该剧解体的，幸而恩斯特通过哈根这条纽带将对立的双方联系起来，尽管这种联系使双方的分野更加壁垒分明了。哈根是仆人中的上等人，他的仆人身份就是他的伟大和边界；在他身上集中了一切伟大，也集中了一切罪过，他意识到了自己的命运，而围绕着他的边界已经被某种外在的东西，远远超越了他自身的东西圈划出来。不管命运可能会对他施加多么严酷的打击，他无论如何还算不上一个悲剧人物，因为他"必须"采取的行动，尽管有各种内在性，但仍然来自外界。他可以将一切事件作为他自己的事件，即他自己的命运来加以体验。他的边界既圈划在外部，又圈划在内部。他的生活已经成型，并且有明显的界线，这将他置于那两个渺小人物之上，但他于两个伟大人物之下，因为他毕竟是他们的奴仆——他们最高等的奴仆。他最接近于他们的宝座，仅此而已。所以如此的原因，是因为他的边界限制了他，也因为他征服生活的种种可能性是为了他而预先安排的，并不是由他自己预先决定的。

语言的鲜明性最引人注目，惟妙惟肖地传达了这部作品的神秘的难以洞悉的特征。但语言的鲜明性并不能揭示命运的作用;同样,他们借以道出各人的本质的那种明晰的意识,也无法使人物之间更为接近或互相理解。每个词都是一语双关,好比门神雅努斯的头,说的人只看到这一面,听的人只听到那一面,两种意义根本就不可能互相接近;每个可以起到沟通作用的词,反过来又需要沟通。人物的行动也同样并非任何事物的确切标志;好人做了坏事,坏人也可能有善行,希望使真正的道路隐而不见,责任使最热烈的爱情毁于一旦。因此,到头来每个人都那样孤独,因为在命运面前,没有思想和感情上的交流。

三

然而,戏剧所要求的概括化需要付出重大代价。这部戏剧的历史因素(我借以指它的不可重复的全部丰富性)决不仅仅是严格程式化的一个障碍。剧作家在想象丰富多彩的外部世界时所获得的感官的审美愉悦并不是他引进这种"历史"因素的唯一动机。历史与悲剧的关系是戏剧形式的最深刻的悖论之一。亚里士多德最早指出,戏剧比历史更富于哲学意味。但戏剧既然"更富于哲学意味",难道就不会因此而失去它自身的本质特征吗? 它的最深刻的意义,它的规律的最纯粹的内涵,观念在事实之内完美的隐蔽,在事实背后完美的淡化——凡此种种,都必定会由于它变得"比历史更富于哲学意味"而受到损害吧? 争执点不在于观念与现实的统一,而在于两者之间错综复杂、难以区分的融合。当我们感到某种东西是"历史的",那么偶然和必然,偶发事件与永恒法则,原因和结果就会统统丧失它们的绝对性,仅仅成为对事实的潜在看法,这种看法虽然可能会改变上述概念,但决不会全部吸收这些概念。历史存在是存在的最纯粹的形式,有人也许会说它就是存在本身。某些事物所以存在,仅仅因为它存在着,按它的样子存在着。它强盛、伟大、美丽,仅仅因为创造秩序的理性所强加的任何"先验因素"都难以和它相比,无法同它相容。

但是,在这个历史的世界中隐藏着一种秩序,在那些不规则的诗行中也可以见出诗的章法。它像一块花纹难辨的地毯,一场舞步错落的舞蹈;要阐明它的意义,几乎是不可能的,但知难而退,则更是不可能的。仿佛整个诗行的奇特结构,都在等待着一个词,这个词常在舌尖,总是欲言又止。历史在这里显现为命运的一种深奥的象征——命运的合乎规律的偶然性,反复无常的残酷性,归根结底,始终是有正当理由的。悲剧为历史所作的斗争是征服生活的伟大战争,它试图在生活中,寻求历史意义(这与日常生活有霄壤之隔),试图从生活中抽出历史意义作为真正的、潜在的生命意识。历史意识总是最生动的必然性;它所借以产生的形式是纯粹的偶然事件的重力形式,是在事物的流变过程中的不可抗拒的力量。它是各种事物相互发生联系的必然性,是否定价值的必然性。在渺小与伟大,有意义与无意义,主要与次要之间没有什么差别。事情不得不如此。一个瞬间接着一个瞬间,没有受到目的或意图的影响。

历史剧的悖论是两种必然性的结合:一种必然性的发展缺乏内在原因,另一种则缺乏外在原因;它的目的是要成为形式,要互相加强两种似乎基本上相互排斥的原则。这两种原则相互之间离得愈远,悲剧似乎就愈深刻。因为物极必反,只有当他们达到极端时才会互相接触;它们通过它们的直接对立来相互判定和加强。剧作家之所以被一个故事的历史因素所吸引而不会对人们赋予这个故事的一般意义发生兴趣,原因就在于此。在这里,他认为他可以发现人类及其纯粹意志受制于环境的最终象征,可以发现物质对于创造性的、强调形式的意志的鲜明的,毫不含糊的反抗。那种为存在而存在的事物以一种不顾一切的力量,将行动与意向无情地分开,驱使有行动意向的人在采取行动时,基于这样一种纯洁:这种纯洁玷污了意向的内在纯洁,将行动与它的目的分开。隐蔽法在行动或生活情境中的观念被揭示出来了,从而毁灭了永恒存在于自身内部,在自身内部尚未创造出来,并且唯一能将自身提高到本质存在的真正观念。现存事物的力量毁灭了那"应当存在"的潜在的东西。青年时代的黑贝尔在日记中写道:"一个好教皇始终是一个坏基督徒。"

这就是保罗·恩斯特的全部历史悲剧的意义,换言之,是他笔下的英雄迪米特里厄斯和纳比斯、希尔德布兰特和亨利大帝的体验。在这些人物互相碰面之前,他们身上的一切崇高和伟人的品德在他们的灵魂之内都还没有分开,正如一些善与恶的可能性在将其表现出来的各种行动中尚未分开一样。但是,一旦他们碰面,转瞬之间——

在这唯一的瞬间———一切都分崩离析了。这些人物所体验到的唯一现实的失望,就是完全实现的失望。我并不是指他们的幻想将被现实毁灭这一恐惧,这一使浪漫主义者从生活及其行动中逃避的恐惧;请注意,这些戏剧中的人物生活在悲剧世界中,而不是处在日常生活中。我所讲的是伴随行动而产生的实现的幻灭,这种幻灭在过去的行动中产生,随着新的行动将再度产生。这些人物并没有倦于斗争。使得他们奋力获取一切伟大和善良、力量和自由、方式和目的的那种内在的清白无辜,揭示了在希望与现实之间的不平衡——不是观念与现实之间的不平衡,而是不同观念之间的不平衡。高贵的人总是被选为王,他身上的一切都驱向这个目标。但王权和王权的观念并不承认高贵;作为至高无上的目标,王权的最深层的本质要求某种完全不同的东西——严酷无情和行凶作恶、忘恩负义和折中妥协,王侯般高贵的精神需要在王侯般高贵的生活中实现其个人的最终价值,因为在其他一切生活中都需要受到束缚;但王权对所有人提出了同样的要求——也正是由于高贵的灵魂高尚地意识到自己的责任,所以才违心地去做向己所厌恶的事情。迪米特里厄斯和纳比斯正是这样面对面地站着,一个是胜利的反叛王子,一个是受了致命一击的篡位者。当年轻的王子猛然踏进大厅时,已被他打败的杀父仇人在等待着他的到来,这个奄奄一息的人虽然只说出只言片语,却闪烁着严酷的智慧之光。此后,一个与以往截然不同的迪米特里厄斯踏着篡位者的尸体登上王位。纳比斯不是对击败了他的人讲话,而是对继承了他的王位的人讲话。这是一个人的灵魂在绝望中的肺腑之言,这个人也是一个希望行善的人——"一种不难理解的善"。但他虽然希望行善,却不得不让血流成河,也不得不让自己的灵魂枯萎,以便成为一个他的时代所要求的有责任感的国王。纳比斯尸骨未寒,一个新纳比斯登上他的宝座,却那样垂头丧气,不再有欢乐;不得不成为一个残酷无情、众叛亲离的孤家寡人:迪米特里厄斯这个纯洁的充满希望的年轻国王,的确有过许多忠实的朋友,但他听到纳比斯所讲的话以后已经今非昔比了。

同样,在卡诺萨这个冰封雪盖的城堡的庭院中——这是格雷戈里和亨利第一次也是最后一次相见的地方——胜利和失败也是这样接踵而至。教皇和国王,他们早就在前四幕中互相决定了各自的命运,最后又终于在这里碰面了。上帝已赐予教皇以仁慈的灵魂,赐予国王以幸福的灵魂。但是,他们之间的伟大斗争已粉碎了他们身上的一切人性和一切独特之处。希尔德布兰特不得不那样残酷无情,他不但必须弃绝一切日常生活的幸福,而且必须牺牲、出卖那些可怜的人,尽管他曾把帮助他们视为自己的使命。他必须这样做,为的是把创造上帝之邦的权力抓在自己手中。他必须成为一个罪人,看起来却俨然是个圣人。赎罪之门对其他一切人都敞开着,对他却紧闭着——他只能让灵魂沉入地狱遭受永恒的惩罚。他的一切牺牲都是徒劳无功。曾经被他开除教籍的奸夫,曾经妨碍他的方案的国王,现在跪在他的面前像精明的政治家一样假装忏悔,而尚未赎罪的他,则必须收回开除教籍的成命,因为他自己的双手折断他自己的唯一武器。不错,亨利这个国王赢得了胜利,但亨利这个追求、获得、赐予幸福的人,却已经死了。屈辱、失败的格雷戈里离开了卡诺莎,亨利将作为胜利者进入罗马:

> 我站起来便成为一个同跪着时截然不同的人,
>
> 他必定诅咒上帝因为他希望得到正义;
>
> 我有过错,但我却感谢上帝。
>
> 他要去死,我早已死;
>
> 他的死是死,我的死是生。

　　亨利胜利了,格雷戈里失败了;但这是国王的胜利,教皇的失败吗? 进军罗马已指日可待,格雷戈里被免职,但这个世界的国王,整个世界的光荣的陛下,不会跪在牧师面前忏悔吗? 这个国王难道未曾在教皇面前卑躬屈膝吗? 格雷戈里已经使他们永远丧失了一切人性和追求幸福的能力的那些牧师,不会从此以后,永远充当凡夫俗子们的审判官吗? 当亨利赢得胜利时,他难道不是早把王位抛到脑后? 当格雷戈里在哀悼中折断他的剑时,他难道不是早把教皇的宝座抛到脑后?

　　这种必然性无疑是最现实的必然性,可能也是最真实的必然性,但却具有某种令人屈辱的东西。为了赎罪而等待死亡的主人公不但毁灭了他们自身,而且玷污了他们自身,疏远了他们自身;悲剧主人公总是死得其所,而且虽死犹生;但在这里,死亡并不是生命的绝对提高，并不是活在正确的人生道路上的一个生命的直接延续；而仅仅是从压迫中，从现实世界的污秽中的逃避，是灵魂从异化的生命本身的一次复归。主人公确实没有为他自己的行为及其徒劳感到忏悔，他并没有回到他在与现实接触之前经常梦见的那种天真烂漫的梦境。他懂得，对于他的生活，他的出现，他的唯一可能赎罪来说，一切斗争，一切屈辱，都是必须的。但这唯一可能的赎罪并不是真正的赎罪，这就造成了他的灵魂的绝望。历史事件围绕着他的灵魂所划的边界，历史驱使他的灵魂走向的边界。并不是历史所特有的边界；因为对于那些有可能遭遇同类事件的人们来说，对于处在同样环境中的人们来说，这乃是他们共同的边界。被赋予或者强加到悲剧主人公身上的发展过程始终具有某种与他们十分疏远的特征。他们的确变成了本质，而他们的灵魂一旦摆脱了日常生活的现实的压迫，便能自由地呼吸新鲜空气；但最后的力量释放出来以后，一种异化的存在便在他们中间成了现实的存在。死亡是复归，是他们自己本质的唯一重要的实现形式。伟大的斗争只是一条通向死亡的、曲折迂回的道路。历史通过它的不合理的现实性将纯粹的普遍性强加于人；它不容许一个人去表现他自己的思想——当然，这种思想在另外的层次上也同样不合理：历史与人类思想的接触，产生了一种与这两者相异化的东西，即普遍性。

历史的必然性毕竟是一切必然性中最接近于生活的，但也是与生活相距最远的。在此有可能完成的观念的实现是达到它的本质实现的唯一一条迂回道路。（现实生活中令人悲伤的琐事在这里却是在最高的层次上再现出来。）但人的全部生活之路，也是通向更高目标的迂回之路；他的最深层的个人欲望，以及为实现这一欲望所作的斗争只是一个默默无言的异己的监工所采用的盲目工具。只有极少数人能意识到这一点；教皇格雷戈里在他生活中罕见的狂喜时刻是懂得这一点的：

> 我的尸体是一块石头
>
> 孩子扬手把我丢入湖心
>
> 我的"我"是卷起涟漪的力量
>
> 石头将在湖底长眠不醒。

历史必然性的任何一面,都无助于戏剧形式的产生;对于戏剧形式来说,这一个方面可能太高,他那一方面又可能太低,但它们不可分离、难以区别的统一乃是历史唯一的真正本质。正是在这一点上,历史悲剧技术上的悖论产生于悲剧人物与历史存在之间的形而上学的悖论:观众与剧中人之间的内在距离的悖论,人物的不同生活层次与生活强度之间的悖论,历史剧的人物、情节的象征性与写实性之间的悖论。历史的人生观不允许对时间、地点或其他个别原则给予任何抽象:人物和事件的本质方面与次要、偶然的方面是不可分离地联系在一起的;而历史剧所塑造的人物也必须"生活",所描写的事件必须表现现实生活的丰富多彩。这就是为什么莎士比亚的戏剧,尽管在某些重要方面违背历史真实,却以其丰富多彩和酷肖生活的特征被视为历史剧的最伟大的典范,而且的确当之无愧。莎士比亚以无与伦比的力量和无可企及的丰富性描写历史中的经验因素。但历史的终极意义超越了一切个人的因素,它是那样抽象,要想加以表现就必须将希腊化的程度超出我们所了解的希腊戏剧。将索福克勒斯与莎士比亚结合起来的幻想就是来自创造一出优秀历史剧的愿望。

然而,要想结合起来就必须将某种二重性引进戏剧人物的性格之中。就主人公而言,问题的解决是可以预料的——我们所讲的二重性,可以很容易地转化为他们的主要体验,人物的过失可以作为全剧的重点来加以强调,从而终将被彻底超越。目前尚未有人成功地做到这一点,但不能据此说这个问题是无法解决的。要创造一种历史——戏剧的命运(在这种命运中,历史因素确实是重要的,而不只是一种纯粹的永恒的人类冲突的偶然表现),这在艺术上是不可能的——这也是一个至关紧要的原则问题。命运在他们身上成了形式的人们分化为两个根本不同的部分:现实生活中的普通人转瞬之间就可能转变为一种象征,一种表现超个人的历史必然性的媒介。由于转化为象征的过程并不是发自灵魂深处,而是由一种异化的力量推向其他异化的力量,人的个性也只是一个偶然的中间环节,只是它感到陌生的命运发展过程中的一座桥梁,所以它必将无法弥补地破坏人物性格的统一。推动人物的动机,是从他们身上异化出来的,他们被提高到某一层次,从而不得不失去他们的一切人性。但是,如果这种非个人的因素在戏剧中被赋予形式,这个人物在他的生活的"尚未存在"和"不复存在"的象征部分就必然会在芸芸众生中间飘泊无依,他将被视为同周围的一切格格不入的人,但他与周围的环境却形成一个统一的不可分割的世界。格哈特·霍普特曼①总是喜欢创造作为个体的人,从而必须放弃较高的历史必然性,而这种历史必然性本来应该成为其剧作的真正创作意图。保罗·恩斯特的创作意图则截然不同。但是,他的卡利霍(迪米特里厄斯的新娘)发现了一种历史必然性之后,也就突然把自己从一个活泼可爱的女孩转变为这种必然性的单纯的执行者,这时,抽象事物的这种具体化的表现,几乎产生了怪诞的效果。《卡诺萨城堡》中的纯属象征性的人物(尤其是那个老农)是难以令人满意的,在悲剧《黄金》中,这种倾向已发展成为巴罗克风格。

形式是生活的最高裁判:在历史中找到了表现形式的悲剧并不是最纯粹的悲剧,没有什么戏剧技巧能够完全掩饰这种形而上学的不协调;无法解决的技巧问题,必然在戏剧的每个关键点上突然冒出来。形式是最纯粹的经验的唯一纯粹的显现,但正是因为这个原因,形式将始终坚决拒绝把自己强加到任何阴暗或不鲜明的东西上。

四

形式是生活的最高裁判。赋予形式是一种判断力,一种伦理学;在一切已被赋予形式的事物中,都含有一种价值判断。各种给定的形式,各种文艺形式,是生活的可能性的节节台阶中的一级:当他的生命的显现能够采取形式时,当他的生活的最高时刻所要求的形式已被决定时,一个人及其命运的结论也就可以得出来了。

因此,悲剧所作出的最深刻的判断,是悲剧门前的题词,正如但丁笔下的地狱之门的铭刻,告诉进入地狱的人们必须放弃希望一样,悲剧门前的题词也在告诉人们,要进入悲剧王国,就不能过于软弱或卑劣。我们的民主时代,宣称一切人都有充当悲剧人物的同等权利,这实际上是办不到的。精神上的可怜虫要叩开悲剧王国之门的一切企图都是徒劳无功的。坚持认为人人都有平等权利的民主派却一直都在反对赋予悲剧

---

① 霍普特曼(1862—1946):德国作家。

以存在的权利。

《布龙希尔德》是保罗·恩斯特的一出描写悲剧性的男男女女的神秘剧。《尼龙·德·郎克诺》是与之相对的副本——一出描写非悲剧性人物的戏。在前一部剧作中，他按照他热切希望人们应当具有的样子，赋予他们以形式；在后一部剧作中，他赋予那些在本质上与他相隔最远的人物以生命。但是，他在写作后一部剧时，也不失为一位悲剧作家，因而不得不把它推向极端——推向悲剧的顶峰；只是在最终的决定性时刻，女主人公才脱离了悲剧的魔爪，有意拒绝了先前像光环一样在地头上闪烁着的一切高贵的决定命运的东西，急忙退向早已等待她的日常生活的圈子。她的座右铭镌刻在这最后的瞬间：它决定了她的价值，同时也决定了她的局限性。由于她经历过战胜自我，争取自由的斗争，因而变得强大起来，足以呼吸悲剧的气息，足以在悲剧的边界之内生活。但是，像她所属的那一特殊类型的人们一样，她最终没有奉献出神圣的生命。她属于一个次等种类的最高一层：这是戏剧形式对她生命价值所作的结论。她希望获得自由——自由是她的最高要求——而且也如愿以偿了；但她的自由只是摆脱一切束缚的自由，归根结底，这并不是以她的最深层的自我中孕育出来的与最高的必然性相同一的自由，并不是她的生命的完美实现。她的自由是娼妓的自由。她从各种强大的内部束缚中摆脱出来——从男人和孩子那里解脱出来，从忠贞不渝的伟大爱情中解脱出来。她为此付出了沉重的代价，接受了许多比较小的但却令人羞辱的束缚，就像为了一个一闪而过的念头，就可以被出卖、被抛弃的爱情，在一个女人的生活中所能制造的那种束缚。她蒙受的损失，使她遭受巨大的痛苦，她高傲地承受着她自己招致的命运加之于她的磨难——但这依然只是她的人生痛苦的一次缓解，只是从它的最沉重的必然性中的一次逃避。一个女人的这种自我解放，并不是她的本质的必然性的实现，而一个悲剧人物的现实的自我解放才恰好是这种必然性的实现。该剧的结尾提出了作为理论家的恩斯特早已预见到的一个问题：一个女人能够因其自身，即不是因其同她生活中的男人的关系而成为悲剧人物吗？自由在女人的一生中能够成为一种现实的价值吗？保罗·恩斯特的力作的核心是诗学、伦理学，正如费雷德里克·黑贝尔的作品的核心是诗学心理学一样。因为对于这两个人来说，形式已成为生活的目标，成为伟大和自我完善的一种绝对需要。恩斯特向来被看作一位冷静的形式主义者,黑贝尔则被看作一位病理形而上学家。然而,黑贝尔笔下的主人公的命运,是现实中的人所作的悲剧性的徒劳斗争,其目的是为了求得生活在艺术作品的形式(这种形式是深奥难解的,并且是心理上所体验到的经验生活的最高时刻)中的人物的完美人性;而恩斯特则将这种完美崇高的世界作为一种警诫,作为对行动的一种呼唤,作为人生道路上的一道闪光和一个终点,但并不关心人们实际生活的现实性。一种伦理学是否妥帖有力并不取决于这种伦理学是否正被运用。因此,唯有纯化成为伦理形式的那种形式,才能忘却悬而未决的各种事物的存在,并把这类事物永远从它的领域中驱逐,而它并不会因此而变得盲目与贫乏。

乔治·卢卡奇著

傅正明译

程朝翔校

诸形式的历史哲学难题

● 一般原则

● 悲剧

● 诸史诗形式

一

　　诸先验定向点变得不一样,使得诸艺术形式从属于历史哲学的辩证法;但是,这种辩证法必然各依每一形式诸个别[艺术]类型的先天家园而有所不同。可能发生变化的只是对象及其创作的诸条件,而并不触及形式与其先验生存权利的最终关系;此外,发生的只是形式变化,这些变化虽然在所有技术细节上都会有所不同,但并没有推翻创作的原始原则。不过,变化可能正好发生在那决定一切的艺术类型风格化原则(principium stilisationis)中,并由于不同的艺术形式——在历史哲学上所限定的——符合同一艺术意愿而变得必要。这并不是创作艺术类型的观念变化;比如说,当欧里庇德斯(Euripides)的非悲剧戏剧由于主人公及其命运成问题而被创造出来时,这样一种观念就已经在希腊的发展中显而易见了。在这种情况下,在推动创作的主体先天需要和形而上学痛苦与完整创作所碰到的形式预先稳定的永恒地点之间,普遍有一种完全的一致。然而,这里所指的创作艺术类型的原则,并没有要求观念的变化;更确切地说,同一观念不得不指向一个与旧目标有本质不同的新目标。这意味着:即使进行塑造的主体中的先验结构和外在形式世界中的先验结构之间旧有的平行关系也被破坏了,艺术创作的最后基础已变得无家可归。

德国浪漫派虽然没有彻底澄清小说的概念,却使这一概念与浪漫的概念紧密地联系起来,我们有充分的理由说,小说的形式毕竟不像其他形式那样,是先验无家可归的一种表达。对希腊来说,历史和历史哲学的相互巧合产生了如下结果:只有精神日晷(Son-nenuhr)显示它的时刻正好到来时,每一种艺术形式才得以诞生;而当它存在的原型(Urbild)从地平线上消失时,每一种艺术形式才会消失。对后希腊时代来说,这种哲学周期性消失了。在此情况下,艺术类型在一种解不开的复杂纠缠中相遇,作为对不再清晰明确的给定目标进行真实和非真实探索的标志;艺术类型的总和只表明是一种历史的经验总体,在这里,人们也许可以为诸个别的形式寻找、而且也可能会找到它们可能产生的经验的(社会学的)条件,但周期性的历史哲学意义绝不再集中于成了符号的诸种类型,而且从各时代的整体中所能辨认出来和作出解释的,也多于在它们自身中所能发现的。然而,一方面,在先验相关性发生最小的变动时,生活的内在意义必定无可挽救地逝去,另一方面,远离生活和异于生活的本质则用自己的生存以这样一种方式为自己加冕,以致这种庄严仪式本身在经历更大的震动时将逐渐变得不重要了,但绝不会完全消失。所以,尽管悲剧发生了变化,但就其本质而言,它仍未受触动地在我们的时代保留下来,与此同时,史诗则不得不消失,让位给一种崭新的形式,即小说。

当然,生活概念及其与人的关系的彻底变化也改变了悲剧。生活的内在意义以一种明确的灾难性形式消失着,并使一个并不混乱的纯粹世界听凭人来支配时,是不同于以下情况的:这种内在意义虽然像中了魔那样逐渐从宇宙中被排除出去,但对这种内在性重现的渴望并未终止,而且绝不以肯定的无望有生气地继续存在下去;人们期待着有解决办法的话语,必定猜想到在每一现时庞杂混乱的现象中失去了的东西;因此人就不能用活森林里被砍下的树干搭建起悲剧的舞台,而是,要么在没落生活所有死亡残余物的燃烧中必然产生出短暂的现场火焰(Flammendasein),要么全然不理睬这整个混乱,并逃进一个完全纯本质性的抽象领域中。这就是本质与自身外在于戏剧的生活的关系——它使近代悲剧的二元化风格成为必然,其[对立]的两极以莎士比亚和阿尔费耶里(Alfieri)①为标志。希腊悲剧置身于贴近生活或抽象的两难困境之外,因为对它而言,丰富多彩并不是走近生活的问题,对话的透明性并不是扬弃它的直接性。不管[古希腊戏剧中的]合唱队产生于何种历史的偶然或必然,它的艺术含义都是:人在超然于一切生活中变得生气勃勃和丰富多彩。因此,合唱队可以提供一个仅只执行结束功能的背景,像浮雕形象之间的冷酷气氛一样,然而它充满运动,使自己委身于并非源于抽象图式的[戏剧]情节的表面波动,并可以把这些吸纳进自身,且靠自己充实之后,又能把它们还给戏剧。它可以使整个戏剧的抒情意义用广博的词语表达出来;它可以不经历自我分裂,就把生物理性需要悲剧性反驳的低微声音和命运的高超理性的声音结合于一身。希腊悲剧中的朗诵者和合唱队具有同一本质基础,它们彼此是完全同质的,因此能在不破坏作品结构的情况下执行完全分离的功能;把处境和命运的全部抒情诗都聚集在合唱队中,并将变得赤裸裸的悲剧辩证法说出一切的诸话语和囊括一切的诸表情留给表演者;除了轻微的转变之外,什么也不能将它们以上话语和表情相互分离开来。对这两者来说,贴近生活毁灭戏剧形式所特有的危险即使作为很小的可能性,也不存在了:所以,两者都可以扩展成一种非图式的、却先天指明了的丰富性。

生活并没有从近代戏剧中无关联地消失,它至多会从其中被驱逐出去。但是,古典主义者所实行的这种驱逐,意味着不仅是对被驱除者存在的承认,也是对它的强力的承认:生活现存在于每一句话和每一个举动,那每一句话和每一个举动在充满恐惧的过度紧张中表现得高超,为的是远离生活,不被生活玷污;生活就是生活,它使人看不见产生于抽象先天结构已被计算出来的赤裸裸严谨,并使之受到嘲讽:生活使严格变得狭隘或使之迷惘,使之过分清晰或混乱(abstrus)。另外一种悲剧则耗尽生活。它

---

① 阿尔费耶里是 18 世纪的意大利悲剧诗人,以描写自由战士与暴君的斗争著称。——译注

把其主人公作为活生生的人(在纯粹承载生活负担的人群中间)安置到舞台上,而清楚明白的命运则应从承受艰难生活重担的戏剧行为的混乱中耀眼登场,通过它的命运之火把一切纯粹人性的东西化为灰烬,从而使纯粹人的无意义的生活化为虚无,而英雄人物的冲动则化为悲剧的激情,而这种激情把人物再熔炼为无瑕疵的英雄。因此,英勇就变得有争议和成问题了:做一名英雄不再是本质领域的自然生存形式,而是提升自己,超越纯人性的东西,既超越普通大众的、也超越自己本能的纯人性的东西。有关生活和本质的等级难题,对希腊戏剧来说曾是一种赋形的先天性,所以,它从未作为对象而成为形象,这样,这一难题就被拖入悲剧进程本身之中;它把戏剧撕裂成两个彼此完全异质的部分——它们仅仅通过其相互否定和相互排除而联系在一起:也就是说,它们是有争论的,且是理智主义的——因而扰乱的正是这种戏剧的基础。而强加给[戏剧]的基础的广度,和英雄在自己的心灵中必须经过的遥远道路,直至他发现自己是个英雄,这些都与戏剧形式所要求的结构的精细有矛盾,并使戏剧向史诗形式接近;正像以论战的形式强调英勇一样(即使在抽象的悲剧中也是如此),这些必然引起纯抒情的泛滥。

然而,这种抒情还有另一种来源,它产生于人与生活之变化了的关系。对希腊人而言,作为意义的承担者,生活的沉沦把人相互间的接近和亲缘关系仅仅转移到了另一种氛围中去,但并没有使之消灭:这里出现的每一个人物,都与万物支撑者即人保持着相同的距离,所以,每个人与其他人在其最深根源上都是有亲缘关系的;所有的人都相互信赖,即使是作为死敌也是如此,因为大家都以相同的方式、朝着相同的中心努力,而且都在内在本质相同的生存的同一高度上活动着。然而,像在近代戏剧中那样,如果人仅仅在同生活的等级竞赛之后才能显示自己并保持不变,如果每一个人都把这一竞争当作自己生存的前提或自己定在(Dasein)①的动因铭记在心,那么,每个戏剧人

---

① "Dasein"一词在德语通用词典 *Wahrig Deutsches Wörterbuch* 中有现有存在("Vorhandensein"),持续存在("bestehen"),生存("Exidtenz"),生活("Leben")等释义。在中国学界有好几种译法,如"定在","此在","亲在","缘在","生活"等。鉴于卢卡奇此时处在从新康德主义向黑格尔主义的过渡过程中,因此此处采用贺麟先生在译黑格尔《逻辑学》著作中的译法"定在"或德语词典中以及歌德在"生活"的意义上的用法。——译注

物(dramatis personae)就必定同只有他特有的联系一起受自己出生命运的束缚;于是,每一个人物都必定来自孤独,并在其他孤独者也无法消除的孤独气氛中奔向最后的悲剧孤独;于是,每一悲剧言语必然不好理解地逐渐沉默,而且没有什么悲剧行为将会获得一种适当接受的共鸣。然而,孤独是某种荒谬—戏剧性的东西:它是悲剧事件的真正本质,因为在命运中自我生成的心灵会有明星兄弟,然而却不会有伴侣。可是,戏剧的表现形式——对话——却以这些孤独者的高级共同性为前提,为的是保持多声部,即保持真正的对话和戏剧性。绝对孤独者的语言是抒情的,是独白的;而在对话中,他的心灵则太明显地暴露出其隐匿身份(Inkognito),过多地使言谈和反驳直率而尖锐,并加重其负担。而这种孤独比与命运关联的悲剧形式所要求的孤独更甚(希腊英雄甚至也在这种关联中生活过):孤独本身不得不成为难题,且进一步迷惘地取代悲剧难题。这种孤独不仅仅是在命运控制下心灵的放声歌唱,它同时也是注定要孤独、强烈渴望共同体的可怜之人的痛苦。这种孤独产生了新的悲剧难题,现代悲剧的真正难题是信任。现代英雄的心灵以生活为外衣,却为本质所充满,但将绝不会理解,即使相同的本质性也未必寄居在同样的生活掩护之下;心灵知道人人都适应了的平等;而它不能理解的是,它这种知识并非出自这个世界,对这知识的内心怀疑的自由并不能为此提供任何保证,对于这种生活来说,这种知识是根本性的;心灵知道自身的理念,这种理念使心灵受到鼓舞,生机勃勃,因此,心灵不得不相信,围绕着它生活的人群只不过是狂欢节令人眼花缭乱的闹剧而已,在这场闹剧中,出自本性的第一句话一说出,面具就脱落下来,一些不相识的兄弟必定会相互拥抱在一起。心灵知道这一点,并为此而寻觅,且独自忍受命运的支配。而不满——忧伤地进入这些兄弟自己适应了的极度兴奋中的,是已通到这里的悲痛之路:对生活的失望,这种生活甚至不曾是这些兄弟的命运智慧如此一清二楚宣告了的事情的讽刺画,这种事情相信曾经给这种智慧以在黑暗中单独行走的力量。这种孤独不仅是戏剧性的,而且也是心理上的,因为它不单单是所有戏剧人物的先天性,而且还是变成英雄的凡人的经历;而如果心理活动在戏剧中仍旧未经加工的素材,那么它就只能作为心灵抒情诗表露出来。

伟大史诗塑造了生活的外延总体,戏剧则塑造了人性的内涵总体。所以,当人的存在丧失了自发完善自己并在感觉上是当前的总体时，戏剧仍然能够在它的先天形式中发现一个也许难以解决、然而却包容一切且自我完善的世界。但对于伟大史诗来说，这是不可能的。对史诗而言，当时的世界现实是一最后原则，就其决定性的、规定一切的先验原因而言，这种情况是经验的；有时它能加速生活，能将隐藏的事物或渐渐枯萎的事物导向一个其内在的乌托邦结局，但是，它绝不能从形式上消除由历史所给定的生活的广度和深度、完美和意义、丰富多彩和秩序。真正乌托邦史诗的任何一种尝试都必然要失败，因为这种史诗必然在主观上或客观上超出经验之外，并因此超越性地成为抒情性的和戏剧性的东西。而对于史诗来说，这种超越绝不会富有成果。也许有过这样的时期，个别童话保存着这个消失的社会领域的一些残片，在那里，现在仅在空想上可获得的东西，在幻想的可见度上曾是当前的；这样一些时期的史诗诗人曾不得不离开经验，为的是把超验的现实表述为单独存在着的东西；是的，他们可能曾是事件的简单讲述者，就像有翅膀的亚述祖先的创作者——而且有理由——肯定把自己视为自然主义者一样。可是对荷马来说，超验的东西已经密不可分地与尘世生活(Dasein)交织在一起，而超验者的无法模仿性正是以这种内在化的彻底成功为依据。

现实的定在和本质(Sosein)①之不可分的密切联系，史诗和戏剧之间至关重要的界限，是史诗即生活之对象的一种必然结果。一方面，本质的概念已经通过其简单的设定而导致一种超越，在此变为一种新的、更高的存在，并因此通过自己的形式表明是一种应然存在(sollendes Sein)，这种存在在其产生形式的现实性上，始终不依赖于纯粹存在者的给定内容，另一方面，生活的概念则排除那被捕捉到的和凝结成的超验性这样一种对象。本质的领域由于形式的力量而紧张地高居于生活之上，它们的特性和内容都取决于这种力量的内在可能性。生活世界在这里保持不变，它只是为诸形式所接受和塑造，只是被带到了它的天生意义上去。而这里只许可在思想产生时充当苏格拉底角色的诸形式，绝不会自己用魔法将某种东西变成尚未安排于其中的生活。戏剧所创造的人物性格——这只是对同一情况的另一种表达——是人之仅能用智力了解

---

① Sosein，在 Duden 词典中的德文解释是 Essenz(本质，实质，精髓，核心)，Wesen(heit)(本质)，Kern(核心，实质)等。在此译为"本质存在"。——译注

的自我,史诗的人则是经验的自我。应然——在地球上变得像鸟一样自由的人逃进令人绝望的紧张中——在用智力了解的自我中可以客观化为主人公的标准心理,在经验的自我里,它仍就是一种应然。这种应然的力量是一种纯心理的力量,它与心灵的其他要素颇相似;应然对目标的设定是经验性的,类似于人或其环境所给定的其他可能的追求;它的内容是历史的,类似于由时间进程所产生的其他内容。这些内容与其产生其上的基础是密不可分的:它们会枯萎,但绝不会觉醒为一种超越尘世的新生活。应然毁灭生活,而戏剧的主人公之所以带有显而易见的生活现象的象征性标志,是为了能够以显著形式举行死亡的象征仪式,使存在着的超验变得显而易见;然而,史诗中的人们必定活着,否则便破坏或耗尽承载他们、环绕他们并满足他们的那种要素。(应然毁灭生活,而每个概念都表现为对象的一种应然:所以,思维绝不会获得生活的真正定义,也许,艺术哲学因此更适合于悲剧多于适合于史诗。)这种应然毁灭生活,而从应然的存在中构造的史诗主人公将始终只是历史现实中活人的阴影;不过,他的阴影绝不是他的原型和作为经历与冒险给予他的世界,只是现实事物的一种冲淡了的复制品,而绝不是它的核心和本质。史诗的乌托邦风格只会产生一些距离感,但是即使这些距离感也仍然是经验和经验之间的距离感,而距离感及由此而产生的悲伤和尊严仅仅把声调变成一种讲究修辞的声调,而且,虽然这些能取得哀歌式抒情诗之最美好的成果,但绝不会从单纯的距离设定中产生出一种超出存在的内容,成为生气勃勃的生活。不管这一距离朝着指示的方向是向前还是向后,不管它面对生活表明的是向上还是向下,它都绝不是对新现实的创造,而始终只是对已有的现实的主观反映。维吉尔①笔下的主人公过着一种冷静而适中的隐居生活,他被巨大激情的热血所滋养,这种激情牺牲了自己,为的是唤回已永远消失的东西,而面对某种社会学分类系统多种多样、然而又一目了然的分支,左拉(Zola)的雄伟气魄只是一种单调的震撼。

伟大的史诗是有的,但戏剧绝不需要这种修饰定语,而且总是抗拒它。因为戏剧

---

① 维吉尔(Publius Vergilius Maro,公元前 70 年—公元前 19 年),古罗马诗人。早期作品为《牧歌》,第二部作品为《农事诗》。他最重要的作品是史诗《埃涅阿斯纪》,叙述特洛伊英雄埃涅阿斯在特洛伊城陷落后渡海到意大利建立邦国的故事。——译注

的宇宙充满了它自身的实体并由此而圆满,所以,它不了解整体和片段的鲜明对比,不了解事件和征兆的对立:对于戏剧来说,生存意味着戏剧之宇宙存在,意味着对本质的把握和对其总体的拥有。但是,生活总体的必要性并没有随生活的概念一起被设定出来;生活同样也包含着每一种自身独立的生物对任何自身之外约束的相对独立性,像这样一些约束也具有相对的必然性和不可或缺性那样。所以就会有这样一些史诗形式,其对象并不是生活的总体,而是某个片段,即某个自身有生活能力的定在的极小部分。然而,史诗的总体概念,并不因此像在戏剧中那样,是一个从出生形式产生出来的概念,是一个先验的概念,而是一个经验的—形而上学的概念——它在自身中把超验性和内在性不可分割地结合在一起。因为在史诗中,主体和客体并不像在戏剧中那样恰好相合,在戏剧中,从事塑造的主观性——从作品角度来看——只是一个边缘概念,一种一般意识,而且主体和客体清清楚楚地存在于作品本身中,且相互区分开来;而由于经验的、从事塑造的主体产生于对象在形式上所想要的经验性,这一主体就绝不会是所突出表现出来的世界总体的基础和保障。总体只能从客体的内容中完全自明地产生出来:它是超主观的(metasubjektiv)和超验的,是一种显露和恩赐。史诗的主体总是生活中以经验为依据的人,但是,在伟大的史诗中,创造性的、驾驭生活的狂妄将在璀璨夺目的意义面前变为谦恭、注视、沉默惊异,确实出乎意料的是,对他,即日常生活中的普通人来说,这种意义在生活本身中不言而喻已变得一目了然。

二

在短篇史诗形式中,主体以更占优势和更为独断的方式与客体相对峙。但愿叙事者——在此不会,甚至也不应预示有史诗形式的体系——能用编年史家冷静和从容的表情,观看偶然事件的奇特作用,对于这些史诗形式来说,这种偶然事件无意义地和毁灭性地把人的命运搞乱了,对我们来说,它揭示性地且有趣地把一些堕落混淆起来了;但愿人能把世界的某个小角落看作井然有序、百花盛开的花园——周围是无边无际和混乱的天然荒地——颇受感动地把它提升为唯一的现实;但愿他能激动和冷静地让某人不同寻常而又深刻的世界经历凝结成明显成形的和客体化的命运;这样一来,他的主观性就始终能使一个人从世界事件发生的难以量的无限性中摆脱出来,赋予他某种独立自主的生活,并让这个人所出自的整体,仅仅作为人物的感觉和思考,仅仅作为对不连贯因果系列不由自主的继续编造,仅仅作为对依靠自身存在着的现实的反映,写进作品的世界里。所以,这些史诗形式的完善是某种主观的完善:一个生活片段被诗人置入某种突出、强调它且被生活整体所衬托的环境中;而在作品本身中人们进行选择和划定界线,作品就将带有源于主体的意志和知识的印记:这种选择和划界或多或少就具有抒情性。如果创造作品的主体的有意设定使内部发出光芒的意义正好在这种生活片段的孤立定在中一目了然,那么,生活及其——有机地放置于自身之上的——同样活跃的社团的相对独立性和普遍局限性,就可以被扬弃,被提高为形式。主体要求形象和界限的赋形行为,即在创造对象占统治地位的活动中的这种独立性,是没有总体的诸史诗形式的抒情诗。这种抒情诗在这里是史诗的最终统一;它不是某种孤独的自我在其自身脱离对象的冥想中的沉迷,不是客体在感觉和情绪中的消解,而是它产生出标准、创造出形式、承载着所有被塑造者的生存。但是,这种抒情诗之直接流动着的冲击力,必然随着生活片段的意义和重要而增大;作品的平衡就是进行设定的主体和由主体所强调且提升起来的对象之平衡。在生活的孤立奇观和难以解决的形式中,中篇小说的这种抒情诗还必须完全隐藏在细致刻画出来的个别事件之粗重线条的背后:在这里,抒情诗还是纯粹的选择:那种使人高兴又有毁灭性、然而始终没有理由日益严重的偶然事件之极大任意性,只能由对它明确的、无评论的、纯对象性的把握来加以平衡。中篇小说是最纯粹的艺术形式:它把所有艺术形式的最终意义都表达为情绪,表达为塑造内容的意义,尽管它正因此是抽象的。当无意义在没有遮掩、不加任何粉饰的裸露中让人看到时,这种无所畏惧的和无望的目光之祛除强力就给它以庄严形式:无意义作为无意义而成为形态:无意义则因被形式所肯定、所扬弃、所拯救而变成了永恒。在中篇小说和抒情诗—史诗形式之间有一个飞跃。一旦从形式提升为有意义的事物按其内容是有意义的(尽管只是相对的),那么变得沉默的主体必然会竭力寻找自己的某些言语——它们将从被塑造事件的相对意义出发建起一座通往绝对者的桥梁。在田园牧歌中，这种抒情性还几乎完全同人和物的轮廓融合在一起；正是这种抒情性赋予这种轮廓以平和、独居之柔和与轻松，使之十分快乐地离开外面肆虐的风暴。只有在田园牧歌超越自身成为史诗的地方，例如在歌德和黑贝尔①的"伟大田园诗"中，在生活的整体及其所有危险（虽然因遥远的距离而减弱和受到抑制）进入被描写的事件本身的地方，诗人自身的声音才一定会被听到，他的手才不得不设立有益的距离：借此，既不是他的主人公们获胜的幸运变成主人公们的不值得的知足（他们胆怯地离开没有被战胜的眼前贫困，只是为了自己而消除它），也不是生活总体的危险和引起这种危险的经历变成模糊的图式（Schemen），从而将拯救的欢呼降低为微不足道的滑稽戏。而在事件就其被客体化为史诗的对象性而言变成一种无限感情的承载者和象征的地方，在一颗心灵就是一个主人公，而这心灵的渴望就是情节——有一次我在谈到 Ch.L.菲力普②时把这种方式称为 Chantefable[中世纪一种半韵文半散文的作品]——③的地方，在对象、被塑造的事件仍然是、而且应该始终是某种个别事物的地方，而且在记下事件并使之传播开来的经历中，整个生活的最后意义、诗人赋予意义的且为生活所抑制的强力已经停止下来的地方，这种抒情性就发展为清晰明白地且广泛滔滔不绝地说出了一切。然而，即使这种强力也是一种抒情的强力：这是诗人的个性，这种个性以有意识的独断使对世界意义的特有解释——把诸事件作为工具加以精通——突现出来，但他并没有作为秘密话语守护者细心听取诸事件的意义；这不是被塑造的生活总体，而是诗人——他作为经验的主体，以其全部伟大、然而也以其整个的生物局限性登上创作的舞台——和这种生活总体的关系，即诗人对此评价或摒弃的态度。

而且，即使通过成了存在独裁者的主体来消灭客体，也不能让生活总体——它依据其概念是一种外延的总体——从自身中解脱出来：不管主体自以为比其客体有多么

---

① 黑贝尔(1813—1863)，德国戏剧家，以悲剧理论见长。他创作了戏剧《犹滴》。青年卢卡奇对此多有论述。——译注

② Ch.L.菲力普(Ch.L.Philippe, 1874—1909)，法国小说家，其小说以对穷人悲惨生活的描述、对遭社会遗弃的人们的同情而著称。在《心灵与形式》中，卢卡奇以"渴望与形式"为题评论过此人。——译注

③ 卢卡奇：《心灵与形式》特别版本，新维德和柏林 1971 年，第 151 页，原版第 224 页。——译注

高明,他始终只是这样一些单个的客体——主体以作为独立拥有这种方式获得这些客体,而这样一种总数将绝不会产生出一个真正的总体。因为,即使这一崇高—幽默的主体也仍然是某种经验的客体,他的创作也仍然是对他的、按照本质还是与他类似的客体的一种态度;而他围绕着被他作为世界挑选出来且被完善的东西所画出的圆,则只不过标明主体的界限,并未标明自身以某种方式是完整的宇宙的界限。幽默家的心灵渴望一种比它能提供给他的生活更真的实体性;所以,他打破了生活脆弱总体的所有形式和界限,为的是找到生活唯一真正的源泉,找到控制世界的纯粹自我。但是,随着客体世界的崩溃,主体也变成了碎片;只有自我仍然存在着。然而,即使他的生存也消逝在自己制造的瓦砾世界的非实体性中。这种主体性想塑造一切,而正因此他也只能反映世界的某个片段。

这就是伟大史诗的主体性之悖论(Paradoxon),即它的"将欲取之,必先舍之":每一创造主体性都变得富有抒情,而只有单纯接受的主体性才能在谦恭中把自己变成纯粹接纳世界的器官,并能分享对整体的恩赐,即揭示。这就是[但丁]从《新生》(Vita nuo-va)到《神曲》(Divina comedia)、[歌德]从《维特》(Werther)到《威廉·迈斯特》(Willhelm Meister)的飞跃;这就是塞万提斯实现的飞跃,这一飞跃,即使默不作声,也让《堂·吉诃德》的世界级幽默闻名于世,而劳伦斯·斯特恩[1]、让·保尔[2]美妙响亮的声音提供的则只不过是对某一纯主观的因而也是有限的、狭隘的和随意的世界片段之纯主观反映。这不是什么价值判断,而是一种类规定的先天理性(ein gattungsbestim-mendes Apriori):生活的整体不让先验的中心点在自身中显示出来,也不容许它的某一个细胞提升为其统治者。只有当主体远离每一种生活及其必然一起被设定的经验庄严地处在本质性的最高位置上的时候,当它仅仅是先验综合的载体的时候,它才能够在其结构中包含总体的所有条件,并把其界限变成世界的界限。然而,这样一个主

----

[1] 劳伦斯·斯特恩(Larence Stern, 1713—1768),英国感伤主义小说的典型作家,其代表作为《商第传》和《感伤旅行》。在《心灵与形式》中,卢卡奇对他也有所评论,论文题目是"财富、混乱与形式"。——译注

[2] 让·保尔(Jean Paul, 1763—1852),德国小说家,原名约翰·保尔·弗里德里希·里希特尔。其作品在19世纪20年代广为流传,他本人则深受英国小说家劳伦斯·斯特恩的影响。——译注

体不可能出现在史诗中:史诗是生活,是内在性,是由经验所得来的认识,而但丁的《天堂篇》(*Paradiso*)则比莎士比亚异常丰富多彩的作品在本质上更贴近生活。

本质领域的综合强力,在戏剧难题的结构总体中越来越大:出自这一难题的必然事物,不管是心灵还是事件,都从它与中心的关系中获得定在;这种统一的内在辩证法,赋予了每一个别现象以同它——视与中心的距离和对问题的重要性而定——相适合的存在;这一难题在此是难以表达的,因为它是整体的具体理念,因为只有所有声音的和谐才能够提高隐藏于其中的内容丰富性。然而,对于生活来说,这一难题是一种抽象;一个人物与难题的关系,绝不能把其全部的丰富生活纳入自身之中,而生活领域的每一个事件都必定以寓意的形式同这一难题相关联。就黑贝尔有理由称之为"戏剧性的"、"心灵亲睦"(Wahlverwandtschaften)而言,歌德的高级艺术也许能够在涉及这一中心难题时斟酌和权衡一切,但是,即使从一开始就被引进这一难题狭窄通道的心灵,在此也不能尽情享受生活,达到真实的定在;即使依据这一难题而被严格限制的行为,也没有完善为一个整体;即使为了填满这个狭小世界的稀薄外壳,诗人也不得不把一些陌生的基本原则一同引进来,而且,即使这种情况处处都如此成功了,如同布局谋篇上极端节奏的个别情况那样,它也不会得到什么总体性。而《尼贝龙根之歌》(*Nibelungenlied*)①的"戏剧性"浓缩,则是黑贝尔为了自身(*pro domo*)而产生的一个精彩错误:这是一位伟大诗人的绝望努力,以拯救真正的史诗素材在变化了的世界里崩溃着的史诗统一。布伦希特(Brunhird)的超人形象已经被降低为女人和瓦尔屈勒(Walküre,北欧神话中沃丁神手下的女神)的混合,把懦弱的求婚者贡特尔(Gunther)

---

① 《尼贝龙根之歌》是德国古代英雄史诗。大约写于12—13世纪,以中古高地德语写成。史诗的作者无可考,依据诗中叙述的内容推测,似乎是一个骑士出身的奥地利人。全诗分成上下两部:《西格弗里德之死》和《克里姆希尔特的复仇》。共有39歌,计2 379节9 516行。史诗的上部叙述尼德兰王子、拥有尼贝龙根宝物的西格弗里德向勃艮第的公主克里姆希尔特求婚,之后帮助公主的兄弟勃艮第王骗娶了冰岛女王布伦希特。多年后布伦希特发觉自己被骗,一怒之下唆使自己的手下杀死了西格弗里德,并把尼贝龙根宝物沉入大海。史诗的下部叙述西格弗里德的妻子克里姆希尔特一直在寻找机会为自己死去的丈夫报仇。克里姆希尔特在改嫁给匈奴王埃采尔之后,她邀请自己的兄弟连同他们的侍从赴宴为名,伺机将勃艮第家族的人一网打尽。当年杀死西格弗里德并将宝物沉入大海的人至死也没有说出宝物的下落。这部史诗以民族大迁徙后期匈奴人和勃艮第人的斗争史实为依据。作为古代英雄史诗,尼贝龙根之歌具有风格雄浑、感情饱满等特点。史诗的韵体称混合诗体,又称尼贝龙根诗体,独具特色。——译注

贬低为不坚定的可疑对象,只有个别的童话主题才把恶龙杀手西格弗里德(Siegfried)保存在骑士形象里。在这里,忠诚和复仇,即哈根(Hagen)和克里姆希尔特(Kriemhild)的难题,自然就得以拯救了。但是,这是一种绝望的、纯艺术的尝试:这是用编排的手段,用构思和组织,去建立一种像赘生物(gewächsmfissig)一样已不再有的统一:这是一种绝望的尝试和一种英雄般的失败。因为某种统一也许会实现,但这绝不是一种真正的整体。在没有开头也没有结束的《伊利亚特》的情节中,一个完整的宇宙发展成包容一切的生活;《尼贝龙根之歌》明确编排好的统一,在其从艺术上划分成章节的外表背后,则隐藏着生活和腐烂、宫殿和废墟。

马克思与拉萨尔的通信

　　新近出版的拉萨尔书信集,附有目前能看得到的马克思、恩格斯等人的全部复信,它代替了原先由梅林编辑出版的那一册,这册新版的集子对马克思研究具有不可估量的价值。但是,尽管现在发表的马克思的书信提供了宝贵的资源,原先梅林编选的有马克思、恩格斯之间的通信作为注释的集子留给所有细心的读者不大令人愉快的印象,非但没有消失,反而更加强烈了。我指的是,马克思和恩格斯对拉萨尔缺乏信任和真诚。他们两人都从来没有对拉萨尔在理论上和实践中的表现公开说出自己的反对意见。在他们的信中,这种反对意见几乎总是采取一种客客气气、含糊其辞的方式,可以说从不直率地触及争论的核心(例如,可以把马克思对拉萨尔的《赫拉克利特》①的看法,同他就这个问题写给恩格斯的信比较一下,或者把他就拉萨尔初读《政治经济学批判》的印象问题致拉萨尔的回信,同他在给恩格斯的信中就这同一问题所作的评论比较一下)。这里不是对这种不能令人满意的关系的心理原因进行分析的地方,进行道义上的考察更不适宜。我们之所以不仅提到从通信集获得的这个基本印象,而且把它作为我们考察的出发点完全是出于客观上的需要。应当肯定,尽管马克思和恩格斯同拉萨尔之间保持了长年的"友谊",有过长期和密切的通信联系,但他们却从来没有切

---

① 指拉萨尔的《爱非斯的晦涩哲人赫拉克利特的哲学》一书。——译注

实地同拉萨尔地"倾向"进行争论。他们虽然看出了它的种种错误,却从来没有如实地加以指出,这种情况一直延续到《哥达纲领批判》发表,而那也只是涉及拉萨尔体系的个别后果,并没有涉及体系本身。

这是很令人遗憾的。因为,正是由于没有同拉萨尔的思想倾向进行明确地争论,才使这种倾向在德国工人运动中隐蔽地悄悄地继续发展起来。马克思和恩格斯同别的种种偏离的倾向进行公开论战,而对拉萨尔的倾向却没有在理论上同样地加以对待。当然,很清楚,即使进行了这样的论战,也不能一劳永逸地清除这种思潮。蒲鲁东和法国工团主义运动或者新康德主义思潮就是例子,对这些思潮实际上早在《神圣家族》等著作中已经作了批判。但拉萨尔错误倾向的影响所产生的危险更大,因为它并未固定为一种明确的思潮,它可以以各种方式显现和现代化,往往使人难以看清它的渊源。我觉得,恰恰在今天,在新康德主义思潮走向衰落的时候,我们可以很容易地感受到拉萨尔主倾向的复苏。正像资产阶级哲学在过去十年中沿着从康德主义到黑格尔的方向发展一样,在始终受到资产阶级流行思潮强烈影响的机会主义中间,似乎也出现一种类似的发展。这里我只想举库诺的主要著作作为例子,这本书就试图透过黑格尔来纠正马克思对国家的批判。

正是在这里我们看到了中心问题,看到了拉萨尔的卓越之处和局限。他可以说是黑格尔唯一名副其实的学生,始终是他最正统的学生。这也说明了为什么他对当时学术界的杰出人物,如伯克、洪堡等有很大影响。黑格尔学派的其他人全都离开大师而各行其道,我们在这里最感兴趣的激进派,部分走向世纪唯物主义(费尔巴哈),部分转向康德和费希特(布鲁巴哈·鲍威尔、施蒂纳等),拉萨尔则始终不渝地忠实于正统黑格尔主义,并试图把它作为革命工人运动的理论基础。在同鲍威尔及他那个圈子的争论中,根据马克思对黑格尔的进一步革命性发展(他以此拯救了黑格尔哲学中可以发展并用来创立唯物主义辩证法的因素),黑格尔本人与他的学生们之间的对立起着最主要的作用。但是在这个斗争中,拉萨尔仍能站在马克思一边。他对罗森克朗兹的逻辑学理论的出色而深刻的批评,尽管实际上局限于逻辑学领域,也完全站在同样的立场上。它也反驳了马克思在批评黑格尔的学生们时所批驳过的新康德学派的主观主义以及新康德主义重新恢复思维与存在二元性的观点。

　　所以,这个争论并未触及拉萨尔的学说,更不要说具体地加以反对了。为了对它进行剖析,应当说明,对于准确认识发展中的社会和历史来说,从而对于革命的工人阶级来说,黑格尔的方法本身能够起什么作用。对这本通信集稍作严谨审慎的分析,就可以得到理解马克思对这些问题的态度的清晰的方法论钥匙。一个例子就是恩格斯也曾参加的关于拉萨尔的《弗兰茨·冯·济金根》的争论。这个争论主要围绕下述问题:拉萨尔写作这个革命悲剧的计划是否是一件有意义的事情,从而黑格尔的方法是否适用于认识历史,因为尽管它考虑到多种具体的历史事件,却仅仅把它们看作是超历史实体国家、宗教等的具体化,因而这些"观念"是否具有超出其具体历史存在之外的存在。但是甚至这样一次内容广泛的争论也没有触及分歧的关键。马克思和恩格斯在拉萨尔面前从不完全明确地提出问题,他们没有信心真能使他接受他们的方法,而且,还担心过于强调分歧会完全失去他。当然,尽管采用了这种"外交手段",细心的读者还是可以清楚地看出他们之间的对立。这一点,在马克思对拉萨尔"既得权利体系"提出的方法论方面特别有意义的批评中表现得尤其突出,其中可以明确地看到历史唯物主义与黑格尔—拉萨尔历史观的对立,这种历史观确信历史就是由"观念"本身派生和解释的、一系列连续不断的观念的历史(在这里就是权利的历史)。总之,尽管这本通信并不能代替马克思主义与拉萨尔主义之间本来完全应该展开的争论(这是令人遗憾的),它毕竟还是在这方面对每一个真正愿意研究马克思的人提供了多方面的帮助。而假如这个争论一旦发生,这部通信集肯定会成为它在方法论方面的出发点。

马克思和恩格斯同拉萨尔关于《济金根》的论争

杜章智　译

一、拉萨尔的立场

　　拉萨尔的未出版的书信和著作发表之后,出现了对正确评价马克思和恩格斯同拉萨尔之间的关系极为重要的新材料①。我们认为必须详细谈谈围绕着拉萨尔的悲剧《弗兰茨·冯·济金根》的论争,因为马克思主义创始人同拉萨尔之间的某些原则分歧在这里比在他们之间的其他讨论中还要表现得更加明确。此外,同拉萨尔关于悲剧任务的争论使得马克思和恩格斯有可能发表关于艺术的见解,而他们在艺术方面的观点还远没有得到充分的研究和评价。马克思对美学和艺术问题的细心态度是众所周知的。不管语文学的评论如何解决关于他参加《Posaune》②第二部分写作的问题,马克思1842年时期的书信证明,他对美学问题怀有浓厚兴趣。但是毫无疑问,马克思后来也

---

① 斐迪南·拉萨尔:《书信和著作遗稿》,迈耶尔编,斯图加特和柏林1921年版。
② 布鲁诺·鲍威尔周围的一群左翼黑格尔分子1841年出的一个小册子的名称。据古斯达夫·迈耶尔推测,这本小册子的第二部分《一个信教者看黑格尔关于宗教和艺术的学说》(1842年莱比锡版)是马克思写的,纳特劳不同意迈耶尔的看法。

对美学继续保持兴趣。例如,马克思在关于《济金根》的讨论过去几年之后,在他对拉萨尔的《既得权利体系》进行批评的书信中谈到路易十四时期的法国剧作家①,这表明他永远保持了对文学和艺术问题的深刻的理解和历史兴趣。这种情况在我们研究的这个时期特别明显。关于《济金根》的信件来往属于 1859 年 3 月至 5 月期间②。马克思在这个时候完成了他的著作《政治经济学批判》,1903 年才发表的这部著作的不完整的导言包含有马克思美学观点最详细的表述之一。还要指出,有马克思对弗·泰·费舍《美学》一书的很详细的摘要(1857—1858 年),证明他正好在这个时候从事美学问题的研究③。

马克思极其愤慨地对恩格斯写到拉萨尔关于《济金根》的第二封信:"在这样的季节,在这样具有世界历史意义的事件面前,一个人不仅自己有工夫来写这种东西,而且还想叫我们花费时间来看它,实在不可理解。"然而,引起马克思愤慨的并不是拉萨尔探讨美学问题这一事实本身。产生这种愤慨的原因大概是,马克思认为与拉萨尔的任何进一步争论都徒劳无益和毫无意义,因为在这次争论中涉及的一切重要的政治和历史问题上,以及在一般世界观问题上,拉萨尔都完全不可以理喻。在争论中,他的立场的消极方面暴露得比以前甚至还要更加明显。诚然,马克思和恩格斯对拉萨尔已有很好的了解。但是,在马克思和恩格斯关于《济金根》的头两封相当诚挚的——尽管批评很尖锐——回信和刚才提到的意见在语气上的差别是如此之大,对这种情况产生的原因以及整个这场争论在马克思和拉萨尔的关系史上的作用问题值得进行一番探讨。

1859 年 3 月 6 日,拉萨尔把他的《济金根》连同序言和关于这部作品中的"悲剧观念"的手稿一起寄给马克思和恩格斯。这两件材料包含有拉萨尔观点的纲领性表述。供发表用的序言把悲剧的美学问题提到首位,把作为戏剧基础的历史政治问题只是看

---

① 《马克思恩格斯全集》,第 30 卷第 608 页。

② 拉萨尔致马克思的信注的日期是 3 月 6 日,马克思的回信是 4 月 19 日,恩格斯的回信是 5 月 18 日,最后,拉萨尔的反驳是 6 月 27 日。马克思在 6 月 10 日致恩格斯的信中指的就是拉萨尔的这最后一封信。见《马克思恩格斯全集》,第 29 卷第 432、571, 581 页。

③ 顺便指出,1857 年马克思接到德纳要他为《新美国百科全书》写美学辞条的约稿信。马克思和恩格斯在 1857 年 5 月 23 和 28 日的信中嘲笑德纳幼稚,竟以为可能用一页篇幅来详尽阐明这样一个主题(《马克思恩格斯全集》,第 29 卷第 135—136 页)。这部辞书中后来刊载的美学辞条,自然既不属于马克思,也不属于恩格斯。

作素材。第二个材料——拉萨尔为朋友们写的手稿——已经不局限于对政治历史问题的谨慎的外交措词,而是把它们提到注意的中心,只是联系到政治来考察美学问题。

按照拉萨尔的思想,《济金根》应该描绘革命的悲剧。任何革命的悲剧性冲突,按照拉萨尔的看法就在于"狂热"、"靠观念对自己本身的强力和无限性的直接信赖"与"现实政治"的必然性之间的矛盾。拉萨尔故意把这个问题表述得尽可能抽象,但是这样一来他不由自主地使整个问题蒙上虚伪的性质。实际上,"现实政治"的任务——"重视既定的有限的手段"——在他那里包含有下述内容:"对于别人……隐瞒着运动的真正的和最终的目的,并且借助对统治阶级的这种有意的欺瞒,以及对统治阶级的利用,来获得组织新力量的可能性。"①

按照这种情况,对立的一极——革命的狂热——也必然得到同样抽象、同样独特的表述,即被与狡智对立起来。大多数的革命都是由于碰到这种"狡智"而垮台的,"趋向极端的政党"之所以有力量,其秘密正是在于它们"抛弃了理性"。拉萨尔这样说。情况就是如此,"在构成革命的力量和热狂的思辨观念与表现上十分狡智的有限的理性之间,看起来似乎存在着某种不可解决的矛盾"②。

这种永恒的、客观的、"辩证的"矛盾,按拉萨尔的看法也是 1848 年革命的基础。他在自己的剧本中想要摘绘的正是这种矛盾。因此摆在我们面前的便是一部革命的悲剧。"悲剧的冲突"在这里是"正式的冲突",正像拉萨尔在同马克思和恩格斯论争中解释的那样,它"不是任何特定的革命所特有的冲突,而是在过去和未来所有的或差不多所有的革命中不断重复出现的冲突(有时是可以克服的,有时是克服不了的),——一句话,是革命形势本身的悲剧的冲突,无论在 1848 和 1849 年,还是在 1792 年都存在过的冲突"。

由于目的和手段之间的矛盾,拉萨尔所描绘的那种类型的革命必定要遭到失败,革命活动家"必然会站到敌人的原则的立场上去,从而在理论上承认自己被战胜了"。亚里士多德和黑格尔所确认的目的和手段的辩证统一便被破坏了。但是,"任何目的

---

① 《书信和著作遗稿》,第 3 卷第 153 页。
② 《书信和著作遗稿》,第 3 卷第 152 页。

只有用符合其固有性质的手段才能达到,因此,革命的目的用外交的手段是不能达到的"①。理性、外交的盘算必定在革命中遭到失败。"这种百般盘算的革命者(Revolutionsrechner)不能在自己面前消灭受骗的敌人和在自己背后获得朋友,而必然是在自己面前有着敌人和在自己背后消灭自己的同志。"②

拉萨尔对悲剧性、对戏剧的形式和风格特性的一切观点,都是从这种对革命的理解中产生出来的。拉萨尔陷入一种思辨的自我欺骗中,以为他找到了一般革命的内在冲突,从而成了1848—1849年时代德国资产阶级知识分子的很狭隘的极左翼的传声筒。他力图建立反对"旧势力"的统一民主战线,借助它来实现激进的资产阶级革命。但是同时拉萨尔具有小资产阶级革命主义的一切幻想。对民主力量抽象统一的趋向是《既得权利体系》的基础,也是把像弗兰茨·齐格勒那样的1848年资产阶级民主派吸引到拉萨尔这里来的原因;这种趋向实现无望是拉萨尔后来采取"托利—宪章派"立场、对工业资产阶级进行残酷的和片面的斗争而不同时对半封建的土地所有制及其在普鲁士的政治代言人进行斗争、甚至与之结成联盟的主要原因。简单地说,按照拉萨尔的观点,1848—1849年的革命是由于碰撞在人们的"狡智","外交立场","国家立场"上而遭到失败的。拉萨尔在《济金根》中给自己提出的目的,就是要用艺术形象把这一失败的悲剧作为任何一般革命的悲剧表述出来。

《济金根》的美学问题、它在现代戏剧发展中的独特地位,是由这种对问题的提法决定的。的确,拉萨尔在许多重要的美学问题上与他当代的德国戏剧及其理论完全站在同样的基础上——受到从康德到黑格尔的唯心主义哲学的强烈影响。他本人完全意识到这种联系。在《济金根》的序言中,拉萨尔关于这一点明确说道:"我认为德国戏剧通过席勒和歌德取得了超越莎士比亚的进步,就在于他们两个,尤其是席勒,首先创造了狭义的历史剧。"③因此,他寻找这样一种类型的戏剧,这种戏剧能够作为独立形式与古代戏剧和莎士比亚(在黑格尔那里构成与古代类型对立的"新"类型的完成)并存,

---

① 《书信和著作遗稿》,第3卷第152—153页。
② 《书信和著作遗稿》,第187页。
③ 《拉萨尔全集》,柏林1919年版,第1卷第133页。

并且在某种程度上是超出旧戏剧范围的第三个阶段①。

为此，拉萨尔首先去找席勒，在他那里发现许多新的东西。拉萨尔认为席勒戏剧中的新东西在于，"这种悲剧关心的已经不是只不过作为普遍精神的最深刻内部冲突的代表和化身的个人，而只是……决定着整个普遍精神的欢乐和忧患问题的命运"②。然而，按照拉萨尔的看法，进一步的发展必定要超出席勒，因为即令在席勒的作品里，历史精神的重大矛盾也只是使悲剧冲突得以展开的基础。"在这个历史背景上作为戏剧本身的情节出现的，并且构成情节的灵魂的，还是……纯粹个人的命运。"③

这种思想与资产阶级社会思想的一般发展、特别是与德国哲学的发展的联系过于明显，不值得详细论述。只需要着重指出，拉萨尔对问题的提法在一些有决定性的问题上与他的参加过黑格尔主义解体过程的同时代人的立场大不相同。上世纪四十和五十年代的所有这些思想家和诗人，都力求在思想上理解或在诗歌中描绘出资产阶级社会的起源和发展，在体系中(或在文艺作品中)调和由经济发展所引起的矛盾，他们也并没有把这些矛盾看成矛盾。"调和"范畴即令在黑格尔那里就已经是他的体系的内部矛盾的主要源泉，自然，这些矛盾在后来的资产阶级思想家那里也未能被解决，而只是每次试图要解决它们时变得更加尖锐化，引起经验主义、主观唯心主义等等的复发。另一方面，"调和"范畴明显地暴露出资产阶级美学在黑格尔时代及其以后全部演变过程的阶级意义。近代戏剧家和美学家所面临的两个二律背反，即自由和必然的二律背反同个人和社会的二律背反，其内容带有纯粹社会的根源，在这里却被神秘化，变成为"永恒的谜"、抽象的"悲剧"过失问题。对这个问题的回答决定着悲剧的结构和风格，更清楚地说明这个或那个思想家的全部阶级立场。即令在黑格尔那里也完全清楚

---

① 这是黑格尔以后资产阶级美学共同趋势，费舍的《美学》宣布现代戏剧的任务是把古代和莎士比亚结合起来(罗伊特林根和莱比锡 1846—1858 年版，第 908 节，第 3 卷 1417 页)。这个纲领与 F.黑贝尔在《玛丽亚·玛格达莱娜》序言(《黑贝尔全集》，柏林 1913 年，第 1 卷第 41 页)的声明完全吻合。黑贝尔说，与古代和莎士比亚相反，从歌德开始的新戏剧"把辩证法直接灌输到思想本身中去"。

② 《拉萨尔全集》，第 1 卷第 134 页。

③ 《拉萨尔全集》，第 133 页。黑贝尔完全以同样的方式谈到歌德，说他虽然掌握了时代的伟大遗产，但是并没有彻底利用它。

地表现出资产阶级阶级发展的内部矛盾,但是另一方面,他以肯定具体当代性的方式赞同了这种发展。

由于这种辩证的立场,黑格尔极为有力地消除了"过失"问题。黑格尔说,必须抛弃掉"关于过失和无辜的错误概念"。"从意志自由的观点,悲剧的主人公们是无辜的。必然性把他们推向构成他们罪过的'行为'。他们完全不希望在这些事情中无辜。相反,他们以他们的行为真的是他们做出的而自豪。伟大性格的光荣就在于他们是有过失的。"①这种和黑格尔历史哲学联系很清楚的观点,是以希腊悲剧作为准绳的(这在《现象学》中比在《美学》本身中表达得还要更明确)。黑格尔给艺术在一般发展中规定的位置是这样的,包括"浪漫"艺术在内的一切新艺术对他说来是艺术创作的解体,是宗教或哲学中艺术理念的扬弃②。新的艺术创作中的过失问题、自由和必然问题,在黑格尔的美学中也表现为原始的、古典的、希腊的艺术解体的形式。

以后的资产阶级美学在这个问题上从相反的观点出发:正是力图为现代新的艺术创作辩护。这导致对黑格尔提法的深刻改造。在表面上是推翻黑格尔关于艺术最终灭亡的非历史概念。在实际上,后来美学的这种错误的"历史主义"就在于寻找并且似乎找到了这样一些范畴,它们稍加变异就可以应用于艺术史的一切时期。如果说黑格尔的范畴在本质上是一定历史时代的思想表现,因此带有这个时代的本质特点的印记,那么黑格尔以后的哲学则导致对美学问题的形式主义理解。一般自由被与一般必然性对立起来,人在历史中、个人在社会中的地位等等受到抽象的考察。

结果,在黑格尔那里还凑合连接在一起的原则无可遏止地分解了。大家都知道的一些范畴尖锐地、片面地和毫不妥协地相互对立起来了。从方法的观点,产生了抽象的形式主义和经验的实证主义的分裂。在戏剧领域出现了各种流派,而且在一些情况下必然性的概念变成为神秘的命运思想,而在另一些情况下个人的独特性、个人的自由又变成为不正常的东西。这样破坏了的联系然后不得不用复杂的、虚构的手段来恢复。在黑格尔那里常可遇到的(虽然是唯心主义的)自由和必然的辩证统一完全不见

---

① 黑格尔:《美学》,《全集》,柏林 1838 年版,第 10 卷,第 3 部分第 552—553 页。

② 黑格尔:《美学》,《全集》,柏林 1838 年版,第 10 卷,第 2 部分第 231 页及以下几页;第 3 部分第 580 及以下几页。

了,代之而起的是纯粹的伦理学、心理学等等。

在对美学问题的提法中发生这一切变化的基础,是必须确定自己对作为迫在眉睫的现实问题的革命的态度。黑格尔可以把革命(资产阶级大革命)说成现代的前提,说成某种过去的东西(1830年的革命已经不能对他的世界观产生决定性的影响)。他能够按照自己的方式具体地说到那些引起革命和被革命引起的冲突。另一方面,在黑格尔的时代,资产阶级革命在德国还没有成熟,这使得他有可能把各种矛盾着的原则的"调和"看作一定的"世界状况"。因此他能够把承认过去的革命和肯定现存的秩序结合起来。

黑格尔在青年时代肯定了从法国革命中产生的、有革命作为自己的现实前提的资产阶级社会。复辟时期改变了他的近代史概念。"开明的"官僚们一步一步地扫除了德国资产阶级发展道路上的最粗野的障碍(保留了长子继承权及其他封建残余),这种实现资产阶级社会的形式使黑格尔感到满足。他宣布革命的时期最后结束了,当时普鲁士的状况是"理性"发展的基础,只应该逐步进行改善。站在这一立场上,黑格尔就有可能对过去而言照旧肯定法国革命的世界历史意义,而对现在和未来而言认为革命已经到头。

当革命作为迫切的、现代的问题摆在文学家面前时,就完全是另一回事。在黑格尔逝世后、准备1848年的时期中,就正是这种情况。在对个别问题的考察和回答中的任何抽象在这时都是明显地偏离生活真实,并会引起最悲惨的后果。这种情况最清楚地表现在黑格尔以后的时期中最大的美学家弗·泰·费舍身上。费舍把革命看作是悲剧的真正主题[1],与黑格尔相比无疑前进了一步。但是立刻我看到后退。费舍甚至比黑格尔退得更后,他说,他所谓的革命,是指"自由的前进和必要的现存秩序、年少气盛的进击和重重设阻的抵抗的经常对立"。由于这样的定义,安蒂戈纳、塔索、华伦斯坦、葛兹可以同样算作革命家:任何反对"现存事物"的起义都属于"革命"的范畴,即使它的出发点是"旧事物"的原则也是一样(安蒂戈纳、葛兹)。

---

[1] 费舍:《美学》,第1卷第136节和补充(这个地方马克思标出并摘抄了)。

另一方面,正是这种对问题过分抽象的理解迫使费舍揭露自己温和的自由主义的本性。他说:在两种原则冲突时,"更深刻的道理在第一方面(在新事物的方面),因为伦理的观念是绝对的运动"。但是"现存的事物也有自己的道理。真理在当中间……只有遥远的未来将带来真正的调和"。

如果说在这种理论产生的四十年代,它还带有温和和进步的性质,那么在它的进一步发展中,在1848年以后的时期,这种理论已经变成为纯粹从美学上为"当代"辩护的尝试,而且形式上的美学的因素获得决定性的意义,资产阶级革命的原则完全融化在温和的自由主义之中。这种变化的根子自然在这理论的最初提法中就已经埋藏有了①。

形式主义的革命概念的反动阶级内容在这个时期的最大戏剧家黑贝尔那里表现得还要更尖锐②。如果说按照他的理论,悲剧、特别是现代悲剧的任务是描述"为人类的新形式战斗者的临产阵痛",那么这种描述的内容和目的则是这样的:"戏剧艺术应该促进在我们时代正在进行的世界历史过程的完成,这种过程不是力求推翻,而是力求更深入地确立人类的现存制度(政治的、宗教的和伦理的),因此要预防它们遭到摧毁。"③

这就是拉萨尔的《济金根》所属的那些文学思潮的最一般的美学哲学特征。拉萨尔这个剧本按其主要特征属于这些思潮,同时又对它们持有一种完全独特的立场。使拉萨尔与这些美学思潮接近的是对问题的一般提法,即出发点。然而,拉萨尔在美学上与他同时代的所有资产阶级思潮有一点不同,即他试图给作为现代悲剧基础的革命的正式概念中放进革命的意义,就是说,在"旧"与"新"的斗争中他无条件地站在新事物方面。这为问题的提法加进了一系列变化,但是因为拉萨尔并没有对整个提法进行

---

① 参看费舍:《美学》,第2卷第374节,费舍在那里认为"审美兴趣的主要对象……是革命的牺牲者、贵族、皇室等等""完全可以理解","革命应该在它的第一次抽象的爆发之后与自然界和传统妥协……它应该转向自然的成长,只有这样成长起来的未来的大树可能是美丽的"(费舍《美学》第2卷是1847年出版的)。

② 举出黑贝尔来说明作为戏剧家的拉萨尔的立场的一般美学哲学前提,是很自然的。梅林就已经指出,虽然他们在观察悲剧和革命之间的联系时出发点正好相反,但有某种相似之处。(参看梅林关于黑贝尔的《吉格斯》和拉萨尔的《济金根》的看法。《梅林全集》,第2卷第48页。)

③ 《梅林全集》,第2卷第42和第47—48页。

重新考察,结果只是在他那里出现的矛盾比在别人那里更加尖锐。

　　的确,为了要强调"新事物"("革命原则")的优越性,拉萨尔要试图对悲剧性斗争的社会原因做比他的同时代人更具体的描述。但是,另一方面,由于这同一种倾向,唯心主义者拉萨尔又应该把人们看作是"世界历史理念"的代表,即使他们失去真正的具体性。这种矛盾在拉萨尔那里变成为一种抽象的二律背反,他希望往具体关系中加进"一般革命的理念",同时既设定又消除这种具体性。拉萨尔由于受到革命激情、他的出发观点的鼓舞,对自己时代的戏剧风格,对"那种对偶然性人物的既空空洞洞、又非本质的特征不厌其烦地去描绘"感到正当的反感,但是他决没有避免得了他自己看到的那种"陷入抽象的、学究式创作的危险",因为在他看来,历史性的东西"根本不在于历史材料"本身,而在于在这材料上"展现了这个转折时期的最深刻的世界历史的理念和思想的冲突"①。

　　所以,尽管拉萨尔作了各种保留,他还是回到席勒那里去了。由于他的出发观点,他不能把形象和情节中的一般和特殊的统一理解为个人和社会的统一、个别人的命运和阶级历史命运的统一。他只有试图借助辞藻和道德的激情来克服个别和一般的二律背反。这种"克服",即回到席勒的波扎侯爵的激情上去,尽管这种情绪远远胜过拉萨尔反动的同时代人的故弄玄虚的心理,还是有一系列缺陷。

　　席勒的激情,作为艺术意识的形式,抽象地凌驾于在资产阶级民主高涨时期戏剧创作所面临的现实问题之上……值得注意的是,这种风格不是在资产阶级革命本身的基础上,即不是在法国或英国产生的,而是在德国对这种革命的美学反映的基础上产生的。它从一开始就把伟大的历史对立表现为起领导作用的"世界历史人物"的口头决斗,似乎由这些人物的"意志""决定",等等决定着进一步发展的命运。席勒之所以产生这种风格,受到"自上而下革命","开明君主的观念"的强烈影响。不管拉萨尔本人有什么幻想,他在风格上回到席勒那里去,不仅带有形式的性质。事实上,在《济金根》的全部情节中,在它的作者的全部历史概念中,有这种指望"自上而下革命"的因

---

① 《拉萨尔全集》,第1卷第135页。

素。在第二幕济金根和皇帝查理五世之间有决定性的场面中①，我们看到济金根试图吸引皇帝来实现自己的目的，这一场在形式上很像波扎和菲立浦之间的对话，从这一场可以看出济金根的目的就是说服查理在德国实行"英国"式的革命。

诚然，拉萨尔比自己主人公的幻想站得更高，至少自认为站得更高。因为他认为自己主人公的"悲剧过失"正好是这种对"革命观念"的"狡诈"。但是拉萨尔的自欺正好表现在他在这里看到了某种"悲剧过失"。拉萨尔不是从客观历史条件出发，例如，济金根的性格在他那里不是作为一定阶级的代表的性格形成的——客观历史条件只作为"革命观念"的辩证法应该借以展现的背景。由于这个缘故，剧中的人物得到一种抽象的"自由"。就像他们现在只能用辞藻在对话中陈述自己的思想，而不是用行动名表达它们一样，他们互相之间、和自己的阶级、和作品的情节之间的联系也成为"自由的"事情——伦理的对象。拉萨尔不得不从黑格尔回到亚里士多德的"悲剧过失"上来②。

拉萨尔在为济金根的形象辩护时，设法证明，济金根的过失不仅仅是"智力的过失"，而且同时是伦理的过失——在智力过失当中的伦理的过失，因为这种过失恰好是"由于对伦理观念和它自在和自为的无限力量缺乏信心，以及对丑恶的有限手段过分信任而引起的"③。

拉萨尔戏剧的各种因素——"悲剧过失"的美学问题和结构问题、席勒式的伦理修辞风格、从道德上而不是从政治上提出的关于"现实政治"和"妥协"的问题等等——之间的联系是非常清楚的。拉萨尔纯粹从形式上、以唯心主义历史哲学的精神提出关于现实政治和妥协的问题，这样就堵塞了除了伦理解决的途径以外的任何其他解决途径。

---

① 《拉萨尔全集》，第 1 卷第 195 页（特别是参看第 205—206 页）。

② 拉萨尔以为他站在正统的黑格尔观点上。参看他和阿道夫·施塔尔关于亚里士多德和悲剧过失的讨论（迈耶尔出的《拉萨尔书信集》第 2 卷第 141 页，拉萨尔写给《德意志评论》1911 年 11 月号的信和施塔尔的复信）。在这一讨论中，拉萨尔总是援引黑格尔，虽然他所援引的地方与伟大唯心主义者的全部理论尖锐矛盾。拉萨尔不得不用费希特精神改造黑格尔，这不是唯一的一次，虽然正像他和罗生克兰茨的论战表明的那样，他总是有意识地反对这种倾向。

③ 《书信集》，第 3 卷第 154 页。

在"旧"和"新"的原则抽象地相互对立的地方,关于领导动摇不定分子、关于不脱离广大人民群众、不对他们抱宗派式蔑视态度,而是和他们一起前进等一系列完全具体的问题,根本不可能提出来。任何偏离直接实现"原则"的事在拉萨尔看来就成了"对观念的背叛",使主人公陷入"悲剧过失"。温和派和激进派之间、吉隆德派和雅各宾派之间的区别成了道德问题①。这时拉萨尔忽略了这样一个情况,即雅各宾派也和吉隆德派一样进行"妥协",只是从其他的阶级前提出发,因此是和其他的社会阶层,并且有其他的内容。完全可以理解,宗教改革时期的农民战争问题以及 1848—1849 年的革命问题,拉萨尔也只是从这个观点进行考察的。

拉萨尔把"妥协"问题与 1848 年革命的一切具体阶级问题分割开来:从他的立场既不可能正确理解消灭封建专制残余,也不可能正确理解无产阶级在资产阶级革命中的作用(争取在彻底完成资产阶级革命中的领导作用,资产阶级革命发展为无产阶级革命)。拉萨尔在对悲剧观念的解释中提出了一系列理论上的准则,它们在后来(到俄国 1905 年革命时)成了孟什维克主义的一些流派、特别是托洛茨基及其同伙们的典型观点:这里在左的词句掩盖下酝酿着对人民群众的背叛和最坏形式的反革命。

二、马克思和恩格斯反对拉萨尔的唯心主义美学

在转而讨论马克思和恩格斯对《济金根》的批评时,本来应该把马克思主义两位奠基人的私下议论与他们写给拉萨尔本人的信对比一下。这种检验对拉萨尔的《赫拉克利特》和《既得权利体系》有可能进行,并且给人教益很大,可惜对《济金根》,马克思和恩格斯的通信却没有提供任何进行这种检验的材料。他们既没存对拉萨尔的第一封信,也没有对他们自己给他的复信交换过看法。只有一句话可能与此有关,这就是马克思在 1859 年 4 月 19 日的信中说的一句话(马克思给拉萨尔的复信注的也是这个日期):"关于拉萨尔,明天我要写信和你详谈。"②然而在注明 4 月 22 日的下一封信中,关

---

① 《书信集》,第 3 卷第 153 页。
② 《马克思恩格斯全集》,第 29 卷第 403 页。

于拉萨尔只字未提。这样,我们就只好单单分析马克思和恩格斯给拉萨尔的信本身。我们在首先指出这两封信相当亲切的语气和其中包含的批评意见的直率时,自然应该估计到,在这次通信之前,马克思和恩格斯对拉萨尔的本来就不太强的信任已为勒维的揭露所严重动摇了。马克思把《赫拉克利特》看作是"过去时代遗下的花朵"①,并且对拉萨尔对黑格尔辩证法的毫无批判的态度进行了毁灭性的批评②。与拉萨尔的政治分歧以及因马克思恩格斯文集德文版而产生的摩擦到这时已相当严重。这两封信的语气和批评的友好真诚就更应该显得突然。当然,不应该忘记,批评是马克思对拉萨尔采取的复杂"外交手腕"的组成部分③。

马克思和恩格斯曾不断地试图促使拉萨尔走向正确的革命理论和实践的道路,然而总是怀疑他愿意和能够克服自己理论立场中的不正确的东西。德国工人运动的状况使马克思和恩格斯必须尽可能推迟和拉萨尔的决裂,和他在一起工作(当然,限度是拉萨尔的"即兴创作"在理论上和实践上不走得太远),尽可能用自己的批评来使他的错误不致造成危害。这种批评决不可能带有马克思主义奠基人对例如威廉·李卜克内西的那种同志式的真诚和尖锐的性质。马克思和恩格斯对他信任太少,不可能这样做。拉萨尔的进一步发展表明,这种不信任是完全有根据的。但是同时,后来的事件也表明,推迟与拉萨尔公开决裂的时间在策略上是正确的。马克思的"外交手腕"就是掌握批评的分量,使它能为拉萨尔的虚荣心所忍受,不致过早导致决裂,同时又在一定的时刻对拉萨尔产生教育作用。

可是不能把马克思和恩格斯关于《济金根》的信解释为外交式的东西。例如,恩格斯的信中有这样的说法很值得注意:"……每出现一个新的例证,证明我们的党不论在什么领域中出现,它总是显出自己的优越性时,这始终使我和我们大家感到高兴"④,——这个说法完全符合马克思私下评价《赫拉克利特》的精神⑤。还有一点可以注意,即在围

---

① 《马克思恩格斯全集》,第 29 卷第 228 页。
② 比较 1853 年马克思致恩格斯的信,见《马克思恩格斯全集》,第 28 卷第 227—230 页。
③ 《马克思恩格斯全集》,第 29 卷第 403 页,以及马克思致拉萨尔的信。
④ 比较马克思给恩格斯谈《赫拉克利特》的信,"在顺便提出的一些无关紧要的意见中——因为赞扬只有在批评的衬托下才显得是认真的——我也稍稍暗示了一下著作中的真正缺点。"(《马克思恩格斯全集》,第 29 卷第 317 页)
⑤ 马克思说:"不过,小犹太写的东西,甚至他的《赫拉克利特》,虽然写得很拙劣,也比民主派能够吹嘘的一切作品都要高明。"(《马克思恩格斯全集》,第 29 卷第 385 页)

绕《济金根》的争论之前不久,马克思在估计拉萨尔在柏林的情况时,发表了他必然和左翼资产阶级民主派决裂的想法①。从这一切可以清楚地看出,马克思和恩格斯的这两封信证明他们是真的想要促使拉萨尔看到自己观点的错误。的确,无论是马克思还是恩格斯,在自己的反对意见中一下子就接触到问题的本质。马克思夸奖拉萨尔用戏剧形式写1848年革命的"自我批评"的意图:"……所构想的(着重号是我的——引者)冲突不仅是悲剧性的,而且是使1848—1849年的革命政党必然灭亡的悲剧性的冲突。因此我只能完全赞成把这个冲突当作一部现代悲剧的中心点。但是我问自己:你所选择的主题是否适合于表现这种(着重号是我的——引者)冲突?"②马克思的反对意见乍看起来纯粹是审美性的,而且正如我们还将看到的,它的确包含有最重要的审美因素——这段话揭示了拉萨尔剧本的任务和材料之间的矛盾。但是立刻就可看出,马克思和恩格斯的主要兴趣完全不在这里。对"所构想的"冲突的同意从一开始就是很有条件的,它只是那样一个完全一般的意思,即马克思和恩格斯认为对1848年革命的批评一般说来很重要,很需要。但是他们所说的这种批评与拉萨尔所说的完全不同。所以,马克思关于拉萨尔所选的题材不适合于表现"这种"冲突的意见不仅有审美意义,而且从根本上批评了拉萨尔的全部概念。拉萨尔很清楚地感觉到了达一点,并且在回信中直截了当地说道:"你们的责备归根到底仅仅是:我写了《弗兰茨·冯·济金根》,而没有写《托马斯·闵采尔》或农民战争时期的任何其他的悲剧。"③

　　这的确是马克思和恩格斯的主要反对意见。他们反对拉萨尔的这样一种想法,仿佛济金根覆灭的原因是他喜好妥协,是他个人的"悲剧的过失"。拉萨尔作为"过失"描绘的东西,实际上只是济金根的客观阶级地位的必然后果。"他的覆灭是因为他作为骑士和作为垂死阶级的代表起来反对现存制度,或者说得更确切些,反对现存制度的新形式。"④这就已经排除了拉萨尔关于一般革命悲剧的概念,《济金根》只是这种悲剧的外在

① "同时他在柏林的逗留已使他确信,像他这样能干的人物对资产阶级政党无能为力。"(《马克思恩格斯全集》,第29卷第387页)
②④ 《马克思恩格斯全集》,第29卷第572页。
③ 《书信集》,第3卷第204页。

体现;现在提出的问题是:真正的济金根在自己时代的阶级搏斗中到底是什么样子? 马克思的回答是非常清楚的①。如果从济金根身上除去那些属于个人的东西,"那么剩下来的就只是一个葛兹·冯·伯利欣根了。在后面这个可怜的人物身上,以同样的形式表现出了骑士对皇帝和诸侯所作的悲剧性的反抗,因此,歌德选择他作主人公是正确的。"济金根在斗争中"只不过是一个堂·吉诃德,虽然是被历史认可了的堂·吉诃德"。

这个意见非常富有教益:它清楚地阐明了马克思和拉萨尔之间的全部原则分歧,同时表明了他们在这些问题上是如何对待黑格尔及其追随者的。分歧明显地表现在对葛兹·冯·伯利欣根的审美理解上和关于歌德的看法上,因为在把葛兹看作"可怜的人物"这种政治评价上,两人——马克思和拉萨尔——是完全一致的。正像我们看到的,马克思夸奖歌德挑选葛兹作为充分表现了骑士同皇帝和诸侯的历史性矛盾的主人公。在这里马克思在某种意义上和黑格尔是一致的。黑格尔写道:"歌德挑选中世纪英雄时代与服从规律的现代生活的这种碰撞、这种冲突作为自己的主题,证明他的高度鉴别力。的确,葛兹、济金根还是想要依靠自己的个性、自己的勇敢和自己直接的权利感在比较狭窄和比较广泛的领域中独立调整生活条件的英雄,但是新的情况使葛兹本人变得不正确,并使他走向毁灭,因为在中世纪只有骑士制度和封建关系才是这种独立性的真正基础。"②

这些议论在黑格尔那里也是以提到堂·吉诃德告终。因此,尽管对葛兹的评价完全相反("可怜的人物"和"英雄"),无论是黑格尔还是马克思都认为葛兹和济金根是行将灭亡的时代的代表,认为歌德的作品的艺术价值就在于他选择了典型的世界历史冲突作为自己的主题。拉萨尔对此的看法完全不同。他在给马克思和恩格斯的回信中,抓住"可怜的人物"这个说法坚决反对马克思对歌德的赞扬,并且说,"歌德所以能让这个完全后退的家伙作了悲剧的主人公","只能用歌德缺乏历史感"来说明③。

---

① 《马克思恩格斯全集》,第29卷第572—573页。
② 《美学》,第1卷第246—247节。不言而喻,当谈到"英雄"时,应该注意到黑格尔对"法以前的"状态、"市民社会以前的"状态的观点。比较上面援引的《现象学》中关于悲剧的论述,特别是《法哲学》第93节的补充。
③ 《书信和著作遗稿》,第3卷第196页。

拉萨尔对黑格尔和歌德的立场,对于他那个时代好谈哲理的文学家们是很典型的。他们都与黑格尔对悲剧的历史观决裂,并且力求制定出一种共同的悲剧概念,正如我们表明的,这种概念以纯粹形式理解的革命作为中心。

这种形式主义在起初——在1848年以前——是在关于资产阶级革命的。途径和任务的模糊概念的基础上产生的,那时许多自由主义的意识形态家感觉到了这种革命的临近。德国的落后使得那里未能产生出有十七世纪英国资产阶级的或十八世纪法国资产阶级的革命勇气和决心的资产阶级。所以,在思想上掌握正在临近的革命问题的尝试,在德国采取了畏怯的和犹豫不决的形式:这些尝试都是要预先为革命确定"有条不紊的"途径,预先排除掉"野蛮"和"过火"行为。美学中的形式主义是反映德国自由资产阶级的这种社会状况的意识形态形式之一。借助对悲剧性的形式理解,从世界史的"普遍人类规律"中推定出资产阶级发展的"合理"最终结果(英国1688年的"光荣革命",法国的七月王朝)。越出这一界线——向左或向右——便被看作是"人类永恒的"悲剧过失。

德国资产阶级在1848年以后的发展在这种悲剧理论中找到了向霍亨索伦的"波拿巴王朝"实行意识形态投降的最适当方法。悲剧的抽象和形式的因素应该受到按神秘的历史哲学精神的进一步改造。我们已经用拉萨尔的两个典型的同时代人——美学家费舍和诗人黑贝尔——的例子简略说明的类似观点,会导致这种情形。对上面所说还需要补充的是,对抱有纯粹形式的悲剧概念的费舍说来,无论葛兹还是农民战争都是悲剧可能采用的主题①。而在保守的黑贝尔那里,形式的悲剧观如此突出,以致悲剧冲突接近于"原罪","主人公是毁于崇高的意向还是毁于卑劣的意向"②,从戏剧观点看完全一样,——这是从黑格尔通过他的后继者通向叔本华的道路。

拉萨尔原则上是站在选种形式的悲剧观的立场上,他拼命设法摆脱他的出发点的

---

① 除了上面援引的地方外,特别参看《美学》第2卷第368节。不过,对温和自由主义的费舍说来值得注意的是,在他推荐农民战争作为悲剧主题过了八年之后,他甚至已经拒绝《济金根》的主题。他在1889年4月26日写信给拉萨尔时关于济金根说道:"这是个能干的人,但不是其正意义上的英雄"(《书信和著作遗稿》第2卷第206页)。

② 《我关于戏剧的几句话》,第29—30页。

反动后果,从形式的悲剧定义中引出革命的内容。但是不言而喻,他的一切努力都是白费。为了不致屈从于反动的"客观主义"和对"现存事物"的形而上学赞扬,他不得不投身于道德说教的主观主义。而马克思对歌德的见解是客观历史分析的结果。他并不把黑格尔那里(或歌德的艺术创作中)对这一事实的分析简单地抛在一边,虽然马克思使黑格尔"用脚立地"了,并且比任何人都更清楚地看到了黑格尔的庸人的局限性。相反,拉萨尔的见解尽管在外表上与马克思一致,仍然是道德说教的抽象见解①。

但是我们还是回到论争的本质上来吧。从马克思的观点应该提出的问题是:在这种基础上能够产生什么样的悲剧?按照马克思的看法,是这样的悲剧:"……济金根和胡登就必然要覆灭,因为他们自以为是革命者(对于葛兹就不能这样说),而且他们完全像1830年的有教养的波兰贵族一样,一方面使自己变成当代思想的传播者,另一方面又在实际上代表着反动阶级的利益。"②

这意味着,济金根由于他作为骑士的阶级立场不能以另外的方式行动:"如果他以另外的方式发动叛乱,他就必须在一开始发动的时候就直接诉诸城市和农民,就是说,正好要诉诸那些本身的发展就等于否定骑士制度的阶级。"③恩格斯比马克思还要更加详细地分析了问题的这一方面,暂且做了一个对拉萨尔最有利的假定,即济金根和胡登都打算解放农民。但是他接着说,这样一来,"……就产生了这样一个悲剧性的矛盾:一方面是坚决反对解放农民的贵族,另一方面是农民,而这两个人却被置于这两方面之间。在我看来,这就构成了历史的必然要求和这个要求的实际上不可能实现之间的悲剧性的冲突"(最后一句话的着重号是我的。——引者)④。

从上述一切可以很容易看出,马克思同意的那个"所构想的冲突"与拉萨尔的真正主题没有任何共同之处,甚至完全相反。我们来较详细地谈谈农民问题,正如拉萨尔希望的那样,与1848年革命联系起来谈。把这两个事件进行类比,根本不是拉萨尔的

---

① 在这一点上,梅林受拉萨尔的影响比受马克思的影响更大,这在他是常有的事(《梅林全集》,柏林1930年版,第2卷第110页)。

②③ 《马克思恩格斯全集》,第29卷第573页。

④ 《马克思恩格斯全集》,第29卷第586页。

创造。恩格斯在《新莱茵报评论》(1850 年)上发表的关于德国农民战争的著作中,就已经进行了这种对比。马克思和恩格斯之所以在和拉萨尔的论争中时而回到闵采尔的问题上来,是由于他们对 1848 年革命,也就是对资产阶级革命以及无产阶级在资产阶级革命中的任务的态度。

恩格斯在分析闵采尔的立场时表明了达一点:"对极端党派领袖说来最坏不过的事情就是在运动还没有成熟到可以让他所代表的阶级进行统治……的时候,被迫出来掌握政权……他就不可免地陷入一种无可救药的进退维谷之境:他所能做的事,是和他一向的整个主张、他的原则、他的党的直接利益不相容的;他所应做的事,则是无法实行的……他不得不为运动本身的利益而保护异己阶级的利益,他不得不以一些空话、诺言来应付自己的阶级,硬说那个异己阶级的利益就是自己的利益。任何人陷入这样的苦境,都是无可救药,注定要失败的。"①

恩格斯这样就说明了闵采尔的悲剧的历史性质。这一悲剧的客观的和主观的因素对他说来是具体历史的:无论是德国 1525 年的经济状况和阶级关系,还是闵采尔关于可能进行社会主义变革的不可避免的、然而是错误的悲剧幻想。正像恩格斯证明的,闵采尔的悲剧是从这些客观的和主观的因素的历史性冲突中产生出来的。对恩格斯说来,从这一悲剧中可以引出重要的战略和策略结论,自然经过必要的修正后,这些结论可以应用于反映较高度历史发展的其他形势,因此也可以应用于 1848 年的资产阶级革命。而他最感兴趣的自然是无产阶级在资产阶级革命中和由资产阶级革命转入无产阶级革命的过程中的正确战略和策略。恩格斯从闵采尔的悲剧中所作出的具体结论,就是批判闵采尔关于 1525 年革命的社会主义性质的幻想。

随着时间的推移,革命形势变得越复杂,这种批判的实际意义就表现得越明显,因为无产阶级在彻底实现资产阶级革命中的作用就越大,从资产阶级革命的这种完成中就更迫切更具体地产生出由资产阶级革命向无产阶级革命转变的可能性。因此,恩格斯对闵采尔的幻想的批判是与闵采尔行动中的幻想的东西——悲剧性的幻想的东

---

① 《马克思恩格斯全集》,第 7 卷第 468—469 页。

西——有关。但是恩格斯决没有反对在形势不"成熟"的情况下迎战。他的批判毋宁说是要求通过正确的策略,从任何形势中,甚至是"不成熟的"形势中求得尽可能多的历史上可能的结果。既然闵采尔坚决而英勇地行动,尽管他有各种必然产生的幻想,他是一个悲剧性的英雄。但是他的悲剧既不应该说成是任何一般革命的悲剧(像拉萨尔做的那样),也不应该说成是"一般形势不成熟"的悲剧(像马尔丁诺夫和普列汉诺夫关于 1905 年所说的那样)。

从党的历史中可以看出,马尔丁诺夫在第一次俄国革命前夕的立场是什么。马尔丁诺夫对恩格斯关于闵采尔起义的分析所作的解释,乍看起来似乎使他站到与拉萨尔的理论相反的方面。拉萨尔似乎拒绝革命中的"妥协",相反马尔丁诺夫则恰好号召采取"明智的现实政策"。然而这两个概念到头来是一回事:它们都同样是对革命理论的机会主义歪曲。在两种场合都是历史具体性的精神被唯心主义教条所取代。无论是前一个概念还是后一个概念,都使无产阶级政党不可能在资产阶级革命中和在资产阶级革命转入无产阶级革命的过程中表现领导作用。拉萨尔用"左的"论据来反对正确的马克思主义路线,马尔丁诺夫则把恩格斯对闵采尔幻想的批判直接歪曲为胆怯地在 1905 年资产阶级革命的胜利前景面前实行退却、胆怯地拒绝俄国社会民主工党参加临时革命政府的政策。

列宁说:"马尔丁诺夫的这本小册子……的全部内容就是渲染这种前途的'可怕'。"①恩格斯被搬出来作为"替尾巴主义说话的伪证人"。接着列宁极其明确地说明了马尔丁诺夫对恩格斯观点的歪曲:"恩格斯认为,领袖把变革的假的社会主义内容与真的民主主义内容混为一谈是危险的,而聪明的马尔丁诺夫却从这里得出结论说,在实行民主共和制时……无产阶级和农民共同自觉地担负起专政是危险的。恩格斯认为,如果陷入这样一种虚伪的、错误的境地,即说的是一回事,做的是另外一回事,口头上许诺这个阶级的统治,而在事实上则保障另一个阶级的统治,这是危险的,恩格斯认为陷入这种虚伪境地必然要遭到政治死亡,而聪明的马尔丁诺夫却从这里得出结论

---

① 《列宁全集》,第 8 卷第 249 页。

说:如果资产阶级的民主派不给无产阶级和农民保障真正的民主共和国,那就有遭到死亡的危险……恩格斯认为,谁无意识地从自己阶级的道路误入别的阶级的道路,他必然要遭到政治的死亡,而聪明的马尔丁诺夫虽然很恭敬地引证恩格斯的话,但是却认为谁沿着正确的阶级的道路不断前进,谁就要遭到死亡。"[1]

马克思和恩格斯在分析过去的革命时,总是从"不成熟的"形势推断出对客观进步革命过程的真正方向认识不清的革命者们的自欺现象,这种自欺现象是作为这一过程在"极端政党"拥护者的意识中的历史必然的、错误的反映而产生出来的。马克思对雅各宾党人的分析是如此,恩格斯对闵采尔地位的分析也是如此。这种分析同时既为对过去革命的历史理解(以及艺术描述)。也为对从革命运动史中吸取正确的政治教训提供了基础。相反,拉萨尔、马尔丁诺夫、托洛茨基那种抽象公式的非历史观点在实践上导致最粗暴地背叛人民群众的利益,而在理论上则堵塞理解过去革命的道路。按照每种特定机会主义色调的不同历史情况,这可能或是表现为把过去的革命理想化,抹杀各种不同发展阶段之间的差别,或是表现为歪曲、贬低、诬蔑这些革命的真正革命性质。无论如何,这里总是扯断了既包括被比较的各种形势之间的一致,也包括它们的差别在内的历史联系。

马克思、恩格斯和列宁对闵采尔地位的分析是具体历史的。他们的学说后来的应用,取决于它们被应用时的形势。恩格斯1850年在作了必要修正的闵采尔问题中看到了1848年革命的问题,这可以从他在紧接着我们上面援引的那段话后面的论述中看出来。但是这段引文的开头一句话同时表明,恩格斯把这整个问题看作只是革命运动的一定阶段、群众革命发展的一定阶段的反映。

对马克思和恩格斯说来,对"极端政党"的"悲剧"境况的分析一刻也没有包含"永恒的"问题。恩格斯在这里指的只是闵采尔作为革命"平民"政党领袖的独特立场,这个政党"至少在幻想中应该已经超出当时还没有出现什么迹象的现代资产阶级社会"[2]。但是,与1848—1849年的对比在马克思和恩格斯那里只涉及阶级关系的一定

---

[1] 《列宁全集》,第8卷第251页。

[2] 《马克思恩格斯全集》,第7卷第405页。

具体方面和由此产生的战略策略问题,因此只涉及闵采尔立场的阶级背景的一定方面。他们连想也没有想到把闵采尔的覆灭看作一般革命的悲剧。

《共产党宣言》还在1848年事件之前就拟定了"极端政党"的明确行动纲领,在革命失败以后等待新的革命高潮时,马克思在完全具体的自我批评的基础上确定了,他的一般预测证明是完全正确的。的确,马克思也同样确定了,在取得成功的同时,共产主义者同盟也有很大的削弱,结果"……工人的政党却丧失了自己唯一的巩固的基地……因此……就落到了完全在小资产阶级民主派支配和领导下的地位"①。《中央委员会告共产主义者同盟书》为了保证工人政党在新的革命高潮的一切阶段对各种不同阶级和政策采取正确态度,还提出了确切的实际指示。因此闵采尔的悲剧对马克思和恩格斯说来是在当时就已属于历史过去的形势的悲剧。如果说他们还是把它提到了首位(正如我们看到的,不仅在关于《济金根》的争论中),那是因为这一形势与1848年革命有一些内在的相似之处,恩格斯曾不止一次揭示过。总结德国1848年革命的教训并把这些教训灌输到自己支持者的意识中去,是马克思和恩格斯在革命失败后的全部活动的中心任务。在聚积力量方面,拉萨尔在这个时期对马克思和恩格斯说来还起着一定的作用。所以,他试图借助文艺创作来探讨这些问题应该得到他们的赞许,但是正因为如此,他们自然希望能促使拉萨尔认识到自己概念的根本错误。

于是,在选择闵采尔还是选择济金根作为悲剧主人公上乍看起来是审美的分歧使人想到另一个问题:是把革命阶级本身②在经济、意识形态和组织方面的薄弱看作革命的主要困难呢,还是认为领袖人物在抽象的革命形势中的"外交手腕""现实政策"是中心问题。对马克思和恩格斯说来产生了彻底革命阶级的同盟军问题,他们认为农民是这种同盟军。而拉萨尔感兴趣的,则是某个"有教养的"中间阶层能够领导一切不满现政权的阶级的问题,而且这些领袖人物与"旧"世界的联系、他们"脱胎换骨"的困难成了他的重要悲剧问题。简而言之,历史和政治消失在伦理和心理的问题中。

这样,马克思和恩格斯实现了1848年革命的"极端的"、唯一真正革命的一贯的真

---

① 《马克思恩格斯全集》,第7卷第288—289页。
② 用恩格斯的说法是"平民"。

正自我批评,他们依靠无情的阶级分析揭示了革命失败的客观条件。拉萨尔则批评了动摇不定的、由于客观经济条件、"耍外交手腕的"、"现实政治的……中心"。拉萨尔本人原来完全充满小资产阶级知识分子的幻想,迷恋于小资产阶级对一切革命问题的抽象提法。革命的现实动力、革命的真正领袖人物他看不到。所以,甚至对小资产阶级自由主义的批判在拉萨尔那里也是离无产阶级革命者的立场非常遥远的东西。

拉萨尔在他的一般世界观中停留在对历史过程的纯粹意识形态解释上,这也就使得他从内容方面找到《济金根》的主题,而从审美形式方面找到道德说教的激情、"悲剧的过失",找到席勒的戏剧风格。无论是马克思还是恩格斯,都在自己的信中坦出了拉萨尔的《济金根》中的席勒风格问题。这就使讨论带上更多美学的色彩,然而并没有失去与上述主要分歧的密切联系。的确,马克思和恩格斯所指出的拉萨尔的最大结构错误,用马克思的话说,就在于:"革命中的这些贵族代表——在他们的统一和自由的口号后面一直还隐藏着旧日的帝国和强权的梦想——不应当像在你的剧本中那样占去全部注意力,农民和城市革命分子的代表(特别是农民的代表)倒是应当构成十分重要的积极的背景。"①恩格斯的意思也完全一样,他先赞扬了拉萨尔对诸侯等"那时的运动中的所谓官方分子"的描写,然后说道:"但是,我认为对非官方的平民分子和农民分子,以及他们的随之而来的理论上的代表人物没有给予应有的注意。"②在上述一切之后可以看得很清楚,这些美学上、结构上的反对意见的真正本质是什么。马克思和恩格斯是在设法利用讨论中的每一个转折来促使拉萨尔认识到他对革命理解的错误。例如,恩格斯在我们刚才援引的那段引文后面指出,拉萨尔的目的——通过济金根描写"政治解放和民族尊严"的英雄——借助描写农民运动能更好得多地达到,因为"农民运动像贵族运动一样,也是一种国民运动,也是反对诸侯的运动,遭到了失败的农民运动的那种斗争的巨大规模,与抛弃了济金根的贵族甘心扮演宫廷侍臣的历史角色的那种轻率举动,正是一个鲜明的对照"③。接着恩格斯说明了,拉萨尔的剧本没有写出济金根命运中的真正悲剧的因素,正是由于"把农民运动放到了次要的地位"。马克思

---

① 《马克思恩格斯全集》,第29卷第573页。
②③ 《马克思恩格斯全集》,第29卷第584页。

对这一思想的表达还要更加坚决。

马克思指责拉萨尔,正像选择济金根的主题这一点就已表明了的,他并没有超出资产阶级对资产阶级革命问题的理解。拉萨尔不理解无产阶级在领导和尽可能发挥资产阶级民主革命可能性方面的作用。马克思紧接着上面引的关于忽视农民的话后面写道:"这样,你就能够在更高得多的程度上用最朴素的形式把最现代的思想表现出来,可是现在除宗教自由以外,实际上,国民的一致就是你的主要思想。"最后他写道:"你自己不是也有些像你的弗兰茨·冯·济金根一样,犯了把路德式的骑士反对派看得高于闵采尔式的平民反对派这样一种外交错误吗?"①

最后要谈似乎是纯粹美学方面,即对拉萨尔剧本中的席勒风格的批评时,我们看到,连问题的这一方面也有自己的阶级内容。马克思把他对剧本风格的批评插在我们刚才援引的两段话中间,并不是偶然的。他在这里对拉萨尔作了下述指责:"这样,你就得更加莎士比亚化,而我认为,你的最大缺点就是席勒式地把个人变成时代精神的单纯的传声筒。"②这一看法与关于对革命玩外交把戏的指责密切联系着。马克思在这里极其慎重地、完全是在美学讨论的框框内,指出了拉萨尔的抽象说教的唯心主义与他政治上的机会主义的联系。

所以,认为提出莎士比亚来反对席勒纯粹是美学问题,或者和梅林一起用马克思和恩格斯偏爱莎士比亚来解释这一点,是很错误的。梅林在他论述这个问题的文章③中写道,"拉萨尔同马克思和恩格斯一样是费希特和黑格尔的学生",他抹煞马克思、恩格斯和拉萨尔在哲学上对立的某些重要方面。拉萨尔真的在哲学领域回到了费希特,正像他在美学领域回到席勒去一样,可是马克思和恩格斯却认为费希特和席勒是已经被黑格尔克服了的理论家,当在黑格尔那里"用头立地"的辩证法已经被颠倒过来,"用脚立地"以后,这些理论家已经彻底成为过去了。所以,梅林一方面用"各种情况"来说明马克思对席勒的"反感",另一方面又甚至认为拉萨尔在这一点上有见解的地方,因

---

① ② 《马克思恩格斯全集》,第 29 卷第 573 页。

③ 《席勒和伟大的社会主义者》(《新时代》XXIII,第 2 卷,第 154 页)。

为他"能够把席勒和他的资产阶级解释者们区分开来",这是把一切都完全歪曲了。不,马克思和恩格斯通过席勒(也包括康德和费希特)否定的是一个完全特定的德国意识形态发展的具体阶段。

这种否定态度也有自己的审美方面,这是不言自明的。马克思和恩格斯的人格极为完整,他们的世界观的一般基础不能不影响到他们的纯粹主观评价、他们的好恶、他们的审美态度。例如,马克思严厉批评"让人物过多地回忆自己"(特别是在对妇女的描写上),就是如此,正像马克思在给拉萨尔的信中完全正确地强调指出的那样,"这是由于你对席勒的偏爱造成的"①。

但是提出莎士比亚来反对席勒的决定性因素,对马克思和恩格斯说来在于,他们要求剧本强有力地、现实主义地把历史战斗描绘成它们真正发生时的样子,鲜明地描绘革命的真正动力,真正的客观冲突,只有借助马克思在这里用"莎士比亚化"这个词所指的创作手段才可能做到。恩格斯在给拉萨尔的信中比马克思还要更详细地谈到了这一问题。他关于这个剧本的性质就是这样写的:"您完全正确地反对了现在流行的恶劣的个性化,这种个性化总而言之是一种纯粹低贱的自作聪明,并且是垂死的模仿文学的一个本质的标记。此外,我觉得一个人物的性格不仅表现在他做什么,而且表现在他怎样做;从这方面看来,我相信,如果把各个人物用更加对立的方式彼此区别得更加鲜明些,剧本的思想内容是不会受到损害的。古代人的性格描绘在今天是不再够用了,而在这里,我认为您原可以毫无害处地稍微多注意莎士比亚在戏剧发展史上的意义。"②考虑到马克思关于更多"莎士比亚化"的劝告以及恩格斯信中另一处把描绘"那时的五光十色的平民社会"的问题与莎士比亚风格问题联系在一起的地方③,在我们看来,这一段话已完全说清楚马克思和恩格斯的这些在美学上的坚决反对意见与以上所述的联系。另一方面,我们已经在上面说明了,拉萨尔回到席勒去与他的全部革命概念、与他的世界观的本质有联系。

---

① 《马克思恩格斯全集》,第 29 卷第 574 页。
② 《马克思恩格斯全集》,第 29 卷第 583 页。
③ 《马克思恩格斯全集》,第 29 卷第 585 页。

然而关于莎士比亚的问题是极为严肃的问题,我们认为必须更详细地谈谈。在谈到黑格尔关于悲剧性的东西的观点时,我们已经指出,马克思在这个问题上也使辩证法(被黑格尔神秘化了)"用脚立地"了。达到这点的途径只可能有一条:使悲剧问题在社会历史方面具体化。诚然,在黑格尔那里悲剧也是社会历史现象,但是(尽管在个别细节上很明确具体)悲剧在他那里依然是蒙上神秘化的形式。黑格尔认为悲剧时期、"英雄"时期是市民社会产生以前的时代,把悲剧现象看作是这个时期的自我解体、它向市民社会的过渡(特别参看《精神现象学》),因而完全有意识地把悲剧限制在古典文化的范围内。他依据希腊悲剧和神话交织在一起的情况,以抽象的,几乎是神话的哲学语言表达出了这种联系。(莎士比亚在黑格尔的美学中是古典古代的一种惊人的收场白、有点类似维科说到的 vicorsi。)

　　马克思认为,对过去而言,一定社会制度的辩证瓦解时刻是悲剧理论的中心。悲剧是伟大社会阶级像英雄般毁灭的表现。例如,马克思和恩格斯说道(指的正是莎士比亚,虽然没有提他的名字):"如果说以前的阶级,例如骑士阶级的没落能够为悲剧艺术的巨著提供材料,那么小市民阶级当然就只能表现出穷凶极恶的软弱态度和提供一些桑科·潘沙式的格言和谚语的集录。"[1]在《法哲学批判》中对悲剧的历史性质还要说得更加明确,在那里,悲剧和喜剧被看作是从前伟大的社会制度衰落的两个相继阶段。马克思写到德国的斗争对西方各国人民的意义时说道:"这些国家如果看到,在它们那里经历过悲剧的旧制度,现在如何通过德国的幽灵在演它的喜剧,那是很有教益的。当旧制度还是有史以来就存在的世界权力,自由反而是个别人偶然产生的思想的时候,换句话说,当旧制度本身还相信而且也应当相信自己的合理性的时候,它的历史是悲剧性的。当旧制度作为现存的世界制度同新生的世界进行斗争的时候,旧制度犯的就不是个人的谬误,而是世界性的历史谬误。因而旧制度的灭亡也是悲剧性的。"[2]

　　然而除了这种悲剧形式以外,马克思和恩格斯在和拉萨尔争论时还提出了第二种类型的悲剧。在黑格尔那里,悲剧性的英雄总是被历史发展注定要灭亡的社会制度的

[1] 《马克思恩格斯全集》,第 7 卷第 242 页。
[2] 《马克思恩格斯全集》,第 1 卷第 5 页。

捍卫者。从上面援引的那个地方可以看出,对古代世界和中世纪说来,马克思应该使黑格尔的这种观点摆脱唯心主义形式(例如马克思对葛兹·冯·伯利欣根的具体历史评价)。但是对近代说来,黑格尔根本没有悲剧思想,而且也不可能有。因为观念在国家中的实现、市民社会的产生,个人服从分工等等创造了这样一种条件,在这种条件下,一方面个人是"社会本身的并非独立、完整,同时又个性生动的形象,但只是这个社会的有限的成员",另一方面这个社会制度如此与理性吻合,原则上起来反对它(如席勒的卡尔·摩尔)应该产生"幼稚"的印象。①因此,不愿接受现代悲剧在黑格尔那里是直接出自他对近代的全部观点,因为这个观点把现代"世界状况"的平庸的、不利于创作的性质与精神自我成就和自我理解的事实联系在一起。而过去的革命者的悲剧对黑格尔说来还要更加不可接受②。但是正是在这里,对马克思和恩格斯说来产生了问题。诚然,黑格尔以后的书刊提出了革命悲剧问题,企图在美学中克服黑格尔的"历史终结"论。但是在这个问题的提法中,这些书刊最多只达到黑格尔主义的水平,即问题的提法丝毫不触动资产阶级社会的基础。费舍的自由主义的两重性和黑贝尔的保守的历史必然性的浪漫主义就是由此而来的。

正像我们知道的,拉萨尔企图在超革命的主观主义的基础上解决问题(席勒的传统)。诚然,拉萨尔懂得,他的同时代人想借以克服黑格尔关于近代具有"非创造"性质的论点的那些美学范畴完全是空洞的,但是他能够拿来与这些范畴对立的只有席勒式激情的辞藻华丽的唯心主义和主观主义。拉萨尔在美学领域只找到折中的解决办法,因为他的基本立场也浸透了折衷的唯心主义。按照他的构思,济金根应该是席勒式的革命英雄,可是在客观上这个黑格尔悲剧的英雄是行将灭亡的阶级的代表。(这些矛盾在剧本中没有得到解决。)

---

① 《美学》,第1卷第265—267页。

② 黑格尔把"革命者"作悲剧理解的唯一意外,是对苏格拉底命运的描述。然而这个例外是建立在晚年黑格尔的基本概念之上的,按照这一概念,革命在过去存在过,现在已不再存在。苏格拉底之所以成为"英雄",是因为他反对雅典人,以后来在基督教中实现的新世界秩序的名义代表一种合理的原则,然而这种原则受到雅典人千方百计的反对,因为它破坏他们的世界秩序。"因此苏格拉底的命运是真正悲剧性的"(《哲学史》,柏林1840年版,第2卷第119页)。但是随着基督教的实现,情况变化了,黑格尔远没有从悲剧角度理解雅各宾党人。

正像上面说明了的,马克思和恩格斯的出发点是对黑格尔的悲剧观进行唯物主义的改造。但是不仅是这一点。黑格尔只有一种悲剧形式。马克思和恩格斯还拟定了另一种类型的悲剧,如闵采尔的悲剧:从闵采尔的受历史制约的革命幻想中产生的悲剧性冲突。两种类型悲剧的差别在美学意义上也必然和对黑格尔悲剧理论的唯物主义改造联系在一起;悲剧(喜剧也一样)原来是阶级斗争一定阶段的艺术表现。第二种类型的悲剧同时使黑格尔关于现代"不富诗意"的说法站不住脚,但它是用辩证唯物主义的精神实现这一点。至于"资本主义生产就同某些精神生产部门如艺术和诗歌相敌对"①,——这一点马克思曾不止一次强调指出过。这一事实既不能用"和解的"现实主义,也不能用主观的理想化,而只能用革命的现实主义来克服,这种革命的现实主义以无能的直率性和革命批判的真实性揭示资本主义发展的内部矛盾。这是为自己弄清进一步发展的基础的革命意识的诗。马克思和恩格斯对"未成熟的"革命形势的悲剧的态度具有极其重要的意义。马克思与像普列汉诺夫那样惊叫"本来不该拿起武器!"的沮丧的庸人们相反,他同样有力地强调指出导致闵采尔覆灭的无情的历史必然性,以及同样现实的斗争的必然性和斗争被进行了并且是英勇地进行了这一事实的积极进步意义。

这就是马克思关于巴黎公社所写的:"如果斗争只是在有极顺利的成功机会的条件下才着手进行,那么创造世界历史未免就太容易了……工人阶级在后一场合下(即如果工人们不接受资产阶级提出的进行公开斗争的挑战——引者)的消沉,是比无论多少'领导者'遭到牺牲更严重得多的不幸。工人阶级反对资本家阶级……的斗争,由于巴黎人的斗争而进入了一个新阶段……就让人们把这些冲天的巴黎人同……那些德意志普鲁士神圣罗马帝国的天国奴隶们比较一下吧……"②

过去的真正人民革命者的悲剧正是从这样一种情况中汲取自己的激情,即通过英勇的起义尝试的失败、通过对运动的"无情彻底"的自我批判会发生向更高的斗争形式、向胜利的取得过渡。因此,正像马克思在《雾月十八日》中所写的那样,"社会革

---

① 《马克思恩格斯全集》,第 26 卷,第 1 分册,第 296 页。
② 《马克思恩格斯全集》,第 33 卷第 210 页(1817 年 4 月 17 日和 12 日致库格曼的信)。

命……只能从未来汲取自己的诗情"。

总之,马克思和恩格斯批评拉萨尔,第一,他作为德国古典主义的过时的代表挑选了第一种类型的悲剧——黑格尔《美学》中所描述的那种悲剧;第二,他们批评他,既然已经挑选了《济金根》而不是《闵采尔》作主题,他没有从中得出一切结论,没有把即将灭亡的阶级的英雄原原本本地描写出来。衰落的中世纪时期的伟大诗人莎士比亚在这里可以为两种可能性充当艺术原型,可是席勒的风格则只能使阶级斗争的现实动力受到抹杀和歪曲,然而只有对这些动力的唯物主义分析才可能是真正富有诗意的结构的基础。

但是从这一切当中,自然不应得出结论,马克思和恩格斯在对拉萨尔的席勒风格的批评中,和那些也指责拉萨尔"抽象"、但是仍然从"恶劣个性化"观点提出要求的资产阶级批评家们[①]处在同一水平上。恩格斯在反对这种"现实主义"的斗争中,承认自己是和拉萨尔一致的。对马克思和恩格斯的范围广泛的批评说来,值得注意的是,他们在反对拉萨尔的唯心主义的斗争中,同时也抨击了错误的文学现实主义。他们非常清楚地看到,甚至拉萨尔剧本的抽象说教的风格,尽管有各种局限性,也可能比我们在古典以后时期德国资产阶级文学的"现实主义"中所看到的卖弄小聪明更加高明一些。拉萨尔回到席勒那里去,包含有某种从历史上看可以理解的意义,因为它意味着反对在当时文学现实主义的理论和实践中得到应有表现的德国资产阶级的可怜妥协。但是在更深刻的意义上,这种向席勒的回归包含有虚伪的倾向,因为它标志着对资产阶级革命问题的纯粹资产阶级理解。

三、拉萨尔在自己复信中的自我暴露

拉萨尔对马克思和恩格斯的批评意见的反驳非常详细,据他自己承认,"枯燥啰嗦、不成文体而且又不清楚",它企图维护剧本和它的两篇序言的立场。但是拉萨尔不

---

① 我们在这里首先是指 F.T.费舍,他在给拉萨尔的关于《济金根》的信中也提出了这种指责。

得不在这篇答辩中在几乎一切重要问题上走得比起初走的或者想要走的更远得多。所以,一方面,先前被掩盖着的(但是马克思和恩格斯很清楚地看到了)他立场中的矛盾现在作为不可克服的二律背反暴露出来了,这些二律背反的不可调和性他自己只能借助诡辩才能瞒过自己,另一方面,维护在客观上站不住脚的立场迫使他得出这样一些结论,这些结论的全部政治本质他当时恐怕还没有意识到,但是它们的意义马克思和恩格斯立即就完全理解了。我们在本文一开头就指出的他们对这封信的尖锐否定态度,他们的突然拒绝进一步讨论,在我们看来正是由于这些因素。

我们从拉萨尔本人最后进行考察的那一部分争论问题开始,拉萨尔把它称为“最重要的”部分,因为“它涉及了我认为非常正当的党的利益”。这就是对济金根的历史评价以及他在农民战争问题上的立场。正像读者记得的,马克思和恩格斯的出发点是,济金根作为骑士是垂死阶级的代表,所以他的目的只能是反动的,他本人“只是自以为”是革命者。关于对平民农民分子注意不够的指责和马克思对拉萨尔在自己的剧本中像自己的主人公一样搞“外交”的指责,都与这有联系。拉萨尔很愤慨地把这后一种指责说成是“极不公平”。为了反驳马克思和恩格斯与此有关的说法,他展开谈了他对贵族起义和农民战争的阶级性质的观点。他的理论的实质是,两方面——无论是历史上的济金根和骑士,还是农民——都是反动的。农民“是极端反动的,其反动性毫不亚于历史上的(不是我的)济金根和历史上的贵族党派”,——拉萨尔写道。

这里自然不是详细分析马克思恩格斯以及拉萨尔关于德国在 1522—1525 年的经济发展趋势和阶级关系的地方(尤其是因为马克思和恩格斯的正确性是完全明显的)。我们在这里只谈谈拉萨尔的复信的某些个别方面。

那么,为什么农民运动按照拉萨尔的看法是反动的呢？拉萨尔提出了两点考虑。第一,农民不是革命的,因为它要求的只是“消灭滥用权力的现象”,而不是彻底变革:“主体的权利这一观念,超出了那整个时代的范围”。第二,农民的“反动性是跟历史上的贵族党派一样的”,正是因为“起决定作用的政治因素还不是主体……而是私人的土地所有权……他们预备以自由的私人土地所有权为基础来建立以皇帝为首的土地所有者的帝国”。所以这仍然是濒于崩溃的德意志帝国的过时的陈腐的观念。正是由于

"农民的这种极端反动的观念,他们和贵族的同盟还是十分可能的"。和这种反动的观念相反,那些支配着不是他们的私人财产、又不是他们的封土的一切土地的诸侯,却代表了跟私人土地所有制无关的"政治、国家原则"的最初萌芽。

这个在拉萨尔后来的著作中还一再反复出现的观点①,在两方面值得注意。第一,它是彻头彻尾唯心主义的,因为它忽视了基本经济问题(贵族对农民的剥削),或是把它们说成是比较次要的东西②,而从财产问题的法律解决来解决运动的革命性质问题,根本不提剥削(或消灭剥削)的形式问题。

第二,革命原则和反动原则以机械僵化的形式相互对立起来,导致放弃辩证法。阶级之间的生动的相互作用被完全忽略,尽管在这个时候,资产阶级社会的基本阶级——资产阶级和无产阶级——还未最终形成,像"平民"、农民这样的社会阶层有决定性作用,阶级之间的这种相互关系有极重大的意义。

拉萨尔不仅不理解闵采尔的社会主义幻想中的悲剧冲突,而且首先不理解整个人民运动的革命意义,不理解文德尔·希普勒的帝国宪法中所说的"全民族的进步分子"的联合是"对近代资产阶级社会的预见"。诚然,文德尔·希普勒所捍卫的一些原则和他所提出的一些要求"不是立刻可以实现的,但是他的这些原则和要求却是封建社会的当前解体状态的稍加理想化的必然结果;而农民们一旦决心来为整个帝国制定法律草案的时候,那么除了同意他的这些原则和要求而外别无他法"③,——恩格斯这样写道。在对希普勒草案的进一步分析中,恩格斯指出,"所以对贵族作了许多让步,这些让步十分近乎近代的赎买办法……"④

——————————

① 例如,《科学和工人》1963 年版。

② 参看剧本中拉萨尔的济金根(即不是历史上的,而是经过革命加工的济金根)在兰德城贵族集会上说的话:"你们要珍重农民! 农民已经准备挣脱僧侣加在他们身上比加在我们身上更为沉重的枷锁。他们仇恨的不是我们而是诸侯,只要我们主持正义与公道,他们便很容易和我们联合"(《拉萨尔全集》第 1 卷第 261 页)。这大致符合历史上的胡登或济金根的观点,他们不能"给市民或农民许诺什么好处",他们的方法是"绝少提到或绝口不提贵族、城市和农民将来的相互关系问题,把一切罪恶都归之于诸侯和僧侣以及对罗马的依赖问题"(《马克思恩格斯全集》,第 7 卷第 439 页)。但是在拉萨尔的主人公的口中,上面援引的这些话就非常清楚地说明了我们所说的情况。

③④ 《马克思恩格斯全集》,第 7 卷第 459 页。

但是如果说沿着这条线,即沿着服从"公民的真正利益"这条线,运动能够为自己提出资产阶级革命的目的的话,那么正好胡登们和济金根们的必然目的——贵族民主制——就是肯定反动的。恩格斯说,这是"属于最原始的社会形态中的一种形态,以后很自然地发展成为完备的封建等级制度,而这种封建等级制度显然已经是更高得多的阶段"①。拉萨尔的争论明显表明,阶级发展的具体历史辩证法、革命的真正辩证法,他不理解,不想理解,也不能够理解。

　　不管在拉萨尔的剧本和信中是否有个别正确的提法,他对个别场面是否有正确的描绘,对问题都毫无影响。重要的是他的基本观点的非辩证性质,这不仅妨碍他正确理解当代和历史、马克思和恩格斯对当代和历史的正确解释,而且甚至迫使他背叛自己的哲学基础黑格尔的唯心主义辩证法,而接近黑格尔以前的观点。

　　我们在上面谈到拉萨尔对"悲剧过失"的理解和他对席勒的接近时,已经涉及这个问题。马克思和恩格斯在自己的信中没有直接谈这个问题(提出莎士比亚反对席勒与此有很密切的联系),但是他们的批评如此动摇了拉萨尔的立场,以致后者不得不亮出自己哲学上的本来面目。他企图驳倒马克思恩格斯关于历史上的济金根的论据,从而使他们的整个批评失去基础。但是,似乎感觉到他在这方面的论据不够充分,他还想方设法从哲学方面来维护对他具有意义的问题,即他的(而不是历史上的)济金根的性格和命运。谈到的自然又是济金根和农民之间的同盟,这一同盟在多大程度上可能实现以及它会导致什么结果。就是在这里,拉萨尔不得不详细地陈述他对历史必然性及其与人的能动性的关系的一般观点。由于问题很重要,我们应该全文引用这个地方:"结果将会怎样呢? 如果从黑格尔的积极的历史哲学出发——而我就是这种历史哲学的热心信徒——,当然要和你们一同这样回答:灭亡归根到底是必然要来的,并且非来不可,因为济金根,如你们所说的,是代表着反动透顶的利益,并且非代表这种利益不可,这是由于时代精神和阶级利益不容许他坚决地站到另一种立场上。

　　但是,这种批判的哲学的历史观,是用铁的必然性钩住另一个铁的必然性,因而就

---

① 《马克思恩格斯全集》,第 7 卷第 438 页。

抹杀了个人的决心和行动的作用,所以它既不能是实际革命行动的基础,也不能是戏剧观念的基础。

个人的决心和行动所具有的改造性的和决定性的作用这个前提,反而是这两种因素的必要的基础,因为没有这种基础,就不可能有戏剧上激动人心的趣味,也不可能有勇敢献身的行为。"

这里具有原则重要性的情况是,在关于历史必然性和实践的问题中,拉萨尔所指的不是阶级的实践,而只是个人的实践,因此不得已把必然性和"自由"(实践)割裂开来。这使他得出二元论的结论,这不仅离马克思和恩格斯对这个问题的辩证理解非常遥远,而且还远远落后于黑格尔,使拉萨尔接近于费希特、席勒、康德。诚然,黑格尔的历史哲学谈的是个人及其通过"理性的狡诈"与历史过程的一般必然性联系起来的"情欲"。然而在黑格尔那里,个人是一定历史集体(民族等)的代表,他的"情欲"与"利益"有极密切的联系。黑格尔说道:"这种局部内容同人的意志是如此统一,以致它构成后者的全部确定性,而不能与它分割开来:由于这种内容人才成其为人。"①但是,正是这种"观念"和"情欲"的相互交织在黑格尔那里造成了紧密的历史联系(与他自己的唯心主义形而上学相反)。

"因此",黑格尔接着说道,"伟大的历史人物只有在自己的地位上才能被理解"②(着重号是我的——引者)。"领袖""世界历史人物"和被领导的群众之间的联系,在黑格尔那里是建立在这样一种情况上,即领袖说出和做出群众自己不知不觉力求去做的事情。"世界历史人物第一次向人们解释清楚了他们想要的东西。知道你想要什么并不容易:可能在实际上想要点什么而仍然抱着否定的观点,只是感到不满足而已:对肯定目的的意识在这时完全可能没有。"总之,按照黑格尔的意思,"领袖"之所以是领袖,是因为,而且只是因为他是某种客观历史的集体必然性(民族,阶级)的表现;他之所以能够是领袖只是因为他表现了社会发展的趋势,因为他以纲领方式提出了别人按照自己的利益必然要追求的东西,虽然这种追求还是很模糊的、无意识的等等。很明显,

——————————

①② 黑格尔:《历史中的理性》,莱比锡 1917 年版,第 63、76—77 页。

拉萨尔在这一点上不仅同马克思和恩格斯,而且甚至同黑格尔不一致,他使"个人的决定和行为"脱离现实的土壤,把它们的必然性对立起来,——总之,把它们按照康德和费希特的精神加以伦理化。

在这一基础上,他希望在同马克思和恩格斯关于《闵采尔》主题和《济金根》主题孰优孰劣的争论中取得胜利。他把这个问题说成是在革命道路上前进得"太远"和"不够远"之间的对立,坚持认为他的解决办法比马克思和恩格斯所建议的解决办法要"深刻得多、有悲剧性得多,革命得多",它更有悲剧性,是因为只有在这种解决办法中可能出现有名的"悲剧的过失"。正像读者记得的,恩格斯曾指出,个别的人,其中包括拉萨尔的济金根,可能真的力求和农民结成联盟,可是这立刻就会导致他们和贵族的冲突,按照恩格斯的意思,这可能是悲剧性冲突的源泉。拉萨尔指出(在上面援引的那段引文之后这是很自然的),在恩格斯所设想的情况下,冲突只能发生在济金根和他的党派之间,"这样一来,济金根本身的悲剧的过失到哪里去了呢?恐怕是这样:他自己内心里完全正当而且无可指责,而他的灭亡只是由于贵族阶级的利己主义引起的,——这是可怕的场面,但实质上完全不是悲剧的场面。"

当然,现在已经毫不奇怪,拉萨尔由于从纯粹个人观点来描绘济金根的发展,把济金根与贵族阶级的客观必然的阶级冲突看成只是后者的"利己主义",他把双方的行动、他们之间的冲突不是看成客观历史必然的冲突,而从自己的观点——现在已经是完全一贯地——提出关于"悲剧的过失"的问题。但是他在提出这个问题时,就必然和黑格尔的历史哲学决裂,必然转到主观唯心主义的观点上。

因此非常自然,在拉萨尔看来,当冲突是"济金根本身内在的东西"时,也就是当它是伦理的冲突时,它就"更有悲剧性"。总之,按照上面援引的拉萨尔的明确提法,伦理的、"内在的"冲突是悲剧性的,而客观历史的冲突则不是悲剧性的。有趣的是拉萨尔怎样给悲剧冲突下定义。他把济金根看作想要或者能够"完全超出自己的阶级"的个人(像圣茹斯特、圣西门、瑞日卡那样)①。但是为了得出冲突和悲剧,为了有供描绘"过

① 梅林在自己的评注中正确地指出(《马克思、恩格斯和拉萨尔遗著》斯图加特1913年版,第4卷,第202页),弗洛里安·盖尔是这样的,济金根则不是。

失"和"诱惑"的材料,拉萨尔不得不在两个重要方面把一般公式具体化。一方面,他非常有力地强调指出,起初济金根"还未能彻底地和旧东西分裂……所以也就终于对他的起义作了外交式的歪曲,发生了他的非革命的发动和它的失败! 这一点甚至构成剧本的整个轴心……"①

因此,似乎比恩格斯说的悲剧性更"深刻"的悲剧性主要在于,济金根与自己阶级的脱离发生得很缓慢和痛苦,他与自己阶级的决裂来得太迟。悲剧性在于,济金根身上集中了各种各样的革命可能性,而他仍然要灭亡,因为他"没有从自己的本性中消除他的阶级地位所必然产生的、妨碍他成为彻底革命者的最后一个障碍物"。由于拉萨尔在马克思恩格斯的论据的压力下不得不把济金根进一步革命发展的前景留在主观主义的、伦理和美学的昏暗中,这一情况变得还要更加明显。拉萨尔这样说明济金根的地位:济金根"处在革命的初期,他至少在一个方面是站在革命的立场上的。因此他的革命立场是一种极为暧昧的'自在的'态度,如果运动继续发展下去,推动他走向进一步的结论,他的这种'自在的'态度是既有向他做进一步的结论的方向发展的可能,也有违反进一步的结论而向反动的敌对的方向发展的可能"。这里我们看到的,是拉萨尔关于他如何思考仿佛构成任何革命悲剧的命运的一段很有趣的话。由这里就很容易理解,为什么拉萨尔与马克思和恩格斯相反,认为那种以走得不够远为冲突基础的形势不仅"更加深刻和更有悲剧性",而且"更加革命"。

然而,拉萨尔的"自白"还远不止于此。为了反驳马克思和恩格斯,维护自己的观点,他总是企图表明,济金根终究能够把对立的阶级——贵族和农民——团结到一起,并且在这种阶级合作中一刻也不会让贵族占决定性的优势。我们来举几处能说明问题的地方。恩格斯认为济金根解放农民的企图会使他与贵族发生冲突,拉萨尔认为这种看法站不住脚:"若说济金根只要下决心去诉诸农民,就会成为自己行为的牺牲品,我认为这是难于置信的。只要他能支配贵族和农民,他就可以借助农民来控制贵族……"拉萨尔关于贵族这样写道,他想"把他们描写成这样的一伙:他们只是受弗兰

———————————

① 最后一句话的着重号是我的,拉萨尔本人只在"整个"一词上加了着重号。

茨一个人的拨弄,机械地受他一个人的支配,好像傀儡一样说向前就向前,说向后就向后,受他利用而不知道他心理的目的"。与这种"领袖"观相应的是类似的"群众"观。贵族抛弃了济金根,"也并不是由于意识到了他们的内心目的不同,而仅仅是因为冷淡、胆怯和优柔寡断"。

简言之,我们在这里看到的是一种虽然充满资产阶级革命激情、虽然以德国古典主义作为基础,然而实质上是波拿巴主义的英雄史观①。资产阶级革命的传统和文学哲学的古典主义传统稍微改变了这种历史观的外表形式,使它在文学方面接近于德国意识形态发展中的波扎侯爵阶段,但是这样一种情况仍然具有决定意义,即按照拉萨尔的意思,"英雄"能够任意地要各阶级前进或后退,在历史上实现"观念"的运动。济金根遭到失败,只是因为在他身上,正像我们看到的,还保留有太多与自己旧阶级的"人性的、过于人性的"联系。因此,济金根想要做皇帝,不仅是历史传说的内容,而且也是拉萨尔的历史观的重要组成部分。他反驳马克思和恩格斯道:"至于骑士式的反抗,这对济金根说来,其实并不是本质的目的,而只是(你们两人都忽略了这一点)他想使用的一种手段和他想利用的一种运动,以便戴上皇冠,然后再扮演查理所拒绝担任的角色,把基督教作为国家的和国民的观念来加以改造和实现。"因此,拉萨尔在这里坚决主张内容上的纯粹资产阶级变革,而在手段方面,则主张波拿巴主义的比较巧妙地操纵群众的"现实政治"。主观唯心主义、伦理观点,是这一切的完全合适的世界观基础。很明显,在这个基础上,"走得不够远"有机地成为一般革命的悲剧、悲剧的过失。在上述一切之后,这已经再不需要任何说明了。

毫不奇怪,马克思在给恩格斯的信中像本文开头提到的那样对拉萨尔这封信作出了气忿和鄙视的反应。在马克思和恩格斯后来的信中也可以看到一些对关于整个这次讨论的印象的暗示。例如,在谈到布赫尔投到俾斯麦方面去时,马克思把拉萨尔称作"乌凯马尔克的菲力浦二世的波扎侯爵"②,而在谈到拉萨尔的"遗嘱"时他写道:"这

① 几乎所有评论过这封信的人(梅林、翁肯)都指出了这种俾斯麦波拿巴主义味道。
② 《马克思恩格斯全集》,第 31 卷第 40、45 页。

难道不是他自己的那个想强迫查理五世'站在运动的首位'的济金根吗?"①等等。值得注意的是,这些"文字上的"余音总是同拉萨尔的俾斯麦崇拜和他的波拿巴主义有密切联系。伯恩施坦的版本中发表的一封马克思的信有一个地方还要更加有趣,马克思在那里谈到拉萨尔在伦敦的访问时给恩格斯写道:"当我和妻子取笑拉萨尔的计划,嘲弄他是'开明的波拿巴主义者'等等的时候,他可发火了。他大嚷大叫、暴跳如雷,最后则确信,我太'抽象',不懂政治。"②

非常可能,正是拉萨尔的这种不得已的、由尖锐论争所引起的"自白",使得马克思和恩格斯看到了拉萨尔的意向,看到了那些后来促使他投向俾斯麦的倾向,并且使得马克思主义奠基人能够在这条道路未走之前很久就预见到了它。无论如何,在这次论争以后,在马克思和恩格斯的通信中就更冷淡、更不信任他了,当然,他关于意大利战争的小册子也是引起这种态度的原因。值得注意的是,马克思起初认为拉萨尔必然要和柏林人彻底决裂,后来却这样评价拉萨尔一生中的这一时期:"1859 年这一年他完全属于普鲁士自由资产阶级政党。"③作为本文主题的那些原则问题,马克思和恩格斯后来再没有谈过。马克思为了答复给他寄送《既得权利体系》而写的几封内容极其丰富和有趣的信,有意识地回避了这些问题。无论在拉萨尔那里还是在他的对手马克思和恩格斯那里,美学问题和政治问题之间都有密切的有机联系,正是这种情况使得整个这场论争突然中止了。

(译自卢卡奇:《十九世纪的文学理论和
马克思主义》莫斯科文学出版社 1937 年版)

---

① 《马克思恩格斯全集》,第 31 卷第 40、45 页。
②③ 《马克思恩格斯全集》,第 30 卷第 261、353 页。

安东尼奥·葛兰西

皮兰德娄①的"辩证法"(1916—1920年)

皮兰德娄的"思想体系"(1916—1920年)

鲁杰里主演的《哈姆雷特》(1916年2月20日)

给丹吉娅娜的信(1931年9月20日)＊

安东尼奥·葛兰西

(Antonio Gramsci, 1891—1937)

意大利共产党领袖,早期受到斯大林国家主义(Sardinian nationalism)而非社会主义的影响,在都灵大学期间积极参与公会活动,于 1913 年加入意大利社会党,但由于身体状况不佳及社会主义政治活动的牵连,葛兰西并未完成学业,而后担任了都灵社会周报《人民呼声报》主编。第一次世界大战爆发时,葛兰西响应列宁"变帝国主义战争为国内战争"的口号发动武装起义,在工人中赢得威望,被选为社会党都灵支部书记。大战结束后,意大利工人和农民决心要走"俄国人道路"。1921 年 1 月 21 日意大利共产党成立,葛兰西是党的创始人之一。1922 年 10 月,以墨索里尼为首的法西斯分子在意大利夺取了国家政权,葛兰西受共产国际委派回国领导意共开展反法西斯斗争,1926 年 11 月不幸被捕入狱,虽在狱中遭百般折磨,葛兰西仍以坚强的意志研究革命理论,写下 32 本《狱中札记》,这是意大利现代思想史上的重要著作。1937 年 4 月 27 日,这位坚强的战士在法西斯狱中与世长辞。葛兰西作为一个马克思主义理论家的声望,主要是以他去世以后出版的狱中(1929—1935)的文献、笔记和书信(总共达 3 000 页之多,编辑成 7 卷)树立的,其中最重要的就是《狱中札记》。由于对社会意识、文化

---

① 路伊吉·皮兰德娄(1867—1936),意大利戏剧家、小说家。皮兰德娄是位多产作家,一生共创作了 40 多个剧本、7 部长篇小说,300 多篇短篇小说,7 本诗集以及其他作品等。他的戏剧的代表作《六个寻找作者的剧中人》(1921)和《亨利四世》(1922)已经成为世界戏剧史上的传世佳作。主要的剧作还有《别人的权利》(1915)、《诚实的快乐》(1917)、《像从前却胜于从前》(1920)、《给裸体者穿上衣服》(1923)、《各行其是》(1924)、《寻找自我》(1932)、《不知如何是好》(1934)等。1934 年"因为他果敢而灵巧地复兴了戏剧艺术和舞台艺术"而被授予诺贝尔文学奖。

* 《皮兰德娄的辩证法》选自《论文学与民族生活》(都灵,埃依纳乌迪出版社,1954 年),中译本即《论文学》,吕同六编,人民文学出版社 1983 年版,第 119—120 页;《皮兰德娄的思想体系》选自《论文学与民族生活》中译本《论文学》,第 121—126 页;《鲁杰里主演的〈哈姆雷特〉》选自《论文学与民族生活》中译本《论文学》,第 170—171 页;《给丹吉娅娜的信》选自《论文学与民族生活》中译本《论文学》,第 70—73 页。

与决定论(determinism)复杂关系的强调,葛兰西常常被称为"上层建筑的理论家",他反对原始的"经济主义"(列宁提出),代之以"领导权"(hegemony,常译为"霸权")理论——即通过主导阶级思想的统治,借助"有组织的赞同"(organic consent)而非强力(power)来保障政府。通过文化领导权的确立,使领导阶级的普遍观点成为"常识"(common sense),而马克思主义的目标——即实践哲学(philosophy of praxis)——就是必须要实现领导权。需要指出的是,葛兰西所说的力量关系(relations of force)主要强调三个方面:生产的社会关系、政治力量的关系与军事关系,葛兰西的文化领导权理论强调文艺的教化作用,而他真正关于悲剧的理论并不多,主要见于《文学与民族生活》(都灵,1954)中对皮兰德娄戏剧的评论、以及他从结构上对但丁《神曲》所列的分析提纲,从中可以看出某种与他的理论分析类似的辩证思维方式。原书收入葛兰西早期的一些剧评,他的批判精神与反思能力是自始至终的,例如,其中一篇随笔品评了1916年一场《麦克白》的演出,葛兰西评论道,这个剧本"不是一出恐怖剧,或者说野心悲剧",不如说是单纯刻画个人,即麦克白的悲剧,他全面概括了麦克白的特性,而将麦克白夫人一笔勾销,同时佩服莎士比亚处理笔下人物时所给予的同情,既不受"情节剧感伤情调"的影响,也不为"颓废风格"所触动[1];葛兰西研究皮兰德娄戏剧的文章被公认为是皮兰德娄研究的经典文献,在1916—1920年间发表的《皮兰德娄的"辩证法"》《皮兰德娄的思想体系》等文章中,葛兰西"跳出纯文艺批评的圈子,从历史、文化、道德的高度,高屋建瓴地分析皮兰德娄怪诞戏剧的思想特征和艺术价值",在葛兰西看来,皮

---

[1]　转引自雷纳·韦勒克:《近代文学批评史》第8卷,2009年版,第474—475页。

兰德娄的价值在于文化、而非艺术,皮兰德娄把当代哲学的"辩证法"引进到大众的文化中来,体现了浓厚的"哲学对话"意味,即用哲学的方式表现他的价值观与批判意识。这种辩证的分析视角在随后的阿尔都塞从哲学角度所进行的戏剧分析中可以找到类似的痕迹,葛兰西的戏剧评论也成为了马克思主义悲剧理论中的一个独特存在。

皮兰德娄的"辩证法"[①]

需要撰写专文来研究皮兰德娄[②]，把我在战争期间发表的评论[③]全部利用起来。那时，皮兰德娄遭到评论界的攻击，甚至无法继续自己的戏剧创作(请回忆一下都灵报纸在《感化》[④]初次公演以后发表的剧评，以及尼诺·贝利尼[⑤]把我牵连进去的经过)，并且还招致一部分观众的敌视。人们还记得，《利奥莱》[⑥]在第二场公演以后，由于都灵青年基督教徒的挑衅，皮兰德娄被迫把它从公演剧目上撤销了。

皮兰德娄的重要价值，在我看来，是属于思想和道德方面的，就是说，在更大程度上是属于文化方面，而不是属于艺术方面的：他力图把当代哲学的"辩证法"引进到大众的文化中来，同亚里士多德—基督教的"现实的客观性"的观念相抗衡。在实现这个

① 葛兰西研究皮兰德娄戏剧的文章，被公认为皮兰德娄研究中的经典性文献。他跳出纯文艺批评的圈子，从历史、文化、道德的高度，高屋建瓴地分析皮兰德娄怪诞戏剧的思想特征和艺术价值，指出皮兰德娄的世界观是主观唯心主义的，但他借助迥乎寻常的性格和荒诞的冲突，对教会势力，陈腐的观念，传统的戏剧规范，展开了无情的批判，具有"在观众的头脑中砰然爆炸"的"手榴弹"的威力。由此，葛兰西认为，皮兰德娄的贡献，并不是作为"诗人"、艺术作品的"制造者"，而是作为"精神环境的'革新者'""批判者"。
② 皮兰德娄的早期作品接近真实主义，反映南方中下层人民的生活。其后的创作，特别是小说《已故的帕斯卡尔》(1904)，剧本《六个寻找作者的剧中人》(1921)、《亨利第四》(1922)等，宣扬客观现实变幻莫测，不可认识，表现"社会的自我"同"真实的自我"的冲突，成为欧美荒诞戏剧的先驱。
③ 1916—1920年，葛兰西为社会党机关报《前进报》撰写戏剧评论，其中谈皮兰德娄戏剧的剧评，共十二篇。
④ 《感化》(1918)，皮兰德娄早期剧作之一，表现真正的爱情应该战胜嫉妒和人的本性。
⑤ 尼诺·贝利尼(Niüo Berrini, 1880—1962)，意大利剧作家，戏剧评论家。
⑥ 《利奥莱》(1916)，皮兰德娄早期著名剧作之一，描写西西里乡村生活。

目标的时候,皮兰德娄充分调动了戏剧的可能性,施展了他的全部才能。他的关于客观现实的辩证观念,用人们能够接受的形式展示于观众面前,因为它以浪漫主义为外衣,体现在迥乎寻常的性格里,体现在反对理智和常理的荒诞的冲突中。它能不能用另外一种形式表现出来呢?——唯独如此,皮兰德娄的戏剧才能较少地显示出"哲学对话"的性质。不过,由于剧中人物需要反复地"解释和证明"认识现实的新方式,"哲学对话"的味道依然是够浓厚的。另外,皮兰德娄本人并不是所有的时候都能够摆脱地地道道的唯我主义,因为他的"辩证法"与其说是辩证法,毋宁说是诡辩的"辩证法"。

《文学与民族生活》,都灵,埃依纳乌迪出版社,
1954年版,第46—47页。

皮兰德娄的"思想体系"

　　皮兰德娄本人第一个站出来反对"皮兰德娄主义",这或许是有道理的。他认为,所谓的皮兰德娄主义纯系某些以批评家自居的人随心所欲制造的公式和抽象的判断,完全脱离他的具体的戏剧实践;这种提法常常包含着人们不愿意公开承认而又用心险恶的思想上、文化上的动机。毋容置疑,皮兰德娄始终遭到基督教徒的讨伐,只消重温一下《利奥莱》就足够了。《利奥莱》在都灵阿尔菲爱里剧院公演时,《时代报》和它的卑俗的剧评家萨维里奥·菲诺忿恚一伙青年基督教徒打上门来,加以咒骂和围攻。这部喜剧被强加上所谓猥亵的罪名,遭到无端的攻击。

　　由于皮兰德娄对世界所持的独特的观点,他的整个戏剧创作实际上都遭到教会的仇视;不管他的世界观如何,它是否具有哲学上的彻底性,他的世界观无疑是反基督教的,而且同资产阶级真实主义和小资产阶级传统戏剧"人道主义"的、实证主义的世界观大相径庭。事实上,要赋予皮兰德娄的世界观以始终如一的特性,要从他的戏剧里概括出某种哲学来,显然是不可能的,因而也就不能说皮兰德娄的戏剧是"哲学"戏剧。

　　不过,显而易见,在皮兰德娄身上有这样一些观念,它们一般地说同某种世界观相联系,可以大体上称之为主观主义世界观。但问题在于:

　　1. 这些观念是以"哲学的"方式展示出来,还是作为剧中人物固有的、各各不同的思想方式表现出来？也就是说，蕴含的"哲学"是否毫不含糊地体现为各个人物的"文化"和"道德"？换言之，在皮兰德娄的戏剧里，是否至少在某种程度上存在观念转化为艺术的过程？还有，这种反映是始终刻板划一的，即只具有逻辑性，还是相反，从来是迥然不同的，即具有想象性？

2. 这些观念是否必然渊源于书本和理论，取自个别人的哲学体系，还是寓于生活，寓于时代的文化，甚至低级的大众文化，民间文化？

在我看来，第二个问题是具有根本意义的。通过对不同类型的戏剧，即对描写地方的与"乡土的"生活的方言戏剧，和超越地区界限，反映本国甚至其他国家资产阶级知识分子生活，用文学语言写作的戏剧，进行比较研究，这个问题自然迎刃而解。现在看来，皮兰德娄主义可以用方言戏剧里那些"从历史的角度"看来是人民的、大众的和"乡土的"思想方式来解释；这些方言戏剧不是描写身着老百姓服装的"知识分子"，或者以知识分子方式思维的老百姓，而是表现从历史—地理的角度看来全是实实在在的西西里老百姓，他们这样思想和这样行动，正因为他们是老百姓，是西西里人。他们虽然并非基督教徒、托马斯主义者、亚里士多德主义者，但这丝毫不意味着他们不是西西里人和老百姓；他们对现代唯心主义的主观主义哲学一无所知，这也不意味着在人民的传统里不可能存在"辩证法"、内在论的因素。如果能够把这一点加以剖示，那么皮兰德娄主义的整个堡垒，即皮兰德娄戏剧的抽象的唯智主义的整个堡垒，会像应该瓦解的那样分崩离析。

但是，我不以为皮兰德娄戏剧里的文化问题可以如此轻而易举地解决。皮兰德娄是一位"西西里的"作家，他善于凭借"方言"和富于民间色彩的形式反映乡土生活(他的民俗观不曾受到基督教的影响，但却披上一层薄薄的基督教迷信的外衣，是世俗的、反教会的)。他同时是一位"意大利的"和"欧洲的"作家。皮兰德娄给予我们的东西还要更多些。他具有同时作为"西西里人""意大利人"和"欧洲人"的批判意识；也正是在这里，体现了他的巨大的"文化"价值，又暴露了皮兰德娄艺术上的弱点(我在另一处曾指出这点)。皮兰德娄这个内在的"矛盾"，在他的某些短篇里表现得尤为明显(例如短篇小说《顺序》，描写来自历史上如此遥远的两个"省份"——一个西西里女子跟一个斯堪的那维亚海员的邂逅相遇①)。

　　然而,至关重要的是,皮兰德娄的历史—批判意识,如果被他运用于文化领域,用以克服和摧毁墨守成规、浸透了基督教或实证主义思想,由于充斥偏狭的地方主义或平庸灰暗的资产阶级气息而腐烂发霉的传统戏剧——那么,这种批判意识是否替皮兰德娄完美的艺术创造开拓了道路呢? 如果说,皮兰德娄的唯智主义并非如庸俗的批评所断言的那样具有基督教倾向或者类似蒂勒盖尔②的唯智主义,那么,皮兰德娄是不是冲破了任何唯智主义的藩篱呢? 是否可以认为,与其说他是诗人,毋宁说他在更大程度上是戏剧的批判者,文化的批判者,对民族—地区的世态习俗的批判者? 或者是否可以说,当他的批判态度化为艺术的内容和艺术的形式,而不沦为"理性争论"和逻辑主义的地方——尽管是作为道学家的,而不是哲学家的逻辑主义——他确确实实是一位诗人吗? 依我看来,当皮兰德娄采用"方言"写作地方题材时,他便真正成为艺术家。自然,在他用文学语言写成的戏里也不乏极其出色的"片断"可以与之媲美。

　　研究皮兰德娄的著作:供基督教徒阅读的达米科③《意大利戏剧》(特雷维斯,1932)和《基督教文明》④的若干文章。达米科在《意大利戏剧》中论述皮兰德娄的一章曾由《文学意大利》(1932 年 10 月 30 日)转载,随后在这家刊物发生了西齐利亚诺⑤同达米科的论战。西齐利亚诺是《皮兰德娄戏剧》的作者;这篇文章颇引人注目,因为它针对皮兰德娄的"思想体系"亮明了自己的观点。

　　西齐利亚诺断言,"哲学家"皮兰德娄并不存在,所谓的"皮兰德娄哲学",只不过是"无聊透顶、自相矛盾的诡辩,陈词滥调的杂拌儿","声誉斐然的皮兰德娄逻辑,充其量只是徒劳无益的,支离破碎的辩证法游戏","这两者(逻辑和哲学)犹如船只的压舱物和额外的重量,它们迫使船下沉,有时竟至可悲地使具有毋庸置疑的巨大力量的艺

----

① 系短篇小说《遥远》之误。——原书编者注
② 阿德里安诺·蒂勒盖尔(Adriano Tilgher, 1887—1941),意大利美学家、哲学家,反对克罗齐美学观,宣扬相对论、心理分析学说和柏格森的直觉主义。
③ 西尔维奥·达米科(Silvio D'Amico, 1887—1955),意大利戏剧批评家、基督教徒,创办罗马戏剧艺术学院和《意大利戏剧杂志》,著有《二十世纪意大利戏剧》、四卷本《戏剧史》等。
④ 意大利耶稣会于 1850 年创办的社会—文化半月刊。
⑤ 依塔洛·西齐利亚诺(Ualo Siciliano),意大利文艺评论家。

术作品沉没了"。西齐利亚诺认为,"皮兰德娄孜孜以求的怪诞,未能升华为诗意或诗歌,它缺乏深刻的感受,只是生硬地 plaqué①,因而显得粗俗鄙陋、格格不入,损害、束缚和窒息了皮兰德娄的真正诗歌。"

不难看出,西齐利亚诺把批评的矛头指向了蒂勒盖尔。蒂勒盖尔把皮兰德娄视为"反映核心问题的诗人",也就是说,他把仅仅反映了文化问题的一个方面(这个方面必须置于整个文化范围内来考察,而且只是从属的部分)的事实,夸大为皮兰德娄的"艺术独创性"。西齐利亚诺则认为,皮兰德娄的诗歌同这抽象的内容并未合二为一,因而这思想体系完全是附加的——至少是给人这样的印象。事情若果真如此,那么西齐利亚诺的观点是不正确的。皮兰德娄反映出来的文化问题的一个方面,不等于他反映的独一无二的方面,这个观点是可以接受的,何况它属于文学论证的问题;认为它没有始终如一地体现为艺术,也可以苟同。但不管怎样,还必须研究这样一些问题:

1. 皮兰德娄反映出来的文化问题的一个方面,是否在某些场合体现为艺术。

2. 作为文化问题的一个方面,它对于改变群众的趣味,使之摆脱狭隘的地方主义,趋于现代化,是否发生作用;它同致力于摧毁十九世纪后期小资产阶级和市侩习气的未来主义不谋而合,是否改变了其他剧作家的心理倾向、精神趣味。

达米科是这样表述他对皮兰德娄主义采取的思想立场的:"姑不论赫拉克利特②以来的大部分哲学家截然不同的观点,可以绝对肯定地说,从降临人世间直至进入天国,我们的个性永远是与原本无异的,单一的。如果像《六个寻找作者的剧中人》里父亲所说的那样,我们每一个人都由'无数个'组成,那么,这些'无数个'中的每一个便无法同'另外许多个'共享神益,分担责任;而意识的一致性却告诉我们,我们每一个人永远是'那一个',保罗应该补赎扫禄的罪过③,因为即使成为'另一个',其本性仍然是同一个。"

这种探讨问题的方法实在愚蠢可笑。另外,应该研究一下,在皮兰德娄的艺术里,

---

① 法语:涂抹上去的。

② 公元前 6 世纪古希腊哲学家,第一次提出火是自然界的要素的观点。

③ 据圣经《新约》,保罗原名扫禄,狂热迫害教徒,后受基督圣灵感召,皈依基督教,在传教中殉难。

幽默主义是否占据主导的地位，即作者是否有意让某些低能的、缺乏哲理的头脑产生"哲学的"疑团，来"挖苦"主观主义和唯我主义，以此消遣逗乐？如果追根究底，皮兰德娄的哲学传统和教养更大程度上同法国的"实证主义"和笛卡尔主义相联系。他曾去德国留学，但不是在继承黑格尔传统的德国，而是在学究式语文学、实证主义盛行的德国。他曾在意大利担任修辞学教授，撰写关于修辞学和幽默主义的论文，自然同样没有遵循新黑格尔主义的唯心主义倾向，而是以实证主义为指导。因此，需要论证和明确，皮兰德娄的"思想体系"毫无书本的、哲学的渊源，它同只包含极其淡薄的书本气息的历史—文化经验联系得很紧密。并不排斥，蒂勒盖尔对皮兰德娄产生了影响，即皮兰德娄最终接受了蒂勒盖尔批判性的观点，因而必须把蒂勒盖尔的理论形成以前的皮兰德娄同其后的皮兰德娄加以区别。

正如我在另一处所指出，皮兰德娄就批判的意义而言，是西西里"乡下人"，同时又具备了某些民族的、欧洲的特质；他协调而又矛盾地集文明的这三个方面于一身。这一体验导致他以审视的态度看待其他个性身上的种种矛盾，而且甚至把生活的戏剧视若这些矛盾的戏剧。

《文学与民族生活》，都灵，埃依纳乌迪出版社，
1954 年版，第 47—52 页。

鲁杰里主演的《哈姆雷特》

　　鲁杰里①领导的剧团再度公演《哈姆雷特》。假如说,鲁杰里作为主要演员,为把哈姆雷特塑造成更富有人情味的形象所作的努力,令人击节赞赏,但却无法说整个演出对莎士比亚作了出色的解释。

　　我以为这一看法是正确的,因为在这位英国悲剧家的剧作中,并不单单是一个主要角色唱独脚戏,悲剧也不单单是这个主要角色的悲剧。一部出类拔萃的作品的特色,粗略地说,体现于戏剧的每一句台词,每一个动作,每一个人物所饱含的诗意。没有一丁点儿徒劳无益的东西,没有一丁点儿可以忽略不计的东西,纵然是一个小小的暗示,也参与悲剧情节的转折,是情节的转折显得合情合理所必不可少的。单单把哈姆雷特刻画成悲剧人物,一任其他人物黯然失色,悲剧便有沦为竞技场上演出的庸俗剧的危险,便有给人以随意拼凑、滥竽充数的印象的危险。

　　在莎士比亚的戏剧构思里,任何角色都是大角色;他们全都得到有力的刻画,被置于悲剧事件的漩涡之中,哈姆雷特则是它的主要牺牲者。假如演出还不能达到剧本构思的要求,哈姆雷特将继续成为检验我国第一流演员的可塑性的试金石,呈现于我们眼前的便不是莎士比亚的《哈姆雷特》,观众纵然相信看到了一部杰作(古往今来人们

---

① 　鲁杰罗·鲁杰里(Ruggero Ruggeri, 1871—1953),意大利话剧演员,以饰演莎士比亚、皮兰德娄剧中主要人物闻名。

都称它为杰作)的演出,但离开剧院时却免不了要感到有点沮丧,很容易倾向于完全不再相信什么杰作。

原载《前进报》,1916 年 2 月 20 日。

《文学与民族生活》,都灵,埃依纳乌迪出版社,

1954 年版,第 231 页。

给丹吉娅娜的信①

（1931 年 9 月 20 日）

我只打算简单地谈谈个人的情况,因为今天我想努力把我对《神曲》《地狱》第十歌②的看法写成提纲,以便寄给我大学时代的老教授征求意见。

1. 德·桑克蒂斯在论述法利那塔的文章中,指出但丁《地狱》第十歌的艰涩,因为第十歌的前一部分描绘了法利那塔的英勇气概,到了后一部分,他却成了说教者;借用克罗齐的术语,法利那塔由诗歌变成了结构③。按照传统的看法,《地狱》第十歌是法利那塔之歌,德·桑克蒂斯指出的艰涩性,历来被认为是正确无疑的。

我以为,《地狱》第十歌中描写了两个人物的悲剧,即法利那塔的悲剧和卡瓦尔康蒂的悲剧,而不仅仅是法利那塔的悲剧。

---

① 丹吉娅娜是丹尼娅的爱称。

② 但丁《神曲》《地狱》第十歌写地狱第六层,生前信奉异端者在烈火燃烧的坟墓里哀号,其中有法利那塔和卡瓦尔康蒂。法利那塔原是佛罗伦萨吉伯林党首领,但丁把他作为异教徒放在地狱中受刑,同时又赞美他在战胜圭尔·弗党以后,顶住各种压力,坚决保护佛罗伦萨免于毁灭的英雄行为。卡瓦尔康台·卡瓦尔康蒂的儿子圭多·卡瓦尔康蒂,和但丁是莫逆之交,同为"温柔的新体诗派"的主要代表。

③ 克罗齐美学思想的一个重要内容,是把文艺作品区分为"诗"与"非诗",或"诗"与"结构"。凡表现情感、激情、心理者,是"诗歌";表现思想意识、道德、宗教者,则不成其为"诗歌",而仅是"结构"。他正是根据这种观点来评论《神曲》,从而把《地狱》第十歌的两个部分对立起来的。

2. 可以看出卡瓦尔康蒂和法利那塔的差异。法利那塔听到有人操佛罗伦萨语讲话,他立即又站到党派的立场上,重新成为吉伯林党的领袖。相反,卡瓦尔康蒂只是一心想着圭多,他听到有人讲佛罗伦萨语,急忙探起身子询问,圭多现在是否活在人间(幽灵只能向新来者打听消息)。直接描写卡瓦尔康蒂的戏进展极为迅速,但具有难以形容的感染力。他立即打听圭多的消息,希望儿子同但丁在一起,一旦诗人没有准确告诉他圭多的情况,他顿时发出一声凄厉的呼叫:

　　　　重又仰面摔倒在那里,

　　　　再也不现身露面了。①

3. 第十歌的前一部分中,圭多的"蔑视"②曾经成为无数学者研究的对象,提出了无数的假设和推测;而在后一部分,法利那塔关于但丁流放的预言,又吸引了人们的注意力③。我觉得,后一部分的价值主要在于它剖明了卡瓦尔康蒂的悲剧,并提供一切必要的因素,以便读者在脑海中重温这个形象。但丁的诗歌或许是无法表达,不可名状的诗歌?我不这样认为。但丁并不回避直接地描绘戏剧性的事件,其实这正是他的表现手法。我想,正像口头语言不断演变一样,"表现手法"也可以随着时代而改变。

我记得,1912 年听托埃斯卡④教授的艺术史讲座时,我看到了一幅庞贝城油画的复制品,画面上美狄亚被蒙着双眼,亲临处死她同依阿宋生的儿子们的场面。记得托埃斯卡教授说,这是古人的一种艺术表现手法。莱辛在《拉奥孔》中指出,这并非艺术上平庸无能之辈的伎俩,而是让母亲的心碎肠裂的悲痛对观众造成难以磨灭印象的最

---

① 葛兰西从探讨古典至中世纪艺术展示人的巨大痛苦的表现手法入手,揭示但丁在《地狱》第十歌中刻画卡瓦尔康蒂悲痛的心理状态的艺术成就;这一点,是但丁研究家们一直忽视的。引诗见《神曲》《地狱》第十歌。

② 卡瓦尔康蒂问但丁,他的儿子圭多为什么没有来? 但丁回答,是导师维吉尔领我来到这里,或许你的圭多曾经蔑视他。评论家们对但丁提到"温柔的新体诗派"诗人圭多·卡瓦尔康蒂"蔑视"罗马诗人维吉尔的说法,作了种种探讨和推测;其中最流行的一种解释是,圭多信奉伊壁鸠鲁主义,同维吉尔的思想是相对立的。

③ 《神曲》写但丁于 1300 年幻游地狱。法利那塔预言但丁将遭放逐,在月神露面五十次(即四年二个月)之后,重返家园的计划将彻底受挫。但丁于 1302 年被放逐,1304 年 6 月,回国计划完全失败,与法利那塔的预言相符。

④ 彼特罗·托埃斯卡(Pietro Toesca, 1877—1962),意大利著名学者,都灵大学中世纪与现代艺术史教授。

出色的方式;如果机械地摹写她的悲伤,则势必出现僵凝的、丑陋的形象①。乌哥里诺伯爵的声音:"饥饿终于压倒了悲伤"②,也属于这种语言。读者明白,这不啻是替吃儿子的父亲遮掩的一层纱巾。

4. 我觉得,这样的诠释对克罗齐关于《神曲》的诗歌与结构的论点,不啻致命的一击。否定结构,诗歌也将不复存在,因此结构也具有诗歌的价值。

与此相联系的另一个问题:作家在戏剧作品中描写人物动作的文字有什么艺术作用?随着近来戏剧艺术的革新,戏剧导演日益显示出其举足轻重的作用,这个问题也愈来愈尖锐地提了出来。剧本中规定人物动作的文字,有助于剧作家更好地刻画人物的性格,也是他同演员、导演斗争的手段:作家要求他的创作意图得到尊重,演员和导演——他们既是一种艺术转化为另一种艺术的实施者,同时又是评论者——对剧本的解释附合他的观点。萧伯纳在《堂璜》一剧的附录里,甚至通过主人公约翰·台尼尔对这个人物的形象作了明确的指示,以求演员更忠实地遵循他的构思。一旦删去作家描写人物动作的文字,戏剧作品在更大程度上将成为歌剧脚本,而不是置于戏剧冲突之中的活生生人物的表现,作家描写人物动作的文字,部分地取代了陈旧的独白。在戏剧中,如果剧作家同演员的合作,经过导演审美角度的统一,获得了成功,那么,剧作家描写人物动作的文字,在这一创作过程中的作用,是必不可少的,因为它是对演员和导演随心所欲的行为的制约。《神曲》的整个结构,正是具有这种卓越的价值。

《狱中书简》,都灵,埃依纳乌迪出版社,

1965 年版,第 490—492 页。

---

① 见莱辛:《拉奥孔》第三章:《造形艺术家为什么要避免描绘激情顶点的顷刻?》,人民文学出版社,1981 年,第 18—21 页。
② 见《神曲》《地狱》第三十三歌。但丁把佛罗伦萨吉伯林党首领乌哥利诺伯爵作为卖国者放在地狱的底层,同时又以动人心弦的笔触描写他和儿子们在饥饿的塔牢里活活饿死的惨剧:饥肠辘辘的儿子们先是痛哭,继而又恳求父亲把他们吃掉,以免遭受饥饿的折磨,六天以后,四个孩子一个个饿死了,瞎了眼的乌哥利诺伯爵在他们每一个人身上摸索,整整两天叫唤他们的名字,最后,"饥饿终于压倒了悲伤"。

瓦尔特·本雅明

瓦尔特·本雅明

(Walter Benjamin, 1892—1940)

德国马克思主义文学批评家、哲学家,大部分时间生活在德国,1933 年后居住在法国。为了逃避纳粹分子,本雅明于 1940 年自杀。他早期的主要工作——《德意志悲苦剧的起源》(1928)(中译本一般翻译为《德国悲剧的起源》,2010 年版中译本译为《德意志悲苦剧的起源》)并没有在德国大学体系中确立起他的地位。在此之后,他当过作家、翻译家、记者,从 1933 年开始,得到法兰克福学派的财政支持。本雅明并未加入共产党,这也使他本人的马克思主义研究总是引发争议。他的"星座化""碎片化"等理论概念似乎并未依靠严密的论据,看似虚假又稍显简单化,但他始终坚持系统化的阐释与批评。本雅明受到早期卢卡奇与布洛赫思想的影响,他的朋友包括布莱希特、阿多诺,以及格尔斯霍姆·肖勒姆(他在文学、批评理论与犹太主义上的矛盾兴趣体现了阐释本雅明理论的主干)。无论是作为一名马克思唯物主义者还是作为神学的否定主义者,本雅明独特的理论贡献关涉到历史与历史主义、多种文学样式(例如悲剧、翻译和寓言),以及现代性与技术在实践经验上产生的影响。贯穿本雅明整个工作的是一种将马克思主义与神学联系起来的阐释路径,以寻求恢复已被发现世界的辩证形象的、真实的重要性,他对悲剧的研究不仅仅着眼于艺术,同时还着眼于历史,本雅明的历史观在他晚年的《历史哲学论纲》中得到最鲜明的体现,与布莱希特一样,他认为历史往

---

* 《悼亡剧与悲剧》选自《写作与救赎——本雅明文选》,李茂增、苏仲乐译,东方出版中心 2009 年版,第 53—56 页;《悲苦剧与悲剧》选自《德意志悲苦剧的起源》,李双志、苏伟译,北京师范大学出版社 2013 年版,第 103—158 页;《贝尔托·布莱希特》选自《写作与救赎——本雅明文选》,李茂增、苏仲乐译,东方出版中心 2009 年版,第 178—185 页;《弗兰茨·卡夫卡——逝世十周年纪念》选自《启迪》,张旭东、王斑译,生活·读书·三联书店 2014 年版,第 119—155 页;《什么是史诗剧》选自《启迪》,张旭东、王斑译,生活·读书·三联书店 2014 年版,第 157—165 页,还可参阅《本雅明文选》,陈永国、马海良编,中国社会科学出版社 1999 年版;《历史哲学论纲》选自《启迪》,张旭东、王斑译,生活·读书·三联书店 2014 年版,第 265—276 页。

往沿"恶"的一面向前发展,并试图在过去的历史中寻找到潜在的革命力量,这种力量拥有无限的潜能,可以在现代乃至未来"炸开一道口子",因此,当本雅明的"新天使"看到过去满目疮痍的历史和不断累积起来的废墟,依旧选择直面过去,倒退着前行。本雅明的悲剧研究正是以他的历史观为基础发展起来,本雅明在此前未发表过的《悲剧与悲悼剧》(1916)一文中,首先提出了"悲剧"和"悲苦剧"(悼亡剧)的对立命题,并按照悲剧和悲苦剧与历史时间的不同关系对二者加以区分。本雅明最具代表性的悲剧理论著作是《德意志悲苦剧的起源》(1928)一书,本雅明选择以巴洛克时代的德意志悲苦剧为研究对象,希望书中发展出一套全新的讨论艺术品和艺术形式的方法,实现对艺术品的哲学内涵及意义的洞察,即他在文中明确提出的"哲学式批评"。本雅明书中形而上学的思考与神学词汇的运用主要源于他犹太宗教根源和弥赛亚情结,"悲苦剧在艺术哲学论文的语境中事实上是一种理念",这是本雅明特有的一种历史哲学视角,在他看来,相比于历史上的悲剧,德意志悲苦剧是一种更现代的形式,甚至比浪漫派的艺术样式更具代表性,如果说浪漫派总是陶醉在自己营造的美好状态中难以自拔,还梦想着通过自身的想象可以创造出未来,相比之下,悲苦剧则勇于直面一切苦难,敢于表达一切丑恶的、痛苦的、黑暗的历史现实。伊格尔顿曾指出,"本雅明在坚定的马克思主义语境中,在其著作中令人瞩目地预言了后结构主义的许多当代主题"。他的悲剧理论也系统的提出了现代悲剧的诸多理论视域:关于革命悲剧与历史寓言、关于寄寓与反讽、关于悲剧时间(区分悲剧与悲苦剧)、关于乌托邦与"新天使"(社会理想)、关于现代性,以及本雅明对卡夫卡与布莱希特戏剧极具代表性的研究,等等,都产生了重要的理论影响。总而言之,本雅明对历史的回溯不是为了回到传统,而是在对传统的反思中关注现实的东西,并从悲剧中援引出后现代社会中所蕴含的革命性潜在力量。本雅明的理论对罗兰·巴特、保罗·德曼、特里·伊格尔顿、雷蒙德·威廉斯等人都有巨大的影响,也为马克思主义现代悲剧理论研究开辟了新的天地。

悼亡剧与悲剧①

　　为了对悲剧有深刻的理解,我们或许不应仅仅只是着眼于艺术,还要着眼于历史。无论如何,我们不妨猜度,最起码就像它划出历史的界限一样,悲剧也标志出了艺术领域的界限。在其发展轨迹中若干特殊而重要的节点上,历史时间进入了悲剧时间;而这样的节点就出现在伟大人物的行动当中。历史角度关于伟大的思想和悲剧角度关于伟大的思想,二者之间存在着本质性的联系——尽管它们并不同一。在艺术里,历史的伟大只能通过悲剧的形式体现出来。历史时间从每个方向上而言都是无限的,从每个时刻而言都是未完成的。这就意味着我们不能想象一个单个的经验事件,即便它与自身发生的时间之间有某种必然的联系。对于经验的事件而言,时间不过是形式而已,然而重要的是,作为时间,它又是未完成的。时间并未完成其发生的那一时刻在形式上的本质。因为我们不能把时间仅仅想象为记录机械变化时段的一个尺度。尽管这样的时间的确是一个相对空洞的形式,但是想象它得以充实则是毫无意义的。然而,历史时间有别于这个机械时间。它所决定的不仅仅只是一个特定的数量和周期空间变化的可能性——也就是说,如同钟表的指针,与一个复杂特质的空间变化同时发生。而且,在没有确定是什么超越了这一点、是别的什么东西决定着历史时间,简而言

---

① 本文写于 1916 年,本雅明生前未发表。英译者为 Rodney Livingstone。悼亡剧(Trauerspiel),或曰悼念剧(play of mounting),指的是 17 世纪德国的一系列戏剧。——英译者注

之,在没有明确它何以有别于机械时间的情况下,我们只能坚持说:历史时间的决定性力量是不能通过任何经验的过程来把握的,或者说,不能将历史时间完全归结于任何的经验过程。相反,从历史的角度而言,一个完美的过程在经验上则是很不确定的;这实际上就是一种观念。这种未完成时间的观念是《圣经》中一个主导性的思想:它就是弥赛亚的时间观念。此外,完成的历史时间这一观念与具体时间的观念绝对不是同一的。这一特点自然就完全改变了完成所具有的意义,而且悲剧时间与弥赛亚时间也正是因此而得以区分。悲剧时间与其关系就如同个别的完成时间与申明的完成时间之间的关系一样。

或许可以按照悲剧和悼亡剧与历史时间的不同关系,将二者区别开来。在悲剧里,人物之所以死亡,是因为在完成的时间里没有人可以不死。他是因为不朽而死亡。死亡就是具有反讽意义的不朽;这就是悲剧性反讽的根源所在。悲剧性罪恶的根源也一同于此。其根源恰恰就在悲剧人物个人的完成时间里。悲剧人物的这一时间——在这里和历史时间一样难以界定——描述他的行为和整个存在似乎有一个魔圈。在悲剧的发展不可思议地突然显现之时,在一个微不足道的错误之举导致罪恶的发生之时,在一个无足轻重的纰漏、一个几不可能的巧合带来杀身之祸的时候,在语言终将澄清并化解危局,而且可以道未道之事的时候,这时我们就会看到人物时间对于情节的影响,其原因在于,发生在完成时间里的每一件事情都是这个时间的功能。在人物彻底束手无策,不妨说悲剧时间像一朵花蕾散发着刺鼻的反讽香气的花朵突然绽放的那一刻,这一切突然变得清清楚楚、一览无余。而这基本上也是一个悖论。原因在于,对于人物时间一个性命攸关的高潮而言,在完全平静的时刻——比如在其睡着的时候——达到它的完成,这并非什么稀奇之事。同样地,悲剧命运完成时间的意义就出现在至为被动的那一瞬间:在悲剧性的决定、一个行动延宕的时刻,以及在灭顶之灾袭来之时。莎士比亚悲剧的手法则是通过他高超的技巧得以表现的,这就在于他能够将悲剧当中不同的阶段确定下来并加以区分,有复现主题之感。相反,传统悲剧的特点在于悲剧性力量是更加突然迸发的。它反映的是命运悲剧,而莎士比亚反映的是悲剧人物、悲剧情节。歌德中肯地称他是浪漫主义者。

悲剧性的死亡是反讽性的不朽，其反讽来自确定性的过剩。这悲剧性的死亡是过度所决定的——这就是人物罪恶的实际表达。黑贝尔(Hebbel)[①]说个性化是原罪所在，他的话或许不无道理。但是所有的一切却全赖于个性化所致的罪过的本性上。正是这一点促使我们去探究历史与悲剧之间的联系。我们此处所论的个性化，并不能从人的角度进行理解。悼亡剧中的死亡并不是以个体时间所给予情节的极端确定性为基础的。它绝非决定性的结局；没有更高级存在的必然、没有反讽，它就是所有"转换为另外一种形式的"(eis allogenos)[②]生命的主题转移。悼亡剧可以看作数学上双曲线的一端，这双曲线的另一端则归于无限。那个支配着更高生命的法则存在于世俗存在的有限空间，因此在死亡为这游戏画上句号之前，所有的戏剧都在重复着这相同的游戏，尽管就一个更广阔的范围而言，这是在另一个世界了。悼亡剧的法则正是建立在这重复之上的。它的事件具有寓言性的图式，是不同游戏的象征性镜像。我们就是被死亡流放到那个游戏当中去的。悼亡剧的时间是未完成的，但它也因而是有限的。它是非个体的，但并不具有历史的普遍性。从任何一个角度而言，悼亡剧都是一个混合的形式。它时间的普遍性是幽灵式的，而非神话的。其最核心与游戏的镜像性质相联系的一个标志就是，它的幕次都是偶数的。总体上而言，施莱格尔的剧作《阿尔科斯》(Alarcos)[③]是一部可以从悼亡剧角度进行分析的杰作，在所有其他方面，它也堪称典范。它的人物是高贵的，出于意思的象征层面，这在悲剧中是必然如此的。这部戏由于形象与镜像、能指与所指之间无处不有的距离而变得高贵起来。因此，悼亡剧给我们呈现的不是一个更高级存在的形象，而只是两个镜像中的一个，而且它的延续并不比它自身缺乏示意性。死者就成了幽灵。悼亡剧从艺术上而言，穷尽了重复的历史观念。因此，它提出了一个问题，而且这一问题全然不同于悲剧所表现的问题。在悼亡剧中，罪恶和伟大并不像要求延续那样迫切地要求一个界定，过度决定就更不必说了。

---

① 弗里德里希·黑贝尔(Friedrich Hebbel, 1813—1863)，奥地利戏剧家、"资产阶级悲剧"大师，其作品有《玛利亚·玛格达莱娜》(Maria Magdelena, 1843)、《阿格妮斯·贝尔瑙厄》(Agnes Bernctuer, 1851)。——英译者注

② eis allo genos：意为"向另外一种类型的转换"，典出亚里士多德《论天》(De Caelo)。——英译者注

③ 弗里德里希·施莱格尔的《阿尔科斯》(Alarcos)是一部两幕诗体悲剧(施莱格尔称其为"悼亡剧")。1802年由歌德执导在魏玛宫廷剧院首演。

它所要求的延续是一种广泛的延续,不是为了罪恶与伟大本身之故,而仅仅是为了那些情景的复现。

时间上的复现其本质在于,没有一个统一的形式可以以它为基础。而且即便悲剧和艺术的关系问题仍然颇多疑问,即便它也许不仅是,或者不足以是,一个艺术形式,它仍然保持着形式的统一。它的时间性特征通过戏剧的形式彻底地塑造了出来。相反,悼亡剧本来就不是一个统一的戏剧,解决这一问题的思想就不复在戏剧本身的范围之内了。而且,就形式的问题而论,关键在于悲剧与悼亡剧之间重要的分野最终出现的地方。悼亡剧的延续被称为音乐。或许这里存在着一种平行结构:如同悲剧标志着从历史时期向戏剧时期的转变,悼亡剧也代表着从戏剧时期向音乐时期的转变。

(苏仲乐　译)

悲苦剧与悲剧（节选）

二

> 在这里在尘世间，
>
> 那哀悼的黑纱
>
> 蒙遮着我的王冠；
>
> 在这里，王冠作为
>
> 褒奖而恩赐与我，
>
> 它是自由的，披满光辉。

————约翰·乔治·西伯尔：

《新建的剧院厅》①

　　人们想在悲苦剧中重新找到希腊悲剧的因素，如悲剧性的寓言故事、悲剧性的英雄与悲剧性的死亡，并将其作为悲苦剧的本质因素，不论那些因素在毫无体会的效颦

————————————

① [德]约翰·乔治·西伯尔：《新建的剧院厅》，第 127 页，Nürnberg，1684。

者手上变得如何面目全非。另外,在艺术哲学的批评史中也许更重要的是,人们想将希腊人的悲剧看做悲苦剧的一种早期形式,与其后继者有着本质的相似性。悲剧的哲学,按照他们的观点,与历史事实内容没有任何关系,而是在一个普适情感的体系中作为世界道德秩序的理论得以实行,这个体系的基础被认为是符合逻辑地建立在"责"(Schuld)与"罪"(Sühne)的概念上的。为了取悦自然主义戏剧,19世纪下半叶从事文学创作与哲学思考的模仿之辈在其理论中以极其惊人的天真让这一世界秩序近似于自然的因果联系,从而让悲剧性命运成为一种境况,"这种境况是在个人与受规律控制的环境的共同作用下得以表达的"①。这就是那部《悲剧美学》的观点,这部书从形式上将上述偏见汇集成篇,而且是基于这一假设的,即悲剧不需任何前提便可以通过生活中常见的特定事实的组合而既定地形成。当"现代的世界观"被描述为那种"悲剧可以在其中实现其无限强大而合乎逻辑的发展"②的元素时,透露出的无非也就是这一假设。"所以对于其命运受制于一种超验力量的奇妙侵袭的悲剧英雄,现代世界观也必须作出如此判断:这个英雄被置身于一种无法持守的、经受不住一种澄净目光视察的世界秩序中,由这个英雄所演绎的人性承载于自身的是那受局促的、受负累的、不自由的性格。"③将悲剧再现为人类的普遍现象,这一完全徒劳无益的努力在不得已的情况下解释说,其经过慎重考虑的分析是如何以这样一种印象为基础的:"这是我们现代人通过艺术手法,让古老民族与往昔时代在文学作品中给予悲剧命运的内容对我们施加影响时所感受到的印象。"④实际上没有什么比这种"现代人"的未经推究的感觉能力更可疑的了,尤其是在对悲剧进行判断的时候。这样一种见解不仅仅在早于《悲剧美学》40年的《悲剧的诞生》中就得到了多番证实,而且也完全可以从一个简单事实中得到说明,这事实就是,现代舞台上没有上演过任何与希腊悲剧类似的悲剧。那些关于悲剧的教条在否认这一事实时,显示出了自己的蛮横要求,即今天必定仍然可以创

---

① [德]约翰纳斯·福尔克尔特:《悲剧美学》,第469、470页,München,1917。

② [德]约翰纳斯·福尔克尔特:《悲剧美学》,第469页。

③ [德]约翰纳斯·福尔克尔特:《悲剧美学》,第450页。

④ [德]约翰纳斯·福尔克尔特:《悲剧美学》,第447页。

作出悲剧。这种要求是那些教条本质的、隐藏的动机，而倾向于动摇这种带有文化傲慢姿态的公理的悲剧理论是会招致这一动机的怀疑的。历史哲学被排除出局了。但是如果历史哲学的视角证明自己是悲剧理论中不可或缺的一部分，那么显而易见的是，只有在某个研究对自己时代的状况有所洞察时，才足以期待会出现这样的视角。这正是新兴的思想家，尤其以罗森茨威格（Franz Rosenzweig）和卢卡奇（Georg Lukács）为代表，在尼采的青年作品中可以体会到的阿基米德支点。"我们的民主时代徒劳地期望实现与悲剧相匹敌之物；任何想让这一天国为灵魂匮乏者开放的尝试都是徒劳无功的。"①

尼采的论著在洞悉悲剧与传说相联系，悲剧与伦理风俗无关时，为同样的观点奠定了基础。要解释这些洞见对后世的影响之迟疑，也可以说影响产生之费力，无须指出后代研究者的局限性。还不如说，这是因为尼采的著作以叔本华与瓦格纳的形而上学负载着那些必定会使其最出色处受损的素材。早在规定神话时，这些素材就施加了影响。"神话使显像（Erscheinung）的世界遭遇了边界，在这里显像世界否定了自身，并力争重新逃回那真实的、唯一的现实之怀抱……所以我们依照真正审美的听众的经验，再现了悲剧艺术家本身，再现了他是如何像个体的丰满神性一样创造了他的形象，在这个意义上他的作品几乎不可以被理解为'对自然的模仿'——然后，再现出他的巨大的狄奥尼索斯冲动是如何吞食了整个显像世界，以便在这个世界之后——通过毁灭这个世界——让人在原初太一中感受到最高的艺术化的原初欢乐。"②这种悲剧的神话，正如这段引文相当清楚地表明，被尼采看做纯美学的构成物，而阿波罗力量与狄奥尼索斯力量之间的互相作用，正如表象（Schein）和对表象的消解，都始终是限于美学领域的。尼采放弃了对悲剧神话的历史哲学认知，从而以昂贵的代价换得了挣脱那一套道德解说模式的解放，而道德解说模式是人们习惯于加诸悲剧事件之上的。以下是表明这一放弃的经典表述："因为不论我们由何得以自贬或者提升，我们首先都必须清楚，整个艺术喜剧根本不是为了我们，即为了改善和教育我们而上演的，而且我们也不

---

① ［匈］乔治·封·卢卡奇：《卢卡奇散文集：灵魂与形式》，第370—371页，Berlin，1911。
② ［德］弗里德里希·尼采：《悲剧的诞生》，第155页，Leipzig，1895。

是那种艺术世界的真正创造者:我们倒是可以如此来设定我们自己,我们对于真正的创造者来说是图像和艺术投射了,在艺术品的意义中我们享有我们最高的尊严。——因为只有作为美学现象,存在与世界才会得到永恒的确证——而我们对我们这一意义的意识几乎无异于在幕布上画出的战士对画面上演绎出的战役的意识。"①唯美主义的深渊出现了,这一天才的直觉最终让所有概念都失落在其中,诸神与诸英雄,坚韧与受苦,悲剧建筑的支柱都烟消云散了。当艺术以这种方式来进入存在的中心,即将人作为其显像而不是直接将人认可为自己的基础(不是将人认做其创造者,而是将人的存在看做其塑造的题材),冷静的思考就全然溃散了。而在人被移出艺术的中心时,无论取而代之的是叔本华所说的涅槃,即为保存生命而沉睡的意志,还是那种"不谐和音的人形化"(Menschwerdung der Dissonanz)②,即尼采所说的创造出人类世界的显像与人类自己的不谐和音,剩下的都是同一种实用主义。不论宣称每种艺术作品的灵感是来自保存生命的意志还是来自毁灭生命的意志,都无法改变什么,因为作为绝对意识的畸形产物,艺术作品在贬低世界的时候也就让自己贬值了。深深植根于拜罗伊特的艺术哲学的这种虚无主义损毁了(它别无选择)希腊悲剧作为坚实的历史性既成物的概念。"图像的火花……抒情诗歌,在其发展的顶点就叫悲剧与戏剧性的酒神赞歌"③——悲剧化解在了在歌队与观众的人群的幻象中。所以尼采如此论述道,人必须"始终看到,阿提卡悲剧的观众在歌队(Chor)的合唱中重新发现了自己,于是观众与歌队之间在根本上没有了对立:因为一切都是由载歌载舞的萨提尔,或者以萨提尔面目出现者组成的庞大而宏伟的歌队……萨提尔歌队(Satyrchor)是狄奥尼索斯聚众(也即观众)的第一个幻象,正如舞台上的世界又是这个萨提尔歌队的一个幻象一样"④。对悲剧的审美化融解的这一个先决条件即阿波罗式的表象,作如此极端的强调,是无法自圆其说的。在语文学上"没有为仪式中的悲剧歌队提供任何依凭"⑤。而且那心醉神

---

① [德]弗里德里希·尼采:《悲剧的诞生》,第44—45页,Leipzig,1895。
② [德]弗里德里希·尼采:《悲剧的诞生》,第171页。
③ [德]弗里德里希·尼采:《悲剧的诞生》,第41页,Leipzig,1895。
④ [德]弗里德里希·尼采:《悲剧的诞生》,第58—59页。
⑤ [德]韦拉莫维茨·莫伦多夫:《希腊悲剧导论:欧里庇德斯的赫拉克利斯译注卷一》,第59页,Berlin,1907。

迷者，是群体也好，是个人也好，即使不将其想象为呆滞状态，也只能想象为处于最具激情的行动中；经过思量，带着斟酌介入其中的歌队不可能同时被当做产生幻象的主体，更不用说歌队自己还会成为一个群体的显像，成为更多幻象的载体了。关键是，歌队与观众根本不可能是一个统一体。只要乐队以其存在阻止两者之间鸿沟的统一，这说法就始终有效。

尼采的研究拒斥了持模仿论的悲剧理论，但并没有对之提出反驳。因为他不觉得有任何理由来讨论这一理论的核心部分，即悲剧的责与悲剧的罪。他非常情愿将道德争论拱手让与这一理论。由于他未曾对其进行批判，所以他始终未曾触及那些对于悲剧本质有决定性影响的历史哲学概念和宗教哲学概念。不论解释的工作从何入手，它都不惜带上这样一种貌似无懈可击的偏见，即文学虚拟的人物的行动与行为方式有助于解释道德问题，就如同人体模型有助于讲授解剖学一样。人们一般不敢轻易地将艺术作品当做忠于自然的再现，但却毫无顾虑地相信艺术作品可以作为道德现象的典范摹本，而不曾对其摹写的可能性提出任何质疑。这时所涉及的根本不是道德事实对于某件艺术品的批评意义，而是完全另外一回事，是双重的问题。艺术品所表现的行动与行为方式是作为现实的摹本而具有道德意义的吗？以及道德上的见解才会让某件作品的内容最终得到恰如其分的领会吗？对这两个问题的肯定回答，或者毋宁说对这两个问题的忽略，恰恰是通行的悲剧解读及悲剧理论的特征。而对这两个问题的否定回答会让人看到如下做法的必要性，即不把悲剧文学的道德内容看做其最终意义，而是看做其内涵的真理内容（Wahrheitsgehalt）的一个层面，也就是以历史哲学的方式来看待悲剧。当然，对于第一个问题的否定，其理由更多地来自另一个语境；而后一个问题的否定回答则主要出自一种艺术哲学。可是对于第一个问题也同样具有启发性的是：文学虚拟的人物只存在于文学作品中。正如哥白林挂毯（Gobelin）上的图案织入了其背景一样，它们也如此织入了它们的文学作品整体中，以至于它们无论如何都不可能作为个体脱离这个整体。文学作品乃至所有艺术中，人的形象不同于现实中的人的形象，后者在许多视角下都不过是在表面上与肉体分离，按照其感知，这种分离恰恰是作为在道德上与上帝独处的表现而具有真实不欺的内涵。"不可为自己雕刻偶像"①,这不仅仅在反对偶像崇拜时有效。禁止表现肉身的这一戒律以不可比拟的强调语气所防止的是如此一种假象:让人的道德本质得以感知的领域是可以摹画的。所有的道德性都是系在处于激烈状态的生命上的,这也就是生命在死亡这一危险所在中直接获取自身的时刻。而从道德上与我们相关,也即与我们的唯一性相关的这种生命,从所有艺术构型的角度来看都显示出了消极意义,或者说理应具有消极意义。因为艺术就其本身而言,绝不会承认它情愿目睹自己被提升为良知的劝导,目睹其表现之物而不是其表现本身得到关注。这一艺术品整体的真理内容绝不会出现在从其中抽离出的教诲原则中,更不用说出现在道德原则中了,它只会现身于对作品施加评论的批判式展述中②。它恰恰只是极度间接地包含了道德指引③。如果让道德教诲作为研究的要旨凸显出来,就如德意志唯心主义的悲剧批评所做的——索尔格(Solger)关于索福克勒斯的论文不正是一个典型代表吗④——那么花费了高贵得多的努力以揭示某部作品或者某种形式的历史哲学地位的思索,就将自己贱卖给了一种反思,这种反思是非本真的,因而比任何庸俗的道德教条都更加毫无用处。原先那种思索在观察悲剧与传说(Sage)的关系时,为悲剧获得了一个更可靠的导向。

韦拉莫维茨(Wilamowitz)定义道:"一部阿提卡的悲剧是一部完整的英雄传说,以崇高的风格经过了诗意加工,以便让一个阿提卡市民歌队和两至三个演员来演绎,而且是作为敬拜狄奥尼索斯的公共圣礼的一部分来上演的。"⑤在另一处他写道:"所以每一种观察最终都会回溯到悲剧与传说之间的关系。这个关系是悲剧本质的根基所在,所以悲剧的独特优点和缺陷都来源于此。这个关系中也包含着阿提卡悲剧与其他所有戏剧文学之间的差异。"⑥对悲剧的哲学规定必须从这一点出发,而且要持有如此识见,即悲剧不可以仅仅被理解为传说的戏剧化形态。因为就其天性而言,传说是不带

---

① 语出《圣经》中的《摩西十诫》。——译者注
② 参见[德]瓦尔特·本雅明:《论歌德的〈亲和力〉》,载《新德国文萃》,1924(4)。
③ 参见[意]贝尼季托·克罗齐:《美学概论》,第 12 页,Leipzig,1913。
④ 参见[德]卡尔·威廉·索尔格:《遗作及通信录》,第 445 页等,Leipzig,1826。
⑤ [德]韦拉莫维茨·莫伦多夫:《希腊悲剧导论:欧里庇德斯的赫拉克利斯译注卷一》,第 107 页,Berlin,1907。
⑥ [德]韦拉莫维茨·莫伦多夫:《希腊悲剧导论:欧里庇德斯的赫拉克利斯译注卷一》,第 119 页,Berlin,1907。

倾向的。传承之流从往往彼此对立的方面汹涌涨溢,倾泻而下,最后却在史诗之镜这一经过划分而支流众多的河床中平静下来。而与史诗作品相对,悲剧作品就是对传统所做的带有倾向性的改造。悲剧可以做出如何强烈而意义重大的改造,可以以俄狄浦斯主题来展现①。然而年长的理论家如瓦克纳格尔(Wackernagel)认为杜撰与悲剧并不相容的观点,也是有道理的②。因为对传说的改造并不体现在对悲剧境况的寻求上,而是体现在对一种倾向的铸造上,这一倾向如果不再通过传说,即民族的原始历史来显示自身的话,它就会失去一切意义。也就是说,构成悲剧的标志的,不是舍勒的论著《论悲剧现象》所认为的让悲剧具有独特意义的那种英雄与环境之间的"水平冲突"(Niveaukonflikt)③,而是这一冲突独一无二的希腊类型。应该在哪里去寻找这一类型呢?在悲剧中隐藏了哪一种倾向呢?英雄为何而死?——悲剧作品是以牺牲理念为基础的。悲剧的牺牲在其对象(英雄)上却要与其他任一种牺牲相区别,它是首次也是最后一次牺牲。作为最后一次牺牲,它是为了向捍卫古老正义的众神赎罪而做的牺牲。作为首次牺牲,它是一种具有代表性的行动,预示了民族生活中的崭新内容。这些新内容不同于旧有的死罪拘捕,它们不是来自最高的指令,而是源自英雄自身的生命。这些新内容毁灭了英雄,因为它们与个体意志相悖,仅仅赐福于那尚未出生的民族共同体的生命。悲剧之死有着双重的意义,它既让奥林匹斯的旧有正义失去了效力,也将英雄作为新人类成果的初生子献给了未知的神。而悲剧式的受难,正如埃斯库罗斯以其《俄瑞斯忒亚》,索福克勒斯以其《俄狄浦斯王》所表现出的,也具有这样的双重力量。在这样的形态中,牺牲者的赎罪特性显露得较少,而他的变形却相应显示得更加清晰,这种变形以一种病症的暴发取代了死亡的毁灭,这种发病既满足了诸神的古老意识,实现了牺牲,又显然换上了新意识的形式。这时死亡就成了救赎——死亡危机(Todeskrisis)。最古老的一个例子是,圣坛前的活人献祭转化为了对圣坛前屠刀的逃离,也即濒临死祭者绕着圣坛逃跑,最后抓住圣坛,此时圣坛就成了庇护所,盛

---

① 参见[德]马克斯·冯特:《希腊伦理史》,第1卷,第178—179页,Leipzig,1908。

② 参见[德]威廉·瓦克纳格尔:《论戏剧文学》,第39页,Basel,1838。

③ 参见[德]马克斯·舍勒:《论价值的颠覆》,第266页等,Leipzig,1919。

怒的神就成了宽恕的神,本将受死者也成为神的囚徒和侍从。这完全是《俄瑞斯忒亚》的模式。这一争斗的预言以其囿于死亡循环的限制,其对乡社的无条件依存,尤其是其解答与拯救的几乎万无一失的最终有效性与所有劝教性的史诗预言区别开来。但是这样一种"争斗式"的表现,其正义最终何从谈起呢?从牺牲者围绕祭坛的逃跑来推导悲剧过程,这种假设是不足以支撑该正义的。首先可以证明的是,阿提卡的舞台剧原本是以竞赛的形态进行的。不仅仅是剧作家,剧中主角、歌队也都是互相竞争的。但是就内在而言,这一正义是建立在沉默不语的忧伤中的,每一次悲剧演出不仅将这一忧伤传递给了观众,也以其人物角色让这一忧伤付诸直观。在人物角色中悲剧以无语的竞争完成了自身。悲剧英雄的无语状态,让这希腊悲剧的主角有别于后世所有的主角类型,而罗森茨威格在《元伦理的人》中的分析则将这种状态作为悲剧理论的一个基石。"因为这是自我的标记,是其伟大之处的印记,也是其弱点的记号:它是沉默的。悲剧英雄只有一种语言是完全符合他的:就是沉默。从一开始就是如此。悲剧内容恰恰是为此才为自己创造了戏剧的艺术形式的,为的就是能表现沉默……"英雄以沉默打断了连接他与神及世界的桥梁,并且使自身脱离了个性的领域,进入了自我冰冷的孤独中。而拥有个性的人会在言谈中将自己与他人区别开来从而使自己个体化。自我除了自身之外一无所知,它是彻底孤独的。除了沉默,它还能如何实现自己的这种孤独,这种固执的划地自限呢?在埃斯库罗斯的悲剧中它就是如此,这一点已经引起了同代人的注意①。这种悲剧式沉默,正如这段意味深长的话语所阐述的,是不可以单单以固执来驾驭的。毋宁说,这一固执是在不言不语的经历中形成的,而这种无语状态也恰恰在固执中得到强化。英雄业绩的内容与语言一样,都是归于共同体的。因为民族共同体否认这一内容,所以这些内容就以无语状态留在了英雄心中。而英雄将所有的作为与所有的认识都锁入他的心灵自我的界限以内,这些行为与认识越是向外扩展,他就越强暴地将其锁闭。只是有赖于他的心灵而不是语言,他才能执守自己的事业,所以他必须至死保持缄默。卢卡奇在评论悲剧决断的表达时,也指出了同一种关

---

① [德]弗朗兹·罗森茨威格:《救赎之星》,第98—99页,苏尔坎普出版社,1921。参见[德]瓦尔特·本雅明:《命运与性格》,载《阿耳戈》,1914(1)。

联:"生命伟大时刻的本质是纯粹的自我体验。"①尼采有一段话更清楚地说明了,他没有忽视悲剧式沉默的实在内容。他虽然并不认为悲剧式沉默在悲剧领域中具有一种抗争(Agonale)现象的意义,但是准确地指明了沉默中图像与言谈的对峙。悲剧"英雄,在某种意义上,说话比行动肤浅。在说出来的话语中,神话完全无法得到恰如其分的客体化。情景组合与直观图像展现出的智慧比剧作家自己以话语和概念所描述的更加深刻"②。当然,这很难说是一种失败,正如尼采随后所论述的。悲剧话语越是继续落后于情境———旦话语达到了情境,这情境也就不成其为悲剧了——英雄就越脱离于古老的法则,当这些法则最终压迫在他头上时,他向它们抛出的仅仅是自身存在的无声阴影,那个作为牺牲品的自我,而他的灵魂则进入了一个遥远共同体的话语中从而获得了拯救。对传说的悲剧演绎因而获得了取之不尽的当下性。在面对受苦的英雄时,民众学会了以敬畏之情来感激那些话语,那是英雄之死留予他们的——每当剧作家从传说中获取了新的措辞,这一些话语就会以其他面目作为新的赠礼放射光芒。悲剧式沉默远远超过了悲剧式激情,成为领会语言表述之崇高的所在,这种领会在古典作品中与后代作品中有着同样旺盛的活力。——悲剧与邪魔的世界秩序之间的决定性对抗也让悲剧作品具备了其独有的历史哲学标记。悲剧与邪魔之间的关系,就如同悖论与歧义性之间的关系。在悲剧的所有悖论中——如牺牲既顺从旧法则又创立了新法则,死亡既是赎罪又让自我丧生,结局既宣扬了人的胜利也宣扬了神的胜利——歧义性这一魔鬼的烙印渐趋灭绝。不论多么微弱,这种趋势是随处可见的。其中也包括英雄的沉默,沉默者既没有找到罪人也无意寻求罪人,他由此将猜疑指向了追查机构自身。因为英雄的意义发生了逆转:受裁决的不再是嫌疑人的罪责,而是无言的受难的证词,而原本审讯英雄的悲剧转变成了对奥林匹斯诸神的审判,在这审判中英雄成为目击证人,他违背诸神的意愿展现了"半神的尊严"③。埃斯库罗斯悲剧中

---

① [匈]乔治·封·卢卡奇:《卢卡奇散文集:灵魂与形式》,第336页,Berlin,1911。
② [德]弗里德里希·尼采:《悲剧的诞生》,第118页,Leipzig,1895。
③ [德]弗里德里希·荷尔德林:《荷尔德林全集》,第4卷,第195页,München,Leipzig,1916。

追求公正的深刻特质①为所有悲剧作品中反奥林匹斯的预言提供了生机。"是在悲剧中,而不是在法中,天才头脑得以首次超脱出罪责的迷雾,因为在悲剧中,邪魔命运被击溃了。然而,这并不是因为那个与纯洁之神和解而获救的人以其纯洁性解开了那对异教徒来说无边无际的罪责链条。相反,在悲剧中,异教徒作为人所想的是,他比他的诸神更好。但是认识到这一点让他陷入了无语,于是这一认识便始终沉郁不明。它没有以直白宣告自身,而是暗地里积攒着力量……重建'世界的道德秩序'根本是一纸空言,毋宁说,这位有德之人始终是以缄默的、无语的方式——他由此而成为英雄——在那个充满苦难的世界受到震颤之际挺立自身。天才以道德上的无语状态、道德上的婴幼状态诞生,这一悖论就是悲剧的崇高之处。"②

内容上的崇高不能从人物的地位与出身来解释,这一点本来无须多费口舌,但是不少奇怪的臆想和想当然的混淆却让自己的解释依附于许多英雄的王室出身。这两种做法所指的王室都是这一地位本身,而且是从现代的角度来看的。然而,没有什么比以下认识更令人豁然开朗的了:这种地位是一种偶然现象,来自于奠定悲剧作品基础的传统的实在内容。悲剧作品在远古时期都是围绕着统治者的,由此戏剧人物的王室出身就指定了其起源是在英雄时代。只有在这一点上,这种出身才是重要的,当然也是有决定性意义的。因为英雄自我的粗暴——这不是英雄的性格特征,而是他独有的历史哲学标记——是符合其统治地位的粗暴性质的。对照这一简单的事实状态,叔本华对悲剧王室的解读就显示为一种为达到普遍人性而实行的平均化,这种平均化导致古典与现代戏剧之间的本质差别无法辨认。"希腊人通常将王室成员选为悲剧的英雄;新时代的人们也大多这样做。这当然不是因为行动者或者受难者的地位会带来更多的尊严:至关重要的仅仅是让人类的激情得到演绎,因此,这种演绎所附着的客体的相对价值是无关紧要的,农庄可以发挥和王国一样的作用……威高权重的人物之所以是最适合悲剧的,是因为让我们赖以认识人生命运的不幸必须有足够的分量,以便让

---

① 参见[德]马克斯·冯特:《希腊伦理史》,第 1 卷,第 193 页等,Leipzig, 1908。
② [德]瓦尔特·本雅明:《命运与性格》,载《阿耳戈》,1914(1)。

任何观众都感觉到恐怖……而让一个市民家庭陷入困苦绝望的事件在位高者或富裕者眼中大多是极其微不足道的,是可以通过人的帮助,有时只是举手之劳便可以消除的:这样的观众也就无法因为这些事件感到悲剧性震撼。相反,位高权重者遭受的不幸事件绝对是恐怖的,也无法通过外来救助得到解决。因为国王必须依靠自己的力量来救助自己,不然就坐等灭亡。另外,从高处坠落才落得最深。这样来看,市民人物是缺少坠落高度的。"①这里为悲剧人物的地位之尊所作的解释——恰恰是以一种巴洛克的方式从"悲剧"的不幸事件来作解释——完全无法处理不受时间限制的英雄形象的地位问题;但是对于现代悲苦剧来说,君主地位倒是具有恰切得多的典范意义,在这里它倒是适得其所。在这一迷惑人的亲近关系中,悲苦剧与悲剧之间的差别还没有被新近的研究察觉到。这一差别会不自觉地表现出高度的讽刺性:当伯林斯基(Borinski)在评论席勒以《墨西拿的新娘》进行的悲剧尝试时(基于其浪漫主义态度这一尝试急剧翻转为悲苦剧),由于受到叔本华影响,他以歌队不断强调人物地位之高为由,认为:"文艺复兴时期——不是以'学究派'精神,而是以鲜活的人之精神——严格保持古典悲剧中的'国王与英雄'法则,这一诗学观是多么正确呀。"②

叔本华将悲剧理解成了悲苦剧:在费希特之后德意志伟大的形而上学学者中几乎没有谁像他这样缺少欣赏希腊戏剧的眼光了。他还将现代戏剧看做更高一级戏剧,而且将这样一种并不充分的交锋描述为难题所在。"赋予所有的悲剧性事物,不论其以何种形态出现,独一无二的升华动力的,是如此一种认识的产生,即世界、人生都不能够提供真实的享受,因此也不值得我们去追随:这正是悲剧精神之所在:悲剧精神会将人引向沉寂(Resignation)。我承认,在古人的悲苦剧中这一沉寂精神很少直接登场,或者被直接说出来……斯多葛主义的沉静与基督教的沉寂是有着根本差别的,前者教人沉着地忍受和镇定地等候无可改变的必然灾难,而基督教却教人实现断念,放弃意志;与此相似,古代的悲剧英雄展现的是坚忍地承受无可避免的命运打击,而基督教悲

---

① [德]亚瑟·叔本华:《叔本华全集》,第 2 卷,第 513—514 页,Leipzig, 1891。

② [德]卡尔·伯林斯基:《从古典时代初期到歌德和威廉·洪堡的诗学观和艺术理论中的古典》,第 2 卷,第 315 页,Leipzig, 1924。

剧则与之相反,它展示出的是弃绝整个生命意愿,愉快地告别此岸世界,因为它意识到了这个世界是无价值的,是虚无的。——但是我坚定地认为,新时代的悲剧要高于古人的悲剧。"①这一并不精细的评价受制于脱离了历史的形而上学,必须用罗森茨威格的几句话来反对它,以便认识到后面这位思想家的发现让戏剧的哲学史取得了怎样的进步。"这是新悲剧与旧悲剧之间最内在的差异……新悲剧中的人物形象都是彼此不同的,正如每一种个性都与其他个性迥异一样……而在古典悲剧中则并非如此;那里只有情节是彼此不同的,而英雄作为悲剧英雄却总是同一种样子,总是同一个固执地陷入自身的自我。新悲剧中的英雄的意识必然是有所局限的,以下要求是违背这样的意识的,即当英雄独处时他本质上要对之有所体会。意识要求始终保持清明;受局限的意识是不完满的意识……所以新悲剧追求的目标对古典悲剧来说是完全陌生的:这目标就是绝对之人在其与绝对客体的关系中经受的悲剧……几乎不为人知的目的……则是:以一种绝对性格来取代不计其数的各类性格,这将是一个现代英雄,他和古典英雄一样始终是同一个。这个绝对之人是所有悲剧性格之线路的交会点,他……正是圣人。圣人悲剧是悲剧作家的暗中欲求……对于悲剧作家来说,这个目的是否可达到并不重要;就算对于作为艺术品的悲剧来说这是不可达到的,它也始终是现代意识中古典英雄的准确对应物。"②这几句话试图从古典悲剧推导出一种"新悲剧",几乎无需注解便可看出,这种新悲剧有着绝非无意义的名字:"悲苦剧"。从这个称呼来看,这一段引文结束时表露的思想就超出了问题的猜想形态。悲苦剧是圣人悲剧的形式,这可以从受难剧上得到认证。只要训练有素的赏鉴目光能够在从卡尔德隆至斯特林堡的各式各样戏剧中辨认出该形式的特征,那么它也必然看到这一形式,这样一种神秘形式的开放性未来。

　　而本文涉及的是该形式的过去。这一过往史可以追溯至很远,也即追溯至希腊精神自身历史的一个转折点:苏格拉底之死。在垂死的苏格拉底身上,受难剧作为悲剧

---

① [德]亚瑟·叔本华:《叔本华全集》,第 2 卷,第 509—510 页,Leipzig,1891。

② [德]弗朗兹·罗森茨威格:《救赎之星》,第 268—269 页,苏尔坎普出版社,1921。

的戏仿(Parodie)诞生了。而此时,正如通常情况那样,对某种形式的戏仿就意味着该形式的终结。韦拉莫维茨证明了,对于柏拉图来说此事也正是悲剧的终结。"柏拉图焚烧了他的四部曲,不是因为他不再想成为埃斯库罗斯那样的剧作家,而是因为他认识到,悲剧作家现在不再可能是大众的导师与杰出艺人了。当然他曾尝试——悲剧的影响力如此之大——创造一种具有戏剧特征的新艺术形式,他创造出的不是已经落伍的英雄传说,而是一个传说之环,讲述苏格拉底的传说之环。"①这个关于苏格拉底的传说之环将英雄传说的邪魔式悖论交付于理性,从而成为一种对英雄传说的竭力世俗化。从外表上来看,哲人之死与悲剧性死亡当然是一致的。按照一个古老律法的死板条文,这种死亡是一种赎罪,是为了未来的正义,为了建立共同体而献身的死亡。而恰恰是这种一致性最清楚地指明了,真正悲剧性的抗争到底有何内容:那种无言的斗争,英雄沉默的逃离,这在《对话》中都已让位于精彩的言谈过程和意识发展了。从苏格拉底戏剧中迸发出了这种抗争——这种抗争本身成为一种具有标志性的哲学思辨训练——而英雄之死刹那间就转变成了殉道者之死。正如基督教的信仰英雄那样——某些教父对此的倾慕与尼采对此的愤恨,展示出的是他们对此的准确感知——苏格拉底是完全自愿赴死的。他的沉默,是带着无以名状的优越感和毫不抵抗的态度而缄口不言。"坦言死亡,而不仅仅对死亡避讳,这似乎是苏格拉底在彻底的清醒状态下,丝毫不带对死亡的本能畏惧所做的……濒死的苏格拉底成为希腊青年贵族的前所未闻的新理想。"②这种理想与悲剧英雄之间有多大差距,柏拉图在记录他与导师的最后一次对话以使其留存后世时,对此进行了最意味深长的描述。根据《申辩篇》,苏格拉底之死还是显示为悲剧性死亡——与"安提戈涅"之死相似,那种死亡从一种太过理性化的职责概念中得到了解释——而《斐多篇》的毕达哥拉斯情绪则表明了,这一死亡是与任何悲剧都不相关的。苏格拉底作为一个凡人直视死亡——可以说,是凡人中最好、最有道德者——但是他认识到死亡是一个陌生之物,而他期待着自己出现在死亡的彼岸,即在不朽中。悲剧英雄则不是如此,他面对死亡的暴力时退缩不前,就仿佛他面对

① [德]韦拉莫维茨·莫伦多夫:《希腊悲剧导论:欧里庇德斯的赫拉克利斯译注卷一》,第106页,Berlin,1907。
② [德]弗里德里希·尼采:《悲剧的诞生》,第96页,Leipzig,1895。

的是他所熟悉的、他自己所有的、被召唤而来的力量。他的生命是从死亡之中铺展开来的,死亡不是他的终点,而是他的形式。因为悲剧人物之所以会领受其存在的使命,仅仅是因为从一开始他就获知了语言的界限和肉身生命的界限,这些界限是设定在他自身的存在中的。这一点是以各种最为迥异的形式表述出来的。也许最为准确的表述是以下这句顺带附加的措辞,这句话称悲剧性的死亡"只是……一种向外传播的信号,宣告灵魂已逝"①。的确,悲剧英雄可以说是无灵魂的。他的内心在巨大的虚空中回荡着遥远的、新的诸神命令,而后世的人从这回声中学会了自己的语言。——生命在日常的造物中发挥着不断扩展的作用,而在英雄身上以同样方式扩展的是死亡,悲剧性的讽刺每次都是出现在这样的时刻:英雄——由于英雄对深邃正义一无所知——开始将其灭亡的境遇作为生命的境遇来言说。"悲剧性人物的赴死决定……也只是表面上的英雄作为,只对人类心理学的观察有用;悲剧中濒死的英雄——一位年轻的悲剧作家大致这么写道——在其赴死之前,早就已经死去了。"②英雄的精神与肉体的存在是悲剧过程的框架。"框架的暴力"是个精彩的表述,如果这一暴力确实是那些将古典的生命思考与现代的生命思考区分开来的剧本的一种实质内容,在这些剧本中感情或情境微妙而无穷的发挥似乎是不言而喻的,那么这一种暴力就不可与悲剧本身的力量分割。"不是崇高感情的强度,而是该感情的持续造就了崇高的人。"英雄感情的这种单调持续只有在英雄生命这一给定的框架中才能得到保证。悲剧的神谕不仅仅是魔幻的命运力量;它也是一种外向的确定性,即确保悲剧性生命不是既定地存在于其框架内,而是在其中展开。在这个框架里设定的必然性既不是因果必然性,也不是魔幻的必然性。这是无声的抗争必然性,在这抗争中自我要求得到表达。正如南风吹拂下的积雪一样,这一必然性在话语的气息吹拂下消融。但仅仅是消融于一个未知的话语。英雄的抗争将这未知的话语锁闭在自己之中;这种抗争因此有别于某一类人的渎神,那一类人认为当共同体的意识得到了全面展开,这意识就不再有任何隐藏的内容了。

---

① [德]利奥波德·齐格勒:《论悲剧的形而上学:一个哲学研究》,第 45 页,Leipzig, 1902。
② [匈]乔治·封·卢卡奇:《卢卡奇散文集:灵魂与形式》,第 342 页,Berlin, 1911。

只有史前时期是熟知悲剧中的渎神行为的,渎神行径以英雄的生命为代价取得了其沉默的正义性。英雄拒绝在诸神面前为自己辩白,他以一种类似契约的赎罪程序与诸神达成一致。就其双重性而言,这一程序不仅仅是在更新了的共同体的话语意识中重建一种古老的法律形态,而且更是对这种古老律令的瓦解。竞赛、法与悲剧,这是希腊生活中伟大的、带有抗争性的三位一体——布克哈特(Jacob Burckhardt)的《希腊文化史》①就将竞赛对抗作为希腊文化的主题——在契约的符号下,这三者得以联合。"为了反对自卫权和自我救助,在赫拉斯形成了立法和执法程序。当追求自我权力的倾向消失,或者邦国成功遏抑了这种倾向时,审判程序一开始并没有具备请求法官裁决的特征,而是体现为一种赎罪的处理行为……这样一种程序的主要目标不是实现绝对正义,而是说服受害者放弃报复,在其框架里,取证与申辩话语的神圣形式必然会具有特别高的意义,这些形式是为了制造印象,连败诉者都会被这印象所打动。"②古典时代的审判,尤其是刑事审判,是对话,因为它是建立在原告与被告的双重角色上,并没有官方程序。它所拥有的歌队式的队伍一部分来自宣誓证人[因为,比如说在古代克里特的法律中,双方都要以宣誓作证者来证明自己,这也就是品行证人,他们起初在神意裁决(Ordal)中是带着武器来为自己一方的人作证的],一部分来自请求法庭宽恕的被告同伴中的自愿者,还有一部分来自进行裁决的公民大会。雅典的法律中较为重要的特色是狄奥尼索斯式中断,也就是说允许心醉神迷的话语打断按规则轮替进行的论战,从生动的言谈的说服力中形成的正义高于以武器或者按规整的语言形式互相争斗的部族在审判中形成的正义。神意裁决被自由状态下的逻各斯所突破。这一点体现了雅典的法庭审判与悲剧之间深深的亲缘性。英雄的话语单个地突破自我的僵化堡垒,变为了愤怒的呼喊。悲剧进入了审判程序的那种画面中;在悲剧中也实行了赎罪程序。所以在索福克勒斯与欧里庇德斯的作品中,英雄学会的"不是言说……而仅仅是争论",这也是为什么"古典戏剧中找不到爱情场景"③。但是,如果在剧作家看来,神

---

① [瑞士]雅各布·布克哈特:《希腊文化史》,第89页等,Berlin, Stuttgart, 1902。

② [德]库特·拉特:《神圣法:对希腊神圣法规形式发展史的研究》,第2—3页,Tübingen, 1920。

③ [德]弗朗兹·罗森茨威格:《救赎之星》,第99—100页,苏尔坎普出版社,1921。

话就是审判,那么他的作品就既是这一审判的模拟又是这一审判的修正。而整个审判程序就扩大到了圆形露天剧场的范围。民众出席了这一审判的重新开审,他们是监控的机构,也就是裁决的机构。他们要对这一类比作出裁决,剧作家通过展示这一类比更新了关于英雄业绩的记忆。但是悲剧在结束时透露出了一种尚未结案的余音。虽然每个结局也是一种拯救,但是只是个别的、尚存争议的、有限的拯救。在此之前或之后上演的萨提尔剧表明了,对于演绎出的这一审判程序的开放结局,只能以喜剧的卖力折腾来预备或者回应。而这也表现出了这种不彻底的结局的恐怖之处:“在他人心中唤起恐惧与怜悯的英雄自己始终是一个无动于衷的僵硬自我。在观看者心中,这些恐惧与怜悯又立刻内化,使观看者也成了一个故步自封的自我。每一个人都与自身独处,每一个人都只知自我。不再有共同体。但是却出现了共同的内涵。这些自我不会彼此往来,但是在所有人心中都有同样的声音,都是对自我本身的感觉。”①程序化的悲剧创作带来的灾难性持续影响体现在“三一律”理论中。该理论中最客观的规定性甚至在如下的深刻阐释中也被忽略了:“地点的统一是对身处变幻莫测的周遭生命之中而屹立不动的状态最不言而喻的、最贴切的象征;因此也就是塑造这种状态的必要技术手段。悲剧性事物只是一个瞬间:这就是时间的统一所表达出的意义。”②并不是说这一分析值得怀疑——英雄自下界而出,在有限时间里现身于世,这使得时间进程的停顿得到了最有力的强调。让-保罗(Jean Paul)在谈论悲剧的修辞学说“谁会在公共节庆上向人群展示阴郁的影子世界呢”③时,他反对的仅仅是最让人吃惊的神启预言。与他同时代的人再没有谁梦想过这样的事了。但是,正如通常的情况一样,这里的形而上学解释中富于成果的一面也是来自实用主义层面的。在这个层面上,地点的统一是:法庭;时间的统一是:依据不同方式——太阳的升降或者其他方式——来限定的审判日;情节的统一是:审判程序。这些事实使苏格拉底的对话成为悲剧不可逆转的尾声。英雄在其有生之年不仅仅获得了话语,而且获得了一群年轻的追随者,为他代言

① [德]弗朗兹·罗森茨威格:《救赎之星》,第104页,苏尔坎普出版社,1921。
② [匈]乔治·封·卢卡奇:《卢卡奇散文集:灵魂与形式》,第430页,Berlin,1911。
③ [德]让-保罗:《让-保罗全集》,第18卷,第82页,Berlin,1841。

的年轻人。从此以后，是他的沉默而不是他的言谈充满了各种讽刺。这是对立于悲剧讽刺的苏格拉底式讽刺。悲剧讽刺在于言谈的脱轨，此时话语在无意识中触及了英雄生命的真相，也即那个自我，那个如此深陷自我封闭，即使在梦中呼唤自己的名字也不会醒来的自我。而那位哲学家的讽刺性沉默，难以接近的、带有模拟性质的沉默则是自觉的。苏格拉底之死取代了英雄的牺牲之死，他树立的是一个教育者的范例。苏格拉底的理性主义向悲剧艺术提出了挑战，而柏拉图的作品则以一种优越感决定向悲剧开战，这种优越感最终对挑战者而不是被挑战者更具有决定性作用。因为这一战争并不是以苏格拉底的理性精神，而是以对话精神本身进行的。在《会饮》的结尾处，当苏格拉底、阿伽通和阿里斯托芬单独对面而坐时——柏拉图随晨曦一起投入室内并投射在三人头上，投射在他们关于真正的文学家，即既可写悲剧又可写喜剧的文学家的讨论之上时，难道不正是其对话的清醒之光吗？在这段对话中提到了悲剧与喜剧所共有的，体现其辩证关系的纯粹戏剧语言。这种纯戏剧重新制造出了秘教，而在希腊戏剧形式中这一秘教已经渐渐世俗化了：秘教的语言是新戏剧，尤其是悲苦剧的语言。

人们曾将悲剧与悲苦剧等量齐观，他们本应该感到诧异，亚里士多德的《诗学》居然没有提及悲伤作为悲剧性事物引起的反应。不过与亚里士多德的观点大相径庭的是，新近的美学理论常常相信，悲剧性（Tragisch）这个概念本身就包含了一种感情，作为对悲剧和悲苦剧之反应的感情。悲剧是预言的一个准备阶段，是一种实在内容，只会出现在语言中：显出悲剧性的是话语，是预先时期的沉默，是在话语与沉默中努力发出预言的声音；是拯救那预言声音的受难与死亡，但绝不是纠结在实用主义内容中的命运。悲苦剧可以被设想为一种哑剧，而悲剧不行。因为对抗法之邪魔的斗争是与天才的话语相连的。悲剧性事物中的心理逃避和将悲剧等同于悲苦剧的做法是同归一类的。后者的名字已经暗示出，其内容在观者心中引起的是悲伤情绪（Trauer）。这绝不等于说，悲苦剧的内容比悲剧的内容更适于通过经验心理学范畴来阐述——下列的说法则要恰当得多：这些戏剧远比忧伤状态更有助于描述悲伤之情。因为与其说它们是带来悲伤的戏剧，不如说它们是让悲伤得到满足的戏剧：在悲伤者面前的戏演（Spiel vor Traurigen)。悲伤者所固有的特点是某种炫示(Ostentation)。他们的形象被放置出来,为的是被人观看;而且是依照他们希望被看到的样子来摆放的。意大利文艺复兴时期的戏剧以多种方式影响过德意志的巴洛克戏剧,它也就是在纯粹的展示中,在胜利凯旋游行中①,在洛伦茨·封·美第奇(Lorenz von Medici)统治下的佛罗伦萨出现的伴以宣讲式朗诵的四处巡游中产生的。在欧洲所有的悲苦剧中,连舞台都不是可以严格固定的真正地点,而是以辩证方式四分五裂的。它依附于宫廷政府,始终是流动的舞台;舞台的木板以虚拟的方式代表着大地,使用虚构的历史现场;这舞台随着宫廷从一个城市迁往另一个城市。而在希腊人的观念中,舞台被看做宇宙所在。"希腊戏剧的形式让人想起一个孤零零的山谷:场景中的建筑仿佛是发光的云朵图样,在山中四处游荡的巴克科恩族人从高处看到了这图景,那是一个美妙的画框,画的正中央展示出的是狄奥尼索斯。"②也许可以暂且置之不问,这一处优美的描写是否得当,是否按照法庭围栏的类比,每一区被打动的民众都必然让"场景成为法庭"——不论如何,希腊的三部曲都不是可以重复的展示,而是以一种更高的机构来重新进行悲剧性审判,是一次性的。正如开放性剧院和同样绝不会重复的演绎所暗示的,在三部曲中上演的是宇宙中的一次决定性过程。为了完成这一过程,民众被邀请来做它的法官。悲剧的观众恰恰就是因此而显得必要,并获得了存在理由,而悲苦剧必须从观者出发来加以理解。观者体验到,在舞台这个与宇宙毫无联系的内部情感空间,情景是如何涌现在他眼前的。悲伤与炫示之间的关联,就其在巴洛克戏剧中的表征而言,在语言上表现得言简意赅。"悲伤舞台""虚构出的大地是悲伤事件的现场……""悲伤的盛大场面";"悲伤的布景,一个覆盖着布条,点缀着装饰和意象的布景,布景上描绘的是棺材中一个姿态庄严的死者尸体"③。"悲苦/悲伤"(Trauer)这个词始终期待着被组装为合成词,在这些合成词中它从其他词素中吸取了意义之髓④。这个巴洛克术语具有让美

① 参见[德]维尔纳·魏斯巴赫:《凯旋三部曲》,第17—18页,Berlin, 1919。
② [德]弗里德里希·尼采:《悲剧的诞生》,第59页,Leipzig, 1895。
③ [德]特奥多·海因修斯:《民间德语词典,含商业和日常生活中的发音及重音》,第1050页,Hannover, 1822。
④ [德]安德列亚斯·格吕菲乌斯:《悲苦剧集》,第77页,Tübingen, 1882。

学完全无法掌控的强烈意义,哈尔曼对此有着十分精辟的表述:"这样的悲苦之剧出自你的虚荣!这样的死者之舞在尘世中受人珍视!"①

[……]

命运驰向死亡。死亡不是惩罚而是赎罪,是沉沦的有罪生命向自然生命法则赎罪的表达。在命运与命运剧中,罪责适得其所,悲剧理论往往就围绕着罪责展开。这一罪责按照古老的法则从外部伴着不幸降临到人类头上,在悲剧事件的进展中一位英雄将担负起这罪责并将其纳入自己的内心。他在自我意识中反思这一罪责,由此他就超脱了该罪责恶魔般的统治。如果在悲剧英雄身上寻找"他们对命运辩证法的意识",而找到的是悲剧反思中的"神话式理性主义"②,那么这也许——这样的语境是让人有所怀疑的,上述引用的话因而显得非常成问题——指的是英雄负有的新的悲剧式罪责。与所有对悲剧秩序的宣示一样包含悖论的是,这一罪责仅仅存在于骄傲的罪责意识中,具有该意识的英雄人物借此挣脱了被罪责所奴役的"无罪者"状态,这一状态是别人施加于他的。在悲剧英雄这里,也仅仅在这里,卢卡奇的这番论述才是恰当的:"从外部来看是不存在罪责的,也不可能有罪责。每一个人都将他人的罪责视为纠结与偶然,将其看做这样一些事物,这些事物在最微小的一阵'原本并非这样'的气息吹拂下都可能改变形态。但是身负罪责的人会由此对发生在自己身上的东西予以认可……高贵的人……不会放过任何曾经属于他们生命之物:因此他们对悲剧具有优先权。"③黑格尔的名句与之大同小异:"罪责是伟大人物的荣誉。"这始终都是并非以其行为而是以其意志判定犯罪之人的罪责,而在恶魔式命运的领域里,正是行动而非其他,以其阴险的偶然事件将无罪者拉入了普遍罪责的深渊④。古老的诅咒代代相传,在悲剧作品中化为了英雄人物内心中自觉的遗产。这诅咒由此而终绝。与此相反的是,在命运

① [德]约翰·克利斯蒂安·哈尔曼:《悲苦剧、滑稽剧和牧人剧》,第36页,Breßlau,1684。参见[德]安德列亚斯·格吕菲乌斯:《悲苦剧集》,第458页,Tübingen,1882。
② [匈]乔治·封·卢卡奇:《卢卡奇散文集:灵魂与形式》,第352—353页,Berlin,1911。
③ [匈]乔治·封·卢卡奇:《卢卡奇散文集:灵魂与形式》,第355—356页。
④ 参见[德]瓦尔特·本雅明:《论批判暴力》,载《社会科学和社会政策文库》,1920、1921。

剧中这诅咒则充分发挥了作用。这样一来,在对悲剧与悲苦剧进行区分时,如下观点就得到了阐明:"悲剧性只不过如同一个不安分的幽灵一样在血腥'悲剧'中的人物之间来回穿梭"①。"命运的主体是不可确定的。"②由此,悲苦剧并没有英雄而只有组合。大多数主人公,正如许多巴洛克戏剧——如《利奥·阿尔门尼乌斯》中的利奥与巴尔布斯,《卡塔丽娜·封·乔治亚》中的卡塔丽娜和沙哈·阿巴斯,同名戏剧中的卡尔德尼奥和赛林德,尼诺和阿格里皮纳,罗恩斯坦因笔下的马斯尼萨和索夫尼斯贝——中那样,都是非悲剧的,但却符合悲剧性的表演。

厄运不仅仅由人物分担,也同样存在于物体中。"命运悲剧的特别之处不仅仅是一个诅咒或者一种罪责的代代承继,而且也在于该诅咒或罪责与某种灾难性道具之间的连接。"③因为一旦人类的生命沉沦至纯粹造物生命之列,即使是貌似无生命的物体,其生命也会获得凌驾于人类生命的权力。物体生命在罪责范围内发挥作用是死亡的前兆。造物生命在人身上充满激情的运动——简言之,激情本身——启动了灾难性道具。这无非就是一个地震仪的指针,显示着自己的颤动。在命运剧中,处于盲目激情状态的人之本性,正如处于盲目偶然状态的物之本性一样,都在命运的共同法则下得以表达。记录的工具越是恰当,这一法则就表现得越清晰。所以,下列问题并非无足轻重,即在这么多的德意志命运剧中一件可怜的道具是否凄凄惨惨地将自己强加于受追查者,或者如卡尔德隆剧中的那些古老母题是否在这些段落中昭显于天下。A.施莱格尔的论述,即他"不知道有哪位剧作家知道如此来诗意化这种效果"④在这样的语境下显出了其真理性。卡尔德隆是这一方面的大师,因为这种效果是他最得心应手的形式,即命运剧的内在必然。这位作家表现出的神秘外在性与其说是因为道具在命运剧的纠结情节中始终以精湛的面目保持在计划的首要位置,不如说是因为激情本身在接纳道具本性时的精确。在一部关于嫉妒的悲剧中,匕首成为一个具有激情之物,这激

① [德]汉斯·艾伦伯克:《悲剧与十字架》,第2卷,第53页,Würzburg,1920。
② [德]瓦尔特·本雅明:《命运与性格》,载《阿耳戈》,1914(1)。参见[德]瓦尔特·本雅明:《论歌德的〈亲和力〉》,载《新德国文萃》,1924(4);《命运与性格》,载《阿耳戈》,1914(1)。
③ [奥]雅各布·米诺尔:《命运悲剧及其主要代表作》,第75—76页,苏尔坎普出版社,1883。
④ [德]奥古斯特·威廉·封·施莱格尔:《施莱格尔全集》,第6卷,第386页,Leipzig,1846。

情引导着匕首,因为在卡尔德隆剧中,嫉妒恰恰是与匕首一样锋利而可供手持的。这剧作家的杰出之处就在于,能以高度的精确性将诸如希律王戏剧中的激情与现代读者在这激情中寻找的某个行动的心理动机区分开来。已经有人做出过如此评论,但只是为了将其作为批驳对象。"如果让希律王因嫉妒而产生杀死玛丽亚的动机,这也许才自然。这样,解决办法甚至会以一种强迫的力量逼人就范,而卡尔德隆却有意反对这种做法,以便让'命运悲剧'得以实现其必然的终结,这样的意图是显而易见的。"[①]的确如此,因为希律王并不是出于嫉妒才杀死了妻子,而是该妻子通过嫉妒而死。命运通过嫉妒而附加于希律王身上,命运在自己的领域里使用那危险地爆发出来的人之本性,也即嫉妒本性,就如同使用匕首来制造不幸及不幸的信号一样。让事件分裂成砸碎了的物体一样的元素,这种偶然性完全符合道具的意义。因为这样的道具是真正的浪漫主义命运剧的批判标准,这种命运剧不同于从最深处拒斥所有命运秩序的古典悲剧。悲苦剧中蕴藏着命运悲剧(Schicksalstragödie)的要素。命运悲剧与德意志巴洛克戏剧之间所隔的无非就是道具的使用。不妨说,对道具的拒绝体现了一种真正的古典影响,一种真正的文艺复兴特色。因为最能将后代戏剧与古典戏剧严格区分开来的,就是:在后者中尘世的实物世界是无处可寻的。德意志巴洛克奉行的古典主义与之类似。但是如果悲剧全然被实物世界所取代,那么实物世界就会超出悲苦剧的地平线而造成压抑。渊博学识的功能就在于,以其繁琐的大量评论来暗示实物给情节造成的梦魇般的负担。对于命运剧已然成型的形式而言,道具是不可遗弃的。只是除了道具而外,在命运剧中还有各种梦幻、鬼魂显灵与骇人结局,而这些都已经属于命运剧的基本形式即悲苦剧的必要组成部分了。所有这些都或远或近地围绕在死亡周围,是彼岸之物,尤其以其时间维度与主要体现空间维度的此岸实物世界形成反差。作为彼岸之物,它们在巴洛克戏剧中得到了全面发展。格吕菲乌斯(Gryphius)尤其赋予了与鬼魂相连的一切事物最大的价值。多亏了他,德语语言中才有了如下这句对"deus ex machina"(机械降神)的精彩翻译:"尽管有人或许会感到诧异,我们没有按老样子让一

---

① ［德］彼得·贝伦斯:《卡尔德隆的命运悲剧》。

位神从机关中出现,而是让一个鬼魂从坟墓中出现,但他应该考虑一下人们对幽灵的反复描写。"①格吕菲乌斯在他的小论文《幽灵》(De spectris)中表露了或者试图表露自己对这些事物的想法,没有比这更加确定的相关论述为人所知了。除了鬼魂显灵之外,另一个几乎同样不可或缺的要素是预言之梦,对这种梦的讲述有时是作为戏剧的序幕出现的。一般来说它会向暴君们预告其终结。当时的戏剧顾问也许相信,这样就可以将希腊的神谕引入了德意志戏剧中了。在这里有必要指出的是,这些梦是属于命运的自然领域的,因而只可能与某些特定的希腊神谕,尤其是地母的神谕接近。与此相反的假设,即认为这些梦的意义就在于:"启发观众依照理性去比较情节与对情节的隐喻式预告"②,只是那种唯智识论者的一种臆想而已。在梦和鬼魂显灵中都可看到,深夜具有重要作用。从这一点到那鬼魂时刻占据主导的命运剧也只有一步之遥。格吕菲乌斯的《卡罗路斯·斯图阿杜斯》、罗恩斯坦因的《阿格里皮纳》的开场都是在午夜左右;其他戏剧如《卡尔德利奥与赛林德》《埃皮西里斯》的故事也发生在深夜,不仅仅是因为有时间统一性的强制,也因为其大型场景因深夜而具有诗意氛围。将戏剧故事与深夜,尤其是午夜相连是非常有道理的。一个广为流传的观念是,在这一个时刻,时间如同天平的指针一样发挥作用。因为命运,永恒轮回的真正秩序只可以通过间接的、寄生的方式从时间角度加以指称③,所以命运的宣示需要一段时间。午夜时分犹如时间通道的开口,命运的宣示就置身其中,在这个框架下,同一个鬼魂形象就会不时显现。如果严格按照其术语来解读让·鲍尔引用的阿贝·博苏(Abbé Bossu)的出色评论,后者是《论史诗特征》的作者,对悲剧与悲苦剧之间的鸿沟就可以明察至深。这个评论如是说:"任何悲剧都不可放置在深夜。"所有悲剧情节所要求的白天时辰都与悲苦剧中的鬼魂时刻背道而驰。"现在是深夜这真正的鬼魂之时,/当墓穴打着呵欠醒来,还有那地狱本身/将毒气吹入世间。"④鬼魂的世界没有历史。悲苦剧让被谋杀者置

① [德]安德列亚斯·格吕菲乌斯:《悲苦剧集》,第 265 页,Tübingen, 1882。
② [德]库尔特·克里茨:《约翰·克里斯蒂安·哈尔曼的戏剧:巴洛克时期的德意志戏剧史研究》,第 163 页,Berlin, 1911。
③ 参见[德]瓦尔特·本雅明:《命运与性格》,载《阿耳戈》,1914(1)。
④ [英]威廉·莎士比亚:《戏剧集》修订版,第 98 页,Berlin, 1877。

身其间。"哦,可悲,我死去了,唉,唉,受诅咒的人,我死去了,而你必将为我的复仇感到恐惧:哪怕在地底下我也依旧是你怒不可遏的敌人,是麦西那急欲复仇的君王。我将摧毁你的王座,扰乱你的婚床、你的爱情和安宁,我的满腔怒火会让国王与王国遭受最可怕的灾难。"①以下对莎士比亚之前的英国悲苦剧的评论也是不无道理的:它们"没有真正的结尾,如川流不息"②。这是完全适用于悲苦剧的;悲苦剧的结尾并不像悲剧英雄之死那样从历史和个人的角度都如此强烈地造就了一个时代。从个人角度——与之同时,还有作为神话终结的历史角度——可以如此来表明:悲剧式生命"是最明显地处于所有生命此岸的,所以他的生命界限总是随着死亡而消融……对于悲剧来说,死亡——绝对界限——是一个始终内在的现实,是与悲剧中所有事件都有着不可分隔的关联"③。死亡作为悲剧生命的形态是一种个体命运,它在悲苦剧中却常常作为集体命运出现,就仿佛它将所有参与者都载往最高的审判法庭。"三天之内他们就会上法庭:/他们会被载往上帝的座位前/现在让他们想想,他们在那如何经受考验吧。"④悲剧英雄以其"不朽"拯救的仅仅是自己的声名而不是自己的生命,而悲苦剧中的人物被死亡夺走的只是所谓个体性,而不是角色的生命力量。这种力量毫发无损地在鬼魂世界里复活。"也许别人会想在《哈姆雷特》之后写一部《福丁拉布斯》。没有人可以阻拦我让所有的人物在地狱或天堂重新相遇,让他们彼此重新了结恩怨。"⑤做出这一评论的人没有看到,决定这一切的是悲苦剧的法则,绝不是他提到的作品,更不用说该作品的素材了。对于如《哈姆雷特》一样一再引入评论的伟大悲苦剧,端坐在评判席上的批评家所使用的不相适宜的悲剧概念早就应该取缔了。因为如果将哈姆雷特之死看做莎士比亚最后一点"自然主义与自然模仿的残余,这残余让这位悲剧作家完全忘记了,从生理上为死亡提供动机根本不是他的任务",那这样的观点会将人引向何处呢? 有人争论说:"在《哈姆雷特》中死亡与戏剧冲突完全没有任何关系。哈姆雷特除了否定生

---

① [奥]约瑟夫·施特拉尼茨基:《维也纳政治嬉闹剧》,第 322 页,Wien, 1908。

② [德]汉斯·艾伦伯克:《悲剧与十字架》,第 2 卷,第 46 页,Würzburg, 1920。

③ [匈]乔治·封·卢卡奇:《卢卡奇散文集:灵魂与形式》,第 345 页,Berlin, 1911。

④ [德]弗里德里希·施莱格尔:《阿拉克斯,一部悲苦剧》,第 46 页,Berlin, 1802。

⑤ [德]阿尔伯特·路德维希:《持续:对文学心理学的一个研究》,载《德意志—罗马月刊》,1914(6)。

命以外找不到其他解决生存难题的办法,因而在内心中走向了毁灭,但他却是死于一把有毒的利剑!也就是死于一个完全来自外部的偶然事件……说得更准确一点,哈姆雷特这个简单的死亡情景让这部戏剧完全失去了悲剧性。"①这就是一种批评的荒谬产物,这种批评因为其追求哲学知识的野心而无意对一位天才的作品进行深入钻研。哈姆雷特之死与悲剧性死亡之间的共同点不比这位王子与埃阿斯(Aiax)之间的共同点更多,其强烈的外在性是悲苦剧的特征所在,而且仅仅因为以下这点就足以成为悲苦剧的杰作,即哈姆雷特,正如其与奥斯里克的对话所透露的,想将这因命运而沉重的空气深深吸入就如同吸入氮气一样。他想死于偶然事故,当命运的道具围绕着他就如同围绕着它们的主人与运用能手时,在这悲苦剧的结尾闪现出了命运剧的亮光,那包含在这悲苦剧中而且被这悲苦剧所超越的命运剧。如果说悲剧是以决断(哪怕是最不确定的决断)结束的,那么悲苦剧的本质,尤其是悲苦剧中的死亡则包含着一种呼吁,正如殉道者也会发出的呼吁一样。将莎士比亚之前的悲苦剧的语言称为"血腥的公堂对话"②是极为恰切的。不妨再多说几句与法律相关的题外话,在中世纪的控诉文学中会提及对造物的审判,而造物对死亡的控诉——或者不论对谁的控诉——在悲苦剧的结尾只处理了一半就进入了公文。重提旧事是悲苦剧常有的现象,有时旧事还会从暗藏之处现身。后面这种情况当然又只会出现在得到充分而丰富发展的西班牙悲苦剧中。在《人生如梦》中,对主要情景的重复是处于中心地位的——17 世纪的悲苦剧反复处理着相同的对象,而且是按照这些对象可能甚或必然被重复的方式来进行的。有人从这种始终如一的理论局限出发,对此产生了误解,试图证明罗恩斯坦因在悲剧方面具有"独特谬误":"这正如那种谬误一样,即认为如果情节本身可以通过附加类似事件而扩大规模,那么情节的悲剧效果就会得到增强。因为罗恩斯坦因并没有通过增添新的重要事件来强化效果,从而灵活地改造故事经过,他更倾向于随意用旧有的阿拉贝斯克花饰来装点他的主要时刻,就仿佛如果能用大理石将一座雕像最精美的躯干加倍,它

---

① [德]利奥波德·齐格勒:《论悲剧的形而上学:一个哲学研究》,第 52 页,Leipzig,1902。
② [德]汉斯·艾伦伯克:《悲剧与十字架》,第 2 卷,第 57 页,Würzburg,1920。

就会更美一样!"①——这些戏剧的分幕数应该按照希腊戏剧那样不出现奇数;偶数幕更符合戏剧所描述的重复事件。至少《利奥·阿尔门尼乌斯》中的情节就是在第四幕中结束的。现代戏剧挣脱了三幕剧与五幕剧的模式,从而宣告了一股巴洛克潮流的胜利②。

① [德]康拉德·米勒:《论罗恩斯坦因的生平与创作》,第82—83页,Breslau, 1882。
② 参见[德]康拉德·赫费尔:《鲁多尔夫城1665年至1667年的节日剧及其作者:一个文学史研究》,第141页,Leipzig, 1904。

贝尔托·布莱希特[①]

苏仲乐　译

当人们说要以平和、公允而客观的方式来评论某位仍然健在的作家时,这其中未免有不够诚实的因素。尽管没有人能够免于该作家所属的时代气候的影响,这种气候的形式虽然风云变幻,很难有哪一种在论者有意识的控制之下,但是这种虚伪终归不仅仅只与个人有关,更多的是一种学术的虚伪。但这绝不意味着你在面对这样的问题时,就可恣意而为,从而在一连串似是而非的牵强附会和奇闻轶事当中以期有所收获。相反,如果可以证明文学史难当此任,那么文学批评倒不失为一种恰当的形式。而且,作为一种形式,它越是缜密有力,就越能远离故作的高傲,从而能够更加专注于作品的题旨。仅以布莱希特为例,如果我们忽略了他作品当中固有的风险、政治态度,甚或所谓的剽窃问题,未免有荒唐之嫌。这样做你将无法触及作品的实质。为了揭示这些问题,将他服膺的理论、他的思维方式甚或他外在的行为阐述清楚,比起按照年代顺序罗列其著作,并就这些作品的内容、形式以及公众的反应进行描述,前者更为重要。正是出于这一原因,这里我们才毫不犹豫地从他最新的作品入手,这在文学史家看来无疑

---

① 本文最初于 1930 年 6 月由法兰克福广播电台播出,收入《全集》第二卷。见第 660—667 页。英译者为 Rodney Livingstone。

是大错而特错的,而对于文学批评家来说这部由吉蓬豪尔出版社在柏林出版的《实验》(Versuche)①却是最合适不过的了,因为这是布莱希特最难理解的一部作品,这样我们就不得不对有关布莱希特的整个现象发起一次前沿进攻。

如果我们像布莱希特处理他笔下的角色那样,径直邀请他本人谈谈自己信念的实质所在,他将会说:"我不会'随意'利用自己的天分;我是从教育家、政治家和组织者的角度利用我的天分。对于我文学活动的任何批评,如'文抄公''好事者'或者'坏分子',无一例外,我不但将其看作对我非文学的、匿名的、但也不乏系统的行为评价,而且还把它视为勋章。"这番话或可信以为真,但有一点是确凿无疑的,当代德国作家当中,布莱希特属于那极少的异类,他们要追问应将自己的天分用于何处,他们只将天分用于自己认为的当用之处,但凡有悖于此,他们断然不为。《实验》正是经过布莱希特筛选,可以施展他天才的一个场所。但与以往不同的是,这些着力点一亮相就充分显示出了自身的重要性;作者也因此放下了"创作",像在荒漠中钻探石油的工程师一样,在当代荒漠那些经过仔细勘定的点上开始挖掘。这些所谓的地点就是戏剧、轶闻体故事和广播,至于其他类型则是日后的扩展。布莱希特说:"《实验》出版之时就标志着有些作品就不再是单个的实验(或者不再具有以前那些'作品'的特点),而是利用(或改造)了特定原则和机制的手段。"他不是在倡导改良,而是在图谋创新。这里的文学不再寄望于作者的感情,而是寄望于这样一种改造世界的欲望已经与冷静紧密相连的情感。它清醒地认识到,改造世界的过程歧途颇多,在此期间自己唯一的机会就是成为一个副产品。这里它果真就成了副产品,而且还是价值连城的副产品。这个重要的产品倒也代表着一种新的态度。李希腾贝格说:"重要的不是一个人的信仰,而是信仰造就了什么样的他。"②具体到布莱希特,这句格言中的"什么"指的就是他的"态度"(Haltung)。这一点颇为新颖,所谓新,就在于它是可以学而知之的。"《实验》的第二部是

---

① 《实验》(Versuche)凡三卷,由吉蓬豪尔出版社(Kiepenheuer)于 1930 年出版。

② 李希腾贝格(Georg Christoph Lichtenberg, 1742—1799):德国作家、实验心理学家。尽管李希腾贝格在世时以辛辣的讽刺闻名,但是今天却以德国第一位格言(aphorist)为人所知。长达 1 500 多页的札记在他身后出版,这其中包括了笑话、双关、矛盾修辞,还有书摘,仅警句就有数千条,这里引用的就是其中之一。

《柯勒先生故事集》,它代表着一种想让态度具有可引用性的努力。"但是,具有可引用性不仅仅只是科勒先生的态度;《林登堡家的飞行》中孩子们的态度,虽然需要通过实践,但也不能说没有可引用性,还有那个唯我独尊的法泽尔,他的态度也同样如此。不仅他们的态度具有可引用性,与之关联的话语也同样具有可引用性。不过,这些话语需要通过行动体现出来——也就是说,首先必须注意到它们的存在,然后才能去理解它们。其功能首先在教育,其次在政治,最后在诗学。

通过这简单的陈述,大家能够了解布莱希特创作的要义所在,这种方式或许过于简单,那么在开场白之后,我们不妨稍作歇息。这里的"歇息"就是对布莱希特所创造的人物做整体观照,重点集中于能充分体现作家意图的一两个人物身上。我想把这首要的位置留给业已提到的科勒先生,在布莱希特这部作品中,他是首先出场的人物。至于他姓名出自何处我们倒不必追究。借用布莱希特昔日搭档列昂·福伊特瓦格①的话来说,他的名字来源于希腊语词根 xovós(choinós),有"广泛"之意,意味着参与一切、属于一切。而事实上科勒先生的确是一位参与一切、属于一切的人,因为他是一位领导者。但是,这又与我们通常对"领导"一词的理解大相径庭。他既无滔滔雄辩、一呼百应之能,也非刚愎自用、说一不二之人。他所从事的与时人所理解的"领导"的事业相去甚远。科勒先生其实就是一位思想家。我记得布莱希特曾设想过科勒先生的出场方式。他将会躺在担架上被抬上场来,因为思想家是不肯吃苦受累的。然后,他会在沉默中追随舞台上发生的故事。但也有可能不会如此。因为今天很多事情的症状,并非是思想家所能追随的。布莱希特整个的态度不会使我们将这位思想家与希腊的圣哲,比如典型的斯多葛派或伊壁鸠鲁学派那些享受生活的代表人物混为一谈。他更近于保罗·瓦莱里笔下的趣味先生(Monsieur Teste):一位心如止水的纯粹的思想家。此两者都不乏中国特色。他们异常狡诈、无比审慎、世事洞明、迂腐老朽,但却又人情练达。尽管如此,科勒先生与他的法国同行全然不同的地方就在于,他有自己时刻未

① 列昂·福伊特瓦格(Lion Feuchtwanger, 1884—1958):德国著名的小说家,其代表作是历史小说《犹太人徐斯》(Jud Süss)。他曾与布莱希特合译克里斯托弗·马洛的剧作《爱德华二世》(Edward Ⅱ)。他 1933 年流亡国外。一直定居于加利福尼亚。

能忘怀的理想。这一理想就是一个新的国家。这个国家与孔子理想中的国家一样，有着深厚的文学与哲学根基。但是，如果把与中国的这一类比放在一边，可以说，我们同样能从科勒先生身上分辨出耶稣会士般的特点。这绝非偶然。随着我们对布莱希特所创造的人物类型分析的愈加仔细（我们将通过对其他两个人物的分析，来深化对科勒先生的讨论），就越发清楚地表明，尽管他们不乏生机与活力，然而他们所代表的却只是一种政治的范型，或者如医生所说，幻觉而已。他们之间的共同之处在于都有一种催生理性政治行动的欲望，而这些行动不是源于仁慈博爱、友善亲邻、理想主义或者思想的高贵，如此等等，而是来源于一个重要的态度。这态度本质上或许不甚明确、缺乏系统且有利己主义之嫌，但只要具有这一态度的人不自欺欺人、能够紧扣现实，这态度本身会自我修正。然而这修正并非道德上的：这个人本身并未得到改善。它所具有的是一种社会修正功能：他的行为使他成为有用的人。或者，就像我们在布莱希特其他的作品里读到的："'所有的恶念都不无裨益，'/（巴尔）说，'唯独作恶的人一无是处。'"①

科勒先生的恶念就是一个冷峻而决绝的思想。那么它的作用何在呢？它可以使人清醒地认识到自己往往有一个预设，正是这个预设将他们引向所谓的领导者、思想家或者政治家，以及他们的著作与演讲。进而，这一思想使人将这一预设付诸尽可能彻底的批判。它将会证明这预设原是捆为一束，一旦你将绳头解开，立刻会四下散落。这个先入之见的绳索便是：人们总在某个地方思考着——这是我们可以依靠的。那些身在其位、得其恩惠的贤达之士自会心系众人，他们熟稔相关的程序，将会不懈地致力于消除那些仍然存在的疑虑与晦暗。如果你否认这一点、如果你证明事实并非如此，那么毫无疑问，公众将陷入焦虑当中。因为他们可能不得不自己劳神了。现在，科勒先生正心无旁骛，只是要表明：问题与理论的、命题与世界观的冗余都只不过是虚构的想象而已。而且，他们之间互相抵消的事实既非偶然也非根源于思想。相反，它源于使思想家各安其位的那些人自身的利益。——这是不是意味着公众现在所欲了解的，

---

① Bertolt Brecht, Nrechts "Haunspostille," mit Anleitungen, Gesangsnoten und einem Anbange(Berlin: Propylöen-Verlag, 1927), p.117.

就是思想行为与特定利益是一致的吗？难道思想并不是超越于一切利益之上的？这时，公众肯定会感到焦虑不安了。如果从某些特定的利益出发来进行思考，那么又会有谁来保证这些就是公众的利益呢？况且这样一来，这个结被解开了，那捆成一束的预设也散落了，思考本身就变成了一个问号。我们的思考价值何在？有用吗？它会带来什么现实的福祉呢？谁又是这些福祉的受益者？——毫无疑问，这些都是尖锐的问题。或许科勒先生会这样说，这些尖锐的问题并不能带给我们任何恐惧；我们已经有了最为细致的答案来应对这些尖锐的问题。因为我们与另一类人关系的实质就在于此。他们深知如何提出一些微妙而世故的问题，但是问题的管道却被他们用答案的淤泥所堵塞，这些未经过滤的繁复的答案利及少数，而为害众人。与之相反，我们所提出的的确是切实的问题。但是，我们会把答案筛选三遍之后，才让其通过。在这些简明扼要的回答中，论者的态度以及言说的实质清晰可见。科勒先生便是如此。

正如我们已经说过的，科勒先生是布莱希特最新创造的一个人物。如果我们现在转向他早期创造的一个人物，这在逻辑上并不显得突兀。或许你还记得，我曾经论及布莱希特作品所具有的风险。这风险也存在于科勒先生身上。如果说他是每日都要拜访作者的宾客，他肯定会不可避免地——或者我们必须希望如此——与别的访客邂逅，这些访客不但与他截然不同，而且还会消解他所带来的危险。实际上，他遇见了巴尔、小刀麦基、法泽尔，还有成群结伙的地痞与罪犯，而这些人物在布莱希特的剧作中比比皆是，尤其是布莱希特的那些歌曲，这些人才是真正的演唱者，而这些歌曲已经收在那摄人魂魄的《家庭祈祷书》（*Hauspostille*）里了。所有这些歌曲和喧闹都回返到布莱希特的青年时代、回返到在奥格斯堡的那一段生活。与他的朋友、搭档卡斯帕·纳尔①以及其他一些人，在陌生的旋律和粗俗、揪心的副歌声中追寻他晚期戏剧的主题。正是这个世界造就了巴尔这个沉湎于酒精的诗人和杀人犯，同时也最终造就了自大的法泽尔。然而，如果认为作者对于这些人物的兴趣仅仅在于将他们当作反面教材，那

---

① 卡斯帕·纳尔（Caspar Neher, 1897—1962）：德国著名的舞台设计师，自青年时代起他就与布莱希特结为好友，担任布莱希特的剧作《三便士歌剧》《人就是人》以及布莱希特与库特·魏尔（Kurt Wem）合作的《马哈哥尼》的布景设计。

就谬之千里了。布莱希特之所以属意于巴尔和法泽尔,是大有深意的。这些人物的确代表着自我中心和遁世。但是,布莱希特的不懈努力就是要把这些远离社会的人和狂徒当做观念中的革命者来描述。在这里支配他的不仅仅只是他个人对于这一人物类型的同情,同时也关涉到一个理论因素。无需任何道德的变化,革命如何能在它彻底的对立面即资本主义内部发生,我们不妨说,马克思正是以揭示这一问题为己任的。而布莱希特正是将相同的问题置换到人的层面上来:他要革命在这些并无什么理想可言、卑劣自私的人物身上发生。正如瓦格纳①通过神奇的药水在试管中创造了一个侏儒,布莱希特也希望能够在贫穷与卑贱的混合物中创造出革命来。

我所举的第二个人物是盖利·盖,喜剧《人就是人》(A Man is a Man)②中的一个人物。就在他刚走出家门为妻子买鱼去的时候,恰逢一队英印军队的士兵,他们四人中的一个在洗劫一座寺庙时失踪了。他们都在寻思着尽快找一个可以补缺的人。盖利·盖就属于那种压根儿就不会说"不"的人。在不知道这三个人想干什么的情况下,他就这样跟着走了。久而久之,他也就养成了战时士兵所应该具备的那些举止、思想、态度以及习惯。他被彻底地重新组装了,甚至当妻子找到他时,他也不愿相认。最终,他成为令敌人闻风丧胆的斗士,一个攻克了艾尔·德豪威尔要塞的人。下面一段话揭示了这个(人物发生)变形的实质所在:

> 贝·布莱希特先生坚称:人就是人。
>
> 谁都可以这样说。
>
> 但是贝·布莱希特先生还能证明,
>
> 你可以随心所欲地改变一个人。
>
> 今夜你将目睹人可以像车那样被重新组装,
>
> 而且还无所短缺。
>
> 这人被温情地盘问;

① 此处的瓦格纳指的是浮士德的助手,这一情节参见歌德的《浮士德》第二部第二幕"实验"一场。
② Bertolt Brecht, *Mann ist Mann*(Berlin: Propyläen-Verlag, 1926).

平静而有力地要求他追随着这个世界及其轨迹

而让他的鱼儿游走。

贝·布莱希特先生希望你能够看到脚下的土地

像雪花一样消失在你的脚下

而且从包装工盖利·盖身上看到

生活中迷途是多么容易。①

　　我们早就听说过,布莱希特宣称,这个段落中所说的重新组装这一过程乃是一种文学形式。他所写的不是一部"作品",而是一个器械,是一台设备。其水准越高,越容易被重组、拆卸和改造。通过对伟大的经典性文学的研究,特别是对中国文学的研究,使他认识到对于书面文字的最高要求就是它的可引用性。这说明,我们或许在此可以发现剽窃理论的开端,而这一理论将使那些冷嘲热讽的人缄口。

　　不管是谁,与其想通过三言两语来界定布莱希特的特点,倒不如只专注于一句话,那就是:布莱希特的主题就是贫困。思想家如何利用那寥寥无几而又可资利用的、既有的思想;作家如何利用我们所拥有的极其有限的表达程式;政治家如何利用人所具备的为数不多的智慧和能量。这就是布莱希特致力的主题。林登堡在谈及他们的机器时说:"对我而言,他们所做的肯定足够啦。"②贴紧毫无遮蔽的现实,这就是我们的口号。科勒先生认为,贫困是模仿的一种形式,它可以让你比任何富人都更加贴近现实。这当然不是梅特林克③神秘主义视角下的贫困,也不是像里尔克诉诸笔端的"贫穷是内心伟大的光芒"④这样的圣芳济会的思想。布莱希特式的贫困就像一套经过仔细量度的军服,但凡穿上它的人都会被授予很高的军阶。简而言之,它就是机器时代人在生

---

① Bertolt Brecht, *Mann ist Mann*(Berlin: Propyläen-Verlag, 1926), p.62.

② Brecht, Versuche, P.6. Brecht's play *Der Flug der Lindberghs*(The Lindberghs' Flight) was first published and performed in 1929.

③ 梅特林克(Maeterlinck, 1862—1949):戏剧家,生于比利时,大半生生活在法国,1911 年获诺贝尔文学奖。

④ Rainer Maria Rilke, *Das Stundenbuch*(The Book of Hours), section 3:"Van der Armutund vom Tode"(Concerning Poverty and Death).

理和经济上的贫困。"国家应该富有,而人却应该贫困;国家有权胡作非为,而人却不可轻举妄动。"布莱希特早已总结说:贫穷才是最为广泛的人权。他虽身材瘦小、衣着褴褛,但却通过作品探索了贫穷的潜能,并将其呈现在公众面前。

我们不做任何结论,只是就此打住。女士们、先生们,你们可以借助任何一家好书店继续我们的探讨,但是如果没有书店,这种探讨或许会更加透彻一些。

弗兰茨·卡夫卡——逝世十周年纪念①

波将金②

　　有这么一个故事:波将金一度患了严重的、多少是有规则地反复出现的精神抑郁症,在犯病期间不准许任何人接近他,严禁任何人进入他的卧室。在宫廷里,没有人敢提起他有病,因为人们都知道,即使是暗示一句也会引起卡塔琳娜女皇③的不悦。有一次,总理大臣的这种抑郁症发病的时间特别长,结果造成了严重的失误。文件柜里堆满了文件,女皇要求速办,而没有波将金的签字却又无法处理。高级幕僚们个个束手无策,一筹莫展。这时,一个名叫苏瓦尔金的小办事员偶然来到总理府的前厅,聚首在那里的枢密院官员们,照例在抱怨不休。"出了什么事情,诸位阁下? 我可以为诸位效劳吗?"苏瓦尔金迫不及待地问道。人们向他说明了情况,并遗憾地表示用不上他。苏瓦尔金却回答说:"先生们,假如就这点事儿,那就请交给我来办好了,我恳求你们。"枢

---

① 本文"Franz Kafka-On the Tenth Anniversary of His Death",德文原刊 *Judische Rundschau*, 1934。第一、三两文《波将金》《驼背小人儿》由王庆余、胡君直中译,第二、四两文《童年小照》《桑丘·潘沙》中译者为王斑。本文所有注释均为中译注。
② 波将金(Potemkin, 1739—1791),俄国侯爵,政治家和军事统帅,卡塔琳娜二世的宠臣,1783 年吞并克里米亚。
③ 卡塔琳娜二世(1729—1796),俄国沙皇彼得三世之妻,1762 年登基为皇。在她统治期间,俄国吞并了克里米亚,三次瓜分了波兰。

密官们觉得这倒未尝不可,于是就同意这样办了。苏瓦尔金将公文包夹在腋下,穿过大厅和走廊,走向波将金的卧室。他非但未敲门,甚至连脚步都没有停,就去拧门把手,门恰好未锁。在这间半明半暗的卧室里,波将金身穿一件旧睡衣,正坐在床上啃手指甲。苏瓦尔金走近写字台,把羽笔蘸上了墨水,一句话未说就把笔递到波将金手中,把最需急办的文件放到他的膝盖上。波将金像在睡梦中一样,痴呆地瞥了这个闯进来的人一眼,就签了字,接着签署了第二份文件,乃至所有文件。待他签好最后一个文件后,苏瓦尔金夹起文件包,像来时一样毫无表示,转身离开了这间屋子。他高兴地挥动着文件,来到前厅。枢密官们一起向他蜂拥而来,从他手中接过文件。大家都屏住呼吸,深深地向文件鞠了个躬。大家都沉默了,发呆了。这时,苏瓦尔金走上前来,迫不及待地问各位大人为何如此惊异不止。这时,他也看到签字。每份文件上签的都是:苏瓦尔金,苏瓦尔金,苏瓦尔金……

这个故事像一个先驱,比卡夫卡的作品早问世二百年。笼罩着这个故事的谜就是卡夫卡。总理大臣的办公厅、文件柜和那些散发着霉气的、杂乱不堪的、阴暗的房间,就是卡夫卡的世界。那个把一切都看得轻而易举、最后落得两手空空的急性子人苏瓦尔金,就是卡夫卡作品中的 K。而那位置身于一间偏僻的、不准他人入内的房间里、处于似睡非睡的蒙眬状态的波将金,就是这样一些当权者的祖先:在卡夫卡的笔下,他们是作为阁楼上的法官、城堡里的书记官出现的,他们尽管身居要职,但是却是些已经没落或者更确切地说正在没落的人。不过,在那些最下层的人和最腐朽的人——看门人和老态龙钟的官员眼里,他们还是威风凛凛的。他们靠什么浑浑噩噩地混日子? 也许,他们是那些用双肩支撑着地球的阿特拉斯①巨神的后代? 也许,他们正因为如此才把头"向胸前垂得这样低,使人们几乎看不到他们的眼睛",如肖像上的城堡守护者或者独自一人时的克拉姆? 不过,他们所支撑的不是地球,而最平凡琐碎的东西就已有足够的分量了:"他的疲惫不堪是格斗士在格斗后所感到的精疲力竭,他的工作是粉刷官员办公室的一角。"乔治·卢卡奇曾说过:今天,为了能制作出一张像样的桌子,就必

---

① 阿特拉斯(Atlas),希腊神话中提坦巨人之一,以其头和手(一说用双肩)在世界极西处顶住天。

须具备米开朗琪罗的建筑学天才。如果说卢卡奇思考的是时代,那么,卡夫卡思考的则是年代。他在粉刷时需要触动的是一个时期,而这还是以极不明显的手势表现出来的。卡夫卡的人物更多的是常常出于莫名其妙的原因就鼓起掌来。顺便还必须指出,这些手"实际上是汽锤"。

通过持续不断的和缓慢的运动下降或上升的,我们认识了这些当权者。他们从陷得最深的腐败中,即从他们父辈那里崛起的时候,最令人生畏。儿子为自己迟钝的、年老体弱的父亲刚刚虔诚地祈祷过,现在安慰他说:"你安心休息吧,我给你盖好了。"——"不要!"父亲喊道,以这样的回答来顶撞他,并用力将被子一推,以致被子全给掀掉了,老头子直立在床上,仅用一只手轻轻地摸着天花板。"你想把我盖起来,这我知道,小崽子,可是我还是没有被你盖住。我还有最后一把力气,对付你还绰绰有余的,也许还用不了! ……值得庆幸的是,父亲不用人教就能看穿他的儿子。"……他站在那里悠荡着腿,怡然自得,他为自己有了这样的见识而得意非凡……

"现在,你该知道天外有天了吧,到目前为止,你只知道你自己! 你本来是一个无辜的孩子,但是,你更是一个魔鬼式的人!"这位父亲由于抛开被子的负担也就甩掉了一种世俗的负担。为了使父与子这一古老的关系活跃起来并产生重大后果,他不得不使整个时期都动起来。确实,后果何其重大! 他判处自己的儿子以死罪——溺毙。这位父亲是一个惩罚者。他像法院官吏一样,承担着罪责。许多迹象表明,在卡夫卡看来,官吏的世界和父亲的世界是一模一样的。不过,这种相似性并不会给父亲们带来荣耀。迟钝、腐朽和肮脏充斥着这个世界。父亲的制服上到处都有污点;他的内衣也是不洁净的。肮脏就是官吏们的生活要素。"他们感到不可理解的是,为什么还要有党派之间的交往。""'为了把门前的台阶弄脏',一位官吏曾这样——看样子是在气头上——回答了这个问题,不过,这对他们说来一直是很清楚的。"如果把官吏们都看作是大寄生虫,那么,从这个角度来看,不干不净确实可以说是官吏们的属性。这当然不适用于那些经济关系,而只适用于那些有关理智和人道的力量——这一伙人正是靠这些力量活着。同样,卡夫卡笔下这个特殊家庭中的父亲也是靠其儿子维持着自己的生命,像一个巨大的寄生虫附着在儿子身上。他不仅消耗着儿子的力量,而且吞噬了他的生存权利。这位作为执法者的父亲，同时又是原告。他责备儿子犯的罪行似乎是某种原罪。因为，卡夫卡所描绘的这种罪行，如果主要不是针对儿子，会是针对谁呢？"原罪，即人所犯的古老的不法行为，就表现为人无休止地发出的非难：人们对待他不公正，对他犯下了原罪。"如果不是由儿子责备老子犯了这种原罪，即犯了留下一个后代的罪过，那又该责备谁呢？这样一来，似乎儿子成了有罪的人了。不过，人们不应该从卡夫卡的这句话中得出结论说，这一指控是有罪的，因为它是错误的，卡夫卡在任何地方都没有说过这种指控是不对的。这里正在审理的是一件永恒的诉讼案，没有什么比揭发出父亲运用了这些官吏，即法庭当局的同情，更糟糕的了。在这些人身上，无止境的腐败并不是最坏的东西，因为这些人的内核就具备这样的特性：由于他们受贿，这就为人道提供了唯一的一线希望。尽管法庭有法令，但是人们读不到它们……K曾猜测说，"人们不仅会受到无罪判处，而且是受到无知判决，这就是这种法制的特点之一。"在史前时期，法令和解释性的法规都不是成文法。人们可能不知不觉地就触犯了它们，犯下了罪。不过，毫无所知的人犯罪，纵然是十分不幸的，但是从法律的角度来看，犯罪的出现不是偶然的，而是命中注定的——命运在这里是以其模棱两可的形式出现的。赫尔曼·科恩①在一篇论述古人命运观的短文中称命运是一种"不可逃避的认识"，看来促成和引起这种犯罪和堕落的正是其制度本身。对K提起诉讼的法制，也是如此。这就使我们追溯到十二铜表法②以前的史前时期，那时取得的最初成就之一就是有了成文法。这时，尽管在法令全书里有了成文法，但仍然是保密的，因此史前时期更是有恃无恐，可以更加肆无忌惮地进行统治。

官场的情形和家庭的状况，在卡夫卡的笔下是以各种各样方式相互交织在一起的。在城堡山麓的一个村庄里，人们都晓得一句流行语，它像一盏明灯照耀着人们的路。"这里流行着一句话，也许您晓得它：'官方的决定就像年轻的姑娘一样胆怯。'""这是一个很好的观察，K说……一个很好的观察，这种决定可能还有其他特点同姑娘

---

① 赫尔曼·科恩(Hermann Cohen, 1842—1918)，德国哲学家，新康德主义马尔堡派的主要代表人物，著有《哲学的体系》《康德的经验论》。
② 十二铜表法，亦称十二表法，是公元前5世纪中叶罗马共和国颁布的法律，是已知的罗马法中最早的成文法。

是一致的。"其最突出的一点是,它们像 K 在《城堡》(The Castle)和《审判》(The Trial)中所遇到的那些怯懦的、像眷恋床一样沉溺于家庭的淫荡的姑娘们一样,依附于各方。她们在 K 的生命旅途中亦步亦趋地伴随着他;下一步并不困难,如同征服一个酒吧女招待一样轻而易举。"他们相互拥抱在一起,她那娇小的身躯在 K 的手臂里激动得滚烫,他陷入了陶醉之中。K 一再试图摆脱出来,却总是徒劳。他向前滚动了几下,就砰的一声滚到了克拉姆的门前,他们就躺在积着残酒的坑坑洼洼的地上和地板上的垃圾里。在那里,又消磨了几小时……K 一直有这样一种感觉:他仿佛迷失了方向,湮没在一个从未有人涉足过的陌生之地——在这里,就连空气也缺乏家乡空气的成分,人们因处处感到陌生而窒息死亡,这种引诱富于极大的魅力,使你只能继续向前走,进一步陷入迷茫。"关于这种陌生之地,我们还会再谈到。不过,值得注意的是,这些娼妓一般的女人从来都不是打扮得漂漂亮亮地出现在人们面前,相反,在卡夫卡的世界里,美丽只出现在隐蔽的地方:比如在被告身上。"不过,这是一种在某种意义上可以说是奇异的自然科学现象……使她们变得漂亮的,不可能是罪过……使她们变得现在这样漂亮的,也不可能是恰如其分的惩罚……而只能是那种以某种方式强加给她们的、对她们的审判。"

从《审判》可以看出,这种诉讼对被告说来,常常是毫无希望的。即使存在被宣判无罪的希望时,也是毫无希望的。也许,正是这种绝望使得人们感到卡夫卡的这些独一无二的人物是美的。至少这一点同马克斯·布洛德(Max Brod)所提供的一次谈话是非常一致的。他写道:"我回忆起同卡夫卡的一次谈话,话题是从当今的欧洲和人类的腐败开始的。他说:'我们都充满了虚无主义思想,充满了自杀的念头——而这些念头是在上帝的脑子里出现的。'这使我首先想到了灵知对世界的认识。——上帝就是凶恶的造世主,世界就是它所制造的人类腐败的典型。他说:'噢,不,我们的世界仅仅是上帝的一种坏情绪的产物,他倒霉的一天而已。'——'这么说,除了世界这个表现形式之外,还是有希望的?'——他笑了:'噢,有充分的希望,无穷无尽的希望——只不过不属于我们罢了。'"这些话架起了一座桥梁,它可以通向卡夫卡的那些摆脱了家庭的圈子,也许还有希望的、极其特殊的、独一无二的形象。这不是指那些动物,更不是指那些像"猫羊"之类的杂种,或者臆造出来的东西,相反,所有这些仍然处于家庭羁绊之中。格里高尔·萨姆沙(Gregor Samsa)恰恰是在父母的家里醒来后变成了大甲虫,是不无原因的;那个不伦不类的奇怪动物,是父亲财产中的一件遗产,也是不无原因的;这怪物成了父亲的一桩心病,也是不无原因的。但是,那些"助手们"实际上却不属于这个范畴。

这些"助手们"属于那个贯穿于卡夫卡整个作品中的人物群。属于这个家族的,有在《观察》中被揭发出来的骗子手,作为卡尔·罗斯曼的邻居深更半夜出现在阳台上的大学生,以及那些居住在南方那个城市里的、永不知疲倦的愚人。笼罩着这些形象的朦胧之光令人想起照射在罗伯特·瓦尔瑟①(长篇小说《助手》的作者,卡夫卡非常喜欢他)那些小剧作中的人物身上的摇晃不定的光亮。在印度神话中有种神异动物,总是处于永不完善的境界。卡夫卡笔下的助手也属于这一类型;他们既不属于任何其他形象范畴,正如卡夫卡所说,他们同巴纳巴斯相似,而巴纳巴斯是一个信使,他们尚未彻底脱离大自然的襁褓,因此,"在地上的一个角落里,在两件破旧的女裙上安居下来。他们尽量少占空间,以此……为荣……从这个意义上说,他们在咿呀学语和咯咯笑声的伴随下进行着各种尝试,挥舞着手臂和腿脚,蜷缩到一起。因此,在朦胧之中,人们只看到在角落里有一个大棉团。"对他们及其同类,即未成年的和愚笨的人说来,尚存在着一线希望。

从这些信使的行为中所看到的温和可爱的和无拘无束的东西,就是令人感到压抑地展示的整个造物世界的法律。没有一个创造物有自己固定的位置,有明确的和不可变换的轮廓;没有一个创造物不是处于盛衰沉浮之中;没有一个创造物不可以同自己的敌手或邻居易位;没有一个创造物不是精疲力竭的,然而仍然处于一个漫长过程的开端。在这里,根本谈不上秩序与等级。接近于此的神话世界比起神话许诺予以拯救的卡夫卡世界来,是年轻得无法比拟的。如果说可以肯定某一点的话,那就是:卡夫卡没有被神话所诱惑。而是另一个尤利西斯(Ulysses):卡夫卡让他那射向远方的目光

---

① 罗伯特·瓦尔瑟(Robert Walser, 1878—1956),瑞士德语作家,精神病患者作品在第二次世界大战后被发现,被认为是卡夫卡的先驱。作品中充满怪诞与幻想。

根本不去看那些塞壬①,"而对他那坚定果断的神态,她们都逃之夭夭,当临近她们时,他却看不到她们的任何踪迹了"。在卡夫卡从古代找到的祖先中,包括我们将要谈到的犹太和中国的祖先,是不应该忘记这个希腊祖先的。尤利西斯恰恰处在区别神话与童话的分水岭上。理智与计谋使神话具有某种鬼怪的特点,神话中的暴力不再是不可战胜的。童话是关于战胜这些暴力的传说。卡夫卡热爱传说,他的童话是为辩证论者写的。他把一些小的计谋融入其中,然后从中看到这样的证明:"即使是一些微不足道的、甚至是幼稚的手段,也是可解燃眉之急的。"他的短篇小说《塞壬的沉默》就是以这句话开篇的。塞壬在他的笔下是沉默不语的;她们有"一件比歌唱更可怕的武器……即沉默"。她们用它来对付尤利西斯。卡夫卡进一步讲述道,他"是相当足智多谋的,是只非常狡猾的狐狸,就连命运女神也无法窥探到他内心的秘密"。也许,卡夫卡确实发现——尽管这是用人的智慧无法理解的那些塞壬在沉默,从而在诸神面前把这个"传说的"假动作作为一个盾牌加以运用。

在卡夫卡笔下,塞壬是沉默不语的,这也许是因为在他看来音乐和歌唱是一种逃遁的表现,至少是一种可以逃脱的保证,一种我们可以从助手们大显神通的平庸世界中得到的希望的保证;这个世界既渺小,又不完善,极为平凡,然而,同时又是可以令人感到宽慰的、愚昧的。卡夫卡像一个离家外出历险的小伙子。他闯进了波将金的官府,最后在地下室的洞里碰到了那个歌唱着的老鼠——约瑟芬。关于她的特点,卡夫卡是这样描述的:"她具有某些可怜的、短暂童年的气质,某种已丧失的、永不复返的幸运,不过也有今天的生命活力,具有令人不解的、然而却始终存在和不可窒息的、小小的生活乐趣。"

童年小照

卡夫卡有一张儿时的照片,珍贵而动人,记录了他贫穷、短暂的孩提时日。照片大

---

① 塞壬(Sirens),希腊神话中人身鸟足的美女神(海妖),她们住在地中海的一个小岛上,常以美妙歌声诱惑经过的海员,使航船触礁沉没。

概是 19 世纪的那种照相馆里拍的。馆里的帐帘,棕榈树,绣帷和画架使相室像个酷刑室,又像个宫廷。孩子大约六岁,衬着暖房似的背景,穿着一件紧绷绷的、镶边极繁复、几乎令人尴尬的童装。背景中掩映着棕榈,而且这模特儿左手托着巨大的、西班牙人戴的那种宽檐帽。似乎整个装饰的热带景致还不够燠热闷气,孩子忧郁的眼睛笼罩着为之事先安排的风景,他的大耳朵似乎在聆听景中的声息。

想成为红皮肤印第安人的热切愿望某个时候兴许消释了那巨大的哀愁。"要是能变成印第安人就好了! 可以随时机警,跃身上马,伏身逆风而驰,不断随颤动的地面而震颤,直到丢掉马刺,因为没有马刺;放弃缰绳,因为没有缰绳。眼前的大地如修剪整齐的草原,他却视而不见,马的头和脖颈都已丧失。"这个愿望有很多意味。他觉得这愿望在美国能实现,这便泄露了天机。《美国》(*Amerika*)这部小说是个特例,其主人公的名字就已显示。在早期的小说中作者从不自报姓名,只是用含混不清的缩写字母代替。而此处他以一个完整名字在新大陆赢得再生。他在俄克拉荷马自然剧团获得这一经验。"在一街角卡尔看到一张布告,有如下的通告:俄克拉荷马剧团今天将招聘演员,地点在克雷登赛马场,从早晨六点到半夜。伟大的俄克拉荷马剧团召唤你! 只在今日,别无他时。机不可失,时不再来! 有远大抱负者应成为我们中的一员! 人人合格,来者不拒! 想当艺术家的,请站出来! 本剧团能聘用任何人,人人可在团里各得其所! 有心参加者,本剧团在此恭喜道贺! 但要赶快行动,才能在半夜前加入! 一到零点,大门关闭,不再敞开! 谁不相信我们,谁就会倒霉! 奔向克雷登!"这通告的读者是卡尔·罗斯曼(Karl Rossmann),卡夫卡小说的主人公 K 第三次、亦是较快乐的显形。俄克拉荷马剧团其实是个赛马场,快乐在那儿等着他,恰如愁闷在他房间里狭窄的地毯上侵袭他。在地毯上他东奔西窜"像是在赛马场"。自从卡夫卡写下他"关于文雅赛马师的思考";自从他让新律师拾级登上法庭的台阶,高抬着腿,蹒跚着抵达大理石的圆形法庭;自从他让"乡间小路上的儿童"双臂相交,大跨步在乡间游荡,他就一直对这身影很熟悉。甚至卡尔·罗斯曼,睡意蒙眬,心不在焉,也常常从事那"过高的、费时的、无用的跳跃"。因而他只能在赛马场上使他的愿望有的放矢。

这个赛马场同时也是个剧场,这就形成一个谜团。然而,这神秘的场所和卡尔·

罗斯曼脱尽神秘、清晰透明、纯而又纯的形象却是相融合的。卡尔·罗斯曼清纯透亮，即没有什么特性。正如法朗兹·罗森茨维格(Franz Rosenzweig)在《赎救之星》中说的，中国人在精神方面"脱去了个人的特性。智者的概念模糊了性格的个体性，孔子便是一个经典的范例。他是一个真正无个性的人，即一个众庶皆备于我的人……赋予中国人明显特性的是与个性不同的东西———一种极原初的感情的纯净"。无论我们在理念上如何解释，这种感情的纯净可以用来精微地衡量姿态举动。俄克拉荷马自然剧团使人联想到拿腔作态的中国戏剧。这戏剧最有意味的功能之一是把事件消解进举动姿势的组成部分。我们甚至可以进一步说，卡夫卡大部分短文和故事只有在俄克拉荷马自然剧场搬演成举手投足的姿态时，才能充分地轮廓清晰。唯其如此我们才能确认，卡夫卡的全部作品构成了一套姿势的符码。对于作者，这符码起初并没有明确的象征意义，但他在变换流转的语境和组合的尝试中力求获得这种意义。戏剧便是这种组合理所当然的场所。在一篇未发表的论《弑兄案》的评论中，文纳·克拉夫特极有见地地把这个小故事视为景观的事件。"剧情就要开始，实际上由铃声宣布，这都顺理成章地发生了。维斯离开他办公室所在的大楼。作者清楚地表明，门铃'太响，不像门铃声，铃声响彻城镇上空，直冲云天'。"恰如这铃不像门铃，其声响彻云霄，卡夫卡人物的举止姿态对我们习以为常的环境也过于强烈，闯进了更广阔的地域。卡夫卡的驾驭水平越高，就越是拒绝让这姿势适合日常情境，越是不予解释。我们在《变形记》(*The Metamorphosis*)中读到，"从桌上，自上而下对雇员说话，是个奇怪的姿态，而老板耳背，雇员还得靠上前。"《审判》就已经放弃了描述心理动机。在最后一章，K 停留在教堂座位的第一排，"但牧师似乎还觉得他离得太远，伸出一双手用弯曲的食指指着讲坛前某处。K 按这指示上前，在那块地方他得把头远远地往后仰才能看到牧师。"

马克斯·布洛德说过，"对于他，十分重要的、具有那种现状的世界是隐而不显的。"卡夫卡对姿态最是视而不见。每个姿势本身都是一个事件，甚至可以说是一出戏剧。这戏剧发生的戏台是世界剧场，冲着天堂开放。另一方面，这天堂仅是背景，欲探索其内在法规就如把戏台的布景画镶上框架，挂在画廊供人欣赏。如艾尔·格里克(El Greco)，卡夫卡在每个姿势后面撕开一片天空；也如格里克这位表现主义艺术的典范,姿态在卡夫卡那里最为关键,是事件的中心。对敲响别墅大门有责任的人吓得走动时身躯都弯曲起来,这是中国演员表演恐惧的方式,但并没有人惊惧。在其他篇章中 K 自己也进行一些表演,但并没有充分自觉。"慢慢地,他的眼睛并不往下看,而是谨慎地抬起。他从桌上取下一份文件,搁在手掌上,慢慢将文件交给那位先生,同时自己也站起来。他心中茫茫然,做出这姿势只是觉得一旦他提交了彻底免罪的请求,就得如此动作。"这动物似的姿势糅合极端的神秘于极端的简洁。我们可以读了很多卡夫卡的动物故事而浑不知这些故事根本不涉人事。当我们遇见动物的名字,像猴子、狗、地鼠,我们从书中惊起,意识到这已远离人世的大陆。卡夫卡总是如此,他使人的姿势剥离传统的支持,然后提供一个令人寻思不尽的命题。

奇怪的是,即使发端于卡夫卡的哲理故事,这种寻思也绵绵无期。以《在法律面前》这一寓言为例。读过《乡村医生》的读者,也许对故事中混沌不明之处印象极深。但这会将他引到此寓言里卡夫卡有意要诠释的所在,让他深思不绝吗?《审判》中的牧师是这么做了。在一个意味深长的时刻,似乎小说除了寓言的展开别无他旨。"展开"具有两层意义:蓓蕾绽开为花朵,此一义。但我们教小孩折叠的纸船一展开就成一纸平面,此第二义。后一的展开真正适于寓言。将寓言展开抚平,把意义攥在手心,这是读者的快乐。然而,卡夫卡的寓言则是前一义展开,如花蕾绽开成花朵。这就是之所以他的寓言的效果类似诗章。这并不是说他的散文篇什完全属于西方散文形式的传统。它们之于哲理教训,更近似犹太法典的传说之于法律经典。他的散文不是寓言,但又不容许望文生义。它们易于延引摘录,可以用于澄清意义。但是,我们何尝拥有卡夫卡的寓言故事可以阐明的教训,拥有 K 的姿态和动物的举止可以澄清的哲理?这哲理教训根本不存在。我们只能说时不时发现一些暗示:卡夫卡也许会说这是传递教训的遗迹,而我们也同样可以将其意义视为预备哲理的先兆。无论如何这关乎人类社会中如何组织生活和工作。此问题对卡夫卡愈是晦暗难解,他愈是穷追不舍。如果拿破仑在艾福特与歌德的著名谈话中认为政治可以取代命运,作为这观点的翻版,卡夫卡将社会结构视为命运。不仅在《审判》和《城堡》中卡夫卡在庞大的官僚等级制中面对这命运,而且在更具体的、艰巨得无法估量的建筑工程中也瞥见命运。在《中国的长城》(*The Great Wall of China*)中他描述了这令人敬畏的建筑计划的模式。

"这城墙将作为防卫,应历时久远。因此建筑上精益求精,运用了记载中所有时代、所有民族的建筑智慧。建筑者的个人责任感不可一日松懈,这是完成工作不可缺少的条件。当然,搬土运石的劳役可雇用目不识丁的劳工,国人中男人、女人、儿童,凡是想卖力挣钱者皆可征用。但即使是监督四个劳工也要有一个经过建筑行业训练的人……我们——这里我以众人的名义说话——并不了解自己,直到细读了上方的指令才顿开茅塞。我们于是发现,没有这个领导,无论我们的书本知识还是常识都不足以承担通力合作的整体计划中最微小的任务。"这样的组织有如命运。梅特尼科夫(Metehnikoff)在他著名的《文明和历史河流》中勾画了这种巨型组织。他的文字可以出自卡夫卡的手笔。"大运河和黄河堤坝,"他写道,"肯定是几世几代精密组织的联合劳作所成。在这种不寻常的情况下,挖沟或筑坝时最微小的不慎和自私的行动,都会成为社会性的罪恶,变成广泛社会灾祸的源头。结果,一条赋予生命的河流,以死亡的痛苦为代价,要求大多互不相识,甚至互怀敌意的人群紧密地、长期地合作。它给每个人判以苦役。这工作的用途只有经漫长的时间才能揭晓,其设计对一个普通人来说常常是不可理喻的。"

卡夫卡愿为普通人中的一员。他时时处处被拥挤到理解的极限,他也喜欢把别人推向这极限。有时他似乎与陀思妥耶夫斯基的大判官一样声称:"这样我们面对着一个无法理解的奥秘,我们才有权传布它,让人民懂得,重要的不是自由和爱,而是谜团,是秘密,是他们必须俯首听命的神秘,要俯首听命,无须思考,甚至可以昧着良心。"卡夫卡并不总是回避神秘主义的诱惑。他日记中有一则写到他遇见鲁道夫·施坦纳(Rudolf Steiner)。在发表的版本中这段描述至少并不反映卡夫卡对施坦纳的态度。他是避免采取明确的立场吗?他对待自己作品的态度当然不排除这一可能性。卡夫卡有为自己创造寓言的稀有才能,但他的寓言从不会被善于明喻者所消释。相反,他尽一切可能防备对他作品的诠释。读者在他作品中得小心谨慎而行。我们得牢记卡夫卡诠释上述寓言时显示的阅读方式。他的遗嘱是另一个例子。鉴于当时情形,卡夫卡要销毁他的文学遗著的嘱咐真是深不可测,应与法律前的守门人的回答同样仔细地推敲掂量。兴许，卡夫卡在世时每天都困扰于不可解决的行为方式问题，困惑于无从译解的言传交流，临终时有意让他同代人尝尝他们自制的药丸。

卡夫卡的世界是人世的剧场，他认为人一生下来就上了戏台。布丁的真味在于人人都被俄克拉荷马剧团录用。入门的条件是什么无从确定。表演才能是最明显的标准，却好像无足轻重。但这可以用另一种方式表达：申请人所应具备的条件是能自我表演。他们若有必要能够达到自称能胜任的角色，这已是不可能。扮演这些角色的人们在自然剧场中寻求一个位置，恰如皮兰德娄（Luigi Pirandello）的六个人物寻找一个作者。对所有这些人这个剧场是最后的庇护所，亦不失为他们的拯救。拯救并不是存在的奖金。如卡夫卡所言，对一个前程"被自己的前胸骨阻塞的人"，拯救是最后的逃脱之径。这剧团的法则包含在《致学院的报告》中的一个不起眼的句子里："我模仿人们，因为我在寻找出路，别无他意。"在审判结束前，K多少领会了这一层。他突然转向戴着大礼帽来押他的两位先生，问道："'你们在什么剧团演戏?''剧团?'一位先生问道，嘴角痉挛抽搐，转向同伴欲求解答。但这人的反应却像个哑巴挣扎着克服顽疾。"两个都没回答这问题，但很明显问题击中了要害。

在覆盖白布的长桌边所有参加自然剧场的人都吃饱喝足了。"他们都又高兴又兴奋。"为了庆祝，跑龙套的扮演天使。天使站在有飘洒装饰、内设梯子的高台上：这些乡村教堂的集市节目，或者儿童的表演，也许扫净了前面提到的穿得紧绷绷、镶边极繁复的男孩眼中的哀愁。但由于翅膀由绳子扎上，这些天使兴许是真的。这些天使的前身已在卡夫卡的作品中出现。其一是个表演杂技的主持人。他爬上行李架，挨近一个在荡秋千、为"初次哀愁"所困扰的艺人。主持人抚摸他，把脸贴上艺人的脸，"结果沾湿了艺人的眼泪"。另一个是守护神或法律监护人，在"弑兄事件"之后护卫着凶犯史玛，将他带走。他们蹑足轻步，史玛的"嘴紧压在警官的肩头"。卡夫卡的《美国》以俄克拉荷马的乡村典仪终结。"在卡夫卡那里"，索玛·摩根斯特恩（Soma Morgerstern）说，"有种乡村的气息，所有宗教创始者亦如此。"老子对虔诚的表达于此更富意味。卡夫卡在《邻村》中提供了完美的描述。"邻村或依依可见，鸡犬之声相闻。据称乡民足不远行，终老而亡。"这就是老子。卡夫卡写寓言，但他并没有建立宗教。

我们可以看看城堡山脚下的那个村庄,K宣称的土地丈量员的职业从此处那么神秘而出其不意地得以证实。马克斯·布洛德在《城堡》的跋语中提到,卡夫卡描写城堡山脚下这村庄,心里想的是一个具体的地方:位于艾兹·盖堡格的苏劳。然而我们就中能辨认出另一个村庄。这是犹太教法典的传说里的一个村庄。一位犹太教士在回答为什么犹太人在星期五预备过节晚宴的问题时叙述了这个传说。传说中一位公主流离家园亲人,远居一个村落,不懂当地语言,日日香消玉殒。一日,公主收到一封信,说她的未婚夫并没有忘怀她,已经上路来此地接她。这未婚夫,教士说,就是救世主弥赛亚。公主是灵魂,她住的村庄是躯体。她为未婚夫准备了一顿饭。因为在她不懂语言的村里这是唯一可以表达快乐的方式。这个犹太法典中的村庄深扎于卡夫卡的世界。现代人生活在他的肉体中,恰如K住在城堡山下的村庄。肉体剥脱、离他而去,对他怀有敌意,兴许一个早晨醒来,发现自己变成了虫豸。流放,他自身的流放,已经完全统摄了他。这村庄的气氛在卡夫卡周遭飘忽,这就是他为何无意建立一个宗教。乡村医生的马匹居住的猪圈;克兰嘴上叼着雪茄。枯坐饮啤酒的那间闷人的密室;一叩响必致灾祸的别墅大门——所有这些都属于这个村庄。村庄的空气染上了衰败、烂熟老朽的成分,带有构成这种腐臭杂烩的因素。这就是卡夫卡一生在其中呼吸的空气。他既不是预言家又不是宗教奠基人,怎么能在这种空气中幸存呢?

驼背侏儒

很久以前,人们了解到,克努特·哈姆松(Knut Hamsun)经常在他住处附近那座小城的地方报纸的读者信箱栏里发表自己的见解。就在数年前,在这座小城里,陪审法庭审判了一个杀死自己新生婴儿的侍女。她被判处监禁。不久之后,这家地方报纸发表了哈姆松的意见。他宣称自己将离开这座城市,因为它没有对那个杀害自己婴儿的母亲判以最严厉的刑罚——即使不是绞刑,也得判无期徒刑。光阴荏苒,又过了数年。《大地福音报》照旧出版发行,又报道了关于一个侍女犯了同样罪行的消息,她受到了同样的惩罚,如读者清楚地看到的那样,当然不应该受到最严厉的惩罚。

卡夫卡在《中国的长城》一文中留给我们对此的反应,促使我们有必要回忆一下这个事件,因为未及这部遗著出版,就有人针对这些反应写出了卡夫卡评论,热衷于对这些反应做出解释,是为了在他的主要著作上少花点力气。对卡夫卡的著作做出根本错误的评价的有两条途径:顺乎自然的评价是其一,超越自然的评价是其二;这两种方式——不论是心理学分析方式,还是神学分析方式,同样都没有抓住本质的东西。第一种方式以赫尔穆特·凯泽(Hellmuth Kaiser)为代表,采取第二种方式的现在有为数众多的作者,如汉斯-约阿希姆·舍普斯①、伯恩哈德·朗格、格勒图森②。维利·哈斯③也应归属于这一派,虽然他从一些我们将要论及的较大的方面提出了一些关于卡夫卡的颇有启示的看法。然而,这也未能阻止他根据一种神学的模式来解释卡夫卡的全部著作。他对卡夫卡作了这样的评论:"他在其伟大的长篇小说《城堡》中表现的是上层的权势,即仁慈的范畴,而在另一部同样是伟大的长篇小说《审判》中表现的倒是下层的权势,即法庭和惩罚的范畴。在第三部长篇小说《美国》中,则尝试着以极严格的文体表现这两者之间的范畴,即尘世间的命运及其向人提出的极高的要求。"我们可以把这一评论中的第一部分看作是自布洛德以来的所有卡夫卡评论的共同财富的一部分。比如,伯恩哈德·朗格就根据这种观点写道:"只要可以把《城堡》视为仁慈的所在地,那么,从神学的角度来看,这种徒劳的努力和尝试只能意味着上帝的仁慈是无法由人随意地得到和强行取得的。烦躁与心急只会妨碍和打搅神圣的平静。"做这样的解释是很容易的;然而,根据这种解释,越向前去探索,就越显然是站不住脚的。最清楚不过的是维利·哈斯,他曾说过:"卡夫卡既是克尔恺郭尔(Kierkegaard)又是帕斯卡④的……产物,甚至可以称他为克尔恺郭尔和帕斯卡的唯一合法继承人。这三个人探讨的是一个同样艰难、极其困难的宗教上的基本问题:人在上帝面前永远是无理

---

① 舍普斯(H.J.Schoeps),德国哲学家,生于1909年,1947年起任教授,讲授宗教、精神史,著有《犹太宗教哲学史》。
② 格勒图森(Bernhard Groethuysen, 1880—1946),德国哲学家,先在柏林任教授,后迁居巴黎,著有《法国革命的哲学思想》等。
③ 哈斯(Willy Haas, 1891—1973),德国文学评论家,电影剧作家。第二次世界大战期间流亡布拉格,是卡夫卡在文学界的朋友之一。战后,担任《世界报》文艺评论员。
④ 帕斯卡(Pascal, 1623—1662),法国科学家、思想家、散文作家。

的……卡夫卡的上层世界,他的那个所谓《城堡》以及那些不可捉摸的、庸庸碌碌的、难以对付的和十分贪婪的官吏们,他的那个奇怪的天堂——这一切正在同人进行着一场十分可怕的游戏……可是,人甚至在这个上帝面前也是根本无理的。"这种神学甚至远远落后于安塞姆·冯·坎特伯雷①的论证学说,属于粗疏的空论范畴,而且甚至同卡夫卡原话的意思根本不相符。《城堡》恰恰写道:"单个的官吏能够宽恕人吗? 这,也许只有当局才能做到,然而,看来当局也不能宽恕,只能进行判决。"这样的路,很快就会自行堵塞,变成死路的。德尼·德·隆日蒙(Denis de Rougemont)认为:"所有这一切并不是心中没有上帝的人的悲惨境遇,而是这样一种人的悲惨境遇:他们尽管依附于一个上帝,然而,由于他们不明了基督教义,所以并不了解这个上帝。"

从卡夫卡遗留下来的笔记中得出一些推论性结论,比哪怕只阐明一个在他的长篇和短篇小说中所出现的母题还要容易。但是,只有这些母题才能提供理解卡夫卡在创作中所探讨的这些史前时期暴力的某些启示;这些暴力当然完全可以被看作是当今世界的暴力。而且有谁能说出,对卡夫卡说来,它们是以什么名义出现的? 只是一点是肯定的:他未能弄清楚它们。他并不了解这些暴力。只是在史前时期以犯罪这种形式置于他面前的镜子中,他看到的未来是以一种法庭(它支配着这些势力)形式出现的。应该怎样认识这个法庭——这是否就是上帝的最后审判? 它不会把法官变成被告吧? 这种审判不就是一种惩罚吗? ——对此,卡夫卡并未给予回答。难道他是在期望这种审判能有所作为吗? 还是他更希望将其推迟? 在他遗留给我们的故事中,叙述体重新赢得了在谢荷拉查德嘴里所具有的作用:使即将发生的事推迟到来。在《审判》中,拖延成了被告的希望:愿诉讼不要演变成判决。拖延甚至对族长也是有益处的,尽管他不得不因此交出自己的传统地位。"我可以想象有另外一个亚伯拉罕(Abraham),他当然不可能当上族长,甚至连旧衣商都干不了,不过他会像一个餐馆跑堂那样乐于殷勤地满足祭献者的要求。但是,他无法敬献任何供奉,因为他丢不开家,他是不可缺少的人物,家中的一切都需要他去照管,天天都有事要他决定,房子尚未造好,而在房子未建成的情况下,

---

① 坎特伯雷(St. Anselm of Canterbury, 1033—1100),英国大主教,前期经院学派的重要哲学家,提出了关于知识、教会和国家等方面的学说。

没有这个后盾，他是不可能离家外出的，连《圣经》也看出了这一点，说道：'他要管家。'"

这个亚伯拉罕"像餐馆跑堂一样殷勤"。对卡夫卡说来，始终只能从人们的姿态中去捕捉某种东西。而这个他所不理解的姿态，恰恰构成了比喻中的晦暗不明之处。卡夫卡的作品正是从这种姿态中产生的。他对自己的作品采取了何等谨慎的态度，这是众所周知的。他在遗嘱中托付后人将它们付之一炬。这个遗嘱是任何研究卡夫卡的人都无法回避的。它还告诉我们，作者对自己的作品是不满意的；他认为自己的努力是失败的；他把自己归并到那些注定要失败的人之列。而失败的却是他的了不起的尝试：即把文学作品变成学说，并使作为比喻的文学作品重新赢得那种他认为是唯一适合于它的经久性和朴实性的特点。没有任何一位作家像他那样认真地履行了"你不要为自己画像"这一信条。

"羞耻似乎要比他存在得更为长久"——这是《审判》的结束语。这种同他的"洁身自好的感情"相一致的羞耻感，是卡夫卡的一个极强烈的姿态。不过，它有两面性：作为人的一种内在反应的羞耻，同时也是一种社会现象。它不仅可以是在他人面前感到的羞耻，而且也可以是为他人而感到的羞耻。这样，卡夫卡的这种羞耻感同控制它的生命和思想相比，同他个人的关系并不更为密切。关于生命与思想，他曾说过："他并不是为了他个人而活着，他并不是为了他个人在思考着。他似乎是在为维持一个家族而生活和思考……为了这个不熟悉的家庭……也不能将他解雇掉。"这个不为人们所熟悉的家庭是怎样由人和兽构成的，我们不知道。不过，有一点是明确的，即促使卡夫卡通过写作去触动时代的正是这个家庭。遵循这个家庭的嘱托，他像西西弗斯①搬动石头那样滚动着历史事件的重负。这样，历史事件中为人们所看不到的一面见了天日。这一面，看上去令人不舒服，不过卡夫卡忍受得了，敢于目睹。"相信进步，并不意味着相信进步已实现。这样的信念不能成其为信念。"对卡夫卡说来，他所生活的时代并不比原始时期更进步。他的长篇小说表现的是一个沼泽世界，他笔下的人物还处于巴赫芬②称之为乱伦的阶段。这个阶段被遗忘了，并不表明它没有延续到现阶段。相

---

① 西西弗斯(Sisyphus)，希腊古代神话中的一个暴君，死后附入地狱，被罚推石上山，当石头临近山顶时又滚落下来，他又得重新再推，如此循环不已。

② 巴赫芬(Bachofen, 1815—1887)，瑞士法律学家和文化史学家，以其《母权》一书奠定了比较法学的基础。

反,它正是通过遗忘延伸到现代。一个比一般人的经验更为深邃的经验发现了它。"我有这样的经验,"卡夫卡在最早期的一篇文章中这样写道,"我说,这是陆地上的一种晕船病,并不是开玩笑。"难怪他的第一篇《观察》就是从写秋千开始的。卡夫卡对经验的摇摆特性进行了不懈的探讨。每一个经验都会做出让步,都会与对立的经验混同起来。"那是夏季的一个烈日,"《敲院门》开头这样写道,"我同妹妹在回家途中路过一个院子的大门。我说不清楚她是出于恶作剧或是漫不经心敲了一下门,还是仅仅举起了拳头想敲而未敲。"如有第三种可能性,就会使人们对前边发生的、起初是毫无恶意的两种动作产生另外一种看法。这是一种滋生经验的泥沼地,而卡夫卡笔下的女性形象正是从这样一些经验中产生的。她们都是一些沼泽地滋生物,如莱尼,她使劲地把"右手的中指和无名指"拉开,"使得它们之间的皮一直扯裂到两只短短的手指的最上端的关节。""那是美好的时光,"态度暧昧的弗丽达在回首往事时这样说道,"你从没有问起过我的过去。"而恰恰是过去可以把人重新引向那黑暗的深夜,夜里在进行交媾,其"放任不羁的频繁程度",用巴赫芬的话来说,"那是为天下任何光明纯洁的势力都感到憎恶的,也是完全有理由用阿尔诺比亚斯①说的'低级的享乐'来称呼它的。"

只有从这点出发,才能理解卡夫卡作为小说家所使用的技巧。当小说中的其他人物要对 K 讲点事情时,即使是极重要或最令人感到意外的事,他们也总是顺便说出来,而且用这样一种方式:仿佛他实际上早已知道了这些事似的,仿佛没有什么新奇的东西,无非是以不惹人注目的方式提醒这个主人公再想起他已忘却的东西而已。从这个意义上讲,维利·哈斯对《审判》的进程的理解是很正确的,他说:"《审判》所写的对象,即这部令人难以置信的著作的真正主人公是忘却……这本书的主要特征就是把自己也忘记了……在这里,它自己也成了无声的形象,即这个被告形象,一个具有强烈思想感情的形象。""这个奥秘的中心……产生自然犹太教",大概是不容置疑的。"在这里,虔诚精神作为记忆力起着非常神秘的作用。耶和华有着非常可靠的记忆力,'一直保持到第三代和第四代',甚至到'第一百代',这不是耶和华的某一特征,而是他的最突

---

① 阿尔诺比亚斯(Arnobius,约 3 世纪下半叶至 4 世纪前三分之一),拉西语作家,修辞学教授。

出的特征。最神圣的宗教仪式……就是要从记忆的书本中把罪恶抹掉。"

被遗忘的东西,从来不仅仅是指个人的东西。有了这一认识,我们就可以向着卡夫卡著作的门槛再迈进一步了。任何被遗忘的东西都是同史前时期被遗忘的东西混淆在一起的,通过无数非持久性的、变化无常的结合,不断制造出新的产物来。遗忘是一个大容器,卡夫卡作品中那种无尽头的中间世界就是从这里显露出来的。"在他看来,丰富多彩的世界恰恰是唯一真实的东西。所有精神的东西,要想在这里也能得到一席之地和存在的权利,必须是实实在在的,分门别类的。精神的东西,只要还能起一定的作用,就会变成精灵。而精灵又会变成只顾个人的个体,自我命名,并特别感激崇拜者的名字……众多的精灵无所顾忌地使得丰满的世界变得更为丰腴……蜂拥的精灵在这里无忧无虑地繁衍着……新的精灵不断变成老的,所有的精灵的名称又各不同。"当然,这里讲的不是卡夫卡,而是中国。弗兰茨·罗森茨威格①在《解救之星》一书中就是这样描述中国的祭祖活动的。不过,对卡夫卡说来,他的祖先世界像那个他认为是由重要事实构成的世界一样无法预测,只有一点是肯定的,这就是他的祖先世界像原始人的图腾一样蜕化成为动物。不过,动物不仅在卡夫卡的笔下是被忘却的东西的收容器。在蒂克②寓意深长的《金发的艾克贝尔特》中,一只小狗的被人遗忘的名字——斯特罗米,就成了侦破一件诡秘的犯罪案的暗号。这样,人们也就可以理解,为什么卡夫卡总是不懈地设法从动物身上窥探出被遗忘的东西。写动物当然不是目的,但是没有它们是不行的。请看《饥饿艺术家》,这个艺术家"严格说来无异于通往牲口圈途中的一个障碍"。难道人们没有见过动物在"筑巢穴"或"鼹鼠"在挖洞时做无谓的思考吗?不过,从另一方面来看,这种思维又表现为某种极为心不在焉的东西。动物总是迟疑地从一种忧虑转向另一种忧虑,试探着各种危险,表现出反复无常的绝望情绪。在卡夫卡的作品中还出现过蝴蝶,那罪行累累、却又不肯认罪的"猎人格拉叔变成了一只蝴蝶"。"请不要笑",猎人格拉叔说。有一点是可以肯定的:在卡夫卡塑造的所

———————————

① 罗森茨威格(Franz Rosenzweig, 1886—1929),德国宗教哲学家和教育家,主张恢复犹太教传统,主要著作有《解救之星》。
② 蒂克(Tieck, 1773—1853),德国早期浪漫主义作家。作品有童话、小说、戏剧等。

有形象中,动物是最爱动脑子思考问题的。如果说贪赃枉法是司法界的特征,那么,它们思考的特征就是恐惧。恐惧成事不足,败事有余,然而却不失为唯一的希望,由于最容易被遗忘的异体是我们的身体——自己的身体,所以人们也就可以理解,为什么卡夫卡把来自内脏器官的咳嗽称之为"动物"。咳嗽是大的兽群中最前列的岗哨。

史前时期在卡夫卡身上通过罪过制造出来的最奇特的杂种就是"奥德拉代克"。"它乍看上去像是一个平整的、星状的卷线轴,实际上是用线缠成的,不过用的全是些各式各样的和五颜六色的断了头、重新接起来的、相互编织在一起的旧线头。它不单单是一个线轴,而且从星星的中心还有一根横棒突出口来,在右上角还有一根小棒,同这个小横棒相连接。在一侧有了这最后一根小棒,在另一侧靠着星星射出的光芒,整个东西就可以双脚直立了。"奥德拉代克"经常变换地方,时而来到阁楼上,时而逗留在楼梯间、走廊里、通道上"。也就是说,它喜欢去的正是法庭追查人们犯罪的地方。阁楼是堆满弃物、被遗忘的地方。也许,要人们来到法庭前受审的这种强制行为,会引起类似的感觉,如同强制人们走近一个置于阁楼上的、尘封多年的箱子一样。人们非常希望这件事能尽可能向后推迟,直至 K 认为他的辩护词写得恰当有力,"让那位变得童稚的先生到退休之后再去干这件事"。

奥德拉代克是处于被遗忘状态的事物所具有的形式。这些事物都是变了形的。变了形的还有"家长的忧虑",无人知道它是什么;还有那个大甲虫,我们只知道它所表现的是格里高尔·萨姆沙;还有那个大动物,半羊半猫,也许只有"屠夫的刀才能找到解决办法"。不过,卡夫卡的这些人物形象都是通过一系列形态同最原始的变形形象——驼背人——紧密相连的。在卡夫卡的短篇小说的人物形象中,没有哪一个人物比那个把头深深地垂到胸前的人出现得更频繁了。这就是法官们的倦意、旅馆接待处的喧嚣声、画廊参观者戴得低低的帽子。然而,在短篇小说《在流放地》中,当权者却使用了一种旧式机械,在犯人的背上刺花体字,笔画越来越多,花样繁多,直到犯人的背清晰可见,犯人可以辨认出这些字体,从中看到自己犯下的、却不知道的罪名。这就是承受着罪行的脊背,而卡夫卡的背上是一直承受着它的。他在早期的一篇日记中这样写道:"为了使身子尽可能沉一些——我认为这对入睡是有好处的,我将双臂交叉抱起来,把双手置于双肩上,像一个被捆绑起来的士兵躺在那里。"在这里,负重与(睡觉人的)忘却是同时并进的。在《驼背小人》中,有一首民歌表达了同样的意境。这个小人儿过的是一种被歪曲了的生活;当救世主来到时,他就得消失,因为教士说过,救世主不愿用暴力改变世界,只想对它稍加整顿。

> 我走进自己的小房间,
>
> 想上我的小床睡一觉,
>
> 一个驼背小人儿站眼前,
>
> 见了我开始笑。

这就是奥德拉代克的笑声,"听起来像是落叶的沙沙声。"

> 我跪在小凳儿上,
>
> 想做一会儿祈祷,
>
> 一个小人儿站眼前,
>
> 见了我开始把话讲:
>
> 可爱的小宝宝,我请求你,
>
> 也为这个驼背小人儿来祈祷。

这首民歌是这样结尾的。卡夫卡在深沉之处探触到了基础,这个基础既不是"神话的预知",也不是"存在的神学"提供给他的;它既是德意志民族性的基础,又是犹太民族性的基础。即使卡夫卡没有祈祷过——这是我们所不知道的,他至少也是一个明察秋毫的人,马勒勃朗士①即称此为"灵魂的自然祈祷"。正如那些信奉神灵的人把自己的一切都倾注到祈祷里一样,卡夫卡使自己的人物都同自己的灵魂息息相通。

---

① 马勒勃朗士(Malebranche, 1638—1715),法国哲学家、牧师、偶因论的主要代表者之一,著有《论人类精神的真理或特点》(六卷)。

桑丘·潘沙

　　一个故事说到,在一个信仰犹太神秘宗的(Hasidic)村庄,安息日夜晚,犹太人聚在一家破陋的客栈。他们都是本地人,只有一个无人知晓、贫穷、衣衫褴褛的人蹲在房间的暗角上。客人海阔天空地闲聊,随后有人建议每人都表白一个愿望,假定能如愿以偿。一人说他想要钱,另一个说想有个女婿,第三个梦想有张木匠新打的长椅。这样每人都轮流说了自己的愿望。表白完毕,只剩下暗角里的乞丐没说。他很不情愿、踌躇再三地回答了众人的询问;"我愿是一个强权的国王,统治着一个大国。一天夜里,我在宫殿里熟睡时,一个仇敌侵犯我的国家。凌晨他的马队闯进我的城堡,如入无人之境。我从睡梦中惊起,连衣服都来不及穿,身披衬衣就逃走了。我翻山越岭,穿林过溪,日夜跋涉,最后安全到达这里,坐在这个角落的凳子上。这就是我的愿望。"座中面面相觑,不知所以。"那这对你有什么好处呢?"有人问。"我会有一件衬衫。"他答道。

　　这个故事把我们带到卡夫卡世界的氛围。有谁能说弥赛亚之使命所要匡正的扭曲仅仅将来某日会影响我们的空间? 这些扭曲无疑也是我们时代的扭曲。卡夫卡对此一定会意。由于他对此坚信不疑,便让《邻村》中的老爷爷说:"人生苦短,回顾一生,生命被缩得那么短,简直无法理解。举个例,一个年轻人决定骑马到邻近的村庄,居然毫不担忧,因为不但可能会出事,就连平安度过的整段正常生命都完全不够担当这段旅途。"这老者的兄弟就是那个乞丐,此人"平安度过"他"正常"的生命,连祝愿的时间也没有。但他因陷入不正常、不幸的生活而免去了祝愿。此不幸就是故事中他要经历的逃亡。他以发愿代替了愿望的实现。

　　卡夫卡创造物中有一族群,他们以奇特的方式对付生命的短暂。这群人来自"南方的城市……据说:'住在那儿的人根本不睡觉,——真不可想象!'——'为什么不睡?'——因为他们不会累,——'怎么不会累?'——'因为他们是傻子。'——'傻子不会累吗?'"可以看出,傻子类似不知疲倦的助手角色。这族类还不仅如此。有人说助手的脸是"成人或学生的脸"。实际上,卡夫卡作品中在最奇怪之处出现的学生是这个族类的代言人和领袖。"'可是你什么时候睡觉?'卡尔问,惊奇地瞅着那个学生。'哦,睡觉!'学生说,'我得先做完功课再睡觉。'"这使人想起小孩不情愿上床睡觉。毕竟,睡时总有什么与他们相关的事会发生。"别忘了要顶好的!"我们从浩繁的老故事中熟知这个说法,尽管它并不出现于任何一个故事。但遗忘包含了绝妙的东西,因为它意味着赎救的可能。"帮助我——这想法是一种病症,需要卧床休息才能治",猎手格拉叔不安分、游荡的鬼魂嘲弄地说。学生学习时是醒着的,也许保持警醒是这些研习的最佳处。绝食艺术家拒食,守门人缄口不言,学生警醒,这是禁欲主义的伟大法则在卡夫卡那里的运作方式。

这些法则的绝顶成就是研习。卡夫卡充满敬意地将这成就从遗失已久的孩提时代挖掘出来。"很像这情景:那是很早以前,卡尔坐在家里,伏在父母的桌上写作业,父亲在读报,或为某机构算账复函。母亲忙着缝纫,从手中的布料里伸手穿针引线。为了不打扰父亲,卡尔只把作业簿和写作材料搁在桌上。把所需的书籍放在他两边的椅子上。那是多么安静啊!真是来客稀少!"也许这些学习算不了什么,但是接近那种唯一能致用的空寂,就是"道"。这就是卡夫卡的追求,他有心以煞费苦心的技术"抡锤打出一张桌子,同时又无所事事。并不像人们说的,'抡锤对他来说是小意思','抡锤是真正地抡,同时又空寂无物'。这样抡起锤来胆更大,更坚定,更真实,或者说更狂热"。这就是学生学习时坚定、狂热的神态,是最怪诞的神态。抄写员、学生总是气喘吁吁,一路奔跑。官员常常如此低声口述,又迅速坐下写出。紧接着又跳起,一而再,再而三。多奇怪,简直无法理解!想想自然剧场的演员也许会更易理解。演员得迅速领会提示,在其他方面也像那样煞费苦心的人物。的确,对于他们抡锤子是真正地抡,同时又是空寂,只要这是角色的一部分。他们研习这角色,只有蹩脚的演员才忘记台词或动作。对俄克拉荷马剧团的演员,所扮角色是他们早期的生活,因而是自然剧团中的"自然"。其演员已被赎救,但学生却没被救。卡尔静静地在阳台上观察这学生读书,他"翻着书页,闪电般地操起一本书,频频在笔记本上做笔记。他伏案疾书,脸惊人地贴近纸张"。

卡夫卡以此方式不倦地呈现"姿态",但每每为之震惊。K与好兵帅克相比较十分恰当。一个事事惊异，另一个则万事无动于衷。电影和留声机发明于人与人的关系最为疏离的时代，无法预测的中介、间接关系成了唯一的人际关系。有试验证明人们在银幕上认不出自己的行走姿态，从唱盘上听不出自己的声音。主体在这种试验中的处境就是卡夫卡的处境。这将他导向学问。在研习学问中他会遭遇自身存在的东鳞西爪，那些仍适于角色范围的断片。他可以像彼得·席勒弥尔（Peter Schlemihl）抓住自己卖出的身影那样把握住失落的姿态。他可能会对自己有所理解，但需耗费多大的工夫！这是从遗忘之乡吹来的风暴，研习学问是向风暴冲杀的战骑。那个坐在客栈屋角的乞丐也这样骑向他的过去，以求在亡国君主的形象里把握自身。这种策马旅行长达一生，符合生命，然而生命又不足以担当这旅行……直到丢掉马刺，因为没有马刺；放弃缰绳，因为没有缰绳。眼前的大地如修剪整齐的草原，他却视而不见，马的头和脖颈都已丧失。这就是一个幸运骑士的幻想故事的圆场。这骑士踏上无牵无挂的欢快旅途，冲向过去，不再是赛马背上的负担。但遭殃的是拴在驽马背上的骑士，前途锁定，尽管封闭如煤窑——该死的畜生，倒霉的马和骑士。"坐在桶上，手握着桶把柄，勒住这最简易的缰绳，我费力地将自己推下楼梯。可一滚到底下，桶便翩然升起，美妙绝伦。趴着的骆驼在主人的棍棒下震颤，从地上爬起，也不见得如此绝妙。"没有比"冰山之域"更绝望的前景了，骑桶者就此灭绝，一去不返。从死亡的深渊吹来有益于他的风，与卡夫卡作品中常吹拂的史前世界的风相同。这风也推助猎手格拉叔的小船。"古希腊以及野蛮人在神秘仪式和祭祀时"，普鲁塔克（Plutarch）写道，"了解到注定有两种原初的精髓，两两对抗，一个指向左，一往直前；另一个则向后转，一径往回路。"回转是变存在为书写的学识的方向，其导师即"留律师"布瑟发勒斯（Bucephalus）。他沿来路回转，不顾强权配亚历山大，也就意味着摆脱了一往直前的征伐者。"他自行无碍，不与别的坐骑摩擦纠结。远离战事的喧嚣，在静谧的灯下翻阅我们古老的典籍。"

文纳·卡拉夫特写过一篇对这故事的诠释，悉心涉及文中每一细节。他写道，"对神话整体如此犀利强烈的批判在文学中是绝无仅有的。"据他看来，卡夫卡虽没用"正义"一词，但他批判神话的出发点恰恰是正义。一旦抵达这点而驻步不前，我们就面临误解卡夫卡的危险。他真的是用法律，以正义的名义来对抗神话吗？不。作为法学者,布瑟发勒斯仍从事其本行,只是他不像在做律师。在卡夫卡的意义上,这对布瑟发勒斯和律师职业大概是件新鲜事。被人研究却不再实用的法律才是通向正义的门径。

通向正义的门径是学识。然而,卡夫卡并没有给予这种学识以传统附加于犹太圣经研究的那种许诺。他描写的助手是失去了教堂的习事,他的学生丧失了圣典,因而在"无牵无挂欢快的"旅途上无依无靠。卡夫卡却成功地找到了他旅行的法则,至少有一次他成功地将旅行的惊人速度与一生追求的徐缓叙述相调和。他在一个短篇里表达了这点。这篇什是他最完美的创作,不仅仅在于是一个诠释。

"虽然他从未夸耀过,但桑丘·潘沙(Sancho Panza)在数年中大有成就。他在傍晚和深夜讲述了许多骑士游侠的浪漫故事,使他摆脱他称为堂吉诃德的魔鬼,以至于这魔鬼日后随心所欲地进行最疯狂的征伐。这些疯狂事迹没有先定的目标,尽管潘沙本人应是目标,但它们并不伤人。桑丘·潘沙自由自在,哲人似的跟随堂吉诃德南征北战,大概是出于某种责任感。因此他一直享受巨大而有益的娱乐,直至终身。"

桑丘·潘沙,这稳重的傻子,笨拙的助手,让他的骑士前行。布瑟发勒斯则比他的骑士活得还长久。是人还是马不再是紧要的事,只要能放下背上的包袱。

什么是史诗剧？[①]

轻松的观众

上个世纪的一位小说家这样说过："没有什么比躺在沙发上读一部长篇小说更能令人惬意的了。"这句话说明，一部叙述性的作品能给读者带来多么大的愉快。而看戏给人留下的印象则往往是相反的。人们可以想象到，这个人的每一根神经都是绷得紧紧的，全神贯注地追随着戏的故事情节。史诗剧的概念（这是布莱希特作为理论家在他的文学实践中创立的）首先表明：这种戏剧将使观众感到轻松，他们只是松弛地跟踪着剧情。当然观众始终是作为集体出现的，有别于独自看书的读者。这种观众，正因为是一个集体出现的，所以大多数都感到有必要迅速表态。但是，布莱希特却认为，这种表态应该是深思熟虑的，是轻松的表态，简而言之，应该是参与者的一种表态。因此，这种戏剧为观众准备了双重的对象。首先，故事情节能够让观众在关键的地方根据自己的经历进行检验。其次，演出应该遵循艺术要求处理得明了易懂（这种处理绝对不应该是"简单质朴"的；实际上要求导演具备艺术修养和敏感性）。史诗剧是面向"没有理由不进行思考"的参与者的。布莱希特从不忘记广大群众，这一提法，大体上

---

① 本文"What is Epic Theater"，德文原刊 *Mass und Weft*，1939。中译：君余。

可以表达广大群众对于思维的这种有条件的运用。使观众像内行一样对戏剧感兴趣，然而又绝不是通过单纯教育的途径，经过这样一番努力，是可以实现一种政治意图的。

故事情节

史诗剧应该"使舞台失去其题材上的耸人听闻的性质"。因此，对史诗剧来说，一个古老的故事情节，要比一个崭新的更适宜。布莱希特曾提出这样一个问题：史诗剧所表现的故事情节，是否应该是早已众所周知的。他对待故事情节就像是芭蕾舞教师对待女学生一样：首先要让她的全身关节尽可能放松。（中国戏曲实际上就是这样处理的，布莱希特在《中国的第四堵墙》[《今日的生活与文学》第 15 卷，1936 年，第 6 期]一文中，谈到了他从那里学到了些什么。）如果说，戏剧应该去寻找众所周知的事件，"那么，首先历史事件是最合适的。"对历史事件通过表演方式、解说牌和字幕进行史诗性的处理，可以使它们失去耸人听闻的性质。

布莱希特就是按照这种方式使伽利略的一生成了他的最后一部剧作的题材。布莱希特首先把伽利略表现成为一位伟大的教师。伽利略不仅教一门新物理课，而且是用新的方式去教授的。试验在他的手里，不仅是对科学的一种征服，而且是对教育学的一种征服。这出戏的主调不在于伽利略放弃他的学说；真正史诗性的情节，应该从倒数第二场的字幕所显示出来的内容中去找："1633 年至 1642 年，伽利略作为宗教法庭的囚犯，至死未中断过科学研究工作。他还是把自己的主要著作偷偷地从意大利封送出来。"

这种戏剧同时间的关系，完全不同于悲剧同时间的关系。由于人们在这种戏剧中更重视的不是结局，而是具体的事件，所以，这种戏剧所表现的内容可以是很长时间的事情。（过去的神秘剧就是这样。而《俄狄浦斯》或者《野鸭》①的编剧法恰恰构成了史诗剧编剧法的对立面。）

———————————

① 《俄狄浦斯》(*Odipus*)为希腊古典剧作家索福克勒斯的剧作；《野鸭》(*The Wild Duck*)是易卜生的剧作。——中译注

非悲剧性主人公

　　法国人的古典舞台在演员中间给地位显贵的人物留出应有的位置,让他们在舞台上坐在扶手椅上。在我们看来,这种做法是不适宜的。同样,按照我们所习惯的"戏剧性"概念,让一个无关的第三者作为头脑清醒的观察者,作为"思考着的人"参与到舞台发生的事件中来,也是不适宜的。类似的问题在布莱希特眼前多次浮现过。人们甚至可以说,布莱希特曾经做过这样的尝试,即把一个思考着的人,也就是说,把一个智者变成剧中主人公。人们恰好可以据此称他的戏剧为史诗剧。这种尝试在搬运工人加利·盖(Galy Gay)这个人物形象上进行得更为充分。加利·盖是《人就是人》这一出戏中的主人公,他不过是表现构成我们这个社会的各种矛盾的一个场所而已。也许从布莱希特的愿望来看,把一个智者作为表现矛盾辩证法的完美场所,并不是什么过于大胆的事。无论如何,加利·盖是一个智者。柏拉图可能早已发现了最高的人,即智者的非戏剧性。所以,他在其对话中只将智者引到戏剧的门槛——在《斐多若》(Phaidon)中引到表现耶稣受难剧的门槛。中世纪的耶稣,就像我们在教父那里可以看到的那样,也是智者的化身,是个非常出色的非悲剧性的人物。不过,在西方的世俗戏剧中,对非悲剧性人物的寻觅从未停止过,尽管理论家们常常并不完全同意,但是这种戏剧还是以不断更新的方式摆脱了权威性的希腊悲剧形象。这条重要的、但又是标志不明的道路("道路"一词在这里应理解为一个传统的形象比喻)在中世纪是由罗斯维塔①和神秘戏剧、在巴洛克时期是经格里菲乌斯(Gryphius)和卡尔德隆(Calderón)延续下来的,以后又是由伦兹(Lenz)和格拉贝(Grabbe),最后是由斯特林堡(Strindberg)体现的。而莎士比亚戏剧则是这条道路旁边的纪念碑。歌德在其《浮士德》第二部中也走到这条道路上来。这是一条欧洲的、但也是一条德国的道路。与其称之为一条大路,毋宁称之为羊肠小道和隐秘小路,中世纪和巴洛克时期的戏剧遗产正是在这条小路上

---

① 罗斯维塔(Roswitha Von Gandersheim,约 935—1002),修女,德国最早的女诗人,曾模仿泰伦茨创作过宗教剧。——中译注

传到我们手里的。今天这条小路,不管它是多么杂乱、荒凉,已经又在布莱希特的戏剧中出现了。

中断

布莱希特以其史诗性戏剧同以亚里士多德的理论为代表的狭义的戏剧性戏剧分庭抗礼。因此,可以说,布莱希特创立了相应的非亚里士多德式的戏剧理论,就像利曼(Riemaann)创立了非欧几里得几何学一样。这种类比也许可以表明,这里涉及的不是正在探讨的各种舞台形式之间的竞争关系。利曼排除了平行定理。在布莱希特的戏剧性理论中废除的是亚里士多德式的卡塔西斯①,即清除由于对戏剧中主人公的激动人心的命运的共鸣而产生的效果。

在观看史诗剧演出时,观众的兴趣是缓和轻松的,其特点是观众的共鸣力几乎没有被唤起。史诗剧的艺术,更多的是要以人们的惊愕代替共鸣。用公式化的话来说,就是:观众不应该与主人公发生共鸣,而是学会对于主人公的活动的环境表示惊愕。

布莱希特认为,史诗剧的任务不在于展开很多故事情节,而是表现状况。但是,表现在这里不是自然主义理论家所说的再现,而主要是揭示状况(人们同样可以说:把这些状况陌生化)。对状况的这种揭示(陌生化)是通过中断情节发展来实现的。最简单的例子:一个家庭生活场面。突然闯进来一个陌生人。家庭主妇正要拿起一件青铜器,递给她的女儿;父亲正要打开窗户喊一个警察进来。恰恰在这个时刻,在门口出现了一个陌生人。一个戏剧场面(Tableau)——1900 年前后,人们常常使用这个词来表示。这就是说,这个陌生人面对着这样一个状况:惊吓的表情、敞开的窗户、遭到洗劫的家具。这个画面,看上去与市民生活的较为寻常的场面没有多大的不同。

---

① 卡塔西斯(Katharsis),意译为陶冶(或净化),亚里士多德认为悲剧能陶冶人的情感。这是他的悲剧理论的重要组成部分。详见罗念生译的亚里士多德的《诗学》第 6 章。——中译注

可援引的动作

布莱希特在一首教育诗中写道:"要等待和显示出每一个句子的效果,要一直等待到有足够数量的句子放到天平上。"简而言之,表演中断了。人们在这里还可以再进一步推想,中断是所有造型的基本手法之一。它远远超出了艺术的范畴。援引也是以中断为基础的,只是其中的一例而已。引用一段文字就包括了中断它的联系。因此,称建立在中断基础上的史诗剧为一种特殊的可援引的戏剧,大概也就不难理解了。使戏剧的台词变得可以援引,这没有什么新奇的地方。然而,援引戏剧表演过程中的动作,可就不同了。

"把动作表演成可援引的",这确是史诗剧的重要成就之一。演员必须能够像排字工人隔开他排的字一样来处理自己的动作。这个效果可以这样取得:如在舞台上,演员可以自己援引自己的动作。人们在《圆满的结局》(Happy End)中可以看到,扮演救世军军曹这个角色的内耶尔女士怎样在水手酒馆里为了劝人改变信仰唱了一支歌(这支歌在酒馆里唱比在教堂里唱更合适),又怎样在救世军的会上援引这支歌和她唱歌时的动作。在《措施》(The Measure Taken)一剧中,共产党员不仅向党的法庭提出了调查报告,而且通过他们的表演,表现了他们所反对的这个同志的动作。如果说这在史诗剧中还是极为微妙的一个艺术手法,那么,在教育剧的特殊情况下,它就变成了最直接的目的之一。此外,从定义上来讲,史诗剧是一种动作性戏剧。因为,我们越是经常地打断一个人的动作,我们得到的动作也就越多。

教育剧

史诗剧在任何情况下既是为表演者又是为观众考虑的。教育剧由于不采用道具,从而使观众与演员、演员与观众地位的转换变得简单易行,这就形成了教育剧的特殊性。每一个观众都有可能成为同台演出者。而且实际上,扮演"教育者"比扮演"主人公"要容易些。

在发表于一份杂志上的《林德贝格的飞行》（*Lindbergh flug*）初稿中，这个飞行员还是作为英雄人物出现的。初稿的原意是颂扬这个人物。而第二稿——这是很有启迪的——是经过布莱希特亲自修改的。那种兴高采烈的情绪，在这次飞行之后的日子里，怎么会不席卷这两个大陆呢！但它作为一种耸人听闻的消息很快就消失了。布莱希特力图在《林德贝格的飞行》一剧中，对"经历"的光谱进行分析，以便从中删除"经验"的色彩。所谓经验就是指从林德贝格的工作中得来，而不是从观众的激动情绪中吸取而来，并归到"林德贝格们"名下的。

劳伦斯(T.E.Lawrence)这位《智慧的七根柱子》（*The Seven Pillars of Wisdom*）的作者，当他在投身到飞行小队中去时，写信给罗伯特·格雷弗斯(Robert Graves)说，这一步对当今时代的人们来说，就像中世纪的人进入修道院一样。在这句话中，人们可以再次看到一种远大的抱负，这是《林德贝格的飞行》一剧以及后来的教育剧所特有的。一种教会般的严厉被运用于传授新时代的技术——在这里是运用于航空方面，以后又运用于阶级斗争。这后一点，在《母亲》（*Mother*）一剧中，得到了最全面的运用。使一个涉及社会问题的剧摆脱那些容易引起共鸣和观众已经习惯的效果，这种处理是很大胆的，布莱希特深知这一点，他在纽约上演该剧时，致纽约工人剧院的一首书信体诗中写道："有些人指问我们：工人能够理解你们吗？他能舍弃那种业已习惯了的昏迷陶醉吗？能不从精神上受到来自外界的愤慨的感染吗？能不为其他人的振兴而欢欣鼓舞吗？他能舍弃所有这些使他兴奋了两个小时、后来感到更为疲惫的幻觉，而又充满了模糊不清的回忆和更加模模糊糊的希望吗？"

演员

史诗剧在上演时，就像电影的画面一样，是分段展开的。它的基本形式是楔子形式。史诗剧利用这种形式，使剧的一个个相互分别得很清楚的场面相继出现。歌唱、字幕和表演惯用手法使得这一场面有别于其他场面。这样，就出现了间断，它们对观众的幻觉主要是引起抑制性影响。这些间歇使观众的共鸣愿望处于瘫痪状态。这些间歇是给观众做批判性表态用的(对被表现出来的人物以及对表演方式表态)。至于表演方式,史诗剧演员的任务是在他的表演中向观众表明,他保持着清醒的头脑。就是对他来说,共鸣也几乎是不适用的。戏剧性戏剧"演员",对于这种表演方式不总是在各方面都能胜任的。也许,人们借助"演戏"这一观念,最能毫无成见地理解史诗剧。

布莱希特说:"演员应该表现一件事情,而且他也应该表现自己。他通过表现自己,当然也就表现了事物;而他通过表现事物,也就表现了自己。尽管这两者是同时发生的,但是它又不能如此同时发现,以至于连这两个任务的区别也消失不见了。"换句话说:演员应该保留借助艺术手段跳出角色的可能性。他不应该放弃在既定的瞬间表演一个(通过他)进行思考的人的机会。倘若人们在这样一瞬间感到,这使自己想起了浪漫主义的讽刺,如蒂克①在其《穿靴子的公猫》(Puss in Boots)里所进行的那样讽刺,那是不对的。这种讽刺是达不到目的的;它实际上只显示了作者的哲学知识渊博,表明他在写作剧本时始终没有忘记:到头来,世界也不过是一场戏。

自然,恰恰是史诗剧的这种表演方式将表明,在这个方面,艺术的利益与政治的利益是多么协调一致。请大家想想布莱希特的短剧集《第三帝国的恐怖和灾难》。显而易见,对一个流亡国外的德国演员来说,扮演一个冲锋队员或者所谓大众法庭的审判员的任务,同让一个善良的一家之主去表演莫里哀(Molière)的唐·璜(Don Juan)的使命相比,那是有某些原则差别的。对于头一种角色,共鸣很难作为一种恰当的手段,就好像让演与杀害他的战友的刽子手产生共鸣,对他来说是不可能的一样。而采取另一种、制造陌生化方式,在这种情况下可能是恰当的,或许还能取得特别成功。这种方式就是史诗性的。

矮平台上的戏剧

史诗剧的目的何在,从舞台的概念出发,比从一个新的戏剧概念出发,更易于确

---

① 路德维希·蒂克(Tieck, 1773—1853),德国浪漫主义作家。——中译注

定。史诗剧顾及一个为人们不太重视的状况。这个状况就是:乐池被填平。这是一个把演员与观众像把死者与活人分开一样的鸿沟,它的沉默在话剧中增强了崇高的威严气氛,它的声响在歌剧中加深了人们的陶醉,它在舞台的各种因素中具有最不易消除的神圣根源的痕迹,这样一条鸿沟越来越丧失了它的意义。但是,舞台仍然高高在上。不过,它绝不会从无底的深渊再升高了:它变成了矮平台。教育剧和史诗剧都是在这种矮平台上进行的尝试。

历史哲学论纲[①]

一

据说有一种能和人对弈的机械装置,你每走一步,它便回应一手。表面上看,和你下棋的是个身着土耳其服装,口叼水烟袋的木偶。它端坐再桌边,注视着棋盘,而一组镜子给人一种幻觉,好像你能把桌子的任何一侧都看得清清楚楚。其实,一个棋艺高超的驼背侏儒正藏在游戏机里,通过线绳操纵木偶。我们不难想象这种诡计在哲学上的对应物。这个木偶名叫"历史唯物主义",它总是会赢。要是还有神学助它一臂之力,它简直战无不胜。只是神学如今已经枯萎,难当此任了。

二

洛采(Lotze)说过,"人类天性中最堪称奇之处是我们对眼前之物锱铢必较,对于未来却毫无妒意。"对此稍作思考便会发现,我们关于快乐的观念和想象完全是由我们生命过程本身所指定的时间来决定其特性和色彩的。那种能唤起嫉妒的快乐只存在

---

① 本文"Thesis on the Poilosophy of History",德文原刊 *Neue Rundschau*,61,3,1950。中译:张旭东。

于我们呼吸过的空气中,存在于能和我们交谈的人,或本可以委身于我们的女人身上,换句话说,我们关于幸福的观念牢不可破地同赎救的观念联系在一起。这也适用于我们对过去的看法,而这正切关历史。过去随身带着一份时间的清单,它通过这份时间的清单而被托付给赎救。过去的人与活着的人之间有一个秘密协议。我们的到来在尘世的期待之中。同前辈一样,我们也被赋予了一点微弱的救世主的力量,这种力量的认领权属于过去。但这种认领并非轻而易举便能实现。历史唯物主义者们知道这一点。

三

把过去的事件不分主次地记录下来的编年史家依据的是这样一条真理:任何发生过的事情都不应视为历史的弃物。当然,只有被赎救的人才能保有一个完整的,可以援引的过去,也就是说,只有获救的人才能使过去的每一瞬间都成为"今天法庭上的证词"——而这一天就是末日审判。

四

> 衣食足
>
> 天国至
>
> ——黑格尔,1807

受马克思主义影响的历史学家眼里总会有阶级斗争。这种斗争是为了粗俗的,物的东西的斗争。但没有这种粗俗的、物的东西,神圣的、精神的东西就无法存在。然而在阶级斗争中,这种神圣的、精神的东西却没有在落入胜利者手中的战利品上体现出来。相反,它们在这种斗争中表现为勇气,幽默,狡诈和坚韧。它们有一种追溯性的力量,能不断地把统治者的每一场胜利——无论是过去还是现在——置入疑问之中。仿佛花朵朝向太阳,过去借助着一种神秘的趋日性竭力转向那个正在历史的天空冉冉上升的太阳。历史唯物主义者必须察觉到这种最不显眼的变化。

五

过去的真实图景就像是过眼烟云,他唯有作为在能被人认识到的瞬间闪现出来而又一去不复返的意象才能被捕获。"真实不会逃之夭夭,"在历史主义历史观中,哥特弗里德·凯勒(Gottfried Keller)的这句话标明了历史主义被历史唯物主义戳穿的确切点。因为每一个尚未被此刻视为与自身休戚相关的过去的意象都有永远消失的危险。过去的历史学家心脏狂跳着带来的喜讯或许在他张口的刹那就已消失在空寂之中。

六

历史地描绘过去并不意味着"按它本来的样子"(兰克)去认识它,而是意味着捕获一种记忆,意味着当记忆在危险的关头闪现出来时将其把握。历史唯物主义者希望保持住一种过去的意象,而这种过去的意象也总是出乎意料地呈现在那个在危险的关头被历史选中的人的面前。这种危险既影响了传统的内容,也影响了传统的接受者。两者都面临同样的威胁,那就是沦为统治阶级的工具。同这种威胁所做的斗争在每个时代都必须赋予新的内容,这样方能从占绝对优势的随波逐流习性中强行夺取传统。救世主不仅作为拯救者出现,他还是反对基督的人的征服者。只有历史学家才能在过去之中重新燃起希望的火花。过去已向我们反复证明,要是敌人获胜,即便死者也会失去安全。而这个要做胜利者的敌人从来不愿善罢甘休。

七

噢，这黑暗而寒冷的山谷

充满了悲惨的回声

——布莱希特:《三分钱的歌剧》

富斯代尔·德·库朗日(Fustel de Coulanges)建议那些要重新体验一个时代的历史学家把自己关于后来的历史过程的知识统统抹杀掉。这再好不过地描绘出一种方法特征。历史唯物主义则正是要破除这种方法。这种方法本身是一个移情过程，其根源在于思想的懒惰和麻木。在于对把握真实而短暂的历史形象的绝望。中世纪的神学家们认为这是悲哀的根本原因。福楼拜(Flaubert)对此了然于心。他写道:"很少有人能揣度一个为迦太基的复兴而活着的人是多么悲哀。"要是我们追问历史主义信徒的移情是寄与谁的，我们就能更清晰地认识那种悲哀的本质。问题的答案是不可避免的:寄与胜利者。一切统治者都是他们之前的征服者的后裔。因而寄与胜利者的移情总是一成不变地使统治者受益。历史唯物主义者明白这意味着什么。登上胜利宝座的人在凯旋的行列中入主这个时代，当下的统治者正从匍匐在他脚下的被征服者身上踏过。按照传统做法，战利品也由凯旋队伍携带着。这些战利品被成为文化财富。历史唯物主义者看这些文化财富时带着一种谨慎的超然态度，因为他所审视的文化财富无一例外可以追溯到同一个源头。对此，历史唯物主义者不能不带着恐惧去沉思。这些财富的存在不仅归功于那些伟大的心灵和他们的天才，也归功于他们同时代人的无名的劳作。没有一座文明的丰碑不同时也是一份野蛮暴力的实录。正如文明的记载没有摆脱野蛮，它由一个主人到另一个主人的流传方式也被暴力败坏了。因而历史唯物主义者总是尽可能切断自己同它们的联系。他把同历史保持一种格格不入的关系视为自己的使命。

八

　　被压迫者的传统告诉我们,我们生活在其中的所谓"紧急状态"并非什么例外,而是一种常规。我们必须具有一个同这一观察相一致的历史概念。这样我们就会清楚地意识到。我们的任务是带来一种真正的紧急状态,从而改善我们在反法西斯斗争中的地位。法西斯主义之所有有机可乘,原因之一是它的对手在进步的名义下把它看成一种历史的常态。我们对正在经历的事情在二十世纪"还"会发生感到惊诧,然而这种惊诧并不包含哲理,因为它不是认识的开端,它还没有认识到它由以产生的历史观本身是站不住脚的。

九

　　　　我的双翅已振作欲飞

　　　　我的心却徘徊不前

　　　　如果我再不决断

　　　　我的好运将一去不回

——盖哈尔德·舒勒姆(Gerhard Scholem,
"Gruss vom Angelus")

　　保罗·克利的《新天使》(*Angelus Novus*)画的是一个天使看上去正要从他入神地注视地事物旁离去。他凝视着前方,他的嘴微张,他的翅膀展开了。人们就是这样描绘历史天使的。他的脸朝着过去。在我们认为是一连串事件的地方,他看到的是一场单一的灾难。这场灾难堆积着尸骸,将它们抛弃在他的面前。天使想停下来唤醒死者,把破碎的世界修补完整。可是从天堂吹来了一阵风暴,它猛烈地吹击着天使的翅膀,以致他再也无法把它们收拢。这风暴无可抗拒地把天使刮向他背对着的未来,而他面前的残垣断壁却越堆越高直逼天际。这场风暴就是我们所称的进步。

十

　　修道院的条例指定修士们去冥思苦想的论题本意在使他们脱离尘世俗物。我们在此进行的思考也出于同样的目的。法西斯主义的反对派曾把希望寄托在一些政治家身上,但这些政治家却卑躬屈膝,随波逐流,以背叛自己的事业承认了失败。在此情形下,我们的观察和思考旨在把政治上的凡夫俗子同叛徒为他们设下的陷阱辨别开来。我们的观点来自这样一个洞察:那些政治家对进步的顽固信仰,他们对自己的"群众基础"的信心,以及他们同一部无从驾驭的国家机器的奴颜婢膝的结合是同一件事情的三个方面。这样的观点试图向人们表明,我们习以为常的思维得为一种新的历史概念付出高昂的代价。这种历史的观念将避免同那些政治家仍然坚信的观念发生任何同谋关系。

十一

　　随大流一直是社会民主派的组成要素,它不但表现在后者的政治策略上,也表现在其经济观点上。这是它日后垮台的原因之一。没有任何东西比这样一种观念更为致命地腐蚀了德国工人阶级,这种观念就是他们在随时代潮流而动。它把技术发展当成大势所趋,把追随这一潮流当作任务。以技术进步为目的的工厂劳动给人以它本身包含着一个政治成就的假象,而那种随潮流而动的观念离这种假象只有一步之遥。关于工作的老式清教伦理于是以一种世俗形态在德国工人中间复兴了。哥达纲领(The Gotha Program)业已带上了这种混淆的印记,它把劳动定义为"一切财富和文化的源泉"。这引起了马克思的警觉,他反驳道:"除了自己的劳动力外一无所有的人"必然成为"另外一些已使自己成为主子的人的奴隶……"然而,这种混淆却在日益扩大,此后不久,约瑟夫·狄兹根(Josef Dietzgen)宣扬道:"现时代的救星叫做工作。劳动的改进包含的财富如今能完成任何救世主也未曾做到的事情。"这种关于劳动本质的庸俗马克思主义概念逃避了这样一个问题:在劳动产品尚未由工人支配时,它又怎能使工人受益呢? 这种观念只认识到人类在掌握自然方面的进步,却没有认识到社会的倒退。它已暴露出专家治国论的特征,而我们随后在法西斯主义里面又一次听到这种论调。在这些概念中又一个关于自然的概念,它同 1848 年革命前社会主义乌托邦理想中的自然概念之间有一种不祥的差异。新的劳动概念简直就等于剥削自然,这种对自然的剥削带着人们幼稚的心满意足同对无产阶级的剥削形成了对照。与这种实证主义相比,傅立叶(Fourier)的幻想就显得惊人地健康,尽管它是如此经常地遭到嘲笑。在傅立叶看来,充分的写作劳动将会带来这样的结果:四个月亮将朗照地球的夜空,冰雪将从两极消融,海水不再是咸的,飞禽走兽都听从人的调遣。这一切描绘出这样一种劳动,它绝不是剥削自然,而是把自然的造物,把蛰伏在她孕育之中的潜力解放出来。正如狄兹根所说,自然"无偿地存在着"。这个自然是败坏了的劳动概念的补救。

十二

我们需要历史,但绝不是像知识花园里腐化的懒散者那样子需要。

——尼采:"对历史的利用与滥用"

知识的保管人不是某个人,也不是某些人,而是斗争着的被压迫阶级本身。在马克思笔下它作为最后的被奴役阶级出现,作为复仇出现。这个复仇者以世世代代被蹂躏者的名义完成了解放的使命。这种信念在斯巴达克团(Spartacist group)里有一阵短暂的复活,它总是与社会民主派相左。后者用了三个十年最终抹去了布朗基(Blanqui)的名字,尽管这个名字只是激荡于上个世纪的声音的回响。社会民主派认为给工人阶级指派一个未来几代人的拯救者的角色是再恰当不过了,他们就这样斩除了工人阶级最强大的力量。这种训练使工人阶级同时忘却了他们的仇恨和他们的牺牲精神,因为两者都是由被奴役的祖先的意象滋养,而不是由解放了的子孙的意象来滋养的。

十三

> 我们的目标越来越清楚,人越来越机灵。
>
> ——狄兹根:"社会民主的宗教"(Wilhelm Dietzgen,
> Die Religion der Sozialdermokratie)

社会民主主义的理论和实践都是围绕着"进步"概念形成的。但这个概念本身并不依据现实,而是创造出一些教条主义的宣传。社会民主党人心中描绘的进步首先是人类自身的进步(而不仅是人的能力和知识的增进)。其次,它是一种无止境的事物,与人类无限的完美性相一致。第三,它是不可抗拒的,它自动开辟一条直线的或螺旋的进程。所有这些论断都引起了争吵,招来了批评。但真正的批评必须穿透这些论断而击中其共同的基础。人类历史的进步概念无法与一种在雷同的,空泛的时间中的进步概念分开。对后一种进步概念的批判必须成为对进步本身的批判的基础。

十四

> 起源即目标。
>
> ——卡尔·克劳斯(Karl Kraus, *Worte in Versen*,Vol.1)

历史是一个结构的主体,但这个结构并不存在于雷同、空泛的时间里,而是坐落在被此时此刻的存在所充满的时间里,在罗伯斯庇尔(Robespierre)看来,古罗马是一个被现在的时间所充满的过去,在这种时间里,历史的惯性连续被打破。法国大革命把自己视为罗马的再生。它唤回罗马的方式就像时尚唤回旧日的风范。时尚对时事有一种鉴别力,无论在哪儿它都能在旧日的灌木丛中激动风骚。它像一次虎跃扎入过去。这一跃无疑发生在统治阶级发号施令的竞技场里。在广阔的历史天空下,这样的一跃是一个辩证运动。马克思就是这样理解革命的。

十五

在行动的当儿意识到自己是在打破历史的连续统一体是革命阶级的特征。伟大的革命引进了一个新的年历。这个年历的头一天像一部历史的特技摄影机，把时间慢慢拍下来后再快速放映。这个日子顶着节日的幌子不住地循环，而节日是回忆的日子。因此，日历并不像钟表那样计量时间，而是一座历史意识的纪念碑。在欧洲过去的几百年中，这种意识没有露出一点蛛丝马迹。不过七月革命中发生的一件事表明这种意识依然有生命力。在革命的第一个夜晚，巴黎好几个地方的钟楼同时遭到射击。一位目击者或许由此得到灵感。他写道：

> 谁又能相信！钟楼下的新领袖
>
> 朝指针开火，让此刻停留
>
> 仿佛时间本身令他们恼怒

十六

历史唯物主义者不能没有这个"当下"的概念。这个当下不是一个过渡阶段。在这个当下里，时间是静止而停顿的。这个当下界定了他书写历史的现实环境。历史主义给予过去一个"永恒"的意象；而历史唯物主义则为这个过去提供了独特的体验。历史唯物主义者任由他人在历史主义的窑子里被一个名叫"从前有一天"的娼妓吸干，自己却保持足够的精力去摧毁历史的连续统一体。

十七

历史主义理所当然地落入了普遍历史的陷阱。唯物主义史学与此不同，在方法上,他比任何其他学派都更清晰。普遍历史连理论的护甲都没有。它的方法七拼八凑,只能纠合起一堆材料去填塞同质而空洞的时间。与此相反,唯物主义的历史写作建立在一种构造原则的基础上。思考不仅包含着观念的流动,也包含着观念的梗阻。当思考在一个充满张力和冲突的构造中戛然而止,它就给予这个构造一次震惊,思想由此而结晶为单子。历史唯物主义者只有在作为单子的历史主体中把握这一主体。在这个结构中,他把历史事件的悬置视为一种拯救的标记。换句话说,它是为了被压迫的过去而战斗的一次革命机会。他审度着这个机会,以便把一个特别的时代从同质的历史进程中剥离出来,把一篇特别的作一生的著述中剥离出来。这种方法的结果是,他一生的著述在那一篇作品中既被保存下来又被勾除掉了,而在那个时代中,整个历史流程既被保存下来又被勾除掉了。那些被人历史地领悟了的瞬间是滋养思想的果实,它包含着时间,如同包含着一粒珍贵而无味的种子。

十八

一位现代生物学家写道:"比起地球上有机生命的历史来,人类区区五万年历史不过像一天二十四小时中的最后两秒。按这个比例,文明的历史只占最后一小时的最后一秒的最后五分之一。"现代作为救世主时代的典范,以一种高度的省略包容了整个人类历史。它同人类在宇宙中的身量恰好一致。

其一

历史主义心满意足地在历史的不同阶段之间确立因果联系。但没有一桩事实因其自身而具备历史性。它只在事后的数千年中通过一系列与其毫不相干的事件而获得历史性。以此为出发点的历史学家该不会像提到一串念珠似的谈什么一系列事件了。他会转而把握一个历史的星座。这个星座是他自己的时代与一个确定的过去时代一道形成的。这样,他就建立了一个"当下"的现在概念。这个概念贯穿于整个救世主时代的种种微小事物之中。

其二

在时间中找到其丰富蕴藏的预言家所体验的时间既不雷同也不空泛。记住这一点,我们或许就能想见过去是如何在回忆中被体验到的,因为两者的方式相同。我们知道犹太人是不准研究未来的。然而犹太教的经文(Torah)和祈祷却在回忆中指导他们。这驱除了未来的神秘感。而到预言家那里寻求启蒙的人们却屈服于这种神秘感。这并不是说未来对于犹太人已变成雷同、空泛的时间,而是说时间的分分秒秒都可能是弥赛亚(Messiah)侧身步入的门洞。

阿纳托利·卢那察尔斯基

社会主义现实主义(1933 年 2 月)*

阿纳托利·卢那察尔斯基

（Анатолий Васильевич Луначарский，1875—1933）

苏联政治家、文艺活动家、文艺理论家，早年受到普列汉诺夫的影响，于 1895 年加入俄国社会民主工党，并在 1930 年当选苏联科学院院士。卢那察尔斯基的美学思想发展主要分为两个时期，十月革命前，积极主张现实主义文学，反对纯艺术，认为经验批判主义是通往马克思主义的最好阶梯，早期代表作有《实证美学概论》(1904)；十月革命后，卢那察尔斯基为马克思主义美学思想在苏联的传播作出了突出贡献，主要著作有《列宁和文艺学》(1932)，还主持编辑出版了第一部《马克思恩格斯论艺术》文集(1933)。卢那察尔斯基十分注重戏剧、电影这些具有广泛群众性的艺术形式，在本书所选的《社会主义现实主义》(1933)一文中，他从马克思历史唯物主义角度回答了"社会主义悲剧能否存在"的问题，他认为社会主义悲剧不仅能够存在，而且应该存在——"新时代的悲剧家要描写新世界的诞生的苦难"。在当前的社会情况下，悲剧性的因素并没有消除，"牺牲"不仅是可能的，而且是必要的，正是在这个意义上，歌颂"斗争中的牺牲者"、描写"日后会取得胜利的斗争中的牺牲者"正是现代悲剧的首要任务和良好基础。戏剧创作要为科学和技术斗争，更好的为社会主义服务，但卢那察尔斯基并非幻想把辩证唯物主义引入戏剧中，而是与恩格斯一致，呼唤着有较大思想深度和历史内容，同情节的生动性、丰富性完美融合的戏剧作品的出现，用时代本身的声音去讲述时代的历史。卢那察尔斯基的美学与文艺理论思想从 20 世纪 20 年代末至 30 年代就经由鲁迅、瞿秋白等人介绍到中国，对中国同时期文艺事业产生很大影响。

---

* 本文选自《论文学》，蒋路译，人民文学出版社 1983 年版，第 57—77 页。

社会主义现实主义（节选）

[……]

艺术不仅有能力给人指示方向，并且有能力形成某种东西。问题不仅在于艺术家要向他的整个阶级指明世界的现状，还在于他要帮助人认清现实，帮助新人的培养。因此他希望加快现实的发展速度，他能够通过艺术创作的途径，创造一种高于这个现实、可以提高现实、使人能展望未来、从而加快发展速度的思想中心。

于是我们就有可能容纳这样一些因素，严格说来，它们在形式上已超出现实主义的范围，而实际上同现实主义毫不抵触，因为这不是逃入空想世界，却是反映现实——发展中的、未来的真正的现实——的方法之一。

气势雄伟的现实主义利用现实的因素，使之熔为一炉，形成一个极其真实的、为我们现实中存在着的或可能找到的种种因素和这些因素的相互关系所完全证实了的艺术复合体。可是现实主义也有权利塑造在现实中碰不到的、然而是集体力量之化身的伟大形象。

马克思对埃斯库罗斯推崇备至[1]，这很值得注意，而埃斯库罗斯正是这一类型的浪漫主义者，——虽然并非在他所有的作品中都是如此。埃斯库罗斯想在他的《普罗米

---

[1] 保尔·拉法格在《忆马克思》一文中写道："他每年总要重读一遍埃斯库罗斯的希腊原文作品，把这位作家和莎士比亚当作人类两个最伟大的戏剧天才来热爱他们。"见《回忆马克思恩格斯》第 4 页，人民出版社，1973 年。

修斯》里指明,连贵族及其社会道德的最伟大的反对者,最后也不得不敬仰贵族。但是他又想指明,贵族的敌人不是什么随便碰到的可怜的敌人而是拥有强大精神力量的伟大的敌人。他觉得进攻中的民主派是危险的,他想深入研究一下这些人的心理,他要充分描写他那表示抗议的,用自己对理性、善、甚至对技术的新概念来对抗旧基础的普罗米修斯。因此,他在他的悲剧第一部中用绚烂的笔触描画了普罗米修斯。现实中并没有这样一位英雄他又是伟大的技师、火的发现者,又是对本阶级怀着深厚的爱的人物,又是坚定不移的叛逆者和殉难者,而埃斯库罗斯却把他能够从他当时的俊杰之士那里看到的一切特点,都融合在这个宏伟的形象中,融合在不是凭空虚构出来的人物普罗米修斯身上。

命运毁灭了埃斯库罗斯所计划的三部曲中的其余两部,只留下它的第一部。后来歌德也写过普罗米修斯,那篇作品是他的作品中最富于革命精神的一篇[1]。雪莱,就是马克思说他从头到脚都是革命家的那个雪莱,也写过普罗米修斯[2]。

这些资产阶级思想家在普罗米修斯的宏伟形象身上,描述了当时鼓舞过新兴的革命资产阶级的一切因素。

为什么在我们的艺术中——即使不是在长篇小说和话剧中,那么至少也是在有数万人参加的盛大庆机会上演出的歌剧中,——就不可以有宏伟的综合形象呢? 这不是现实主义吧? 不错,这里有浪漫的因素,因为各项因素的配合不像是真实的。但是它们却一丝不假地描述了真实。这种真实提出了发展过程的内在本质,成了一面旗帜,我们没有理由否定这样的艺术是我们需要的艺术。

描写现实中的伟大无产阶级领袖是一项极大的任务,必须在世界观上达到很高的水平,必须拥有磅礴的才气,才能完成。就是描写以综合形象的姿态出现的集体本身,也是大作家才能负担的一项重大的任务。

我们没有理由勾销艺术预测的方法。请回想一下列宁的话:一个不会幻想的共产

---

[1] 指歌德的诗剧《普罗米修斯》(1773 年)。

[2] 马克思认为雪莱"是一个真正的革命家,而且永远是社会主义的急先锋。"见《马克思恩格斯论艺术》第二册,第261 页,人民文学出版社,1963 年。雪莱写过诗剧《解放了的普罗米修斯》(1820 年)。

党人,只能算是蹩脚的共产党人。

这并不是说,列宁号召我们作霍夫曼式的幻想。列宁的幻想是科学的幻想,是从现实中、从现实的趋向中产生出来的。无产阶级要展望未来,希望让他们亲眼看到,让他们感觉到真正的、包罗万象的共产主义是什么样子,这难道有什么不合理吗?

诗人能够而且应该这样做,——这很不容易,在这件事上可能出错:也许,我们描写二十五年或五十年后的情形,而那时候的人却说:"他们大错特错了。"可是问题在于这对我们今天有什么意义。我们应该试着登高远眺,展望未来。在这里,幻想和表面上不像真实的东西起着很大的作用,在这件事上可能出错,但是也能够有和应该有真实性,真实性首先在于:无产阶级的胜利、没有阶级的社会的胜利,以及个性大大发扬这一胜利,只有在集体主义的基础上才能达到。这就是真实。

否定的现实主义的形式对于我们很重要,只要它具有很大的、内在的、现实主义的真确性,它在外表上无论怎样不像真实都可以。我们应该用漫画、讽刺、讥诮去打击敌人,瓦解他们,贬低他们,——如果可能,就在他们自己眼前贬低他们,无论如何也要在我们眼前贬低他们,——揭穿他们视为神圣的东风指出他们是多么可笑。

人在什么时候才笑呢?在他内心里获得了胜利,在他对他的最后胜利满怀信心的时候。即使是一个被押到绞刑架下的罪犯,也可以笑那些审判他的法官,如果他的笑使别人也能明白法官的可笑,那就表示这个罪犯在精神上胜利了。谢德林正是这样战胜了当时还很强大的俄国君主主义,因为他指出君主主义实质上已经遭到失败,原因就在于它虽然像鲜鱼似的横蛮,并且又残暴又丑恶,它却是可怜的。这样的笑不能不辛辣。我们现在对敌人的笑也是辛辣的,因为敌人还很强大。

在这场以笑为武器的斗争中,我们有权利用漫画笔法去描写敌人。当叶菲莫夫或其他漫画家把麦克唐纳①摆在他实际上从未经历过的、最出人意外的情节中的时候,谁也不感到惊奇。我们知道得很清楚,这比一幅摄制精良的麦克唐纳的照片更加真实,

---

① 詹·麦克唐纳(1866—1937),英国反动政客,工党头目。

因为漫画用这种人为的情节、不像真实的情节,比用任何其他方法更能鲜明而锐利地说明内在的真实。

于是我们看到,同社会主义现实主义的巨大任务——绘出充满真实性的图画,从现实的对象出发来真确地描写它,阐明它,而又总是能使人感觉到对象的发展、运动、斗争,——并列着,同这个形式并列着,实际上还可以有一种社会主义浪漫主义,不过它跟资产阶级浪漫主义截然不同。由于我们拥有巨大的动能,社会主义浪漫主义使幻想、虚拟和描写现实时的各种自由发挥在其中起着很大作用的那些领域,活跃起来了[1]。

现在请想象一下吧,我们中间有一些——如果没有,那是最好,——资产阶级浪漫主义者。要是对他们说,社会主义现实主义并不否定浪漫精神,他们马上响应道:"哦,你们不否定? 那叫人太高兴了。既然这样,我就要说:浪漫精神中使我感兴趣的是纯粹的遐思畅想。我要像放鸽子似的放出我的幻想,再来观察它如何飘上蔚蓝的天空。"有的人恐怕还会说:"对,现实主义不能包括一切。人都有一个灵魂,这个灵魂总想证明它是永生的,——为什么不能至少略微谈谈这个? 现实主义是现实主义,可是还有永生的灵魂,或者也可以说是对永生的灵魂的向往。我国已经宣布信教自由,如果我,比方说,得出一个结论,认为在正教教会中决不是样样事都像表面上那么庸俗陈腐,那就让我用艺术的形式来说说我的见解吧。"

我们对这种"浪漫主义者"严厉到什么程度,要看我们在战斗时期所能提供的自由的范围有多大,如果国家机关认为必须允许这样的作品印行,或者也许是由于误解或不够警惕(虽然它是非常警惕的)而允许它们印行出来,那么,评论界无论如何应该对它们加以最有力的反击,因为凡是发出这类"浪漫"气味的地方,就会发出死尸的气味。

---

[1] 当时苏联还有不少作家否定浪漫主义在社会主义文艺中的地位,其代表之一是法捷耶夫。他在 1929 年"拉普"理事会第二次全会上一篇题名《打倒席勒!》的发言里认为,浪漫主义就是唯心主义:"我们区别现实主义和浪漫主义这两种方法时,是把他们当作艺术创作中颇为彻底的唯物主义和唯心主义的方法的……席勒走的是将资产阶级英雄、资产阶级生活方式加以理想化和神秘化的道路。"卢那察尔斯基曾多次批评法捷耶夫的这个论点,例如他在《维克多·雨果》一文(1931 年)中提到:"法捷耶夫那篇轰动一时的文章《打倒席勒!》里对浪漫主义发出的咒骂,无疑是错误的。……我们不会放弃现实主义的道路。可是我们也不要脱离现实主义。"

况且还不仅发出死尸的气味。我们对于停放在墓地的死人可以不加理会,即使埋葬他们的是同样的死人,我们也只是说道:"就让死人去埋葬死人吧"①。但是那些坐在编辑部办公椅子上的死人,那些写作像他们自己一样僵死的小说或剧本的、可恶透顶的死人,却在周围散布瘟疫,毒害生气蓬勃的生活。不,对不起,这是不可容忍的。

社会主义现实主义是一个广泛的纲领,它包括着我们现有的许多不同的手法,也包括我们还在觅取中的种种手法;可是社会主义现实主义一定要致全力于斗争,它完完全全是一个建设者,它对人类的共产主义前途满怀信心,相信无产阶级及其政党和领袖们的力量,它了解在我国进行的第一场主要战斗和世界社会主义建设的第一幕的伟大意义。

静止的现实主义和唯心主义倾向正在我们苏联国境以外繁荣滋长,它们支持世界上的恶势力,它们代表着昨天,它们是我们的敌人,我们要在这条战线上进行无情的斗争。

问题不在我们互相指责,譬如说,指责这里没有把十分真确的现实主义贯彻到底,却容许了虚拟法,——在我们的阵营内部,我们应该互相尊重和支持。问题在于我们的创作界、我们的评论界,也像我们的整个工人界,也像我们全体战斗者和建设者一样,要联合一致反对共同的敌人,不管它是在国外,还是在这里,还是就在我们心中。因为,如果我们心中也出现了这个敌人,如果它在我们心中暗暗地散布由于对事物抱着静止的看法而产生的失望情绪,或者散布逃避生活的唯心主义观点,我们就要像马雅可夫斯基论及他的某些诗歌时所说的那样去对待它:踩住这个敌人的喉咙②……

戏剧创作在文学中占着一个十分特别的位置。每逢阶级斗争尖锐化的时候,戏剧创作总要被提到首要地位上来,这是因为,如果说全部文学都是为阶级斗争服务的,那么戏剧创作通过演出,就更是能发挥最积极的作用了。我们对这一层了解得很清楚,所以我们对于这个十分特殊的力量不可能漠然视之。演剧是直观性的东西、高度直观

① 圣经《新约·马太福音》第八章:"又有一个门徒对耶稣说:'主啊,容我先回去埋葬我的父亲。'耶稣说:'任凭死人埋葬他们的死人,你跟从我吧。'"
② 马雅可夫斯基的原话为:"我抑制住了我自己的歌喉。"见《放开喉咙歌唱》。

性的东西,因此它非常注重感性,可以有力地打动人的感情。此外,演剧还能对大集体发生直接的作用,使成千的人在同样的印象、同样的感情中融为一体。这一切,使得我们在考虑应该千方百计加强社会主义艺术对群众的影响的时候,不能不特别注意演剧。

演剧没有戏剧创作是不可想象的。当我们考察戏剧创作时,就会看出,它比任何其他艺术部门具有更多的辩证的性质,——甚至同辩证法南辕北辙的古典主义作家的戏剧创作,也是如此。请注意,我说的不是"辩证唯物主义的性质",因为有的剧本完全不是唯物主义的,却常常在或大或小的程度上,有时竟在很大的程度上,是辩证的。剧本向读者,主要是向观众,展示现实,展示现实如何运行,它不用史诗般的平稳的方式来叙述,像叙述陈迹往事一样,而是直接写出事件的连续运行。亚里士多德早已说过,戏剧没有冲突和突转是不可想象的①。剧本必须在一个晚上演完,必须从所描写的冲突的结果中得出一条结论、一个艺术的实质、一项在我们面前喧腾的事件的结果。因此,剧本可以是唯心主义或唯物主义的,但是它必然具有辩证性——通过矛盾的斗争而发展。没有发展、没有矛盾的冲突的剧本,简直是很拙劣的剧本。如果这样的剧本能叫人喜欢,那并非因为它是一出好戏,也许因为它是一篇很好的抒情作品的缘故。

由于社会主义艺术总是要在现象的奔流、冲突以及由此得出的结论或预测中描写现象,所以任何其他的艺术形式,都不能恰恰像话剧那样深切地符合社会主义现实主义的精神。同时,话剧中的冲突的阶级性,对于我们也自然是很明显的了。冲突可以发生在个别的人中间,可以发生在同一个人身上,用对白和独白表现出来。但是,如果您看到剧中人"心胸里有两种精神"②这就是不同的社会思想、不同的感情状态在斗争,

———————————————

① 亚里士多德在《诗学》中说:"悲剧所以能使人惊心动魄,主要是靠'突转'与'发现',此二者是情节的成分。"见《诗学》第 22 页,人民文学出版社,1962 年。按"突转"指悲剧主角突然由顺境转入逆境,或由逆境转入顺境。

② 浮士德对瓦相纳说:
　　"有两种精神居住在我们心胸,
　　一个要想同另一个分离!
　　一个沉溺在迷离的爱欲之中,
　　执拗地固执着这个尘世,
　　别一个猛烈地要离去凡尘,
　　向那崇高的灵的境界飞驰。"
　　见《浮士德》第一部,第 54—55 页,人民文学出版社。

而那又是同参加斗争的各个阶级的某一思想感情相符合的。您可以用这种观点看一看许多最伟大的艺术作品,您随时都会发现这个。这样的研究,是我们的戏剧学和文艺学的任务之一。

联系到这一点,我想提起一个让我们大大激动过的问题。有个时期流行一套说法,说是艺术家,包括剧作家在内,应该好好研究辩证唯物主义,了解辩证唯物主义在艺术创作中要采用什么形式,然后才可以根据这个来写作①。对问题抱这种看法,当然是根本不对的。第一,认为仿佛只有完全掌握了辩证唯物主义哲学知识的人才能达到社会主义现实主义,是不正确的。这等于要找出一小群对马克思主义哲学有精湛研究的作家(如果有这样的人的话),认为只有他们才是"正统的"社会主义作家,相形之下,其他的人就都要失去作家的资格了。这是根本不对的。社会主义现实主义作家的创作,当然可以依靠经过透彻研究的马克思列宁主义理论。但是我们可以设想有这么一个人,他热烈希望为社会主义斗争,而且正在积极地为它斗争,可是他对辩证唯物主义懂得很少。当他用艺术手腕描写他全心全意地实际参加过的社会主义革命时,他可能凭着本能揭示出我国现实的许多极其重要的特点。这个人清楚地了解正在进行一场什么斗争,他在这场斗争中站在特定的一边,但是他的哲学素养差,使他没有权利希望做到辩证唯物主义才能提供的那种完整的生活概括。这样的作家落笔之际,难免要充分暴露出直接观察的朴素性来。可是,当他所写的东西送到无产阶级司令部——我们党内的时候,却可能成为一件供人做出正确的辩证唯物主义结论的优秀的、艺术性的半成品。

因此,在这里,在社会主义现实主义文学内部,可以有非常大的等差。

如果一位作家掌握了社会学和哲学方面的辩证唯物主义,那是一件很好的事,是

---

① 指1931年"拉普"分子提出的"辩证唯物主义的创作方法";他们认为艺术家的职责是掌握辩证法的抽象范畴,并在人物的意识和心理中反映这些范畴的"斗争"和运动,而艺术性的标准,则要看作品是否符合辩证逻辑的规律。这样就勾销了研究丰富多姿的现实生活的必要性,也抹煞了艺术创作的特点。毛泽东在《在延安文艺座谈会上的讲话》里批判这种创作方法时深刻指出:"学习马克思主义,是要我们用辩证唯物论和历史唯物论的观点去观察世界,观察社会,观察文学艺术,并不是要我们在文学艺术作品中写哲学讲义。马克思主义只能包括而不能代替文艺创作中的现实主义,正如它只能包括而不能代替物理科学中的原子论、电子论一样。"(《毛泽东选集》第三卷,第831页,1967年)。

大大的好事。我们可以向每一个有能力和机会掌握这项方法的人祝贺。不过这决不是说,艺术家应该先花很多工夫去考虑怎样用辩证唯物主义的方法写作,怎样把辩证法的规律应用到艺术创作上,然后才写作。即使是在社会学和哲学方面造诣极深的艺术家,假如在创作过程中只是死死记住辩证唯物主义的个别原理,也要犯错误。对三段式的盲目崇拜,就是列宁在《什么是"人民之友"》中狠狠嘲笑过的那种盲目崇拜①,曾经在我们这里大为流行。梅依林克有篇好童话,谈到一条蜈蚣。你们知道,蜈蚣是相当复杂的生物,有四十条腿,但是它虽然复杂,还是能够很好地行使它的生活机能。有这么一次,一只不怀好意的癞蛤蟆问它,"可不可以向你提个问题?"——"好吧。"——"当你往前伸出你的第一条腿子的时候,你还有哪几条腿子同时往前伸出? 当你弯下第十四和第十九条腿子的时候,你那第二十七条腿子的脚掌在做什么?"蜈蚣专心思索这些问题,再也不会走路了②。不要把创作过程弄得干巴巴的。您想根据社会主义的良心,用艺术手法记下某个过程,您想描写斗争中的丑恶的或美妙的一幕——如果您不知道怎样"用辩证唯物主义"来干这个,难道您就得放弃这项任务吗?

还是干吧,同志们,即使没有透彻了解辩证唯物主义。重要的是您必须有革命的感情,能了解现阶段的基本革命任务具有真正的艺术敏感,您的文笔要能够真正感动读者,准确地表达您的思想和您的感情。为了做到这些,当然需要知识,需要知道那成为马克思列宁主义哲学的基础、而又从这哲学中吸取了那么多力量的革命实践,——没有这门知识,就不可能准确地描写现实。还必须想到适当的文学技巧,它可以便您毫不走样地表现出您所描写的现实。但是在行文时不必太注意一些近乎烦琐哲学的问题。

这并不是说,我们不应该关心辩证唯物主义是怎样进入或者被融合到艺术创作中

---

① 详见《列宁全集》第一卷,第143—163页。黑格尔认为一切发展过程都经过正、反、合三个阶段,叫"三段式"。杜林和米海洛夫斯基断言,马克思之所以能证明社会主义必然胜利,似乎不是根据对社会发展的经济规律的研究,而是根据原始社会公有制(正)—私有制(反)—社会主义公有制(合)这个三段式。这同"辩证唯物主义的创作方法"一样,是把抽象的公式硬套到现实生活上去。

② 出自奥地利作家梅依林克(1868—1932)的童话《癞蛤蟆的诅咒——癞蛤蟆的诅咒》。所转述的细节与原作略有出入。

去的,它在艺术创作中的发展以及过去和现在的情形如何。弄清这个问题很重要。再说,掌握辩证唯物主义当然能给艺术家带来很多好处,如果这种拿握是意味着适当的思想教育和完整的世界观的话。假如您不是这样,而是用"辩证唯物主义"的要求去看待每一行字、每一个形象,那么,您可就好像那只使蜈蚣援助深深苦恼过的癞蛤蟆了。

戏剧创作的任务很大,可是它的希望也很大。我们不认为所谓的戏剧创作体裁是一种固定不移的范畴,也不以为我们的剧作家在创作中应该用体裁这道板壁来束缚自己。不仅悲剧、喜剧和正剧可以互相渗透,并且在正剧里甚至也可以有史诗和抒情诗的因素。但是我们可以根据一个旧的名词问问自己,比方说,社会主义悲剧能不能存在呢?

不仅能够存在,而且应该存在。马克思说:过去最大的悲剧家描写了没落阶级、崩溃中的阶级的苦难,新时代的悲剧家要描写新世界的诞生的苦难。我们有伟大的先驱者在前,我们有很好的悲剧题材。拿托马斯·闵采尔①这类英雄来说吧,他达到了现实所能容许他达到的远处,他依靠着当时社会中最先进的分子。马克思和恩格斯对拉萨尔说过:悲剧应当写的不是济金根②,是闵采尔③。那么,我们的剧作家为什么不写闵采尔的悲剧,为什么不表现初期农民和无产阶级革命英雄的英勇牺牲,为什么不表现这样一种人,他既非自天而降的英雄,又非超尘绝俗的天才,而是一个阶级的领袖,他的阶级还不可能取得胜利,然而它的局部的失败,正如马克思论到公社④时所说的,却是后来的胜利的最大保证? 要知道,这是歌颂高度悲剧性的形象的戏剧创作,这个形象能在我们心里引起热烈的同情、极大的敬意,同时又能激发新的锐气,我们从中摄取这种英雄的那个时代离我们今天越近,他就越是没有白白牺牲,他当时的现实离我们目下所面临的阶级斗争完成的局面也就越近。

但是就在我们今天,悲剧性的因素也还没有消除,因为牺牲不仅依然是可能的,而

---

① 托马斯·闵采尔(1490—1525),十六世纪德国农民和城市平民的领袖和思想家。

② 济金根(1482—1523),1522 年德国骑士起义首领。

③ 1859 年 4 月 19 日和 5 月 18 日马克思、恩格斯分别致斐·拉萨尔的信,《马克思恩格斯全集》第 29 卷,第 571—575 页,第 581—587 页。

④ 指巴黎公社。

且是必要的。内战中的牺牲是必需的,在所有的国家发生的新旧世界之间的阶级冲突中的牺牲,是必需的。我们同国内敌人作斗争时经常有牺牲,目前他们正在顽抗,甚至钻到社会主义的新生活方式里来,极力歪曲它的内容。你死我活的斗争还在进行。如果我们不作充分的努力,我们的力量可能对付不了我们的任务。因此,歌颂我们的斗争中的牺牲者,描写这场日后会取得胜利的斗争中的牺牲者,——这无疑是现代悲剧的首要任务和良好基础。

那么现代喜剧呢?我们一位理论家发表意见说,幽默同无产阶级无缘①。真的,什么是幽默呢?幽默是一种温和的笑是这样一种情绪,就是您觉得您所嘲笑的人又可笑又可怜,或者您虽然觉得他可笑,但是又必须谅解和宽恕他。可见,——这位同志说,——畏畏缩缩和动摇不定的小资产阶级才不需要嘲笑,而需要微笑,不要讽刺,而要幽默。无产阶级却是铁面无情的,它不笑则已,一笑就得置人死命。

这位同志得出的结论错了,因为他立论的时候,只看到他面前有一个孤立抽象的无产阶级和孤立的无产阶级敌人。其实这是不对的。无产阶级是一个能发挥教育作用的伟大阶级。它正在教育贫农和中农,教育同自己很接近的雇农,教育它本身中的落后阶层,教育它自己,教育知识分子,啊,知识分子,一直到最博学的科学院院士②,是多么需要教育啊,院士们可以在例如电力问题上教给我们成千累万的东西,而电力也确实是我们万不可少的生活资料,可是谈到新的生活方式,谈到我们国家的建设问题,谈到对我们党内的偏差作斗争,——这时候,有许多院士简直是小孩子,并且还是认为自己本来就应当"不懂政治"的小孩子。向他们证明:这不是好事,而是很坏很坏的事,他们应该知道他们的精辟的见解和精辟的著作正在如何变成现实,把这些见解同我们今天的中心问题联系起来又是多么必要,——这是一件教育工作。而幽默也能很好地教育人。

当一个乡下人,我们自己的、很好的、在阶级上向我们接近的乡下人来到我们的红

---

① 文艺家伊·玛·努西诺夫(1889—1950)在题名《讽刺和幽默的社会根源》的报告中提出了这样的论点,这份报告于1931年送交给苏联科学院附设的、由卢那察尔斯基领导的一个讽刺体裁研究组。

② 卢那察尔斯基本人于1930年当选为科学院院士。

军兵营的时候,他是那样老实巴交,他什么也不懂,什么也不会,处处显得可笑,——需不需要对他顶礼膜拜,甚至同他开点儿小玩笑都不可以呢？或者,需不需要对他冷嘲热讽,叫人家伤心一辈子呢？两样都不需要。假如您曾经见过无产阶级出身的红军战士怎样对待从乡下来的新入伍的红军战士,您就知道这里有多少的幽默,他们取笑落后和拙笨取笑得多妙,这些戏谑对人们可以起到多么好的教育作用,——这样的教育作用,才过一个月,这个小伙子就完全变样了,对他发生影响的不只是学习,有时还有严厉的话语,在很大的程度上还有幽默。

对于无产阶级要加以教育的那些阶级,对于无产阶级内部那些基本良好的分子,幽默是一种极妙的潜移默化的手段。因此指出缺点并且教人如何消除缺点的幽默的喜剧、亲切的调侃的喜剧,这是摆在人跟前的一面镜子,不是使他一照就大为惊慌、只好准备上吊的镜子,而是使他一照就能看出他需要洗洗脸、刮刮脸的镜子。

这是一件极为有益的事,也许比你们根据我这开玩笑的口吻所能推断出来的更深刻、更重要得多;无产阶级的教育工作是它的基本工作之一。无产阶级不仅应该改造它周围的世界,还应该改造它自己。改造人是造就现实中主要的生产和战斗人员,由于可以用笑声改造人,这就为喜剧开辟了一个广大的活动场所。

当我们极力尽可能具体地写出我们敌人的形象,这样来照亮他们,叫人看得见他们的腐朽和卑劣的时候,我们便完全达到了现实主义形式的辛辣的喜剧、冷嘲热讽的喜剧,从这里还可以进一步走向极其尖刻的漫画和夸张。请回想一下,谢德林怎样把两个官老爷安排到荒岛上去,使他们同一个庄稼人碰在一起,以便更鲜明地表现出寄生的支配阶级同这个供养别人的、被压迫的庄稼人的关系①。

我们的喜剧也可以转变为阿里斯托芬式的喜剧,就是说,可以利用任何虚构来特别鲜明地强调我们嘲笑的某些现象。

有段时期,反映平凡生活的戏剧是进步资产阶级一个非常重要的口号,在某种程度上说,也是对他们的一场考验。它是同以显贵为主角的悲剧相对立的;照封建主看

---

① 指谢德林的童话《一个庄稼人怎样养活两个官老爷的故事》(1869 年)。

来,只有显贵人物才能做悲剧主角,否则那就不算悲剧,因为平民的痛苦和斗争不能唤起崇高的感情。在贵族戏剧中,下层阶级的人只是被写成小丑。反映平凡生活的戏剧却把资产阶级日常生活的严肃精神同当时对下层阶级的鄙视态度对照起来。剧情的中心,是叙说一个可敬的资产者要嫁出他那没有陪嫁的女儿是多么困难这类事实。情节越简单,越能博得小市民观众的同情。我以为,描写平庸生活的戏剧的本身,未必能在我们的戏剧创作中找到一席地位,因为平庸的生活是静止的生活,我们只能把它当作坏的现象来描写。对于果戈理,亚法纳西·伊凡诺维奇和普尔赫利雅·伊凡诺芙娜①是幽默——虽然是充满同情的幽默的对象,对于我们,亚法纳西·伊凡诺维奇和普尔赫利雅·伊凡诺芙娜却是生活的垃圾。如果真的怜惜他们,就要从悲剧方面描写他们:是些什么条件把他们两人弄到这般境地,弄到这个可怕的、白痴似的对任何事都漠不关心的地步的?

总之,当我们接触小市民的戏剧(而"平庸生活"便是小市民的戏剧)的时候,我们会对这个世界抱某种否定态度,或者向它发出某种号召。正因为这个缘故,所以我们的反映平凡生活的戏剧应该不是成为喜剧,就是成为悲剧。……

苏联戏剧创作的任务,不能不是迫切的。不过对这个论题必须很仔细地研究。真正的大艺术作品很少是急就章。固然,格里帕尔采尔②最好的剧本《萨福》只写了二十天,而他那些写得比较长久的剧本,结果反倒不如它,——但这决不是常有常见的事,要做到又快又好必须具备杰出作家才能具有的创作特长。一般地说,把所写的东西反复阅读,加以检查、修改,使一切适得其所,对于一个作家是很重要的。可是生活在奔流。所以我们的剧作家常常说:"哪能做得完善?——我应该有一架内心的'柯达'照相机,咔嚓一声,——就成了,然后交给剧院……这种东西虽然不算尽善尽美,但是十分新鲜。"

眼界狭小常常是我们的评论家的缺点:凡是在狭小范围以外的事物,他们都觉得不正确。必须具有广大的眼界,看到任务的全部多样性。

---

① 果戈理的小说《旧式地主》的主角。

② 格里帕尔采尔(1791—1872),奥地利剧作家。

可以设想有这样一家小型剧院,晚上就能表演早晨发生的事情,可以设想有一种活生生的喜剧和正剧,能反映我们每天每日的情形。苏联戏剧创作的一门绝技,便是笔头麻利。对这项任务不要置之不理,我们需要这种戏剧。不然的话:"我把火药紧紧地塞进大炮,我想;我要款待朋友了!"①可是"朋友"已经不见了,溜掉了。

在膝盖上而不是在书桌上写出来的活报剧,是有益的东西,不过难得是真正的艺术品。有时候需要赶紧阐发一份素材,这类新闻记者似的剧作家非匆促从事不可:常有这样的事——等你写完这么一个临时性的小剧本,由于来了新的指示,你又得完全用另一套办法去解决问题。这一切,给这种政论剧的形式增添了许多不稳定的性质。

我不怪这样的人。注意新产生的任务并且立刻予以反应,是很重要的;那些顽固地停留在错误的立场上,而不管人家对它的错误作过多么充分的说明的人,他们的做法却坏得多,——我只是指出快手作家必须克服的种种困难罢了。

可是,正在写严肃的大作品的作家又怎么办呢?那么他们的命运就是永远落后于时代吗?不,同志们,并不是这样。当你乘火车的时候,紧靠着钢轨的小石子从旁边哧哧地飞跑过去,好像是联成一气的线条。而路基或者树木飞跑过去的时候,你却看得见它们的轮廓。更远的地方耸立着高山,能在你的视野中停留很久,因为山更大,因为山在这个地区占着主要地位。在我们一年间、在我们十年间、在我们百年间占主要地位的问题很多,我们在创作上必须予以注意。

要善于绘制巨幅油画。我们的政治生活中思想最敏捷的人物,当生活从旁飞逝时总是能抓住它的重要环节的革命组织家列宁,曾经用过一句话:"严肃地和长期地。"②对于我们严肃地和长期地做着的事情,——这样的事很多——应该加以严肃的和长期的研究,剧作家应该用严肃的、可以长期留存的剧本来表现它们。我们不能容忍这种情况,就是剧院抱怨没有上演剧目,或者虽然有好剧本,却是去年的东西。我们现在对一些并非临时性的戏剧问题已经有了许多解决办法,因此在这方面,剧作家的工作应

---

① 引自莱蒙托夫的名诗《鲍罗金诺》(1837年)。"朋友"是"敌人"的戏称。

② 列宁在1921年俄国共产党(布)第十次全俄代表会议上的讲话中,在同年第三次全俄粮食会议上的讲话中以及其他地方,都用过这两个词,见《列宁全集》俄文本第43卷,第329、330、354、409页等。

该大力加强。可是必须记住,这决不是说不必非常迅速地作出反应。有些急促间写成的应时的东西将在艺术中长期传留下去,如果作者具有艺术技巧和政治嗅觉的话,这两者可以帮助他用篇幅不多的鲜明的剧本反映我们的斗争中的紧要时刻。有人说这很难。这是实话①。企图在"谦虚"的掩盖下甩脱这项基本任务的人,不能证明我们的时代的不幸,只能证明他自己的软弱。这样的东西是需要的,而且一定会有的……

从这个观点看,了解这一层非常重要:对于我所说的总任务应该根据每个特定的时期来分别予以明确化、具体化。我说的不是本义上的"今天"的具体任务,我是说我们生活的这段时间的任务、我们所处的这个斗争阶段的任务。

第一,我们正处在敌我冲突中一个特殊的阶段。世界资本主义表现了极度的神经不安;虽然它已经奄奄待毙,可是还在顽强而疯狂地挣扎,从困境中寻求出路。必须懂得列宁的话:命中注定毫无出路的情况是不常有的。如果敌人的情况不妙,如果他已声嘶力竭,行将灭亡,你可不要指望他自己丧命而要打死他,因为否则他还会苟延残喘,并且打死伤。

我们经常在斗争,而不单单是确认事实。因此,当我们的世界在困苦中发展,而他们的世界在困苦中衰落的时候,我们应该通过戏剧把这一点教给人们。还有什么能比两个处于这样的情势中而且准备作最后斗争的世界更容易产生戏剧效果呢? 我们的敌人不会自愿放下武器,——当他们在我们头上举起武器那一瞬间,武器可能从他们手里掉下来,但是也可能没有这种情形,却不免要发生冲突。这是我们的广义的国防艺术——不仅是在为军队、为我们这个最优良最主要的国防工具服务的意义上——的任务。我们的整个社会主义建设速度也是一条战线。

对于任何一次共产党中央全会或者什么苏维埃代表大会或党代表大会的召开,剧作家都不能说:"嗯,您知道吧,他们在谈政治,我却在完成我的剧本,——政治一向不是我的事,我的制服上佩戴着另一种领章。"党用信号来报告生活中的基本情况的时候,这是整个无产阶级斗争战线的信号。谁要想成为这条战线的一部分和这条战线上

---

① 在记录稿上,下面还有几句话:"然而就连兴盛时期的资产阶级都创造了一个口号:'Du sollst, also du kannst.'(德语:'你该做,因此你就能做。')我们应当牢牢记住这条规则。"

一名可敬的战士,他就应该急切地看一看:对我来说,从这里该得出什么结论?

我们的生活,特别是我们的农村、集体化农村的生活,还没有摆脱异己的富农分子,他们分散在各处,像细菌似的散播着传染病。参加争取社会主义集体化农村的胜利的斗争,是我们的戏剧创作的中心任务之一。我们知道这些细菌,——那就是腐朽的私有财产,就是为了对自己、对自己的家庭更好一点而极力捞它一把,即使这样做对整个集体有害。我们的大敌、劲敌——资本主义国家、银行、托拉斯说道:"天晓得,我们拿布尔什维克无可奈何,已经十五年了。可是他们内部有传染病。那里有我们一个小兄弟。他生活在隐蔽状态中,他在毒害和瓦解他周围的一切。您可以看到,过些时候,这座使我们望而生畏的堡垒,就要开始陷落了。"暴露这个敌人,在喜剧和正剧中用戏剧手法描写他的狡猾伎俩、他的假面具、他的暂时得逞和必不可免的、但是我们只有以最大努力为代价才能换到的他的失败,从心理上揣度和了解敌人内心发生的事情,了解他说话不是为了透露他的思想,而是为了隐瞒它,——这是艺术家的事,这是社会主义心理艺术家的事。

同敌对阶级势力相对立的,是群众的不断增长着的社会主义意识,是成为现在各种力量荟萃的真正中心的深刻进步,是社会主义财产的增长,是巩固社会主义经济就等于使我们大家成为富人这种意识的增长。我是富人,因为苏联是富裕的,目前我这里正在建设马格尼托戈尔斯克,我的生活上有正号或负号,这要看建设的成败而定,因此我有痛苦或喜悦,我正在为此献出我的生命。现在已经做出社会主义觉悟的榜样的人们,必须被摆在崇高的地位上,让那些还没有摆脱旧的、奴隶的感情、思想和习惯之压迫的人在争取社会主义新生时,能够从他们的典范中得到帮助。

我只谈到了一项最重要的任务。

恩格斯是一个卓绝的共产主义者。他也幻想过。固然,他没有幻想:"我真希望每个剧作家在写每一幕戏的时候都要预先考虑一下,怎样才能把辩证唯物主义运用到这方面来。"可是他说:"我幻想有这样的戏剧作品,它们充满着生命,正如莎士比亚那些真实的、有说服力的、引人入胜的作品充满着生命一样,但是,另一方面,它们对于所描写的历史时期又贯穿着深刻的理解。"然后他又补充道:"看来,德国不会有这类作品。"①

是的,看来,最早有这类作品的不是德国,而是我国。我国有相当近似的作品。

你们每个人都了解,我们是战线的一部分,是争取社会主义的战士的一个支队。在这条战线的上空飘扬着胜利的旗帜。在其中一面旗帜上,有斯大林同志手书的"为科学和技术而争"②。

戏剧创作应该为科学斗争,因为如果剧作家不了解现实,他就是一个浅薄的人,他的色彩永远极其贫乏。他应该为技术斗争,因为否则他不能成为现实的表现者,不能成为真正的、熟练的创造者。我们为科学和技术斗争,是要提高我们这个特殊部门的水平,使它跟别的部门一同为社会主义服务。

将来,当最后胜利已经取得的时候,我们的后代将怀着极大的敬意翻阅我们的生活史。但愿那时候,作为我们这个伟大过渡时代的纪念碑出现在他们面前的,不仅有我们的思想家和领袖们的思想,不仅有我们的群众的胜利,不仅有我们的社会主义劳动所创造的技术,而且有我们的艺术巨著、我们的剧本,那时我们的剧本还会在戏院上演,以便用时代本身的声音来讲述时代的历史。

---

① 1859 年 5 月 18 日恩格斯在致拉萨尔的信上说:"而您不无根据地认为德国戏剧具有的较大的思想深度和意识到的历史内容,同莎士比亚剧作的情节的生动性和丰富性的完美的融合,大概只有在将来才能达到,而且也许根本不是由德国人来达到的。无论如何,我认为这种融合正是戏剧的未来。"见《马克思恩格斯选集》第四卷,第343 页,人民出版社,1972 年。
② 斯大林在《论经济工作人员的任务》(1931 年)中说:"建设方面最重要的事情我们已经做到了。剩下的已经不多,这就是钻研技术,掌握科学。"《斯大林全集》第十三卷,第 40 页。

贝尔托·布莱希特

戏剧小工具篇(1949 年)

附:安哥拉·卡兰:布莱希特论亚里士多德的悲剧美学(1997 年) *

贝尔托·布莱希特

(Bertolt Brecht, 1898—1956)

德国剧作家、诗人和戏剧导演,大部分时间居住在德国。布莱希特在希特勒统治期间流亡于欧洲和美国,1949年返回到东柏林。与他的朋友瓦尔特·本雅明一样,布莱希特也从未加入共产党,从20世纪20年代末,他的工作主要向社会主义美学理论与实践的方向推进。由于在对资本主义进行批判的过程中,往往会切断理论与实践之间的联系,而布莱希特正是为了"践行"(redeem)他源自政治实践的戏剧。布莱希特"史诗剧"方法的运用发展了皮斯卡托(Piscator①)和梅耶荷德(Meyerhold②)的成果,他的合作者有汉斯·艾斯勒(Hans Eisler③)、卡斯帕·奈尔(Caspar Neher④)和海伦娜·瓦伊格尔(Helene Weigel⑤)。在布莱希特的理论与实践中,史诗剧是一种将流行的现实主义与先锋派技巧相结合而获得愉悦的、现代性的理论模式。布莱希特试图在更为灵活的和具有批判性的角色中,即兼从生产与接受两个方面建立起演员与观众之间的紧密联系,这是本雅明关于革命艺术理论的例证⑥。布莱希特采用一种"程式化技

---

* 《戏剧小工具篇》选自《布莱希特论戏剧》,张黎译,中国戏剧出版社1990年版,第3—40页。关于布莱希特的戏剧理论,还可以参见《戏剧小工具篇》(布莱希特作品系列)一书,北京师范大学出版社2015年版;《布莱希特论亚里士多德的悲剧美学》选自2003年4月《马克思主义美学研究》,麦永雄译,第328—350页。

① 皮斯卡托(1893—1966),德国导演、剧院领导人。

② 梅耶荷德(1874—1940),俄国导演、演员、戏剧理论家,著有论著《论戏剧》(1913)。

③ 汉斯·艾斯勒(1898—1962),奥地利反法西斯作曲家、音乐理论家和社会活动家,犹太人,是德意志民主共和国国歌《从废墟中崛起》的作曲者,在欧洲乐坛享有盛誉。1929年艾斯勒开始与戏剧家布莱希特合作,写出大量革命歌曲及工人歌曲,抗议当时魏玛德国的政治形势,并为戏剧、电影写作音乐,包括布莱希特的戏剧《决定》(1930)、《母亲》(1932)等,成为知名的左翼音乐家,两位艺术家的合作也伴随终生。

④ 卡斯帕·奈尔(1897—1962),奥地利-德国,舞台设计师、剧作家,与布莱希特的合作最为闻名。

⑤ 海伦娜·瓦伊格尔(1900—1971),1900年出生于奥匈帝国,著名女演员、艺术指导。海伦娜是布莱希特第二个妻子,1930年与布莱希特结婚,直至布莱希特1956年逝世。

⑥ 参见特里·伊格尔顿:《马克思主义与文学批评》,人民文学出版社1980年版,第72页,"说明革命的艺术所创造的不只是艺术生产的内容,也包括它的形式。"

术"(stylized techniques)——一般被称为"间离效果"(alienation-effects,最好理解为疏远和间离的过程),运用比喻手法,他试图用戏剧性的结构来集中分析社会和政治问题。布莱希特的现代主义现实主义使他成为抵抗社会主义现实主义的典范,也使他与卢卡奇之间产生尖锐冲突。布莱希特的戏剧创作与生产过程,使他的辩证的戏剧理论得到最好的理解与诠释。布莱希特的戏剧实践与关于戏剧的研究与理论著述颇多,他最具有划时代意义的戏剧理论即"间离效果"(Verfremdungs Effekt),"Verfremdung"在德语中是一个非常富有表现力的词,具有间离、疏离、陌生化、异化等多重涵义,布莱希特选用这个词首先意指一种方法,然后才指这种方法的效果。总体而言,布莱希特写于1948年并于1949年出版的《戏剧小工具篇》,在很大程度上代表了他长期以来的戏剧方法。布莱希特同时还著有《中国戏剧中的陌生化效果》一文。综上所述,布莱希特的唯物主义与实验性的戏剧实践不仅对文学上的社会主义方法产生重要影响,他的戏剧实践也成为了众多批评家关注的焦点,包括本雅明在内的许多理论家都有关于布莱希特戏剧的专门论述。但是,布莱希特的工作也被批评为具有"朴素思维"的特质,主要是认为布莱希特的方法将复杂的社会分析理解为批评性的意指实践,等等,这些问题都值得引起我们的思考与关注。

戏剧小工具篇[①]

前言

　　本文旨在探讨一种美学问题,这种美学沿及一种几十年来在实验中发展起来的、特定的戏剧表演风格。作者在为自己的剧本撰写的跋文中,偶然发表过某些理论性的表述、零散的意见和技术性的说明[②],但是,这些仅仅是附带地和比较枯燥地接触到了美学方面的问题。一种特定的戏剧,如果它按照斗争形势的需要,背离或者遵循流行一时的道德的或者合乎欣赏趣味的规则,它会扩大或者缩小自己的社会作用,完善或者选择自己的艺术手段,以及在美学上创建或者确立自己的地位。它保卫自己的社会倾向,采用的是在举世公认的艺术作品中指出社会倾向的方法,因为这些倾向是举世公认的,所以并不引人注目。在当代人的创作中,对于一切有益的知识的摒斥,被视为颓废的标志:这种夜间娱乐曲推销站遭到了谴责,说它们堕落成了资产阶级麻醉商业

---

① "工具"(Organon)一词来源于古希腊文,意思是工具、手段、方法。希腊古典哲学家亚里士多德曾著有讨论逻辑和方法论的《工具》,"Organon"在这里的意思是指逻辑思维的方法,因此过去有人把它译成《理论篇》。十七世纪英国哲学家弗兰西斯·培根著有《新工具篇》(1620)。布莱希特沿用这个词汇著了《小工具篇》(1948)。

② 布莱希特最早阐述自己对戏剧的新观点的文字,多系以剧本的说明形式写的。如最早的《关于歌剧〈马哈哥尼城的兴衰〉跋语》,疲于奔命和致力于反法西斯斗争,无暇作系统的理论探讨。《小工具篇》是作者战后回国途中在瑞士撰写的,这是一篇系统阐述"科学时代的戏剧"的理论著作,素有"新诗学"之称。

的一个分店。舞台上对社会生活的错误反映,包括所谓自然主义的反映在内,促使戏剧发生了要求进行科学一般精密反映的呼声,思想贫乏的赏心悦目之事的乏味的烹调术,促使戏剧发出了要求口诀式的美丽逻辑的呼声。伴随着厌恶学习和实用而产生的对于美的崇拜,遇到了轻蔑的拒绝,特别是因为再也产生不出任何美的东西。人们开始追求一种科学时代的戏剧①,这种戏剧的创立者,很难从美学概念的军械库里借用或者偷用足够的武器,来对付新闻界的美学家,他们只好单刀直入地说出自己的意图:"变消遣品为教材,把娱乐场所改变成为宣传视构"(《关于歌剧的说明》)②,这就是说,从享乐者的王国里逃亡出来。美学这个腐朽和寄生阶级的遗物,它的处境是十分可怜的,戏剧若想自称为 Thaeter③,不但要赢得威信,而且还必须赢得活动自由。然而作为一种见诸实践的科学时代的戏剧,毕竟不是科学,而是戏剧,由于在纳粹时代和战争中,缺乏对一系列革新在实践中进行证明的可能性,因此现在是尝试对这种戏剧在美学中的地位进行检验的时候了,至少要为这样一种戏剧勾勒一个可以设想的美学草案。离开美学来描述表演的陌生化理论④,大约是非常困难的。

今天甚至有可能写出一部关于精密科学的美学来。伽利略曾经谈到过特定公式的优美和实验的机智。爱因斯坦称审美感具有一种发现者的作用,原子物理学家罗伯特·欧本海默⑤赞扬过科学态度,说"它有自己的美,很符合人在地球上的地位"。

甚为遗憾,我们要放弃从享乐者的王国里逃亡出来的意图,尤其遗憾的是,我们更要宣布置身于这个王国里的意图。我们把剧院当成一种娱乐场所,这在美学里是理所当然的,我们还要探讨一下,什么样的娱乐才适宜于我们。

---

① 布莱希特称自己所尝试的"史诗剧"——晚年亦称"辩证剧"——为科学时代的戏剧,把自己的观众称为科学时代的孩子。

② 指布莱希特最早举起戏剧改革的旗帜的一篇文章《关于歌剧〈马哈哥尼城的兴衰〉跋语》。布莱希特在这篇文章里最初阐述了关于"史诗剧"的思想,并对"戏剧性戏剧"和"史诗剧"列表作了详尽的比较。

③ Thaëter 系 Theater(戏剧)的变音,读起来跟 Tater(有所作为者)相似。布莱希特意味深长地玩了一个文字游戏,以表明他所主张的"史诗剧"不同于流行的戏剧。他还提出 Musik(音乐)也应该成为 Misuk,他称这种 Misuk 为"动作性音乐"。

④ "陌生化效果"又译"间离效果","间情法"。它是史诗剧理论中的一个特殊术语,包括剧本结构、舞台美术、导表演方法三方面的内容。

⑤ 奥本海默(R.Oppenheimer),美国原子物理学家。

一

"戏剧"就是要生动地反映人与人之间流传的或者想象的事件,其目的是为了娱乐。当我们谈到戏剧的时候,不管是旧的还是新的,这就是我们要在下文里阐明的主张。

二

为了包含得更多,或许我们可以增添人和神仙之间的事件,但是,因为它对我们的用途极少,所以可以不必采用这类事件。一旦我们采用这种扩展①,那么关于"戏剧"设施的最普遍作用的描写,仍然必须保持在娱乐作用的范围之内。我们认为这是"戏剧"的最可贵的作用。

三

使人获得娱乐,从来就是戏剧的使命,像一切其他的艺术一样。这种使命总是使它享有特殊的尊严,它所需要的不外乎是娱乐,自然是无条件的娱乐。如果把剧院当成出售道德的市场,绝对不会提高戏剧的地位;戏剧如果不能把道德的东西变成娱乐,特别是把思维变成娱乐——道德的东西只能由此产生——就得格外当心,别恰好贬低了它所表演的事物。丝毫也不应该奢望它进行说教,除了充分的赏心悦目之外,不能奢望它带来更实用的东西。戏剧完全应该保持某种余兴,自然这样就意味着,人们为了余兴而生活。娱乐不像其他事物那样需要一种辩护。

---

① 指把描写人与人之间的事件,扩展到描写人与神之间的事件。

四

古人正是这样按照亚里士多德的理论创造他们的悲剧的,除了使人获得娱乐之外,既不怀有更高的奢望,也不降低要求。有人说戏剧产生自宗教仪式①,那也只能说通过提炼才形成了戏剧;戏剧大约并未从神秘那里接受宗教仪式的任务,而是接受了娱乐,仅此而已。那种亚里士多德式的卡塔西斯——借助恐惧与怜悯来净化或者冷化恐惧与怜悯——是一种陶冶②,它不仅是以娱乐的方式,而且恰好是以娱乐为其目的而进行的。对戏剧期望过多或者允许它做得过分,则只会降低其本身的目的。

五

纵使有人谈论高级的和低级的娱乐方式,亦会在艺术中看见一副冷酷的面孔,因为当它使人们获得娱乐的时候,它希望做高级的和低级的运动,而不受到干扰。

六

与此相反也有弱的(简单的)和强的(混合的)娱乐,这是可以通过戏剧制造出来的。我们在伟大的戏剧中会看到后者,它所达到的高潮,像同居在爱情中所达到的高潮一样;它有纷繁的枝叶,有丰富的媒介,它是充满矛盾的,效果卓著的。

七

由于人类共同生活方式的不同,各个时代的娱乐自然也是不同的。在僭主③统治

---

① 在欧洲一般都认为古希腊悲剧产生自对酒神的崇拜和祭祀活动。

② "卡塔西斯"(Katharsis)是亚里士多德悲剧理论的重要组成部分。《诗学》里有专门论述。"陶冶",原文为Waschung,意思是洗涤、淘洗。第九节的"陶冶",原文与此处相同。

③ 僭主是希腊从氏族统治到民主制度的过渡阶段,在某些城市出现的一种僭主政治的统治者,如波吕克剌特、庇士特拉妥等,他们多数是靠篡夺、个人暴力获得政权的,在掌权以前多以平民领袖姿态出现,作僭主后颇似君主,一人独揽政权。

下的希腊城邦的民众，一定跟路易十四①的封建宫廷里的娱乐不一样。戏剧必须提供人类共同生活的不同反映，不仅是不同的共同生活的反映，而且也要提供不同形式的反映。

八

按照在人类共同生活的具体方式之下可能的和必要的娱乐，必须将人物进行不同的均衡，给剧情安排不同的远景。故事须叙述得非常不同，以便希腊人②借助对神的法则获得娱乐，对于这种神的法则的无知，并不能使人免受惩罚；法国人③借助令人羡慕的自我克制，这是宫廷的义务法典对世界上的大人物提出的要求；伊丽莎白时代的英国人④，则借助自由放纵的新型个性的自我对照获得娱乐。

九

人们必须注意，在各种不同形式的反映中所获得的娱乐，几乎从来不受被反映的事物的形象的相似程度所制约。不确切，甚至明显的不真实，也很少或者根本无损于大局，只要这种不确切性在某种程度上是坚实的，而不真实性也保持同样形式。借助各种诗歌的和戏剧助手法创造出来的具体故事的紧凑过程的幻觉，是足以令人满足的。如果允许我们依据索福克勒斯的心灵陶冶，或者拉辛式的牺牲行为，或者莎士比亚笔下的杀人狂，来获得这些故事里的主要人物的美丽的或者伟大的感情，我们甚至

---

① 路易十四(1638—1715)，自1643年起为法兰西国王，他的后台支柱马伦死后(1661)自行掌权，并且完成了法国专制主义严格的中央集权的封建官僚政权的建立。

② 这里指的是以埃斯库罗斯(公元前525—前456)和索福克勒斯(公元前497—前406)为代表的古希腊戏剧活动的盛世。

③ 指法国文学史以莫里哀(1622—1673)和拉辛(1638—1699)为代表的古典主义时期，即路易十四世的封建主义时代。

④ 指以莎士比亚(1564—1616)为代表的英国戏剧创作的盛世。

也宁愿忽略这类不确切性。

十

自从古代以来,在剧院里创造的人类重要事件的各种各样的反映,尽管它们是不确切的,不真实的,亦能使人获得娱乐,在这些反映当中直到如今还有很大一部分,可以为我们提供娱乐。

十一

当我们证明自己在如此不同时代的反映中获得娱乐的能力的时候,(这是那些强大的时代的孩子们几乎办不到的)难道我们不应该怀疑自己还根本未发现特殊的娱乐,亦即我们自己的时代应有的娱乐吗?

十二

我们在戏剧里所得到的享受,一定比古人得到的少,尽管我们的共同生活方式,跟他们的还一直十分相似,通常仍能产生这样的享受。我们理解古代作品,运用了一种相当新颖的方法,亦即共鸣法,然而这种共鸣在作品里并不甚多。因此我们的大部分享受,是由别的源泉汲取来的,而不是由喷涌在我们面前的源泉汲取来的。此外,我们要用语言美,用布局的新颖,用促使我们产生独立的想象的段落,总之,用古代作品的附属部分,来补偿自己的损失。把故事的不确切性掩盖起来的,恰好是那些诗歌的和戏剧的方法。我们的戏剧再也没有能力或者兴趣,清清楚楚地讲述这些故事,甚至包括伟大的莎士比亚的那些不甚古老的故事,这就是说,使人相信这些事件的联系。按照亚里士多德的意见,布局是戏剧的灵魂,我们在这个问题上也有同感。我们愈来愈受到了人类共同生活的反映的简陋与草率的损害,这不仅在古代作品方面,而且在当代作品方面亦莫不如是,只要它们是仿效老法子炮制出来的。享受我们的全部风格,开始变得不合时宜了。

十三

正是人类事件反映的不确切性,削弱了我们在戏剧中的享受。其原因在于:我们对于被反映的事物的态度与前人的有所不同。

十四

当我们选择一种直接的娱乐,选择一种我们的戏剧借助人类共同生活的反映提供给我们的广泛而深入的娱乐的时候,我们必须把自己设想成科学时代的孩子。我们的作为人的共同生活——亦即我们的生活——在一个全新的范围内是由科学决定的。

十五

有些人早在几百年以前,在不同的国度不谋而合地着手进行某种实验,他们希望借此揭开自然界的秘密。他们隶属于繁荣城市的手工业者阶级,他们把自己的发明传授给在实践中加以运用的人,而这些人对新兴科学并不比对个人赢利抱有更多的希望。于是采用几千年来未曾改变过的方法所经营的手工业,取得了长足进展,在许多地方最初通过竞赛将他们联结到一起,到处都在聚集着大量的人群,他们在一种新的形式下组织起来,开始了一种大规模的生产。人类立刻显示出几乎从来都未敢梦想过的力量。

十六

从那时起,人类似乎才开始自觉地和一致地使他们居住的星球变得可以栖身。这个星球的许多组成部分,诸如煤、水、油都变成了财富,水蒸气被利用来带动交通工具,几星小小的火花和蛙腿的痉挛,泄露了一种自然的威力,这种威力能发生光,能把声音传播到其他大陆上去等等。人用一种新的眼光注视着世界,设法运用那些已经司空见惯,但从来不曾为她的舒适生活所利用起来的东西。他的周围环境先是十年十年地变化着,然后是逐年地,再后几乎是逐日地变化着。我在用一部机器写着这些文字,这种机器在我降生的时代还不曾有人晓得。我乘坐着一种新式快速的交通工具旅行,这种速度对我的祖父来说还是不可想象的;那时候无论什么都走不了这样快。我可以升到空中去,而我父亲却不能。同我父亲我已经在谈论着另一个大陆,但是同我儿子一起我才能看见广岛爆炸[①]的活动画面。

十七

纵使新兴科学引起了我们周围世界的巨大变化,特别是指出了它的可变性,人们仍然不能说它的精神在决定着我们的一切。新的思维方法和感受方法之所以尚未真正深入到广大的人民群众中去,其原因在于,在开发与征服自然中获得了辉煌成就的科学,受到了掌握政权的阶级——资产阶级的羁绊,使它不能去改造另一个尚停留在黑暗中的领域,亦即在开发和征服自然中人与人之间的关系。这项决定一切的任务已经实现了,然而提出这项任务的新的思维方法,尚未阐明将其付诸实现的人们的相互关系。观察自然的新眼光尚不能同样用来观察社会。

十八

事实上人类相互之间的关系比从前更令人难以洞察。他们共同经营的巨大企业,似乎使他们愈来愈向两极分化,生产的高涨引起了贫困的高涨,在开发自然的过程中

---

① 指 1945 年 8 月 6 日美国空军在日本广岛投掷原子弹。

仅有少数人从中获利,而且是通过剥削人的方式。凡可能给所有人带来进步的东西,都成了少数人发迹的契机,并且愈来愈多地把生产出来的物资,用于为巨大的战争制造破坏手段。在这些战争里,世界各国的母亲们把她们的孩子搂在怀里,惊恐地仰望着天空,注视着那些杀人的科学发明。

十九

今天的人类面对他们自己的事业,像古代人面临不可估量的自然灾殃一般。借助科学繁荣起来,并且在成了唯一的受益者之后,又把这种繁荣转变成统治大权的资产阶级,他们非常懂得,一旦科学的眼光盯住他们的事业,这就意味着他们的统治的末日到来了。于是,大约在一百年前创立的阐述人类社会本质的新兴科学,在被统治者与统治者的斗争中建立起来了。从此在底层,在新兴的工人阶级中间——他们的生存因素是大生产——才有了一些科学精神:巨大的灾殃从那里被看成了统治者的事业。

二十

科学和艺术的共同点,在于二者皆为轻松人类的生活而存在,一个服务于其生计,另一个服务于其娱乐。在未来的时代,艺术将要从新的生产劳动中汲取娱乐,这种生产劳动能够大大改善我们的生计,这种生产劳动倘不受到羁绊,可能是最大的娱乐。

二十一

如果我们愿意沉浸在这种生产劳动的巨大激情中,那么我们的人类共同生活的反映应该是怎样一副面貌?怎样的立场才是我们这些科学时代的孩子,愿意在我们的剧院里愉快地接受的对待自然和对待社会的有益立场?

二十二

这是一种批判的立场。面对一条河流,它就是河床的整修;面对一株果树,就是果树的接枝;面对移动,就是水路、陆路和空中交通工具的设计;面对社会,就是社会的变革。我们描写人类的共同生活,是为了治河工人、果农、交通工具设计师和社会革命家;我们邀请他们到我们的剧院来,当我们把世界呈献在他们的智慧和心灵之前,以便按照他们的心愿去改造这个世界的时候,请求他们在我们这里不要忘却快乐的兴趣。

二十三

诚然,戏剧只有投身于社会激流之中,跟那些最急于完成巨大变革的人一起,才能采取这样一种自由的立场。倘无他路可走,则适应时代发展我们的艺术的真诚愿望,将立即把我们的科学时代的戏剧赶入贫民窟,在那里它将公开地把自己委身给创造大量财富、然而却难以维持生活的广大群众,以便让他们在这种戏剧里借助自己的严重问题开展有益的娱乐。他们可能会觉得难以偿付我们的艺术,不能立即理解这种新式的娱乐,在许多方面我们必须学会发现他们需要什么,怎样需要,但是我们不必为他们的兴趣担忧。这些人之所以距离自然科学似乎很远,是因为他们被关在它的大门之外,为了占有自然科学,他们必须首先亲自创立一种新型社会科学,并将其付诸实践,这样才能成为科学时代的当之无愧的孩子,如果他们不去推动科学时代的戏剧,它就不能蓬勃地发展起来。把生产劳动当成主要娱乐源泉的戏剧,也必须以它为主题,今天,当人到处被人所束缚,不能为自己进行生产,亦即不能谋取生计以维持自身生活的时候,尤其需要完全特殊的热情。戏剧必须投身于现实中去,才有可能和有权利创造出效果卓著的现实的画面。

二十四

　　只有这样,才能使戏剧易于尽可能地接近教育和宣传机构。因为纵使它不至于为达不到娱乐目的的各种知识素材所烦扰,亦能随心所欲地借助教育和探讨进行娱乐。戏剧把对社会的真实反映——这种反映又能影响社会——完全当成了一出戏;给社会的建设者展示出社会的见闻,既有从前的,也有现在的,并且以这样一种方法,即我们当中最热情、最有智慧和最活跃的人,从日常和世纪的事件中获得的感受,见解和冲动可以供人"享受"。他们获得娱乐,是借助从解决问题的过程中得来的智慧,借助对被压迫者的同情转变而来的有益的愤怒,借助对于人性尊严的尊重,亦即博爱———句话,借助一切足以使生产者感到开心的东西。

二十五

　　戏剧也可以让它的观众享受他们时代的、从生产劳动中产生的特殊伦理。把批判、亦即把生产劳动的伟大方法变成娱乐,在伦理的领域里没有什么是必须做的,而有许多是能够做的。社会单是从社会性的事物中就可以获得享受,只要它是有生命力的,是重要的。在这方面常常表现出具有特殊意义的理解力和某些才能,当然它们都具有破坏作用。甚至连灾殃猝发的江河,社会也能够享受它的壮观景象,如果社会能够主宰江河,那么江河就是它的。

二十六

　　为了这样一种事业,我们当然不能听任我们所看到的这种戏剧浓然如故。让我们走进这样一座剧院,观察一下它对观众所产生的影响。只要我们向四周一望,就会发现处于一种奇怪状态中的、颇为无动于衷的形象:观众似乎处在一种强烈的紧张状态中,所有的肌肉都绷得紧紧的,虽极度疲惫,亦毫不松弛。他们互相之间几乎毫无交往,像一群睡眠的人相聚在一起,而且是些心神不安地做梦的人,像民间对做噩梦的人说的那样:因为他们仰卧着。当然他们睁着眼睛,他们在瞪着,却并没有看见,他们在听着,却并没有听见。他们呆呆地望着舞台上,从中世纪——女巫和教士的时代——以来,一直就是这样一副神情。看和听都是活动,并且是娱乐活动,但这些人似乎脱离了一切活动,像中了邪的人一般。演员表演得越好,这种入迷状态就越深刻,在这种状态里观众似乎付出了模糊不清的,然而却是强烈的感情,由于我们不喜欢这种状态,因此我们希望演员越无能越好。

二十七

关于被反映的世界本身——从中裁取一些片断用来制造这种气氛和感情活动——则是这样处理的:利用少数不完备的事物,如几块纸板、少许表演技巧、一点点台词,这些戏剧家的本领实在惊人,他们居然能够借助这样一种关于世界的残缺不全的复制品,强烈地打动他们的兴致勃勃的观众的感情,这是世界本身所不及的。

二十八

总而言之,我们应该原谅戏剧家们,因为他们既不能以准确地反映世界来提供用金钱和名誉从他们手里购买的娱乐,又不能不以魔术的方法来兜售他们的不准确的反映。在作品里,我们到处都能看到他们描写人的才能,特别是在无赖汉和小人物身上,更显示了他们对人的了解的迹象,这些人物是各不相同的,但是中心人物必须具有普遍性,使观众能够比较容易理解他们,总之,一切特征都必须取自狭隘的范围,在这个范围之内。任何人都能立刻断定:对,正是这样。因为观众希望获得相当固定的感受,像一个孩子骑上一匹旋转木马时所希望的那样:他能骑马奔跑和拥有一匹马的骄傲感;他被驮着经过其余孩子面前的兴致;被追踪或者追踪别人的冒险的幻想等等。为了让孩子经历这一切,木马的相似将不起多大作用,在一个小小圆圈里骑马奔跑的局限性也并不妨碍他的兴致。对观众来说,关键在于在这些剧院里他们能够把一个充满矛盾的世界,当成一个和谐的世界,把一个不怎样熟悉的世界,当成一个可以梦想的世界。

二十九

这就是我们往自己的事业中所看到的戏剧,到目前为止,它表明有能力把我们充满希望的、被我们称作科学时代的孩子的朋友们,变成一群畏缩的、虔诚的、"着魔"的人。

三十

的确如此,大约半个世纪以来,他们就看到了一些人类共同生活的比较忠实的反映,以及反对某些社会弊端,甚至反对整个社会结构的人物。在科学思想的清风几乎把惯常的魅力吹得枯凋零落之前,他们的兴趣仍是十分强烈的,他们宁可暂时忍受非常低劣的语言、布局和思想境界。付出的牺牲并未取得特别的功效。精确的反映破坏了一种乐趣,也并未满足另一种乐趣。人类关系这个领域变得可见了,然而却并不明显。以旧的(魔术的)方式制造出来的感受,仍然保持着旧的形式。

三十一

剧院从来就是一个阶级的娱乐场所,这个阶级在自然的领域里是有科学精神的,然而却不敢把人类关系的领域引到戏剧中来。然而,通过叛逆的脑力劳动者获得的既不明显又不稳定的扩大的观众当中那一小部分无产者,仍然还在用旧式的娱乐来调剂他们注定的生活方式。

三十二

不管怎样,我们要前进!跌倒再爬起来!显然,我们正身临一场战斗,那就让我们战斗吧!我们不是看见了怀疑具有移山倒海的威力吗?我们发现自己被人扣留了某些东西,这还不够吗?在大家面前吊着一块幕:我们把它揭开吧!

三十三

我们所看到的戏剧,把(舞台上反映的)社会结构表现为不受(观众席上的)社会的影响。俄狄浦斯①触犯了支撑当时社会的几项原则,犯了杀身之罪;这些事情由神仙来管,而神仙是不受批判的。莎士比亚那些伟大的个人②,心中想着自己的命运的星宿,不可遏制地完成他们那徒劳无益的致命的杀人狂热。他们把自己驱向死亡,在他们的毁灭过程中,伤风败俗的不是死,而是生;灾难是不受批判的。条条大路通往人的牺牲!多么残忍的行乐!我们知道,野蛮人有一种艺术。让我们来创造另外一种艺术吧!

三十四

让我们的灵魂在黑暗的笼罩下离开凡胎肉体,深入到舞台上那些梦幻般的灵魂中去,分享他们的再生,还要维持多久呢?而这种再生"从来"都是与我们没有缘分的。这算什么解放!我们在所有这些戏的结尾,看到的都是梦幻般的死的完成,这种死的完成是把再生作为非分的希望来惩罚的,而上述结尾仅仅有利于时代精神(合理的天意、安静的秩序)。我们沉湎在《俄狄浦斯》里,因为在那里仍然存在着神圣不可侵犯的

---

① 古希腊悲剧作家索福克勒斯《俄狄浦斯王》中的主人公。
② 指莎士比亚的悲剧人物如哈姆雷特等。

戒律,而无知并不能使人免受惩罚。我们沉湎在《奥瑟罗》里,因为嫉妒仍然在支配我们的行动,而且一切都取决于占有。我们沉湎在《华伦斯坦》①里,因为我们必须自由地参与竞争,而且应该守法,否则这种竞争就停止了。这些梦魇癖在《群鬼》②和《织工》③那样的戏剧里也得到了加强,在这些戏里,社会常常被表现为问题成堆的"环境"④,由于我们被迫接受主要人物的感受、见解和冲动,因此我们关于社会所得到的东西,并不比"环境"所给予的更多。

三十五

我们所需要的戏剧,不仅能表现在人类关系的具体历史的条件下——行动就发生在这种条件下——所允许的感受,见解和冲动,而且还运用和制造在变革这种条件时发生作用的思想和感情。

三十六

条件必须表明自己的历史相对性。这意味着同我们的习惯决裂,去掉往日的不同社会结构的不同性,让它们全都或多或少地同我们的时代一样,经过这种处理,使它给人留下某种历来如此或者永恒的印象。我们不想去理会它们的不同性,而留意它们的暂时性。就连我们的社会结构也可以被看成是暂时的。(在这方面鲜艳色调或者民俗学当然都是无济于事的,而它们都被我们的戏剧运用来突出表现不同时代的人的行为方法的相同性。我们将在后面说明戏剧方法。)

---

① 《华伦斯坦》是席勒(1759—1805)的历史剧。
② 《群鬼》(1884)是易卜生(1828—1906)的剧本。
③ 《织工》(1892)是霍普特曼(1862—1946)描写西里西亚织工暴动的名剧。
④ 十九世纪末期欧洲自然主义者主张描写"环境",特别是无产者的环境和在劳动过程中的人,他们把人理解成由"环境"和"遗传"所决定的本质。作品多带有社会批判的特征,对劳动人民的贫困表示同情。

三十七

如果我们按照不同的时代,通过不同的社会动力,让我们的人物在舞台上活动,我们会使观众难以深入理解当时的环境。他将不会直接地感觉到:我也会这样行动;至多他会说:如果我曾经生活在这种环境里……,我们若是把本时代的戏当作历史戏来表演,那么观众所处的环境对他来说同样会显得不平常。而这就是批判的开端。

三十八

人们当然没有权利把"历史条件"设想成(甚至建设成)黑暗势力(背景),相反,它们是被人类创造和保存下来的(并且将被他们所改变);所谓"历史条件",就是前面所讨论的那些问题。

三十九

如果有一个人物被历史化,根据时代作出回答,并且在不同的时代作出不同的回答,他不就是"每个人"吗?是的,按照时间过程或者阶级,在这里每个人作出的回答都是不同的;如果他生活在另一个时代,或者距今还不甚久远,或者在生活的暗影里,他一定做出另外一种回答,但是又同样是特定的回答,像每个人在这个时代的这种处境里所做出的回答一样,试问,回答是否还有其他区别呢?这个活生生的、不可混淆的人,亦即与他们的同类不完全相同的人,他在哪里?诚然,形象必须把他清清楚楚地表现出来,若想做到这一点,须在形象里描写这种矛盾。历史化的形象须有某种轮廓,围绕着创造出来的人物显示出其他动作和特征的痕迹。或者人们想象一个在山谷里发表演说的人,他在演说中改变自己的意见或者净说些自相矛盾的话,这样,演说时的回声便成了他说的那些话的对照。

四十

当然,这样的形象要求一种灵活机动地保持着观察精神的表演方法。当它把社会动力转换成思想或者通过别的社会动力来代替的时候,必须不断地在我们的布局中采用虚拟的"蒙太奇",借助这种方法使现实的举止行为得到一些"不自然的"因素,由此现实的动力失掉了它们的自然性,成了可变的。

四十一

这就像治河工人观察一条河流一样,如果他连初始的河床和某些可能存在过的想象的河床一起观察,高原的倾斜度就会不同或者水量就会不一样。当社会主义者在思想里观察一条新的河流的时候,他就在思想里听见了河边农业工人的新式的对话。我们的观众就是应该这样在剧院里看到发生在这些农业工人当中的,具有这种轮廓的痕迹和回声的事件。

四十二

第一次和第二次世界大战之间,在柏林船坞剧院①为制造这样的形象所尝试过的表演方法,是以"陌生化效果"(V-Effekt)为基础的。陌生化的反映是这样一种反映:对象是众所周知的,但同时又把它表现为陌生的。古典和中世纪的戏剧,借助人和兽的面具使它的人物陌生化,亚洲戏剧②今天仍应用音乐和哑剧的陌生化效果。毫

---

① 柏林船坞剧院,即今日柏林剧团的院址。二十年代末三十年代初,布莱希特曾在本剧院做过"史诗剧"的实验。二次大战以后,布莱希特继续在此进行"史诗剧"的实验,并担任过该剧院的导演。
② 布莱希特在创立史诗剧表演体系过程中,曾对亚洲戏剧的表演方法表现了很大兴趣,1937年写了《中国表演艺术中的陌生化效果》一文。

无疑问,这种陌生化效果会阻止发生共鸣,然而这种技巧跟追求共鸣的技巧一样,主要是建立在催眠术式的暗示的基础上的。这种古老方法的社会目的和我们的完全不同。

四十三

古老的陌生化效果使观众完全无法介入被反映的事物,使它成为某种不能改变的事物;新的陌生化效果本身并不奇异,把陌生的事物当成奇异的,是不科学的眼光。新的陌生化只给可以受到社会影响的事件除掉令人信赖的印记,在今天,这种印记保护着它们,不为人所介入。

四十四

长期未曾改变过的事物,似乎是不可更改的。我们到处都遇到一些过于理所当然的事物,我们必须努力去理解它们。它们彼此的经历,对于人来说似乎是现实的人的经历。生活在白发老人的世界里的孩子,学会认识事态在那里如何发展。他将熟悉事物的发展过程。如果一个人鼓足勇气,额外期望一些什么,他只是把这种期望当作例外。纵使他把"天意"对他的惩罚视为社会对他的制约,那么对他来说,社会这个他的同类本质的强大的集合体,一定像一个比他那部分的数目还大的整体一样,是不受任何影响的;倘若他的确信赖这种不受影响的事物,那么谁来怀疑他所信赖的事物呢?为了使所有这些现实的事物,使他觉得同样可疑,他必须表现出伟大的伽利略借以观察摆动的枝形灯架的那种好奇的目光。这种摆动引起伽利略的惊讶,这种摆动出乎他的意料,他并不理解这种摆动,然而他却由此总结出了规律性。戏剧必须借助对人类共同生活的反映,激发这种既困难又有创造性的目光。戏剧必须使它的观众惊讶,而这要借助一种把令人信赖的事物陌生化的技巧。

四十五

什么样的技巧允许戏剧把新的社会科学方法——唯物主义辩证法运用到它的反映中来呢？为了探索社会的可动性，这种方法把社会状况当成过程来处理，在它的矛盾性中去考察它。一切事物在转变的时候，亦即处于与自身不一致的时候，都存在于这种矛盾之中。人类的感情、意见和态度也是如此，他们的社会共同生活的具体形式就表现在这里。

四十六

实现这样众多而复杂的自然的变革，是我们这个时代的一种乐趣，把一切理解成我们能够介入的，在人身上已经发生了许多变化，或者说，可以使他发生许多变化。人不应该总是那副老样子；他不仅可以表现为现在的样子，而且可以表现为他将成为的样子。我们不应该把他作为出发点，而应该把他作为目标。这就是说，我们不应该简单地坐在他的位置上，而应该坐在他的对面，代表我们大家。因此，戏剧必须把它所表演的一切陌生化。

四十七

为了制造陌生化效果，演员必须放弃他所学过的一切能够把观众的共鸣引到创造形象过程中来的方法。既然他无意把观众引入一种出神入迷的状态，他自己也不可以陷入出神入迷的状态。他的肌肉必须保持松弛，比如说拉紧脖颈筋肉的一次扭头，也会像魔术一般吸引着观众的目光，有时甚至吸引着观众的脑袋，这样，关于这种姿势的任何推断或者感情活动都会被削弱。他的道白方法须摆脱牧师讲道似的庸俗单调和拖长尾声，这种方法能使观众昏昏入睡，从而忽略道白的思想。纵然是表演一个神经错乱的人,他自己也不能癫狂若痴,否则观众怎能辨认出神经错乱者的原因何在呢?

四十八

演员一刻都不允许使自己完全变成剧中人物。"他不是在表演李尔①,他本身就是李尔"——这对于他是一种毁灭性的评语。他只须表演他的人物,或者说得更确切些,不仅仅是体验他的人物,这并不意味着,当他表演热情奔放的人的时候,本身仍须无动于衷。只是说,演员自己的感情,不应该与剧中人物的感情完全一致,以免使观众的感情完全跟剧中人物的感情一致。在这里观众必须具有充分的自由。

四十九

演员作为双重形象站在舞台上,既是劳顿②又是伽利略③,表演者劳顿不能消逝在被表演者伽利略里,这种表演方法也被称之为"史诗的"表演方法,这种方法到头来只是意味着对真实的、平凡的事件不再加以掩饰。站在舞台上的确实是劳顿,他在表演他是怎样想象伽利略的。即使在观众对他赞叹不已的时候,他们仍然不会忘记这就是劳顿,一旦他设法运用完全的转变④,他的意见和感受便会遭到损害,从而全部变成人物的意义和感受。如果演员把人物的意见和感受变为自己的,这样,事实上将产生一种同样意见和感受的模式,他将把这种模式变成为我们的。为防止这种不愉快,演员必须把表演成为一种艺术。举一种辅助想象为例:为了使姿态的一半,即表演的一半获得独立意义,我们赋予它一种动作,例如我们让演员一边吸烟,一边为我们表演,他不时地放下香烟向我们表演想象的人物的另一种举动。如果人们从画面中去掉一切

---

① 指莎士比亚剧中的李尔王。
② 查理·劳顿是英国演员,曾在美国同布莱希特合作把《伽利略传》译成英文,并亲自扮演过伽利略。
③ 布莱希特剧本《伽利略传》里的主人公。
④ 布莱希特把演员完全变成剧中人物称为"完全的转变"(restlose Verwandlung)。

匆促的因素,同时也不忽略疏忽的因素,那么我们眼前将出现一个善于把我们的或者他的思想留给我们的演员。

五十

在通过演员传达反映的过程中,还需要另一种改变,选种改变也会使事件变得"更平凡"。演员不应该让他的观众误认为不是他而是想象的人物站在舞台上,同样,也不能让他们把出现在舞台上的背熟的事件,误认为第一次出现的,而且只是出现一次的事件。席勒认为史诗吟诵者把他的事件当成完全过去的,表演者把他的事件则当成完全现实的①,这样的区分不再切合实际了。"他在开端和中间就已经知道了结局",这在演员的表演中,应该完全不成问题,他应该"完全保持一种静止的自由"。他在生动的表演中叙述他的人物的历史,他比人物知道得更多,他不能把"现在"和"这儿"当成一种通过表演守则才能实现的虚构,而是把它们跟昨天和别的地方分开,以便使事件的联系一目了然。

五十一

这在表演群众事件或者周围世界发生的强烈变化,如战争和革命的时候是特别重要的。然后观众才能想象到总的形势和总的过程。比如说当他听见一个妇女说话的时候,可能听见她在心灵里说别的什么,比如说在几周以后,别的妇女恰好在别的地方说着别的什么,若要做到这一点,女演员须表演成似乎这个妇女经历了整个时代的始末,现在根据记忆,根据她对于进步的理解,讲述着对这个时代来说曾经是意义重大的事件,所谓意义是指已经具有重大意义的事件。只有不造成演员就是人物、表演就是事件这样一种幻觉,即把一个人物作为"正是此人"和"正是此人、此时"的这样一种陌

---

① 给歌德的信,1797 年 12 月 26 日。——原注

生化,才是可能的。

五十二

然而在这方面必须放弃另外一种幻觉:似乎每个人都像人物那样行动。从"我做这个"变成了"我曾经做过这个",现在必须从"他曾经做过这个"变成"他曾经做过这个,而不是别的"。如果让行动符合性格,或者让性格符合行动,这就是一种特大的简单化;真实人的性格和行为所表现出来的矛盾,不允许这样来表现。社会的运动规律不能用"理想状态"来证明,因为"不纯"(矛盾性)恰好是属于运动和运动着的事物的。总的说来,创造一些类似实验条件的东西,是非常必要的,也是必然的,这就是说,有时一种相反的实验是可能的。此外,社会在这里通常被当成了一种实验。

五十三

即使在排演时可以把共鸣运用在人物身上(这在演出时是;要避免的),也只能作为许多观察方法中的一种。这种方法对于排演是有益的,然而却被当代戏剧在漫无节制的滥用的过程中弄成了一种非常矫揉造作的性格刻画的方法。共鸣的最朴素的形式是,演员只追问:如果我遇到某件事情,该当作何打算? 如果我说了这样一句话,或者做了那么一件事,事态会怎样? 而不问:我是怎样听见一个人说了这样一句话,或者看见他做了那么一件事? 以便绞尽脑汁创造一个新的人物形象,有了这个人物形象才能形成故事,自然还有若干别的因素。人物的统一是通过这样一种形式形成的,在这种形式里人物的各种特征是互相矛盾的。

五十四

观察是戏剧艺术的一个主要部分。演员借助他的全部肌肉和神经,在一种摹仿的动作中来观察同代人,这种动作同时又是一种思维过程。在单纯的摹仿中,最多只能表现出被观察的事物,这是不够的,因为它所表达出来的原意,声音是非常纤弱的。为了从效法达到反映,演员看着人们,就好像人们把自己的行动表演给他一样,一句话,就好像人们把自己的行动介绍给他进行思考一样。

五十五

没有见解和意图便无法进行反映。没有知识便什么也表现不出来;怎样才能知道什么是有益的知识呢?如果演员不愿做鹦鹉或者猴子,当他参加阶级斗争的时候,他必须学会关于当代人类共同生活的知识。某些人可能会认为这样是贬低了他们的身份,因为他们把艺术(如果有正常的收入)归入最高级的范围之内,但是人类最高的决断只能在地面上争取到手,而不是在空气里,在"表现中",而不是头脑里。任何人都不能站在敌对的阶级之上,因为任何人都不能站在人之上。只要社会被分裂成敌对的阶级,它就不会有共同的传声筒。因此所谓"非党派性",对于艺术来说,只不过是属于"掌权的"党派而已。

五十六

因此,立场的选择是戏剧艺术的另一个主要部分,这种选择必须在剧院以外进行。像自然的改造一样,社会的改造同样是一种解放的壮举,科学时代的戏剧应该传达的,正是这种解放的欢乐。

五十七

让我们继续来探讨演员如何从这种立场出发阅读他的角色吧。在这里重要的是演员不要急于"理解"。即使他立刻发现了他的台词的最自然的声韵,以及表达它的最合适的方式,仍然不应该把这种表达方式视为最自然的,而应该在这里踌躇一下,联想他的一般见解,考虑有无其他可能的表达方式,一句话,采取一个惊奇的人的态度。这不仅是为了避免过早地、亦即在演员把一切表达方式,特别是其余人物的表达方式安排就绪以前,确定一个特定的人物,然后给它塞入许多内容,而且主要是为了把"不是——乃是"带到人物创造里来;这一点对于代表社会的观众能够从易于接受影响的方面去了解事件,关系十分重大。每个演员除了把只是符合他的事物作为"单纯人性的事物"吸收过来之外,特别要掌握不符合他的、特殊的事物。演员必须同台词一起熟记这些最初的反应、保留、批判和惊愕,以便它们"消逝"的时候,不至于在他的最终状态中被毁灭,而是被保护下来,能够为人所觉察,因为人物和一切,除使观众诧异外,不必让他们相信。

五十八

演员的学习必须跟别的演员的学习,他的人物创造必须跟别的演员的人物创造一同进行。因为最小的社会单位不是个人,而是两个人。即使在生活里我们也是互相创造的。

五十九

在这方面,我们戏剧界的若干恶习是值得我们吸取教训的。地位显赫的演员,戏剧界的名角,也通过让所有别的演员捧他的手段来"突出"自己:为了使自己的人物可怕或者聪明,而迫使合作者使他们的人物胆小害怕或者唯唯诺诺等等。为了让大家都能得到这种益处,从而为剧情服务,有时演员在排演的时候,应该同它们的合作者交换角色,以便人物相互获得补益。但是,如果演员在效仿中或者在别的情况下接触到自己的人物,这对他们来说也是有益的。人物被一异性所表演,将会更清楚地显示出他的性别,如果为一滑稽演员所表演,不论采取悲剧方式或者喜剧方式,都会获得新的面貌。特别是当演员共同表演相反的人物,或者至少代替它的表演者的时候,他能巩固具有决定性意义的社会立场,演员就是由此出发来表演自己的人物的。主人只有当奴隶允许他作主人的时候,才是一个主人。

六十

当人物跟戏里的其他人物合在一起的时候,在他身上便完成了无数的创造任务,演员将熟记他的那些由台词所引起的设想。这时他将从戏里的人物同他的关系中,更深入地了解自己的角色。

六十一

人物相互间采取的态度的范围,我们称之为动作的范围。身姿、声韵和面部表情,是由一种社会性的"动作"决定的:人物互相谩骂、恭维、教诲等等。人与人之间采取的态度,显然是完全私人性的态度,如关于病中身体痛苦的表示,或者宗教的表白。这些动作性的表演大都是非常复杂的,充满矛盾的,用一个单词无论如何也没法表明它们的真谛,而演员必须当心,在必然要加强的反映中不能有所损失,而是要加强这个整体。

六十二

当演员批判地注意着他的人物的种种表演,批判地注意与他相反的人物和戏里所有别的人物的表演的时候,才能掌握他的人物。

六十三

为了说明动作性的内容,我们来研究一部新的剧本——我的《伽利略传》的开头几场戏。我们要考察不同的表演是怎样相辅相成的,让我们假设这里所指的不是初次接触本戏。故事是以四十六岁的伽利略的清晨盥洗开始的,盥洗因翻阅书籍和给少年安德莱亚·萨尔蒂讲解新的太阳系而中断。假如由你来表演,难道你不想知道我们将以七十八岁的老者的晚餐来结束吗?他的学生刚刚与他最后告别而去。在这样一段时间之内,他发生了惊人的变化。他贪婪地吞食着,头脑里再也没有别的,他忍辱摆脱了他的教学任务,像卸掉一副重担一样;他一边心不在焉地喝着他的清晨的牛奶,一边热心地教导那个少年。但是他真的全然心不在焉地在喝牛奶吗?他对于饮料和盥洗的享受以及对于新思想的享受不是一致的吗?不要忘记,他是因为快乐才思维的!这一点是优点呢?还是缺点呢?因为关于这方面你在全剧里找不到任何不利于社会的东西,特别是因为你本身——如我所希望的那样——是科学时代的一个勇敢的孩子,所以我建议你把它当作优点来表演。但是你要谨记,在这件事情上将要生出许多可怕的枝节。在这里对新时代表示欢呼的人,到头来将不得不请求这个时代藐视他和唾弃他,即使不请求,也将遭到这样的结局。关于教课问题,你应该弄清楚,伽利略是否到了腹满口溢的程度,以至于他对每个人,甚至对一个孩子,都喋喋不休地说个不完,或者当这孩子由于了解他而表现出兴趣的时候,是否还得引诱他讲出自己的知识。也可能是双方都不能自恃,一个急于发问,一个急于回答,这样一种友谊,若不是有朝一日遭到破坏,肯定是有趣的。当然你愿意马上着手证明地球的旋转,用不着花钱,因为恰好这时出现了那个异邦的富贵学生,答应用黄金来偿付学者的时间。他并未显示出任何兴趣,但是他必须教它,既然伽利略一无所有,他就得无可奈何地在富贵的学生和天才的学生之间进行选择。他不能教给新学生许多知识,却受教于对方;他听说在荷兰发明瞭望远镜,于是他以自己的方式利用了对清晨盥洗的干扰。大学总监来了。伽利略要求提高薪俸的请求遭到拒绝,校方不愿把付给神学的金钱花费在物理学生,他不得不在一种低级的研究水平上开展工作,而校方却要求他为当时提供有用的东西。你将在他出售自己的论文时所采取的方式中发现,他已经习惯了讨价还价。总监提醒他,尽管报酬微薄,共和国却维护研究自由,他回答说,倘若他缺乏好收入所提供的闲暇,有这种自由也无用。正确的做法是不要把他的焦虑表现得过于傲慢,否则你会觉得他并不怎么穷。因为马上你会发现他产生了一些想法,这些想法需要加若干解释:当伽利略把望远镜作为他的发明奉献给共和国的时候,一个科学真理新时代的宣告者所考虑的,是如何才能骗取共和国的金钱。你会惊讶地发现,他把新的发明只不过看成几个斯库第而已。但是继续看第二场,你就会发现,当他发表了一通因撒谎而显得不光彩的演说,并把发明卖给威尼斯元老院的时候,他几乎忘却这笔钱,因为他发现,这种仪器除了军事用途之外,尚有天文学的意义。人们强迫他生产出来的商品——现在我们正是这样称呼它的——显示出了研究的高尚性质,为了生产这种商品,研究工作曾经不得不中断。当他在仪式上洋洋自得地接受那种非分的荣誉,并把奇妙的发现告诉给他的学者朋友的时候——在这里切不可忽略,他在这样做的时候,多么具有戏剧性——除了在他身上引起了赚钱的希望之外,你会发现一种非常深刻的激动。这样看来,尽管他的欺骗并没有多么深远的意义,毕竟表明这个男人是如何坚决地走上了轻率的道路,他用卑鄙的方法运用他的理智,像用高尚的方法一样。更为严重的考验还在后面,每一次堕落不是很容易导致继续堕落吗?

六十四

当演员掌握"布局"的时候,对这种动作性的资料进行分析,会促使他掌握人物。从布局出发,从被限定在一个范围之内的全部事件出发,他才能仿佛纵身一跃而达到他的最终的人物,这个人物自身保留着一切个性特征。假如演员尽力使自己对不同态度里的矛盾感到惊讶,并且也懂得使观众对此感到惊讶,那么布局就在它的整体中给予演员一种连接矛盾事物的可能性;因为布局作为有限的事件,产生一种特定的意义,这就是说,他只是满足许多可能的兴趣中的特定的兴趣。

六十五

"布局"有着举足轻重的意义,它是戏剧演出的核心。因为从人类之间所发生的事件中,他们会看到一切可以讨论、可以批判和可以改变的事物。演员所扮演的特殊的人,最终必须适合更多的事物,而不只是适合发生的事物,这主要是因为,当事件体现在一个特殊的人身上时,显得尤为触目罢了。戏剧苦心经营的就是"布局",一切动作性的过程的总结构,其中包括构成观众的娱乐的"直陈"和冲动。

六十六

各个单独的事件都有一个基本动作:理查·格洛斯特①向他的受害者的孀妇求婚。利用一个白灰圈发现孩子的真正母亲②。上帝为了浮士德博士的灵魂跟魔鬼打赌③。沃伊采克④为了杀死自己的妻子,买一把廉价的刀子等等。在对舞台上的人物和各组人物的运动进行分类的过程中,必须通过细节来获得必要的美,借助这种细节来表演动作性的材料,把它置于观众的仔细观察之下。

六十七

因为观众不是被邀请来,像投入一条河里那样投入布局里去,盲目地任人向这里或者向那里驱赶,所以单独的事件必须联结得使症结显得了如指掌。事件不能含混不清地相继出现,人们必须能够在事件与事件之间进行判断。(假如因果关系的奥秘恰好是有趣的,则必须把这样的情节充分陌生化。)凡对布局的各部分谨慎地加以对比的时候,均须使它们具有自己的特有的结构,形成剧中的小剧。为了达到这种目的,最好采用七节里那样的标题。标题应该含有社会性的锋芒,同时也表达一些值得企望的表现形式,这就是说,根据不同情况摹仿一份编年史的,或者一首歌谣的,或者一张报纸的,或者一个

---

① 莎士比亚历史剧《理查三世》里的主人公。
② 指中国元杂剧《灰阑记》(李行道)中的"包待制智勘灰阑记"一节。
③ 指歌德《浮士德》里的"天上序幕"一场。
④ 沃伊采克为德国十九世纪作家格英尔格·毕希纳(1813—1837)的悲剧《沃伊采克》里的主人公。

风俗描写的标题的风格。一种简单的陌生化的表演形式,是一种熟悉风俗和习惯的形式。当人们表演一次访问、审讯一个敌人、情人的幽会、交易或者政治形式的谈判的时候,似乎在表演一种当地流行的风俗。这样表演,使特殊的事件获得了一种意外的面貌,因为它作为一股的事物变成了风俗,它或者它的什么东西,是否确实变成了风俗,只是这个问题就可以把事件陌生化。人们可以在所谓全景的新年市场的货摊上研究诗歌的历史风格。由于陌生化也意味着一种驰名,因此人们可以把某些事件干脆表演成著名的事件,就像它们是早已众所周知了一样,甚至连它们的细节亦莫不如此,似乎人们到处都在尽力不违背流传的故事。简而言之,许多为世人熟知的和尚待创造的叙述形式都是可以想象的。

六十八

　　至于把什么陌生化,怎样陌生化,取决于对全部事件所做的分析,在这里戏剧能够充分注意它的时代的兴趣。我们选择《哈姆雷特》这出古老的戏剧作为分析的例子。面对血腥的和黑暗的时代——在这个时代里我撰写着这些文字,面对万恶的统治阶级,面对一种广泛的对于愈来愈被滥用了的理智的怀疑,我认为可以这样来理解这个布局:时代是战火纷飞的。哈姆雷特的父亲——丹麦国王在一场胜利的掠夺战争中,杀死了挪威国王。当挪威国王的儿子弗庭布拉斯准备一场新的战争的时候,丹麦国王也被杀死了,为他的弟弟所害。当挪威部队被允许越过丹麦疆土,去进行反对波兰的掠夺战争的时候,被杀的国王们的弟弟——现任国王,避免了战争纠纷。但是年轻的哈姆雷特,受好战的父亲的鬼魂的召谕,对杀害他的凶手进行报复。在几次以血腥的行为回答血腥的行为的踌躇之后,自愿出走流亡;他在海滨遇见了率领部队出征波兰的年轻的弗庭布拉斯。感于好战的范例,他返转归来,在一场残酷的屠杀中结果了他的叔父、他的母亲和自己,把丹麦让给了挪威人。在这些事件里,人们已经看到这个有些成熟了的年轻人,还很不善于运用他那从魏顿堡大学①里学来的新的理性。这种理

---

①　魏顿堡大学,即今日德意志民主共和国的路德大学,建于1502年。为德国最古老的大学之一,剧中哈姆雷特在这里受过人文主义教育。

性在他返转归来所从事的封建事业中束缚了他,在非理性的实践面前,他的理性是完全不切合实际的。他悲剧性地成为了这种理性和这种行为之间的矛盾的牺牲品。剧本提供了许多种理解方法,但依我之见,这种理解方法,能够引起我们的观众的兴趣。

六十九

一切进步,在生产中导致社会改造的每一摆脱自然束缚的解放,人类按照新的方向所从事的一切改善他们命运的尝试,不管在文学里作为成功或者失败加以描写,都赋予我们一种胜利的或者信赖的感情,带给我们对于一切事物的转变的可能性的享受。关于这个问题,伽利略说:"据我看来,地球之所以非常高贵和令人羡慕,恰恰是因为它在不断地发生着各种不同的变化与生灭。"①

七十

采用适当的陌生化手法解释和表现布局,是戏剧的主要任务。演员不必什么都做,尽管什么都得跟他发生关系。"布局"由剧院的全班人马——演员、布景设计师、脸谱制造师,服装设计师、音乐师和舞蹈设计师共同来解释、创造和表现。他们全部为了共同的事业把自己的艺术联合在一起,同时他们当然也不放弃本身的独立性。

七十一

歌曲里面向观众的音乐性陈述,是为了突出表现具有普遍性的动作,这种动作总是离不开要加以特别表现的人物。因此演员不应该"进入"歌唱,而应该明确地把它同其余的表演分开,这些表演诚然都有本身的戏剧措施的支持,如变换照明或者添加字

————————————

① 见伽利略《关于两大世界体系的对话》。

幕。音乐本身必须绝对避免平庸，而通常总是对它提出这样的苛求，这种平庸则把它贬低成为思想空虚的侍从。它不担任似乎成了惯例的"伴奏"。它不满足于"表现"自己，而是干脆排除各场戏里产生的气氛。艾斯勒①对于各场戏的联结，就处理得十分出色，他给《伽利略传》的忏悔第一场——同业公会的化装狂欢，写了一段凯旋式的和威吓性的音乐，这段音乐表现了下层人民群众使学者的天文学理论发生了令人鼓舞的转变。在《高加索灰阑记》里，歌手描绘了侍女在舞台上用哑剧式的动作，表演拯救孩子的场面，他的冷淡而不动声色的唱法，大致相似地披露了一个时代的恐怖，在这个时代里，母性可能成为导致自身毁灭的弱点。这样看来，音乐可以创立许多形式，可以是完全独立的，可以用自己的方法对主题表示态度，然而它也可以仅仅是在娱乐中发挥调剂作用。

七十二

　　音乐师由于不去制造容易使观众不停地沉湎于舞台事件里的气氛，他夺回了自己的自由，如果布景设计师在进行舞台设计的过程中，也不必再制造一个房间或者一个地点的幻觉，他同样会获得许多自由。在这里暗示就足够用了。然而这种暗示从历史或者社会的角度表现出来的有趣的东西，必须比现实环境表达得更多。莫斯科犹太人剧院，用能令人回忆起中世纪幕屋的建筑，把《李尔王》陌生化，内耶尔②把《伽利略传》置于地图、文献和文艺复兴时代的艺术作品的幻灯面前，在皮斯卡托③剧院，赫特菲尔德④在《戴阳的觉醒》⑤里运用了可以旋转的写着字的旗帜作为背景，这些旗帜标志着政治形势的转变，而这种转变有时是舞台上的人们所不知道的。

----

① 汉斯·艾斯勒(1898—1962)，德国作曲家，布莱希特的合作者之一，德意志民主共和国国歌的作曲者。
② 卡斯帕尔·内耶尔，德国布景设计师，布莱希特的合作者之一。
③ 艾尔文·皮斯卡托，德国著名导演。自 1919 年倡导政治性"时代戏剧"。曾于二十年代在柏林导演过许多进步剧本。"皮斯卡托剧院"指的是 1930 年在皮斯卡托领导下在柏林建立起来的瓦伦多夫剧院。
④ 让·赫特菲尔德，德国画家，照片剪贴艺术的创始人，曾在二十年代同皮斯卡托合作，任他的布景设计师。
⑤ 《戴阳的觉醒》(1930 年)，德国剧作家弗·沃尔夫(1888—1953)描写中国上海工人运动的戏剧。

七十三

舞蹈重又获得了现实主义性质的任务。认为舞蹈同反映"真实的人"无关的看法，是近几年来的一种误会。艺术反映生活用的是特殊的镜子。艺术改变均衡，并不意味着它是非现实主义的，如果观众把这种艺术反映在实践中运用于观察和冲动，而在现实中遭到失败，这样改变均衡才是非现实主义的。风格化不是放弃自然，而是使它提高，这当然是必要的。总而言之，一种从动作里取得一切的戏剧，是不能缺少舞蹈的。动作的优美和舞台调度的雅致，都能起到陌生化作用，哑剧式的虚拟也会非常有利于布局。

七十四

这样看来，戏剧艺术的一切姊妹艺术在这里的任务，不是为了创造一部"综合性艺术品"，从而全都放弃和失掉本身的特点，相反，它们应该同戏剧艺术一起，用不同的方法来完成共同的任务，它们相互之间的关系在于彼此陌生化。

七十五

在这里应该再提醒一次，它们的任务是使科学时代的孩子获得娱乐，而且是以感观的方式，是快乐的。这一点特别是对我们德国人来说，无论怎样重复都并非多余，因为在我们这里一切都极其容易陷入捉摸不定和不着边际，某一世界瓦解了以后，我们才开始大谈其世界观。甚至连唯物主义在我们这里也不外乎是一种观念。在我们这里出于性的享受，才有了婚姻的义务，艺术享受服务于教养，我们所理解的学习，并不是一种愉快的求知，而是被人家指着鼻子教训。我们的所作所为没有丝毫愉快的追求的因素，为了证明我们的身份，我们并不谈从中得到了多少快乐，而总是指出花费了我们多少心血。

七十六

还需要谈谈把排演时创造出来的东西表演给观众的问题。表现某种已经完成的东西的动作，必须服从纯粹的表演。现在出现在观众面前的，是未被抛弃的事物中的常在的事物，因此，已经完成的反映必须以充分冷静的方式表现出来，以便观众能够清醒地接受。

七十七

反映必须让位给被反映的事物——人类的共同生活；对于它们的完美性所感到的娱乐，应该上升为更高的娱乐，在这一共同生活里表现出来的规则，被处理成暂时的、并非尽善尽美的规则。在这方面，戏剧使观众创造性地超出了观看的范围。但愿他在剧院里，把他那赖以糊口的繁重的，永无止境的劳动，同他那不断变化的恐怖一起，当作娱乐来享受。在这里他以最简易的方式创造自己，因为最简易的存在方式见于艺术之中。

附:

布莱希特论亚里士多德的悲剧美学

安哥拉·卡兰 麦永雄 译

　　一个古老的美学论争聚焦于艺术角色、道德情感和知识教育诸问题上[①]。观众与剧中角色的情感交融,究竟是有助于我们抑或是阻碍我们对戏剧角色和场景作出睿智的批判性反应? 柏拉图曾经在其《理想国》第十章中提出过著名的论点,他认为悲剧所引发的情感会使观众丧失理智,在道德上将他们引入歧途。但柏拉图对悲剧情感的这种否定,并未为他最著名的弟子所认同,亚里士多德认为悲剧之所以有价值,正是因为悲剧所引发的情感能使我们认识和理解我们与世界的关联。这是近期玛莎·努斯鲍姆和斯蒂芬·哈利维尔这两位学者对亚里士多德美学所作出的诠释[②]。两人不约而同

[①] 本文的早期版本曾经于 1997 年 10 月在美国美学学会,1997 年 11 月在美国哲学学会,以及在蒙特·霍利奥克大学宣读过。感谢出席这些场合的与会者富有价值的评论与提问。尤其感谢在美国哲学学会会议期间由 N.卡洛尔和 D.雅克布森所作的极有助益的评论。我还要感谢 H.朗热和 T.瓦腾伯格关于亚里士多德与布莱希特的有价值的讨论,以及 C.弗里兰鼓励我探究布莱希特—亚里士多德论争并帮助我整理这一题旨的思路。最后,我还要特别感谢这一刊物的匿名评审人提出的翔实而具建设性的评语,使我在完善本文的论述方面获益匪浅。

[②] 玛莎·努斯鲍姆的《悲剧与自足:柏拉图与亚里士多德论恐惧与怜悯》和斯蒂芬·哈利维尔的《亚里士多德〈诗学〉中的愉悦、理智与情感》,皆刊载于《亚里士多德诗学论文集》,A.O.罗蒂编(普林斯顿大学出版社,1992),分别在第 261—290 页和第 241—260 页。

地指出,按照亚里士多德的观点,悲剧表演关涉理智和情感两方面,引发人们对那些关系到我们的可能发生的事件作出真实而独立的反应。

把这种对亚里士多德的诠释与多年前德国戏剧家布莱希特关于亚里士多德"戏剧剧"(dramatic theater)的评论两相对照,问题就凸显了出来。布莱希特批判由亚里士多德开创的美学传统,因为它偏爱戏剧叙事,虽然令人愉悦,但是却没有建构或提供关于人类受难之源的真实知识。布莱希特抨击亚里士多德的卡塔西斯是一种"大众的鸦片",认为对角色的强调阻碍了观众对人类受难的社会原因作出批判性的反思①。

布莱希特美学本身也受到一些人的批评,他们认为布莱希特错误地断定情感与理性不能共同构成一个统一的审美反应的组成部分②。笔者认为,这种对布莱希特的批评,忽视了布莱希特批判亚里士多德美学的基点③。

我认为,布莱希特正确地攫住了亚里士多德美学的谬误。因为在亚里士多德的论述中,基本上无法找到关于戏剧的批判性思考以及戏剧批评方法中情感作用的描述。在批判亚里士多德美学的同时,我也注意到亚里士多德美学的一个重要遗产:情感在我们与角色相认同和艺术刻画的场景中起着重要的作用。

倘若我们能够把布莱希特的不满之论更具体地置于亚里士多德的文本中——布莱希特本人多少未能做到这一点,那么,布莱希特对亚里士多德美学的批判会显得更为强烈。因此,我要重构布莱希特的批评理论,目的是使其成为对亚里士多德文本的

---

① 参阅其论文《戏剧的短篇二重唱》,载《布莱希特论戏剧》,约翰·威莱特编并译(纽约:希尔与王,1964),第 181 页,以及他的论文《现代戏剧是戏剧剧(释歌剧《玛哈戈利市的兴衰》)》,载《布莱希特论戏剧》。

② 参阅《布莱希特论戏剧》(约翰·威莱特编)37 页的图表,布莱希特把强调情感的戏剧(亚里士多德的"戏剧"剧)与布莱希特据称是强调理性超越情感的"史诗剧"加以对照。但是应注意,布莱希特指出理性与情感之间的对照是一个对什么加以强调的问题,而不是一个绝对的区分或二元划分的问题。

③ 参阅 M.史密斯《布莱希特主义的逻辑与遗产》,载《后理论:重建电影研究》,大卫·鲍德韦尔和诺埃尔·卡洛尔合编(威斯康星大学出版社,1997),第 130—148 页;以及卡尔·普兰廷加《论观众的情感与意识形态电影批评》,载《电影理论与哲学》,M.史密斯与 R.阿伦合编(牛津:克莱恩顿出版社,1997),第 372—393 页。尽管史密斯和普兰廷加都对布莱希特美学提出批评,但是,我发现普兰廷加的批评更有分寸。普兰廷加从更宏阔的领域对布莱希特评论加以密切的关注,他下的结论也更为谨慎。例如,他提出,在布莱希特"更好的时刻"中,布莱希特认识到理性与情感之间的二元划分是"肤浅的"(374 页)。普兰廷加指出,布莱希特的目的是鼓励观众"对他的情感采用一种批评方法,恰如(他)对待他的理念一样"(374 页),但是他也指出,布莱希特未能对这种批评方法加以详细的描绘。对最后这种说法我并不赞同,下面我将要对蕴含在布莱希特论戏剧及他自己的戏剧中的批判性观赏理论加以重构。

可信的批评诠释。我对亚里士多德的诠释聚焦于其理论中颇受忽视的层面:亚里士多德在对戏剧的要求中,偏爱悲剧情节模式和角色。我拟集中讨论亚里士多德理论描述中的两个层面:(1)他关于情节的观念——悲剧情节必须具有一个在道德上令人钦佩的主人公犯个人错误(或悲剧过失)的特征;(2)他关于观众与悲剧角色的观念——观众与悲剧主人公的思想、情感交融是至关重要的悲剧反应。我认为,恰如亚里士多德对这些戏剧实践所作的描述那样,它们并未赋予戏剧以社会批判的性质,除非戏剧家在戏剧表现上另作补充,将悲剧主人公的行为与更广泛的社会关系结合起来。这就是布莱希特所推重的那类戏剧实践。由此可见,布莱希特在戏剧方面的推重极为有用,它们可以弥补亚里士多德所偏爱的戏剧实践方面的缺憾。

本文分为两个部分。在第一部分中,我首先总览亚里士多德美学,然后详细考察他在《诗学》第十三章和第十四章中对悲剧情节和角色的推崇。第二部分首先讨论布莱希特对亚里士多德戏剧实践的批评,然后回应对布莱希特批评理论及其"史诗剧"所推崇的戏剧实践的反对意见。在结语中,我拟论述亚里士多德一脉的学者可以从布莱希特的批评理论中学到什么东西,同样我也指出,布莱希特的追随者们也可以从亚里士多德美学中有所获益。

一、亚里士多德悲剧美学

亚里士多德在《诗学》中认为,悲剧有一个最终的意图或目的(telos),旨在对行动和生活的摹仿或再现(mimesis)。这种再现应该具有特征鲜明的愉悦性:从怜悯和恐惧中体验到情感的宣泄(1449b25)[1]。唤起怜悯和恐惧的目的在于导致这些情感的"卡塔西斯"(字面义为"净化")。在《诗学》第四章和第十一章中,亚里士多德进一步指出,观众对摹仿之作的反应中,包含有某种学习的愉悦(1448b15—17)。因此,按照亚里士多德的观点,悲剧的卡塔西斯蕴涵了某种情感的和/或理智的学习。

---

[1] 除非另有注明,所有关于《诗学》的参考资料皆依据理查德·简柯翻译的《诗学 I/亚里士多德》(印第安纳波利斯:哈考特出版公司,1987);进一步的参考数据将在文中点明。

《诗学》，或者说这一文本的其余部分，几乎没有再论及卡塔西斯。因此，在卡塔西斯问题上，任何差强人意的诠释，都不得不超越亚里士多德的实际文本，以亚里士多德悲剧美学来补充对卡塔西斯意蕴的解释。玛莎·努斯鲍姆采用亚里士多德《修辞学》而演绎出一种有趣的诠释，她认为卡塔西斯关涉我们是谁和我们赋予什么以价值的问题，它包含了情感教育和理智的"澄明"（clarification）两方面①。正如努斯鲍姆对亚里士多德的释读那样，卡塔西斯不仅与情感相关联，而且还牵涉观众对悲剧叙事所再现的情景作出恰当的理智判断的问题。怜悯是需要作出判断的：一位好人遭受了不应遭受的不幸。恐惧也涉及判断：一个"与（我们）类似的"人物遭受到痛苦的或邪恶的骚扰（1453a50）。

努斯鲍姆的观点就建基在这种对情感的诠释之上，她认为按照亚里士多德的观点，悲剧的卡塔西斯快感包含了真正的认知力和理解力。为了对悲剧作出怜悯和恐惧的情感反应，观众必须感到她或他自己与行动并且受难的表演者之间有某种亲缘关系。例如，要为俄狄浦斯感到怜悯和恐惧，我们就必须作出判断，即我们（观众）能够体验到俄狄浦斯所经历的那种惨遭不幸的体验。因此，努斯鲍姆认为，伴随着我们对悲剧人物作出情感反应的过程，我们认清并"澄明"了自己从相关可能性中所作出的判断。斯蒂芬·哈利维尔同样也提出了一种认识论的阐释，他认为亚里士多德的认知力中蕴涵着我们对悲剧表演所作出的情感反应。哈利维尔颇为出格地说，悲剧表演甚至可以使观众质疑和批判那些关于建构悲剧表演意义的假设②。

《诗学》的文本究竟是支持关于卡塔西斯的认识论阐释，抑或是支持对悲剧快感作出非认识论的解释，这是一个备受争议的论题。例如，约拿旦·李尔有针对性地提出，亚里士多德的卡塔西斯快感不是认知的或教育的快感，而是对观众接受基本真实时的愉悦之情的强化③。幸运的是，现在没有必要因为评价布莱希特而把亚里士多德文

① 参阅努斯鲍姆：《悲剧与自足》，载罗蒂编著《亚里士多德〈诗学〉论文集》，以及《善良的脆弱性》（剑桥：剑桥大学出版社，1986），尤其参见第388—390页。
② 参阅斯蒂芬·哈利维尔：《亚里士多德〈诗学〉中的快感、知性与情感》，载罗蒂编著《亚里士多德〈诗学〉论文集》。
③ 参阅约拿旦·李尔：《卡塔西斯》，载罗蒂编著《亚里士多德〈诗学〉论文集》，第315—340页。

本中的"卡塔西斯"意义之争落实下来。尽管如此,我们还是可以看到,亚里士多德关于悲剧反应的描述,忽略了认识论阐释者所归于他的那种批判性的、独立的思想层面。因此,我的讨论将集中对亟待进一步论辩的卡塔西斯的认识论诠释层面加以观照。

关于卡塔西斯的论辩,在《诗学》第四章和第七章的大部分篇幅中居于核心地位。而《诗学》第十三章和第十四章在这一讨论中则通常被忽视不论。在这两章中,亚里士多德界说了他关于情节和角色的要素,他使用这种标准去评价一些古希腊悲剧的情节。我们需要细读亚里士多德在这些文本中的论述,因为其中涉及了亚里士多德关于悲剧"本质"的观念与他对情节结构的推重之间的联系(1449b20)。亚里士多德说,他所提供的是关于悲剧基质或本质的阐释(1449b20)。悲剧是人工制造的艺术品,带有自然的原因,是终极目的(telos)的实现(1449a15)。与生物有机论类似,亚里士多德认为悲剧具有一种内在本质或基本原则,这就是它的情节(1450a38—39)。情节——它是行动的再现——被说成是悲剧的目标,其本身就是悲剧的心脏和灵魂(1450b3)。如果悲剧是某种行动和情感的再现,那么,按照亚里士多德的观点,悲剧就具有由一系列必要的悲剧特征所界定的内在本质。

某种行动要成为悲剧的情节,就必须体现出能够诱发观众的怜悯和恐惧之情的特征,使观念的这些情感达到卡塔西斯的效应。亚里士多德关于情节结构的观念是建立在他对情节模式评价的基础上的,他认为情节模式会唤起怜悯和恐惧的情感,他还把这些富于特征的情感与悲剧的体裁类型联系起来。因此,亚里士多德在告诉我们一部悲剧应该具有什么样的情节模式时,他不仅仅是在推崇情节结构。亚里士多德是以论述情节模式对于营造真正的悲剧表演的必要性而展开他的观点的,其基础是他关于悲剧的基本目的应该是什么的观念。

我们应该思考亚里士多德把怜悯和恐惧视为悲剧所引发的主导情感的这种看法的含义。怜悯和恐惧的情感诉诸观众与行动并且受难的悲剧角色之间某种亲缘性的认同。要对悲剧角色感到怜悯和恐惧,观众就必须设想他们也容易遭受某种不幸。易言之,悲剧主人公的受难,必须触发观众与他共享悲剧人性的感觉。这意味着亚里士多德的悲剧阐释和为什么悲剧影响我们(观众)的原因都诉诸一种普遍人性的"本质"，因为亚里士多德假设，对某种事件的描述，会导致任何见证这些戏剧化事件的人都产生一种怜悯和恐惧的反应。这就假设了一种理想的观众，其怜悯和恐惧的反应，是以她或他具有人类本质或基质因而能够认同于角色的不幸为基础的。

亚里士多德的本质主义的悲剧理论因而有两个层面：一是将情节视为悲剧的内在本质的阐释，一是关于普遍性或理想化的观众的概念。当看到悲剧表演者对受难加以恰切的表现时，这种观众会作出怜悯和恐惧的反应。

在《诗学》第十三章和第十四章中，亚里士多德告诉我们何种情节结构会引发观众的怜悯和恐惧。在这些章节中，亚里士多德的方法论既是规范性的，同时又是描述性的。正如在他的其他著述中的做法一样，亚里士多德在《诗学》中使用了一种我们称之为"标准—缺陷"(norm-defect)的方法①，亦即从古希腊文学中选择出一种悲剧，以其情节结构为基础。将它设置为一种标准的或理想的悲剧。这种标准等同于悲剧的"本质"或准灵魂(quasi-soul)，被用来系统地阐释剧作家必须用来引起观众怜悯和恐惧的卡塔西斯效应的情节结构以及悲剧角色。这些要求同样也可以作为文学批评家所采用的准则，以阐释和评价悲剧②。

第十三章介绍了悲剧人物的过失(harnartia)或犯错的概念，将其解释为悲剧人物坠入不幸的一种方式③。第十四章阐述了对合宜的意图和悲剧主人公的要求。最好的悲剧情节表现的是，由于悲剧人物在无知的状态下所实施的行为使伤害发生在(或即将发生在)亲属或爱侣(philia)之间。因此悲剧人物对不幸所负的责任是情有可原的，

---

① 我从 G. 马休斯借用了"标准—缺陷"这一术语，参见他的《亚里士多德著述中的性别与本质》，载《澳大利亚哲学学报》64(1986)，第 16—25 页。

② 尽管亚里士多德美学表现为一种诗学，亦即一套推介如何建构悲剧的理论方法，但是它仍然被广泛地诠释为一种阐释学，亦即关于如何去解释和评价希腊悲剧的框架。例如，可以参阅玛莎·努斯鲍姆的《善良的脆弱性》。

③ 对这一章节的不同解释，可参阅努斯鲍姆《善良的脆弱性》，第 388 页，她认为悲剧人物的过失不是对他坠入不幸的解释，而是强化观众与悲剧人物相认同的一种方式。

　　悲剧"过失"的意义一直是学者们之间争论的热点。批评家们提出，在亚里士多德的观念中，"过失"是指"角色的缺陷"、"事实的错误"，或者一系列错误，包括道德失误以及事实错误在内。出于理解布莱希特批评理论的目的，无论把"过失"广义地读解成为包括道德失误和事实错误在内的概念，还是将其读解成为更狭义的概念，都无关紧要。

他的悲剧过失提供了在其行为与接踵而来的不幸之间的一种因果联系。但这并不是从悲剧人物的邪恶意图或动机的维度来解释悲剧的不幸。

从这种简略的总结中可以看出,亚里士多德心目中最好的悲剧应该具有这样一些必备的特征①。第十三章和第十四章告诉我们,在悲剧典型范式中一个"有德行的人"是从好运转向厄运(或虽然受到转向厄运的威胁,但是在最后关头得以避免,例如《伊菲格涅娅在陶立斯》)。第十三章强调这种逆转是由悲剧主人公个人的悲剧过失引发的。第十四章则强调,当个人的悲剧过失可能导致不幸之时,悲剧主角是在不知道自己在干什么的状态下行事的。因此,亚里士多德的理想的悲剧是这样的一种悲剧,剧中理想的悲剧角色从根本上说是个好人,虽然他带来了(或者令人恐怖地即将带来)他自己及其亲属的不幸,但是,他是在无知的状态中采取行动的,这意味着亚里士多德关于理想悲剧的描述具有一种狭隘的视角。若依照亚里士多德的范式(例如索福克勒斯的《俄狄浦斯王》和欧里庇得斯的《伊菲格涅娅在陶立斯》)来衡量,古希腊文学中众多的悲剧都是有缺陷的②。

二、布莱希特对亚里士多德的批评

在下面这段话里可以看到,布莱希特把亚里士多德所推崇的那种戏剧与自己的戏剧之间加以对照:

---

① 在此请注意,我认为,对情节的要求是作为真正属于悲剧的戏剧的必要条件,而不仅仅是"推崇"或偏爱的问题。另有人提出,对情节的要求是悲剧的必要条件,参见 C.A.弗里兰《情节摹仿行动:亚里士多德〈诗学〉中的美学评价与道德现实主义》,载罗蒂编著《亚里士多德〈诗学〉论文集》,第111—132页;以及约拿旦·李尔《开放的心灵:理解灵魂的逻辑》(哈佛大学出版社,1998),第183页。

② 《特洛伊妇女》吻合于第十三章中的第一种情节结构:好人自己没有过失,但从好运走向厄运。亚里士多德告诉我们,这种情节结构的悲剧"既不是恐惧的,也不是怜悯的,而是令人厌恶的"(1452b35—37),他指出,由于这种情节未能恰当地引发怜悯和恐惧的卡塔西斯反应,所以用第十三章所设定的理想的情节结构为评判基准,这不应该算作悲剧。亚里士多德在第十四章中说,在悲剧主角全知的情节中,主角在差点给所爱之人带来伤害而未能这样做,这在道德上是令人厌恶的,而不是惹人怜悯的(1454a1—15)。按照亚里士多德的观点,由于美狄亚杀死孩子们的行为是令人厌恶的,而不是惹人怜悯的,因此,在《美狄亚》的情节结构中,美狄亚明知要给她所爱的人(philia)带来伤害,这是无法引发人们对悲剧主人公的怜悯和恐惧的情感的。

戏剧剧(the dramatic theatre)的观众说:是的,我也感到是那么回事——正如我一样——它不过是自然的——从来就没有变化——这个人的受难使我惊愕,因为这些磨难是无可逃避的——此乃杰出的艺术;它使一切都似乎变成了世界上最明晰的事物——当他们哭泣时我哭泣,当他们欢笑时我也欢笑。

史诗剧(the epic theatre)的观众说:我从未想到这一点——不是这么回事——这是非同寻常的、几乎难以置信——让它停止吧——这个人的受难使我惊愕,因为这些磨难是没有必要的——这是杰出的艺术;其中的一切都不是明晰的——当他们哭泣时我欢笑,当他们欢笑时我则哭泣。[1]

在此,布莱希特将两种类型的戏剧加以对照:亚里士多德开创的戏剧传统与布莱希特在他自己的戏剧和论戏剧的著述中所采用的戏剧模式。布莱希特针对亚里士多德所偏爱的戏剧,提出了两个问题。

第一,布莱希特认为亚里士多德戏剧实践将观众导向了一个结论,即人类所经受的苦难是人生状态的一个"无可逃避"的组成部分。与此相反,"史诗剧"则将苦难表现为某种可以经由政治体制的社会转型而加以改变的东西。"非亚里士多德戏剧不惜一切代价,避免把所描绘的事件捆绑在一块并把它们表现为一种不可抗拒的命运,在面对这种命运时,尽管人类的反应富于美感和意义,但却是无可奈何的;相反,恰是这种命运需要我们加以仔细斟酌,把它表现为人类的谋划。"[2]

第二,布莱希特对那种被他视为与亚里士多德悲剧相关联的观众反应进行了批判,这种观众反应表现为在观赏戏剧时,观众与角色相认同,进入角色的情感状态("当他们哭泣时我哭泣;当他们欢笑时我也欢笑")。布莱希特式的戏剧旨在于防止他所说的"移情"或与角色"共情",以及对角色的"倾情"反应(可称之为"同情")。布莱希特认

---

[1] 布莱希特的靶子是"戏剧剧",他把它视为由亚里士多德《诗学》开始的戏剧传统,并且通过与瓦格纳歌剧相关的戏剧之联系而延续下来,在 20 世纪 30—40 年代的德国,纳粹把瓦格纳歌剧作为他们宣传运动的组成部分。参阅威莱特编著《布莱希特与戏剧》,第 71 页。

[2] 威莱特编著:《布莱希特与戏剧》,第 87、19、28、182 页。

为这些反应模式皆是障碍,它们阻碍了人们从悲剧的社会维度作出批判性反应,因为观众是从中心人物的视角来观看戏剧情节的,故而丧失了一种分析戏剧中所表现的社会主题的更加宏阔的视野。布莱希特戏剧采用了一种"陌生化效果":在布莱希特的构思中,戏剧被设置成为阻滞移情的障碍,他把非批判性的参与模式与亚里士多德戏剧联系在一起。布莱希特的戏剧表演技巧也被用来拉开演员与角色之间的移情"距离":"演员的情感从根本上来说必须与角色的情感不同,以使观众的情感也从根本上与角色的情感不同。在此观众必须是完全自由的。"①

我们应该更加具体地弄清"移情"在布莱希特意图中的确切含义。在这方面,保罗·沃德拉夫关于布莱希特的研究富于建设性②。沃德拉夫认为,布莱希特的理论关注并不在于把情感从戏剧中完全驱逐,相反,他关注的核心是与戏剧角色相关的某种"参与模式",布莱希特把它与涉及角色的移情联系起来。正如沃德拉夫所指出的那样,布莱希特所指的观众对剧中角色的"移情",包括一系列现象——从观众情感上对角色的同情("倾情")到与角色共同分享情感("共情")。就对角色的"移情"而言,布莱希特所指涉的核心意义,是观众与角色之间的某种认同和共享情感。亚里士多德的戏剧剧就是通过这种与中心人物的亲缘性机制建构了观众的参与关系③。

在我们进一步深入讨论之前,关于布莱希特的批评有几点需要一一加以说明。

首先要对布莱希特关于亚里士多德的批评是否一开始就失去目标的问题予以回答,因为亚里士多德并未明确地倡导一种旨在于唤起观众与角色的同样情感的戏剧。上文中布莱希特的引证("当他们哭泣时我哭泣")看起来像是在假设④。按照亚里士多德的观点,在俄狄浦斯力图追寻出杀害忒拜城国王的凶手时,我们对此感到的是恐惧;当俄狄浦斯王最终发现自己的身份与行为的真实本质时,我们对他感到的是怜悯。但是我们的情感并不与俄狄浦斯王的感受吻合一致,亚里士多德也未提示这种情况。由

---

① 威莱特编著:《布莱希特与戏剧》,第193—194页。丹尼尔·雅克布森使我注意到这一段文字,谨此致谢。
② 保罗·沃德拉夫:《戏剧中的情感参与:戏剧史上的布莱希特模式》,载《一元论者》71(1988),第235—257页。沃德拉夫关于布莱希特的研究,对于我们理解布莱希特理论很有帮助。
③ 威莱特编著:《布莱希特论戏剧》,第19、28、182页。
④ 感谢N.卡洛尔提出这种反对意见。

于布莱希特在复述亚里士多德关于观众与角色之间的关系的解释时不尽准确，因此他的批评似乎有误。

但我们在此却可以复述布莱希特的要点，以确切地反映亚里士多德的观点。布莱希特指出，在亚里士多德戏剧中有一个中心人物，其思想和感情被设置为焦点并引导着剧情的发展。亚里士多德在表达这一观念时说，恐惧之感产生于观众相信角色就"跟他们一样"的状态(1453a5)。亚里士多德在《修辞学》中进一步说，人们"怜悯那些跟他们年纪、性格、习惯、地位、出身相仿的人；因为在所有这些例证中，有某种似乎更契合自我的东西……人们对陷身事变中的他人表达怜悯之情，恰如他们对自己也会出事而心怀恐惧一样"①。值得注意的是，这种关于怜悯和恐惧的阐释，构成了努斯鲍姆立论的基础，她认为观众在对角色感到怜悯和恐惧之际，就会把戏剧角色视同于一种模式，其中蕴涵了她或他自己生活中的各种可能性。

因此，即使亚里士多德戏剧的目的确实不在于引起悲剧角色与观众之间丝丝入扣的情感一致性，布莱希特也是正确的。他指出按照亚里士多德的观点，观众发现戏剧的中心人物是"跟他们一样"的。因而被从悲剧主角的视点引向了戏剧情节。

其次，什么是布莱希特批评所有意针对的靶子？布莱希特在不少地方都似乎在疾声反对那些亚里士多德戏剧观所赞同的特定的戏剧："正如我们所知，戏剧展示了社会的结构(在舞台上表演出来)，恰如它不受社会(观众席)的影响一样。俄狄浦斯冒犯了作为他那个时代的社会基石的某些原则，受到了惩罚：众神实施了惩罚；他们是超越批评的。"②布莱希特感到不安的是《俄狄浦斯王》将其悲剧主人公的受难表现为"不可避免"的，因而未能给布莱希特视为戏剧核心的那种导致社会变革的社会批判性反应留出空间。就此而论，至少这是布莱希特对亚里士多德所赞同的那种特定的戏剧深感不安的地方。

然而，我认为，布莱希特所批评的中心靶子是亚里士多德所推崇的那种特定的叙事模式，而不是亚里士多德列在合乎理想的悲剧名单上的那一系列具体的悲剧。布莱

---

① 亚里士多德：《论修辞：公民话语理论》，乔治·肯尼迪译(纽约：牛津大学出版社，1991)，1386a13a。
② 威莱特编著：《布莱希特论戏剧》，第189页。

希特美学强调,舞台表演实践的方式对传达戏剧中的某些信息至关重要。例如,布莱希特在讨论索福克勒斯的《安提戈涅》时说,不同的表演和戏剧技巧会使蕴涵在戏剧文本中不同的主题显现出来①。这意味着在舞台上可以有多种方式表演亚里士多德所钟爱的戏剧,使这些剧本中蕴涵的社会主题得以显豁。因此,布莱希特并不是对《俄狄浦斯王》或《伊菲格涅娅在陶立斯》不满,而是将矛头直指亚里士多德在称赞它们时将其阐释为悲剧范式的戏剧实践。布莱希特的这种解读,是与下列观念并行不悖的,即布莱希特认识到,在作为戏剧形式的古希腊悲剧与他自己的"史诗剧"之间具有某种契合性(因此他才使用"史诗"一词)。实际上,布莱希特为了他的"史诗剧"而从古典戏剧中借用了包括"歌队"在内的某些戏剧技巧。因此,可以更为确切地重构布莱希特的批评理论,将其视为是对亚里士多德所推崇的戏剧实践的批评,包括对亚里士多德所相信的情节线索、角色表演和戏剧效果批评在内。在此,布莱希特对亚里士多德戏剧批评意见可以归纳如下:

(1) 在情节上把戏剧角色的悲剧过失表现为导致其不幸的关键,不能使剧作家写出社会批判的戏剧,因为其焦点是表现个人错误所造成的不幸,而不是表现社会和政治结构中的"错误"所造成的无辜者的不幸。

(2) 以对戏剧角色的移情为特征的戏剧实践(某种与悲剧角色相契合的亲和力,以及这种情感联系所导致的情感共享),阻碍了人们采用批判性视角来审视角色情境的社会维度。

(3) 亚里士多德戏剧所采用的是一种参与模式,这种模式能够愉悦观众,但不能给予观众以指导和真正的知识。

现在让我们对布莱希特的这些论点一一加以辨析。首先,布莱希特认为,采用亚里士多德所赞赏的戏剧模式时,剧作家无法写出能够激发观众对人类受难的社会原因加以反应的戏剧,因为正是悲剧主人公的错误或悲剧过失提供了其行为随之而来的不

---

① 参阅他 1948 年执导《安提戈涅》时关于不同的表演技巧的讨论。布莱希特甚至认识到,古希腊戏剧表演中所采用的歌队在功能上类似于他的"间离技巧",可以使观众与戏剧情节保持一种批判性距离。参阅威莱特编著的《布莱希特论戏剧》,第 210 页。

幸之间的一种因果关系,而不是把有缺陷的社会机制的"过失"或错误视为造成悲剧的原因。

把亚里士多德所关注的悲剧过失与布莱希特"史诗剧"所擅用的戏剧方法加以对照,可以更加清晰地凸显布莱希特的论点。布莱希特戏剧的基础是"姿态"(gest):姿势、台词和行动展现出角色的感情和思想,使之成为语境更为宏阔的特定社会场景的组成部分。布莱希特对他称之为"社会姿态"的东西尤为感兴趣。他告诉我们:"社会姿态是与社会相关的姿态,它可以是从社会语境中抽绎出来的结论。"①社会姿态的关键概念是,姿态揭示了社会语境在理解剧情中具有至关重要的意义。在亚里士多德美学中,与此类似的是悲剧过失。与社会姿态不同,悲剧过失将观众的注意力引向导致悲剧不幸的个人原因。布莱希特的论点是,社会批判的戏剧固然应当表现导致悲剧不幸的过失,但是这种悲剧过失却是影响剧中人物的更宏阔的社会语境的组成部分。正如布莱希特所解释的那样:"因此,史诗剧的关注点突出地表现在实践上。人类行为被表现为具有可变性;人自身倚赖于某种政治的和经济的因素,与此因时,他们自身又是可变化的。"②

我们通过对布莱希特的《大胆妈妈和她的孩子们》(1939)的思考来阐明这个观念。这出戏追寻着"三十年战争"(1618—1648)中的 12 年进程,分 12 幕插曲表现这场战争中人们的恐惧与损失。故事伴随着大胆妈妈的漫游而展开。大胆妈妈是一个追随着军队走,靠在战争期间向士兵兜售商品而谋生的女人。尽管大胆妈妈有很多令人钦佩的品质,但是由于她经济上倚赖于战争,因此也损失惨重。她的三个孩子一个个都被战争的魔爪攫住,死于非命,在剧末只留下大胆妈妈孤身一人。这部戏剧有着"史诗剧"的众多特征,包括音乐的运用,对照手法和矛盾冲突诸方面。剧情被设置在一个与20 世纪 40 年代相距甚远的时段,以使演员和观众都进入"陌生化"状态,或向他们灌输一种观念:在戏剧世界与他们看戏的语境之间是迥然有别的。戏剧故事并不以传统的叙事线索连贯起来,而是由一系列在时间上相隔的对照性插曲构成的。

---

① 参阅威莱特编著的《布莱希特论戏剧》,第 104—105 页。

② 威莱特编著:《布莱希特论戏剧》,第 86 页。

这部戏剧可以确切地称为悲剧,因为它生动地展示了挣扎于战争的魔爪下的那些人的苦难与损失。然而该剧的焦点却是大胆妈妈、她的孩子们以及战争中他们所接触的人与人之间的社会联系。戏剧的突出主题是:战争是和平时期的商业的延伸,因而从根本上说,战争是一种资本主义企业。剧情揭示了大胆妈妈作为一个经商妇女,她是从自己的生意是亏损还是盈利的角度来看待一切社会联系的,她甚至也是这样来看待自己的孩子们的。通过对大胆妈妈的社会角色、她的职业与家庭及他人的各种联系的聚焦式的表现,戏剧故事引发了观众的反思:无论是战争时期还是和平时期,在一个以个人利益体系为核心而建构起来的社会中,社会联系究竟是什么。通过大胆妈妈与她的孩子们之间、她的生意与战争之间的相互作用与联系,这部戏剧揭示了在资本主义语境下,即使是家庭关系也不能从人际的维度来加以理解,而应该把家庭关系理解成是为挣钱的目的服务的:它究竟是挣钱的阻碍,还是挣钱的工具。

该剧并不在于表现大胆妈妈在战争中所经历的丧子之痛,戏剧对这种损失的表现,是为了清晰地展示大胆妈妈的个人损失与她作为依赖战争谋生的商妇职业之间的联系。与其说大胆妈妈的经历具有普遍性,毋宁说剧情促使观众反思她的损失是如何在特定的社会历史环境中发生的。尤为引人注目的是,该剧强调了从与资本主义的关联性来理解大胆妈妈的损失,以及她与周围人物的互动关系。在戏剧的开端,大胆妈妈诅咒战争,她希望自己,希望她的女儿和在军队服役的两个儿子能够熬过战争,幸存下来。后来,随着她生意红火起来,她态度也变了,反过来支持战争,惟恐战争结束。有意思的是,当她大挣其钱时,她的孩子一个个都死于战争,从而表明大胆妈妈只想从战争中获利而不承受战争的祸害的想法是愚不可及的。

然而,这出戏并未试图把大胆妈妈的损失轻描淡写地归咎于超出她控制的力量,并未把她写成一个牺牲者而不是一个表演者。相反,该剧揭示了一种复杂的联系,其中的经商环境影响了大胆妈妈的人生选择和人际关系,她通过战争来操纵其所处的社会环境以求得生存。我们看见,尽管当初她谴责战争,但大胆妈妈生意上的成功又使得她暗地里作出战争会给她及其家庭带来好处的判断。通过对大胆妈妈的这些表现,戏剧促使观众对大胆妈妈所扮演的角色进行反思:她经受了损失,而这种损失本来是可以避免的。即使在剧情发展中没有哪个角色确凿无疑地"解答"了戏剧所考察的战争和资本主义问题,但在第四场,当大胆妈妈向一个年轻士兵唱出"叛变吧,这是上帝对你的要求"①时,观众被引发的关于其他选择性的思考也不仅仅局限在大胆妈妈和士兵的身上了。

众所周知,布莱希特曾经对大胆妈妈的角色加以重写,以使她成为一个不那么令人同情的人物②。尽管如此,布莱希特对大胆妈妈的表现实际上仍然使观众对她深表同情,而揭示她的思想与情感则是该剧的一个重要方面。不过布莱希特是把这种对大胆妈妈的同情和移情之感用作工具的,由此促使观众进一步反思给大胆妈妈带来损失的具体的社会、经济因素,反思该如何做才能改变这种状况的问题。

从这种阐释中可以得出两点看法:第一,布莱希特戏剧在实践上将主角的行动设置成为更宏阔的社会关系中的一个组成部分。第二,布莱希特对戏剧角色的悲剧过失的表现与亚里士多德迥然不同,他利用这些悲剧过失来彰显人类受难的社会维度,以及揭示这种不幸可能得以改变的途径。

布莱希特批评把人物过失作为戏剧核心的情节设置,在此,我们必须考虑对他的批评理论的一种反对意见。正如我对布莱希特批评理论加以重构的那样,人们可以看到,他的批评是建立在一种虚假的前提之下的:要是一出戏把悲剧的发生集中地归咎于个人过失,那么,它就无法有效地反映人类受难的社会原因③。但这是荒谬的说法,因为一部戏剧,即使其情节为迎合悲剧不幸的要求而把不幸归因于主人公自身的个人过失,它也可能具有社会批判性。譬如,一部戏剧可以集中地表现某位仁慈的国王由于不明智地实施了毁坏经济的国策而导致的悲剧。由于这出戏表现了国王的无意之过失所带来的磨难,因此与亚里士多德戏剧情节的要求相吻合。然而我们仍然可以从这样的戏剧中学到很多东西:什么样的经济政策是利国利民的;君主制的统治会带来什么问题;等等。所以,与布莱希特的论断相反,遵循着亚里士多德的原则,也可以写

---

① 布莱希特:《大胆妈妈和她的孩子们》,大卫·哈尔编,第 49 页,纽约,拱廊出版社,1996。
② 威莱特编著:《布莱希特论戏剧》,第 220—221 页。
③ 感谢诺埃尔·卡洛尔提出这一反对意见。

出一部社会批判的戏剧。

布莱希特会如何回应呢？从《大胆妈妈》中我们可以看到，表现个人过失的戏剧也能敏锐地反映人类磨难的社会原因。而布莱希特会拒斥那种认为戏剧应该把人类磨难简单地归因于个人过失来加以表现的观点，而主张戏剧应该揭露主人公的社会角色、社会关系与对戏剧人物的行动所导致的悲剧的理解之间相关联的各种途径。为了建构这种戏剧，需要某种与布莱希特的"社会姿态"(social gest)类似的机制，使观众看得见个人与社会之间的联系。以《大胆妈妈》为例，这部戏剧把大胆妈妈的损失置于她所扮演角色的语境之中，作为女商贩，她是支持战争的，她从事的职业使她具有这种社会联系。但在亚里士多德戏剧中却没有将个人与社会联系起来的戏剧设置方法。这关涉到我们所举的反证，即亚里士多德的审美实践本身缺乏敏锐地反映国王悲剧过失的社会维度。为了使这种反映成为可能，亚里士多德的审美实践亟待由布莱希特戏剧方法加以补充，以便在更宏阔的社会语境中对个人犯下的悲剧过失加以敏锐的反映。

或许布莱希特对亚里士多德式戏剧的批评中最富于争议的部分，就是他在广义上对亚里士多德关于戏剧的移情和情感作用的观念的批判。终其一生，布莱希特关于戏剧移情的观念一直在变动不居①。而他唯一始终不变的观点，是认为对戏剧人物的移情会导致某种情感封闭，无法为进一步的批判性反思铺平道路。布莱希特对移情的主要关注点，是认为观众通过对角色的认同并且分享其情感而被锁定在角色的视野之内。他认为，把移情用作与角色相沟通的主导模式，无法使观众"自由地思考"和理解与角色所处情境相关的任何事物②。然而，布莱希特也并未像某些批评家所指责的那样，以站不住脚的理性与情感二元论为基础，粗暴地将移情从戏剧中加以驱逐③。对布

---

① 在他的早期著述中，布莱希特认为移情不应该在戏剧中占据一席之地(威莱特编著《布莱希特论戏剧》，15页)，布莱希特戏剧强调的是理性而非情感(同上，37页)。在他晚期论戏剧的著述中，布莱希特修订了自己的观点，允许在戏剧中有限地运用情感与移情(同上，271页)。布莱希特戏剧同样也反映了他对移情的观念变化，他早期作品如《三分钱歌剧》反对运用移情，赞同表现人与人之间的社会关系，其晚期作品如《伽利略》中所塑造的人物，则多少会使观众产生一些移情。

② 威莱特编著：《布莱希特论戏剧》，第193—194页。

③ 关于这一点可参阅 M.史密斯：《布莱希特主义的逻辑与遗产》，载鲍德韦尔和卡洛尔编著《后理论：重建电影研究》。

莱希特更为确切的理解是,他批评的是某种参与模式,这种模式把观众限定为共同分享角色的思想感情,而不是鼓励观众去批判性地反思戏剧的更宏阔的社会维度。

鉴于对布莱希特移情批判论的这种理解,我们现在可以把布莱希特的批评理论与亚里士多德式悲剧联系起来,尤其是与亚里士多德关于理想的悲剧角色的讨论联系起来加以论析。可以回顾一下,在亚里士多德的理想悲剧中,悲剧主人公从根本上说是个好人(一个"有德行的人"1435a5—10),他犯下过失,并且因此而受难。但是他的受难要远比他所犯的过失更重大,从而使我们为他感到怜悯和恐惧。此外,悲剧主人公还必须"类似于我们",因为怜悯和恐惧是由某人与我们类同而引发的感受。

再者,亚里士多德在关于具有怜悯价值的角色与场景方面有着极为特定的概念。像美狄亚这类角色,其行为存在着道德上的问题,因而不具有怜悯的价值,所以这类角色被排除在亚里士多德式的戏剧之外。像赫卡柏这样的角色,按照亚里士多德的观点,由于她身处困窘境遇之中,性格发生蜕变,因而也不能成为唤起我们怜悯和恐惧的恰当的主角。在第十五章中,亚里士多德勾勒出《政治学》中的阶级与性别的等级制,论述了他对悲剧角色的要求:善良的妇女应该作为低微者来表现,奴隶的受难甚至毫无表现价值(1454a20)①。这提示了在亚里士多德式的戏剧中主人公应该恰当的角色模式,在于使观众能够在道德上从亚里士多德的视角对角色表演加以膜拜②。

布莱希特对戏剧角色的这种功用持何种不同意见?

正如前面所指出的那样,布莱希特并不反对观众与角色的情感参与,但是他认为要有效地引发社会反思,这种参与就应该与戏剧方法联系起来,以揭示个人行为与社会语境之间的联系。布莱希特对亚里士多德式的角色参与论的最根本的批评,就是认为形式/叙事方法对于从对角色的移情到反映社会语境的转型至关重要,而在亚里士多德的审美实践中,社会语境中的角色表演并未得到重视。

① 关于亚里士多德把奴隶的受难从悲剧表现中排除的意义的讨论,参阅 E.V.斯贝尔曼:《激进哲学中的奴隶制与悲剧:传统,反传统,政治学》,R.S.葛特里伯编著(坦普尔大学出版社,1993),第 223—244 页。
② 关于亚里士多德论情节与角色的道德层面的更详尽的讨论,参阅弗里兰:《情节摹仿行动》,载罗蒂编著《亚里士多德〈诗学〉论文集》。

因此,布莱希特对亚里士多德式戏剧的移情观的反拨需要论证:(1)为了便于对戏剧所表现的社会关系采取一种批判性的视角,戏剧应当超越对角色的思想感情的揭示层面,把戏剧角色的行为置于更宏阔的社会网络中加以考虑;(2)亚里士多德的审美实践未能使观众从个人视角向社会视角转移;(3)因此,亚里士多德式戏剧对移情的运用未能使观众对戏剧所表现的社会关系进行反思。

为了弄清为何这种批评得以成立,不妨考察一下亚里士多德在称赞《伊菲格涅娅在陶立斯》时所集中阐述的那些戏剧实践。该剧写的是年轻女性伊菲格涅娅的故事。她是克吕泰墨斯忒拉和阿伽门农的女儿,被从家乡弄到陶立斯来,成为高级祭司,主持把被俘获的外乡人作为祭品供奉神灵的仪式。伊菲格涅娅失去联系多年的弟弟及朋友来到了陶立斯岛,被抓了起来。伊菲格涅娅不知道他们的真实身份,着手准备把他俩杀死献祭。所幸在最后一刻,姐弟终于互相认出对方。伊菲格涅娅设计拯救她的兄弟和朋友,让他们乘船逃走。亚里士多德的阐释集中于认知与揭露的场景,认为这是好的情节结构的关键,亚里士多德还集中论析了伊菲格涅娅未能认出她失踪已久的兄弟的错误或悲剧过失。亚里士多德把注意力集中在该剧的这些方面,而且他还把此剧作为家庭戏剧来加以强调,从而忽视了隐伏于剧情表面之下的社会与政治的主题。如果我们考虑到可以从伊菲格涅娅的行为中作出拓展性的推断,视之为某人无意之中伤害"外乡人",同时也是伤害自己及"亲人"的事件,那么,我们就可以看到,此剧是一种对盲目方式的社会评判。在战争中,人们就是以这种盲目的方式杀戮他们亲如手足的"兄弟姐妹"的①。

为了实现这种《伊菲格涅娅》效果,该剧需要引入一些戏剧实践,使观众理解剧中角色的无知是"厌惧异邦人"(xenophobia)的更宏阔的社会语境的组成部分。伊菲格涅娅作为这种对厌惧异邦人的社会批判的产物,可以合乎逻辑地与亚里士多德美学框架

---

① 亚里士多德对悲剧叙事中认知的强调具有政治含义,关于这方面的有趣讨论,参阅 B.柯札克《悲剧、市民与外乡人:亚里士多德政治情感的构形》,载《亚里士多德的女性主义阐释》,C.A.弗里兰编著(宾夕法尼亚州立大学出版社,1998),第260—288页。我认为,亚里士多德关于戏剧实践的讨论忽略了对悲剧的政治涵义的思考,而这正是柯札克在她阅读《伊菲格涅娅》中所欲阐明的问题。

兼容;这就是说,超越直接而集中地描写家庭关系和个人损失的层面,从更宏阔的社会维度来反思戏剧——在亚里士多德的审美实践中并没有什么与此相抵触的地方。但是,反思悲剧角色的行为的更宏阔的社会内涵,又是与亚里士多德美学框架的基本因素相分离的,要是没有能够促发这种对戏剧意义加以更宏阔的反思的戏剧方法的补充,亚里士多德式戏剧实践并不支持观众的这种类型的批判性反思①。

现在,且让我们考察布莱希特批评理论中最重要的方面。布莱希特声称他的戏剧强于亚里士多德式戏剧的主要优点,正是在于布莱希特戏剧让观众参与批判性反思,这就是布莱希特所称许的"思想的自由"。正如布莱希特在其戏剧中所言:"表演的目的就是使观众更容易得出一种观点。"②他反对戏剧中移情的功用,是与鼓励观众思想自由的目标相联系的。如前所述,布莱希特提出这一观点,是为了倡导"反方法表演"(anti-method-acting):"演员的情感从根本上说不必是角色的情感,这样,观众的情感从根本上说也可以不是角色的情感。在此观众必须具有完全的自由③。"

按照布莱希特的观点,与戏剧表演相关联的批判性思考具有多个层面④。

首先,对批判性思考而言有一个认识论层面:观众必须独立自主地证实她或他的结论。换言之,戏剧应该使观众能够通过一个过程而"得出一个观点",这是一个为抵达结论而提供独立自主判断的过程。布莱希特戏剧的目标不是退缩和不去思考,而是以剧情表演"迫使观众作出一个决断"⑤。布莱希特戏剧的主要目的是从角色与情节的关联中促发人们积极而独立的思考。

其次,作为一个马克思主义者,布莱希特看见他周围有某些被大家作为基本规则而认同的文化表征——社会是由精英人物统治的,个人在这个社会里升降沉浮全凭他们的聪明程度或努力工作的程度——由此政治现状得以支撑,在布莱希特时代,这就

---

① 亚里士多德关于歌队的论述中有段文字还可以为这个结论提供进一步的论据,亚里士多德根本不认为歌队具有思想意义,而是仅仅顶着"音乐创作"的名头。他认为这种音乐具有"最伟大的感性魅力"(1450b16)。参阅杰拉尔德·弗·艾尔塞《亚里士多德〈诗学〉:论证》(密西根大学出版社,1978),第105—106页。

②③ 威莱特编著:《布莱希特论戏剧》,第128、193—194页。

④ 感谢丹尼尔·雅克布森,他向我强调,应当把布莱希特的批判性思考的这两个不同的方面区分开来。

⑤ 威莱特编著:《布莱希特论戏剧》,第37页。

是资本主义和法西斯主义。布莱希特欲使人们去质疑他们所看到的事物,以便他们心中有所准备,从剧院出来后致力于改变他们的社会境况。对布莱希特而言,这意味着与戏剧相关联的批判性思考具有一个重要的社会与政治的层面——这种思考旨在理解人类生活的特定的社会与政治本质,以及观众在支持和改变社会等级制中所扮演的角色。

现已很清楚,为什么布莱希特会认为,聚焦于个人过失和角色认同的亚里士多德式戏剧,不适宜引发批判性的思考。批判性思考尤为关注对社会等级制和导致不幸的社会原因的考察。但是,如果布莱希特认为亚里士多德式戏剧并不鼓励人们进行独立的批判性反思(其内容并不特别地局限于考察人类苦难的原因)的看法是正确的,而且理由也成立的话,那么,从非马克思主义视角而言,这倒可能是一种更有害的批评理论。因为这种关注并不局限于马克思主义美学,为什么要认为亚里士多德式戏剧会缺乏这种更具普遍性的目标? 以下我将集中讨论亚里士多德理论的三个层面:(1)亚里士多德对适于悲剧的内容与角色的限定;(2)叙事在建构观众反应中所扮演的角色;(3)亚里士多德关于悲剧反应涉及对生活和行为的普遍真理的认识的观念。

首先,不妨对亚里士多德关于情节与角色的要求加以重估。在认为什么人和什么类型的不幸具有怜悯的价值方面,亚里士多德显然具有极为特定的观念。如果剧情表现的是一个高雅体面的人物在自身没有过失的情形下,从幸运坠入不幸,那么,亚里士多德认为这种戏剧效果是"震惊"(miaron)而不是怜悯;与此类似的是表现悲剧主角有意给亲人带来伤害的剧情,例如美狄亚就是如此①。亚里士多德式的戏剧拒斥那些可能把观众置于他所设想的道德混乱或"震惊"状态的场景。因此,亚里士多德式的戏剧在功能上可视为积极的形象建构,选择的是观众应当思考的那些场景和角色。结果就导致了戏剧家在遵循亚里士多德的原则时,无法展现悖谬的社会环境对个人性格的影

---

① 在此似乎可说,亚里士多德对情节的批评标准,是建立在他对古希腊观众实际上能够感到怜悯的那些人物和场景的评价的基础之上的。然而正知 B.诺克斯曾经论述过的那样,古希腊观众能够发现美狄亚值得怜悯和崇敬的价值。参阅他的《欧里庇得斯的〈美狄亚〉》,载《词语与行动:古代戏剧论文集》(约翰·霍普金斯大学出版社,1979),第295—322页。因此,亚里士多德在为情节与角色排序时,必须概括一番,究竟观众应该在什么样的场景和角色中能够找到怜悯的价值。

响。虽然亚里士多德在其伦理学和政治学的著作中对此有所论述,但这方面的内容却令人惊讶地在他对戏剧的推重中缺席①。戏剧家也无法表现有时人们在自身无过错的情况下也会遭受不幸,例如《特洛伊妇女》②。由于亚里士多德式戏剧对所表现的角色与情境有所限制,因此布莱希特正确地作出了结论:亚里士多德式的戏剧不允许观众去思考"人类行为的所有方面"——而对于布莱希特旨在用他自己的戏剧加以建构的思想独立性而言,这一点恰是至关重要的。

其次,亚里士多德美学强调形式因素(例如叙事等)在建构观众反应中所扮演的重要角色。虽然亚里士多德对悲剧的描述实际上提及了在表演和生产的语境中的诸因素,例如诗人的行动、表演和观众的反应,但是亚里士多德通常会低估这些因素,而把叙事作为导致"卡塔西斯"效应的关键来加以突出的强调③。亚里士多德的论述还聚焦于与叙事结构相关的其他因素——情节线索的统一,戏剧的开端、中间和结尾的形式安排——将其作为戏剧文本效应的关键性决定因素。

亚里士多德对引起卡塔西斯效应的叙事加以强调,提示了一个模式,怜悯与恐惧在此模式中通过恰当地运用情节和角色而得到激发,而不是通过观众对场景和角色表演作出自己的独立思考而达到这种目的。与此相反,布莱希特美学则强调形式设置应当用来帮助观众有意识地观察戏剧,并根据事件和角色表演作自己的结论。为此目的,布莱希特运用诸如蒙太奇之类的表现手法去打断故事的线索,为观众留下了建构意义的空间,让观众凭借自己对戏剧情节的观察,沿着自己的思路去作出解释。倘若亚里士多德美学要展现戏剧如何能够鼓励观众作出真正独立的反思,那么,在引发人们对角色和情节的反应方面,亚里士多德对观众的积极贡献的忽略,就是一个极为重

① 在此我特别地想起亚里士多德在《尼科马科斯伦理学 I》中关于外在的善对德行的积极发展和培育具有必要性的讨论,以及他在《政治学》中关于社群对道德发展和人类繁荣具有重要性的强调。

② 关于这一点的讨论,参阅弗里兰《情节摹仿行动》,载罗蒂编著《亚里士多德〈诗学〉论文集》。

③ "现在不仅可以从演员的表演中获得的恐惧与怜悯的效应,而且还可以从情节结构本身唤起这种效应,这就比较接近于一位杰出诗人的标志和特征了。换言之,即使没有什么看得见的好处,情节也必须如此结构,以使谁一听到这些事件,就会对所发生的事表露出恐惧与怜悯的震栗:这正是一个人听闻《俄狄浦斯王》情节时会体验到的东西。"(1453b1)

要的问题了①。

个体观众对审美反应具有重要的贡献,我们可以推测亚里士多德对这种重要性略而不论的理由。为了对所演出的情节作出卡塔西斯反应,观众必须对相关的道德形象和表演形象的价值作出各式各样的判断。亚里士多德的阐释依托于某种人类本质观,即认为任何人都能够正确地发现具有怜悯和恐惧价值的戏剧角色和场景,亚里士多德在讨论情节模式时对此作了概括。亚里士多德未能论及观众在引发怜悯和恐惧的卡塔西斯效应中的作用是可以理解的,因为他假设了一种具有固定的人类本质的观众。这种观众对角色的反应被描绘成作为人类的观众的感受能力,他们为舞台上所表演的不幸所感动。布莱希特关于观众的这一假设可能误解了亚里士多德,因为在对戏剧角色和场景作出反应方面,观众是一种积极的、变化多端的因素,而这意味着这种具有固定人类本质的观众是无关宏旨的。

第三,亚里士多德对悲剧的阐释,包括了他关于悲剧体现了普遍的或者或然的共性的观念,可以认为在人类生活和行为中,各种偶然事件之间存在着联系。在《诗学》第四章,亚里士多德说,通过对这些共性的认识,我们从悲剧中学习。当梳理这种观点时,我们可以看到这种关于我们如何从悲剧中学习和学到什么的论述,缺乏布莱希特所看重的与戏剧相关的批判性思考。

在《诗学》第七章,亚里士多德拓展了第四章的提法,认为对行动和生活的模仿会带来愉悦,因为它们促进学习(1448b15—17)。诗歌(悲剧是诗歌的一个亚类型)矗立在历史与哲学之间。诗歌更近于哲学而不近于历史,因为它关涉的是普遍性而不是特殊性,而普遍性是"某种人根据相似性或必要性碰巧去做或去说的那类事物"(1451b8—11)。情节是人类行动的再现,必须根据可能性来推进,在偶然事件中展示其可能的或必要的联系(1451a37)。因此,诗歌以及作为诗歌亚类型的悲剧,是建基在人类行动及其联系的知识之上的。对角色的怜悯和恐惧,牵涉到对人类行动之间的这些普遍性或者或然性联系的认知。因此,按照亚里士多德的理论阐释,悲剧的快感与某种愉悦的学习

① 威莱特编著:《布莱希特论戏剧》,第37—38页。

密切相关。

在亚里士多德设想我们能从悲剧中学习(如果学到某种东西的话)的问题上,有一场论争。一些人认为亚里士多德持这种观点,即悲剧反应关涉到对与人类生活与行为(称之为"强命题")相关的普遍道德真理的认知与"澄明"(clarification)。另一些人则提出不同观点:观众的心灵在悲剧反应问题上并非是麻木不仁的。她或他必须积极地追随着情节,并在其复杂多变的因素之间建构起联系。但是,观众并不"学习"或把道德真理理解成为观看所表演的事件(称之为"弱命题")①的结果。如果这两种解释都正确,那么,能够说明批判性思考就蕴涵在我们对亚里士多德观念上的悲剧叙事的反应中吗? 我并不这样认为。

显然,之所以弱命题并不把这种批判性思考的观点作为审美反应核心来加以支持,是因为与悲剧叙事(弱命题)相关的认知活动的在场,未能提示一种立足于观众的批判性态度以对待她或他在舞台上所看到的事件。然而,更需要说明的是,为什么对亚里士多德的强阅读(the stronger reading)并不意味着观众立场上的批判性思考。

首先,这是一个在把亚里士多德的卡塔西斯作为"澄明"看待的强解释(the stronger interpretation)与亚里士多德对悲剧所采用的情节、角色的限制之间加以调谐一致的问题。努斯鲍姆在阅读古希腊悲剧时提出,我们从悲剧中学习,是因为它激励我们对重大的道德和政治问题进行普遍的、独立的思考。而亚里士多德对情节与角色的推崇,则提出了另一种观念——悲剧应该把观众的注意力直接引向一些范围较为狭窄的问题与角色,亚里士多德发现它们适宜于引发观众的怜悯和恐惧之情②。我认为,这意味着亚里士多德的文本并不支持努斯鲍姆在她重构亚里士多德美学中所提出的对卡塔西斯的阅读。

其次,努斯鲍姆把卡塔西斯诠释为澄明(clarification),强调了在"澄清"(getting

---

① 有关强命题(the stronger thesis)的部分,参阅努斯鲍姆《善良的脆弱性》,第378—390页;至于弱命题(the weaker thesis)方面,参阅 A.福德《卡塔西斯:古代难题》,载《行为陈述与行为表演》,A.帕克和 E.K.塞杰维克编著(纽约:洛特律治,1995),第109—132页。

② 有关亚里士多德《诗学》的这种阐述,参阅弗里兰《情节摹仿行动》,载罗蒂编著《亚里士多德〈诗学〉论文集》。

clear)重大的道德和政治问题上情感的作用。因为怜悯和恐惧之情是对戏剧角色的批判性反应密切结合的一个组成部分,这种反应必须服从于进一步的批判性细察——我们的智性判断应该以这种方式服从于同样的细察。例如,如果欧里庇得斯使我怜悯美狄亚,那么他就因此能够使我修改我自己关于谁以及什么才值得怜悯的观念。但如果观众能够将此用作对戏剧角色的批判性反思的组成部分,那么,这种怜悯反应本身就必须服从于更进一步的反思与证实。努斯鲍姆在对卡塔西斯的描述中提出,我们先是从表面价值出发,对悲剧人物作出情感反应,然后又用这种情感来"澄清"什么是我们的评价①。与此相反,布莱希特认为对剧中人物的反应的批判性思考要求我们必须让自己对剧中人物的情感反应服从于同样的细察,我们的判断与信赖感有赖于这种细察——当布莱希特说观众必须学会"对其情感采取一种批判性的方法,恰如(他)对待他自己的理念那样"时,他攫住了某种类似的东西②。这表明把卡塔西斯强读为澄明,即使是对亚里士多德的一种正确诠释,也无法满足布莱希特的阐释目标,他的目标是如何将情感与我们对剧中人物的批判性反思相结合,使之成为其中的组成部分。

在本节中,我拟评判亚里士多德悲剧论的三个层面——他对内容的限制,他从叙事角度对制造结构性的反应的强调,以及他关于我们如何向悲剧学习的观念——这些层面揭示了亚里士多德式的戏剧在鼓励观众独立的批判性反思方面有所不足。布莱希特作为一个马克思主义戏剧家和批评家,为什么要在其戏剧美学中把批判性观念确定为核心角色,这是很清楚的。因为与戏剧相关的批判性思考,可能是挑战现状的一件有价值的工具。作为一个马克思主义戏剧家,布莱希特戏剧本身就可以被斥责为政治教条,因为它不让观众"自由思考"她或他所想要的东西。对布莱希特的这种反对意见,我将在最后一节里加以讨论。

本文的论旨是:在批评亚里士多德忽视了观众对悲剧中事件与角色的批判性反思

---

① "在亚里士多德看来,怜悯和恐惧是阐明或澄明之源,作为中介,回应和参与他或她的反应,发展出更加丰富的自我理解,并与支撑这些反应的那些联系和价值相关。"努斯鲍姆《善良的脆弱性》,第388页。

② 威莱特编著:《布莱希特论戏剧》,第101页。为卡尔·普兰廷加《论观众情感与意识形态电影批评》所引,载史密斯和艾伦合编的《电影理论与哲学》,第374页。

的问题上,布莱希特基本上是正确的。布莱希特本人也提到这一点,他说亚里士多德对悲剧的情感反应的强调甚于对批判反应和智性反应的强调。然而这种批评亚里士多德的方式却使得布莱希特备受指责,人们批评他未能理解情感能够成为对戏剧的批判性反应的组成部分,而亚里士多德自己对这类事情本来就没有作过足够清晰的解说。对布莱希特加以重释,我们则可以说,亚里士多德的理论阐述未能说明戏剧是如何与观众的批判能力发生关系的,而只是把这类批判能力理解为观众具有认知状态和情感状态两方面。即使这一点被承认为是亚里士多德美学的弱点,也仍然可以争辩说,布莱希特美学同样也未能提供一种关于批判性观念的阐述。

首先,可以指责布莱希特关于戏剧具有明显的政治程式的说法是与他的"思想自由"论格格不入的,他曾宣称"思想自由"对戏剧反应具有其自身的价值①。布莱希特确实论述过戏剧应当把目标定为"唤起或加强"那种"公正的观念、自由的冲动和义愤"②。而这个目标与他关于观众要有完全的思想自由的目的不无相通之处。布莱希特在与戏剧家 F.伍尔夫的会谈中肯定他的目标是唤起"观众,使之对实际的和可能的情境(社会状态)中的各种关系有一个清晰的认识,从而作出正确的结论和决定"③。但是,这些结论是观众可能作出的众多结论之中的结论,布莱希特的目的(下文详述)不是专断,而仅仅是提议,是让观众对哪一种反应与其所见的戏剧化的不公正更加切合作出进一步的判定。例如,一些批评家弄不清为什么布莱希特要让《大胆妈妈》一剧以大胆妈妈失掉孩子的悲剧为结局,而不是揭示某种变化的、积极的方向④。那类更喜欢说教的戏剧家,则会让剧中的大胆妈妈或另一个角色表达布莱希特希望观众关注的对战争和资本主义的批判。布莱希特把这种道德剧写成莫衷一是的戏剧,表明他的目的是激发观众的思考,而不是驱使观众去作出"正确"的结论。

其次,可能有人会否定,布莱希特美学能使批判性的观众有效地把握住戏剧或电影文本及其表演因素:通过戏剧的文本/表演,把观众理解成为"生产性的"观众,这是

---

① 我的这一不同意见受惠于丹尼尔·雅克布森。
②③ 威莱特编著:《布莱希特论戏剧》,第 227 页。
④ 参阅 F.伍尔夫与布莱希特关于这一点的交谈。同上,第 228—229 页。

与布莱希特关于批判性观看包含着"思想自由"的观点相牴牾的,布莱希特曾经声称,"思想自由"是他的戏剧作品的价值所在①。换言之,布莱希特戏剧不能通过对"史诗剧"戏剧实践的运用,"激励"或鼓励观众的批判性观看,因为这使得批判性观众成为这些实践的简单产物,与布莱希特关于批判性观看需要"思想自由"的说法相悖。

诚然,布莱希特确实是想能够以他的戏剧激发批判性的反思,对观众习以为常的接受众多事物的模式提出挑战。这意味着他是以引发观众的批判性反应为目的而建构他的戏剧的。但是,布莱希特在贯彻这一目的时,采用的方式是要求观众自己去积极地归纳出结论。因此,他诱导观众的批判性思考的目的,与他赋予观众的"思想自由"不无联系。我们可以更富于技巧地说,尽管布莱希特戏剧实践激活了批判性思考,但是,这些戏剧实践并不能引起观众对戏剧表演采取一种特定的姿态②。

我们可以引证 N.卡洛尔的一些著作来阐明这一区分。卡洛尔指出,叙事电影通过暗示观众对叙事中缺失的前提加以填补,得出叙事裂隙的意义,从而传达了虚假的"意识形态"或具有认识论谬误的扭曲的信念③。运用这一观点,我们可以说,当观众无法根据戏剧的叙事结构判定"P"的性质,因而无法理解剧情的意义时,观众就被引发了对"P"的某种反应。这就是 D.W.格里菲斯的经典影片《一个国家的诞生》(1915)中出现的情况。这部电影影响了观众的意识形态判定,即认为异族通婚(不同民族之间的两性结合)是错误的。影片的叙事高潮描绘一个年轻的白人姑娘的戏剧性自杀,她为了避免邪恶的"杂种"男人古斯(Gus)的性追求而走向毁灭。美国黑人奴隶被表现为"忠诚的灵魂",他们满足于自己的奴隶角色;"黑人与白人的混血儿"作为种族融合的角色,被表现成导致社会不安的邪恶煽动者。为了把握这个故事的意义,观众被引向去填补那缺失的前提——"异族通婚是邪恶的",从而解释了为什么"杂种"角色的活动最终会导致坏事的发生。当然,观众也可以"抵制"对该影片的意识形态接受。但作出这

---

① 在 M.史密斯向布莱希特提出的所有驳难中,这是最引人注目的一点。M.史密斯《布莱希特主义的逻辑与遗产》。载鲍德韦尔和卡洛尔合编的《后理论:重建电影研究》,第139页。
② 感谢一位匿名的读者的提议,促成了我对这种区分的思辨。
③ 诺埃尔·卡洛尔:《电影、修辞与意识形态》,载《理论化动像》,第275—289页,剑桥,剑桥大学出版社,1996。

种反应的观众所制作出来的意义,是与表现在电影叙事中的意义相悖反的。格里菲斯运用电影叙事技巧,宣扬了他自己关于种族关系的见解,而这种见解是建立在对美国黑人的种族主义歧视的陈规的基础之上的。由此可见,引发观众反应实际上是一种操纵观众以接受某种意识形态或某种扭曲的观念的方式。

与此相反,布莱希特想通过戏剧把观众的思想置于运动的状态,吁请观众凭着自己的能力去作出批判性的比较。布莱希特尤其关注如何去挑战观众对陈腐道德和资本主义的信任与接受。布莱希特不像格里菲斯的电影那样迫使观众接受结论,而是给予观众那些可以用来建构批评的基本因素,要求观众进行独立的思考。我们可以从技术层面说,当赖以得出结论"P"的基本前提被表现为剧中的故事因素时,布莱希特的戏剧能够唤起观众的"P"反应,但结论"P"未必是戏剧情节的必要条件。在这方面,使反应成为可能或促发反应的布莱希特戏剧技巧,是与思想的独立性互相协调一致的,因为这种反应不一定是理解戏剧叙事意义的条件,它是必须通过观众的独立的理性思辨过程方能达到的反应。

虽然《大胆妈妈》是激励观众批判战争、资本主义、陈腐道德的一部堪为佳例的戏剧,但它并不是操纵观众去接受布莱希特关于这些题旨的观点。布莱希特设置了对照与冲突,以鼓励观众对这些问题进行批判性的反思。每一场景之前都有一张"目录表",对该场景作一个常规的或面面俱到的总括,这与该场景的真实的展现常常不太一致。尽管该剧没有明显地表现出这种批判,却能像常言所说的那样,促使观众去思考历史省略那些受难者生活中物质细节的方式。大胆妈妈在第四场末确实诅咒了战争,她对那些发动战争并从小人物的灾难中渔利的人表示了蔑视。但是,在下一场的开端,大胆妈妈改述了另一种观点,她说自己的情况很好,战争和她的生意都很顺利。观众在面对该剧所表现的这两种观点时,就必须思考大胆妈妈内心变化的背景条件之间的关联性。

布莱希特设置了他希望观众加以思考的基本矛盾冲突:一个人是否能够成为"妈妈—商人",以及能否把做生意作为一种工具而不是作为在贪欲横流的社会里存活下来的目的? 该剧在多处提出可能的解决方案或接受现状的多种选择而没有直接地下结论。在第四场,大胆妈妈的《伟大条约之歌》指出要以"伟大的愤怒"寻求一种超越社会压迫的生活,但它的戏剧效果只是在让大胆妈妈述说与此截然相反的观点时才显现出来——她又说最好还是用一点"小小的愤怒"和让步来解决问题。同时,这首歌还通过对"有意志就有办法"的意识形态进行暗中破坏,向许多观众都倾向于不加批判地接受的小资产阶级观念提出了挑战。这首歌针锋相对地提出,事实上没人会相信这一点,人们宁愿认为退缩和"让步"会更好。这种挑战既针对主张精英统治论的资本主义哲学,又针对观众认为政治活动无法导致更好的变化的思想倾向。

通过这种方式,布莱希特促使观众对她或他自己作为生存策略而接受的"条约"进行挑战,去思考有哪些其他的选择而不是去对它们截然下判断。布莱希特富有眼光地看到,效果好的戏剧永远不能强行把特定的结论灌输给观众。但布莱希特也因此带来了与文化研究殊为不同的批判性观众的视角。文化研究在多数情况下会提出,如果观众认可,诸如像电影和剧作这类戏剧性的形式是可以批判的①。布莱希特则持不同看法,他认为批判性的观看是戏剧家能够加以鼓励或激活的东西,它要通过技巧的运用,对观众习以为常的把握戏剧意义的那些基本设想发起挑战,使观众对它们重新加以思考。

三、结语

那么,我们能从布莱希特对亚里士多德的批评中获得什么教益呢?

第一,布莱希特的批评揭示出亚里士多德式的戏剧是通过移情于角色的模式的例证而构思的,而不是激发观众对其从角色情境中所抽绎出的结论作出独立的判定。亚里士多德的审美反应分析和卡塔西斯揭示了他理解戏剧的方法,他由此将戏剧视为既

---

① 这种理论方法被称为"违反本性的阅读"(reading against the grain),是电影研究中的一种主要思潮。例如,可参阅贝尔·霍克斯《对峙的凝视:黑人女性观众》,载《美国黑人电影》,M.迪埃瓦拉编著(纽约:洛特律治,1993),第288—302页。这种方法具有其价值,但它在运用上也会导致批评家忽略具有形式的和语境的因素的方法,而在对作品的阐释中,无论形式的因素还是语境的因素都是很重要的。

是情感的,又是认知的。而布莱希特的批评则指出,在我们戏剧反应的认知能力与作为戏剧角色、情境反应的真正的批判性反思之间,存在着一种重要的区分。我们从布莱希特那里学到了,亚里士多德美学是何以未能体现与角色相关的批判性思考,而这是我们从悲剧中学习的一条重要途径。对那些有兴趣理解戏剧和艺术如何能够扩大观众对世界的理解的人来说,这种教益是富有价值的①。

第二,我们从布莱希特那儿懂得了,亚里士多德集中论述的个人过失和与悲剧人物形象的认同,如何不能使观众从根本上将更宏阔的社会题旨纳入视野,即使这些主题就在戏剧的表层下面也无法看到。布莱希特的批评指出了戏剧实践的重要性,它允许观众把角色的行动与更宏阔的社会语境联系起来,而不是把观众的注意力引向个人过失,把个人过失视为使角色陷入悲剧不幸的原因。

第三,布莱希特对移情的批评使我们考虑:亚里士多德对角色移情的运用,是否鼓励观众对人类不幸的社会原因加以反思的有效途径。我在阅读布莱希特时感到,他的首要关注点在于移情的特殊运用问题,这种运用移情的方法将观众锁定在角色的视野内,使其不能从更开阔的社会视角对情节进行思考。布莱希特自己的作品表明,观众对角色的参与,对于反思人物受难的社会原因可能极为有用。但是,如果亚里士多德式的戏剧要用于这一目的,则需要用能够使观众把角色的思想行为作为更宏阔的社会关系的组成部分的其他戏剧方法来加以补充。

这些批评的三个层面全都与亚里士多德对悲剧本身加以概念化的适宜度(the adequacy)有关。因此,且让我在结语中简略地回顾一下,布莱希特的批评理论在这点上有何表现。有些人可能会在亚里士多德关于悲剧作为一种文类而具有某种本质和目的的形而上学假设中寻找漏洞,但这种路数并不适于布莱希特,因为布莱希特是以自己的方式提出了一种本质主义的戏剧阐释,倡导戏剧应当而且实际具有某种社会的和实用的功能,即能引发社会批评和政治变革。

另一方面,亚里士多德对悲剧本质的阐释,蕴涵了他关于悲剧必须是某种行动和

---

① 我认为,布莱希特对亚里士多德美学的批评还能表明,当前对艺术和电影的认识论价值的讨论,常常忽略对在审美反应中批判性思考所扮演的角色的考虑。不过,这是应当另加讨论的题目。

感情的再现的观念。这些观念表现在他对情节结构和角色表演的特殊推崇上。我们已经看到,这些推崇在本质上忽视了古希腊悲剧能够作为社会批评而发挥作用的维度。再者,我们也无法把亚里士多德美学作为一种阐释框架,把隐含在众多古希腊悲剧中的社会与政治的主题凸显出来。这意味着,如果我们有兴趣看到悲剧如何能够作为社会批评而发挥作用的话,那么,我们就需要用布莱希特所推崇的那些戏剧方法来补充亚里士多德美学框架。布莱希特提出了颇具效用的戏剧方法,以揭示个体角色与社会环境(她或他活动于其中)之间的联系。

因此,我们不必非得将亚里士多德关于悲剧具有某种本质的提法看成是错误的;但我们也可以批评说,亚里士多德关于悲剧本质的阐述,未能视悲剧为一种具有社会基础的城邦产物。古希腊悲剧揭露了一系列迫切的政治问题和社会问题,包括城邦生活与家庭生活之间的联系,古希腊父权制中社会性别的角色(gender roles),以及在一个向民主制转型的社会中贵族制度的角色。多少有点矛盾的是,倘若我们希望看到悲剧如何能够作为社会批评而发挥作用的话,那么我们最好还是转向布莱希特关于戏剧的观念,把它们作为这种悲剧功能的一种模式。

布莱希特关于与戏剧相关的批判性思考的阐释,尤其具有纠正忽视这种题旨的亚里士多德美学的作用。亚里士多德的遗产,是一种关于由叙事加以结构的戏剧审美反应的阐释,没有为积极的、置身于社会和历史的观众留下多少空间,未能让他们对其所见有意识地、独立地建构反应。另一方面,我们也在亚里士多德那儿,发现了一种关于由判断所建构的情感的颇为精微复杂的阐释。这使我们看到,我们的感情是如何能够服从于同样作为我们的判断的那种批判性的细察,这是我们在对艺术形象的批判性反思中理解情感所扮演的角色的核心。通过把布莱希特和亚里士多德美学框架中这些不同的层面融为一体,我们就能够开创一种新的框架,以理解对剧中角色的参与如何能够生成一种对世界的批判性视角①。

---

① 在从亚里士多德和布莱希特美学的层面融合来阅读古希腊悲剧方面,有一个女性主义的美学框架。这方面的表述,可参阅我的《女性主义与〈诗学〉的叙事结构》,载弗里兰编著的《亚里士多德的女性主义阐释》,第289—326页。

让-保罗·萨特

萨特谈"萨特戏剧":关于《苍蝇》(1943 年)

铸造神话(1946 年)

提倡一种处境剧(1947 年 11 月)

布莱希特与古典主义戏剧家(1957 年) *

让-保罗·萨特

(Jean Paul Sartre, 1905—1980)

20世纪法国著名的文学家、哲学家和政治评论家,也是优秀的戏剧家、社会活动家。萨特是法国战后存在主义哲学思想的代表人物,主要哲学著作有《存在与虚无》(1943)、《存在主义是一种人道主义》(1946)、《辩证理性批判》(1960)等,萨特同时还把深刻的哲理带进了小说和戏剧创作,小说集有中篇《恶心》(1938)、短篇集《墙》(1939)、长篇《自由之路》,这些作品早已被认为是法国当代文学名著;萨特的戏剧创作成就比小说成就还要高,他一生创作9个剧本,其中《苍蝇》(1943)、《死无葬身之地》(1946)、《恭顺的妓女》(1947)等,在法国当代戏剧中占有重要地位。1964年,瑞典文学院决定授予萨特诺贝尔文学奖金,但被萨特谢绝,理由是他不接受一切官方给予的荣誉。1980年4月15日萨特在巴黎逝世。作为一位存在主义哲学家,"人"的问题是萨特哲学思想的中心,他声称自己的哲学不研究物质世界的存在,只研究现实具体的人的具体存在,因而,他的哲学即他称之为"人学"的出发点,就是孤立的个人存在,也就是人的意识和主观性。萨特从"存在先于本质"这一论断出发引出了他的哲学中最重要的部分,即有关自由的理论,他的哲学思想的核心"自我选择"已发展成为一种生活哲理,对第二次世界大战后的一代青年影响极大。但在20世纪50、60年代,萨特试图改变

---

* 《萨特谈"萨特戏剧":关于〈苍蝇〉》选自《萨特文集》(6)(戏剧卷Ⅱ),沈志明、艾珉主编,人民文学出版社2005年版,第531—539页。还可参见《萨特戏剧集》(下),人民文学出版社1985年版,第967—973页;《铸造神话》选自《萨特文集》(7)(文论卷),沈志明、艾珉编,人民文学出版社2005年版,第456—465页。还可参见《萨特文论选》,施康强选译,人民文学出版社1991年版,第435—443页;《提倡一种处境剧》选自《萨特文集》(7)(文论卷),沈志明、艾珉编,人民文学出版社2005年版,第454—455页。还可参见《萨特文论选》,施康强选译,人民文学出版社1991年版,第433—434页;《布莱希特与古典主义戏剧家》选自《萨特文集》(7)(文论卷),沈志明、艾珉编,人民文学出版社2005年版,第466—469页;还可参见《萨特文论选》,施康强选译,人民文学出版社1991年版,第444—447页。

存在主义哲学的这一方向,转向马克思主义研究,以求用马克思主义来改造存在主义,使存在主义成为一种积极的人生哲学。在雷蒙德·威廉斯看来,当谈到历史的时候,加缪与萨特事实上采用的都是马克思主义的历史观,在后期的《辩证理性批判》等著作中,萨特建立起了存在主义的马克思主义思想体系。萨特正是从存在主义角度提出他的戏剧理论,并与他本人的戏剧创作相结合,萨特指出,"伟大的悲剧都是以人的自由为主要动力",例如:安提戈涅代表的就是一个赤裸裸的意志,一项纯粹的、自由的选择。在此基础上,萨特提倡一种"处境剧",即提供可以使人实现自由选择的瞬间,而死亡则是其中之一。总之,对现代主体自由的认知可以说是马克思主义悲剧理论与存在主义之间十分重要的一环,这一点在萨特的悲剧理论中居于重要地位,对现代社会主体生存境遇的关注更是现代悲剧观念中一个重要的理论维度。

萨特谈"萨特戏剧"①

关于《苍蝇》

加利玛出版社一九四三年发行《苍蝇》单行本。萨特为分赠报刊的样书撰写了"新书介绍",全文如下:

悲剧是厄运的镜子。我不认为写自由悲剧是不可能的,因为古代大写的命运只不过是颠倒的自由。俄瑞斯忒斯有犯罪的自由;从犯罪的角度,我描写他为自由所折磨,就像俄狄浦斯备受命运挟制。他在这种铁掌下挣扎,但我不得不让他以杀人告终,让他肩扛凶杀重负,并背负其罪渡到彼岸。因为,自由不是什么超人类状况的抽象力,而是最荒诞最无情的介入。俄瑞斯忒斯走自己的路,是无法辩解的,是不可辩驳的,是孤独无援的。英雄乎,常人乎,不在乎!

一九四三年四月《苍蝇》预演,萨特在答记者问时避而不谈剧本的政治内容,只是一般性地谈了他的创作意图。原载一九四三年四月二十四日《戏剧报》。

---

① 米歇尔·孔塔和米歇尔·里巴尔卡把萨特关于戏剧问题的论述和关于其戏剧的谈话汇集成册,题为《一种处境剧》。此附录除一篇选自《处境种种》第九集以外,均选自这个册子。

我想探讨与宿命悲剧相对立的自由悲剧,换言之,我这个剧本的主题可概括为:"一个人行了暴力,即使他自己也厌恶这个行为,但他肯承担全部的后果和责任,面对这种情况,他该怎么办?"

显然,以这种方式提出的问题不符合内心自由的原则,某些哲学家,并非微不足道的哲学家,如柏格森①,认为这种内心自由是唯一存在的自由,他们曾想从中寻找摆脱命运的源泉。这类自由始终停留在理论上和精神上,经不起事实的考验。而我想从一个处境自由的人着手,他不满足于想象中的自由,而不惜采取特殊的行动来获得自由,哪怕这个行动是极其残酷的,因为只有这样的行动才能使他获得他自己的最终自由。

我采用了古典悲剧的骨架和人物,冒着重复古典悲剧的危险,我要说我的主人公犯下了表面上最不人道的罪行。他的行为是伸张正义者的行为,他为了替父王报仇,杀死了谋害他父亲的篡权者。但,他把惩罚扩大到他的生母——王后身上,把她也杀了,因为她是谋杀父王的原罪同谋。

不能把他的行为和他的感情反应孤立开来,通过这个行为,他恢复了节奏平衡,超越了善与恶的观念。但如果这个行为不是完全彻底的,如果这个行为将导致接受悔恨,——这种感情只是一种后退,因为等于受过去的束缚——那么他的行为仍将毫无结果。

信仰自由的人,思想境界很高,但只有在为他人重建自由之后,只有他的行为导致现存秩序的消亡和恢复原来应有的状况之后,他自己才有处境自由。

短促的戏剧内容要求特别紧凑的、富于戏剧性的情景。如果我的主人公由我杜撰,那么他的行为所引起的恐怖必定无情地把他打入冷宫,所以我借用舞台上已经出名的人物。我没有别的选择。

法国解放时,萨特作了明确的补充,原载《十字街头报》一九四四年九月九日。

---

① 柏格森(1859—1941),法国哲学家,诺贝尔奖金获得者(1927),对普鲁斯特等作家产生过相当大的影响。

为什么借用古希腊人的嘴说话？还不是为了在法西斯制度下掩盖自己的思想？

真正的悲剧，即我心里想写的悲剧，是恐怖分子的悲剧：每次恐怖分子在街上暗杀了德国人，立即有五十来个人质被枪杀。

一九四七年《苍蝇》在德国的法国占领区上演，萨特在六月《果园杂志》第二期上发表了一篇短文。

一九四○年我们失败以后，太多的法国人灰心丧气，悔恨交加。我创作了《苍蝇》，我试图表明悔恨不是法国人在我国军事失败之后所应选择的态度。我们的过去已经过去了。时间水一般的从我们手中流逝，我们没来得及抓住，仔细看看，以求甚解。但未来却是崭新的，尽管敌军依然占领法国。我们有办法掌握未来，我们在自由地创造一个失败者的未来，或反之，自由人的未来，因为自由的人不会相信一次失败就完蛋，激起世人生活愿望的美好事物没有终结。

今天在德国人面前摆着类似的问题，对德国人来说，我同样认为悔恨是毫无用处的。我的意思不是说应当从他们的记忆中抹掉过去的错误。不。但是我确信不是靠讨好人的悔恨来获得世界对他们的宽恕，而是要全力以赴地、真心诚意地投入自由和劳动的未来，坚定不移地建设这个未来，在他们中间出现尽可能多的满怀诚意的人。我不奢望这个剧本能指引他们走向这个未来，但我祝愿它能鼓舞他们达到这个未来。

一九四八年《苍蝇》用德语在柏林上演，围绕这次演出组织过一次讨论，其内容以《围绕〈苍蝇〉的讨论》为题，发表在《果园杂志》（一九四八年第五期）。这里我们只摘译萨特的发言。

整个辩论围绕着这个问题：《苍蝇》一九四三年在巴黎被占领时上演有什么意义？今天在柏林演出又有什么意义？［……］

这个问题特别有意思，因为首先围绕悔恨的问题，其次前后两部分紧密相连，中心议题是:一个在一九四三年可能是好的剧本,有价值的剧本,现今是否还有同样的价值,尤其在一九四八年是否还有一定的影响。应当根据当时的形势来解释剧本。从一九四一至一九四三年,很多人非常希望法国人沉溺于悔恨。首先纳粹分子就竭力主张如此,贝当①和他的新闻界也沆瀣一气。还要说服法国人,要我们自己说服自己,让我们确信我们曾是一些疯子,堕落到了不能再堕落的地步,人民阵线使我们吃了败仗,我们的精英统统拂袖而去了,等等,不一而足。这场宣传运动的目的是什么?肯定不是提高法国人,也不是改造法国人。不是的,其目的是让我们沉溺于懊丧和羞耻,最终使我们无力进行抵抗,满足于我们的懊丧,甚至从中寻找乐趣。这对纳粹分子来讲是求之不得的事。

我创作这个剧本是想用我唯一的手段,非常微弱的手段,为把我们从悔恨病中解脱出来,为把我们从耽于懊丧和羞耻中摆脱出来作出微薄的贡献。为此,必须使法国人民重整旗鼓,恢复勇气。那些反对维希政府的人对这个剧本的涵义都心领神会,法国所有奋起反对纳粹统治的人都认为维希政府是堕落的。当时的地下刊物《法兰西文学报》就明确指出了这一点。②

我创作的第二个动机更多地涉及个人。那个时期存在暗杀纳粹分子的问题,不仅暗杀纳粹分子,而且矛头指向德国占领军所有的成员。参与暗杀的人在干的时候自然是心安理得的,他们决不会想到什么良心。在他们看来,战争状态高于一切,向一个敌人扔一颗手榴弹就等于一个战斗行动。但,与之相关却产生另一个问题,属道义上的问题,即所谓人质的问题。德国占领军当时负责执行处决。暗杀三个德国人,就有六个或十个人质被枪决,这在道义上是一个非常重要的问题。不仅这些人质是无辜的,而且应该重申,他们没有做过任何反对德国占领军的事情,人质的大部分甚至没有参加过抵抗运动。开始,人质多半是犹太人,他们还没有来得及想到公开抵抗,对抵抗不

---

① 贝当在 1943 年出版的《新法兰西》(第 167 页)中写道:"你们受痛苦,你们还要受长期的痛苦,因为我们还没有为我们所有的错误付出足够的代价。"
② 地下刊物《法兰西文学报》第 12 期上,刊登着名作家米歇尔·莱里斯撰写的未署名的文章,题为《俄瑞斯忒斯与国家》,赞扬《苍蝇》。

负任何责任,这种暗杀行为成了极为重要的问题。这类暗杀者应当知道,如果他不自首,人家就随意枪杀法国人。于是他承受第二种形式的悔恨,他必须经得起去自首的危险。应当从这些方面去理解我这个剧本的寓意。

所以当年上演的时候,没有人认为剧本是悲观主义的,相反是乐观主义的。我通过剧本对法国人说:你们用不着悔恨,甚至那些在一定程度上成为谋杀犯的人也不用后悔,你们应当承受你们的行为,即使你们的行为导致了无辜者的死亡。问题也在于:彼时被视为乐观主义的剧本怎么此时在德国受到截然不同的解释?具有完全不同的含义?怎么在另一个国家出现时竟表达绝望呢?怎么会变成彻底的悲观主义呢?

[……]

如果我们比较一下一九四三年的法国和一九四八年的德国,两种形势自然是非常不相同的,但也不乏共同点。在这两种情况下,人们都为一个过去的错误而苦恼。一九四三年有人千方百计劝法国人只应当朝后看。我们反其道而行之,主张真正的法国人应当向前看;决心为未来而奋斗的法国人应当行动起来参加抵抗,不要懊丧,用不着内疚。罪责问题在今日德国也提出来了,当然是纳粹制度的罪责。但这种罪过是过去的事情,现在所理解的这种罪过总跟纳粹分子的罪恶联系在一起。只想到这个过去,日日夜夜为之苦恼烦闷,这是贫乏的感情,纯粹是消极的。我没有主张应当取消责任感,相反,我说责任心是必要的,但要面向未来。当对懊丧有不同理解时,往往混淆概念,由此对罪过感的内容或认识产生误会。我设想我的罪过,我内心为之十分痛苦,这就导致我怀有所谓悔恨的情感,也许因为后悔了,便可聊以自慰。这一切只不过是被动的,眼睛朝后看,从中得不到任何有益的东西。反之,责任感能使人得到别的东西,某种积极的东西,即必要的恢复名誉,导致为有生命的、积极的未来而行动。

我也知道马克思有关民族耻辱的观点,这可能导致他采取革命行动。顺便提醒一下,这一说法,见之于马克思青年时代的作品,后来他几乎从未再涉及此主题。确切讲,马克思说的是什么意思?他所指的,是一个民族在现时的、当今的处境下所产生的耻辱。他的意思根本不能用于过去的处境。他想说,耻辱感随着一定的处境而产生。例如不自限于沮丧,不自限于消沉。

［……］

在一定程度上,我们能够理解俄瑞斯忒斯的案情和他的决定。如果我们仔细考察剧中的社会背景,我想是不成问题的,因为归根结底俄瑞斯忒斯只能在争自由和受奴役之间进行选择。如果我看到有人作了选择,看到他选择了自由,在我看来问题就解决了,因为主要的是他选择了自由。如果他选择了受奴役,那就有问题了,而且事情就严重了。俄瑞斯忒斯最终选择了自由,他决心在解放其人民的同时,获得自身的解放,并且想通过这次解放使自己同人民相结合。如果我们没有确切地理解这一点,大概是由于我们对阿耳戈斯的形势关注得不够。在舞台上,如同在生活中,剧本的这种自由选择始终意味着一次真正的解放,说到底,主要的是争取解放的意志,这就等于自由被确认了。持有这种看法,我们就可以不接受种种解释,辩证的解释也罢,心理分析的解释也罢,不仅可以不接受,而且可以把它们跟被压迫者的解释归在一起。

我从来没有想过要把俄瑞斯忒斯和基督相提并论。在我看来,俄瑞斯忒斯在任何时候都不是一个英雄。我甚至不知道他是否是一个很有天赋的人,但他是一个不愿听凭别人把自己同人民隔绝的人。在人民大众能够和应该意识到自身力量的时候,他一马当先冲向解放的道路,他第一个用自己的行为向他们指明了道路。当他一旦达到目的,他可以解甲归田,默默无闻地在人民的怀抱里休憩。［……］

铸造神话①

　　我在报上读到有关卡萨琳·考奈尔导演的阿努依的《安提戈涅》②的评论时,印象是这部戏在纽约剧评家们的头脑里引起某种不自在。他们中许多人奇怪为什么把一个如此古老的神话搬上舞台。另一些人指责安提戈涅这个人物缺乏生气,不可信,用戏剧行话来说是没有"性格"。我以为误会产生于剧评家们不了解许多法国青年剧作家虽说各人朝不同方向努力,没有一致的目标,却都在尝试去做的事情。

　　在法国有很多关于"悲剧回归""哲理剧复兴"的议论。这类标签容易引起混淆,概在摒弃之列。我们认为,悲剧是在十七世纪与十八世纪之间臻于全盛的历史现象,我们毫无让它复活的愿望。我们也无意生产哲理剧,如果哲理剧指的是在舞台上图解马克思哲学、圣托马斯哲学或存在主义而特意编写的作品。但是这两种标签都包含一部分真理:首先,我们更多关心的不是创新而是回归一种传统,这是事实;另一个事实是,

---

① 本文是萨特 1946 年第二次访问美国纽约期间的一次讲演的记录。这次讲演旨在向美国公众介绍德国占领期间和战后初期法国戏剧界的情况,它被译成英文发表在美国的《戏剧艺术》杂志 1946 年 6 月号上,题作《铸造神话:法国青年剧作家》。后由米歇尔·贡塔译成法文,收入他与米歇尔·里巴卡合编的《萨特论处境剧》一书。
② 据希腊传说,无意中犯下杀父娶母重罪的底比斯国王俄狄浦斯弃位出走后,他的儿子埃台奥克勒斯和波里尼斯互争王位,在阵前决斗时双双毙命。俄狄浦斯的妻弟克雷翁继位,下令禁止埋葬波里尼斯的尸体。波里尼斯的妹妹安提戈涅违抗禁令,掩埋了波里尼斯。因而被克雷翁活埋处死。索福克勒斯之后,罗特鲁(1638)、阿尔菲利(1776)、科克多(1927)、阿努依(1944)、布莱希特(1948)都用这个题材写过剧本。阿努依的《安提戈涅》于 1946 年 2 月 18 日在纽约首次演出。

我们今天想在戏剧里处理的问题不同于我们在 1940 年之前关注的问题。

两次大战期间人们理解的戏剧是一种性格剧,可能今天美国人还是这样理解的。戏剧主要关心的是性格分析和性格交锋。设置人们所谓的"情景"的唯一目的是使性格更突出。这一时期最优秀的剧本是对一个懦夫、一个说谎者、一个野心家和一个受压抑者的心理研究。有时剧作家努力阐明一种激情——通常是爱情——的机制,或者去分析一种自卑情结。

用这种原则判断,阿努依笔下的安提戈涅根本不具性格特色。她也不是按某种心理学说的定律发展的一种激情的简单依托。她代表一个赤裸裸的意志,一项纯粹的、自由的选择;人们不能在她身上区分激情和行动。法国青年剧作家们不相信人有共同的、一经形成就一成不变的"人性",而认为它在一定情境影响下是会变化的。他们也不相信人可以受一种只能用遗传、环境和情境来解释的激情或癖好的支配。他们认为,有普遍意义的不是本性而是人处于其中的各种情境,也就是说不是人的心理特性的总和,而是他在各个方向遇到的极限。

对他们来说,人不应该定义为"有理智的动物"或"社会动物",而应定义为一个自由的、完全不确定的存在,他应该面对某些必然限定选择他自己的存在。必然限定之一是他已经介入一个既有对他有利的因素,也有威胁性的世界;他生活在其他人中间,其他人已在他之前做出自己的选择,预先决定了这些因素的意义。他必须工作和死去,必定被投入一个已经先他而在,然而又是他自己的事业的世界;他在这个世界里的所有举动都不容反悔,他出牌必须承担风险,不管这个代价有多大。所以我们深感有必要把某些情境搬上舞台,这些情境能照亮人的状况的重要面貌,使观众参与人在这类情境中做出的自由选择。

因此,阿努依的安提戈涅就可能显得抽象,因为与其说她被写成一个由某些影响和几桩可怕的回忆塑造定型的年轻希腊公主,不如说被表现为一个自由的女人,她在自己选定自己的性格特征之前无性格特征可言,在她不顾得胜还朝的暴君的禁令,确定以死亡为自己的自由的那一瞬间,她便完成了自己的选择。同样地,在西蒙娜·德·波伏瓦的《白吃饭的嘴》里,当沃塞尔市市长犹豫不决应该用牺牲一半居民(妇孺、老人)的办法来解救他被围困的城市呢,还是努力保全全体居民而甘冒全城生灵涂炭的风险时,我们关心的不是他耽于感官享受呢还是清心寡欲,他有恋母情结呢还是脾气暴躁或者生性快乐。当然,假如他鲁莽、无远见、虚荣心强或者胆小怕事,他会做出糟糕的决定。但是我们用不着事先安排好将迫使他做出不可避免的选择的动机或理由。我们更关心的是展示一个人的焦虑,这个人是自由的、充满善良愿望,他真心实意地努力寻求他应该采取的决策,他知道在决定别人命运的同时就选择了自己的行为准则,并且不容反悔地决定自己将是暴君或是民主派。

如果我们之中也有人在舞台上表现性格,那是为了随即摆脱这个性格。譬如阿尔贝·加缪的《卡利古拉》一剧开始时,主人公卡利古拉①是有性格的。人们相信他性情温和,很有教养,而且他大概确实如此。但是,一旦皇帝得出世界是荒谬的这个可怕的结论,他的温良和谦让就突然消失了。从这个时候起,他选择自己做说服其他人相信世界的荒谬性的人,于是剧本便叙述他怎样完成这个计划。

在他所处的情境范围内自由无羁的人,当他为自己选择时,不管他愿意不愿意同时也为其他人做出选择的人——这就是我们的剧本的题材。我们想用一种处境剧来代替性格剧,我们的目的在于探索人类经验中一切共同的情境,在大部分人的一生中至少出现过一次的情境。我们剧本中的人物的区别不是懦夫与吝啬鬼的区别或吝啬鬼与勇士的区别,而是行为之间的分歧和冲突,权利与权利之间可以怎样发生冲突。在这一点上完全可以说,我们继承了高乃依的传统。

因此,人们不难理解为什么我们很少考虑心理学。我们不去寻找"准确"的词以便突然揭示一种激情的发展,也不去寻找能使观众感到最可信、最不可避免的"行为"。我们认为心理学是最抽象的科学,因为它在研究我们的激情的机制时不考虑它们真正的人际背景,不考虑它们的宗教和道德价值背景,社会的禁忌和律令,民族之间和阶级之间的冲突,权利之间、意识之间和行动之间的冲突。我们认为人本身就是一个完整

---

① 卡利古拉(12—41),罗马皇帝(37—41在位)。他即位七个月后忽然患了一场重病,病愈后性格陡变,成为嗜血的暴君,要求臣民对他像神一样崇拜。他最后遭刺杀。加缪的《卡利古拉》(1945年首演)写卡利古拉在他的妹妹德卢西亚死后发现人生的荒谬,决心行使自己的自由以对抗人和神的秩序,否认善恶界限,倒行逆施。

的事业。激情是这个事业的组成部分。

我们在这一点上回到古代希腊人的悲剧观念。黑格尔曾经指出,在希腊人看来,激情从来不仅仅是一场简简单单的感情风暴,在根本意义上,它永远是对一项权利的确认。克瑞翁的法西斯主义、安提戈涅的固执对于索福克勒斯和阿努依来说,卡利古拉的疯狂对于加缪来说,既是根源于我们内心最深处的感情激化,也是一个不可动摇的意志的表达方式,它们旨在确认某些价值和权利体系,诸如公民的权利、家庭的权利、个人的道德、集体的道德、杀人的权利、向别人揭示他们的处境可悲的权利,等等。我们并不排斥心理学,那样做将是荒谬的,我们只是把生活纳入戏剧。

五十年以来,法国最有名的作文题目之一是:"请评论拉布吕耶尔这句话:'拉辛按照人们的本来面目描绘他们,高乃依描绘他们应该成为的样子。'"我们以为这个判断应该颠倒过来。拉辛描绘心理学上的人,他以抽象的、纯粹的方式研究爱情、嫉妒的机制,就是说他从不允许出自道德的考虑或者人的意志改变它们必定的运动趋势。他的人物是他自己的精神创造物,剧本的结局是理性分析的结果。高乃依则相反,他在感情最激烈的时候表现出意志,从而写出了人的全部复杂性及其完整的真实性。

我讲到的这些青年作者都站在高乃依这一边。对他们来说,戏剧只有要求自己具有道德意义时才有能力表现完整的人。我们的意思不是说戏剧应该图解行为准则或教给儿童们实用的道德,而是说应该用表现权利之间的冲突来取代对性格冲突的研究。一个斯大林分子与一个托洛茨基分子之间谈不上性格冲突,1933 年一个反纳粹分子和一名党卫军的冲突不是他们的性格;国际政治的难题并非源于各国领导人的性格;美国的罢工并不揭示企业家和工人的性格冲突。在上述各种场合,尽管利害关系有所不同,归根结底是人的价值体系、道德体系和观念体系在对峙。

因此,我们的戏剧自觉地背离所谓"现实主义"戏剧,因为"现实主义"产生的剧本无非是拼凑一些失败、纵容和弃权不争的故事,它总是喜欢表现外部力量怎样压垮一个人,粉碎他,最终把他变成一个随风转动的风标。但是我们要求真正的现实主义,因为我们知道,在日常生活中不可能区分事实与权利,现实与理想,心理与道德。

这种戏剧不是任何一种"论题"的依托,它不受任何先入之见的影响。它只是试图探索全部状况,向当代人展示他自己的肖像,表现他的问题、希望和斗争。我们认为,如果我们的戏剧描绘个别人,即便它描绘的是如同吝啬鬼、厌世者、戴绿帽的丈夫这样普遍的典型,它也背叛了自己的使命。因为戏剧应该面向群众说话,应该对观众谈论他们普遍关心的事情,用每个人都能深刻理解和感受的神话形式表达他们的不安。

我的首次戏剧尝试特别幸运。1940 年我在德国当俘虏时,编写、导演并参与演出了一部圣诞剧。这部戏借助简单的象征手法瞒过了德国检察官的警惕性,直接对我的难友们讲话。它仅在表面上以《圣经》为题材。它由一名俘虏编写、导演,由几名俘虏绘景并演出,以俘虏们为唯一对象(以致后来我从未允许公演或出版这个剧本①)。它面向俘虏讲话,对他们讲述他们作为俘虏关心的问题。剧本无疑没有写好,演出也不成功。评论家们会说这是业余作者的作品,特殊情况下的产物。然而,我在这个场合得以越过舞台的脚灯向我的伙伴们说话,对他们讲述他们作为俘虏的处境。当我看到全场突然鸦雀无声、专心致志时,我明白戏剧应该是什么了:它应该是一个伟大的集体的与宗教的现象。

当然,在这个场合我得力于例外的情况;你的公众被一项重大的共同利益、一桩巨大的损失或一个巨大的希望聚集在一起,这种情况不是每天都会发生的。一般讲,戏剧观众的成分非常复杂。一位大实业家坐在一名旅行推销员或一名教授身边,一个男人与一个女人为邻,而每个人都有自己的心事。这种情境对于剧作家是一种挑战:他必须创造他的观众,把所有这些庞杂的成分组成一个单一的整体,在他们思想深处唤醒一个特定的时代、一个特定的群体的所有成员去关心大家的事情。

这并不是说我们这些作者想利用象征手法,如果象征指的是用间接的或诗化的手法表现人们不能或不愿去直接把握的现实。今天我们很厌恶如梅特林克做过的那样用一只不可捉摸的青鸟来表示幸福②。我们的戏剧太严肃了,容不得这类幼稚的玩意

---

① 《巴里奥纳》,又名《雷电之子》,1970 年首次收入《萨特文集》,但从未公演。
② 这里萨特指的是比利时著名象征主义剧作家梅特林克(Maeterlinek, 1862—1949)于 1980 年创作的充满梦幻色彩的童话剧《青鸟》。

儿。然而,如果说我们排斥象征剧,我们却要求自己的戏剧成为一种神话剧:我们企图为公众描绘关于死亡、流放、爱情的伟大神话。加缪的《误会》①里的人物不是象征,而是有血有肉的活人:一个母亲,一个女儿,一个出远门归来的儿子。他们的悲剧经历本身足以说明问题。然而这些人物也是神话式的人物,因为使他们分离的误会可以代表所有使人和他自己、和世界、和其他人分离的误会。

法国公众没有看错作者的意图,某些剧本引起的争论可以证明这一点。以《白吃饭的嘴》为例,评论界没有局限于讨论剧情,剧情依据的本是中世纪经常发生的真实事件:评论家们在剧本里认出对于法西斯手段的谴责。……阿努依的《安提戈涅》也曾引起激烈的争论。……如此强烈的反应证明我们的剧本触动了公众,而且正是在他们身上需要触动的地方触动了他们。

但是这些剧本都是朴实无华的。既然我们首先感兴趣的是情境,我们的戏剧从一开始就表现情境即将达到顶点的那个确切时刻。我们没有功夫去做深奥的研究,我们不觉得有必要详细描述某一性格或某一情节的微妙演变过程:人们不是逐渐等待死亡的,人们突然一下子面对死亡——如果人们是逐渐接近政治或爱情的,突然之际也会出现一些紧急情况,不允许你缓步前进。我们从第一场戏起,就把主人公抛到他们的冲突的中心,这就借用了人所共知的古典悲剧手法,即在剧情趋近结局时开始叙述。

我们的剧本简洁、强劲,围绕单一的事件展开;演员不多,故事被压缩在很短的时间内,有时只有几个小时。所以他们遵循某种稍经改变的年轻化的"三一律"。只用一堂布景,上下场次数很少,人物满怀激情维护各自的权利,他们之间发生激烈的争论——这些特征使我们的剧本与百老汇花哨的幻想剧相距甚远。然而,其中有些剧本的朴实无华和高度紧张,还是得到了巴黎观众的赞赏。如今需要知道纽约是否会欢迎它们了。

既然我们的剧作者的目的是创造神话,把观众自身的痛苦放大了、丰富了以后再放映给他们看,我们的剧作者就摒弃现实主义作者念念不忘的想法,即尽可能缩短观

———————————

① 《误会》的剧情发生在中欧某地。一对母女开了一家黑店,一心指望凑够一笔钱后可以出去看看外部世界。某日有一青年男子来投宿,母女俩害死他以后,发现他是自幼离家的儿子、兄长。

众与演出之间的距离。1942年,加斯东·巴蒂①导演的《驯悍记》上演时,舞台与大厅之间有一通道,以便有几个剧中人能走到观众席中来②。我们很不赞同这类设想和这类手法。我们认为一部戏绝不应该显得太亲昵。戏剧的伟大在于它的社会职能,从某种意义上说,在于它的宗教职能:它仍旧应该是一种宗教仪式。甚至当一部戏对观众谈论他们自己时,它也应该使它采用的语调和风格不但不能引起观众的亲昵感,反而增加作品与观众的距离。

所以我们关心的问题之一曾是找到这样一种台词风格:它极其简单,只使用日常词汇,但却能保持几分我们的语言古老的尊严。我们一致从剧本中排除离题的话、哗众取宠的演说和我们法国人所谓的"对答如流的诗意":所有这类废话只能贬损语言。我们认为,如果我们用词尽可能精练,我们就能多少找回一些古代悲剧的气派。就我个人而言,我在《死无葬身之地》中,每当我觉得这样一种语言适合人物的处境时,我就不禁止自己使用一个粗俗的说法、咒骂乃至黑话。但我力图通过对话的风格保持极端精练的表达方式、省略、突然停顿以及句子中的某种内应力,这些做法使我的句子一上来就有别于日常生活语言的随随便便。加缪在《卡利古拉》中应用了另一种风格,但是这种风格的简洁性和紧张性极其出色。西蒙娜·德·波伏瓦在《白吃饭的嘴》里使用的语言如此简朴,以致被有的人指责为干瘪。

德国占领时期,尤其是战争结束以来在巴黎形成了一种严肃、有道德性、带神话和宗教礼仪色彩的戏剧,产生了一批新剧本,其特点可以概括如下:这是一些简短、强劲、有时压缩为一幕长戏的正剧(《安提戈涅》演出时间为一个半小时,我自己的剧本《隔离审讯》为一小时二十分,无幕间休息),完全围绕单一的事件——往往是关系到某一种相当普遍常见的情境的权利冲突——展开,用一种明朗的、极端紧张的风格写成,上场人物为数不多,不是表现他们的个性,而是把他们投入一个迫使他们做出选择的情境之中。这些新剧本适应一个精疲力竭但是要求很高的人民的需要,对这个人民来说,

① 加斯东·巴蒂(Gaston Baty, 1885—1952),法国著名导演、戏剧理论家。
② 据我们所知,巴蒂从未导演过《驯悍记》,萨特想必是弄混了。除非他指是费尔曼·热米埃1918年用同一手法导演的《驯悍记》,但是萨特显然不可能看过这一演出。——原编者注

解放并不意味回到富裕生活,他们只有厉行节约才能生存下去。

　　这些剧本的严峻性与法国生活的严峻性是一致的,它们的题材的道德意义和形而上性质反映一个民族的关注,这是一个同时进行重建和重新创造、正在寻求新的原则的民族。这些剧本只是地区性情况的反映呢,还是因为它们采取了严峻的形势,从而能够在物质条件优越的国家里得到人数更多的观众? 在把它们移植到别国之前,我们应该坦率地对自己提出这个问题。

提倡一种处境剧①

伟大的悲剧,无论是埃斯库勒斯还是索福克勒斯的,或者是高乃依的,都以人的自由为主要动力。俄狄浦斯是自由的,安提戈涅和普罗米修斯也是自由的。人们自以为在古代戏剧中看到的宿命力量不过是自由的反面。情欲本身是堕入自己设置的陷阱中的自由。

心理戏剧,无论是欧里庇得斯、伏尔泰还是小克雷比庸②的,都宣告了悲剧形式的没落。性格之间的冲突不管有多少跌宕变化,永远只是几种力量的组合,而组合的效果是可以预见的:一切都已事先决定好了。一个被各种情况凑在一起必定引向毁灭的人打动不了别人。只有当他由于自己的过错而沉沦时,他的陨落才有伟大之处。如果说心理学不宜于戏剧,这倒不是因为心理学讲得太多,而是讲得不够。很遗憾现代剧作家在这方面仅是一知半解,却滥用他们的知识。他们不去表现意志,誓言和达到疯狂程度的骄傲,而悲剧的优点和疵点尽在于斯。

所以,一个剧本的中心养料不是人们用巧妙的"戏词儿"来表现的性格,后者无非

---

① 本文发表在 1947 年 11 月《街》杂志第 12 期,译自《萨特论处境剧》,米歇尔·贡塔与米歇尔·里巴卡合编,加利玛出版社 1973 年版。

② 小克雷比庸(Grébillon Fils, 1707—1777),法国小说家,擅长心理分析。此处可能与他的父亲、剧作家老克雷比庸(1674—1742)混淆了。

是我们各项誓言(发誓动辄发怒、毫不让步、忠贞不渝等等)的总体合成,而应该是处境。它也不是斯克里布①和萨尔杜擅长的那种肤浅的复杂情节。如果人在某一特定处境中真的是自由的,如果他真的在这个处境中并且通过这个处境选择自己,那么应该在戏剧中表现一些单纯的、人的处境,以及在这些处境中选择自身的自由。性格是幕落以后出现的。它不过是选择的僵化和硬化,它是克尔恺郭尔所谓的重复。戏剧能够表现的最动人的东西是一个正在形成的性格,是选择和自由地作出决定的瞬间,这个决定使决定者承担道德责任,影响他的终身。处境是一种召唤;它包围我们;它向我们提出一些解决方式,由我们去决定。为了使这个决定深刻地符合人性,为了使它能牵动人的总体,每一次都应该把极限处境搬上舞台,就是说处境提供抉择,而死亡是其中的一种。于是自由在最高程度上发现它自身,既然它同意为了确立自己而毁灭自己。因为只有达成全体观众的一致时才有戏剧,所以必须找到一些人所共有的普遍处境。你把一些人置于这类既普遍又有极端性的处境中,只给他们留下两条出路,让他们在选择出路的同时作自我选择:你能这样做就赢了,剧本就是好的。每个时代都通过特殊的处境把握人的状况以及人的自由面临的难题。在索福克勒斯的悲剧里,安提戈涅需要在国家的道德和家族的道德中间作出选择。这一左右两难的问题今天已没有多大意义了。但是我们有我们自己的问题,目的和手段的问题,暴力的合法性的问题,行动后果的问题,人和集体的关系问题,个人事业与历史常数的关系问题等等。我以为剧作家的任务是在这些极限处境中选择那个最能表达他的关注的处境,并把它作为向某些人的自由提出的问题介绍给公众。只有这样,戏剧才能找回它失去的引起共振的力量,才能统一今天看戏的各类观众。

---

① 斯克里布(Seribe, 1791—1861),法国剧作家,作品甚多。

布莱希特与古典主义戏剧家^①

布莱希特在某些方面和我们是一家人。他的作品的丰富性和独特性不应该妨碍法国人在其中重新发现他们自己的古老传统,即被浪漫主义和资产阶级统治的十九世纪埋葬了的传统。当代大部分剧本努力使我们相信舞台上发生的事情都是真的。相反它们不在乎舞台上的事情是否启示真理:只要能使我们期待并且害怕剧终时的枪声,只要这一声枪响震耳欲聋,它与真理不相干又有什么关系? 我们"进入剧情"了。资产者欣赏学员的与其是表演的准确性,毋宁是一种神秘的属性,即"有戏"。谁有戏? 演员有戏? 不是的,是他扮演的人物有戏:只要白金汉在台上活龙活现,我们随他说什么蠢话都由他去。这是因为资产阶级只相信个别的真理。

我以为布莱希特既没有受到我国大戏剧作家的影响,也没有受到被后者视为楷模的希腊悲剧家的影响:他的剧本使人想起的与其说是悲剧,不如说是伊丽莎白时代^②的戏剧。然而他与我们的古典主义戏剧家和古代戏剧家有一个共同点:和他们一样,他

---

① 1947 年 4 月 4 日至 21 日,法国举办各民族戏剧节。作为该项活动的一个内容,出版了一本题为《布莱希特国际纪念文集》的小册子,本文即在此小册子中发表。
布莱希特于 1956 年逝世后,他生前领导的柏林剧团首次到巴黎演出《伽利略传》和《大胆妈妈和她的孩子们》。1957 年 4 月 4 日在萨拉-贝尔那特剧院举行布莱希特纪念晚会,同时举行各民族戏剧节德国戏剧的首场演出。萨特出席了这个晚会。
② 英国女王伊丽莎白一世(1558—1603)在位期间,是以莎士比亚为代表的戏剧的黄金时代。

有一种集体意识形态,一种方法和一个信仰:和他们一样,他重新让人置身于世界之中,也就是说置身于真实之中。于是真实和虚幻的关系就颠倒过来了:与他们的剧作一样,被表现的事件自动揭露自己的不在场性:它发生在过去或者它从未存在过,真实性融化在纯粹的表象之中;但是这些伪装却为我们揭示了支配人类行为的真正法则。是的,对于布莱希特和对于索福克勒斯和拉辛一样,真理是存在的:戏剧家要做的不是说出真理,而是表现它。不求助于欲望或者恐惧的靠不住的魔法就把人指给人看,这一雄图无疑就是所谓的古典主义。布莱希特因为关心统一性,所以是古典主义者;如果存在一个总体的真理,戏剧的真正对象便是把社会各阶层和诸色人等搅拌在一起的整个事件,这个事件把个人的混乱变成集体混乱的反映,并以其急遽的变化揭示冲突和制约冲突的总的秩序。基于这个原因,布莱希特的剧本有一种古典主义的节约手法:当然他无意统一地点和时间,但是他去掉了所有可能使我们分心的因素;如果一些细节上的革新会使我们忽略整体,他就拒不采用。他一点不想过分激动观众,为的是每时每刻都留给我们充分的自由去听,去看,去理解。然而他要对我们谈论的是一个可怕的妖魔:我们自己身上的妖魔。但是他不想在谈论这个妖魔时吓着我们;于是你看到这样的结果:一个既非现实却又真实的形象,缥缈少可捉摸,在这个形象里暴力、罪恶、疯狂和绝望都变成宁静的观照的对象,犹如布瓦洛说的“艺术模仿”的怪物。

是否应该认为,当人们在舞台上喊叫、施刑、杀人的时候,我们坐在观众席上无动于衷呢?不,既然这些凶手、受害者和刽子手就是我们自己。拉辛也对他的同时代人谈论他们自己。但是他留心只让人们看到拉开距离后缩小了的形象。他在《巴雅泽》序言里为把一个最近发生的故事搬上舞台而表示歉意:“应该用与我们通常用来看待离我们很近的人物的眼光不同的眼光来看待我的悲剧人物。不妨说主人公离我们越远,我们对他的敬意就越大……时代离我们太近带来的不便在某种程度上因地域相距遥远而得到补偿。”这正好用来做布莱希特的“间离效果”的定义。因为在涉及嗜血成性的萝姗娜①时,拉辛所说的敬意无非是一种切断我们与人物的联系的做法。人们把

---

① 萝姗娜,拉辛的悲剧《巴雅泽》的女主人公,土耳其苏丹王妃。苏丹统兵在外,派人回来处死他的弟弟巴雅泽。萝姗娜爱上巴雅泽,用心保护他。当她得知后者别有所爱后,就把他交给苏丹的使者。

我们的爱欲、嫉妒心和杀机展现给我们看,人们先把它们冷却了,与我们分开,变得不可接近,狰狞可怖。正因为这些情欲本是我们自己的情欲,我们自以为能控制住它们,正因为它们在我们力所不及的地方,带着我们在发现的同时予以承认的严酷性毫不留情地展开,它们就显得更加奇特。布莱希特的人物亦复如此:他们像巴布斯人和卡纳克人①一样叫我们惊讶,我们在他们身上认出我们自己,但是我们的惊愕并不因此减少。这些滑稽的或悲惨的冲突,这些过失,这些畏葸行为,这些苦难,这些同恶相济的做法,这一切都是我们自己的。但凡能有一个英雄就好了:不管哪一位观众都乐意与这类优秀人物认同,他们在自己身上为大家实现了对立面的和解以及惩恶扬善。即便英雄被活活烧死或碎尸万段,如果夜色宜人,观众就会散戏后吹着口哨步行回家,心安理得。但是布莱希特不把英雄或烈士推上舞台。——要不然,如果他讲述一个新的圣女贞德的生平,我们看到贞德是一个十岁的孩子:我们便无缘与她认同;相反,童年时代已萌发的英雄主义对于我们尤其高不可攀。这是因为不存在个人得救:必须整个社会发生变化;剧作家的职责仍是亚里士多德说的"净化"作用。剧作家让我们看到我们是什么:既是受害者,又是同谋。布莱希特的剧本感动人的原因正在于此。但是我们的感动很特殊:这是一种恒久的不适感,——既然我们是在静观不知结局的演出——既然我们是观众。幕落时这一不适感也不消失;它反而增长,与我们日常的不自在相汇合。我们不知道这一日常的不自在的存在,我们以自欺的态度带着它一起生活,我们回避它,而布莱希特在我们身上引起的不自在照亮了这一日常的不自在。今天"净化"有另一个名称:它叫做"觉悟"。但是——在另一个时代,带着另一种社会和意识形态背景——十七世纪《巴雅泽》或《费德尔》在一位女观众的灵魂里引起的平静但严厉的不自在难道不也是一种觉悟吗?因为这位女观众突然发现了人的情欲不屈不挠的法则。所以我认为布莱希特的戏剧,这个体现革命的否定性的莎士比亚式戏剧——虽然作者本人从来没有这个意思——好像是在二十世纪为重新追攀古典主义传统而作出的异乎寻常的努力。

---

① 巴布斯人和卡纳克人两者都是大洋洲的部落。

阿尔贝·加缪

《西西弗斯的神话》(节选)(1940)

雅典讲座:关于悲剧的未来(1955 年)

《反抗者》(节选)(1956 年) *

阿尔贝·加缪

(Albert Camus, 1913—1960)

　　出生于法属殖民地阿尔及利亚,这也是他许多抒情散文的主题。加缪与让-保罗·萨特被认为是法国存在主义的奠基人,在纳粹占领法国期间,他冒着生命危险进行抵抗,编辑地下刊物《战斗》(*Combat*),1957 年,加缪获得诺贝尔文学奖。在加缪 47 岁的时候,死于一场车祸。雷蒙德·威廉斯将加缪的理论称为一种悲剧性的人道主义,这种人道主义是持久不懈的,它不愿绝望,为的是救死扶伤。在《西西弗斯的神话》(1940)中,加缪描述了源于根本荒谬感的绝望情绪,也面对着那个似乎符合逻辑的结局:自杀。但加缪并不认为这是一个解决问题的办法,问题的根本在于,我们要充分认识矛盾,并在它们产生的张力下生活。加缪关于悲剧基本的理论思考主要体现在他在雅典的讲座——《关于悲剧的未来》(1955),使这些思考尤其有趣的地方在于,加缪既是一位哲学家和小说家,同时也是一位戏剧人——身兼导演、演员和剧作家三重身份,他致力于戏剧潜在的价值,曾在一本四幕剧文集的前言写道:"戏剧不是一个游戏——而是我的信仰",《关于悲剧的未来》既代表了一位哲学家的理论反思,也是一种戏剧创作实践、一种戏剧创作在特定意义上的理论运用。在这篇文章中,加缪试着回答"现代悲剧是可能的吗?"这样一个通行的问题。他相信伟大的悲剧已经消失了很长时间,但是悲剧在现代不仅仅是可能的、也是绝对需要的。加缪分享了一种特定的,与瓦格纳、尼采和海德格尔同源的愿望,与他们一样,加缪希望一种"悲剧的再生"。然而这也意

---

* 　《西西弗斯的神话》选自《西西弗斯的神话》,闫正坤、赖丽薇译,江苏文艺出版社 2012 年版,第 137—162 页;《雅典讲座:关于悲剧的未来》选自《加缪全集》(戏剧卷),柳鸣九主编,李玉民译,上海译文出版社 2010 年版,第 729—739 页。可参见《正义者五幕剧》,李玉民译,上海译文出版社 2013 年版,第 119—134 页。还可参见《加缪全集》(2)(戏剧卷),柳鸣九、沈志明主编,河北教育出版社 2002 年版,第 617—626 页;《反抗者》选自《反抗者》,吕永真译,上海译文出版社 2013 年版。

味着，为了回答现代悲剧可能性的问题，他需要首先回答更为基础的问题：即是什么使戏剧成为悲剧。在加缪看来，现代悲剧的任务是要回应我们对"新的神圣形象的需求"、为自由而抗争的典范。换句话说，现代悲剧，应该向我们呈现出新的圣女贞德（Joan of Arcs）。加缪无疑是极为赞赏希腊戏剧的，但实际赞赏的主要是一种戏剧创作方式。在他力图通过戏剧所表现的哲学的、形而上学的领域内，他也如所预料地误解了他自身关于"一种现代悲剧应该怎样"的理论和他自己创作这种悲剧的努力。在《反抗者》（1956）中，加缪从悲剧与现实的维度出发，将马克思主义与革命预言相联系，马克思主义的社会理想是为了实现所有人自由而全面的发展，那么只要社会中还有一个人未得到平等的自由与发展，就很难说这一理想已经真正实现。"我反抗，故我存在"，加缪将"反抗"上升到了存在的本质，也是出于对现代主体性自由的关照。总之，加缪叙述的所有经验大都源于他对所处时代的反思，这也为我们思考当代悲剧问题提供了重要的理论给养。

《西西弗斯的神话》(节选)

[……]

剩下要讨论的就是命运了。它的唯一归宿必然是死亡。在这唯一致命的死亡之外,一切快乐或幸福都是自由。世界乃存而入是其唯一的主宰。束缚着他的是另一世界的幻象。他的思想止于否定而最终活跃在意象之中。思想的嬉戏当然是在神话之中,不过这些神话的深刻之处便在于人类的苦难。像思想一样,它们不可穷尽。寓言神话不是嬉戏和盲目的产物,它们具有人的面貌、姿势和情节。这其中概括了一种难以理解的智慧和一种转瞬即逝的激情。

西西弗斯遭受了天谴

西西弗斯遭受了天谴,诸神命他日夜无休地推滚巨石上山。到了山顶之时,巨石会因自身的承重而滚了下来。出于某种缘由,他们认为,没有比徒劳无功和毫无指望的劳役更为可怕的刑罚了。

依荷马之言,那西西弗斯乃世上最聪颖明达之人。然而,另一种传说却称,他干的是拦路抢劫的营生。我倒是觉得这两种说法并无矛盾之处。至于他为何被打入阴曹地府做起那无望的苦役,却众说纷纭。首先,有人指责说,他对待诸神略显轻浮并偷走了他们的秘密。河神伊索普斯之女伊琴娜为朱庇特①所掳。作为父亲，伊索普斯对此极为震惊，乃向西西弗斯诉苦。西西弗斯知道这桩诱拐案的原委，便以河神向科林斯的城塞给水为交换，表示愿意说出真相。他喜欢水的恩典，远胜过天上的雷霆。但因为他泄露了天机，所以被打入了地府受苦。荷马也告诉我们，西西弗斯曾一度给死神套上了镣铐。冥王普路托不甘地府黄泉的一片荒凉寂静，于是派遣战争之神，把死神从他征服者的手中救了出来。

也有人说，西西弗斯在行将就木之际，轻率地想出一个法子考验妻子的爱情。他命令她不得将他的遗体下葬，而是将它扔到广场的中央。西西弗斯在地府醒来，对这有违人间情爱的顺从十分恼怒，于是他征得了普路托的同意，重返人间来惩罚他的妻子。但是当他重拾这地上的景色，领略过阳光与河水，轻抚了石头的温暖和大海的波涛，便不愿再回到那阴森可怖的地方。冥王的召唤、愤怒和警告，他一概置之脑后。面对着蜿蜒的海湾、闪烁的海洋和微笑的大地，他又活了好些年。诸神于是下达了律令。神的使者赫尔墨斯被遣来，他一把抓住了这个轻率之人的衣领，把他从乐不思蜀的境界中硬生生地拖了出来。在回到阴间之时，那里已为他备好了一块巨石。

你已经明白了，西西弗斯便是这荒谬的英雄。确实如此，无论是他的激情还是他所受到的苦刑而言，他就是一个荒谬的人物。对诸神的嘲弄、对死亡的愤恨以及对生命的激情，这些为他赢得了无以言表的刑罚。这刑罚使他耗尽全力而无所得。这是热爱尘世而必须付出的代价。至于地狱里的西西弗斯，我们无从得知。神话是专为想象量身定做的，后者进行润色并将生命的气息赋予了前者。在这个神话中，我们只是看到了一个人用尽全身力气推起巨石，一次又一次地沿着斜坡把它滚上山顶；我们看见了他扭曲的脸、紧贴巨石的面颊，肩膀一力承受着这沾满泥土的庞然大物；也看见他的双脚深陷入泥泞中，双臂展开重新开始推动巨石以及那双泥泞的手支撑了全身的安危，直至以缥缈的空间和无底的时间才能量度的尽头。经过漫长的辛苦，目的达到了。然后，西西弗斯眼睁睁地看那巨石以迅雷之速滚下山去。但他则必须将这块巨石重新

---

① 朱庇特(Jupiter)，希腊神话中的主神。——译注

推向山顶。于是他再度朝着山下走去。

正是西西弗斯这山巅伫足回首的片刻使我对他萌生了兴趣。一张如此紧贴巨石的面孔，本身已化为僵石！我看到那人托着沉重但规律的步子走下山去，走向那永无止境的苦难。那喘息的一刻，如同他的苦难一般确凿，永复，那一刻也正是他恢复意识的一刻。每每离开山顶，逐渐深入诸神的居所之时，他便超越了命运。他比那撼动的巨石还要坚强。

如果说这个神话具有悲剧色彩，那是因为它的主人公是有意识的。倘若他每跨出一步都有成功的希望支撑，那么他的苦刑还算什么呢？今日的工人毕生都在劳作，每日进行同样的工作。就荒谬而言，他们的命运与西西弗斯相差无几。只在偶尔当它成为有意识的劳作的时候，悲剧才浮现出来。西西弗斯，诸神脚下的无产者，无权无势却桀骜不驯，他完全清楚自己的悲惨境遇：在他下山之时，他便进行如此的思考。清明构成了他的痛苦，同时也给他加上了胜利的冠冕。轻蔑，一切命运无不在它脚下臣服。

*　　　　*　　　　*

下山时，他若偶尔悲伤，那他也必有愉快之时。这不是言过其实。我再度幻想西西弗斯回到千钧巨石之处，他的悲伤也将再次开始。当尘世的景象与记忆紧紧相缚之时，在幸福的召唤频频相催之机，忧郁之感便从人的心灵深处油然升起：这就是巨石的胜利，这就是巨石的本身。无尽的悲痛沉重得难以负担。这就是我们的受难夜①。然而，一旦我们认识到这一点，沉重的真实便破碎无存。因此，俄狄浦斯在一开始便不知不觉地顺从了命运。但是从他知道的那一刻起，他的悲剧开始了。与此同时，在失明和绝望的那一刻，他意识到联系他与世间唯一的纽带就是一个女孩冰冷的手。于是他道出一句惊人之语："纵然历经如许磨难，盖吾之垂暮与灵魂之尊崇，吾必有所得：一切

---

① 客西马尼之夜(nights of Gethsemance)，客西马尼，福音书中所说的耶稣受难之处，位于橄榄山下。耶稣在此作最后的祷告后，于次日被犹大出卖。这里采取的是意译。——译注

皆善。"因此，索福克勒斯的俄狄浦斯，和陀思妥耶夫斯基的基里洛夫一样，为走向荒谬的胜利指出了诀窍。先贤的智慧与现代的英雄主义不谋而合。

人们不免要付诸笔墨，写一本幸福指南，之后便可悟出荒谬的精髓。"什么！以这么狭窄的方式——?"然而，这里唯有一个世界。幸福与荒谬是同一块土地的双生子，他们形影不离。若说幸福必然来自荒谬的发现，那可能有误。荒谬之感亦有可能来源于幸福。"我的结论是一切皆善。"俄狄浦斯如是说。这一说法圣洁凛然。它回荡在人狂野而狭窄的宇宙之中。它教训我们道，一切都不曾，也从来不会穷尽。它将那个带来不满和无谓苦难的神祇逐出了凡间。它把命运变成了人的事务，这也必须有人类自己来决定。

西西弗斯的一切无声的喜悦均包容于此。他的命运属于自己，那巨石也为他所有。同样的，当荒谬之人思索自身的痛苦之时，一切的偶像形同泥塑。当宇宙间突然恢复了往日的宁静时，世间无数诧异的细语便纷然而起。下意识的秘密呼唤、来自八方面孔的邀请，这些就是胜利必然的逆转和代价。有光必有影，我们必须认识夜晚。荒谬的人对此必会首肯，他必努力，夙夜匪懈。倘若个人的命运存在，那就不会有更高一等的命运。即使有，那也只有一种他认为是不可避免且可鄙可憎的命运。至于其他的一切，他知道自己才是一生的主宰。在他回首人生旅程之时，在那曼妙的一刻，西西弗斯则回到巨石旁，在那微小的枢轴上，他思考着那一串毫不联系的行为，这些行为由他产生，却构成了他的命运。这些命运的细流在他记忆的审视之下汇集而成，不久也因他的死亡而缄默。于是，他相信，人事百般，其原委皆源于人，一个盲人渴见天明，虽然尽知长夜漫漫，他仍坚持不懈。那巨石似乎也在轰轰作响。

就让西西弗斯留在山脚下吧。一个人总会再次发现他的重荷。但西西弗斯教会我们以更高的忠诚否定诸神，举起重石。他下结论说，一切皆善。对他而言，这没有主宰的宇宙既不贫瘠，也不徒劳。那石头的每一个原子，夜色朦胧的山峦上的每一片砾岩，它们本身便是一个世界。推石上山的挣扎本身已足以让人心底充实。我们应该认为西西弗斯是快乐的。

附录:卡夫卡作品中的希望与荒谬

卡夫卡的整个艺术作品需读者反复诵读。他的作品,或有结尾,或无结尾,但都包含了某些缘由。但这些缘由并不是以明晰的语言写在书中的,读者需要从另一个视角重读故事方可体会这些看似合理的东西。有时同样的文本还可能有两种不同的阐释进而要求读者阅读再三,这正是作者想看到的。然而如果有人竭力咀嚼卡夫卡作品中的种种细微之处,那就走上了歧途。象征总是泛泛而言,无论它的字面翻译多么精确,艺术家也只能还原出它的轨迹而已:逐字逐句的释义是不存在的。最难理解的莫过于一部象征作品。一个象征往往超越了使用者,并且在事实上,使用者会在无意识中表达更多内容。在这一点上,要抓住象征意义,最确定无疑的办法就是不要去触发意象,不要带着先入为主的态度阅读作品,更不要试图寻找文中隐藏的暗流。卡夫卡的作品尤为如此,因此我们不如欣然接受他的种种规则,由外而内地走近他的戏剧,由表及里地理解他的小说。

对于较为随意的读者而言,这些戏剧小说,乍一看,似乎描述了种种令人不安的游历,那些浑身战栗却不知疲倦的人物随着西西弗斯的神话故事的发展试图求解一些作品中尚无明确阐述的问题。在《审判》中,约瑟夫·K获了罪,但却不知罪名如何。毋庸置疑,他希望为自己辩护但却不知从何说起。律师们也觉得他的案子棘手难办。在此期间,他没有漏过任何一次去爱、吃饭或是读报纸的机会。然后他便站在了被告席上,而法庭光线昏暗不明。他一点也不理解。他只是推测他被认定了有罪,但几乎想不起具体的罪名。他也时常也在怀疑,并带着这种疑惑继续生活。一些天以后,两位衣冠楚楚的绅士找到了他并很有礼貌地邀请他一起散步。他们殷勤地把他带往了一个废弃的郊外,抓住他的脑袋往石头上磕去,最后还撕开了他的喉咙。临死之时,这位有罪的人仅仅只是说了一句,"像狗一样。"

你会发现,这很难称得上是故事中的象征,象征最显见的特征恰恰就是自然性。但是,自然性是一个让人难以理解的范畴。有些作品,故事情节读者看似很自然。当

阿尔贝·加缪　　341

然也有些作品(确切的说,是极少的作品),故事中的人物认为发生在他身上的事情是极为自然的。一个古怪而又显而易见的对立矛盾就是,故事人物的经历越异乎寻常,这个故事的自然性就越容易为我们所发现。它与我们所感到的离异成正比,而这种离异是一个人对生活的陌生和与他接受这种生活的直率之间的矛盾。似乎,这种自然性是卡夫卡式的。准确地说,有人十分清楚地认识到了《审判》的意义。我确信有人提到过人类境遇的意象。但这种概念既简单又复杂。确切的说,对卡夫卡来言,这本小说别具深意。从某种程度上来看,K是那个一直在喋喋不休的人,而即使他倾诉的对象甚至是我们的读者。他活着,犯了罪。在小说的前几页,他就了解到了这一点。在这个世界中他也一直在追寻这一点。然而一旦他力求适应,他就丝毫不惊奇自己能够做到。对于自己缺乏惊奇之感,K从来也没有表现过足够的诧异。正是通过这种矛盾,我们捕捉到了这部荒谬作品最初的种种迹象。心智投射在实体世界中的是它的精神悲剧。它之所以可以做到这一点,是因为一个永恒的悖论,后者赋予了色彩表达虚无的能力,给予了日常行为转化不灭壮志的力量。

同样,或许《城堡》一书就是某种信仰的实践产物,但它首先是一个灵魂追求它的优雅而走过的历史,也是一个人向世界万物追问他们高贵的秘密,是一个向女性们诘问沉睡在她们心中诸神的记录。当然《变形记》进而代表了清醒的某种准则所具有的恐怖意象。当人意识到自己可以轻易变成野兽时,他所产生的这种难以预料的错愕和震惊也成就了这本书。在这种本质的模糊之下就隐藏了卡夫卡的秘密。在自然和超然之间、个人与宇宙之间、悲剧与每日之间以及荒谬与逻辑之间,人在其中的犹豫和摇摆贯穿于这部作品,这就回应和赋予了《变形记》以意义。为了理解这部荒谬的作品,我们必须一一历数这些似是而非的悖论,强化其中的对立矛盾。

诚然,象征具备了两个层面并形成了两个由观念和情感组成的世界以及一本联系双方的字典,虽然这本字典纷繁复杂、不便查找。觉悟到这两个世界对峙的存在就相当于走上了揭开他们秘密关系的道路。在卡夫卡的书中,这两个世界,一方就是平日的生活,而另一方就是超自然的焦狂①。在这里,我们又看见了尼采之语的无休止重现:"伟大的问题总是出现在街上。"

人类的境遇彰显了一种本质的荒谬和与之难以共处的高贵(所有的文学都是如此)。它们不期而遇,我们则谓之自然而然地发生。我要再次强调:这二者也隐含在了我们精神上的放纵和肉体上瞬间愉悦之间的荒唐背离之中。这荒谬之事就在于身体必须过度地超越灵魂。任何想表征这种荒谬的人都必须给予荒谬以生命,让它历经一系列相似的对比。于是卡夫卡用平日诠释悲剧,用逻辑比照了荒谬。

一个演员灌注在悲剧角色的力气越多,他就越是谨慎小心,尽量不去夸大。如果他的举止得体,那么他所激发出的恐惧就会让观众有所失态。在这一方面,希腊悲剧富于教训。在希腊的悲剧作品中,命运总是伪装在逻辑和自然性之中并自我感觉良好。我们预先就得知了俄狄浦斯的命运。他将犯下杀人和乱伦之罪,这在冥冥之中就已经注定了。而戏剧则努力展现了其内在的逻辑架构,即它是如何一步一步引诱主人公走上灾难之路的。它若仅仅是告诉我们知道故事是不合理的。但如果在每日生活、社会城邦以及熟悉的情感框架中表现出了故事的必然,那么这种恐惧就值得我们顶礼膜拜了。在反抗命运的斗争之中,人们被震撼并高呼:"那是不可能的。"但绝望的一丝必然就深藏在"那里"。

这就是希腊悲剧的全部精髓,至少也反映了它诸遭面貌的其中一种。因为,它还存在另一种与之相反的风貌。这种风貌会帮助我们更好地认识卡夫卡。人的内心中还有一种讨厌的倾向,即把所有压倒命运的东西标识为命运。幸福同样是莫名的,因为它是不可避免的。然而现代人无法认识到这一点,于是便对幸福大加赞赏。反过来,希腊悲剧中那些高贵的命运和那些传说故事中的宠儿是他们无以复加的焦点。如尤利西斯。无论环境有多么的险恶,他总能化险为夷,但只是归返伊萨卡岛②却不是那

---

① 值得一提的是,卡走卡的作品亦可以从社会的角度予以合理的剖析(如《审判》)。甚至我们可能都没有必要去刻意去选择文本。这两种分析皆可行。正如我们所看到的,从荒谬的角度上讲,反抗人类也是针对了上帝:伟大的革命总是形而上的。——原注
② 伊萨卡岛(Ithaca),希腊西海岸附近爱奥尼亚海中的一个岛屿,为希腊神话中奥德修斯的故乡。——译注

么一帆风顺。

我们都必须牢记，每一个故事都是逻辑推理、日常生活与悲剧的秘密合谋。这是为什么《变形记》的主人公萨穆沙只是一个行脚商人的原因，为什么在他的奇异之旅中让他惶惶不安的是他老板对他的愤怒而不是变化成虫。他长出了许多小腿和触角，他的脊椎高高拱起，肚子上浮现了白色的斑点——我不敢说这不让他感到诧异，因为这样的话就冲淡艺术渲染——所以这只是让他"稍稍有些烦恼"。卡夫卡的艺术作品在此与其他小说有了区别。他的核心之作《城堡》中，对每日的生活观察细致入微，让人眼前一亮，但这本怪异的小说却没有给出任何结论。故事一切又周而复始，回到了起点。这本小说本质上展现了灵魂追求其高洁尊崇之气的历程。将问题转化为行动，构造特殊与一般的巧合，这些小把戏也出现在了每位大家之作中。《审判》的主人公或许曾被称为施密特或弗兰兹·卡夫卡，但现在他是约瑟夫·K。他只是个普通的欧洲人。他和大家别无二异。但是他也是实体的 K，是这个肉体等式的未知数 x。

同理，如果卡夫卡要想表现荒谬，他就会利用前后一致性。你一定知道疯子在浴桶里钓鱼的故事：一个精通心理治疗的医生曾问他，"是否鱼儿在咬钩"，结果却得到了一句刺耳的回答："当然不会了，你这个笨蛋，这是浴桶！"这故事有点巴洛克式①的风格。但是在这个故事中你可以清楚地发现荒谬的渲染与过度逻辑之间的联系。卡夫卡的世界是一个难以表述的真实宇宙，在此之中，人可以在享受到明知无所得却依然浴桶边垂钓的痛苦。

因此在这里，我认识到作品的荒谬体现在了它的创立原则上。比如就《审判》而言，我确实要承认这是一大成功之作，因为肉体胜出了。

书中不缺乏任何荒谬的元素，有无法表露的反抗（这显现在文字之中），有清醒的神志和无言的绝望（这表述在内容之中）。但更令人惊讶的是，小说中的人物均展示了各种自由的风尚，他们把这些风尚一直保持到了终极的死亡来临之时。

---

① 巴洛克风格(baroque)，17、18 世纪欧洲盛行的一种建筑、音乐和艺术风格，以华丽的细节著称。——译注

＊　　　　＊　　　　＊

　　然而这个看似封闭的世界并不是滴水不漏的。卡夫卡正打算向这个停滞不前的宇宙中引入另类的希望。这一点上,《审判》和《城堡》的方向不尽相同但它们互为补充。这两本书,从一本到另一本之间,希望的转变几乎是察觉不到的,从而代表了人们在逃避领域上取得了巨大成功。从某种意义上说,《审判》提出了问题而《城堡》给予了解决。前者以一种半科幻的方式进行描述但未能给出结论。而后者则从一定程度上解释了前者。《审判》进行诊断,而《城堡》则设想了一种治疗方法,虽然它所提出的补救措施无法治愈前者的疾痛。它仅仅是将这种疾病送还给了正常的生活,从而帮助人们接受它的存在。从某种程度上说(我们可以想想克尔凯郭尔),它使得人们把这疾痛视为珍宝。土地测量员 K 想象不出此外还有什么焦虑能让他如此痛苦。他周围的人对这种虚无和无名的痛楚情有独钟,仿佛这里苦难是享有特权的人才有的。弗丽达对 K 说,"自从认识你以来,我感到多么需要你。没有你的日子,我非常的孤单。"这种难以描述的疗法把爱情当成了凌驾于我们之上的东西,并在平和的世界中让希望一跃而起,并使这种突如其来的"飞跃"改变了万物的原貌,于是这既成为了存在主义革命的秘密,也成了《城堡》本身的核心所在。

　　就小说的建构而言,很少有比《城堡》更为严谨的小说了。K 是以土地测量员的名义来到了村庄,准备丈量那个不知名的城堡。但是村庄和城堡之间并无沟通。在数百页的小说中,K 不屈不挠追寻着他的方式,不断地向着目标前进。他被机关算尽,但依然微笑如常。他有些不安,但是保持着善意,并极力完成他人托付的责任。每一个章节既是一个新的挫折也是一个新的开始。小说的逻辑欠佳但写作手法却连贯一致。坚持不懈构成了作品的悲剧性。当 K 向城堡里打电话时,他听到的是疑惑且混杂的人声、模糊不清的笑声以及远处的挑逗声。这足以挑起了他的希望,就如同夏日天空中些许迹象或夜空种种憧憬给了我们以生的理由一样。在这里,我们会发现卡夫卡特有的秘密忧郁。事实上,在普鲁斯特的作品或普罗提诺的风景画中也均有相同的发现——对失落天堂的留恋之情。"当巴纳巴斯今天早上告诉我他将去城堡的时候,"奥尔加说到:"我非常地沮丧:这可能是趟徒劳的旅行,可能又浪费了一天,可能希望又要落空。"

"可能"——在这一个词上,卡夫卡赌上了他的所有作品。然而奇迹并没有出现:追寻永恒的旅程依然一丝不苟地进行着。卡夫卡笔下这些的人物为我们展示了一幅幅逼真的图画。如果我们失去了娱乐消遣①,完全被置于神明的羞辱之下,我们也会和它们别无二致。

在《城堡》中,屈服于每日的生活成了一种道德准则。K的最大心愿就是希望城堡能够接受他。由于无法独自完成这一心愿,他便极力迎合上层,努力成为了村庄的一员并失去了陌生人的地位,这原本是他从每一个人身上感觉到的东西。他想得到的是一份工作、一间房和一个健康的寻常之人所拥有的生活。他无法忍受自己的疯狂,他想变得理性起来。他想打破那个专门为他所施的咒语,不想成为村中的陌生看客。在这一点上,他和弗丽达的故事就显得意义非凡。这个女人认识城堡中的一位官员,因此如果他把她纳为情妇,那么这完全是因为她的过去。这使得我们想起了克尔凯郭尔对雷吉娜·奥尔森的秘密爱恋。对某些人来说,耗尽他们生命的永恒之火足以灼伤那些他最亲近的人。这致命的错误就在于他们给了上帝一些不属于上帝的东西,而这个主题同样包含在了弗丽达的故事之中。但在卡夫卡看来,这似乎并非一个错误,而是一种学说和一个"飞跃":一切皆为上帝所有。

更为重要的是,这位土地测量员为了接近巴纳巴斯姐妹而与弗丽达分了手。这是因为,巴纳巴斯一家是村里唯一一个同时被城堡和村庄彻底抛弃的人家。大姐阿玛丽娅,回绝了城堡里一位官员的无礼求婚,随之便被一种不道德的诅咒缠身,失去了上帝的宠爱。因为人无法将人的尊严完全依托给上帝,所以这就意味着他与他的高贵优雅不相称。这里,你会发现一个存在主义哲学熟悉的主题,即真实与道德的对立。从这一点上看,事情远没有那么简单。因为,无论是弗丽达还是阿玛丽娅,这些卡夫卡笔下

---

① 《城堡》中,帕斯卡式的"消遣娱乐"是由K的助手们所展现的。他们想让处于焦躁之中的K"娱乐"一下。如果弗丽达最终成为了其中某个助手的情妇,那么这是因为她想过上每日真实的生活,与人共同分享痛苦。——原注

的主人公所追寻的道路正是那条从相信爱情到把荒谬奉若神灵的道路。于是卡夫卡的思想再次与克尔凯郭尔的交汇到了一起,所以作者把"巴纳巴斯的故事"置于了书的最后,这一点毫不奇怪。土地测量员最后一次的尝试就是想通过否定上帝的方式来发现上帝、从而取信于他。他没有通过我们概念中的美德和善行打动上帝,而是以发掘上帝空洞却鲜为人知的一面,如他的冷漠、偏袒、愤恨,以此来认识上帝。此时的他已被疯狂的希望支配,为了竭力进入那神性优雅的荒漠,他对自己不再忠诚如一,他放弃了道德、逻辑和知性。那个曾要求城堡接受他的陌生人在旅程的尽头反而离他的目标更加遥远了①。

＊　　　　＊　　　　＊

"希望"一词用在这里并非荒诞不经。相反,卡夫卡把人的境遇描述得越富有悲剧色彩,希望也就变得越坚定、越具有侵略性。《审判》愈是真实荒谬,《城堡》的激情"飞跃"就愈是让我们动容、让我们感觉不可思议。然而,在这里我们又发现了存在主义思想悖论的纯粹体。例如,克尔凯郭尔对此曾有所表述:"尘世间的希望必须湮灭;到那时,人们才会被真正的希望所救赎。"②在这里,这种观点又转化成了:"人必须先写下《审判》再着手《城堡》。"

诚然,那些提到卡夫卡的人,他们中的绝大部分把他的作品定义为"人类走投无路时所发出的绝望呼喊",但在这里我们重新审视这种看法。其实他的作品中存在无数的希望。据我所知,亨利·波尔多③的乐天派作品看起来独有一种沮丧。这是因为他的作品对万物皆无所区别,而马尔罗的思想则相反,一扫阴霾之气。但他们二人作品所争论的希望(或绝望)却不尽相同。我只是发现荒谬作品本身可能导致我极力避免

---

① 考虑到卡夫卡在《城堡》中给我们留下了尚未完结的故事,这一点是不言自明的。但让人不解的是,这样做,作者在终章部分就破坏了小说的统一性。——原注

② 心灵的纯粹。——原注

③ 亨利·玻尔多(Henri Bordeaux, 1870—1963),法国作家,传统主义流派的代表人物之一,法兰西学院院士。——译注

的不忠。荒谬作品曾为人类无果遭遇的苍白再现,并明确颂扬了短暂之生命,而在这里它化身为摇篮,孕育了种种幻念。它对此的解释是它赋予了希望以形体。创造者无法将其置之度外,同时它也并非那个昔日的悲剧游戏。它使得卡夫卡的生命具有了意义。

奇怪的是,卡夫卡也好,克尔凯郭尔也好,甚至是舍斯托夫——简言之,这些旨在揭示荒谬之神和它诸遭影响的存在主义小说家和哲学家——与他们相关的灵感之作。从长远看,均不约而同地高呼希望的出现。

他们拥抱这位即将吞噬他们的神祇。正是他们的谦卑召唤了希望。因为,这一荒谬的存在让他们多少相信了超自然的现实。倘若这一生命之旅将通往上帝,那么这毕竟也是一种结局。而克尔凯郭尔、舍斯托夫和卡夫卡笔下的人物在他们各自的人生之旅中所展现出的不懈与坚持便是为那种必然的提升提供了担保①。

卡夫卡拒绝将道德、实证、美德和连贯托付于他的神,这么做只是为了使自己更好地投入到后者的怀抱之中。认识荒谬,接受荒谬,然后委身于它。我们知道,从委身的那一刻起,荒谬就不再是荒谬了。鉴于人类境遇的种种局限,又有何种希望比那允许人们逃出生天的希望来得伟大呢? 正如我再次看到的那样,在这方面,存在主义思想宛如浩瀚的希望之海中的一叶孤舟(这和当今的观点恰恰相反)。在早期的宗教时代,正是这希望随着佳信的频传点燃了古之世界。然而,若以一切存在主义思想所独有的飞跃,以他的不懈与坚持,人在纵览已无遮掩的神性之后又怎么会看不到其中清醒的自我否定的标志呢? 他仅仅把这称之为是人为了自我救赎的高傲而退出了王座。这种自我否定应该有所产出,但却改变不了人高傲的本性。在我看来,这仅是像一切高傲一样,认为清醒的道德价值是无效的,这种做法无法使之磨灭。因为真实,就其定义而言,同样是无结果的。所有的事实也是这样。在一个万物皆以给出却不加以解释的世界中,价值或形而上学的多产性只是个意义尽失的概念。

无论如何,你在这里都会发现卡夫卡的作品在何种传统思想中具有了一席之地。

---

① 阿玛丽娅是《城堡》中唯一不抱希望的人物。她和土地测量员K形成了极为鲜明的对比。——译注

若是把从《审判》到《城堡》的这一转变看成是不可避免，这倒不失为是英明之举。约瑟夫·K和土地测量员K不过是吸引卡夫卡的两个极点而已①。我应该模仿他的口气说，他的作品可能并非荒谬之作。但这不阻碍我们看到作品的高贵和普遍性。卡夫卡成功地表现了平日中众生从希望到悲伤，从绝望的智慧到刻意迷茫的过程。高贵和普遍性这二者也自此而生。他的作品具有普遍性（真正的荒谬之作并非如此），因为他的作品描绘了感情激动、令人动容的众生之相：他们逃避人性，从诸遭对立矛盾中获得信仰的理由，从内涵丰富的绝望中汲取希冀之光；他们带着恐惧高呼：生乃死的过渡。这就是普遍性，因为它的灵感来源于虔诚。正如笃信一切宗教一样，人们可以从中摆脱了自身生命的重荷。即使我知道普遍的存在，即使我可能甚至对它顶礼膜拜，我也很清楚，我之所求并非普遍而是真实。二者或无法同时出现。

我若是说，真正无可救药的思想仅是碰巧被与之相反的准则所规制而悲剧作品可能只是一部描写人类放逐一切未来希望之后的快乐生活，那么以上这种特别的观点就更好理解了。生活越是激动人心，那失去这种生活的想法就越是荒谬。这也许就是我们在尼采作品所感到高傲和无望的秘密之所在。以此看来，尼采似乎是唯一从荒谬之神那里获取某种极端美学并加以演绎之人，因为他的最后之语充斥了他的无望，却又带着征服者的清醒并以此坚决否定了任何超自然的慰藉。

尽管如此，前文的论述足以说明了卡夫卡在本文架构中的关键地位。在这里，他向我们展现了人类思想的局限之处。就其完全的字面意义而言，我们可以说，他作品的一切都是至关重要的。无论如何，它提出了这个荒谬的问题。若是把这些结论与我们起初的论述、把内容与形式、把《城堡》的隐含意义与使其成型的自然艺术以及K的激情高傲之旅和每日生活的场景放在一起加以比较的话，那么我们将意识到它可能的伟大之处。因为，如果对往日的留恋之思是人类的印记的话，那么或许还无人给过这些悔恨的幻影以血肉之身。而与此同时，我们将会感觉到荒谬作品所需要的那种独特

---

① 就卡夫卡思想的这两个方面而言，比较一下在《南方杂志》（Les Cahiers du Sud）（以及美国《党派评论》——英译者注）上发表的《在流放地》："毋庸置疑，（人是）有罪的"和小说《城堡》的片段（莫墨斯的报告）："土地测量员K的罪行难以成立。"——原注

的高贵,但在这里,我们可能也无法找寻到它的身影。如果艺术的本质是一般与特殊的结合,是一滴水珠落下的瞬间永恒与其光影之美的依恋,那么凭借他所展现出的这两个世界的距离来判断这位荒谬作家的伟大,这种方式将更加真实。他的秘密在于他能够捕捉到这两个世界极度不成比例之时所交汇那一点。

老实说,心底纯净之人到处都会发现这种人性与非人性交汇的几何轨迹。如果说浮士德和堂吉诃德是艺术创作的杰出代表,那么这是因为他们用尘世的双手向我们指出了无限崇高之处。但总有一刻,心智将否认这双手所触及的真实。从那一刻起,这一创作就不再被看成是悲剧之作:人们仅仅会严肃地对待它。于是人们思考希望的存在。但这并不是他应该做的。他应该远离欺骗与谎言。因而我在小说结尾之处写明卡夫卡对整个宇宙发出强烈诉求之中发现的只有这么多。卡夫卡的裁定也是难以置信的:在这个丑陋而颠倒的世界,即使是籍籍无名的鼹鼠也应该勇敢地希望未来①。

① 很明显,上述的内容便是对卡夫卡作品的阐释。但为了不失公允,我们还有需补充一点:在种种其他的阐释之中,我们也完全可以从纯粹的美学角度分析这部作品。例如,B.格罗图森(B. Groethuysen)要比我们巧妙许多。他给《审判》写了一篇相当出色的序,而文中他仅仅阐述了他称之为无限憧憬之人种种痛苦的幻想。这本小说描述了一切却没有因此而加以肯定。这是命运或许也是小说的伟大之处。——原注

雅典讲座:关于悲剧的未来

　　一位东方智者在祈祷中总要问,神明能否让他避免生活在令人关注的时代。我们的时代就特别令人关注,也就是说一个悲惨的时代。我们要净化这种种不幸,至少还有我们时代的戏剧吧,或者还能期望会有吧? 换言之,现代悲剧可能吗? 今天,我正是要向自己提出这个问题。然而,这个问题提得合乎情理吗? 是不是像这类问题:"我们会有一届好政府吗?"或者:"我们的作家能变得谦虚吗?"再如:"富人能很快同穷人分享他们的财富吗?"这些问题当然很有趣,但主要能引人幻想,而不是引人思考。

　　我认为这不一样。我认为恰恰相反,探讨现代悲剧在情理之中,理由有二。第一个理由:悲剧艺术的伟大时期,在历史中处于相交的世纪,处于人民的生活同时承受光荣和危险的重负,现时悲惨而前途未卜的时刻。归根结底,埃斯库罗斯①是两次战争的战士,而莎士比亚也经历了一系列的恐怖事件。此外,他们二人也正赶上文明史中的危险转折期。

　　我们的确可以注意到,从多利安人②时代一直到原子弹的出现,西方历史这三千年中,只有两个悲剧艺术的时期,而两个时期也都紧紧限定在时空里。第一个是希腊时

---

① 埃斯库罗斯(公元前 575—前 456),古希腊悲剧诗人。他曾参加希腊和波斯战争,在马拉松战役中负伤,后来还参加过两次战役。
② 多利安人:印欧种族,公元前 2000 年末侵入希腊,建立城邦,以征战为事。

期,从埃斯库罗斯到欧里庇得斯①,延续了一个世纪,体现出一种非凡的统一性。第二个时期略微长些,在西欧尖角的几个毗邻国家兴盛起来。其实,人们没有给予足够的关注。伊丽莎白时期②戏剧的勃发,黄金世纪的西班牙戏剧,以及17世纪的法国戏剧,差不多是同时代的。莎士比亚去世的时候,洛贝·德·维加为五十四岁,已经将他的大部分剧作搬上了舞台,卡尔德隆和高乃依也都在世。总之,莎士比亚和拉辛相差的年代,并不大于埃斯库罗斯到欧里庇得斯的时间距离。至少,从历史上,我们能够看到,尽管审美观各自不同,这些还是一体的,是一次繁荣昌盛,文艺复兴的繁荣昌盛,始于伊丽莎白时期戏剧所引发的混乱,终于法国悲剧的完美形式。

这两个悲剧时期之间,流逝了将近二十个世纪。在这二十个世纪的过程中,什么也没有,什么也没有,只有可以称为戏剧、但不是悲剧的基督教神秘剧,过一会儿我再讲为什么。可以说这两个时期极其特殊,也正是以其特殊才能告诉我们,悲剧表现形式的条件。依我看,这项研究极为有趣,也应当由真正的历史学家严谨而耐心地继续下去。不过,这种研究超出了我的能力,我仅仅想就此陈述一个戏剧人的思考。既从这两个时期,又从当时的悲剧作品来研究这种思想运动,就立刻面对一个恒量。这两个时期的确标明一种过渡,从充满神圣和圣洁概念的宇宙思想形式,过渡到别种形式,即相反由个人主义和理性主义的思想推动的形式。从埃斯库罗斯到欧里庇得斯的运动,大体来说,就是从苏格拉底前的伟大思想家,到苏格拉底本人的运动(苏格拉底鄙视悲剧,对欧里庇得斯来说倒是个例外)。同样,从莎士比亚到高乃依,我们是从中世纪的黑暗而有神秘力量的世界,走向由人的意志和理性(拉辛剧中的所有牺牲,几乎都是基于理性的牺牲)肯定并维持的个人价值观世界。总之,这是同一运动,从中世纪狂热的神学到笛卡儿。这种进化,在两种情况中是同一的,尽管在希腊,因其局限在一个地方,就显得更加简单而明了。在思想史中,每一次,个人都是逐渐摆脱一个神圣体,挺立起来,直面恐怖而虔信的旧世界。在作品中,每一次,我们都是从传统悲剧和近乎

---

① 欧里庇得斯(公元前485—前406),古希腊悲剧诗人。
② 指英国女王伊丽莎白一世(1533—1603)统治时期(1558—1603)。

宗教的仪式,转向心理分析的悲剧。而且每一次,4世纪在希腊,18世纪在欧洲,人的理性的彻底胜利,都要使悲剧创作枯竭长达几个世纪。

至于我们,能从这种观察中得出什么呢?首先注意到这样一个非常普遍的事实:悲剧时代,每一次似乎都巧遇人的一个进化阶段;人在这种进化中,不管有没有意识到,总在摆脱文明的一种旧形式,处于要同旧形式决裂的状态,但是又没有找到令人满意的新形式。到1955年,我就觉得我们处于这种状态。于是,问题就可以提出来了,要弄清楚内心的惨痛,能否在我们当中找到一种悲剧的表达方式。不过,从欧里庇得斯到莎士比亚,相距两千多年,这么久的沉寂也该提醒我们慎重。悲剧,毕竟是一种珍奇的鲜花,能在我们时代看到它盛开的机会,也是微乎其微的。然而,第二个理由倒还鼓励人考察这种机会。这次我们能够看到,三十年来,确切地说,自从雅克·科波的改革以来,在法国出现一种极为特殊的现象,就是作家又回到一直受制造商和交易商控制的戏剧。作家的介入导致悲剧形式的复活,而悲剧形式的趋向,就是恢复戏剧艺术的真正位置——文学艺术的顶峰。在科波之前(克洛岱尔①除外,但是没人演他的剧),最受青睐的戏剧供品,在我们那儿就是双人床。剧本演出一旦特别成功,这类供品就成倍增长,床铺也如此。总之,这是一种生意,同许多别的生意一样,冒昧地说,一切都按牲口的重量付钱。且看科波就是这样讲的:

> 如果要我们起个名称,给激发我们的情感,给推动、压抑和逼迫我们,令我们最终不得不退让的强烈情感,那就叫愤慨吧。
>
> 毫无节制的工业化,日甚一日,越发无耻地毁损我们的法国舞台,使戏剧丧失有文化的观众;大部分剧院,操纵在由商人豢养的一小撮哗众取宠的人手中;媚俗和投机的精神、卑鄙下流,到处都一样,甚至还渗入伟大传统应当拯救几分廉耻的领域;虚张声势,到处也一样,各种各样大言不惭的许诺、各种类型的暴露癖,寄生在这正在死去、甚至名存实亡的艺术上;到处是懦弱、混乱、百无禁忌、无知和愚

---

① 克洛岱尔(1868—1955),法国作家、外交家。

蠢、对创作者的鄙夷、对美的仇视;创作越来越荒唐和空洞无物,批评越来越不痛不痒,观众的审美观也越来越误入歧途:正是这些令我们愤慨,令我们拍案而起。

自从这一声呐喊,并随之创建了老鸽棚剧院之后,我们那里的戏剧,又逐渐找回它崇高的秘诀,也就是风格,可见我们欠科波的恩情是还不完的。纪德①、马尔丹·杜·伽尔②、季罗杜③、蒙泰朗④、克洛岱尔,还有许多作家,都给予戏剧盛大的排场和勃勃雄心,这种情况已经消失了一百年了。与此同时,在戏剧方面出现一股探讨的思潮,其中最有意义的产物,就是安托南·阿尔托⑤的出色的书《戏剧及其复制品》,而外国理论家,如戈尔顿·克雷格⑥和阿皮亚⑦的影响所及,都将悲剧放到我们关注的中心。

将所有这些观察到的情况放到一起来看,我就可以清楚地界定我要在诸位面前陈述的问题了。我们的时代恰逢文明的一场悲剧,而今天也像从前一样,这场悲剧可能推动悲剧的表现形式。无论在法国还是其他国家,许多作家都同时动起来,力求将时代的悲剧赋予我们的时代。这种梦想顺乎情理吗? 这场事业可能成功吗? 需要什么条件呢? 依我看,对于当做第二生命热爱戏剧的所有的人来说,这就是个现实问题。当然,今天还没有任何人能给予这样断然的回答:"条件有利,悲剧水到渠成。"因此,我也仅限于提出几点看法,谈一谈西方文化人的这种巨大希望。

首先,什么是悲剧? 悲剧的定义,文学史家以及作家本身,都十分关切,尽管哪一种提法都没有达到共识。我们不打算解决多少有才智的人面对而犹豫的一个问题,至少可以进行比较,譬如看一看悲剧同正剧或者情节剧,到底有什么差异。我认为差异

① 纪德(1869—1951),法国作家。
② 马尔丹·杜·伽尔(1881—1958),法国小说家、剧作家。
③ 季罗杜(1880—1944),法国剧作家、小说家。
④ 蒙泰朗(1896—1972),法国作家。
⑤ 安托南·阿尔托(1896—1948),法国作家、演员。《戏剧及其复制品》是他的讲演和论文集。
⑥ 戈尔顿·克雷格(1872—1966),英国演员、舞台设计师、戏剧理论家。
⑦ 阿皮亚(1862—1928),瑞士导演、戏剧理论家。

如下:在悲剧中,相互对立的力量,都同样合情合理;反之,在情节剧和正剧中,只有一种力量是合法的。换言之,悲剧模棱两可,正剧简单化。在前者中,每种力量都既善又恶,在后者中,一种力量代表善,另一种代表恶(因此,如今的宣传剧,也无非是情节剧死灰复燃)。安提戈涅有道理,但克瑞翁也不错①。同样,普罗米修斯既有理又没理,无情压迫他的宙斯也行之有据。情节剧的套路可以概括为:"只有一个是合理的,并且情有可原";而悲剧的格式尤其是:"人人都情有可原,谁也不正确。"因此,古代悲剧的合唱队,主要劝人谨慎。只因他们知道,在一定限度上,所有的人都是对的,一个人因盲目或者激情,无视这种限度,自投灾难,才使他以为独自拥有的一种权利获胜。古代悲剧的永恒题材,就是这种不能逾越的界限。同样正当的力量,从这条界限的两侧相遭遇,发生持续不断的惊心动魄的冲突。看错这条界限,想要打破这种平衡,就意味着自掘坟墓。同样,在《麦克白》②和《费德尔》③(尽管不如古希腊悲剧那么纯)中,也还会发现这种不能逾越界限的思想,一旦超越,不是丧命就是大难临头。最后还要解释,理想的正剧,如浪漫派戏剧,为什么首先是情节发展,只因正剧表现善同恶的斗争,表现这种斗争的曲折;而理想的悲剧,尤其是希腊悲剧,首先是紧张气氛,只因两种强大的力量势均力敌,每种力量都有善与恶两副面具。自不待言,在正剧和悲剧的这两种极端典型之间,戏剧文学还提供各种各样的作品。

不过,单从纯粹的形式来讲,例如在古代悲剧中,两种冲突的力量是什么呢? 如果举《被缚的普罗米修斯》④作为这种悲剧的典型,那么就可以说,一方面是人及其强大的渴望;另一方面是反映在世间的神的原则。人出于自尊(甚或像埃阿斯⑤那样因为愚蠢),开始不满体现在一尊神上或社会中的一种神圣秩序,那么就有悲剧。这种反抗越是合理,而这种秩序越是必不可少,悲剧的规模也就越大。

---

① 安提戈涅和克瑞翁,是古希腊悲剧作家索福克勒斯的悲剧《安提戈涅》中相冲突的人物。这部悲剧约创作于公元前 442 年。意大利作家阿尔菲耶里、法国剧作家阿努依,分别于 1783 年和 1944 年,创作了同一题材的同名悲剧。
② 《麦克白》:莎士比亚创作于 1605 年的悲剧。
③ 《费德尔》:拉辛创作于 1677 年的悲剧。
④ 《被缚的普罗米修斯》:埃斯库罗斯的《普罗米修斯》三部曲之一。
⑤ 埃阿斯:希腊神话人物,特洛伊战争中的希腊英雄。

因此,悲剧内在的一切,都趋向于打破这种平衡,从而毁掉悲剧本身。如果神圣的秩序根本不容任何异议,只允许过错和悔悟,那也没有悲剧,只能有神秘剧或寓言剧,或如西班牙人所说的,信德或圣事的行为,即在演出中,庄严地宣告唯一的真理。这样,倒可能产生宗教正剧,但不会有宗教悲剧。这就不难理解,悲剧为什么一直沉默到文艺复兴。基督教将整个宇宙、人和世界都纳入神的秩序。这样,在人和神的原则之间,也就不存在紧张的关系了,只是在迫不得已时,才有无知以及困难:难将人同肉体剥离,难于放弃情欲而独奉宗教的真理。在历史上,也许只存在唯一的一出基督教悲剧。这出悲剧在骷髅地演出,只持续不易觉察的一瞬间,在发出"我的上帝,你为什么抛弃我"的时刻。这瞬间的怀疑,仅此怀疑,就使一种悲剧环境的暧昧永存了。继而,基督的神性就不容置疑了。每天为这种神性所做的弥撒,是西方宗教戏剧的真正形式。它只有重复,没有创造。

反之,一切解放个人,将世界置于纯粹人的法律之下的东西,尤其是否定生存的神秘论,这一切重又摧毁了悲剧。无神论和理性主义的悲剧,也同样不可能。如果一切皆神秘,便没有悲剧;如果一切皆理性,同样没有悲剧。悲剧诞生于黑暗和光明之间,是两者相对立的产物,这是可以理解的。其实,在宗教的或不信神的戏剧中,这问题事先就解决了。在理想悲剧中则相反,问题并没有解决。主人公奋起反抗,否定压迫他的秩序,而神权通过压迫,越遭否定越要自我表现。换言之,仅有反抗,不足以成悲剧;同样,仅表现神的秩序,也不足以成悲剧。反抗和秩序,两者必须并存,彼此支撑,相互借力。没有神谕的命运,也就没有俄狄浦斯。然而,如果俄狄浦斯不反抗,听天由命,那么命运也不会必然造成全部恶果。

如果悲剧结束时,人物死去或者受到惩罚,那就有必要指出,受到惩罚的不是罪恶本身,而是人物否认平衡和紧张的那种盲目性。当然,这里是指理想悲剧的氛围。拿埃斯库罗斯来讲,他始终靠近悲剧的宗教和神的发端,在他三部曲的终篇,还是宽恕了普罗米修斯[1];欧墨尼得斯替代了厄里倪厄斯[2]。但是,在索福克勒斯的作品中,大部

---

[1] 三部曲中另两篇已失传,名为《获释的普罗米修斯》《执火者普罗米修斯》。
[2] 欧墨尼得斯、厄里倪厄斯均为希腊神话中的复仇女神。

分时间平衡是绝对的,正是在这方面,他是历代的最伟大的悲剧作家。欧里庇得斯则相反,他将压偏悲剧的天平,偏向个人和心理分析一边。他从而宣告了个人主义的戏剧,即悲剧的衰落。同样,莎士比亚的伟大悲剧,还扎根于一种天大的神秘中:狂热的个人的行为,遇到了无形的抵制;高乃依则不然,他让个人伦理占上风,并以其完美宣告一种体裁的结束。

因此,有人这样写道:悲剧在极端虚无主义和无限的希望之间摇摆。依我看,这话再准确不过了。主人公否认打击他的秩序,而神的秩序因被否认就越要打击。两者就在存在遭到质疑的当儿,彼此都表明自己的存在。合唱队从中得到教训,即有一种秩序,这种秩序也许是令人痛苦的,但是不承认它的存在,情况还要糟糕。唯一的净化,就是什么也不否认,什么也不排斥,接受生存的神秘性、人的局限性,总之,接受人们知其然而不知其所以然的这种秩序。"一切都好。"俄狄浦斯抠瞎了双眼,当时就这样说。他知道此后再也看不见了;他的黑夜就是一种光明,在眼睛死去的这张面孔上,闪耀着悲剧世界的最大忠告。

从这些观察中,能得出什么来呢? 一个建议和工作的一种假设,仅此而已。看来悲剧每次在西方诞生,文明的时针的确总指向神性社会和人性社会之间的等距离点。两度出现这种情况,间隔两千年,现在我们又碰到这种冲突,一个还按照神的意义解释的世界,同已经具有自己特点的人,即有能力提出异议的人发生的冲突。在前两次情况中,人表现得越来越突出,逐渐打破了平衡,结果悲剧精神就沉默了。尼采指责苏格拉底充当了古代悲剧的掘墓人,这样讲在一定程度上是有道理的。准确说来,笛卡儿标志着诞生于文艺复兴时期的悲剧运动的终结。在文艺复兴时期,改革、发现新大陆的事件,以及科学精神的兴旺,实际上是把传统的基督教世界推上被告席。人渐渐挺立起来,反对圣物和命运。莎士比亚就抛出他那些满怀激情的人物,去冲击世间既糟糕又正当的秩序。死亡和怜悯侵入舞台,悲剧的具有决定性的话语重又响起来:"我的绝望生育一种更高的生活。"继而,天平重又倾向另一边,拉辛和法兰西悲剧,在一种室内乐的完善中,渐趋完结了悲剧运动。由笛卡儿和科学精神武装起来的理性取得了胜利,接着就高呼人权,将舞台扫荡一空:悲剧跑到大街上,上了革命的血腥的舞台。浪漫主义不会写出任何悲剧,只创作正剧,其中唯有克莱斯特①和席勒②的剧作,接近真正的伟大。人惟我独尊,除了面对自身,再也没有任何抗拒的力量了。人不再是悲剧人物,而成为冒险家;正剧和小说描绘人,将胜过任何别种艺术,悲剧精神就这样消失。直至今日,就连惨绝人寰的战争,也没有唤起任何悲剧诗人。

究竟什么还能在我们中间激发悲剧复兴的希望呢?如果我们的假设还成立的话,我们这种希望的唯一理由,就是个人主义今天发生了明显变化,在历史的压力下,人逐渐承认了自己的局限。18世纪的人以为,能运用理性和科学控制并改造世界,而这世界也的确成形,但是成为可怖的形态。这是历史的世界,既合理又无限度,而且无度到如此地步,历史便戴上命运的面具。人怀疑能否控制历史,也只能进行斗争,真是有趣的反常现象。人类从前拿起武器,摈弃了天命;又以同样的武器,给自己制造出一种敌对的命运。人造出了一尊神:人的统治,然后又转而反对这尊神了。人处于不满的状态,既是斗士,又不知所措;既怀着绝对的希望,又持彻底怀疑的态度,因而生活在悲剧的氛围中。这也许表明悲剧要重新诞生了。今天的人,高呼反抗,却知道这种反抗具有局限性;要求自由,也肯接受不可避免的后果,而这种矛盾的、被撕裂的人,从此意识到人及其历史的含混性,这样的人便是出色的悲剧人物。这样的人也许是向自身悲剧的公式:这悲剧的公式,将在"一切都好"的那天得出来。

以法国为例,我们在戏剧复兴中所能观察到的,恰恰是朝这个方向的一些探索。我们的剧作家在寻找一种悲剧的语言,因为没有语言便不成悲剧,而这种语言难就难在,它必须反映悲剧环境的矛盾,它既是圣事的,又是世俗的,既野蛮又深奥,既神秘又明了,既高傲又可怜。我们的作者在寻找这种语言时,就本能地转向根源,即我所讲的悲剧时代。我们看到,希腊悲剧就这样在我们那里再生了,但只限于极具个性的头脑可能想出的形式。这些形式是矫揉造作的文学嘲弄或移位,惟独滑稽占人的主导地位。纪德的《俄狄浦斯》和季罗杜的《特洛伊战争》③,是这种态度向我们提供的两个好

———————————

① 克莱斯特(1777—1811),法国剧作家,小说家。
② 席勒(1759—1805),德国戏剧家、诗人、文学理论家。
③ 1935年发表,全名为《特洛伊战争将不会发生》。

事例。

（朗诵剧本段落）

有人也可能注意到，在法国，有人力图将圣物重新搬上舞台，这是合乎逻辑的。不过，为此必须召唤圣事的古老形象，而现代悲剧的问题在于再创造一个新的圣事。我们所看到的，或者像此时在巴黎演得很火的蒙泰朗的《王港修女院》，是在风格与情感上的一种模仿：

（朗诵剧本段落）

或者像出色的《正午的分界》①那样，是一种真正的基督教情感的再现：

（朗诵剧本段落）

然而，我们在这里看到，宗教剧为何不是悲剧：它不是人和世界的冲突剧，而是放弃做人的戏剧。在一定意义上，克洛岱尔皈依前的作品，如《金头》或《城市》，对我们所关心的问题更有意义。但是，不管怎样，宗教剧始终是先悲剧作品，在一定程度上宣告悲剧。说来并不奇怪，不讲悲剧情境，风格已具明显特点的剧作，要算亨利·德·蒙泰朗的《圣地亚哥骑士团团长》，我想给大家念主要的两场戏。

（朗诵）

依我看，从这样一部作品中，我们能感到一种真正的紧张气氛，尽管有点空泛，尤其个性很强。但是我觉得，悲剧语言在剧中形成了，比剧本本身向我们表述的东西还要多。不管怎样，我举几个突出的例子，试图向诸位介绍的论著和研究，如果还不能让我们确认悲剧的复兴是可能的，至少也给我们留下这种希望。余下来要走的路，首先要由我们的协会亲自穿越，以寻求自由和必然的一种综合，其次要由我们每人走一趟，以便在我们身上保存反抗的力量，又不放任我们的否定能力。以此为代价，在我们时代逐渐成形的悲剧敏感性，就将发展起来，找到它的表达方式。这样讲就足够了：真正的现代悲剧，是我不会在这里给你们念的悲剧，因为它还不存在。它需要我们的耐心和一位天才，才能够诞生。

---

① 《正午的分界》是克洛岱尔 1905 年发表的剧本。

刚才我只不过让大家感到,今天在法国戏剧艺术中,存在一片悲剧星云,而在这星云里,正在凝结成一些内核。一阵宇宙的风暴,自然也能扫荡这片星云,连同未来的星球扫荡一空。但是,如果这场运动能顶住时间的暴风雨,持续下去,那么这些希望就将开花结果,西方也许能经历一场悲剧的复兴。毫无疑问,这场复兴正在所有国家酝酿。然而我要说,应当在法国才能看到这种复兴的先兆,我这样讲并不带民族主义的情绪(我十分热爱自己的家园,不可能成为民族主义者)。在法国,不错,可我也讲得相当明白,想必诸位与我同样确信,典范以及永不枯竭的源泉,对我们来说依然是希腊的艺术之神。为了同时向你们表达这种希望和双重的谢意:首先是法国作家感谢共同的祖国希腊,其次是我本人感谢这种接待,我想别无更好的办法,只能在结束最后这场讲座时,向你们念一段保尔·克洛岱尔的移植之作①;他对埃斯库罗斯的《阿伽门农》的移植,既不规范,又绝妙而高超,我们两种语言在新作中相互转化,融为一种奇特而富有魅力的话语。

(朗诵剧本)

阿贝尔·加缪

1955 年

---

① 保尔·克洛岱尔于 1895 年至 1909 年,被派到中国当外交官,在此期间翻译了埃斯库罗斯的《阿伽门农》。

《反抗者》(节选)

超现实主义与革命

[……]

超现实主义是绝对的反抗,完全不屈从,破坏规则,幽默与崇拜荒诞,就其最初的意图来说,它可定义为对一切的挑战,永远在重新开始的挑战。它对一切确定的事物的否定态度是明确的,坚定的,具有挑衅意味。"我们是反抗的专家。"阿拉贡提出,超现实主义是推翻思想的机器,它首先是在"达达"运动①与贫血的享乐主义之中形成的。应该提出"达达"运动的根源是浪漫主义。它的内部那时已经培育着无意义与矛盾。真正的达达分子是反对"达达"的,大家都是"达达"的导师。还有:"什么是善? 什么是丑? 什么东西伟大、有力、虚弱……我们不知道! 不知道!"这些沙龙虚无主义者显然受到威胁,要求他们作为世人提供最严格的公认的教条。但超现实主义中除因循守旧与兰波的遗产外还有另外某种东西,布勒东②将其概括为:"我们应该放弃一切希望吗?"

对缺少的生活的召唤伴随着完全拒绝现存的世界。布勒东对此说得好:"我无力掌握加之于我的命运,我高傲的良心拒绝正义,因而我绝不让我的生命适应人

---

① "达达"即达达主义,是于 1916 年出现的法国新文学流派。——译者注
② 安德烈·布勒东(1896—1966),法国作家,1924 年发表《超现实主义宣言》。——译者注

世间一切可怜的生存状况。"布勒东认为,"思想既不能固定于生活,也不能选择彼世。超现实主义想对这种永不平静的不安宁做出回答。它是强想发出的反对自己的呼喊,而且他决心绝望地粉碎这些桎梏"。他发出反对死亡与昙花一现的生存状况的呼喊。超现实主义于是焦急不安,生活于一种受到伤害的狂怒状态。同时刻苦自励,高傲地毫不妥协,这就意味着道德。超现实主义是混乱的主要理论,从其根源上说,就承担着创造秩序的责任。但它首先只想到破坏,开始是使用诗歌的诅咒,继而用物质的锤子。对真实世界的指控合乎逻辑地变成对创造的指控。

超现实主义的反一神论是言之成理与自成系统的。它首先坚定地认为,人是绝对无罪的,应当向人归还"其全部的力量,而以往这种力量是归之于上帝一词的"。如同在全部反抗史中一样,这种绝对无罪的思想由绝望而产生,逐渐转变为疯狂的惩罚。超现实主义者在颂扬人的无辜的同时,认为也可以颂扬杀人与自杀。他们谈到自杀时,将其作为一种解决办法。克瑞凡尔认为这种解决办法"可能是最正确彻底的",而且他如同瑞戈与瓦合一样自己了结了生命。阿拉贡以后谴责这类鼓吹自杀的言论。尽管如此,这种言论还是名声大噪,而不与其他人一道宣扬它们,并不会给人带来荣誉。超现实主义保留了它憎恶的"文学"的最坏的功能,肯定了瑞戈令人震动的呼喊:"你们都是诗人,而我呢,我与死亡在一边。"

超现实主义并未到此为止。他选择维奥莱特·诺咨埃或普通法的匿名罪犯作为英雄,从而在罪恶面前肯定了人的无辜。但是它也竟敢说出超现实主义最简单的行为就是手持手枪走上街头,朝人群胡乱开枪。而这是安德烈·布勒东1933年以来为之懊悔的一句话。除了个人及其愿望的决心之外而拒绝其他一切决心的人,以及除了无意识的最高权位而拒绝一切最高权位的人,的确在同时反抗社会与理性。非理性行为的理论使对绝对自由的要求臻于完善。如果这种自由最后归结为杰里①所说明的孤独又有何妨:"当我得到完全的自由时,我要杀死所有的

---

① 杰里,达达主义的一位大师,是形而上的享乐派最后的独特的体现。——译者注

人，然后一死了之。"最主要的是桎梏已经否定而荒谬获得胜利。在一个无意义无荣誉的世界上，唯有表现为种种形式的生命欲望是合理的，这种对杀人的颂扬如果不是意味着这一点又意味着什么呢？生命的奔放，无意识的冲动，荒谬发出的呼喊，这是应该肯定的唯一的纯粹真理。反对欲望的一切事物，主要是社会，皆应无情地摧毁。这样便会理解安德烈·布勒东谈及萨德的一种看法："人只同意在罪恶中与自然结合在一起，有待了解的是，这并非爱的最疯狂最无可争议的方式之一。"人们清楚地感到这说的是一种无对象的爱，是被撕裂的灵魂的爱。而这种空洞与贪婪的爱，这种占有的狂热恰恰是社会所不可避免地要遏制的。布勒东对这种表白仍困惑不解，但却赞扬背叛，并声称（超现实主义所竭力证明的）暴力是唯一适当的表达方式，其原因即在于此。

　　然而社会仅由个人组成，它也是种机构团体。超现实主义者生来并非为了杀死众人，依照他们的逻辑来讲，他们终于认为，要解放欲望，首先需推翻社会。他们选定为同时代的革命效劳的道路。超现实主义者从瓦尔波①与萨德转向爱尔维修②与马克思，由于他们与这一试验的对象是一致的。但人们清楚地感觉到，并非由于对马克思主义的研究而引导他们走向革命，相反，超现实主义不懈的努力就是要与马克思主义一道调和那些引导它走向革命的要求。可以恰当地说，超现实主义者今天之所以走向马克思主义，正是由于他们今天最憎恶马克思主义，人们了解马克思主义的愿望的实质与崇高性，与它怀有同样的痛苦，因而犹豫不决，考虑是否要向安德烈·布勒东点明他的运动，原则上是要建立"无情的权力"与专制，鼓动政治狂热，拒绝自由讨论，认为死刑是必需的。人们对这个警察专横的革命时代的古怪词语（"破坏""告密者"等）也惊愕不已。这些狂热分子想要一场"不论什么样的革命"，只要能使他们脱离不得不生活于其中的小店主的与妥协的世界，任何革命都行。他们无望得到最好的，便宁可要最坏的。就此而言，他们是虚无主义者。他们没有看到，他们之中以后会忠于马克思主义的人们同时也忠于他们原来的虚无主义。超现实主义如此固执地所企求的对语

①　瓦尔波，十八世纪英国文学家。——译者注
②　爱尔维修，十八世纪法国文学家与哲学家。——译者注

言的真正破坏并不在于不连贯或规律性,而在于语序。阿拉贡徒然地开始揭露"可耻的实用主义态度",最后还是在这种态度中找到了道德的完全解放,即使这种解放与另一种奴役一致。彼埃尔·纳维尔是超现实主义者中对此问题进行过最深入思索的人,他探索革命行为与超现实主义行为之间的共同点,深刻地提出这就是悲观主义,也就是"意欲陪伴人去死亡,为了让这种死亡有用而不疏忽任何东西"。奥古斯丁学说与马基雅维利主义的这种混合,可以说是二十世纪革命的特点。人们不能对那时的虚无主义作出更大胆的表达。超现实主义的变节者曾忠于虚无主义的大部分原则。在某种意义上说,他们想死去。安德烈·布勒东及其他某些人之所以最后与马克思主义决裂,是因为他们身上有些超出虚无主义的东西,即他们还忠于反抗的根源中更为纯洁的东西,他们不想死去。

的确,超现实主义曾想公开主张唯物主义。"在波将金号装甲舰造反的开始,我们乐于承谢这块可怕的肉。"但他们并不像马克思主义那样,对这块肉并没有友谊,即使是理智方面的友谊。这腐烂的肉仅仅象征着使反抗产生的世界。而这反抗是针对它的。即使反抗使一切合理,它也解释不了什么。对超现实主义者来说,革命并非日复一日在行动中要实现的目的,而是一个绝对的神话与安慰者。革命是"真正的生活,如同爱情一样",艾吕雅就是这样谈论的,他那时没有想象到他的朋友卡兰德拉会由于这种生活而死去。他们想要的是"天才的共产主义"而非其他。这些奇怪的马克思主义者声称自己反抗历史而颂扬英雄的个人。"历史受到由个人卑劣行为所决定的法则所支配。"安德烈·布勒东同时想要革命与爱情,而两者是不能并存的。革命就是要爱一个尚不存在的人。如果某人爱上一个活人,他若真正爱这个人,他只会同意为此人而死。事实上,革命对于布勒东仅仅是反抗的一种特殊情况,而对于一切马克思主义者以及一般的对于一切政治思想来说,唯有与此相反的是真实的。布勒东不想竭力去通过行动实现幸福的城市,这种城市会使历史更臻于完善。超现实主义的基本论点之一就是没有拯救。革命的好处不是给人们以幸福,这是"大地上可憎的舒服"。在布勒东的思想中,革命相反应该净化与照耀世人悲惨的状况。世界革命以及由此造成的可怕牺牲只应该带来一种好处:"阻止社会状况人为的不稳定性,掩盖人类状况真正的不稳定性。"只不过布勒东认为,这一进步是过渡的。可以说,革命应该服务于内心的苦行,每人可以借此把现实转变为奇妙的东西,这是"人的想象力光辉的反应"。奇妙的东西在布勒东那里所占的位置犹如合理的事物在黑格尔哲学中的位置。难以想象会有与马克思主义的政治哲学更完全对应的观点。阿尔托称之为革命的阿米埃尔[①]的那些人的长久的犹豫因而不难得到解释。超现实主义者与马克思的区别更甚于反动分子,例如约瑟夫·德·迈斯特[②]。超现实主义者利用生存的悲剧来拒绝革命,也就是要保持历史局势。马克思主义者则利用生存悲剧来证明革命的合理性,即创造另一种历史局势。这两种人都以人类的悲剧为其实用主义的目的服务。而布勒东自己却利用革命来结束悲剧,事实上让革命服务于超现实主义的追求,不论其刊物的名称是什么。

马克思主义要求不合理性从属于自己,而超现实主义者却起而誓死捍卫不合理性,人们若想到这一点,两者的最后决裂则可得到解释。马克思主义意欲征服全体性,而超现实主义如同一切精神领域的试验一样,意欲征服单一性。倘若合理性足以征服世界帝国,全体性便要求不合理性屈服。然而单一性的欲望更强烈,它不满足于一切皆是合理的,特别想要合理性与不合理性在同一水平上得到调和。没有一个单一性意味着残缺。

安德烈·布勒东认为,全体性仅仅是单一性道路上的一个阶段,也许是必不可少的,但肯定是不够的。我们在这里又遇到了"不是得到一切,就是一无所有"这个命题。超现实主义倾向于普遍性,而布勒东对马克思进行的奇怪而深刻的指责恰恰是说他不是普遍的。超现实主义者想调和马克思的"改造世界"与兰波的"改变生活"。可是马克思的学说导向征服世界的全体性,而兰波的主张导向征服生活的单一性。荒谬的是,一切全体性都是限制性的。最后这两种公式使人群分成两部分。布勒东选择了兰波,指出超现实主义不是行动,而是苦行与精神体验。他把构成其运动的独特之处放在第一位,这对于思考反抗,恢复神圣的事物与征服单一性是宝贵的。他愈深入地把握这种独特之处,便愈加不可挽回地与其政治上的伙伴以及其最初的几种要求分道扬

---

① 阿米埃尔,此处不知是否指十九世纪瑞士作家。——译者注
② 约瑟夫·德·迈斯特(1753—1825),法国宗教哲学家,宣传教皇绝对权力主义。——译者注

镳了。

安德烈·布勒东在要求超现实方面从来没有改变,这种超现实即梦想与现实的融合,使理想与现实之间古老的矛盾升华。人们知道超现实主义的解决办法:实际的不合理性,客观的偶然性。诗歌是对"崇高点"的征服,唯一可能的征服。"精神上的某一个点,生命与死亡,现实与想象,过去与未来"……就是在这个点上不再被看做是矛盾的。标志着"黑格尔体系彻底瓦解"的这个崇高点到底是什么呢?这就是寻求"高峰—深渊",这是神秘主义者所熟悉的。其实,这是一种没有上帝的神秘主义,它平息与阐明了反抗者对绝对的渴求。超现实主义的主要敌人是唯理论。此外,布勒东的思想提供了西方思想的一幅奇特的景象,即类比原则不断为人采用,而牺牲同一性与矛盾的原则。这恰恰就是用欲望与爱情之火熔化矛盾,让死亡之墙倒塌。巫术,原始的或朴素的文明,炼丹术,关于火焰之花或白夜的雄辩术,这些是单一性与哲学之石的道路上奇妙的阶段。超现实主义即使没有改变世界,也为世界提供了一些奇特的神话,当它宣布回到希腊时代时,便部分证明尼采是正确的。仅仅是部分,因为这是黑暗时代的希腊,是神秘与邪恶的神明的希腊。最后,由于尼采的试验以接受中午为荣耀,而超现实主义的试验则以颂扬午夜、顽固而焦虑地崇拜暴风雨达到顶点。按布勒东自己的话说,他懂得,不管怎样,已经得到了生命。然而他的赞同并不是赞同光明,而光明是我们所需要的。他说:"我身上有过多北方的东西,因而不是一个完全赞同的人。"

然而他往往让人减少否定的部分,而提出反抗的正面要求。他宁愿选择艰苦的生活而不是沉默,但仅仅记住了"道德的警告"。巴达耶认为,正是这种道德的警告推动激励着最初的超现实主义:"用一种新道德代替流行的道德,因为这种道德是我们一切痛苦的原因。"他建立新道德的意图并未成功,今天也无一人获得成功。但他对这样做从未失去希望。他想使人变得崇高,而世人竟以超现实主义所采纳的原则的名义堕落了,面对这样一个时代可怕的现象,布勒东被迫建议暂时回归传统道德。这也许不无暂时停顿一下之意。但这是虚无主义的停顿与反抗的真正进步。总之,他清楚地感到人们需要有道德与价值观念,由于做不到这一点,大家知道布勒东选择了爱。不应忘记他所处的是个蝇营狗苟的时代,而他当时是深刻谈论爱的唯一的人。爱是处于焦虑状态的道德,可以作为这个流放者的归宿。当然,这里还缺少一种措施。超现实主义既非政治亦非宗教,可能只是一种不可能实现的智慧,但也表明世上没有舒舒服服的智慧,布勒东令人赞叹地呼喊:"我们想要并能得到我们生命的彼世。"当理性转入行动并让它的大军在世界上浩浩荡荡地挺进时,他在那个辉煌的黑夜扬扬得意。这黑夜也许的确预示着这种曙光以及我们的文艺复兴的诗人勒内·夏尔的黎明。

[……]

虚无主义与历史

形而上的反抗与虚无主义存在一百五十年后,又看到人类所抗议的同一个被毁坏的面孔顽固地重新出现,戴着不同的面具。起而反对生存状况及其创造者的所有的人都肯定了人的孤独,认为一切道德均无价值。然而所有的人同时又设法建立一个纯粹是地上的王国,由他们选择的规则加以主宰。他们是造物主的敌手,必然会按照自己的利益重新创造。那些刚刚创造世界的人们拒绝世界上有其他规则,除了欲望与权力的规则之外。他们跑向自杀或疯狂,歌唱世界末日。对其他人说来,他们想用自己的力量创造他们的规则,遂选择了徒然的炫耀表象或平庸,或者还有杀人与破坏。然而,萨德与浪漫派,卡拉玛佐夫或是尼采,之所以进入死亡世界,是因为他们想要真正的生活,结果由于相反的作用,倒是对规则、秩序与道德的召唤声响彻在这个发狂的宇宙。只有当他们抛弃了反抗的重担,逃避反抗造成的紧张,选择了专制或奴役的安逸生活,他们的结局才是不吉利的或破坏自由的。

人类反抗的崇高的悲剧形式不过是对死亡的长期抗议,对由普遍的死刑所支配的生存条件的激烈控诉。在我们遇到的一切情况中,抗议每次都是针对创造中不和谐、不透明、中断的一切。因而基本上说来,这是对统一性的无休止的要求。拒绝死亡与渴望生存及透明,是一切疯狂行动的动力,不论它们是崇高的或幼稚的。这仅仅是个人卑怯地拒绝死亡吗?不,因为其中的许多反叛者为了达到他们的要求而付出了必须付出的一切。反抗并非要求生存，而是询问生存的理由。他拒绝死亡带来的后果。倘若没有任何东西生存下去，则没有任何东西是合理的，死亡的一切无意义可言。与死亡斗争便是要求生存的意义，为规则与统一性而斗争。

对恶的抗议居于形而上的反抗的核心，这很能说明这一点。令人愤慨的并非是儿童的苦难，而是这种苦难竟没有得到辩解。不论怎样，痛苦、流放、幽禁有时为人所接受，当医生或情理说服我们这样做时。在反抗者看来，世界的痛苦所缺少的，如同在世界的幸福时刻一样，是解释的原则。反对恶的起义首先是要求统一性。在被处死刑的人们的世界，反抗者不倦地以要求最后的生存与透明性来反对生存条件的致命的不透明性。他追寻一种道德或神圣的事物而不自知。反抗是一种苦行，虽然是盲目的。反抗者这时之所以亵渎神明，是由于希望有新的神明。他在最早的更深刻的宗教运动的冲击下而动摇，但这是一种落空的宗教运动。并非反抗本身是高尚的，而它所要求的是高尚的，即使它所得到的依然是卑鄙的。

至少应该认识到反抗所得到的卑鄙的东西。每当它将对现在存在的一切完全拒绝，亦即绝对的"不"奉为神明时，便会杀人。每当它盲目地接受现存的一切并高喊绝对的"是"时，也要杀人。对创造者的憎恨可转为对创造的憎恨或者对现存的一切独有的爱。但在这两种情况下，它都走向杀人，并失去被称做反抗的权利。人们可以两种方式成为虚无主义者，而每次都通过过度的绝对。显然，有的反抗者想要死去，有的反抗者却想让人死去，但他们都是一样的，都焦灼地渴求真正的生活，对生存感到心灰意冷，宁要普遍化的非正义而不要被肢解的正义。当愤怒达到这种程度，理智会变成狂怒。人类心灵本能的反抗多少世纪以来一点儿一点儿地走向其最大的觉悟，倘若确系如此，我们也看到，它的盲目的胆量也在增长，直到它决定用形而上的谋杀来回答普遍的杀人。

我们认识到，"即使"标志着形而上反抗的最重要的时刻，它在任何情况下均以绝对的破坏而收场。今天照耀世界的不是反抗与它的高尚精神，而是虚无主义。我们应该阐述它的后果，但不忽略其根源的真实情况。即使上帝存在，当伊万看到对人施加的不公正，也不会投诚于他。然而，对这种不公正进行长期深思后，一道更凄惨的光芒将"即使你存在"改变为"你并不值得存在",然后又改变为"你并不存在"。受害者在他们所认为的自己无辜中寻求最近的罪恶力量与原因。这些受害者对他们的不死性感到绝望,确信他们要被判决,于是决定杀死上帝。从这天起便开始了当代人的悲剧。如果这样说是错误的,那么说这种悲剧已经结束同样是不真实的。这个谋害相反标志着古代社会终结以来所开始的悲剧的最早时刻,这场悲剧的最后的台词尚未引起反响。从这个时刻起,人决定摒弃圣宠,依靠自己的手段生活。从萨德到今天发生的进步即在于日益扩大封闭地区,没有上帝的人照他自己的规则粗暴地统治着那里。人们面对神,愈来愈把有堡垒守卫的地盘界线向外推进,直至使整个宇宙成为一个反对被放逐的失望上帝的要塞。人在反抗终结时把自己封闭起来,其最大的自由,从萨德的悲惨的城堡到集中营,仅仅是建造他自己的监牢。但戒严状态逐渐普及,对自由的要求想扩展到所有的人。于是必须建立反对圣宠王国的唯一王国,即正义的王国,最终在神的社会的断壁残垣上建立人的社会。杀死上帝并建立教会,这正是反抗的持久而矛盾的运动。绝对的自由终于成为绝对义务的监牢,集体的苦行,要完结的历史。作为一个反抗世纪的十九世纪便这样进入二十世纪,这个正义与道德的世纪,这个人人都感到欢畅的世纪。尚伏,反抗派的道德学家,已经对此给出了公式:"首先要公正,然后才谈得上豪爽,犹如先要有衬衣然后才谈得上花边。"人们于是放弃了作为奢侈品的道德,而仅仅保持创建者艰辛的伦理。

我们现在应该探讨为创建世界帝国与普遍规则而作的充满坎坷的努力。我们已到了反抗运动废弃一切奴役而全力兼并一切创造的时刻。对这方面的每一次失败,我们已经看到,可望成功的政治解决办法指日可待。今后怀有道德虚无主义的反抗行动从其获得的东西中只保留权力意志。反抗者基本上只想征服他自己的存在,在上帝面前保持它。然而他失去对其起源的记忆,依照精神方面的帝国主义法则,通过无限增多的杀人而走向世界帝国。他从天宇中赶走了上帝,而形而上的反抗思想这时毫不犹豫地与革命运动汇合在一起,对自由的不合理要求自相矛盾地以理性作为武器,它觉得唯有征服权力是纯粹属于人的。上帝已经死去,而人继续生存着,也就是必须理解与建立的历史。虚无主义在反抗内部于是吞没了创造力量,仅仅提出可以用一切手段来建立历史。人知道以后在大地上是孤独的,在走向人的帝国时将理性的罪恶与不合理的罪恶结合在一起。人在深思反抗的意图与死亡时,在"我反抗,故我存在"之外,又增添了一句:"我们是唯一的。"

[……]

革命的预言

马克思的预言就其原则而言也是革命的。人的一切现实均可在生产关系中找到其根源,历史的变化是革命的,因为经济是革命的。在生产的每个水平阶段,经济都引起对抗,它为了更高水平的生产而摧毁相应的社会。资本主义就是这些生产阶段的最后一个,因为它创造出条件,使一切对抗得到解决,那时再没有经济。到那一天,我们的历史将成为史前史。从另一种前景看,这种见解正是黑格尔的。辩证法应从生产与劳动的角度来论述,而非从精神的角度。无疑,马克思本人从未谈到过辩证唯物主义,而留待其继承者去颂扬这头逻辑的怪物。但他同时说现实是辩证的又是经济的。现实在永恒地变化,由对立面的撞击而加快,每当对立面结合为更高级的事物,便会引起其相反的方面,重又推动历史前进。黑格尔用现实向精神发展的观点而肯定的一切,马克思用经济向无产阶级社会发展的理论而加以肯定。万物皆同时既是其自身,又是其反面,这种矛盾促使它变成另一种事物。资本主义由于是资产阶级的,表明自己是革命的,从而成为共产主义的温床。

马克思的独特之处在于,他断言历史既是辩证的,又是经济的。黑格尔更加极端,断言历史既是物质,又是精神,正由于它是精神,因而才是物质,反之亦然。马克思否定精神是最后的实体,从而肯定了历史唯物主义。人们可以立即用柏尔加埃夫的论述指出,辩证法是不可能与唯物主义结合在一起的。唯有在思想的范畴才存在辩证法。唯物主义本身是含糊不清的概念。仅仅为了构成这个名词,便应当说世界上除物质外还有其他东西。可以更有理由说,这一批判也适用于历史唯物主义。历史与自然界的不同,恰恰在于它用意志、科学和情感的手段改造自然。马克思因而并非纯粹的唯物主义者,道理很明显,因为不存在纯粹的或绝对的唯物主义。唯物主义决非纯粹的,因为它承认武器可使理论获胜,而理论也可使武器产生。马克思的立场可以恰当地称之为历史决定论。他并不否认思维,而是认为思维绝对是由外在的现实所决定的。"在我看来,思维的运动仅仅是真实的运动的反映,是其传送与转移于大脑的结果。"这个相当粗浅的定义无任何意义。外界的运动如何并通过什么"传送于大脑"? 与确定运动如何"转移"于大脑这个难题相比,前一问题的难解之处是微不足道的。而马克思创立了他的时代的简便的哲学。他想表达的含义可以在其他方面加以确定。

他认为,人不过是历史,尤其是生产资料的历史。马克思确实指出,人之区别于动物,即在于他能生产生活资料。倘若人不吃饭,不穿衣,不住房屋,便不会生存下去。生存的这个首要条件是他提出的第一个决定因素。他此时所思索的问题直接与不可缺少的生活需求有关。马克思以后指出,这种依赖性是永恒的与必然的。"工业史是一部关于人的基本能力的打开的书。"他个人对其学说的推演就是从这一论断进行的。人对经济的依赖是唯一的与充分的,不过这尚有待论证。可以同意经济的决定性对人的行为与思想的发生起着主要作用,但不能因此像马克思那样说,德国人对拿破仑的反抗只能用糖与咖啡匮乏来解释。此外,纯粹的决定论本身也是荒谬的,倘若并非如此,只需一个真实的论断即足以让人们获得全部真理。然而实际情况并不是这样,或者我们从未提出过一个真实的论断,甚至包括提出关于决定论的论断,或者我们说出了真实的论断,却无结果。由此可见决定论是错误的。然而,马克思如此任意地将问题简单化,也有其道理,不过与纯粹的逻辑毫不相干。

把经济决定一切作为人的根源,就是把人归结为其社会关系。没有孤立的人,这是十九世纪无可争辩的发现。由此随意地进行引申,就可以说,人在社会中之所以感到孤独,只是由于社会的原因。如果用人身之外的某个东西来说明人的孤独精神,这个人便走在超验性的道路上。相反,社会仅以人为作者。若能断言社会同时是人的创造者,是可以认为已经掌握能将超验性清除掉的全部解释。人于是如马克思所希望的那样,成为"其自身历史的作者与演员"。马克思的预言是革命的,因为他结束了由启蒙运动的哲学所开始的否定运动。雅各宾派摧毁了以人为神的超验性，而代之以原则的超验性。马克思又摧毁了原则的超验性，而创立了当代的无神论。在1789年，信仰由理性所代替，但这种理性自身由于是凝固不变的，也是超验的。马克思比黑格尔更激进，摧毁了理性的超验性，把它投入历史中。理性在他们之前是起调节作用的，现在却成为征服性的。马克思比黑格尔走得更远，把他看做唯心主义者（其实他并不是，犹如马克思不是唯物主义者），因为精神的主宰以某种方式恢复了一种超历史的价值。《资本论》重新推出统治与奴役的辩证法，但以经济的自治代替了自我意识，以共产主义的来临代替绝对精神的最后统治。"无神论是消灭宗教的人道主义，共产主义是消灭私人财产的人道主义。"宗教的奴役与经济的奴役有相同的起源，只在实现了人对其物质决定性的绝对自由时，才能了结与宗教的关系。革命就是要实现无神论与人的统治。

这就是马克思强调经济与社会决定性的原因。他最有成效的努力即在于揭露隐藏在他的时代的资产阶级的表面价值后面的现实。他的蒙蔽人的理论依然有价值，因为它的确是普遍适用的，也适用于愚弄人的革命理论。梯也尔先生[①]所崇尚的自由是由警察所捍卫的特权的自由，保守的报纸所鼓吹的家庭社会地位就是男男女女半赤裸着身体下到矿井，被一根绳索联结起来，工人卖淫盛行。一个庸俗贪婪的社会的虚伪使诚实与智慧从属于自私的目的。马克思这位无与伦比的启迪民智者以前所未有的雄伟力量揭露了这种种不幸。这种义愤填膺的揭露带来了其他的过分行为，从而需要另一种揭露。然而，必须了解与说出这种揭露产生于1834年在里昂被镇压的起义的血泊与1871年凡尔赛的道德家们卑鄙的残暴行为[②]。"一无所有的人在今天依然毫无任何地位。"如果说这个论断在现在的确是错误的，它在十九世纪乐观主义的社会中却几乎是正确的。繁荣的经济所带来的极度的精神堕落使马克思把社会的与经济的关系放在第一位，越加鼓吹他提出的由人统治的预言。

人们于是会更好地理解马克思纯粹用经济对历史进行的解释。如果这些原则在撒谎，唯有苦难与劳作的现实是正确的。如果人们以后指出，这种现实足以解释人的

---

① 梯也尔(1797—1877)，法国反动政治活动家，1871年2月任政府首脑，后血腥镇压巴黎公社。——译者注
② 前者指里昂工人第二次起义，后者指巴黎公社，二者均遭当时的反动政权血腥镇压。——译者注

过去与未来。这些原则将会被打倒，而利用这些原则的社会也将被摧毁。这就是马克思所从事的事业。

人是随着生产与社会而形成的。土地所有权的不平等，生产手段或多或少地迅速改进，为生存而进行的斗争，这一切急速地创造了社会不平等，集中体现在生产与分配之间的对立，首先是阶级斗争。这些斗争与对立成为历史的动力。古代奴隶制，封建农奴制，是走向古典时代手工业的漫长道路上的几个阶段。在手工业时代，生产者是生产资料的主人。此时，世界道路的开通与新市场的发现要求一种非地域化的生产。生产方式与分配的新要求之间的矛盾已经宣告农业与工业小生产制度的终结。工业革命、蒸汽机的发明与争夺市场的竞争，必然导致小业主的被吞并与大工厂的出现。生产资料于是集中在有能力购买它们的人们手中，真正的生产者与工人仅仅能够支配他们手臂的力气，将它出卖给"有钱币的人"。资产阶级的资本主义的特征因而便是生产者与生产资料的分离。由这种对立而衍生出一系列不可避免的后果，使马克思可以宣布社会的对抗终将结束。

我们已经注意到，乍看起来，坚实地建立起来的阶级之间辩证的斗争原则一下子便不再正确，这是说不过去的。这原则永远是正确的，或者它从来就不正确。马克思肯定地说，革命之后再没有阶级，如同 1789 年之后再无三个等级一样。然而等级消失了，阶级却并未消失，没有任何东西能说明，阶级不会让位于另一种社会对抗。而马克思主义预言的基本内容就是肯定再无社会对抗。

人们已了解马克思主义的要旨。马克思在亚当·斯密与李嘉图之后，以生产商品所付出的劳动量来确定一切商品的价值。无产者向资本家出卖的劳动本身也是一种商品，其价值因生产它的劳动数量决定，也就是说，由维持生产者生存所必须消费的生活资料的价值确定。购买这种商品的资本家于是付给出卖劳动的工人足以维生与繁衍后代的工资，但他有权要求工人在尽可能长的时间内干活。工人要工作很长时间，付出的劳动比维持生存所必须付出的劳动要更多。例如，每日劳动十二个小时，如果其中一半的劳动所产生的价值即相当于维持生存的生活资料的价值，那么另外六个小时的劳动则未得到报酬,这就是剩余价值,即资本家的利润。资本家的兴趣所在就是最大限度地延长工人的劳动时间,或者当无法再延长时,便最大限度地提高工人的生产率。前者是依靠警察的残酷行径,后者则依靠对劳动的安排,首先是劳动分工,然后是使用机器,这一切都使工人失去人性。另一方面,为市场进行的斗争,为新生产资料投入越来越多的资金,导致了生产集中与资本积累。小资本家首先被大资本家吞并,因为后者可以长期保持亏本的价格。利润中越来越大的部分投资于新机器,积累于资本中最稳定的部分。这双重的运动首先造成中产阶级的破产,使他们加入无产者大军,唯一由无产阶级所创造的财富集中于数目越来越少的人们手中。无产者的人数越来越多,生存状况日益悲惨。资本仅仅集中于一些大亨手里,其日渐增长的财富建立在盗窃之上。这些大亨受到接连不断的经济危机与资本主义制度矛盾的冲击,甚至再难以保证其奴隶们的生存,奴隶们于是便依赖私人或官方的施舍。无数受压迫的奴隶大军终于不可避免地面对一小撮卑鄙的老板,发动革命的日子终将会来到。"资产阶级的衰亡与无产阶级的胜利都是不可避免的。"

这个以后非常著名的论断仍未让人们认识到对抗会终结。在无产阶级获得胜利后,为生活而进行的斗争仍可能会发生,从而产生新的对抗。那时会有两个观念介入,一个是经济的,即生产的发展与社会的发展的一致性,另一个纯粹是理论体系方面的,即无产阶级的使命。这两个观念在人们称之为马克思的积极宿命论中汇合在一起。

由资本集中在少数人手中而带来的经济进展,使对抗既更加残酷,又可以说对抗是不真实的,仿佛生产力发展到最高程度,无产阶级不必费多大力气即可独自掌握生产资料,它们从私人手中被夺取过来,集中在广大民众手中,以后成为公共的。当私有财产集中在一个无产者手中,仅仅由于一个人的存在而与集体财产相分离。私人资本主义不可避免的结果是国家资本主义,只要以后把它用来为大众服务,就会出现一个新社会,资本与劳动在那里合二为一,将以同样的生产产生出丰富的物品与正义。马克思正是考虑到这样一种幸福的出路,而一直在颂扬资产阶级所不自觉地承担的革命角色。他谈到资本主义的"历史权利",它既是进步的又是苦难的源泉。在他看来,资本的历史使命与正当性就在于为更高级的生产方式准备了条件。这一生产方式自身并不是革命的,仅仅是使革命获得圆满结局。唯有资产阶级生产的基础是革命的。马克思断言,人类自己所提出的谜它是可以解答的。他同时指出,问题的解决之道就萌生于资本主义本身中。他因而建议要容忍资产阶级国家,甚至要协力使之建立,而不是回到工业化程度更低的生产。无产者"能够而且应该接受资产阶级革命,把它视为工人阶级革命的条件"。

马克思于是成为生产的预言家。可以认为,仅仅在这一点上,他把制度置于比现实更重要的地位。他从未停止过为资本主义的经济学家李嘉图辩护,反驳有些人指责他为了生产而要求发展生产(马克思大喊:"这完全正确!"),而不关心民众。马克思的答复是"这恰恰是他的价值所在",语气同黑格尔一样专断。当民众应该为拯救全人类效力时,牺牲他们又有何妨? 进步就好似"那个可恶的异教天神,他只愿意在被杀死的敌人的头颅中喝仙露"。这种进步至少在可怕的工业化后出现的和解之日,不再令人痛苦。然而,如果无产阶级不能避免这场革命,不可避免地会拥有生产资料,他会以此为所有的人谋利益吗? 在他的内部不会出现等级、阶级与对抗吗? 这种保证在哪里? 保证就在黑格尔的学说中。无产阶级不得不把他的财富用于所有的人的利益。他不是无产阶级,他是与特殊性即资本主义相对立的普遍性。资本家与无产阶级的对抗是特殊性与普遍性之间的斗争的最后一个阶段,这场斗争引起了主人与奴隶的历史悲剧。按照马克思所描绘的理想方案,无产阶级首先将包容一切阶级,只将一小撮老爷排除在外,他们是革命所要摧毁的"人所共知的罪恶"的代表。此外,资本主义在让无产者最后失去一切之时,也逐渐地使他摆脱了可把他与其他民众分隔开来的一切意愿。他一无所有,没有财产,没有道德,没有祖国。他仅仅属于那唯一的人类,以后将成为其赤裸裸的无情的代表。他肯定了自己,便肯定了一切与一切人。并非因为无产者们是神,而恰恰是因为他们沦于最非人的境地。"无产者唯有完全摆脱他们这种地位,才能实现对自己的完全肯定。"

从极端的屈辱中获得最高的尊严,这就是无产阶级的使命。他由于苦难与斗争,而成为人类的基督,赎回异化的集体罪孽。他首先是无数的承担全部否定的人,随后成为完成最后的肯定的使者。"无产阶级不消失,哲学则无从实现自己,而没有哲学的实现,无产阶级也不能解放自己。"还有,"无产阶级只能生存于世界历史的范围……共产主义的行动只能作为全球的历史现实而存在。"但这位基督同时是复仇者。按照马克思的说法,他在执行私有制对自身的判决。"我们时代的各个房屋都被标上了神秘的红十字,法官是历史,判决的执行者是无产者。"这种情况的实现是不可避免的。危机会连连发生[1],无产阶级的沦落将会加深,其人数不断增加,直到发生全球危机,那时交换的世界将会消失,历史经过一次最后的暴力后便不再有暴力。一个符合预期目的的王国将会建立起来。

人们明白,这种必然性被考茨基这样的马克思主义者推向政治上的寂静主义,黑格尔思想也发生过这种情况。考茨基认为,无产阶级制造革命的能力和资产阶级阻止革命的能力都很微薄。甚至列宁,他虽然相反选择了这种学说的积极方面,也在1905年以一种专断的口气写道:"想通过其他途径而不是大力发展资本主义来寻求工人阶级的拯救,这是一种反动思想。"马克思认为,经济的性质就是不能跳跃,决不能消除它的各个阶段。说改良主义的社会主义者在这一点上是忠于马克思的,这是完全错误的。相反,这种必然性排除了一切改良,因为这样便会减缓社会发展灾难性的一面,从而推迟不可避免的结局。按照这种态度的逻辑,应该赞同加重工人苦难的一切行为。为了工人将来有一天得到一切,现在他们不能享有任何东西。

这并未阻止马克思感觉到这种寂静主义的危险。政权不容等待,否则便会无限期地推后。必须夺取政权的一天将会来临,但对马克思著作的所有读者说来,这一天是令人怀疑的。关于这一点,他依然自相矛盾。他指出,社会"必然要历史性地转入工人专政"。至于这种专政的性质,他的解释是矛盾的[2]。可以肯定的是,他以明确的言词否定了国家,说国家的存在与奴役是不可分的。但他反对巴枯宁不无道理的看法。巴枯宁认为,暂时的专政的概念与工人们所了解的人的本性是相违背的。的确,马克思认为,辩证的真理高于心理上的真理。辩证法是如何说的? 辩证法说,"废除国家只有在共产主义者那里有意义,视之为消灭阶级的必然结果。阶级的消失会自然而然地再无必要由一个阶级建立政权,以压迫另一个阶级。"根据这一提法,那时对人的治理将

---

[1] 马克思预料每十一二年发生一次危机,而且周期会"逐渐缩短"。

[2] 米歇尔·科利奈在《马克思主义的悲剧》中提到,马克思著作中有三种无产阶级夺取政权的形式:《共产党宣言》提出雅各宾共和国,《雾月十八》中提出独裁的专政,《法兰西内战》中提出联邦的与极端自由主义的政府。

让位于对事物的管理。辩证法因而是明确的,它仅仅肯定了无产阶级国家在消灭资产阶级时应存在。然而不幸的是,对这种预言与必然性也可作出另外的阐释。假若这样的王国肯定会降临,等多少年又有何妨?对不相信未来的人而言,苦难决不是暂时的。然而在确信第一百零一年会实现最后的城邦的人们看来,一百年不过是瞬息间的事。从这个预言的观点来看,一切皆不重要。不管怎样,无产者正是按照发展生产的逻辑,在生产的顶峰建立起对世界上人类的治理。由专政与暴力来达到这一点,又有何妨?在这个有精良机器隆隆作响的耶路撒冷,有谁还会记得被扼杀的人们的嘶鸣?

在历史最后阶段出现的黄金时代肯定了这一切都是合理的。必须思考马克思主义非凡的雄心,对其大肆的宣传作出评价,才能明白这样的希望不得不忽略那些看起来是次要的问题。"共产主义是由人并为了人而对人的本质的真正拥有,是人作为社会的人,即真正的人而回归于自己,是完全与自觉的回归,并保留了内心运动的一切财富。这种共产主义是完成了的自然状态,与人道主义是一致的:它是人与自然、人与人、本质与存在、客观化与对自己的肯定、自由与必然、个人与群体之间的冲突的真正结束。它在解开历史的神秘,而且知道它能够解开它。"唯有语言在这里希望自己是科学的。从根本上说,这番话与傅立叶说的又有何区别?傅立叶也曾宣布,"沙漠将成为沃土,海水可以饮用,味道甘美,将来永远是春天……"他们用教皇通谕式的语言向我们宣布了人类永恒的春天的降临。没有神的人类除了人的王国之外,还想得到与期待什么呢?这可以解释门徒们的焦虑。他们之中的一个人说,"在一个没有忧虑的社会,很容易不知道死亡为何物。"然而,这是对我们社会的真正谴责。对死亡的忧虑是触及游手好闲的人而非劳动者的奢侈品,因为劳动者已经被活计压得喘不过气来。但一切社会主义,首先是科学社会主义,都是乌托邦。未来以乌托邦代替了上帝,乌托邦于是把未来与道德视为一回事。唯一有价值的就是能为这个未来效力的东西。因而它曾经是,而且几乎永远是强制性的与专制的。马克思作为空想家,与其先驱没有区别,而他的部分教导又可为其继承者进行辩解。

当然,人们有理由坚持对道德的要求,这实际上正是马克思主义梦想的实质。在研究马克思主义的失败之前,应该说这种要求正是马克思真正的伟大之处。他把劳动、劳动不公正地丧失地位及劳动的尊严放在思索的中心。他反对使劳动仅仅成为商品，使劳动者成为物品。他向特权者提出，他们的特权并非是神圣的，他们的财产也绝非永恒的权利。他谴责那些没有权利心安理得保有财产的人们，以无与伦比的深刻性揭露了那个阶级，其罪恶不在于握有权力，而在于把权力用来为一个庸俗而毫无真正性可言的社会效劳。我们从他那里接受了对我们时代感到绝望的思想(在这里，绝望比一切希望更有价值)，这种思想认为，当劳动沦为商品时，就谈不到生活，尽管劳动占去了生命的全部时代。不论这个社会如何吹嘘，当人们以后了解到它是倚靠千百万心如死灰的人们的劳动才得以享乐时，有谁会在社会中宁静地睡眠呢？马克思为劳动者争取真正的财富，它不是金钱而是充裕的时间与创造，他要求提高人的质量。人们可以坚定地说，他决不想贬低人的价值，而有人却以他的名义这样做。他说："需要借助不正当手段的目的绝非正当的目的。"这句明确而尖锐的话否定了其得意扬扬的门徒们所自诩的高尚和人道精神。

然而尼采的悲剧又在这里重现。其雄心与预言是豪迈的，适合于全世界，而其学说却是有局限性的。把一切价值归结为唯一的历史，这招致最极端的后果。马克思认为历史的目的是道德的与合理的。这正是他的空想。而正如他所知道的，空想最终会服务于他所否定的犬儒主义。马克思摧毁了一切超验性，完成了从事实向责任的过渡。但这种责任的原则仅存在于事实之中。对正义的要求若非首先建立在道德肯定正义的基础上，便非导致非正义。缺少了这一点，罪恶有朝一日会变成责任。当善与恶在事件中混淆时，一切再无所谓坏，而只不过是过早或过迟的问题。除了机会主义者，谁能决定合适的时机。他的门徒们说，以后你们会作出判断的。然而，受苦者到那时已不存在于人世，无法判断了。对受害者而言，唯有现在是有价值的，反抗是唯一的动机。有人肯定会运用救世主降临说对付受害者。也许马克思并不支持这种说法，但这正是他必须考虑的责任。他以革命的名义为以后反对一切形式的反抗而进行的血腥斗争进行辩护。

克洛德·列维-斯特劳斯

对神话作结构的研究(1955 年)(节选)*

克洛德·列维-斯特劳斯

(Claude Lévi-Strauss, 1908—2009)

　　出生于比利时,自幼生活在法国,是法国著名的社会人类学家、哲学家及法兰西科学院院士,被认为是结构主义人类学创始人。列维-斯特劳斯年轻时代曾热衷于地质学,这一兴趣后来被他对精神分析学和马克思主义的兴趣取代了。他曾戏称自己一生有三个情人:地质学、马克思主义与精神分析,但同时也不能忽略索绪尔为代表的结构语言学对他的影响。在对马克思主义理论的运用中,列维-斯特劳斯接受了马克思在《政治经济学批判》中的基本观点。作为文化人类学家,他的结构主义与神话学不仅深深影响着人类学,而且对社会学、哲学、语言学等学科都产生重要影响。列维-斯特劳斯的主要作品有:《亲属关系的基本结构》(1949,博士论文)、《忧郁的热带》(1955)、《结构人类学》(1958)、《图腾主义》(1962)、《野性的思维》(1962)、《神话学》Ⅰ、Ⅱ、Ⅲ、Ⅳ(1964—1971),等等。50年代以后,列维-斯特劳斯直接面对萨特等人的存在主义思想,并在萨特挑起的论争中与萨特激烈辩论。萨特不同意列维-斯特劳斯的结构主义思想,尤其不能接受他有关“共时性”“中断性”的反历史主义思想观点,更不认可列维-斯特劳斯关于人类思想始终维持同一稳定结构的看法。列维-斯特劳斯也在他的文章与著作中反驳了萨特的观点,对存在主义所强调的主体性、人的主观能动性和精神自由予以批评,认为对现实生活应以科学、冷静的态度来对待。《野性的思维》就是其中一部代表著作,在这本书中,列维-斯特劳斯用系统的实证方法证明了野性思维的特殊机制以及它对于现代文化的意义,他把自然看作是本体性的,而野性的思维作为自然

---

* 本文选自《结构人类学》,谢维扬、俞宣孟译,上海译文出版社1995年版,第221—236页。可参见《结构主义神话学》(增订版),叶舒宪编选,陕西师范大学出版社2011年版。还可参见《结构人类学》,《列维-斯特劳斯文集》(1),“神话的结构”,张祖建译,中国人民大学出版社2006年版,第220—249页。

性为基础的思维,它的功能和作用是理性所不能取代的,这对于文明时代的反思具有重要意义。出于对现代文明的不满,列维-斯特劳斯从人类学的角度把眼光投向了原始文化,希望从中找到对现代文化建设有用的东西,在本书所选的这篇《对神话作结构的研究》(1955)中,列维-斯特劳斯从神话研究的角度对索福克勒斯的悲剧作品《俄狄浦斯王》作结构主义的分析,神话作为"野性的思维"的具象化的表征,对于文明社会中种种不合理的矛盾与困境而言,往往能幻化成一种乌托邦的力量,从而在现代社会中实现话语重建。还需指出的一点是,列维-斯特劳斯的理论在中国学术界影响深远,他的理论思想在当代社会具有重要的现实意义。

对神话作结构的研究（节选）

> "把神话世界建立起来似乎只是为了再度摧毁它,并从断片中建立新的神话世界。"

——F.博阿斯①

尽管最近有人企图努力加以振兴,然而近 20 年来,人类学似乎越来越疏远宗教领域里的研究了。同时,恰恰因为专业人类学家的兴趣已经从原始宗教里退了出来,各种标榜自己以其他学科为专业的业余研究者却抓住这个插足的机会,把我们仍当作一片荒地的领域变为他们专有的游戏场。对宗教作科学研究的前途就这样遭到了两方面的破坏。

对这种形势的解释,在某种程度上有下列事实为据:人类学的宗教研究是由泰勒、弗雷泽和杜克海姆这些人发端的,他们着重于心理学方面,虽然不是始终站在心理学研究和理论的最新发展的立场上。因此,他们的解释很快就因为他们用作基础的那些心理学方法的过时而归于无效。尽管他们对理智的过程颇为留意无疑是对的,但他们把握这些理智过程的方法却太过粗劣,以至于从总体来看是不可取的。正如最近出版

---

① 博阿斯为詹姆斯·特伊特的《英属哥伦比亚汤普森河印第安人的传统》所写的导言,《美国民俗学会纪要》,第 6 期(1898),第 18 页。

的霍卡特的一部遗著的导言中所精辟地指出的①,使心理学的解释从理智领域中退出来,只是为了要把它再引入感情的领域,于是,又在"心理学派固有的缺陷之外……加上了一个……从模糊的情绪中去引申出明确观念的错误"。这就更令人遗憾了。有一种天真的想法,不是去扩大我们的逻辑框架,以便包容那些无论表面上有何区别但属于同一种类的理智运作过程,而是试图将它们还原为无法言喻的情绪的趋向,这样做的结果只能妨碍我们的研究。

在宗教人类学的所有篇章中,也许没有一章是像在神话领域中的研究那样徘徊不前的。从理论的观点来看,50年来这方面的形势无所改观,即仍然是一片混乱。神话仍然被各种矛盾的方法作着漫无边际的解释:作为集体的梦,作为一种审美的表演的产物,或者作为宗教仪式的基础。神话的形象被当作是人格化的抽象、神化的英雄或沦落的神。不论哪一种假说,不外乎把神话归纳为偶像的表演或者归纳为一种粗糙的哲学思辨。

要理解神话到底是什么,我们必须在陈词滥调和诡辩之间去作选择吗?有人主张,人类社会只不过是通过神话来表达全人类的共同而基本的感情,诸如爱、恨和复仇,或者他们不过是想为用别的方法所不能理解的现象提供某种解释,比如天文、气象这一类的现象。那么,为什么当这些现象也可以用经验的解释去认识的时候,这些社会却要采取如此复杂而迂回的方法呢?另一方面,心理分析家和许多人类学家已经把问题从自然的或宇宙论的方面转到社会学和心理学的领域了。但是,这样解释就变得太容易了,如果有一种神话突出了某个形象,比如说恶奶奶,那么人们就会说,在这样的社会里,奶奶实际上是恶的,而神话则反映了社会结构和社会关系;但是,要是实际调查来的材料是与此抵触的,那么人们又会轻巧地说,神话的目的就是在于为受压抑的感情提供一个发泄的口子。无论碰到什么情况,一种聪明的论辩术总是有办法妄称已经找到了一种意义。

神话向学者提出了一种初看之下似乎矛盾的情况。一方面,似乎在神话的过程中一切都可能发生。没有逻辑,也没有连贯性。任何特征都可以加到任何主体上去,一

_____

① A.M.霍卡特:《社会起源》(伦敦,1954),第7页。

切想得到的关系都可以找得到。通过神话，一切事情都变得是可能的。但在另一方面，这种表面上的任意性又同由广大不同地区收集来的神话之间的令人吃惊的类似性相违背。于是就提出了问题；如果神话的内容是偶然的，那么我们将怎样去解释全世界的神话会如此相似呢？

恰恰是由于意识到了关于神话性质的这种自相矛盾的现象，才可能把我们引向问题的解决。因为我们所碰到的矛盾与早些时候最早关心语言学问题的那些哲学家们为之伤脑筋的问题十分相似，语言学只是在这些矛盾克服以后才开始发展为一门科学。古代哲学家思考语言的方法就是我们思考神话的方法。一方面，他们确实注意到，在一种给定的语言里，某种音序与确定的意义是相联系的，他们于是就渴望为这些声音和意义之间的联系找出一种原因。然而他们的努力一开始便遭受了挫折，因为事实上是，相同的声音同样出现在别的语言中，但是它们所传达的意义却是完全不同的。只是当发现了，是声音的组合，而不是声音本身，提供了有意义的材料，这个矛盾方得以克服。

而且我们很容易看出，对神话思想的某些较新的解释，就是源于使早期语言学家为之百思不解的同一种误解。让我们来考察一下，举例说，荣格的观念。一个给定的神话模式——即所谓原型——具有某种意义。这颇似那个长期得到支持的错误，即一个声音可以具有与一种意义的密切关系，例如，"流音的"半元音与水有关系，开元音与那些大型的、广大的、响亮的和沉重的等等事物有关系，这种理论至今依然有其拥护者①。不论下面这个原理现在可以要求做出怎样的修订②，每个人都将承认，索绪尔关于语言符号的任意性这个原理是使语言学达到科学水平的前提。

仅仅让神话学家把他的靠不住的情况与前科学阶段上的语言学家的情况进行比较还是不够的。事实上，我们这样做可能就是从一种困难走向了另一种困难。如果神话的特殊问题有待于解决，那么为什么神话不能被简单地当作语言来对待就有了充分的理由。神话是语言：要让人知道，神话就必须被说出来，它是人类言语的一部分。为了保持它的特殊之处，我们必须能够证明它既是与语言相同的东西，又是不同于语言

---

① 例如参见 R.A.帕格特爵士："语言的起源"，《世界历史杂志》，第 1 卷，第 2 期(联合国教科文组织，1953)。
② 参见埃米尔·本温尼斯特："语言符号的本质"，《语言行为》，第 1 卷，第 1 号(1939)，亦见本书第 5 章。

的。这里，也可借助于语言学家过去的经验。因为语言本身也能被分析为同时既是相同又是不同的事物。这正是索绪尔区别语言和言语所要表达的含意。其一为语言的结构方面，另一是它的统计的方面，语言在时间上属于可逆，言语在时间上则属于不可逆。如果这两种标准已经存在在语言中了，那么就可想见，第三种标准也能被分离出来。

我们已经根据他们所使用的时间系之不同而区分了语言和言语。记住这一点，我们便会注意到神话使用了把前两个时间系的性质结合起来的第三种时间系。一方面，神话总是涉及被说成是很久以前就发生的事情。但使神话获得操作价值的乃是，被描述的这种特殊的模式是不在时间中的；它说明现在和过去，也说明将来。这一点，通过将神话和似乎已经在现代社会中大大取代了它的东西即政治作一番比较就可以更明白些。当历史学家谈到法国革命时，它总是作为一连串过去发生的事件，一系列不可逆转的、其深远后果现在也可以感觉到的事件。但是对法国政治家来说，还有对他们的追随者来说，法国革命既是属于过去的一连串事件——就像对历史学家来说那样，也是在当今法国社会结构中找得到的一种不在时间中的模式，这种模式为历史事件的解释提供了一条线索，从中亦可以推断将来的发展。例如，米什莱是一位有政治头脑的历史学家，他是这样来描述法国革命的："那天……一切都曾是可能的……将来变成了现在……就是说，不再有时间了，而窥见了永恒。"①就是这种既是历史的又与历史无关的双重结构，对于既属于言语范围、又需要对它像对待它所赖以表达的语言那样进行解释的神话，怎样能够成为第三种标准上的一种绝对的东西，作出了解释。尽管这第三种标准的性质依然是语言的，然而却又区别于其他两种标准。

在此可以插入一段评论，以便说明神话相对于其他语言现象的独特之处。神话是语言的一部分，在这里，"翻译者即叛徒"这个说法显得极不公正。根据那种观点，它应当被放到全部语言表达范围内与诗歌相对立的一端，尽管种种情况证明的正好相反。诗歌是一种非得蒙受歪曲否则便不能翻译的言语，而神话的神话价值却在哪怕是最糟的翻译中也保存着的。无论我们对产生神话的那种语言和那个民族的文化怎样缺少

---

① 尤莱斯·米什莱：《法国革命史》，第 4 章，第 1 节。此处转引自梅洛-庞蒂：《辩证法的历险》（巴黎：1955），第273 页。

了解,神话依然被世界各地的读者体会到是神话。它的本质不在于其风格、最初的音乐性和句法,而在于它所讲述的故事。神话是语言,它在一个特别高的水平上发生作用,在这个水平上,它的意义能够在实际上"脱离"其赖以保持发展的语言的基础。

为了对这一问题的讨论作一概括,我们有如下初步的看法。(1)如果神话中有一种意义,那么它不能是在那些神话组合中去的孤立因素中,而只能在那些因素结合的方式中的。(2)虽然神话属于与语言同样的范畴,但事实上只是它的一部分,神话中的语言展示出特殊的性质。(3)这些性质只有在普通语言学水平之上才能找得到,也就是说,它们展示出比在任何其他类型的语言的表达中所可发现的更加复杂的特征。

如果上述三点得到承认,至少是作为一种工作假设,那么就会导致两个结论:(1)神话,同语言的其余部分一样,是由构成单元组成的。(2)这些构成单元的前提是当在其他层次上,即在音素、词素和义素的层次上分析语言时出现在语言中的那些构成单元;但是它们与后者的区别就像后者之间的区别一样;它们属于一个更高、更复杂的序列。出于这个理由,我们将称它们为大构成单元。

我们将怎样识别和分离出这些大构成单元或神话素呢?我们知道它们不能在音素、词素和义素中找到,而只能在一个更高的水平上找到;不然的话神话就要与任何别种言语相混淆了。因此我们应当在句子的水平上来寻找它们。在这个阶段上我们能提出的唯一方法是,通过摸索和纠正错误,尝试性地用作为任何一种结构分析的基础的原则来进行检查。这个原则就是解释的简约性,结论的一致性,以及从断片中重建整体和从前阶段推论后阶段的可能性。

笔者迄今使用的这种技术在于独立地分析每个神话,把它的故事打碎成尽可能短的句子,以及把每句句子记在索引卡片上,标上与故事的发展相符的号码。

这样,每张卡片实际上将会显示出,在一给定的时间,一定的功能是与一个给定的主题相连的。或者换一种说法,每一个大构成单元将由一种关系所组成。

然而,上述定义由于两种不同的理由依然不能令人很满意。首先,对于结构语言学家来说,所有水平上的构成单元都是由关系所组成的这一点是众所周知的,而我们的大单元和其他单元之间的真正的差异尚未阐明,其次,我们发现自己依然处于不可逆转的时间的范围之中,因为卡片的号码是与叙述的展开相一致的。这样,神话的时间的特殊性质,即如我们已知道的,既是可逆的又是不可逆的,既是共时的又是历时的,这一点还是没有得到说明。从这里产生出构成我们争论的核心的一个新的假设:一个神话的真正的构成单元并非一些孤立的关系,而是一些关系束,并且只有作为这样的关系束,这些关系方才能投入使用和联结起来,以产生一种意义。属于同一束的关系可能在相隔久远的时间上历时性地出现,但当我们把它们组合在一起之后,我们便按照一种具有新的性质的时间系重组了我们的神话。这种时间系符合于最初假设的前提,即是一种同时既是历时性的又是共时性的、二维的时间系,由此,它一方面结合着语言的特征,另一方面又结合着言语的特征。用更加符合语言学的行话来说,一个音素似乎总是由它所有的异体构成的。

有两个比较可能有助于说明我们的思想。

让我们首先假想,将来有一天,所有人类的生命已经从地球上消失了,从别的星球来了几位考古学家。他们发掘出我们的一个图书馆。即使他们开始会不明白我们写的东西,但后来仍会破译它们。这个过程在其某个初始阶段需要发现字母是从左读到右,从上读到下的,就像我们习惯上排印它们时那样。然而他们不久就会发现,有整整一个种类的书并不符合通常的格式——例如在音乐类书架上的那些管弦乐乐谱。但是对乐谱进行一行又一行、从上到下的不成功破译的尝试以后,他们也许会注意到同样格式的音符相隔一段后又出现了,其中有完整的也有部分的,或者某些格式强烈地使人回想起前面的格式。这样就提出了假设:要是对于这些表现出密切关系的格式,不是把它们看成是连续性的,而是把它们当作一个复杂的格式并整体地去读它,又会怎样呢?在他们掌握了我们所谓的和声之后,他们就会明白一首管弦乐乐曲要有意义,就必须沿着一条中心线历时地去读,——即一页接一页,从左到右,——又沿着另一条中心线共时地去读,而所有写在竖行里的音符便组成一个大构成单元,即一个关系束。

另一种比较则与前不同。让我们举出一位不懂得我们玩扑克牌算命的观察者,与一位卜者面坐了很长的时间,他通过与我们研究神话所属的不同文化面进行了解的相同的方法,对来访者们的性别、年龄、体征外貌和社会地位等有所了解。他也将去听取那种预言,并把它们记录下来,以便重温和比较——就像我们听取和记录神话时所做的一样。听过我的问题的数学家们同意,如果这个人是聪明的,并且可供他利用的材料又是充分的话,那么他就能重新构造所使用的这副牌的性质,即根据情况由四列类似的牌组成52张或32张牌,每一列又是由同一些只有一种变化特点(即同花顺子)的单元(单张牌)所组成的。

现在为我们的方法提出一个具体的例子。我们将使用俄狄浦斯神话,这是一个大家所熟知的神话。我知道俄狄浦斯神话流传至今的,只是它的后来的形式,并且经过了文学性的修改,而这种修改更多地是与美学和道德的先入之见有关的,与宗教和礼仪方面的观念的关系较少,尽管这些观念在其中还是可能存在的。但是我们却不想用文学的方法去解释俄狄浦斯神话,更谈不上提供专家们可以接受的解释了。我们只希望能阐明某种技术,但并不得出有关的结论。由于上面所指出的那些成问题的因素,这种技术在这个特例中的运用也许并不是合理的。因此"证明"这个词就不是被当作科学家使用它时所表示的那个意思,最多不过是像沿街叫卖的小贩一样,目的不是要去达到一种具体的成果,而是尽可能简洁地去解释他向路人兜售的机械玩具的功能。

如果神话被不知不觉地看作是一种直线发展的系列,它就将被当成一首管弦乐乐谱那样来看待——如果可能的话,我们的目标便是重建正确的配置。举例来说,我们面临一连串的类型:1, 2, 4, 7, 8, 2, 3, 4, 6, 8, 1, 4, 5, 7, 8, 1, 2, 5, 7, 3, 4, 5, 6, 8……,然后这样来加以配置,即把所有的1放在一起,所有的2放在一起,3放在一起,等等,结果就是下表:

1	2		4			7	8
	2	3	4		6		8
1			4	5		7	8
1	2			5		7	
		3	4	5	6		8

我们将试图把同样的做法施于俄狄浦斯神话,从中提炼出神话素的几种配置,直到找出一种与上面列举的原则相符的配置。为了论证的方便,让我们假设,最佳的配置如下(但是在希腊神话专家的帮助下它肯定还可加以改进)。

	卡德摩斯寻找被宙斯拐走的妹妹欧罗巴		
		卡德摩斯杀死凶龙	
	斯巴达人相互残杀		拉布达科斯(拉伊俄斯的父亲)＝瘸子(?)
	俄狄浦斯杀死其父拉伊俄斯		拉伊俄斯(俄狄浦斯的父亲)＝靠左脚站立(?)
		俄狄浦斯杀死斯芬克斯	
			俄狄浦斯＝肿脚(?)
俄狄浦斯娶其母伊俄卡斯忒			
		厄忒俄克勒斯杀死其兄波吕尼刻斯	
安提戈涅不顾禁令葬其兄波吕尼刻斯			

这样我们就发现面对四个竖栏,每栏都包含属于同一束的几个关系。要是我们只是讲述神话,那我们就会不顾这些竖栏,而会横着从左读到右,从上读到下。但如我们

想要理解神话,我们就必须不顾历时态这一维的一半(从上到下),而是一竖栏一竖栏地从左读到右,把每一竖栏当作是一个单元。

所有属于同一竖栏的关系都展现出我们正要去发现的一种共同特点。例如分在左边第一栏内的所有事件都与过分强调的血缘关系有关,即超过了应当有的亲密。那么,可以说,第一栏的共同特点是过分看重血缘关系。第二栏很显然是表现了同样的事情,但却是反过来的:过分看低血缘关系。第三栏涉及被杀死的怪兽。至于第四栏,需要略予澄清。人们经常注意到俄狄浦斯父亲的姓的值得注意的涵义。然而语言学家总是无视这一点,因为对他们来说,界定一个名称的意义,唯一的方法是在它所出现的全部上下文中进行考察,而人名嘛,正因为它们就在如此地使用的,故而并不伴有什么上下文。根据我们提出要遵循的方法。这种缺陷就消除了。因为神话本身提供了它自己的上下文。意义不再是在这三个名字的偶然的意义中去找。而是在每个名字都有一个共同特征这个事实中去找,这个特征就是:所有这些推测的意义(这不过还是假定的)都与难于直走和直立有关。

那么右边两栏之间的关系又是什么呢?第三栏涉及到怪兽。凶龙是地下冥界物,为了人类从地上生长出来,它必须被杀死,斯芬克斯是不愿让人成活的妖怪。最后的一个单元重演了第一单元,而这第一单元与人类出自地下的起源有关。既然妖怪与怪兽是被人征服的,因此我们就能说,第三栏的共同特征是对人的出自地下的起源的否定①。

---

① 我们并不打算卷入同专家们的争论:这样做从我们这方面说是很冒昧的,甚至是无意义的。既然俄狄浦斯神话在这里只是作为一个以任意的方式对待的例子提出的,那么斯芬克斯的地下冥界的性质就可能是使人惊讶的;我们将援引玛利·德尔柯特的话:"在古代传说中,(她)肯定是由大地本身生育的"(《征服者的传说中的俄狄浦斯》[列日,1944],第108页)。无论德尔柯特的方法与我们的方法有多么不同(并且如果我们能够对此问题深入研究的话,无论我们的绪论将会与她的结论有多么不同),在我们看来,她已经揭示了古代传统中斯芬克斯的性质,亦即一个向青年男子进攻并强奸他们的女妖;换言之,是带有相反标志的女性存在的化身。这就解释了,为什么在德尔柯特编入其著作的结尾部分的大量插图中男人和女人总是被置于一种颠倒的"天/地"关系中。

正如我们以下将要指出的,我们挑选俄狄浦斯神话作为我们的第一个例子,是因为要强调存在于古希腊神话思想与普韦布洛印第安人的神话思想之间的相似现象,对于从后者中抽出的例子,请见下文。在这方面应注意,由德尔柯特重建的斯芬克斯形象,同北美神话中的两个形象是一致的(它们可能是一个形象的两个变体)。我们一方面说到那个"老妖婆",一个面目可憎的妖妇,她以自己的外貌向年轻的男主人公出了个"谜"。如果他"猜出"了这个谜——亦即如果他回答这个卑鄙的建筑物的求爱,——他一觉醒来之后将在自己的床上发现一个美丽的妙龄女子,她将给他以力量(这也是克尔特神话中的一个主题)。而另一方面,斯芬克斯还使人们想起荷比印第安人的"生孩子的女人",也就是典型的崇拜男性生殖器的母亲。这个年轻女人正当她在生产的时候被她的部落在一次艰难的迁徙中抛弃了。从此她便作为"百兽之母"在荒原上巡游,保护百兽免遭猎人的捕杀。有一个猎人遇上她,见她身穿浸满鲜血的衣服,惊恐万分,竟至于一时性起。她趁此机会强行与他性交,然后奖赏他狩猎时百发百中。参见 H.R.伏特:"奥雷比之夏的蛇仪",《菲尔德哥伦比亚博物馆》,馆刊第83卷,人类学专集,第3卷,第4册(芝加哥,1903),第352至353页。

这立刻就帮助我们理解了第四栏的意义。在神话中,这是对从土中产生出来的人的普遍特征的刻画。当他们从地下刚出现的时刻,要么是不能行走的,要么只能蹒跚而行。普韦布洛人的神话情况也是这样:引导人的产生的莫英乌和土怪苏迈阔利都是瘸子(有着"淌血的脚","烂脚")。同样的情况也发生在夸基乌特尔的考斯基摩人中:他们被称为加基希的土怪吞食以后,又重新回到地面,这时,"他们蹒跚而行或者绊跌在路边"。这样,第四栏的共同特征是坚持人的出自地下的起源。由此还可得出,第四栏之于第三栏即如第一栏之于第二栏。由于能断定这两种矛盾的关系乃是同一的,因为它们都以同样的方式自相矛盾,这样,这两类关系之间无法联系的问题就被克服了(或者说是被替换了)。尽管这还是神话思想的结构的初步的公式化,但在目前阶段也已经足够了。

回到俄狄浦斯神话,我们现在可以明白它的意思了。对于一种持有关于人类是出自地下的信仰(例如,参阅《保塞尼亚斯》第8章,第29页第4节:《植物为人类提供了一种模型》)的文化来说,神话亦无法在这种理论和人类实际上是由男女结合产生出来的知识之间找到一种令人满意的替换。尽管这个问题明显地是不可解决的,但是俄狄浦斯神话还是提供了一种逻辑工具,把初始的问题——生于一还是生于二?——同派生的问题——生于异还是生于同?——联系起来。通过这种类型的联系,过于看重血缘关系同过于看轻血缘关系便是相伴随而存在的,正如企图回避出自地下的问题同不可能做到这一点也是相伴随而存在的一样。虽然经验与理论相抵触,但社会生活却以其结构的相似性而使宇宙论获得了根据。因此宇宙论是真实的。

这里应当作出两点说明。

为了解释神话,我们把至今犹使专家们感到困扰的一点撇到了一边,这就是,在俄狄浦斯神话较早的(荷马史诗的)版本中,有些基本的情节是没有的,如伊俄卡斯忒自杀和俄狄浦斯刺瞎自己的双目。这些事件并不改变神话的实质,尽管它们也很容易得到解释。第一件事是自毁的一个新的事例(第三栏),第二件事则是残疾的另一种例子(第四栏)。这些增加上的情节同时又有重要的意义,因为从足部转到头部,与从出自地下的起源转到自毁是相关联的。

我们的方法就这样排除了一个一向是神话学研究深入发展的障碍的问题,即追寻真本或较早版本的问题。相反,我们对神话的定义包括其所有的版本,或者换一种说法,一个神话,只要它被觉得是神话,就仍然是相同的。下面的事实提供了一个很好的例子,即我们的解释可以用来说明弗洛伊德对俄狄浦斯神话的运用并且肯定是对它有用的。尽管弗洛伊德的问题不再是两性繁殖与出自地下性的问题,但它仍然是一个如何理解一个人能由两个人生出来的问题:为什么我们并不只是有一个生殖者,而是有一个母亲加一个父亲呢? 因此,不仅是索福克勒斯,而且还有弗洛伊德本人都应当被包括进与较早的或看来是更权威的版本的俄狄浦斯神话相等价的那些抄本之中。

于是就得到了一个重要的结论。如果一个神话是由它的各种不同版本所组成的,那么,结构分析应对所有这些版本作出说明。在分析了忒拜人说法中的所有已知的不同版本之后,我们也应以同样的方法来看待其他的故事。首先是,关于包括阿高厄、彭透斯和伊俄卡斯忒本人在内的拉布达科斯的旁系的故事;忒拜人关于吕科斯与安菲翁和泽忒斯这些建城者的不同说法,距最初的版本更远的关于狄俄倪索斯(俄狄浦斯的表兄弟)的不同说法,以及在雅典人传说中的该克罗普斯取代卡德摩斯的故事,等等。对其中的每一个故事都可以画一张表,然后根据所发现的东西加以比较和重新组织:该克罗普斯杀死毒蛇与卡德摩斯那一段情节相似;狄俄倪索斯之被弃相似于俄狄浦斯之被弃,"肿脚"与狄俄倪索斯的走路倾斜相似,欧罗巴之寻找与安提俄佩之寻找相似;忒拜城之由斯巴达人或由安菲翁和泽忒斯兄弟所建立,宙斯诱拐欧罗巴和安提俄佩以及同样的对于塞墨勒的诱拐;忒拜人的俄狄浦斯和阿耳戈斯人的佩耳修斯,等等。于是我们将画出几个二维的表,每个表都代表一个不同的说法,并组织在一个三维系统内,如图16所示,以便能够有三种不同的读本。从左到右,从上到下,从前到后(或者反过来)。不能期望所有这些表都是同一的,但经验证明,它们之间观察到的任何一个区别都可以与其他区别联系起来,这样,对整体的逻辑论述将十分简洁,而最终的结果就是神话的结构法则。

在这点上可能会有一种反对意见说,这种任务是不能完成的,因为我们只能根据已知的版本来开展工作。难道不可能有一种新的版本会改变这幅图吗? 如果只能得到一两种版本,那么这种意见自然是可以成立的,但是,一旦已经录下了充分数量的版本,这种反对意见就只是理论上的了。让我们通过一种比较来说清这点。如果在一间房间里,我们是通过反映在两面安置在相对的墙上的镜子中的映像而看到里面家具及其布置的,那么从理论上说我们就将面对几乎是无限数量的镜像,它们将给我们一种全面的认识。然而,要是两面镜子是斜放着的,镜像的数量就会是很少的,不过我们很可能从四个或五个这样的镜像中得到即使不是全部信息,至少也是一个充分的报导,使我们有把握觉得在我们的描述中没有遗漏掉任何大件的家具。

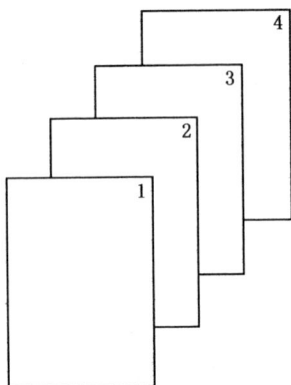

图16

另一方面,所有可以用的不同说法或版本都应当得到说明,这一点要一直强调。如果弗洛伊德对俄狄浦斯情结的评释也是俄狄浦斯神话的一部分,那么喀申关于祖尼人的起源神话的说法究竟应该保留还是遗弃这类问题就没有意义了。不存在一个唯一的"真"本,而把其他说法当作不过是其翻版或歪曲。每种版本和说法都是神话的一种。

一般神话学著作中那些令人沮丧的研究结果终于能被理解了。它们出于两个原因。第一,比较神话学研究者选用了他们偏爱的版本,而不运用所有的版本。第二,我们已经看到,对属于一个部落(在一些场合,甚至只是一个村落)的一个神话的一种说法所作的结构分析已经需要有二维的参照系了。当我们分析同一个部落或村落的同一个神话的几个不同说法时,参照系就变成三维的了。并且一当我们试图扩大比较范围时,所需的维数就增加上去,直到我们凭直觉好像完全不能把握它们为止。多维的参照系经常被忽略掉或者天真地代之以二维或三维的参照系,这个事实就解释了从比较神话学中产生出来的那些看法何以是混乱而平庸无奇的。的确,比较神话学的发展在很大程度上依赖于数学家们的合作,他们总是用符号来表达其他方法所不能把握的多维关系。

[……]

吕西安·戈德曼

悲剧观:上帝(节选)(1956 年)

悲剧观:世界(节选)(1956 年)

悲剧观:人(1956 年)*

吕西安·戈德曼

(Lucien Goldman, 1913—1970)

戈德曼出生在罗马尼亚,曾在欧洲多个地区学习,后来定居巴黎。在纳粹占领巴黎期间,他当过瑞士心理学家让·皮亚杰的助手。这也影响了他的发生结构主义理论与人文主义科学,尽管他最初受到的是早期卢卡奇的影响。与卢卡奇不同,戈德曼并不是一位政治活跃分子,他的马克思主义观点经常会消减为一种政治性的社会学知识与文化控制。他的最重要的著作《隐蔽的上帝》(1956),主要是对帕斯卡尔和拉辛的研究。这一研究很好地体现了戈德曼对处于阶级意识历史结构中的政治意识基础关系的"发生学"(genetic,又译遗传学)解释。代替了固有的文化逻辑或个体心理学,发生结构主义(genetic structuralism)的研究对象是世界观或者是联合了一个特殊社会群体的感觉模式,这种人文主义的、社会学的文化研究方法与雷蒙德·威廉斯的工作及他的"感觉结构"(structures of feelings)概念颇为相似。戈德曼在拉辛的戏剧中辨察出一种经常出现的结构范畴——上帝、世界、人,它们在一出戏中依据"内容"和相互关系的不同而不同,但透露出一种特殊的世界观——即迷失在一个毫无价值的世界中的人们的世界观,他们承认这个世界是唯一的存在(因为上帝不在),但还是继续抗议它,以某种始终隐而不见的绝对价值的名义替自己辩护[1]。在《隐蔽的上帝》中,戈德曼还运用了一套类似的方法论关注到了若干位同时代的作家,例如罗伯-格里耶、让·热内和娜塔丽·萨洛特等,他寻求的是文学作品、世界观和历史本身之间的一整套结构关

---

* 《悲剧观:上帝》选自《隐蔽的上帝》,蔡鸿滨译,百花文艺出版社 1998 年版,第 28—521;《悲剧观:世界》选自《隐蔽的上帝》,蔡鸿滨译,百花文艺出版社 1998 年版,第 52—81 页;《悲剧观:人》选自《隐蔽的上帝》,蔡鸿滨译,百花文艺出版社 1998 年版,第 82—115 页。

[1] 参见特里·伊格尔顿:《马克思主义与文学批评》,人民文学出版社 1980 年版,第 37 页。

系。此外,戈德曼关于小说的著作主要收录在《论小说的社会学》(1964)一书,但本书更像是一种模糊的文学表达,而非马克思主义的文学生产的解释,因此并没有做到那么令人信服。在伊格尔顿看来,戈德曼批评的重大缺陷在于他的社会意识的概念是黑格尔式的,而非马克思主义的,他的整个模式过于讲究匀称,并不能适应文学与社会关系之间的复杂性。尽管如此,本书开始的第一章,即"小说的社会学问题导言",可以说对戈德曼理论方法的特征与问题提供了一个简洁的解释。戈德曼的其他作品包括《人文科学与哲学方法》(1969);《拉辛》(1972);《现代社会的文化创意》(1976);《卢卡奇与海德格尔》(1978)。关于戈德曼的讨论具体可以参见雷蒙德·威廉斯的《文化与社会》,"马克思主义与文化中的问题"(1980);还有玛丽·埃文斯(Mary Evans)的《吕西安·戈德曼》(1981)。

悲剧观：上帝（节选）

> 人无论多么渺小都是高尚的，
>
> 他只有做上帝的仆人才不会损害自己的高尚。

圣西朗①:《箴言录》,201

要勾画出悲剧观的概念模式,必须找出一组哲学、文学和艺术作品中的共同因素,这些作品应包括古代悲剧,莎士比亚的著作,拉辛的悲剧,康德和帕斯卡尔的著作,米开朗琪罗的若干雕塑作品,可能还包括重要性不等的其他一些作品。

遗憾的是我做不到这一点。我在以前的几篇研究著作中所提出的那种悲剧观概念,只适用于康德、帕斯卡尔和拉辛的作品。我希望通过今后的研究能够使这种概念清楚明确,达到能运用于上述其他作品的程度。目前,我只能说明设计一种研究方法的现状,这种方法尽管还不完善,然而我觉得仍然为研究 17 世纪和 18 世纪法国和德国思想与文学带来很大的帮助。

另外,我发现在乔治·冯·卢卡奇的《心灵与形式》②的最后一章《悲剧的形而上学》里,首次提出了这一概念的相当深入的构思。下面经常要引用这篇著作,不过我想

---

① 让·迪·圣西朗教士:(1581—1643),法国神学家,冉森的朋友。

② 乔治·冯·卢卡奇:《心灵与形式》,论文集,弗莱舍尔出版社,柏林,1911 年。——作者注

现在就告诉读者,我要作一点改动。由于一些我不大理解的原因(可能只是因为这位年轻作家思想上暂时不够明确,那时他刚满 25 岁),卢卡奇不加区别地使用"正剧"相"悲剧"这两个词,虽然实际上他讲的只是悲剧观。因此我在所有的引文里把"正剧"和"正剧的"都用"悲剧"和"悲剧的"来代替,我认为这样改动并没有歪曲作者的思想。另外,年轻的卢卡奇当时还是康德哲学的信徒,他离开一切历史背景来分析悲剧观,并且只引证一个不大知名的作家保罗·恩斯特①的悲剧。相反地,我在这方面将严格按照卢卡奇本人后来的哲学观点,通过把悲剧观与某些历史情况联系起来的方式,特别是利用研究更重要的作者的著作,即帕斯卡尔、拉辛和康德的著作所得出的概念的概括,力求把他的分析弄得清楚明确。

如果说在试图描绘 17 世纪、18 世纪法国和德国的悲剧观时,我首先根据在悲剧观之前出现的并为悲剧观所超越的世界观(独断论的理性主义和怀疑论的经验主义),根据在它之后出现并超越它的世界观(辩证思想:唯心主义者黑格尔和唯物主义者马克思),来确定悲剧观的地位,这只不过遵循我一贯的方法。但是要肯定个人主义(理性主义的或经验主义的)——悲剧观——辩证思想的接续交替,则需要作些起码的说明。

我已经指出,理性主义、经验主义、悲剧观、辩证思想等各种不同的世界观,并不是经验的实在,而是一些旨在帮助我们研究和理解个别作品的概念化,就像笛卡尔,或是马尔伯朗什,洛克②、休谟或是孔狄亚克,帕斯卡尔或康德,黑格尔或马克思的著作那样。

我再补充一点,我们刚才提到的接续交替本身就是实际历史接续的概念的概括,是有助于我们理解历史连续的概括,但是它并不完全包括这种连续。

无疑——而且这是非常重要的事实——在帕斯卡尔和康德这两个主要悲剧思想家之前都各有两个伟大的作家,一个是理性主义者,另一个是怀疑论者,帕斯卡尔和康德就是根据这两个作家的情况来确定自己大部分作品的。如果我们把最近的一本著

---

① 保罗·恩斯特(1866—1933),德国作家。
② 约翰·洛克(1632—1704),英国哲学家。

作①的题目加以发挥,就可以写出两篇精彩的研究论文,题目分别为《笛卡尔和蒙田的读者帕斯卡尔》和《莱布尼茨·沃尔弗②和休谟的读者康德》,但是这丝毫不意味着一旦悲剧观在历史舞台上出现,理性主义和经验主义就脱离它,哪怕是作为积极的创造力量。相反,法国穿袍贵族的消失,法国资产阶级的发展,很早就消除了冉森派教义和康德哲学的社会和经济基础。反之,理性主义和经验主义作为创造了法国社会,甚至在不同条件下创造了现代德国③第三等级的思想意识,却继续存在到现在。特别是理性主义,虽然经过马尔伯朗什、伏尔泰、阿纳托尔·法朗士、瓦莱里④(如果我们再向当代延伸,还有于连·邦达⑤)而每况愈下⑥,但是在法国仍然具有活力。同样地,经验主义只是在帕斯卡尔之后很长时间,在18、19世纪时才真正深入到法国思想里。在德国的情况也是相似的,费希特步康德之后尘,新康德主义者甚至利用康德的名义来掩盖他们回顾过去。

那么怎样解释我们的历史概括呢?

在哲学思想的历史研究中有两种互为补充的观点:一个是我们已经提到过的观点,它偏重于各种思想潮流和使这些潮流得以产生和发展的具体历史形势之间的关系,以及它们的哲学或文学表现形式;另一个观点对于了解事实看来也是必不可少的,这种观点研究思想和作为思想力图理解和阐释的自然和人类现实这一对象之间的关系。

由于笼统地使用了两个词,自然需要加以明确和阐述。我们可以说,这两种观点

---

① 莱昂·布洛伦维格:《蒙田的读者笛卡尔和帕斯卡尔》,布朗塔诺出版社,纽约—巴黎,1944年。——作者注

② 哥·威·莱布尼茨(1646—1716),德国唯心主义哲学家,数学家,克·沃尔弗(1679—1754),德国哲学家、数学家,莱布尼茨的学生。

③ 参见吕西安·戈德曼:《康德著作中的社会和宇宙》,法国大学出版社,1948年。——作者注

④ 保罗·瓦莱里(1871—1945),法国诗人。

⑤ 于连·邦达(1867—1956),法国小说家、哲学家。

⑥ 研究从笛卡尔到当代法国理性主义演变的途径之一,就是从思想和行动的关系入手,这种在笛卡尔看来是暗含的关系,对伏尔泰来说就变成明显的关系,而在瓦莱里心目中则是不可能实现的关系。在笛卡尔的著作中思想使人转变;在伏尔泰的著作中,思想是改造人类社会的一种手段;而在瓦莱里的作品里,思想对人、对外部世界则毫无意义。目的、手段,用感觉形象的诗歌来补充思想的顺从意识的价值,这就是和法国第二等级的经济、社会和政治历史相应的理性主义的曲线。——作者注

中的前一个首先是寻求一种思想的意义，而后一个观点是寻求思想的真实的价值。这种看法首先便提出能够从这后一种观点出发确定延续顺序的标准问题(显然是渐进的顺序)，因为我们已经讲过，没有科学根据的一般的实际延续是不够的。这个问题是复杂的，我曾在别处试图探讨过①。

我只说明一点，我觉得主要标准是这样形成的：即一种哲学观点能够同时包括另一种观点的严密结构，有价值的要素及其局限和不足，并且能够采纳另一种观点中对其本身实体有积极意义的东西②，在我所作的研究中，似乎康德和帕卡尔两人一方面都很了解内在的严密性，理性主义和经验主义的各种积极因素，并且把这些积极因素纳入他们自己的思想；但是另一方面，他们也清楚地看到并阐明了这两种观点的局限和不足。

相反地，从马尔伯朗什到伏尔泰和瓦莱里这些最敏锐的理性主义者，对悲剧观点则根本不理解，这是很明显的，就如同新康德主义者对精神和康德哲学思想不理解一样。

如果我们想要找到一种对悲剧观点的评论，它能理解悲剧观点，超越这些观点，并把这些观点纳入完美的整体，我们就必须到伟大的辩证思想家黑格尔、马克思和卢卡奇的著作中去寻找。

在个人主义(理性主义的和经验主义的)和悲剧观、悲剧观和辩证思想的关系中，这样两次重复的归并与超越的不可逆转的关系，便构成历史模式，它建立在思想的真实的内容发展概念基础上，我在后面将利用这种思想来说明问题。

[……]

在彻底的个人主义思想中，负有固有的和实际的职责的上帝无足轻重，同样也没

---

① 参见吕·戈德曼：《人文科学和哲学》，法国大学出版社，1952 年。——作者注
② 这后一个要素尤为重要，因为两种思想作为紧密结合的观点可以相互了解，每一种思想都可以看清另一种思想的消极因素和限度，而其任何一种思想都不会采纳它所批判的思想中的积极因素。例如，经验主义和理性主义就是这种情况。这正好说明这两种思想是互为补充的，但其中任何一种思想都没有以其真实的内容超过另一种思想。——作者注

有真正的伦理的位置。

　　具体说来，个人主义——理性主义的或经验主义的——当然像其他任何世界观一样，也包含有若干行为准则，并往往称之为道德或伦理规范。在涉及能力、审慎或智慧的理想时，彻底的个人主义思想才应从已消除一切超个人现实的个人出发（从他的理智和他的感觉出发）推断出这些准则，而超个人的现实能够指引个人主义思想并向它提出超越个人的规范。

　　当然，这并不是文字游戏。幸福、享乐、智慧与善和恶的标准毫无关系。这只是些关于成功与失败、认识与谬误等在质上不同的标准，而毫无伦理的现实性。伦理的现实性只有在个人的行动根据先于个人的善和恶的全部规范来评判时，才作为特有的和相对独立的领域存在。

　　这种就个人来说的超验性可以是非凡的上帝的超越，也可以是人类共同体的超越，两者同时都是外在于和内在于个人的。但是理性主义把上帝和共同体这两者都消除了；因此，任何外部的规范都再不能强加到个人头上，去指引个人，成为个人生活与行动的指南和准绳。善和恶、理性和荒谬、成功或失败混在一起，德行变成文艺复兴时的 Virtu（道德），而道德又成为 17 世纪上流社会有教养的人的明智行为与处世之道。

　　理性主义在人的方面只涉及——极而言之——一些孤立的个人，对这些孤立的个人来说，其他的人是他们的思想和行动的客体，理性主义使自然世界也受到同样的变革。在人的方面，它已摧毁了人类共同体的本来表现形式。而代之以无数的理智、平等并且可以相互替换的个人。在自然方面，理性主义正在摧毁整齐有序的宇宙的观念，而代之以无限的、也没有质料的不定空间的概念，其各部分都完全相同并且可以相互替换。

　　在亚里士多德学说中的空间和托马斯主义中的共同体里，各种事物都有各自的所在，而各种事物也力求各得其所；重的物体坠落为了达到地心，轻的物体上升，因为它的自然所在位于高处。空间表达了意志，它判断各种事物，给事物提出指示，指引方向，就像人类共同体判断和给人指引方向一样；空间和人类共同体的语言实际上只是上帝的语言。笛卡尔哲学的理性主义改变了世界，"清晰思想的物理学驱散了所有这些动物生灵,权力,原则等等……经院哲学家用这些充塞了自然:机械论既在精神上也在产业上征服了世界,它给科学家带来可以理解的宇宙,给工匠带来制服了的宇宙"①。人和物的工具,成为有理性、有理智的个人的思想与行动的客体。由此产生的结果就是沦为客体的人、有形的自然和空间,都以客体姿态出现,在人类生活的重大问题面前缄默不语。

上帝失去了与人交流的仅有手段自然宇宙和人类共同体,再不能向人讲话,因而离开了世界。

从理性主义的角度来看,这种变化无足轻重,而且毫无令人担忧之处。笛卡尔和高乃依作品中的人如同经验主义者的人一样,不需要外界的任何帮助,任何指导。有了外界的帮助和指导,他也许不知如何对待。理性主义者很希望把上帝看作是"永恒真理"的创造者,是他创造了世界并使之继续存在,甚至承认上帝有难得创造奇迹的理论上的可能性,只要上帝不插手干预他的行为的准则,尤其不要肆意怀疑理性的价值,不论在实际表现方面或是在理解自然或人类外部世界方面都应如此。伏尔泰是要为这样的上帝建造祭台的。

在日常现实生活方面尤其如此,表现为合理的秩序和全部普遍法则的上帝,在18、19世纪时将发挥极为有益的作用:这就是防止"没有文化的群众""无理的"和危险的对抗,他们不能理解、也不能估量经济人的绝对利己主义和有理性的行为的价值及其在社会和政治方面的创造。

不过,在笛卡尔时代和随后的两个世纪里,胜利的理性主义之所以能够毫无困难地从个人的经济和社会行为中消除共同体思想和严格意义上的全部道德准则,只是因为这样逐步的消除尽管包含着潜在的危险,但仍未揭示出其最终的后果。

理性主义的行动针对仍带有旧时社会准则深深烙印的环境,从内部深入探讨社会生活,人们依然感觉到和体验到这样的准则,即使这些准则与正在形成的精神面貌是针锋相对、格格不入的。基督教道德(甚至是已经世俗化的)和人文主义思想的一些残

---

① 亨·古伊埃:《马尔伯朗什〈基督教沉思录〉导言》,第XXVII页。——作者注

余,还要在长时期掩盖着的一个没有真正道德准则的世界的种种危险中,赞美作为顺利进步表示的科学思想及其在技术上应用的成就。上帝已经离开了世界,但是,西欧的知识分子当中还只是很少一部分人意识到了他的不存在。

到现在,这种没有有效的道德准则(建立在理性主义基础本身上的)的情况才显现出令人不安的危险和威胁,而有效的道德准则可能是有理性的人在技术行为中必须具备的。因为,尽管有理性主义的智慧的上帝,尽管没有文化的民众通过团体和政治活动对经济生活中过分的个人主义施加有力的限制,但是缺少能够指导利用技术发现并使之为真正的人类共同体目的服务的道德力量,所以有可能产生人们几乎难以想象的后果。

可是,正是面对理性主义的向前发展(这种发展在法国一直延续到 20 世纪,但在17 世纪时已处于质的转折时期,因为随着笛卡尔和伽利略著作的出现,一种严密的哲学体系和比以前的亚里士多德物理学优越得多的精确的物理学开始形成),加上下面我们将要探讨的各种时机的巧合,冉森教派思想才得以发展起来,它在帕斯卡尔和拉辛两人的伟大悲剧著作中找到了最严谨和谐的表达方式。

我们可以说这个时期悲剧意识的特点就是严谨而确切地理解理性主义个人主义所创造的新世界,以及理性主义个人主义所包含的对人类的思想和意识有积极意义、尤其是最终获得的东西,同时也是根本否认这个世界是人类唯一的机会和唯一的前景。

理性①是人类生活中的一个重要因素,是人理所当然为之自豪的因素,并且是人永远再不能抛弃的因素,但是理性并不是整个的人,特别是它不应当也不能够满足人类生活的需要;这在任何方面,甚至在似乎属于理性特有的寻求科学真理的方面都是

---

① 这里我想指出一个专门术语上的难点。康德和帕斯卡尔都曾遇到这样的困难,而且今天要把德国的哲学著作译成法文,或是把法国的哲学著作译成德文,同样也非常困难。

从笛卡尔到今天的理性主义只经历了两个意识领域,一方面是感性和想象,另一方面是理性;在悲剧和辩证法思想家看来,理性主义者所说的理性只不过是从属于第三综合能力的一个局部的和不完整的领域。所以这些思想家不得不使常用的专门术语适合于他们的思想。帕斯卡尔用"心"(Coeur)这个词就是这种情况,后来人们按感情现象的总和这种 20 世纪通常的意义来看这个字时,便产生许多误解;康德保留理性(Vernunft)这个词,同时赋予它以综合能力的意义(和笛卡尔哲学中理性主义的意义完全不同),对笛卡尔哲学的理性则采用Verstand(enten—dement,知性)这个词。今天这种情况便使翻译者感到无能为力,他们很难写成法文的"L'entendement de Descartes ou de Vohaire"(笛卡尔或伏尔泰的知性),或写成德文的"Die Cartesianische oder Voltair'sche Vernunft"(笛卡尔或伏尔泰的理性)。——作者注

如此。

因此,在经验主义和理性主义的非道德和非宗教时期之后,只要在全部超越个人的社会准则中,从信仰这一广泛的意义来了解宗教这个词,那么悲剧观就是道德和宗教的恢复。不过这里指的还不是可以用新的共同体和新的宇宙代替个人理性的原子论和机械论世界的思想和艺术。

从历史的角度考虑,悲剧观只不过是一种过渡的观点,这正是因为悲剧观承认理性主义思想和经验论感觉的世界是最终不变的,这个世界表面上看来清晰,而实际上在它看来是模糊含混的;正是因为悲剧观只是以一种新的要求和新的层次的道德准则来反对这个世界。

但是这种历史的角度恰恰是与悲剧观毫不相干的。从其内部看来,悲剧思想是根本非历史的,这正是因为悲剧观缺少历史中主要的时间尺度,即未来。

在悲剧思想中所采取的这种绝对的、彻底的形式里,拒绝只有唯一的一种时间尺度,即现在①。

现在人们懂得了对于理性主义思想和悲剧思想来说,是怎么提出共同体和宇宙问题的,或者更确切地说,是怎么提出没有共同体和宇宙的问题,提出社会和空间问题的。就这两种思想的任何一种看来,个人在空间和在共同体里都找不到任何准则,以及任何指引他前进的方向。虽然在自然界和社会方面存在着和谐与协调,但这只是暗含地产生于人的绝对利己主义和有理性的行动和思想,而其中每个人都只考虑自己的思想和自己的判断。

但是,当理性主义接受并重视这种情况,认为个人的理性足以达到真正的和最终的道德准则时,即使这是数学真理的理性,并且从这种意义上说,理性主义确实是非宗教的,悲剧思想却感到人类社会和自然空间的根本不足,在这样的空间里,人的任何真正价值都不再具有必然的基础,相反一切无价值都是可能的,甚至是很可能的。

---

① "未来的思想是反对《福音书》的敌人施展的一种狡黠而危险的诱惑,人们如果不抵制它,不坚决地完全抛弃它,它就会把一切都断送掉:因为《圣经》不仅禁止关心未来的俗权,而且也禁止关心教权,而教权比俗权对未来的依赖要多得多……"(马·德·巴尔科斯:《思想录》,法国国立图书馆,fr.12.988,第351—352页)——作者注

随着笛卡尔和伽利略的著作的出现,理性主义机械论用更为人们所熟悉的机械论物理学空间(他们认为这种空间是完全和绝对真实的),取代了亚里士多德物理学中虚假和想象的空间。这是使技术在未来有可能出现巨大成就的工具空间(笛卡尔希望能在几年之内大大延长人的寿命),对待善与恶都漠不关心的空间;面对这种空间,除去技术成败之外,人的行为再不能了解其他的问题。关于这种空间,普恩加来①有一日将正确地指出,要理解它,就必须严格区分指明性的判断和命令性的判断,这是一种再没有界限的无限空间,因为它再没有任何合乎人情的东西了。

对于无质料的空间,理性主义者认为其无限性本身便是上帝的伟大的表现,因为上帝给我们指出存在着一个我们不能理解的无限。帕斯卡尔面对这一无质料的空间,预见到它所包含的各种可能性和危险,同时也否认在空间的存在与上帝的存在之间有任何类似的可能,他以一种令人惊奇而又明确的方式大声疾呼:"这些无限空间的永恒沉默使我恐惧。"(第206段)

这一段与当时理性主义最重大的科学成就有关系,与发现无限几何空间有关系,而与上帝的沉默形成对照。上帝在理性的科学空间中不再讲话,之所以如此是由于要建立理性的科学空间,人不得不抛弃一切真正的伦理准则。

悲剧思想的中心问题,即只有辩证思想才能同时从科学和道德两个方面加以解决的问题,就是在不可逆转地最终取代了亚里士多德和托马斯的宇宙的理性空间里,是否还有办法和希望重新恢复超个人的道德准则;人是否还能重新找到上帝,或是重新找到在我们看来是同义语而又不那么强调思想体系的共同体和宇宙。

《思想录》第206段的内容尽管在表面上是属于宇宙论的,但是它也有道德的内容(或者更确切地说,这一段谈到自然和宇宙论的现实与人类的现实之间的决裂);卢卡奇在谈到悲剧人时也发现这种内容,当时他并未参考帕斯卡尔的任何论点,但他写道:"他希望从与敌对力量的斗争中得到上帝的判断,得到上帝对最后的真理的判决。但是他周围的世界依然如故,对提出的问题和答案都漠不关心。事物变得哑然无声,成

---

① 亨利·普恩加来(1854—1912),法国数学家,天文学家和物理学家。

败得失都由争斗冷漠而武断地进行安排。上帝的判断的明确话语在命运进行曲中将永远再不会响起;以前上帝的判断的声音使一切具有生命,现在这一切必须独自存在;裁判者的声音永远沉默了。因此他(人)将被战胜——注定要消亡的——而这在胜利中比在失败中将更为突出。"①

上帝的声音不再直接向人讲话了。这是悲剧思想的根本点之一。"Vere tu es Deus absconditus"(你实在是隐蔽的上帝),帕斯卡尔写道。这就是隐蔽的上帝。

但是我必须对这一段文字提出一点看法,这对帕斯卡尔的其他许多本文也是适用的。这就是应当给这些本文以最强有力的意义,尤其是决不应减弱这些本文的力量,使之易于受笛卡尔哲学中理性良知的影响,尽管帕斯卡尔本人慑于一种程式或一种思想的力量,有时他自己从文字的第一稿到第二稿便把反论减弱了。(例如,他针对笛卡尔的观点,起初曾写下这句清楚明确的名言:"光亮过强令人模糊",后来又减弱而写成"光亮过强令人目眩"②)。

Deus absconditus,隐蔽的上帝。这就是一般的悲剧观的基本思想,尤其是帕斯卡尔的作品的基本思想,也是自相矛盾的思想;虽然《思想录》中某些段落似乎可以按照初看起来完全合乎逻辑的意义加以解释;上帝对大多数人来说是隐蔽的,但是对于那些被他选中赐予圣宠的人来说,他是可以看得见的。例如第 559 段:"假如上帝从不曾显现过任何东西,那么这种永恒的缺陷就会是暧昧可疑的,并且可以同样联系到并不存在的任何神明,正如联系到人们不配认识上帝一样;然而他却有时候——但不是永远——显现,这就勾销了暧昧可疑。假如他显现过一次,那他就是永远存在的;于是我们就只能由此结论说,既存在着一个上帝而人们又配不上他。"(第 559 段)

但是,这样理解隐蔽的上帝的思想是不正确的,并且违反帕斯卡尔思想的整体,因为帕斯卡尔思想从来不说是或者不是,而总是说是和不是。帕斯卡尔认为,隐蔽的上帝是存在的和不存在的上帝,并不是有时存在、有时不存在的上帝,而是始终存在的和始终不存在的。

① 乔治·卢卡奇:《心灵与形式》。第 332—333 页。——作者注
② 《思想录》第 72 段。见布伦士维格编《思想录和短著》,第 353 页,注 6。——作者注

即使在第 559 段里,主要点也在这几句话上:"假如他显现过一次,那他就是永远存在的";或者如同前一个更强有力的稿本里所说的:"上帝如果存在一次,他便是永远存在的。"那么"他有时候显现"这几个字是什么意思呢? 就悲剧思想来说,这几个字仅仅表示一种主要的可能性,但这种可能性永远不会实现。因为在上帝向人显现的那一瞬间,人就不再是悲剧性的了。看到上帝,听到上帝的声音,这便超越了悲剧。在写第559 段的布莱斯·帕斯卡尔看来,上帝是永远存在而又从不显现的,虽然可以肯定(在探讨打赌时,我们将谈到这个问题)上帝随时都能显现,但他却从来没有真正地显现过。

但是,尽管提出这些评论,我们仍未触及到"隐蔽的上帝"的真正意义。永远存在而又从未显现,对于笛卡尔哲学的良知来说,这仍是合乎逻辑并且可以接受的情况(虽然未被接受),因此还必须补充说,对于帕斯卡尔和对于一般的悲剧人来说,隐蔽的上帝的存在就是永久的存在,它比一切经验的和感觉的存在都更重要,更实际,是唯一的主要的存在。一个始终不存在和始终存在的上帝,这便是悲剧的中心。

1910 年时,卢卡奇丝毫没有想到帕斯卡尔便在他的论文的开头写道:"悲剧是一场游戏,是关于人及其命运的游戏,上帝便是这场游戏的观众。但他只是个观众,他的言语和他的动作都从不介入演员们的言语和动作。只有他的眼睛在看着他们。"[1]接着他又提出一切悲剧思想的中心问题,即"被上帝看见过的那个人还能活着吗?"在生命和存在神明之间没有不相调和之处吗?

对于理性主义者来说,这是荒唐而毫无意义的问题。因为笛卡尔、马尔伯朗什、斯宾诺莎认为,上帝首先意味着秩序、永恒、真理,是可以影响个人的思想、行动的工具世界。因此,他们对人和人的理性抱有信心,明确肯定上帝在心灵中的存在[2]。只是这个上帝对人说来再没有任何属于人的实在性;他至多只能保证单子之间或理性与外部世界之间的和谐一致。他再不是人的指路人,对话的一方;因为有一种普遍的一般法则,

---

① 见卢卡奇:《心灵与形式》,第 327 页。——作者注

② 理性主义在这一点上继承了真正的奥古斯丁学说的传统(虽然理性主义深刻地改变了这一传统,灵性变成了缜密的理性),而冉森教派教义尽管申明自己是正统的奥古斯丁主义,却和奥古斯丁的传统决裂了。天主教会对各种异端感觉非常敏锐,所以在谴责冉森教派教义时,同时又肯定圣奥古斯丁教义的正统性,这是很自然的。——作者注

保证人能够摆脱外界控制的权利,保证人靠自己的理性和力量找到要走的路,不过这一法则也使人单独去面对物化的和沉默的人与物的世界。

悲剧的上帝则完全不同;这是帕斯卡尔、拉辛和康德的上帝。作为理性主义者的上帝,他没有给人带来任何外部的佑护,而且也没有带来关于人的理性和力量的有效性的任何保证、任何证据。相反地,他是个求全责备而且品评臧否的上帝,是个不容丝毫让步、丝毫妥协的上帝;这个上帝总是提醒世人,他们处在只能苟且生活、而且要放弃自己的某些要求以满足他人的世界上,提醒他们唯一有价值的生活就是本质和整体的生活,或者按照帕斯卡尔的话说,就是与人类生存中相对的真理和正义毫不相干的绝对真理和正义的生活。

这个上帝的"冷酷无情的法庭既不懂得宽恕,也不懂得缓刑,只要稍有掩盖着即使是丝毫背离本质的错误,便要严惩不贷;凡是在早已被遗忘的一瞬间、以几乎觉察不到的举动表露过自己的非本质的人,都要被盲目刻板地从人的行列中排除出去。任何丰富的、光辉的心灵才智都不能减缓判决;满载光荣行动的整个一生在上帝的法庭上被看得无足轻重,但是它也表现出宽宏大量,把日常生活中的种种罪过统统忘掉,只要这些罪过不触动中心的话。可是若说它宽宥了这些罪过,那也是错误的;法官的目光从这些罪过前掠过,却没有看见这些罪过。而且也没有注意它们。"①

这个上帝的裁判和价值等级与日常生活中的裁判和价值等级截然相反。卢卡奇在谈到生活在上帝目光下的悲剧人时写道:"有许多事物迄今似乎一直是存在的支柱,但都消失了,而另外一些几乎没有觉察到的事物却成为存在的基础,并且能够维持着存在。"(第338页)帕斯卡尔在《耶稣的神秘》结尾表达了同样的思想:"做小事要像大事那样,因为在我们身体中做出这些事并生活着我们的生命的耶稣基督是尊贵的;做大事要像轻易的小事那样,因为他是无所不能的。"

然而,正如卢卡奇所写的:"日常生活就是一片混乱的明暗对比;从来没有什么东西能在日常生活中完全实现,也没有任何东西能达到它的本质……一切都在驳杂的混

---

① 卢卡奇:《心灵与形式》,第338—339页。——作者注

合体中流动，一种东西与另一种东西相互掺和，没有任何障碍；一切都在其中被破坏，被粉碎，任何东西从来也达不到真正的生活。因为人们喜欢生活中能产生某种有气氛的，不肯定的东西……他们像喜欢单调的、催眠的摇篮曲一样喜欢不确定的东西。他们憎恶甚至害怕一切清楚明确的东西。他们由于软弱和怯懦，对一切来自外部的阻力、一切阻挡他们前进的障碍都会抚爱不止，因为在他们那永远不会变成行动的梦想中，意想不到的而且永远安谧的天堂在悬崖峭壁后面如花似锦，而那岩石异常陡峭，使他们无法攀登。他们的生活充满欲望和期待，命运拒绝给予他们的一切都轻易地变成心灵内的财富。习惯于凭经验生活的人从来不知道生活的长河会流到什么地方，因为在任何东西也没有实现的地方，一切都是可能的。"(第 328—330 页)"但是奇迹就是实现。""奇迹是被决定的东西，也是决定的东西；它以无法预料的方式深入生活，将生活变成清楚明确的平衡。""奇迹剥去心灵的一切迷惑人的薄纱，这些薄纱都是由闪耀的瞬间和模糊而富有意义的感情构成的；用生硬冷酷的线条绘出的心灵在奇迹面前展现出最赤裸的本质。"

"在上帝面前，只有奇迹是真实的。"①

现在我们便理解对悲剧思想家和作家来说这个问题的意义和重要性了："被上帝看见过的那个人，还能活着吗?"同时我们也了解了对这个问题可能做出的唯一回答。

---

① 以上各段均引自卢卡奇:《心灵与形式》。

悲剧观:世界(节选)

上帝的存在和情感产生于世界的分离和不存在。

圣西朗:《箴言录》,263

　　在哲学思想上,人与世界之间的关系是从两方面提出来的,这两个方面互为补充又互有区别,一是历史进步的方面,一是决定历史进步并使之成为可能的本体论的现实方面。

　　对于人来说,世界并不是产生之后便一劳永逸、永恒不变的现实;或者更确切地说,我们现在不知道,将来永远也不会知道,外在于人的一切认识的这样一个“自在的”世界可能会是什么样子。我们通过历史的研究能够逐渐接近的唯一的现实,可以作为一切哲学探讨出发点的现实,就是人据以观察、感觉、理解、尤其是改造物质世界的各种方式在历史上的连续,也是人在改造物质世界中同时也改变本身社会和人的世界的方式的历史连续,并由此改变他们的生活、感觉和思维方式的历史连续。

　　一个思想家只有从不同世界的历史连续以及从一个世界到另一个世界的逐步过渡出发,才能试图得出一组关于人与其各自世界之间各种形式的关系的共同论据,这全部论据可能是这些关系的基础，并且使其真正的历史连续①成为可能的和可以理解的。

我们还应永远牢记这样一个事实：一切本体论的、普遍的和客观的现实也是从人的角度考虑的；另一方面，我们应当提防一种经常出现而且不可避免的诱惑，它使我们把我们自己的历史世界，或是我们同时代人的世界，我们所属的社会群体的世界，当作人随时随地都面临的真正的本体论的世界。

这个问题无论如何已远远超出本书的范围，现在和我们还没有紧密的直接关系。目前的问题只限于认识一个具体的历史②世界，与这种特殊形式的悲剧意识相应的世界，这一特殊形式的悲剧意识表现在 17 世纪、18 世纪法国和德国的某些作品中，我把它称作拒绝悲剧（与幻想悲剧、命运悲剧相对）。不过，正如一切历史研究一样，我的研究工作如果站得住脚的话，将是朝着解决人与世界之间关系的本体论问题迈进的一步，这一点是可以肯定的；并且在试图描绘悲剧意识世界时，我必然也将附带着思考这个世界在多大程度上包含着客观上有价值的特点和因素，在多大程度上它的出现是人类历史进程朝着意识与自由前进中的一个进步，这一切也是确实的。

我已经说过，有一个这样的悲剧观的问题，但是我还没有看到是否有可能得出足够的共同因素，以形成一种可以同时包括希腊悲剧、莎士比亚悲剧和拒绝悲剧的观点的主要轮廓。不过我要指出，所有这些形式的悲剧意识有一个共同特点：它们都表达了人与社会和人与宇宙世界之间关系的深刻危机。

很明显索福克勒斯的作品就是这种情况，他是人们通常所说的希腊三大悲剧作家中唯一无可争辩的悲剧作家。因为埃斯库罗斯还写过一些三部曲，目前我们只能完整地看到其中的一部，它是以解决冲突收尾的；我们也知道《被缚的普罗米修斯》后面还有一出《带火的普罗米修斯》，它宣告宙斯和普罗米修斯的和解。

---

① 马克思在《关于费尔巴哈的提纲》和《政治经济学批判》序言中提出这样认识历史基础的若干因素。——作者注
② 历史并不是指它的内容，而是它的现实。悲剧意识的内容最重要的特点之一正是它的世界的非历史性，因为历史是超越悲剧的形式之一。——作者注

因为古典这个词意味着人和世界的统一，并且也包含内在①的意思，因此埃斯库罗斯还是一个最严格意义上的古典作家，一个根本内在的作家，虽然这种内在性在他的作品中已经受到威胁，而且他需要一部完整的三部曲以重新恢复由于人和众神的傲慢而受到严重威胁的平衡。之所以说是人和神的傲慢，因为——这几乎是不言而喻的——在埃斯库罗斯的作品中，人虽然从不比世界和诸神优越，但世界和诸神也不比

① 如果我们说古典精神的定义是人与世界的统一和世界的实体性，浪漫精神的定义是人与世界根本不相适合，以及人把根本的道德准则——本质——置于超物质世界现实之内，那么埃斯库罗斯（加上荷马和索福克勒斯）就仍是严格意义上的古典作家之一，虽然他的作品已经笼罩着人与世界决裂的威胁，并且由此已经预示索福克勒斯悲剧的出现。

另外从这一定义出发，黑格尔虽然在他的《美学》里为希腊艺术保留了古典艺术的名称，而把从基督教出现以来将根本的道德准则置于别处，而不是置于现实世界之内的一切艺术称为浪漫艺术。尽管乍一看来，这样的分类法把莎士比亚、拉辛和歌德列入浪漫作家不免引起人们的惊讶，但只要能避免任何误解，他表达的还是一种有价值的看法。人与世界的统一实际上包含着根本的内在性，而一切承认超验的或者说心智的道德准则的意识都是最广义的浪漫意识。不过我们确实能够而且应当超越这种总的区分，并且不应忘记，在希腊人之后的哲学和艺术内部，依然存在着趋向于内在性的各种潮流，而其他的一些潮流则坚决离开了现实和具体的世界。

因此我将把趋向于内在性的各种潮流称为更广义的古典潮流，把离开现实和具体的世界的潮流称为更狭义的浪漫潮流。另外基于这样一种看法。即理性的思想从其本质上来说，甚至当它先验地便完全要求倾向于普遍的和心智的真理时，仍是一种要理解现实世界的努力；因此，把一切集中于理性的含义的文学和哲学作品称为极为广义的古典作品，而把那些离开理性而躲避在情感和想象中的作品称为浪漫作品，这是没有错的。从这个角度来说，柏格森、谢林、诺瓦利斯、奈瓦尔都是最严格意义上的和最狭义的浪漫派，而从非常广义的角度来说，笛卡尔、高乃依和席勒也是浪漫派。相反地，希腊著名作家荷马、埃斯库罗斯、索福克勒斯是最严格意义和最狭义上的古典作家，而广泛地看来，圣托马斯与圣奥古斯丁相比也是古典作家；与基督教时代整个文学史和哲学史相比，莎士比亚、帕斯卡尔、拉辛、笛卡尔、高乃依、歌德也是古典作家。最后，从狭义和严格意义上说，辩证思想家也是古典作家。

可是从这种角度来看，悲剧艺术和悲剧思想具有怎样的地位呢？

在这一点上，我完全赞同乔治·卢卡奇的意见。他认为悲剧是古典的表现形式的两个顶峰之一（另一个是史诗，它是人与世界完全的、自然而完美的统一）。我们可以给悲剧下这样一个定义：它是一个充满令人焦虑的问题而又得不出答案的世界。另外卢卡奇给史诗世界下的定义是：在精神的进步和历史的进程使得有可能提出问题之前就已得到一切答案的世界。然而应当补充一点，就是——仍然按照卢卡奇的看法——只有荷马的作品才是真正的史诗。悲剧是最高价值、古典人文主义的本质本身、人与世界的统一遭受到威胁时的瞬时的表现，因此便使人非常敏锐地感觉到它的重要性。从这种意义上说，索福克勒斯、莎士比亚、帕斯卡尔、拉辛和康德的作品与荷马、埃斯库罗斯、歌德、黑格尔和马克思的作品，都是古典艺术和古典思想的顶峰。——作者注

圣泰弗尔蒙不喜欢悲剧；他赞成希腊的柏拉图，在法国围绕着高乃依和拉辛的戏剧进行的争论中，他表示坚决拥护高乃依的正剧，反对拉辛的悲剧。

但是尽管如此，与古代悲剧比较而言，他对作为高乃依和拉辛戏剧中共同特点的东西，仍有个明确的认识，这就是上帝的不存在。"在古代作家的戏剧中，众神和女神通过他们的憎恨，他们的庇护，产生了一切伟大和奇特的东西；而在众多的超自然的事物中，对于观众说神和人之间的交往的看法来说，任何东西也不足为奇。（这里和下面的重点都是笔者所加的——吕·戈德曼）众神几乎总是按照人的感情行事，而人做任何事情都有众神的主张，如果没有众神的帮助就毫无举动。因此在神性和人性的混合中，没有任何东西是不可信的。可是今天所有这些奇异的东西对我们来说都是难以置信的。我们怀念诸神，而诸神也怀念我们。"（圣泰弗尔蒙：转下页

人优越;人和神还处于唯一的同一个宇宙之内,如同圣泰弗尔蒙①恰当地指出的,他们形成一个"社会",受着同样的命运的摆布。薛西斯受到了惩罚,因为他想要征服大自然,控制大海,把他的统治扩展到他管辖的范围之外(控制自然力量,制服希腊世界,尤其是雅典);但是一个人间的法庭审判了越轨的复仇女神们,并迫使她们服从和依顺了国法;被缚在悬崖上并受宙斯折磨的普罗米修斯比这个众神之王更为强大,因为他知道宙斯所不知道的未来。因此,尽管他们之间的冲突异常激烈,但他们依然彼此不可分开,因为他们谁也不能制服或毁灭对方,最后他们只得和解。

可是真正的悲剧是随着索福克勒斯的作品出现的,我觉得真正的悲剧的根本意义就是肯定人、或者更确切地说某些享有特殊利益的人与人和神的世界之间难以克服的决裂,埃阿斯和菲洛克忒忒斯、奥狄浦斯、克瑞翁、安提戈涅②同时表示和说明了同一个真实,就是世界变得混乱晦暗,众神已不再和人结合在同一个宇宙整体之内,受到命运中同样的不幸的摆布,受着同样的沉着镇定和稳重克制的要求的约束。他们脱离开

<hr>

(接上页)《著作集》,勒内·德·普朗阿尔出版,三卷集,图书之城出版社,巴黎,1927 年。《论古代和现代悲剧》,1672 年,第 1 卷,第 174 页)

　　我还要补充一点,敏锐过人的圣泰弗尔蒙清楚地看到《波利厄克特》这出戏的非基督教性质。他正确地指出,悲剧中的主人公缺乏基督教徒的谦恭,而且自我满足;但是圣泰弗尔蒙对宗教戏剧的敌视态度加上他对高乃依的钦佩,使他过高地估计了剧中非基督教人物的重要性。"我们的宗教精神与悲剧精神是直接对立的。我们的圣徒的谦恭和忍耐与戏剧里要求中心人物的美德截然不同。天意启发了内阿尔克和波利厄克特的虔诚和力量……波利厄克特对恳求和威胁全无所动,比起其他人那样要保全性命、苟且偷生,他更愿为上帝献身。然而,如果说波利娜和塞韦尔两人出于别的感情和痛苦的谈话不会使作者保持声望,也就是殉教者的基督教美德可能使他失去的声望,那么本来可以成为出色的讲道的内容,却变成了一出拙劣的悲剧。"(见上述引文,第 175 页)

　　同样,他也清楚地看到人们所说的悲剧的"非公民的"性质,悲剧意识与完全而无保留地赞同国家生活之间的对立:"考虑到悲剧给雅典观众的心灵所留下的一般印象,人们可以认为,柏拉图反对采用悲剧比亚里士多德建议采用悲剧更有充分的理由:因为正如悲剧所表现出来的一样,它既然是由极端的恐惧和怜悯行动组成的,那么这不是把戏剧变成一种恐惧和同情的学校,使人们在那里学会对一切危险感到惊恐,对一切不幸感到悲伤吗?"

　　"人们很难使我相信,一个习惯于对旁人的不幸感到惊恐害怕的人,能够对待他自己的痛苦处之泰然。可能由于这个缘故,雅典人对恐惧的印象特别敏感,并且在戏剧里如此巧妙地激起的恐怖感,在军队里却变得极其自然。

　　"在斯巴达和罗马,国家使公民看到的只是英勇坚强的范例,百姓在战斗中是自豪而坚定的,在共和国遇到灾难时也是同样坚定和顽强的。"(见上述引文,第 177 页)——作者注

①　圣泰弗尔蒙(1615—1703),法国道德家、批评家。

②　都是索福克勒斯悲剧中的人物。

人,变成人的主宰;但是现在他们的遥远的声音是迷惑人的,他们的神谕有两重意义,一是表面的和虚假的,一是隐蔽的和真实的;神的各种要求是相互矛盾的;宇宙是模棱两可、含糊不清的。对人来说宇宙是无法忍受的,从此以后人只能在谬误和幻想中生活。在活着的人当中,只有那些身有残疾的人避开了世界,能够承受真实。了解众神的意愿和人的前途的神提瑞西阿斯①,在悲剧的结尾②时知道了真实情况的奥狄浦斯,两人的眼睛都瞎了,这便是个象征。他们在肉体上失明就表示和世界的决裂——了解了真实情况必然要导致决裂——在这个世界上只有那些真正的盲人才能生活下去,因为(如同后来歌德作品中年老的浮士德一样)没有了未受损伤的肉体的眼睛,他们看不见真实情况,并且在幻想中生活。对于其他人(埃阿斯、克瑞翁、安提戈涅③)来说,认识了真实情况则仅仅注定他们要死亡。

我觉得并不排除一种情况,即除去诡辩派之外,柏拉图的某些对话矛头指向的主要对手就是索福克勒斯。因为,如果说柏拉图为了反对诡辩派,竭力证明存在着客观的真实,我认为还有一个对手,柏拉图针对这个对手力求证实客观的真实不仅是人可以承受的,而且更主要的是,认识这种真实必然会引导曾经断定认识真实和在世界上幸福、正直地生活两者不可调和的人走向道德和幸福。

尽管有柏拉图哲学的答案,然而索福克勒斯的悲剧依然标志着欧洲文化史的一个时代的终结。因为柏拉图所说的真实不再是现时的、具体的和感性的世界的真实。苏

---

① 索福克勒斯的悲剧《安提戈涅》中的人物。

② 这当然指的是《奥狄浦斯王》,因为《奥狄浦斯在克洛诺斯》和《菲洛克忒忒斯》的结尾一样,恰恰都是超越悲剧的尝试。——作者注

③ 请允许我提出一种假设:在索福克勒斯的作品中,安提戈涅占有独特的地位。尽管一切重大的差别依然存在,但她也是最接近抗拒悲剧中现代主人公的人物。像朱妮和泰斯特一样,她预先便知道了真实情况,无须再去发现;并且像他们一样,她的行动也是有意识的和自觉的,她也拒不妥协并且接受死亡。正是由于她这样的特点,她便成为现代思想家(黑格尔、克尔凯郭尔)探讨希腊悲剧时思考的主要对象。然而我在读索福克勒斯的剧本时,有两个事实给我留下强烈的印象:

(1) 从剧本篇幅长短和出场时间长短的一般角度来看,克瑞翁这个人物远远超过安提戈涅,而且

(2) 克瑞翁完全属于索福克勒斯其他悲剧人物系列之内,如埃阿斯、菲洛克忒忒斯、奥狄浦斯,他们都在幻想中生活,只是到最后才发现真实情况,而真实情况使他们变成盲人或者丢掉性命。如果做这样一种假设也许是轻率的:索福克勒斯首先试图写克瑞翁的悲剧,就是那个轻率地违背神的律法的人,另外他觉得安提戈涅这个人物是不平凡的,可能很快他就理解到这个人物的新奇和重要性。——作者注

格拉底对物质世界和我们所感觉的现实不感兴趣；如同对悲剧作家一样，日常生活的世界对他来说也是虚幻的、含混不清的。实体、主要的道德准则、真、善、幸福等等，现在都处于心智的世界之中，这个世界不论是否是超验性的，总之都是与日常生活的世界相对立的。从更广泛的角度看来，纵览艺术领域，并且也包括哲学思想方面，把从古典意识到浪漫意识的过渡置于索福克勒斯和柏拉图之间，可能是比较合理的，而黑格尔仅从艺术方面考虑，把这种过渡放在基督教兴起之后。

但是这些思考只是一种假设，只是初具梗概的假设，因为要真正理解一部文学或哲学作品的意义，必须能够把它和当时整个社会和经济生活联系起来。然而我对古代社会和希腊文化的知识微薄有限，甚至无法泛泛地触及这个问题。关于莎士比亚悲剧的情况也是类似的，我觉得它标志着封建贵族社会的终止，文艺复兴的危机和第三等级个人主义世界的出现。

相反地，我在前一章和另外一本著作里①都曾经说过，后来第三等级的发展，科学思想受其性质本身指引向技术效率突飞猛进，个人主义的伦理道德——理性主义或享乐主义的——的飞跃发展，在 17 世纪时引起帕斯卡尔思想大声疾呼，在 18 世纪引起康德哲学呐喊告急。悲剧思想又一次揭露了人和世界的关系中深刻危机的征象，揭露了人们在一条道路上行进已经导致的危险——或者更确切地说，正在导致的危险——而过去已经有许多人、现在仍然有许多人认为这是一条大有前途和希望的道路。危险又一次得以避免，绝境得以摆脱；苏格拉底和柏拉图的理性主义之于希腊悲剧，现代理性主义和经验主义之于莎士比亚悲剧，以及这两者的历史超越，也就是人虽然遇到种种困难和问题，然而人仍希望通过自己的行动和思想达到和实现真正的道德准则，就相当于后来黑格尔的辩证法。尤其是马克思主义辩证法与帕斯卡尔和康德的悲剧思想的关系。不过这种类似只适用于总的轮廓，因为这三种情况在细节上有很大的差别。

由埃斯库罗斯和索福克勒斯的希腊悲剧提出问题之后，苏格拉底和柏拉图的理性

---

① 吕·戈德曼：《康德著作中的人类社会和宇宙》，法国大学出版社，1949 年。——作者注

主义便建立在崭新的基础上,抛弃了重新找到内在的实体性的一切希望,一切要求。理性主义用肯定心智的真实来代替传统的人与世界的统一,这种心智的真实把人和感性的世界,降低到表象和工具之列的世界对立起来。也正是这种新的观点,这种与史诗和悲剧的传统精神(可能也是苏格拉底以前的哲学的传统精神)的决裂,不仅说明柏拉图为什么禁止史诗和悲剧诗人进入他的理想国,并且也说明为什么肯定一种心智的真实(它能够很容易地变为超验的真实),可以使后来的思想家把柏拉图哲学变成中世纪基督教思想三大潮流①之一的奥古斯丁学说的基础,而柏拉图哲学对感性世界的理性主义态度,则使它成为现代个人主义两大思潮之一的伽利略和笛卡尔理性主义的基础。如果说柏拉图哲学到它实际超越原来的哲学观点时,一直是西方思想意识的根本观点之一,可能这并不错;原来的哲学观点将坚决再次抛弃道德准则和超验性或心智之间的一切关系,而回到新的内在性和新的古典主义,即辩证唯物主义上去。

我对英国文化所知甚少,只能就莎士比亚悲剧的超越②提出一般的印象;但是,我觉得17世纪和以后几个世纪欧洲的经验主义和理性主义是一个阶级的思想意识的表现,这个阶级正在征服物质世界,并且建立个人主义的和自由的社会新秩序,却避开了在它之前出现的天才的著作所提出的问题。严格说来,我们可以隐约地看到一条细的线连接着莎士比亚和蒙田。但是我们看不到有任何细线会把莎士比亚与休谟或是笛卡尔联系起来。

① 我写三种潮流,是因为除去奥古斯丁学说和托马斯学说之外,还有一个末世学的第三大潮流,虽然这股思潮部分地受到天主教会的谴责,但其影响仍然很大。只须指出菲奥雷的约阿基姆的《永世福音书》和灵修派方济各会修士就足以说明问题。——作者注
② 人们在一部关于17世纪的悲剧的专著里,看到对希腊悲剧提出如此不完整的假设,对莎士比亚的悲剧的无知直言不讳,可能会感到惊奇。主张分析方法的人大概不会这样发挥阐述,而局限于研究的表面范围之内。

我认为这样做与我的方法的原则是背道而驰的。我确信一切因素的意义都有赖于它与其他诸因素的关系,有赖于他在整体中的地位,因此,研究工作决不能仅仅从部分到全体,也不能仅仅从全体到部分地进行;我认为决不能产生一种幻想,以为研究局部的现实就可以自我满足了,哪怕是相对说来的自我满足,也不能幻想对总体的综合可以免去对细节的详尽分析。

研究工作就是通过从部分到全体,从全体到部分的不断变动而取得进展的。可是这样就意味着必须不断指出研究中最新出现的缺陷,指出需要澄清的要点,而澄清后就能及时补充或修改研究工作的暂时结果。任何悲剧研究如果不了解我指出的三种主要形式的悲剧意识和创作,都将是不完整的。更不必说脱离悲剧每次都要更替的以及后来居上的心理形式,就无法理解悲剧的整体。——作者注

理性主义和经验主义在组成人类世界并使之贫困方面作用如此之大,以致莎士比亚的世界的瑰丽多彩在很长时期内显得像是不文明的天地——是荒谬的或是奇妙的——但无论如何是陌生的并且是难于领会的。

帕斯卡尔、拉辛和康德的著作所表达的抗拒悲剧与辩证法思想之间的关系则完全是另一种情况,我把这种关系的特点归结为完全结合与严格超越的关系。的确,黑格尔和马克思的思想接受了在他们之前出现的悲剧思想提出的所有问题,并纳入它们自己的思想内容里;它们为了自身的发展,完全采纳了悲剧思想的理性主义和经验主义哲学批判,教条主义的或是享乐主义的、功利主义的道德批判,现实社会批判,一切教理神学批判等等,而只是用关于历史和人类前途的内在性打赌来反对关于超验的上帝的永恒的存在的悲剧性打赌;自柏拉图以来,这种打赌是西方思想史上第一次与心智和超验的坚决决裂,恢复人与世界的统一,并使得有可能希望回复到从希腊人时期就被抛弃的古典主义。

无论如何,17、18 世纪的悲剧①如同一切其他形式的悲剧意识和创作一样,表现了人与人之间的关系的危机,或者更确切地说,表现了某些群体的人与宇宙世界和社会世界之间关系的危机。

我已经说过,这种悲剧的中心问题就是要知道被上帝看见过的那个人是否还能活着。因为活着就是要在世界上生活。这是基本的普遍真理,现象学和存在主义只是把它在当代哲学意识中重新现实化罢了。但是这种现实化的可能性本身,就表示人类生存的物质世界内部特点(或者更确切地说它的反射性程度)的意识是可以变化、减弱或消失的,或者相反在某些时期变得特别尖锐。

不言而喻,人们不可能建立一种有关这些变化的普遍规律,而且要理解这些变化也需要进行局部的、尤其是具体而细致的历史研究。

可是有一种看法颇有影响,并且一下就把我们引向我们所关切的问题的中心。一切意识都是个人或社会群体与其环境之间暂时的和变化不定的平衡。当这种平衡很

---

① 在本书下文中,每遇到悲剧一词而不加其他任何说明时,即指抗拒悲剧。——作者注

容易地建立起来,并且具有相对的稳定性时,或者当这种平衡比较顺利地转变和向高水平过渡时,便很可能使人不去考虑外部世界的存在,也不考虑他们与外部世界关系中出现的问题。在个人方面和群体方面,激烈地占据意识域的是患病的器官,难于完成的职责,而不是健全的器官和容易的职责。

因此,我们往往在合理的和比较顺利的平衡时期内,发现人类生存的物质世界内部特点的意识相对削弱,相反地,如同在各种形式的悲剧意识或现代存在主义所反映和表现的危机时期内,这种意识就变得特别激烈。

现在我们比较容易理解,对悲剧意识来说世界究竟意味着什么。我们可以用两个词来表示:是乌有同时又是一切。

说它是乌有,因为悲剧人永远生活在上帝的目光之下,因为悲剧人只要求并承认清楚明确的绝对道德准则,因为对于悲剧人来说,"只有奇迹是真实的",而且按照这一尺度来衡量,世界显得主要是模棱两可、含混不清的,也就是说是不存在的。卢卡奇写道,悲剧意识的问题"就是存在和本质之间的关系问题。这就是是否一切存在的东西都是已经有的东西,而所以是有的东西仅仅因为是存在的东西。存在难道没有各种不同的程度吗? 存在是各种事物的普遍属性呢,抑或是区分事物和识别事物的价值判断呢? ……中世纪哲学有个清楚明确的说法来说明这个问题,它说 Ens perfectissimum(最完善的存在物)也是 Ens re-alissimum(最实在的存在物)。"①"在悲剧世界中,有个很高的完善的门槛,人要能进入门槛就必须臻于完善;凡是达不到这种完善的存在物就没有任何实在性,而达到这种完善的一切都是永远存在的,并且是同等地存在的。"②简而言之,因为悲剧人的意识不认识乌有和一切之间的程度和逐步过渡,因为对悲剧人的意识来说,一切不完善的东西就是不存在的,因为它不知道在存在的概念和不存在的概念之间有个接近的概念,上帝的目光持久的存在招致彻底失去价值,而世界上一切不清楚明确的东西虽然同样持久的不存在,也达不到年轻的卢卡奇称之为"奇迹"的水平。这意味着对于悲剧人的意识来说,这样的世界是不存在的,而且毫无真正的

① 乔·卢卡奇:《心灵与形式》,第335—336页。——作者注
② 同上述引文,第336页。——作者注

实在性。真正的实在性只是对上帝来说才存在,而上帝与世界是根本对立的。帕斯卡尔写道:"在世人看来是最安逸的生活条件,在上帝看来则是最艰难的生活条件;反之,在世人看来没有什么是像宗教生活那么艰难的;在上帝看来则没有什么是比宗教生活更加容易的了。在世人看来,没有什么比高官贵爵和广积财富更加安逸的;在上帝看来,却没有什么比过那种生活(而又并不享受它或喜爱它)更加艰难的了。"①我们可以引述《思想录》中的许多段落,但如果想要理解对悲剧意识来说世界究竟意味着什么,那么我们强调一下上面这一段就够了,不过要赋予——永远都是如此——帕斯卡尔的话以最强有力的意义,甚至推论到这种程度:凡是按照上帝的看法是必须的东西,按照世人的看法就是不可能的,相反,根据世人的看法凡是可能的东西,在上帝的心目中都不复存在。

可是在肯定世界的虚无、不存在时,我们还只是看到问题的一个方面,而我刚才引用的帕斯卡尔的一段文字则给我们指出相反的和补充的另一个方面。因为我已经说过,对于悲剧人来说,世界既是乌有,同时又是一切。

悲剧中的上帝是永远存在的和永远不存在的上帝。不过上帝的存在无疑贬低了尘世的价值,使尘世失去一切实在性;而上帝同样根本和持久的不存在,相反也使尘世变成唯一的实在。人就面对着这种实在,人能够而且应当针对这种实在提出实现基本和绝对的道德准则的要求。

有许多种形式的宗教和革命意识使上帝与尘世对立,使道德准则与实在对立;然而宗教和革命意识中的大部分都能在这种抉择取舍面前找到可能的解决办法,哪怕是以物质世界内部斗争的办法实现道德准则,或是以抛弃尘世的办法躲避到道德准则或神性的心智或超验的宇宙中去。可是彻底的悲剧却拒绝这两种解决办法中的任何一种,认为这样的办法带有软弱和幻想的烙印,都是——有意识的或无意识的——妥协的形式。

因为彻底的悲剧既不相信能够改造世界并在其中实现真正的道德准则,也不相信能够逃避世界,躲进上帝之城。因此,对这种悲剧来说,问题不在于在世界上"很好地"完成它的职责,或是"很好地"利用财富,也不是对它的职责——一无所知,或是将财富

①　《思想录》第 906 段。——作者注

抛掷不顾。在这里和在各处一样,悲剧只考虑一种形式的有道理的思想和态度,是和不是,也就是一种反论:过那种生活,而又并不享受它或喜爱它。

过那种生活意味着承认世界是最强的意义上的存在;而又并不享受它或喜爱它意味着不承认世界有任何形式的实际存在。

这就是悲剧人面对世界和物质世界内部的一切现实所保持的协调一致的自相矛盾的态度——因为是自相矛盾的所以就更协调一致。另外,理解这种态度还消除了许多帕斯卡尔研究者所关切的一个不成问题的问题,就是怎样使一个人①的表现和一个事实调和一致起来,这个人不认为"认识机器",也就是认识物质的现实是"值得去费一点力气"的(第 79 段)。这个人在给费尔马的信②中说:"我向你坦率地谈一谈几何学问题,我觉得几何学是最重要的智力训练;但是同时我也认为它毫无用处,因此我觉得一个只是几何学家的人和一个技术精湛的手艺人并没有多大的区别。因此我把几何学称为世界上最优秀的技艺,不过也仅仅是一种技艺而已;而且我时常说,几何学对于试验我们的能力是有益处的,但是对使用我们的能力却并非如此;因此,我不愿在几何学上再迈第二步……"而显然就是这同一个人在写上面这些话的年月里,从未停止过对物质世界内部生活的兴趣,尤其是对几何学问题的兴趣,并且用很大一部分时间来解决这些问题③。

人们发现几乎不可能比有关罪人的皈依那篇有名的作品——帕斯卡尔的著作或是受帕斯卡尔启发的著作——更具体地表达在世界面前悲剧的是和不是,文章中说:"一方面,看得见的物体的存在比对看不见的事物的希望更能触及它(指心灵——吕·戈德曼注);另一方面,看不见的事物的牢固比看得见的物体的虚空更能触及它。因此看得见的物体的存在和看不见的事物的牢固争夺心灵的情感,看得见的物体的虚空和

---

① 这个人指的是帕斯卡尔。
② 1661 年 8 月 10 日信。——作者注
③ 1658 年 6 月关于建议举行旋轮线问题有奖征答的信,1658 年 10 月的《摆线通论》,1660 年 4 月 24 日斯吕兹致帕斯卡尔的信中提到,不久前帕斯卡尔曾就笛卡尔的《论人》中的几个图形写信给斯吕兹,建立五苏公共马车的文书是 1661 年 11 月写成的,还有惠根斯致胡克的信,信中谈到大约在 1660 年曾试图生产发条钟表投放市场。——作者注

看不见的事物的不存在又引起它强烈的反感。"①

如果我们要进一步理解世界对于悲剧意识意味着什么,我们就必须再次抓住帕斯卡尔的话,并且应当再次赋予这些话以最强有力的意义。前面引用的文字告诉我们,在完成"世界上最优秀的技艺"的人,献身于"最重要的智力训练"的人和"一个普通的手艺人"之间,并"没有多大的区别"。这是因为实际上对悲剧意识来说,并没有不同的程度,也没有过渡或接近,不论悲剧意识最不了解或是最了解,它只认识一切和乌有,因此对它来说便"没有多大的区别",这就是说,在一切不完全有价值的东西之间,在一切由于属于物质世界因而不是绝对的东西之间,说到底没有任何区别。

然而上帝的不存在使悲剧意识丧失无视世界、脱离世界的权利;悲剧意识的拒绝是物质世界内部的拒绝,因为它反对的是世界,并且只有在这种对立之中它才认识自己,及其自身的局限和自身的价值。

虽然世界太狭隘局限,太模糊不清,使人不能完全献身于其中,不能在其中"使用"自己的力量,但是世界仍然是人能够而且应当利用来进行"试验"的唯一所在。因此,甚至在生活和思想的最隐蔽的深处,是和不是始终是悲剧唯一的合理的态度。

但是这样的分析还远远未能详尽地研究我们所关切的问题,即使在其主要轮廓上也是如此,现在我们才接触到最困难的问题当中的一个问题。因为把是和不是的态度摆进一种严密的看法里,就意味着把这种态度与奠定它,补充它并严密地证实它的理论和实践观点联系起来。

如果世界显示出有充分根据的希望能够实现真正的道德准则,即使是最微弱的一点希望,那么根本拒绝这样的世界,实际上就和接受完全荒谬和模糊的世界同样不协调。因此,在物质世界内"试验"我们的力量不应当是完全荒谬的,也不应当是完全有意义的,或者更确切地说,它应当同时是这两者,一种最充分意义上的真正的"试验",不过由于它本身的性质所决定,它永远也不能变成一种"使用"。

因为单方面的拒绝会使世界失去一切具体的和有组织结构的实在,把世界贬低到

---

① 我有意识地把这段引文半途停下来。在下一章里我将分析接下去的两行。——作者注

无形无质的抽象障碍的地步。只有在其拒绝本身(这丝毫不会减弱拒绝的绝对性和极端性)采取面向世界的物质世界的态度,才使悲剧能够判断它非常熟悉其内在结构的世界,才能使悲剧意识永远保持拒绝的理由,并使拒绝得到充分的解释。

[……]

卢卡奇写道:"悲剧奇迹的明智就是限度的明智。"帕斯卡尔在提出下面的问题时也提出悲剧意识的问题,他问道:"为什么我的知识是有限的?我的身体也是有限的?我的一生不过百年而非千载?大自然有什么理由要使我秉赋如此,要在无穷之中选择这个数目而非另一个的数目,本来,在无穷之中是没有更多理由要选择一个而不选择另一个的,也没有理由更该尝试任何一个而不是另一个的。"①

因此——下面我们还将谈到这个问题——按照卢卡奇的说法,"悲剧生活"这种唯一被上帝的存在和拒绝世界支配的生活,"是各种生活中唯一最世俗的尘世生活"②。

但是,正是对待世界的是和不是这两种都是完整的、绝对的看法(是作为实现道德准则的物质世界的要求,不是作为对本质上欠缺的世界的拒绝,在这样的世界里道德准则是不能实现的),才能使悲剧意识在认识方面达到前所未有的、极其突出的准确和客观的程度。世界与专门过那种生活而又并不享受它的人之间不可逾越的距离,使人的意识摆脱通常的幻想和常见的阻碍,把悲剧思想和悲剧艺术变成现实主义中最先进的形式之一。

悲剧人从未放弃过希望,但是他不把希望置于世界之内;因此任何涉及世界结构的真实,或是悲剧人自身在物质世界内存在的真实,都不能把他吓倒。由于悲剧人按照他自己的要求判断各种事物,并且觉得所有的事物都是同样欠缺的,因此他可以毫无畏惧、毫无保留地去看事物的性质及其限制,在物质世界内试验自己的力量时,也可以看到他自己的局限,而不论这种试验是在认识的理论角度或是在实现的实践角度进行的。

如果悲剧意识仅仅探求必然,它在世界上就将只遇到偶然,如果它只承认绝对,那

---

① 《思想录》第 208 段。——作者注
② 乔·卢卡奇:《心灵与形式》,第 345 页。——作者注

么它将只发现相对;但是如果它意识到这两种限制(世界的限制和它自身的限制),并且拒绝这样的限制,那么它就可以挽救人的道德准则,并将超越世界和它自己的状况。

那么具体说来,拒绝世界究竟是什么意思呢?世界作为在几种对立的可能性之间进行选择的要求呈现在意识面前,这些可能性相互排斥,但是其中没有一种是充分的、有根据的。在物质世界内的拒绝世界,就是拒绝选择,拒绝局限于这些可能性或前景中的任何一种。这就是明确地、毫无保留地判断各种可能性的缺陷及其限制,用清楚明确的真正道德准则的要求反对这些可能性;就是用必然变成各种对立物结合的要求的全体性要求,反对由相互排斥的各种零碎因素构成的世界。对于悲剧意识来说,真正的价值是全体性的同义语,反之,一切折衷的尝试都和极度的衰退是一致的。

因此,悲剧意识在是或不是前面,将始终蔑视选择和中间立场,蔑视捉摸不定的事物,而坚持它所承认的唯一价值,即是和不是的价值,综合的价值。因为人"既不是完美无缺的人,也不是愚蠢的人",因此他的真正的任务就是造就把这两者结合起来的完全的人,一个具有不死的灵魂和躯体的人;一个同时具有极度强烈的理智和情欲的人,而这样的人在人世间是不能实现的①。

这里也有悲剧意识的两个相互矛盾的成分(之所以称为"成分",因为我不得不将它们人为地分开以便进行分析),这就是极端的现实主义和绝对的道德准则的要求。这两种成分彼此相互加强,而面对模糊和不完全的世界,绝对的道德准则的要求变成了各种对立物的结合的要求。因为真实性本身就是悲剧意识的主要绝对价值,并且意味着看到物质世界内一切可能性的缺陷和局限的特点。

---

① 不顾帕斯卡尔某些作品中的假象,而把他的著作解释为各种极端之间的折衷,再没有比这更根本的曲解了。因为这种怀疑论的观点常常是蒙田的观点,并且也是对一切悲剧和一切辩证法的否定。同样,打赌中的上帝(如同康德的实践设定中的上帝一样)并不是可能存在的上帝,而是确实的和必然的上帝。只是这种必然性和确实性是实际的,合乎人情的,是人心中的而不是理智上的确实性(或者是理性的而不是知性的确实性;这在康德的著作中是一回事)。

　　胡戈·弗里德里希教授的一篇文章尽管有些缺点和错误,然而第一次清楚地看到《思想录》中的辩证特点,看到这种辩证法与作为文学表达形式的反论之间的联系;弗里德里希教授精辟地分析了帕斯卡尔和蒙田著作里的折衷概念的这种区别。(参见胡戈·弗里德里希:《似是而非的帕斯卡尔——一种思维方式的语言形象》,《罗马语文学杂志》,第 LVI 卷,1936 年)——作者注这种作为悲剧意识本质的综合的要求，对立物的结合的要求，通过肯定悲剧意识（而且还有辩证思想）能够承认的唯一真正价值正是如个体的本质、有意义的个体这样一些对立物的结合，而表现在道德准则与真实、理性与感性、有意义与个体、灵魂与躯体的关系这一基本的哲学问题上。这里也必须推动对立物，把一方面是本质和意义，另一方面是个体的对立物推到极端，把极端的意义和最高的价值与极端的个体性结合起来。康德后来把个人"全面的规定性"的要求置于认识论的中心，帕斯卡尔也写道："我曾为你流过如许的血滴。"①

悲剧意识注意到自己的局限——死亡是最大的局限——和世界的局限，便觉得一切事物的轮廓都是清楚明确的，甚至它自身的自相矛盾的特点和世界的根本模糊不清②都是如此；悲剧意识以极端的个体性和极端的根本性的要求来反对这种模糊不清。

盲目的"自在"，悲剧思想和辩证思想，由于不能接受纯精神的清晰，特殊的和模糊的实在，满足于只是空洞的思想、要求和"自为"的道德准则，与价值无关甚至对立的实在，因此都是"自在和自为的"哲学，化身③的哲学。

但是悲剧思想与辩证思想背道而驰，辩证思想肯定实现这种化身的实际的和历史的可能性，而悲剧思想则从世界中排除这种化身，并将它置于永恒之中。在现时的物质世界里，只剩下基本不足的世界和以绝对真实自居的自我之间极度的紧张状态，自我"以排除一切、破坏一切的力量强调自我中心，但是这种极端的自我肯定——达到了自我中心的顶峰——使它遇到的一切事物都坚硬如钢并独立存在，最后它把自己也抵销了；自我的极度紧张状态超越一切单纯独特的东西。自我的力量使事物神圣化，将它们提高到命运的高度，而自我和它自己缔造的命运进行的激烈斗争又把它提高到超人的地步，使之成为人与其命运最终的关系的一种象征。"④

"对于悲剧来说，死亡——这种自在的限制——是与一切悲剧的事变密切联系在

---

① 《思想录》第 553 段。——作者注
② 这里我们也看到一种反论：世界的模糊不清对悲剧意识来说是明显而清楚确切的。——作者注
③ 这个词在这里显然没有任何宗教的意义：它指的是道德准则和意义在现实世界中的体现。——作者注
④ 卢卡奇：《心灵与形式》，第 344 页。——作者注

一起的始终内在的实在，"这就是为什么"悲剧意识就是具体的本质的实现。"悲剧意识对柏拉图主义中一个最困难的问题作了坚定而自信的回答："这就是是否个体的事物也能有它们自己的思想，它们自己的本质"。悲剧意识的答案把问题颠倒过来了：只有个体、即被推到极限和最终的可能性的个体是符合这种思想的，是确实存在的。

"一切无形五色的事物的普遍性都非常微弱，统一性非常空洞，因此不能变成实际的东西。这样的事物又过于实在，因此不可能具有实际的存在，它的特性是一种同义反复；这种思想只适合于它本身。因此，悲剧超越了柏拉图主义，回答了柏拉图从前对悲剧的指责。"①我还要补充一点，就是悲剧又重新开辟了通向被柏拉图放弃的古典和内在的思想的道路。

悲剧人及其对清晰和绝对的要求面对着一个世界，这个世界是唯一的实在，是悲剧人能够用世界与之对抗的实在，是悲剧人可以在其中生活的唯一所在，只要他永远不放弃这种要求和实现这种要求的努力。但是世界永远不能使悲剧人满足，所以只要人活着——只要他活着，他便生活在这个世界里——上帝的目光便迫使他永远不要"享受它或喜爱它"。世界上只要有一片明晰的地方——也就是的的确确的真实和公正的正义的地方——尽管它微不足道，尽管它处于外围，也足以消除悲惨，足以使世界变得能让人生存下去，并把世界和上帝联系起来；对世界来说，不存在和存在这种明晰的地方，其意义与上帝对人来说是存在和不存在的意义完全相反，并且是相互补充的。但是面对着人的却只是一片"无限的空间的永久沉默"；关于世界上不论是怎样一片地方的任何清楚明确的肯定都是站不住脚的，总得要加上相反的肯定，即是和不是，反论是表达有充分根据的事物的唯一方式。然而反论对悲剧意识来说是愤慨和惊奇的永恒主题。像当代某些哲学家那样，承认反论，承认反论本身的弱点，世界的模糊与混乱，言语的意义和无意义，这就等于不再赋予生活以某种意义，抛弃人和人类存在的意义本身。人是矛盾的存在物，是力量和弱点、崇高与无能的结合；人和人在其中生活的世界是由根本的对立，相互对立而又不能相互排斥或联合的对抗力量，相互补充而又

---

① 卢卡奇：《心灵与形式》，第347—348页。——作者注

永远不能形成整体的各种因素构成的。悲剧人的崇高就在于他看到这一切,认识这一切最真实的情况而又不承认它们。因为接受了这一切,就正好消除了反论,放弃了崇高而满足于无能。幸好人直到最后一刻始终是相互矛盾的,"人无限地超越人",并且用他对清晰的同样根本的和无法补救的要求,来反对世界的根本的和无法补救的模糊不清。

在转入对悲剧人的分析之前,其实这种分析已经开始了,我不揣冒昧再提出一种想法。世界的模糊不清,"有意义和无意义",在世界上不可能找到一种有充分根据的,清楚明确的行为准则,如今又成为哲学思想的主要课题之一;在法国,只须提一提让·保·萨特和梅洛·庞蒂①的名字就够了。特别在读他们的一些次要作品时,也不难看出促使他们得出结论的历史和社会条件。因为使 19 世纪能够在辩证和革命思想中超越悲剧的社会力量,终于再次通过演变使人类、道德准则服从于效率,这里我们不可能对这种演变详加分析,再一次使最正直的思想家看到力量和正义之间、希望和人类命运之间的决裂②,这种决裂过去已经使帕斯卡尔惊恐不已。

况且这种形势不仅引起人们敏锐地意识到世界的模糊性和日常生活的不真实性,而且也引起人们对过去的思想家和悲剧作家的新的兴趣。

不过,我希望在结束这一章时强调指出的是,尽管对悲剧、对决裂和帕斯卡尔的恐慌重新产生兴趣,但是任何一个存在主义思想家都没有达到能够与帕斯卡尔、黑格尔、马克思联系起来的水平,或是与广义或狭义上的古典传统联系起来的水平。因为正是不承认模糊不清,无论如何要保持理性和明晰的要求,保持应当实现的人类道德准则的要求,这样的事实既特别地构成悲剧的本质,又一般地构成古典精神的本质。

现在梅洛·庞蒂讲"有意义和无意义",过去帕斯卡尔也讲"有意义和无意义",在他之后所有的辩证思想家也对我们这样说;但是他们说的是作为人不应当承认而应当超越的世界和人类命运的"有意义和无意义"。这两种观点之间的差别是很大的,我看不出有任何方法能使之接近起来。

---

① 莫里斯·梅洛·庞蒂(1908—1961),法国哲学家,法国现象学的主要代表。

② 这几行字的内容是 1952 年时写的。自那以后历史形势发生了变化,萨特先生和梅洛·庞蒂先生也都改变了——不过是朝着相反的方向改变——他们的思想观点。——作者注

悲剧观:人

如果我们抱有期望,这是违背希望的。

尼古拉·帕维荣,阿莱主教

1664 年 8 月致安托万·阿尔诺信

在前几章里,我们已经开始了关于悲剧人的研究,我们将在整个这一章里继续研究这个问题。

要把我在悲剧观中提出的三个因素——上帝、世界和人——截然分开确实是不可能的,因为其中每一种因素都要依据另外两种因素才存在,才能表明自己的特点;反之,另外两种因素也只能依据这一因素而存在和表明自己的特点。

世界的本身以及对一切意识来说,并不是模糊和矛盾的。对只是为了实现完全不可能实现的道德准则而活着的人的意识来说,世界就变得模糊和矛盾了。另外还要把这两种相互矛盾的因素推向极端,因为为不可能实现的道德准则活着,并且满足于希望得到这样的准则,在思想和梦想中寻求这样的准则,就与悲剧相反而通向浪漫主义[1]。相

---

① 从审美角度上说,有充分根据的浪漫主义悲剧是不可思议的。——作者注

反地,毕生致力于逐步实现可以实现的并包括几个阶段的道德准则,就达到无神论的物质世界的观点(理性主义、经验主义),宗教的观点(托马斯主义)或者革命的观点(辩证唯物主义),但无论如何这些观点与悲剧是无关的。

同样,上帝并不是对持任何看法的人都是"不存在和存在的"。只有对高度意识到绝对道德准则的要求的人,以及与这些道德准则比较而言对现实世界漠不关心的人来说,上帝的自相矛盾性才是有道理的。

最后,虽然在拒绝悲剧中上帝与世界之间再没有什么共同之处①,但这两者通过人和人的中介(在帕斯卡尔的著作中则借助于耶稣基督的中介),依然属于同一个整体,同一个宇宙。因为人是矛盾的存在物,他"无限地超越人",并集中各种对立物于一身,诸如完美无缺的人和愚蠢的人,崇高和无能,绝对命令和根本弊病等;他同时具有神圣和世俗、本体和现象的双重性,从这样的双重性来说,世界本身显得是矛盾和荒谬的;而从世界和物质世界特点、从人的无能来看上帝的不存在,对人的崇高、人的意义、正义和真实的要求来说,则变为永久和完全的存在。

我们在这一章里准备指出悲剧意识的某些因素,这些因素如同是悲剧意识的基础、中心,能够帮助理解作为协调一致的人的现实的悲剧意识;因此,在开始这一章时,请记住两个特点:一是实现不可能实现的道德准则的绝对和特有的要求,一是这种要求的必然结果,即"一切或乌有",没有不同的阶段和细微的差别,也毫无相对性。

悲剧意识由于没有不同的阶段而区别于一切灵性和一切神秘主义,并与这两种形式的宗教意识根本对立。因为,如果我们抛开明显的反对一切悲剧思想的泛神论神秘主义不谈,实际上对于灵性和神中心论的神秘主义来说,再没有比逐步超脱世界更重要的了;这是心灵奔向上帝的进程,直到把灵性的经验变成神秘主义的经验的质变时刻,直到通过入化和神的出现而夺去和消灭一切概念意识②。

对于悲剧意识来说,这都是些不存在而且是不可思议的事情。实际上一个人无论

---

① 除去它们相互排斥之外。——作者注
② 这还不必说神秘主义心理学家常常描写的"敏锐的深入"和心灵的其他能力之间的分离;这种分离和悲剧意识是毫不相干的,对于悲剧意识来说,只有主要的东西是存在的,而一切存在的东西也是主要的。——作者注

如何摆脱世界,他与上帝、与真正的意识之间的距离始终是完全不变的,也就是说是无限的距离,直到某一瞬间,他的完全不真实的意识突然直接变为主要的意识,那时人或者离开世界,或者更好一些,不再在世界上"享受它或喜爱它",而进入悲剧的宇宙。

如果说灵性往往先于神秘主义的经验,灵性是通往神秘主义的经验的一条途径,那么通向悲剧世界却只有一条道路,这就是改变信仰,也就是即时地、或者更确切地说超越时间地理解神和人的真正道德准则,世界和人的空虚与缺陷;这是很难描述的事,但是当涉及到研究拉辛的悲剧人物——贝蕾妮丝或费德尔——或是波尔-罗亚尔修道院的修女和隐修者的实际生活时,这又是根本的和必不可少的。

灵性的最重要的特点就是它处于时间之外,处于一切心理的和时间的准备之外①,它是心智选择或是上帝圣宠的结果,但无论如何与经验性和个人意志都毫不相干。只须读一读昂热利克修女的书简就可以理解,在她看来,皈依并不是时间中某一确定的时刻;我们看到她要求好些与她通信的人"为她的皈依祈祷"②,而写信的日期极为不同。因此这种皈依看来无疑是一件大家都经历过的事情,然而人们应当不断向上帝那里去寻找和请求,因为这样的事始终都可能受到上帝的怀疑或者被人遗忘。

尽管如此,"皈依"也还是一个具体确定的时刻,是人一生中的一道鸿沟。但是即使从这个角度来看,它也还不是某一种决定的结果,不是周围世界某些人物或事件相遇的一般后果。周围世界的某些人物或事件只能是改变信仰的时机,而这样的时机看来是无足轻重的,名不副实的。

────────────

① 这里我们看到的是悲剧意识中最复杂的一面,最引起人们误解的一面。不言而喻,对我以及任何一个史学家、心理学家或社会学家来说,悲剧性的转变就是心理和时间过程的结果,如果没有这一过程,悲剧性的转变也就不可理解了。但是转变的内容正是对这一过程的否定。一切属于心理的和时间的东西都处在这个世界里,如同对于悲剧意识来说这一切都不复存在一样,因为已与时间无关的悲剧意识存在于瞬时和永恒之中。

有一天,我跟一位心理学家谈到贝蕾妮丝和费德尔这两个人物,他向我提出异议,我所以在这里加以转述,正是因为它表明一种最危险的误解,无论如何应当避免的误解。他说:"拉辛去掉了两个'转变'的一切心理准备,因为在这两出戏的结构当中心理准备是没有用的,但是应由评论家把这种心理准备补充进去,并恢复人物的心理状态。"然而这样一来可能正好改变了人物的心理状态,或者更确切地说,给他们加上一种心理状态,甚至因此去掉了他们的悲剧性。——作者注

② 参见 1637 年 6 月 3 日、8 月 14 日、8 月 17 日和 11 月 9 日的信,1639 年 11 月 15 日信,1641 年 4 月信,1644 年(致安·阿尔诺)的信,1649 年 3 月 16 日和 5 月 14 日的信,1652 年 9 月 24 日的信,等等。——作者注

"上帝给予他愿意真正触动的心灵的启示,首先就是一种认识和完全独特的看法,心灵通过它以崭新的方式来观察事物和自己。"这是《罪人的皈依》一文中开头的几句话。卢卡奇明确指出:"这个时刻是开端,也是结尾。它赋予人以新的记忆,新的伦理和新的正义。""这两者彼此间都极其陌生,因此甚至不可能变成敌对的东西;两者面对面地在一起,一是揭露者,一是被揭露者;一是时机,一是启示。因为陌生就是有机会的时候与之相遇的东西,它更崇高并且来自另一个世界。独立存在的心灵用陌生的目光观察自己先前的存在。这种存在对它来说显得是不可理解的,非本质的并且是不真实的。心灵过去最多只能渴望成为另一个样子——因为它现在的存在才是存在——过去只有机遇才追寻梦想,而远处的大钟传来偶尔的响声则带来清晨的觉醒。"现在"裸露的心灵和赤裸的命运进行孤寂的对话。这两者完全被剥去了一切非主要的东西;日常生活中一切复杂的关系都被排除了,……在人与物之间,凡是不肯定的、有细微差别的东西都消失了,而只让不再掩盖包括最后的问题和最后的答案中任何东西的纯净而透明的空气存在。"①

　　一个二十五岁的青年人写的这几行文字,可能语言有点过于形象化,然而主要的思想都表达出来了:从物质世界的存在转变为悲剧,转变为隐蔽的上帝的宇宙——不存在和存在——以及,——这种变化的自然表现方式,——以前的生活的不可理解,道德准则的完全颠倒;过去是大的现在变小了,过去似乎渺小而微不足道的变成了主要的②。"人再不能踏上以前他走过的路,他的眼睛在那里也再不能发现任何方向。但是现在他轻盈地、顺利地跨越了难于攀登的顶峰,迈着坚定有力的步伐越过无底的沼地。"③

　　这个时刻卢卡奇把它称为奇迹;其主要特点就是把世界生活中根本的含糊不清变为清楚明确的意识和清晰的严格要求。"在我们心中有一个如此奥秘的深渊,几乎使人无法进入到其中去。我们轻易分辨不出光明和黑暗,也分辨不出善与恶。罪恶和道

---

①　乔·卢卡奇《心灵与形式》,第333—338页。——作者注
②　参看已经引述的《耶稣的神秘》最后的几行,以及我在第二章里引述过的卢卡奇的有关片段。——作者注
③　卢卡奇:《心灵与形式》,第338页。可与表达同一思想的帕斯卡尔《思想录》第306段比较。——作者注

德有时在表面上彼此相似,以致我们几乎不晓得应该选择什么,也不晓得应当向上帝要求什么,我们应当怎样向他提出要求。但是上帝出于仁慈给我们送来的苦恼如同一柄两面有刃的剑,它能进入并影响到心灵和精神的深处,从而辨别出人的思想和上帝的精神运动,上帝再不能隐蔽自己,而我们开始清楚地认识到他,以致他再也不能欺骗我们了。

"这时我们无需其他的方法便看到自己的种种痛苦,并且在上帝面前认真地悲叹诉苦;我们懂得上帝的惩罚不论如何严峻,对我们来说都是必要的;我们承认我们多么需要他的佑护,是他在拯救我们。在这种状况下,我们才比较容易地摆脱创造物,我们懂得这些身外之物是微不足道的,由于在尘世间根本找不列宁静,我们不得不向耶稣基督那里去寻求:Inquietum estcor nostrum donec requiescat in Te(我们的心始终惶惑不安,直到在你那里得到安宁)"①,一个不知其名的冉森派信徒这样写道。这种变化标志着冉森教派转变的主要之处(从完全黑暗转变为绝对的光明),也标志着把这一转变与最后的帕斯卡尔区别开来的东西(requiescat in Te——在你那里得到安宁)。

因为,如果说对真理的绝对要求是悲剧人的第一特征,它也引起一种后果,这就是在 17 世纪的冉森派信徒当中,只有帕斯卡尔最终能够指出这个后果。确实性实际上主要是理论的概念。无疑还有另外一类的确实性;更进一步说,一切纯理论的确实性都可能引起错觉,成为推理,对于思想家来说,都可能包含着无意识的弱点,这些弱点只有在实验和行动的启示下才能显示出来。

任何确信——无论它多么强烈——只要是仅仅来自实践的或感情的理性,而没有找到一种理论基础,它就永远不能达到完全的和严格的确实性②,这一点也是确实无疑的。但是,悲剧人处于无声的世界和从不讲话的隐蔽的上帝之间,他没有任何严谨的和有足够根据的理论依据来肯定上帝的存在。帕斯卡尔所说的理性和康德所说的知

---

① 《就夏米雅尔先生在两篇毁谤性文字中援引的所有事实,为波尔-罗亚尔修道院修女及其神师的信仰辩护……》,1667 年,第 59 页。——作者注

② 这是从圣安瑟勒姆的《宣讲》到卡尔·马克思的《关于费尔巴哈的提纲》中 Fides quaerens intellectum(为了理解,我相信)的问题。在专门研究帕斯卡尔的认识论的一章里,我们将再谈这个问题。——作者注

性一样,是一种思维能力,它既不能肯定上帝的存在,也不能肯定上帝不存在。因此,冉森派思想得出一种极端的结论,它不是达到"在你那里得到安宁",而是达到《耶稣的神秘》中的说法:"耶稣将会忧伤,一直到世界的终了;我们在这段时间里绝不可睡着。"

不过上帝的存在尽管不是理论上的确实性,也是具体的和实际的;也可以说是确实的,但这是另一类型的确实性,是意志和价值范畴的,康德称之为"实践的";帕斯卡尔更为严谨,他用了一个指综合和超越理论和实践的词:"心灵的确实性"。然而各种实践的或理论与实践的确实性并不等于是证明、证据,而是公设和打赌。这两个词指的是同一个概念,卢卡奇采用了这个概念,但他用的是另外的字眼,他写道:"信仰肯定这种关系(经验的实际和本质之间、事实和奇迹之间的关系),并将其永远无法证实的可能性变为一切存在的先验基础。"①

我们在第三篇中将用一章专门探讨打赌的问题,但从现在起就更加理解,为什么人们将其"变为一切存在的先验基础"的上帝是永远存在的,而且也是永远不存在的,因为悲剧意识的根本清晰使它永不会忘记,在上帝身上存在和不存在是密切地联系在一起的。上帝的不存在,即世界自相矛盾的特点,只是对永远不能接受这种特点的意识来说才是存在的;因为这样的意识的特点就是永远要求清楚明确,上帝的目光经常出现;而另一方面,上帝的目光的存在只不过是"打赌",是"永远无法证实的可能性"。因此,这种意识将同时受到恐惧和希望的控制,是连续不断的震颤和持久的信赖,因此它将在持续的紧张中生存,得不到也不接受片刻安宁。

但是理论的和实践的确实性的绝对要求也包含着第二种后果:人在没有理智的世界和隐蔽的、缄默的上帝之间感到孤寂。因为在只承认清楚明确和绝对的悲剧人与含糊不清和矛盾的世界之间,不论何时何地都不可能有任何联系,任何对话。

真实与不真实,清晰与模糊,不仅是两种互不理解甚至也不可能相通的语言。悲剧人能向其表达思想和语言的唯一存在物便是上帝。但是我们知道,这是个不存在的、缄默的上帝,他从来也不作答。这就是为什么悲剧人只有唯一的一种表达方式:独

---

① 卢卡奇:《心灵与形式》,第335页。——作者注

白，或者说得更确切些，——既然这种独白并不是向他自己而是向上帝说的，按照卢卡奇的说法，就叫做"孤独的对话"。

人们时常在考虑，《思想录》是为什么人写的。大部分解释者都不大理解，一个基督教徒会用"打赌"来维护其他基督教徒——甚至是其他的冉森教派信徒——所不能接受的立场，因此这些解释者便认为这部著作本来是为不信教的人写的。我将力求指出这种假设的谬误（再说一看就知道是显而易见的错误，因为不信教者根本拒绝打赌）。但是这些解释者认为《思想录》也不可能是为信教者写的，这并不无道理——信教者无须打赌——而且看来帕斯卡尔也不大可能是为自己写的。我觉得真正的解决办法完全是另一回事；由于帕斯卡尔承认不可能与世界进行任何对话，于是便对他仅有的唯一听者讲话，这是个缄默的、隐蔽的听者，他不承认任何保留，任何谎言，任何谨慎，但他却从不回答。《思想录》是与冉森教派信徒和悲剧的隐蔽的上帝进行"孤独的对话"的突出例证，在对话中一切都有重要意义，每一个词都与其他的词有同样的分量，注释者不能借口语言上的夸张或过分而丢弃任何东西；在对话中一切都是主要的，因为人是在跟唯一能听见他的声音的存在物讲话，但是他永远也不知道这个存在物是否真正听到了他的声音。

无疑这种"孤独的对话"的言语也是对人讲的，不过这时不再是信教者和不信教者的问题了，或者更确切地说，有可能是信教者，也可能是不信教者，而又不真正是前者或后者。悲剧思想家是向所有的人讲话，因为他们可能听见他的话，他们可能成为主要的人物，因为他们是真正的人，他们"可能超越人"而真诚地去寻求上帝。

但是，世界上如果只有一个人能够听到悲剧人的话，并能有所反响，那么在世界上就会有一个可能存在的集体，有一种有价值的、真正的东西，悲剧就会被超越，"孤独的对话"就可能变成真正的对话①。可是在悲剧人面前只有"无限空间的永久沉默"，当悲

---

① 无疑在现实当中，有时在同一出悲剧里不仅仅有一种悲剧意识——例如提图斯和贝蕾妮丝的情况。但是他们不能形成一个集体。贝蕾妮丝在离开尘世时与提图斯分离时，便进入了悲剧世界。孤独者——原则上至少是孤独者——把他们的相互接触减少到最低限度。卢卡奇有一次写道："追逐同一些明星的有些是兄弟，但是没有伙伴也没有朋友。"（乔·卢卡奇：《小说理论》，柏林，卡西雷出版社，1928年，第29页。）——作者注

剧人意识到这种情况时,他便突然感到超越了自己的孤独,感觉到靠近了模范地、超人地完成悲剧意识职责的人,靠近了世界和最高道德准则之间、世界和上帝之间的中介人。

我已经说过,将来还要这样说:《思想录》是一切思辨神学的终结,并且肯定了这种终结。在帕斯卡尔看来,不再有、也不可能再有任何有根据的理论证据说明上帝的存在。但是,正因为帕斯卡尔意识到这种状况的无法改变的特点,空间和世界的绝对沉默,他自己对正义或真实执着的要求,人超越人的事实以及他自己的孤独和他自己的痛苦,他才获得唯一的信念,这种信念不是把他引导向一般的宗教(这是打赌的作用),而是引向特殊的基督宗教。因为他在理解自我以及自己的局限时,便感到自己和耶稣的人性,和耶稣的痛苦与牺牲接近了,而不是和耶稣的神性接近了。

前面这几章使我们——我希望如此——能够得出悲剧意识的各种基本因素,说明这些因素的协调严谨和内部衔接:世界的自相矛盾,人的皈依,本质的存在,对绝对真实的要求,摒弃一切模糊不清和一切妥协,对对立物的综合的要求,人和世界的局限的意识,孤独,悲剧人与世界和上帝之间不可逾越的鸿沟,关于无法证实其存在的上帝的打赌,永远存在又永远不存在的上帝独有的生活,最后是这种状况和这种态度的后果:道德先于理论和效力,抛弃在物质上取胜的一切希望,或者简单地说对未来的希望,而保证精神和道德的胜利,保证永生。

我准备通过分析两篇文章来继续探讨这一章,并以此结束第一篇,这两篇文章对于理解帕斯卡尔的作品和理解一般的悲剧意识是同样重要的:《罪人的皈依》和《耶稣的神秘》①。

第一篇著作处在前一章所描述的悲剧意识的两个平衡点之间;它虽然没有达到在物质世界内摒弃世界和就上帝打赌的高度,可是它超越了——不是由于这篇著作的明确的内容,而是由于它的方法的结构——一般的单方面拒绝世界和呼请上帝。心灵处在世界的缺陷与神性的沉默或至少是神性的距离之间,实际上它只是通过在世界与上

---

① 《罪人的皈依》是帕斯卡尔于 1654 年撰写的,1779 年时才正式发表;《耶稣的神秘》是《思想录》中的一个部分。

帝之间持久的往复才意识到世界和它自身的局限,这种往复既是永恒的运动,同时也是绝对的静止。

我们已经了解《罪人的皈依》的开头;上帝"向心灵启示"所体现的"理解力和突出的见解",使心灵"以崭新的方式观察事物和自身",并把心灵与世界分隔开来,因为世界给它带来"纷乱,这种纷乱妨碍着心灵从给它带来莫大乐趣的事物中得到的宁静……在这样的乐趣中经常有一种顾虑与心灵抗衡,这种内心的想法使心灵在过去任情享受的事物中再也找不到习惯的乐趣。"

然而与世界的分隔远没有给心灵带来宁静,实际上,心灵并没有找到能够代替过去使它幸福的另外一种存在,另外一种乐趣。因此,"它在虔诚的宗教活动中比在世界的虚空中发现更多的痛苦。"因为"一方面可以看得见的事物的存在比看不见的事物的希望更能触及它;另一方面,看不见的事物的坚实比可以看得见的事物的虚空更能触及它。一类事物的存在和另一类事物的坚实就是这样争相得到心灵的青睐,一类事物的虚空和另一类事物的不存在又引起它的憎恶,以致在它内部产生紊乱和模糊"①……

原稿到此就中断了。这大概是——甚至很有可能——一般的意外之事。然而我发现到这里中断却来得恰到好处。实际上,并没有出现——我已经说过——悲剧意识的过渡、也没有出现悲剧意识的不同阶段。可是,原稿在"紊乱"和"模糊"这两个词上中断,接着又立即使用了——按现在的稿本的状况——完全意识到悲剧的普遍界限的心灵的言语:死亡。

"悲剧中注定要死去的主人公,"卢卡奇写道,"都是在死去之前很久就已经死了"②;在另一处为了说明悲剧世界的永恒性,他又补充说:"现在变成次要的,不真实的,而过去则威胁逼人,危难重重,未来已经为人所知晓,并且很久以来便不自觉地体验着。"③心灵"把要消失的东西看成是正在消失甚至已经消失了的东西",关于皈依的

---

① 从文章协调的角度来看,在上帝和世界之间进行选择的这种不可能性仍然显得"紊乱"和"模糊",作者没有达到在物质世界内拒绝世界和普遍反常的清楚明确的态度。——作者注
② 卢卡奇:《心灵与形式》,第342页。——作者注
③ 卢卡奇:《心灵与形式》,第340页。——作者注

文章里这样写道，"并且确实看到它所喜爱的一切消亡了，它在观察中感到担惊害怕……

"因此心灵开始把凡是要回到虚无的东西都看成像虚无一样，诸如天、地、精神、躯体、亲人、朋友、敌人；财富、贫穷；灾祸、幸运；荣誉、耻辱；尊重、蔑视；权力、贫乏；健康、疾病，以至生命。"

不过，这样的明确又把心灵带回到尘世和模糊之中。"它开始对经历过的错乱感到惊奇，并且当它看到……许许多多的人都这样生活的时候……便有一种神圣的模糊感，并且有一种给它带来非常有益的纷乱的惊奇感。"

心灵处于空幻而又存在的世界与坚实而不存在的上帝之间的状况把它置于紊乱和模糊之中，心灵就是这样从紊乱和模糊过渡到清楚地理解一切要消失的和重新坠入模糊之中的东西，过渡到观察世界和自己过去的生活；这时它发现死亡的普遍的限度是清楚明确的（心灵已经熟谙这种清楚明确），在它自己的绝对和永恒的要求面前，一切要消失的东西的虚无是清楚明确的，因为"然而这是确实的，当世界上的事物具有某种可靠的乐趣时……这些东西的消失或是死亡最后不可避免地要剥夺去我们的乐趣；因此，心灵虽然积聚了现世的财富，不论这是怎样的财富，金银也好，知识也好，名誉也好，它都要从自己的幸福中失去所有这些东西，这是完全必然的；因此，如果说这些财富过去使心灵得到过满足，那么将来不会永远使它满足；如果说这是获得了真正的幸福，但这并不是希图得到持久的幸福，因为这种幸福要随着生活的过程受到限制。"

这种新的认识把悲剧人和其余的人彻底分开了。上帝"通过神圣的谦恭"，把悲剧人"提高到至高无上的地步，他开始高踞于一般人之上：他指责他们的行为，憎恶他们的箴言，为他们的错乱哭泣"。正因为他脱离了一般的人，便开始在上帝的目光下生活。"他去寻求真正的善；他懂得善必须具备这样两种品质：一是善和悲剧人同样持久延续，只有在悲剧人同意的情况下，才能从他那里去掉善；一是无比的和蔼亲切。"

尽管有了这样的新的意识，然而心灵仍然又想起已经离开的世界，它知道"由于它过去对世界的爱，它在世界的错乱中发现这第二种品质，因为它从未见到过比这更加和蔼可亲的。不过由于在这里没有看到第一种品质，他知道这还不是至善"。

关于心灵与世界的关系的文章第一部分到此结束,第二部分将谈到心灵与上帝的关系。

心灵终于意识到自己的本质,它只是由于追求至善才存在,它知道世界上的人和物"将没有什么能使它永远满足的",因此"它要到别的地方……去寻求至善,并且通过非常纯洁的启示,它知道至善根本不存在于它本身的事物之内,也不在它之外,也不在它之前(因此在它之内、在它的周围是一无所有的),他开始在它的上面去寻找。

这样的升高是非常突出的,非常超验的,以致它不是停留在天国,因为天国没有使心灵得到满足的东西;它也不是停留在天国之上,也不是停留在完美无缺、十全十美的人的水平上。这样的升高穿过一切创造物,只有在它到达上帝面前才结束它的心愿,在那里它才开始找到宁静。"①但是,它所寻求的上帝,通过"受圣宠启示的帮助的理

---

① 这里我们要费些笔墨谈谈布伦士维格的注释,他的注释有两个典型的明显误解,这是无论如何不能相信的。

第一个误解是很显然的,无需多谈。关于"非常纯洁的启示"这几个字,布伦士维格写道:"这种启示的纯洁具有智力上的意义;这就是说没有任何晦涩之处,没有任何怀疑的理由,它就表示着明显。"我不能想象还有比这更违背帕斯卡尔作品的意义的解释。帕斯卡尔认为,人的理性、智力永远不能带来绝对的明确和明显。特别是涉及到叛依和上帝的时候更是如此。我觉得很明显,"非常纯洁的启示"只能来自圣宠,圣宠不是表现在理性上,而是表现在超越智力的仁慈上;这不是智力上的启示,而是一种心灵上的启示。(在稍后一点,帕斯卡尔自己写道:"受到圣宠启示的帮助的理性。")

第二个误解不太明显,不过正因如此就更加危险;因为它力求把悲剧意识和它的对立物灵性混淆起来。关于升高的这一段,布伦士维格谈到"各个阶段",并且分别提到伏尔泰和勒孔特·德·李勒的两句诗:

　　在九天之外,存在着天国的上帝

和

　　直到名家,直到完人,直到上帝

帕斯卡尔与伏尔泰或勒孔特·德·李勒之间的相近可能出现出人意料的情况,我们暂且不谈,而直接谈谈这种解释所提出的实际而有道理的问题。勒孔特·德·李勒的诗句确是表达了道德准则的层次:

　　直到名家,直到完人,直到上帝

在这句话的三个成分之间,我们几乎可以听到"而且"这个词,无论如何是有这样的意思。可是我觉得在帕斯卡尔的文章中,这同一个形象却具有恰好相反的意义(根本不存在层次,同样有缺欠的创造物与绝对和完美的上帝之间特有的二重性)。请原谅我试图作一点更详尽的分析,因为乍一看来这两种解释似乎都是可能的。

首先我们看到,帕斯卡尔(假定这段文字是他写的)通过我谈到的那个片断前面的几行字,把升高简化为纯空间的上升。心灵在"它本身之内、在它之外和在它之前的。"事物中寻求至善,但是"在它之内和它的周围。都没有找到,在可以称为横向方面找遍之后,它又奔向纵的方面,向升高的方向寻找。可是,这时形象变得危险了,并且非常模糊含混。日常语言赋予升高这一概念的不仅是空间的而且是伦理的意义。心灵在升高当中所遇到的,如天堂,天使、圣徒,无疑在信教者的思想中是按照某种空间顺序排列的存在,而且也正是由于某种价值的层次才按照这种顺序来排列。帕斯卡尔赞成这种层次吗?我觉得这种层次不仅与全部的《思想录》相悖,而且我所谈到的文章极力抵销和避免这种层次。只要把它和勒孔特·德·李勒的诗句比较一下就够(转下页)

智"，它现在知道上帝是唯一的真正的善，可是对于向他提出的吁请始终保持沉默不语。"因为，虽然心灵没有感觉到上帝奖励虔诚习惯的种种喜悦，然而它懂得……再没有比上帝更亲切的了。"它感觉到与上帝之间存在的鸿沟。"因此心灵在上帝面前表示谦卑，由于它不能自己就至善形成一种相当卑微的看法，也不能设想有相当高尚的看法，它便重新努力，把自己贬低到虚无的最后深渊，同时在不断扩大的无限中观察上帝。"①它决定永远在上帝的目光下生活，"永远感激上帝"，并且"为曾经偏爱众多的空虚而不敬神圣的上帝而感到羞愧；它怀着痛悔和悔罪的思想，求助于上帝的怜悯以止息上帝的愤怒"……

心灵请求上帝"指引它到上帝那里去，并告诉它到达那里的办法"。因为心灵就是在寻求上帝并且为了寻求上帝而存在，因此它"渴望借助来自上帝本身的办法到达上帝那里，因为它希望上帝本身就是它的道路，它的目标和它最终的目的。"

心灵意识到世界的虚空，意识到它与世界之间不可逾越的鸿沟，同时它也理解上帝特有的价值，并且知道靠它自己的力量是不能达到上帝那里的。由于上帝一直是隐蔽的，并且从不对它明确地讲话，它永远也不知道上帝是否愿意帮助它，是否要谴责它，或是引导和赞成它的步伐。这篇著作以这样几句话结束："它开始认识到上帝，并且希望到达上帝那里；但是由于它不知道怎样才能到达，不知道它的愿望是否真诚和

（接上页）了："直到名家，直到完人，直到上帝"，这位诗人在诗句中三个词的每一个之前用了同样的字，也可以说是使这三者彼此相似，并且是从正面对三者同样看重的，一直到指出在空间和人间全面上升的思想。相反地，帕斯卡尔写的则完全不同：当然他也把天国，天使和最完美的人看作是相似的，但这完全是反面的。没有价值的意义上的相似，从而把这三者与唯一的真正价值即上帝对立起来了。"它不是停留在天国……也不是停留在天国之上，也不是停留在天使或完人的水平上……它到达上帝面前，在那里它才开始找到宁静……"

但是问题并没有到此为止。帕斯卡尔还向我们指出，为什么天国、天使和最完美的人都是有缺欠的，为此他使用了曾用来说明世界的虚空的原话，甚至用得更为直接了当，明确彻底：世界上的东西"将来没有什么能使他永远满足的"，天国"现在没有什么能使他满足的"，这种情况从现在就是如此。如果把天国看得比世界更高，那不是把文章歪曲了吗？

最后我还要补充一点，我认为，在谈到心灵到达上帝面前时使用的"开始找到宁静"这些字眼，似乎同时要表示心灵在以前什么也没有找到，而且它也没有能达到宁静的结果。

这一切不过是我在前面所说的内容的继续：悲剧意识只知道不分阶段也没有中间物的"整体或乌有"，它是一切神秘和一切灵性的对立物。——作者注

① 这使我马上就想到《思想录》中关于两个无穷的第 72 段。——作者注

实在,它就如同希望到某个地方,但中途迷了路,并且知道自己迷了路的人一样,便向非常熟悉这条路的人打听,并且……"

"因此,它承认它应当家创造物那样崇拜上帝,像感恩者那样感谢上帝,像罪人那样向上帝赔罪,像穷苦人那样乞求他。"

"悲剧的奇迹的适度就是限度的适度,"卢卡奇写道。《罪人的皈依》最后的几个字是:它认为自己"像……创造物……感恩者……罪人……穷苦人那样"。两个文本的一致是很明显的;但是我认为在刚才分析的著作中更为明显突出的是持久的平衡,不过这是静止的和永恒的平衡;正题和反题的辩证法使得皈依的心灵转向世界,在感到世界的缺陷之后,又离开世界而转向唯一真正的善,理解这种善的主要性质,然后又重新转向世界,并且清楚地看到它永远不可能把这些品质集中到一起。由于理解了一切世俗的和要消失的东西具有根本的和不可容忍的缺陷,因此它又来到上帝面前。这一切就是为了认识心灵和它的唯一的价值之间同样具有不可逾越的鸿沟,即上帝在其持续的存在中经常不存在;心灵就是这样将在焦虑不安中找到它唯一的宁静,在寻求中找到它唯一的安慰。悲剧人与悲剧中存在和不存在的上帝之间永恒不变的关系,可以用我在这段分析的结尾所用的几个字——因为这几个字本身的重要性——来表达:"是占有他而不是希望得到他"。

人们很少能这样全面地表达悲剧的紧张,表达存在和虚无、存在和不存在这样对立的两极之间永久的运动,不过这种运动却从不前进一步,因为它是永恒的和瞬时的,与时间并不相干,而在时间当中是有进展和倒退的。

除去各个段落的内容之外(其意义如同在一切悲剧本文中一样,都是相对独立的),《皈依书》的结构本身也有力地说明悲剧意识的性质。

我希望这段分析将帮助我们理解帕斯卡尔专题著作[1]中另一著名的悲剧本文《耶稣的神秘》。

不过在探讨这一本文之前必须排除一种可能出现的异议,在和一些主张按照传统

---

[1] 我用这种说法是因为《罪人的皈依》究竟出自谁的手笔并不肯定。相反地《耶稣的神秘》则肯定是帕斯卡尔的作品。——作者注

方式解释帕斯卡尔的著作的人进行口头争论时,我已经遇到过这样的异议。

我确是试图把《耶稣的神秘》作为悲剧意识的表现来阅读的。可是《耶稣的神秘》不过是对橄榄山和耶稣的忧伤这两段福音经文的直接评注;我觉得许多有高度代表性的表现悲剧观的段落,实际上几乎是毫无改动地转叙福音经文。在这种情况下,如果我把一篇只是基督教的本文说成是悲剧性的,那就不就搞错了吗?那不就是给这篇东西加上与帕斯卡尔的思想并不相干的意义了吗?这种反对意见是很有影响的。可以肯定,帕斯卡尔始终只想做一个虔诚的、正统的基督教徒,并且基督教决不是他的思想的一般外壳,而是和他的思想的本质密切联系的。甚至必须考虑一下是什么样的基督教?因为在讲求实际的思想史家看来,毫无疑问圣奥古斯丁的基督教思想和圣托马斯的基督教思想是根本不同的,圣托马斯的基督教思想又和莫利纳①的思想不同,并依次类推。有许多种形式的基督教思想和意识可能都自我标榜忠于教会和上帝的启示,并且或多或少都有些道理。无疑基督宗教——由于有个垂死的和永存的上帝,由于耶稣基督神人合一的反常现象,由于有个中介者的思想,简而言之,由于有个十字架的荒唐思想——特别有利于悲剧的解释。因为社会的和历史的条件,在几个世纪当中,对基督教的这种解释是极其罕见的,这也是确实的,并且这种解释——无论它如何忠实于福音书的某些段落——也不得不把这些段落与上下文孤立开同时抛开其他的许多段落,例如谈到上帝确是存在的段落。

因此我认为,帕斯卡尔在选择耶稣一生中仅有的这两个孤独的时刻,即客西马尼园②山之夜和忧伤时,已经以此解释了《福音书》,并赋予《福音书》以悲剧的意义。

如果我们考虑在关于客西马尼园和耶稣的忧伤的福音书里,究竟哪些段落曾引起帕斯卡尔的注意,哪些段落被他丢在一旁,事实就更加明显了。

无疑帕斯卡尔的本文是按照《马可福音》和《马太福音》写的——而且是相似的——但这是因为这两部福音书的相应段落的本文完全适合于悲剧的解释。但是在

---

① 路易斯·莫利纳(1536—1600),西班牙耶稣会士,神学教授。
② 耶路撒冷橄榄山下的花园,据说耶稣在这里被捕。

帕斯卡尔使用过的《路加福音》里①,便有一节(第22章,第43节)完全不宜于作任何悲剧的解释;这一节断言耶稣并不是一个人在山上,上帝派了一个使者来让他安心:"有一位天使从天上显现,加添他的力量。"《耶稣的神秘》丝毫没有提到这种孤独的超越,这是非常说明问题的。现在我们再继续分析下去。在写《神秘》一文时,帕斯卡尔无疑也利用了《约翰福音》,因为在四部《福音书》里,这是他明确提到的唯一的一部②。可是在《约翰福音》里,橄榄山和忧伤的本文已不再有任何悲剧内容。《约翰福音》在耶稣的忧伤这一部分里,取消了《马可福音》和《马太福音》的 Lamasabactanie(为什么离弃我),上帝的离弃在《神秘》一文中变成了上帝的"愤怒";另一方面,在橄榄山上的孤独变成了祈祷,祈祷中不断提到耶稣的荣耀和门徒的成圣。可是,这一切不仅丝毫没有出现在《耶稣的神秘》中(相反地人们发现明显相反的两段③),而且我还注意到,帕斯卡尔从《约翰福音》的本文中吸收了唯一的——与上下文割裂的——可能有悲剧意义的一段,并把它加以集中而纳入《思想录》的一段(第906段)。"从今以后,我不在世上,他们却在世上,我往你那里去"(《约翰福音》,第17章,第11节),"我已将你的道赐给他们;世界又恨他们,因为他们不属世界,正如我不属世界一样。我不求你叫他们离开世界,只求你保守他们脱离那恶者,他们不属世界,正如我不属世界一样。"(《约翰福音》,第17章,第14至16节),这和《思想录》第906段之间的相似是很明显的,《思想录》第906段的本文要求人按照上帝的意旨在世界上生活,"而又并不享受它或喜爱它"。

我认为所有这些例子都证实了我的看法,根据这种看法,《耶稣的神秘》并不是《福音书》的一般转述,而是就《福音书》进行的悲剧的思考。

可是在提出这一否定的论据之后,在着手对本文进行具体分析前。我还要对第二个问题加以澄清,因为它不仅涉及到对帕斯卡尔的专门研究,而且也涉及到关于一般

---

① 《路加福音》第22章,第44节。——作者注

② 《约翰福音》第18章,第4节。——作者注

③ "我与上帝或与正直的耶稣基督并没有任何关系",以及"让光荣属于我,而不是归于你,你这虫豸与尘土。"——作者注

的悲剧意识的研究。

这种意识实际上达到两种不同的凝聚,其中每一种都对悲剧意识有非常重要的意义,但是悲剧意识和两种凝聚的关系是有根本区别的:一是上帝的凝聚,一是中介者的凝聚。

对于悲剧意识来说,上帝只是、并且只能是一种隐蔽的现实,悲剧意识就是由于这个现实才存在的——"无论我是独自一个人、还是在别人的眼前,我的一切行为都有上帝明鉴,上帝会判断它们的,而我也是把它们全部都奉献给上帝的",帕斯卡尔这样写道(第550段);——但是悲剧意识和这个现实并没有任何即时和直接的关系,并且它甚至不能证实这个现实是否存在,我曾一再讲过,对于悲剧意识来说,上帝是一个实际的公设,或是一种打赌,而不是理论上的确实性。

可是,对这同一个悲剧意识来说,中介者的现实却完全不同,这一存在的现实完全单独地、完全真实地把上帝与世界、把世界与上帝联系起来;由于这个存在是人,而且又不仅是人,他通过自觉的信念,通过他的公设和打赌,肯定并创造了永远无法证明的上帝存在的现实。悲剧意识最肯定、最直接地认识这一中介者,更明确地说,悲剧意识不是认识中介者,它本身就是中介者。在悲剧意识和中介者之间——不论对无神论者来说,这个中介者具有具体化的概念或理想化的人的形式,或是对信教者来说,他具有从启示中得知的为拯救世人而作出牺牲的耶稣基督的形式,——存在着参与的关系,相互一致的关系,但是这毫无神秘的参与的色彩,因为它不是把人引向出神入化,而是保持甚至创造最严密的概念上的明确;这种参与的关系也毫无集体的色彩,因为它不允许超越孤独,也不容许降低紧张。无神论者卢卡奇用兄弟的形象来表示这种参与关系,用对同一些明星的追逐来表示,然而他们既不是伙伴,也不是朋友,而信教的帕斯卡尔则用《耶稣的神秘》这篇奇特的本文来表达。

这种参与和一致的关系使得人只能通过认识中介者才能认识自己,因为人确实是人,也就是说,因为人为了在上帝的目光下生存而自我超越。"不仅是我们只能由于耶稣基督才认识上帝,而且我们也只能由于耶稣基督才认识我们自己。我们只能由于耶稣基督才认识生和死。离开了耶稣基督,我们就不知道什么是我们的生,什么是我们

的死,什么是上帝,什么是我们自己。"(第548段)

基督宗教力求在耶稣基督身上集中并混淆这两种现实,这也是确实的;相反地,悲剧观则力求将它们分开,使它们彼此隔离:帕斯卡尔的悲剧思想也是这样,它使帕斯卡尔把耶稣本身的两种特点区别开来,这比在大多数基督教著作中更为突出。只需举出第552段作为例子就够了,这一段严格区别耶稣在十字架上的悲剧人的形象,人们看得到的形象,和在只有圣徒才能进入的坟墓中耶稣的神圣而隐蔽的形象①,或者是我们已经部分地引用的《神秘》中一个段落,我们觉得这一段是非常重要的:"我与上帝或与正直的耶稣基督并没有任何关系。然而他却由我而被弄成有罪的了;所有你的鞭挞都落在他的身上。他倒比我更可憎恶,但他远没有憎恶我,反而使自己受到尊敬,以致我要走向他并且求救于他。"

"然而他却救治了自己,而且会更加有理由要救治我。"

这几行文字明确地或暗含地包括了各种因素,这些因素能有助于理解悲剧意识及其作为榜样的体现、即中介者的关系。我不顾某些书生气十足的人的指责,试图指出这些因素:

(1)最初的几句话消除了上帝和中介者之间的一切含混不清。

(2)中介者酷似悲剧人,他就是悲剧人的实体,由于人类的命运的存在,他变成有罪的,因此他需要人的帮助。

(3)但是,人能够给予他的帮助自然不是直接的、即时的帮助。《神秘》一文中有好几句话都充分地表达了这种帮助:"耶稣将会忧伤,一直到世界的终了;我们在这段时间里绝不可睡着。""耶稣摆脱自己的弟子才能进入忧伤;我们必须摆脱自己最亲近的

---

① 耶稣基督的坟墓——耶稣基督死去了,而又被人看见在十字架上。他死去了,并隐藏在坟墓中。
　　耶稣基督是仅仅被圣徒们所埋葬的。
　　耶稣基督在坟墓中并没有行过任何奇迹。
　　只有圣徒才进入过那里。
　　正是在这里耶稣基督获得了一个新生命,而不是在十字架上。
　　这就是受难与救赎的最后神秘。
　　耶稣基督在地上除了坟墓而外,就没有可以安息的地方。
　　他的敌人只是到了坟墓中才停止折磨他。——作者注

和最亲密的人才能仿效他。"

"仿效他","在同一个星空下行走"。这是唯一的帮助,是各种悲剧意识之间唯一的关系,这种关系由于强调悲剧意识的孤独,而使之超越孤独。

(4)但是,一切悲剧意识都按照它固有的方法给其他悲剧意识的这种帮助,将不会改变每种悲剧意识自己拯救自己的事实。耶稣"救治了他自己"。

(5)这是一种不言而喻的思想,不过我觉得它是含蓄的,耶稣救治了他自己,同时也必将救治人,但是这种救治同时也是人本身的功绩,是他自己的意识、他自己的意志起作用的结果。

在悲剧人和正直的耶稣基督之间没有任何关系,在悲剧人和为拯救人类而受难牺牲在十字架上的耶稣之间的关系中,才有对称的相互关系①。

因此,任何其他一个本文都不如《耶稣的神秘》那样能使我们更懂得悲剧的灵魂。

悲剧的孤独并不是规定的孤独,追求的孤独,相反地它是世人不能听到哪怕是最必要的声音所造成的。

"耶稣乞求过人,但不曾为人倾听。""耶稣寻求某种安慰,至少是在他最亲爱的三个朋友中间,而他们却睡着了。他祈求他们和他在一起承担一些,而他们却对他全不在意,他们的同情心是那么少,以致竟不能片刻阻止他们沉睡。于是就剩下耶稣一个人孤独地承受上帝的愤怒了。""耶稣向别人那里寻求伴侣和慰藉。我觉得这是他一生中独一无二的一次。但是他并没有得到,因为他的弟子们睡着了。"

"我觉得这是他一生中独一无二的一次。"这些言词在这里有其重要的意义。帕斯卡尔知道,这是《福音书》中所讲述的耶稣一生中唯一的、特殊的时刻。但是这唯一的、特殊的时刻也是他能够理解的唯一的时刻,因为在他自己的一生中,他时时刻刻都在经历着、思考着这个时刻;因为这时耶稣存在着、同时把帕斯卡尔感觉是真理和人的本质的东西提高到一个典范的高度。

这时耶稣"剩下一个人孤独地承受上帝的愤怒",他的弟子们没有听到他的声音,

_____

① 两种意义上的同一种关系的逻辑意义。——作者注

因为他们都睡着了,就是那些听到他的声音的也不能去帮助他,而只能醒着,忍受着同样的痛苦;对于悲剧人来说,这个时刻和日常生活中的所有时刻并不是属于同一类性质的,这个时刻之前有与它不同的许多时刻构成过去,后面还跟着许多的时刻——也与它相比较——就成为未来。

我们已经说过,悲剧意识忽视时间(这是拉辛的悲剧中三一律的真正原因),是超越时间的——因为未来已被隔绝,过去也被取消——它只知道唯一的一种选择:虚无或是永恒。

由于悲剧意识成为本质的东西,因此任何转变、任何变化对它来说都是不可想象的,因为在悲剧中和在理性主义中一样,本质是永恒不变的。有一种危险是心灵始终感到担心的,不过如果心灵确实是悲剧性的,这种危险便永远不会出现,这就是丢弃本质,重新回到世界上和日常生活中,重新落入相对和妥协的窠臼。

悲剧意识如此超越时间,以致帕斯卡尔在他的《耶稣的神秘》一文中把从《福音书》里引用的两个不同的时刻合并为唯一的一个时刻,即在橄榄山的时刻(耶稣被他的弟子们离弃)和在十字架上忧伤的时刻("为什么离弃我",耶稣被上帝离弃)。

这并不是武断的混淆。的确对于悲剧意识来说,他一生中的每一个时刻都和其中唯一的一个时刻、即死亡的那一时刻混同起来。卢卡奇写道:"死亡是和他一生中的一切事件牢固地联系在一起的内在现实",帕斯卡尔讲得更加强烈有力:"耶稣将会忧伤,一直到世界的终了;我们在这段时间里绝不可睡着。"

然而在这将一直延续到世界终了的超越时间的、永恒的时刻,只有孤独的悲剧人遭到睡着了的人的不理解,承受着隐蔽的并且始终保持沉默的上帝的愤怒,只有悲剧人将在自己的孤独和痛苦中找到他仅有的、但足以显出他的高尚的唯一价值:他的理论意识和道德意识的绝对严谨,绝对真理和正义的要求,拒绝一切幻想和妥协。

人由于不能达到真正的道德准则,找到严谨的真理,实现真正合理的正义,因而是渺小的、可怜的;然而人具有意识,使他能够觉察人类的一切缺欠,一切局限和物质世界的一切可能性,使他从不满足于其中任何缺欠、局限和可能性,从不接受任何妥协,因而又是伟大的。帕斯卡尔在《思想录》中一再说道:

"人显然是为了思想而生的;这就是他全部的尊严和他全部的优异;并且他全部的义务就是要像他所应该地那样去思想。"(第146段)

"人只不过是一根苇草,是自然界最脆弱的东西;但他是一根能思想的苇草。……"

"纵使宇宙毁灭了他,人却仍然要比致他于死命的东西更高贵得多;因为他知道自己要死亡,以及宇宙对他所具有的优势,而宇宙对此却是一无所知。"(第347段)必须根据这些本文和表达同一思想的其他许多段落的启示,来阅读《耶稣的神秘》中最重要的段落之一:"耶稣在地上是孤独的,不仅没有人体会并分享他的痛苦,而且也没有人知道他的痛苦;只有上天和他自己才有这种知识。"

从这种悲剧的角度来看,清晰首先意味着意识到局限的、特别是死亡的不可避免性,这种意识不知道有任何历史的未来;人的高尚首先在于有意识地、自愿地接受痛苦和死亡,这种接受把生命变成作为范例的命运。悲剧的伟大把忍受的痛苦,由没有灵魂和意识的世界强加给人的痛苦,变为自愿的和创造性的痛苦,变为由人的有意义的行动对人的苦难的超越,这样的人从真理和绝对的根本要求出发,拒绝妥协和相对。

"耶稣在受难中忍受着别人所加给他的苦痛,然而他在忧伤中却忍受着他自己所加给自己的苦痛,turbare semetipsum(心里悲叹,又甚忧愁)。那不是出于人手而是出于全能者之手的一种苦难,因为必须是全能者才能承担它。"

"他仅仅祈祷过一次要这苦杯离开,然后就顺从了;并且他还会去祈祷第二次的,假如有必要的话。"①

"耶稣在不能确定父的意志的时候就祈祷着,他害怕死亡;然而当他认识到它之后,他就走向前去献身给死亡。"

因此,在人所忍受的痛苦和耶稣基督的自愿的痛苦之间有一种根本的对立,人没

---

① 这里无须强调在"一次"和"第二次"之间存在着不是一般的量的区别,而是一种质的区别。——作者注

有超越牲畜并且只寻求享乐，而耶稣基督超越了人，并由此拯救了人类的道德准则和尊严。

"耶稣是在一座园子里，但不是像最初的亚当已经为自己并为全人类所丧失了的那样一座极乐园，而是在他要拯救自己和全人类的那样一座苦难园里。"

悲剧人和其他的人的关系是双重的、相互矛盾的关系。一方面他希望拯救他们，把他们引到自己这里，使他们不要睡着，把他们提高到自己那样的水平；另一方面，他意识到他与他们之间存在着一条鸿沟，他接受并肯定这条鸿沟，而让人们处在无意识之中，因为他们是宇宙的一部分，即使宇宙摧毁了人类，它也会毫无所知。

"耶稣在他的弟子睡觉时，就安排了他们的得救。在义人酣睡的时候他便造就了每一个义人的得救，既在他们出生之前的虚无之中、也在他们出生以后的罪恶之中。"

"耶稣处于这种受到普遍遗弃以及被他那些选来和他一起守夜的朋友们所遗弃的状态之中，他发现他们都睡着了，便因他们不是把他而是把他们自己暴露在危险之前而烦恼；他为了他们本身的得救与他们本身的好处而以一种对他们的诚挚的温情在他们不知感恩的时刻来警告他们；他警告他们说，精神是飘忽的而肉体又是软弱的。"

"耶稣发见他们仍然在睡着，既不为对他的也不为对他们自己的顾虑所萦绕，便满怀善意地不把他们唤醒而让他们好好安息。"

说到底，他接受现实，他赞同命运，这不仅扩展到他自己的痛苦，不仅扩展到睡着的弟子们，而且也扩展到摧垮他的整个宇宙。

"耶稣在犹大的身上并不是看到他的敌意，而是看到他所爱的、所承认的上帝的秩序；因为他称犹大为朋友。"

"如果上帝亲手给我们以主人，啊，那么我们多么有必要应该衷心地服从他们啊！必然性与各种事件是丝毫不爽的。"

但是不论悲剧人对其他的人感到如何的温情，他们和他之间的鸿沟已成为不可逾越的了。卢卡奇说，悲剧就是为唯一的一个观众、为上帝表演的游戏："耶稣摆脱自己的弟子才能进入忧伤，我们必须摆脱自己最亲近的和最亲密的人才能仿效他。"

"耶稣看到自己所有的朋友都睡着了而自己所有的敌人都警觉着，就把自己完全交给了他的父。"①

可是悲剧人在世界上始终不能实现的、并且迫使悲剧人把自己完全交付给上帝的这种要求,究竟是什么呢? 悲剧人期望从沉默不语和隐蔽的上帝那里得到什么呢? 我们已经讲过,这种要求就是集中、综合对立物的要求,就是整体的要求。因此在《耶稣的神秘》中,上帝的许诺表现为超越根本的二重性的许诺——对于一般的基督教思想和十七世纪的几乎所有思想来说——这种二重性在这里成为构成世界上人的生命的其他一切二重性和抉择取舍的象征性表示:灵魂与躯体在不死中结合。

实际上,地球上没有任何东西能避免一切世俗和有形体的东西的死亡,死亡是无法逃脱的。因此悲剧人永远不可能接受在世界上的存在,因为他既不能接受会消亡的道德准则,也不能接受局部的道德准则——如同脱离躯体的灵魂一样。他的生命只有在全部奉献给寻求实现完全的和永恒的道德准则时才有意义;在追求这些准则时——也只有在追求这些准则时——他的灵魂才能"超越人",并且从此以后变成不死的。但是灵魂不死只有在灵魂确是人的灵魂、并且在寻求整体而超越人时才存在,这就是说是一个不死的躯体。悲剧的灵魂是崇高的,不死的,因为它寻求和希望躯体的不死,悲剧的灵魂是悲剧的理由,因为它寻求和情欲的结合,如此等等。悲剧的信念首先是对上帝的信念,相信上帝有一天将造就出具有不死的灵魂和不死的躯体的完整的人。

"医生不能救治你,因为你终将死去。然而救治你并使你肉身不朽的却是我。"

"要忍受肉体的枷锁与奴役;目前我只从精神上解脱你。"

心灵因为与世界决裂了,脱离了时间的影响,直接感受到的只有它自己对上帝的存在的希望,它自己的祈求,因此它不再想过去的时刻,也不再想未来的时刻。"若是想着你会不会做好这样或那样不存在的事,那就是试探我更有甚于考验你自己了:当它到来时,我会在你的身上做出它来的。"在《耶稣的神秘》中"将来"这个词只出现过一次:这是为了说明和现在的时刻相比,它不应当是新出现的,它也不应和现在的时刻有所不同:"必须把我的创痛加在他的上面,把我和他结合在一起,他将在拯救他自己时

---

① "主啊! 我把一切献给你。"——作者注

也拯救我。然而这却决不可推给将来。"

可是我们不应对悲剧人与世界的决裂的意义产生误解,也不应对悲剧人把心灵完全交到上帝手中的意义产生误解;无论如何,这一切既不是神秘的出神入化,也不是与奥古斯丁的灵性所能预示的相类似的宁静。因为如果说心灵把自己完全交给上帝,这是交给一个永远不会把自己交给心灵的上帝。

"我以我在圣书中的话、以我在教会中的灵,并且以感召、以我在牧师身上的权力、以我在虔敬信者身上的祈祷而与你同在。"

这一段文字极其重要而有意义;因为帕斯卡尔显然是为了表达神性多种多样的、甚至完全的存在而写这一段话的,可是尽管有这种意图,尽管有由此得出的外在形式,这段文字几乎证实了帕斯卡尔的所有的本文,并且也告诉我们上帝在他永远存在中的连续不存在①。

"我以我在圣书中的话……与你同在",这是无疑的,但是必须知道怎样去读并理解这句话。冉森派信徒——其中包括帕斯卡尔——比所有其他的基督教徒都更了解,连不信基督教的和被天主弃绝的人都可以阅读《圣经》,但是要听到上帝的声音,阅读《圣经》还是不够的,要作为上帝的选民,这也是不够的。

"以我在教会中的灵",这也是一样的,冉森派信徒知道,实际的和看得见的教会及其在人间的领袖罗马教皇,都并不总是体现圣灵的。在亚历山大七世发出通谕②之后,有一天帕斯卡尔表明了他的立场,用的是从基督教和天主教的信仰看来很可怕的字眼:他说,圣奥古斯丁的门徒就在上帝和教皇之间。

"并且以感召、以我在牧师身上的权力",这更为严肃,更为实际。但是牧师如同教会一样,除非他是真正的牧师,并且不满足于仅仅有牧师的职务、服装和收入时,他才能利用上帝的感召。

---

① 这段文字是很少见的本文中之一,它与其他本文完全脱离,表面看来可以证实拉波尔特先生的论点。但是,帕斯卡尔恰恰是反对托马斯主义的:他始终断言由个人直接认识真理是不可能实现的——这是无疑的——要求。——作者注

② 亚历山大七世(1599—1667),意大利籍罗马教皇;1656 年 10 月,罗马教皇发出通谕,重申对冉森的《奥古斯丁》一书中的论点的谴责。

为了找到上帝,必须善于把《圣经》的真正意义,真正的教会和真正的牧师,与只在表面上是教会的表现、而实际上是虚假的义人和肉欲的基督教徒的世俗活动加以区别。可是,——悲剧这个词的本意也正在于此——信徒靠他自己的智慧毫无办法作出有效的区别。

一个真正的冉森派信徒从来不相信屈从于教会就是真理的绝对的、充分的保证,而且也不是他自己的理智或是感情的直觉。上帝只是通过"祈祷"才在虔敬信者心中存在,也就是说虔敬信者需要他,把整个的一生都献给他,这样上帝才存在。

但是——《罪人的皈依》已经向我们讲过——罪人的心灵并没有感觉到上帝用来奖赏虔诚习惯的种种魅力(因为那样的话,上帝靠这些魅力也可以存在,而不只是靠"祈祷"了),心灵从来也无法知道它所走的路是正确的还是错误的,这条路是通到上帝那里,还是相反通到世界上。祈祷能给心灵保证的唯一的东西就是它自己的需要,它自己对上帝存在的要求,而且也是现在仍然把它与上帝分开的、并且在它的整个尘世生活中将永远把它与这种存在分开的无限距离,而它只是为了上帝的存在才活着的。

给它留下的永远不是坚信,而仅仅是希望。

面对永远无声的世界和上帝的绝对缄默,由真正的道德准则的绝对要求产生的这种希望,其主要之点就是一方面新的认识给心灵带来的道德准则的根本颠倒,而且也是最突出、最重要的矛盾,即只是作为持久的焦虑不安而存在的信赖的矛盾,实际上是人可以得到的唯一形式的宁静和信仰的焦虑不安的矛盾。

这就是为什么我用《耶稣的神秘》和帕斯卡尔的整部作品中最重要的章节里的两个片断来结束本书的这一篇,这两个片断用几行文字就表达了前面分析中的要点;第一,"超越人"的悲剧人与世界之间的关系的本质,这个世界向来是悲剧人唯一的活动领域,对他来说已完全变成不实际的和不存在的:

"做小事要像大事那样,因为在我们身中做出这些事并过活着我们的生命的耶稣基督是尊贵的;做大事要像轻易的小事那样,因为他是无所不能的。"

第二,因为他说出了人与悲剧中始终不存在和始终存在的上帝的独特关系,这在

《罪人的皈依》中已经讲过:"是占有他而不是希望得到他",上帝在心灵中的存在只能是一种打赌,是持久的追求;同样对心灵来说,对上帝的追求就是在他的每一种思想和行动中的持续的存在;因为他表达了悲剧的本质,表达了心灵以为从隐蔽不见的上帝的声音中不断听到的启示,这样的启示在心灵感到怀疑时给它带来信念,在恐惧时给它带来乐观,在贫苦时给它带来高尚,在紧张时给它带来宁静;在心灵的持久的不安与焦虑中,这种启示就是信赖和希望的唯一持久而有依据的理由:

"安慰你自己吧,假如你不曾发现我,就不会寻找我。"

王杰 何信玉 主编

现代
悲剧理论研究
手册

（下）

上海人民出版社

雅克·拉康

欲望及对《哈姆雷特》中欲望的阐释(1959 年 4 月 25 日)

悲剧的本质:对索福克勒斯《安提戈涅》的评论(1960 年 5 月 25 日)*

雅克·拉康

(Jacques Lacan, 1901—1981)

法国精神医生,第二次世界大战后最具独立见解,且又最有争议的欧洲精神分析学家,被誉为"法国的弗洛伊德",他提出的诸如"镜像理论"等学说对当代理论界产生重大影响。拉康的悲剧理论主要基于一种"精神分析的伦理学",可以说是在弗洛伊德理论的基础上向人文视域的拓展。拉康认为,悲剧源于人心底的欲望,真实界就是欲望,而欲望正是悲剧产生的根源所在。拉康主义精神分析的伦理学,从人的欲望的角度发掘悲剧的本质、寻找悲剧发生的动力因素,在很大程度上弥补了马克思主义悲剧理论对人的精神领域关注不足的缺陷。在"拉康三界"(Lacanian Trinity)的理论体系中,"真实界"(又译"实在界")是处于"三界"中最底层,最为复杂,也最不被人们所理解的。但是现实世界与"真实界"并不等同,当幻想(fantasy)以虚构的形式堵塞了我们生存的空间,是在梦中而非在现实之中出现,在这个意义上,我们事实上更接近的是我们欲望的真实。当代拉康研究的权威人物斯拉沃热·齐泽克认为,真实界对拉康来说更是一种"感官的愉悦",或者是"淫秽的快感"。至于欲望进程本身的不同,拉康以《哈姆雷特》与《安提戈涅》为案例进行了分析,如果说前者表现的是"你有什么欲望(汝何所欲)",那么后者体现的则是"你该如何实现你的欲望"。在《欲望及对〈哈姆雷特〉中欲望的阐释》一文中,拉康通过一种拓扑学的心理分析图示,分析了莎士比亚的悲剧《哈姆雷特》,拉康认为,"悲剧《哈姆雷特》是欲望的悲剧",这部戏自始至终、"所有剧中人

---

* 《欲望及对〈哈姆雷特〉中欲望的阐释》选自《生产》(第7辑),"生命政治:福柯、阿甘本与埃斯波西托",汪民安、郭晓彦主编,陈越译,凤凰出版传媒集团2011年版,第289—324页。中译本还可参见《世界电影》1996年第2期、第3期连载,陈越译,以及王宁主编的《精神分析》一书中也有此文的中译本;《悲剧的本质:对索福克勒斯〈安提戈涅〉的评论》选自《精神分析的伦理学》,何信玉译,Jacques Lacan: *The Ethics of Psychoanalysis*, "The essence of Tragedy: A Commentary on Sophocles's *Antigone*", London: Routledge, 1992, pp.243—256.

物所谈论的一切内容都是哀悼"。同时,通过将《哈姆雷特》与《俄狄浦斯王》之间的比较,拉康指出二者之间的不同在于"哈姆雷特是知情的",这个特征可以用来解释诸如哈姆雷特的疯癫这样的问题,等等。在《精神分析的伦理学》中,拉康尽力将他自己的观点与黑格尔相区别,在拉康看来,《安提戈涅》并不是一个关于家庭对抗国家的悲剧,真正激发安提戈涅的并非是可以辨认的人类价值,安提戈涅超越了善与恶的人类概念、超越了逻辑推理、超越了理性本身,甚至更为彻底地超越了语言与能指,因而她是崇高的。但安提戈涅真正想要超越的是人类的极限,这也是她为什么"知法犯法"的原因。在这个意义上,安提戈涅的死亡是一种走向"牺牲的仪式",她的行动中始终存在着一种死亡驱力,而她所做的一切都是在这种冲动的驱使下、向死而生。除了拉康个人富于技巧与诗意的写作与演讲,拉康的思想受到多种理论的影响,他同时将拓扑学和数学置于他的理论的中心地位,使他的著作神秘而隐晦、读来艰涩难懂,尤其是其后期的著作更加令人难以理解。无论怎样,拉康的理论对精神分析的伦理学视域的开辟,对路易·阿尔都塞、特里·伊格尔顿、斯拉沃热·齐泽克等马克思主义理论家产生重要影响,伊格尔顿研究伦理学的专著《陌生人的麻烦》就是充分运用拉康"三界"的理论而作。在欲望急剧膨胀的现代社会中,对欲望的理论研究可以成为我们思考现代悲剧问题的一个突破口,精神分析研究视角无疑具有非常重要的理论价值。

欲望及对《哈姆雷特》中欲望的阐释[①]

陈越　译注

客体莪菲丽雅

　　为了引起大家的兴趣，我预告过要在今天谈谈那只"诱饵"，她的名字叫莪菲丽雅。我愿兑现这一诺言。

　　诸位记得，我们的目的是要阐明那出现在《哈姆雷特》中的欲望的悲剧——这里的欲望，也正是我们精神分析所关心的那种人类欲望。

　　只要我们不想曲解这个欲望，不想把它同别的东西搅混，我们就有必要把它设定到一套坐标中去，而这套坐标应该像弗洛伊德所表明的那样，把主体确立在隶属于能

[①] 本文节选自拉康1958—1959年的研讨班讲义《欲望及其阐释》，所选的这部分是每周一次在巴黎圣安娜医院以《欲望及其阐释》为题所作的"研究班讲座"(seminaire)。拉康的研究班从1953年起正式向公众开放，到1980年止，其间从未间断(地点后来移到巴黎高师等处)，共举办大型研究班26个。按时间次序，本专题是第6个。拉康的讲座吸引了大量青年、精神分析学家和哲学家，特别是当时法国思想界众多头面人物的参加和支持，影响很大。这些讲演录在70年代以后由拉康的学生、女婿、事业与著作权继承人雅克-阿兰·米勒陆续整理出版，但因卷帙浩繁，包括本讲座在内的大多数迄今仍未出版。节选的这部分是经米勒整理后，在1977年由拉康亲自提供给《耶鲁法语研究》55/56期专号用英文先行发表的，英译者詹姆斯·霍伯特。这个专号在1982年由约翰·霍普金斯大学出版社以论集《文学与精神分析》的形式修订出版，中译文即根据这个版本译出。——译者

雅克·拉康　　459

指的某个位置上。能指不是"反映",不是所谓"人际关系"的单纯的产物——全部精神分析经验表明正好相反。为了说明这一经验的种种假设,我们必须参考一种拓扑学系统;离开了这个系统,产生于我们领域中的一切现象都将是无法辨明和没有意义的。图解表明了这种拓扑学的基本坐标①。

《哈姆雷特》的故事(而这就是我选用它来讨论的理由)揭示了这套拓扑图最生动的戏剧感,这是它罕见的艺术魅力的根源。莎士比亚的诗艺无疑在引导他,规范他稳步向前,但是我们也能设想,他在戏里采纳了得之于自身体验的某些观察,尽管这不是直截了当表现出来的②。

---

① 拓扑学研究几何图形在连续改变形状时还能保持不变的一些特性,只考虑对象之间的位置关系而不考虑它们的距离和大小。拉康从1956年起在教学中采用这套拓扑图形。他自己说过,这套图形用途广泛,不失为一幅精神分析经验庞大领域的地形图。它特别适于标明欲望在与隶属于能指的主体的关系中所处的位置,因而是理解本文论述的关键。由于他的听众早已了解这套图形的基本假设,所以拉康没有加以说明。现简要提示如下。图形1是整套图形的基本单位,其中矢量S→S′代表能指链,即主体在能指中得到表述的过程;△→$代表回溯性的读解过程。可以拿一个句子作蓝本,理解该图形的历时性功能:"句子只是在最末一个词项上才完成其意指作用,每个词项都已在其他词项的结构关系中得到预示;反过来,每个词项又都通过其回溯作用来确定其他词项的意义。"该图形被拉康形象地称作"le point de capiton(凸起点)",即软垫上缝迹间每块凸起的部分,暗示它是固定作用的结果:像"钉住"垫料那样,两条链的进退效应"钉住"了意指作用永不停息的滑变。但拉康强调这"钉住"只是一种合乎逻辑的想法、一套"绝对真理"的神话:"谁也别想把意义钉死在能指上,能做的只是把一个能指跟另一个能指钉在一起,于是总有某种新的意义涌来。"图形2(原图略去,即图形3的下半部)描述了"凸起点"的共时性结构:A是"他者"(语言=无意识)的位址(locus)、"能指的宝库"(见本书第462页注②);s(A)是信息的位址,表示意识主体从他者处通过一种回溯读解,在这个时刻将所指s(意义,或被假定为"真理")作为一个言语成品构成。于是它描述了主体间交流的一般公式,即主体从他者处接受他自己的信息。"实在界破洞"构成了意指链上这两个根本性的关节,"一个是用于藏纳的洞穴,一个是由之逸漏的孔眼。主体对能指的隶属,从s(A)到A,又从A回到s(A),确是个循环"。只要他者的宝藏不枯竭,意指与释义的循环就生生不息。这是主体对他者的隶属,从他者处泯灭自身,即符号$的意义(本身被划除的主体)。主体$在与他者的认同中异化为一个典范自我I(A),它自己回到意义活动的起点[所以在意义活动中,一个不隶属于他者(能指)的独立自足的主体性压根不存在]。从镜像i(a)到自我m的矢量表示想象界过程(镜子阶段),但它被符号活动的矢量双重连接起来,说明想象界认同与继发的符号界认同在主体的共时性中一起得到建构。图形3描述主体$从他者处伸出一个形同问号的弯钩,简明地强调了在他者中获得建构和表述的主体问题:Che vuoi(汝何所欲)?于是这个曲线构成了主体的欲望(d)和"无意识的回路",描述了拉康的基本公式之一:"无意识是他者的话语"(参见本书第463页注①)。欲望曲线的钩获物是幻想$◇a。在完整图形中,这个重叠上去的部分表明了欲望与话语的根本一致。这里,被弗洛伊德称作"冲动"的东西占据了他者的位址,承担了能指宝库的功能:$◇D表示"当主体在其中消失时从要求发出的东西。……它存在于使冲动区别于它所寓居的有机体功能的地方,即它的语法伎俩中。"在冲动的所指(信息)位址上被"钉住"的东西是S($):一个仅仅意指着他者"缺席"的能指。这套图形的意义在拉康1960年的文章《主体的颠覆和欲望的辩证法》中得到了集中论述,本注引文均出自这篇文章。——译者

② 例如弗洛伊德曾指出,这部"讨论了儿子与父母关系"的剧作写于莎氏丧父后不久,而且他有一个早夭的儿子叫"哈姆涅特","……我们可以合理地假设,他在童年对于自己父亲的感情又重新复活了"。见《释梦》中译本(商务印书馆,1996)第265页。——译者

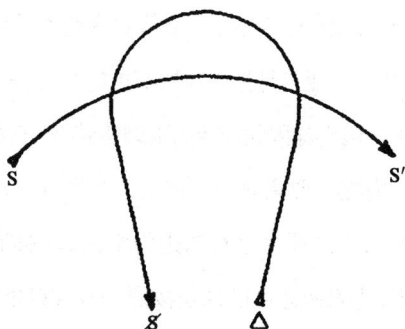

图形 1

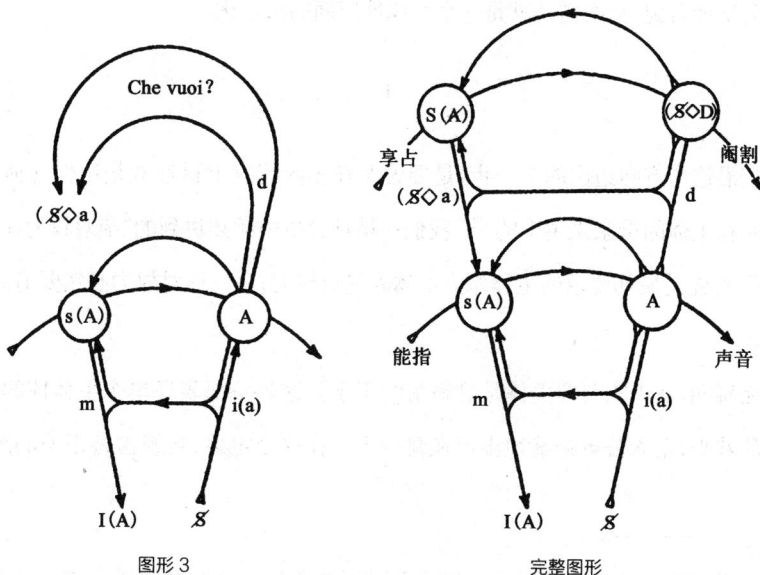

图形 3   完整图形

　　莎剧中有一个情节上的变动,从而有别于前人对故事的处理,包括萨克索·格拉玛蒂克斯与贝尔福莱的叙述[①]以及其他剩有残篇的剧本。这个变动包含了莪菲丽雅的角色。

　　诚然,从传说产生时起,莪菲丽雅就存在了。我说过,在早先的说法中,她是以陷阱中诱饵的面目出现的——但哈姆雷特没有掉进陷阱,据贝尔福莱的说法,这首先是

①　丹麦史家与诗人 Saxo Grammaticus(1150—1206)所著《丹麦史传宝藏》提供了本传说的最早记录,非常简略。16世纪法国作家 Belleforest 在《悲剧史传》(1570)中写了一个较完备的阿姆雷特(Amleth)王子复仇故事,是莎剧和其他相同题材剧本的主要原型。——译者

因为他事前得到过警告，然后就是因为同王子相爱已久的莪菲丽雅本人不情愿参与这场陷害了。也许可以说，莎士比亚只是把她在情节上的功能——出其不意地劫获哈姆雷特的秘密——给拓展了。但她却因此而成为哈姆雷特戏剧、那在欲望之途上迷失方向的哈姆雷特的戏剧中最内在的要素之一。在主人公投身行动(从某种意义讲，他所从事的行动是身不由己的)、走向死亡之薮的进程中，莪菲丽雅提供了一个必要的支点。在主体的某个层面上，他的命运可以说是按照一种纯粹能指的方式来表现的，在这个层面上他不过是一个使命、一个甚至不属于他自己的使命的反面①。好了，下面我们能更清楚地看到：哈姆雷特就是这个主体性层面的形象化。

1

我们沿这个方向迈出的第一步，是要说明在多大程度上这部戏是由作为他者，即要求的原初主体的母亲来主宰的②。我们在精神分析中频频讲到的"绝对权力(omnipotence)"，首先是最初要求的主体作为主体的绝对权力，这一绝对权力必然要追溯到母亲身上。

毫无疑问，戏中的首要主体是哈姆雷特王子。这是一部表现单个主体性的戏剧，比起别的戏来，主人公更频繁地出现在舞台上。在这个主体，哈姆雷特王子的图景内

---

① "使命"在剧情中当然是指哈姆雷特从父亲的鬼魂那儿接受的、需要他去完成的使命，但它和"信息"是同一个词：message。它在图形上处于所指 s(A)的位址，而哈姆雷特的命运属于这个位址的"反面"即纯粹能指——"他者"的话语层面、无意识的层面。——译者

② Autre，"大写的他者"。有机体的"需要(besoin)"指向一个特殊的客体，并因得到它而满足；语言的获得使主体能够采用一套言语，将他的各种需要转化为"要求(demande)"，这意味着那套言语必须对另一个人讲。所以在要求中，根本的东西不再是个别客体，而是使要求成为可能的这个"他者"。它意味着，在某个地方，会有某个人("要求的主体"、另一主体)可以满足主体的要求，为言语提供一种意义的担保，假定一种"绝对真理"(如拉康认为完整形式的要求是对"爱"的要求)。就语言作为绝对的主体间性而言，"他者"的首要意义便是"语言的位址"，指主体所幻想的这么个"他人"，保证着一切言语(要求)的意义可能性(参见图形所示，其中表示主体从他者处获得意义的回溯矢量 A→s(A)即拉康下文提到的"要求的层面")。鉴于拉康认为"无意识与语言同构"，"他者"的另一义是指无意识：主体的"别个"，取意于弗氏关于无意识是"另一场景"的说法。由"他者"伸出的欲望曲线也被称作"无意识的回路"或层面。此外在精神分析中，"他者"又意味着病人与分析者言语作用的"交汇地"、主体间的结构。总之拉康是在提供主体及其言语可能性的"符号界"的意义上使用"他者"概念的。在艰难的符号界认同中，母亲与父亲先后占据了主体的这一"他者"的位址。(参看本书第476页注①)——译者

部,他者的欲望又是如何被表现出来的呢?①实质上,母亲的欲望就表现在:当哈姆雷特一方面面对一个杰出的、理想化的、高贵的客体——他父亲,另一方面则面对一个下贱的、卑鄙的客体克劳迪斯、弑兄奸嫂的罪人时,他游移不决。

他母亲游移不决,是因为她内心有某种类似于出自本能的贪婪的东西。那个新增到我们专业语汇中来的、神圣不容侵犯的"生殖客体"在她的眼里,真正说来只不过是为了直接满足一个需要而享占的一份儿客体②。正是这方面的原因使哈姆雷特在与母亲决裂时游移不决。甚至当他用最为露骨、最残忍的字眼,向她传达先父的鬼魂授予他的根本使命时,仍然先是求她避开祸端。接着,片刻之后,感到恳求无效,便要她去上克劳迪斯的孽床,钻进那男人的怀抱,再一回对他服帖、让他得逞。

这种失落、这种放弃,为我们提供了一个模型,让我们可以设想哈姆雷特的欲望——那是他对于一个行动的热情,他是这样地渴望着实践这一行动,以至于他觉得整个世界都起来谴责他自身意志的一味软弱——设想这种热情怎样地总是衰萎。他的欲望对他者主体的依赖性,构成了哈姆雷特戏剧自始至终的尺度。

为了更好地把握欲望主题,我们必须深入了解一个心理上的细节、一个离开了制约着悲剧方向与意义的总体倾向就根本难以辨明的细节,即上述自始至终的尺度具体影响到哈姆雷特意志力的每一根神经的方式——这个问题,在我们的曲线图上,被体现为在他者处建构并且表述出来的主体性问题:Che vuoi? [汝何所欲?]的弯钩,形同一个问号。

在图形上,有一个拱撑着主体上述模型和他的问题的末项,用符号表示为在

---

① 由于在需要的特殊性和要求的绝对性之间必然出现的断裂,主体通过意识的言语提出的各种要求,最终只能构成一个永远不为任何客体所满足、因而达不到满足的"欲望(désir)"过程,它超出任何具体的要求,伸向要求所达不到的空间(比较图形中"要求的层面"和欲望的曲线)。它不是任何可能的言语表述,而毋宁是符号表述的永久作用本身,即纯粹能指——"他者"的永久作用,显然超出了言语主体意识的把握。于是,"人的欲望是他者的欲望……正是作为他者,他欲望着:这提供了人类情欲的真正指南"(《主体的颠覆和欲望的辩证法》)。通过"发律司"概念(见本书第 465 页注④),我们将看到,作为"他者"的母亲的欲望之隐秘的主宰地位,正是我们了解哈姆雷特欲望以及"客体莪菲丽雅"的功能(说穿了,她是"母亲的欲望"的替代品)的"真正指南"。——译者

② 当时国际精神分析协会(拉康已于 1953 年与之决裂)的"官方"学说,根据弗洛伊德晚年提出的,从自恋阶段的口唇期、肛门期、性器期到以客体选择为特征的生殖阶段的"性本能发展"假设,衍生出一套以"生殖客体"为目标的自我实现的精神分析"正常化"理论。后面拉康提出的"客体 a"概念,实际上就包含了他对这套理论的批判与蔑视。——译者

"客体 a"①面前的被划除的主体$\mathcal{S}$——在心灵的"经济"系统中我们称之为"幻想"。位于 A($\mathcal{S}\diamond$D)线的某个可变的不定点上的欲望(d),就在幻想中获得了它的指向、它的基质和它对想象界音域(registre)的精确调谐。

幻想有种难于理解的品质;它实际上是模棱两可和自相矛盾的。它既是欲望的末项,但是如果我们从它的一个方面看,它竟然又出现在意识中:因此的确是模棱两可的。正因为幻想使人类的一切热情都带上了我们所谓"倒错的(perverse)"品质,所以,很早以来激励着人们把幻觉事物视同荒诞、竭力排斥的那种热情,本身就表现得非常矛盾②。这样看来,当目前精神分析抓住其本身的倒错性质对幻想进行阐释的时候,就迈出了关键性的一步。这种阐释之所以可行,正是因为它把幻想放回到一种无意识"经济"(économie)中去认识——这就是你们在图形上看到的情形。

在图形中,幻想是在无意识的回路上被钩获的,这条回路和受到主体控制的那一条——我称之为"要求的层面"——大不相同。在正常情况下,没有什么东西能从无意识的回路延伸到信息的层面,也就是他者的所指的层面中来——这个层面是主体在人类话语中所获意义的总和与模数。幻想达不到信息层;它总是被隔离的、无意识的。另一方面,一旦它跨越到信息层面,我们便发现自己处于变态之中。幻想做出这个跨越的各阶段同属于一种或多或少是病理学的秩序。我们将给做出跨越、形成交流的这些时刻一个名称③,因为——如图所示——它们只能发生在一个方向上。我强调上面这番陈述的必要性,因为我们眼下的目的,就是要更进一步了解并且运用这套图形工具。

---

① 在拉康语汇中,除了"大写的他者"外,又有"小写的客体 a(objet petita)"。主体的真正欲望在经历符号界一系列分割异化之后,早已失落(参见本书第 465 页注④)。"客体 a"是这个过程的残余遗迹,是欲望的替代客体,"不是欲望的客体而是欲望中的客体",是因为"缺失"而激发的想象界幻想的客体,是相对于一个被"阉割"了的主体——$\mathcal{S}$而言的。客体 a 是个"无底洞",意味着一个永难满足的欲望过程,它的存在从反面证明了主体早已失落、并始终被压抑的原初欲望——这就是拉康把幻想及其客体这个"心理上的细节"作为阐释欲望主题的入手点的原因。——译者

② 幻想作为被压抑主体$\mathcal{S}$欲望的末项,自有其无意识根源。但是,总会有某种幻觉事物(后面称为"幻想物")在意识里出现,这就是幻想的另一方面:客体 a[客体 a 本身来自意识中另一主体的影像 i(a)。参见图形和本书第 466 页注②]。表面的种种幻想客体必然同无意识的根源不相符合,人们对这个根源茫然无知,却执迷外物,认鹿为马,缘木求鱼,是为"倒错"。他们对幻觉事物的盲目排斥也同样体现了这种无知与倒错。"模棱两可"是幻想的位置特点,"自相矛盾"是它构成上的特点,这两个特点是后面第二节所论幻想的病理学意义的前提。——译者

③ 即"生疏化"的阶段,见下文。——译者

就目前而言,让我们只考虑一下哈姆雷特的欲望发生错乱与偏差的时刻在莎士比亚悲剧中所发挥的功能——必须把这个时刻归结为对主体想象界音域的一系列精确调谐。莪菲丽雅在这个"星座"上,就处于我们用以描述幻想的公式中字母 a 的地位。[……]①

"客体 a",本是主体的镜像②、主体的"病苦"③;在对它的关切中,是主体设身处地,想象自己是它物。这种客体并不能满足什么需要,因为它自来就是相对的,即相对于主体而言的。从朴素的现象学——待会儿我还要回到这个话题——观点看,显然主体就呈现于幻想之中。而客体之所以是欲望的客体,也完全因为它是幻想的末项。我是想说,这种客体代替了主体——在符号界进程中——被剥夺了的东西。

下面的论点,对于那些没有跟我们一起走过并完成这一思路的人们来说,也许显得有点抽象。什么是主体被剥夺了的那个东西呢? 是"发律司"④;正是从"发律司"那里客

---

① 发表时已稍做删略,下同。——译者

② 详见本书第 460 页注①。——译者

③ pathos,希腊语原意是"苦难"。亚氏《诗学》11 章把它列为悲剧情节三要素之一,即"毁灭或痛苦的行动","patho-"这个词根意为"疾病",拉康在此强调的是在欲望的悲剧中,客体 a 作为欲望的"发律司"丧失与毁灭的病理学(pathologie)征候的意义。——译者

④ phallus 这个概念,是随着符号界(俄狄浦斯阶段)的来临而提出的,它首先与"母亲的欲望"有关。由于渴望继续保持与母亲的无区分状态,在身份认同的辩证法的驱使下,儿童从与母亲认同,进到与母亲的欲望认同,即把自己当成母亲所欲望的客体。这个可以满足"他者的欲望"的客体将被命名为"发律斯"(一般据英语音译为"发律司",兹从法语,且隐含拉康所赋予的下述含义)。该词不宜直译为"阳具",或神话学意义上的"阳具象征",因为拉康完全是在"符号界秩序"之"核心能指"的意义上使用这个概念的:"发律司"是"他者"的欲望,由于"他者"的欲望主宰着主体的欲望,所以"发律司"不啻是"他者"权威的宝杖,它实际在谁手中,谁就是主体最终将认同的"他者",与"他者"的认同归根到底是与"发律司"的认同。儿童并不清楚什么是"阳具",更不知道它的象征意义,可他却已经一头闯进了这个秩序:他要独享母亲,成为母亲所欲望的"那个东西",可是父亲所代表的"那个东西"正准备对他施加权威。随着父方介入,"发律司"将成为"符号界父亲"的专有和代名词,整个代表了一个符号化阉割的过程。由此我们认识到:(1)认同的辩证法就是异化的辩证法,儿童与母体的直接认同进一步异化为与"发律司"认同,所以,"发律司"只是一个能指,本身意指着主体在意指作用中的异化过程,因为正是这个能指使"他人"不仅失去了实在界的直接性,而且失去了想象界的同一性,成为符号界"他者",主体以这个根本能指为中介,隶属于"他者",投入到与能指的永劫不复的关系中去,在这个意义上,"发律司"是一个构成并决定了主体命运的能指;(2)"发律司"作为母亲的欲望,本身将被剥夺,与这个能指的重新认同过程,实为主体生命中最艰难的历程,欲望主体的自我牺牲,这是哈姆雷特欲望悲剧的实质(拉康正是在这里看到了哈姆雷特的"首鼠两端",他风趣地说,儿童被一个难题困扰了:To be or not to be 母亲的"发律司"?);(3)随着"发律司"被父亲据为专有,成为其特权的能指——"父名"、"父法"(符号化的普遍秩序),成为"把欲望收容并保存起来的威严之物",主体与它的关系进一步异化,因为正是围绕这个被剥夺的能指,形成了无意识,主体在其中受到欲望的攻击和驱策,处于不断分割、转换的过程中,在欲望的意指链的末端,只有幻想中的客体 a 不断被钩获,僭取了"发律司"的空缺,无意识成为精神病态的渊薮;(4)这个艰难的认同过程的完成,只能通过主体自身的普通符号化,导致"俄狄浦斯情结的消逝":他承认母亲的欲望只能在父法秩序中才能找到合适的位置,他与"发律司"的认同也转移为与父范的认同,从而确认自己在符号界中的社会主体性,但是符号界的"发律司"必然是"不在的"(非实在的),它只能是一个"不可能性的能指",认同也只能以对"发律司"的"阉割",即欲望主体的自我牺牲为代价来实现。总而言之,"发律司"就意味着在这个能指的隐匿位置上发生的上述一系列符号界进程。——译者

体获得了它在幻想中的功能,进而,从"发律司"那里,欲望由作为欲望指向的幻想所构成。

幻想的客体,作为主体的镜像与"病苦",就是那代替了主体在符号界中被剥夺之物的另一元素。因此,这种想象界客体就在自身之中浓缩了存在的功德或尺度,成为十足的"存在的诱饵"——这是西蒙娜·薇依讨论过的话题,她曾经致力于思考一个人与他的欲望客体的那种最密切、最隐晦的关系,譬如莫里哀剧中的吝啬鬼与他的钱匣子的关系:人类欲望客体的物恋性质,在这里表现得淋漓尽致。确乎人世间的一切客体都具备这个性质,起码从某一角度看是这样的。[……]

想象界幻想中客体 a 的隐晦性质,决定了它将以种种最明确的方式成为倒错欲望的目标。它是各种性倒错(perversions)的结构要素,因为性倒错的特点就体现在:幻想的整个重心都押在纯属想象界事物的 a 项上。在含有 a 的圆括弧里,我们还会遇到 a 加 b 加 c 如此等等的情况:这是由各种继发症、那被偶然联成一气的绵延的踪迹所形成的种种最繁复的组合,根据这类组合,幻想呈现出具体的形态,从而在倒错的欲望中发挥功能。但是,不论倒错欲望的幻想显得何等光怪离谱,你们也一定不要忘记,主体的身影总会以某种方式在那幻想之中沉浮。幻想中的主体,总是与生存的"病苦"——与生存者本身的受苦或生存者作为性欲结构中的一个项的受苦——保持着某种关系。要继续一种施虐狂的幻想,那么主体热衷于使别人[1]蒙受羞辱的原因,显然应当是主体本人也可能遭到同样的羞辱。这就是我方才提示过的现象学观点。但人们总是能够设法逃避问题的这个方面,并把施虐狂倾向看作是单纯的侵略本性在起作用,这真可以算是个奇迹。

2

我们已经够确切地说出性倒错与神经症之间真正的对立了[2]。

---

[1] 例如我菲丽雅。——译者

[2] 本节讨论幻想的病理学机制。图形 3 表明,幻想是一个被剥夺被压抑主体 $\$$ 欲望的"钩获物",这种剥夺和压抑是在他进入"他者的话语"、形成主体的那一刻同时发生的。这个关键时刻(对主体来说是一个"真的时辰")使主体一劳永逸地隶属于"他者"(能指),拉康称为主体与其存在所保持的"本原关系"。在《哈姆雷特》的剧情范围内,这个"时辰"的功能由"他者"即父亲鬼魂的出现再现出来,构成了对主体深刻欲望(作为"母亲的"(转下页)

实际上,性倒错是一种可以明确表述、阐释和分析的现象,它正好与神经症发生在同一个层面上。我说过,在幻想中,主体同他的存在有一种本原关系是固着不变的。这样说来,既然性倒错幻想强调了客体a,那么神经症的位置就会偏重于幻想的另一个项:$。

幻想俨然像一个"拱座"那样置于主体问题的末端或终点上,说明主体企图在这个超越了要求层面的幻想空间中,也能获得对其自身的把握。这是因为,他必须在"他者的话语"中就地找回当他进入这一话语的时刻,作为主体所失去的东西。与这个主体最终联系在一起的,不是"真理(la vérité)"①,而是那个"真的时辰(l'heure de vérité)"。

抓住这一点,我们就找到了从根本上把神经症幻想与性倒错幻想区别开来的因素。

性倒错幻想是可以说出名目的。它存在于空间,并且悬搁了那种本原关系。它并非与时间无关,但本身却是外在于时间的。相反,在神经症中,幻想层上主客体各种关

(接上页)欲望"的"发律司")的重大打击,逼迫他与"父亲的发律司"认同,这是哈姆雷特精神病态的根源。在"正常"状态下,欲望被压抑在无意识中;但是,只要欲望不可能被压服,按照精神分析所谓"经济的"原则,幻想就会在意识中出现,即达到信息层(主体在幻想中寻找他失去的东西),从而导致主体欲望的偏移:完整图形表明,他从意识中得来的不是"真理"而是"幻想物",即想象界的镜像i(a)(镜子阶段表明,正是这个"另一主体的影像"构成了主体的自我m,正如哈姆雷特曾经称莪菲丽雅"我灵魂的偶像"),想象界客体a被主体在幻想中抓来,代替他失去的原初欲望。这便是幻想两极机制的形成。想象界浑然融一的自我,在欲望的攻击下,破裂成幻想中具有深刻矛盾的两个方面(即本文所谓"生疏化""人格解体"或欲望"对想象界音域的精确调谐"),于是,错乱与病态就产生了:当幻想侧重于主体$的时候,就体现出神经症的特点,即强调主体与那个"真的时辰"的关系,原初丧失特别表现为主体时间感的丧失(不是强迫重复就是记忆缺失),主体试图到本身悬搁了那种"本原关系"的客体a中去找回他的时间感,结果只能在"他者"的时间中延搁下去,在"他者的时辰"上茫无目的地行动——这就是对哈姆雷特"延宕"的病理学解释;当幻想倾斜到客体a方面的时候,就体现出性倒错的特点,即主体把客体a当作"发律司",原先与自我同一的镜像(作为"爱的客体")便异化了,主体将他对"发律司"爱恨交加的复杂感情全都倾泻到客体a身上,于是我们看到,"发律司"丧失(包括主体对它的排斥)和以死亡/哀悼为代价而重获的俄狄浦斯旧剧,在莪菲丽雅这个位置上完整地排演了一遍。在幻想的病理学中,神经症代表被压抑的倾向,性倒错代表替代满足而引致征候的主动倾向,是对立互补的关系。本节是全篇的难点,希望对相关的精神分析语境作详细了解的读者,可以参阅弗洛伊德《精神分析引论》,第17—23讲。——译者

① "真理"作为精神分析的目标,是拉康的关键词之一。它意味着主体在自身普遍的符号化中(而不是在幻想中),把握其欲望的真正意义。拉康一直强调的、精神分析经验关于"真理"所能说的最肯定的事情,就是真理只能存在于言语中、为言语所构成,主体间的言语交往"向我们呈献了言语之中真理的诞生"。在图形上,真理被预设在信息的位址上,并从他者处求得保证;它是在不断的意指循环中最终被要求的东西。对于哈姆雷特来说,"真理"就意味着克服幻想,通过与"他者"(父亲)的普遍认同,去承诺并完成"他者"授予的"使命"(参见本书第462页注①)。——译者

系的唯一基础,是主体与时间的关系。这里客体所负荷的意义,要到我所说的那个"真的时辰"中去寻找,而客体本身却永远或快或慢,或早或迟,出现在另一个"时辰"上。

前面说过,癔病的特征体现出一种未得到满足的欲望的功能,而强迫症则体现出一种不可能满足的欲望的功能。但是,除去这两条,上述两种症状首先是凭借与时间的相反关系来区分的:强迫性神经症患者总是重复他创伤的最初起因,显得轻率卤莽,毫不成熟①。

神经症行为的最普遍形式,从根本上说,是主体试图在他的客体那里找到他的时间感(lire son heure),甚至可以说,他正是要在客体那里学会计数时间(lire l'heure)。于是,我们又转回到老朋友哈姆雷特的主题上了,因为人人都可以随心所欲地把神经症行为的一切形式归到他头上,以至于完全把他当作神经症病人。我在哈姆雷特的行为结构中曾向大家指出的第一个因素,是他的依赖状况,这种依赖状况与他者的欲望,即他母亲的欲望有关。现在我要请大家注意的第二个因素是:哈姆雷特一直在他者的时间中延搁,这一点贯穿了整个故事,直到最后一刻。

当初我们着手破译《哈姆雷特》本文时,曾经注意到一些基本的转折点,诸位是否记得这样一个?——在"戏中戏"一场,国王不愿再看那表现他罪行的演出,惶乱之中明显暴露了自己做贼心虚。哈姆雷特洋洋自得,嘲笑国王原形毕露。他如约去和母亲见面,在路上,正撞见他的继父在祷告:克劳迪斯刚刚看了完全搬演其谋杀故事的那场戏,灵魂深处颤栗不已。哈姆雷特就站在克劳迪斯面前,种种迹象表明,那人不仅毫无防范,而且根本没看到凶险临头——但是,哈姆雷特停住了,因为时间没到。他者的"时辰"未到,不该让他者到天堂去清"账"。那样的话,从一方面看可能过分仁慈,从另一方面看又过分残酷了。那样做完全不能替父报仇,因为祷告表示悔过,正可以为克劳迪斯敞开救赎之门。不管怎么说,有一件事是明摆着的,这就是哈姆雷特,刚刚还设

---

① 癔病("歇斯底里")与强迫性神经症是精神神经症的两大形态,精神分析最初就是以对这两种病症的治疗与研究为基础的。它们分别代表了神经症的两极倾向,时常在同一征候中呈现出相反相成的作用,这在弗洛伊德和拉康的著作中都经常加以讨论。就神经症幻想与时间的关系而言,同强迫症的重复行为相比,癔病则以更大范围的遗忘即记忆缺失(下文所引哈姆雷特台词中,则有"禽兽的健忘"的说法)为其特征。可参看弗洛伊德《精神分析引论》,第17—19讲。——译者

计要"抓国王的良心来看看"的哈姆雷特——停住了。他从未有片刻想到他的时机已经成熟。不管过后会发生什么，现在不是他者的"时辰"，于是他延搁了他的行动。不管哈姆雷特会干什么，他都只能按他者的"时辰"行事。

哈姆雷特对什么都接受。我们别忘了他刚开始一心想离家去威登堡，那时他早已（甚至在见到鬼魂之前）因母亲的再嫁而厌恶透了。近来有篇评论，指出某种实利性正在日益成为当代生活的典型特征；它用这个例子说明，对于许多戏剧的危机可以通过赶紧发给护照加以躲避的现象来说，哈姆雷特是一个最好的警戒。假设哈姆雷特得到了去威登堡旅行的签证，那早就无戏剧可言了。

在他父母的"时辰"上，他留了下来。在别人的"时辰"上，他延搁了犯罪。在他继父的"时辰"上，他离家去英国。而正是在罗森克兰兹和纪尔顿斯丹的"时辰"上，他随随便便地小施瞒天过海之术，将他们打发上了一条死路——这中间的偶然巧合曾经让弗洛伊德感到吃惊。也正是在莪菲丽雅的"时辰"、她自杀的"时辰"上，悲剧将步步推进，刹那间哈姆雷特才认识到杀掉一个人并非难事，不过说声"一"的时间……这时，他哪里知道阴谋已向他袭来。

他得到的是一场竞赛的担保，看上去决非杀死克劳迪斯的良机。这场比赛的规则，连最小的细节都已设计好了。他们用悬赏来诱惑他——一切珍奇玩艺儿，宝刀宝剑、种种佩饰和其他炫耀奢华的物品；这一点在本文中应该引起注意，因为那些东西体现了收藏家世界的繁文缛节①。他们假定莱阿第斯是更高一筹的剑手，因而在打赌的条款中对哈姆雷特许以优待，于是乎激起了哈姆雷特的好胜心和荣誉感。这套复杂的仪式是个陷阱，由他的继父和他朋友莱阿第斯布好了等他跳进去：这一点我们知道，可哈姆雷特不知道。在他想来，陪人打赌可能像逃学一样，是场玩闹。不过他还是感觉有警报在心际一闪而过：他有点不舒服。刹那间，预感的辩证法在这里给戏剧敲响了特殊的重音。但是，总的说来，依然是在他者的"时辰"上，而且在他者的赌博中（因为是克劳迪斯而非哈姆雷特在押宝），打着国王的旗号，为了他继父的缘故，哈姆雷特进

---

① "收藏家"云云，暗示客体 a 的物恋性质。"玩艺儿"一词，原文即 objets（"客体"的复数形式）。——译者

入了这场貌似友好的格斗,去迎战一个据说比他要高明的剑手。这样,克劳迪斯和莱阿第斯在他身上激起的好胜心和荣誉感,成了那个深谋熟虑万无一失的陷阱的一部分。

就这样,他一头闯进他者布下的陷阱。和以往不同的,只是他闯进陷阱时的劲头与狂热。在最后时限到来之前,在最后的"时辰"、哈姆雷特的"时辰"——他击伤敌手前自己先受到致命一击的那一刻——到来之前,悲剧一直在他者的"时辰"上步步推进达到结局:这是一个最最基本的框架,它廓定了我们对于此间所有问题的看法。

正是在这个意义上,哈姆雷特戏剧对现代英雄(héros)问题作出了具有明确形而上学意味的回应。的确,从古典文学时代以来,英雄和他的命运的关系早已有所改变。

我曾说过,哈姆雷特与俄狄浦斯的不同之处,在于哈姆雷特是知情的。这个特征可以解释诸如哈姆雷特的疯癫这样的问题。古代悲剧里有发疯的主角(héros),但就我所知没有——我是说在悲剧里,不包括那些传说——没有装疯的主角。但哈姆雷特是装疯的①。

我并不是说他的一切疯癫举止统统是佯装的,但我要强调这个事实:原始传说,萨克索·格拉玛蒂克斯和贝尔福莱的说法中基本的特征,是主角因为知道自己身处弱势,所以才装疯。就是从那一刻起,他内心事件的争端成了左右一切行动的因素。

不管这个特征大家看上去多么表面化,可还是在莎剧《哈姆雷特》中被采纳了。他选择了这样一个主角的故事:这个主角被迫装疯,以便趁曲迂之径去完成他的行动。这个"知情"人物的确身在险境,注定要遭受失败和牺牲,于是不得不装疯,甚至于像帕斯卡尔说的,与其他所有的人一起发疯。装疯因而是我们所谓现代英雄策略的一个方面。

---

① "但是对相同材料的不同处理反映了两个相距遥远的文明时代在心理生活上的全部差异:反映了人类的情绪生活的压抑在世俗生活中的增长。在《俄狄浦斯王》中,潜伏于儿童心中的欲望以幻想形式公开表露并可在梦中求得实现。而在《哈姆雷特》中,欲望仍然受到压抑;——正如在神经症患者中那样——只能从压抑的结果中窥见其存在。奇怪的是,这一近代悲剧所产生的显著效果竟与人们摸不透剧中主角的性格并行不悖"(见《释梦》,中译本264页,及此页后面的文字)。——译者

这样我们就找到了莪菲丽雅的位置,她必须要在这个位置上克尽其责。如果这部戏的结构确实像我刚才把它当作存在本身描述的那样复杂,那么大家一定在想,什么才是莪菲丽雅这个角色的位置呢?莪菲丽雅显然是必不可少的。几百年来,她始终与哈姆雷特的形象联系在一起。

有些人责备我总是因胆怯而闪烁其辞,我想那不是事实。我可不想鼓励大家再去炮制那种塞满了精神分析读本的无聊废话。我正奇怪呢,怎么没人听说过莪菲丽雅(Ophelia)就是"哦,发律司(Ophallos)",因为你们只要翻开《〈哈姆雷特〉论集》——埃拉·夏普的这本书可惜没有写完,而迟至她死后才出版则也许这是个错误——就会发现另一些同样粗鄙、露骨和放诞的东西。

考虑到时间不早了,我只想强调一下莪菲丽雅在剧情发展中的经历。

我们最早听人讲起莪菲丽雅时,她就被说成是哈姆雷特忧郁的病因。这是波乐纽斯的精神分析智慧:"哈姆雷特忧郁,那是因为他不快乐,要说他不快乐呢,就是因为我女儿。你们不了解她——她是这儿顶顶好的——而我,自然啦,做父亲的绝不能由她……"

我们最早见到莪菲丽雅①,是在一种临床观察式的语境中,使得这个形象一上来就颇值得重视。她确乎很幸运,成为哈姆雷特与鬼魂相遇、受到惊扰后撞见的第一个人,而她转述哈姆雷特行为的那些话应当引起我们的注意:

> 爹爹,我正在绣房里缝我的东西呢,
>
> 想不到哈姆雷特殿下,衣服也不扣,
>
> 帽子也不戴,袜子也乌七八糟,
>
> 不打袜带,脚镣式直拖到脚踝头;
>
> 膝盖同膝盖只顾碰来撞去,
>
> 脸色同衬衫一样白,一副可怜相,

---

① 拉康记忆有误。莪菲丽雅首次出场是在此前第一幕第三场;她为莱阿第斯送行,并应承了父兄的劝诫:"疏远"哈姆雷特。——译者

好像他是刚从地狱里放出来，

要讲那里的恐怖哪——他一直进来了。

......

他握住我的手腕，紧紧的，不放开，

伸直了手臂尽可能退回去一点，

又用另外一只手遮住了眉头，

那么样仔细打量我的面容，

好像要画它呢。他这样看了许久。

临了，轻轻的抖一下我的手臂，

他把头这样子上上下下点三次，

发出一声怪凄惨沉痛的悲叹，

好像这一声震得他全身都碎了，

生命都完了。然后他放了我的手，

转过身去还朝我转过头来，

他似乎不用眼睛只用脚走路，

他就这样子一步步走出了房门，

始终把目光老盯住在我的身上。（第二幕第一场）①

于是波乐纽斯喊道：这是爱情！

哈姆雷特为了进入新的角色、进入从今往后艰难的身份认同过程，与客体拉开这样一道距离，他当着在此以前一直是被极度赞美的客体——莪菲丽雅的面，表现犹疑：这为我们提供了幻想层上主客体关系的第一阶段，用一个英文单词来说，这是"es-trangement[生疏化]"的阶段。

本可以说到这儿为止了。然而我相信，如果联系到图形上那些侵入信息层、并引

---

① 除少量特加注明的段落外，文中所引《哈姆雷特》剧本系根据卞之琳译本。——译者

致主体离乱的时期,我们就可以并不过分地指出这个时刻的病理学意义——这时在幻想中发生了某种松动现象,使幻想的结构成分分别暴露出来:在这种所谓"人格解体(dépersonalisation)"的经验过程中,想象界主客体之间的界限发生了变化,于是形成了那在严格意义上被称为"幻想物(lefantastique)"的东西。

一旦从幻想的想象界结构中暴露出来的某种成分与在正常的想象界关系中达到信息层的某种事物——即另一主体的影像,正是它构成了我本身的"自我"——形成交流之势,这个"幻想物"就会在交流中产生。而且,有些作者如费德恩,极精确地说明了,当客体以这种身份被获得时,主体对自己身体的感觉也必然和这种在危机与破裂中出现的"幻想物"的生疏性相一致。

为了引起大家的关注,我在这里表明了这个插叙如何与特定类型的临床经相联系,也许有些操之过急。但我可以向诸位保证:假设不参照这个病理学图式,就不可能准确地界定弗洛伊德首先用 das Unheimliche——"令人害怕的东西"——这个名称提高到精神分析认识水平上来的那种事物①。准确地说,"令人害怕的东西"并不像有些人以为的那样,与来自无意识的各式各样的侵入有关,相反,它是与幻想中出现的一种不平衡状态有关:这时幻想越过了原定的界限分解开来,并与另一主体的影像重新结合。

对哈姆雷特说来,作为爱的客体的莪菲丽雅在这段插叙之后就已经完全失效,化归乌有了。哈姆雷特说:"我以前的确爱过你。"从此以后,他同莪菲丽雅的关系将在一种刻毒寻衅的嘲讽语调中继续下去:这种语调使得那些场景——特别是位于中间部分的那场戏——成为一切经典文学中最奇异的篇章。

在这种态度里,我们发现了——我刚才提到过的——当幻想朝客体方面倾斜时,

---

① 弗洛伊德在《论"令人害怕的东西"》(1919)这篇专文中,对这个德语词进行了详尽的语义学考察,从其中的歧义性(非熟悉的/非隐蔽的)出发,结合精神分析经验和美学经验,论证了这样的结论:"令人害怕的不是别的,正是那隐蔽着的熟悉的东西,这些东西经过了一个被抑制的过程,又从这抑制状态中暴露了出来。"这个命题在拉康的图形中不妨表述为:"令人害怕的东西"本是经历了符号界异化的想象界同一性,作为被剥夺、被压抑的欲望,在幻想中重又以一个"生疏化"的客体 a 的形象出现,于是,主体在其镜像身上看到了被阉割已久的"发律司"的鬼影。——译者

幻觉关系上的性倒错不平衡的迹象。哈姆雷特压根儿不再拿莪菲丽雅当一个女人来看待。她在他眼里成了一切罪孽的生育者、一个未来的"孽种们的温床",命里注定要受尽诽谤。对于哈姆雷特从本质上加以罪责的那种生命来说,她再也不是衡量的标准了。总之,这里发生的是客体的毁灭和丧失。客体出现——假如我可以这样表述的话——在主体的外部。主体不再"有"客体:他拿出生命的全部力量来排斥它,直到牺牲自己,才能再度将它找回。正是在这个意义上,这里的客体是"发律司"的等价物,僭取了"发律司"的地位,甚至于就是"发律司"。

这是主客体关系上的第二阶段。莪菲丽雅在这个位置上就是"发律司",作为一个意指生命的符号,被主体当作外在于自身的东西加以排斥。

都有什么迹象暗示了这一点呢?不必要求助"莪菲丽雅"的语源。哈姆雷特不断讲到一件事:生孩子。"肚子里搞得出名堂是一种福气",他告诉波乐纽斯说,但对你女儿要当心啊。而他与莪菲丽雅的所有对白,都针对着被想象为胀出那生命恶果的女人,他诅咒她、但愿她永久干涸。莎士比亚时代"尼姑庵(nunnery)"一词的用法,暗示着它也可以指妓院①。而"发律司"与欲望客体的关系不也在"戏中戏"一场哈姆雷特的姿态中得到了暗示吗?当着莪菲丽雅的面,他对母亲说起她,"这里有吸引力更大的宝贝",并要求把头放在姑娘的两腿之间:"小姐,我可以躺在你的膝盖中间吗?"

考虑到插图家们对有关主题的浓厚兴趣,我认为特别提出这一点并不过分:莪菲丽雅与花飘零共付流水,花的名目中赫然提到了"死人指",这种众说纷纭的植物即"雄红门兰(Orchismascula)"与曼德拉草,因而与阳具的语境有关②。大家可以在《牛津英语辞典》里找到"dead men's fingers[死人指]",查"finger"条或在 D 部查本词条都可以,这两处都不失时机地征引了莎士比亚的典故。

主客体关系的第三个阶段是墓地一场,对此我已几度提醒诸位留意;在这场戏中,

① 本世纪最重要的莎学家之一 Dover Wilson 指出了这层含义。——译者
② 王后为何在描述莪菲丽雅之死时提到长颈兰,且要平添上一句"放浪的牧羊人给它起更坏的名称,贞洁的姑娘还不过叫它'死人指'",历来受到笺注家们关注与争议。曼德兰草在古代被视作魔草,特别具有发动春情和促孕的功效。——译者

哈姆雷特最终带着了结宿债、向命运冲刺的可能性出现了。整场戏被导向墓穴底下那一顿狂暴的厮斗：这个我反复强调其重要性的场面，完完全全是莎士比亚的匠心独运。于是我们看到，某种像是与客体 a 重新结合的状态，这时以哀悼和死亡为代价被争取了回来。

我可能在下堂课解决这个问题。

（1959 年 4 月 15 日）

欲望和哀悼

我们已经知道，对于哈姆雷特来说，"相约"总是太早，这导致他不断的拖延。因此，延宕是这出悲剧最基本的尺度之一。

相反，一旦他真的行动起来，又总是太匆猝。他什么时候行动呢？当事态变幻之中突然间有某种超出他和他的决断之外的东西，大声召唤他，像是为他闪开了某种模棱两可的出路。这出路的闪开，用精神分析特有的语汇来说，便把我们称之为"脱漏(fuite)"的远景①引入到行动得以完成的尺度之中。

将这一点表现得最明确的，莫过于这样的时刻：哈姆雷特听到帏幔后面的动静，便向那东西直冲过去，结果杀死了波乐纽斯。或者想一想，在风雨飘摇的海船上，他深夜醒来，近乎瞎摸乱闯，拆开了罗森克兰兹和纪尔顿斯丹携带的文书，简直鬼使神差地调换了一封，又用他父亲的私印伪造了国玺。然后他令人吃惊地交上好运，做了海盗们的俘虏，就这么甩掉了监视者，任凭他们茫然无知地去送死。

---

① "脱漏的远景"相当于透视画法中的"没影点(point de fuite)"。而"脱漏"应是弗氏所谓 Verwerfung(拒斥、断绝、"断层")产生的效应，用拉康的话说，是因"特定能指的原初缺失"即对"发律司"的压抑而引致的言语(意指链)的"删除"或本文的空白。"脱漏"所暗示的"发律司"作为"能指"的隐匿位置及相关效应，是拉康在本堂讲演中要讨论的中心。——译者

从这里，我们辨认出一种由于精神分析经验和观念而众所周知的现象学：关于神经症患者以及他同他生存间关系的现象学。但我已经试图带大家超越这些特征，不管它们多么引人注目。

1

我想请大家进一步认识贯穿全剧而体现出来的一个结构特性，即哈姆雷特总是处在他者的"时辰"上。

这当然只是个幻景，因为，我说过，没有**他者**的**他者**这么回事①。在能指中，不再有什么东西来确保由能指缔建起来的"真理"的尺度。对哈姆雷特来说，向来只有他自己的"时辰"。而且，只有一个"时辰"，就是他毁灭的"时辰"。整部《哈姆雷特》悲剧就这样构成并向我们展现了主体朝着那个"时辰"的不懈的运动。

然而主体与其毁灭的"时辰"的"相约"，是人人都有份的。在每一个个体的命运中都是意味深长的。如果没有什么突出的表征，哈姆雷特的命运就不会像这样引起我们的高度重视。接踵而来的问题是：什么是哈姆雷特命运的突出特点？什么使它如此超乎寻常地成问题？

哈姆雷特所缺失的是什么呢？我们能否根据莎士比亚所制订的悲剧进程，扬弃一切近似的表达，严格确定并详细说明这种缺失呢？我们总是在某种程度上听任自己使用那些近似的表达，它们不光在我们的术语学中，而且也在我们与病人相互作用的方式以及对他们进行的暗示中制造了普遍的含混。

---

① 英译者注："拉康经常重申的这个公式，可以帮助我们把（大写起首字母）'他者'同拉康自己话语中的（小写的）'他人'、以及其他作者对它们更早的使用区别开来。拉康的'他者'决不是主体的补足面或否定面，它本身也根本不是某一主体。尽管主体可以把实际的人——从父亲开始——当作'他者'的化身，但'他者'只能在符号界音域中，在语言、权力、法律、犯罪与惩戒的语境中发挥功能。这一切使'他者'不可以再有一个它自己的'他者'。"也就是说，"他者"并非相对于主体，而恰恰是主体的绝对。主体本身就是由"他者"建立起来的能指，而且在根本上除了是"他者"之外并不是什么别的东西。主体的欲望之旅是"他者"的欲望之旅，"他者的时辰"正是主体自己"向死而生"的"时辰"。任何"他人"不是"他者"的"他者"，他们同一于主体自己作为"他者"的现实性中，同一于主体作为纯粹能指的命运中。指望任何"他人"成为真理的担保，正是精神分析力图粉碎的"移情"的"幻景"。——译者

不过，我们还是从一种近似的说法开始吧。你可以用朴素的、日常的语言来说明哈姆雷特所缺失的东西：他从来没有抱定一个属于他自个儿的目标、一个客体——一个总有几分"随心所欲"的抉择。

用常识性的话说，哈姆雷特正好不知道他"所欲"的是什么。莎士比亚让他在剧情的一个转折关头所做的慷慨陈词就暴露了这一点。那是在哈姆雷特出离我们视野的片刻、他去国远航并将从中途神速返回的短暂间隙。他照旧顺从地应承王命，离家去英国，但紧跟着就遇上了福丁布拉斯的军队——这个福丁布拉斯从一开始就已出现在悲剧的背景上，到剧终时将出来料理后事、收拾残局并重整纲纪。在这一场，我们的朋友哈姆雷特，因为看见这支英勇之师竟然为了些无足轻重的军事借口去争占一小块波兰的土地而受到震动。于是他停下脚步，思量起自己的行为：

> 我到处碰见的事物都在谴责我，
>
> 鞭策我起来复仇！一个人还算人吗，
>
> 如果他至高无上的享受和事业
>
> 无非是吃吃睡睡？那就是畜生了。
>
> 上帝造我们，用如此博大的话语……

——被人们诠注为"理性"的这个表达式原为"Large discourse"，它指的就是我在其他讲座中称作："具体话语(discours concret)"的那种根本形式的话语①——

---

① "博大的话语"即"逻各斯(logos)"，因而通常被莎评家解作"理性"(诸中译本一般译作"智慧"，大概是从 Johnson "理解幅度"之说，并考虑到与下文直接出现的"理性"相区别；此处的译文系根据拉康语境改译)。拉康把"逻各斯"界定为与"意识话语"相对立、比"意识话语"更根本的"具体话语"，在这个"主体超越个体的现实性"即"主体间性"的领域中认可主体及其"理性"(作为对"逻各斯"的分享)的真正位置；甚至"无意识就其超越了个体而言，也是具体话语的一部分：它并不在主体支配下去重建他的意识话语的连续性"(《语言和言语在精神分析中的功能及范围》，即 1953 年"罗马报告"。载《文集》，1970，第 136 页)。精神分析经验不仅提供了"言"与"肉身"关系的惊人证据，而且在拉康看来，有助于恢复"逻各斯"作为"言"的本源意义，以特殊的方式回应了这一现代思想的普遍要求。——译者

……如此博大的话语,使我们能瞻前顾后……

——马上你就能看到"理性"这个词——

……决不是要我们

把这种智能,把这种神明的理性

霉烂了不用啊。可是究竟是由于

禽兽的健忘呢……

——"禽兽的健忘",这是用来衡量哈姆雷特在悲剧中的存在状态的关键词
之一——

……还是因为把后果

考虑得过分周密了,想来想去,

只落得一分世故,三分懦怯——

我实在不知道为什么一天天过下去

只管在口里嚷"这件事一定要做",

而明明有理由、有决心、有力量、有办法

叫我动手啊。天大的榜样在教我呢。

看这支多么浩浩荡荡的大军,

统领是一位娇生惯养的小王子,

神圣的雄心鼓起了他的精神,

断然蔑视了不能预见的结局,

全不顾吉凶未卜,安危难定,

不惜拚血肉之躯,冒生命之险,

哪怕就为了个鸡蛋壳! 要真是伟大

并非是没有什么大事情就轻举妄动，

可是在荣誉要受到危害的关头，

哪怕为一根草也就该大大的力争。

我呢，我父亲被害，我母亲受污，

搅得我头脑冒火，血液沸腾，

我却让一切都睡觉，我哪儿有面目

看这么两万人却不惜一死，就要去

为了一点点幻梦、一点点虚名，

进坟墓只当上床铺，就要去争夺

一块小地方，哪怕它小到容不下

这些人当战场，也不够当坟地来埋葬

阵亡的战士呢！啊，从今以后，

我的头脑里只许有流血的念头！（第四幕第四场）

　　以上是哈姆雷特关于人类行为客体的深思。这一客体，在整个儿的"列举"过程中①——我们将这样称呼，并逐一思考那些过程——向我们敞开了大门。那是真正的献身——为了一个高尚的理由、为了"荣誉"而流血牺牲。同时，"荣誉"也得到了如实的写照：它完全由上帝用来造我们的言语所赋予。对于言语这种馈赠，我们作为分析者，不能不看到它所表现出来的具体的决定作用，不能不为它——无论在"肉身"还是天赋方面——的影响力感到震惊。

　　我这里试图向诸位说明的，不仅仅是这整个过程的共同形式或"最小公分母"：问题不只在形式上。主体为给自己寻找一个"结论"，在他者处提出问题，在这一询问的末端，我写着公式$\$◇a$；要能就这中间的情形做一番实际的调查，只有立足于那种特殊的经验——我们称之为精神分析的经验，它为我们探测沿着图形中上行线伸展的无意

---

① 指由于被剥夺的欲望"发律司"（哈姆雷特的"荣誉"）作为能指的隐匿作用，"客体a"在能指链上不断呈现的"换喻"过程(a＋b＋c……)。——译者

识回路提供了可行性。

我们所关心的,是在欲望和它对面的东西——幻想之间、在这个想象界音域中发生的"短路"①。我用$\$\lozenge a$表示幻想的一般结构,其中$\$$表示主体与能指的特定关系——即主体受到能指的影响而无法还原——$\lozenge$表明主体与一种实为想象界场合(conjoncture)的关系,这种场合就由a来标志,它不是欲望的客体而是欲望中的客体。

让我们来试着对欲望中的客体的功能形成某种基本的观念。哈姆雷特戏剧使我们有可能就这种功能作出一个具有典范意义的表述,而这正是我们对莎士比亚这部戏的结构怀有持久兴趣的原因。

我们的出发点是:由于主体与能指的关系,主体被剥夺了某个属于他自己、属于他真正生命的东西,而这个东西的价值就在于它一直充当了把主体与能指相缚合的事物。这是一个本身意指着主体在意指作用中异化的能指,我们用"发律司"这个专名表达它。如果主体被剥夺了这个能指,某种个别的客体对他来说就变成了欲望的客体。这就是$\$\lozenge a$的含义。

欲望的客体本质上不同于任何需要的客体。当某种事物代替了那个在本性上始终对主体隐蔽着的东西,代替了那种自我牺牲,代替了典押在主体与能指关系中的那磅肉——这种事物就成了欲望中的一个客体。

上述关系深奥玄妙,因为它最终是和那个秘而不宣的东西的关系。我在手稿中得出了一些公式,如果允许我从中选用一个的话,那么人生可以被界定为一种演算,其中零值是"无理的(irrationnel)"。这个公式只是一种意象、一种数学隐喻。我所说的"无理的",并非指某种无法理解的情绪状态,而恰恰是指所谓"虚数"(nombre imaginaire)。-1的平方根与任何诉诸我们直观的事物、任何"实在的(réel)"事物——就这个词的数学意义["实数"]而言——都不相符,然而,它却必须连同它的全体功能一齐保留着。对于生存所指向的那个隐匿的元素、那个承纳了能指的功能因而不可能在本来意义上

---

① 即完整图形上方标志想象界过程的水平矢量$d \rightarrow (\$\lozenge a)$,这一"短路"使幻想的客体代替了欲望的"发律司"。——译者

成为主体的主体来说，情况也是如此①。

记号$系表明了 S 恰好在客体 a 取得其最大值的那个位置上被遮蔽的必然性。正因为这样，我们只要普查了客体与这个元素的种种可能的关系，就能够把握住客体真正的功能②。如果我说哈姆雷特的悲剧带我们穿越了客体那些功能变化的整个领域，也许过分了。但是，这个假设一定能使我们比走过任何途径的任何人走得更远。

2

我们从结局说起吧，这是决战的地点、"相约"的"时辰"。

在这最后一幕，哈姆雷特最后拿生命孤注一掷，来换取他行动的完成——追猎到了尾声，人们逼近猎物，他激活并经历的这幕戏此时已杀机四伏。行动完成的那一刻他也成了被狄安娜逼入绝境的一头鹿。一个阴谋在克劳迪斯和莱阿第斯之间炮制出台——不管他们各自的动机是什么——大胆、凶险，令人难以置信，再加上一个讨嫌的爬虫、诡谲的小丑做帮衬，出面撺掇哈姆雷特参加比赛，于是，阴谋将他团团围紧了。

这段戏的结构则出奇的简单明确。比赛使哈姆雷特处于这样的位置：由于打赌，他成了他叔叔兼继父克劳迪斯的同盟者。他就这样被打上了另一个人的印记。

比赛理当有一定的悬赏。来人告知哈姆雷特竞赛的条件，两人的对白谈到赌注的品位、数目和阵容，尽是些教人眼花缭乱的东西。哈姆雷特跟莱阿第斯赌六匹巴巴里骏马，反过来莱阿第斯押上了"六副法国宝剑和宝刀"、决斗用的全套装备，连同

---

① "零"的功能与列维-斯特劳斯所说的"零符号"有关。正如零音位的功能存在于同诸音位及其缺席的对立中，本身不需要任何恒定的区分性价值，人类学事实中的"零符号"作为有意义的能指缺失而能承载任何被要求的意义（《毛斯著作序》，1950）。拉康的"发律司"作为意指自身缺失的绝对能指显然具有这种无任何实在内容的纯形式、纯符号的功能，并在同客体 a 的对立中体现出来。拉康提到的公式究竟是他发明的一系列代数公式中的哪一个不详，但肯定与在《主体的颠覆和欲望的辩证法》中提出的一个有关。根据演算，这个纯粹能指的意指作用（signification，主体$系就是这种意指作用的化身）为 $\sqrt{-1}$（即虚数单位 i），其中包含着与图形及拉康概念体系有关的意象变形和隐喻。因为本段插叙不影响下文阅读，故在此不作详细介绍。——译者
② "客体与这个元素的种种可能的关系"指客体 a 与主体$系的关系，而"客体真正的功能"则须归结为"发律司"（纯粹能指 S'）的功能。正说明了二者在能指链上的"换喻"关系（客体 a 代换 S 并成为 S'）。"换喻"关系的基础是"隐喻"关系：记号的同形暗示了主体即$系能指 S 的被压抑（剥夺、"遮蔽"），压抑导致代换，S……S'过程正是主体$系的征候表现。因此，原初能指 S'、主体$系和客体 a 三者共同体现了客体"真正的功能"。——译者

"hangers[悬佩]"——我猜可能是剑鞘。其中三副还配有原文称作"most delicate carriages[极臻妙婉的托具]"的东西①,那是一种格外风雅的表达,指佩剑用的挂环。它属于收藏家喜欢搬用的一类字眼儿,本来也可以指大炮的底座。

宝物(objets)荟萃,光彩耀眼,竟是为死亡下的赌注。就是这一点,将其展现赋予了宗教传统中所谓"浮华图(vanitas)"②的特征;也就是这一点,成为一切客体、人类欲望世界的一切赌注——客体 a 得以展现的方式。

我已指出,向哈姆雷特提议的这场比赛具有悖论的、甚至荒诞的性质。然而他看起来只像是又一次躺倒在地、翻来滚去,仿佛丝毫也不反对一成不变地听候别人吩咐:"先生,我就在这儿大厅里走走。倘若陛下不见怪,现在正是我在一天里要舒散舒散的时候。叫他们把比赛用的钝剑拿来吧,如果那位先生并不反悔,王上也并不改变主意,我愿意尽力为王上争取一场胜利;赢不了,我不怕丢一次脸,多挨人家剁几下"(第五幕第二场)。

这里的情形向我们表明了幻想的本性。在哈姆雷特正要下定决心的一刹那——最后一次,就像一再发生的那样,刚刚要下决心了——我们却眼看着他把自己雇给了别人,而且还落不着赏钱,无偿地投效卖力,全不顾那另一个人正是他的仇家、他真正要打败的人。他为那些教他厌倦了这个世界的事物打赌,不惜押上自己决心要做的事,他为了给别人争取一场胜利而甘愿这样做。

那些人以为他们能用这些玩艺儿(objets)、这些收藏家的花样迷住哈姆雷特,他们无疑是想错了。但他们还是向那个真正在吸引他的事物发出了有效的求告。他是为了荣誉——也就是黑格尔说的为了纯粹确信而斗争③——为了荣誉才乐于同一位他还很敬慕的对手较量。我们不得不在此稍作逗留,考虑一下莎士比亚提供的这层关系的合理性,从中诸位又将目睹那个在我们对话中久已相熟的时刻——镜子阶段——的辩证法。

本文明确地肯定了(当然是间接地、用滑稽模仿的口吻)在这层关系中,莱阿第斯

① 两种东西各家理解不一、译法也不同,这里是尽量摹仿原文风格,并对应于拉康的解释拟译。——译者
② 又称"劝世静物画",于 17 世纪风行于尼德兰。这种宗教绘画,利用可以表现红尘利禄、功名成就、生命欢娱之类象征意义的静物形式,来反衬人生的虚荣短暂无常,达到劝人忏悔的警世目的。——译者
③ 参见《精神现象学》,4.1.2.。"确信"一词,拉康沿用了科热夫的译法:prestige,不仅带有"荣誉"的意思,而且还指某种"幻景""诱惑力""权威",这种多义性正适于揭示"发律司"的想象界效应。——译者

对于哈姆雷特来说是他的"类似者(semblable)"。当奥思立克,那个带来决斗倡议的乏味的廷臣,向哈姆雷特述说他的对手,渲染莱阿第斯的出类拔萃,暗示哈姆雷特一定要拿出勇气来对付他时,哈姆雷特打断话头:"先生,您的摹画使他的光辉无所殒灭;尽管我知道,要把他的令德列出清单,缕析条分,定会使我辈记忆的运算晕眩而恍然,到头来还是一条失舵的扁舟,无奈何他那满帆的快船"(第五幕第二场)。他戏拟对方说话的风格,发表了这通极端造作、花里胡哨的演讲。他最后说:"窃以为他是集了大成的精英,他的天资罕匹人伦,要将他说得切中肯綮,他的俦侣(semblable)唯有在他的镜子里找,那纷纷追踪求迹之辈,充其量只做得他身后的阴影。"①

他人的影像,正如你们看到这里所描述的那样,完全吸摄了观看者。这个充斥着贡哥拉式夸张作风②的片段的独特价值在于,它正好体现了在决斗之前哈姆雷特对莱阿第斯的态度。剧作家把这种对想象界音域的极度专注当作侵略性的基础,把它明确地表述为一种镜子关系、一种镜影反射作用。你与之斗争的这一个是你最敬慕的这一个。自我的典范同样是——按照黑格尔的公式,和平共处是不可能的——你必须置他于死命的这一个。

哈姆雷特只是在一个公平竞争的、即比赛的位置上响应这必然性的召唤。他献出自己,以一种我们不妨称之为形式化了的、甚至于虚拟的方式。他实际上正在加入最严肃的游戏,然而却了无知觉。在那场游戏中他将丢掉他的性命——这在他是不由自主的。他向往着——同样了无知觉——去迎接行动和死亡,隔了没多久,二者就将联袂而至。

他在这种侵略性关系中所染目的事物,件件只是虚假的,是幻景。那又意味着什么呢?意味着他加入了一场见不到——我们应该说——他的"发律司"的游戏。这是对哈姆雷特作为戏中主体的特殊性的一种表述方式。

不过他的确加入了游戏。比赛用的钝剑也只有在他受蒙骗的眼里才是钝剑。在现实中至少有一把没有被磨钝——就是做过标记、在分发武器时给了莱阿第斯的那一把:它有实实在在的锋芒,而且还蘸了毒药。

---

① 本段系译者参照诸译本拟译,以求迹近原文的风格。——译者
② Gongora,16世纪西班牙诗人,其文体矫揉造作,喜用冷僻字和夸张的譬喻。——译者

在这里,电影改编者的简率处理与剧作家那种堪称强劲直觉力的东西发生了偶合。莎士比亚实际上没有费神去解释蘸了毒药的武器如何从一个决斗者手中到了另一个的手中——这必定是表演这场戏的难点之一。在莱阿第斯给了哈姆雷特致命的一击之后,双方混战中,利剑易手①。没有人费神去解释这个令人吃惊的小事故,也没有人想到解释的必要。因为关键是要表明,哈姆雷特只有从他人那里才能获得那致命的工具——它位于舞台实际能够表演的事物的领域之外。须要超出这比赛的壮举,超出哈姆雷特同那个更加俊美的"类似者",那个他满可以去爱的他自己的翻版之间的争强斗胜,一部关于他欲望的实现的戏剧才可能完成。在那个超越的领域中,存在着"发律司"。哈姆雷特与他人的遭遇战,归根到底,无非是为了能与这个决定他命运的能指实现认同。

在本文中,这里出现了一桩趣事。那是在分发钝剑时有段相关的谈话:"给他们钝剑,奥思立克。哈姆雷特贤侄,/你知道我们是怎样赌的吗?"早些时候哈姆雷特自己也说过:"把钝剑给我们。"在这两个时刻之间,哈姆雷特说了个双关语:"我是来陪衬你②,莱阿第斯,我剑术低劣,/你本领高明,正好像黑夜衬托星,/准显出你格外辉煌"(第五幕第二场)。法文译者也算是尽力而为了:"Laerte, mon fleuret ne sera que fleurette aupriès du vôtre."③但这里的"foil"显然不是在说击剑用的钝剑;实际上,这字眼有个相当常见的意义,可以追溯到它在莎士比亚时代特有的用法:"foil"和古法语的"feuille"是同一个词,通常很考究地用来指盛放贵重物品的容器,珠宝盒。因而这段话的意思是:我要独个在这里衬托你黑暗夜空中星星般的光辉。因为比赛的条件是以十二比九让招,也就是说对哈姆雷特有所照顾。但是为什么要用"foil"这个双关语呢?它在本文的这个地方出现绝不是偶然的。

哈姆雷特在剧中的功能之一,就是醉心于源源不断地炮制双关语、文字游戏和下流的隐语——即玩弄语言的歧义性。应该注意到,莎士比亚让那些被唤作小丑、弄臣

———————————

① 这是剧本原文的交待。在影片《王子复仇记》中,这个动作表现为哈姆雷特直接夺过了利剑,重创莱阿第斯。——译者

② "I'll be your foil",另一层字面意思是"我将是你的钝剑"。——译者

③ 法译者试图用两个谐音词来表现原文的双关语:"莱阿第斯,我的花剑同你的相比,只算是一点儿小花招"。——译者

的人物在他的戏剧中起了最重要的作用。他们的身份允许他们去揭露那些不宜直接谈论的最隐秘的主题和人格特性,同时又不至于乱了行止、伤了体统。这不是单纯的放肆与非礼。他们说的话,在表达上大体运用歧义性,运用隐喻、双关、夸张、矫饰——诸如此类的能指代换方式;我一直都在强调它们的重要功能。这类代换方式引来的文体风格与色彩,构成了莎士比亚戏剧的心理学尺度的基础。因而,在一定意义上,有必要把哈姆雷特看作那些丑角中的一个。他是个特别令人不安的人物,但这一事实不应该妨碍我们认清:他的悲剧就是造成这个小丑、这个双关语行家的泯灭的悲剧。正如有人所指出的,如果丢掉了这个尺度,这部戏的百分之八十以上都将化为乌有。

源源不断的歧义性,是构成哈姆雷特行动紧张状态的尺度之一。这种紧张状态被事情的化装舞会式的一面掩盖着。对于篡位者克劳迪斯来说,首要的事情当然是窥破哈姆雷特面具背后隐藏的意图,搞清他究竟为什么装疯。但是我们却决不可忽视了哈姆雷特借以装疯的方式、他凭空想象信手拈来的方式、不失时机地用双关语制造含混、以灵感瞬间的异彩迷惑他的敌人——所有这些赋予他的言语一种近乎躁狂症的(maniaque)性质。

其余的人也跟着开始利用这种伎俩,以至于摇唇鼓舌蜚短流长。他们从哈姆雷特的话里受到震动,那不是因为它前言不搭后语,恰好相反,是因为它深中肯綮。这种戏谑形式何止是一场伪装的游戏? 它更是一场在意义尺度上的能指的游戏,在戏谑中寄托着这部戏剧的真精神。

哈姆雷特说的每一件事,都和他周围人们的种种反应一道,构成了同样多的问题,一再令观众不知所措。这正是该剧具有无限视野和隽永意义的源泉。

提示这一切是为了让大家确信:在承认剧中最后这个小小的双关词"foil"的全部生动性时,我们并没有牵强附会或者言过其实。哈姆雷特的文字游戏触到了比赛的游戏中一个当下的问题,即武器的分配。他对莱阿第斯说,"I'll be your foil"。果然,转眼之后将出现的正是一把"foil",给了他致命的创伤,也将帮助他结束欲望的回路,杀死对手和国王——他使命中最后的客体。在这个双关语中,最终潜伏着与致命的"发律司"的身份认同。

于是,这里的"星座"标明了最后一幕戏的位置。哈姆雷特同那个更加俊美的"类似者"之间的决斗,发生在图形上较低的层面:i(a)→m。在这里,任何男人或女人对他说来,都无非是一个生命活物的飘忽不定的幽灵;而他只是把自身的尺码赋予了竞争的对手。这个照规格定制的"类似者"的在场,将允许他——至少有片刻工夫——支撑着去结束这场人类赌博:在那一刻,他也将是个男子汉。但这个"定制"的工作只是一个结局,而非开端:它是"发律司"在意识内到场的结果,而"发律司"将只能随着主体自身的消逝而真正露面。主体将要死去,甚至在他把这个"发律司"抓到手中、成为一个谋杀者之前,主体就已经死了。

这就产生了一个问题:是什么使他能够以这种方式得到这个能指呢?为了答复这个问题,我们需要再次回到那个论述过程中的交叉路口、那个我在前面提到过的、极不寻常的交叉路口,即回到在墓地上发生的事件。[……]

3

请大家回过头看墓地这场戏,我已经三次向你们提到它了。在这里,你们会看到某种极具特色的事情:哈姆雷特容不得莱阿替斯在他妹妹的葬礼上表演悲痛。正是莱阿替斯在哀悼时的卖弄,令哈姆雷特忘乎所以、令他惊愕、令他深受震动以至于忍无可忍。

这是最初的、也是最不容置疑的竞争。正像他以全副的骑士装备,手执一把钝剑去决斗一样,在墓地上,哈姆雷特为了扼住莱阿替斯的喉咙,纵身跳进莪菲丽雅的尸身刚刚被放下去的墓穴中。

我倒要看看你能做什么!
哭吗? 打架吗? 绝食吗? ……
我会干。你是来这儿哭哭啼啼吗?
你跳进她的坟里来扫我的颜面吗?
要跟她活埋在一起,我也会干的。
你夸说高山大岭,那就叫他们

朝我们身上堆它亿万亩泥土，

让地面把头顶直伸到"烈火天"去烧焦，

让奥萨峰比成个小瘤吧！你会嚷，

我会叫得更响。

对此人人都感到震惊，他们抢上去拉开这厮打的一对儿。哈姆雷特说个不停：

听我说，老兄，

你凭什么理由要这样对待我？

我是一向爱你的。可是也罢了。

海格立斯要闹，就随他怎样来闹，

猫总是要叫，狗也总是会咬。（第五幕第一场）

　　这里有种格言的成分，我以为，它的全部力量都来源于那些类比(analogies)[1]，相信在座的会有人指出它们的意义——我不可能在这里一一深论了。

　　后来，当与霍拉旭交谈时，哈姆雷特将会解释他为什么不能站着不动，眼看莱阿替斯把哀悼拿来做展览[2]。这把我们带进了事情的核心，由此整个难题都可以迎刃而解。

　　哀悼和欲望中客体的设立之间有什么样的联系呢？让我们把这当作一个最醒目的问题来解决，尽管它也许看上去与我们眼下正在探索的事情的中心相隔万里。

　　哈姆雷特曾经轻蔑地、冷酷地对待莪菲丽雅，而且犹有过之。我已经强调过——一旦莪菲丽雅在他眼里成了那个本身意指着他的欲望被排斥的符号——他不断强加

----

[1]　即表达了上一节所述哈姆雷特同"那个更加俊美的类似者"莱阿替斯之间的"镜子关系"。海格立斯是希腊神话里的大力神，曾完成了十二项英雄业绩，正可以算是哈姆雷特心目中"典范自我"的代名词。在第一幕第二场，哈姆雷特就曾悲叹："我这个叔父可绝不像他的哥哥，/正如我不像海格立斯啊！"——译者

[2]　"我不该一见莱阿替斯就忘其所以；/因为他的悲愤也正是我自己/惨痛的影子……"（第五幕第二场）。——译者

给她的毁谤和羞辱。而后，突然之间，客体又恢复了对于他的直接性与价值：

> 我爱莪菲丽雅，四万个弟兄的爱
>
> 全部都加在一起也休想抵得上
>
> 我的分量！你又能为她干什么？（第五幕第一场）

这些就是他用来向莱阿替斯发起挑战的宣言。在这里还有一个特点，它以另一种方式呈现了哈姆雷特欲望的结构，并完成了这个结构：只有当哈姆雷特欲望的客体成了一个不可能得到的客体时，它才能再度成为他欲望的客体。

在强迫性神经症患者的欲望中，我们早已遇到过作为欲望客体的不可能得到的事物。但我们别太轻易地满足于这些过于明显的现象。以欲望为基础的主体结构本身总是给人类欲望的客体打上一个不可能性的印记。而强迫性神经症患者的特点尤其在于，他硬是要对抗这个不可能性。换句话说，他把每样事物都奉为客体，以至于他欲望的客体成了这个不可能性的能指。

但是，还有某种更深层的内容须引起我们的注意。

弗洛伊德的论述已经教会我们从客体关系方面来讨论哀悼的功能①。事实上，在心理学家们存在并且思考了所有那些年头之后，正是弗洛伊德最先强调了哀悼的客体问题，这难道不是件引人注目的事情吗？

---

① 见弗洛伊德《哀悼与忧郁症》(1917)。用拉康语汇表述，主体的真正欲望属于"实在界"，在俄狄浦斯阶段初期作为"母亲的欲望"被认同的"发律司"，即是这种主体无法了解和实现的事情的一个托词，并进而成为一个能指，"不可能性的能指"，它渊源于主体的想象界自恋（"镜恋"关系）的要求。因而主体对被剥夺的"发律司"的关系，在想象界音域中总是表现为对客体的认同、对客体的哀悼、对客体的强迫症（客体a，特别是当它丧失的时候，即暴露了实在界"破裂"的时候，总是唤起主体对"发律司"的关系，因为"发律司"归根到底只是一个最终限定一切客体功能与范围的空位而已，在被"全体能指"[符号界他者]充实之前，只能靠"个别客体"[想象界他人、镜像]来僭取），这便是哀悼中客体关系的实质、"哀悼与精神病的相通之处"。《哈姆雷特》中的种种哀悼及疯癫实则如此。这时的哀悼仪式作为一种符号界功能是"欠缺不足的"。拉康指出，哀悼工作的真正完成，即在逻各斯（言语）层面上完整而有效的补赎或超度仪式，必须要求"发律司"作为"全体能指"的介入，真正成为主体自身"发律司"（欲望）的祭献：主体"自恋依赖性的完全牺牲"、主体的自我献身，主体与"死去的父亲"（符号界他者）的认同，主体欲望的普遍符号化，即下文所讨论的"阉割"的实现。——译者

哀悼的客体对于我们的重要性，源自某种身份认同关系，弗洛伊德曾试图用"归化(incorporation)"一词更严格地界定这层关系。现在让我们来看看，能否用我们迄今为止在分析工作中已经熟习的那套语汇，重新阐明这种发生于哀悼过程中的身份认同。

假如沿着上述思路，同时借重自己的一套符号工具，我们就能够对哀悼的功能做出一系列透视；并且我相信这些透视的结果将是新颖的和极富于建设性的。没有别的途径能做到这样的透视。要说清楚什么是身份认同的问题，就必须采用我多年来一直在讲座中阐述的那些范畴，即所谓符号界、想象界和实在界①。

什么是失去了的客体的"归化"？哀悼的工作依存于什么之中？我们无从断言；这说明，尽管弗洛伊德曾在《哀悼与忧郁症》中开辟了一条通道，但是沿着这条通道的全部思辨却停滞不前了。而问题还没有恰当提出呢。

让我们停留在哀悼经验中那些最明显的方面。掉进悲哀漩涡的主体发现自己正对客体处在一种特定的关系中；在墓地一场，这种关系得到了再明白不过的图解：莱阿替斯跳进墓穴去拥抱客体，客体的丧失正是他欲望的起因；这个客体已经赢得了一种更加绝对的存在，因为它与现实中的一切事物都不再相符。一切可能的人类经验中唯一不堪承受的方面，不是一个人自己死亡的经验——没有人有这样的经验——而是对另一个人死亡的经验。②

由于这种丧失而形成、并且在主体一方唤起哀悼的那个破裂处、那个洞穴在哪里？它是实在界的一个"洞"，主体通过它进入了一种关系——一种与我早些时候在讲座中

────────────

① 实在界(le réel)与想象界、符号界构成拉康所谓主体结构的三级秩序。他强调，实在界不是"现实(réalité)"：现实是经想象界符号界过滤了的实在界产物，而实在界本身是"无知"这道屏幕后面不可引渡之物，是主体的极限，主体的真正欲望，主体永远不能确保对它的真正了解和掌握。它在主体"局外"，又永远在场：在图形上，它是介入想象界与符号界之间的两个"洞"，整个能指过程都由它们激活。在欲望层面上，它的整体功能相当于弗洛伊德所谓"冲动"($ \$ \Diamond D$)，是主体无法支配的欲望表述的动力，并不断为这一表述提供客体（"实在界产生欲望的客体"），遂使主体与"发律司"的符号界关系（[$\$ \Diamond D$]→S[$\cancel{A}$]）不断偏移为与客体的想象界关系（[$\$ \Diamond D$]→[$\$ \Diamond a$]）；它的"逸漏"则不断体现为客体的丧失，并最终体现为由实现"阉割"而导致的符号界认同：S($\cancel{A}$)，即所谓"言语杀死事物"、"实在界被符号界复制"，同时也表明"实在界即不可能"、"实在界前，言语终止"，"发律司"只是以其自身的不在场对于这个不可能性的能指（"零符号"）。F.詹姆逊有言："实在界即历史"（见《拉康的想象界与符号界》，与本文同载于《文学与精神分析》论集），不为任何主体所掌握。——译者

② "发律司"与任何客体都不相符，而唯有客体的丧失(死亡)展示其位置。——译者

以"Verwerfung"为名阐述过的情形相反的关系①。

正像从符号界音域被排斥掉的东西在实在界中又出现了,实在界中由于丧失而形成的"洞"也以同样方式激活了能指的运动。这个"洞"为失去了的能指的投影提供位置,因而对于他者的结构来说是必需的。因为这个能指的不到场将使他者无法回答你的问题②,这个只能以你自己的血肉之躯换回的能指实质上就是藏在幕后的"发律司"。

在那里,这个能指找到了它的位置。但同时它还不可能找到什么位置,因为它只能在他者的层面上得到说明。正是由于这一点,像在精神病中那样——这就是哀悼与精神病的相通之处——纷呈的影像僭取了"发律司"的位置,形成各种哀悼的奇观:这些奇观不仅显示出每个个人身上的疯癫症状,而且还证实了这种或那种最值得重视的人类共同体的集体疯癫。《哈姆雷特》为此提供了一个显而易见的例子,即鬼魂,那种影像会猝不及防地攫住所有人的灵魂——倘若有人未经必要的仪式就离开了人间。

不错,我们通过这些仪式尽了自己的义务,所谓纪念死者。那什么是这些仪式呢?如果它们不是符号界音域的整部戏剧——从天国的重霄到地狱的深渊——完完全全的介入③,又能够是什么呢?[……]

实际上,除了能指的全体,没有什么意义可以填满实在界的那个"洞"。哀悼的工作是在"逻各斯"层面上完成的:我宁愿说"逻各斯"而不说群体或共同体,尽管在文化中组织起来的群体或共同体是"逻各斯"的主要依托。哀悼工作的实际完成,首先将补赎由于意指元素不够用来应付在生存中业已形成的那个"洞"而引起的紊乱,因为正是

---

① 这里所说的"洞"在图形上位于 S($\mathcal{A}$):死者的位址,参见本书第 493 页注①;而"洞穴"同时影射墓穴。Verwerfung 为德文,原系弗洛伊德用语,指精神分析话语中出现的排斥、断裂。拉康在 1958 年 1 月的讲座(属于《讲座之五:无意识的构成》)中,曾对这个概念做过深入阐述,把它界定为能指"发律司"的原初缺失。参见本讲("欲望与哀悼")开场白中关于"脱漏"的译注。与 Verwerfung"情形相反的关系",指主体借客体丧失而拟与"发律司"认同,或者说"发律司"假借客体的丧失而"归化"。——译者

② "Che vuoi(汝何所欲)?",参见图形 3。——译者

③ 整个符号界阉割过程,整部欲望的悲剧。——译者

全体能指的系统受到了最起码的哀悼要求的指控。

这就解释了我们在民间传说中所发现的那种信念——以为对死者的补赎有所亏欠、忽略或拒绝，会紧接着影响到鬼魂和幽灵们从由于遗漏了具有表意作用的仪式而留下的破绽中出现。由此我们看到了《哈姆雷特》悲剧中一个新的尺度：这是一出关于冥界的悲剧。鬼魂因一种赎不清的罪恶而到来。从这个观点看去，我菲丽雅俨然是一件为了抵赎那原初罪恶而祭献的牺牲品。同样的解释也适用于杀死波乐纽斯并且荒唐地倒曳着他的尸首兜圈子。

哈姆雷特接着即兴说了一连串粗鲁不堪的隐语，尽情嘲弄了所有的人；最后那句"狐狸藏好喽，大家都来找"，提到了一种捉迷藏的游戏①。哈姆雷特无视周围所有人的关心，藏匿了波乐纽斯的尸体，在这里正好又一次嘲弄性地模仿了那个重要的中心事件：欠缺不足的哀悼。

下堂课我们必须详细说明幻想与某种看似离它邈不可及的事物，即客体关系之间的联系，至少要在哀悼允许我们去揭示这种联系的范围内做出说明。《哈姆雷特》戏剧的全部底蕴将使我们更好地把握实在界、想象界和符号界的"经济(économie)"②——这和我们眼下的问题有非常密切的联系。[……]

(1959 年 4 月 22 日)

---

① 即"jeu du fort—da(不在与在的游戏)。"这种游戏(诸如儿童反反复复将玩具丢掉又捡回)因为弗洛伊德在《超越唯乐原则》(1920,中译本见《弗洛伊德后期著作选》,上海译文,1986)一文的分析而广为人知。弗洛伊德指出，"它同这个孩子在自身修养方面所取得的巨大进展有关，也就是说同他在毫无抗议地允许母亲离开时所作的本能的自我克制(即本能满足方面的自我克制)有关。他好像是在通过导演一场使控制在自己手中的客体消失不见随后又重现的游戏来补偿这一点"，并进而论述了这种游戏中强迫重复原则的作用。在拉康看来，这种游戏正体现了哀悼仪式的功能，而"Fort/Da"(不在/在)也构成了最基本的一组能指差异对立关系(符号本身是"一种由不在造成的在")。——译者

② 精神分析用以表述能量转换(欲望的替代性满足或抑制)或"力比多投注"机制的用语。后来在《超越唯乐原则》中，弗洛伊德曾尝试在"原初惰性"的基础上对精神系统做"经济的"描述，并曾表示希望将全部精神过程从动力的、地形学的、经济的三个参照系加以考虑，以建立"元心理学"。拉康在这里用"经济"一词指在实在界、想象界、符号界间得到描述的欲望转换机制。——译者

"发律司现形（Phallophanie）"

　　悲剧《哈姆雷特》是欲望的悲剧。但是，当我们沿着自己的轨迹来到终点的时候①，就该注意到人们总是最后才给予关注的事情，那就是最明显的事情。我知道从来没有笺注家自寻烦恼来做这样的评论，可是它一经表明，就难以再忽视：《哈姆雷特》这部戏自始至终，所有剧中人物所谈论的一切内容都是哀悼。

　　是哀悼令哈姆雷特母亲的婚姻臭名昭著。当她渴望了解她心爱的儿子"神思错乱"的原因时，她承认："我想主要原因还就是这一点：/他父亲死了，我们又太快地结了婚。"而且我想无需提醒你们哈姆雷特关于吃剩的"丧礼的烤肉"转而搬上了"结婚的喜筵"所说过的："省得很，省得很，霍拉旭！"

　　这番话正好用来提醒我们，在现代社会就使用价值和交换价值间所做的种种调节中，也许有某种东西——那是我们时时刻刻都感受到它的力量与广度的某种东西，即仪式价值——在马克思对经济，一种我们时代思想中占统治地位的经济②进行分析时被忽视了。即使我们在精神分析经验中已不断注意到这类价值，但是把它们当作人类经济中必不可少的因素，在此予以特殊的重视，也许还会有所裨益。

　　我已经暗示过仪式在哀悼中的功能。仪式介入哀悼所展示的"破裂（béance）"，起了某种调和作用。更确切地说，仪式所起的作用，就好像使这种破裂与那更重大的"破裂"，即作为未知点 X 的符号界缺失相一致③。而弗洛伊德在某个点上引为参照的"梦的中心"，或许只是上述缺失在心理上的对应点罢了。

　　同样我们也不能不惊讶于这样的事实——在《哈姆雷特》所有的哀悼场合中，总是出现一个基本因素：仪式被删减了，并且是在暗地里进行的。

---

① 可以设想为完整图形上欲望轨迹的终点：S(A)。参见本书第 463 页注①。——译者
② 换言之，拉康认为通常意义上的"经济"应放到欲望转换的"经济"中来考虑，后者比前者更本原。——译者
③ "作为未知点 X 的符号界缺失"即"Verwerfung"，处于"阉割"的位置。阉割层面的仪式，通过"能指全体"的介入，以符号界的"无"(S[A])"填满"了实在界的"洞"。——译者

由于政治原因，波乐纽斯没有经过葬礼就被暗中掩埋，草草收场。你们也都记得埋葬我菲丽雅的整个过程。我菲丽雅极可能是自杀死的——至少公众都这么看——所以有人议论她怎么还能被葬在基督徒的墓地。掘墓人毫不怀疑：如果她不是出身上流社会的话，早就被打入另册了。同样教士也不情愿为她行基督徒的葬礼（"她本该就埋在教堂圣地以外，/一直到世界末日；不替她祈祷，只给她身上扔碎磁，石片，石头"[第五幕第一场]），而他所应允的仪式本身就已从简。

我们不能不考虑所有这些情况，同时还有许多别的事例。

哈姆雷特父亲的鬼魂怀着一种无法补偿的怨恨。他说自己永远被冤枉了，"在[他]罪孽之花怒放时(in the blossoms of [his] sin)"——这个奥秘，对于理解本部悲剧的意义来说并非无足轻重——猝不及防地被夺去了生命。他死前来不及让自己保持镇定，或者有所准备地去面对上帝的审判。

我们在这里看到好些条"clues[线索]"（就像人们用英语表达的那样）以一种极富于意义的方式拧到一起——那么它们又指向哪儿呢？指向这欲望的悲剧同哀悼及其要求的关系。

这就是我今天希望集中讨论的要点；我试图对客体——诸如在精神分析中遇到的、欲望的客体——的问题来一次刨根问底。

1

主体先于一切地与欲望的客体有一种简单的关系，一种我用"相约"这个说法表述过的关系。但是你们不会不注意到，当我们谈及客体、诸如主体在哀悼时把自己与之相认同的客体——这个主体据说能把客体重新结合到他的自我中去——时，我们正在从一个完全不同的角度切近客体问题。这意味着什么呢？难道我们这里不是正在涉及精神分析理论中未能协调的两个方面吗？那岂不是要求我们做出尝试，更加深入到问题中去吗？①

---

① "精神分析理论中未能协调的两个方面"指自恋关系(阶段)与客体关系(阶段)。这里涉及了拉康与自我心理学方向的精神分析主流的基本对立(参见本书第463页注②)。拉康自提出"镜子阶段"理论起，一直致力(转下页)

我刚才就《哈姆雷特》中的哀悼所讲的内容,不应该遮蔽了一个事实:在《哈姆雷特》中也像在《俄狄浦斯》①中那样,有一桩罪行存在于这哀悼的底层。一个又一个哀悼的场合,朝着某个特定目标的全部迅速演替,都可以被看作是初始罪行的逻辑后果。正是在这个意义上《哈姆雷特》是一部俄狄浦斯式的戏剧,我们可以把它读解为又一部《俄狄浦斯王》,摆在悲剧系谱中的同一个功能层面上。也正是这一点使弗洛伊德及其后来的追随者们意识到《哈姆雷特》的重要性。

的确,精神分析传统在俄狄浦斯罪行中看到了具有典范意义的图示,上面标绘出主体与我们在这里称之为他者的事物——与那个记载着法律的位址——的关系。上述传统也把哈姆雷特放在它对起源问题思考的中心。这是个很好的视点,有助于我们回顾某些重要的细节,这些细节说明,至今主体与原罪的关系是如何向我们清晰地表现出来的。

我们必须做出区分,而不是采取那种司空见惯的做法,任事情含混不清,任理论的思辨流于艰涩。我们区分出两个阶段。

第一个是罪行的阶段,《图腾与禁忌》②对此做了精彩的说明;这本书堪称是弗洛伊德的神话作品。我们甚至可以说,弗洛伊德的构想极可能是生长于我们这个历史时代的成熟神话的唯一例证。这神话向我们揭示了一种本质联系:法律的秩序只有在某个更原初的东西,某个罪行的基础上才能被表述出来。这也是弗洛伊德眼中的俄狄浦斯式神话的意义。

在弗洛伊德眼中,对父亲的原始谋杀构成了起源问题的终极视野。还应注意,他

(接上页)于揭露这两方面的想象界一致性;这一点也是理解本文的关键。拉康认为,必须"从一个完全不同的角度"即"发律司"的角度"切近客体问题",因为客体关系实为主体与"发律司"关系的衍生物,正是这种本原关系限定了客体的功能与范围,而"发律司"的价值渊源于自恋的要求。主体对客体的强迫症关系(享占/哀悼)的结束,也在根本上有赖于主体对其"发律司"的阉割的完成(只有通过阉割自己才能与作为能指的"发律司"认同,这正是哈姆雷特必须以主体自恋依赖性的完全牺牲、"血肉之躯"的自我牺牲为代价,才能完成"行动"的"欲望悲剧"的奥秘)。在完整图形上,这个结局被表示为从"享占"到"阉割"的"发律司"(能指链),经过"他者"(法律)层面上的读解,在意义位址上得到了一个意指"他者"被划除的能指 S(Ⱥ),在此主体借阉割实现了对符号界父亲(同样被阉割的、"死去的"父亲)的认同,在符号界意义上重新享占了一个只能在"死者位址"上发挥"父法"功能的"发律司"。本讲第一节即讨论这种符号界阉割的意义,第二节则追溯"发律司"与自恋的渊源,第三节进而描述了欲望(自恋——客体关系)中的主体与"发律司"实现"相约"的奇特过程。——译者

① 即索福克勒斯悲剧《俄狄浦斯王》。——译者
② 弗洛伊德于 1913 年发表的著作。在这部"起源神话"中,他赋予俄狄浦斯情结以文化创立者的特征,认为对原始父亲的谋杀是人类文化起源的最初时刻,试图将精神分析成果与人类学相结合。弗洛伊德后期"泛性论"即由此而来。——译者

发现这件事用在每一次精神分析结果中都合适,并且只有把这件事引入语境,他才能为一次病例的讨论画上句号。这个被他看作游牧部族源头和犹太教教义源头的原始弑父,显然具有一种神话的性质。

法律和罪行之间的联系是一个方面。另一方面则是由上述联系发展出来的过程:届时悲剧主角——无论俄狄浦斯还是潜在于生存的某个位置上的我们每一个人都可以是这个主角,只要我们重演了那幕俄狄浦斯式的戏剧——将在悲剧的层面上重建法律,并通过某种受洗以确保它的再生。这是第二个阶段①。

俄狄浦斯悲剧绝妙地印证了我刚才对作为仪式复制过程的神话所作的界说。俄狄浦斯实际上完全是天真无邪、无意识和不明真相的,他盲目地——在一种本是他的生命的梦幻(正所谓人生如梦)中——设法去重新打开可以摆脱罪行、进而恢复秩序的通道。他自行处罚,临了让我们觉得他似乎被阉割了。

如果我们只盯住第一个阶段,即原始谋杀的阶段不放,上述这个过程就继续是秘而不宣的要素。的确,最重要的事情是惩罚、制裁、阉割——这是性欲的人性化的关键,精神分析经验已经使我们习惯于抓住这个关键对欲望进程中的种种事变做出恰如其分的解释。

注意到俄狄浦斯悲剧与哈姆雷特悲剧之间的种种不对应关系是不无益处的。要把它们详细列举出来,那会是一件过于繁琐的苦役,但我还是愿意给大家做几点提示。

在《俄狄浦斯王》中,罪行发生在主角自己这一代;在《哈姆雷特》中,它却已经在前

---

① "受洗(baptême)"即接受"父名"的符号界阉割过程(这是拉康所谓"欲望的悲剧"的真正涵义)。两个阶段的区分相当于想象界和符号界,意在排除俄狄浦斯情结理论中的想象界成分,体现了拉康对弗洛伊德理论的改写。在更具体的描述中,拉康曾有俄狄浦斯阶段包含三个阶段的说法,即(一)认同"母亲的欲望"的阶段,是一个"邪恶的"时期,仍属于想象界,是"镜子阶段的终结时刻";(二)父方介入并剥夺"发律司"的阶段,是符号界阉割的进程即下文所论"俄狄浦斯情结的消退"或压抑;(三)完成阉割,实现符号界认同的阶段(显然,后两个阶段相当于本文所说的第二阶段)。因而,俄狄浦斯原罪是一个"神话",正如作为"母亲的欲望"被认同的"发律司",无非是以想象界形式来表明主体无法了解的真正欲望(实在界),其作为精神分析的"终极视野",正说明"发律司"是一个"不可能性的能指"。若从共时性关系看,这个"关于禁果的神话"毋宁是一个哀悼仪式,复制从而缓解了阉割的后果。这表明拉康(显然受到了当代人类学特别是列维-斯特劳斯的影响)比弗洛伊德更进一步否认了俄狄浦斯情结的实在界意义,从而突出了阉割作为欲望的符号化人性化过程代名词的现实意义和人类学重要性。《哈姆雷特》恰恰是以神话的扭曲形式——作为对实在界父亲的阉割的"谋杀"和作为主体自我阉割的"行动"都由于一个"篡位者"的僭越而失去了正当实施的途径。以至于主体发现"这时代整个乱了套"——强化了阉割的曲折过程和悲剧意义。——译者

代人那里发生过了。在《俄狄浦斯王》中,主角并不知道自己在做什么,只是跟着命运在走;在《哈姆雷特》中,罪行却是周密计划付诸实施的。

《哈姆雷特》中的罪行是泄露出来的结果。哈姆雷特的父亲是在睡眠中、在一种与他清醒时的思维活动决然无关的状态中被突然夺去了生命。"我被断送了,"他说,"正当我罪孽之花怒放时。"他被击中了,他没有料到从那个方面会来这么一下子,这是实在界的一次真正的侵扰,是命运之线上的一处断裂。他死了,正如莎士比亚的本文告诉我们的,死在花间的眠床上,而"戏中戏"居然在开场哑剧里把这个景象给演活了。

罪行的意外侵扰不知怎么以自相矛盾的方式被补偿了,因为事实上主体现在成了知情的。这不能不说是戏中一个令人费解的方面。哈姆雷特的戏剧不同于俄狄浦斯的戏剧,不是从"发生了什么事?""罪行在哪里?""罪犯在哪里?"的疑问出发的。它一开始就在控诉罪行,把罪行大声地揭发给主体。我们可以通过被用于说明无意识信息的代数学的形式,即意指着被划除的(barré)A 的能指(S[$\cancel{A}$]),来表示这一被揭露的事情的歧义性。

在俄狄浦斯式情境的正常形态中(假如我们可以这样表述的话),这个 S($\cancel{A}$)的化身是父亲——鉴于父亲被预期为来自他者位址的制裁的发出者,是最终的真理。父亲必定是法律的创制人,然而他并不能比其他任何人为法律提供更多的担保,因为,只要他还是实在界的父亲,他就同样必须以"杠(barre)"加身,成为一个被阉割的父亲①。

《哈姆雷特》开始时的情境则完全不同,即便我们可以用同一记号来描述它。他者从一开始就把自己暴露为被划除了的他者。他不仅从生命的世界中,而且从他应得的报应中被划除了。他带着这个罪行,这个他没有能偿还的孽债——"赎不清的孽债",他说——去对簿阴曹。而实际上,这也就是他揭露的事件所暗含的、最令他儿子感到惊恐的意义②。

俄狄浦斯还了债。他体现出人的英雄命运就是去担当报应,承还孽债。相反,哈

---

① "父亲"原文大写,特指符号界父亲。法律即他者(A),父亲通过被阉割而成为它在信息(真理)位址上的体现(故称"父法")和发出者:S($\cancel{A}$);所以说父亲尚不能为法律提供绝对担保。以"杠"加身,即"被划除",另一意思是"受制裁"。——译者
② 即父亲未能通过正当的阉割以享有"父法"的权威,致使主体无以认同。——译者

姆雷特的父亲却不得不遗恨无穷：他的生命突然间被切断、夺去、中途劫走——他得到回偿和报应的可能性永远被堵死了。

大家看到，随着我们考察的深入，我们进而提出了关于报应和惩罚，即关于阉割中的能指"发律司"的含义的问题。

弗洛伊德本人——也许多少带有一种世纪末的方式——曾指出，由于某种原因，一旦我们经历过俄狄浦斯式的戏剧，就注定要进入一种扭曲的形式，并且在《哈姆雷特》中，确乎包含着对于这种形式的应和。

想想第一幕结尾时哈姆雷特发出的一个最重要的感叹："The time is out of joint. O cursèd spite/That ever I was born to set it right! (这时代整个儿乱了套；该死的不平啊/天生偏要我把它重新整好！)"①"O cursèd..."——"spite"一词，在莎士比亚的十四行诗中随处可见，只能译成法语的"depit"：怨恨、恼火——"he did it out of pure spite (他这么做纯属怨恨)"。但是在这里需要我们谨慎从事。要理解伊丽莎白时代的诗人，首先必须反转某些词语的重心，以便在主观意义和客观意义之间的某个地方确定它们的意义。今天"spite"这个词——如在"he did it out of pure spite"中——具有一种主观意义，而在"O cursèd spite"中，它却位于中间的、即主体的经验与世道的不公平之间的某个地方。我们似乎已经丢掉了有关世界秩序的这层含义。"O cursèd spite"是哈姆雷特对之感到怨恨的事物，也是时代对他不公平的情形。也许你们顺带在这里看到了——为莎士比亚的语汇所超越了的——"优美灵魂"②的幻念；尽管我们做了一切努力，也从没有逃离开这种幻念，远远没有。如果我刚才引证了十四行诗，那绝不是没有理由的。所以——我把这一句译为："O malédiction, que je ne sois né jamais pour le remettre droit(啊，真倒霉，莫非我生来就不是为了把它重新整好)。"

---

① spite 一词，系根据下文提出的理由拟译。——译者

② 原文为德文：schöne Seele。英译者注："暗指黑格尔关于孤独静思的'优美灵魂'的辩证法……一般认为它本身又暗指了 18 及 19 世纪初叶的那些作家，首先是德国作家(席勒、诺瓦利斯、谢林、施莱马哈等等)。在另一些语境中，拉康把这一辩证法同《现象学》中别的辩证法('主人一奴隶'，'心的规律')联系起来，并着重指出优美灵魂责难他在周围世界所察觉的紊乱，却没有认识到这种紊乱乃是他自己内心状态的映像。"参见《精神现象学》6.3.3.2.这显然是一个关于"镜子阶段"的话题。而人们之所以从未逃离这个"优美灵魂"的幻念，似乎正可以引莎氏十四行诗为证。——译者

这证实并加深了我们对《哈姆雷特》的理解:这出戏也许可以图解俄狄浦斯式情境的一种衰落形式,它的消退。我在弗洛伊德的表述中找到了同样的话:der Untergang des Ödipus-Komplexes——他是指,在每个个体生命中的——俄狄浦斯情结的消退或消解。这是弗洛伊德给他的一篇文章起的标题,我现在希望这篇不长的文章能得到你们的关注。诸位可以在德文版《全集》第十二卷中找到它。

2

如此看来,弗洛伊德本人在 1924 年就提醒人们注意那个最终成为俄狄浦斯情结之谜的问题。它不单纯是说主体有过杀死父亲、渎犯母亲的要求和欲望,而且这种要求和欲望是存在于无意识中的。

那么它是怎样得以存在于无意识中的呢? 它是怎样得以盘踞在那里,以至于主体在他生命的一个重要时期、他的完整世界结构的发祥地,即性潜伏期,完全不再受俄狄浦斯式情境的影响——以至于弗洛伊德,至少在他开始论述这个问题的时候,竟然能够承认,在理想情况下,这种影响的消除是全部难堪事的一个幸福的、最终的解决?①

让我们从弗洛伊德告诉我们的事情开始,然后就能看到它是否为我们带来了收益。

按弗洛伊德的说法,俄狄浦斯情结什么时候发生了"消退(Untergang)",即发生了那个对于主体日后发展具有决定作用的事件呢? ——当主体感到阉割的威胁,并且是从俄狄浦斯式三角关系所暗示的双重倾向中都感到了这种威胁的时候。如果他想要取代母亲的地位,同样的事也会发生——别忘了他已意识到女人其实是被阉割了的,这个感觉标志着俄狄浦斯情结的完成与成熟②。因而,在与"发律司"的关系上,主体陷入了一种进退维谷,无路可逃的境地。

---

① "在理想情况下,(性潜伏期的压抑与升华)相当于情结的消灭和取缔"(见弗洛伊德《俄狄浦斯情结的消退》,1924)。——译者
② 这里是说女孩的情况。"男孩的俄狄浦斯情结因阉割情结而消退,而女孩的俄狄浦斯情结(恋父)反因阉割情结而成为可能"(弗洛伊德)。由于拉康是在符号界阉割进程的宽泛意义上使用"消退"一词的,故不存在弗洛伊德理论原有的男性中心论的问题。——译者

因而，"发律司"就是那个被弗洛伊德描述为在俄狄浦斯情结的"消退（Untergang）"中起关键作用的"物（chose）"。我说"物"而不说"客体"，因为它是一个实在界的物，还没有被当成一个符号，只是具有变成一个符号的潜能①。

弗洛伊德是把女孩摆在一个与男孩状况完全对称的情境中来提出问题的。主体对这个"物"达成了一种关系，我们不妨称之为"倦厌"的关系——"倦厌"一词出自弗洛伊德的原文——这是一种涉及使人满足的事物的关系。就男孩方面说，他判定自己实在无力胜任它；就女孩方面说，她放弃了对于由这个方式得到满足的任何指望，所以克制在女孩那里甚至比在男孩那里表现得更明了。我们能说的全部内容都可以一言以蔽之：俄狄浦斯情结是在主体不得不哀悼"发律司"的情况下开始消退的。这虽然不是来自弗洛伊德的原文，但它的适切性却随处可见。

它有助于阐明欲望的这个时刻在后来的功能。俄狄浦斯情结的断头残绪，或多或少未被完全压抑，在青春期以神经症症状的形式沉渣泛起。但还不止这些。精神分析者的共同经验表明：主体的生殖正常化②，不仅在其无意识的"经济"中，而且在其想象界音域的"经济"中，也都有赖于俄狄浦斯情结的消退。如果生殖成熟过程完成得好，俄狄浦斯情结必须尽可能完全地被解除，因为这个情结的后果，在男人和女人那里，无不是阉割情结的伤痕、阉割情结的情感烙印。如果参考弗洛伊德著作关于哀悼机制所告诉我们的东西，我们也许就能把俄狄浦斯情结的消退揭示为对"发律司"的哀悼。我们的讨论在这里得到了一次综合。

是什么限定了我们也许是不得不予以哀悼的那些客体的范围呢？这问题同样还没有得到解答。我们谅必可以想见，"发律司"恰恰不是像所有别的客体那样被哀悼的又一个客体。在这里，和在其他所有场合一样，它有一个属于它自己的位置，一个隔离的位置。这个位置就是我们需要测定、需要从幕后测定出来的东西。于是这个幕后的位置本身将作为结果凸现出来。

现在我们站在全新的地盘上，在这里遇到了一个我称之为欲望中客体位置的问

---

① 即这时（俄狄浦斯阶段初期）的"发律司"尚未进入阉割过程。——译者
② 即主流精神分析所标榜的客体关系阶段。——译者

题。这是我和大家一直在探测的问题,一系列的努力都围绕着这个中心;我从各方面强调它,从各方面回应它,而我们关于《哈姆雷特》的分析也应该有助于我们更进一步地去追问它。

是什么给了"发律司"以特殊的价值?弗洛伊德的回答总是这样叫人无法提防——他让我们大吃一惊,而且谢天谢地,他到死都是这样做的,因为不这样的话,他就绝不可能完成他在自己工作的领域中仍然不得不拓展的事业——弗洛伊德回答说:那是由主体产生的一种自恋的要求。

在他的俄狄浦斯式的种种要求达到最后结果的时刻,主体看到自己无论如何是被阉割了,被剥夺了那个东西(chose),他似乎宁愿捐弃自身的一部分;这个从今往后对他将永远成为禁物的部分,就形成了那条体现在我们曲线图①顶部的被强调的能指链。如果纠缠于双亲辩证法的那种爱恋关系出现消解,如果主体容许俄狄浦斯式关系没落下去——弗洛伊德说——那正是因为"发律司",因为那个从自恋阶段开始时起就俨然如谜一般被引进来的"发律司"。

那么用我们的语汇来说,这对我们意味着什么呢?

回过头来参考下述一切内容,除非能让我们对弗洛伊德无疑遗漏了的问题有所揭示,否则就毫无意义。他漏掉这个问题,是因为他需要直抵事情的中心而无暇回味自己的种种假设。以下所述也是(一般说来)主体一切行动赖以产生的途径——尤其是一切真正的行动,眼下我们要关心的,就应该是这样的行动②。

是的,用我们的话语来说,"自恋的"事情与想象界音域有关。我们首先要说明,主体必须对自己和他者的领域、即在符号界音域中被构成的领域的关系进行探险,因为他对于爱的要求就是在那个领域开始得到表述的。正当主体结束了这场探险,并从中形成的时候,"发律司"的丧失在他身上发生了,并且就像实际发生的那样,被感受为一种根本的丧失。然后他又如何来响应这哀悼的要求呢?恰恰是通过构成他的想象界

---

① 见图形 3。——译者

② 即下面要讨论的主体在匮乏层面上(在欲望支配下)的行动,以区别于他在阉割和挫折层面上出现的方式。——译者

音域的成分,仅此而已——我前面已经指出了这种现象与精神病机制的相似性。
[……]

"发律司"的位置永远在幕后。它只能借助客体层面上的倒影,在刹那间的突然现形中显现。当然,在主体看来,这是个占有它还是不占有它的问题。但是,在匮乏层面上的主体、即作为欲望主体的主体的根本位置,不可能是"发律司"的位置。不妨这么说,主体本身就是一个被否定的对象(客体)。

我们可以说,主体在阉割的、挫折的和匮乏的层面上出现的方式都是异化的方式,但我们必须说出三者中每一层面的特点,从而把它和别的层面明显地区分开。阉割层面的主体在能指的一种缺失(syncope)中出现。另一种情况是主体臣服于普遍的法律,因而出现在他者的层面上。再一种情况则是他不得不自行委身于欲望中——假使这样的话,主体消逝的方式就带有某种奇妙性质,很值得我们再进一步地阐述它。

这确乎就是悲剧《哈姆雷特》的进程藉以吸引着我们的方面。

3

的确,可怜的哈姆雷特所面对的"下贱东西(something rotten)"①与主体相对于"发律司"的位置有着极密切的联系。于是"发律司"在哈姆雷特的紊乱状态中处处到场——我们看到,每当哈姆雷特临近他行动的某个紧要关头的时候,他就处于这种状态。

哈姆雷特谈论他先父的方式颇有些奇特,对先父的赞美和理想化有气无力,以至于他没法说出关于父亲也许必须要说的任何话。他竟然如鲠在喉,最后归结为一句话:关于父亲能说的无非是他曾像其他任何人一样——这里用了一种特殊的能指形式,在英语中称作"pregnant",指某种含有言外之意的表达。他要说的意思显然是相反的②。这是关于我眼下想要谈论的问题所提供的第一个暗示、第一个线索。

---

① 语出第一幕第五场。——译者
② 哈姆雷特对父亲的赞美,总是归结为说他(曾)是一个"(男)人"。所以他曾与别人一样,而现在又不一样了:他不跟"发律司"在一块儿,没有被当作"发律司"得到认同。——译者

另一个线索是：他对于克劳迪斯的排斥、贬低和蔑视，包括了"拒认（dénégation）"①的一切表现形式。他冲着克劳迪斯——也就是在他母亲面前②——发动的连连攻击，终于以"一个破破烂烂打补丁的国王"一语收场。我们确乎不能不由这句话联想到下述事实：在哈姆雷特悲剧中，与俄狄浦斯悲剧不同，父亲被谋杀之后，"发律司"依然在那儿。它的确在那儿，并且它恰恰就是那个被拉来充当它化身的克劳迪斯。

克劳迪斯的实在界"发律司"总是在画像的某个部位③。归根到底，哈姆雷特为了什么原因一定要谴责他的母亲呢，如果不是因为她一贯都在拿"发律司"满足自己？然后他垂头丧气，又把他送还给那个命中注定、性命攸关的——在这里当然是实在界的——客体；这部戏就围绕着那个客体在兜圈子。

在这个女人身上——照我们看来，她与别的女人似乎并没有多大的区别，而且显示出值得重视的人类情感——必定有某种非常强劲的东西使她依恋于她的配偶。而且看起来，哈姆雷特的行动不正是围绕着这个关键点④在打转、在迟滞徘徊？他受惊的心灵，可以说在那绝对意外的事情面前颤抖了："发律司"眼下被摆到一个相对于它在俄狄浦斯情结中的位置而言完全不适当的位置上。在这里，须要触犯的"发律司"当然是实在界的。而哈姆雷特却总是停下来。导致哈姆雷特时时刻刻都动摇不定的问题的根源，恰恰是弗洛伊德在他论俄狄浦斯情结消退的文章中向我们讲述的自恋的联系：人们不可能触犯"发律司"，因为"发律司"——甚至于实在界的"发律司"——是一个"鬼魂"。

我们在当代曾被一个问题所困扰：为什么终究没有人去刺杀希特勒？希特勒，不折不扣正是那个与其他客体不同的客体，那个客体 X——弗洛伊德曾论证了它在大众依靠身份认同所进行的齐一化过程中的功能。这不是又回到我们眼下正讨论的问题

① 弗洛伊德的德文为 Verneinung。英译者注："它是用来暗示，哈姆雷特对克劳迪斯的诋毁之词可以解释为被压抑的艳羡心理的表现。"——译者
② 因为克劳迪斯现在是母亲的"发律司"（哈姆雷特的嘲骂暗示了这是一个拼凑、补救起来的"发律司"）。所以"在母亲面前"就等于"冲着克劳迪斯"。——译者
③ 指第三幕第四场在王后寝宫，哈姆雷特用以比较父亲与克劳迪斯的画像。——译者
④ 即"母亲的欲望"。——译者

上来了吗？

我们手头的问题，是这个意指力量与权势的能指的神秘现形，即俄狄浦斯式情境；这个能指以异常惊人的方式，同那个罪犯、那个篡位者一道出现——我们在《哈姆雷特》中所经历的——实在界，作为篡位者在正当的位置上发挥功能。是什么叫哈姆雷特缩手？不是畏惧——他无所畏惧，只有对那个怪物的蔑视——而是因为他知道，他必须触犯的东西并不在那儿。的确，两分钟后，当他来到母亲的寝宫，正开始对她大张挞伐的时候，听到帏帐后面的响动，没先看一眼便刺了过去。

我现在想不起是哪位聪明的笺注家曾指出，哈姆雷特无论如何也不会以为那真是克劳迪斯，因为他刚刚从隔壁房里离开了他。然而，当他刺死了可怜的波乐纽斯之后，却议论道："你这个鲁莽的、多事的倒霉蛋……/我还当是你的主子哩。"所有人都认为他存心要杀国王，但是当着克劳迪斯——这实在界的国王同时又是篡位者——的面，他终究还是踌躇不前：他想等更好的机会或对象，他想也等到克劳迪斯罪孽之花怒放时把他杀死。而面前这个跪在那儿祷告的克劳迪斯，已完全不是哈姆雷特要找的东西了——他是个名不副实的东西。

这是个关于"发律司"的问题；正因为如此，在他做出了全部自恋依赖性的彻底牺牲并且不再有所要求的时刻到来之前，就是说，在他受了致命的创伤并且也知道了这一点的时刻到来之前——他绝不可能去触犯它。这奇特而又明显的事情，以哈姆雷特的风格被记录在那五花八门的小隐语中。

波乐纽斯对他来说只是一头"牛犊"，在某种意义上被他宰祭于父亲的灵前。当他把波乐纽斯的尸首藏到了楼梯底下，人人都在向他询问究竟的时候，他说了些笑话——他的这类笑话总是让他的对手们张皇失措。人人都想知道他的话里是否含有真意，因为那些话触到了他们所有最敏感的方面。除了说那些话之外，他必定还知道很多的事情，这使得他们不能相信那些话，以及其他诸如此类的话。

我们看到了一种由于主体表现得供认不讳，我们无疑十分熟悉的位置①。他说的

①　即本节开始所说的"主体相对于'发律司'的位置"。作为对哈姆雷特隐语的阐释，拉康在下面用一个性经验的隐喻描述了这种位置关系。——译者

这些话,直到现在都依旧让笺注家们无法猜透:"身体跟国王在一块儿"——请注意,他并没有用"corpse(尸首)"这个词①——"国王可不跟身体在一块儿"。只要用"发律司"一词代替"国王",你们就会看到那正是天机所在——身体汲汲于"发律司"的事务——可不是嘛——相反"发律司"却没跟什么东西一块儿:它总是从你的手指间溜之大吉。

[……]

> 哈姆雷特:国王是一件东西——
>
> 纪尔顿斯丹:一件东西,殿下?
>
> 哈姆雷特:一无所有的东西。

(1959 年 4 月 29 日)

---

① 这是哈姆雷特回答罗森克兰兹关于波乐纽斯尸首在哪儿的话,但原文中"body"一词兼有身体和尸首两种意义。——译者

悲剧的本质：对索福克勒斯《安提戈涅》的评论[①]

何信玉　译

安提戈涅的壮丽（splendor）

净化（catharsis）的意义

黑格尔的缺陷

合唱队的功能

歌德的愿望

我今天要与大家讨论的是《安提戈涅》。

我并不是想将《安提戈涅》判定为吸引我们的领域——即所谓的道德领域——之中的一个转折点。人们在很久前就已经意识到了这一点。即使有很多人没有意识到这一点，他们事实上并非没有意识到许多关于这一主题的学术论争。我们之中难道还有谁没有回忆起，《安提戈涅》无论在什么时候都包含有一个引起冲突的法律问题吗？

---

① 本文选自《精神分析的伦理学》，Jacques Lacan："*The Ethics of Psychoanalysis*"，"The essence of Tragedy: A Commentary on Sophocles's Antigone"，London：Routledge，1992，pp.243—256。

尽管它是被共同体所认可的一种正义的法律。

但我们应该如何去思考学者们对《安提戈涅》的讨论所作出的贡献呢？当已经有人像我一样,因为自己个人的兴趣和大家提到的这些兴趣仔细重温了这片领地,对此又应该如何认识呢？

那么现在,在关于这一问题所提到的所有事情中,我尽量不省略任何看起来非常重要的事情,我可能会从漫长的历史调查中来获取信息,以免剥夺这些事情对于我们的帮助,尽管我常常感觉自己好像在一条非常独特而偏僻小路中迷了路。一个人可以学习到几个世纪以来我们伟大的思想家亲笔建构的观点,事实上是一件很奇妙的事。

1

《安提戈涅》是一个悲剧,作为分析的对象,悲剧处于我们经验的最前线——弗洛伊德在《俄狄浦斯王》及其他一些悲剧中发现,有些事情需要通过与其相关的参照物来确认。他被在它们的神秘内容中发现的自身的物质需要所吸引。而且,如果他本人不明确地把《安提戈涅》作为悲剧来探讨,当我把你们引领到这样一个交叉口时,并不意味着不能这样做。《安提戈涅》对我而言之如对于黑格尔,(尽管我们各自处在一条不同的路径上),也就是说,索福克勒斯的这个悲剧是具有特殊意义的。

采用一种更为基本的方式,而不是通过这个故事与《俄狄浦斯王》之间的复杂联结,悲剧位于我们经验的根基,作为关键词"净化(catharsis)"的意指。

对于你们而言,这个词毫无疑问的多少都与"宣泄(abreaction)"一词紧密相连,这是弗洛伊德在他最初与布罗伊尔(Breuer)一起工作时提出的问题,也就是说,释放(discharge),已经被提出——在一种行动中的释放,事实上是驱动的释放(motor discharge),是某种并不容易被定义的事物,由此,我们仍然不得不说这为我们留下了一个问题,即一种情绪释放的问题尚未被解决。因而这里包含着:直至主体最终被确认,一种情绪或者一种精神创伤(traumatic)的经验可能会留下某些没有解决的问题,并且只要没有找到解决方案,这一点可能会一直持续下去。不满足(unfulfillment)的概念有能力在这里充当这个被需要的、易于理解的角色。

重温一下弗洛伊德与布罗伊尔著作开篇的几页,依据我所尝试的在我们的经验中聚焦于对你们有益之处,你们现在将会看到在文本中驾驭"满足"(fulfillment)这个词是有多么的困难,简而言之,就像弗洛伊德所做的,行动可能在语言表达的过程中释放(discharge)出来。

这一文本中提到的"净化"与情感宣泄(abreaction)的问题相联系,而且这个词已经在这样一个背景下明确被唤起,以及它在传统的远古时代的思考中的起源。这一点主要体现在亚里士多德的"公式"中,在《诗学》第6章的开头部分:亚里士多德在那里详细地解释,在对各种体裁的分类中,一定包括一个为悲剧下定义的工作。

这篇文章很长,我们在后面还会再回到它。我们可以在那里发现对于悲剧特征的一个区别性的描述,关于它的创作,例如,将它与史诗话语相区别。我简要地把这篇文章的最后一小部分或最后几句话写在黑板上,在逻辑因果关系上即是"结束"(原文为希腊语)。它被亚里士多德阐释为"通过怜悯和恐惧使这些情感得到宣泄"(原文为希腊语)。也就是说,通过类似于怜悯与恐惧的情绪来实现情绪净化的方式。

事实上在几个世纪以来,在全世界范围内对这些貌似简单的话语的评论如洪水般泛滥,我甚至无法追溯它的历史。

我对这个历史所使用的参照物(references)都是经过高度选择与归纳的。我们通常把"catharsis"(卡塔西斯)翻译为某种类似于"purgation"(净化)的事物。因此,我们这里的所有人(尤其如果是医生)只要出自中学课堂,多多少少都会对"purgation"这一术语有所了解,这里必然会带有一种莫里哀式的(Moliéresque)意义。正是由于莫里哀式的部分在这里仅仅是在重复一个古老的医学概念,也就是说,用莫里哀自己的话来讲,涉及某种对"有过失的幽默"(peccant humors)的驱除。

与此同时,我们仍然没有远离这一术语,事实上是在将它唤起。但是也产生了一个不同的反响。为了让你们即刻就能领会它,我可以简要的指明,我们在这里工作的这段时间,我会根据清洁派教徒(Cathars)的名字为你们作出详细讲解。

什么是Cathars(清洁派)呢?他们是纯洁的。"干净"(原文为希腊语)是指一个纯洁的人。这个词在它的起源意义上并不意味着启迪(illumination)或者释放(discharge),

而是净化(purification)。

在古典时代也可以确定的一点是,术语"catharsis"已经在医学文本中被使用,例如,希波克拉底①的书中,带有一种特殊的医药学意义;它与"去除"的方式相联系,为了发泄(discharge),为了向常态的回归。但另一方面,它在其他的文本中与净化(purification)、尤其是与仪式的净化(ritual purification)相联系。因此你可能会产生怀疑,因为这种模糊性使我们远离了最初的发现。

如果涉及到一位具体的人,我将提到丹尼斯·兰宾(Denis Lambin)②的名字,为了强调悲剧的仪式(ritual)功能与净化的仪式(ceremonial)感,他重新解释了亚里士多德。这并不是一个要判定他或多或少比其他人正确的问题,不过是为了确认所提出的问题域。

事实上,我们不应该忘记术语净化(catharsis)在《诗学》文本中是异常孤立的。当然并不是说它在书中没有被发展与评论,但我们关于它所学到的东西非常少,直到一些新的文献被发现。我假定你知道我们拥有的《诗学》仅仅是一部分,事实上大约是一半左右。而且在这一半中,我们拥有的只有这篇关于讨论净化的文章。当然我们知道还会有更多,因为在第八部书(Book VIII,迪多的经典版《诗学》的编号)的开篇,亚里士多德曾提到,"我在《诗学》以外的其他地方讨论的净化(catharsis)。"在第八部书中,他的主题是净化(catharsis)与音乐的联系,就像事情所证明的那样,正是在那一点上使我们对净化了解更多。

在这个文本中,净化必须要处理与一种确定的音乐种类相联系的镇定作用,亚里士多德在这里既不希望一种既定的伦理效应,甚至也不希望一种实际影响,而是期望一种与兴奋(excitement)相关的事物。与此相关联的是最令人不安的音乐种类,这种音乐使他们的胃翻江倒海、使他们忘却了自己,类似于火热的爵士(le hot)或者摇滚乐对我们产生的影响;就是这样一种古典时代的音乐引起了它是否应该被禁止的问题。

---

① 希波克拉底(约公元前460—370),古希腊医师,被称为医药之父。——译者注

② 丹尼斯·兰宾(Denis Lambin, 1520—1572),是一位法国古典主义学者,他在文本批评上是偏于保守的,但并不是盲从的。

那么现在,再回到亚里士多德,一旦他们已经经历了这种兴奋的状态,酒神的狂欢被这样的音乐所刺激,他们又归于平静。这就是《诗学》第八书中唤起的净化的意味。

可是并不是每个人都能进入这种兴奋状态,尽管每个人都处在至少会受到轻微影响的位置。"被动的"(原文为希腊语)作为"爱好的"(原文为希腊语)的对立面。对于其他情感而言,前者处于受难的位置,即恐惧与怜悯。那么,它证明了一种净化形式或者镇定作用也将通过一种确定的音乐授予他们,通过这种音乐,一个人可以假定,在悲剧中有一个角色。这种情绪通过愉悦而产生,亚里士多德告诉我们,使我们再一次回想起愉悦所意味的某些事情,以及它在何种程度上、为什么会在这个场合被唤起。为什么这种愉悦会在发生于另一维度的危机之后返回———种有时会威胁到愉悦的危机,是因为我们所有人都知道一种确定的狂喜的音乐可能会导致什么吗? 在这一点上,我们所定义的拓扑结构——愉悦的拓扑结构作为这样的律法,它的功能先于那个将我们吸入可怕欲望中心的机制——也许使我们可以比之前更好地理解亚里士多德的直觉。

不论怎样,在我继续定义这种超越于被称为重力性牵引的中心点的机制之前,我想要强调的是,在现代文学的许多要素中,已经产生了在医学意义上对术语净化的使用。

在影响上,亚里士多德净化的医学概念多多少少在一个领域内盛行,这个领域远远超出了我们的同行、作家、批评家和文学理论家的领域。但如果一个人试图判定净化概念最本质的含义,他就到达了超越这个概念更为广阔的内涵之外的一个起源点,它在那里的概念远远没有那么明显,净化一词就只有医学上的内涵。

它后来意义概念的胜利有一个源头,这里值得我们做一种博学的参考。这篇关于这一问题的论文的作者是雅各布·伯奈斯(Jakob Bernays)①,这篇文章出现在布雷斯劳(Breslau)的一个评论上。我不能告诉你们为什么会涉及到布雷斯劳,因为我不能在这一点上翻阅足够多的关于雅各布·伯奈斯的传记资料。就像你们可能已经意识到

---

① 雅各布·伯奈斯(Jakob Bernays, 1824—1881),德国文献学家和哲学作家。——编者注

的那样,如果我相信琼斯(Jones)关于弗洛伊德的书,后者,就像你们可能已经意识到的,与弗洛伊德连带他的妻子属于相同的家庭,即一个显赫的犹太人的资产阶级家庭,在德国文化的领域中,他们需要经过很长的时间才能获得贵族的头衔。琼斯提到迈克尔·伯奈斯(Michael Bernays)①是慕尼黑的一位教授,他作为一位政治叛变者被他的家庭所责难,他因为事业的缘故而改变了自己政治信仰的忠诚。至于雅各布·伯奈斯,如果我相信这个人对此所做的钻研,那么于我而言,他之所以被提起仅仅是由于作为一位拉丁语研究者与希腊文化研究者所取得的卓越成就。除了他没有获得与迈克尔相同的学术成就之外,再无其他可言。

我现在这里有的是雅各布·伯奈斯1880年版本的两篇文章,于柏林再版,主题是关于亚里士多德的戏剧理论。这两篇文章非常优秀。一般说来,很少能在一位学者的成果中找到如此令人满意的工作,而且是出自一位德国学者之手。它如同水晶般清晰透彻。而且如果在那时便发现对净化医学概念的普遍采用也是无需感到意外的。

遗憾的是,琼斯本人如此的博学,并不相信格外强调个性和雅各布·伯奈斯的工作是恰当的;很少有人注意到他。但很难想象弗洛伊德没有意识到他,因为他绝不会丝毫不关心伯奈斯家族的名望。这本来也是一种方式,即认为弗洛伊德对净化一词原初的使用正是与它最好的起源相关。

说了这些之后,我现在回到在对《安提戈涅》的评论中最令我们关心的部分,也就是说,悲剧的本质。

2

悲剧——几乎自从悲剧诞生之后的一个世纪,我们在定义上就很难避免去注意它——它的目的在于净化,是对"痛苦"(原文为希腊语)、对恐惧和怜悯情绪的净化。

人们应该怎样去理解这一标准呢?我们将从强加于我们的角度来着手解决这一问题,即我们已经明确表达的,弗洛伊德的理论体系中主体合适的欲望地点。通过这

---

① 迈克尔·伯奈斯(Michael Bernays, 1834—1897),出生于德国汉堡,最初研究法律,随后在波恩和海德堡时研究文学。——编者注

种历史性的启示,会允许我们采取必要的额外步骤吗?

如果亚里士多德的悲剧公式自出现之日就如此封闭,那是由于亚里士多德部分工作的缺失,也是在这种思考的可能性之中的一种特定条件。然而它毕竟在我们过去两年关于道德准则的讨论中是作为进步所带来的结果,对于我们来说难道不是太过封闭了吗? 此前已经特别指出,欲望能为我们理解悲剧的意义带来一种新的元素,首先是由净化功能所暗示的典型方式——毫无疑问还有更为直接的方法。

事实上,《安提戈涅》向我们透露了定义欲望的视线(the line of sight)。

这个视线聚焦于一个形象,这个形象拥有的神秘感至今尚未得到表达,因为它逼迫你就在看它的那一刻闭上双眼。但是,这个形象就位于悲剧的中心,因为它就是安提戈涅自身迷人的形象。我们对此了解的非常清楚,与此同时,超越于对话、超越于家庭与国家问题、超越于道德性的争论,使我们极度着迷的就是安提戈涅本人,安提戈涅存在于她那令人难以承受的壮丽之中。她身上具有一种特质,既吸引着我们、又使我们在受到威胁的意义上颇感震惊。这个可怕的、主动自愿的牺牲者使我们惶恐不安。

这与吸引力相关,我们应该寻找到这种真正的感觉、真正的神秘,悲剧真正的意义——与它所关涉的兴奋相关联、与情绪相关联,尤其与恐惧和怜悯这样显著的情绪相关联,因为正是由于它们的介入,通过"怜悯和恐惧"(原文为希腊语),我们被净化了,净化了准则之下的任何事物。同时,我们现在能立即认识到那一准则,确切的说是想象的准则。并且我们通过他者之中一个形象的介入被它净化。

就在这里出现了一个问题。我们该怎样解释这个与所有他者相关的中心形象消散的力量呢? 这个力量似乎突然降临之后又消失了。悲剧行动的关节点是对主体的想象,这与安提戈涅的美相关,并非是我所编造的事情。我将向你们展现合唱队歌中的一段,美在那里被唤起,同时我将证明它是十分关键的一个段落。它与安提戈涅的美以及它所占据的领地有关,作为两个领域之间的媒介被象征性的加以区分。它毫无疑问来自于她壮丽的起源地,这种壮丽使人们提及的所有美丽的德行绝不会从它的定义中被删去。

就像你们所知道的那样,这正是我试着去定义的地方。我已经在之前的演讲中接近它,并且我第一次尝试着借助萨德的英雄所想象的第二次死亡去抓住它——死亡被认为是在这种自然转化的循环点上被击溃了。就是在存在(l' être)的错误隐喻这一点上能够与存在(l' être)本身的位置相区分,我们可以发现它位置清晰地表达自身,作为一种限制,贯穿于整个《安提戈涅》的文本,出现在所有角色和提瑞西阿斯(Tiresias,古希腊城邦 Thebes 的一位盲人先知)的口中。但是一个人怎样能成功的在行动本身中看到这个位置呢?这部戏的中间由一次哀歌、评论、讨论和呼吁组成,并且与安提戈涅被定罪的一种残酷的惩罚有关。哪一种惩罚呢?在坟墓中被活埋。

文本的第三个阶段是由一系列详细的元音层次组成,告知我们个体生命的状态或者命运是为了返回必然性的死亡,一种以希望为生的死亡,一种横穿生命范围的死亡,个体的生命移入了死亡的领域。

这一点是十分令人奇怪的,像黑格尔和歌德一样杰出的逻辑学家或者真正的美学家在评价戏剧的影响时,并没有意识到一定要去考虑整个领域。

这里包含的维度对于《安提戈涅》来说并非是独一无二。我的意思是,你在许多地方能看到、并且不需要太辛苦的搜寻便会发现某些类似的东西。以那样一种方式定义的区域在悲剧中具有一种奇妙的功能。

当穿过那个区域时,欲望的光束既会被反射也会被折射,直到它给予我们最奇妙、最深远的效果而告终,即关于欲望之美的效果。

将欲望从它自身的进程中分离出来看起来是不可思议的,因为对于个体而言,不能说它(欲望)会因为对美的恐惧而全部灭绝。它继续在自己的路上前行,但现在不仅仅是在其他地方,它具有一种被吸引的感觉,这会被利用它的壮丽与宏伟的领域所证实。另一方面,由于它的兴奋(excitement)不是折射而是反射的,是被拒绝的,它知道它将成为最真实的。但是不会再有任何客体。

由此就是这一问题的两个方面。通过美的影响达到欲望的消灭或者调和,为某些思想家所坚持,包括我上次援引过的圣·托马斯(Saint Thomas)在内。另一方面,任何客体的毁灭,即关于康德在《判断力批判》中所坚持的。

我刚刚对你们说到了兴奋(excitement)。我将花一些时间让你们回想一下这种不恰当的使用，即这个词通常的组成翻译为法语的 *Triebregung*，即，"émoi pulsionnel"，"本能的激动"①。为什么要如此选择这个词呢？"Emoi"（法语：激动、兴奋）（excitement）与情绪或者被感动毫无关系。"Emoi"是一个法语词与一个非常古老的动词相联系，即"émoyer"或者"esmayer"，确切的说，也就是意味着"失去某人自身的能力"，几乎正如我所说，尽管它在法语中是双关语，"使某人迷失"而不是"他的头脑"，是某种与身体中央更接近的东西，"他的方法"。无论在何种情况下，一个力量的问题被涉及了。"Esmayer"与古老的哥特词语"magnan"（蚕）或者现代德语中的"mögen"（想要、喜欢）相联系。众所周知，一种兴奋的状态是某种卷入到你的权力关系领域的东西；它是使你失去它们的某种十分显著的东西。

我们现在处在这样一个位置来讨论《安提戈涅》的文本，带着一种发现超越于美德之外的某些其他东西的视角。

一位完全不负责任的人在不久以前写道，我无力抵抗黑格尔辩证法的魅力。每一次我向你们清晰地表达我一直持续使用的欲望的辩证法时，这种责难就会被提出。而且我并不知道这种责难在当时是否是值得的，但是没有一个人可以宣称，被包含的个体对这些事情是尤其敏感的。这一点无论如何都是真的，在我看来，黑格尔在任何地方都不会比在诗学领域中表现的更为微弱，当他一定要提到《安提戈涅》的时候这一点尤为正确。

根据黑格尔的观点，有一种对话的冲突，它被假定为口语中的对话交谈具体化为这部戏根本性的关注点，并且，他们还走向某种和解的形式。我只是想知道《安提戈涅》的结尾可能走向什么样的和解。进一步说，并不是没有某种令人惊讶的事物，除此之外，人们可以认识到这种和解据说是主观性的。

让我们不要忘记索福克勒斯的最后一部戏，《俄狄浦斯在克洛诺斯》(*Oedipus at Colonus*)，俄狄浦斯最终的诅咒在他的儿子身上应验了；就是在这部戏中，这种诅咒引起了一系列灾难，也包括《安提戈涅》在内。《俄狄浦斯在克洛诺斯》以俄狄浦斯最后的

---

① 在英语中有一个额外的问题，由于等同于德语的"Triebe"（动力）和法语的"pulsion"（推进），例如，"drive"（驱动）没有形容词的形式。

咒骂结局，"如果从未出生过就好了……"一个人怎么可能以这样一种口吻谈到和解呢？

我并没有兴趣把我自己的愤慨作为某种特殊的价值；在我之前已经有人表现出一种类似的反应。歌德明显已经在某种程度上怀疑这样一种观点，欧文·罗德(Erwin Rohde)也是。当我最近查阅他的《灵魂》(*Psyche*)一书时，我从事的一项工作就是将传统的古代的各种灵魂不朽概念集合起来，这是一项令人敬重的工作，我对此强烈的推荐，我很高兴能够在偶然间发现作者在对《俄狄浦斯在克洛诺斯》的解释中的一种令人惊讶的表达。

现在让我们试着将我们脑中已经听到过的关于《安提戈涅》的一切都清理干净，详细的看一下接下来会发生什么。

3

我们可以在《安提戈涅》中发现什么呢？首先，我们发现了安提戈涅。

你们注意到了贯穿这部戏始终她都涉及到的一个希腊单词ή παîς，意思是"孩子"吗？我将其称为一种接近这一点的方式，并且可以使你们将目光集中在这件事情的风格上。同时，当然还有这部戏的行动(action)。

行动问题在悲剧中是非常重要的。我不知道为什么我不是非常喜欢某个人，大概因为他总是在我的鼻子下面推搡，这个人叫做拉布吕埃(La Bruyère)，他说我们在这个古老的世界上来临的太晚了，以至于任何事情都已经被说过了。这并不是我注意到的某些事情。事实上，直至悲剧的行动被关注，仍然有很多事情可以被言说。还有很多问题远远没有被解决。

回到欧文·罗德(Erwin Rohde)[①]，我刚刚称赞过的这个人，我很吃惊的发现在另外一章中，他揭示了悲剧作者与他的主体之间的一个微妙的冲突，这一冲突由以下原因引起：法律的类型迫使作者优先选择设计一个高贵的行动，而非一个虚构的行动。

[①] 欧文·罗德(Erwin Rohde, 1845—1898)，德国19世纪最伟大的古典主义学者之一。——编者注

我猜想这是为了让每个人已经知道它所相关的一切,将向什么方向进展。这个行动必须与当时的精神气质、个性、性格、问题等等联系起来被强调。如果这是真的,那么阿努伊(Anouilh)①先生正确的给予我们一位有一点法西斯主义的安提戈涅。这个冲突来自于诗人与他的动机之间的对话,根据欧文·罗德的观点,它有能力在行动与思想之间产生冲突,并且在这种联系中,反映出之前已经说过的许许多多的事情,他提到了与哈姆雷特形象之间的一些关联。

这是令人愉悦的,但是对你们而言一定是很难接受的,如果我去年对《哈姆雷特》的解释对你们而言还有意义。《哈姆雷特》并不是一个对行动的重要性进行思考的戏剧。为什么在进入现代时期的门口,《哈姆雷特》直到行动被关注的最后,都要承担起为软弱的未来之人作证的职责呢?我并没有那么沮丧,没有任何从一种颓废的、陈词滥调的思考中分离出来的事情需要我们应该这样做,尽管这是弗洛伊德本人在比较哈姆雷特与俄狄浦斯王对待欲望的不同态度时落入其中的一种陈词滥调。

我不相信将会在戏剧《哈姆雷特》的行动与思考之间发现这样一种分歧,这也并非消灭他的欲望的问题。我试着表达的是哈姆雷特奇怪的冷漠属于行动本身的范围,它处在莎士比亚对神话的选择之中,我们应该寻找的是它的动机;我们将发现它起源于一种母亲的欲望和父亲对他自身死亡的知晓的联系之中。更进一步说,我将在这里提到的是,我们分析《哈姆雷特》的这个时刻被我逐渐引向的关于主体第二次死亡的分析所确认。

不要忘记在拓扑学中我所提到的可能被意识到的影响之一。如果哈姆雷特在杀死克劳迪思的那一点上停了下来,那是因为他在担心我所试着精确解释的这一点:只是简单的杀死他是不够的,他想要他遭受地狱般永恒的折磨。在这样的托辞之下,我们已经在我们自己与地狱之间达成了一笔巨大的交易,难道我们应该看到它处于我们的尊严之下、在对文本的分析中只起到很小的作用吗?尽管他比我们任何人都不相信

① 让·阿努伊(Jean Anouilh, 1910—1987),法国剧作家,出生于波尔多,一生写了四十多部剧本。阿努伊富于革新精神,他从传统中吸取营养、又不泥占,表现出一种推陈出新的精神;他并不刻意编织故事,而是用平易亲切的语言表现出真挚的诗意和鲜明的人物性格,从而他的剧作具有一种异乎寻常的吸引力。——编者注

地狱,尽管他对此一点都不确定,既然他在所有问题之后这样做了,这个概念——"睡吧,可能会做梦……"——它仍然是真的,哈姆雷特在他行动的中途停了下来,因为他想让克劳迪思下地狱。

我们之所以总是错过限定的机会点和我们所遵循路线的交叉点,原因在于我们并不希望紧紧地抓住文本,而更喜欢停留在被认可的领域,或者换句话说,偏见的领域。如果我没有教给你们任何事情,不只是一种难以和解的方法来分析能指,这样它就不会是无效的——至少我希望是这样。我甚至希望那是你们将保留的全部内容。如果我所教授的东西真的代表了一个思考的身体,我将不会给我自己留下任何把柄,使你们能够在一个"-ism"的形式中贴上一个后缀。换句话说,我在这里并没有接二连三的使用任何条款——我很乐意从你们的迷惑中看到,并没有任何事物已经作为最本质的条款向你们成功的表达了它自身,无论它是象征性的、能指的或者欲望的——在我的理解中,最终将没有任何条款能使你们中的任何人进入一种理智的行为。

接下来,在一部悲剧中,有一个合唱队。什么是合唱队呢?你们将被告诉那正是你们自己。或者也许它并不是你。但这并不是关键点。这里所涉及的方式,是情绪的方式。在我的观点中,合唱队是被感动的人。

因此,在告诉你们自己的情绪参与到这种净化之前要仔细看一下。它们是被占用的,连同其他情绪一起,当到了最后,它们必须通过一些伎俩或者其他方式而归于平静。但是这并不意味着它们是直接被占据的。一方面,它们很可能会这样,你在那里处于一种将被使用的物质形式之中;另一方面,那种物质也是完全不同的。当你在晚上去剧院,你被白天的事情所占据,例如被你所丢失的笔、被你第二天必须要签字的支票。你不应该给你自己太多的信任。你的情绪被舞台上表现的健康的秩序所接管。合唱队在照料着它们。情绪化的评论对你而言已经完成了,为了挽救古典悲剧的最伟大的机会就是依据于此。情绪性的评论对你而言已经完成了。这只是足够愚蠢的;它并不是不坚定;但它或多或少是人性的。

因此,你们并不必担忧;尽管你们不会感觉到任何事情,合唱队将代替你们去感受。尽管你并没有颤栗,为什么一个人终究不能够想象可能收获的事物(至少是它的一小分剂量)对你的影响呢？诚实地说,我不确定是否有观众曾经为此而颤栗。然而我确信的一点是,他被安提戈涅的形象所迷惑了。

在这一点上,他是一个观众,但是我们需要问的问题是,他是什么的观众呢?安提戈涅的形象代表了什么呢?就是这样的问题。

让我们不要将一个整体的场面,与一个特殊的形象的关系相混淆。术语场面(spectacle),常常被用于讨论悲剧的效果,在我看来,如果我们不划定它所关涉到的区域是非常有问题的。

在某种程度上说,事实上所发生的是,一位旁听者而非一位观众是被包含在内的。我几乎不能对我自己更开心了,因为亚里士多德与我达成了一致;对于他而言整个戏剧表演艺术的发展在被听到的那个层面发生,场景本身仅仅变成在边缘排列的东西。技术并不是没有意义,但是它并不是本质上的;它与修辞学中的演说术充当了同样的角色。这里的场景是一个二级媒介。它是这样的一种观点,即正在落实的场面调度与舞台艺术的现代性相关。场面调度的重要性不应该被低估,而且无论在剧院还是在电影院我都总是很感激它。但是我们不应该忘记它不仅仅是重要的——我希望你将会原谅这种表达——如果我们的第三只眼睛没有看到一个勃起的阴茎;所以说,它就是随着场面调度的一点自慰。

在这种联系中,我的目的并不是在观众中通过一种假定的衰退,使我自己屈服于我早先谴责过的这种孤僻的愉悦。我一点都不相信这一点。从一个确定的观点来看,观众必须总是处在同样的水平上。在永恒的外表之下,任何事物都是平等的,任何事物都总是在那,尽管并不总是在相同的位置。

但是我刚刚应该顺便提到了,你们真的必须是我课程中的一位学生——我的意思是某个人是格外警觉的——在费利尼的《甜蜜生活》(La Dolce Vita)的场景中发现某些事情。

我对这种愉悦的低语声感到很惊奇,那个名字似乎已经在今天到场的你们中的许多人中唤起了一种意义。我准备相信这种效果仅仅是由于幻想的时刻,因为事实上我所说的事物的目的在于强调一个确定的幻象,也就是说,在效果上,唯一的一个目的在于一系列的电影形象所关涉的。但是除了在一个单独的时刻之外,它并没有到达任何地方。那就是说,在一个清晨的时刻,岸边的松树林中,乘坐喷气式飞机的富佬们在保持了静止之后突然又一次开始移动,并且几乎在光线的振动中消失;他们开始向着某些目标移动并且使你们中的大多数人感到满意,因为你将它与我的有名的大事物(Thing)联系起来,在这种情况下,海中某些令人厌恶的客体被网住了。谢天谢地,我所提到的时刻还没有被看到。只不过是乘坐喷气飞机的富佬们开始步行,他们几乎总是停留在无形之中,就像是雕像在乌切罗(Uccello)所描画的树中移动。这是一个非常少见且平等的时刻。你们中的这些人不应该走,而应该观察我在这里所教给你们的东西。它刚刚好在结尾处发生,以至于你们能把你们的椅子带到正好的时刻,如果还有椅子留下的话。

现在,我们准备讲《安提戈涅》。

我们的安提戈涅正是在这一点上进入到了这部戏的行动中,并且我们将会跟随她。

4

我今天还能告诉你们其他的什么呢? 我感到非常犹豫,因为有些迟了。我现在想要做的是将你们从一个结局引领到另外一个结局,从而让你们领会到它的视野。

不过在现在与下一次讲座之间有一件事情你们是可以做到的,那就是读一下这部戏。我并不认为在上一次曾警告过你们,告诉你们我所讨论的《安提戈涅》足可以使你们再去看一下它,拿出你们可以展示的一般水平的热情。然而,如果你们在下一次课之前可以这样做,它将不会是无趣的。

有一千种方法可以这样做。首先,有 Robert Pignarre 先生的批评版本。对于了解希腊的人来说,我推荐这种写在行间的解释,因为一个字对应一个字的翻译是极其有益的,我可以使你们看到,借助这些能指,我的观点所关涉的范围在文本中是绝对缜密的,所以我并不一定要在所有地方去搜寻它们。如果我现在发现一个词,然后我必须要说出它的回响,那绝不会是一种武断的证明模式。相反,我将向你们展示我所使用的词语,会被发现为是一种流动的词语,像是一个单一的螺旋线,从这部戏的结尾走向另外一个,并且这些词语提供了它的结构。

我在这里还想指出另外一件事情。

歌德在有一天与艾克曼的谈话中,处于一种投机式的情绪。在几天以前,他已经虚构出了苏伊士运河和巴拿马运河。我必须要说,你一定要非常的杰出,对1827年两套装备的历史功能有极度清晰的认识。自从某一位爱尔兰人对安提戈涅有十分精彩但很少的评论之后,他(歌德)在随后的一天无意中发现一本刚刚出版并且已经完全被忘记的书,我正是通过歌德才了解到了它。

我并没有看到它与黑格尔的评论有怎样的不同;它甚至更为简单化一点,但是其中有一些令人吃惊的观点。有时会因为他表述的极度困难而指责黑格尔的这些人,将会发现他们的嘲弄是为歌德的权威影响所认可的。歌德当然会更正黑格尔的观点,在对话录中,歌德认为克瑞翁是作为一种法律的原则处在安提戈涅所代表的另一种原则的对立面。这个冲突由此被认为与结构相联系。另一方面,歌德指出克瑞翁是被他的欲望所驱使,而且显然脱离了这条笔直的道路;他通过袭击他的敌人波吕尼克斯以寻求突破一个障碍,在他有权力攻击他的范围之内超越了限制。事实上,他想要使他(波吕尼克斯)承受他(克瑞翁)并没有权利施加于他的第二次死亡。克瑞翁的一切演说都在结局的观点中发展出来,并且他就这样自己冲进了自身的毁灭。

如果这在很多方面并不是准确的陈述,在歌德的直觉上,它也是有所意指的。对他来说这并不是一个权力反对另一个权力的问题,而是一种错误的反对——反对什么呢?反对的是安提戈涅所代表的其他一些事情。让我告诉你这并不简单的是对神圣的死亡权力与家族的守护,也不全是我们被告知的安提戈涅的圣洁。安提戈涅被一种激情所裹挟,我将试着告诉你们这种激情是什么。

但是有一件事情很奇怪,那就是歌德告诉我们,他为她演说中的一点而震惊和慌乱。当每一种感动已经产生,她的被俘获,她的反抗,她的谴责,甚至她的哀歌,以及她以殉难者的姿态站在这个著名的坟墓的边缘,我们都已经在她的身后目击到了,安提戈涅停下来为自己辩护。当她似乎已经转移到某种"父亲,为什么要将我遗弃呢?"这样一个问题时,她后退了一步并且说道,"要明白这一点:我并不会为了丈夫或孩子的坟墓被拒绝去违抗城邦的法律,因为毕竟,"她说道,"如果我以这种方式失去了一个丈夫,我可以再找另一个,即使我失去了与我丈夫的一个孩子,我可以与另一个丈夫再生另一个孩子。但是他是我的兄弟波吕尼克斯,我们由相同的父亲与母亲所生。"这个希腊条款表达了自身与兄弟或者姐妹之间的联结在整部戏中循环,并且它刚好出现在安提戈涅与伊斯墨涅说话的第一行。既然安提戈涅的父母已经深深隐藏在地狱之中,没有可能会有另一个兄弟出生:

> 但如今,我的父母已经埋葬在地下,
>
> 再也不能有一个弟弟生出来。

　　来自魏玛的这位哲人发现这样的事情是有些奇怪的。他不是唯一的一个人。几个世纪以来,在那个特别的辩护中所发现的推理总是让人们不确信。重要的是,某种疯狂的行为总会冲击最明智的话语,并且歌德禁不住会表达出一个愿望。"我希望",他说,"有一天将会有某个学者向我们揭示出这段文章是后来添加上的。"

　　这真的是一个谨慎的人,他想知道一个文本的价值,他总会谨慎地不要过早的表达观点——因为那难道不是一个人在向各种危险揭示自己吗?——很自然的,当一个人许下这样一个愿望,他总会希望它将会实现。但是至少有四或五位十九世纪的学者说过,这样一种立场是站不住脚的。

　　就像希罗多德在第三书中所说的一个故事。事实上,没有一种如此伟大的联系会与这样的事实相分离,那就是一个生与死和一个兄弟、父亲、丈夫和孩子的问题。它与一个女人相关,作为她结局的哀歌就是提供了选择赦免她家族中的一个人的可能性,整个家庭已经被定罪了,这在波斯人的法庭上是可能的。这个女人解释了为什么她选择了她的兄弟而不是她的丈夫。

　　另一方面,仅仅由于两篇文章之间的类似性并不意味着其中一篇抄袭了另外一篇。无论如何,为什么被复制的那些段落已经被嵌入其中了呢?换句话说,这篇文章很少是可疑的,这两行文字在九十年后粗略地被亚里士多德在他的《修辞学》第三书中一篇中被引用,这是一篇解释一个人应该怎样解释自身行动的文章。很难相信生活在索福克勒斯之后九十年的一个人会把这些行作为一个书面的例子来引用,如果他们携带着他们一桩丑闻的气息。这似乎导致了一个稍晚版本的论点高度可疑。

最后,恰恰因为它带着一桩丑闻的暗示,这篇文章是很吸引我们的。你们已经可以看到为什么是这样;它不过是为了给某物提供额外的证据,下一次我将试着解释《安提戈涅》的目的。

(1960 年 5 月 25 日)

路易·皮埃尔·阿尔都塞

皮科罗剧团,贝尔多拉西和布莱希特(1962 年 8 月)

论布莱希特和马克思(1968 年)*

路易·皮埃尔·阿尔都塞

(Louis Pierre Althusser, 1918—1990)

法国著名哲学家,"结构主义马克思主义"的奠基人,出生于阿尔及利亚首都附近的小镇,1948 年在巴黎高等师范学校获得哲学博士学位,同年加入法国共产党(PCF)。自从《保卫马克思》(*For Marx*,1965)与《读〈资本论〉》(*Reading Capital*,1968)出版以来,阿尔都塞的马克思主义与哲学研究(而非文学研究)产生了重要的影响。在他与艾蒂安·巴里巴尔(Etienne Balibar)和皮埃尔·马修莱(Pierre Macherey)共同创作的《读〈资本论〉》中,阿尔都塞提出一种新的"症候阅读法"(symptomatic)来阅读马克思。就像他在《弗洛伊德与拉康》(1969)一文中所言,阿尔都塞对马克思的回归,与拉康通过对弗洛伊德的回归来对心理分析进行的新改造具有非常密切的关系。阿尔都塞反对黑格尔派哲学家、存在主义者以及马克思主义人道主义者,批评的对象有斯大林模式的马克思主义美学、法兰克福学派及萨特的审美人道主义美学,他认为历史唯物主义提供了一种多元决定的(overdetermined)、去中心化的(decentred)现实关系的科学理论,形成一种以意识形态为基本理论特征的新的马克思主义美学。在他最具影响力的文章《意识形态与意识形态的国家机器》(见《列宁与哲学》〔1971〕一书)一文中,他使用了拉康主义的主体概念来描述主体怎样被社会结构所质询。在阿尔都塞看来,人并不是社会进程的创造者与主体,而是结构性阶级等级(structural hierarchies)的效果或征兆。这似乎提供了一种与马克思主义联结的结构主义者的主体性说明。但是,正如斯拉沃热·齐泽克所指出的,这种不稳定的复合物可能变形为拉康式的黑格尔主义

---

* 《皮科罗剧团,贝尔多拉西和布莱希特》选自《保卫马克思》,顾良译,商务印书馆 2010 年版,第 121—144 页;《论布莱希特和马克思》选自《阿尔都塞论艺术五篇(上)》,陈越译,《文艺理论与批评》2011 年第 6 期,第 43—50 页。

(Lacanian Hegelianism)而非反黑格尔式的马克思主义(anti-Hegelian Marxism)。由于缺少政治独特性以及在理想主义与实证论之间建立联系,阿尔都塞的理论被批评为夸大其词的理论主张,尤以 E. P. 汤普森(E. P. Thompson)的《理论的贫困》(*The Poverty of Theory*, 1978)一书最为著名。但是,尽管阿尔都塞的马克思主义存在诸多问题,他的理论仍然在文化研究领域具有重要影响。在《一封论艺术的信》("A letter on Art")①(1966)中,阿尔都塞提出了意识形态理论如何与文学艺术相结合的基本问题,这也是马克思主义美学未能解决的真正问题。在戏剧领域,此前收入《保卫马克思》的《皮科罗剧团,贝尔多拉西和布莱希特》(1962)是阿尔都塞少见的戏剧评论,在这篇文章中,阿尔都塞坚持唯物主义路线,通过对悲剧作品《我们的米兰》的哲学思考,着眼于悲剧性的现实生活与意识形态之间的复杂关系。在《论布莱希特和马克思》(1968)一文中,阿尔都塞指出了布莱希特的戏剧革命与马克思哲学革命的相似性——即都是一场哲学实践中的革命,但是戏剧并不等同于哲学,戏剧的材料是意识形态的东西,而意识形态的动能在于承认,戏剧通过游戏的方式使观众在戏剧中认出自己,达到一种"虚构的凯旋"。总之,阿尔都塞论艺术的文章,为我们对马克思主义与"唯物主义"批评提供了现实的可能性的思考。

---

① 参见《阿尔都塞论艺术》,陈越、王立秋译,《文艺理论与批评》2011 年第 6 期,第 43 页。1995 年整理出版的阿尔都塞遗著《哲学与政治文集》第 2 卷(Écrits philosophiques et politiques, Tome 2, Paris, Stock/IMEC)专辟"艺术论集"部分,收入七篇文章,包括《关于对艺术的认识的信(答安德烈·达斯普雷)》《克勒莫尼尼,抽象的画家》。

皮科罗剧团，贝尔多拉西和布莱希特

（关于一部唯物主义戏剧的笔记）

我想在这里为米兰皮科罗剧团 1962 年 7 月在民族剧场的精彩演出说几句公道话。首先，因为贝尔多拉西的剧本《我们的米兰》受到了巴黎评论界的普遍责难，使得不少应该去看演出的观众也都不去看了。其次，因为斯特累勒没有搬个早已叫人看厌了的旧戏来供我们消遣，而是挑选和导演了这个剧本，使我们一下就抓住了现代戏剧问题的中心。

请允许我先扼要地讲讲贝尔多拉西[①]的剧本情节，以便大家能理解后面的论述。

这部三幕剧的第一幕发生在十九世纪九十年代米兰的蒂沃利：平民们光顾的、破破烂烂的游乐场被笼罩在秋天傍晚的浓雾中，这雾气迷漫的意大利已不再是我们神话中的意大利了。那些意大利人——失业工人、小手工业者、多半靠乞讨为生的人、拉客的妓女、求人施舍几个小钱的老人、喝得醉醺醺的丘八、受警察追捕的小偷……他们在混过一天以后，就到游乐场的矮木棚、算命摊、马戏团以及其他各种诱人场所来闲逛。他们也不再是我们神话中的意大利人了。他们属于无产阶级的最下层。在晚饭前（他

---

① 十九世纪末米兰的剧作家，由于他坚持创作一些在风格上与众不同的"写实剧"，不能取得注重"戏剧趣味"的资产阶级观众的欢心，因此其戏剧生涯十分平淡。

们不是所有人都能吃上晚饭)或在天黑前,他们就这样消磨各自的时间。三十多个剧中人在空旷的舞台上来来往往,不知等着什么。也许什么事情就要发生,戏剧将从这里开始?不是,他们并不跨进故事的大门。也许他们的生活中将出现什么波折?什么波折也没有发生,他们在等待。可是,就在这一幕即将结束的时候,突然闪电般地出现了"故事"的轮廓,命运的形象。一个名叫尼娜的姑娘正从马戏团帐篷的破缝里聚精会神地观看小丑的惊险表演,她的面庞在灯光的照射下显得分外俏丽。黑夜已经到来,有一秒钟工夫,时间似乎停止了前进。坏小子杜加索早已窥伺着她,正打她的主意。调戏、躲闪、逃开,一瞬间就过去了。一个老头——"吞火人"、姑娘的父亲——在旁边全部看到。情节形成了,也许会是一场悲剧。

是悲剧吗?第二幕早已把悲剧忘得一干二净。时间现在换成了白天,地点在一所宽敞的平民饭铺,人物也不是原来的了,但还是一群在困苦和失业中苟且偷生的贫民,一群穷极潦倒、命运乖蹇的可怜虫:几个小手工业者、几个乞丐、一个马车夫、一个老加里波第党人、几个女人,等等。此外还有几名建筑工人,他们同这群流氓无产者形成鲜明对照:他们的言谈已涉及到工业、政治,甚至未来,虽然谈得十分有限和很不得体。国王和教皇稳坐在他们的宝座上,人民陷于极度的贫困中:这是罗马被攻克和意大利独立二十年后米兰的真相。的确,第二幕的白天正是第一幕黑夜的真实情况:这些穷苦人在生活中并不比在睡梦中有更多的真实经历。对他们来说,生活无非是延续生存而已。他们在吃着(只有工人在汽笛的呼唤下离去),吃着和等待着,过的是死水一潭般的生活。第二幕即将结束,尼娜似乎无缘无故地回到舞台,她的出场带来了悲剧。我们知道小丑已经死了。男女剧中人纷纷下场。杜加索突然出现,强迫姑娘拥抱他,要她交出所有的零用钱。没有几个动作,父亲赶到了。(尼娜倚在长桌的一头正抽抽搭搭地哭着。)他不吃饭,只喝酒。经过一番凶残的格斗,他用刀杀死了杜加索。他被自己的行为所惊呆,茫然地赶紧逃跑。那也是在长时间的静态后像闪电一样瞬间发生的。

第三幕发生在黎明时分的妇女收容所里。几个老太婆靠在墙边坐着,时断时续地在唠叨。一个身强力壮的农妇将回到乡下去。几个不明身份的女人,总是那么几个,正穿梭般地来来回回。收容所所长在等钟响,好领她的全班人马去望弥撒。接着,舞台空了出来,悲剧重又出现。尼娜睡在收容所里,父亲在入狱前最后一次来探望她。为了尼娜,为了她的贞操,他杀了人,尼娜对此至少是明白的……突然,一切都颠倒了过来:她把满腔怨恨泼向她的父亲,她恨父亲向她灌输了种种谎言和幻想,恨父亲将为这虚构的神话而死去。因为她自己,在万不得已时她将只身逃命。她将离开这黑暗和贫困的世界,投身于纸醉金迷的另一个世界。杜加索说得对,她将付出必要的代价,她可以卖身,但她将生活在另一个世界,自由和真实的世界。汽笛响了。父亲拥抱了女儿,拖着疲乏的身躯悄然离去。汽笛在长鸣,尼娜昂首挺胸迎着朝阳走了。

以上用寥寥数笔介绍了这个剧本的主题和前后情节。总的说来,剧情十分简单,但这已足以引起误解,但也足以澄清误解;透过误解的外表,我们可以发现剧本惊人的深刻寓意。

第一个误解自然是关于"悲天悯人的情节剧"的指责。但只要"身历其境"地看了演出或思考了剧本的整体结构,误解也就会打消掉。因为剧本虽然包含有情节剧的成分,整个悲剧却正是对情节剧的批判。尼娜的父亲确实按照情节剧的方式安排了女儿的一生,不仅是女儿的偶然遭遇,而且主要是父女相依为命的关系。他为女儿制造了一个虚构的环境,让她在感情的幻想中长大成人;他拼命想把他向女儿灌输的幻想变成有血有肉的现实。他决心使女儿不受他向她掩盖的世界的任何沾染,当着他为自己不能被女儿理解而感到失望时,他便把带来邪恶的杜加索杀死了。因此,他真正成了为使女儿免受现实世界规律的支配而编造的神话的集中体现。因此,父亲是情节剧的形象,是"情感规律"对"现实规律"的僭越。尼娜所不能接受的正是这种蓄意的无意识。她对世界有自己的真实体验。小丑的死打破了她青年时代的幻梦。杜加索使她睁开了眼睛,把她孩提时代的神话连同父亲的神话一扫而光。他的粗野行为也使她突破了训诫和义务的束缚。她终于看到了这赤裸裸的世界,在这残酷的世界上,任何道德都是谎言。她已经懂得只有依靠自己的双手来解救自己,只有把自己唯一的财产——少女的肉体——化为金钱才能进入另一个世界。第三幕结束时的戏剧冲突不仅是尼娜同她父亲的冲突,而且是赤裸裸的世界同可悲的"感情"幻想的冲突,是真实世界同情节剧世界的冲突。戏剧的精神实质一旦被抓住,人们指责贝尔多拉西和斯特累勒的情节剧神话也就化为乌有。在剧场里对情节剧有所抱怨的那些观众完全可以在剧本中发现对情节剧的批判。

还有第二个更深刻的理由可以消除这个误解。我在概括叙事这个剧本的"场景"时,曾指出了它在"时间"上的奇怪节奏,我想第二条理由就在这里。

的确,这是一部以其内部结构的分离而与众不同的剧本。读者一定已注意到,这三幕戏具有同样的结构和几乎同样的内容:一段空白的、过得很缓慢的长时间和一段充实的、转瞬即逝的短时间同时并存;一个由偶然或暂时的关系相联结的许多人物出场的空间和一个以殊死冲突为纽结的、由父亲、女儿和杜加索三个人物出场的空间同时并存。换句话说,这个剧总共有四十多个人物出场,而悲剧只涉及其中三个。更有甚者,在上述两种时间之间或两种空间之间没有任何明显的联系。静态时间中的人物同瞬时时间中的人物似乎毫无关系:前者有规律地让位给后者(他们似乎是被戏剧的急风暴雨逐出舞台的),而与他们的节奏无关的瞬间过去时,他们又在下一幕以别的面目重新出场。因为,当观众从第一幕看到第三幕,从感困惑不解到惊异再到感情上产生共鸣时,他们正在经历着这样的深化。我在这里只想研究一下这个被观众亲身经历的深化过程,并且把这种使观众不由自主地受到感动的潜在含义明确说出来。根本的问题在于:剧本内在结构的分离怎么能产生如此巨大的感染力,这种感染力究竟是什么? 观众怎么能从无关系中悟出有一种潜在关系在充当无关系的根据和理由,而这种无干系又究竟是什么? 这两种表面上似乎无关的、但却由一种真实关系联系着的时间形式怎么能同时并存?

以上问题的答案在于这样一条悖理,即无关系正是真正的有关系。正因为剧本形象地和真实地表现了这种无关系,它才具有独特的含义。总之,我认为这个剧并不是仅限于描述 1890 年米兰平民生活的情景剧,而是一种被十九世纪九十年代米兰下层无产阶级的生活所批判的情节剧意识。没有这种生活,人们就无从知道批判的是哪一种情节剧意识;没有对情节剧意识的这种批判,就无从知道米兰下层无产阶级的生活中所潜伏着的悲剧,即他们的无能为力。三幕戏基本上就是平铺直叙地描述了这种不死不活的贫苦生活,这种平铺直叙究竟意味着什么?为什么在平铺直叙的这段时间里出场的是一群既有典型性、却又是无名无姓的、可以替换的人物?为什么表现偶然会见、简短交谈和无谓争吵的这段时间恰恰是空白的时间?为什么随着戏剧从第一幕、第二幕逐渐发展到第三幕,这种空白时间变得越来越沉寂和停滞(第一幕舞台上还有一点生活气息;第二幕中每个人都坐着,有几个人已经沉默无语;第三幕中的老太婆简直成了墙壁的一部分)?这一切正是为了说出这个可悲的时代的实在内容:这是一个没有事件发生、没有希望、没有前途、没有发展变化的时代(时间)。在这段空白的时间里,只是固定不变地重复过去(老加里波第党人的形象),只能从建筑工人的模糊政治议论中勉强露出一点未来;人物的动作既没有下文又没有结局,全部舞台活动只是闲聊日常琐事,间或发生的争吵或者不了了之,或者由于人们意识到争吵的毫无用处而草草收场①。总之,这是一个不发生任何堪称历史事件的、真空的、虚度的和停滞的时代,也是剧中人生活的时代。

在这方面,第二幕的舞台设计真是最出色不过了,因为它恰好给了我们对这一时代的直接感知。在第一幕,人们或许还可以怀疑,蒂沃利的空地是否仅仅为了使那些失业者和无所事事的人在混过一天以后能怀着某些诱人的幻想和希望来溜达闲逛。到了第二幕,人们不能不看到以下明显的事实:平民饭铺这个真空的和密闭的立体正是剧中人生活的那个时代的形象。在一堵久未粉刷的大墙下方,直到人手几乎够不着的地方,贴满了各种规章布告,由于年深月久,字迹有点模糊,但仍依稀可见。两张大长桌沿着舞台边缘,一前一后地平行放着。桌子后面紧靠墙的地方,横有一根铁扶手,表明这是饭铺的出入口。男女顾客就从这里进来。在右边,一到板壁与两排长桌相垂直,把饭厅和厨房隔开,板壁上开有两个窗口,一边卖酒,另一边卖饭。板壁后面的厨房里,锅子冒着热气,厨师只顾忙忙碌碌。偌大的屋里只放两张长桌,显得空空荡荡,舞台深处就是无边无际的墙,这一场景使人产生难以忍受的凄凉和空虚的感觉。几个人稀稀拉拉地坐在桌旁,面对或背对着观众。他们都坐着,说话时也不转过身来。这

---

① 这群小市民有整整一套默契,用以排解纠纷,和缓过于剧烈的创痛(例如那对失业的年轻夫妇的痛苦),从而使生活由波澜和动乱重新回到现实:沉默、静止和虚无。

个空间对他们来说实在太大了,他们永远也填不满它。他们开始聊了起来,但他们休想离开他们的座位,休想同邂逅相遇的邻桌之人坐到一起,桌子和板凳就像一道不可逾越的无声禁令把他们互相隔开,他们永远也打不破这道禁令。这一空间正是他们生活的时间。根据斯特累勒的调配,他们各就各位,这里一个,那里一个,吃一会,停一会,接着又吃。这些动作本身充满着含义。我们看到,坐在舞台前方、面对观众的那人正小心翼翼地双手端着汤盘,脸刚从汤盘上方露出。他慢慢地勺满一匙汤,把它送到嘴边,又抬起望望,生怕洒掉一点一滴,这动作之慢简直就像没有完了的时候。好容易把嘴巴装满,他还掂斤把两地把嘴里的东西吐出吞进,然后才肯咽下喉去。背对观众的其他人也做着同样的动作:胳膊抬得老高,使后背也倾斜了。看着这些人神不守舍地吃饭的样子,人们不禁想到米兰和世界各大城市中的其他神不守舍的人,他们正做着同样的神圣动作,因为这就是他们的全部生活,因为他们的时代不允许他们不这样生活。(只有建筑工人露出匆忙的神色,因为汽笛决定着他们生活和劳动的节奏。)我从没有见过任何别的演出,在空间的结构上、在地点和人物的布局上、在人物基本动作的延续上、在人物同生活时代的内在关系上,能够有如此鲜明的形象性。

然而,根本的问题还在这里:有另一种时间结构,即"悲剧"的时间结构,在同这种"缓慢"的时间结构对立着。因为,悲剧的时间(尼娜出场)是充实的:几个瞬间动作构成了纽结,即"戏剧性"时间。这段时间有一股不可抗拒的力量从内部推动着它,自己产生出自己的内容,因而不可能没有故事发生。这是一种典型的辩证时间,它把另一种时间及其空间表现的结构一起取消。当剧中人纷纷离开饭铺,舞台上只留下尼娜、父亲和杜加索时,似乎有什么东西突然消失了,好像顾客们随身把布景(斯特累勒把两幕戏并成一幕,并使不同的两幕剧在相同的布景下演出,这是他的天才表现)、墙壁和桌子的空间以及这些场所的含义和逻辑一起带走,好像唯一的冲突使这种可见的真空空间被不可见的、密集的、不可抗拒的、单维的空间所代替,而这另一种空间又将使冲突必定转化为悲剧,就像悲剧业已存在一样。

正是这一对立赋予贝尔多拉西的剧本以深刻的寓意。一方面是没有故事发生的、没有能促使情节发展的内在必然性的非辩证时间,另方面是出现冲突的时间,即剧情的发展和结果由内在矛盾所推动的辩证时间。《我们的米兰》的与众不同之处就在于：戏剧的辩证法是从侧面、用旁白、在舞台的一角和在每一幕戏的结尾表现的。观众迫切地等待着辩证法的来到（这在任何戏剧作品中似乎都是不可缺少的），而剧中人却并不着急。辩证法慢条斯理地等到一幕的末尾才终于出现：第一幕是在鸥鹆凄鸣的深夜；第二幕在日已偏西的午后；第三幕在朝阳刚刚升起的黎明。这一辩证法总要等到所有剧中人都已离开舞台后才肯来到。

应该如何理解辩证法的"姗姗来迟"？这同黑格尔和马克思所说的意识的姗姗来迟是否相似？但辩证法又怎么能姗姗来迟？这就需要有一个条件，即这种辩证法必须是意识的代名词。

在《我们的米兰》一剧中，辩证法之所以用旁白、在舞台的一角表现出来，这是因为它无非是一种意识的辩证法，即尼娜父亲的意识以及他的情节剧意识。所以，这种意识的破灭是一切真正的辩证法的前提条件。这里，我们不妨回顾马克思在《神圣家族》中对欧仁·苏塑造的人物所做的分析①。这些人物戏剧行为的动力是要他们符合资产

---

① 马克思在《神圣家族》中没有对情节剧下明确的定义。但他以欧仁·苏为例向我们雄辩地阐述了情节剧的起源。

1）我们在《巴黎的秘密》中可以看到，宗教和道德是贴附在"自然"人（这些人尽管穷极潦倒、命乖运蹇，当仍然是"自然"人）身上的一种虚饰。作者为此真是煞费了苦心！他不得不写了鲁道夫的毒辣手段和神父的道德说教，并且以警察局、监狱、收容所等等为衬托……人的"天性"最终作了让步：它从此将受到异己意识的支配（为了使"天性"得到拯救，将出现种种灾难）。

2）这种"虚饰"的由来是显而易见的：正是鲁道夫把这种"异己意识"强加于这些"无辜者"。鲁道夫既不是平民又不是"无辜者"。但他决心（道理自明）"拯救"平民，要他们懂得人有灵魂、天上有神等等。总之，他要平民把资产阶级道德奉为楷模，而不管他们愿意与否，以便使平民安分守己。

3）马克思说："欧仁·苏书中的人物必须把他这个作家本人的意图充作他们自己思考的结果，充作他们行动的自觉动机。"我们可以猜到，欧仁·苏的小说是作者意图的自供状：他要给"平民"一种以文学出现的神话，这种神话既是对平民进行的信仰教育，又是平民为充当平民（即"被拯救的"、驯服的、麻木不仁的人，总之，是有道德和信宗教的人）而应有的信仰，直截了当地说，这就是资产阶级为平民制造的情节剧神话：资产阶级在把这种神话（通过连载故事和廉价"小说"）供给或强加给平民的同时，还向平民提供收容所、赈济所等等。总之，这是一整套相当聪明的防范性慈善措施。

4）大多数有地位的评论家都装模作样地对情节剧嗤之以鼻，他们似乎已经忘记，资产阶级正是依靠他们才发明了情节剧；这种扭捏作态，我们看了实在觉得好笑！不过，我们应该老实承认，这一发明是由来已久的事：今天向平民们散步的神话和发放的施舍已和过去大不相同，而且要巧妙得多。我们还应该承认，这种发明其实是为别人准备的；如果慈善事业坐在宴会桌的首席或让它登台自由表演，那当然就很不雅观了！例如，今天能否让言情小报（当代的平民"神话"）跻身于统治思想之列？这是不可想象的，尊卑雅俗的次序不应该扰乱。

5）不许别人做的事情——例如，更换地位——，自己当然是可以做的（在他们看来，这正是过去用（转下页）

阶级道德的神话。这些不幸的人们在道德信仰和宗教信仰的束缚下经受苦难生活的煎熬;道德和宗教的华丽词藻掩盖着他们的艰苦处境。在这个意义上,情节剧确实是贴附在现实环境上的异己意识。情节剧意识的辩证法只有付出以下的代价才能存在:一方面这种意识必须是从外部世界借来的(资产阶级道德的冠冕堂皇和谎言),另一方面它必须是在一定环境中生活的人(下层平民)的真实意识(尽管这是完全异己的意识)。因此,在情节剧意识和情节剧人物的存在之间,严格说来不可能有矛盾。情节剧意识同这些条件是不矛盾的;它是从外部强加于在一定环境中生活的人、但又同这种环境没有辩证关系的意识。所以,这种意识只是在无视其真实条件并坚持其神话的情况下,才能是辩证的意识。情节剧一旦脱离开真实的世界,便产生出各种千奇百怪、扣人心弦的冲突和此起彼伏的闹剧,它把这种喧闹当作命运,把这种紧张当作辩证法。辩证法在这里不起实际的作用,因为它只是同真实世界隔绝的空洞的辩证法。这种异己意识虽然同它的条件不矛盾,但它不能由自己、由它的"辩证法"所产生。它必须进行一次决裂,即要发现这种辩证法的非辩证性,并承认这种辩证法的虚无性。

以上这些在欧仁·苏的小说中是永远也找不到的,但我们在《我们的米兰》中却看得到。最后的戏剧场面终于说明了剧本及其结构何以奇特的理由。当尼娜同她父亲发生冲突时,当她把父亲连同他的幻梦一起驱逐到黑暗中去时,她同父亲的情节剧意识以及同这种意识的辩证法都断绝了关系。对她说来,这些神话以及由神话引起的冲突从此一去不复返了。她把父亲、意识、辩证法统统抛弃掉,跨进另一个世界的门槛。这似乎是为了表明,她从此将过真实的生活,一切将从头开始,并且已经开始,因为她抛弃的不仅是这苦难世界的贫困,而且是她心灵中的虚妄幻想。这种辩证法只占剧情

(接上页)"大人物"的风度)。由于逢场作戏,贵人们也可以走一趟后楼梯(后楼梯是给仆役使的)。关键是要让人领会这种反常的、暂时的和有限度的做法的言外之意,让人领会这种手法的讽刺意味,从而表明(难道还有此需要吗?……)人们完全没有搞错,那不过是欺骗别人的手段而已。总之,对为平民而编造和散布的(或出售的)神话,他们也愿意借来使用,但有个条件,即要对这类低级玩意儿进行适当的加工和改造。在这方面,有人是加工的能手(布吕昂、彼亚夫等),有人加工得拙劣(雅古兄弟)。为了显出自己的高贵,他们把自己装作平民。因为他们要平民安于充当"神话"中的和带有情节剧味道的平民,他们便假装是(而其实不是)平民。可是,情节剧毕竟登不了大雅之堂(即不能在真正的剧院中演出),它只能在小酒铺里作酒酣饭饱后的余兴。

6) 我的结论是:健忘或讽刺,厌恶或屈尊,都不能算是批判。

的一小部分，只占故事的一个枝节，它永远也不能贯穿于整个故事，也不能左右故事的发展；它恰好形象地表现了虚假意识和真实环境之间几乎毫无关系。这种最终被逐出舞台的辩证法，根据与意识内容相异的真实经验的要求，批准了必然的决裂。当尼娜走出大门去迎接光明时，她还不知道她未来的生活将会如何，也许她会失败。但我们至少知道，她将走向真实的世界，这个世界无疑是金钱的世界，但也是制造贫困并使贫困意识到"悲剧"的世界。马克思说，必须抛弃意识世界的虚假辩证法，转而去体验和研究另一个世界，即资本的世界；他讲的不也就是这个意思吗？

说到这里，有人也许要打断我，指责我对剧本的思考超出了作者的意图，说我把应该属于斯特累勒的功劳算在贝尔多拉西的账上。我认为这种反驳是没有意义的，因为我们这里涉及的问题不是别的，而是剧本的潜在结构。贝尔多拉西有何明确的意图，这并不重要；除了剧本的台词、人物和舞台活动以外，真正重要的是剧本结构的各基本要素之间的内在关系。更进一步说，不论贝尔多拉西在安排这个结构时是有意识还是无意识，结构毕竟是剧本的本质所在，只有它才能使我们懂得斯特累勒的解释和观众的反应。

观众被剧本的结构所感动，这是因为斯特累勒对这种特殊结构的内在含义具有敏锐的感觉①，因为他使舞台设计和演员的表演服从了这个结构。观众之所以受感动，不仅是由于剧本细致地描述了平民的生活，由于平民生活的困苦（他们过一天算一天，听凭命运的摆布，有时以笑解嘲，间或也互相帮助，但更多地是默不作声），也不仅是由于剧本描述了尼娜、她父亲和杜加索三人的瞬时悲剧，而更主要的是由于观众无意识地感觉到了剧本的这种结构及其深刻寓意。这个结构在剧本的任何地方都没有明说，无论独白或对话都对此只字未提。观众不能像看到人物和剧情发展那样直接从剧中感到这种结构。然而，它在群众场面和悲剧场面的不言而喻的关系中，在二者的相互不

---

① "剧作的主要特点恰恰表现为一种尚未确定的真理在剧中多次突然出现……《我们的米兰》是一部近似无声的悲剧，剧情发展一再被推迟和重新思考，就像点燃了的一根长长的灰色导火索那样时隐时现。也许正由于这个原因，尼娜和她父亲的几声悲怆的呼叫表现了特别强烈的悲剧效果……为了突出剧本的这个秘密结构，导演局部地调整了剧本的布局。贝尔多拉西原定的四幕由于第二幕和第三幕的合并而压缩成了三幕……"见《剧情介绍》。

平衡和不断"交替"中，以及最终对它们的真实的而又令人沮丧的批判中存在着。这种感人的潜在关系，这种表面上令人大惑不解而其实意味深长的紧张状态，正是斯特累勒的导演功夫使观众隐约感觉到、但却不能用清晰的意识语言直接说出来的东西。的确，观众赞扬剧本在演出中有一种为观众、甚至为剧作者所意识不到，但由斯特累勒所赋予的深刻寓意；这种寓意比台词和动作更加深刻，比剧中人的直接命运更加深刻，因为剧中人虽然亲身经历这样的命运，但从不能思考它。即使在我们看来代表着决裂和开端、体现着另一个世界和另一种意识的尼娜，她自己也不明白自己的行为意味着什么。这里，我们确实可以恰如其分地说，意识落后了。因为，即令这依然是盲目的意识，它终究面向着真实的世界。

如果以上的想法可以成立的话，我们就能根据它来研究其他剧本，并弄清它们的含义。我这里想到的是由布莱希特的伟大剧作所提出的问题；尽管布莱希特使用了史诗戏剧和间离效果的概念，这些问题在本质上也许还没有得到完全的解决。我十分惊奇地看到，贝尔多拉西的剧本所具有的那种不对称的和批判的潜在结构，基本上也正是《大胆妈妈》和《伽利略》等剧本的结构。在这些剧作中，我们也看到了两种相互分离、互无关系、同时并存、交错进行但又永不会合的时间形式；我们还看到了有局部的、单独的、似乎凭空出现的辩证法作总结的真实事件。结构的内在分离性和不可克服的相异性是这些剧作的显著特点。

由于剧作有这种特殊的潜在结构为动力，特别是由于辩证时间和非辩证时间同时并存而又没有明显的关系，人们就能用有待人们承认的、令人困惑不解的现实对意识的幻觉(这种意识始终自认为是辩证的)和对虚假的辩证法(冲突、悲剧等等)进行真正的批判，因为这种现实正是意识和辩证法的底蕴。例如在《大胆妈妈》中，战争同大胆妈妈的盲目(由此造成了个人悲剧)和贪婪(由此产生了虚假的需要)相对立。又如在《伽利略》中，故事比急于追求真实的意识发展得更慢，由于意识在故事的短暂生命中永远不能持续地"扎根"，意识对故事也感到困惑不解。正是意识(这种意识按照辩证和戏剧的方式体验其自身的地位，并认为整个世界是由意识的动力所推动)和现实(这种现实在意识辩证法看来是无关的和异己的,显然是非辩证的)之间的这种含而不露的对抗,才使对意识幻觉的内在批判成为可能。至于这种批判是否用言词说出来(在布莱希特的剧本中,批判是以格言或韵文的形式说出来的),这并不重要。因为,批判归根到底不是由言词进行的,而是通过剧本结构各要素间的内在关系和非内在关系进行的。真正的批判只能是内在的批判,而在成为有意识的批判前,首先应该是真实的和物质的批判。因此,我觉得也许可以把这种不对称的、离心的结构看作是唯物主义戏剧尝试的基本特点。如果我们对这个条件作进一步的分析,我们将能得出以下的原则(这在马克思著作中是个根本的原则):在意识的任何意识形态形式中,不可能有由其内在的辩证法而离开自身的成分,严格说来,能够在其自身矛盾的作用下而达到现实的意识辩证法是不存在的,总之,任何黑格尔含义上的"现象学"都不能成立。因为,意识不是通过它的内在发展,而是通过直接发现它物才达到真实的。

正是在这个十分确切的含义上,我们可以说:当布莱希特不再用自我意识的形式来表达剧本的意义和潜在意义时,他推翻了传统戏剧的总问题。我想说的意思是,为了使观众产生出一种新的、真实的和能动的意识,布莱希特的世界必定要打消任何想以自我意识的形式充分地发现自己和表现自己的念头。传统戏剧(应该把莎士比亚和莫里哀作为例外,并说明其理由)把反映在一个中心人物的思辨意识中的剧情以及剧情的条件和"辩证法"统统交给我们;也就是说,传统戏剧通过一种意识,即通过一个有言论、有行动、有思考和有变化的人,来反映剧情的整体含义,这种整体含义对我们说来就是戏剧本身。如果"传统"美学的这项明确条件(戏剧意识的中心"整一性"支配着其他各项著名的"整一性")同它的物质内容有着紧密的联系,这显然不是偶然的。我想在这里指出,传统戏剧的素材或题材(政治、道德、宗教、名誉、"荣誉"、"激情"等等)恰恰正是意识形态的题材,并且这些题材的意识形态性质从没有受到批判或非议(同"义务"和"荣誉"相对立的"激情"本身只是意识形态的装饰品,它从不是意识形态的真正解体)。具体地说,这种未经批判的意识形态无非是一个社会或一个时代可以从中认出自己(不是认识自己)的那些家喻户晓和众所周知的神话,也就是它为了认出自己而去照的那面镜子,而它如果要认识自己,那就必须把这面镜子打碎。一个社会或一个时代的意识形态无非是该社会或该时代的自我意识,即在自我意识的形象中包含、寻求并自发地找到其形式的直接素材,而这种自我意识又透过其自身的神话体现着世界的总体。如果不是如此,那还能是什么呢?我这里不想提出这些神话(作为意识形态)为什么在古典时期一般没有受到怀疑的问题。我只要能得出这样一个结论:一个没有真正自我批判的时代(这个时代在政治、道德和宗教等方面没有建立一种真正理论的手段和需要)必然倾向于通过非批判的戏剧(这种戏剧的意识形态素材要求具有自我意识的美学的明确条件)来表现自己和承认自己。然而,布莱希特之所以能够同这些明确条件决裂,那仅仅因为他已同它们的物质条件决裂了。他要在舞台上表现的东西,正是对自发意识形态环境的批判。所以,他必定要把自我意识这个意识形态美学的明确条件(以及它在古典戏剧中的派生物"三一律")从他的剧本中排除出去。在他的剧本中(这里说的都是指"大型戏剧"),任何人物都不以自觉的形式包括戏剧的全部条件。总体的、透明的自我意识,作为整个戏剧的镜子,始终只是意识形态信仰的形象,它虽然把整个世界纳入到自己的戏剧中去,但这个世界只是道德、政治和宗教的世界,神话和毒药的世界。正是在这一意义上,布莱希特的剧本具有离心性,因为它们不能有中心,因为尽管布莱希特把充满幻想的天真意识作为出发点,但他不愿让这种意识成为它想要成为的世界中心。所以,我大胆认为,在他的剧本中,中心始终是偏斜的,既然这些剧本的目的是要破除自我意识的神话,它们的中心便在克服幻觉走向真实的运动中始终姗姗来迟和落在后面。由于这个根本的原因,剧本所真正产生的批判关系就不能单独表现自己:因此,任何人物本身都不是"历史的道德",除非在演出结束后,有一个人物走到前台,撤掉化装,向观众"总结"剧本的教益(但在这种情况下,这个人物就成了在演出之外进行思考或延长演出的观众),并说:"我们已经尽了最大的努力,现在该轮到诸位去探索了。"

由此可见,讨论剧本潜在结构的动力问题是必要的。我们必须讨论剧本的结构,因为一个剧本的批判力归根到底既不在于它的演员又不在于演员所表现的关系,而在于被自发意识形态所异化了的自我意识(大胆妈妈、她的儿子们、厨师、牧师等等)同这些人物所生活的真实环境(战争、社会)之间存在的生动关系。这种关系本身是抽象的

（在自我意识看来，它是抽象的，因为这种抽象是真正的具体），它之所以能够表现为各种人物，以及人物的动作、行为和故事，那仅仅因为它既包含这一切，同时又超越这一切，换句话说，只是因为它促使抽象的结构要素（例如《我们的米兰》中的不同时间形式——群众角色的外在性等）以及要素的不平衡和动力发挥作用。这种关系必然是一种潜在的关系，因为它不能由任何人物所充分体现，否则就会破坏全部批判计划。所以，它虽然包含了所有人物的全部行动、生活和动作，却又是以上这一切的深刻寓意。它先于人物的意识而存在，因而它在人物的眼中是模糊的；它对演员说来是不可见的，但它对观众说来却是可见的，因而这种可见方式不是演出给予的感知，而是观众通过思考而取得的感受，它是观众从包藏着和孕育着感受的黑暗中所摸索出来的。

以上的说明或许能使我们对布莱希特的间离效果理论所提出的问题又比较明确的认识。布莱希特想用间离效果在观众和演出之间建立一种新关系：批判的和能动的关系。传统的戏剧形式要求观众把注意力集中在"主角"的命运上，并把自己的感情力量倾注到戏剧的"净化"中去。布莱希特却要同这种使观众和剧本达到共鸣的戏剧形式相决裂。他使观众同演出保持一定的距离，但又不是远离剧情或单纯欣赏。总之，他要使观众成为把未演完的戏在真实生活中演完的演员。可是，人们往往只根据间离效果的技术要素来解释布莱希特的这个深刻的论点，似乎这个论点只是主张：不考虑演员的一切演出"效果"，取消一切抒情和"夸张"；表现宽广的"社会背景"和设置简陋的舞台布景，似乎它故意使观众对任何布景不特别注目（例如在《大胆妈妈》一剧中，阴沉和灰暗的大地，"平淡的"光线，投影字幕使观众集中注意外部的现实环境，等等）。也有人把注意力集中于共鸣现象和戏剧主角，并从心理学的角度来解释这个论点。他们把取消主角（不论是正面角色或反面角色，他们都是感情共鸣的承受者）当作间离效果的前提条件（没有主角，也就没有感情共鸣——取消主角同布莱希特的"唯物主义"观点也是有联系的，因为历史的创造者是群众，而不是"英雄"）。我觉得，这些解释还只是停留在一些虽然重要但并非决定性的一般概念上。我们应该越过技术条件和心理条件，进而懂得这种十分特殊的批判必须在观众的意识中形成。换句话说，为了使观众和剧本之间出现距离，必须使这种距离首先在剧本内部产生，而不能停留于对剧本的技术处理或人物的心理状态上(这些人物是否真的是主角还是并非主角? 在《大胆妈妈》中,爬在屋顶上的哑巴姑娘被敌人的火枪射死,因为她拼命击鼓,警告毫无警惕的城里人敌军正向城市冲来。难道她不正是个"正面的主角"? 难道人们不暂时地对这个次要角色产生感情共鸣?)。正是在剧本的内部,在剧本内部结构的推动下,产生和出现了这个距离,它既是对意识幻想的批判,又是对意识的真实条件的阐述。

为了提出观众同演出的关系问题,我们必须首先承认,正是剧本本身的潜在结构产生了观众同演出之间的距离。这里,布莱希特有一次把既定规则倒了过来。在传统的戏剧中,一切都似乎是简单的:"主角"的时间性是唯一的时间性,其余一切都从属于主角,即使主角的对手也以主角为转移(为了能够同主角相匹敌,他们不能不如此);主角对手活动的时间和节律是主角的时间和节律,对手受主角的制约,并且仅仅是主角的附庸。对手是主角的敌对方面,他在冲突中就像属于自己一样地属于主角。他是主角的替身、映像、对立面和影子,是对主角的诱惑,也是主角反过来反对自己的无意识。黑格尔说得对,对手的命运是以敌对意识而出现的自我意识。因此,冲突的内容同主角的自我意识是一致的。既然观众同主角在感情上相共鸣,也就是说,既然观众同主角在时间和意识上相一致(因为这是剧本向观众提供的唯一的时间和意识),观众在观看演出时也就自然而然地好像"亲历其境"一样。在贝尔多拉西的剧本以及在布莱希特的大型戏剧中,这种感情交融却由于剧本的分离结构而成为不可能了。我甚至认为,并不是布莱希特把主角排除在剧本之外,因而使主角不再出现,而是剧本中虽然有主角,但剧本本身使主角不能存在,剧本把主角连同主角的意识以及这种意识的虚假辩证法统统消灭了。主角地位的降低不是戏剧行动本身的结果,也不是安排了某些群众角色(根据"也不要神仙和皇帝"的主题)的结果,甚至不是戏剧故事"悬而未决"的结果。它不是由剧本的细节或连贯性,而是由剧本的机构动力这个更深刻的因素所造成的。

请读者注意,我们以上只谈到了剧本,现在就来谈观众的意识。我想简单地指出,这并不如人们所想象的那样是个新问题,这还是原来的老问题。不过,为了承认这一点,我们必须先同意把妨碍思考观众意识的两个传统公式否定掉。第一个有害的公式仍然是自我意识,但这里涉及的是观众的自我意识。这个公式承认观众必须同"主角"保持距离,不再同他发生感情共鸣。但这样一来,观众不正是站在剧本之外对剧本进行评判、估价和引出结论的人吗? 以《大胆妈妈》为例,台上表演的是大胆妈妈,台下评判的是观众。台上出现的是盲目的形象,观众席上坐着的是清醒的形象,两小时的演出把无意识引导到有意识。但这种分工等于把演员所不能完成的任务交给观众去完成。其实,观众没有任何资格充当为剧本所不能容忍的绝对自我意识。正如剧本不包含对自己的"故事"的"最后裁决"一样,观众也不是剧本的最后裁决者。观众本身也是按照一种不可靠的虚假意识来观看和体验剧本的。观众同剧中人一样生活在意识形态的神话、幻觉和典型形式之中,观众是剧中人的亲兄弟。虽然观众由于剧本的安排而同剧本保持距离,但这不是为了使观众免受剧中人的命运而成为剧本的裁决者;相反,这正是迫使观众进入到这种表面的间离状态和"异己"状态之中,使观众成为仅仅起着能动的和活生生的批判作用的间离状态本身。

此外,我们显然还要否定有关观众意识的第二个公式,即感情共鸣的公式。这是一个不可避开而只能正视的公式。为了思考观众意识的地位,人们援引感情共鸣(观众同主角)的概念,这是否有牵强附会的危险? 虽然我不能真正回答这个问题,但我想在这里把它明确地提出来。感情共鸣的概念严格地说是个心理学概念,或更确切地说,是个心理分析的概念。我丝毫不想怀疑坐在舞台前的观众具有实在的心理过程。但应该承认,在观众的心理状态中可以观察、描绘和确定的投射现象和升华现象单独并不能认识地反映观看演出这样一个特殊的复杂行为。这个行为首先是一种社会行为,一种文化的和美学的行为,因而也是观念的行为。这种复杂行为超出了具体的心理过程(例如,在严格的心理学含义上的共鸣、升华、解除压抑等等)的范围,弄清这些心理过程在复杂行为中的体现当然是一项重要的任务。但为了不陷入心理主义,我们不能因着第一项任务而取消第二项任务,即确定观众的自我意识本身的特殊性。假如这种自我意识不等于单纯的心理意识,假如它是社会的、文化的和观念的意识,人们就不能仅仅以心理共鸣的形式来思考观众同演出的关系。的确,观众在心理上同主角发生共鸣前,他的自我意识在剧本的观念内容中以及在这一内容特具的形式中已得到了承认。演出在造成共鸣(与以它物出现的自我共鸣)前,它在根本上已经承认了自己是文化的和观念的意识①。这种自我承认在本质上意味着有一种基本的同一性(它使心理共鸣过程本身作为心理过程而得以存在)把在同一个地点和同一个晚上集合起来的观众和演员联结成一个整体。的确,我们首先被演出联结在一起,但更深刻地被强加于我们的神话和主题,以及被自发地体验的意识形态联结在一起。的确,尽管《我们的米兰》是一部表现穷苦人的剧本,但我们过的是同一种生活,有着共同的愤慨、反抗和狂热(至少在头脑中盘旋着对不久将来的希望),都为死水一潭般的时代而感到苦恼。和大胆妈妈一样,我们或者正经历着战争,或者离战争已近在咫尺,我们由于同样的原因而陷入了可怕的盲目之中,并为此吃到了同样的苦头。在我们的无意识中,我们和剧中人过着相同的日日夜夜,面临着相同的无底深渊。总之,我们和剧中人确实是共命运的,这是全部问题的出发点。所以,从本质上看,我们早已置身在剧本之中,虽然我们知道剧本的结局,但这并不重要,因为归根到底它无非表现了我们自己,表现了我们生活的世界。所以,共鸣这个虚假的问题从一开始起,甚至在它被提出以前,就已经被自我承认的现实所解决了。唯一需要回答的问题是:这种不言而喻的同一性和这种直接的自我承认,它的命运是什么? 作者怎样描绘了这一命运? 在戏剧大师布莱希特或斯特累勒的指导下参加演出的演员将怎样表现这一命运? 这种观念的自我承认最后的结局是什么? 它将在自我意识的辩证法中徒劳地挣扎(不断地加深对自我意识的批判,但又永远不能摆脱它)? 将把这面无限的镜子作为演出的中心? 或者它将转移

---

① 我们切莫认为,这种自我承认可以摆脱人的要求的支配,因为正是人的要求最终决定着观念的命运。因为,艺术既是人的自我承认,也是自我承认的意愿。为了使我们的讨论局限在一定的范围之内,我这里先假定观众和剧本基本上具有共同的神话、主题和愿望(这是使演出可能成为文化现象和观念现象的根据),这种同一性从一开始既是已经确立的同一性,又是为人们所要求或拒绝的同一性。换句话说,在戏剧世界或更广泛地在美学世界中,意识形态本质上始终是个战场,它隐秘地或赤裸裸地反映着人类的政治斗争和社会斗争。大家知道,纯心理过程(如共鸣)的效果有时完全是悬空的。大家还知道,有些观众(职业的和非职业的)不等幕布打开就对演出怀有成见,或者在开幕后拒绝设身处地地去领会剧本和演出的内容。我承认,在这种情况下,如果用纯心理过程(例如共鸣)来说明戏剧这个行为,那就十分奇怪的了。以上的情况到处都可见到,我们不举别的例子,但就贝尔多拉西而言,十九世纪末的资产阶级拒绝接受他的剧作,使他生不逢时和处处碰壁。在目前,即在1962年6月的巴黎,他和斯特累勒也没有被左右"巴黎"观众好恶的评论家们所真正理解,并受到了种种责难,虽然这个剧本已被意大利广大的平民观众所接受和承认。

这面镜子的位置,把它搁在一边,若弃若取,若即若离,让它在远处的异己力量的作用下,最后如同一块玻璃被远处的物理震动震破一样,突然成为落在地上的一堆碎片?

总而言之,我们以上试图阐明自我意识,其实只是为了更好地提出问题。我们可以看到,剧本本身就是观众的意识,其根本理由是:观众除了剧本的内容(这一内容事先把观众同剧本结合在一起)以及这一内容在剧本中的展开以外,没有别的意识。观众的意识是剧本从自我承认出发而产生的新结果,剧本则又是这一自我承认的形象和表现。布莱希特说得对:如果戏剧的目的只是对这种固定不变的自我承认和自我不承认进行评论(即使是"辩证的"评论),那么,观众在看戏前早就知道了这是陈腐的老调,即他们自己的老生常谈。相反,如果戏剧的目的是要触犯自我承认这一不可触犯的形象,是要动摇这静止不动的、神秘的幻觉世界,那么,剧本就必定在观众中产生和发展一种新意识。这种新意识是尚未完成的意识,它在这种未完成状态、这种由此产生的间离状态以及这种源源不断的批判的推动下,通过演出而创造出新的观众。这些观众是在剧终后开始演出的演员,是在生活中把已开始的演出最后演完的演员。

回头一看,我不禁猛然想到,以上几页漫无边际的拙劣文字不正是表明了,《我们的米兰》在我的头脑中继续在追逐它的未完成的含义吗?这个不出名的剧本是在六月的一个夜晚上演的,现在演员早已离开了舞台,布景早已被拆除,但它的无声的台词却在我的思想中萦回不息。

1962 年 8 月

论布莱希特和马克思

(1968 年)

我为在小剧院和小剧院之友面前发言而深感惭愧①,因为我对于一切戏剧问题都极其无知。我在哲学以及政治方面略有所知。我懂一点马克思和列宁。仅此而已。

至于戏剧呢,我所有能说的,就是我非常喜欢小剧院的演出。可惜我只看过《我们的米兰》《乔嘉人的争吵》②和《阿莱基诺》。但这三部剧作给我留下了深刻的印象。《我们的米兰》在我的哲学研究中扮演了重要的角色③。在观看《我们的米兰》时,我更进一步地理解了马克思思想中某些重要的东西。

我还要补充说,我也了解布莱希特论戏剧的理论文献。前几天我刚刚读过这些文章。对于一个马克思主义哲学家来说,它们完全是震撼性的。

你们看:我跟戏剧的关系主要是哲学的和政治的关系。当然了,我跟我看过的几

---

① 这篇文章(标题为《哲学与政治文集》法文版编者所加)原本是阿尔都塞为参加米兰小剧院于 1968 年 4 月 1 日在小剧院之友协会所在地组织的公开讨论而写,未完成,也未宣读。小剧院是米兰的著名演剧团体,阿尔都塞论戏剧的三篇文章都是为它而写。——译者注
② 第一部是 19 世纪意大利剧作家贝尔多拉西的作品,后两部均系 18 世纪意大利剧作家哥尔多尼所作。——译者注
③ 作者为此剧写了《皮科罗剧团,贝尔多拉西和布莱希特(关于一部唯物主义戏剧的笔记)》一文,收入《保卫马克思》。——译者注

部剧作之间还有一种观看者的直接关系。但我的经验实在太少了。诸位需要了解这一点，以便纠正我会对诸位说的那些话。毕竟，我是从外部，作为哲学家和政治人、作为马克思主义哲学家来谈论戏剧的。因此我同时向诸位要求一种极大的严格和一种极大的宽容。

如果说，我只是一个哲学家，却还能有胆量谈论戏剧的话，那是因为我感觉到懂戏剧的布莱希特给了我这样做的许可。布莱希特终其一生都在不断地把戏剧和哲学直接联系起来。

1929 年，他写道："戏剧的未来在于哲学"（《最后阶段：〈俄狄浦斯〉》）。1953 年，也就是二十四年后，他重提了同样的论点，并竭力加以论证（《一次社会主义的谈话》1953年 3 月 7 日）。他又写道：

> 我的戏剧……是一种哲学的戏剧——就这个概念的朴素的意义而言。我想说，它感兴趣的是人们的行为和意见……为了给自己辩护，我也许可以举出爱因斯坦给物理学家英费尔德讲述的那个例子——说真的，从最初的幼年时代起，他就只是在思考两个人：一个追在光线后面奔跑的人，和另一个关在自由下落的电梯里的人。然而我们都知道从这种思考中产生了什么复杂的东西。我想要应用于戏剧的原则，就是不应该满足于解释世界；还应该改造世界。由这种意志（这种我自己慢慢意识到的意志）而引起的那些变化始终是——无论它们看上去重要与否——在戏剧表演内部产生的变化；换言之：大多数古老的规则自然保持不变。而我的全部错误就在于这个小小的"自然"。也就是说，我从没有谈论过这些古老的、延续不变的规则，而许多人在读过我对演员的指示和关于我的剧作的"意见"之后，以为我准备连这些规则也要把它们废除掉。希望我的批评家们首先是像普通的观看者那样来看我创作的戏剧，而不是一上来就关心我的理论，他们看到的完全只是戏剧，一种我所希望的充满幻想、幽默和观念的戏剧。正是在对这种戏剧产生的效果进行分析时，他们被那些新颖的东西所打动，随后他们便可以在我的理论宣言中找到相关的说明。

请允许我,完全以哲学家的方式,来总结这段重要文本的要点。布莱希特直接或间接地陈述了一定数量的、明确的论点。我将重复这些论点,同时非常概括地加以说明。以下就是布莱希特告诉我们的东西:

1. 戏剧存在着。这是一个历史和文化的事实。这是一个事实。

2. 我不打算废除这些古老的规则。这是想说:我不打算废除戏剧。因为这些古老的规则正是使戏剧成为戏剧的东西。这个论点非常重要。它意味着,戏剧不是生活,戏剧不是科学,戏剧不是直截了当的政治宣传或骚动。这不是想说布莱希特不承认生活、科学和政治的重要性:相反,他认为这些现实对戏剧来说是至关重要的,没有人比他更有力地说出了这一点。但这是想说,在布莱希特看来,戏剧应当止于戏剧,也就是说,止于一门艺术。当他宣称:去看我的戏,你们看到的将"只是戏剧,一种我所希望的充满幻想、幽默和观念的戏剧",这时我们便可以清楚地看到这一点。

3. 我满足于给戏剧内部,给戏剧的"表演"内部,带来一些变化,以便生产某些新的效果。必须在两种意义上理解"表演"。首先是在戏剧表演的传统意义上(戏剧是一种表演:那些[演员]①表演;戏剧是现实的一种虚构的再现(représentation)②。表演不是生活,不是现实。戏剧舞台上再现的东西,不是生活的化身,科学的化身,政治的化身。它之所以被再现[est représentée],是因为它不在场[n'est pas présente])。但也必须在第二种意义上理解"表演";因为戏剧使这种"作用"③成为可能(就在门、铰链、机构内部存在这种"作用"的意义而言)。这是想说,戏剧也是这样,它包含着某种位置、"作用",才能给它带来上述变化。

4. 我给戏剧带来的这些变化,从属于我的哲学意志。这种哲学可以用马克思在著名的费尔巴哈提纲第十一条当中的语句来概括:哲学家们总是解释世界,问题在于改造世界。引导布莱希特,使他给戏剧的"表演"带来变化的那种哲学,是马克思主义的

---

① 此处方括号里的义字为法义版编者增补,下同。——译者注
② représentation 这个词及其动词形式,在涉及戏剧时通常就指"演出",但有的时候需要译成"再现",有的时候则有"代表"的意思。——译者注
③ 在本篇及下一篇的"jeu"一般翻译译"表演",但该词也可以指"游戏",更有"(起)作用"的意思,作者加引号就是为了强调这一点。——译者注

哲学。

不过确切地说,无比深刻地打动我的,是布莱希特在戏剧中的革命和马克思在哲学中的革命这两者之间的某种平行关系。人们会说,布莱希特不是一个哲学家,而哲学教授们也不打算在布莱希特那里去寻找哲学的教诲。为什么呢?因为他没有写过哲学著作,他既没有制造哲学体系,也没有使用哲学的理论话语。布莱希特自己就说,他在哲学上是朴素的。哲学教授们错了。因为布莱希特很好地理解了马克思哲学革命的要义。他实践地理解了这一点,不是通过理论话语,而是通过我称之为他的戏剧实践的东西。布莱希特从没有说过戏剧实践,他总是谈论戏剧技术中的变化。因此他看起来只是在谈论技术。但是不存在光秃秃的技术:一种技术总是嵌入一种实践,它总是属于一种实践的技术。布莱希特在戏剧技术中的[这些]革命,应当理解为一场戏剧实践中的革命的后果。这在布莱希特的文本中是非常明显的:他对戏剧技术的那些改革总是与一种关于导演的整体观念相联系的,而后者本身,又是与一种关于主体的观念,一种关于舞台—观众、演员—观众关系的观念,一种关于戏剧—历史关系的观念,一种哲学观念相联系的。这些项的整体,使得布莱希特的技术改革应当被视为一场戏剧实践中的革命的后果。而这就是要点之所在。马克思的哲学革命在各方面都与布莱希特的戏剧革命相像:这是一场哲学实践中的革命。

布莱希特没有废除戏剧。戏剧存在着;它扮演了一个确定的角色。马克思没有废除哲学。哲学存在着,它扮演了一个确定的角色。布莱希特的所有剧作都没有制造一种新的戏剧,无论是一种反—戏剧,还是一种与以往所有戏剧相决裂的戏剧,比如说,废除了所有的保留剧目。同样,马克思和马克思主义者的所有作品也没有制造一种新的哲学,一种反—哲学,或一种与以往整个哲学传统相决裂的哲学。布莱希特按照戏剧现存的样式接受戏剧,并在戏剧现存的样式内部活动。同样,马克思按照哲学现存的样式接受哲学,并在哲学现存的样式内部活动。布莱希特的革命,在于实践戏剧的方式:他带来的新东西,是一种新的戏剧实践。同样,马克思在哲学中的革命,在于实践哲学的方式:他带来的新东西,是一种新的哲学实践,不是像葛兰西错误指出的那样是一种新的哲学,一种实践的哲学,而是一种新的哲学实践。我们可以用同样的方式确切地说:布莱希特的戏剧不是一种实践的戏剧,在他那里存在的新东西,是一种新的戏剧实践。

还必须走得更远。是什么让马克思和布莱希特能够在哲学和戏剧中提出一种新的实践的呢?是一种根本的条件:对哲学(对马克思来说)和戏剧(对布莱希特来说)的性质和机制的认识。

这就是完全具有决定性的一点。至于这种对哲学和戏剧的性质和机制的认识,是否构成了大部头理论著作的对象,则是无关紧要的。这是可以期望的,但并不是绝对必需的。无论是哲学,还是戏剧,我们至今还没有一种令人满意的关于其性质和机制的理论。从这个观点看,马克思和列宁对关于哲学的性质和机制的理论是"朴素的",正如布莱希特对关于戏剧的性质和机制的理论是朴素的一样。随你怎么想,从那些——总是需要明确而完美的理论论著的——哲学教授的观点看,他们在理论上是朴素的。但在我们看来,重要的是新的事实、新的实践,即便这些革命性的事实和实践没有成为明确而完美的理论话语的对象。正是在马克思和列宁的哲学实践中,正是在布莱希特的戏剧实践中,我们可以发现他们对各自的对象——哲学或戏剧——的性质和机制的、多少有所明确的认识。

如果我们考察这两种实践,我们可以得出一个对哲学和戏剧而言的共同的结论:非常明显的是,无论是马克思和列宁这方面,还是布莱希特那方面,他们都完全知道,因而理解,哲学和戏剧一方面与科学,另一方面与政治,有着深刻的关系。这就是第一点。

但这还不够。为了让事情变得简单一些,我把与科学的关系搁在一边,只考虑与政治的关系。马克思和布莱希特以他们各自的方式理解了哲学和戏剧的特性在于与政治保持着一种被神秘化的关系。哲学和戏剧深刻地被政治所决定,但它们却竭尽全力地抹杀这种决定作用,否认这种决定作用,装出逃离政治的样子。在哲学的根基上,和在戏剧的根基上一样,总是政治在说话:但哲学或戏剧说话的结果,却是我们再也听不到一点政治的声音了。哲学和戏剧总是为了掩盖政治的声音说话。它们很好地做到了一点。我们甚至可以说,在绝大多数情况下,哲学和戏剧的功能,就在于压低政治的声音。它们只是由于政治才存在,同时,它们又是为了废除其存在所仰仗的这个政治而存在的。结果是众所周知的:哲学把时间都用来声称它不搞政治,它超然于阶级的政治冲突,它对所有人说话,它以人类的名义说话,无党无派,也就是说,不承认自己选择的政治党派。这就是马克思所说的哲学只是解释世界。实际上任何哲学都不只是解释世界:任何哲学在政治上都是主动的,但大多数哲学把时间都用来否认自己在政治上是主动的。它们说:我们在政治上无党无派,我们只是解释世界,只说事情是什么。这就是弗洛伊德所说的否拒(dénégation)。一旦有人来对您说:我不搞政治,那么您就可以确信他搞政治了。这和戏剧是一回事。布莱希特对这种搞着政治却又宣称自己不搞政治的戏剧直呼其名:这是夜间娱乐的戏剧,烹调术戏剧,单纯审美享受的戏剧。和可耻的戏剧一样,也有一种可耻的哲学。可耻的哲学得了思辨的病。可耻的戏剧得了唯美主义的病、戏剧性的病。在这两种情况下,我们都看到出现了一种名副其实的宗教、一种蛊惑、一种眩晕、一种催眠状态、一种纯享受。哲学成了消费和思辨享受的对象,戏剧则成了消费和审美享受的对象。哲学家们最终是为了消费和思辨享受而制造哲学,剧作家们,以及导演和演员们,则最终是为了消费和审美、烹调术之类的享受而制造戏剧。马克思那里批判了对世界的思辨—解释,布莱希特那里批判了戏剧或烹调术歌剧,二者无非是同一种批判。

由此导致了在马克思和布莱希特那里的实践的革命。问题不在于制造一种新的哲学,或一种新的戏剧。问题在于在哲学内部建立一种新的实践,使得哲学不再是对世界的解释,即神秘化,而是有助于对世界的改造;问题在于在戏剧中建立一种新的实践,使得戏剧不再是神秘化,即烹调术娱乐,而是让它也有助于对世界的改造。这种新的实践的最初后果,就应该像这样建立在对哲学和戏剧的神秘化作用的破坏之上。不是废除哲学和戏剧,而是废除它们的神秘化作用。因此必须对事情直呼其名,对哲学直呼其名,对戏剧直呼其名,把哲学放回真正属于它的位置,也把戏剧放回真正属于它的位置,为的是把这种神秘化暴露为神秘化,同时也让人看到真正属于哲学和戏剧的功能。这一切当然是应该在哲学中、在戏剧中进行的。为了把哲学和戏剧放到真正属于它们的位置,就必须在哲学和戏剧的内部实现一种移置(spostamento)。

在这一点上也一样,马克思和布莱希特的情况非常相似。正是必须在这个意义上理解布莱希特所说的 Verfremdungseffekt,人们相当不错地把它翻译成法语的间离效果(effet de distanciation),但我更愿意把它翻译成移置效果(effet de déplacement),或错位效果(effet de décalage)。

这种效果不应该仅仅理解为戏剧技术上的效果,而应该理解为戏剧实践上的革命的普遍后果(effet)。问题不在于变换位置,对演员表演中的某些细微要素进行移置,问题在于这种移置关系到戏剧条件的整体。同样的规则对哲学也有效。因而问题在于移置的整体,它构成了那种新的实践。

在所有这些移置中间,存在一种根本性的移置,它是其他所有移置的原因,同时也概括了其他所有的移置,这就是观点的移置。马克思和布莱希特的伟大教诲,就是必须对所有哲学和戏剧问题由以考虑的普遍观点进行移置。必须放弃对世界的思辨解释(哲学)或审美烹调术享受(戏剧)的观点,必须自我移置,以便占据另一个位置,一个大致说来是政治的位置。我刚才说,在哲学中和在戏剧中,是政治在说话,但它的声音通常被掩盖了。必须把言语还给政治,因而必须对哲学的声音和戏剧的声音进行移置,以便人们听到的声音是从政治的位置上发出的声音。这就是列宁所说的哲学中的党派立场。在布莱希特那里,有一整套表达方式等于是说,必须占据一个戏剧中的党派立场。这里的党派立场,不应该理解为等同于政治中的党派立场的某种东西,因为哲学和戏剧(或艺术)都不是政治。哲学是不同于科学的东西,是不同于政治的东西。戏剧也是不同于科学和政治的东西。因而问题不在于把哲学和科学、哲学和政治、戏剧和科学、戏剧和政治等同起来。而是必须在哲学中,如同在戏剧中,占据一个代表(représente)[1]政治的位置。而为了占据它,当然,就必须找到它。这并不容易,因为要想知道这个在哲学中和在戏剧中的政治的位置在哪里,就必须知道哲学和戏剧如何发挥功能,以及政治(和科学)如何在其中被代表。人们用肉眼是看不到这个在戏剧中的政治的位置的。(这个位置,很可能是在历史中自我移置的,或者更确切地说,很可能

---

① représentation 这个词及其动词形式,在涉及戏剧时通常就指"演出",但有的时候需要译成"再现",有的时候则有"代表"的意思。——译者注

政治在哲学和戏剧的历史中是要变换其代表的。）

一旦人们实现了这种根本性的移置，其他所有移置就都顺理成章了。在现实中，这一切是同时进行的。我是为了阐述的明晰起见，才做了这些区分。在现实中是没有这些区分的。

布莱希特谈及的所有那些效果都是这种根本性移置的后果。我可以试着列举如下。

1. 首先必须——相对于观看者头脑中存在的、关于戏剧的意识形态——对戏剧进行移置。为此，必须"让人看到"(montrer)戏剧就是戏剧，仅仅是戏剧，而非生活。必须让人看到舞台就是舞台，它人为地搭在观看者面前，而不是大厅的延伸。必须让人看到在大厅和舞台之间有一段虚空，一段距离。必须让人看到这段距离就在舞台本身之上。由此才有了关于布景、照明、道具、服装、海报、标牌、歌曲等等的一整套技术改革。必须打破观看者(les spectateurs)和场景(le spectacle)之间的共谋关系，那是一种被神秘化的共谋关系。这里的问题在于一种物理的移置，它让人看到了戏剧和观看者不希望看到的事情：戏剧不是生活。

2. 其次必须——相对于传统观念——对关于剧作的观念进行移置。这就是布莱希特在谈论"史诗体"的时候思考的事情。这首先关系到导演的观念，当然还有写作剧本时的作者的观念。但导演的观念完全是决定性的。人们可以把一个好剧本演糟(例如 TNP[国立人民剧团]的《大胆妈妈》)，也可以把一个不太好的剧本演得很好(例如《我们的米兰》)。这种移置的本质在于对剧作去中心化，在于避免使剧作获得一种观众对生活、冲突、戏剧及其结局形成的自发表述的形式我们可以在概括这种移置的同时，举出一个完全是象征性的例证，并且说明剧作所具有的中心不应该在自身之中，而应该在自身之外，或者说在剧作中不应该再有主角①，在剧作中不应该再有那种一切都在场并得到概括的大场面、那种经典冲突的大场面。例如，布莱希特在《伽利略传》中的一个天才之举，就是没有让人看到审判的大场面(参见多尔②)。对伽利略的审判，那

---

① 本文中的 héros 也须作"英雄"理解。——译者注
② 指贝尔纳·多尔《〈伽利略传〉和马车夫》一文。——译者注

是所有人都料想会看到的。所有人都料想会听到伽利略说出那句历史性的话,关于地球的:"但它还是在转动!"布莱希特没有让人看到审判,伽利略也没有说出那句历史性的话。结果是,剧作的中心不在剧作之中,而在剧作之外,这个中心,人们是永远看不到的。

3. 最后必须——相对于观看者和演员本身就演员的表演所形成的看法——对演员的表演进行移置。在这一点上,所有人都知道布莱希特的那些重大的技术革新。演员应该和他自己拉开这样的"距离":演员应该自我移置,走出那种关于演员的意识形态。通常,人们倾向于把布莱希特的所有这些革新都看成是纯技术的。没错:布莱希特改变了演员表演的技术,但这种技术是更大范围的改变的一部分,它是戏剧实践在整体上改变的一部分。如果我们把它和别的方面分开,它就失去其功能了。如今所有人都在运用布莱希特的这些技术。我们可以确信无疑地说,把布莱希特戏剧实践的革命归结为一些技术上的[……]简单秘诀,是对布莱希特革命的背叛。实践和技术完全是两码事。

所有这些移置的结果,在场景和观众之间造成了一种新的关系。这是一种被移置的关系。布莱希特把这种移置效果表述为间离效果(effet-V),就观众本身而言,则是认同的终结。观众应该停止与舞台让他看到的那些东西相认同,他应该处于批判的立场,并且自己选择党派、判断、投票和作决定。剧作不能帮他决定什么。剧作不是一件现成的外衣。剧作不是一件外衣。观众应该在剧作的布料上,或确切地说,是在剧作给他提供的一片片布料上,亲手裁剪一件自己的外衣。因为在剧作里没有预制的外衣。简言之,没有主角。

我没有时间来表明,在马克思的哲学革命中,事情完全是以同样的方式发生的。马克思的哲学革命就在于引起哲学中的移置,这些移置具有双重的目标:在实践上废除哲学神秘化的作用,以及让那些受到马克思主义哲学实践影响的人在了解事实的情况下作决定。

不过还是有一点重要的不同:因为尽管有这么多相似,但戏剧不是哲学,戏剧的材料不是哲学的材料。戏剧是艺术,而哲学,则是理论。

也许就在这一点上,布莱希特达到了自己的限度。他的确说过戏剧应该表明(montere)政治和科学,但始终应该是戏剧,因为戏剧是某种特殊的东西,不过,他没有很明确地说过在哪一点上戏剧是某种特殊的东西,他没有说过是什么使得戏剧就是戏剧,而不是别的东西。然而布莱希特的确给了我们一些正面的指点。例如,他说过戏剧应该通过演员的行为举止,以具体的、可见的方式来 montere,即让人看到(faire voir),而戏剧的特性就是要让人看到(montere),但他同样说过戏剧应该让人得到娱乐。因而戏剧的特性就是要让人看到某种重要的东西,同时让人得到娱乐。人们如何可能既让人看到,又让人得到娱乐,而娱乐又从何而来呢?对此,布莱希特给出了一些不很令人满意的说明。他倾向于把"让人看到"和让人认识到(科学)等同起来。(在布莱希特那里有一个 Aufklärer① 方面:"科学时代的戏剧"的主题,等等)他倾向于把娱乐解释为一种快乐,理解的快乐,感到自己能够参与改造世界的快乐,改造的快乐。他倾向于把对世界的改造同对观看者的改造、把现代科学同戏剧提供给观看者看到的客观认识纳入一种直接关系、一种短路。然而这些说明碰到了一些困难。主要的困难,布莱希特自己就提出了,因为他说过在戏剧[舞台]上出现的一切既非科学,也非生活,他说过必须让观看者不知所措,让他大失所望。这样的失望,如何可能同时也是一种快乐呢?在这种快乐和戏剧必须要带来的娱乐之间,有一种怎样的关系呢?布莱希特的理论说明是不充分的,但我要再一次说,不应该认为这些理论说明就是布莱希特的全部。他的实践的内容,比他的理论说明的内容要多得多。至于我呢,我只想试着从布莱希特的——时也是斯特雷勒②的——实践中,得出几点补充性的理论说明。

首先,我要提出一个布莱希特自己回答过的、非常简单的问题:什么是戏剧再现(représentation)的材料?需要用什么材料,才能使戏剧再现——既在观众一边、又在演员一边——得以进行呢?事实是:戏剧存在。但要让它存在,必须在观众和舞台之间发生某种事情:因而必须有某种事情使戏剧交流成为可能,进而使戏剧实践得以施展。布莱希特说得很对:那便是人们的意见和行为。用我们的马克思主义理论语汇,

---

① 德文:启蒙者。——译者注
② 乔吉奥·斯特雷勒,小剧院导演。——译者注

我们可以说:戏剧的材料,就是意识形态的东西。意识形态的东西,不仅仅是一些观念,或观念的体系,而且正如葛兰西很明确地看到的那样,它们同时是观念和行为,是行为中的观念,二者形成了一个整体。当观看者来看戏的时候,他们在头脑里和身体上具有一些观念和行为。在舞台上,人们让他们看到一些观念和行为,一些行为中的观念,人们让他们看到意识形态的东西。这使戏剧的存在成为可能,因为观众在舞台上看到了他们在头脑里、在身体上具有的东西。用一个老的说法——说得不错——在戏剧里,观众看到的东西,就是他自己。戏剧就像一面镜子,观看者在那里想要看到的,是他们在头脑里和身体上具有的东西,他们在那里是要认出自己(sereconnaître)。这是至关重要的:因为我们知道,意识形态的功能在于承认(reconnaissance)(而非认识)。证明就是:我们可以在大众面对某个剧中角色的成功表演所做出的自发反应中发现这一点。观众说:"正是这样! 像是真的一样。"这本身就是表达承认的方式,就像面对一幅肖像说:"正是他。"当观众来看戏的时候,他总是怀着最后能说出"正是这样"的希望来到这里的。当他认出自己的时候,当他确信认出了自己的时候,他就满意了。这是首要的满足。

但要让这种对意识形态自我加以承认的快感真正甘之如怡,就必须冒一定的风险,这是有一定危险的风险。人们之所以为了寻求某种良好的自我确认、良好的自我承认而来看戏,是因为人们对自我不完全确信,是因为人们对自我有些怀疑。当然,人们不承认这一点,但它却构成了人们期待的快感的一部分。这就是为什么戏剧只有通过游戏这种风险、这种危险、这种怀疑,才能真正给人带来快感——就是为了最终排除一切风险、一切危险、一切怀疑。通过游戏这些担忧、这些怀疑、这些风险,戏剧高调说出了人们只是低调猜想的事情。这给观看者带来了双重的快感。首先,他笑了,因为他相信总是另一些人在担忧、在怀疑,等等。其次,他满意了,因为到头来一切总会以这样那样的方式顺利解决,而快感则会由于人们擦肩而过的危险而倍增。最终,人们认出了自己,人们就说:这的确是真的,这话意味着他们认出了自己,他们得到了证明。当观看者来看戏的时候,他就接受了游戏的规则:恰恰是人们"游戏"自己的观念和行为,让他们看到了自己的观念和行为没有冒任何风险。戏剧是亚里士多德以及弗洛伊德所说净化:艺术是一种虚构的凯旋。翻译一下:虚构的凯旋,也就是虚构的风险。在戏剧中,观看者得到了一种看人玩火的快感,因为他确信没有火,或者火不是在他家里,而是在别人家里,不管怎样,是因为他确信在他家里没有火。

如果人们想知道戏剧为什么会让人得到娱乐,就必须考虑这类非常特殊的快感:玩火的快感,没有危险,却带有双重的条款:1.这是一种没有危险的火,因为是在舞台上,因为剧作总是会把火扑灭,以及 2.有火的话,那也总是在邻人家里。

这里必须说邻人这个词,也就是指观众。因为观众是由邻人组成的。这使得戏剧区别于电影——人们谈论这一点已经很久——,因为戏剧的场景就在大厅里。历史上就是如此:在剧院里,人们在身体上,或者通过那些在一定程度上人数众多的代表团,重新发现了社会的不同阶级。剧院的大厅,连同它的优劣不等的位置,它的幕间休息,它的寒暄交谈,就是一个小社会,那里再生产着种种社会关系及其差异。下层人民来看大人物。大人物知道自己被关注。在剧院的大厅里,人们看到自己和关注自己。他们双重地看到自己:在大厅里,先于在舞台上看到自己。邻人们——舞台上的火是在他们家里——看似偶然地也在大厅里。小人物在大厅里满怀敬意地关注大人物,也嘲笑大人物——如果舞台上的火是在后者家里,或者,他们发现大人物在战胜其生活与意识的种种危机的舞台上也是伟大的。……①

---

① 文章到此中断,未完成。——译者注

罗兰·巴特

布莱希特批评的任务(1956)

茶花女(1957)

古希腊戏剧(1965 年)

我爱你(1977 年)*

罗兰·巴特
(Roland Barthes, 1915—1980)

法国著名的文学评论家、社会评论家,以后结构主义著称于世。但在他早期工作中,却更多发展了马克思主义的文学批评方法(尤其针对布莱希特所作的批评)。首先是作为一位评论家,巴特的评论在方法上与本雅明具有明显的相似性。他很大部分的重要作品都是以随笔的形式出现,尤以他 1964 年出版的《批评文集》(*Critical Essays*)①著名,本书所选的《布莱希特批评的任务》(1956)一文被收录其中,这篇随笔、连同巴特为大众剧场所作的许多随笔,试图重新思考布莱希特式的戏剧与批评的可能性,这在后来被史蒂芬·希思(Stephen Heath)发展成《银幕》(*Screen*)②理论,希思的 *Vertige du déplacement*(中译《流离失所的眩晕》)一书也是现今留下的关于罗兰·巴特研究的最优秀的著作之一。在《神话学》(*Mythologies*,中译本:《神话:大众文化诠释》)(1957)一书中,巴特认为"神话是一种语言",他将布莱希特戏剧的政治性的、非神秘化符号演绎为一种马克思主义符号语言学的结构模式,巴特对《茶花女》的评论文章选自这本书,在巴特看来,茶花女的核心神话并非爱情,而是认同,两位主人公之间是一种"阶级分离"(不属于同一阶级)的爱情,这份爱情的神话内容是小资产阶级多愁善

---

* 《布莱希特批评的任务》选自《罗兰·巴尔特文集:文艺批评文集》,怀宇译,中国人民大学出版社 2010 年版,第 86—93 页;《茶花女》选自《神话:大众文化诠释》("*Mythologies*", ⓒ 1997 Chinese translation copyright by LAUREATE BOOK CO., LTD. Copyright ⓒ Editions du Seuil, 1957),许蔷蔷、许绮玲译,上海人民出版社 1999 年版,第 149—152 页;《古希腊戏剧》选自《显义与晦义——批评文集之三》,怀宇译,百花文艺出版社 2005 年版,第 62—89 页;《我爱你》节选自《恋人絮语》,汪耀进、武佩荣译,上海人民出版社 2009 年版,第 142—146 页。

① 中译本参见罗兰·巴特:《文艺批评文集》,中国人民大学出版社 2010 年版。

② *Screen*,英国电影理论杂志,20 世纪 70 年代以这一杂志为平台发展起来的《银幕》理论,整合了 50、60 年代以来的人文学科理论,期刊两位撰稿人是柯林·麦凯布和史蒂芬·希思,结合了拉康关于电影经验的"凝视"理论、阿尔都塞关于支配性意识形态的概念,在此基础上发展出一种新的以左派意识形态、符号学以及精神分析为框架的电影分析理论。——本书编者注

感的原型——即一种特殊的、半知觉性的神话状态,玛格丽特也作为孤立客体戏剧性地进入到了布莱希特"角色情境"中。巴特在1963年所作的《论拉辛》曾在当时引起很大反响,而他也在有意地离开结构主义,具体可以通过他《写作的零度》(1953)和《符号学原理》(1964),《S/Z》(1970)和《文本的愉悦》(1973)等作品了解。巴特晚期的著作带有一种先锋文本性(avant-garde textuality)的唯物主义色情。事实上,巴特在他的作品《罗兰·巴特》(1975)中暗示出一种自我反思的(self-reflexively)、普鲁斯特式的马克思主义(Proustian Marxist)的令人眼花缭乱的愉悦:放荡的、诙谐的以及越界的,与当前的阶级斗争保持距离。晚年的《恋人絮语——一个解构主义的文本》(1977)是一部让人捉摸不定的作品,巴特在1975年在巴黎高师的讨论班中,以歌德的《少年维特之烦恼》为研究文本,采用"断片"的形式体察恋人的倾吐方式与絮语,即情话话语,但其讨论焦点已远远超于作品本身,他借鉴并演化了尼采的戏剧化手法与悲剧观,试图挣脱理性语言的束缚,着力表现恋人的想象激情,而非故事逻辑上正确表达,在本书的这篇选文中,巴特通过对"我爱你"三个字的洞悉,精心演绎一场恋爱痛苦的悲剧,通过自然而然的情感表达"以悲剧方式肯定人生",在"文本互涉"的基础上构造了一种新的文本理论。

布莱希特批评的任务

　　不冒什么风险,就可以预见,布莱希特的作品会越来越显示出其重要性;这不仅是因为作品本身是伟大的,而且因为他的作品是典范性的。至少在今天,他的作品在两种荒漠中闪耀着特殊的光芒:当代戏剧的荒漠,在当代戏剧中,除了布莱希特,举不出别的重要作者;革命艺术的荒漠,这种艺术从日丹诺夫①的理论走入死胡同之初起便无成果可谈。不论谁想对戏剧和对革命进行思考,都注定会遇到布莱希特。布莱希特自己也希望这样。他的作品竭尽全力反对潜意识天才的反对神话;他的作品具有与我们的时代最为相宜的重要性,即责任心的重要性;这是一种与世界、与我们的世界处于"共谋关系"状态的作品,了解布莱希特,思考布莱希特,简言之,对布莱希特进行批评,从定义上讲就是延伸到我们时代的问题上。应该不知疲倦地重复这种真理:了解布莱希特,具有与了解莎士比亚或果戈理②不同的重要性;因为,非常正确的是,正是为了我们而不是为了永恒,布莱希特才写了他的戏剧。因此,对布莱希特的批评,是观众、读者、消费者的全面批评,而不是注释家的批评:这是一种相关人的批评。如果我需要亲自在我拟定的范围内写作批评文章,我必然会冒着显得不谨慎的风险,暗示出这种作品在什么地方打动我和帮助我,而从个人来讲,我是作为具体人的我。但是,为了不离

① 日丹诺夫(1896—1948):苏联政治家,曾制定了艺术和文学上的社会主义和现实主义标准。——译者注
② 果戈理(1809—1852):俄国作家。——译者注

开对布莱希特进行批评的一种程序核心,我只是提供一些分析平面,而这种批评则应该连续地位于其中。

(一) 在社会学上

一般说来,我们还没有足够的调查手段来确定戏剧的观众。再说,至少在法国,布莱希特尚未脱离实验戏剧的状况(除了在国家人民剧院演出的《大胆妈妈和她的孩子们》,这一状况由于对演出的误解而不大能说明问题)。因此,现在,人们只能研究报刊的反应。

日前,似乎应该区分出四种反应。在极右派看来,布莱希特的作品由于他们的政治张贴宣传而被搞得完全信誉扫地:布莱希特的戏剧使一种平庸的戏剧,因为这是一种共产主义的戏剧。在右派看来[一种更为狡猾的右派,它可以延伸到《快报》(L'Express)的"现代主义的"资产阶级],他们使布莱希特承受一种传统的去除政治的做法:他们使人与作品脱离,他们把人留给政治(同时连续地和矛盾地指出人的独立性和其奴性),而将作品揽入永恒戏剧的麾下。有人说,尽管布莱希特是这样的,尽管我反对它,但他的作品是伟大的。

左派首先对布莱希特有一种人道主义的欢迎:布莱希特可以说是与人的人文进步密切关联的富有开阔创造意识的人之一,就像罗曼·罗兰①或巴比斯②那样。遗憾的是,这种热情的看法掩盖了一种反智识主义的偏见,而这种偏见常在某些极左派那里看到。为了使布莱希特"为人所理解",他们不信任或至少贬低布莱希特作品的理论部分:虽然布莱希特关于叙事戏剧、演员、间离等系统的观点不怎么样,但其创作的作品还是伟大的。于是,人们重新返回到小资产阶级文化的基本原则之一,即心与大脑、直觉与思考、不可磨灭与理性(这种对立在最后掩盖了有关艺术的一种魔幻概念)之间的浪漫性对比。最后,共产党方面(至少在法国)则对布莱希特的戏剧表达了保留看法:

---

① 罗曼·罗兰(Romain Roland, 1866—1944):法国人文主义作家。——译者注
② 巴比斯(Henri Barbusse, 1873—1935):法国作家。——译者注

那些保留看法一般涉及布莱希特与正面人物的对立、戏剧的叙事概念和布莱希特戏剧理论的"形式主义"倾向。除了罗歇·瓦扬①建立在把法兰西悲剧当作危机之辩证艺术来捍卫的主张基础上的不同看法外,这些批评都来自于季达诺夫有关艺术的概念。

在此,我援引一种备查资料,似乎应该从细节上重新使用它。好像问题根本不在于反驳对布莱希特的批评,而在于借助我们的社会为了消化布莱希特而自发地使用布莱希特的途径来接近他。布莱希特揭示任何谈论他的人,而这种揭示自然在最大限度上关系到布莱希特。

(二) 在意识形态上

难道需要将布莱希特的一种典型的真实与其作品的"消化"对立起来吗? 在一定意义上和在某些限定内,是需要的。在布莱希特的戏剧中,有一种明确的、一致的、经常性的被出色地组织了的意识形态内容,这种内容对过分的扭曲。对这种内容必须加以描写。

对于这一点,我们有两种文本:首先是理论文本,这些文本具有一种敏锐的智慧(结识一位富有智慧的戏剧人,绝对不是无关紧要的),具有极致的意识形态上的清醒,想以它们只不过是对本质上创作性的一部作品进行智力上的补遗为借口来对其加以贬低,是幼稚的。当然,布莱希特的戏剧就是为了被演出才创作的。但是,在其被演出或看到其被演出之前,并不妨碍他的戏剧已被理解了:这种智慧与其内在构成性功能是有机地联系在一起的,而这种功能就在于在公众赞同戏剧的时刻转换公众。在像布莱希特这样的马克思主义者那里,理论与实践之间的关系不应被贬低或者被扭曲。将布莱希特的戏剧与他的理论基础分割开来,是与理解马克思的活动而不读《共产党宣言》(*Mani feste communiste*)和想理解列宁的政治而不读《国家与革命》(*L' Etat et la Révolution*)一样是错误的。不存在使戏剧无偿地摆脱理论思考之要求的国家决定或

① 罗歇·瓦扬(Roger Vailland, 1907—1965):法国作家和记者。——译者注

超自然的介入。与任何批评倾向不同的是,必须肯定布莱希特的系列作品的根本重要性:把布莱希特的戏剧看作一种被思考的戏剧,并不是降低这种戏剧的创造性价值。

另一种文本的作品本身提供了布莱希特意识形态的主要成分。我在这里指出其主要内容:人类灾难的历史的而非"自然的"特征;经济异化的精神传染,这种异化的最后作用在于使它所压迫的人类不了解导致他们处于奴隶地位的原因;大自然的可纠正的地位和世界的可驾驭性;手段和情境的必然相宜性(例如在一个缺乏治理的社会里,权力只能由一位玩世不恭的法官来恢复);旧的心理"对立"转换成历史的矛盾,而这种历史的矛盾则服从于人的纠正能力。

在此,应该明确指出,这些真实只不过像是具体情境的结果那样被提供的,而这些情境是无限地可塑的。与右派的偏见相反,布莱希特的戏剧并非一种主题戏剧,并非一种宣传性戏剧。布莱希特从马克思那里获得的,并不是一些口号、一些论据的罗列,而是一种总体的阐释方法。结果便是,在布莱希特的戏剧中,马克思主义的成分似乎总是被重新创造。其实,布莱希特之所以重要,之所以孤独,正是因为他在不停地被确定为将确认的事实与阐释、伦理与政治混合在一起的一种事件动力学:根据马克思主义的深刻教导,每一种主题都既是对人的想要—存在①,又是对事物之存在的表达,它既是异议性的(因为它在揭示)又是协调性的(因为它在阐释)。

(三) 在符号学上

符号学是对符号和意指的研究。我不想介入有关这门学科的争论之中,这门学科是在 40 年前由语言学家索绪尔提出的,它一般在很大程度上被怀疑为形式主义。在不被词语吓倒的情况下,还是有必要了解,布莱希特的戏剧、间离理论和柏林剧团的实践,都关系到布景和服饰,都提出了一个公开的符号学问题。因为整个布莱希特戏剧所假设的,至少在今天看来,是布莱希特的戏剧理论不太注重表达真实,而注重意味真

---

① 想要—存在(vouloir être):符号学模态理论中"想要"模态价值的状态陈述。参阅后面文章中的相关注释。——译者注

实。因此,在所指与其能指之间有必要保持一定的距离:革命艺术应该接受符号的某种任意性,它应该承认某种程度的"形式主义",在这种意义上,它应该根据一种特有的方式来处理形式,这种方法便是符号学方法。布莱希特的任何艺术,都反对季达诺夫在意识形态与符号学之间造成的混乱,而我们了解这种混乱已经导致的审美绝路。

此外,我们理解,为什么正是布莱希特思想的这一方面与资产阶级的和季达诺夫派的批评尖锐对立:资产阶级的批评和季达诺夫派的批评,都与真实进行"自然"表达的一种美学有着密切的联系:在他们看来,艺术是一种虚假的自然、一种伪自然(pseudophysis)。相反,在布莱希特看来,今天的艺术,也就是说,处于历史纷争(其赌注便是人的摆脱异化)中心的艺术,它应该是一种反自然。布莱希特的形式主义,对来自资产阶级的和小资产阶级的虚假自然的羁绊是一种彻底的反抗。在一个仍然被异化的社会里,艺术应该是批评的,它应该消除任何幻觉,甚至消除对"自然"的幻觉。符号应该部分地是任意的,没有这种任意性,我们会重新落入一种表达的艺术之中,一种本质上是幻觉的艺术之中。

(四) 在道德上

布莱希特的戏剧,是一种道德戏剧,也就是说,是一种与观众一起思考的戏剧。在这样的情况下,需要做什么呢?这需要我们对布莱希特戏剧的原型情境进行清点和描写。我认为,这些情境可归结为一个单一的问题:在一个缺乏智力的社会里如何做才是好?在我看来,将道德结构从布莱希特的戏剧中清晰地分离出来是非常重要的:我们很清楚,马克思主义曾经有过比倾向于个人品行问题更为急迫的其他任务;但是资本主义社会在延续,共产主义本身在转变:革命行动应该越来越以几乎是限度性的方式与资产阶级和小资产阶级的道德规范并存:一些品行问题,而不再是行动问题,出现了。在此,布莱希特可以具有很大的去污除垢和使人谐世的能力。

尤其是,他的道德观丝毫没有教理说教的内容,且在大多数时间里是严格的询问式的。我们知道,他的某些剧目是以向公众发出文字询问来结束的,作者留给公众自已找到解决所提问题办法的任务。布莱希特得到的角色,是深刻地将一个问题置于一种明证性中间(这是有关例外和规则的主题)。因为,在这里,问题基本上是有关发明创造的一种道德问题。布莱希特的发明,是一种策略上的过程,为的是与革命的纠正作用相一致。这足可以说,在布莱希特看来,任何道德死胡同的出路,都取决于更正确地分析主体所处的情境;正是在为自己深刻地再现这种情境的历史特殊性,及其人为的,尽管是因循守旧的本质的情况下,出路突然出现了。布莱希特的道德观,基本在于正确地解读历史,而这种道德观的可塑性(需要的时候,就改变习惯)就在于历史的可塑性本身。

1956,《论据》(*Arguments*)

茶花女

时至今日,还有人在世界的某个角落里表演《茶花女》(La Dame aux camélias)(事实上不久前还在巴黎上演过)。这个成功提醒我们注意"爱"的神话,它也许仍然存在,因为玛格丽特·高蒂尔(Marguerite Gautier)相对于她主人的阶级所显示的孤立,和今天已阶级化世界中的小资产阶级女人们,并没有什么明显的不同。

事实上,茶花女的核心神话并非爱情,而是认同(Reconnaissance)。玛格丽特爱人,以求得一种认同,这也就是为什么她的激情(就辞源学而言,并不是好色的意义)来源完全在别人的身上。另一方面,阿芒(Armand)(德州一个受雇收款员)之子,则示范了古典爱情的真谛:分歧始自纯粹主义文化的中产阶级,它会继续活在普鲁斯特(Proust)的分析中。这是一种阶级分离的爱情,我们的主人席卷了他的猎物;这一份内化的爱情,承认这世界的存在只是间歇的,并且总是充满了挫折感,仿佛这世界只不过是某个盗窃罪行的威胁(嫉妒、争吵、误解、担忧、冷静、恼怒等等)。玛格丽特的爱情是完全相反的东西。她第一次感动,是在感觉自己被阿芒认同时,对她而言,激情只不过是对这种认同的无止境要求;这是为什么她在抛弃阿芒接受杜瓦先生(M.Duval)的牺牲中间,绝不是道德与否(即便是如此措辞),它是存在主义式的;它只是认同假设逻辑性结果,一种从主人的世界里赢得认同的夸大手段。而假如玛格丽特隐藏她的牺牲,赋予它一种犬儒主义的面具,那就只有当争议真的变成"文学"时才会如此——资产阶级感激与认可的凝视,在这里已委托给读者,读者凭借她爱人的错误认同玛格丽特。

这一切都说明,带动情节演进的连串误会,并不是基于心理因素(即使用以描述它们的语言也以这种方式滥用):阿芒和玛格丽特并不属于同一个社会阶级。在他们之间,毫无疑问地会出现拉辛式(racinienne)的悲剧或马里佛式(Marivaudage)的精致调情。冲突对他们而言是外在的——我们在此面对的,并不是一种自我分裂的激情,而是两种不同性质的激情,因为他们来自不同的社会地位、身份。阿芒的激情,在类型上是资产阶级的,并且占有性强,在意义上是谋害他人;而玛格丽特的激情,则只能靠一种间接谋害阿芒激情的牺牲,来完成获得认同的努力目标。一个简单的社会阶级差异,被两种爱情的意识形态所吸收及扩大,只能产生出一种无望的纠缠,这种无望使玛格丽特之死(无论它在舞台上如何令人倒胃口),变成一种替代性质的象征。

这两种类型爱情的差异,当然来自两个当事人认知上的差异——阿芒本质上活在不朽的爱情信仰里,玛格丽特则活在她自知的孤立之中。她只是在熬日子——她知道自己是一个,在某种意义上也决意要成为一个高级妓女。而她为了要调适所采取的行为,完全存在于她想要获得认同的行为上:现在她夸大地为自己的传奇背书,并且投入了典型的高级妓女的忙乱生涯中(好比同性恋,他们接受自己情况的方法是使情况明朗化),有时她令别人猜测有一种力量超越她的阶级,目标是要达到适合她立场投入的一种认知,而非"自然的"美德,仿佛她牺牲的功能,不在于使她这个高级妓女的谋害行为变得明显;相反地,反而是夸示一个膨胀自我的高级妓女,以一种资产阶级对高级秩序的感情,在不丧失她任何性格的情形下,加速这种情形。

这样,我们便能更清楚地看见这份爱情的神话内容,这是小资产阶级多愁善感的原型。它是一种非常特别的神话状态,以半知觉性,或更精确地说,以寄生性的知觉来定义。玛格丽特知道她的孤立,也就是说,她视现实为一种孤立状态。但她凭完全卑屈的行为来遵循这个感知——她或者扮演主人期望的角色,或者尝试完成事实上是主人世界里的一种价值。在任何一种情况中,玛格丽特只不过是一个孤立的认知:她清楚自己在受苦,但却想象所有的补偿都是寄生于她的苦难之上;她知道自己是件物品,但除了是主人博物馆中的收藏品外,她也不知道自己路归何处。即使情节如此粗俗,这个角色却未失其特有的丰富戏剧性特质:事实上,它既非悲剧(压迫着玛格丽特的命运是社会性的,并非形上的),亦非喜剧(玛格丽特的行为源于她的境遇,而非她的本质),当然,更非革命意义的(玛格丽特并未引起以她的孤立为依据的批评)①。但根本上,她很轻易地即可达到布莱希特的(Brechtien)的角色情境,这角色是孤立的客体,但也是批评的来源。使她自外于这个空间的,且难以弥补的,是她的正面性格:玛格丽特因为肺痨与高尚的言语而令人"动容",向大众播散她盲目的传染病——尽管是明显的愚蠢,她原本可以一开他们小资产阶级的眼界的。豪言壮语以及高贵不群,用一句话来说就是"正经",她却只是让他们做起春秋大梦去了。

---

① 此处需要注意区分"tragedy"与"tragic",即"悲剧"与"悲剧性"之间的不同,在英译本中,原文为:"……:true, it is neither tragic(the fate which weighs on Marguerite is social, not metaphysical), nor comic(Marguerite's behaviour stems from her condition, not from her essence), nor as yet, of course, revolutionary(Marguerite brings no criticism to bear on her alienation)",本书编者认为此处"tragic"与"comic"应译为"悲剧性"与"喜剧性"。原文参见 Roland Barthes: *Mythologies*(1957), Selected and translated from the French by ANNETTE LAVERS, Copyright © Editions du Seuil, Paris. Translation 1972 by Jonathan Cape Ltd, the Noonday Press-New York Farrar, Straus & Giroux, pp.103—105。——本书编者注

古希腊戏剧

大约在公元前七世纪的时候,对于酒神狄俄尼索斯(Dionysos)的崇拜,主要在作为多利亚人(Dorine)居住地的科林斯(Corinthe)地区和西西约纳(Sicyone)地区,出现了一种半宗教、半文学的极为流行的体裁,它由合唱团与舞蹈组成,这便是酒神赞美歌(dithyrambe)。大约在公元前550年,这种酒神赞美歌被一位名叫泰斯毕斯[1]的抒情诗人引入到了亚蒂克(Attique)地区——他用牛车拉着他的器具,一个村一个村地组织酒神赞美歌演唱,并就地招雇歌手。一些人说,就是这位泰斯毕斯发明了第一位演员,从而创立了悲剧;另一些人则说,是他的承袭人弗里尼科斯[2]。新的戏剧很快就得到了城市的认可;一种纯粹公民性的机制负责起戏剧的演出,这便是比赛(compétition):雅典的第一次悲剧公开比赛大约是在公元前538年,是在毕西斯特拉特[3]主持下进行的,他希望借助于节日和崇拜来显示他的统治。后来的情况,便都知道了:剧场被固定在为酒神狄俄尼索斯所安排的地方,而且狄俄尼索斯一直主导着戏剧体裁;一些几乎是同一时代的著名诗人(最好说是一些重要的戏剧承办人),赋予了戏剧演出一种成熟的结构和深在的历史意义;这种繁荣状况恰好与民主的胜利、雅典的称霸、历史的出现和

---

[1]　泰斯毕斯(Thespis,公元前约6世纪):古希腊诗人。——译注

[2]　弗里尼科斯(Phrynicos,公元前6世纪末—5世纪初):雅典悲剧诗人。——译注

[3]　毕西斯特拉特(Pisistrate,公元前600—528或527年):雅典执政官。——译注

菲狄亚斯①的雕塑相偶合：这便是公元前五世纪，是佩里克莱斯②所在的世纪，即古典世纪。后来，从公元前四世纪到亚历山大时代结束，除了出现过几位我们了解甚少的天才（米南德③和新喜剧），便是衰落时期：作品平庸无奇，正是因为这种不被人注意的原因，合唱团的结构便逐渐地被放弃，而这种结构曾经是古希腊戏剧的特定结构。

尽管如此这一历史还是有些神秘的。有些方面还是不清楚的，至少是假设性的：我们对于必须将古希腊戏剧与崇拜酒神狄俄尼索斯联系起来的原因，没有任何确切的了解；而且，还不要忘记，我们失去了几乎所有的记录：各种体裁的整体情况，如酒神赞美歌、西西里喜剧、俄毕沙尔姆④喜剧、林神剧，几乎没有为我们留下任何东西；有好几百部由好几代戏剧作者创作的作品，我们仅知道他们中的三位悲剧诗人和一位喜剧诗人：埃斯库罗斯⑤、索福克勒斯⑥、欧里庇得斯⑦、阿里斯托芬⑧；并且，不仅这些作者每个人的作品只是选集性的（例如在埃斯库罗斯创作的 70 部作品中，只见到了七部），而且还是残缺不全的：除了埃斯库罗斯的《俄瑞斯特斯》(*Orestie*)之外，其余的悲剧三部曲都是不完整的；由于没有《解放的普罗米修斯》(*Prométhée, délivrée*)，我们不知道埃斯库罗斯为人与神之间的纷争提供的结局是什么。其他情况，虽然较为人所知，但也被古典的共时性形象所破坏；古希腊喜剧在其于公元前五世纪最具诱惑力的时代，只有着极为初步的技巧；更为确切地讲，是在作品都变得平庸的时候，它的物质性表现才较为细腻和丰富（或者说复杂）起来；此外，这种戏剧在其整个衰落时期，继续获得了重大的公演成功，以至于如果用社会标准而不是用审美标准来评价的话，整个历史观点就会是颠倒的。

----

① 菲狄亚斯(Phidias,公元前 490—430 年)：雅典雕塑家。——译注
② 佩里克莱斯(Périclès,公元前 495—429 年)：雅典政治家。——译注
③ 米南德(Ménandre,公元前 342—292 年)：古希腊喜剧诗人。——译注
④ 俄毕沙尔姆(Epicharme,公元前 525—450 年)：古希腊喜剧诗人。——译注
⑤ 埃斯库罗斯(Escycle,公元前约 525—456 年)：古希腊悲剧诗人。——译注
⑥ 索福克勒斯(Sophocle,公元前约 496—406 年)：古希腊悲剧诗人。——译注
⑦ 欧里庇得斯(Euripide,公元前约 480—406 年)：古希腊悲剧诗人。——译注
⑧ 阿里斯托芬(Aristophane,公元前 445—380 年)：古希腊喜剧诗人。——译注

因此，公元前五世纪的神话产生了一种形象，这种形象要求许多重新的修整。至少，这种形象具有一种真实，它表明了这样的情况：这种戏剧是由作品、演出机制、仪式和技巧组成的一个整体，它具有一种结构。而这种结构，由于这种戏剧的特性准确地讲是不同戏剧编码的综合与关联，它就更为重要。在将古希腊戏剧确定在公元前五世纪的情况下，我们无疑会失去一种历史维度；但是，我们却获得了一种结构的真实，也就是说，一种意指。

作品

在古典时期，古希腊的演出包含着四种主要的体裁：酒神赞美歌、林神剧（drame satyrique）、悲剧和喜剧。我们还可以加上：节日开始时的列对仪式即 cmos，大概是从宗教祭祀仪式遗留下来的（或者更准确地讲，是从酒神节的单行列对仪式留传下来的）；而且，尽管这里涉及到的更多的是合唱，而不是表演，也还要加上在祭台上的试唱——这是一种清唱方式，其执唱人就坐在围着供奉酒神的祭台（thymélé）而设的乐池里。

酒神赞美歌，产生于公元前七世纪大概在作为商业城市和大都市的科林斯附近出现的某些酒神崇拜故事，它很快就形成两种形式：一种是文学形式，另一种是民间形式，在后一种形式里，文本经常是（广泛地是）即席编出来的。在被泰斯毕斯带到雅典之后，酒神赞美歌就正规化起来；戏剧体裁（悲剧和喜剧）的繁荣，丝毫没有对其造成竞争态势；酒神赞美歌的表演占据大酒神节的头几天，并在悲剧和喜剧比赛之前。这是一种类似抒情戏剧的东西，其神话的或者有时是历史的主题，经常让人想到悲剧的主题。（主要的）区别是，表演酒神赞美歌时，无扮演者（即便有独唱），而尤其没有面具和服饰。合唱团人数众多：50 个执唱人，他们是青少年（十八岁以下）或成年男子。这是一种圆形的合唱，也就是说合唱团的舞蹈是在围着祭台而设的乐池里进行的，而不像在悲剧里那样是面对观众。音乐尤其非常多地采用东方的调式①，具有喧闹的意指（与

---

① 在欧洲历史上，"东方"是指中东和阿拉伯地区，与现在的概念不同。——译注

阿波罗颂歌不同);这种音乐随着颂辞推进,这一点更使酒神赞美歌接近我们的歌剧。除了品达①的几段残缺不全的文字之外,这种酒神赞美歌没有给我们留下任何东西。

人们几乎同样不了解林神剧,由于这种剧必须跟随整个悲剧三部曲,所以,这种不了解就更令人尴尬。对于这种体裁,我们只有索福克勒斯的《猎犬》(Limiers)、欧里庇得斯的《独眼龙》(Cyclope),以及刚被发现的埃斯库罗斯的几个片断。林神剧也是先出现在多利亚地区,后来被普拉蒂那斯(Pratinas)带到了雅典,这时期也是埃斯库罗斯开始其诗人生涯的时期;林神剧很快就融会到悲剧的复杂性之中(三部悲剧连续出现),从那时起,林神剧就转换成四联剧(tétralogie)。林神剧非常接近悲剧;它具有悲剧的结构,而其主题又是神话的。使之有区别的,因此也是构成它的东西,是合唱团必须由林神组成,并由林神的头领即酒神狄俄尼索斯的养父西莱纳(Silène)统领(在雅典,人们也说这是西莱纳戏剧)。这种合唱团具有重要的戏剧作用,它是重要的扮演者;它赋予体裁以色调,并使体裁成为一种"有趣的悲剧";因为这些林神是一些"无赖""饭桶",他们是一些操作笑料和插科打诨的配角(林神剧结局都很圆满);林神们的舞蹈粗俗;他们都着一定服饰并戴着面具。

在这种戏剧中,任何作品都有一种固定的结构,其各个部分的交替是安排好的,顺序的变化是极小的。一部古希腊悲剧包括:序幕即前场(独白或对白);合唱团的开场歌(Parodos);剧情(épisodes)与我们现在剧本的幕次(尽管长短不一样)极为相似,并由合唱团的伴有舞蹈的歌加以分开,这种歌叫做分唱(Stasina,合唱团的一半人唱第一段,另一半人唱第二段);最后的一节,这一节通常由合唱团走出来构成,叫做尾唱(exodos)。喜剧在合唱歌曲与诵诗之间重复产生一种雷同的交替。可是,它的结构还是有些不同;与悲剧相比,喜剧包含着一种特殊的成分:首先,是对峙(anôn),即战斗;这一场,由于与悲剧的第一个剧情相一致,所以它必须是一个争执的场面,在争执过程中,代表着诗人观念的扮演者要战胜其对手(因为雅典的喜剧一直是带有论断的戏剧);尔后,尤其是领对的独白(parabase);这后者紧随着前面的对峙:扮演者们(临时

---

① 品达(Pindare,公元前518—438年):古希腊抒情诗人。——译注

地)走了之后,合唱团便脱掉罩衣,转向观众,并向观众走去;一个(理想的)独白通常包含着七个部分:一首非常短的歌,即短歌(commation);领唱人(或合唱队的队长)面向观众的讲话(anapste);(平息的)长吟(Pngos),即长时间吟唱而不喘息;最后是四段匀称的以首段歌曲结构出现的歌曲。在悲剧中和在喜剧(在喜剧中还差一些)中,场所的整一和时间的整一,都不是必要的(尽管人们试图这样做):在埃斯库罗斯的《爱特那地区的女人们》(*Les Femmes étnéennes*)中,动作变动了四次。

不论(历史的和作者的)变化有多大,这种结构具有一种固定成分,也就是说具有一种意义:因为在被说出的与被唱出的之间有规则的交替、在叙事和评述之间有规则的交替。也许,最好去说"叙事",而不要说"动作";(至少)在悲剧当中,剧情片段(即我们现在的剧幕)远不是再现动作,也就是说再现场面的直接变化;动作最通常是借助于间接的表述方式来折射,这些间接的表述方式在讲述动作的同时也在使其产生距离;(有关战斗或谋杀的)叙事——交付给典型的角色,即使者的角色,或者口头争执场面——这些场面在某种程度上将动作投射到其争执的表面(古希腊人非常喜爱这些场面,几乎可以确定的是,人们在使这些场面于再现本身之外成为公众解读的内容)。在此,我们隐约地看到了奠定这种戏剧的形式上的辩证原则:言语在表述动作,但言语也遮挡了动作:"正在发生的事情"总是趋向于"已经发生的事情"。

对于这种被叙述的动作,合唱队的评述会定时地将其中断,并迫使观众以一种既抒情又理智的方式重新观看。因为,如果合唱团想评述在其眼下刚刚发生的事情,那么这种评述就基本上是一种质问:对于朗诵人的"已经发生的事情",合唱团就要回答"马上和会发生什么?",以至古希腊悲剧(因为这尤其关系到悲剧)一直就是三重演出:现在时(人们目睹一种过去向着未来的转换),一种自由(做什么?)和一种意义(神和人的回答)。

这便是古希腊戏剧的结构:被质问的事物(动作、场面、对剧言语)和质问者(合唱团、评述、抒情言语)之间的交替。而这种"中断的"结构,它甚至就是将世界与人们向其提出的问题分开的距离。神话本身已经是一种宽阔的语义系统对于本性的强制。戏剧占有了神话的答复,并将其当作一种新问题的储库:因为质问神话,即是质问在神话时代曾经是圆满答案的东西。古希腊戏剧本身也是质问，因此它在两种其他质问之间找到了位置：一种是宗教的，即神话；另一种是世俗的，即哲学(公元前四世纪)。确实，这种戏剧构成了艺术的逐渐世俗化的一种途径：索福克勒斯不比埃斯库罗斯更富"宗教性"，欧里庇得斯与索相克勒斯相比也差之。由于质问越来越趋向智力性，所以，悲剧便同时向我们今天称之为戏剧(drame)、甚至是建立在性格冲突而不是命运冲突基础上的自由民喜剧方向发展。而标记了这种功能变化的，恰恰是质问成分即合唱团的逐渐萎缩。在喜剧中也出现了同样的变化；政治喜剧(阿里斯托芬的喜剧)在放弃向社会发问(尽管这种争执是变弱了的)的同时，变成了情节和性格悲剧(菲雷蒙①和米南德)：于是，悲剧和喜剧都已将人类"真实"当作对象；也就是说，对于戏剧来讲，提出问题的时代已经过去了。

组织机制

是宗教戏剧还是非宗教戏剧？当然，两种都是：在世俗性尚不为人所知的社会里，不可能是另外的情况。但是，两个方面并不具有相同的价值：宗教(最好说是崇拜)主导了古希腊戏剧的起源，它还在其得到发展的时代出现在调整它的机制之中；不过，却是城市在赋予其意义：是它所获得的特征构成了它的存在，而不是其与之具来的特征。如果有人现在很想将合唱团的问题置于一旁而不顾(但合唱团是一种转换的宗教成分)，那么，酒神崇拜就出现在演出的坐标(时间与空间)之中，而不是出现在其实体之中。

我们都知道，戏剧的表演一年中只有二次，是借庆祝酒神节的节日进行的。按照其规模大小排序，这些节日是：大酒神节(Grandes Dionysies)、酒神庙节(Lénéennes)、乡村酒神节(Dionysies champêtres)。大酒神节(即城市酒神节)是雅典的重大节日(但是，雅典的霸主地位很快就赋予了它一种泛希腊的特征)，在初春时节即三月之末进

---

① 菲雷蒙(Philémon，公元前 361—262 年)：古希腊喜剧诗人。——译注

行;这个节日持续六天,一般包括三项比赛(酒神赞美歌,悲剧,喜剧);埃斯库罗斯、索福克勒斯和欧里庇得斯的大部分"首创作品"都是在大酒神节上上演的;酒神庙节,或者更准确地说在酒神庙里庆贺的酒神节,在每年的一月份举行;这是一种唯独雅典才有的节日,比大酒神节更简单一些;酒神庙节只持续三四天,并且不包含有酒神赞美歌的比赛。乡村酒神节,每年的十二月末在亚蒂克地区的村镇里进行;贫穷的村镇只需简单地列队行走就可以敬神了;富足的村镇则要组织悲剧和喜剧的比赛,但是,这种演出仅仅是重复演出,只有在非常富足的村镇例如勒·毕雷镇(Le Pirée)的演出,按照苏格拉底的说法,才上演过欧里庇得斯的一部首创作品。

对于所有这些节日,剧场(从其真正意义上讲,即人们观看演出的地点)是建立在为酒神而选择的地方上的。对于演出地点的认可,带来了对于在此发生的一切事情的认可:观众都戴着宗教花环,演出人是神圣的,相反,犯罪在此变成了渎圣罪。在这种圣洁的场所,有两个地方以更为明确的方式表现出了对于神的崇拜:在乐池里,乐池已在很大程度上被节日之初隆重地安放在祭台上的酒神雕塑所占据;什么是祭台?它也许是一种祭坛,也许是用来收存宰杀物鲜血的沟槽;不管怎么说,这是一处祭献之地;在阶梯座位处,也就是说全部的阶梯所在的地方,有一些座位是为雅典不同宗教崇拜的教士预留的(教士一直是临时的,因为祭祀团或是选举产生的,或是抽签进入的,或是花钱进入的,但从来都不是靠本事进入的);获得这些荣誉地位的权利,叫做席位特权(Proédrie):这种特权扩展到高位的显贵和某些被邀请者。

我们看到,这里涉及到一些外在的机制:演出一旦开始,便不再有哪一种文化部门介入到演出的过程之中(也许除了某些招魂活动、某些祈求神灵的活动)。不过,人们一致地将一种宗教的起因赋予古希腊演出的实质本身,尽管这种实质在古典时期已经明显地世俗化了。确切地讲,是怎样的情况呢?这种起因并不引起争论;被假设的东西,是演变的方式;最被人所知的假设,是亚里士多德的假设:悲剧有可能源自林神剧,而林神剧有可能源自酒神赞美歌;喜剧有可能走的是另一条路,它很可能来自歌颂男性生殖器的歌(chants phalliques);亚里士多德不谈论酒神赞美歌与对于酒神狄俄尼索斯崇拜之间的联系,而厚今派①在很长时间曾经竭力解释这种联系。但是,三种首要的体裁的内在联系是正确的吗? 今天,人们有可能对此产生怀疑;有人认为,只有酒神赞美歌、林神剧和喜剧可以与酒神狄俄尼索斯挂上钩(因为悲剧另外构成一种情况),而且,对于每一种体裁来说,演变是直接的:一句话,悲剧不再像亚里士多德所说的那样,是对于一种本质(即严肃的模仿的本质)的逐渐揭示。

对于酒神狄俄尼索斯的崇拜,夹杂着东方的成分,正像有人说的那样,这种崇拜包含有真正的中魔舞蹈,酒神的崇拜者列队(即它的信徒团)就是靠此形成的,它象征着酒神的随从。酒神赞美歌的圆形舞蹈再现了承受着神意癫狂的中魔者们的集体圆形舞蹈,而且,人们在上个世纪伊斯兰教中尚存的当然是东方的其他习惯中看到,这种圆形舞蹈或旋转舞蹈在当时既是个人表达性的,又是集体歇斯底里的驱魔仪式。至于林神剧,它在文化方面的继承性是双重的:一方面是它的舞蹈,这种舞蹈由一些无序的蹦跳组成,再现着个人的(而不再是集体的)癫狂,有人曾经将其视同于沙科②的癫狂性大进攻;另一方面,它的化装(因为林神都是穿戴饰物和戴着面具的)来自于非常古老的狂欢节日,面那些狂欢节都是由马的面具组成的(那个时候,马是地狱动物)。最后是喜剧,至少是在其最初的部分(开场歌、对峙和领对的独白)中,喜剧延长了面具表演,即某种由戴面具的青年人组成的流动的面具场面,这种场面开启了那些文化仪式。

我们看到,而且为了大大简化的需要,将酒神崇拜与这三种体裁结合在一起的联系,可以说是属于有形的联系:那便是中魔仪式,或者更为明确地说,是歇斯底里(人们了解歇斯底里与戏剧品性的本质关系),歇斯底里的舞蹈既是心满意足的表现又是获得解放的表现。也许,就是在这种环境之中,才可理解戏剧的陶冶(Catharsis)概念;我们知道,这个概念源自亚里士多德,曾经成为从拉辛③到莱辛④的有关戏剧目的性的大

① 厚今派(Les Modernes):指法国从十七世纪末开始、延至十八世纪中叶以夏尔·贝洛(Charles Perrault)和封德奈尔(B.L.B.Fontenelle)为首的主张厚今薄古的一批作家和文艺理论家。——译注
② 沙科(Jean-Martin Charcot, 1825—1893):法国医生,主要从事神经病理学研究,尤其在歇斯底里症的研究和治疗方面有过重大贡献,并为后来的精神分析学奠定了基础,弗洛伊德曾经从师于他。——译注
③ 拉辛(Jean Racine, 1639—1699):法国戏剧诗人。——译注
④ 莱辛(Gotthold Ephra m Lessing, 1729—1781):德意志戏剧作家。——译注

多数争论的议题。从实用的方面来讲,难道悲剧就是负责在人的身上激起恐惧和怜悯的同时去"净化"人的激情或者仅仅就是将人从这种恐惧和怜悯之中解脱出来吗?人们曾广泛地讨论过作为戏剧模仿之对象和目的的这种激情的本质。可是,最为含混的,始终是陶冶概念本身:难道问题就在于仅仅地通过从激情上去掉任何多余的非理性的东西(拉辛)来"根除"(按照高乃依①的漂亮说法)激情、或者更为稳妥地说来达到纯洁激情和使之升华吗?在这种争论上去掉历史赋予它的全部真实性,是徒劳的;但是,从某种历史观点来看,这也许并非是毫无益处的;可以说,不论是高乃依,还是拉辛,或者是莱辛,他们都无法给出在很大程度上赋予戏剧的陶冶概念以真正意义的有关既是神秘的又是医学上的背景的观念;从医学上讲,陶冶差不多就是对于歇斯底里发作的终结;从神秘性上讲,陶冶既是中魔,又是对于魔的解脱,中魔是相对于解脱而言的;这些经验很难进入今日基督教伪科学论的词汇之中,尤其是在将其与一种戏剧演出活动相联系的时候(加之心理剧和社会剧更赋予其某种现实性),更是这样;我们只能大胆地设想,古代的戏剧,当其源自对于酒神狄俄尼索斯崇拜的时候,它便构成了一种"整体的经验",这种经验混杂着和概述着一些间接的甚至矛盾的状态,总之,它构成了一种协调的"去除中魔"的行为,或者如果喜欢用一个更为平淡却更为现代的术语来说的话,它就构成了一种协调的"改变环境"的行为。

那么悲剧呢?相反,这种贯穿着酒神狄俄尼索斯的最高贵体裁,至少不应该直接地归因于对于神的崇拜:借助于那些纯粹有关酒神的体裁,城市变得很容易接受由其诗人们建立的一种新的戏剧形式;悲剧,就其本质而言,可以说是一种真正雅典的创造,神借助于简单的比邻关系,只是将有关它的戏剧和其主导作用让给了这种新的创造。如果是这样,那就不需在狄俄尼索斯与悲剧之间想象一种特征关系了(这种关系过去一直是强迫性的)。狄俄尼索斯是一位组合而成的神,我们也可以说它是一位辩证的神;它既是地狱之神(至少是死鬼之神),又是再生之神;如果我们愿意的话,它就是这种矛盾的神的本身。确实,有关狄俄尼索斯的体裁(酒神赞美歌,林神剧和喜剧),

---

① 高乃依(Pierre Corneille, 1606—1684):法国戏剧诗人。——译注

在文明化过程中也就是在过渡到非宗教机制一侧的同时,它们已经纯洁了、简化了、平和了神的令人不安的特征:这便是语调的问题。但是,对于悲剧来说,自立性是不容置辩的:在悲剧里,不论是魔鬼的,或是粗俗的,没有任何东西有可能起源于狄俄尼索斯的非理性。

这一切都强烈地表明了古希腊戏剧的非宗教特征,尤其是在悲剧方面:是城市赋予了悲剧其本质。城市,也就是说雅典,它既是城市,又是国家,既是市府,又是民族,既是有限的社会,又是"世界性的"社会。演出是如何进入这种社会的呢?是通过三种机制:出钱组织合唱(Chorégie)、购票补贴(thé ricon)和比赛(concours)。

按照规定,古希腊戏剧是有钱人向穷人赠送的一种戏剧。出钱组织合唱,当时是向富人摊派的一种赋税,也就是说,是国家向富人正式强加的一种义务:出钱富人应该让合唱团学会唱歌,并为之购买器具。由于有钱而需交纳赋税(除了出钱组织合唱之外,还有其他赋税)的纳税公民人数,在古典时期,有大约一千二百人,而亚蒂克地区的公民为 40 000 人;正是从他们中间,执政官确定当年的出钱人,其人数显然与被接受参加比赛的合唱团的数目一样;财政负担是很重的:出钱人必须租用排练大厅、购买器具、向演唱人提供饮料、支付艺人们每日的工资;有人估算,出钱组织演出悲剧的费用是 25 米那①,出钱组织演出喜剧的费用为 15 米那(一个米那差不多相当于一个没有专长的工人的一百天的工资)。在国家贫穷的时候(伯罗本尼撒半岛战争之末),两个人可以合股出这笔钱:这叫做共同出资(synchorégie)。后来,出钱组织演出就不复存在了,而让位于由竞技主持人出钱(agnothésie);这是某种形式的演出总负责人制,其预算原则上是由国家来提供,实际上,这种预算至少是部分地由演出负责人(被指定担任一年)自己来承担。显然,我们可以在财富的逐渐贫化与合唱团的消失之间建立某种关系。

原则上,所有的公民进入剧场都是免费的;但是,由于这样做会带来拥挤,所以最初还是支付两奥波尔②的日场入场费(相当于没有专长的工人日工资的三分之一)。这

---

① 米那(mine):古希腊货币名称。——译注
② 奥波尔(obole):古希腊货币名。——译注

一费用,由于不太民主而损害穷人的利益,很快就被废除了,代之以由国家向穷人提供的一种补助;这种补助,每个人头为二奥波尔,是在大约公元前410年的时候由克雷奥逢①决定的,这种机制取名为购票补贴。

出钱组织演出和购票补贴确保了演出器具的购置。第三种机制(而不是最小的)将确保对于民主在其价值上的检查(不应该忘记,对于一种价值的检查,一直是一种意识形态的检查):那便是比赛。在古希腊的公共生活中,人们都了解对峙即竞比的重要性;今天,我们勉强地可以将其比之于我们的体育机制。从社会角度上讲,对峙的功能是什么呢? 无疑,可以调解对立而不非难对立。竞比可以让我们保留下有关古代决斗的问题(谁是最好的?),但是,却给予其一种新的意义:相对于事物来说,什么是最好的? 在不是控制人而是控制自然的方面,什么是最好的? 在此,自然,便是艺术,也就是说,是对于宗教价值和历史价值、道德价值和审美价值的一种完整的再现,并且这种情况至少——甚至是特殊地——是罕见的:艺术曾经非常少地服从于这样的一种非功利性竞比制度。

戏剧比赛的机制是复杂的,因为古希腊人对于他们竞比的诚恳性是很挑剔的。我们已经看到,是执政来指定出钱组织演出的人;他还确定被接受参加比赛的诗人的名单(诗人首先是作者和扮演者,然后由他本人来选择他的诗的那些扮演者,而且悲剧演员们的比赛最后要纳入大酒神节);一方面是出钱组织演出者(以及他们的合唱团)的组合,另一方是诗人们(以及他们的扮演者)的组合,是在平民代表大会上通过抽签民主地进行的。对于悲剧来说,有三个竞争对手(每一个人上演一部四连剧),对于喜剧来说,有三个(后来是五个)竞争对手。显然,每一部作品不是只演出一次,至少在公元前五世纪时是这样的;因为后来,又有多次重演:每一次比赛的前面都要上演一位古典作者的作品(特别是欧里庇得斯的作品)。

节日之后的评判,是交由一个公民评审团来进行的,这种评审团在两个层次上由抽签确定(不要忘记,对于古希腊人来说,抽签定命是神的符号):在评审团(10人)组成

---

① 克雷奥逢(Cléophon,公元前五世纪):当时的执政,是他引入了民主。——译注

的时刻——也就是说在演出之前,和在选举之后——其新一轮的抽签最后只保留五人。对于出钱组织演出的人和诗人,都有奖励,后来又对主角设立了奖励(三脚陶器或花冠)。比赛由一项官方的笔录宣布结束,这种笔录最后要雕刻在大理石上。

很难想象,在一个社会与其演出之间,还有更为有力的机制和更为密切的联系。由于这个社会恰恰是在演出的艺术达到其顶峰的时刻成为了民主的,所以,人们有意地使古希腊戏剧甚至成为大众戏剧的模式。不过,需要提醒的是,雅典的民主,尽管是值得赞赏的,但它既不符合现代民主的条件,也不符合现代民主的要求。有人说过,那是一种贵族式的民主:因为这种民主将外来侨民和奴隶弃之门外:在亚蒂克地区,在40万居民中只有4万人属于公民;这些公民可以自由而频繁地参与节日和演出,而其他人则为他们劳动着。但是,这些人数不多的群体(在这些群体中,大家都相互认识)一旦形成(而这一点也与我们的民主相对立),就具有一种公民责任,而这种责任拥有在今天是难以想象的力量;我们还没有说,雅典的公民可以参与公共事务:借助于其所属的无数管理委员会,雅典公民可以参与主政,完全地置身于政权之中。而尤其是,这种责任作为新的特殊性,是必须的,也就是说,是经常性的、公民都有的;这种责任甚至是思想的框架,在公民范围之外,什么都做不成,什么都无法被人感觉得到,或者被考虑到。这是平民的戏剧吗? 不是。但是,它却是公民的戏剧,是担负责任的城市的戏剧。

仪式安排

对于机制的这种表述,还必须补充以对于这种机制的使用的表述,因为,一种演出只有在与对其使用者的实际生活相联系的时候,才是有意义的。

古希腊戏剧基本上是一种节日戏剧。激发戏剧出现的节日一年一次,每一次延续几天。然而,这样的仪式的庄严性与影响之大,带来了两种后果:首先是时间上的一种停顿;我们知道,古希腊人并不知道一周当中是要休息的,休息是犹太人的概念;希腊人只在宗教节日时才不工作,确实,宗教节日是很多的。由于戏剧是与劳动时间的结束相联系,它所建立的是另一种时间,即神话的时间和意识的时间,这种时间可以不被当作消遣来度过，而是被当作另一种生活来度过。因为这种停顿的时间，借助于它的长短本身，变成了一种饱和的时间。

在此，必须想到，节日中每一天的安排都是很满的。在节日之前，就有预告活动（Proagôn），它类似于一种预演，在这种活动中，有人向人群介绍被指定的诗人和他们的演出人员。节日的第一天用于一种祭祀仪式，是将酒神狄俄尼索斯的塑像从庙里请出来，将其庄严地放置在剧场里；这种祭祀仪式中间有百牛大祭活动，牛肉要分给人群，并现场烧烤。紧接着，后两天是酒神赞美歌表演；第二天的晚上，有一个列队仪式；随后，是连续三天的戏剧演出：每天上午有一部四联剧（三部悲剧和一部林神剧，其间有半小时的休息），每天下午有一部喜剧。在真正的演出之前，还有其他的隆重内容，也就是其他的节目：享有席位特权的人士进场；在乐池里摆设加盟城市的贡品；检阅全身披甲戴盔的"国家童子军"；宣布向某些公民颁发勋章；用一头幼猪的血来进行清净祭；吹号宣告真正的演出开始。因此，古希腊的这些狂欢节日是真正的"集会"（大酒神节延续六天，而且每个上午的悲剧演出从东方发亮一直到中午，为 6 个小时；下午还要重新开始），在这些集会中，整个城市都像戏剧演出那样生活着，从人们参与开幕仪式时戴着的面具，到对于节目本身的模仿（mimesis）。

因为在此，与我们的自由民戏剧相反，在节目与其观众之间，没有自然的断裂；这种连续性是由两种基本成分承担的，我们现在的戏剧最近曾试图重新找回它们，那就是：演出场地的圆形特征和它的开放性。

古希腊戏剧的乐池是非常圆的（半径大约为二十米）。剧场的阶梯一般都是背靠山坡，构成了一个半圆形的大空间。深处，有一个建筑物，其内部用来充当后台，其正面的墙用来充当带有装饰的支撑，这便是木棚（skéné）。那么，演出人员在什么地方演戏呢？最初，一直是在乐池里，合唱团和扮演人员混杂在一起（也许只有扮演人员才在木棚的前面享有几个可以站立的低矮台阶）；后来，（大约在公元前四世纪末），人们才在木棚前安排了一种很窄但却比较高的前台（proskénion），在前台上，动作得以兴盛，与此同时，合唱则失去其重要性。整个建筑物先是用木头制作的，乐池的地面就是用踩实的泥土做成；第一批石砌剧场出现在公元前四世纪。我们知道，我们今天称之为舞台的东西(木棚和前台的整体)在古希腊戏剧中不曾有过真正有机的作用:作为承载动作演出的地方,它是后来才出现的补充之物。然而,在我们的戏剧之中,舞台是动作的正面性,是演出在内外方面的注定分配。在古希腊戏剧中,根本没有这样的情况:因为舞台空间非常之大:在节目的"外部"与观众的"外部"存在着经验的相似性即一致性:这种戏剧是一种初始的戏剧,它在坟墓和宫殿的门前演出:这种圆锥形的空间,向上张开,向天空张开,具有扩大讯息(即命运)而不是窒息情节的功能。

圆形,构成人们可以称之为古希腊戏剧的"存在"维度的东西。另一种维度是:露天。这种早晨的戏剧,即曙光中开演的戏剧,人们尽可想象其壮美的情况:身着五颜六色衣饰的人群(观众都穿着节日的盛装,头上都戴着花环,就像进行任何宗教仪式那样)、舞台上的红色与金色相间的服饰、明亮的阳光、亚蒂克地区的天空(还需要进一步指出:酒神狄俄尼索斯节在冬天和在冬末比在春天多)。这是为了忘记,露天的意义就是它的无常性。在露天的情况下,演出不能成为一种经常性的事情,它是易受干扰的,因此是不可替代的:观众置身于露天的复杂的复调环境之中(太阳在升动,风在刮起,鸟在飞,城市的噪音,冷风的流动),可以重现戏剧上某个事件的特殊性。从黑暗的大厅到露天,不能具有相同的想象:前者在于逃逸,后者在于参与。

至于阶梯上的观众(今天我们很了解体育比赛现场的这种现象),也被其整体所改变了;座位数量是很大的,尤其是相对于公民总体人数而言:雅典大约有14 000个座位(我们的夏约宫[Chaillot]才有2 000至3 000个座位)。这种座位总体上是结构性的,与我们的演出大厅不同或者说与我们现代的场地不同:除了特权席位之外(这些席位都在第一排),其他席位本身也是按片预留给某些类型的公民的:上院的议员,富豪弟子,外国人、妇女(妇女通常都是坐在最上面的阶梯上)。于是,这便形成了双重的逻辑联系:从整个剧场讲,是群体性的;而从以年龄、性别、职务组成的群体上讲,又是个别性的。而且,人们也清楚,一个群体的参与,可以在很大程度上强化这个群体的反应性和使其情感结构化:在剧场中,公众得到了真正的"安排";在此,还应该加上中魔仪式的最后一点:食品;人们一边看戏,一边吃、喝,而且慷慨的出钱人还让人巡回地给大家送上葡萄酒和甜点。

技巧

古希腊戏剧的基本技巧，是一种综合技巧：那便是结合性(choréia)，即诗、音乐和舞蹈的三者的同体结合。我们现在的戏剧，即便是抒情的，也无法提供这种观念；因为音乐在中占据主导地位，而不顾文本和舞蹈，舞蹈则被弃置于插曲之中(例如芭蕾)；然而，确定结合性的东西，便是构成它的各种言语活动的绝对的平均性：我们可以说，它们都是"自然的"，也就是说，是源自同一种心理框架的，这种框架是经受同一种教育形成的，在"音乐"的名下，这种教育包含着文学与歌唱(合唱团自然是由爱好者们组成，而且，人们会毫不费力地招雇到)。也许，为了对结合性的一种真实形象做些研究，就应该与古希腊教育的意义联系起来(至少像黑格尔所确定的那样)：雅典人借助于其身体性(歌与舞蹈)的完整表演，显示了其自由性：准确地讲，是将其身体转换成精神机体的自由性。

我们从诗歌或者更可以说是从言语本身(因为这里涉及到确定一种技巧)知道，这种言语在三种谈吐方式上分配：一种是剧情表述，即口头的、独白的或对白的表述，它由抑扬格的三节拍段诗句组成(即 cataloguè)；一种是抒情的表述，是用三种韵脚写出然后唱出的(旋律短句，或歌)；最后是中间性表述，即 paracataloguè，它是由四音部诗构成的：中间性表述比口头表述更为夸张，但丝毫不像唱歌那样富有旋律，它大概可以说是采用高音的一种情节剧，但是却伴有笛子(就像独唱)。

音乐是单声的，是通过齐唱或八度音来唱出的，只用一种带双管和簧的笛子来伴奏(这种伴奏本身也参与齐唱)，吹笛子的乐手坐在祭台上。节奏——这正是结合性的高贵特征之一，绝对地是与诗的格律相配的：每一个节拍都对应于一个韵脚，每一个音符都对应于一个音节，至少在古典时期是这个样子；因为欧里庇得斯已经在大量使用一种带练声曲的绚丽风格，这种风格很快就迫使这位诗人雇用，一位专业作曲者。对于这种音乐(我们完全地失去了这种音乐：我们只在欧里庇得斯的《俄瑞斯特斯》剧中看到一小段)，我们要说的和使其与我们现在的音乐不同的，是它的表述的编码性，我们知道,这种编码性是通过一整套音乐方式的词语来实现的:古希腊音乐是非常好地和公开地意指活动性的,它具有建立在规约而不是建立在自然作用上的一种意指。

在结合性中,我们最难以想象的,是舞蹈。是真正的舞蹈,还是简单的节奏性动作?我们只知道,应该区分舞步(phora)和姿态(schemata);那些姿态无疑可以达到哑剧的程度:有一些哑剧是手和手指的哑剧(chironomie);其中一种是非常出色的:即普拉蒂纳斯的合唱团队长为《七人攻占底比斯》(Les Sept contre Thèbes)所发明的哑剧,该哑剧讲述的战役,"就像亲临现场一样"。还有,需要指出的,是其表达性,即建立了一种真正的语义系统,而每一位观众都非常好地知道其各个构成成分:人们在"解读"一种舞蹈:其智力功能至少是与其塑造功能或情感功能同样重要的。

这些就是结合性的各种编码(我们已经看到,语义成分在中是多么重要)。这些编码是交付给了合适的执行者了吗?根本没有。也许,合唱团从来就不朗诵(与人们使其在我们现代的再现活动相反),它总是唱;不过,扮演者们和领唱,尽管他们主要是对话,但完全可以很好地去唱,而且从欧里庇得斯的作品开始,他们甚至可以跳舞;不管怎样,他们都频繁地使用中间性表述;这是因为,不应该忘记一点,那就是"人物"(这是现代的概念,因为拉辛仍然将其人物称作"扮演者")逐渐地从一个无区别的群体即合唱团中突显了出来。合唱团的领队(exarchôn)预示着扮演者的形成;泰斯毕斯或弗里尼科斯跨越了这个门槛,发明了第一个扮演者,同时将叙事转换成了模仿:戏剧的幻觉出现了。埃斯库罗斯创立了第二个扮演者,索福克勒斯创立了第三个扮演者(两位扮演者都取决于主角的需要);人物的数目通常超过扮演者的数目,同一个扮演者可以扮演连续的角色:于是,在埃斯库罗斯的《波斯人》(Les Perses)中,一位扮演者扮演了皇后和克赛克赛斯[1],另一位扮演者扮演了送信人和达里奥斯[2]的亡灵;正是由于这种特殊的经济原因,古希腊戏剧经常与布道和争讼的场面相结合,因为在这些场面中,只须是两个人物。

至于合唱团,其总体人数在古典时期并没有变化:在悲剧上是 1 个人到 15 个人,在喜剧上是 24 个人,其中包括领唱。后来,合唱团的作用(甚至立即就该说,它的总体

---

[1]　克赛克赛斯(Xerxès,公元前 486—465 年):波斯第一位国王。——译注
[2]　达里奥斯(Darios,公元前 522—486 年):波斯国王。——译注

人员)就降低了其重要性:最初,通过领唱的声音与扮演者对话,合唱团围绕着扮演者,赞同他或质问他,合唱团不在动作上参与但却评论他,简言之,合唱团完全是与事件相对立的人的集体,合唱团在尽力理解扮演者;所有这些功能都逐渐地衰退了,而且合唱部分终于有一天成了与剧本本身毫无有机联系的插曲;这里,有三种情况参与了进来:财富的减少和公民热情的减弱(我们已经看到了这种情况),也就是说富人们开始对于出钱演戏表现出了迟疑;合唱团的功能简约为幕间插曲;扮演者数量和作用的增加,这是悲剧质疑向着心理真实的发展。

在酒神赞美歌里却是另外的情况,所有的执唱人即合唱团和扮演者,都戴着面具。面具是用涂灰的布块做成的,封着石膏,上着颜色,并用假发、有时也用仿制的大胡子来延长面具;额头通常出奇地高大:这便是高额头(onkos),即额头高高突起。这些面具的表达作用有其自己的历史,那便是古代现实主义的历史;在埃斯库罗斯时代,面具没有确定的表达作用;那时,面具还是一种中性的外表,它只在额头部分勉强地有一条很浅的皱褶;相反,在希腊化时代,在悲剧中,面具具有极其感人的作用,其面部特征格外地扭曲;通过其他的面部特征(头发颜色,或是肤色),尤其是在喜剧之中,面具是按照形状来分类的,因此,每一种面具都对应于一种用途,对应于一种年龄或一种安排:这便是性格面具。这些面具都用在什么地方呢?我们可以列举其某些表面的使用方式:让人从远处看出特征,掩盖真实性别——因为妇女的角色都是由男人来扮演的。但是,它们内在的功能无疑是依据时代的不同而改变了:在希腊化戏剧中,面具在类型学上用来表明对于心理本质的玄想;面具并不掩盖,它在昭示;它确确实实是今天的化装的祖先。但是,在从前的古典时期,它的功能似乎完全是相反的:它改变环境;首先,它去除了面部的活动性,例如微弱区别、微笑、流泪,而不用任何符号即便是一般的符号来代替;其次,它改变声音,例如将其变得厚重、变得深沉、变得古怪,就好像来自另一个世界:这样一来,它将非人性和夸张的人性混合在了一起,成了悲剧幻觉的主要功能,而这种功能的使命则在于让人解读神与人的沟通。

舞台服饰也具有相同的功能,这种功能既是真实的,也是非真实的。说其是真实的,是因为它的结构是古希腊服装的结构:内长衣、外衣、短披风;说其是非真实的,至少在悲剧里是这样的,这是因为这种服饰也是神(酒神狄俄尼索斯)穿的服饰,或者至少是其大神甫的服饰,这种服饰有着显然在生活中(喜剧服饰的非真实性成分是很少的:内长衣被简单地剪短,为的是让人看出男性人物炫耀的用皮革做成的阴茎外套)见不到的豪华(颜色与刺绣)。除了这种基本服饰之外,还有一些特殊的"标志",也就是说某种服饰编码的端倪:国王的紫红大袍,占卜者的长毛衣,表明贫穷的破衣服,表明痛苦和不幸的黑颜色。至于厚底靴,至少在其作为高底鞋的意义上讲,它是一种后来的补加,是希腊化时代的产物;扮演者身体的加高带来的是对其肥胖的人为的增添内容:假肚皮、假肩膀(在长裙里面用长裤将其固定下来),还有过分地夸张的高额头。

现实主义的努力(既然作为现代人的我们向这些技巧提出了这个问题),曾经很快地用于布景上。最初,这只是一种木质建筑物,简单地表明是一种祭台、一处坟墓或是一块石头。但是,索福克勒斯(后来又有埃斯库罗斯在其最后的几部作品中)引入了在一块活动的布上绘画布景的做法,这种布景就挂在木棚前面:开始时是单色平涂的绘画,但很快就交付给专业的绘画师、舞台美术师。大约在公元前五世纪,人们在中心布景(即正面布景)上又增添了两种侧面布景,即侧景(périactes);那是一些装在支轴上的转动的棱柱,根据要求,其某一个棱面转过来与中心布景并合。从新喜剧开始,左侧布景(从观众的角度看)按惯例要使远处的外人被看得更远(在雅典,这是亚蒂克农村一侧),而右侧的布景,就要直接拉近(这便是毕雷镇[Pirée]的方向)。自然,这与面具的情况一样,很快就形成了地域形象的初步类型学:具有森林特色的景致用于林神剧,带有住房的景致用于喜剧,庙宇、宫殿、战地帐篷、乡村的或海洋的景致用于悲剧。在古罗马戏剧之前,布景前面没有一点帷幕,或者有时也许只有一块用来准备某些演出的活动的屏幕。

现实主义的这种广阔的努力,后来又一代人一代人地得到了补充;它得到了一种珍贵的技巧的帮助:道具。在希腊化时代,道具是很复杂的;有一种道具是用来使谋杀的内部场面外在化的,这便是转台(ekkyléma),即一种转动的平台,它可以将死尸带到宫殿的门外,让观众看见;还有一种道具,即吊台(méchané),它是用来使神和英雄在空中飞动起来的:它类似于一种吊车,人们将其承重的缆绳涂成灰色的,以便不大被人明显看出;休息的时候,神都出现在位于木棚上面的住处,这种住处即歇息室(théologeion)

或者称之为神的谈话间;过渡梯(即"次级梯")是一种平台,可以让扮演者与棚顶或背景建筑物的更高一层沟通(尤其是在欧里庇得斯和阿里斯托芬的戏剧中);最后,是活板门(trappes),即一些地下的阶梯,甚至还有一些上升梯,它们用于地狱之神或死鬼的出现。尽管如此复杂,这种道具具有一种总的意义:"使人看到内部",即地狱的内部、宫殿的内部或奥林比斯山①的内部;它突出一种秘密、强化类比、取消节目与观众之间的距离;因此,它与古代戏剧的"平民化"同时得到了发展,就是合乎逻辑的:它的功能不仅仅是现实主义的(在最初),或是梦幻的(到最后),而且它也是心理的。

是现实主义的戏剧吗?可以说,很快就出现了这种戏剧的萌芽;从埃斯库罗斯开始,就有了这种倾向,尽管这第一种悲剧性戏剧还包含着数量众多的距离特征:面具的无人称性、服饰的约定性、布景的象征性、扮演者很少、合唱团比较大;但是不管怎样,一种艺术的现实主义不能在其观众的轻信程度之外来确定:它最终还是要依靠接受它的心理框架。与带来一强烈的轻信有关的一些暗示技巧,构成了我们可以称之为"辩证的现实主义"的东西,在这种现实主义中,戏剧的幻觉紧随着某种不停地往返于一种浓厚的象征主义和一种直接的现实主义之间的活动;有人说,《俄瑞斯特斯》的观众在看到那些地狱之神俄里尼斯(Erinnyes)出现的时候,都害怕得跑掉了,因为埃斯库罗斯在与传统割裂的同时,使这些神一个一个地出现;正像已经注意到的那样,这种动作很让人们想到第一批观看电影的人在看到火车头进入希腊拉·西奥塔特(La Ciotat)火车站时都向后退缩的情景:在这两种情况里,观众所消费的,既不是现实,也不是对于现实的复制状况;我们可以说,是一种"超现实",是被其符号所重复的世界。无疑,这是古希腊首批作品的现实主义,即埃斯库罗斯的现实主义,甚至是索福克勒斯的现实主义。但是,有一些非常讲究的类比技巧(面具的表达性,道具的复杂性,合唱团作用的衰退),加入到了一种甚至是很弱的、至少是不大突出的轻信之中,这些技巧产生了一种完全不一样的现实主义;大概可以说是欧里庇得斯和他的后继者们的现实主义:在此,符号不再指世界,而是指一种内在性;演出的物质性本身在其总体之中变

———————————

① 古希腊神话中众神所在之地。——译注

成了一种布景,而且甚至在结合性解体的时刻,其组成成分就变成了一些简单的、人们要求其是合情合理的"说明":在舞台上发生的,已不再是现实的符号,而是对于现实的复制;我们理解,拉辛正是与欧里庇得斯建立起了对话,而且,十九世纪的戏剧协会被人感觉更靠近索福克勒斯,而不是更靠近埃斯库罗斯。

因为,不管人们发现了什么,四个世纪以来,这种戏剧从来没有停止过涉及到我们。从文艺复兴开始,音乐家、诗人和巴尔迪剧院(Camera Bardi)的爱好者们在佛罗伦萨就借鉴结合性的原理来创立歌剧。我们知道,十七和十八世纪,古希腊的戏剧作品曾经是我们戏剧作家汲取营养的主要源泉:不仅仅是在文本方面,而且也在悲剧艺术的原理本身、在它的目的性和它的手法上;我们知道,拉辛曾经细心地抄录了亚里士多德《诗学》(*Poétique*)一书有关悲剧的所有段落,并且后来,有关陶冶的争论又与莱辛重新开战。亚里士多德为现代戏剧所做的贡献,并不是一种悲剧哲学,而是建立在理性之上的一种组织技巧(这便是当时的诗歌艺术的意义):一种悲剧实践从亚里士多德的诗学中显露了出来,推广了一种戏剧手工艺观念:可以说,古希腊悲剧变成了所有诗歌创作的模式、练习和修行。到了十九和二十世纪,古希腊戏剧的物质性本身,虽然被我们过去的古典作家们所忽视,但它却集中了我们最多的思考;首先,在哲学和人种学平面上,从尼采到乔治・汤姆逊(Ceorge Thomson),人们热烈地讨论这种既是宗教的又是民主的、既是原始的又是精美的、既是超现实的又是现实主义的、既是外来的又是古典的戏剧的起源和本质;后来,甚至在舞台上,人们重新开始(自十九世纪中叶)上演这种戏剧,先是将其当作更为豪华的资产阶级戏剧(这便是法兰西喜剧院的首批"重编剧目")来上演,随后,又以一种更为野蛮和更为历史的风格上演,在这方面,应该说上几句,因为从科坡①的某些思考到老科隆比耶剧院,从 1936 年索邦大学大学生古希腊剧团演出《波斯人》起,当代的经验是非常之多的,这些经验都是建立在通常是矛盾的一些原理基础上的。

因为,人们从来就不能完全决定是否必须重新组织这种戏剧或是改编这种戏剧。在人们今天都上演莎士比亚的作品而并不担心伊丽莎白时期的规约的时候,或者在人

---

① 科坡(Jacques Copeau, 1879—1949)法国作家、表演艺术家、法兰西剧院院长。他于 1931 年创立了"老科隆比耶剧院"(Vieux-Colombier)。——译注

们都上演拉辛的作品而更不求助于古典戏剧理论的时候,古代作品的杰出性就一直存在于此,这种杰出性在诱惑人们:这是对于既夸张又人性的整个一种非常自然的演出的怀念,是戏剧与城市之间前所未闻的一种协调留下的痕迹。不过,有一件事是明显的:重编是不可能的;首先因为考古学为我们提供的是一些不完整的情况,尤其是在涉及到作为现代舞台所有安排之难点的合唱团的塑造功能的方面;其次,尤其是因为由博学研究所挖掘出来的事实从来就只是作为当时思想框架的完整系统的一些功能,而且,在整体性方面,历史是不可逆转的:一旦这个框架没有了,功能便消失,单独的事实就成为本质,不论人们愿意与否,它们都具有一种未预料的意指,于是文字事实很快就变成了违背常理的东西。例如:古希腊音乐是单声的,古希腊人并不了解其他类型的音乐;但对于作为现代人的我们来说,音乐就是复调音乐,任何单声的都是外来的:这便是一种注定的意指,而古代的希腊人并不想要这种意指。因此,在古希腊的演出之中,就像考古学告诉给我们的那样,有一些与违背常理有关的危险事实:它们恰恰就是那些文字事实、基本事实:一个面具的形式、一个旋律的调式、一种乐器的声音。

但是,也还有一些功能、一些关系、一些结构事实:例如,口述、歌唱与宣告之间的严格区别,或者合唱团(克洛代尔①恰如其分地说其是位于唱诗池后面的圣歌歌手)正面的、人数众多的造型,其基本的抒情功能等。正是这些对立情况,我们似乎应该可以重新去发现。因为这种戏剧,不仅在外来性方面还是在其真实性方面,不仅在其审美方面还是在其范围方面,都与我们有关。而且,这种真实性本身不能只是一种功能,即将我们现代的目光与一个非常古老的社会连接起来的关系:这种戏剧还以其距离与我们有关。因此,问题不再是同化这种戏剧,而是更在于使其有所离开:在于使人能够理解它。

节选自居伊·迪米尔(Guy DUMUR)主编的《演出史》(*Histoire des spectacle*)

七星百科全书(Encyclopédie de la Pléiade),Gallimard 出版社,1965

---

① 克洛代尔(Paul Claudel, 1868—1955):法国天主教诗人和外交家,曾在中国任职。——译注

我爱你

我爱你是以悲剧形式肯定人生

——要是我对"我—爱—你"不加解释呢？若对这个症状的解释只是保留在呼唤一说上怎么样？

——还是试试吧：你不是成千上万次地诉说恋人的痛苦是多么难以忍受，并且竭力主张恋人应该超脱出来吗？如果你真想"痊愈"，你就得相信病症的存在，而"我—爱—你"正是其中一种；你得解释清楚，说到底，你得泼点凉水才是。

——而说到最后，痛苦又是怎么一回事呢？我们又应怎样看待痛苦？对它如何加以评说？痛苦一定就是坏事？恋爱中的痛苦不正是一种逆反的、泼凉水的疗程吗？（人总得受挫）如果变换一下价值评判，是否可以设想一种关于恋爱痛苦的悲剧观，即对"我—爱—你"的悲剧性肯定①？如果（恋）爱被置于积极的符号下，情况又会怎样？

---

① 巴特这里演化了尼采的悲剧观。在尼采看来，人生痛苦是无法避免的，但他不同意叔本华由此绝望厌世，并放弃奋争的人生态度，亦不愿依附柏拉图的所谓靠理性和睿智战胜人生痛苦的说法。尼采认为，人可以通过非理性的、迷狂的酒神精神，靠潜藏在痛苦人生之后的生命力来肯定人生，赋予本没有意义的世界以意义，"沧海桑田，人事变迁，而生活从根本上是欢乐的、强有力的"（《悲剧的起源》七）。

"我也爱你"

由此,对"我—爱—你"有了新的观照。这是个行为而不是病症。我说出口是为了让你回答。回答以某一定式出现,其形式上的讲究(措辞)效果不一,就是说对方回答我时仅仅用一个所指(signifié)①是远远不够的,不管它多么肯定("我也是"):受话人应该认真措辞,对我发出的"我—爱—你"的呼唤发生共鸣:佩里亚斯说:"我爱你"—"我也爱你",梅莉桑达说②。

佩里亚斯急切的求爱(他确信梅莉桑达的回答完全像他所期待的一样。他当场晕厥过去似乎证实了这一点)出自一种需要,也就是说,恋人不仅想得到爱的回报,想了解真情,想得到确凿无疑的证实等(这些机杼都没有超出所指层次),他更想听到这个内容通过特定的方式被说出来。这个方式要和他自己的方式同样肯定,一样清晰无误;我要得到的是面对面完整的一字不差的那个定式,那么情话的原型,容不得闪烁其辞,来不得一点疏漏,句式不能搅乱,不能变换花样,两个字要浑然一体,能指(signifiant)与所指要同时并存(而"我也是"则是与一气呵成的语汇相悖行);重要的是,这声呼唤又是与实体、肉身和嘴唇紧密相联的,张开你的双唇,这就成了(露骨一些吧)。我孜孜以求的是要咬住那个字眼。是魔力还是神功?丑陋的怪兽却也神魂颠倒地爱着美神;美神当然不屑去爱怪兽。但最后,她终于还是被制服了(如何被制服并不重要;就姑且算是通过她与野兽之间的对话吧),她竟也说出了这个神奇的字眼:"我爱你,野兽";旋即,随着竖琴一声辉煌的琶音,一个新人出现了③。老掉牙的故事?那再来一个:有个人因妻子出走而痛苦不堪;他盼望她回来,尤其盼望她对他说"我爱你",

① 参见"本书怎样构成"(前言)篇中注②以及"今夜星光灿烂"篇的注①。——原作者注
② 佩里亚斯与梅莉桑达,比利时剧作家梅特林克(1862—1949)剧作《佩里亚斯与梅莉桑达》中的主人公。
③ 一则动人的欧洲民间传说:某王子被妖魔变为丑兽,须得到天仙般美女的爱情方能解除魔咒。一美女被丑兽挟持,先是不从,后逐渐被其精诚所至感化。竟冲口说出:"我爱你。"转眼间,奇迹发生了:丑兽竟化为风度翩翩的王子。法国著名作曲家拉威尔(M.Ravel, 1875—1937)据此创作了四手联弹的钢琴曲(《鹅妈妈》中的《美女与丑兽》),后又经他自己改编为管弦乐,并被搬上芭蕾舞台。巴特这里指的即是拉威尔管弦乐曲《鹅妈妈》中的"美女与丑兽之间的对白"(Les entretierts de la Bêlle et Bête)一段。

他也一样咬文嚼字,最后她终于对他说了;一听到这话,他昏死了过去:一部1975年拍的电影。当然,还有一则神话传说:漂泊的荷兰人①浪迹天涯就是为了寻找这个字眼;如果他(凭着誓盟)得到了它,那他就不用再漂流了(这则神话传说不是强调始终不渝的重要性,而是强调这种执着的呼唤声和颂歌本身)。

阿门

(德语中的)一个巧合:同一个词(Bejahung)有两种表示:一种是精神分析学上的用法,意思是"贬斥"(孩童第一个肯定性断言要被否定掉,这样才能深入其潜意识层);另一种是尼采的用法,指权力意志的一种表达方式(完全没有心理层次上的意义,更没有社会内涵),指差异的产生,其中包含的"是的""对的"十分清楚明了(蕴涵了一种反应):这便是"阿门"(amen)②。

"我—爱—你"是积极的。它传达出一种力量——与其他力量相抗衡。其他什么力量? 这个世界上形形色色的势力。都是否定的力量(科学,宗教,现实,理性)。它还与语言相抗衡。正如"阿门"一词处于语言的边缘,与语言系统若即若离,并剥去了后者"逆动的外衣"③。那样,爱情的呼唤("我—爱—你")处于句式的边缘,毫不排斥同义反复("我—爱—你"的意思就是"我—爱—你"),摆脱了句子的平庸(这只是个片语)。作为一种呼唤,"我—爱—你"不是符号,而是反符号。那些不愿说"我—爱—你"的人(对于他们来说,"我—爱—你"难以启齿)就只能作出种种闪烁其辞、顾虑重重、而又急

---

① 漂泊的荷兰人(le Hollandais Volant),西方传说中注定在海上漂流到上帝最后审判日的荷兰水手。

② 阿门(almen),希伯来语,基督教祈祷或圣歌的结束语,意即"诚心所愿!"

③ "逆动",恋人若不说"我—爱—你"以一吐胸中积蓄,而借助吞吞吐吐、欲言又止,或转弯抹角的语言来暗示爱情的话,势必陷入一种无法排遣胸中愁结的不能自拔的状态;语言的迷藏亦破坏了爱情的原始冲动和自然表达。这个不健康的现象被巴特称为"逆动",即与一吐为快的"我—爱—你"的抒发宣泄方式和过程相悖。由此不难理解巴特在下文中将写爱情的文学称为"逆动"文学,因为爱情作品正是在情人之间躲闪腾挪、心照不宣的捉迷藏上大做文章,如果男女主人公一出场就开宗明义地相互宣布"我爱你",这部爱情小说恐怕也就索然无味了。

不可耐的爱情的符号迹象、标引①和"明证":如手抛,神态,长吁短叹,转弯抹角,吞吞吐吐。他需要别人对他进行破解诠释;他得受逆动性质的爱情符号的左右,被放逐到语言的世界,就因为他没有一吐为快(所谓奴隶,就是那些被割去舌头的人,只能靠眼神、表情、神态来说话)。

爱情的"符号"孕育了无数的逆动的文学作品:人们渲染爱情,在花哨的表象上大做文章(所有的爱情故事最终都是出于阿波罗之手②)。作为反符号,"我—爱—你"属于酒神这一边:痛苦没有被否定(甚至连怨艾、厌恶、愠怒都没有被否定),通过呼唤,痛苦不再郁结胸中:说"我—爱—你"(反复地说)便意味着抛开逆动的语言,将其遣回那个死寂悲凉的符号世界——语言的迷宫(而我又要经常地穿行其中)。

作为一种呼唤,"我—爱—你"属于付出,那么孜孜于呼唤这个词的人(抒情诗人,说谎者,流浪者)便是付出的主体:他们支出这个词,似乎这个词无足轻重(一钱不值),却可以期冀在什么地方得到补偿;他们处在语言的边缘,语言本身(除此以外谁又能这样做呢?)意识到自己无牵无挂,便孤注一掷了。

---

① 标引(index),西方当今流行的黄金学科符号学的基本术语之一。符号一般被分为三种:象形(icon),即能指(si-naifiant)主要通过相似性来代表所指(signifié)的一种符号;象征(symbol)则是一种随意性符号。其能指与所能之间没有直接的或标引性的关系,而是通过约定俗成来表现。较难说清的是介于象形与象征之间的标引(index)。符号学家们的定义颇多分歧。在巴特的符号学语汇中,标引不代表一个确定的涵义,只有"隐晦的所指",如《李尔王》中对暴风雨的渲染即为一种标引,暗射李尔王内心疯狂的骚动和这个悲剧人物的命运。
② 巴特这里沿袭演化了尼采的语汇。在尼采看来,酒神精神体现了原始的神力,而日神阿波罗的力量则代表理性的科学精神。前者体现了激情和创造力,后者则是对前者的压抑和羁绊。尼采因人类文化逐步失去酒神精神而悲哀,并期冀着"科学走到山穷水尽"的那一天。巴特这里强调的是摆脱理性语言的樊篱,让爱情冲动随歌唱性的"我—爱—你"(而无语义内涵)自然抒发出来。

雷蒙德·威廉斯

悲剧与当代思想(1964 年)

悲剧与革命(1964 年)

《戏剧:从易卜生到布莱希特》导言(1968)*

雷蒙德·威廉斯

(Raymond Williams，1921—1988)

早先短暂的作为共产党内的一位学生，后来到工人教育协会教书，随后进入剑桥大学并成为戏剧系的教授。威廉斯早期的批评距离马克思主义比较远，主要来自一种社会主义人道主义或者左翼的—利维斯式(Left-Leavisite)的方法，直到20世纪70年代，才发展成为一种明确的、与马克思主义走向和解的方式。在《文化与社会》(1958)和《漫长的革命》(1961)中，威廉斯发展了一种方法，一般被称为"文化唯物主义"(cultural materialism)，这种方法通过一种社会形态的社会学调解了政治与美学之间的平衡。在这个过程中，威廉斯特别强调"感觉结构"(structures of feeling)作为经济条件与文化生产之间社会关系的表达。与托洛茨基一样，他没有简单的否定资本主义文化，而是赞成一种扩大化的文化概念，同时也认同诸如电影、电视等新媒体的重要意义。威廉斯的大部分文学批评是关于现代戏剧，在戏剧方面比较著名的著作有《从易卜生到布莱希特》(1968)和《现代悲剧》(1966)。《悲剧与革命》一文选自《现代悲剧》一书，体现了威廉斯将作为一种文化形式的戏剧中的意识形态意义与政治意义理论化的努力。《现代悲剧》一书实际上是对上世纪西方盛行的"悲剧消亡论"所作出的回应，在威廉斯看来，悲剧在现代并没有消亡，悲剧观念随着时代的发展而不断变化，需要我们把握现代社会深层的"情感结构"，同时对审美经验不断地加以阐释。威廉斯在书中着力探讨了悲剧与革命、悲剧与现代性之间的关系问题，并用极为精要的语言证明了"社会主义的变革是一项悲剧性的工程……社会主义的变革不是不可能达成，但一定是悲

---

* 《悲剧与当代思想》选自《现代悲剧》，丁尔苏译，译林出版社2007年版，第37—76页；《悲剧与革命》选自《现代悲剧》，丁尔苏译，译林出版社2007年版，第54—76页；《〈戏剧：从易卜生到布莱希特〉导言》选自《左翼立场与悲剧文化》，陈奇佳，张永清主编，人民出版社2014年版，第129—142页。

剧性的过程"。奥康纳指出,《现代悲剧》的潜在文本正是 1917 年的十月革命,现代悲剧早已超越了悲剧艺术的阈限,一跃成为威廉斯思考现代革命历史的切入点。除此之外,威廉斯还打破了"文学"的特权范畴,主要体现在他的《乡村与城市》(1973)一书;他试图在"文学"(Literature)中创建理论,源自于他的《马克思主义与文学》(1977)。对威廉斯的批评一般是基于他对物质特殊性(material specificity)的强调,以及他常常暗示性的、而非从历史上详细调查之间形成的强烈反差。在他关于阶级与社群的记录与描述中,关于种族与性别的地点也常常让人存有疑惑。威廉斯的工作与他对各种批评的回答主要体现在他的一系列访谈中,主要收录在《政治与文学》(*Politics and Letters*)(1979)。威廉斯其他的著作还包括《关键词》(1976);《马克思主义与文学》(1980);《走向 2000》(*Towards 2000*)(1983);以及《社会中的书写》(*Writing in Society*)(1984)。

悲剧与当代思想

　　在我们这个时代的苦难和混乱中,存在着很大的压力,要从过去挖掘出一批作品来否定现在。有这么一种普遍的反应,认为悲剧(或骑士精神或社团生活)曾经存在过。因为我们现在缺乏这样的信仰和规则,所以就创造不出悲剧了。要坚持这样的立场,我们当然必须否定当代人对悲剧的一般理解,并强调他们的理解是错误的。

　　由于它的巨大重要性,悲剧经验通常引发一个时代的根本信仰和冲突。悲剧理论之所以有趣,主要是因为一个具体文化的形态和结构往往能够通过它而得到深刻的体现。然而,如果我们把它看作对某个单一的永久事实的论述,那么,我们只能够得出已经包含在这一假定之中的形而上的结论。这里最主要的假定涉及本质永恒不变的普遍人性。(它源于基督教的一个分支,后来被"仪式"人类学和心理分析的一般理论所继承。)有了这样的假定,我们不得不按照固定不变的人性或人性的部分特征来解释悲剧。但是,如果我们(依据另一种基督教理论、心理学或比较人类学的证据)拒绝接受这样的假定,问题必然会发生变化。这样一来,悲剧不再是某种特殊而永久的事实,而是一系列经验、习俗和制度。我们不是根据永恒不变的人性来解释以上种种,而是根据变化中的习俗和制度来理解各种不同的悲剧经验。如此看来,大多数悲剧理论的普遍主义性质是与我们必然的兴趣背道而驰的。

　　与现代悲剧理论相关的最显著事实是,该理论与现代悲剧本身处于相同的思想结构之中。具有讽刺意味的是,在经历了一个世纪重要而持续的发展之后,现代悲剧理论坚持认为现代悲剧是不可能的。很难解释清楚事情为什么是这样。这里的部分原因似乎是人们无法在各种现象之间找到具有整体特征的联系。但还有一个重要的事实。悲剧理论原创性的部分主要出自十九世纪,它先于现代悲剧的创作,后来又被受过学术训练的人系统化了。这些学者习惯于以古论今,并且将批评理论与创作实践分离开来。

如果我们要评价这门艺术,那就无论如何必须突破那种理论。简单地说,就是把它看作与以往伟大悲剧时代同样重要的一个主要阶段。更加关键的是,我们必须研究现代悲剧中起着主导作用的情感结构、该结构内部的各种变化以及它们与真实戏剧结构之间的联系。此外,我们还应该对上述各个方面做出真正意义上的批评性反应。在本书的第二部分,我将直接讨论现代悲剧。但在此之前,基于早先概括的历史分析,我们有必要就悲剧理论的主要问题展开批判性的讨论。在我看来,这些问题涉及秩序与偶然事件、主人公的毁灭、无可挽回的行动及其与死亡的关系以及对邪恶的强调。

秩序与偶然事件

有人认为“日常悲剧”中不存在重要的悲剧意义。这一观点似乎建立在两个互相关联的信念之上。第一,事件本身不是悲剧,它通过某种被塑造的反应获得悲剧性(这意味着悲剧是艺术的问题,而不是生活的问题;前者体现了那种被塑造的反应,后者则不然)。第二,有意义的反应取决于将事件与更为普遍的若干组事实联系起来的能力。在这种情况下,事件不只是偶然的,它能够承载某种普遍的意义。

我对这样的观点抱有很大的疑问。我看不出如何可能在终极意义上就某一事件和对该事件的反应做出绝对的区分。有人当然可以说我们对某一事件没有做出反应,但这不等于反应不存在。我们可以恰当地区分已经诉诸可交流形式的反应和还没有诉诸可交流形式的反应,这将与后面的讨论相关。但就日常的死亡和痛苦而言,当我们看到哀痛和悲伤,当我们看到男人女人被他们的真实损失压垮,我们至少没有不证自明的依据说我们不在悲剧中。其他形式的反应当然是可能的:我们可以无动于衷、寻找托词(这在战争中经常发生),甚至感到如释重负或欢天喜地。然而,当痛苦被感受到并且传递给另外一个人的时候,我们很明显已经在悲剧的可能性范围之内。对于别人的哀痛和悲伤,我们当然可以用自己的方式表示冷漠或寻找借口,甚至感到如释重负和欢天喜地。但如果这样做了,我们必须清楚地知道我们在干什么。痛苦已经被传递给那些最紧密相关的人,而没有传递给我们,这本身就是一个关于痛苦的说明。它说明了那些相关的人,也说明了我们自己(这一点我们经常忘掉)。

将痛苦传递给我们这些没有直接参与事件的人的可能性显然取决于我们把该事件与其他更为普遍的若干组事实联系起来的能力。这个现在显得相当陈旧的标准确实很受欢迎,因为它让问题以一种迫切的形式表现了出来。当有些人听到一场煤井灾难、一个烧毁的家庭、一项中断的事业或者一次车祸的时候,他们很可能感觉不到这些事件完整的悲剧意义。当然,这一(我以为十分诚恳的)立场因为即刻受到掩饰而不会显得那么赤裸裸。人们把这些情形描述为偶然事件,认为它们无论带来多少痛苦或遗憾,都与普遍的意义没有任何联系。当某个特殊事件的那些不可获得的意义被描述为普遍或永恒时,这种观点就变得更加有力。

我们需要提出的中心问题是,究竟是什么样的一般(或普遍和永恒)意义将我们前面提到的那类情形解释为偶然事件。在这里,甚至在一个更早的阶段,我们至少可以看到,人们习以为常的悲剧学术传统实际上是一种意识形态。值得怀疑的不是把某个事件同某种普遍意义联系起来的过程,而是这一普遍意义本身的性质和特点。

我曾经听说,如果"你和我"出去,被一辆汽车撞倒,这不能算悲剧。我不知道应该怎样去领会这一句话。它或许表示可爱的谦虚,或许代表冷漠和无礼,或许反映一种非常陌生的意识形态。我记得叶芝写过:

有一个冒失鬼把他的车错开到路的另一边:事情就是这样。

他还写道,

如果战争是必要的,或者在我们这个时代和地方是必要的,那我们最好忘掉它所造成的痛苦,就像忘掉发烧所带来的不适一样。

这段话与黑格尔对"单纯的同情"的描述已经有了很大一段距离。黑格尔把"单纯的同情"与"真正的同情"区别开来,因为前者缺少"真实的内容",即"一种既与受难者联系又与伦理主张对应的情感"。它与布拉德利的重新陈述也有一定的距离:"单纯的痛苦或不幸,如果不是主要源于人为的因素,并且在一定程度上由受难者自己引起,无论它们怎样可怜或者可怕,都不能被认为是悲剧性的。"这里,"伦理主张"正面而且具有代表性的内容被改变成一个更加普遍的"人为"概念。但真正重要的是,布拉德利随后把伦理内容和人的作用从自成一类的日常苦难中分离了出来。

叶芝说"如果战争是必要的,或者在我们这个时代和地方是必要的"不过是标新立异,但他把若干类型的苦难作为"单纯的苦难"排除在悲剧之外的做法却具有典型意义而不容忽视。在黑格尔的语言中早就有迹象表明日常的苦难被排除。这无疑是下意识地将有意义的苦难隶属于(社会)显贵。此外,许多组成我们社会和政治生活及其真实人际关系的痛苦也在相关的更深层次上被排除在悲剧之外。现代理论将悲剧与"单纯的苦难"分离开来,其关键在于将伦理制约以及更为重要的人的作用与我们对社会和政治生活的理解分离开来。

在现代人对悲剧和偶然事件以及与其关联的悲剧和苦难所作的区分当中,我们反复遭遇一种被下意识和习性强化了的特殊世界观。这种世界观的社会特征可以在它的普通个案以及"你和我"这样的贬义词语中被识别。我们还没有拿"遭雷击而死亡"这类最为极端的情形来作例证。那些不被看作悲剧的事件(战争、饥荒、工作、交通和政治)来自我们自己文化的深层结构。声称在这些事件中看不到伦理内容和人的作用,或者认为我们无法将它们同一般意义(特别是永恒不变的普遍意义)联系起来,实际上是承认一种奇怪而特殊的失败。任何悲剧修辞都无法掩盖这一点。

要能够区分悲剧与偶然事件,我们或多或少必须制定一个规则或秩序,用来判断哪些事件是意外、哪些事件具有意义。然而,如果这个规则或秩序是不全面的(也就是说,如果它只能涵盖部分事件),人的一部分经验实际上就被异化了。即便在最传统的一般规则中,异化现象也确实存在。悲剧的定义依赖于权贵的历史就属于这种异化。某些死亡比另外一些死亡更为重要,而地位是实际的分界线:一个奴隶或仆人的死亡仅仅是偶发事件,当然没有悲剧意义。具有讽刺意味的是,我们自己的中产阶级文化恰恰开始于在表面上拒绝这一观点,即市民的悲剧与王子的悲剧可以同样真实。实际上,与其说这一立场抛弃了那种实在的情感结构,还不如说它把悲剧的范畴扩大到一个新兴的阶级。尽管如此,它的最终影响还是深刻的。就像在其他扩大法律范畴和投票权范围的资产阶级革命中一样,那些争取有限扩展的言论不可避免地变成争取全面扩展的言论。从王子到市民的扩展实际上成为向全人类的扩展,而这一扩展的性质在很大程度上规定了自身的内容,直到悲剧性经验最终在理论上被延伸至所有人,但这种经验的性质却受到极大的限制。

人们过去强调悲剧中的地位,其中重要的因素始终是权贵人物的代表性。他的命运就是他所统治和体现的家族或王国的命运。在阿伽门农和李尔身上,一个家族或王国的命运得到了实实在在的演绎。然而,这一定义终究因为现实社会环境的变化而改变了它的原初形态。特别是到了资产阶级社会,人们不得不拒绝这种观点,因为个人既不是国家,也不是国家的某种成分,而是独立的个体。这样做既有得,也有失。一个蒙受苦难的下等人也可以得到更加严肃和直接的对待,但在强调某一个人命运的时候,悲剧的代表性和公共特征却丧失了。正如我们将要看到的那样,代表性和公共兴趣的新定义最终会在新的悲剧种类中得到体现。但在此之前,悲剧秩序的理念必须与这一秩序的实际丧失共同存在。这样一来,秩序就在理论层面上被抽象化和神秘化了。

一个实用性的后果发生了。悲剧中的地位成了对名人的炫耀,就像服装剧中那种玩弄头衔和辞藻的游戏。帝王过去曾经代表他的臣民,也代表生活和世界的共同意义。这种重要关系现在成了一种空洞的仪式:一种资产阶级时代的人自称国王或公爵的游戏。(我们生活于其中的二十世纪的封号和爵位也是一样,一个即将退休的总理被封为伯爵,一个达到一定级别的公务员被授为骑士。)有时候,这种仪式的确异化得比上述情形还要厉害。被用来炫耀的名字是阿伽门农或恺撒，一种社会秩序也因此而蜕化为一种古典教育。

那些主要的后果更为严重。一个把人、国家和世界联系起来的整体生活秩序最终变成一个纯粹抽象的秩序。悲剧意义被认为有赖于某个事件与某种假定的事物本质之间的关系，但那些曾经提供这类特殊关系和行动的具体联系已经不复存在。黑格尔强调伦理内容，并把它与体现理念的历史过程联系起来，就是为适应这一新的形式而做出的重大努力。马克思又进一步将上述联系变成更加具体的历史。然而，关于永恒"事物本质"的观念却越来越脱离一切可以被认为属于当代的行动。情况变得越来越糟，甚至连尼采将苦难合理化的冷酷举动也被视为具体的阐述而受到欢迎。"偶然事件"的意义完全改变了。在过去，命运或天意超出人的理解力，因此，他所认为的偶然事件实际上是命中安排，或这种安排之外受到特殊限制的事件。这种安排总是体现在制度之中，人会希望通过这些制度与它达成妥协。然而，如果存在命中安排的观念，却没有既是形而上又是社会性的具体制度，异化的情况就会发生。偶然事件的范畴会受到强调和不断扩展，直至涵盖几乎所有的现实苦难，尤其是现实的社会秩序所带来的后果。一方面，该情形被重新抽象为盲目必然性。偶然事件在此取代了命中安排而成为一种宇宙方案，它们是客观的，而不是主观的。另一方面，有意义的苦难（也就是悲剧）在时间上被推回到可以从中得出充足意义的历史时期。当代悲剧被认为是不可能的，因为那样的意义已经不复存在。这样，我们这个世界中那些活生生的悲剧就根本无法解决。它们无法被参照原先那些意义来解读。或者说，无论多么令人遗憾，它们只是偶然事件。要连接和解释我们的现实苦难，新关系和新规则是当代悲剧的条件。然而，认识新关系和建立新规则意味着改变经验的性质，及一整套依赖于它的态度和关系。发现意义就是能够发现悲剧。当然，看不到重要意义相对来说更加容易。于是，在强调秩序的表面下，悲剧的内容枯萎了。

这一发展不但影响了理论，而且影响了批评方法。如果我们希望思考悲剧和秩序之间的关系，那就必须思考足以用行动表现出来的实质性关系和联系。另一方面，秩序的抽象化以一种批评程序的面目出现。与之相应的观念是，悲剧行动使经验面对秩序,并使其就范。换句话说,它把秩序置于行动之先。第五世纪雅典的抽象信仰被阐述为那个时代的悲剧"背景";"伊丽莎白世界"的抽象信仰被阐述为马洛、莎士比亚以及韦伯斯特作品的背景。事实上,这些阐述常常是循环论证。普遍信仰是从作品当中获取的,然后又被作为抽象和静止的东西应用于这些作品(古希腊宗教特别能说明这一点)。

然而,秩序与悲剧之间的关系从来就比这些论述和程序所暗示的内容更加具有活力。在悲剧中,秩序是行动的结果,即使它在抽象的层次上完全对应于先前存在的传统信仰。与其说秩序在此得到展示,不如说它被再创造出来。在任何有生命力的信仰中,这总是经验与信念之间的关系。尤其在悲剧里,秩序的创造与包含着行动的无序状况直接相连。无论最终得到认可的秩序有何特征,它确实是在这一具体行动中被创造出来的。有序与无序之间的关系是直接的。

悲剧性的无序状态明显是变动不一的。它可以是反抗事物规律的人的自尊,也可以是某种人类渴望征服的更为普遍的无序状态。在内容的简单层面上,亘古不变的悲剧起因似乎不存在。无序和有序因文化不同而不同,因为它们是变化着的对生活的一般理解的一部分。我们不应该把这种变化看成发现唯一悲剧起因或情感的障碍,而应该把它当作悲剧艺术形式之文化重要性的标志。

虽然悲剧意义总是受到文化和历史的双重限定,但被用来体验和解决某种具体的无序状态的艺术过程却更加普及和重要。人们一直从先前存在的信仰和随之而来的秩序中寻找悲剧的本质,然而,恰恰是这些成分最受文化的限制。任何将这些秩序抽象为悲剧定义的努力,要么误导我们,要么使我们对自己文化中的悲剧经验仅仅采取僵化的态度。秩序的观念只有溶化在具体的作品之中才具有重要性。作为沉淀物,它们只有文献的价值。

当今时代与此对应的现象是,我们的秩序观念正在悄然地发生变化,但文化的主流却依然如故。在本人对现代悲剧的研究里,我将尽力说明我们关于有序和无序的观念是如何顽固而空洞,尽管它们带有无所不在的个人主义倾向,而且与我们继承自古代并概括为永恒悲剧理念的关于悲剧有序和无序的定义几乎不在同一个世界里。悲剧的意义因文化的不同而不同,而且只在特殊的文化之中才具有普遍性。但是,它们在重要悲剧中的实现更多的是通过演员,而不是背景。真正的行动体现特殊的意义。那些被我们称为悲剧的作品的唯一共同点,就是以戏剧形式来表现具体而又令人悲伤的无序状况及其解决。

因此,在搜寻悲剧之历史条件的时候,我们要找的不是关于命运、神灵统治或某种无奈意识的特殊信仰。把极度痛苦分离出来,然后将其融入持续不断的生活感觉,这一活动可以发生在持有根本不同信仰的迥然相异的文化之中。人们常常认为,这些信仰必须既普遍又稳定,才能产生悲剧。类似这样的论点支撑着前面提到的那个说法,即悲剧过去依靠的是持久的信仰,现在已经没有可能,因为我们缺乏信仰。戏剧行动和问题所体现的信仰必须具有一定的普遍性,这一点我不否认。正如我们将要看到,我们拥有类似的、属于自己的信仰,而且我们肯定能够避免只将某些(而不是另外一些)想法称为"信仰"的简单化的陷阱。

信仰稳定的问题更加重要。我并不想否认信仰稳定时期产生悲剧的可能性,但历史考察将我们带入的似乎正是这一方向。人们关于悲剧与信仰稳定性之间关系的通常说法几乎与事实完全相反。如果将信仰简单地抽象出来,使其脱离作为真实的个人行为和有效制度的语境,人们当然可以制造稳定的印象并重复传统的解释,尽管真实的状况明显不那么稳定或者的确面临崩溃。这类现象中最出名的例子是对伊丽莎白和詹姆斯一世时期秩序意识的描述。这一中世纪晚期信仰的延续全然无视这种异常的文化张力正走向激烈内部冲突和实质性转变。在有些历史时期当中,人的信仰相对稳定,信仰与经验之间的对应也相对紧密。固然有悲剧在表现一般的生离死别并以社会认可的方式去解决这些冲突,但它们似乎缺乏力度。对这一共同程序进行强化并赋予它永久趣味的可能性,似乎更加依赖于信仰与经验之间的极度张力,而不是它们之间的完美对应。重要的悲剧似乎既不产生于信仰真正稳定的时代,也不出现于包含公开和决定性冲突的时代。最常见的悲剧历史背景是某个重要文化全面崩溃和转型之前的那个时期。它的条件是新旧事物之间的真实冲突,即体现在制度和人们对事物的反应之中的传统信仰与人们最近所生动体验的矛盾和可能性之间的张力。如果传统的信仰已经全面崩溃,这种张力显然就不存在。从那个意义上讲,它的存在是必须的。信仰既可能影响民众,也可能被深深地质疑。这种质疑与其说来自其他信仰,不如说来自直接经验。在这样的情形之中,将无序状态和人类苦难戏剧化并加以解决的共同过程就被强化至最容易识别为悲剧的层次。

主人公的毁灭

最常见的关于悲剧的解释是,它是一次主人公遭到毁灭的行动。这一事实被认为是不可挽回的。在一个简单的层面上,这样说显然是正确的,因而通常很少有人再深入追究。但这无疑只是一种解释,而且是片面的。如果把注意力集中在主人公一个人身上,那自然会产生这样的解释。我们一直警惕着可以被描述为没有王子的《哈姆雷特》那种阅读方法,但我们几乎完全没有意识到与其相反而又同样错误的阅读方法,即把王子解读为没有丹麦王国的丹麦王子。我们需要恢复的正是这样的统一。

我们所谓的悲剧作品以主人公毁灭而结束的实际上为数不多。除了中世纪那种未成熟的形式,我们能够列举的例子大都来自现代悲剧。当然,在几乎所有的悲剧里主人公都遭到毁灭,但这通常不是行动的终结。在死亡之后通常伴随着某些物质或精神力量的重新分配。这在古希腊悲剧里通常表现为某种对宗教的肯定。它通过合唱队的在场或言辞得以实现,这也是它那个社会延续的基础。在伊丽莎白时期的悲剧中,这一点通常涉及国家权力的更替,它的标志是新的王子或起先放荡不羁而后被恢复地位的王子的到来。虽然这一重新整合的行动有各种不同的表现形式,但它们的一般功能是相同的。当然,这些结局现在通常被解释为仅仅带有告别性质,或者说是一种清理。在我们看来,那个重要的行动已经结束,而信仰的肯定、后事的安排、秩序的恢复或新人的到来,都是相对次要的。当我们阅读维多利亚小说的最后章节时,里面的人物大团圆之后各奔东西,我们对此多少有点漠不关心,甚至不耐烦。对我们来说,如此恢复原状很乏味,因为它不怎么可信。事实上,这太像一个解决方案,因而被二十世纪批评家看成是对艺术的庸俗干预。(艺术家,乃至思想家,不应该提供答案和解决方法,而只描述经验和提出问题。)当然,这与二十世纪的另一种普遍做法并没有什么区别。说不应该有答案本身就是一种答案。

如果因为戏剧行动一直推进到主人公的死亡而把悲剧经验看成是无可挽回的,我们就在以偏概全,以主人公代替行动。我们以为悲剧就是发生在主人公身上的事,但常见的悲剧行动却讲述通过主人公而发生的事情。如果把注意力局限于主人公,我们就无意识地将自己局限于某一种经验(当今文化倾向于把这种局部经验看成全部);我们还无意识地将自己局限于剧中的个人。然而,我们在悲剧中到处看到这一点被超越。生命的确重返大地;它一次又一次地结束戏剧。在经历了这么多苦难和如此重要的死亡之后,生命重新开始,它的意义得到肯定和还原,这历来是人们常见的悲剧行动。

这里涉及的问题当然不是简单地忘却,或者为新的一天而振作精神。得以延续的生命因为死亡而变得更加丰富;它在一定意义上确实是由死亡创造的。然而,在一个理论上局限于个人经验的文化之中,当一个人死亡之后,除了说其他人也一样会死亡,我们没有更多的话可说。这样一来,悲剧就可以概括为仅仅是那个无可挽回的事实,而不是对死亡的反应。

"无可挽回的行动"

人的死亡往往是一个文化的最深层意义的表述。在看到死亡的时候,我们自然会通过哀悼、回忆以及葬礼的社会责任,把个人与社会的生活价值观放在一起。然而,在某些文化中,或者在它们崩溃的时候,生命经常通过死亡的事实得到解释。它似乎不仅可以成为我们价值的焦点,而且是这些价值的来源。这样看来,死亡是绝对的,而我们的全部生活不过是相对的。死亡是必然的,而其他人生目标是偶然的。在这一重点之中,任何形式的苦难和无序都通过那个决定性的现实来解释。我们现在通常把这种解释描述为悲剧性的生命意识。

在这个熟悉而又正式的行列之中,经常被忽略的恰恰是传统的因素。通过死亡的事实来反思人生是一种文化的选择，有时还是一种个人的选择。然而，这是一种选择，而且是一种可变的选择这一事实却非常容易被忘记。一个具体的修辞手法与一个持久的人生事实之间强有力的联系，可能会使一个局部的、暂时的，甚至是宗派的反应看上去是永久的。将任何意义与死亡连在一起，都会赋予它某种强烈的感情色彩。这有时能够淹没在其范围之内的其他经验。死亡是普遍存在的，那些与之相连的意义作为它的影子也很快获得普遍性。其他对人生的解读以及对苦难和无序状况的诠释，都会被它巨大而清晰的信念所同化。举证的责任不断从有争议的意义转向不可避免的经验。出于恐惧和无知，我们很容易相信最传统和最主观的论断。

悲剧与死亡之间的联系当然很明显，但这种联系实际上是可变的，就像我们对死亡的反应也是可变的一样。在我们这个世纪里，一种从后自由主义和后基督教角度对死亡的特殊解释被作为绝对意义和悲剧的等同物而强加于人。由此抽象出来的是只身面对盲目必然性的人。这在根本上孤立了悲剧主人公。这种经验固然流传得非常广泛，从而与许多现代悲剧发生了关联，但这里的意义结构仍然需要分析。说人孤独而死不是声明一个事实，而是提出一种解释。事实上，人死亡的方式各不相同：有些人在家人的怀抱和邻居的关怀之中死去，有些人在无情的痛苦之中死亡，有些人在镇静剂的麻醉之中离开，有些人死于机器的剧烈坍塌，还有些人在睡梦中平静地死去。只要坚持某一项意义，就已经是修辞行为。孤独的意义既是对死亡的诠释，也是对生命的诠释。无论人以什么方式死亡，这种经验不仅仅是身体的瓦解和终结，它还给其他人的生活及关系带来一个变化。因为我们在自己对死亡的期待和生命的结束中了解死亡，也同样在他人的经验中了解死亡。就像死亡不断进入我们共同的生活一样，任何关于死亡的陈述都发生在一个共同的语言之中，而且有赖于我们的共同经验。"我们孤独而死"或"人孤独而死"的悖论因此非常重要：复数词"我们"和集体名词"人"在单一的孤独中获得最大内容。我们共同语言中这个常见的事实可用来证明人与人之间关系的丧失。

既然意识到这一情感结构，我们不妨透过它来审视它所希望诠释的经验。虽然它使用了死亡和悲剧这样的术语，但这与过去的悲剧或作为普遍经验的死亡实际上没有什么关系。毋宁说,它正确地确认了纠缠着当代一种主要悲剧经验的危机,但接着又使其含混不清。之所以这样,是因为它把至今没有得到解决而又变化不定的经验当作绝对的东西。我们最常见的对生命的传统解释尤其看重个人及其发展,但个人的死亡确实不可避免。最有价值的东西与最无可挽回的事实于是被置入一种不可避免的关系和冲突之中。然而,将这一特殊矛盾抽象为关于人类存在的绝对事实意味着固定并且最终压制那种关系和冲突。这样,悲剧就不再是一次行动,而成为一个僵局。宣称这个僵局是悲剧的全部意义就等于将一个受文化和时间制约的局部结构投射到普遍历史之中。

这类结构的特征是,它们甚至无法在自己的边界之外看到任何经验的可能性。"我死亡,但我将活着。""我死亡,但我们将活着。""我死亡,但我们不会死亡。"这些我们可能听到的各不相同的说法因此而变得没有意义,或者被作为搪塞之词而嗤之以鼻。社群的全部事实被归结为单一的认识;其他不同的认识遭到愤怒的拒绝。在我看来,当前将死亡分离出来的做法最重要的意义不在于它对悲剧或死亡本身的描述,而在于它通过这些描述来定义人的孤独、人与人之间关系的丧失,以及随之而来的人类命运的盲目性。换句话说,它是对自由主义悲剧的理论阐述,不是放之四海而皆准的原理。

悲剧行动涉及死亡,但它不一定要以死亡告终,除非有某种情感结构使然。如前所说,死亡是必不可少的演员,但不是必不可少的行动。我们在当代关于悲剧的争论中一次又一次碰到模式的改变,其中最引人注目的例子也许是邪恶这一概念的复活。

对邪恶的强调

邪恶固然是一个传统的名称。但是,跟别的名称一样,它被某种特殊的意识形态所利用。这一意识形态又将自己作为悲剧传统的全部内容来兜售。尤其是近年来,不断有人批评我们忽视所谓超验邪恶的事实,他们专从这一(光明的或黑暗的)角度去解释本世纪的重大社会危机。这些人的论点是,人的真实本质现在已经戏剧化地得到揭示,而过去谈论的一切文明与进步都是幻觉。特别是集中营,它被看成人把人简化为物体之绝对状况的象征。集中营的历史确实非常黑暗,我们还可以列举许多别的例子,但将它视为某种绝对状况的象征本身也是一种亵渎。究其原因,虽然一些人建立了集中营,但另一些人则为了摧毁它们而自愿献出生命。一些人是囚禁者,另一些人则是解放者。世界上只要存在这种或那种人为的邪恶,就有一批人在努力去终止它。从这一行动中抽取某个部分并称之为绝对或超验的东西,并掩盖人类生活中的其他事实,这一做法是如此之广泛,我们只能够根据它在某种意识形态中的作用来解释它的冷漠。

悲剧理论对邪恶的利用因此特别重要。有人坚持认为,悲剧向我们展示的是邪恶之不可避免和无法挽救的事实。简单的乐天派和人道主义者否认超验邪恶的事实,因而无法体验悲剧的经验。照这样的观点,悲剧是一种有益的提示,或者说,是一种预防人道主义幻想的理论。

然而,上述论点之所以还能维持,是因为悲剧的行动可以被缩减和简化。悲剧秩序、悲剧个人以及无可挽救的死亡也是这样被简单化的。就其当前的普遍用法而言,邪恶成了一个极其骄横的理念,因为它结束了,或者说它旨在结束一切真实的经验。其他的且不说,它至少结束了正常的悲剧行动。这不是说我们中的任何人可以否认或希望否认某些描述应该被看作是邪恶的。但是,如果将这种看法抽象化和普遍化,我们就使自己脱离了仍在继续的行动,因而也故意中断了这里的反应和联系。

我们必须提醒自己,当前对邪恶的强调不同于基督教的做法。在那个结构之中,邪恶确实被普遍化了,但善良也是如此。善良同邪恶在我们的灵魂和世界之中所展开的斗争可以被视为真正的行动。邪恶是常见的无序状态,它终将被耶稣征服。从这一点看,尽管邪恶的名气很大,但它一般还在悲剧行动的范围内运作。

从文化上讲,邪恶被用来描述形形色色腐蚀或毁灭真实生命的无序状况。这些状况在悲剧里经常见到,尽管它们的具体形式各种各样:报复、野心、骄傲、冷酷、欲望、嫉妒、违令或反叛。我们只有在某个特殊文化或传统的价值体系中才能充分理解上述每一种情形。事实上,任何一种特殊的意识形态都可能将邪恶抽象为一种绝对乃至唯一的力量。作为一个普通的名称，它似乎也获得了一种普遍的特征。但是，我们并不可以因此而声称悲剧是对超验邪恶的认识。悲剧通常以多种多样的形式来表现邪恶。一旦我们把得到如此不同戏剧表现得非常具体的力量抽象化和普遍化，我们就离开了真实的悲剧，而不是走近了它们。更为重要的是，如果我们把悲剧仅仅解释为对邪恶的表现和认识，我们就背离了一个共同的悲剧行动。我们可以在悲剧行动中立即体验和经历某种具体的邪恶。在经历这一邪恶的时候，我们借助一个展示它与别的品质或其他人之间变动关系的真实行动，认识到邪恶不是超验的，而是真实和完全可以理解的。

我们当然不是要简单地废除邪恶。这样做与把邪恶看成超验的东西虽然相反，但还是犯了一个相关的错误，就像针对人之初性本善的命题，说人之初性本恶同样是错误的。在一种宗教文化里，人被看成天生有缺陷，但在一种自由开明的文化中，人被看成具有绝对本质。善良和邪恶因此成为可以互换的绝对名称。然而，它们并不是仅有的选择。我们同样可以声称人不具有任何"天生的"品质。我们既创造了自身的局限，又超越了它们。我们在具体的情境中以具体的方式行善或作恶，这取决于我们受到的并且能够加以改造的压力。这种持续不断和变化多样的活动才是名称的真正来源。它们只有在幻想中才被抽象出来，以解释这一活动本身。

这样的悲剧不传授关于邪恶的知识，因为它传授的是关于各种行动的许多知识。与现代悲剧对超验邪恶的强调针锋相对，我们至少可以说，世界上大多数优秀悲剧作品的宗旨并不揭示绝对的邪恶，而是描述可以体验和经历的邪恶。当某一悲剧主人公意识到自己犯下的罪孽时，他也许会自残双目，但我们是把他的行为放在一个持续不断的行动中来考察的。尽管如此，那个只是悲剧行动一部分的盲目行为现在被作为绝对的盲目性抽象化和普遍化了：它拒绝了解细节，拒绝考察来源和起因以及各种不同的后果。虽然这种肯定绝对邪恶的做法现在很普遍，但它是一种屈服于压力的自我蒙蔽。由于缺乏勇气去探究自身的性质，一种文化的自我蒙蔽不仅会让演员残损自己的眼睛，而且还会使观众这样做。就跟在别的地方一样，这里所兜售的悲剧意义剥夺了任何其他意义的可能性。这一点值得我们深思。

假如我在正统的现代悲剧理念中发现的根本模式确有其事,那么接下来的结论既可以是消极的,也可以是积极的。从消极的角度看,我们必须说现在被当作悲剧的全部意义来兜售的东西实际上是应该从历史角度去理解和评价的特殊意义。有些人更加激进,愿意完全抛弃悲剧的理念。接受历史批评的后果并驱除一切笼统的考虑有一定程度的吸引力,因为它们被证明是变化不定的。一种深奥的、主要发生在技术层面的批评就会取而代之。意义不再重要,但我们可以考察它们如何通过特定的词语安排而得到表达。这一点是否在任何情况下都可以做到事实上令人怀疑。如果词语重要,那么意义也就重要。正式地忽略它们通常意味着非正式地接受其中的一部分。

　　我认为意义本身仍然很重要。尤其在悲剧里,因为经验在此占据核心地位,我们几乎不可能不对它进行思考。如果我们在自己时代发现某种悲剧理念,我们也会找到某种方法来解释范围极其广泛的当代经验。这一方法当然与文学批评有关,但与许多别的东西也有很大关联。因此,消极的分析只是我们需要做的一部分工作。从积极的角度看,需要我们努力去理解和描述的不仅有悲剧理论,还有我们时代的悲剧经验。

悲剧与革命

　　一种真正强大的意识形态所产生的最为复杂的影响是,即使我们以为它已经被拒之门外,它还是将我们引向同一类的事实。因此,在努力辨认处于我们悲剧经验根基之中的无序状况时,我们经常会按照这一意识形态的解释,找出类似于以往悲剧系统的成分。我们几乎是在下意识地寻找某种个人信仰的危机,用人固有一死的新观念来对抗人可以永生的旧想法,或者说,以漠然置之的新态度来代替旧的命运说。我们从自己对待上帝、死亡以及个人意志的态度中寻找悲剧经验,而且的确经常找到被那些熟悉的形式所框定的悲剧经验。既然我们曾经将早期的悲剧系统与它们的真实社会分离开来,我们也可以在自己的时代做出同样的分离并且想当然地认为现代悲剧无须涉及我们生活在其中的战争和革命这样的深层社会危机。那种兴趣通常被下放到政治领域,或者用行话来说,下放给社会学。在我们看来,悲剧是更为深刻而亲切的经验,它属于人而不是社会。有些无序状况很普遍,它们几乎逃不过最有限的注意力,并且同样不能说只涉及社会而不涉及人,但就连它们也可以被归结为我们所愿意承认的那种唯一的无序状况(即灵魂有错)的征兆。战争、革命、贫困和饥饿,人被视为物体而照单杀戮、迫害与折磨,许许多多当代人的殉难,无论这些事实离我们多近并且不断引起注意,我们没有在悲剧的含义上为之感动。我们知道悲剧的意义不在于此。

　　然而,在一部分人的头脑里,突破点出现了。有人突然在经验中得出新的联系。

在发现这些新关系的同时,我们所熟悉的世界有了变动。我们不再寻找某种新的悲剧的普遍意义。我们在寻找自己文化中的悲剧结构。一旦我们开始在经验的层面上,并接着在分析的层面上质疑二十世纪的流行思想,其他的途径似乎被打开了。

悲剧与社会无序

自法国革命以来,悲剧的观念可以被理解为对一个正在自觉经历变动的文化所做出的不同反应。悲剧的行动与历史的行动被自觉地联系起来,并因此而获得新的解释。十九世纪中叶对此做出的负面反应同样显著:精神的运动被与文明的运动分离开来。然而,就连这一负面的反应也是针对同一个历史危机做出的。虽然学院传统在整体上继承了负面的反应,但我们很难把从那里听到的普通命题仅仅看成一组学术事实。它们听上去怎么也像是关于当代生活的论述,即便在它们最负面或故意脱离社会的时候也是如此。另一个自觉将悲剧与历史结合起来的十九世纪传统似乎与我们的讨论紧密相关。我们必须在经验和理论的层面上重新审视这一联系。

我们必须问,我们自己时代的悲剧是否属于对社会无序的一种反应。如果是这样,我们不期待这一反应永远是直接的。无序的形式是多种多样的,对它们进行阐述因而非常复杂和困难。离我们较近的一个难题是,人们通常将社会思想与悲剧思想分离开来。那些带有最明显社会倾向并最具影响的思想通常把悲剧本身作为失败主义的艺术。它们反对现有的悲剧观念,强调人有能力改变自己的处境,也有能力结束传统悲剧意识形态似乎已经认可的那一大部分苦难。这就是说,传统的悲剧观念受到革命观念的明确反对,而论战的双方都一样充满自信。将悲剧视为对社会无序的反应并加以重视显然与这两个主要传统同时分道扬镳。

接下来的动荡是剧烈的,因为灵魂有错也是一种认识。即使在加上了自身的日常形式之后,它仍然贴近经验。从另一个角度看,也就是从认识社会无序的角度看,这里存在着一种抽象化的倾向,而且它几乎总是得到大规模社会无序的支持。随着我们历史知识的加深,我们被置身于历史之中,不容易承认像我们自己这样的人。过去,我们看不到悲剧是社会危机;现在,我们通常看不到社会危机是悲剧。社会无序的事实卷入了一种新的意识形态,它不断用某个历史阶段或时期的名称来消除苦难。日复一日,我们可以让每一件事情成为过去,因为我们相信未来。就像它不过是政治一样,我们当前极度无序的现实被有效地掩盖了起来,因为它现在仅仅是政治。我们似乎从一种盲目跳进另一种盲目,而且具有同样的理论自信。新的联系开始僵化,不再四通八达。

无论碰到什么困难,事情的关键似乎都在于现有观念已经无法描述我们的经验。最常见的革命观念将我们太多的经验排除在外。但事情还不仅如此。一般的悲剧观念特别排斥社会性的悲剧经验,而一般的革命观念也特别排斥悲剧性的社会经验。如果情况是这样,这个矛盾就意味深长。它不只是供我们选择的两种不同阅读经验在形式上的对立。尤其在我们自己的时代,最为清晰和重要的似乎是革命与悲剧之间的联系。它们存在于我们的经验之中,但没有在思想上得到承认。

正如我们都非常清楚地看到的,革命与悲剧之间最明显的联系存在于真实的历史事件之中。革命的年代显然是暴力、变动以及普遍苦难的年代,在日常意义上把这看作悲剧是很自然的。然而,事件一旦成为历史,人们对它的看法就完全改变了。许多国家把自己历史上的革命当作最有价值的、创造生命的时代加以回顾。我们可以说,成功的革命不是悲剧,而是史诗。它是一国人民以及他们所珍惜的生活方式的源头。当人们回忆起苦难,它受到的是敬重和赞扬。我们说,那次革命是生命的必要条件。

当代的革命固然大相径庭。只有革命之后的那代人能够书写史诗。在当代革命中,苦难的细节无所不在,有些是暴力,有些是新的国家政权对人民生活的改造。不仅如此,我们不可避免地在当代革命中加入派别,尽管每个人参与的程度各有不同。革命的年代往往还是谎言和压制真理的时代。即使在它们被充分认识的时候,整体行动中的苦难经常被推托为这个或那个党派的责任,直至这些托辞本身也成了革命或反革命的行为。当这一行动起先远离我们的时候,我们总是漠然置之。但我们因此遭受大量的苦难、谎言和运动,这些事件最终又导致冷漠。由于它的高尚起因,革命成了我们觉得必须与之保持距离的行动。

这种社会现实于是成了一种情感结构。就常识而言,革命本身就是悲剧,即一个混乱和苦难的年代。我们应该努力超越它,这几乎是肯定的。我不依赖几乎是必将发生的事情,即这一悲剧反过来也成为史诗。无论这多么真实,它也不能够亲切地感动我们;只有继承人才能继承。对即便只是可能的历史规律的忠诚很快会变成一种异化,因为它尚未在具体情形中被体验过。我们不是在对这一行动做出真实的反应,而是在想象它可能会是什么样子。

现实生活中的取舍具有很不一样的性质。它既不把革命简单地刻画为混乱和苦难而加以排斥,也不通过未经体验的规律和可能性去策划革命。应该说,这是一种认识,把革命看作人的整体行动的认识。这一行动的整体性,以及它在这个意义上的人性,都是不可避免的。我们通常与之斗争的正是这一认识。

革命与无序

就像把悲剧归结为主人公的死亡一样,我们也把革命归结为它的暴力和无序的危机。从表面上看,这些经常是最明显的效果,但在整体行动之中,它们前后还有其他因素,其意义在很大程度上取决于这种延续。奇怪的是,有人会从整个现代历史中选用革命作为暴力和无序的例证,即把革命看成各种力量之间的重要冲突及其解决。将暴力和无序局限于关键性的冲突是对那个冲突本身的错误理解。暴力和无序存在于整个行动之中,而我们通常所谓的革命只是其中的危机。

这里的要点是,暴力和无序既是人的行动,也是社会制度。在经历了革命的变化之后,我们通常能够很清楚地看到这一点。已经死亡的旧制度表现出自己系统暴力和无序的真实特征,革命行动的起源也在这一特征中显露。然而,当这些制度仍然在有效运作的时候,它们看上去可能异常地稳定和无辜。它们往往就代表秩序,而受到伤害和压迫的人群所提出的抗议似乎是骚动和暴力的来源。这里最紧迫的任务是,我们当代人必须摒弃将革命理解为社会危机的通常理解。我们必须把它看成整体行动的一部分,因为这是理解它的唯一途径。

有序和无序是相对的概念,尽管它们在我们的经验中分别被当成绝对的东西。通过历史和比较研究,我们意识到这种相对性,但这一理论上的意识对我们的帮助通常不大,因为它面临恐惧和利益的压力,或者说,它不适合于我们局部的现实世界。这一情况及伴随而来的困难随即在悲剧和革命的观念之中遭遇。我已经说过,悲剧与秩序之间的关系是动态的。悲剧行动源于无序状况,而后者在某个时期确实可能具有自身的稳定性。然而,参与该行动的现实力量远不止一个,它们之间的较量往往以表层的悲剧方式使深层的无序状况既一目了然,又令人恐惧。在完整地经历了这一无序状况并采取了具体的行动之后,秩序得到再生。这一行动的过程有时与真实的革命行动非常相似。

然而,革命在许多重要的悲剧里往往就是无序状况本身,至少封建时期的造反是这样。在那里,"合法"权威的恢复等于秩序的恢复。最重要的考虑比这还要隐蔽,它躲在对造反的封建态度的虚假意识背后。在政治层面上,关于合法权威和造反的封建定义明显趋炎附势,或者至少是宗派主义的。帝王的威严通常是成功的篡位者及其后裔的政治门面。对它提出挑战的行动与建立它的行动是相同的人类行为。然而,就其最重要的例子而言,通过宗教或魔术的影响授予政治权力也是一种手段,用以表达某种秩序观以及对生命本质和人性的根本看法。一般说来,这是一种静态的秩序观,认为人的处境和本性永恒不变。就在这些观念周围,真实的价值得以形成。外来的威胁压倒了它们与某个人物或制度之间暂时而任意的联系。当这类联系变成活生生的现实时,无论何种局部形式的悲剧行动都能够指涉最广泛的人类生活。

在实际过程中,悲剧行动经常削弱人的根本价值与现有社会制度之间通常的联系:真正的爱情追求与家庭责任有矛盾;觉醒的个人意识与分配的社会角色有矛盾。在从封建社会向自由社会的转变中,这样的矛盾很普遍,构成人们亲身体验的悲剧。尽管如此,永恒的秩序与社会制度的统一并没有受到真正的挑战。人们通常从统一的角度去解释矛盾和无序状况,以为是人的过错使他们看不清两者之间的联系,但悲剧行动又将其基本修复。真假帝王、合法权威以及他的出错的代理人的形象就是这一情感结构的戏剧形式。这些戏剧形式与十七世纪英国政治改良者乃至革命分子的论调有着密切的联系。当时的争论也被说成毫无新意,只是在恢复真正的古代宪法。这种意识束缚了最激进乃至革命性的行动。在悲剧里,人们终于开始怀疑建立任何社会秩序的可能性,而解决冲突被认为是市民社会永远办不到的事情。一种宗教的或半宗教的退让通过超自然或魔术般的干预恢复秩序,悲剧行动兜了一个圈子又走回原地。

自由主义

　　自由主义悲剧继承了上述人类终极价值与社会制度的分离,但它的表现方式后来有所改变。随着自由主义思想的发展,问题的参照点逐渐从抽象的秩序转向个人,而后者本身就体现了一切终极价值,其中包括(新教通常强调的)神的价值。我将要追溯自由主义悲剧的发展历程,以了解这种绝对的个人观念所包含的新矛盾是如何陷入僵局并最终走向崩溃的。(我预料今后可以看到更多与此相关的例证。)

　　然而,自由主义的广泛流传还产生了其他后果。它特别应该负责的是存在于我们时代的悲剧观念与革命观念之间明显而尖锐的对立。自由主义稳步地侵蚀了永恒人性的观念以及与神灵秩序关联的静态社会秩序观。由于这种侵蚀作用,加上其他关于人类和社会转型之可能性的思想,现代意义上的早期革命观念脱胎而出。造反成了革命;与最重要的人类价值有关联的不是现有秩序,而是发展、进步和变革。照这样看,一般的悲剧观念与革命观念之间的差异似乎显而易见。革命观念声称人能够改变自身的处境,悲剧所展示的却是它的不可能性及其精神后果。我们仍然在努力解决这两者之间的对立。

　　然而,历史已经发生了根本的改变。自由主义的革命观念或封建的悲剧观念不再是仅有的选择。继续在这两者之间作一选择只是停留在过去而不能自拔。要理解这一点,我们必须考察自由主义革命观念的发展历程。

　　像自由主义这么开放和积极的运动竟然能够产生悲剧,这乍看上去令人诧异。然而,所有源于自由主义的文学运动都到了必须作出非常重大抉择的阶段。有些人作了选择,另一些人则犹豫不决。这些选择的性质最终取决于对革命的态度。我们现在仍然参与着这一过程。

自然主义

自然主义文学是最显著的例子。现在看来,它似乎是自由主义启蒙运动名副其实的后代。在启蒙运动中,关于命运、绝对秩序以及神灵安排的传统观念遭到摈弃,取而代之的是对理性的信心,以及对不断扩展的解释和控制自然之能力的信心。在政治领域里,这一形势产生了一种新的关于人类命运的社会意识;在哲学领域里,它产生了对宗教和社会习俗的意识形态分析以及其他新的理性解释体系;在文学领域里,它重新强调应当细致地观察和描述当代社会。但自然主义文学最终是启蒙运动的杂种。它的一个特点是将观察和描述的技巧与使用这些技巧的原初目的分离开来。自然主义之所以是自然主义,它与更重要的现实主义运动相区别的,是它把人作为受环境摆布的动物加以机械描绘。自然主义文学记载的人和物似乎具有相同的性质。自然主义的悲剧是消极受难的悲剧。这种苦难之所以消极,是因为人只能忍受;他永远不可能真正改变自己的世界。忍受在这里不被赋予任何道德或宗教的价值,它完全是机械的,因为按照现在所谓的理性解释,人与世界都是一个冷漠物质过程的产物。这一过程虽然因时而易,却毫无目的。人类希望描述并改变自身处境的冲动已经收缩为对没有上帝或人的介入之境况的简单描述。人的意志在茫茫的自然或社会物质过程中微不足道,人的命运既没有自由,也得不到关心。

作为最普通的理论和最常见的文学实践,这种自然主义开始于自由主义。具有讽刺意味的是,它后来却成为当初受到自由主义挑战的那个思想体系的怪诞翻版。这有点儿像无神论最终成为宗教的怪诞翻版。一种充满生机的安排成了机械的命运,后者离开人比前者还要远,也是自我形象更加严重的异化。这一发展当然有真实的原因。从本质上讲,这是在启蒙运动即将起到关键作用的时刻故意中断它的进程。与之对应的情形是自由主义运动被故意中断并因此而堕落,它的普遍原则当时正要求改变自身的社会纲领,而民众可以选择前进或者后退。在十九世纪,逃避自己信仰之后果的人比比皆是。我们这个世纪的人甚至连跑都不用,临时的避难所已经变成坚固的村落。

有人从社会变革中得到利益,但他们发现,其他阶级和其他民族正在无限地扩展要求,这可能会颠覆和摧毁他们自己刚刚获得的身份。这时候,人类解放的普遍原则变得令人窘迫。有少数人仍然坚持自己的原则,并投身于全民的社会革命。大多数人却做出妥协,他们东躲西藏,或者迟迟不采取行动。他们通常以进化作为社会模式来代替革命。这是危害最大的失败形式①,因为简单的反应容易被人接受。

社会进化新理论的整个要点在稳定改良的理论中显而易见。它把历史的发展与大多数人(在极端情况下,乃至所有人)的行为分离开来。按照这种观点,社会是一个无情的过程,是一台具有若干预制功能的机器。我们可以描述或调节这台机器,但它最终不受人的控制。社会变化充其量是一群适者取代另外一群。最佳的社会描述是中立和机械的。也就是说,历史过程会自我增长和演变,我们应该听之任之,顺其自然,不去妨碍它的现代化。主张人在这一整体过程的普遍优先性的任何努力都被看作是幼稚的:它们不过是革命的幻想。

我们现今的政策广泛受到上述机械唯物论的影响,这一点根本用不着强调。需要指出的是,这一自称发源于理性精神的思想运动在理论上和实践中都将真实的社会活动神秘化了,因而也诋毁了理性精神本身。它所产生的效果最终与寻求表达自由主义价值的其他重要运动一样,尽管后者在相当长的历史时期中走的似乎是非常不同的道路,即主观主义和浪漫主义的整体潮流。

浪漫主义

实用主义是机械唯物论在英国最常见的表现形式,它曾经在市民社会的改造中努

---

① 跟前面一样,这种费边(缓进待机)意义上的进化有别于达尔文主义和竞争生存的思想。但这两者有一个共同的仍然与科学理论基本不相干的隐喻特征,因为在社会进化的理念背后,是对单一形式的发展的下意识认同。人们下意识地将社会发展基于某一类西方社会的经验,以及那些帝国与更为"原始的"社会的接触。这样一来,人类历史中真实的社会和文化差异就被缩减为千篇一律的、带有预言色彩的单一线性模式。甚至连马克思主义理论家也采纳了这一有局限性的模式:人们在二十世纪的部分共产主义实践中广泛感受到这种理论上的僵化。如果有一个对自然和社会进化更为全面的理解,像这样机械的线性模式就站不住脚。因为那时人们会强调变化和创新,从而指向一个真正开放的、不折不扣的革命未来。

力追寻自由主义的价值。与此相反,浪漫主义在个人的发展中寻找自由主义的价值。在它的发展初期阶段,浪漫主义是极具解放性的。然而,由于缺乏相应的社会理论,而且它后来又从个人主义蜕变为主观主义,浪漫主义最终否定乃至颠覆了自己最深层的冲动。我们几乎所有的革命词语事实上都来自那些浪漫主义者。这确实成了一个障碍,或者说,一种不期而遇的尴尬。浪漫主义是革命的原始冲动在现代文学中的重要表达。它塑造了一个崭新而绝对的人的形象。具有典型意义的是,它把这种超验的东西与一个理想的世界和人类社会联系了起来。正是在浪漫主义的文学中,人第一次被看作自己的创造者。

然而,这种思想一旦被具体运用于社会批评和建构,它立刻碰到巨大的障碍。通过某个传说中的或具有异国风情的社群(或者被这些成分改造过的历史性社群)来展示理想相对容易。现有的社会被认为与基本人性格格不入,致使原先的社会批评也纷纷转向虚无主义。在一个多世纪里,这种浪漫主义传统前途未卜。它的一部分力量启发了正在发展之中的整体社会革命的思想。还有一部分力量没有沿这个方向走多远,它停留在革命意象的层面:彩旗、街垒、烈士或囚犯的死亡等等。我们也许可以说,浪漫主义主流走了一条截然不同的道路,它最终导致革命与社会的分离。

这里的决定性因素是浪漫主义对待理性的态度。从形式上看,浪漫主义似乎是对启蒙运动的消极反应,它对非理性和怪诞的强调似乎与后者对理性的强调水火不容。然而,我们在此发现一个有趣的辩证现象:浪漫主义不再提倡启蒙运动曾经反对的东西,它对人的看法也与启蒙运动一样新颖。然而,由于我们没有看到这一点,这两个作为人类解放之纲领的运动在本质上的统一被灾难性地缩减和混淆了。浪漫主义者所批评的理性不是理性活动,而是将这一活动抽象化的做法。有人把这一活动的最终异化称为理性,但它实际上是一个机械系统。这样的批评(尤其是英国浪漫主义对实用主义的批评)不仅很有人情味,而且还赞成把人看成积极而具有创造性的生物。非理性主义的最终失败只能从它早先在理性主义那里吃过败仗的背景中去理解。理性一旦被与其他人类活动相分离,它就从一项活动变为一种机制,而社会也从一个人的过程变成一台机器。对此提出抗议是必不可少的,但坚持把社会看作人的过程确实需要艰辛的社会行动。出于困难的压力以及失败所带来的理想破灭,浪漫主义对人的看法也发生了异化。理性曾经被异化为机械唯物论,现在与它对应的是非理性的异化。这一过程一直到二十世纪才完成。

这样一来,自由主义革命观念的一个主要部分陷入了社会进化和稳健改良的困境,它的另一部分则沦为类似虚无主义及其许多派生物对革命的拙劣模仿。在前者看来,社会是一台以自己的节奏走完预定路程的机器。在后者看来,社会是人类解放的敌人。人只有通过否定或逃离社会才能解放自己。他还把自己参与爱情、艺术和自然的深层活动看作在本质上是非社会乃至反社会的。具有讽刺意味的是,机械唯物论曾经产生一种新的结局,即排斥人的活动和理想的"进化着的"社会。虚无主义同样产生了一种结局。它不仅使人脱离社会,而且还内化了过去曾经是外部的安排。尤其在它稍后派生出来的理论中,虚无主义强调非理性,并且把它抽象为比社会的人更强大的东西。基于对个人解放和社会事实之间敌对关系的假设,这一理论把比任何已知神灵还要黑暗和凶狠的非理性理性化了。在它发展的最后阶段,人类解放的梦想变成了借以释放无法驱逐的破坏性本能和死亡愿望的噩梦。

自由主义的终结

自由主义的革命观念最终左右都受到限制。一方面,它被归结为冷酷无情的机械过程;另一方面,它把个人的反叛导向一种意识形态,使得社会建构似乎毫无希望,因为按此解释人是极其非理性和破坏性的。在当今西方社会里,这两种立场的对立通常被说成是全部的内容,以至于我们以为自己不得不在它们之间选择。在政治生活中,摆在我们面前的不是革命,甚至也不是实质性的转变,而是众口齐声的现代化。这样,社会变革就与人的价值分离开来。我们受令跟随假定是不可避免的进化过程,或者说,我们受令顺应"改革之风"。(这一表达方式正是异化的表现。改革在此是从别处吹来的风,从而被理性化为一种自然力量。)摆在我们面前的另一个选择是拒绝政治。我们把人类解放的现实看成是内心世界的、私隐的或非政治的事情,尽管我们生活在政治意志所带来的战争、贫困、丑陋和残酷的阴影之中。

事实上，我们自一九一七年以来一直生活在发生了成功革命的世界之中。在这个意义上，我们应该说如何看待当今的革命社会不仅非常重要，而且可能决定了我们全部的思想。我们的意识形态及其各种变体在理论上所排斥的情形在别的地方已经发生或者似乎已经发生。这样，我们可作的选择实际上并不多。正如我们国家的一贯方针，我们可以积极反对或遏制其他地方的革命。武力震慑和漠不关心几乎是达到这一目的同样有效的策略。我们也可以采用一种熟悉的浪漫主义姿态去支持别处的革命。(那些浪漫的意象已经进入我的脑海。)最后(这也是我个人的立场)，我们还可以努力去理解和参与革命的社会现实。也就是说，我们不仅要把革命看作正在真实的人群中展开的行动，而且还要将这一行动视为与自己密切相关。

就是在这里，革命与悲剧有着不可逃避和亟待解决的联系。有些思想家可能还会依赖传统的理性主义意识形态来解释现实的革命，但我们都能够看到成功革命社会的建构性活动。我们可以用它证明依靠理性能量解放人类的简单行为。我最乐意见到这种真实的建构行动，但我也意识到这些革命社会有过超出常人之怜悯和恐惧的极度悲惨的经历。然而，仅仅具有解放性质的既有革命意识形态似乎没有看到这一点，同样需要开窍的是既有悲剧意识形态的两种基本形式。一种是古老的悲剧教训：人无法改变自己的环境，他只能徒劳地用鲜血染红世界。另一种是当代人的直觉反应：试图凭借理性掌控社会命运的努力已经失败，或者说，至少因为我们无法回避的非理性以及传统形式之崩溃所立刻带来的暴力和残酷而大打折扣。归根到底，我不觉得这两种观点涵盖了足够的事实，但我也无法想象任何人还能够坚持那种简单地排斥悲剧经验及理念的革命观。

社会主义与革命

在我看来，社会主义真实而积极地继承了形式各异的人的解放冲动。我还以为，社会主义的实践仍然在形成之中，许多打着它的牌子的思想不过是陈旧观念的残余。

我这里指的不仅是带有实用主义和机械发展观念色彩的费边主义运动。它还包括马克思主义内部的一个主要思潮。尽管马克思本人曾经多次加以反对，这一思潮在诸多方面还是表现得非常死板。例如，它主张决定论和社会唯物论，并毫无新意地将社会阶级从人的存在中抽象出来。我可以看出这种思维习惯可能导致把革命解释为仅仅是建构和解放。这样一来，真实的苦难立刻上升至非人的层面：它变成一个被历史扫除的阶级，一个机器运转中的错误，或者永远不可能温文尔雅的流血事件。人的解放过程被一般人解释得越是普遍、抽象和死板，现实的苦难就越是不重要，直至连死亡都成了一张纸币。

很多希望破灭或受到革命现实打击的人认为，苦难是由革命一手造成的。如果我们希望避免苦难，那就必须避免革命。我不想苟同这一观点。相反，我把革命看成是深层的悲剧性无序状况必不可少的运动。我们对它的反应可以各不相同，但正是由于我们的行动，它总会以这样或那样的方式在我们这个世界走完自身的历程。换句话说，我是从一种悲剧的角度来理解革命的。这是我接下来要阐述的内容。

在我看来，马克思早期的革命思想在这个意义上是悲剧性的：

> 必须建立一个具有根式连接的阶级，一个不是市民社会阶级的市民社会阶级，一个解散所有阶级的阶级，一个具有普遍性质的社会领域。该领域之所以具有普遍性质，是因为发生在其中的苦难是普遍的。这一阶级并不认为自己有特别的红色，因为它所经受的不公不是一种特殊的不公，而是普遍的不公。必须建立一个不要求传统地位而只要求人的地位这样的社会领域……这一领域在解放自己的时候不可能不把自己从社会的其他领域中解放出来，因此也不可能不同时解放所有这些领域。总而言之，这是人类的整体损失，它只有通过拯救全人类才能拯救自己。
>
> （《黑格尔法哲学批判：导言》）

如此彻底的构想把革命与造反区分了开来。换句话说，它把政治的革命变成了普遍的人的革命。

> 在以往所有的革命中,人的活动形式始终没有得到改变。它们仅仅将这一活动在不同的人群中重新分配,从而引入新的劳动分工。然而,共产主义革命与以往的活动模式针锋相对,它要取消劳动,并在消灭阶级的同时消灭一切阶级统治……

(《德意志意识形态》)

> 工人被排斥在外的社会生活,……就是生活本身,即物质和文化生活、人的道德、人的活动、人的享受、人的真实存在……鉴于被永远剥夺这种生活比被剥夺政治生活更加彻底,更加无法忍受,更加可怕,更加充满矛盾,结束这一状况(即使这只是一次有限的反应,一次反叛)就很重要,因为人的身份比公民身份更加重要,人的生活比政治生活更加重要。

(《前进报》〔1844〕)

这样解释革命在我看来是站得住脚的。我们在马克思之后确实获得了关于现实历史发展以及革命主体和策略的新知识,但这并不影响他的思想本身。我们没有必要将革命与暴力或突发性的夺取政权等同起来。即使类似的情况发生,根本的社会转变也确实是一项长期的革命。对革命的最终检验在于社会活动的模式及其深层的人际关系和情感结构的变化。即使它们只是物质生活条件的显著改进或其他阶段性和地域性的变化,将新的人群吸收到现有的形式和结构中来是一件意义相当不同的事情。事实上,鉴别一个社会是否处于前革命时期或革命是否已经完成的标准就在于吸收新人群的问题。如果一个社会实质上无法在不改变现有基本人际关系的前提下吸纳它的所有成员(整个人类),那么这个社会就是需要革命的社会。各种不全面的"吸纳"方式,诸如选民、雇员、接受教育的机会、法律保护权利、社会服务等等,确实是真实的人类成就,但仅仅这些还不足以说明他们已经获得最终消灭阶级的完整社会身份。完整身份的现实有赖于在社会彻底平等的基础上通过人与人之间积极的相互责任及合作去管理社会的能力。既然这是革命的宗旨,一个社会只要存在类似次等种族群体、无地雇农、临时帮工、失业游民或其他任何受压迫和歧视的少数人群体现象,革命就仍然有必要。在上述情形中,革命之所以必要不是因为某些人希望革命,而是因为只要有任何一个阶级的全部人性还没有得到实际的承认,那样的人类秩序就是不可接受的。

革命悲剧

这种"拯救全人类"的思想带有解决与秩序的终极色彩,但在现实世界中,它的视角难免是悲剧性的。它产生于怜悯和恐惧:摆在它面前的是一种极端的无序状况,其中一部分人被剥夺了人性,人性的观念因此而消失。它也产生于上述状况中真实的人的现实苦难以及随之而来的一切后果:堕落、残忍、恐惧、仇恨和嫉妒。它还产生于遭遇邪恶的经验:邪恶之所以不可容忍,是因为它坚信这不是必然的存在,而是某些行动和选择所引发的结果。

如果说这一理论的起源是悲剧性的(它源于不可回避的无序状况),那么,它的行动同样是悲剧性的。因为它的斗争对象既不是上帝或无生命的物体,也不是简单的社会制度和形式,而是其他的人。这个问题在革命观念的发展中始终是一个无声地带。所谓的乌托邦主义和革命浪漫主义,都恰如其名地掩盖或稀释这一根本不可避免的事实。

人们反对这种革命的理由很多。最明显的理由是利益或特权,我们见过有人不惜为此付出生命。有人非常担心承认他人的人性意味着否定我们自己的人性,就像我们在生活中经常看到的那样。也有人从精神上逃离现实世界的烦恼,尽管这样做并不能圆满地解决问题。更有人对未来感到恐惧(这一点通常可以理解),他们不知道那些曾经受过非人待遇的人们一旦获得权力会干出什么事情,因为在经受了压迫的痛苦和摧残之后,报仇雪恨和肆意破坏是在所难免的。最后一个理由比较微妙,它来自远古有关无序的经验及其在各个历史时期的翻版:人们坚信任何绝对的目标都是幻觉和谬误。要纠正它们,我们可以接受训练,或者像现在这样少许放松社会限制,或者坚决加以反对从而杜绝这种可能毁灭世界的疯狂。

上述立场几乎都反对革命,反对它的残酷镇压、大规模教化以及建构另外一种未来的真诚努力。我们的所有经验告诉我们真实的人与人之间的这种极其复杂的行动在可见的将来还会继续下去,这一持久斗争中的苦难还会继续令人恐惧。在思想上接受这一事实确实很难,我们都建立了逃避这一悲剧性认识的保护机制,但我相信这终究是不可避免的。如果我们不想被它压垮,就应该讨论它。

在有些西方社会里,人们正努力通过辩论和共识的程序来完成没有暴力的革命。我们无法说自己会成功,因为许多群体和个人被剥夺权益的现象还很严重,而且有时似乎失控。另一方面,假如这一程序还有一线成功的希望,任何思维正常的人都不会想去改变其性质。真正的困难在于我们就这一程序变得沉默寡言。这是北大西洋的习惯性思维方式,而它所产生的幻觉已经是悲剧性的了。

因此我们尝试把特殊历史环境的产物当成普遍的东西,并认为所有其他形式的革命都与自己的观点水火不容。唯一不变的共同立场是无处不在的革命之敌人的立场。但就连他们有时也采用自由主义的言论。具有极大讽刺意味的是,在意识形态方面,世界上的主要冲突是在关于人的绝对权利的不同观点之间展开的。西方社会里的人们一次又一次干着反革命的事情,却打着绝对自由的旗帜。真实的情况当然很复杂,因为革命政权也不止一次地残酷镇压人的自由和尊严。不仅如此,世界上还存在着各种根深蒂固的虚假意识。在任何一个西方社会里,实际上只有极少数人像我们在理论上所主张的那样放弃了暴力。如果我们相信社会变革应该采取和平手段,我们就无法理解自己正在那些参与军备竞赛并拥有大规模杀伤性武器的军事联盟里干些什么。我们习惯于假装这种有组织的暴力是为了防卫,或者完全是出于人类和平的需要,但这是一个不折不扣的悲剧性错觉。我们很容易在自己相对和平的社会里口口声声重复"依法革命"这样的词句,却看不到其他人民自我解放的行动以我们(多数票赞成)的名义而被暴力镇压下去。历史上发生过的悲惨故事总是被人出于某种原因一笔勾销。然而,就在我撰写此书的时刻,英国的军事力量正在镇压南阿拉伯半岛"持不同政见的部落居民"。我一生反复经历的那些例子使我非常熟悉这个模式及其掩饰,以至于我无法再默许这样的普遍错觉。我的许多同胞曾经反对过这些政策，而且在许多具体问题上成功地阻止了它们。但作为一个社会，我们很难使人相信自己已经献身于人类的解放。我们甚至不能说已经认识到天下所有人的绝对人性，而这一点是任何真实革命的动力。就连说我们在自身事务中已经有这种认识也不符合事实，因为我们的社会动力在于经济不平等和有组织的操纵。即使承认我们自己之间已经有了这种认识，它不过是对真实革命信仰的拙劣模仿。只有普遍的认识才是真实可信的，因为在我们这个广泛交往的世界里，任何保留实际上都会蜕变为现实中的反对力量。

我们把革命解释为缓慢而和平的建立共识的过程，这说得好听是局部的经验和希望，说得不好听是残留的虚假意识。我们的世界充满着反对贫困以及形形色色的殖民和新殖民统治的斗争。革命不可避免地以我们在那些重要领域里的角色的方式不断进入我们的社会。我们不仅一直反复地犯错误，而且依靠稳定进步的幻想来宽慰自己，但世界上富裕和贫穷之间的鸿沟实际在增大，人们对剥削的意识也与日俱增。不仅如此，革命的过程在我们时代已经成为常见的战争导火索。我们不能不注意到，近年来发生在世界不同地区的那些民族解放和社会变革的斗争是如何将主要强国不断卷入大规模战争的真实危险中去的。现在被许多人含糊地称为"局部骚乱"乃至"灌木林火战争"的事件一次次牵涉到我们所有人的生命。朝鲜、苏伊士、刚果、古巴以及越南都是我们自身危机的名称。看到这一段真实而且还在继续的历史，我们不可能不产生一种普遍的悲剧感。究其原因，现今的无序状况范围如此广大而不堪忍受，无论我们在什么地方，它都会通过我们的行动和反应进入我们的生活。此外，无论怎样去考量，我们对这一过程所知甚少，因而不断在助长社会的无序状况。我们不是简单地被卷入这一普遍危机，而是通过自身的行动或由于没有采取行动已经参与其中。

这里有一个怪诞的矛盾。我们欧洲经历过的两次世界大战以及仍然不够深入人心的关于核战争性质的意识带来了一种非常自私而危险的消极反战主义。我们说必须不惜一切代价避免战争，这可以理解。但我们通常的意思是要不惜他人的一切代价来避免战争。因为处于相对安全的环境之中，我们把别处的动乱解释为对和平的威胁，并希望将它镇压(这是一种用以维护我们所谓法律与秩序的"警察行动"；或者说，是一个扑灭"灌木林火"的消防队);另一种方法是通过金钱或政治手腕来平息它。这一矛盾如此根深蒂固,以至于我们将这类活动乃至现实的镇压看成高尚的道德,我们甚至称之为建立和平。然而,我们隐隐约约地意识到,我们要求别人做的事情自己已经做过:我们默许无序的状况,并且称之为秩序,或者在没有和平的地方说和平存在。我们期待遭受残酷剥削和极度贫困的人们随遇而安,因为如果他们行动起来改变自身的处境,会影响其余的人,从而威胁到我们的舒适生活。

就这样,我们将战争与革命列举为悲剧性的危险,但真正的悲剧性危险来自战争与革命背后不断得到重演的无序状况。虚伪的和平举动以及对秩序的假意诉求在悲剧行动中经常可以见到,在这一整体情境中,所有真实的力量最终都会消耗殆尽。即使我们愿意改变对他人的态度,甚至改变与他们的真实社会关系,我们可能由于为时已晚而仍然无法避免实际的悲剧。就我们经历过的这类悲剧而言,唯一有效的反应是采取完全不同的和平举动。它不是掩盖起主导作用的悲剧性无序状况,而是努力去解决问题。解决问题意味着从根本上改变我们自己。如果我们不愿意这样做,加上必然会发生的社会动荡以及可能随之而来的突发的无序状况,这一问题无疑会酿成悲剧。

由此看来,我们这个世界唯一有效的思想是正视现实的无序状况,而唯一有效的行动是参与这一无序状况,以求它早日终结。这就打开了另一个悲剧视角。我发现自己仍然同意卡莱尔的观点。他在《宪章运动》中写道:

> 有些人在成千上万劳苦大众的苦难中看到的不是苦难,而是可以加工和交易的原材料,用来满足自己贫乏而褊狭的理论和自我中心的情结。对这些人而言,心脏在胸膛里跳动的、有着七情六欲的成千上万同胞,只不过是"炸药般地冲垮巴士底监狱"并在讲坛下为我们投票的"大众"。这样的人属于值得怀疑的一类。

我已经论及许多值得怀疑的不愿投入革命的做法的实质。我现在还想借助卡莱尔以及发生在他之后的真实经验,再次指出有一类常见的投入值得怀疑。毫无疑问,对革命的投入可能会产生一种麻木态度,以至于最终否定革命的目标。就像利用他人的苦难那样,有些人从一开始就做出虚伪的承诺。最显著的例子是法西斯主义;它正是这个含义上的虚假革命。在现实的历史压力下,尤其在遭受孤立、攻击或危及生存的资源匮乏时,人们的麻木态度和讨价还价现象也不断出现在真实的革命活动当中。革命目标中的敌人于是抓住这些迹象。他们或者反对这一革命,或者趁势让旧观念死灰复燃,宣扬人不可能改变自身处境,抱负将把恐怖当作理所当然的伙伴。

我们显然不得不承认革命这悲剧性的一面,却不可以这样去理解它。我们仍然必须关注整个行动,把实际的解放看作与令我们厌恶的恐怖现象共同存在,它们是同一个过程的组成部分。我的意思不是说人的解放可以抵消生活中的恐怖,而是说它们有着相互的联系,而这种联系是悲剧性的。问题最后的真相似乎是这样的:反对人类异化的长期革命在现实的历史境况中会产生自身新的异化。如果要保持革命的性质,它就必须努力去理解并超越这些异化现象。

在我看来,革命的异化形式有若干种。首先是一个简单而又残酷的悖论,即革命行动很容易将它的公开敌人"不当人"。当一个暴君被处决时,他似乎不是人,而是物体。他的凶残被以牙还牙,从而使这一特征与人的解放错误地连在一起。但这不仅是一个关系到公开敌人的问题。在巨大的压力下,革命目标本身也可能被抽象化,并且被置于真实的人之上。现在和将来的重要连接本来只可能在经验和变化着的具体关系中发生,现在却被遮掩和替换了。还有一种异化把真实的苦难和希望变成仅仅是策略上的"革命形势"。与之相关的一个做法是将革命的观念强加于现实的男人和女人,并且说这样做是为了他们。使革命成为抽象概念的旧的线性模式于是被强加于经验之上,其中包括革命经验本身。在许多情况下,只有这一抽象概念才能让人坚持下去,虽然他们的力量也很有限。但在这样的危机之中,把它强加于人会使朋友成为敌人,同时也把真实的生活变成某种被无情扭曲了的思想材料。革命的目标出自于最有人性的东西之中,因而也最多样化,现在它却被革命人物的单一英雄形象所否定。由于这一形象是从整个解放过程中抽离出来的,它的不屈不挠也就成了自己最为内在的敌人。

就是这样,革命的最积极成分可以转变为实际的敌人,尽管其他人乃至他们本人把自己看成是革命最完美的体现。如果我们认为这仅仅是偶然现象或者是坏人的偶尔现身，那我们就根本没有看清问题。因为我们是在回避整体行动的性质，并把它的普遍意义投射到被我们理想化或厌恶的个人身上。如果将自己提升至旁观者和裁判的位置，我们就掩盖了自己在这一行动中的真实角色，进而漠不关心地得出结论，说过去发生的事情都不可避免，甚至还以为这是必然的规律。当我们看到结束异化的努力产生出新的自身的异化时，我们的确看到了某种悲剧的必然性。然而，如果我们关注整个行动，我们又看到一种正在其中展开的反对新的异化的努力：对无序状态的把握将导致社会秩序的新意象；一种反对静态革命意识的革命，以及再生和重新经历的真正行动。因此，我们知道的不仅是英勇解放的简单行动，我们还知道简单的反应是不够的。如果要承认自己或他人的异化是不可更改的境况，我们必须意识到其他人会（通过生存本身）拒绝接受这样的观点。那样，我们就不自觉地成了他们的敌人，从而以最痛苦的方式肯定了极度无序的存在。

就其最深刻的意义而言，悲剧行动不是肯定无序状况，而是无序状况带来的经验、认识及其解决。这一行动在我们时代很普遍，而它的名称就是革命。我们必须看到必然引起革命的、现实的无序状况，以及存在于克服无序状况的无序斗争中的邪恶和苦难。我们必须在亲切而直接的经验中认识这种苦难，而不要用名称去掩盖它。但是，我们关注的是整体行动：它不仅包括邪恶，而且包括那些与邪恶斗争的人们；它不仅有危机，而且有危机释放出来的能量以及我们从中学到的精神。我们把这些要素联系起来，因为那才是悲剧的行动。我们从苦难中学到的东西又是革命，因为我们承认其他人也是人，而任何这样的姿态都是现实生活中持续不断的斗争的起点。我们只有从这一悲剧性的角度去认识革命才能够持之以恒。

《戏剧:从易卜生到布莱希特》导言[①]

曾楠译,王琪璨校

前言

本书是对近二十年前出版的拙著《戏剧:从易卜生到艾略特》(*Drama from Ibsen to Eliot*)的补充和修订。以原书为基础来描述现在这本书更恰当,因为它有一半的内容是新的,包括新的论文和对部分早期章节的修订。这本书也在大体上进行了重新编排,目的是为了提供一个不同的但仍具备关联性的批评点。在本书中,我收集了1947—1961 年间登载于以下期刊的论文:《政治与通信》(*Politics and Letters*)、《批评论文集》(Essays in Criticism)、《道路》(*The Highway*)、《批评季刊》(*The Critical Quarterly*)、《再一场》(*Encore*)、《世界戏剧》(*World Theater*)、《二十世纪》(*The Twentieth Century*)以及《电影和戏剧中的表演》一书的前言部分,但这些文章也在整体发展的视域下进行了修订。现在这本书中的新论文包括对加西亚·洛尔迦(Lorca)、毕希纳(Buchner)、奥凯西(O'Casey)和当代戏剧的研究以及结论部分。本书的要旨梗概在

---

① 本文译自 Raymond Williams, *Drama From Ibsen To Brecht*, Chatto & Windus, Revised Edition, 1998。——译者注

1965—1967 年的剑桥课堂上讲授过。

现在呈现在读者面前的《戏剧：从易卜生到布莱希特》可以作为我所著的总共三本戏剧研究系列书籍中的一本加以阅读：继续就《现代悲剧》(Modern Tragedy)(1966 年版)中分析的概念进行批判性研究，以及继续《戏剧表演》(Drama in Performance)(1968 年修订版)一书中对戏剧文本和戏剧表演之间的关系来进行专门探讨。

雷蒙德·威廉斯
1968 年

导言

（一）

距易卜生出版《布朗德》和《培尔·金特》仅过去了一百年。在过去的一个世纪中，戏剧创作和表演都在各种意义上取得了重大成就。还未出现过一个可与之媲美的时代，有如此多的实验和创新，这一点完全与以数种显著方式孕育了戏剧文明的进步和危机有关。这个世纪的大多数时间，尤其是在前七十五年，戏剧的光芒都被作为主要艺术形式的小说所掩盖。然而尽管如此，却也至少应当了解八到十位戏剧家的作品，才有可能认识现代文学。

换言之，在对戏剧自然主义、戏剧表现主义和其他相关思潮运动一无所知的情况下，是不可能了解现代文学的。同时，自从易卜生选择出版《布朗德》与《培尔·金特》，而非将它们交送至剧场排演开始，文学界和戏剧界之间就产生了一种十分复杂而困难的关系：这种关系有时阻碍并总是影响着一部戏剧的成就。戏剧表演的危机，以及作为一种文化习俗的剧场的危机，本身受到电影、广播和电视带来的各种新的戏剧表演方式所影响，使长期以来一直存在的戏剧形式问题显得尤为突出。相当一部分正统说教已经变得麻木不仁,大量破坏性的裂缝已经出现,并将继续生长。但同时,在这些困难的里里外外,戏剧创新的能量和活力始终在持续创造着我们这个世界的核心观念。如果没有戏剧,我们必将失去一种多样性,而研究和了解它则是一项重要的批评挑战。1945 年从在与德国作战的部队离职以后,我便开始阅读易卜生并一直持续数周,直至受到必须完成一门大学课程剩余的部分的影响,才不得不停下来。我尽可能快地返回到这些戏剧上。自那以后,阅读和欣赏这些戏剧,观看上百场成功上演这些戏剧的演出,已经成为我最主要的兴趣。本书的研究主要来自那段时间的经历:甚至在我发现批评问题之前,我就已经被这些戏剧打动。并且,随着这种经验的延续,随着我阅读更多的戏剧,我开始发现那些我认为始终存在的最大困境:那些最终在理论上获得它们自身解决的问题,那些在其他领域而非在戏剧中引起根本怀疑的问题。我一直致力于对这些问题的研究,并且事实上几乎不断重新定义它们并改变我的关键结论。我希望这一项工作能继续进行下去(也理应继续进行下去),但至少在近数十年,那种原动力看来似乎已经完成了自己的使命。我感到已能试图重新在一整体观照的视域下,将有关戏剧的独特感受汇总。占本书绝大部分内容的对戏剧和戏剧家的研究是在过去近二十年的时间中写作和修改的。作为直截了当和经过深思熟虑的回答,这些内容以它们自己的面貌呈现。但随着我愈发对理论问题有所认识,对它们变化着的定义有更清楚的了解,我使用了某些概念,以及相当一部分涉及这一特殊领域研究的词汇。因此,为了读者阅读方便,有必要在这篇简短的导言中对这些内容加以说明。尽管其中最终涉及的整体批评视角,最好能留到结论部分再作揭示,因为它建立在对多部戏剧作品阅读的总结之上。在这里,我必须说明的,是与戏剧形式有关的批评问题,即我所指的"假定性"(convention)和"情感结构"(structure of feeling)是什么。

(二)

对于像现代戏剧发展这样丰富的实验和革新的时期,假定性的问题必然成为中心问题。诚然,假定性的观念对于理解任何一种戏剧形式都是基本的,但它又总是一个理解起来有些困难的概念,在某些基本习俗不断变化着的时期尤其如此。讨论这一问题无疑是富于价值的,接下来让我们直接进入有关假定性的讨论。

普通字典的释义为我们提供了一个有益的起点。据此,假定性的意义是汇聚、集合的行为;是集合、联合;是结合体,特别地由代表了某些明确目标的人组成;是先在于任何一个最终协议之前的约定;是习惯风俗。假定性,与前面一样,是由契约或默示的认同所确立的;是被默示的认同准许和普遍接受的内容;对已经公认的标准来说,是可接受的;对订立约定来说,是可接受的。在我们逐一梳理这些释义和那些有不同词源单词的过程中,我们会发现一项重要的意义含混,其重要性不仅在于它指出了一种有待讨论的混淆、困惑的可能来源,还在于它为分析戏剧中假定性的地位指示一个重要的入口。

混淆的可能来源存在于这样一个事实,即假定性同时涵括了默示的认同与既定的为人所接受的普遍的规定标准,而且显而易见的是,后者通常被理解为一整套正式的规定法则。因此,在对戏剧的负面评价中常常会听到说一部作品仅仅是因循守旧的、陈腐的、陈词滥调、老套的东西、旧有作品的大杂烩。我们也同样用这类词去负面地评价我们认为呆板乏味、眼界狭隘、过时的、不新颖的或不能接受新观念的人和行为。为了解释"假定性的"(Conventional)在批评话语体系中是如何发展为一个负面术语的,我们必须在对文化的历史研究中花费许多功夫。简单来说,这是作为对浪漫主义运动的一部分产生争议的结果。浪漫主义运动特别强调,艺术家有权利漠视他人为其创作实践制定的种种规则。这是一个核心重点,我们从中获得了全部。然而,不幸的是,假定性(convention)与假定性的(conventional)本该相当程度地作出妥协。因为一位艺术家只能遵循一种假定性或创造另一种假定性。这是交流展开的全部基础。但当假定性、传统携带着过时或狭隘的暗示,当它被使用时(正如人们现在常常将其作为对现实主义的负面评价),不产生误解是完全不可能的。但或许也可以将这种意义含混作为获得重要洞见的方法,而此处必须讨论的正是这种方法的路径。

假定性,正如我们已经看到的,包含了默示的认同和普遍为人接受的规则标准。在具体的戏剧实践中,假定性,在任一特定情形下,仅仅是表达剧作家、演员和观众同意在其中相遇的术语,如此演出才可能进行。当然,同意相遇(agree to meet)并不总是一个正式的或特定的过程,更常见的情况是,在任何艺术中,这种同意更大程度上是依照惯例,并常常是几乎不被察觉的、隐形的在场。

这一路径已经可以在我们自己时代的种种假定性中被大量发现。例如在一部自然主义戏剧中,假定性就是台词和戏剧行动应该尽可能接近我们的日常生活:但几乎没有人能在看完这样一部戏剧后明白这是一种假定性:因为它主要呈现出来的不过是"一部戏剧该有的样子","一部戏剧尝试去做的事"。但实际上,这里存在着一种十分明显的假定性:在一大群观众面前,演员应该自然地并且常常是私人化地去表现他代表的人,与此同时始终保持一种错觉,即作为演员,这些人并不意识到观众的在场。最绝望的个人忏悔(剖白),抑或最危险的阴谋,都能够在舞台上被搬演出来,完全暴露于上千名观众的视听之中,并且演员和观众都对此事的发生不感到任何意义上的不可思议。因为通过对习俗惯例的默示认同,他们都已经将此程式接受为一种假定性。

不久前,又或许仍然在不少地方,如果一个角色以独白的方式讲话,还会被认为非常奇怪,不管它被看作是"自言自语",或是"直接向观众致辞"。人们会抱怨这"太假了",或"太失真了",或者甚至是"平淡无奇、缺乏戏剧性"。但当一个人在舞台上面对成千位观众,向他们致辞,却假装他们并不存在地进行这一切时,这种情形无疑是自然的、逼真的。至于独白体之缺乏戏剧性,这是某种条件陈述,被提升到惯例和习俗层面,持续地困扰着戏剧批评,因为众所周知,独白体,在很多时期一直被一般化地接受为戏剧方法的一部分。

在戏剧中已经被加以使用的变化多样的假定性(习俗惯例)不胜枚举。一场在两个具有相当规模的军队之间发生的持续了两天的战役,可能通过关于几个士兵的一段文章中几个简略的场景被代表性地反映出来。一个人生命中的最后一个小时可能在舞台上被演出,等待死亡的紧张被细致从容地聚焦,然而,这戏剧性的一刻可能不超过五分钟。一个人可能走向一个空旷的舞台,舞台上仅仅挂着窗帘,而从这个人所说的话中,我们将同意他其实是在格洛斯特郡,或是在伊利里亚,或是在一座神秘岛上。他可以是一位罗马的将军,站在木制台阶上用英文素体诗向我们讲话,我们会把那个木制台阶当作古罗马广场的讲坛。他可以是鬼、恶魔或神,但同时却喝着酒、接着电话或通过升降机从舞台上受伤消失。他可以穿上一件灰色斗篷,那样我们就会同意他是隐形的,尽管我们还是能看见他。他可以向我们讲话,告知我们他最私密的想法,而我们会同意当我们从舞台下面听到他讲话时,在他几英尺之外的人和舞台两侧候场的人不会听到。只需最轻微的暗示,我们就会接受我们所目睹的发生在公元前四千年,或者发生在中世纪,或者发生在巴黎一间公寓的事件,正发生在这个夜晚曼彻斯特的一家剧院。我们会认出我们现在看到的巡逻官和罪犯分别是上个星期的罪犯和巡逻官,或者是男管家和贵族,但我们并不揭穿他们。我们接受,我们认同,这些就是假定性。

既然对假定性的这种运用在戏剧进行过程中是与生俱来的,那么当戏剧的基本习俗,即对扮演式演出的接受,在具体的戏剧实例中遭遇这样那样的困难时,最初的确令人吃惊。但显然这些困难是尖锐的,并始终存在。我们会同意,站在舞台上的这个人是一股精神,并且丝毫注意不到我们全神贯注的在场,他正对着窗户说悄悄话,在1827年。但如果这扇窗户试图在一边向我们透露什么,我们就会变得十分不安。我们会同意一个杀人犯躲在门后(一个我们仍然能看见他的地方),他可以一脸痛苦挣扎地看向观众席,他摊开双手(我们会立马同意上面沾满了无辜者的鲜血)。但如果他走向台前,以一段二十行的台词或宣叙调或歌曲来解释(如果再充分些、热切些)同样的感情,我们或者我们中的大多数,就会马上感到不舒服,我们事后很可能会说这是“不真实的”。如果我们承认自己是戏剧常客,我们甚至会总结说这出戏剧是不现实的,或是超现实的,或是做作的。即便我们也许能够拒绝这种简单化,我们也不能仅仅通过思考来创造一种替代性的假定性。

这的确是核心难点。因为尽管普通观众比普通戏剧人(entrepreneur)更具包容力,但假定性的变化和发展的基础却始终潜隐地存在着,一个戏剧家可以采用任何适合他的题材和创作意图的习俗来进行创作,这一点只是一种学院派的真理。一种假定性(习俗),从最简单的意义上来说,仅仅是一种方法,机械装置中的一个技术部件,被用来帮助舞台演出。但方法在改变,技术在改变,而同时这些为人熟知的戏剧方法,比如歌队的合唱,或隐形的斗篷,或吟唱式的独自无法令人满意地被加以运用,除非在演出过程中,它们不仅是方法本身,除非在事实上,它们成为假定性(习俗)。戏剧家、演员和观众必须要能同意被使用的某一特定方法是可接受的。并且，从这件事的本质上看，这种"同意"的一个重要组成部分必须通常先于演出，以便将要发生的一切在不产生破坏性歧见的情形中被接受下来。

然而，最终，我们判定某种假定性不是通过抽象的使用，也不是通过实现其种种可能的某些终极标准，而是通过它在一部实际作品中试图完成的内容。事实上，如果这种现象并非是历史性真实的，即某些作品能通过它们自身的力量，改变旧有的假定性，并引入一些新的假定性，我们将除了某些绝对论者的论断之外，毫无变化。我们带着一种平常、轻松的感情接受此类对过去的征服。我们满怀同情地阅读一本易卜生或斯坦尼拉夫斯基(戏剧导演)的传记。但这份同情不过是一种多愁善感，除非它能及时成为我们自己活跃的、富于创造性的观点。

易卜生和斯坦尼拉夫斯基已经取得胜利，正如埃斯库罗斯将第二个演员引入戏剧时，或莎士比亚改变了浸润在鲜血中的悲剧时取得的胜利。但艺术的历史并非一种不断以更高级、更好的形式进行革新的历史，其中同样存在贬质、改良、新元素，甚至是大的转变，但这些内容都既可能是好的，也可能是坏的。存在一种荒谬的想象，即因为我们当代的戏剧是最新的，所以它必定是伟大的戏剧传统中最好的戏剧。然而，正是因为假定性的本质，正是因为任何戏剧方法对这种特殊样式的认同的依赖，戏剧创作难以过于远离其所处时代的生活传统，或不在这一传统界限之内或之上的任何地方展开创作。

因此，我们有了传统的必不可少之物——作为默示认同的假定性——以及有时显得同样必不可少的，发展新型情感模式和获取新的或重新发现的技术手段过程中的实验，即将假定性作为戏剧的方法。现在，我们必须转向对假定性相互作用、相互影响的两个方面的讨论(即约定俗成作为默示的认同和作为戏剧的方法)。

如果在一场演出中，我们将戏剧的假定性看作一种技术性方法，那么显然，对于为什么某些方法不能被使用、不能就其戏剧效果来评判，就不存在任何绝对的理由。但是我们已经发现，在实践过程中，这种绝对的选择自由是行不通的：一位戏剧家在他想要使用的任何特定方法上，都必须赢得观众的认同。并且，尽管他可能常常能够通过某一方法具备的效果威力在作品创作的过程中完成这一工作,但却不能完全依赖于此,因为即使观众是同情的、共鸣的,但太过使人意识到方法的新鲜或奇特,也可能会像开启对抗(hostility)一样在实际上妨碍人们对一部戏剧的完整理解。

有一点看来似乎是可信的,当我们回顾戏剧的历史时,有效的改变往往发生在人们已经有潜在地接受它们的意愿时,起码是社会中特定群体具备这一意愿时。正是从这些人中,艺术家获得了支持。但同时在这种回顾中也可能发现,这样的情形(双向互动)在过去从来都不易发生,现在也是如此,在不稳定的现代经验中有大量事实表明这一点。这里,我们发现自己正在考量假定性和情感结构之间非常难以理解的关系。

(三)

所有关于艺术的严肃思考都必须从确认以下这对显然相矛盾的事实出发:在不可复制、不可化约的意义(irreducible sense)上,一部重要的作品总是独特的、个人化的;然而同时,艺术作品中又存在着可靠的、确有所据的各种各样的在不同时期,以不同样式出现的共同性、一致性。在日常讨论过程中,我们在没有真正考虑这两个相互对立的事实之间关系的情况下,成功做到了同时持有这两个观点。我们在观看某一特定戏剧之后,常常真诚地说,这些台词、角色、戏剧行动,是某一特定戏剧家(才具备的)使自己声名大振的东西;正是因为这一特殊成就,我们才看重他的作品:但随后,有时仅仅就是换口气的功夫,我们又会对着这些台词、角色、戏剧行动说:这些东西在某一特定时期、某一特定类型的戏剧中是典型的。这两种看法都是重要的,都在帮助我们每天更好地理解戏剧。但我们必须面对由于两者之间的显著对立而产生的困境——这里说出自一人之手,那里又说是群体性、时期性的。因为这一矛盾事实不能通过说"我们的两种说法是分别针对不同类型的事实"获得解决。确实,在一些作品中可以区分出不同元素,并且评论说:在这里,戏剧家仅仅遵循了他所属流派和时期的假定性,但在另一处,戏剧家正创造着属于他自己的全新东西。然而,在许多重要的作品中却做不到这点:个人的天才和通过个人天才被表达的假定性往往是或至少看上去不可分。在指出某一特定作家通过一种特定表现形式、风格取得成就时,我们往往处在了解这种类型、风格是什么，它能够做什么之类的位置上。个别戏剧家完成了这一工作，而他的创造随后成为一种通用的时代潮流或风格类型的一部分。

正是为了探索这一核心关系，我使用了"情感结构"（structure of feeling）这一术语。我在这里试图描述的是经验的延续性，即存在于某一特定作品中的独特形式过渡为获得承认的一般形式，以及随后从这种与一般形式的关联过渡为时代潮流。我们首先可以用最泛泛而谈的方式来看这种延续性。现在我们普遍认为，一切生存和受造于某一给定时期、给定社会环境下的人和事物在本质上都是相互关联的，尽管实践起来，在某种细节的程度上，这一点并不总是那么容易被发现。在对一定时期研究的过程中，我们也许能够或多或少精确地重建构成生活的内容、质料，一般的社会组织，以及在很大程度上，构成统治阶级的观念。通常很难决定究竟这些方面中哪一个，如果有的话，在这种整体复杂性中是决定性的。在某种程度上，它们的分离是任意的，类似于戏剧这样一种重要的公共习俗，很可能全方位地、不同程度地改变、绽放自己的色彩。然而，尽管我们可能在对过去时代的研究中分析出生活的特殊部分，如同它们本身是自足的那样对待它们，但显然，这仅仅是它们被研究的方式，而非它们被经历的方式。我们将每种元素都作为沉淀物来检视，但在生活经验的时间里，每种元素都处于溶解和不断变化中，是复杂整体中不可分离的一部分。而且从艺术的本质来看有一点似乎是正确的，即正是从这种整体性中艺术家汲取了灵感，在艺术中，首要地表达和体现着完整的生活经验。

将一件艺术作品与完整的生活经验联系在一起可能在不同程度上是有用的，然而在相关分析中，我们的普遍经验是，当我们对照这些可分离部分来评价一部作品时，我们会发现还剩下一些并不存在外在对应物的元素。这就是我在本段第一句话中意指的"情感结构"。它正如它的名字"结构"暗示的那般结实和确切，而这一结构基于我们经验中最深层的，而且通常是最难于触摸感知的元素。情感结构是回应某一特定世界的方式，这种方式感受起来不像其他湮没于意识层面的、清醒的方式，而是在经验的层面唯一可能的方式。它的手段方法和构成要素并非命题或技巧，而是体现着情感、联系着情感。在同样的意义上，它对其他人来说都是可理解、可进入的——不是通过正式的讨论或凭借他们自身的专业技巧,而是通过直接的经验:作为一个整体的艺术作品的戏剧以及作为它的形式和内容的感觉和韵律。

在过去的戏剧中我们常常看到这样的结构。但紧随而来的问题是,这一术语强调的全部重点,即情感的结构很难在它还活跃着时候将其区分出来。正因为它还没有变成,或没有完全变成可辨识的构造、信仰和习俗,而主要被看作一种深层的个人情感。的确,对某一特定作者而言,这种情感结构常常看起来是独特的,在很大程度上是不可交流的、孤独的。我们能从过去时代的艺术和思想中再清晰不过地看到这一点,当它被创作出来的时候,它的创作者们似乎常常,就其自身和其他人而言,是孤立的、隔绝的、难以理解的。然而经过一再的反复,当这种情感结构已经被消化吸收时,它便成为连接纽带对时代之精神进行反响和回应,甚至把时代的共同之处映入已经充分准备好的眼睛。之后将成为生活结构的东西现在还不为人知,不被分享,而只是一种有记录的结构,能被检验、识别甚至推广。在一个人生活的时代,在上述事实发生之前,对于最能理解新的情感结构,最清楚地了解其构成的人来说,他们可能会首先将这种经验作为自身经验来理解:这种经验将他们与其他人隔离开来,尽管这种隔离实际上来自于一系列已经被人们接受的社会构造、假定性和习俗惯例,这些内容已经不再表达和满足他们生活的核心部分。当这样一位作家在他的作品中进行言说,并且常常是对其所处时代的成果现状加以抨击时,对他自己和其他人来说,发现竟然可能存在着对这些过去看来最困难、最难以理解、最不可分享的生命经验的认可,这本身就令人吃惊。已经被确立下来的结构会批判他、反驳他,但也会有越来越多的人认为他是在为他们说话,道出他们自己对生活的最深层次的感受,而这仅仅是通过作家为他自己说话这一过程来实现的。一种新的情感结构随后变得愈发清晰。甚至还有这样一种可能性,即直接地去审视这种当下的新结构(尽管通过与分析固有的结构相比仍然非常难以实现),而非仅仅局限于某些特定作品的效果。尽管许多此类的阐述都太早熟、太浅显或太死板,但有一点仍然正确,即探索发现确切的当下情感结构(这些新的情感结构常常被它们更具辨识度的先有结构遮蔽)是我们这个时代对艺术和社会最重要的一种观照。

与情感结构有关,艺术家的重要性首先必须在于一种事实上的结构:不是新的回应、兴趣和看法的一种未定型的流动,而是这些内容形成的结构为我们审视自己和周围世界提供一种新的方式。这种构成是一切确有所据的当下活动的目的,而它的成功往往发生在其他领域而非艺术领域。但是艺术家,通过其作品自身的独有特点、品质,从一开始就直接地介入了这一过程。他只能在这种结构成为可能的时候全力以赴去创作,通常是以一种个人探索的形式,随后是这个个人探索的散播,最终成为一代人创作的规范。

最终,正是在这方面,我发现了情感结构这一批评术语的有效性,因为它在实用层面上将我们的注意力导向了一类分析,这种分析立刻关注到了特定形式与一般形式中的各种元素。我可以从一个相当局部的范围出发,在直到今天还被称为"实用批评主义"的这一维度内直接分析,探索某一特定戏剧的情感结构。这一结构总是一种经验,一种我们能直接予以回应的经验,但它同样也是在一定特殊形式下,通过特定的假定性产生交流的经验。在形式(结构)与经验之间确实始终存在一层至关重要的联系:一种同一性,一种张力,有时候实际上是一种分裂。这不完全是一个运用外部形式的问题,也不是对某部特定戏剧而言的种种规则;这是经验和经验交流的手段之间通过一条根本的内在准则相互关联的方式。因此,对情感结构的最初研究总是本土化的、特定的、独特的。但是现在借助交流的手段以及我们要着手研究的内容之程度范围已经涉及某部特定作品,并且将要延伸至语言、戏剧方法和那种我们称之为假定性的东西。当我们收集自己关于某些特定戏剧的经验时,我们立刻会发现情感结构是不断延展、不断变化的:在某些剧作和剧作家之间,常识中的重要元素,诸如经验和方法在发生变化;重要的元素发生变化,正如经验与假定性一同发生改变,或正如经验被发现处于与现存假定性的张力之中,改变对方或被对方改变。逐渐地,我们的发现会远远超出某些特定作品:对于很多剧作家,事实上也对一个时代和连续的历史时期而言,这是一个组成、构型的问题,但同时,至关重要的还有关经验的问题。在任何严谨的分析中,这种关系通常很难维持,但仍然存在这样的可能性,这正是我在对现代戏剧进行研究的过程中着重加以检验的内容,即最特殊和最普遍形式之间的实质联系。这种研究分析常常显示出戏剧方法的一种变化,但我的论点并不在此。通过假定性和情感结构之间的关系,我想要指出的是,我们能够对戏剧方法有清晰的技术定义,同时更进一步地了解到,这里被定义的内容绝不仅是技术,更是在实践层面描述了经验发生的变化——回应与交流、"主题"和"形式"——这些使戏剧在其自身和历史上变得重要的东西。

(四)

在分析情感结构的过程中,最持续性的困难是历史变化的复杂性,以及尤其是在现代戏剧中十分显著的交替结构的共生与共存,即使是在同一历史时期和社会中。这些事实决定了本书篇目的安排,尽管这些安排不指向任何简单的结论。的确存在着这样一种整体上的历史发展,从易卜生到布莱希特,从自然主义戏剧到表现主义戏剧。这暗示可以大体按年代顺序编排本书篇目,因此,我从易卜生开始谈起,以 20 世纪五六十年代的戏剧收尾。但这并不仅是说,我们必须在对自然主义和表现主义的描述上超越二者通常更有意义的交叉地带和变体。这同样也是贯穿某一历史时期,特定形式被实际上重新发现,或细查某些剧烈变动的局部情形中特定的发展变化:通过跟随自己的真实体验(虽然同时还要试着以一种有批判性意义的方式呈现它们),在恢复它们在时间上的顺序之前,我已经在整体历史发展中,捕捉到了特定种类和领域作品自身的结论。在第一部分,我从在我看来奠定了这一时期全部重要性的三位主要剧作家开始,也就是从易卜生、斯特林堡和契诃夫开始。他们三个实际上不是同辈人——易卜生比斯特林堡早生 21 年,比契诃夫早生 32 年——但他们都在 19 世纪八九十年代创作戏剧,正是在他们作品的范围内和基础上,现代戏剧才得以获得实质性存在。在第二部分,我转向了拥有卓越非凡的戏剧创作传统的爱尔兰民族,从 19 世纪 90 年代的叶芝,经辛格、乔伊斯一直到 20 世纪 40 年代的奥凯西。这一传统发生的过程中囊括了绝大部分主要的现代戏剧形式,但需要强调的是这些内容产生于特定的民族国家和历史境遇中。在第三部分,我转向了极具重要的实验戏剧领域:如皮兰德娄戏剧中对梦、幻觉的戏剧使用,以及从奥尼尔到吉罗杜、阿努伊和萨特等数位戏剧家作品中对神话的戏剧使用;除了这些,我也考虑了诗剧中反差极大的实验,比如在洛尔迦和艾略特以及部分英国剧作家的作品中的实验。在第四部分，出于特别强调的原因，我对社会和政治戏剧领域之内的那些作家和戏剧方法进行了归纳整理：从回顾毕希纳和他同霍普特曼的联系开始，接下来到萧伯纳和劳伦斯之间形成鲜明对比的形象，托勒和米勒，最后到布莱希特。在第五部分，我讨论了最近的十部戏剧：它们是奥尼尔、尤奈斯库、贝克特、热内、弗里施和迪伦马特以及英国剧作家中威汀、奥斯本、品特和奥登的作品。我已经十分清楚地意识到这种安排存在问题。但因为最终所有研究都是相互关联的，篇目安排或许是可接受的：它确实使我能在靠近特定作品的同时，始终追随特定的主题和种类。然后我试图在结论中要做的，是建立在特定研究的基础上，对这辉煌卓著的一百年中最重要的戏剧组织形式——假定性和情感结构进行更为综合的、整体性的陈述。

西奥多·阿多诺

关于形而上学的沉思(1966 年) *

西奥多·阿多诺

(Theodor Wiesengrund Adorno, 1903—1969)

德国哲学家、社会学家、音乐理论家,法兰克福学派第一代的主要代表人物,阿多诺生于一个富裕的犹太人家庭,具有意大利人血统。在《最低限度的道德》(*Minima Moralia*, 1951)一书中,阿多诺的主要工作体现了一种超越于传统的脑力劳动以找到最具症状性的形式的尝试。他最主要的哲学著作有:与马克思·霍克海默合著的《启蒙的辩证法》(1944)、《否定的辩证法》(1966)、《美学理论》(1970)。更为知名的是他的音乐论著而非文学批评,例如:《现代音乐哲学》(*Philosophy of Modern Music*, 1948)。他的工作发展出了一种受音乐影响下的写作的概念,尤其受到勋伯格(Schonberg)、贝尔格(Berg)及韦伯恩(Webern)的影响,这些都反映在阿多诺作品的结构及标题中。《文学笔记》(*Notes to Literature*, 1974)一书汇集了大多数他关于文学的论文,这本书的开篇就论证了一个论文概念,明显体现在《介入》(*Commitment*)一文的辩论形式中,而且还受到了早期卢卡奇和本雅明的影响。阿多诺经常被描述为一位反对大众文化的艺术反对者,在资本主义商品拜物教中,他关于文化工业的概念将这种分离视为一种不可调和的对抗。因此,他对先锋艺术与文化工业产品均予以批评,既而尝试为认知的社会承诺与美学的否定性创造一个批评的空间。《介入》一文通过萨特和布莱希特的工作,重新思考了致力于文学的传统,延伸出文学政治的矛盾形态。《否定的辩证法》是阿多诺晚年的一部著作,体现了他对传统的主体性与整体性的否定、对不断自我否定的自由生命力的不可抗拒性、对死亡与永恒否定的期望、对历史与现实的哲学思考的绝望,以及人类文明的悲观前景与无可挽回的憧憬的破灭。奥斯威辛进一

---

* 本文选自《否定的辩证法》,张峰译,选文部分包括:"奥斯威辛集中营之后""形而上学与文化""今天的死亡""幸福与徒劳的等待""虚无主义",重庆出版社 1993 年版,第 361—382 页。

步证实了哲学命题是与死亡一致的,正如阿多诺在《美学理论》中所言:"今天的极端艺术,简直就可以说是非常黑暗的,基本颜色是黑的。"在奥斯威辛集中营之后还能否继续生活吗? 在奥斯威辛的阴影中,人的身体处在绝对物质性的痛苦之中,阿多诺在这起骇人听闻事件的美学反应的身后发觉到了一种缄默。"如果一个思想不能用极端化的概念来衡量,那么它就来自于伴随着受害者的惨叫声的世界,这是音乐之外的世界",奥斯威辛集中营中的黑暗往往是通过某种致命的情感麻木,这种麻木不仁的情绪助使人们容忍集中营的恐怖场景,留给人的仅仅是一种允许人的身体功能可以运作的意义上的生活。历史并不是一个逐渐增加幸福的故事,身体的存在蔑视着工具理性的蹂躏,而纳粹的死亡集中营对身体的蹂躏达到了极点,在阿多诺看来,在这一事件之后已没有真正的历史,甚至丧失了基本的人性……艺术在本质上是悲剧性的,但阿多诺也并非绝对悲观,即使审美条件已被法西斯及大众(mass)所污染,也决不能放弃审美工程。在艺术的堕落中、在艺术不断失去差异性的历史趋势中,他同样看到了人类文化在自我否定的历史中可能获得重建的希望。

关于形而上学的沉思

奥斯威辛集中营之后

我们再也不能说，真实是不变的，外表是运动的、暂时的。暂时性和永恒观念相互的漠不关心再也不能维持下去了，即使用黑格尔的大胆的解释——暂时的实存因其概念中内在固有着破坏而服务于在破坏的永恒性中所表现的永恒——也不行。在辩证法中，被世俗化的一种神秘的冲动是这样一种学说：认为尘世的、历史的东西是与传统形而上学当作先验性来突出的东西相关联的，或以不怎么神秘地直觉的和彻底的方式说，它至少是与人类意识对哲学教规指派给形而上学的问题所采取的立场相关联的。在奥斯威辛集中营之后，我们的感情反对任何关于实存具有空谈、虐待牺牲品的肯定性的说法，我们的感情反对从牺牲品的命运中榨出任何一种完全被耗尽的意义。在这些事件判定关于内在性意义（由肯定地确定的先验性所散发的意义）的构想是一种嘲弄之后，我们的感情的确具有它的客观因素。

这种构想证实了绝对的否定性而且有助于它的意识形态的生存——实际上，在现存社会的原则中这种否定性一直生存着，直到这社会自我毁灭。里斯本的大地震足以使伏尔泰摆脱莱布尼茨的神正论，可见到的第一自然的灾难同第二自然、即社会的自然的灾难相比是微不足道的。第二自然蔑视人的想象力，因为这想象力从人类邪恶中引出了现实的地狱。我们的形而上学的能力瘫痪了,因为实际的事件破坏了思辨的形而上学思想与经验相协调的基础。从量到质的突变的辩证动机再一次获得了说不出的胜利。通过管理手段对数百万人的谋杀使得死亡成了一件在样子上并不可怕的事情。个人经验生命的死亡再也不可能像是与生命过程相符合的事情。留给个人的最后的、最可怜的财产也被剥夺了。在集中营中,死掉的不再是个人而是样品——这一事实肯定影响了那些躲避行政手段的人的死亡。

种族灭绝是绝对的一体化。不管在哪里,只要人们被毁灭——或用德国军队的说法,"被干掉"——直到他们被当作与他们完全无用的概念的偏差而真正灭绝掉,运用的就是这种方式。奥斯威辛集中营证实纯粹同一性的哲学原理就是死亡。贝克特的《决赛》透露了大量的资料:人们对那种首先在集中营进行实验的实践的反应实际上不是感到太可怕,而且这种实践——一度是可尊敬的——的概念中在意识形态上潜伏着对非同一性的破坏。绝对的否定性是司空见惯的,不再使人们感到惊奇。畏惧是依附于自我保护的个体化原则的,这一原则因其自身的一致性而废除了自身。集中营里的施虐狂们对他们的牺牲品预言:"明天你们将化为烟雾从这个烟囱里升上天空。"这种预言表明了历史所趋向的对每一个人的生命的冷漠。个人即使在他的形式上的自由中也像在清算者的脚下一样,是可互换的和可替代的。

但由于在一个以普遍的个人利益为其法律的世界上,个人只具有这种已成为无关紧要的自我,那么,人们所熟悉的、古老的、趋势的作用同时也就是最可怕的事情。人们无法摆脱这种趋势,就如同无法逃出集中营周围的电网一样。日复一日的痛苦有权利表达出来,就像一个遭受酷刑的人有权利尖叫一样。因此,说在奥斯威辛集中营之后你不能再写诗了,这也许是错误的。但提出一个不怎么文雅的问题却不为错:在奥斯威辛集中营之后你能否继续生活,特别是那种偶然地幸免于难的人、那种依法应被处死的人能否继续生活?他的继续存在需要冷漠,需要这种资产阶级主观性的基本原则,没有这一基本原则就不会有奥斯威辛集中营。这就是那种被赦免的人的莫大罪过。通过赎罪,他将受到梦的折磨,梦到他不再生存了,在1944年就被送进毒气炉里了,他的整个存在是想象中的,是一个20年前就被杀掉的人的不正常愿望的散射物。

思想家和艺术家时常描述一种不是身临其境、不是在表演的感觉,仿佛他们根本不是他们自身而是一类旁观者。其他人发现这是令人讨厌的:基尔凯戈尔据此向他所谓的美学领域发起论战。然而,双哲学人格主义的批判表明,这种对直接性的态度、这种对每一存在姿态的否认有着超出自我保护动机的现象之外的客观真理要素。"这实际上有什么关系呢?"我们喜欢把这句话和资产阶级的冷漠联系起来。但正是这句话很可能使个人毫无畏惧地意识到他的存在的无意义。存在的不人道的一面、即那种使人保持一种旁观者的距离并超然于事物的能力归根到底是人道的方面,是被它的思想家所抵制的方面。

有如此表现的东西是不朽的,这并非完全没有道理。肖伯纳在他走向剧院的路上向一个乞丐出示他的证件并匆忙说:"报社的。"这个场面隐藏养一种玩世不恭的意思,它有助于解释一个令叔本华吃惊的事实:在不是别人而是我们自己的死亡面前,情感经常是很虚弱的。当然,人们毫无例外地都要受魔法左右,没有人能去爱,这就是每一个人都觉到极少被爱的原因。但是,旁观者的姿态同时也表现出对事情是否全都如此的怀疑,尽管主体在自己的严重的幻觉中只具有可怜的和在情感上像动物一样的短命性。

在魔法支配下,生存者要在不自觉的无动于衷———一种出于软弱的审美生活——和被卷入的兽性之间进行选择。二者都是错误的生活方式。但其中一者是为正当的超然和同情所要求的。那种应被谴责的自我保护的渴望一旦被克服,也许就恰恰被不断出现的威胁所证实。自我保护的唯一麻烦是人们禁不住怀疑它强加于人们的生活是否变成了某种使人们发抖的东西,变成了鬼怪,变成了幽灵世界的一部分,而这幽灵世界又是人们觉醒的意识觉得不存在的。这种生活作为纯粹的事实将扼杀其他生活。在统计学看来,这种生活的罪责以极少数人的获救来弥补绝大多数人的被谋杀,仿佛这是由或然性理论所预言的——这种罪责是和生存不相调和的。这种罪责并没有停止再生自身,因为目前它还不能一下子被充分意识到。

这正是迫使我们从哲学上来思考的东西。在哲学上,我们体验到了冲击:哲学的刺透越是深刻、越是有力,人们就越是怀疑哲学从人们身上清理掉了实际的事物——

对本质的揭露也许能使最肤浅的、平庸的观点压倒那些针对着本质的观点。这便把一束耀眼光线打在了真理本身上。在思辨中,人们感到有义务承认一种对思辨的对立面常识来说是可纠正的立场。生活哺育了一种预感的恐怖:应该被认识的东西也许类似于脚踏实地的东西,而不是类似于崇高的东西;也许这种预感甚至将在平淡的领域之外得到证实,尽管思想的幸福、它的真理性的前提唯一存在于崇高之中。

如果平淡者有定论的话,如果定论是真理的话,那么真理就被贬值了。平凡的意识正如它在实证主义和非反思的唯名论中从理论上所表达的那样,它也许比崇高的意识更接近使事物与思索相符合;它对真理的嘲笑般的拙劣模仿也许比优越的意识更真实,除非不是符合的形态而是别的真理概念的形态将取得成功。形而上学只能靠废弃自己来取得胜利,这种刺激也适用于别的真理,它同样也是通向唯物主义的动机之一。从黑格尔主义者马克思到本杰明的拯救归纳中我们可以追溯出这种倾向。卡夫卡的著作也许是这种倾向的顶点。如果否定的辩证法要求思维进行自我反思,那么这明显意味着,如果思维想成为真实的、特别是在今天成为真实的,它就必须也是一种反对自身的思维。如果思想不是用那种躲避概念的极端性来衡量的,那么从一开始它就具有一种音乐伴奏的性质,党卫队喜欢用这种音乐伴奏来压倒它的受害者的惨叫声。

形而上学与文化

希特勒把一个新的绝对命令强加给不自由的人类:着眼于奥斯威辛集中营不再重现、着眼于类似的事情不再发生来安排人们的思想和行动。这种绝对命令像康德的既定的绝对命令一样不顺从它的根据。靠推论来对付它未免残暴了,因为这种新的绝对命令使人们对道德的附加物有了切肤之感——之所以如此,乃因为它现在是对不可忍受的肉体痛苦的实际厌恶,这种肉体痛苦使个人听任个性作为一种精神反思形式而消失。在坦率的唯物主义动机中幸存的只是道德。

历史过程迫使唯物主义走向形而上学、即它的传统上的直接对立面。精神一度自夸像它的同类物一样起定义或解释作用的东西开始趋向于不像精神的东西,趋向于那种逃避精神的统治并表明这种统治是绝对的邪恶的东西。生活的肉体的、无意义的层次是苦难的舞台,这种苦难在集中营里毫无安慰地烧掉了精神及其对象化文化的一切安抚作用。这种不可抵抗地迫使形而上学与它一度打算反对的东西相结合的过程已达到了它的消失点。自青年黑格尔以来,哲学还未能制止住它严重陷入物质生存问题的状况,除非它为了被许可的思考而出卖自己。

儿童在对抢劫者地区、尸体、令人厌恶的甜腻的腐烂气味、该地区使用的脏话的入迷中预感到了这一点。这一区域无意识的力量也许像幼儿期性的力量一样强大,二者混合为肛门固恋,但它们又很难是一回事。无意识的知识把被文明教育所压抑的东西私下传给儿童,耳语似的声音说:"就是这么回事。"悲惨的物质生活敲击出那种差不多同样受压抑的崇高情趣的火花,它引起了"这是什么?"和"趋向何处?"的问题。有人打算用"粪堆"和"猪圈"之类的话来使儿童记住使他震惊的事情,这种人也许比黑格尔更接近绝对知识,尽管黑格尔的著作向读者许诺只有以优雅的姿态才能把握这种绝对知识。肉体的死亡和文化的这种一体化在理论上被废除了——但不是为了取悦于本体论上纯粹的死亡本性,而是为了尸体的恶臭所表现的东西的缘故,我们因尸体被美化为"遗体"而受到了愚弄。

有个孩子喜欢一个名叫亚当的小旅馆老板,观看他用棍棒驱打从院子的洞中灌出来的老鼠。正是按这个人的形象,这个孩子形成了自己关于人类始祖亚当的形象。亚当已被忘却了,人们不再理解人一度在狩猎者的大车前感受的东西。这既是文化的胜利,也是它的失败。文化竭力仿效古老的亚当,不能容忍对这一地区的看法,恰恰正是这种看法和文化自身的概念不相调和。文化憎恶恶臭,因为它发出恶臭——正如布莱希特用华丽的词句所说的那样,因为它的大厦是用狗粪建造的。在写出这句话几年后,奥斯威辛集中营无可辩驳地证明文化失败了。

在一切哲学、艺术和启蒙科学的传统中间会发生这种情况,这不单单是说这些传统及其精神缺乏把握和改变人们的力量。在这些领域本身,在强调它的自给自足的要求中存在着非真理性。奥斯威辛集中营之后的一切文化、包括对它的迫切的批判都是垃圾。由于文化在它的乡村中不加抵抗地发生的事情之后恢复了自身,文化已完全变成了它曾潜在地所是的意识形态——之所以曾是潜在地,乃因为它同物质存在相对立,自以为给物质存在带来了光明,而这种光明是精神同体力劳动的分离对它隐瞒的。任何为维持这种应彻底谴责的和破旧的文化而辩护的人都成了它的同犯,而那种否定文化的人则直接推进了人们的文化所表现出的那种野蛮状态。

甚至沉默不语也不能使我们走出这个怪圈。在沉默中,人们只是用客观真理的状态来使人们的主观无能合理化,再一次把真理贬低成谎言。当东方国家不管做怎样相反的胡扯而废除文化或把它变成像纯粹的统治手段那样的废物时,为其呻吟的文化便正在获得它应得的东西以及它以所有人平等的民主权利的名义热忱地趋向于的东西。唯一的差别是,当高高在上的官员把他们的行政野蛮状态当作文化来喝彩并把其危害当作不可丢弃的遗产来维护时,他们证明了它的现实性、即基础像他们通过将其置于自己的管理之下而破除的上层建筑一样是野蛮的。至少在西方,人们可以这么说。

危机的神学记录了它抽象地因而无用地反对的一个事实:形而上学已经和文化融合在一起。文化头上的光环、精神的绝对性是同样的原则,它不知疲倦地侵犯它声称要表现的东西。在奥斯威辛集中营之后,任何漂亮的空话、甚至神学的空话都失去了权利,除非它经历一场变化。很早以前尼采对观念做出的判断被运用到牺牲品身上并重申了传统的语言的挑战和这样一种检验:上帝是否允许这一切而不用他的天罚来干预。

那些以值得钦佩的力量而在奥斯威辛和别的集中营幸存下来的人会勃然大怒地反驳贝克特说:如果贝克特在奥斯威辛集中营里呆过的话,他就不会这样写了,而且肯定会带有逃犯的战壕信念。与贝克特认为的不同,逃犯也是有理由的。贝克特和别的能自制沟人会在奥斯威辛集中营里粉身碎骨,或许被迫承认逃犯用"力图给人们以勇气"之词来粉饰的战壕信念——仿佛这取决于任何一种精神的结构,仿佛那种求助于人们并适应于人们的意图并没有使他们丧失他们应得的东西,即使他们相信相反的东西。这就是随形而上学出现的东西。

今天的死亡

这使得那种希望形而上学有一个新起点——或如通常所说,希望彻底质疑的愿望——有了启发性的力量:希望消除失败的文化想遮盖它的罪过和真理的幻想。但一旦这种假定的消除产生了对完好无损的基础层次的渴望,它也就和它自夸要铲除的文化结成了同谋。在法西斯主义者拼命反对破坏性的文化布尔什维主义之时,海德格尔却使破坏成了一种可尊敬的渗透存在的手段。文化批判和野蛮状态不是不可以一致的。这迅速得到了实践上的检验。那些企图摆脱其文化的、间接的要素的形而上学反思否认了它们所谓的纯粹范畴与社会内容的联系。它们无视社会,但鼓励社会以现存形式继续存在,而这些现存形式反过来又阻碍真理的认识及其实现。纯粹的原始经验的偶像像文化上被预选过的东西一样是一种骗局,是作为存在之物的过时的范畴原料。唯一可能的逃避路线是被其间接性从两方面所规定的,作为废物之门面的文化和作为可怜的文化愿望(即希望在一切变化中事物始终保持自身)之投射的自然——即使它把自身视为存在之基石。甚至死亡的经验也不足以作为最终的和无可怀疑的东西,作为笛卡尔一度从无价值的"我思"中推演出的那样的形而上学。

死亡形而上学的退化不管是退化成英勇般死亡的宣告,还是退化成纯粹重述"人必有一死"的显而易见事实的琐谈,它的意识形态的危害或许都是建立在这样一个事实上的:直到今天的人类意识都是太虚弱的,以致承受不住死亡的经验,甚至不能自觉地接受这种经验。任何公正地和自由地对待客体的人生都不足以完成每一个人的生命潜在地所包含的东西,生命和死亡彼此割裂开来。那些给死亡以意义的反思像同义反复的反思一样是无济于事的。人们的意识越是摆脱动物性并使人们感觉到是稳固的和在形式上是持久的,它就越固执地抵制任何使它怀疑自身的永恒性的东西。

随着主体历史地被推崇为精神,便产生了那种关于它的不可让与性的幻想。早期的所有权形式是和打算消除死亡的神奇实践相一致的。由于一切人类关系开始更彻底地被所有权所决定,理性便像以前的仪式那样固执地去拔除死亡。在最终阶段,在绝望中,死亡本身成了所有权。它的形而上学的拔高使人们免除了对它的体验。我们目前的死亡形而上学不过是社会对下列事实的无力的安慰:社会的变化已使人们丧失了据说一度使得死亡对他们来说是可忍受的东西,丧失了死亡和丰富的生命史诗般统一的感受。

在这种感受中,死亡的统治也许只被老年人和厌世者的疲乏所美化。他们认为他们有权利去死,因为他们以前的艰难生活根本不是生活,因为生活留给他们的力量甚至还不足以抵抗死亡。然而,在社会化的社会中,在不可逃脱的密网中,人们感到死亡只是外在的和陌生的,不再幻想死亡可以与他们的生命相通约,他们不能接受他们一定得死的事实。与此相关的是一种反常的、混乱的希望:死亡并不构成存在的整体——正如海德格尔所认为的那样——这就是一个尚未衰弱的人之所以把死亡及其征兆精神不安体验为异质的和异己的东西的原因。

人们可以巧妙地提出理由说自我不过是与死亡相对立的自我保护的原则,因而死亡不能被作为自我的意识所同化。但人们的意识的经验很少支持这种观点,面对着死亡,意识并不必然像人们所期望的那样采取蔑视的姿态。任何主体都很难认可黑格尔的这样一种学说——凡是存在的都是将要灭亡的。甚至对那些感觉到自己衰弱迹象的上年纪人来说,人肯定会死的事实似乎更像是一种因他们的身体而造成的偶然事件,具有和今天典型的外部偶然事故同样的偶然性的特点。

这加强了一种与关于客体的优先地位的见解相对位的思辨:精神是否不具有一种独立的因素、一种未混合的因素,这种因素恰恰在精神未吞没一切和自身再生死亡的厄运时是自由的。对自我保护的兴趣不管多么靠不住,如果没有这种精神的因素就几乎不可能解释永生不死观念的抵抗力量,像康德保护这种力量那样。当然,这种抵抗力量在类的历史中似乎是衰落了,正像它在衰老的个人中衰落了一样。在那些发誓要消除死亡的痛苦的客观宗教衰败(早已秘密地得到了认可)之后,死亡在今天已完全因社会决定的这种连续的经验的衰败而成了彻底异化的。

主体越是不生活,死亡就变得越险峻、越可怕。死亡确实使人们成了物,这一事实使得人们意识到物化、他们永恒的死亡和他们错误造成的关系形式。死亡在文明中的一体化缺乏战胜死亡和战胜面对死亡时可笑的装模作样姿态的力量,塑造了对这种社会现象的反应以及商品交换社会的笨拙的企图、即堵住商品世界打开的最后的洞。

死亡与历史、特别是与个别范畴的集体历史形成了一个星丛。个人,如哈姆雷特,曾一度从对死亡的不可改变性的初步意识中推断出了他的绝对的本质性。现在,个人的衰落使得资产阶级存在的整个结构随之一起衰落。被摧毁的是一种自在的、甚至自为的非同一性。因而面对死亡出现了一种持久的恐慌,这种恐慌再也平息不下去,除非靠压抑死亡的思想。这种死亡、或者说作为一种首要的生物学现象的死亡是不能从历史的麻团中抽取出的①。因此,作为死亡经验之载体的人完完全全就是历史的范畴。那种认为死亡总是一样的说法既是不真实的,也是抽象的。意识容忍死亡的方式随具体条件而不尽相同,尽管一个人的死亡归根到底是肉体上的死亡。

在集中营中,死亡有了一种新的恐怖感:自奥斯威辛集中营以来,怕死意味着怕是比死更糟的事情。死亡给社会处死的人带来的东西对人们所爱的老人来说在生物学上是可以预知的;不仅他们的躯体,而且他们的自我,一切使他们确定为人的东西都在没有疾病、没有外来暴力的情况下崩溃瓦解了。最后一点对他们的先验延续性的信心还在他们弥留人世时就消失了。也就是说:他们还有什么不死亡呢? 信仰的安慰——即认为甚至在这种解体过程中或在精神错乱中,人的核心仍继续存在——对这种经验漠不关心是愚蠢的和讽刺性的。它无限扩展成浮夸的市侩智慧的珍珠:"一个人永远是他现在的样子。"那种故意不理否定自己的形而上学需要的可能实现性的人嘲笑的正是这种需要。

即使这样,也不能认为死亡就绝对是最后的事情。企图用语言来表达死亡归根到底在逻辑上是无用的。因为人们认为已经死亡的那个主体此时此地是谁呢? 欲望——按尼采的明白易懂的话说,就是想永恒——不是唯一的抗拒消亡的东西。假如

① 参见海因里希·雷久思:《破晓》,苏黎世1934年版,第59—70页。

死亡是哲学肯定地、徒劳地极力召来的绝对,那么一切都是虚无,人们想到的一切也被认为是空的,任何带有真理性的东西都是不可思议的。因为真理的一个特点是它将持续下去,连同它的时间核心一起。没有持续,就根本不会有真理,真理的最后痕迹就会被吞没在绝对的死亡中。

绝对死亡的观念像永生不死的观念一样是不可思议的。但死亡的这种不可思议性并没有使思想抗住任何一种形而上学经验的不可靠性。人们陷入的假象之网扩及到了他们想象的撕破外罩的方式。康德认识论的问题"形而上学如何可能?"产生了一个历史哲学的问题:"形而上学的经验是否仍然可能?"如同形而上学一词的学院用法所提示的,这种经验根本没有超出时间性之外。人们注意到,神秘主义——它的名称表达了一种希望,这就是制度化可以使形而上学经验的直接性不致一起丧失掉——建立了社会传统并且来自传统,突破了彼此视为异端邪说的宗教所划定的分界线。希伯来神秘哲学、即犹太神秘主义主干的名称意味着传统。在其冒险前进到的最远的地方,形而上学的直接性并没有否认它完全是间接的。

然而,如果形而上学的直接性引证传统,它也就必须承认它对历史的精神状态的依赖性。在康德那里,形而上学观念被清除掉从材料到实现的经验的存在判断,他为形而上学观念指定的位置尽管是二律背反,却是和纯粹理性相一致的。今天,这些观念是如此的荒谬,就像那些认为它们是不存在的观念在审慎的维护性分类中被说成是荒谬的一样。如果我不想否认历史哲学已经推翻了形而上学观念,同时又不能容忍这种推翻(除非我也否认我自己的意识),那么,一种不单是语义学的混乱就直接把形而上学观念的命运抬高成一种形而上学的命运。秘密的、不合逻辑的推论是世界的绝望,即一种以事实为基础的、具有真理性的、既非美学的人世悲哀亦非错误且值得诅咒的意识的绝望向人们保证那些无望地丧失的东西还存在着,尽管存在在很大程度上已成了一种普遍的罪责关系网。

在所有这些因神学的基础而碰到的耻辱中,最坏的莫过于肯定的宗教为不信教者的绝望而欢呼嚎叫。这些宗教逐渐开始在上帝被否定的地方吟咏它们的感恩赞美诗,因为它们至少需要上帝的名字。如同在地球上所有居民所轻信的意识形态中手段篡夺了目的一样,在今天兴起的形而上学中需要也篡夺了所缺乏的东西。匮乏的真理内容成了一种无关紧要的事情:人们肯定这种匮乏,因为它对人们是有好处的。形而上学的辩护者和他们所蔑视的实用主义联起手来,这种实用主义先验地溶解了形而上学。同样,绝望是最后的意识形态,在历史上和社会上都是被制约的,像那种一直侵蚀形而上学观念而且不能因 cui bono(为了什么目的?)而停止下来的认识过程一样。

幸福与徒劳的等待

什么是形而上学的经验? 如果我们不屑把它摆到所谓的原始宗教经验上来认识,我们就很可能像普罗斯特那样在幸福中来想象它,而这种幸福是像水獭村、水村、后悔庄、月泉之类的村名所许诺的。人们认为到那里去就能如愿以偿,仿佛那里有这种东西。实际上到了那里这种许诺便像彩虹一样消失了。然而人们并不失望,而是感到更接近了它,并认为正因为如此才看不见它。风景和决定着儿童的形象世界的地区之间的差别大概不是太大。普罗斯特在伊利尔斯看到的东西对同一社会阶层的许多孩子来说在别的地方也会发生。但形成这种普遍性、这种普罗斯特的感觉的真正部分的东西应是人们在一个地方所感到入迷的东西,人们用不着去窥视普遍性。

对儿童来说,显而易见的是,在他喜爱的村庄里使他高兴的东西仅仅是在这里找到的,只是在这里而不是在别的地方。他是错误的,但他的错误创造了经验的模式。这是一种概念的模式,这种概念最终是事物自身的概念而不是对事物可怜的抽象。普罗斯特的讲述者作为一个孩子第一次见到德·盖尔曼特公爵夫人是在那场婚礼上。也许,在不同的地点和时间也会有这种婚礼出现,对他后来的生活也有同样的影响。只有在面对绝对的、不可溶解的个别时,人们才能希望恰恰是这个个别曾存在过并继续存在。只有实现这种希望,才会实现概念的概念。但是概念倾向于所许诺的幸福,而那个否定人们幸福的世界则是统治性的、普遍性的世界,这世界固执地同普罗斯特重构的经验相对立。

幸福,这一对形而上学的经验唯一更重要的渴望使人们看出客体的内部是某种从客体中清除出去的东西。然而，朴素地具有这种经验的人仿佛把他的手放到了这种经验所提示的东西上并屈服于经验世界的条件——他想超越这些条件，而且只有这些条件才给了他超越的机会。形而上学经验的概念是二律背反的，不仅像康德的先验辩证法所宣扬的那样，而且在其他方面也如此。自主的主体在拒绝把它不能理解的东西强加于自身之前，它所断言的形而上学如不求助于主体的经验、如果没有主体的直接呈现就是无用的。然而，任何对主体来说是直接显而易见的东西都免不了易误性和相对性。

由未被破坏的主观直接性的理想所激发的物化范畴不应再占有关键的地位，因为这种地位是由一种愉快地同化唯物主义思想的辩护性思想过于热忱地给予它的。这种看法违背了任何列在形而上学经验的概念之下的东西。从青年黑格尔开始，哲学家们一直攻击客观的神学范畴是物化，但这些范畴决不是辩证法要清除的残余，它们弥补了唯心主义辩证法的弱点、即那种对存在于思想之外的东西加以论断的同一性思想的弱点——尽管还不可能确定这种同思想相比较而作为它的纯粹他者的东西。沉积于形而上学范畴的客观性中的并不像存在主义者所认为的那样只是凝结的社会。而且，这种客观性也是作为辩证法要素的客体优先性的沉积物。把一切物的东西一点不留地全部液化掉是向纯粹行动的主观主义倒退，从而把间接的东西实在化为直接性。纯粹的直接性和拜物教是同样不真实的。在我们坚持直接性反对物化时，我们是在（正如在黑格尔的制度化中所感知到的那样）放弃辩证法中的他者的因素——像后期的黑格尔徒劳地把辩证法拘禁在它之外的某种稳固的东西之中的做法一样，是一种武断的步骤。然而，主观的形而上学经验不想说出的超出主体的余额和物性之中真理因素在真理的观念中有其基础的两极。因为，没有一个从幻觉中解放出来的主体就不可能有真理；同样，没有那种不是主体但其中又有着真理的原型的东西也不可能有真理。

在世俗化的过程中，纯粹形而上学的经验毫无疑问地变得更苍白和更无条理，它软化了古老的经验的实质性。这种纯粹形而上学的经验是否定地以这样一种要求提出来的:"这就是一切吗?"——这种要求很可能在徒劳的等待中被世俗化。艺术家记述了它。在《沃齐克》中,奥尔本·伯格给那些表达徒劳等待的节拍以最高的地位,仿佛只有音乐才能表达它似的;而且,他在关键的休止和段落的结束时运用了这些节拍的和声。然而,这些刺激、布洛赫所谓的这种"象征的意向性"都不是反对掺杂纯生活的证据。徒劳的等待并不能保证人们期望的东西,而是反映了按它的否定所衡量的状况。存留的生活越少,人们的意识就越是受到诱惑而想把握呈现的绝对之生活稀少且支离破碎的残余。

即使这样,如果不许诺某种超越生活的东西,任何东西也不能被体验为真正有生命的;任何概念的努力也不能超出此外。超越是既存在又不存在。人们对现实的东西绝望,这种绝望扩及到了用来禁止绝望的超验的观念上。无限的极度痛苦的有限世界可以被一种神圣的宇宙计划所包围,这一肯定给任何不从事世界事务的人造成一种印象,仿佛是一种同肯定的正常意识相处很好的精神错乱。神学的悖论概念、一个最后的受饿困的堡垒是无法挽救的——这个事实被世界过程所认可,在世界过程中引起基尔凯戈尔注意的丑闻变成了彻底的亵渎神明。

"虚无主义"

在庸俗的、渴望更高事物的冲动所说的生命意义的问题中,形而上学的范畴仍生存着并世俗化了。这个词的世界观的光环谴责这个问题。它将不可避免地推导出这样的回答:生命的意义是提问者给它的意义。甚至一种被贬低成官方信条的马克思主义也不想多说别的,后来的卢卡奇就是这样。但这种回答是错误的。意义的概念涉及到一种超越一切"制造"之外的客观性:被"制造"出的意义已经是虚构的。"制造"复制了集体的主体并骗取了主体似乎认可的东西。形而上学对付的是一种客观性,它不可以没有主观的反思。主体嵌在自身中、嵌在自己的"构成"中:形而上学不得不沉思的东西可以远及主体在自身之外能看到的程度。

那些解除了我们这一任务的哲学道理失去了作为一种忠告的资格。一个人与这一领域相联系的活动是在几十年前形成特点的："他四处周游，为雇员讲授关于意义的报告。"当生活显示出像是生活时——如卡尔·克劳斯所说，当维持生命不单单是为了生产和消费的缘故时——那些宽慰地表示同意的人热切地直接把这当作一种目前的超越的标志。思辨唯心主义向意义问题的堕落反过来谴责这种甚至在它的顶点也断言这种意义(尽管是用有点不同的词)的唯心主义——它断言精神是绝对，这种绝对不能消除它在不充分的主体中的起源并按它自己的模样来满足它的需要。

这是一种意识形态的原始现象。这整个问题本身产生了一种魔法。尽管这种魔法在现实的逆境面前用了所有肯定的姿态，也开始失灵了，当一个想自杀的绝望者向一个力图打消他的自杀念头的人询问生命的意义时，这个无用的劝说者茫然不知作何回答。一旦他试图回答，他的每一种说法都会被当作一般舆论的回音而受到驳斥，而这种舆论的核心就表现在"皇帝需要士兵"这一格言上。有意义的生命是无需探询的，它躲避这个问题。而对立面、即抽象的虚无主义会因这样一种反问而沉默："你为什么而生活？"追求整体、计算生活的纯利润就是死亡，所谓的意义问题企图躲避死亡，即使除了热心于死亡的意义它没有别的出路。

也许不应该为存在于坦率而不是自我封闭之中的意义的名称感到惭愧。作为一个肯定的陈述，那种认为生命是无意义的命题将是愚蠢的，如同与此相反的主张是错误的一样。这一命题仅仅作为对雄心勃勃的要求的打击才是真实的。叔本华倾向于认为世界的本质、盲目的意志从人类观点来看是绝对的否定。但这种倾向也不再是合适的。这种总归类的要求非常类似于叔本华的可憎的同代人、即唯心主义者的肯定的要求。这里重新忽隐忽现的是自然宗教、即对恶魔的畏惧。而伊壁鸠鲁的启蒙一度反对这种畏惧，把公平的神圣上帝的痛苦观念描绘成更好的东西：和叔本华的非理性主义相比较，伊壁鸠鲁以启蒙精神而攻击的那种一神论也有其真理性。

叔本华的形而上学倒退到了在哑的世界里天才尚未觉醒起来的阶段。他否认了自由的动机、即人们目前也许在完全不自由的阶段所记得的动机。叔本华对个体化的虚幻性穷根究底，但他在第四本书中开出的自由的处方否认生存意志，这也同样是虚幻的——仿佛短暂的个体化的东西只能对它的否定的绝对，即作为自在之物的意志有最微不足道的权力,仿佛它能逃避这意志的魔法,同时既不欺骗自己,又不允许整个意志的形而上学从这个裂口中逃出去。总的决定论像黑格尔的逻辑的总体性一样是神秘的。

叔本华是一个并非自愿的唯心主义者,是这种魔法的代言人。整体是图腾。如果人们的头脑不包含不同色彩的概念,如果这些色彩溃散的痕迹在否定的总体中并不缺少,那么,灰色并不能使我们感到绝望。这些痕迹总是来自过去,而且,人们的希望来自其对立面,来自过去或现在被判定的东西。这种解释也许很符合本杰明关于《论〈亲和力〉》的文章的最后一句话:"只是为了毫无希望的缘故,我们才有了希望。"然而,诱人的是,主要不是到生活中,而是到实现了的时刻中寻找意义——到目前存在的时刻中,这些时刻弥补了它对它之外的任何东西的不宽容。

从形而上学家普罗斯特那里产生了无比的权力,因为他以独一无二的放纵的幸福渴望来屈从这种诱惑并且不想保留他的自我。然而在他的小说的情节中,不易腐蚀的普罗斯特证实,生命甚至不是这种丰富性,不是这种靠记忆而获救的时刻。所以,普罗斯特接近柏格森的经验王国,柏格森把生活的有意义性在于生活的具体化的思想上升为理论。同样,普罗斯特又是法国的幻灭小说的后继者,因而是柏格森主义的批评者。关于生命的丰富性的谈论——甚至在它闪闪发亮的地方也是一种不发光的光——因其和死亡无法估量的差异而成了无聊的。既然死亡是不可改变的,那么,断言在支离破碎的(尽管也是真正的)经验之光中可以有一种意义就是意识形态的断言。正是因为这一点,普罗斯特发现他的著作的一个核心之处、即伯高特的死亡对于摸索着表达复活的希望是有帮助的——反对所有生命哲学,但又不想用肯定的宗教来掩饰。

生命的丰富性的观念、包括社会主义思想向人们预告的那种观念因此而不是人们错误看待的乌托邦主义。它之所以不是,乃因为丰富性不能脱离渴望,不能脱离青春艺术风格叫做"尽情享受"的东西,不能脱离内在地具有暴力和征服的欲望。如果不抑制欲望就没有希望的话,那么,欲望就会被套进声名狼藉的、物以类聚的关联网中——这恰恰是毫无希望的。没有柔韧的肌肉就没有丰满。由于非同一性的意识,神学否定地表现为反对现世生活的信仰者的权利。关于生活的空虚性的悲哀故事大多是真实的。但这种空虚不能通过使人们具有另一种意义而从内部治愈,它只能通过废除拒绝的原则来治愈。这样一来,丰富和占有的怪圈也就最终消失了——形而上学和生活的安排如此密切地纠缠在一起。

与"空洞"和"无意义"的口号联系的是"虚无主义"的口号。雅各比第一次在哲学上使用了这个术语,尼采大概是从报纸上关于俄国的恐怖主义行动的报导中采纳了它。以我们的耳朵也许听不出来的冷嘲的口气,尼采用这个词痛斥在政治阴谋家的实践中这个词的意思的对立面:指责基督教是对生存意志的制度化的否定。

哲学家们不想放弃虚无主义这个词。同尼采相反,他们一致地使它重新运转起来,作为对被指责或自我指责为空虚的状况的概括。对于那些无论如何把虚无主义视为一种坏事的思想习惯来说,这种状况等待着被注入意义,不管对意义的批判(归因于对虚无主义的批判)是理由充足的还是没有理由的。尽管是不明朗的,这种关于虚无主义的谈论还是有助于蛊惑人心的宣传。但它击倒的却是它自己搭起来的稻草人。"一切皆空"这句话像"存在"一词一样空洞,黑格尔的概念运动使它与"存在"一词相等同——不是为了坚持二者的同一性,而是为了继续在抽象的虚无性背后重新出现,用某种确定的东西来取代虚无与存在,这种确定的东西因其纯粹的规定性而不同于虚无。

正如尼采偶尔所指出的,人们想要的是虚无。这对每一个确定的个人意志来说都会是可笑的傲慢,即使有组织的社会打算使地球成为不可居住的或把它炸掉。我们用"相信虚无"所能意指的差不多就是虚无本身,因其自身的意义,我们用"相信"一词所意指的"某物"不管是否合法都不是虚无。对虚无的信仰就像对存在的信仰一样都是枯燥乏味的。它是一种自豪地打算看穿整个骗局的精神的辩解。今天重新表现出来的对虚无主义的愤慨很少是针对神秘主义的,神秘主义甚至在虚无中、在虚无的否定(nihil ptivativum)也找到了某种被否定的东西,它进入了从虚无一词中分娩出来的辩证法。因此,最可能的要害只是从道德上诽谤——通过动用一个一般说来厌恶并且和普遍的快活不相容的词——那种拒绝接收西方的肯定性遗产和不赞成现存事物的任何意义的人。

但是,有些人空谈"价值虚无主义",空谈没有什么东西值得坚持,吵着要求那种在同样的特称语言领域起主管作用的"克制力"。他们阻碍了这样一种见解——人们不再有什么东西可坚持的状况不是合乎人的尊严的唯一状况，不是一种最终允许人类思想自主地表现的状况，哲学一直是这样要求人类思想的，同时又防止人类思想这样表现。克制的行动、甚至虚无主义的行动——连同尼采式的虚无主义，它的意思是不同的，但都为法西斯主义提供了口号——总是比它们克制的东西更糟糕。在中世纪的虚无的否定性中，虚无的概念被当作对某物的否定而不是自主语义的否定。这种虚无的否定像涅槃的形象或作为某物的非存在的形象一样比勤奋的"克制"更优越。

那些不把绝望当作结局的人也许会问："根本没有"是否比"有一点"更好一些呢？甚至对这一问题也没有一般的答案。对于一个关在集中营里的人来说，最好当初就不应诞生于世——如果一个当时幸免于难的人敢对此做出判断的话。然而，眼睛露出的喜悦的神情，甚至一条狗无力的摆尾（人们给它一份美食，它很快就忘记了）使得虚无的理想烟消云散了。一个有思想的人对于他是不是一个虚无主义者的问题的真实的回答也许是"有一点"——或许出于冷漠，因为不够同情受苦的事情。虚无是抽象的顶点，而抽象是可恶的事情。

贝克特对集中营的状况做出了唯一合适的反应——他从不直接称呼这种状况，仿佛对这种状况有一种想象的禁令。他说，现实的东西就像是一个集中营。有一次，他谈到了终生的死亡惩罚。唯一的希望的曙光是不再有虚无。他也反对这一点。从由此造成的不一致的裂隙中，虚无的形象世界产生出来并支配着他的诗歌。在其中的行动的遗产中继续存在着一种似乎是禁欲主义的东西，但又充满着无声的呼唤：事物应是别的样子。这种虚无主义蕴含着与虚无的同一化的对立面。对贝克特来说，如同对诺斯替教派一样，这个被创造的世界是彻底邪恶的，对它的否定包含着另一个尚未到来的世界的可能性。只要世界还是现在这种样子，一切和解、和平和宁静的画面都类似于死亡的画面。虚无和达到宁静之间的微不足道的差别将是希望的港口，是存在和虚无的界标之间的无主地。意识不是征服这一地带，而是从中把没有选择权力的东西解救出来。真正的虚无主义者是那些把虚无主义同他们越来越枯萎的肯定性相对立的人，是那些因此和现存的恶意、而且最终和破坏性原则本身共密谋的人。思想维护被诅咒为虚无主义的东西，从而给它自身带来了荣誉。

保罗·德曼

反讽的概念(1976 年) *

保罗·德曼

(Paul de Man, 1919—1983)

美国批评理论家,出生于比利时安特卫,1947 年移居美国。德曼 1952 年才开始大学研究生的学习,1960 年获哈佛大学博士学位,后曾于康乃尔大学、哈佛大学、约翰·霍普金斯大学及苏黎世大学任教,亦在耶鲁大学教授法文和比较文学多年。德曼步入学术界不久,就引起人们注意。从 20 世纪 60 年代末开始,德曼逐渐成为美国文学研究界的重要人物。他早期受萨特存在主义影响,后来转向由胡塞尔理论形成的现象学批评,但他的代表作主要根据尼采的哲学和德里达的后结构主义思想写成。保罗·德曼与耶鲁的同事 J·希利斯·米勒、杰弗里·哈特曼和哈罗德·布鲁姆等共同建立了著名的"耶鲁批评学派"。德曼并不是一个体系性的思想家,他所有的理论和批评实践都可看作是有关"阅读"的,并提出了一种全新的阅读理论。《剑桥文学批评史》认为,德里达、福柯和德曼是解构批评的三个源泉,"如果没有德曼,解构批评将是不可能的","德曼对德里达的(理论的)运用,在解构主义发展中是关键性事件"。德曼的代表作包括:《盲视与洞见》(1971)和《阅读的寓言》(1979)。其他一些著作多为后人在他死后结集而成的论文集,其中主要有:《浪漫主义修辞学》(1984)、《对理论的抵制》(1986)、《批评作品 1953—1978》(1989)、《浪漫主义和当代批评》(1993)、《审美意识形态》(1996)等。在《盲视与洞见》一书中,保罗·德曼将很多理论家作为考察的对象,在德曼看来,批评家的洞见与他的盲点是一致的,洞见与形成某种转折点的错误不可避免地交织在一起,洞见引起某种转折点,而这种转折点就是盲点,它会被进一步的批评消解,而消解又会被新的消解再次消解。批评家只能通过某种盲目性才能达到真正的理解。德曼在书中分析了卢卡奇的《论小

---

* 本文选自《马克思主义美学研究》,2003 年 4 月,罗良清译,柏敬泽校。

说》中的时间概念,时间在卢卡奇那里被当作一种治愈与和解的力量,反对由超验力量干涉所引起的异化和疏离。在德曼看来,卢卡奇的小说理论中用来作为问题之解决的"时间"恰是问题本身,卢卡奇最大的洞见也是他最大的盲视。《反讽的概念》是德曼的一篇演讲论文,德曼从美学意义上研究西方古老的"反讽"概念。"反讽"是古希腊悲剧中就已经惯常使用的一种表现手法,即有一种"悲剧性反讽",例如俄狄浦斯王不顾劝阻、执拗的寻求真相并一步步迈向毁灭的过程。德曼在文中区分了一种与苏格拉底思维的高贵文雅相对应的"修辞性的反讽",与古典重大悲剧(即比修辞性反讽要差一些)相比,修辞性反讽更像是最盛大的演说术的光辉。德曼以施莱格尔的作品为例,在克尔凯郭尔关于反讽概念的理论基础上,同时发展了卢卡奇、本雅明等人的理论观点。克尔凯郭尔率先把反讽拓展至哲学层面;施莱格尔指出反讽是"永久的错误基调",是由比喻的系统引起的叙述的结构;本雅明看到"形式的反讽化存在于一种深思熟虑的形式的毁灭中",并非一种审美修复,而是一种根本的彻底的形式的毁灭,即一种"批评的艺术"。在德曼看来,反讽即一种叙述理论。在反讽的范围内,它总是被中断,总是被分裂、被毁灭,而反讽就必须包括这样的范围。真正的喜剧性可以通过距离的概念来达到反讽的审美提升,但反讽理论并不是喜剧理论,而是瓦解、是幻灭……反讽可以被界定为一种逻辑的美,其最终归宿仍是哲学。此外,在《美学意识形态》中,德曼对法西斯予以批判,认为美学意识形态是一种认识论意义上的"畸变"。国内目前关于德曼的研究主要体现在以下几个方面:对德曼语言与修辞学理论、述行行为等问题的研究;关于德曼与其他结构主义理论家的比较性研究以及对以德曼为代表的耶鲁学派的研究;还有从美学角度对德曼理论的文学性、文学批评方面的研究;以及从语言意识形态角度的分析等。总体而言仍有很大的理论研究空间。

反讽的概念①

这次讲演的题目《反讽的概念》源自克尔凯郭尔，由他撰写的论反讽的一部精品就名为《反讽的概念》，这部著作欲求可得。题目本身便有讽刺的意味，因为反讽并不是一个概念，这也是我打算进一步展开来谈的论文中的部分内容。且让我从弗里德里希·施莱格尔谈论的反讽开始，他是我必须谈到的最重要的作者，谈到反讽时，以下是他的原话："Wer sie nicht hat, dem bleibt sie auch nach dem offensten Ces-tandnis ein Ratsel"②意为"甚至在听众不受任何限制的长篇的演讲之后，如果一个人仍对反讽不知要领，那么对于此人，反讽将始终是个难解的谜"。诸位将永远无法理解此话的含

---

① 《反讽的概念》是由汤姆·基南于 1977 年 4 月 4 日从哥伦比亚俄亥俄州大学一次演讲的录音磁带中，抄写和整理，并由编辑校对。德·曼的讲演根据两本(甚至可能是三本)笔记(一些内容追溯到他于 1976 年春在耶鲁大学召开的关于"反讽理论"的专题研讨会)：一本笔记包括题为"反讽——反讽的故事——"的提纲；第二本笔记是继续未完成的论文《寓言的反讽》。从这些笔记中来的一些材料(像第一本和第二本引用的)已经包括在文章的注释中，一些则用来补充录音磁带在翻面过程中脱漏的内容。重要的插入部分或附加部分放入方括号内。德·曼自己用作附带说明的评论放在圆括号内(括号内的引言中)。译文是德·曼的，除非要不然就是说明的。所有的笔记由汤姆·基南提供。——译者注

② 弗里德里希·施莱格尔，*Lyceum* 第 108 则在《人物塑造与批评》(1796—1801)出版。汉斯·艾希纳编《F·施莱格尔批评读本》2(帕德博恩-维也纳-慕尼黑：弗莱南·项尼希出版社 1967 年版)，160。英文参见弗里德里希·施莱格尔《关于诗和文学格言的对话》，恩斯特·贝赫勒和罗曼·斯特拉克译(伦敦帕克大学：宾夕法尼亚州大学出版，1968 年版)："*Friedridr Schlegel's Lyaeum and the Frargments*"由彼得·弗克欧译(明尼阿波利斯：明尼苏达大学出版社，1971 年版)。德·曼通常参考贝赫勒和斯特拉克的译文，或者是提供自己的译文。这些版本将作为《F·施莱格尔读本》2 来引用；贝特勒和斯特拉克及弗克欧编。

义——因此,我们将不妨就此打住,各位回家了事。

这里的确有个根本性的问题:事实是,如果反讽是一个概念,那就可能给反讽下一个定义。如果人们探究这一问题历史的方方面面,那么,要给反讽下个定义就似乎变得莫名其妙的困难起来了——虽然我将在下面的演讲中试图对它下一定义,但你们依然会不甚明白。要掌握一个定义或许是困难的,就某种程度而言,在论述文本的传统文字里,对这种情况已作了记录。即使我将主要提及的那段时期为例——即 19 世纪早期(这个时期人们对反讽问题进行着最为敏锐的反思),在这个时期里,对于反讽多有文论,德国浪漫主义对反讽已具理论体系。然而,甚至在这个时期,要对反讽做一界定亦似乎甚难把握。德国美学家弗里德里希·索尔格论反讽的文章颇有见地,且无保留地批评了奥古斯特·威廉·施莱格尔——就是那位我们将很少提到的施莱格尔(弗里德里希是我们愿意谈论的)——尽管他撰文论述反讽,但他实际上没能对反讽做出界定,不能说出什么是反讽。不久之后,对反讽大加议论的黑格尔在谈到反讽时,对索尔格颇有微辞,说他尽管也论反讽,但似乎不知自己写了什么。此后不久,克尔凯郭尔撰文讨论反讽时,涉及黑格尔,当时他试图摆脱黑格尔的影响,更具讽刺意味的是,他批评道,事实上黑格尔也不懂什么叫反讽。他还不断地指出,关于反讽,举凡所论,黑格尔实际上并未谈出多少道道来;黑格尔每当谈到反讽时,说法总是千篇一律,而且比较空泛[①]。

因此给这个术语下定义似乎存在着本质上的困难,因为一方面反讽似乎包含所有的比喻,但另一方面,把反讽界定为比喻又是非常困难的。反讽是比喻吗?当然传统观点认为反讽是比喻,但它是一个比喻吗?当我们研究反讽的比喻暗指意时(我们今天仍在继续研究),我们涉及到反讽比喻暗指义的整个领域了吗?我们是否渗透由特殊的比喻所覆盖的语义学的领域?诺斯罗普·弗莱似乎认为反讽是一个比喻。他说反讽是"话语的一种形式,它不作直接陈述,或者话不明说"。("a pattern of words that

---

[①] 索伦·克尔凯郭尔:《反讽的概念》,L·M·凯倍尔译,260—261 页,印第安纳大学出版社,1968。在第一本笔记中德·曼参阅克尔凯郭尔的第 247—248 页,《反讽的概念》,伊曼纽尔·特斯克译,欧根·狄德里希出版社,1961。

turns away from direct statement or its own obvious meaning")他补充道,"(我不在任何不熟悉的意义上使用'turn'这个词……)"①"说话绕弯子"——这种"绕弯子"就是比喻,是比喻的运用。比喻就意味着"绕弯子",亦即字面意义和喻指意义相悖,这种意义上的非直接,当然会涉及对反讽的所有传统定义,比如,"说的是一件事,言外之意却是另一件事"或"明指责实赞扬",诸如此类的任何一种情况——尽管人们会觉得反讽中的"绕弯子"比一般的比喻,例如提喻、隐喻或转喻包含更多一些意味,即更为彻底的否定。虽然反讽为比喻中的比喻,反讽以"绕弯子"这一术语命名,但由于"绕弯子"的说法无所不包,因此它便有可能包含一切比喻。说反讽包括所有比喻也好,或说反讽是比喻中的比喻也好,就是说它别具一格,不同一般,但这决不等于给它下了一个定义。因为:反讽是什么样的比喻,此类问题,我们的确不知道。那么,什么又叫作比喻中的比喻呢? 我们甚至知之更少。一涉及反讽,下定义的语言就似乎遇到麻烦了。

　　显而易见,反讽还有表述行为的作用。反讽予以安慰、许诺和辩解。反讽允许我们施行各种表述行为的语言功能,这似乎是放弃了比喻的领域,但又与比喻联系得非常紧密。简而言之,依靠定义来达到概念化是非常困难的,的确是不可能的。

　　依据用反语的人的措词,依据 eiron 和 alazon 之间的传统对抗,正如它们在希腊或古希腊喜剧中出现的,分别指机灵的人和麻木的人,这有助于思考反讽的定义。大部分关于反讽的论述都是根据这种方法建立起来的,这次也是如此。你们必须记住机灵的人是必要的演说者,他总是被证明是麻木的人,而且机灵的人总是被他认为是麻木的人的这个人所诱导,the alazon。在这个事实中,麻木的人(我承认这使我成为这次演讲的真正的麻木的人)是美国式的反讽批评②,而机灵的人将成为德国式的反讽批评,这些我当然明白。在美国,我记得论述反讽问题的一本权威的杰作,是韦恩·布兹的《反讽的修辞学》③。布兹研究反讽的方法是非常明智的:他从一个实际的批评问题着

① 诺斯罗普·弗莱:《批评的剖析》,40 页,普林斯顿大学出版社,1957。德·曼在第一本笔记中强调的。
② 第一本笔记:"alazon 是美国式的批评(不是伯克)。"
③ 韦恩·布兹:《反讽的修辞学》,芝加哥大学出版社,1974。

手,没有卷入定义或比喻理论之中①。他从一个相当合情合理的问题开始,即:它是反讽吗?我如何知道我面对的本文将会成为反讽的,或者不会成为反讽的呢?了解这个问题是非常重要的:大量的讨论会改变这种情况,当人们在阅读本文时总是感到恐惧,过后他被告知这就是反讽。这是一个非常真实的问题——论你们必须做什么,它的确是非常有用的,非常值得了解的:在本文中我们可以根据用什么标示物,用什么文学手法,有怎样的暗示和符号来决定一个本文是不是反讽的?

当然,这就意味着,这样的事是可以确定的,我们做的这个决定认为本文是反讽的,这是可以确定的,这里存在一些本文要素可以让你们做出那样的决定,独立意图问题可能是隐藏的或者可能是不明显的。虽然韦恩·布兹把它放在注释中,但他已经意识到这个事实,在判断一个本文是不是反讽的决定中,包括了一个哲学问题。一旦你们认为你们已经得到那个决定,无论你们做什么决定你们总会提出疑问。在某种程度上,布兹的脚注成为我的起点。你们记得在书中,布兹在他认为是稳定的、明确的反讽与另外一种不稳定的,他也很少涉及的反讽之间进行了明显的区别。布兹接着说:"正如我们在第三部分看到的,即使一些反讽确实导向无限,但是,坚定的反讽翻译者从不需要走得那么远。"我们将会很快地更多地谈论这个无限。但是,在布兹提出问题的地方还有个注释。他说,"用这种方法","我们重新发现,在我们阅读反讽的实践工作中(这是布兹为他自己安排的任务),为什么在克尔凯郭尔理解反讽概念的理论任务中,最后他把反讽限定为'绝对无限的否定性'。反讽的可能性一进入我们的头脑,在自身内就展示了疑问,也没有内在的理由在任何缺乏无限性的点上,中止怀疑的过程。'你们怎么知道菲尔丁在他对帕特里奇小姐进行公开地反讽进攻时,他没有受到嘲讽呢?'如果在作品中我用引言或其他'严肃的'材料来回答这个吧,当然我可以声称菲尔丁在使用这些词语时是反讽的。但是我怎么知道,在使用这些词语时他并不是真正地假装是反讽的,事实上,我怎么知道他不是讽刺性地抨击这些接受没有反讽信息的人?如此等等。如果存在这样的问题,反讽的实质就不能自行回答这些问题:持续到最后,在

---

① 第一本笔记:"经验主义的方法——但是人们能避免反讽的理论化?"

提供解决办法的无限链条上,反讽的性质可以解决一切。不是反讽而是理解反讽的渴望使提供解决办法的链条断裂了。在无限后退的否定情况下,如果我们的意见得不到接受,正如我们同时代的许多人主张要接受一样,这就是需要反讽修辞学的原因。这也是为什么在接下来一章我致力于'了解在哪里停止的原因'"。

这是一个非常合理、非常明智、非常敏锐的注解。阻止反讽的方法是通过理解,通过反讽的理解,通过反讽过程的理解。理解允许我们控制反讽。但即使反讽总是属于理解范畴的,反讽总是理解的反讽,在反讽中处于困境的,总是属于可以理解或不可以理解的问题,又怎么样呢?紧跟着克尔凯郭尔的,论述反讽的主要理论文本,我接下来谈到但没有彻底研读的,是弗里德里希·施莱格尔撰写的,碰巧被称为"Uber die Un-veistandlichkeit"——"论理解的不可能性","论不可理解性","论理解的不可能性问题"①。如果反讽的确被理解的不可能性所束缚,那么,韦恩·布兹理解反讽的计划从一开始就注定是失败的,因为如果反讽是属于理解的,没有反讽的理解,就的确没有能力控制反讽,也不能阻止反讽,正如布兹所计划的,如果事实真正如此,即在反讽中处于困境的是理解的可能性,阅读的可能性,本文的可读性,决定一个意义的可能性,或者决定一系列复合含义的可能性,或者决定一个可支配意义的多义性的可能性,那么我们可以看到反讽的确是非常危险的。反讽中有些东西是非常危险的,它们反对那些与文学的可理解性利害攸关的文学翻译者,他们希望让自身保持警惕——非常真实地希望像布兹所希望的,阻止比喻、保持比喻的平衡和控制比喻。

虽然这不是不可能的,但却是困难的,对韦恩·布兹言更困难的是用反讽的方式写作,写下我刚才引用的句子,即使他知道更多涉及反讽问题的德国传统,而不是像他处理19世纪英国实践小说那样集中他的证明。布兹了解德国传统,但是他不想与之有联系。这就是他所说的:"但是,同时代的浪漫主义者,不能把反讽推到如此遥远,否则你将会错过《项狄传》快乐的笑声,而进入条顿族的忧郁。"显而易见,如果我们想保持起码的适度的快乐,我们就不能这样做。但我担心,至少有点担心我将要阅读的施

---

① 弗里德里希·施莱格尔:《论不可理解性》,257—271页,载《F·施莱格尔批评读本》,363—372页。

莱格尔的作品,虽然我不认为施莱格尔是特别悲观的。但是我不能完全确定,《项狄传》中的笑声也是绝对快乐的,因此我不能确定与《项狄传》一起我们有多安全。但无论如何,它是不同类型的结构。与施莱格尔同时代的德国人和批评家,大部分认为他一点也不悲观。他们的确非常坚定地认为他一点也不严肃,一点也不悲观,以此来反对他,但是(我这样说只是作为简单的而不是特定的原初的历史叙述),如果你们对反讽的问题和反讽的理论感兴趣,你们必须把它放在德国传统中考虑,这才是问题出现的地方。你们必须把它放在弗里德里希·施莱格尔的作品中考虑(比在奥格斯特·威廉·施莱格尔的作品中考虑得更多),也必须放到蒂克、诺瓦利斯、索尔格、亚当·穆勒、克莱斯特、让·保尔、黑格尔和克尔凯郭尔的作品中考虑,所有这些方法都可以追溯到尼采。在列举的人物中我差不多直截了当地省略了托马斯·曼,他通常被认为是德国主要的反讽家。他确实重要,但他没有我刚才提到那些人物重要。但是弗里德里希·施莱格尔是最重要的,在他那里问题真正得到解决。

施莱格尔是一个像谜一样的人物,是一部奇特的杰作,是一个奇怪的人。这是让人难以理解的成功,无论如何给人以深刻印象的作品是——极度不完整的,非常难以置信的,没有真正写完的作品,只是格言书集和未完成的片断——一部彻底未完成的作品。它是令人迷惑的个人的成功,也是政治上的迷惑。施莱格尔仅仅完成了一部作品名为 *Lucande*,它是以带有点趣闻的小说为原型写成的,这本书不是小说,至今仍被人们广为阅读(他们犯了个错误,但这就是方法)。这小小说虽然不很长,但似乎奇怪地与施莱格尔和桃乐西雅·维特结婚前的恋爱关系相关,它在后来评论这部小说的人群中激起了难以想象的极大的愤怒。虽然小说看起来似乎十分微不足道,也不是很重要,也不管小说什么时候流行起来,此后不管任何人——即使是一些名声显赫的人物只要写到关于这部小说——都会激起异常的愤怒。黑格尔一谈到施莱格尔和 *Lucinde*,就失去了理智,这是有关黑格尔的相当臭名昭彰的事实,这种事情对黑格尔而言是不易发生的。但这种事情无论在什么时候发生,黑格尔都会感到非常的不安,而且变得非常无礼——他说施莱格尔是一个拙劣的哲学家,说他在不了解或阅读不充分时,就不应该发表演说,如此等等。还有克尔凯郭尔,虽然他试图摆脱黑格尔的影响,但在讨论 *Lucind* 时,附和黑格尔的声音不断渗入他论反讽的书中。克尔凯郭尔声称 *Lucinde* 是一本不吉利的书,而且让人感到非常不安,以致他只能虚构(我们待会再回到这个问题)整个历史理论来证明这个事实,即人们必须消除施莱格尔的影响,施莱格尔不是一个真正的反讽家。在某种意义上说,这是非常重要的。在这本小小说中是什么使人们感到如此不安? 黑格尔和克尔凯郭尔——这就不管无论是谁?①

这种情况在《德国语言文学》中,在德国文学的学术研究中继续存在,在这里弗里德里希·施莱格尔起着非常重要的作用,但他也遭到大量的抵制。几乎毫不夸张地说(我可以为这些断言辩护)整个《德国语言文学》规则的形成只是为了一个理由,即躲避弗里德里希·施莱格尔,同时为了了解施莱格尔和 *Lucinde* 提出的关于整个学术规则观念的挑战,这将严肃地涉及德国文学。伴随着弗里德里希·施莱格尔的支持者,同样的事情发生了,有一种反对意见认为施莱格尔不是真正的轻浮的作家,事实上是一个严肃的作家。在某种奇特的程度上,当这种情况发生时,这个由施莱格尔,尤其是 *Lucinde* 支持的辩论也是要回避的。批评家放弃了学术传统,这就是事实,这些批评家如卢卡奇、瓦尔特·本杰明和更近的彼得·桑迪及其他批评家,在讲演的最后我们将回到这些人并做简单的概括。

那么,在 *Lucinde* 中是什么令人们如此不安呢? 它是有点令人反感的故事,在小说中人们不能真正的结合,但这不是使人们感到不安的充分理由——毕竟,人们还可以看到其他的理由。在 *Lucinde* 中间较短的一章,叫做《反省》,文章读起来就像一篇哲学论文或辩论(使用的哲学语言,可以确认为与费希特的哲学语言是一致的),但它并不采用非常荒谬的想法,只是有点荒谬而已,为的是可以看到它真正描述的根本不是哲学辩论,而是——那么我该如何表达它呢? ——恰好关于两性间交往的身体问题的反思。看似纯哲学的话语可以用双重符码去阅读,这种话语真正描写的是有一定意味的,而不是我们通常认为具有哲学话语价值的,至少不是运用这些术语——性欲是有哲学话语的价值,但是它所描述的并不是性欲,而是一些更具体的东西。

---

① 第二本笔记涉及黑格尔《美学讲演 I》,第 13 册,97—98 页,法兰克福,1970;克尔凯郭尔《反讽的概念》,292 页。

现在如果这使你们全都进入 *Lucinde*,你们可能会感到失望(如果你们真的不知道将会发生什么),我不想继续谈论这个问题,但这里有一件非常耻辱的事情,它使黑格尔、克尔凯郭尔,一般的哲学家和其他一些人感到不安。它以根本的方式威胁到一些事情,这比显而易见的笑话的危险更大。(它是个笑话,但我们知道笑话不是无害的,而它的确不是一段无害的话语。)这似乎是从写作的双重关系中引发的特别恶果,它不仅仅是双重符码。不仅仅是存在一个哲学符码,因而也不仅是存在描写性行为的另一个符码。这两种符码彼此间是极端不相容的。它们在如此基本的方法上彼此互相中断、互相分裂,恰好是这种分裂的可能性,象征着人们关于本文应该成为什么样的所有假想的一个危险。在这方面已经引起的强力批评的和政治的辩论,确实是相当危险的,这里建立起来的整个研究传统已经涉及到弗里德里希·施莱格尔——或者在德国浪漫主义运动中涉及到的相同的人物,但是就施莱格尔而言,他们从来没有像现在这样敏锐。

在这种方法中,施莱格尔失去了爆炸性,反讽也失去了爆炸性(我们很快可以看到在某种程度上,为什么反讽会涉及这点,乍看起来这并不是事实),接着是有点系统性的方法。施莱格尔失去爆炸性是因为反讽归纳为三点,依据三种方法来模仿反讽,这些方法是彼此相关的而不是各自独立的。第一种方法是把反讽归纳为审美实践或艺术家的技巧,一种艺术手段。反讽是一种增强或使文本的审美吸引力多样化的一种艺术效果,一些文本用反讽是为了审美的原因。这就是传统的论述反讽的有如此权威的书所涉及的问题。例如,德国一位作家斯特罗斯克内德·克赫斯(Ingrid Strohschneider-kohrs)关于反讽的权威研究《理论和形象中的浪漫主义的反讽》[麦克斯·尼迈耶尔出版社,1960 年],这些涉及到反讽术语,把席勒和审美的观念作为戏剧、自由剧来使用。因此反讽允许人们讲述恐怖的事情,因为叙述是根据与所说的事情相联系的审美方法,从而达到一定的距离,一个滑稽的审美距离。反讽在那种情况下是一种艺术手段,是属于审美范畴的,反讽可以吸收进一般的美学理论,可能是非常先进的美学理论,是康德哲学的或者后康德哲学的美学理论,至少是施莱格尔哲学的美学理论。

在另一种方法中反讽是可以论述的,在某种意义上说是可以得到缓和的。这种方法就像反身动词的结构一样可以归纳为自我辩证法。施莱格尔书中正在讨论的一章称为《反省》，它必须与意识的反身动词模式相联系。显而易见，反讽是自我中的相等距离，是自我的复制，是自我中的特别结构，在这里自我从一定距离进行自我关照。建立起反身动词的结构，反讽就可以描述为自我辩证法的环节。正是用这种方法，在一定程度上我已经书写了这个主题，并自己论述了这个主题，因此，既然我想把这种可能性放入讨论中，那么今天我所要说的是具有自我批评的性质①。无论如何，这是论述反讽的第二种方法，把它归纳为自我辩证法。

第三种论述反讽的方法(这是相同系统中非常重要的一部分)是把反讽的要素或反讽的结构放入历史辩证法中考虑。在某种程度上说，黑格尔和克尔凯郭尔涉及到历史辩证法的模式，这种稍微有点对称的方式，可以吸收进自我辩证法，反讽在历史辩证法的模式中，在历史辩证法中可以得到解决和吸收。

我提议的阅读(主要阅读施莱格尔作品中两个断片)将在一定程度上对那三种可能性提出质疑——这就是今天我和你们努力解决的问题。我使用的断片是众所周知的，在它们所摘选的篇章中没有什么新东西。我将从一部未完成的作品 *Lyceum* 第 37 则开始，在这里施莱格尔似乎真正在审美问题上谈到反讽。这个问题是如何写得好：我们将如何写好？(你们现在看到的[贝赫勒和斯特拉斯克]的译文是最优秀的译文。对这个译文我唯一能提出的批评就是译文太优美了。在他自己的方式中，施莱格尔是高雅的，但是在英语中为了做到全然优美，你们必须消除所有哲学术语的痕迹。这篇译文在某种程度上已经做到了，因此我担心在这篇译文中隐蔽地使用哲学词汇，不是描述两性间的交往，而是描述弗里德里希·施莱格尔正在描述的任何事情。这里有一个现存的哲学术语，正如我们马上看到的，是非常重要的。)这就是施莱格尔所说的：

为了能把一个主体写好，人们必须停止对它的偏见；这个严肃表达出来的思想必须已经是完全属于过去的，不再是目前人们所关心的。当艺术家在创作中激情迸发时，他至少在表达方面处于一种不自然的状态中。他将把一切都和盘托出，而这正好

---

① 参见《时间性修辞学》(1969 年)，保罗·德·曼：《盲视与洞见：现代批评修辞学的论文集》，第二版，187—228页，明尼阿波利斯，明尼苏达大学出版社，1983。

是初出茅庐的天才们错误的倾向，或是迂腐学者们不折不扣的偏见。这样一来，他就忽视了自我限制的［Selbstbeschränkung，self-limitation］价值和尊严，而自我限制无论对艺术家还是普通人都是首要任务，是最必要的、最高的任务。所以说是最必要的：是因为无论何处，人们若不自我限制，世界就限制人，于是人就沦为奴隶。所以说是最高的：是因为人们只能在这些点和面（沿着这些路线）上自我限制，在这里人们自我创造和自我毁灭［Selbstschopfung and Selbstvernichtung］的力量是无限的。即使是一次友好的谈话，在任何指定的时间里不可能自愿地被绝对专横所打断，这是有点缺乏教养的、粗鲁的行为。然而，一个作家如果喜欢而能够道出一切，毫无保留地把他知道的一切和盘托出，这样的作家是不足道的。只有三种错误人们必须小心防范。那些似乎是或应该作为无限的任意性、无理性或超理性出现的东西，在现实中是绝对必不可少的和合情合理的；否则幻想（变成自由的，变成咨嚻的和自我限制的）①就会变成自我毁灭［Selbstvernichtung］的东西。其次：实施自我限制不可操之过急，而要给自我创造、虚构和热情提供活动场所，直至自我限制完成。第三，自我约束不能过分夸大。②

　　这看起来似乎是非常有道理的、非常审美的一段话。其含义与写作行为中所谓不滥用热情、克制有度有关，这种情况可被称作古典式的节制与对罗曼蒂克的放弃相结合。人们很有可能依据这种方法来阅读这段文字，在那时候就这样把这段文字放在德

---

① 在贝赫勒和斯特拉斯克的译文中这段话已从德·曼的引言中省略。

② 贝赫勒和斯特拉斯克第1241—125页；《F·施莱格尔批评读本》2:151；参见弗克欧第147页。第一本笔记本丢失的一页提供 *Lyceum* 第37则译文的草稿：

　　"要写好某些东西，人们必须不再沉溺于其中；人们希望冷静［Besonneheit］表达的观点已经完全地被忽略了，对我们而言也不再是首要的。当艺术家在创作中激情迸发时，他至少在表达方面处于一种不自由的状态中。他将把一切都和盘托出，而这正好是初出茅庐的天才们的错误倾向，或是迂腐学者们不折不扣的偏见。这样一来，他就忽视了自我限制的［Selbstbeschränkung］的价值和尊严，而自我限制无论对艺术家还是普通人都是首要任务，是最必要的、最高的任务。所以说是最必要的，是因为无论何处，人们若不自我限制，世界就限制人，于是人就沦为奴隶。所以说是最高的，是因为人们只能在具有无限力量的点和面上实行自我限制，即自我创造和自我毁灭。即使是一次友好的谈话也不能在任何时候无缘无故地被打断［aus unbedingter Willkur］它是有点强制性的。然而，一个作家如果喜欢而且能够道出一切，毫无保留地把他知道的一切和盘托出，这样的作家是不足道的。人类必须意识到只有三种危险。首先，像无理性或超理性所显露出来或应该显露出来的，纯粹的无理由必须成为绝对必须的和合情合理的（节制）；否则这种情绪变成一种固执的，接着成为强制的（观念）；自我限制也会变成自我毁灭。其次，实施自我限制不可操之过急，而首先要给自我创造、虚构和热情提供充足的活动空间，直至自我限制完成。再次，人们不应该过度地自我限制。"

国古典主义和德国浪漫主义文学的历史关系中来考虑,这种结合会在施莱格尔的计划中导致一种进步的普遍的诗歌①和进步的文学的产生,在这里这两种因素将会和谐地结合在一起的。但更多的是混乱,更多的是处于危险中。我强调使用的术语——自我创造、自我毁灭、自我规定或自我限制,自我局限性或自我限定——正如众所周知的,是哲学术语,是施莱格尔从同时代哲学家费希特那里借用的。在《论不可理解性》的论文中,施莱格尔自己指出,对他而言,这个世纪最主要的三件事情:法国大革命、《威廉·麦斯特的学习时代》的出版和费希特《知识科学基础》的出版,因此这两本书对施莱格尔而言就像法国大革命一样重要。这不是事实上我们现在看待它的方法——我并不设想每天晚上睡觉之前,费希特是你们阅读的对象,但是大概你们应该去阅读他。无论如何,如果你们想了解施莱格尔,你们就必须阅读费希特,(对不起)待会儿我会谈到费希特,并对此作一些说明。

这三个环节——自我创造,自我毁灭,还有费希特所认为的自我局限性或自我限定——是费希特辩证法的三个环节。费希特是黑格尔之前的辩证法理论家。没有费希特,黑格尔的出现也是难以想象的。在费希特作品中,辩证法是得到强调的,并以高度系统化的方式发展,施莱格尔正是从费希特的《知识科学基础》这本特别的书中借用了客体②。通常被人们所接受的费希特的思想——人们对费希特的了解,如果有的话——就是费希特是自我哲学家,他建立了作为绝对事物的自我范畴。因此,我们把费希特看作存在于我们今天称为自我现象学的传统中,如此等等。这是一个错误。如果我们思考自我(正如我们必须做的)是根据主客体辩证法,根据自我和他者的两极,费希特从根本上说就不应该被认为是自我哲学家。费希特的自我思想不是自身的辩证法观念,而根本就是任何辩证法发展的必然性或条件。在费希特作品中,自我是一

---

① 参见《雅典娜神殿断片集》,第 116 则,《F·施莱格尔批评读本》,182—183 页。

② 约翰·戈利特布·费希特:《知识科学基础》,1794。弗里芙·迈迪克斯(汉堡:利克斯·迈纳出版社,1979 年版);《知识科学第一版和第二版导言》,彼特·希恩和约翰·拉克斯译(纽约:阿普倾-世纪-克罗斯特斯/梅瑞狄斯(有限)公司,1970 年版;重印于剑桥:剑桥大学出版社,1982 年版)。在德·曼之后,页码出处是德语版的。英文和德文版的文章都附有关于费希特《全集》的页码的记在页边的参考书目,这里引自作为传统的《F·施莱格尔批评读本》1。所有的译文都是德曼的。

个逻辑范畴。因此费希特谈论自我不是根据任何经验,不是根据当我们说"自我"时所想到的:我们自己,或其他别的人,或者甚至是任何形式的直觉本我。费希特正是这样来谈论自我,把它作为语言的特性,作为语言学本质的固有的东西。费希特认为自我最初是通过语言来假定的。语言就是这样,根本地绝对地假定自我和主体。"Das Ich setzt ucspnglich schlechtin sein eignes Sein"即"自我意识最初假定它自己的存在",自我就是这样——也只能是这样——依据语言的行动来假定。因此对费希特而言,自我就是逻辑发展的开端,是逻辑的发展,照此自我就与任何形式的经验自我或现象的自我无关,或者至少不是原初的,不是首要的。自我就是假定语言的能力,在德语中"假定"就是 setzen。由于错误的使用,它是词的误用,语言错误命名任何事物的能力,但只是命名,因此假定任何事物的语言都是乐于假想的。

从这时起,语言因此可以假定自我,它也可以且必须假定对立面,自我的否定——不是假定自我行动的否定的结果,只是假定对等于自身的行动,自我的假定的行动①。在一定程度上,同样的方式,自我就是被假定的,非我(das nicht-Ich)暗指着正好是自我的假定,照此非我就等同于假定,费希特说:"假定的反对(假定的否定)同时也是由自我意识来假定的。"自我意识、语言,同时假定 A 和负数 A,这不是一个命题和反命题,因为否定不是一个反命题的否定,正如它在黑格尔著作中存在的一样。这是不相同的。它是自身的假定,例如,自我假定是与意识没有联系的。关于这个自我,它是空泛的,因此自我同时是假定的和否定的。它是纯粹的空虚,是假定的行动,关于自我不能做判断的行动,不能做任何类型的判断叙述。

在第三阶段中存在两种矛盾的因素,这两种因素已被假定是彼此渗透的,因此可以说是彼此互相联系,互相界定的,从这些实体中分离出来的被假定的部分,费希特称为"特征(Merkmale)"。由语言假定的自我没有特征——它是空洞的,空泛的。但是因为自我假定自身的对立面,正数和负数在某种程度上可以彼此联系,而且它们可以通过彼此界定和相互定义来获得联系:自我限制,自我规定——自我限制,这都要涉及

① 第一本笔记:"否定是激进的,在一定意义上说否定不是从任何与假定行为相关的辅助方法中获得,而是绝对地与之共存的。"

到：费希特说："限定、确定就是通过否定不是全部地但是一定程度上（zum Teil, to a degree）的否定来中止（sufheben，黑格尔的术语）一部分现实（自我的和非自我的）。"因此从自我中分离出来的要素就成为自我的特性（Merkmale）。从那时起，涉及自我判断的行动开始成为可能。谈论关于实体的事情也成为可能，实体就这样作为假定自我而存在，实体变得可以在自我和非自我之间进行比较，可以开始实施判断的行动。原来仅仅是词的误用的东西现在成为正如我们所知道的实体，性质的集合，它们彼此间可以进行比较，从而找出不同实体之间的相似之处和不同的地方。据费希特所说，这就是判断行为——一个判断行为就是看出实体的共同之处，或者理解它们的不同之处。

由于我希望问题马上变得更清楚，为了这些理由，我必须把研究更向前推进一步。判断或判断行为，现在允许为了语言和逻辑学而发展，根据两种模式继续发展下去——或者像综合判断，或者像分析判断。综合判断是你们认为一些事情像另外一些事情的判断。紧随费希特，无论你们什么时候做出怎样的判断，每一个实体虽然像别的实体，但必须至少在某一点性质上是不相像的。你们至少可以根据一种特性把它们区别开来：如果我说 A 像 B，就是假定在 X 中 A 和 B 是有区别的，或者是不同的。如果我说鸟是动物，就是假定动物之间存在着差别。动物之间存在的差别，使我能在动物整体尤其是鸟类中做出这种对比陈述。这就是综合判断，因此在论述相似之处时，就要假定差异，设想差异。或者，如果我做一个分析判断、一个否定性的判断，如果我说 A 不是 B，那么就假定 A 和 B 有相似的性质 X。例如，如果我说，植物不是动物，就假定在某种性质上植物和动物有共同之处，在这个例子中就有其自身组织的原则，对我而言，动物和植物必须有共同之处可以言说，可以进行分析判断，一些事物不同于其他别的事物。在这个系统中，你们会看到每一个综合判断总是假定一个分析判断。如果我说某物像某物，我就必须暗示一个差别，如果我说某物不同于某物，我就必须暗示一个相似点。

这里有一个非常特殊的结构，依靠这个结构，从实体中分离出来的性质在这几种因素之间循环，而这些性质的循环成为它自身判断行为的基础。现在这种结构（可能是没有说服力的,我不知道,但我只是把它当作声明来发表),现在正在描述的特殊结构——性质的分离和性质的循环,在这种方式中,当它们在判断行为中进行相互比较时,性质可以在实体间进行交换——是隐喻的结构,比喻的结构。这里正在描述的,恰好是这种运动,是知识系统中性质的循环和比喻的循环。这就是比喻认识论。这个系统像隐喻那样构造——大体上像比喻,尤其像隐喻。

现在这里有第三个阶段,而且最坏的情况结束了。费希特说,每一个判断都包含着一个武断的判断;它是分析的、综合的,但也是武断的。在这个判断中,实体现在不能把自身与别的事物相比,而是与自身及反身判断相联系。武断判断的标准、样式的确是一个判断,在"我是"的判断中,我表明自我的存在,是主体的存在——正如你们知道的,正好是原初的通过语言假定的——现在表述为存在,这里断言就产生了。它是一个虚无的断言,无限的虚无,照此,"我是"这个表述,在某种程度上是一个虚无的表述。但是在第一人称中没有必要做这样的表述——它可以在叙述自我性质的形式中表述。例如,(这是费希特的例子):["人类是自由的。"如果"人类是自由的"被认为是一个综合判断(肯定的,对照)——也就是说,人类属于自由物种的阶层——因此这就意味着,一定存在不自由的人,而这是不可能的。如果"人类是自由的"被看作是一个分析判断(否定的,对比)——也就是说,人类与所有处于自然统治状态中的种类相对立——那么就必定存在其他种类与人类一起分享自由的财富,但不存在这样的种类。"人类是自由的"不是简单的综合判断或分析判断;在武断判断中"人类是自由的",自由的建构就像一条渐进线(费希特补充说,就像一个审美判断)。"人类应该无限地接近难以到达的自由","Der Mensch soll sick der an sich unerreichbaren Freiheit ins Un-endliche immer mehr nahem"。人类的自由就是如此][1]。可以表述为一个朝向他前进的无限的点,表述为一种朝向他的越来越接近的渐近线,表述为一种向着人类前进的无限的上升运动(或者是下降,这都没有关系)。照这样,在整个问题中必不可少的无

---

[1] 插入方括号的部分不是从录音磁带中译出来的。它填补的仅仅是这次演讲在磁带翻面过程中造成的内容的脱漏,并几乎逐字的从第二本笔记(同时从德·曼的译注中的第一本笔记的说明中得到帮助)和费希特的原文中译出的。

限概念是在起作用的。

你们可以把这个抽象概念(极端抽象,如果你们愿意)翻译成更具体的经验,虽然这是不合规则的,我提醒你们,因为从一开始它就不是经验——它是语言学的行为。从存在对比判断的时刻起,谈论自我的性质就成为可能,而且它看来就像经验;根据经验来谈论自我的性质也成为可能。伴随着这些必要的防止误解的说明,在一定程度上,你们可以把自我翻译为经验范畴,你们可以把这种自我看成某种超自我和人们探讨的先验自我,看作是一些非常灵敏,非常有弹性的事物(这些都是弗里德里希·施莱格尔的话语),看作处于任何自身特别经验之上的自我,朝向任何一种特别的总是在发展中的自我。(如果你们愿意,这就有点像济慈谈论莎士比亚的"否定的才能",谈论莎士比亚是这样的一个人,他可以展示所有的本性,在自身没有什么特别的情况下能坚持这些本性,自我是非常有弹性的,非常灵活的,是一个非常活跃的机灵的主体,这个主体坚持任何一种它自身的经验。用于对济慈的证明,尤其是对莎士比亚的证明的这个例子都是恰当的。①)

正如我在这里开始描述的整个系统,首先是一种比喻理论,隐喻理论,因为(这就是为什么我必须全面考虑这些步骤的原因)在判断行为中所描述的性质的循环,其结构就像一个隐喻或比喻,它是根据性质的代替物来描述的。这个结构像提喻法,像部分与整体之间的关系,或者像一个隐喻,像依据相似性的代替物,及依据两个实体间的区别来构造。这个系统的结构是比喻的运用。在自身最系统的和普遍的形式中,它是一个比喻运用的系统。

但不仅仅是这样,因为它还是一个表述行为的系统,在一定程度上,这个系统依据最初的假定行为,这种行为以一种词的误用形式、以一种假定力量的形式存在于一种语言模式中,这就是系统的开端,它本身是一个表述行为而不是一种认识行为。首先存在一个表述行为,假定的行为,原初的词的误用,然后向比喻系统移动;作为原初假定行为的一种结果,一种比喻的变形影像产生了,在这里,所有的比喻的系统产生了。

---

① 济慈给乔治和汤姆·济慈的信,1817 年 12 月 21 日,27 日(?),在《约翰·济慈诗选》中。保罗·德·曼(纽约:国立农业图书馆印 1966 年版),328—329 页;参看德·曼的介绍,第 XXV 页。

费希特以高度系统化方式描述了这种现象(我并没有公正地对待这种情况)。他把它描述为人们只能认为是寓言的东西——它是一个故事,是他讲的故事,正如我讲的几乎不能令人兴奋的故事,但在费希特的作品里,它的确是非常令人兴奋的。它是一个寓言,是一方面在比喻和另一方面在作为假定行为之间的相互影响的故事。因此它像一种叙事理论,建立一个连贯的系统,十分有组织的系统,在这里,一方面在系统和另一方面在系统的形式之间存在统一性。它把这种统一性作为叙事话语提出来:相似的和相异的故事,性质交换的故事,自我关系的转向,还有无限自我的计划。所有这些构成一个首尾连贯的故事,这样的故事存在根本的否定要素。它是一个复杂的否定的故事:自我从来没有能力了解这个故事是什么,从来不能像这样来定义,同时由自我做出的关于自身的判断,反身的判断,都不是稳定的判断。在系统内部存在大量的否定性、强有力的否定性,但是系统的基本的可理解性是不可怀疑的,因为它总可以归纳为一个比喻系统,它被描述成这样,像这样的描述有内在的一致性。它是真正系统的。施莱格尔在某处已经谈到的:人类总有一个体系。他还说:人类从未拥有一个体系①。无论如何,在你们说你们从未拥有体系之前,你们必须拥有一个体系,费希特也有一个理论体系。这里的体系是一种比喻的运用,是一种比喻运用的体系,那样的理论体系必然会产生的叙事的话语——正如施莱格尔说的,一个奇特的比喻运用的叙事。这个奇特故事所叙述,所讲的是进入比喻系统的,比喻的变形影像,比喻的转换,而与之相对应的经验是那些继续存在自身经验状态之上的自我。

看起来似乎是施莱格尔在 *Lyceum*,第 42 则所说的(另外的片断是我想读的),在这里他描述了独立的自我,他说这是哲学中所谈论的自我,诗歌中谈论的自我。他的描述如下(他谈论哲学,并在哲学和他认为的修辞学之间进行了区分——这不是我使用的修辞学方法,但是一种劝说的修辞学——在这里他把一种次要的形式看作是与哲学相比较的):

哲学是反讽的真正归宿,反讽可被界定为逻辑的美:在口头和笔头的对话中,每到

---

① 参考《雅典娜神殿断片集》第 53 则:"对精神而言,有一个体系和没有一个体系同等重要。同样完全有必要的是将两者联系起来"。《F·施莱格尔批评读本》2:173;贝赫勒和斯特拉斯克,136 页。

人们进行哲学思辨之处（他理所当然地想到了苏格拉底），只要是对话未完全成为一种体系，都应当产生反讽，反讽也成为了一种必要；甚至斯多葛学派也把温文尔雅祝为美德。事实上，还有一种修辞性反讽，如果谨慎地使用，就会产生极好的效果，尤其运用在辩术中，但与苏格拉底思维的高贵文雅相比，修辞性反讽若与古典重大悲剧（即比修辞性反讽要差一些）相比，修辞性反讽就像最盛大的演说术的光辉。在这方面，既然诗歌与演说术一样不是依靠反讽的话语，那么诗歌自身就可以提升到哲学的高度。（反讽无处不在，它不仅仅存在于特定段落中。）古典诗和现代诗在它们的整体和每一个细节都显露出反讽的神圣气息。在这些诗中，存在一种真正的先验的诙谐。它们内部被这种情绪[Stimmung]所弥漫，这种情绪感染着每件事，并无限地提升到超过每件事的极限，甚至是在诗人自身技巧、美德和才华之上；它们外部形式被一个普通的快乐的意大利滑稽演员的表演风格所感染①。

现在这个滑稽演员已经给批评家提出了许多难题，这些难题就是上面所提到的。因为我们在这段文章中所得到的（这就是我们为什么在费希特身上花如此多时间的原因）是在它所有的暗示中，完全吸收和理解有系统的费希特哲学的理论体系。在这里我们得到一个非常简明的费希特哲学体系的概要，那种自我的否定性得到强调——因为它是关于每件事的独立，也是关于自我，写作者自己作品的独立，关于他自己作品的基本距离（自身的激进否定）。我们发现在诗中这种特别情绪是内在的。但是我们发现在诗的表面或者事实上的外在的明显的意思，是这个滑稽歌手。滑稽歌手在这里有一个特殊的含义，它在学术上的界定已经非常有说服力。施莱格尔在即兴喜剧中所谈到的滑稽歌手，是否定性幻想的分裂，是旁白，观众的旁白，通过这些手段，小说的幻觉被打破了（在德语中我们称为 aus der Rolle falen，即退出你的角色）。这与中断有关的从一开始就存在那里——我们首先阅读的，你们记住施莱格尔说的，即你们必须能够在任何时候自由地、任意地中断友好的谈话。

这种情况在修辞学中有一个专门术语，施莱格尔使用的术语，是错误基调（Pataba-

---

① 伯勒和斯特拉斯克，126 页；《F·施莱格尔批评读本》2:152。

sis)。错误基调是在修辞的登记簿中通过转换来中断谈话的。正好,这是你们从斯特恩作品中得到的。侵扰使叙述幻觉不断地中断,或者从《命定论者雅克》中得到它,这的确是施莱格尔的模式。或者,此后仍然从司汤达作品那里得到,或者(这是施莱格尔特别谈到的地方)在他朋友蒂克的戏剧中,错误基调不断地被广泛使用。这种情况还可用另外一个词语来表达,它在修辞学中有相同的效果——即词语错格。词语错格(anacoluthon)或错格(anacoluthe)经常按照比喻的句法规则的模式来使用,或者是按照时代的格言来使用。在这里增加了某些预期之物的句子的语法突然被中断,代之以你们希望根据已建立起来的语法所得到的,你们会得到一些完全不同的东西,即在句法预期之物的模式中的中断。

如果你们想了解错格,最好的去处就是马塞尔·普鲁斯特《追忆似水年华》的第三册《女囚》的这部分,他讨论了阿尔伯蒂的谎言。你们记住阿尔伯蒂说谎。她告诉普鲁斯特可怕的事情,或者至少他想象她告诉他可怕的事情。她总是在撒谎,他分析她谎话的结构。普鲁斯特说她以第一人称开始她第一句话,因而你们希望她告诉你们的——它们是令人惊骇的事情——她告诉你们关于她自己的事情,但是在句子中间使用一些文学手法,你们对它并不了解,突然她不再谈论她自己而是谈论其他人。普鲁斯特说,"就她自己而言,她不是动作的主体",她依靠"修辞学家称之为错格"[1]的方法来做这些事情。这是引人注目的一段话,是一种复杂难解的错格的结构:确切地在相同的方式上正如错误基调,这种句法的中断是中断叙述的话语。因此滑稽歌手就是一种错误基调或者是一种错格文体,一种叙事话语的中断,一种奇特错综图饰的中断或费希特已经建立起来的话语中断。但对施莱格尔而言,错误基调是不够充分的。反讽不仅仅是一种中断;施莱格尔说,它是(这是他已经给出的反讽的定义)"永久的错误基调"[2],

---

① 马塞尔·普鲁斯特:《追忆似水年华》第 3 卷,152 页,巴黎,伽利玛出版社,七星诗社,1954。普鲁斯特的文章说:"她不是行为的主体"及用"语法学家"代替"修辞学家"。参见保罗·德·曼《阅读的寓言》,289—290,301—301 页,新港,耶鲁大学出版社,1979。

② "反讽是永久的错误基调——";施莱格尔《走向哲学》(1797 年),第 668 则,在《哲学年鉴》(1796—1806 版),恩斯特·贝赫勒编,在《F·施莱格尔批评读本》(帕德博恩-维也纳-慕尼黑:费莱南·项尼希出版社,1963 年版),18,85。参见《阅读的寓言》300 页注释 21 和《时间性修辞学》第 218 页。

错误基调不仅仅是在一方面而是在各方面,这就是他界定诗歌的方式:反讽无处不在,叙事会被完全地打断。已经对此作过评论的批评家正确地指出,这里存在一个根本矛盾,因为错误基调只能在一个特定时刻发生,认为应该存在一种永久的错误基调,就是说有些事情是极端自相矛盾的。但这就是施莱格尔所记住的。你们必须想象错误基调随时都有可能发生。任何时候中断都会发生,例如,正如我从 Lucinde 这章开始的;当你们看到哲学辩论与完全不同的某事相符合,甚至与一个和它毫无关系的事件相一致时,哲学辩论就会随时被粗鲁地打断。这就完全地中断、分裂了内部情绪,以相同的方式,在这段话中描述的内部情绪被外部形式彻底地分裂了,这是属于滑稽演员,属于错误基调,属于中断,属于叙述话语的瓦解。现在我们知道这种叙述话语不仅仅是任何一种叙述话语:是由比喻的系统引起的叙述的结构,正如费希特系统定义的。因此,如果你们愿意,我们可以结束施莱格尔的定义:如果施莱格尔说反讽是永久的错误基调,我们说反讽是比喻的寓言的永久错误基调。(这是我允诺你们的定义——我也告诉过你们,当你们掌握它的时候,你们并不比它了解得更多,但它却存在那里:反讽是比喻的寓言的永久错误基调。)比喻的寓言有它自己叙述的连贯性、系统性,同时这是反讽中断、分裂的连贯性和系统性①。因此人们可以说任何反讽理论就是任何叙述理论的毁灭,必要的毁灭,正如我们所说的,这就是反讽,严格地说,当反讽是使它任何时候都不可能获得一种稳定的叙述理论时,反讽的产生总是涉及任何叙事理论。这并不意味着我们不必继续研究反讽,因为这就是我们所能做的,但在反讽的范围内它总是被中断,总是被分裂,总是被毁灭,反讽就必须包括这样的范围。

现在是什么语言要素使这种错误基调发生呢?是什么文本要素使错误基调像这样发生?② 让我们通过参照施莱格尔的理论或一种真正语言的含蓄理论,从而间接地探讨这个问题。这种情况在弗里德里希·施莱格尔的讨论中经常出现,在那里,认为通常提出的主张,尤其是由像斯特罗斯克内德·克赫斯(strohschneider-kotus)和别的

---

① 第一本笔记:"反讽是(永久的)寓言的错误基调——(描写的)叙述的合理性一直被中断。"
② 第一本笔记:"(在卢梭的《忏悔录》中从错格到能指的活动)。"参见《承诺——论卢梭〈忏悔录〉,见《阅读的寓言》278—301 页。

美学批评家所认为的,即施莱格尔拥有真正语言的直觉力,例如,他发现真正的语言存在于神话中。但是,不像诺瓦利斯(他总是被作为成功诗人的例子列举出来,与施莱格尔除写了一些片断外没有创造出什么相比,诺瓦利斯是创造出真正作品的诗人),他在神话中也发现了真正的语言,施莱格尔由于某种原因从神话退出,他没有能力,或者信心,或者爱使自己沉湎于此之中,而是从这里退出。相反地,据说,诺瓦利斯能够对神话表示默认,因此能够成为一个伟大的诗人,正如我们所知道的他成为的样子,然而施莱格尔只能写 *Lucinde*。

施莱格尔在《论神话》①中探讨真正的语言。在讨论巧智这种浪漫主义诗歌的特性(通过巧智,他指出塞万提斯和莎士比亚的诗歌——在某种意义上说,不是浪漫主义的,而是文学的想象,这里巧智包括具有柯尔律治风格的想象力和创造力)和神话之间相似性的段落中,他也是这样做的。施莱格尔说,在神话中,"我发现与浪漫主义诗歌奇妙的巧智有极大的相似之处"。他讨论的浪漫主义诗歌的特别明显的特征,他认为像神话一样:巧智存在于神话中,神话又存在于浪漫主义诗歌中。他通过一系列的特征来描述巧智,这些特征正如我们在浪漫主义理论中所知道的,非常符合关于浪漫主义的公认的观点。施莱格尔说这一系列特征是"人为的有规律的混乱","诱人的矛盾的调和",是"狂热和反讽之间奇妙的永久的交错"。他说,它存在于"甚至是整体中最小的部分中",它是所有的"神话的间接模式"。他说,"巧智和神话的结构是相同的"。"阿拉伯式的风格是最古老的和最原始的人类想象的模式。但是,没有原始的、原初的不能复制的东西(看起来应该是真正的语言),它们[机智和神话]就不能存在,这使原始的本质和原始的力量[Kraft]继续照亮,尽管它正在经历着变化",他说,"伴随着自然的奥妙,使(原始语言的)光辉仍继续照耀"。关于这点的最初看法,他已经写到,像真实的语言一样照耀的是"奇怪的(das Wideisinnige),甚至是荒谬的[das Wideisinnige],正如天真无邪的而又老于世故的天真[geistreiche naivete]"。这个观念——奇怪的,荒谬的,老于世故的或者感伤的天真——加在一起非常符合于我们的浪漫主义观点,正

① 《F·施莱格尔批评读本》2, 311—322 在 318—319 页;参见贝赫勒和斯特拉斯克。《论神话》81—88 页在 86 页(仅仅翻译第二版)。第一本笔记把注释引文添加到:"《论不可理解性》第 364 页中对真正语言的解释。"

如幽默的无理性,如嬉戏的幻想。当施莱格尔重写这点时,他抹去了这些术语(奇怪的、荒谬的、世故的、天真的),他用另外三个术语代替它们。真正的语言所允许照亮、照出的是"错误、疯狂,头脑简单的愚蠢行为"[K.A.2:319.n.4]。接着他说:"为了中止理性思想的观念和法则,为了在人类本性的原始混乱(这里神话是最好的命名)中,在美丽幻想的混乱范围内代替我们,这就是所有诗歌的起源。"

这种混乱不是认为关于这段话有点莫名其妙的美丽的非理性的传统解释,而是美丽的、对称的。但用施莱格尔的话语说,它已经打上了事实的痕迹,这个事实是已经代替了他开始说的,混乱是"错误、疯狂和愚蠢"。真正的语言是疯狂的语言,错误的语言,愚蠢的语言。(Bouvard et Pecuchet,如果你们想得到——这就是他用真正的语言所意指的东西。)它如此是因为这种真正的语言仅仅是符号的实体,它愿意接受任何符号系统极端的专断,照此就有能力循环起来,但像这样是相当不可靠的。在论文《论不可理解性》中,施莱格尔通过照字面解释宝贵的隐喻来理解真正的语言,从而认为,真正的语言就像黄金,它是真正有价值的。但真正的语言证明不仅仅是像黄金一样的东西,而是更像金钱,(或者更明确的说,就像金钱一样,在那个时候,他没有必要出版《雅典娜神殿》)——也就是说,不像自然而像金钱的循环已经无法控制,它是一个绝对的循环,一个能指的绝对的循环或能指的绝对活动,正如你们所了解的,它是错误的根源,疯狂的根源,愚蠢的根源及其他所有的罪恶的根源。你们必定想起巴尔扎克《驴皮记》中金钱就像金钱,必须记住高利贷的耐性和眼泪。

这是一个能指的自由活动:《论不可理解性》充满了双关诙谐语,尼采式的词源诙谐语,在这里,大量形成关于竖立和理解(stehen and veistehen),竖立和理解的活动,形成疯狂的活动,等等。弗里德里希·施莱格尔引用了歌德的话:"die Worte verstellen sich selbst oft besser, als diejenigen. von denen sie gebraucht werden"即"言语的相互理解通常要比使用这种言语的人更容易"。言语有一种言说事物的方式,根本不是你们希望言语所说的。你们正在撰写一篇极好的、连贯的关于哲学的辩论,但是看呀,你们正在描述两性间的交往。或者你们在为某人写赞辞,而不需要知识,仅仅因为言语拥有书写的方式,你们真正叙说的是绝对的侮辱和猥亵。那里存在一种布局,一种文本的布局,一个难以改变的决定和一个绝对的专断,绝对的独裁,他说,使言语居于能指活动的层面,这就是破坏任何叙述话语的一致性,并破坏反身的和辩证的模式,正如你们所了解的,它们都是任何叙述的基础。没有反思就没有叙述,没有叙述就没有辩证法,严格地说,反讽所中断的(依据弗里德里希·施莱格尔)主要是那种辩证的和反身动词的比喻。反身动词和辩证法是比喻运用的系统,是费希特哲学的体系,是反讽所毁灭的东西。

因此,施莱格尔从中受益的,非常卓越的评论总是支持反对者,尤其在评论中试图保护他以对抗轻浮的猜疑,这就一点也不奇怪了。最优秀的批评家已经对施莱格尔进行了评论,并发现了施莱格尔的重要性,这些批评家都是想保护施莱格尔使他免遭轻薄的非难,这是他们通常要做的,但是在这个过程中,他们总是必须重新找到自我的范畴,历史的范畴和辩证法的范畴,严格地说,这些范畴在施莱格尔作品那里遭到一种激进方式的阻断。

仅举两个例子——接着就结束了——彼得·桑迪评论施莱格尔就非常到位,在讨论反身动词的结构时,他如是说:"在蒂克作品中,角色(戏剧的角色)谈到自身作为一个角色(反身地)。它能够洞察自身存在的戏剧性的限定,这样做它的能力并没有减弱;反而提高到一种新的能力……蒂克戏剧的喜剧因素归因于反身动词的快乐:这就是反身动词获得的关于它自身结构的距离,这就是根据笑声来评价的。"[①]这里是通过距离的概念来达到反讽的审美提升。这可以称为真正的喜剧性,在某种意义上说,桑迪并不是在讨论反讽而是把两者(喜剧和反讽——译者注)混同。他思考得更多的是让·保尔,并提出了喜剧理论。反讽不是喜剧,反讽理论不是喜剧理论。这里可以谈论的是喜剧理论,但确切地说所谓反讽理论并不是喜剧理论。它是瓦解、是幻灭。

---

① 彼特·桑迪《弗里德里希·施莱格尔与浪漫主义的反讽,附论蒂克喜剧》(1954)重印《论文》(法兰克福:苏尔坎普,1978年),2:11—31。德·曼(在第一本笔记)引用桑迪重印的论文从汉斯-伊格恩和古斯塔夫-阿道夫主编《作为文学现象的反讽》(科隆:1973年)第149—162页中的第159页和第161页。论文在英国是通用的,由哈维·门德尔松译,如《弗里德里希·施莱格尔和浪漫主义的反讽,附论蒂克的喜剧》,见彼特·桑迪《论本文的理解和其他论文》(明尼阿波利斯:明尼苏达大学出版社,1986年版)。第57—73页的71、73页。德·曼在《哲时性修辞学》中引用相同的论文,219—220页。

本杰明《德国浪漫派批评观念》①,在某种程度上追随卢卡奇,他更了解错误基调的效果。本杰明充分看到了错误基调的破坏性力量、否定性力量。他看到"形式的反讽化存在于一种深思熟虑的形式的毁灭中"——根本不是一种审美的修复,相反地,是一种根本的彻底的形式的毁灭,本杰明称之为"批评的艺术",它通过分析破坏形式,通过非神秘化毁灭形式。本杰明在一段精彩的文章中就是这样描述批评艺术的。他说:"远离作者主观的幻想,这种形式的毁灭是艺术中客观环节的任务,批评的(环节)……这种反讽的类型(起源于对无限计划的特别成果的关系中)与主观主义或戏剧毫无关系,但是与特别的近似性有关,因此有限的结果是绝对的,伴随它的彻底的客观化是以自身的毁灭为代价的。"此刻当所有的一切都似乎丧失,当成果被彻底毁灭时,它就得到修复,因为那些激进的毁灭是辩证法的一个环节,在黑格尔哲学的系统中,这被看作是趋向绝对过程中的历史辩证法。本雅明说,在这里使用黑格尔哲学语言(是非常清楚的,非常主动的,非常有效的):"形式的反讽化就像暴风雨揭开了艺术的先验法则的序幕,并展示它原来的样子,这个法则正如作品的无中介存在。""形式上的反讽……描述了仍然通过解构组织来建构组织的自相矛盾的企图,也是为了证明在作品自身内,作品与观念的联系。"[p.87]这个观念是无限的计划(正如我们从费希特作品中已经得到的),这无限的绝对趋向于进行着的作品。反讽是激进的否定,然而,它是这样通过作品的毁灭,通过绝对趋向于进行中的作品来揭露的。

　　克尔凯郭尔可能会以相同的方式解释反讽(在本雅明作品中发现像克尔凯郭尔哲学的一段话……)。他也会接受在历史中对一定反讽要素在历史中位置的评价。苏格拉底的反讽是有效的反讽,因为苏格拉底像圣约翰一样,宣布了救世主的到来,也正如此他也在这个时候到来了。然而,弗里德里希·施莱格尔或他同时代的德国反讽家却没有在适当的时候到来。他们被抛弃的唯一原因就是他们与历史的历史运动不协调,这对克尔凯郭尔来说为了评价就要保持人们必须依赖的最后的实例。因此反讽是次

---

① 　瓦尔特·本杰明《德国浪漫派批评观念》著作第一册《全集》(法兰克福:1980 年)。参考书是这个版本。正如桑迪论文的例子引用注释 24,德·曼(在第一本笔记)重印于汉斯和莫尔路德中摘选,145—148 页引用本杰明文章。在"(de-constructing)解构"和"(Ab-bruch)拆毁"之间的连字符是德·曼在第一本笔记中使用的。

要的历史系统。

我仅仅是用施莱格尔的一个引语来反对这个观念和桑迪的主张。在《论不可理解性》中施莱格尔接下来说:"但是,因而不能理解的事情就是如此罪恶和讨厌吗?——对我而言,似乎家庭和国家的安宁在它之中是基础:如果我没有误解的话,这些观念和系统及人类的艺术作品常常如此的巧妙,以致人们不能充分地赞扬发明者的才智。假如它得到牢不可破的信任和纯洁的保护,(不能理解的)非常小的一部分就足够了,健全的知识敢于接近它神圣的边界。是的,正如我们所知道的,在某些这样的点上,即使人类最宝贵的财产、内在的满足,是会被中断的。如果整座大厦仍保持坚固和稳定(根据本雅明所说的,通过拆解大厦,我们把它建造起来),它必定仍不为人所知;如果这些力量由于理解力被分解了,它可能会一下子失去它的稳定性。如果你们的需要真正地得到满足你们会感到非常恐惧,严肃地说,世界会一下子变得易于理解。而这个完全无限的世界出于不理解,出于混乱而依据理解力建立起来吗?〔Und ist sie selbst diese unendliche Welt, nicht durch den Ver-stand sus der Unveistandlichkeit oder dem Chaos geblidet?〕"①

听起来是非常美妙的,但是你们应该记住,在它所有形式中,混乱是错误、疯狂和愚蠢。人们拥有的关于解构有能力建构的任何期望,是被这样的一段话所中断,这段话是非常严格的前尼采哲学的一段话,确切地说宣布了《论真理与谎言》。任何试图建构——也就是说,试图叙述——无论多先进的水平都会被像这样的段话所中止、打断和分裂。结果,也会使它非常难以想象被反讽所遮蔽的历史之编撰,历史之系统。弗里德里希·施莱格尔的阐释者们都已经感觉到这一点,这就是他们所有的人包括克尔凯郭尔在内,都必须诉诸历史的原因,就像体质一样反对这种反讽的保护的方法。反讽和历史似乎奇妙地彼此相连。这将会导致这样的主题,但是当我们认为表述行为修辞学的复杂性已经被更彻底地掌握时,这种情况才能得到解决。

非常感谢。

---

① 《施莱格尔批评读本》2, 370;参见弗克欧 268 页。正知桑迪和本杰明的文本,德·曼(在第一本笔记中)从汉斯和莫尔路德选集中引用这个文本 295—303 页中的 300—301 页。

弗里德里克·詹姆逊

乌托邦、现代主义和死亡(1991 年 4 月)*

弗里德里克·詹姆逊

(Fredric Jameson, 1934—)

自从 20 世纪 70 年代起就被认为是美国马克思主义文学批评的领军人物。这种声望由《马克思主义与形式》(1971)和《语言的牢笼:结构主义与俄国形式主义评述》(1972)两本著作得以巩固。詹姆逊对马克思主义文学理论最初的贡献首先在《政治无意识:作为社会象征行为的叙事》(1981)一书中得到发展,在这个工作中,詹姆逊综合了卢卡奇(尤其是《历史与阶级意识》(1923)一书)与阿尔都塞的研究方法,对符号学、心理分析和后结构主义等都有一系列的深刻见解。全书开篇的《论阐释》是介绍詹姆逊叙述理论的决定篇章,本书余下的部分通过对巴尔扎克、吉辛和康拉德的文本细读对这一理论进行进一步发展。对于詹姆逊来说,历史是必要的阐释维度。詹姆逊随后的工作包括许多关于后现代主义的非常具有影响力的论文,这是对资本主义文化逻辑持续研究的一部分,同时也包括詹姆逊对电影和所谓的"第三世界"文化的分析。本书所选的这篇文章是《时间的种子》(1994)一书的第二部分,这本书是詹姆逊论述后现代主义的一部重要著作,詹姆逊以他惯有的马克思主义辩证观点与总体性思维,提出了后现代性和后现代主义的种种内在矛盾:二律背反或悖论。詹姆逊可以说是马克思主义理论家中最为迷恋"乌托邦"概念的一位,他关于悲剧的理论认识中尤为引人注目的一点在于乌托邦与悲剧之间的关系问题,纵使后现代时期矛盾重重,但是仍然可以通过以乌托邦的美好想象为参照对后现代社会进行批判,通过对文化现状的剖析、打开关于未来世界的景观。在对约瑟夫·康拉德小说进行分析时詹姆逊曾说过,"康拉德所有的小说都企图以乌托邦式的梦幻来代替现实生活对生存的需求",这事实上也是

---

* 本文选自《时间的种子》,"第二章 乌托邦、现代主义和死亡",王逢振译,江苏教育出版社 2006 年版,第 63—115 页。

他对现代悲剧文学的一种看法。在本书的这篇选文中，詹姆逊通过对苏联作家安德烈·普拉东诺夫的乌托邦小说《切文古尔镇》的分析，探讨了在第二世界的苏联关于乌托邦、现代主义与死亡之间的独特关联，他对悲剧与现代性之间复杂关系命题的探讨具有重要的启发意义，在詹姆逊看来，普拉东诺夫的乌托邦是对共产主义经历的一种再现，而小说中描绘的可怕景象与暴力，正是对乌托邦冲动的真实性所付出的代价。詹姆逊所谓的乌托邦并不是一种表现，"而是一种计划打开我们自身未来幻想限度的行动，这个界限超越了看起来在我们自身的社会和世界的理想性改变中所不能达到的。"詹姆逊往往被批评为一位去政治化的黑格尔派马克思主义者，他理论上的折衷主义往往被认为倾向于一种对手势和主符码(master-codes)的累加。这种趋势在詹姆逊对集体性政治主体的建构中体现的很明显，例如女权主义和"第三世界"的社会运动以及他对诸如"后现代主义"这种分类用语的普遍运用。这些批评视角在艾贾兹·阿赫默德(Aijaz Ahmad)与亚历克斯·克林尼克斯(Alex Callinicos)的文集和伊格尔顿的《格格不入》(*Against the Grain*)一书中得到进一步发展。

乌托邦、现代主义和死亡

人们常常——可能还有些妄滥地——谈论或暗示有一种第三世界的文学或文化，沿此人们也常常承认存在一种第一世界的文化，但是，任何可能想象为一种第二世界文化的东西，即使未被粗暴地否认，至今也一直被忽视。不过，在我看来，一种真正社会主义文化的存在，一种以构成社会主义特色和教育体制为基础的社会主义文学的存在，很可能不得不越来越多地予以承认，因为社会主义的制度和所有制（对此一种假社会主义文化过去被认为是最充分的意识形态的掩饰或警察的指令）在苏联东部到处都已退缩。我们将会发现，实际上我们已经发现，在非市场、非消费者—消费社会成长起来的人们，思考问题的方式不同于我们。事实上，如果我们抵制将这种差异——这里指某种纯系斯拉夫人世界观中的差异——归诸旧式的民族主义和种族特征的诱惑（现在到处都在复活），我们甚至可能发现一种新型社会主义文化的萌芽和初生形式，但这种文化完全不同于"社会主义的现实主义"，它表明人类历史中我们其余的人无法预见的某种遥远的未来。

没有商品化的人类关系是什么样子，没有广告的生活世界看上去如何，什么样的叙述会规范没有外国商业机构和利润的人民的生活——很久以前乌托邦的空想家就思考这些问题，而这些思考使他们至少达到一种演绎的、外在的、纯形式主义的关于特征的描述。换言之，即使我们自己根本不能写出乌托邦文学，我们也可以说出真正的乌托邦文学是什么样子。但是,过去的乌托邦文学大部分是积极的,甚或是肯定性的(就法兰克福学派的一种贬义而言):它的"睡眠之梦"(莫里斯)带有一切补偿和拒绝的特征,压制它的空想机制无法加工的东西,排除消极的观点和承受苦难与死亡的身体,排除人际关系中一切无法解决的事物。不过,幻想的真理价值,作为一种哲学思考的工具在认识论上对白日梦的正确运用,却完全在于对现实原则本身的正视。白日梦可以成功地作为一种叙述,但不是通过成功地逃避或欺骗现实原则,而是像亚可伯的天使那样与之斗争,胜利地从中夺取完全可以在我们自己和它自己的时间中这样梦想和幻想的东西。

　　这也许等于承认,白日梦更深刻的真理在于它对现实原则本身所揭示的东西,而不在于关于我们愿望的实现它告诉我们什么:因为后者的整个戏剧性——按照弗洛伊德和他的癔病患者所教给我们的——在于试图确定我们真正首先需要的是什么。在那种情况下,我们不能希望的东西,或者不能变成白日梦或乌托邦幻想的叙述修辞的东西,远比贫乏的、实际存在的三种愿望本身("我希望午餐有些美味的香肠!""低能儿,我希望它们挂在你的鼻子上!"等等)更有意义也更有代表性。因此,历史地看,在这种意义上,乌托邦的使命在于失败;它在认识论上的价值在于使我们感到围绕我们思想的壁垒,在于它使我们通过纯粹的感应发现看不见的局限,在于在生产方式自身当中使我们的想象陷入困境,在于使奔驰的乌托邦之脚陷入当前时代的泥沼,想象那是地球引力本身的力量。正如路易·马丁在其《乌托邦》里所教导我们的,乌托邦的文本确实为我们提供了关于我们不能想象的事物的生动的教训——只是它这样做时不是通过对它的具体想象,而是通过文本中的破洞,即在时代及其意识形态的围墙之外我们自己不能看见的东西。这使人联系到马克思的伟大的名言,联想到它的正面和反面,从而了解到他有生之年的理论和实践——这里所说的名言是:"长期以来世界都在梦想它只需意识到就可事实上将它占有的某种事物。"(1843 年 9 月致鲁格的信)但是,意识到某种事物也是一种客观的可能性,一种现实和当前形势的特征,而不是通过意志或命令或通过完全接受一种思想而获得的某种事物。在这种意义上,我们自己的制度——后期资本主义——的真正发展,便将它们置于我们自己和未来之间,但对于一种令人迷恋的文化,例如我们自己的文化,最好用另一种语言来描述,最好表明很难幻想我们自己可以摆脱现时的迷恋,也很难想象一个没有刺激的世界,因为正是种种刺激才使我们得以在这个世界上生存。那种力图达到一种根本不同制度的尝试,以一种根本不同于我们自己的方式,即一种包括不同类型的叙述可能的方式,释放出想象力和乌托邦的幻想。我遵循沃勒斯坦的观点,相信实际存在的社会主义不是也不可能是一种选择的制度,因为在任何一个特定时期都只能有一种世界制度支配,确切地说,各种社会主义都是在资本主义世界制度本身的力量领域里的反体制的运动。由于只适应于单一形式的资本主义,它们大部分都因资本主义预想不到地突然转变到一个不同的阶段而失败。这个阶段我们现在称之为后期资本主义,它的新的法则和强化的制度专横地破坏了那些只是为经受早期阶段更原始的压力而建成的结构。因此,人们所达到的至多是从文化上对新的上层建筑或形式趋向的预见,在其所处的形势之下,只有对一种新的基础或经济状况的临时速描能保持一段时间。

于是,文化可以走在前面,预示尚不存在的生产方式的未来形式。这实际上是基础和上层建筑相互作用不平衡的旧概念的最基本的含义,但在雅克·阿塔利的著作《喧闹(传播)》之前一般都不注意这点。阿塔利的著作不仅肯定了音乐和经济之间的密切关系,而且还肯定音乐(在西方)能够投射出尚未具体展现的某些社会经济的发展阶段。然而这一原则需要两种限制:第一,决不能事先提供调解,即说明某一形式能够以这种方式预见未来的发展(在阿塔利的实例中,这样一种调解至少在经济和音乐确定无疑的密切关系里表现了出来);第二,现时一个给定文本的乌托邦内容,决不应理解为以某种方式排斥或排除现时与它同时存在的意识形态的内容和作用,换言之,科学与意识形态并非不可兼容,而是一种科学主张可以同时用于意识形态的目的,如著名的开普勒和伽利略的著作。事实上,我想强调这种主张的更极端的一种形式,即在一个衰落或阶级的社会里,科学、乌托邦思想以及实际上有价值的一切事物,也必须总是同时作为一种意识形态发生作用。不可能逃避意识形态,就是说,对于我们自己在这个社会里的处境和阶级状况的血的罪过,不可能不作理性的说明;真理的时刻很少出现,而其转瞬即逝——对个人焦虑和社会危机的时刻,也必须肯定它们不可能因任何一种持久可靠的真理而被保留或依赖,虽然它们无疑会影响我们的实践本身。因此,在这种社会里,在这种历史当中,一切真理也同时都是意识形态的,应该以最大的怀疑和警惕来赞颂它们。

这对以前称作形而上学的那些真理同样正确。在我看来,今天对它们彻底追查并进行揭露(如果任何一个幸存下来),并不是因为它们有某种意识形态的罪恶,而是因为它们立刻在意识形态上发生作用,因为在有时称作精神性的领域里,甚至比在其他文化层面上更难区分真理和意识形态。因此,正是在这种意义上,我要论证说,一种像海德格尔那样的哲学在我们的时代是错误的,在它不是法西斯主义和决定论的时候也是意识形态的、反政治的,因为它使人脱离政治责任。虽然它不鼓励一种关于小资产阶级自我对其虚假伟大的自我陶醉,但它以自恋的方式沉迷于自我作为表达焦虑的工具,而不是产生这种焦虑的自由行为,因而甚至在它采取其他社会阶级的主题时(如关于农民或厄斯特·容格尔对工业劳动的态度),它也难以被其他社会阶级理解。

但是,我还要论证说,在形而上学方面,在某种绝对的意义上,就我们与地球和我们与自己个人死亡的关系而言,海德格尔是正确的。然而,在这个社会里,那种真理并不是为了我们,它在这里"纯粹"是形而上学的,也就是说是意识形态的;它只有在一个未来社会、在一种乌托邦当中才能变成真实的,因为在乌托邦社会里,意识形态的功能将会与产生它的阶级划分被一起取消。所以,在这种情况下,我们一定要非常清楚,今天,在这个社会里,我们如何把这种预期的、乌托邦的材料,作为海德格尔的那些形而上学的材料来运用;我们既不能赞美它们的真实性,也不能让它们被形而上学淹没,它们最深刻的使命就是找出这点并指出这点。在与前面对"第二世界"文学的讨论作某种联系之后,我们将马上再回到这一评注性的问题。

因为,即使你们同意我的思考,承认预期的形式应该在"第二世界"的文学和文化生产中出现,即使你们能看出那种情况如何以演绎的方式得到说明,这种乌托邦文本的某些空洞的形式描写如何又毫无根据地形成并至少试图提出一种逻辑上可能的模式,即使如此,显然更令人满意的还是指出一部实际的作品和一个具体的实例。这是意想不到的我们现在能做的事情,仿佛它来自历史资料储存之外似的,因为在储存的历史资料当中，一些过去基本上不曾想到其存在的作品，在最近十五年间突然出现在世人面前，就像是刚刚写出的新作，这些作品表现了20年代伟大苏联文化革命中的乌托邦的活力，表现了那个时期的激情和兴奋，以及几乎是无限的种种形式的可能。

这个实例就是伟大的农民乌托邦作品《切文古尔镇》。在强行集体化（1929年秋）的前夕，这部作品由安德烈·普拉东诺夫于1927—1928年写成，但从未出版。60年代开始出版小说的一些片段，足本的英文翻译于1978年出版，删节的俄文本曾于1972年出版，但完整的俄文本直到1988年才出版。因此，甚至对俄国读者来说，普拉东诺夫也是个新的著名作家，在二三十年代只有他的一些短篇小说为人所知。然而，如果我对形势的理解正确，过去十年来他已经逐渐被视为非凡的美学权威和道德精神权威——完全可以和卡夫卡在西方的地位相提并论（尽管在其他方面普拉东诺夫和卡夫卡之间实际上毫无共同之处）——也就是说，作为一个预言式的人物，他的经验是宝贵的，他的形式在历史上和实际上都有征兆的性质；作为一个作家，他的文本几乎是宗教式评注的对象，涉及一系列的观点和兴趣，他的最简短的笔记和评论具有无限的价值，他的形式成就虽然在美学上可能不及标准的杰作，如普鲁斯特、乔伊斯和曼的作品，或者比利、马雅克夫斯基和布劳克或帕斯捷尔纳克的作品——甚至可能在基本构成上不够完整和连贯——但却提供了一种形而上学思考的机会，而纯美学的客体很少会促发这样的思考。

普拉东诺夫是一个伟大的现代主义作家，而这一表示特性的说明本身实际上现在使我们的任务复杂化了，因为在西方现代主义已经过时，我们对更早的现代主义经典作品的探讨必然是间接的、历史主义的，而对此我们还没有制定出什么足够的编史方案。如果补充说现代主义在苏联（虽然并不一定在苏联东部）仍然存在，并继续与作为新的、像西方一切流行事物那样活跃的种种形式的后现代主义共存，实际上并不显得多余。这种"共时中的非共时性"（布洛赫语）表现了当今整个世界体制的特征，我决不想让人根据阶段发展论的原始模式来对它加以理解——虽然非常明显的是，某种后现代计算机化的基础或传媒的基础是否存在，对放弃旧的现代主义文化或模仿新的后现代文化在这里都发生某种作用。不过，人们一定不要把苏联共产主义本身和旧的种种文化及美学价值之间的密切关系也包括在内,从有利我们自己的观点出发(且不管 19 世纪芭蕾舞的象征性地位),这些文化和美学价值就其实践而言基本上可以认为是现代主义的,但其方式已经从大部分西方知识分子的习惯和记忆中消失。所以,对普拉东诺夫的这种奇特的双重境遇颇为有利:他的作品作为一部现代主义的经典,由于其莫名其妙的出版史,从未像其他著作那样被列为现代经典而具体体现出来,而就其作为一个文本的地位,由于首次被世界文化中最后尚存的现代主义读者阅读,我们后现代人也可以通过他们而有所了解。

但事实上,普拉东诺夫的现代主义所增加的料想不到的复杂情况,与我联系海德格尔所提到的形而上学问题并非毫不相关,可能以某些仍需探讨的方式与之互相配合。因为我们在后现代时期很难承认的现代主义的基本特征之一,恰恰是它的超美学甚至反美学的使命——伟大的现代主义作品的意愿,就是要成为某种高于艺术的东西,超越一种纯装饰性的和烹饪式的美学,达到一个以各种方式被确认是预言的或先验的、想象的或宇宙的领域。在这个领域里,美学和伦理学、政治学和哲学、宗教和教育,全都一起纳入某种最高的使命。这种现代主义形式—生产的使命,今天可以被卢曼和哈贝马斯说成是一种"否认区别"的使命,即取消综合性的现代工业社会日益增加的区分层次,而这在充分发展的后现代主义当中,无疑会受到最严厉的怀疑和批判(对此我不想在这里概述,但我觉得这种怀疑和批判是有说服力的、适当的,就像现代主义设想本身一样高尚而令人赞赏)。

对此我想我们一定仍然有矛盾心理,但不论我们采取什么态度,某种加德默尔甚或某种本雅明的编史或真正的历史主义问题,仍然会令人陷入困境,这是理解或联系的困境,是了解一个时代的方式的困境——这个时代的感情结构至少与我们自己的大不相同。可以肯定,这种历史主义的困境使它自己面对着过去的所有客体,然而矛盾的是,对于许多产生于其他生产方式而非我们自己生产方式的客体,这种困境并不那么明显。也许正是因为现代主义对应于我们自己生产方式的一个更早的阶段,即资本主义的第二阶段或垄断阶段或帝国主义阶段(我们现在已经达到它的第三个阶段或多国的、信息的阶段)——也许正是因为我们在这里必须面对同一制度的两个截然不同的阶段——所以我们与过去的问题才变得尖锐起来,才显得更加自相矛盾甚至极令人反感。不过,我们对"现代"有这样一个问题的事实,在我看来不容怀疑(在其他语境里,它也被称作标准的问题),而且我很想借用海德格尔对形而上学本身的思考,论述对现代主义问题的某种基本的压制或轻忽与忘却。但海德格尔自己是个现代主义哲学家的那种悖论——如果我可以这样说的话——却表明或暗示着一种解决办法:因为作为一个现代主义者,海德格尔以存在的善忘性作为主题,而存在本身甚至作为一个问题,在他整个现代主义哲学的善忘性里也已被忘却。因此,伟大的现代主义者很可能自己也以某种方式,以我们迄今尚不能发现的一些方式,对现在我们面临的这一真正的历史主义问题进行思考,就是说,对他们自己的文化和存在的消失的可能性进行思考。

如果普拉东诺夫因此幸存下来,就是说,他以某种新而特殊但迄今尚未理论化的方式,在现代主义的所有形式于其他地方实际上普遍崩溃的情况下幸存下来,那么这种幸存本身一定会同时变成一个问题和一种解决办法。例如,正是这种乌托邦的回归和古风的性质——与农民相联系,而不是与大量现在已完全过时的那种现代时期的未来主义的城市乌托邦的发达的工业技术相联系——在实际上完全城市化的环境中,在自然、前资本主义的农业方式和农民本身都已彻底消失的情况下,很可能与它今天对我们的现实性有某些联系。

这种特征似乎与文本生产的更普遍的前提问题相关,或者说与文本生产的可能性的条件相关。这可以用我们现在必须更直接地面对的文本《切文古尔镇》为例来说明。在这部作品里,通过对农民生产方式本身的破坏,农民与土地的关系便得到了过分的肯定或成倍地加强。作品写作的时间(1927—1928 年)清楚地表明,《切文古尔镇》与斯大林强制集体化的暴行并没有什么联系,更不用说与恐怖或红色的体制相关,因为这些在该书完成之后才出现。事实上这是一部历史小说,人们认为其开始的时间稍稍早于 1917 年的革命,结止在 1923 年新经济政策之后的某个时间。它采取了世界末日善恶力量最后争斗的方式,就像在挪威神话里那样,在这种决定性的斗争中,切文古尔的乌托邦村庄被反革命土匪彻底摧毁,村民们全被杀害。人们觉得,对于乌托邦作品如何收尾的难题,这是一个正确而又出人意料的解决办法:它突出了这一特定乌托邦与构成其前提条件的暴力和苦难之间的基本关系,所以不同于许多传统的乌托邦文本(作品),因为后者意欲以某种方式解决或消除否定的事物本身。

实际上,小说的开始也预先假定了痛苦是它最基本的素材:贫困确实有效地发挥了作用,通过贫困,剥光了世界和事物的外表,"巨大的、破坏了的自然世界"(34/39——前一个数字指安东尼·奥尔科特的英译本页码[安·阿勃·阿迪斯,1978],后一个数字指普拉东诺夫俄文原版的页码[明斯克:明斯克大学出版社,1989],以下凡关于此书的页码参照均是如此),作为生存本身的真实基础逐渐地展现在面前——一片荒芜的景象,覆盖着枯萎的植物,到处是裂口和陷窟,人的肌体在上面痛苦地慢慢爬行,要不就靠生存本身的经验茫然地坐着。于是,这就成了第一个阐释的时刻——清理表面,治疗创伤,消除不真实的东西,它在这里实现了,但不只是通过内战。而是首先通过战争和沙皇制危机所造成的严重的饥荒。这饥荒破坏了一个古老村庄生活中的一切稳定和传统的东西,不仅使那些曾是其主要成员的人获得了西方圈地运动所造成的那种可怕的"自由"(马克思称之为农民从土地上"解放"出来),而且还使他们准备好被重新集合起来进入新形式的集体生活——这种集体生活在切文古尔的农民乌托邦里将找到它们最终的理想形式。于是,可以出现这种情况的景象就成了对那些因素的安排,就是说,随着他们在两个世界之间的徘徊,对那些因素所做的那种奇特的、分散的、过渡性的安排:

> 德万诺夫回家的路很长。他怀着那种阴天时抑郁寡欢的心情走着,观察着秋天的大地。天空的太阳偶然露出,阳光洒在草上、沙上,洒在贫瘠的泥土上,与它们交流感受,没有丝毫的意识。德万诺夫喜欢太阳这种不声不响的友谊,喜欢它以阳光赞助大地的方式。(58/66)

这里分散的宇宙因素(它们的无意识的、模糊的互相帮助,仍然被奇特地描写成一种"不声不响的友谊"),好像是从遥远的地方预示并模仿人类自身的关系,灾难和剧变使他们分裂,破坏集体,痛苦地变成个体。然而他们又互相转向对方,不时尝试尚未发展的种种类型的关系。

这里,利用这个非同一般的文本,我们决定把现代主义、"第二世界"的文学和乌托邦等问题联系起来。因此应该回忆一下它与西方出现现代主义时刻的相似之处和不同之处,回忆一下它与现代性的剧变的相似和差别,因为按照真正的韦伯式的方式,这种现代性的剧变把传统的结构和生活方式打成了碎片,扫除了神圣,破坏了古老的习惯和继承下来的语言,使世界变成了一系列原始的物质材料,必须理性地对它们加以重构并使之服务于商业利益,以工业资本主义的形式对它们加以控制和利用。在西方,对存在主义发生的事情——关于韦伯的非神圣化的更深刻的参照——在时间领域里可以进行极富启迪的观察:一方面可以根据时间的可测量性(如工作日,或爱德华·汤普森生动地描写的那种在工厂里为占有计时器的斗争)利用时间,另一方面时间又会变成存在本身那种深不可测的、像植物一样生长的时间,不再用神话或继承的宗教来掩饰。正是对时间这种新的不加掩饰的经验,才在西方——在关键的 1857 年,即波德莱尔的诗歌年和福楼拜的第一部小说出版年——产生出最初对"现代"的表达方式。通过剥去用以掩饰人类的短暂性并使之习以为常的那些传统的表现方式,现代化为一个漫长而僵滞的阶段揭示出其存在的裂痕,透过这种裂痕时间消逝的不可确证性不可能不被看到,而波德莱尔确实看到了这点,他把它称之为"失调",尽管计时器仍然滴滴答答地运转,俯察毫无意义的生物,但这并不是派给你什么任务,而是谴责你继续像植物一样生存。

这就是那种历史的境况。在这种境况里,在现代时期,存在可以再次于瞬间被揭示出来。作为它的可能的历史条件,由于新的工业时代人为的暴力和以雇佣劳动形式出现的金钱暴力,它怀疑旧的关于生存的辩解和理性化的掩饰(大部分属于某种宗教类型)。我认为,海德格尔并没有告诉我们——也许他对这样的思考不感兴趣——对于他所指出的那种"原始的"形而上学的经验,人们该如何去想象可能的历史条件。我指的是所谓前苏格拉底的哲学家们的表达和阐述,由于新生的商业对小亚细亚早期文化的影响,它们仍然像是产生于生活经验中的一种世俗的断裂。

不过,对存在的善忘性和对形而上学问题("为什么存在某种事物而不是空空如
也?")的看法,人们想要补充的是,形而上学必须永远被忘却,对任何一个重要时期,人
们都不能容忍居于这种存在的空间之内,无所事事,只能经历他们生存的不可确证。
失调——我们内部植物性时间的有机感——希望被压制、否定、忽视、隐蔽,并最后被
理性地排除出存在。于是,工业资本主义的出现或韦伯的理性化所构成的与自然的巨
大断裂,会同时带来它自己的神话和辩解,并伴随着带来它自己的掩饰和客观的非现
实性,以便掩盖它时时打开的裂口。这些新的在历史上是原始的诸方面的掩饰,这些
截然不同于存在本身的诸方面的多层次现象,在我们的社会里无疑是追求利润的动
机,是金钱和抽象的新的、人为的作用,同时也是对商品的物神崇拜,是对制造的产品
构筑的一道围墙或围栏,其中劳动被隐蔽起来,然而从中又以巨大的魔力神秘地产生
出对价值本身的迷恋。因此,不论在美学里还是在哲学里,按照我们已经发现在这里
有用的海德格尔的修辞,西方现代主义可以说是不断进行记忆的尝试,就像舌尖上的
一个词似的,初次瞥见的存在立刻被商品生产铲开,仿佛进入了一个巨大的坟墓。(于
是,在那种意义上,后现代主义构成一个时期,其中忘记的记忆肯定已消失,结果我们
甚至不再记得已经将它忘却。)

同样,在普拉东诺夫的作品里也是如此,其中对世俗有机时间的伟大的初始经验也
得到了恢复,但它被置于一个荒凉的农民景象的框架之内,而不是波德莱尔那样的城市
之中:这种新的时间的节奏是更夫(一个被遗弃的村庄里的孤独的幸存者)的时间:

在鸣钟报时之后,更夫仍然站在教堂的前廊,羡慕夏日的前行。他的闹钟经
过长期计时已经不准,于是凭着他的年纪,更夫开始感觉时间,但他的感觉灵敏精
确得就像对悲伤和幸福的感觉一般。不论他做什么,甚至在他睡觉的时候(尽管
上了年纪,生命力比睡眠更强——这是警惕,是每分钟的问题),只要一个小时刚
过,更夫就感到某种警示或欲望,于是便会敲钟报时,接着又平静下来。(9/11)

这种对时间的奇特经验——即列维-斯特劳斯在法文字义上所说的在自然状态下

任其生长的(就像在这里广旷草原上到处都有的牛蒡那样生长的)"野性的"经验——在其他人物身上重复出现,但通过他们乌托邦思想的差异和奇特的性格表现而折射出来。对此我们将马上加以讨论。例如小说中的隐士,他"从生下来就感到惊讶并如此生活到老年,一双蓝眼睛挂在他年轻的脸上"(4/5),他永远对其他人所做的一切感到惊奇。年迈的扎克哈尔·帕甫洛维奇本人也是如此,"他的尖刻的面孔竟变成了忧郁"(3/3),懒洋洋地漫游世界,像普拉东诺夫的许多人物一样。就帕甫洛维奇而言,他"对一切事物都过分地不感兴趣,对人不感兴趣,对自然也不感兴趣,只有各种各样的机械玩意儿例外。由于这种情况,他以无所谓的温和态度看待人和土地,不去侵犯任何一方的利益"(3/3)。最后还有主人公萨沙·德万诺夫自己的铭文,他还是个孩子时,在他父亲的墓边挖了一个坑休息:"爸爸,他们把我赶出来行乞。现在我快要死了,来到你的身边。看来你一个人孤零零地会觉得厌烦,我也厌烦了。"(19/22)

但奇怪的是,最终极其令人惊讶地表现这种人的厌烦的,却恰恰是事物本身,仿佛是为了用某种新的物质媒介来代替钟表的破坏。从而可以衡量并看见经验的事物。所以小说一开始便是大量遭到破坏和遗弃的物体:"在古老的乡间小镇,四周一片片腐败。人们来这里生活完全出于自然。"(3/3)但是,在旱灾和饥荒中,当村庄本身也被遗弃时,人为的、人造的、虽非工业的物体返回自然状态,则是自然生存终结的一种彻底颠倒的形象:一种现在不是机器或机器人疯狂运转的乌托邦——虽然城市的居民可能会这样幻想——而是农民对森林的复归感到恐怖的一种乌托邦,在这里鲜花突放不是奇迹而是灾祸,新的生活意味着与人对立:

篱笆墙因遭遗弃也开了花。篱笆墙上绕满了蛇麻草和旋花,有些桩子和枝条已经生根,人若不回来很可能长成树丛。井干枯了,蜥蜴穿过木架自由地爬了进去,在那里躲开酷热休息繁殖。扎克哈尔·帕甫洛维奇还对毫无意义的事件大感惊愕,地里的谷物早就死了,而黑麦、燕麦和亚麻在小屋的茅草顶上渐渐地变绿,藜藋在那里窃窃私语。它们已经从茅草里的种子发出芽来。黄绿色的田鸟也飞进了村里,干脆在小屋的更干净的地方住下,而麻雀则成群地从屋檐上落下,扇动翅膀唱着它们自己熟悉的歌声。

　　扎克哈尔·帕甫洛维奇经过村子时,看见一只韧皮纤维鞋,因为没有人这只鞋也活了,找到了它自己的命运。它已经长出红柳的嫩芽,但其他部分已在泥土中腐烂,在未来会长成灌丛的根芽上保持着鞋的样子。鞋底下可能有些更潮湿的泥土,因为许多灰白色的草叶正挣扎着穿过它钻出。在村子里所有的东西当中,扎克哈尔·帕甫洛维奇特别喜欢韧皮纤维鞋和马掌,在一切建筑中他特别喜欢井。(9/10)

　　这段精彩的描写证明了普拉东诺夫文本的独特性质,它像所有深刻的现代主义那样,倾向于一种神圣的或圣经式的地位。我不想为韧皮纤维鞋作什么评注,例如说它暗示着肉体的复活,我只想指出作品前面这段如何训练我们对寓言符号作一种原始的解读。我将马上谈到普拉东诺夫语言的非人格性(对我们来说还不是一种个人的风格),但似乎应该在这里补充俄国代言人对它的扭曲的独特性所提的证言,例如它的简单的句子蓄意通过农民式的不合语法走样变形,使这种言语植根于泥土,植根于农业阶级缓慢的理念思考——然后又反过来警示更有经验的读者放慢速度,使这样一些词语在眼前转来转去,仿佛是自然形成似的。然而,就其真正的性质而言,现代主义必然渴求超出它自己,超出美学,跨越美学或反美学,超出某种纯个人的、其使命是提供装饰的愉悦并被消费的艺术作品,确切地说,它渴求在社会世界上获得那种已经不复存在的预言家的地位或神圣的地位。所以人们必须这样来阅读普拉东诺夫的作品。克劳代尔声言兰波临终时喊道:"他们不会相信我的! 他们对我根本没有信任感!"伟大的现代文本(作品)一般都要求这种相信或信任(但并非总值得信任),也正是这一点才使所有关于现代的严肃评论发生变化,转向海德格尔沉思中那种有些油滑而认真的严肃性。

　　但是这里,在这种产生于"第二世界"现实的乌托邦形式中,我们发现了某种更有力量的东西——不论对存在的静态思考,还是西方那种对艺术作品的徒劳的渴求(渴求一部艺术作品不单单是艺术,而实际上是"世界"本身),都不如这种东西更有力量。

因为在普拉东诺夫的作品里,这种世界萎缩的第一个阶段,这种破坏偶像并以暴力和痛苦清除旧世界的阶段,本身就是重建某种其他事物的前提。必须先有一个绝对内在性的阶段,使农民的绝对内在性或天真无知处于空白,然后新的、不曾梦想过的感觉和情感才会形成:

> "那些词叫做什么,就是不可理解的那些?"科朋金谦虚地问,"是皮肤病理学还是别的?"
>
> "叫做术语。"德万诺夫简单地回答。他心里更喜欢无知而不是文化,因为无知是一片赤裸裸的原野,而文化是已经长了庄稼的原野,再不能种任何东西。正是出于那种原因,德万诺夫才高兴革命在俄国彻底清除了一些有文化萌芽的地方,使那里的人民保持原来的样子——肥沃的空地。而且,德万诺夫不急于在上面播种任何东西。他觉得那绝好的土壤不会自我保持多久,一定会自愿地生出某种绝对是新的而有价值的东西,只要战争之风不从西欧把资本主义野草的种子和孢子刮过来就行。(108—109/121)

这是在语言之前的一种无知,一种意识尚未发现与它本身有任何距离或尚未形成任何观念的内在性:

> 甚至最简单的观念——他们为什么样的幸福而生活——甚至那种观念也没有进入可怜的村民的头脑。没有一个施舍者知道什么样的信念、希望或爱会给他们在沙土路上行走的双腿带来力量。(31/36)

因此,这种破坏和清除的第一阶段——我在前面某个地方以乌托邦的话语称做"世界萎缩"的阶段——会接着出现一个过程,但若把这个过程称做重建或乌托邦的建构则过于简单而令人费解,因为事实上它包含着首先寻找一种方法的努力,即如何开始对乌托邦进行想象。也许,以一种更西方的、精神分析的语言——特别参照弗洛伊德主义在歇斯底里中的始源——我们可以认为新的乌托邦过程的突然出现是一种对欲望的渴求，一种对欲望的了解，是对最初称做乌托邦的欲望的创造，同时也是关于这样一种事物的幻想和白日梦的新规则的创造，或是一套在我们从前的文学机制里没有先例的规则（即使它们将不得不以某种方式与我们从前的文学或叙述习惯达成妥协）。

现在我想通过其各个辩证阶段来探讨这个过程，就是说，通过互相连续的表现时刻来探讨，它们通过修改竞赛规则和每个阶段隐含的表现概念本身而互相接续。我首先会提到机器本身，因为在刚刚引用的一段里——也是为了说明这部小说开始的一个独特的人物——恰恰是"一种对机器的理解"，才表明它是"穷人被剥夺了的"那种权利，是"他（扎克哈尔·帕甫洛维奇）得到回报的"那种权利。然后我们会看到对社会主义或共产主义的追求如何模仿神话故事的方式，以及这个乌托邦中的人物在他们奇特的外社会或后社会的（asocial or postsocial）孤立中的荒诞不经的方式。接下来我们会看到乌托邦冲动的驱动力量，它反复被描写成一种由贫乏的躯体挤在一起取暖的情形。在那个时刻，乌托邦的想象、乌托邦白日梦的幻想逻辑，便开始产生它自己内在的批判，破坏叙述本身的真实成就：这些过程以迥然不同的、相对互不相关的方式碰巧发现某种事物的再现，它在这个乌托邦里像是非对抗性的矛盾，采取游离出来的人或边缘人（这里在普拉东诺夫的戏仿的——官僚政治的语言里称做"混杂的人"）的形式。

于是，一种第二次的破坏或内在的怀疑以普拉东诺夫的性的形式（以及按照那种形式在小说里对妇女的有意思的处理）便自我显现出来。这两种叙述的自我批判——其中乌托邦的想象似乎对它自己的形象进行挑战，并产生出一种新的东西，使它不可能充分接受或相信旧的形象和更早的叙述方式。这两种边缘性和性行为的题材，无疑是极富当代性的，仿佛它已经预见到一个新的左派对旧左派的挑战，预见到在后现代时期一种现代主义的革命政治本身如何受到怀疑，它的范式又如何遭到破坏。

不过，虽然在最后这个题目之下可以讨论这种内在的、叙述的自我批判，但它却是一个非常旧的、典型的现代主义的题目。实际上，可以说它包括了我们后现代人认为在高度现代主义（即反讽）自身当中那些最不能接受和容忍的价值和原则，也包括了一种反讽观点对叙述的乌托邦最初的真实计划所提出的极不相同的挑战。像所有的反讽形式一样，普拉东诺夫在《切文古尔镇》里的反讽也是不确定的，就是说，《切文古尔镇》是否应该首先被认为是反讽的这个问题，其本身就完全是反讽性的。但是，由于小说不仅作为乌托邦的，而且还作为现代的，所以关于这个反讽问题不论是否成立，它都会成为这一讨论不可避免的热点问题。而且非常明显的是，它还必然以同样的程度决定今天整个第二世界文学的命运和地位，因为在今天这个时刻，这一范畴本身很可能已经使许多人觉得它是个反讽的范畴。难道只有今天社会主义才能以反讽的方式进行描述或讨论？于是这就成了《切文古尔镇》提出的最后问题，当然这个问题也可以用完全不同的形式提出，例如用反讽本身在后现代时期是否仍可能这样的问题形式提出。

现在再回到机器本身，可以说不言自明，不仅现代主义，而且还有现代的乌托邦叙述，在西方基本上都是城市的形式和经验，与工业城市及其新的世俗社会阶级相联系。而在俄国，正如我们已经看到的，它必须在一种农民的景象中找出自己的方式；在一个拥有为数不多但高度集中的无产阶级核心区域的半边缘性的国家，在一个帝国主义世界体系(如粮食市场)的力量范围之内，最后，在1914年以后最现代的、实际上是未来主义的工业战争形式的影响之下，它采取了只以间接方式才是工业的一些强烈的错位方式。

这并不意味着在普拉东诺夫的想象中丢失了工业。恰恰相反，他是从农民的立场出发，以一种扭曲的、想象的观点看待工业。实际上，正如许多伟大的辩证都是从最古老的阶段跳到最先进的阶段一样，从农民的立场出发，它具有一种西方工业经验不曾有过的尖锐性(除了在不太发达的工业国家之外，例如，并非偶然的是，未来主义对机器的赞美出现在意大利而不是英国和德国)。这里，农民对机器的想象——认定它始于手工业——被风格化了，并且像在哈哈镜中那样被放大了。"无产阶级"，我们被告知，"并不赞美自然，反而用劳动破坏自然"(227/252)；同时，在小说里经历并表现出工业情感的人物，则开始作为一种着了迷的能工巧匠和发明家出现：相信"只要自然的原始材料不被人的手触动，人们绝不会发明出任何东西"(3/4)。扎克哈尔·帕甫洛维奇：

能够修理或装配各种东西,但自己却过着什么设备都没有的生活。从煎锅到闹钟,凡是经过此人的手,没有修不好的。他从不会拒绝给人换换鞋底,铸造打狼的散弹,或者压制伪造的勋章在旧式的集市上出卖。但他自己从未制作过任何东西,不论是家用的东西还是居住用的……他对任何东西都有些过分地不感兴趣,不论对人还是对自然,只有各种机械玩意儿是个例外……(在小说开始所描写的大饥荒和旱灾期间)为了忘记自己的饥饿,扎克哈尔·帕甫洛维奇一直不停地工作。他学会了如何用木头制作他曾用金属制作过的各种东西。(3、4/3、5)

实际上,正是帕甫洛维奇的木制煎锅——后来我们将会看到它成了切文古尔镇村庄的标志——使我提到的老隐士(无可非议地)大感震惊:"然而,帕甫洛维奇把水倒进木煎锅里,用慢火成功地将水煮开竟未将煎锅烧坏。隐士惊得目瞪口呆。"(4/5)

这就是那种会对机器显出未来主义兴奋的人物,而这种兴奋在对铁路的心态中突出地表现出来——他的"身体因火车轮子的转动和火车迅速的喘气而愉快地发痒,一滴滴对机车同情的泪花湿润了他的眼睛"(11/13):

他能在机车炉膛的小门前一连坐上几个小时,望着里面燃烧的火焰。他觉得这是巨大的享受,可以代替友谊和与别人的谈话。扎克哈尔·帕甫洛维奇一边望着燃烧的火焰,一边体验着自己——他觉得自己的头脑在思考,心里在感知,整个身体都在静静地享受。帕甫洛维奇重视煤、角铁、一切沉睡的原始材料和形态粗糙的机件,但他真正喜欢和唯一动情的却是已经制成的东西,即通过人类劳动制造出来并能继续独立存在下去的东西。(27/31)

于是,扎克哈尔·帕甫洛维奇酷爱机器的故事,似乎成了这部小说的序幕,或者说它的前奏,当他对机器或技术本身所提供的"普遍的、根本的改进"(41/47)感到幻灭时,我们便把这段故事抛在了后面。他在这里好像放弃了他的未来主义舞台,酷爱机器这种情感的消失在他心里所留下的空白,现在将由酷爱社会主义的情感来补充,由叙述的主线来补充，其主人公也变成了帕甫洛维奇的养子萨沙·德万诺夫。

这是一种神话故事的叙述，其中萨沙和其他人物宣称要找到他们缺少的那种神秘的东西，它像那蓝色的鲜花，上面带有"社会主义"的名字。他们梦想得到它，但却无法获取它的形象构成，极像在乌托邦话语自身里那样，成了一个它自己的内容和结构的表现问题——如何获得那种表现的问题，实际是如何实现叙述变成叙述过程本身的问题。这就是萨沙睁着双眼在夜间做的白日梦：

> 德万诺夫想象着北极冻原上的黑暗，从地球上温暖地方来的人到那里生活。那些人建造了一条小铁路，运送木材建造房屋，恢复他们失去了的夏日气候。德万诺夫想象自己是那个运送原木建造新镇的木材运输线上的火车司机，并假想他在做一个司机的所有工作——他穿过车站之间荒凉的路段，给火车加水，在暴风雨中鸣着汽笛，刹车，与他的助手说话，最后在他的目的地北冰洋的岸边睡了。他在睡梦中看到，大树在灰白的土壤上生长，它们周围是一片虚无缥缈的、无遮无掩的闪光的空间，还有一条空旷的道路默默地伸向远方。德万诺夫嫉妒这一切。他想把树、天空和道路都聚合在一起，使它们适用于自己，从而在它们的保护之下不会有死去的时候。德万诺夫还想记住其他某种东西，但这要付出比记忆更大的努力，而随着他的意识进入睡眠，他的思想也消失了，就像一只鸟儿在车轮开始转动时从轮子上飞开似的。（60/68—69）

事实上，在普拉东诺夫的小说里，最吸引人、最有独创性的就是这种乌托邦过程的内在心理，其唯一明显的主体活动在这里以那种运输的经济表示出来。真正标志德万诺夫狂热梦想中纯个人谵妄的，是下面这句含蓄的正面说法："在朦胧的睡眠中多么令人厌烦。什么地方都没有人，而且他现在看到，全世界也没有多少人。"（59/68）

不过最后，乌托邦的动力，不论以宗教或救世的方式表现出来，或者以圣杯那样的象征表现出来，抑或以这里魔幻似的"社会主义"一词表现出来，似乎都与其他人的这种恢复相关。但是，它的观念的困难，它的系统阐述和表现的困难，这时立刻会通过一种忘记逐渐表现出自己——仿佛乌托邦也是回忆,是对自从诞生之前就既忘却又认知的某种事物的深刻的恢复。于是,这种奇特的冲动驱使人们从熟睡中醒来,毫无警示地使他们离开自己的家庭而热爱他人,开始做无计划的旅行(于是德万诺夫"更远地走进那地方的深处……[他]不知道在哪里停下。当水在干旱的高原上开始闪光时,他想到了时间。那将是社会主义"。[65/74])。实际上,在小说的前面,在德万诺夫与索尼娅同样感到意外的重聚之后,他突然离开索尼娅恰恰是那种奇特而无动机的行动,而这种行动(我们将会看到,与普拉东诺夫其他文本中其他类似的事件一起)似乎会引起某种精神分析的解释。

但是目前,从德万诺夫又一次狂热的觉醒里,我们真正将要追寻的却是对乌托邦冲动的这种杰出的、后瓦格纳式的说明:

> 他开始不停地摇摆。他在梦中惊吓了自己,觉得他的心脏要停止跳动,他一下子醒了过来,坐在地板上。"可是社会主义究竟在哪里呢?"德万诺夫记起来了,凝视着房间里的黑暗,寻找他自己的东西。他觉得他曾经找到了它,但后来睡着时在这些陌生人当中失掉了。德万诺夫怀着将受惩罚的恐惧心理走到外面,没戴帽子,只穿着袜子,他看看危险的毫无反响的夜晚,然后穿过村庄向他自己的远方冲去。(79/89)

这是一次迷惘的漫游,他永远不会回来了,但在漫游期间,几夜之后,他将又有新的,甚至更奇特的发现:

> 某人睡眠生活中少有的声音停了,德万诺夫也醒了过来。他记起他一直为索尼娅拿着卷饼的情景。当时有一堆油油的卷饼。现在这情景在炉子上看不到了。德万诺夫小心地爬到地板上,在下面寻找那种情景。他的一切精神力量都转变成对这情景的苦恼。他浑身颤抖,唯恐失去它。德万诺夫爬着,开始轻轻摇晃睡着的人们,以为他们把那种情景藏在了身下。睡着的人翻过身,身下只有光秃秃的

地板。任何地方都找不到那种情景。德万诺夫对他的遗失感到惊恐,像受了伤害似地突然痛哭起来。(82/93)

这段非同寻常的描写是乌托邦冲动的精神病理学,它要求一个属于它自己的、以它自己为根据的弗洛伊德。那堆香甜的卷饼也是社会主义。在最深层的无意识的思想里,失去的客体或"小的东西"是多重形式的,内心的欲望既是物质的、自己制造的某种东西,可以作为口部满足的某种源头和对爱人的某种礼物,同时也是某种非常复杂的东西,可以作为对人们所能构想的一切事物的抽象,如他们对集体生活的理想和对世界本身的理想——所有这一切,根据已经失去或取代的方式,在其他不理解的人们中间疯狂地进行摸索,而这些人在半睡眠状态下咕咕哝哝地咒骂一个看似精神错乱的人。

于是,在叙述的更长的时间里,这种探索变成了形式化的,变成了神话故事或普洛普的系列冒险故事:萨沙以布尔什维克科朋金的方式得到了他的桑乔·潘萨,而他的马——"无产阶级的力量"——和他的杜尔辛尼亚则采取了罗莎·卢森堡的一种幻想的形象。与此同时,事情本身最终也将呈现出物质的和地域的性质:

"你从什么地方来,看上去那个样子?"高普纳问。

"来自共产主义。听到过这地方吗?"来访者回答。

"那是什么样的地方,是以纪念未来而命名的一个村子吗?"这人兴高采烈,因为他有个故事要讲。

"你说的村子是什么意思? 你大概不是党的人吧? 有一个地方叫那个名字,是全国的中心。过去的旧名叫做切文古尔……我们已经结束了我们镇上的一切。"

"看在上帝的分上,告诉我,结束了什么?"高普纳不无怀疑地问。

"整个世界的历史,那就是一切! 我们还需要它干什么?"(145—146/160—161)

但是,在这里神话故事和卡通或动画片聚在了一起,而乌托邦和怪诞也开始结合。

例如在结尾处,当官僚从莫斯科来到这里对那个村子鉴定时(关于这个村子他意味深长地说:"切文古尔没有任何执行委员会,但却有许多幸福'然而无用'的人"[310/342]),他第一眼看到的情况如下:

> 那天早晨,塞尔比诺夫看见一张桌子上放着个冷杉木做的煎锅,在一个房顶上,有一面铁旗挂在一根杆子上,那是一面不会随风摇摆的旗子。(308/340)

这些是扎克哈尔·帕甫洛维奇的得意的发明:它们与这最后一个村子的审美观完全一致,这个村子不懂艺术,但它最后不再为自己的村民们树碑立像,因此你们和我这些仍然活着的人,在巷子的拐弯处很可能会碰到我们自己粗糙的泥土偶像。然而乌托邦里这种艺术的幻象(对此罗伯特·C.艾略特早就警告过我们,在乌托邦的文本之内,艺术的幻象总要被认为是已经获得的幻象的最深刻、最可靠的标志之一),本身就标志着人类生活在切文古尔的转变。

这里我评注阿多诺的一个基本概念,即我们在西方视为个性的东西,我们觉得以某种方式描绘基本人性之要素的东西,只不过是些标记和疤痕,是暴力的浓缩,是所谓文明的人类将自我保存的那种本能内在化的结果。若无这种自我保存的本能,在这个堕落的社会或历史里,我们所有的人都将毁灭,完全像那些不幸的人,在他们的第二神经系统里,生下来就没有警示冷热或痛苦欢乐的触觉。"对仅只这样一般地取消生存本能需要的后果进行思考(这样一种取消一般就是我们所称的乌托邦本身),使我们大大超出了阿多诺的社会生活世界和阶级风格(或我们自己的风格)的界限,进入一种由不合时宜的人和怪人构成的乌托邦,在这个乌托邦里,对统一化和一致性的压制已经消除,人类像处于自然状态的植物那样疯狂地生长:不是托马斯·莫尔的那些人,因为在他们身上乌托邦文本的奇迹已经使社会性根深蒂固,而是奥特曼在其《波皮伊》(*Popeye*)的开始所写的那些人(或者 P.K.狄克在《阿尔芬月球的部族》[*Clans of the Alphane Moon*]里描写的那些人)——他们不再受一种现在是压迫的社会性的压制羁绊,发展成了神经病患者、强迫者、迷妄者、妄想狂者和精神分裂症患者,虽然他们的社会认为他们是病人,但在一个真正自由的世界里,他们会形成'人类自然'本身的动植物群体。"

现在,由于预想不到的回溯性,这正好成了《切文古尔镇》描写的那个世界,它的农民的乌托邦人物,全都像他们个人的迷妄一样独特,就像那个"认为自己是上帝并无所不知的人。他按照自己的信念,放弃了耕作,直接以土壤为食。他总是说,既然粮食来自于土壤,那么土壤一定有它自己独立的充足的营养,唯一需要的是使你的肚子习惯它"(66/75)。正如普拉东诺夫谈到党员时更具体地告诉我们的,这些人物一般都是:

> 互不相像。每张脸都有某种本地形成的品质,仿佛这里的人以他自己坚实的力量,从某个地方把他自己抽取了出来。人们在千百张面孔中也能够区分出那种脸来:那是一张坦诚的脸,由于长期紧张而显得阴暗,还显得有些怀疑。如果这些非同寻常的、在本地长成的人们活着时受到怀疑,他们就会遭到毁灭,因为他们表现出与孩子们一样的头脑发热的狂乱,而普通的孩子们则以这样的狂乱战胜妖怪和动物,既感到恐惧又感到激动快乐。(142/157)

像所有伟大的现代小说家一样,普拉东诺夫的作品也有一种对人物真实范畴的含蓄的反映——并由此通过第二层的含义反映出精神主体:在所有伟大的现代作品里,通过它们各自不同的方式,这种主体从日常其他主体常见的窠臼中解放了出来,具有性格表现的性质和特征(或按照穆西尔所用的"Eigenschaften"一词译作"品质"),并且它已经开始发展变化,走向那种"疯狂,无与伦比的怪物,比一切都好,一切存在都为它自己,把自己喜欢的一切都揣在心里"(马尔罗:《人类的境况》)。在普拉东诺夫的作品里,这种在个人主义结束之后才能达到的真正的个人同一性,同样与等级制度的结束密切相关("在那些日子里,没有名人担任确定的干部职务,所以每个人都感觉到他自己的名字和意义"[144/159])。不仅如此,它还与种种概念性相关,与用途和用途的对立面相关(记得切文古尔的人被描写为虽然幸福但却是无用之人)。于是,莫斯科来的代表对萨沙如此解释他久已失去的爱人:"她记着你。我已经注意到,对你们切文古尔这里的人来说,人们对彼此像是一种概念,你对她也是一种概念。"(320/353)换言之,为了某种独特和怪诞,一种卡通人物,一种过分的迷恋,也绝不会适用于任何旧的人类、自然的模式,不可能以有效的或工具的方式来运用,而且,在这个乌托邦里,除了太阳之外没人工作,因此人们也不可能再被运用("这些相邻的、不认识的人们,按照他们单独的规律生活"[52/66])。这些是"离开帝国主义来度假"(178/199)的人们,他们当中每个人"都有同一种职业,那就是他们的灵魂。我们不建立商业,但我们已经建立了生活"(261/287)。

但是现在,我们需要在我们提到的灾难境况和经验中,更仔细地观察这一"休眠时代"的根源,而且这里要包括内战中的暴力和野蛮行为。因为这两种情况彼此是一致的:"早上,舒米林有一种预感,那地方的群众甚至可能已经想出了某种事情,甚至社会主义也许在某个地方突然出现了,因为人们一旦在害怕穷困和为需求而奋斗的情况下联合起来时,他们就再也没有其他地方可去了。"(61/69)又过了一两页之后,出现了同样的看法,即"贫困可能已经主动地结合在一起,并按照社会主义确立了自己"(63/72)。因此,乌托邦在这里是反应性的,而不是在某种静态和绝对意义上的沉思的和形而上学的:正是这种以最直接的方式对需求的集体表达,而不是某种空洞的关于完美的概念,才可以依附于能够容忍甚或不那么坏的事物,以此强制性地利用那种情况,继续去为自己达致某种最终完成的状态。但这对解释反乌托邦却大有帮助,因为真正的关于需要的乌托邦,或者这种性质的乌托邦,其真正的本质和结构通过痛苦和灾难表现出来——它们似乎会使人马上想到,在一种大于任何精确的观念联系的互相渗透中,它们不可能与乌托邦的幻想区分开来。因此,如果人们要想回避对苦难的考虑,他们也必须回避对乌托邦文本的考虑,因为乌托邦文本必然在其自身内部包含着对苦难的表达,以便构成对消灭苦难的愿望的实现。

这一反应系统实际上可以概括为一种完整的方法论的原则,依靠这种原则,过去的象征价值以及与具体时期密切相关的创伤的象征价值,本身也形成一个系统,并产生出对局外人并非总是明晰的意义—效果。因此,忍受着过度个人主义的苦恼和自己并不总能意识到的社会反常状态的居民,很容易受到明确表达出来的关于团结和集体生活的幻象的影响。不过,非常清楚的是,这种情况反过来也同样成立,所以一直"挤在一起"不知其确定时代的人们,例如以前属于苏联的各种各样的居民,由于他们发现自己处于一系列的灾难境况之中,很可能会在日常情境下产生一种对集体的恐惧,产生一种对个人隐私和"资产阶级"个人生活的渴望,这与他们很可能会获得西方人感到陌生而不可理解的集体经验的种种范畴和习惯是完全一样的。不论反乌托邦主义的其他种种复杂的决定因素是什么——前面几页已涉及一些——这种历史和世代经验的象征作用或效果都需要以一种特殊的解释方式来思考,以此阻止那种自然化的意识形态的回归,因为这种意识形态认为:集体的努力违拗人性,人们非常自然地倾向于回到个人的生活,消费和市场比政治对人类更正常也更有吸引力,等等。

但是,对政治化和非政治化的循环解释的倾向同样是非历史的,它尤其脱离了关于具体创伤的历史内容,而具体创伤决定着特定的社会的投入。因此,今天在西方视为"其他"的地方,所谓宗教原教旨主义的绝对事实所造成的催眠作用,在左派的各种失败中,实际上也是在现代化作为一种普遍幻象的失败中,掩盖了这种特殊的集体投入的根源。当历史的希望和失败的具体内容恢复到一种既定的民族轨道上时,某种简单的、"合法的"、从主动到被动再到主动的摇摆现象就会消失。因此,就美国而言,我们对普拉东诺夫的"挤在一起"的看法,即《切文古尔镇》一书所唤起的那种令人绝望的灾难,那种美国人觉得等同于饥荒和内战的灾难,可以说就是美国大萧条的情况。不过,从象征意义上说,萧条在美国的环境里产生出极其不同的后果:面对这种灾难,为组织一种不同生活而作的各种集体性的和反应性的努力,在第二次世界大战的伟大的集体经验中,以一种非常不同的方式莫名其妙地重新联合了起来;在许多方面,最近美国历史中失去的乌托邦和一种不断怀旧的源泉,尽管几乎无法运用于其他政治计划,但却与军事和"战争的努力"联系起来。至于美国在 30 年代也曾经历过的那种极端贫困的经验,那种剥夺了物质世界的经验,人们将采取一种极不相同的疗法,因为在 1947年至 1948 年开始繁荣的时期,长期的战时匮乏结束了,堆积的购买零件的订单终于得到了满足,所有新的战后产品也可以生产销售了。这种境况决定了一代人会对萧条的创伤作出不同的反应:剥夺逐渐与那些反对它的集体的构成密切地联系起来,通过普遍的消费一切都变成了精神补偿的客体,而个人主体则被商品织成的一个巨大的安全毛毯裹了起来。这种疗法既淹没了危机,也淹没了那种产生出来论述它的集体政治,在常常被认为是纯个人生活的洪流中,两者都被淹没了。

在这种意义上,关键是分辨个人的领域或范围,因为有关文明社会的各种资产阶级的概念,已经将那个范围理论化了。而在美国,还要分辨消费的种种病态,以及随之而来的在整个发达国家的病态:这种病态既不是人性的永恒特征,也不是中产阶级代议制或议会民主的必然伴随物。确切地说,它们是一种特别独特的、历史的、北美人的经验的结果,因此只能按照美国晚近的集体历史才可以理解,而这种历史已经被它的辩护士们具体化了,并被他们作为一种"生活方式"和价值,作为一种以其自身为根据的特殊的社会选择,投射到世界的其他地方。然而,这种选择与 60 年代艾森豪威尔之后一代人反对它的那种反应一样,与人的本性并无什么联系,这代人否认那种反对集体的特殊反应,他们采取梦想的形式,梦想实现新型的社会团结,而针对这一点,当前这代人似乎也已作出了充分的历史反应。不过,正是以这种完全相同的方式,当前东欧的反乌托邦主义才会被理解。

因此,特别值得注意的是,普拉东诺夫在他的乌托邦文本里,本应该有能力确切地嵌入那种创伤,即后来要求作为完全放弃它和乌托邦主义的动机的那种创伤:因为恰恰是这两种创伤,构成了反对社会革命(即暴力本身)的种种论点的武库,也构成了对边缘性和性别的非阶级的"同一性"的压制;这两种情况在《切文古尔镇》里都表现得非常充分,并因此使这一特定的文本好像是独特的不可确定的文本,好像是乌托邦和反乌托邦都可以求助的一种叙述(我们在结论中将返回到这个解释性的问题)。不过,两种革命性的过激行为都是由小团体的分离主义的逻辑决定的(因为分离主义不仅是屠杀中产阶级的问题,而且在同等程度上还是那种无法归类的边缘群体的形成的问题)。从某种形式的意义上说,分离主义是任何一个群体重新团结的真正先决条件,因此对于任何希望肯定集体之独立性的政治,分离主义都造成最生动而又最富悲剧性的困境:一方面,它反对一种普遍私有化的"美国化"所引起的大众文化的标准化;另一方面,它又反对各种民族主义所引起的无止境的部落和部族战争。

在《切文古尔镇》里,真正得到强调的正是这种悲剧的含混性,其强调的方式是对屠杀所谓的"压迫分子"(换言之,即城市的中产阶级和农村的富农)保持不祥的沉默,而这些"压迫分子""以一种有组织的、健康的方式被引进了死后的生活"(182/203)。我们将在后面再谈这一可怕的插曲,当前只需观察描写这种暴行的方式,它们如何被无情地、不加评论或毫无怜悯地写在纸上,如像普拉东诺夫在其他地方所做的那样。实际上,人们很容易把这种方式说成是一种完全缺乏感情的反常的方式,或者使人类感情中性化的方式。人们可以想象出支持屠杀富农的政治论据,而实际上它们是在内战和斯大林强制集体化的语境中形成的(如前面说过的,这种集体化是在这一特定文本[作品]之后才出现的),因此那并不是普拉东诺夫在这里的意图或看法。同样我们也不能说文本中有一个意识形态的盲点,它不像托马斯·莫尔在他的乌托邦建构中那样,由于对保留奴隶制采取无所谓的态度形成了那种盲点。因为对这种实质上的处死或阶级灭绝的那种残忍的自鸣得意,普拉东诺夫几乎总是作详细的描写,而且可以肯定,在乌托邦的群体本身最后也遭到同样残酷而彻底的屠杀的方式里,至少无意识地承认了血腥的杀人罪行——即使后者发生在激烈的战斗中而不是作为一种预谋的政治决定。于是,屠杀在我们面前有些像是某种必须付出的代价,但主要不是为了建构乌托邦,而是为了对它进行充分的想象:在其幻想的原动力的复杂性当中,屠杀似乎超越了那种"对音乐会射击的手枪"(司汤达认为包含政治的小说是向音乐会射击的手枪)——也许更接近温德姆·刘易斯在谈到"杀死真人的纸枪"时所说的自知之明:如果一切真正的幻想首先是做白日梦,那么它必须唤醒的恰恰是现实的原则。

毫无疑问,这可以称之为一种对抗性的社会矛盾,与之并存的是众所周知的非对抗性的矛盾。非对抗性的矛盾随着亚无产阶级(subproletariat)的到来而出现,而所谓亚无产阶级指的是既非农民又非产业工人的一些人,即今天我们称做游民、边缘人、长期失业的那些人,他们在官僚语言的讽刺文章里,在新生的苏维埃共和国的类别划分中,被简单地称做"混杂人"(大意如此):

"你把谁给我们带来了?"切普尔尼问普罗科菲,"如果坐在那边土丘上的是无产阶级,那么我现在问你,他们怎么索要他们的城镇呢?"

"那是无产阶级和混杂人。"普罗科菲说。

切普尔尼有些心乱。

"什么混杂人?又是残留的猪猡阶层?"

"你觉得我是什么人,是个爬虫还是个党员?"普罗科菲已经生气了,"混杂人就是混杂人。无足轻重的人。他们甚至比无产阶级更坏。"

"那么,他们是谁呢?他们有阶级出身,对吧?我现在问你呢!你不是从野草里把他们捡出来的,是不是?总有个社会地位吧,不对吗?"

"他们是被剥夺了基本权利的人,"普罗科菲解释说,"他们不住在任何地方,他们到处流浪。"(226/250—251)

"混杂人"(带着他们不祥的"非俄国人的面孔"[231/256])的出现,引起了某种可以夸张地称做阶级冲突的情况,或至少是阶级社会内部的紧张情况,也可以说是乌托邦本身内部社会原动力和斗争的重新出现。他们被比做"来自一片无名草地的种子","落在光秃秃的泥土上或者地球上的荒地附近,能够在裸露的矿石里找到营养"(231/255)。这里值得比较详细地引用一段普拉东诺夫对这些不露面的、不知名的人的精彩描述:

其他人拥有全副武装来强化和发育他们自己的宝贵生命,而混杂人只有一种依附于这个地球的武器,那就是婴儿身体里最后一丝母亲的温暖。不过,单是这一点就足以使孩子活下来,奋斗,并活着进入他自己的未来。过去的那种生活已经耗尽了来到切文古尔的那些人的力量,因此切普尔尼觉得他们毫无力量,不像是无产阶级分子,仿佛他们整个一生不是在阳光下度过,而是在月光下度过。然而,在竭尽全力保持住身体内部最初从父母获得的温暖之后,在顶住企图把他们连根拔掉的逆风之后,在与不利的生活博斗之后,甚至在依靠从真正的人、从有名有姓的人那里获得的收益而成倍地增加那种温暖之后,混杂人也已经学会了运用忍耐性,并且在他们身体的内在实质里,形成了充满好奇和怀疑的精神,形成了能够以永恒的幸福交换一个兄弟同志的强烈的感情,虽然这兄弟同志也没有生父和财产,但他能使人把出身和财产都统统忘掉。混杂人内心里仍然怀有希望,而且是些肯定成功的希望,然而这些希望又像失败一样令人伤感。确切地说,这种希望是:如果人们要成功地实现继续活下去并完整无缺这一主要任务,那么他们可能欲求的其他一切事物也都要成功,即使那样做需要把整个世界引向它最终的坟墓。但是,如果这一主要任务得到实现并保持下来,而基本的需要——不是幸福而是必不可少——又没有碰到,那么在尚未经历的余生中就不会有足够的时间找到它。毕竟,没有足够的时间去抓住失去的东西,或者抓住已被耗尽而从地球上完全消失的东西。许多混杂人已经走过种种开放的、不断改变的道路,结果都一无所获。(231/255—256)

然而,这一更基本的隐姓埋名的无名氏——这一最基本的个人主体,像种种原子链上最基本的原子团一样,自身能够形成一个真正平等的集体——对《切文古尔镇》中的乌托邦还可以形成一种力量的源泉,但必须用真正的巴赫金的精神对它赞颂,并期待当代或后现代对差异的赞颂。换言之,切普尔尼要正确地意识到,"切文古尔的无产阶级希望的是国际性的人,也就是遥远的、外国的、外地的人,以便与他们联合起来,使地球上整个混杂的生活能够在一棵树上一起生长"(274/301)。

不过,关于妇女在切文古尔的出现,有着某种更加根深蒂固的悲剧性的东西;最后当马车载着妓女沿泥泞的街道和木板人行道被赶进新的住处时,它提供了苏联或社会主义现实主义与美国西部那种强制景象的类比。在切普尔尼对性的恐惧和坚持妇女不必漂亮的看法中,革命的清教主义得到了细致的表现并被置于一个适当的地位。尽管如此,新的成员仍然对新的社会秩序产生了他们自己的(不无道理的)怀疑:

这些妇女立即感到惊恐不安。以前的男人总是一到就开始对她们折磨,而这些男人却坚持着、等待着,先进行训话。于是妇女们扯开她们的外套和大衣,科拉夫丘沙曾用大衣把她们裹得严严的,一直裹到鼻子,遮住了她们张开的嘴巴。她们不害怕做爱,因为她们不爱,但她们确实害怕折磨,害怕这些穿着军大衣的、干巴巴的耐心的男人差不多会毁了她们的身体,她们的脸上铭刻着生活折磨的烙印。这些妇女没有青春,也没有其他明显的年龄。她们已经用自己的肉体和鲜花盛开的年龄交换了食物,而由于获得食物的条件总是对她们无利,所以她们的肉体在她们死去之前就消耗殆尽。远在死亡之前就消耗完了。由于那种原因,她们既像少女又像老妪,既像母亲又像年轻的、营养不良的姊妹。(314/346—347)

诚然,普拉东诺夫这种特殊形式的同情——他在这里和其他一些地方的语调非常独特——可以用多种不同的方式来解释,而这种多样性本身,则使我们接触到《切文古尔镇》最难确定和最矛盾的一些东西。第一种选择显然是形而上学的解释,因为甚至在乌托邦里,有机的生命存在也会遭受折磨:

> "但是,你在切文古尔这里有没有痛苦或悲伤?"塞尔比诺夫问。
>
> 德万诺夫告诉他这里也有。痛苦和悲伤也是人类的肌体。(308/339)

从这种观点出发,乌托邦只不过是对集体生活的政治和社会的解决办法:它不会消除人际关系和肉体存在本身(其中包括性关系)这两者固有的紧张状态和不可解决的矛盾,相反,通过消除人为的金钱痛苦和自我保护的痛苦,还会加剧那些情况并使它们再不受任何约束。海德格尔的观点——他认为社会乌托邦的成就可以专门揭开隐蔽的存在本身——还打开了处于存在核心的死亡的经验。因此绝非偶然的是,那些斗士们怀疑社会主义本身的基本要素,在切文古尔人无法救活一个病孩子的怪诞情景之后才出现(247/272—273)。但是毫无疑问,乌托邦的功能并不是要救活死者,也不是要首先消灭死亡——死亡在这个乌托邦里被牢牢地记着,以致它的开始和结束都以自杀为例证:

> 扎克哈尔·帕甫洛维奇曾认识一个人,是个来自慕特沃湖的渔民,关于死亡

他问过许多人，一直被自己的好奇心折磨着。这个渔民最喜欢鱼，但不是作为食物，而是作为肯定知道死亡秘密的特殊生物。他常常让扎克哈尔·帕甫洛维奇看一个死鱼的眼睛，对他说："看——有智慧！一条鱼处于生与死之间，所以它才沉默而毫无表情。我的意思是说，连一条小牛都思考，而一条鱼却无动于衷。它已经知道了一切。"多年来，每每凝视着湖水，渔民总是想到同样的事情，想到死亡的意义。扎克哈尔·帕甫洛维奇试图说服他放弃这种想法，对他说："那里没有任何特殊的东西，只有某种紧巴巴的东西。"一年后，渔民再也无法忍受这种情况，便从他的船上跳进了湖里，并在跳前用绳子把双脚捆住，以免万一会漂浮起来。其实他心里根本不相信死亡。重要的是他想看看那里有些什么——也许比生活在村子里或湖边更有意思得多。他把死亡看做另一个省份，位于天空之下，仿佛在清凉的水底，吸引着他。渔民与一些农民谈论他想与死亡一起生活片刻然后再返回来的意图，有些农民努力说服他放弃，但另一些却同意他的想法。

"行啊，德米特里·伊万尼奇，不入虎穴，焉得虎子。试试吧，然后回来给我们讲讲。"德米特里·伊万尼奇试了——三天以后他们从湖里把他拽了上来，埋在村子墓地的篱笆附近。(6/7)

主人公德万诺夫在切文古尔大屠杀之后也在这个湖里淹死了自己，他是这同一个农民的儿子，我们随后将以一种不同的联想再来谈他的病态的好奇心。然而在乌托邦和死亡之间并没有什么大的矛盾，前者是你为了分散自己那种有机体对后者的厌烦而做的事情。

不过，第二次阅读时，我所引用的几段，并且不只是关于切文古尔妇女的那几段，应该以一种基本上是精神分析的方式来解读，把它们作为普拉东诺夫对生活和性行为的一种深刻的、病态的恐惧——显然，要使这种解释被普遍接受比前面一种困难得多，然而由于没有理性化或压制的危险，这种解释的诱惑又极难回避。关于精神分析解释和精神分析批评的地位的论证，当前仍然是迫切的、至关重要的问题，即使它的基本术语已经完全被修正过了。过去一直必须为联系辩解，不只为一种而是为多种不同形式的精神分析的联系辩解——即使这样,一种辩解的成功意味着在如此获得的精神分析解释和其他各种解释之间必然展现出新的联想和联系(因为其他各种解释并未因此而失去自己的任何有效性)。但是今天,精神分析如此广泛地被人接受,竟致使它失去了令人震惊的能力,失去了具有疗效的冲击或陌生化的能力,虽然在后现代时期"无意识"本身的真实存在受到了广泛的怀疑。最终,精神分析作为一种根据和一种看似非形而上学的形而上学,在我们全都自称放弃了其他各种"最后决定的事例"的情形下,似乎已开始作为每个人求助的解释的代码而发生作用。普拉东诺夫不可能提供最佳的文本境遇来辩清这些由某种制度化或标准化的精神分析所提出的新的问题,但这些问题至少在论及他的文本时必须提到,因为在他的文本里,性行为的恐惧扮演着一种几乎是毫无掩饰的角色,而它的影响领域似乎又很难确定。例如,进入性行为的方法孤立于其他生活,采取一种充满责任的奇特的方式,预计这种方式会产生什么意义,而不是它本身可以以任何简单的因果方式来进行解释。因此,对开创社会主义进行幻想时,另一个作家可能完全采用形象的和修饰的方式,而普拉东诺夫实际上采用的却是恶兆的方式:

> 切普尔尼坐着,担心未来的日子,因为就是那第一天不知怎的便显得愚蠢而可怕,仿佛一向是个处女,现在已证明成熟待嫁,而且次日每个人都得结婚。切普尔尼困惑地用双手搓着脸,然后一动不动地长时间坐着,忍受着他的毫无意义的羞辱。(205/228)

但是,性行为的关系至关重要,因为它提供了说明(和解读)渴求本身以及莫名其妙的一些分离的原因:突然在午夜抛下妻子或情人而去(正如我们已经看到的那样),或者狂热地到外面干旷的草原去漫游,以求找到"人民"。德万诺夫的离开,通过在一个称做"还乡"的更不可思议然而又奇妙地富于意义的短篇故事里的重现得到了加强:在恰恰是另外这样一种突然的、不作解释的离开家庭和婚姻之后,故事中的主人公几年后被发现在邻近的一个镇上清扫厕所——仿佛这种离弃与圣徒和苦行主义的最病态的形象有某种隐隐约约的联系。不过,如果这里要求的是一种精神分析的说明,那么圣徒和社会主义两者都只不过是病态的理性思考,而《切文古尔镇》的政治和乌托邦的内容也因此从根本上令人怀疑,即使它不被完全取消。

然而,现在又展现出第三种解释的方式,它以某种形式包括前面那种解释,但以其种种形式主义却更为通用。这种方式就是反讽本身,它是个在许多语境中都有意义的题目,包括现代主义的语境,而按照标准的理解,它是现代主义最高的道德和美学成就,是其最重要的价值。因此毫不令人惊奇的是,我们必须承认,一个具有普拉东诺夫那种成就的现代主义作家,最终会在某个地方——尽管我们这里是在东方而非西方——包括反讽的基本事实;实际上,我觉得我们不可能不得出这样的结论。但是关于现代主义的价值,这里"第二世界"可能也有某种新的东西教给第一世界,而这种价值在后者的后现代时期已不再有效或发生作用。

在我看来,普拉东诺夫的文本(作品)至少有五种反讽形式:最明显的和最具风格的反讽无疑涉及农民语言和农民无知的不协调性,这位老练的俄国作家在这里远远拉开了与这种不协调性的距离,但绝不是因为普拉东诺夫以一种几乎是零度的个人风格真正消失在他的农民人物和农民语言的背后。不过这种反讽——我们可以称之为知识分子的反讽——本身也可能演变成一种相当不同的反讽,即共产主义战士的反讽,它期待这些农民的组织者们采取头脑简单的、乌托邦的奇怪行动,例如以社会主义建设的名义将他们残存的牲口释放:

> "很快,我们就要把牲畜放归自然……毕竟,它们差不多也是人。正是长期的压迫才使牲畜落在了后边。但牲畜也想变成人,你们知道!"(157/174)

根据这一并非不可置信的解读,《切文古尔镇》提供了对落后的、在农民思想里尚未从政治上意识到的一切事物的详尽描写,就像提供了摆在社会主义建设面前的某种资产负债表或文化工作日程之类的东西。

但是一旦达到了目的,这种政治的解读很容易让位于另一种相关而又颠倒的解读,即承担责任的和政治上是反共产主义者的反讽。对于反共产主义者来说,《切文古尔镇》恰恰是对社会主义和乌托邦的一种谴责,是对关于后者的压制性事物的一种剖析;这里关键的文本无疑是我在前面已经提到的对资产阶级屠杀的那段,但许多充满笨拙或愚蠢的压制暴力的时刻,也都会引起苏联学中那种熟悉的反共产主义的解读,通过这种解读,所有具有文学性质的苏联作品传到西方时大部分都经过了过滤。

因此,将我刚刚提到的精神分析的解读列在更大的反讽标题之下,把它作为一种同样怀疑《切文古尔镇》中的政治因素和政治冲动的方式,并非是不可能的事情:所谓对社会主义的追求最终应该是一种范畴—错误,一种性回避行为的形式,其实是使历史非政治化的一种有效的方式,与对 1968 年 5 月"五月风暴"的学生反抗运动所作的俄狄浦斯情结的解释并无二致。

但事实上,一种对切文古尔的反讽解读所能采取的最终形式,在于它通过反讽本身的解释,颇像某种最终的生活态度和道德与政治的形而上学。实际上,我们并没有充分评论普拉东诺夫语调中的冷漠性,或者说这种叙述在安排最可怕事物时的残酷性,即不加评论,绝对脱离感情,甚至有时像一片玻璃似的完全回避我们的注意。对于这种远远拉开距离的叙述,大屠杀只是最突出的一个例子。我们还可以看到它出现在对个体人物经验的叙述当中,例如我们从外部突然获悉一个人发高烧病了——实际上已经发了一段时间高烧而我们并不知道,而此人一直通过那种人物的眼睛目睹发生的事件。读者得到的印象是,这些段落中毫无作者的自我意识——完全不像海明威那种设计好的省略或福斯特那种战略性的跳跃和冲击——仿佛在这个实例中作者本人甚至没有注意到那种区别;仿佛事件在某种非个人的表现之前展开,既无对事件的判断,又无看得见的反应。

实际上,通过一种复杂的阅读活动,我们只能了解到一切对这一过程奇特的东西,而且我们要从提供的资料后退一步,以一种不同的——更陈旧也更熟悉的——可辨认的方式对它重构。我们调用一定数量的手势和感叹,根据常识的要求把它们重新放在一起,非常仔细地观察一下结果,然后聚精会神地自言自语:但是……这是一次屠杀,这些人正在被杀死!接着,在第二阶段,我们又回到文本自己问自己:可是,作者是否意识到这点？他知道正在发生什么吗？如果对这个问题可以作肯定的回答，那么在这样一种过渡中我们就涉及通常被称做反讽的东西。逻辑上的含义这时足以使我们在第三阶段重构似乎不曾出现的作者的观点和判断，"决定"奇特的中性过渡实际上应该表示什么意义。然而，在其最纯粹的形式里，反讽本身的奇特性之一是这第三步无法确定，它依赖于我们自己先前凭空作出的某种决定；文本中没有任何东西对它确认，由于这个事实，也没有任何东西可以引用来证明或证实所作的解释是对还是错。

我在前面援引过渔夫的死亡，作为例子不妨回想一下渔夫的情况。就其所表现的整个农民头脑的简单性，文本是以寓言或神话的方式讲这个故事，与那种想知道恐惧的男孩的故事相似。这里渔夫想知道死亡，而且像在神话故事里那样，他采取了行动，但又不同于神话故事的形式，没有魔力或说教的突变情况来完成叙述——渔夫只是淹死了，然后埋葬了。亚历山大·索库洛夫在他拍的电影里，又补上了神话故事的结构，他采取了一种有助于启发比较的方式：其中想知道死亡的是儿子，父亲划船把他送出去，帮他把腿捆住，后来又冲着水下呼喊，让孩子告诉他死亡是什么样子。这里我们至少有一种封闭结构，将纯粹的事件转变成了一个具有叙述构思的逸事。在普拉东诺夫的文本中，唯一的结果是把渔夫补充到小说的人物画廊里——由迷狂的疯子或智力低下的白痴构成的画廊。

另一方面，读者也可以按照我描述过的方式自由地从文本后退。这时渔夫的行为逐渐变成一种更容易认识的事件，即我们通常所说的"自杀"，而我们则将所有那些可能伴随一个人死亡的精神痛苦，不可治愈的压抑、苦恼，无法容忍的精神折磨重新考虑进去；然后，在这种文本的语境里，我们有选择地检验它所包含的似乎有理的内心世俗的动机，例如饥饿、家庭纠纷或生活中的危机。

但是，我们从这种观点重构的关于渔夫自杀的那种现实主义的常见的画面，我觉得与那种关于一个人对死亡越来越好奇的寓言是绝对不相容的。在这一点上，唯一看上去合理的反讽是前面提到的第一种反讽，即老于世故者对农民的反讽。那个农民认为，事实上他只是想自杀时才对死亡感到好奇。然而，甚至这种反讽也有着过于强烈的定位，它隐含着一种对普拉东诺夫的判断，而这个文本中怪异的空白和非个人性似乎会排除这种判断。因此，人们推想一种超出反讽的最后阶段的综合，在这种综合里，通过在那个另外的、水下的、冥界的空间里的某种原始宗教信仰，对这一事件的两种看法再次统一了起来，而那种冥界的空间本身很可能会以某种方式成为这样一个乌托邦。确实，文本在几百页之后顺便告诉我们：

> 共产主义折磨着切普尔尼，就像死后的秘密生活曾折磨着德万诺夫的父亲那样。切普尔尼无法忍受神秘的时间，于是他通过在切文古尔快速建设社会主义来缩短历史，恰似渔夫德万诺夫无法忍受他自己的生活而将它转变成死亡，以此来体验那另一个世界的美好。(259/285)

不幸的是，这段插曲后来的这种推想或动因，只不过以一种无休止的恶性循环使反讽的机制再次发生作用。

在西方——或在西方的高度现代主义当中——反讽意味着两种事物，它们的真实存在本身就是"反讽性的"。作为一种文学过程和新出现的现代小说的一种性质，反讽反映出一种双重人口统计学的扩展：工业城市里伟大的人民群众的经验，以及由新帝国主义带给大都会的广义上的全球人口。这种突然意识到大量其他人与我共存的情况，决定着在大都会里一种存在的危机，其结果是那种个人经验的急剧贬值，我们称之为反讽；它作为多种叙述视角或观点铭刻在叙述的文本之内，使迄今为止彼此的绝对价值相对化了。这种反讽得到了许多名人的赞同，从亨利·詹姆斯和康拉德，经过纪德和费尔南德·皮索亚，一直到皮兰德娄。

这第一种社会的反讽被迫服务于一个更富政治性和意识形态性的第二种反讽，虽然这会得到托马斯·曼之类名家的认可，但其最充分的发展却出现在现代主义的理论家身上，尤其是一直到新批评的英美文学批评家身上。这种也许更应该称做反政治的第二种反讽，发现它自己的使命处于一种极不相同的社会和意识形态的危机之中——即现代主义艺术家和作家本身的那种危机，他们的使命和才华，以及他们真实的艺术计划，产生于他们对资产阶级的憎恶和对市场社会的否定，但他们的构成却基本上禁止与其他社会阶级有任何认真的、长期的联合。在这种黑格尔的"不幸意识"（Unhappy Consciousness）的境遇中，或者在萨特的恶的信念的境遇中，第二种反讽的形式作为一种解决办法出现，因为它允许那种个人经验的贬值和在第一种反讽形式中获得的价值转变到新的政治境遇。在这种新的政治境遇里，它现在可以排除任何个人和政治的基本责任，促进思考并进而从纯美学的角度坚持一种对立的社会姿态。

这就是在冷战期间，在现代主义于北美规范化时期，各种美学的现代主义的力量，以基本上是反政治的学院唯美主义形式被取代和掩盖的情况。后现代主义的出现使我们现在可以重写现代主义本身的历史，它也因此使我们可以修正这种现在实际上普遍存在的陈规旧俗，即伟大的西方现代主义者是些主观的、清静无为的反政治的人物（无论如何，这是一种英美的陈规旧俗，虽然在非政治化的法国它最近的建构表明，将来恰恰在它失去我们自己的信任之时，它会在其他民族传统中引起注意）。

但是，这种情形说明了反讽与乌托邦为什么常常被认为互不相容，反讽的最高使命为什么实际上常常被说成是一种反乌托邦想象的武器。普拉东诺夫迫使我们以新的方式再次提出这个问题，但他不一定为我们提供任何新的解决办法。他本人曾试图通过那种激进的非个人化和消除我们几次提到的情感因素解决这个问题，而且在《切文古尔镇》最杰出的章节里，那种努力还变成了自我分裂的一种真实的景象（这也很容易以宗教中守护天使的叙述方式来重写）：

> 但是，人自身内部也有一个小的旁观者，他既不介入行动也不介入痛苦，他总是冷冰冰的，一成不变。他的作用就是观看并成为证人，但他在人的生活中没有特权，也无人知道他为什么孤独地生存。人的意识的这一角日夜都被照亮，仿佛是一座大楼的看门人的房间。这个中心的看门人整天坐在进入人的内部的入口，知道他的建筑里所有的居住者，但没有一个居住者就自己的事务征求看门人的意见。居住者们来来去去，而旁观者—看门人用双眼注视着他们。他没有权力知道任何事情，这有时使他显出悲伤，然而他总是彬彬有礼，保持距离，在另一座建筑里保留着一套房子。如果发生火灾，看门人打电话通知消防员，然后从外部进一

步观察事件。

德万诺夫步行或乘车毫无记忆地漫游时,他内部的这个旁观者看得见一切,但却从不警告他,也从不帮助他,一次都不曾有过。他与德万诺夫并行地生活着,但他不是德万诺夫。

他生存得有些像一个人死了的兄弟;一切属于人的东西看似就在手边,但总缺少某种微小而又至关重要的东西。人从不记得他,却总是相信他,恰似一个房客离开他的家和家里的妻子时,他从不猜疑她和看门的人。

这就是人的精神的太监。正是就此而言他才是个证人。(80/90)

这段暧昧不明的文字(由普拉东诺夫其他奇异的文本复合而成,这些文本最近才公之于世,它们甚至更直率地描写性行为)给我们留下了似乎只有精神分析才能回答的问题(但可参见瓦勒里·波多罗加对它的绝妙解读)。然而,看来重要的是,如果不完全拒绝那些特殊的分析式的回答,至少要尽可能地推迟它们,以便有时间提出更多的形式问题,即使这些问题得不到解决。

即使这一明显的非个人化被理解为某种类似零度的事物,理解为一种现代主义反讽的真正自杀(我自己倾向于这样理解),它的形式的必然性问题也仍然没有得到回答。实际上,在普拉东诺夫篇幅较短的著作里,许多地方都表明他需要更大的乌托邦叙述的框架才能展开一种本质上是抒情的、破碎的内容,而这种内容在较短的文本里会显得琐碎平淡,虽然并不完全是平庸的内容。诚然,普拉东诺夫远不是唯一一经受这种幻想和想象、分子和克分子分裂之痛苦的现代作家,这种分裂是一种几乎无法解决的形式危机,有时还会转变成一种更富衍生性的形式问题(借用卢卡奇的说法),无论如何都不会超越。这一特殊的问题——其中对抒情细节的注意无法与情节的发展或叙述调和——实际上非常独特地通过乌托邦文本中插曲的性质重新被引发出来,它的出现像是救助普拉东诺夫作品里这种纯个人抒情的因素,因为若非如此,那些抒情因素便再没有地方安排——除非简单地结束,以寓言的方式表示它们本身。确实,他唯一最好的短篇小说《还乡》,以其主人公看似病态地、毫无动机地离开故乡和家庭,自愿放弃通常的幸福,可以说是以寓言的方式构成普拉东诺夫的认识,即认为抒情的出现没有目的,也没有持续的原则;只有将它放弃或牺牲,才能保证一种甚至没有动机的更大的叙述形式。

至于对"精神太监"作某种性的或精神分析的解释,看来重要的是使这种解释进入一条双向的街道,并坚持必须探讨一种特殊的个人经历的变态——根据它的真正存在是一种无意识的症状,它本身必然是一种历史现象和社会事实——在某些条件下如何构成记录独特历史内容的工具,如何单凭这种工具就可以揭示那种内容并使之达致客观的表达。如此,这种乌托邦的形成所要求的怪诞的非个人化,仿佛以某种历史的策略,通过普拉东诺夫自己的奇特性格而得到实现,于是这种性格便可以视为历史的必然,不论它多么有可能成为一个个人经历的偶然事件。

但是,若是这样考虑问题还必须回忆一下这一乌托邦的农民背景,回忆一下它如何由农民生活方式和农民思想之间的均衡交叉所决定——在今天农民消失的过程中,在本质上是一次现代主义社会革命的计划中(以及在这种叙述里本质上是一种现代主义的形式结构中),这种交叉的情况无处不在。这种结构上的奇特性,需要与根据普拉东诺夫的奇特风格和他的叙述作品所设想的一切精神分析结构并置起来。

诚然,我们自己与这种文本的关系可以以多种不同的方式来说明,但其中只有一部分在前面的章节里表现出来:后现代性本身有许多东西要向这一陈旧的现代主义样板学习,它仍然像刚刚生出来一样新鲜,因为它最近才被发现,由于一切特定的现代主义阶段都从苏联历史中作了历史性的删除,而它却不合时代地幸存下来,它的毛发和指甲仍然像以前一样在生长。关于主体分裂和主体中心消失的后现代和后结构的观念,尤其受到这种"精神太监"观念的挑战,后者从一种明显陌生或奇特化的真正的现代主义观点出发,以某种方式展现出关于主体死亡这一熟悉的后现代主题。

与此同时,这一高度现代的文本的神圣性——即使不是其宗教方面,至少也像是海德格尔的那种使命,即作为揭示真理的方法——似乎在这里达到了外部的边缘,并在那里表现出与某些伟大的非神学想象(如佛教)的亲和性。不过,为了对这一乌托邦文本和这种形而上学或后形而上学内容之间的含义更多地从形式上考察,这里似乎最好也暂不考虑这样的教训。因为乌托邦与死亡之间的关系是一种基本的关系，但不是由于死亡本身任何神秘的特征。确切地说，死亡是与乌托邦观点取得联系的后果和标志，它在于渐次远离一切个人和存在的经验，远离个体的人，远离"人物"（以便提出乌托邦话语与叙述或讲故事相对的有关问题）。因此死亡的出现在那一点上是一种信号，表明它能够根据人类的经验采取物种的观点。乌托邦必然根据人类的历史采取物种的观点，因此会使它失去大量我们认为不仅是历史的而且还是人类生活中不可替代的重要的东西。因为历史事件最直接的特征与它们的独特性和偶然性是一致的：它是必须抓住这种特殊的可能性否则便永远失去的那种不可改变的时刻。历史是这种时间和事件、暂时性和行动的独特融合的最强烈的经验；历史是选择，是自由，同时也是失败，而且是不可避免的失败，但不是死亡。乌托邦被置于一种再也看不见那些变化的高度：即使所说的这种乌托邦是关于绝对变化的，从那种几乎是冷淡的、非人的观点来看，变化也仍然被视为绝对的重复，凡是能看见的变化统统都千篇一律。一种不需要历史或历史斗争的社会状态，远远超出了我们作为个人或集体存在所感到弥足珍贵的东西；它的思想强使我们面对我们人性中最可怕的方面，至少对现代资产阶级人们的个人主义是如此，而那就是我们人类的存在，我们在巨大的世代链条上的嵌饰，也就是我们所说的死亡。乌托邦离不开死亡，因为它的宁静从个人生存的事件及其不可避免的让步冷漠而不变地向远方凝视：在这种意义上，甚至可以说乌托邦解决了死亡问题，它发明出一种新的观察个人死亡的方式，即把死亡作为一个有限关心的问题，超越所有的禁欲主义。

乌托邦还可以是许多其他东西，并随之带来其他的要求；但也恰恰是因为这种情况，在卡夫卡冷酷的故事《歌手约瑟芬纳，或鼠人》里，找出乌托邦的教训，也就是说找出乌托邦表现的某种暗示或某种开始，才不致是一种如此大的悖论。这个文本既不是一个真正的故事也不是一种纯粹的叙述，它似乎是艺术家的一个寓言，而不是公共生活的一种蓝图；即使副标题强调一种格式塔心理学的替代，并据此可以把这些章节——按照传统意义其中只有两个"人物"，即约瑟芬纳和"人民"——完全读做后者的一种表现，仿佛是对前者的一种戏剧化，而前者在那种情况下变成表现的借口，单独地使集体的主体时时闪现。

自从 18 世纪伟大的交替圆周句式以来，卡夫卡这位最富逻辑性的作家不仅以单调的规则性在他的双重标题的孪生主体间转换，而且也在赞成和反对之间转换，在其交替中同样可以预见的肯定和否定之间转换，他的不变的节奏——"但是""然而""不过"——构成他风格中命定的中立性。但是，在这个故事里，交替的节奏本身就是一个哲学概念或范畴，它以一种分析的方式表达了艺术和文化中无法解决的悖论，与几年后马尔库塞在其伟大的论文《文化的肯定特征》中所用的方式完全一样。因为艺术是对社会的忠实表现，所以与社会"相同"，但作为社会及其自我意识的某种再现，它同时又必然"不同于"它的客体。因此，在这种同一性和这种不同性之间的往返转换中，《歌手约瑟芬纳，或鼠人》是一种持续的不同寻常的运作。

于是，约瑟芬纳的音乐是伟大的，但我们不是一个音乐的民族。然而，或许约瑟芬纳的"音乐"也不是音乐，反而是由"呼啸声""尖叫声"构成的东西，而这是事实上我们人人都做的事情。那么她是否因此与我们所有的人不同，或者与我们所有的人完全相同？毫无疑问是前者，因为甚至在她非常普通的尖叫声中，她也构成表演并使它成为一种仪式，所以，"我们羡慕她身上那种我们在自己身上根本不羡慕的东西"(195/130)（这里所注的页码前面指保罗·拉希尔编的德文本《短篇小说集》[法兰克福：费希尔，1973]，后面指维拉和埃德温·缪尔翻译、艾里克·海勒编辑的英文本《卡夫卡基础读本》[纽约：袖珍书局，1979]。下同），这就是说，尽管她故作表演，却并无不同，而是一样。所不同的是我们沉默而她却歌唱。

同时，她的才能是由重大的危机激发起来的（即使对于鼠人，每天也都是一场危机，充满了极大的危险）。但通过将我们集中起来，她常常将我们置于危机和极大的危险之中，使我们很容易受到我们的死敌的攻击(203/139)。

她竭尽自己浑身的一切力量，想象在这种危机中她正在保护我们(199/134)；而事实上，她抓住我们是因为我们想象自己是在保护她，我们觉得她看上去既可怜又脆弱(199/133)。这个时刻也不是仅仅影响这位非凡的艺术家为公众扮演的角色；人们还会想到游击战，想到弗兰西斯·菲茨杰拉德对越共反儒学的描写，越共狡猾的战略在于使村民们相信:"我们"不是你们的父亲,你们是我们的母亲。因此在这一点上,故事的主题从艺术(差异性)转到了集体(同一性),并附带了这样的条件:只有介入艺术和伟大艺术家的主题,才能使它抓住人民中的基本的二律背反,因为人民没有对艺术的感受,没有对艺术家的尊敬,也没有审美的地位;所以,正如我们将要看到的,这些能够实现再现的种种借口最终必然会再次自我淘汰。

同样,正是约瑟芬纳让人民变成了他们本来的样子。非常独特的是,她使人民默默地集中起来——如果没有她这可能吗("我们的集中如何能在彻底的沉默中出现"[209/145])?她构成外在性的必然因素,单是这种外在因素就可以使内在性形成存在:"我们也很快陷进大众的感觉,身体温暖地挤着身体,屏住呼吸聆听"(197/132);"仿佛受折磨的个人可以偶尔放松,在宽大温暖的集体的床上舒适地伸伸身子"(203/138)。事实上,她的表演"并不是什么像人民聚集在一起那样的一种歌唱演出"(200/135),因而卡夫卡的故事同样源于那种形成政治哲学本身的神秘的事物,源于卢梭那种普遍意志的谜语,源于集体表现中的种种悖论。因为约瑟芬纳的艺术的"出现几乎像是全体人民对每个个人发出的一种信息;约瑟芬纳在严肃决定当中的细声尖叫,几乎像是在一个敌对世界的动乱当中我们整个人民的不稳定的存在"(200/136)。因此,她是集体的自我肯定的媒介:她对他们回应他们自己的同一性,但与此同时,她又立刻要求一些特权(如免除体力劳动),作为对她劳动的一种补偿,或实际上作为对她的独特性和她对社会所提供的不可替代的服务的一种承认。

这也许是卡夫卡的故事的妙处,而且,这种民主乌托邦的冷冰冰的中立性,通过人民拒绝赋予约瑟芬纳那种形式的个人特权,最惊人地被揭示了出来(但不是通过任何事物和反应被揭示出来):"人民听她争论,但毫不在意。"(204/140)

> 假定不是人民而是一个个人:人们可以想象这个人一直对约瑟芬纳让步,但怀着一种总有一天要结束他的让步的疯狂欲望;他对约瑟芬纳已经做出超过常人的奉献,但深信他的奉献能力有一个自然的限度;确实,他做出了超出需要的奉献,但这完全是为了加速进程,完全是为了宠坏约瑟芬纳,促使她提出越来越多的

要求,直到她真正达到她最后这种请求的极限;然后他以最后的拒绝中断她的权利,但因长期坚持让步而显得粗率无礼。(205—206/141—142)

但确切地说,人民不是一个个人,也不是这种意义上的一个人物,同样卡夫卡合乎逻辑的肯定和否定的转换也不是个人的转换,那种连续的、历时性的转换有些像一个行动和反行动的故事,其中一方可以作为对另一方的补偿来进行解释。更确切地说,它们是共时的和同时的:人民的本质在于这种对个人的中立。就约瑟芬纳引发出人民的本质而言,她同样也引发出这种无名的、基本民主的实质上的中立。因此,通过揭示出同一性,她的不同便被那绝对的集体同一性的力量取消。

于是,人们不再肯定她首先是一位伟大的艺术家(实际上,很可能"完全是我们听她演唱这个事实证明她不是个歌唱家"[201/136];她事实上是个可怜的、荒唐滑稽的人(虽然我们从不嘲笑她[189/133]),而且她的矫揉造作还带有孩子气。然而我们的孩子们没有童年,约瑟芬纳表现的演出美学(差异)在我们的生活中不可能有任何对等的东西。因此她的艺术极端含混:"其中有些东西像是我们可怜的、短暂的童年,有些像再也找不回来的失去了的幸福(差别,或一种完全与生活状况对立的艺术的现实),但也有些像现时的日常生活,像生活中小小的欢乐,它们无法理解却又出现且不会消失(同一性,或艺术反映社会状况)。"(203/139)

因此童年主题的声调与死亡主题的声调是一致的,与世代的声调也是一致的:孩子们没有童年,但"我们种族的繁殖力"使"一代人紧接着另一代人出现,孩子们没有做孩子们的时间"。所以,孩子们不仅使一代又一代的飞快接续戏剧化,而且还以某种方式使绝对的差别戏剧化,他们是没有时间当孩子的孩子——他们具有一种纯否定的存在,并以此首先防止前一代知道自己的童年:

> 如像在那些学校里,并不是同样的孩子,不是,永远是新来的学生,来了又来,没有止境,没有中断,几乎每个孩子看上去都还是个孩子时,他后面新的孩子的面孔已经快速地聚集起来,这么快又这么多,简直难以分辨。(201/137)

但是,这不仅意味着一般和集体的死亡,而且也意味着约瑟芬纳特殊的死亡:如果她与众不同,她还能留下什么呢? 这里故事转而自相矛盾,在反映出一般的非叙述的性质之后——一般总是这样的情况——它现在转入了时间性("那事发生在一两天以前"),在这一点上,约瑟芬纳的历史存在的真正悖论得到了加强,同样,绝对的群体乌托邦和独特事件历史之间的张力也得到了加强。因此约瑟芬纳自己可能会变成历史,如同他们说的那样——只是我们没有历史并憎厌历史学家。于是她的独特的历史荣誉将被忘却:约瑟芬纳"在我们数不清的大量人民英雄中会幸福地消失,而且因为我们不是历史学家,她会很快地上升到赎救的高度,并像她所有的兄弟一样被忘掉"(209/145)。差异被同一性抹去,但只有它能在一瞬间揭示出同一性。确切地说乌托邦是一种升越,那种人类的忘却和消失——与一开始就没有个体化特征的动物所达致的情形完全对立——由这种升越而产生,作为一种强烈肯定的力量,作为民主社会最基本的生活事实,它是匿名的。而正是这种匿名,在我们的非乌托邦或前乌托邦世界里才以死亡的名义和死亡的特殊表现发生作用。看来,把《切文古尔镇》用做这种乌托邦再教育的材料相当合适,我们在这里援用的卡夫卡的作品也同样如此。

阿兰·巴迪欧

恶的问题(1998)

探寻方法(1998 年 10 月 21 日)*

阿兰·巴迪欧

（Alain Badiou，1937—　　）

　　出生在摩洛哥拉巴特，法国当代著名哲学家，前巴黎高等师范学校哲学系教授，现任欧洲研究院教授。巴迪欧与朗西埃都是当年阿尔都塞团队中的主将，可是二人都在"红色五月风暴"和"后现代"激变中倒戈为阿尔都塞的批判者，20世纪70年代，巴迪欧成为一位忠诚的毛主义者。巴迪欧所涉及的研究领域极为庞杂，包括数论、精神分析学、现代诗歌、政治理论、戏剧和表演理论，等等，被誉为黑格尔以来最具思辨性的思想家，也是目前在世的最有影响力的激进知识分子。他的主要著作有：《存在与事件》（1988）、《非美学手册》（1998）、《伦理学：论恶的理解》（2001）、《世界的逻辑》（2006），等等。巴迪欧的哲学是关于事件的哲学，在《存在与事件》一书中，巴迪欧将拉康、海德格尔、马克思、毛泽东杂糅在一起，以数学逻辑为建模中轴，同时着眼于数学作为世界存在根源的事物内在深层中爆发出来的创造力。在巴迪欧看来，事件作为事件，最关键的属性就在于它的突然显现的那一瞬间的爆发力，正是这种"突发性"改变了人们观察世界的观点和方法，促使哲学家重新思考世界与人生的哲学方法。世界上的事物与人作为多样化、多元化与独立的个体存在是有差别的、未分化的，因而世界的存在表现为一种混乱不堪的无秩序状态，他的"事件哲学"也极具时代性与前沿性。巴迪欧曾提起过对他影响很大的三位老师：萨特、拉康和阿尔都塞，他的悲剧理论尤其与拉康保有密切联系。在《伦理学：论恶的理解》中，巴迪欧强调，"我们当代的伦理意识形态在多大程度上植根于对恶的一致同意的自明性之中"，他从本体论的角度对"恶"进行思考，进

＊　《恶的问题》选自《20世纪西方伦理学经典》(IV)，万俊人主编，中国人民大学出版社2005年版，第767—785页，英译本见阿兰·巴迪欧：《伦理学：论恶的理解》，第五章，皮特·哈沃德英译本，伦敦，Verso出版公司，2001年，王云萍译，梅立谦、万俊人校；《探寻方法》选自《世纪》，蓝江译，南京大学出版社2011年版，第1—11页。

而指出，与"事件"相联系的幻象、与"忠诚"相联系的背叛、以及与"真理力量"相联系的对不可命名的强制命名，这些就是恶，即由于我们承认唯一的善（真理—过程）才产生的三种形象。在悲剧理论的研究视域中，"恶"总是与悲剧相伴相生，并与悲剧处于矛盾状态中相互纠缠，"恶"的问题同时也包含着对人性问题的反思。《世纪》是巴迪欧1999—2000年间在法兰西学院的演讲集，这个世纪是一个罪恶的世纪，"世纪在这里是一个悲惨的和恐怖的事件，而唯一能够来称呼其统一性的范畴是罪行：斯大林共产主义的罪行，以及纳粹的罪行。"在这里，我们可以在书中看到巴迪欧从历史哲学出发，所进行的一种后马克思视域中不寻常的百年反思。这种宏观的思考维度，不仅具有重要的现实意义，也为现代悲剧理论研究提供了广阔的视点。

恶的问题

我已经强调指出,我们当代的伦理意识形态在多大程度上植根于对恶的一致同意的自明性之中。通过确定真理的认定过程是一个主体的可能构成的中心内核,即进入这一构成的"某个人"的内核,亦是一种以单数形式出现的坚韧伦理的中心内核,我们已经推翻这一判断。

这是否意味着我们必须拒绝恶概念的合法性,并将它完全归结于其显而易见的宗教性起源呢?

一、生命(Life)、真理和善

有些人认为,存在着一种"自然法",即:建立在对什么是有害于人的自明性之终极分析的基础上的自然法,对这些人,我不打算做丝毫的让步。

单单从其自然的属性考虑,人类动物必须被归属于生物同伴的范畴。在其所建构的巨大的蚁丘式社会中,这一系统化了的杀手所追逐的利益乃是生存和满足。在这一点上他无异于鼹鼠或老虎甲虫一类的追求。他已经证明自己是动物中最为狡猾、最为坚韧且最执拗地专注于其自身权力的残酷欲望之中。首先,他已经成功地笼络其独特的能力来服务其必死的生命,即能够在真理的进程中占有一席之地以便获得不朽。这

阿兰·巴迪欧　　747

就是柏拉图已经预言过的东西,当他指出,那些从其著名洞穴中逃出来的、为理念之阳光普照所眩晕的人们的责任,就是回归到暗处去帮助其被奴役中的同伴,使之能够受益于他们在这个黑暗世界的门槛被抓住的东西。只有在今天,我们才能充分评估这一回归的意义:它就像伽利略的物理学之于技术性机械,或原子理论之于原子弹和核武力工厂的回归。在由一些真理所造成的知识推力之下,无利益关涉(disinterested-interest)回归到赤裸裸的利益。最终,人类动物已经成了其环境——其实终究不过是一个相当普通的星球——的绝对主人。

这样想来(而这是我们所知道的他),很清楚,人类动物就"其自身而言"不包含任何价值判断。当尼采根据人类的活力(vital power)来评估人类时,他十分中肯地宣称,人类本质上是天真无邪的,是与善恶不相干的。他的幻想在于想象一个超人,这个超人保存了这一天真无邪的本性,从阴暗的、摧毁生命的宣道者(Priest)之强有力的形象所引导的事业中被释放出来①。不:没有什么生命,也没有什么自然的权力能够超越善恶之外,相反,我们应该说,每个生命,包括人类动物的生命都在善恶之中。

驱使善——及其单纯的后果,恶——发生的,只是涉及真理过程(truth-process)的罕见存在。由于被内在固有的中断所刺透,人类动物发现其生存原则——其利益——被瓦解(disorganized)。于是,我们就可以说,如果我们认为某人能够进入真理主体的构成之中,那么严格地说,善就是一种长期紊乱的生命的内在规范。

无论在任何一种情形中,每个人都知道,生存的常规对于任何一种你想提到的善来说都是中性的。每一种利益追求都以成功作为其合法性的唯一来源。反之,如果我"坠入爱河"("坠"这个词表明生命之旅中的紊乱),或者,如果我被不眠的激烈思想所攫住,抑或,假如某一激进的政治约定被证明是与每一种关于利益的当下原则不相容的——那么我就会发现,自己被迫要去量度我的生命,即用生命以外的某种东西来衡量我作为一种社会化的人类动物的生命,尤其是当它变成了这样一个问题,即:撇开被攫住的快乐或热情的清晰度不谈,去找出我是否以及如何沿着生命攸关的乱途继续往

---

① [德]弗雷德里希·尼采:《论道德的谱系》。这是尼采最系统的著作,总结了他对价值的"致命"批判。

前走,并因此赋予这一原始的紊乱以一种次要的和悖论性的次序,这正是我们称之为"伦理一致性"的那个次序。

如果存在恶,我们就必须从善的起点处来看它。如果不考虑善,因之也不考虑真理,就只剩下生命的赤裸裸的天真无邪,它在善且在恶之中。

结果,恶是真理的一个可能的面向,这是绝对具有根本重要性的一点,无论这一观点看起来是多么地奇怪。在这一点上,我们不可能满意于柏拉图式的过于轻易的解决办法:恶是真理的简单空缺,恶是对善的无知。因为,正是无知这一概念难于把握。真理对谁不在场呢?对全神贯注于其自身利益追求的人类动物来说,不存在什么真理,只存在意见,通过这些意见,他被社会化。至于主体,作为不朽的存在,他不能够亏缺真理,因为正是只有从作为可靠的轨道而被给定的真理当中,他才能够建构自己。

如果恶依旧可被看做是与多重存在(multiple-being)相等同的话,那么必定因为它是作为善自身发生作用的(可能)结果而产生的。那就是说:只是由于存在着真理,只是由于存在着这些真理的主体,恶才存在。

或者再重复一遍:恶,如果它存在的话,是真理的力量发生作用的难以控制的结果。

然而,恶真的存在吗?

二、论恶的存在

由于我们已经完全否定了对恶的同感性或先在性承认的观念,因此,我们所能有的唯一严格的思想路径,就是从我们自己的视域内部来界定恶,并因此作为一种真理—过程的可能向度来界定恶。只有这样,我们才应该考察在这一定义所被期待的各种后果,与历史上的恶或私人的恶的臭名昭著的例子(被意见所承认的例子)之间的重叠。

尽管如此,我将以更具归纳性的方式着手,因为本书的目的就在于把握这些问题的当前向度。

那些赞成"伦理"意识形态的人们很清楚地知道,对恶的确认不是一件无关紧要的事情,即便他们整个观点的建构最终建立在这样一个公理的基础之上,即:这个问题仍然是一个意见的自明性问题。因此,他们的策略与勒维纳斯(Levinas)之"承认他者"的策略是一样的:他们将其论题彻底化(radicalize)。正如勒维纳斯最终使对他者开放的创意依赖于全然他者的假设上,伦理学的支持者们也使得对恶的同意性确认依赖于对极端恶的假定。

虽然极端恶的观念至少可追溯到康德,但其当代版本却是系统建立于一个"例子"之上:纳粹对欧洲犹太人的灭绝。我不是在微弱的意义上使用"例子"一词的。一个通常的例子事实上是某种要被重复或模仿的东西。联系到纳粹灭绝犹太人的例子,它就是极端恶的例证,指出对其模仿或重复是必须不惜任何代价都要预防的东西,或更确切地说,不重复这个例子提供了对所有情形进行判断的标准。因此,犯罪的"例证化"是其负面的例证。然而,例子的规范性功能仍然持续发生作用:纳粹对犹太人的灭绝是极端恶,因为它为我们的时代提供了一个独特的、无可争议的——在这个意义上是超越的或不可言说的——纯粹和单纯恶的尺度。勒维纳斯的神是对他性(alterity)的评估(全然—他者作为他者之不可通约的尺度),灭绝犹太人是对于历史处境的评估(全然—恶作为恶之不可通约的尺度)。

其结果是,灭绝犹太人和纳粹都被宣告为是不可思议、不可言说的,可谓空前绝后——因为它们定义了恶的绝对形式——然而它们还是经常被调用、被用来比较、被用于公式化地表达人们希望产生对恶的留意的效果之每一种情形——因为一般地说,通向恶的唯一道路正是在极端恶的历史条件之下。所以早在1956年,为了证明英、法入侵埃及是合理的,一些西方政治领导人和新闻界毫不犹豫地使用了"纳塞尔[1]即希特勒"的公式。在更近一些时候,我们又看到了同样的事情,只不过针对的是萨达姆·侯赛因及S.米洛舍维奇。然而与此同时,我们却被坚决地提醒,种族灭绝和纳粹是独一无二的,将它们与任何其他东西相提并论都是一种玷污。

---

[1]　Nasser,埃及前总统。

事实上,这个悖论只不过是极端恶自身的悖论而已(实际上,是每一个关于现实或概念的超越性悖论)。衡量尺度本身必须是不可量度的,然而它却必须被经常地量度。种族灭绝实际上必须既是我们时代所能够有的所有的恶的尺度,其自身是不能被量度的,但它却又是我们必须将其作为标准来量度每一样我们认为需要根据显而易见的恶的确定性来判断的东西的尺度(因此我们不断地衡量着它)。作为极度负面的例子,这一罪恶是不可模仿的,但每一种罪行又是对它的模仿。

我们想将恶的问题附属于一致同意的意见判断(这个判断又不得不由对极端恶的假设预先建构起来),这一事实逼使我们陷入一个怪圈当中。为摆脱这个怪圈,我们显然必须抛弃极端恶的主题,抛弃无可量度之尺度的主题。这一主题,就像全然一他者一样,属于宗教。

诚然,毫无疑问,对欧洲犹太人的灭绝是一个骇人听闻的国家罪恶,其恐怖性不言而喻,无论从哪一个方面来看,我们都会清楚地知道——除非我们乐意屈服于令人厌恶的诡辩——我们所遇到的这个恶是无论如何都不能被平静地(黑格尔式地)划分到历史过程之暂时的必然性范畴之中的。

我还要进一步无保留地接受种族灭绝之单称性(singularity)。“极权主义”这一乏味的范畴被伪造出来,是为了在一个单一的概念之下,将纳粹主义和斯大林主义政治、对欧洲犹太人的灭绝、以及在塞族的屠杀,都归为一组。这种合并丝毫没有澄清我们的思维,更没有使我们对恶的思考清晰起来。我们必须接受种族灭绝的不可化约性(irreducibility)。

这样,所有的要点就在于如何定位这一单称性。基本上说,那些支持人权意识形态的人们都试图将它直接置于恶之中,将它与他们的纯粹意见目标保持一致。我们已经看到,这一试图把恶宗教绝对化的尝试是不连贯的,而且也很危险,就像在一个不可通行的“界限”下将思想卷起来一样。因为无法模仿的实际被经常模仿,到处都可以看见希特勒,因此,我们忘了他已经死了,在我们眼前发生的是对恶的新的单称性的创造。

事实上,思考种族灭绝的单称性,就是首先去思考纳粹主义作为一个政治序列的单称性,这是全部问题之所在。希特勒之所以能够将种族灭绝变成一次庞大的军事化运作,正是因为他取得了政权,而且在他夺取政权的政治名义中就有"犹太人"一词。

伦理意识形态的捍卫者们非常坚决地将种族灭绝的单称性直接置于恶的范畴之中,以至于他们普遍否定纳粹主义是一个政治序列范畴。但是,这一立场既无力,亦怯弱。之所以无力,是因为纳粹主义作为一个"群众的"主体性,它整合了犹太人一词作为其政治建构的一部分,使得种族灭绝成为可能、然后成为不可避免的原因正是这一构成;之所以说它怯弱,是因为,如果我们拒绝设想这样一种政治序列,即:其有机范畴和主观指示是罪恶的政治序列的可能性,那么我们就不可能透彻地思考政治。"人权民主制"的一伙人喜欢与汉娜·阿伦特一起将政治定义为"共处(being-together)"的舞台。正是由于这个定义,附带地使他们把握不住纳粹主义的政治实质。然而,这一定义只是个神话故事,尤其是由于共处必须首先确定所涉及的集体,而这是整个问题的所在。没有比希特勒更希望德国人共处的了。透过建构一个可以被从内部进行监控的外部(专断的然而却是指令性的),纳粹的"犹太人"范畴是要为了命名德国人内部的、在一起共处的空间——就像"所有法国人在一起"的确定性,预设了我们迫害此时此地那些归入"非法移民"范畴之下的人们一样。

纳粹政治的单称性之一,是它对历史共同体的精确宣告,该共同体要被赋予一种征服性主体的特性,正是这一宣告促成其主体性的胜利,并将种族灭绝摆上了议事日程。

因此,在这个案例中,我们有资格说,政治与恶之间发生纠结,正是出于将"集体"(ensemble 整体,全体)(共同体的主题)与"共处"两者一起加以考虑。

然而重要的是,在其最终分析中,恶的单称性是从一政治序列的单称性中引申出来的。

这将我们带回到了恶的从属性——如果恶不是直接从属于善,至少也是从属于主张善的过程。纳粹政治不是一个真理—过程,但只有当它可被表达为这样一个真理—过程时,它才能"抓住"德国人的境遇。因此,即使是在恶的这一案例中——我愿意称之为极端恶而不是根本恶,要理解其"主体性的"存在,即要理解有能力参与其令人恐怖的迫害,好像是在完成一种职责那样的"某个人"问题,就需要回去参考政治真理过程的内在向度。

我还想指出,最强烈的个人痛苦——那些能够真正突出"伤害某人"所涉及的东西以及经常导致自杀或谋杀的东西——也都以爱的过程的存在作为其限阈。

我将假定下列几个一般原则:

● 恶存在;

● 恶必须与人类动物用以坚定保持其存在、追求其利益的暴力——即在善与恶名下的暴力区分开来;

● 尽管如此,不存在极端之恶,不然就要澄清这一区分;

● 只有当我们从善的视角来把握恶,并因此通过真理—过程来把握"某个人"时,恶才可以被看做是不同于老生常谈的掠夺行为;

● 其结果是,恶并非人类动物的范畴,而是主体的范畴;

● 只有当人有能力成为不朽的存在时,恶才存在;

● 真理的伦理——作为忠诚之一致性的原则,或作为格言"继续往前走"——正是那个试图挡开恶的东西,这个恶是使得每一单称真理成为可能的东西。

我们还需要将这些命题连接在一起,使之与我们所知道的关于真理的一般形式一致起来。

三、回归事件、忠诚和真理

记住真理—过程的三个主要向度如下:

● 事件。事件带来了境遇、看法、制度化的知识以外的"某些其他东西",事件是一个危险的、不可预知的补充,即现即消;

● 忠诚。忠诚是过程的名字:它是在事件本身的命令之下对境遇的持久探查,它是一个内在固有的和持续的中断;

● 真理。真理自身即多重的、内在于境遇的、由忠诚所一点点建构起来的东西;它是忠诚所收集在一起并产生的东西。

过程的这三个向度具有若干重要的"本体论"特征。

1. 事件既是处境中的(situated)——它是此一或彼一处境的事件,又是补充性的(*supplementary*);因此,与该处境的所有规则绝对分离,或曰没有任何关联。因此,随着海顿(或在这一"某个人"海顿的名下)出现的古典模式,关系到的是音乐处境而不是其他,当时,这一处境是由巴洛克模式占统治地位来管理的。它是这一处境中的一个事件。但在另一个意义上,该事件根据音乐形式所要权威化的东西,从巴洛克模式所获得的充足性内部是无法理解的;它实际上是关于某些其他东西的问题。

那么你可能会问:是什么东西造成了事件和"使之成为"事件这两者之间的关联?这一连接是更早期处境的空缺(void)。这意味着什么? 这意味着在每一个处境的核心,作为其存在的根基,存在着一个"处境中"的空缺,在其周围,该处境的充足性(或稳定的多重性)被组织起来。因此,在巴洛克模式的艺术饱和的核心,空缺(与未被注意到一样具有决定性)一种真正意义上的音乐建筑学观念。海顿—事件的出现是作为这一空缺的一种音乐上的"命名"。因为构成这一事件的正是一个全新的建筑学和主题学的原则,一种新的以一些可变的单位出发来发展编写音乐的方式——而这正是人们从巴洛克模式内部不能够感知到的东西(没有关于它的知识)。

我们可以说,既然一种处境是由运行于其内部的各种知识组成的,因为事件命名了该处境所不知道的东西,因此事件就命名了空缺。

举个众所周知的例子:马克思是政治思想的一个事件,因为他在"无产者"的名义下,指出了早期资产阶级社会的核心空缺。因为正是在无产者——完全无产且没有政治舞台——的周围,由那些拥有资本者的规则建立起来的自鸣得意的充足就组织了起来。

总结起来说:一事件的基本本体论特征就是它铭刻、命名处境中的空缺,正是因为这个原因,它才成为一个事件。

2. 至于忠诚,我已经解释过重要的是什么东西。其根本之点,在于它永远不是不可避免的,亦不是必然的。只是还不能判定的是:无利益关涉,即它为了参与其中的

"某个人"所假定的利益——即使只是自我的虚构性代表,是否算得上是纯粹和单纯的利益。因此,由于坚持不懈的唯一原则是利益原则,因此某个人在忠诚中的坚持——成为一个人类动物主体的连续性——还是不确定的。我们知道,正是由于这种不确定性,才有了真理伦理存在的空间。

3. 最后,关于所产生的真理,我们必须首先强调它的力量。我已经就柏拉图的洞穴中的囚徒"回归"——这是真理对知识的回归,特别唤起了人们对这一论题的关注。真理在知识上打了一个孔,对于后者来说,它是异类的,但它也是新知识的唯一已知的来源。我们应该说:真理强制(force)知识①。动词"强制"表明,由于真理的力量是一种中断的力量,正是通过破坏确定的和运行的知识,才使得真理回归到处境的直接性中,或改写了那种从意见、信息和社会性获得其意义的手提式百科全书(portable ency-clopaedia)。如果某一真理本身永远不可交流,那么从远处看,它仍然意味着对交流形式和对象的强有力的重塑。这不是说,这些修正"表达"了真理,或者表明各种意见中的"进步"。例如,整个音乐知识主体很快就在古典模式的伟大人物周围组织起来——但先前却形成不了这一知识。在这里,并不存在什么"进步",因为古典的学院风气,对莫扎特的膜拜,在任何意义上都不比先前那些东西更为优越。但是,它标志着一种知

---

① 强制正产生于真理与知识"之间";虽然只有真理"强制",但"强制"是可被知识证明的一个关系。(见《存在与事件》一书,第 441 页)在这本书更富技术性的部分,巴迪欧解释了"强制"是由真理的肯定而强加的过程,借此,在一个处境中的知识次序被改变,以便这一先前"不可认识的"肯定能够被弄成是属于该处境的。因为,如果它坚持的话,"一个真理将强制处境以这样的方式去安排自身:这一开始只被算作无名的[或一个系列的子系列]的真理,将最终被承认为一个术语[或一个系列中的要素],并且内在于处境的。"(同上书,第 377 页)更准确地说,说处境(即事件中)的一个术语"强制对主体—语言的陈述的意思是,这一陈述在来临的处境中的可证明性,等于将这一术语属于从属程序中产生的不可识别的部分(或子系列)"。(同上书,第 441 页。)当然,仍然永远不可被知识证明的东西是事件本身——即:强制陈述的术语——是属于还是不属于处境。)这一陈述的正面"联结"在改变了的、后事件的处境中将是可证明的、可知的。

在其更为严格的数学意义上,即在 1960 年首次由保罗·科亨(Paul Cohen)(在一次有点像是《存在与事件》背后的事件之方式的研究中)提出的意义上,"强制"是一个过程,通过这个过程,一个从属的子系列或"延伸"被加给一个系列并被从属于该系列。[在"强制中牵涉到的"关键观念将是在普遍的数量词[A:"对所有……"]与存在性的数量词[E:"存在着"]中间偏好性地对待前者。[保罗·科亨:《系列故事与连续性假定》,第 112 页。]换言之,强制赋予一个最低限度的、具体化的普遍性,以超过任何确定的或有限的个性特权。这一过程的数学论证太过复杂,这里甚至没办法进行综述(参见,例如约翰·P·伯基斯(John P.Burgess)的《强制》一文,载巴维斯(Barwise)编:《数学逻辑手册》,403—453 页。——英文译者注)。

识的强制力,一种对交流规范(或说是对人类动物在"音乐"上交换的意见)的非常强烈的修正。当然,这些修正后的意见是短暂的,而作为古典模式之伟大创造的真理本身,却将永远持续。

同样道理,大多数令人吃惊的数学发明的最终命运,就是终结学院的教科书,甚至通过高等学校的入学考试而有助于决定我们对"主导精英"的选择。[1]从数学真理中产生的永恒性本身不是这里要讨论的问题,但它们以这种方式强制了社会性安排所要求的知识,而这就是它们回归人类动物的利益的形式。

事件所召集的处境空缺;忠诚的不确定性;以及真理对知识的强有力的强制,真理过程的这三个向度,正是关于恶的思想所依赖的基础。

因为恶具备了三个名称:

● 相信一事件不是召集较早期处境的空缺,而是其充足,这是恶,是在幻象(simulacrum)[2]或恐怖意义上的恶;

● 没能达到忠诚就是背叛,即在你自己所是的不朽中的背叛意义上的恶;

● 将真理等同于所有权力是在灾难意义上的恶。

恐怖、背叛和灾难正是真理伦理——与虚弱无力的人权道德相反——在它对进程中的真理的单独依赖中所试图排除的东西。但是,正如我们将会看到的那样,只有通过真理—过程自身,这些才成为真正的可能性。因此,肯定只有在善进行时才存在恶。

四、恶理论的大纲

(一) 幻 象 与 恐 怖

我们已经看到,并非每一件"新奇的事物"都是一个事件,还必须是下述情形:即,

---

[1] 拿破仑设立各种庞大的高等学府——如,高等师范学院,高等技术学院,国家行政学院等,以协调对精英市民服务的招募,并继续保持法兰西今天极强的文化和学术声誉。自1999年起,巴迪欧自己已经在高等师范学院教哲学,他的职位先前是由他自己的老师拥有的。——英文译者注

[2] simulacrum,本处选译为"幻象",下同。——本书编者注

该事件所引起和命名的是处境的核心空缺,正是因为这一空缺,该事件才成为一个事件。这一命名问题具有根本的重要性,但我不能在这里详尽考察这一理论。①然而,由于事件是要消失的,是一种发生于这一处境中的闪烁的补充,因此,在该处境中所保留的以及用于引导忠诚的东西,必定是某种像轨道或名字的东西,可以让人们回过头来查阅业已消失了的事件,这一点不难理解。

当纳粹谈论"国家社会主义革命"时,他们借用了"革命""社会主义"等一些在重大的现代政治事件(1792 年革命,或 1917 年的布尔什维克革命)中已被证明为合理的名词。整个系列的特征都与这一借用相关,并且被其合法化——与旧秩序的决裂、寻求从群众集会中获得支持、国家的专制模式、令人伤怀的决策、对劳动者的颂扬等。

然而,如此称呼的事件——虽然在特定的形式方面类似于那些它从中借用其名字和特征的事件(否则就没有什么它可用来形成其自身方案的制度化的政治语言),然而,它是以充足的或是以实质的词汇为特点的:国家社会主义革命,也就是说,纳粹将携带一个具体的共同体——德国人民,向其真正的命运,即普世统治的命运而去。因此,该"事件"所假设要形成并且命名的,不是更早期处境的空缺,而是其充足,即:不是由不具有具体特征(具体的多重性)所支撑的普遍性,而是一共同体的绝对特殊性——它自身植根于其土壤、其血肉、其种族之中。

使真正的事件成为真理之起点的东西——这是唯一能够成为永恒的东西,正是这样一个事实,即:它只有从其空缺的偏向上与一处境中的特殊性联系在一起。空缺,即是无之多重性,它既不排除亦不限制任何人。它是存在的绝对中立性,以致根源于一事件中的忠诚,虽然是一个单称处境内部固有的中断,却是普遍被提及的。

相反,纳粹 1939 年夺取政权所带来的令人震惊的中断,虽然在形式上无异于一个事件——正是这一点使海德格尔走上歧途②,——由于它将自己想象成是一个"德国

---

① 参见巴迪欧:《存在与事件》,20、34 页。关于事件的命名理论,以及关于主体语言的理论,是整本书的核心。尤其是第二个问题,他是相当机警的。

② 维克多·法里厄斯(Victor Farias):《海德格尔与纳粹主义》。1985[1989]年版。在这本著作中,我们看到,海德格尔是如何在整个时间的拉伸中陷入幻象的诱饵之中的。他还以为他是在支持他自己思想的事件。

人"的革命,并且只忠诚于所谓的人民国家实体,实际只对那些自认为是德国人的人而言的。因此,从该事件被命名——尽管这一命名("革命")只是在真正的普遍事件(例如1792或1917年的革命)的条件下才能起作用确是事实——的时刻起,它就完全没有任何真理的能力了。

在某一处境中,一真实的中断在从真理—过程中借用而来的名义之下所招聚的不是空缺,而是"充分的"特殊性或该处的假定实体,这时候,我们就在处理真理的幻象问题了。

这里,"幻象"必须在强意义上来理解:真理的所有形式特质在幻象中都发生作用。不仅是对那诱发根本断裂的力量之事件的普遍命名,而且是忠诚的"责任",及对主体的幻象的促进,在没有任何不朽存在降临的情况下,在他者的人类动物性之上,在那些被武断地宣布为不属于共同体主义实体的人们之上建立起来,而幻象—事件就是设计用来确保促进这些实体并使之发挥支配作用的。

与对事件的忠诚不同,对幻象的忠诚,不是通过普遍性的空缺,而是通过一系列的抽象[全体,ensemble]("德国人"或"雅利安人")的封闭的特殊性,来控制其与处境的断裂的。其不变的运作就是无休止的建构这一系列的抽象,而达到这一点的唯一办法就只有将围绕它的东西"排空"。对"事件—实体"的幻象性促进所带来的空缺,"被避免的",这里又带着它的普遍性回归了,作为为了实体而必须被完成的东西。这就是说,"每个人"(而这里的"每个人"必定是不属于德国人共同体实体——因为这个实体不是"每个人"的,而是"某些少数人"统治"每个人")都必须提到的东西就是死亡,或是延期的死亡,即成为服务于德国人实体的奴隶。

因此,对幻象的忠诚(它要求属于德国人实体的"少数人"长期的牺牲和委身,因为它确实具有了忠诚的形式)的内容是战争和屠杀。在这里,这些都不是达到某个目的的手段,它们构成了这种忠诚的实际情况[1]。

在纳粹主义这里,在一个特许的名称之下,具体地说是在"犹太人"的名称下,空缺

---

① 巴迪欧并不总是在严格的拉康意义上使用"实在或现实"一词的。——英文译者注

实现了回归。当然，肯定也有其他人：吉普赛人、精神病人、同性恋者、共产主义者……但是"犹太人"是万名之上的名，用于指明这样一些人，这些人的消失在被"国家社会主义革命"幻象所强制的所谓德国实体周围创造了一个空缺，单凭这个空缺就足以确认实体。毫无疑问，对这个名字的选择与其明显的普遍主义相关联，尤其是与革命的普遍主义相连接，与实际上关于该名字的已经空缺的东西有关——也就是与真理的普遍性和永恒性的连接在一起。尽管"犹太人"的名字用于组织灭绝行为，但它是纳粹的一个政治发明，没有任何先在的参照。没有任何人可与纳粹共享这个名字的含义，其含义假定了幻象及对幻象的忠诚——因此也假定了纳粹主义作为政治序列的绝对单称性。

但是，即使是在这一方面，我们还是必须承认，这个过程模仿了实际的真理一过程。对一个真正的事件的每一种忠诚，都命名了其坚持的对手。与试图规避分歧的一致同意的伦理学相反，真理的伦理总是多少有些军事的作战味道，因为，它之于意见以及业已确定的知识之异质性的具体表现，就是与在扰乱、腐败、回归人类动物的当下利益、对表现为主体的不朽存在的羞辱和迫害中所表现出来的所有类型的努力作斗争。真理的伦理假定对这些努力的认可，并因此来命名敌人的单称运作。"国家社会主义革命"的幻象鼓励这种命名，尤其是"犹太人"的命名。但是，幻象对真正事件的颠覆随着这些命名而继续着。因为，一个真正为主体所忠诚的敌人，正是封闭的体系、处境的实体、共同体。真理的价值，真理的危险进程及其普遍性诉求，就是要建立起来以反对这些形式的惯性。

对血缘和土地、种族、习惯、共同体的诉求，与真理正相反对，正是这一集合才被称为真理伦理的敌人。而对助长了共同体、血缘、种族等幻象的忠诚，正是——例如在"犹太人"的名字下——将对所有人发言的抽象的普遍性及真理的永恒性命名为自己的敌人。

更有甚者，这两个过程以截然相反的方式来对待这样被命名的东西。因为无论他怎样对真理抱有敌意，真理伦理中的每一个"某人"总是被表达为有能力成为不朽的。因此，为了破坏每一种忠诚，我们可能会奋力反对他与他人所交流的判断和意见，但不是反对他的人格,在这些情况下,人格不是重要的东西,并且在任何情况下,每个真理都最终指向这个人格。相反,那些忠诚于幻象的人,努力围绕其所谓的实体的那个空缺必须是一个实际的空缺,这个空缺的获得方式是切入肉体本身。而且,由于它不是不朽的主体降临,因此,对幻象的忠诚——对真理的骇人听闻的模仿——所假定的,是关于那些指明为敌人及其作为人类动物的严格而具体的存在。因此,正是这一存在将不得不承受空缺的回归。这就是为什么实施幻象的忠诚就必定是实施恐怖。这里的恐怖不能理解为政治的恐怖概念,即与雅各宾党人的公共安全委员会的不朽所用的品德概念(以一种可普遍化的配对)联结在一起的恐怖概念,而是将所有人都纯粹且简单地降低为了死亡的存在。这样看来,恐怖实际上要求为了让该实体存在,任何东西都不得存在。

我考察了纳粹主义的例子,因为它在很大的程度上进入了真理伦理所反对的"伦理"构造("极端恶")之中。这在此,重要的是产生了作为政治忠诚事件的幻象,这种幻象只有在得益于政治革命的胜利时才有可能,而这些政治革命是真正事件性的(因此是被普遍提及的)。然而,也存在着与所有其他可能类型的真理—过程相联结的幻象。读者可能发现,幻象会带来益处。例如,我们会看到,某些性激情如何可能是多情事件的幻象。根据这一理论,无疑它们带来恐怖和暴力。与之类似,残忍的蒙昧主义教导也将自己表达为科学的幻象而没有什么明显的破坏性后果,如此等等。但在每一种处境下,如果我们不将这些东西与它们所操纵的真理—过程幻象联系起来理解,就难以理解这些暴力伤害。

总之,我们关于恶的第一个定义是这样的:恶是真理幻象的过程。就其实质而言,在其所发明的名字中,它是指向每个人的恐怖。

(二) 背 叛

我在第四章已经开始解释背叛问题。我们已经看到,一旦一个人类动物不再能够设法将下述两类利益,即鼓励人类动物成为主体的无偏涉的利益,与纯粹和单纯的利益以其自身统一可行的假定联合起来,那么就无法清楚地确定前者是否胜过后者。

我们在这里所处理的可被称为危机的时刻。真理—过程"就其自身来说"是未受危机影响的,它由一个事件启动,原则上延伸到无限。能够进入危机的是某一个或某几个"某人",他们进入由这一过程所诱发的主体构成之中。每个人都很熟悉这样的危机时刻:情人面对的危机、研究人员受到的打击、战斗性的懈怠、艺术家的贫乏。或者某人在试图明白一道数学证明中的持续性失败,或者一首诗难以简约的晦涩,其美丽却能被微弱地觉知到等。

我已经解释了这样的经验来自何处:是在利益要求的压力之下——或相反,是由于在主体的持续忠诚的内部新的要求——我所习惯于维持的幻象作为自我形象的破灭,在我的日常利益与无偏涉利益之间、在人类动物与主体之间、在必死的和不朽的之间的混淆。而在这一点上,我遭遇到的是在这一真理伦理所提议的"继续前进",与我所是的仅仅必死的"坚持存在"的逻辑之间进行单纯的选择。

忠诚的危机总是随着一个形象的破灭之后,将一致性的格言(因此是将伦理学的格言)"继续前进"置于考验之中,即使是当你已经失去了线索,当你在过程中不再感到"被抓住",当事件本身已经变得模糊,当其名字已经失落,或它似乎命名了错误的(如果不是幻象)的东西,还是要继续前进。

因为,幻象的众所周知的存在对于将危机结晶化来说是一个强有力的动力。意见告诉我(因此我告诉我自己,因为我从来不在意见之外),我的忠诚很可能是施加给我自己的恐怖,因此,我所坚持的忠诚看起来非常像——简直太像——这个或那个被证明了的恶。这总是一种可能性,因为这一恶(作为幻象)的形式特征正是真理的那些特征。

这样,我就暴露在背叛真理的诱惑之中。背叛不仅仅是放弃,不幸的是,一个人不会简单地放弃真理。否定我自己之内的不朽完全不同于放弃,不同于妥协:我必须总是说服我自己,使自己相信,这里所讨论的不朽从未存在过,因而我的觉识会聚在对这一点的意见上的,而全部意见的目的,正在于通过为利益提供服务而否定这一点。因为如果我承认不朽的存在,它就会命令我继续前进;它具有真理所诱导的永恒力量。结果,我必须背叛正在成为主体的我自己,我必须成为那个真理的敌人,那个真理的主体正是我构成(或许是由他人陪同的)的"某个人"。

这就解释了为什么以前的革命一定要宣称它们曾经在错误和疯狂中失落,为什么旧情人不再理解他为何爱上了那个女人,为什么一个倦怠的科学家开始产生错误的理解,并且通过官僚常规使其自己的科学发展遭受挫折。由于真理的过程是一个内在固有的断裂,你只能通过断开与你被抓住的断裂之间的联系,才能"离开"它(也就是说,根据拉康强有力的术语,这就叫做回归"物品的服务")。而与断裂的这一断开有其连续的动力。处境的连续性和意见的连续性:所有以前在"政治"或"爱"的名义下出现的东西,最多只是一个幻想(illusion),而最糟糕的则是一个幻象(simularcrum)。

因此,正是真理伦理的失败,在危机难以决定的关键点上,使自己表现为背叛。

这是一种没有回归的恶;背叛在幻象之后,真理使之可能产生的恶的第二个名字。

(三) 不 可 命 名 的

我说过,真理转换了信息交流的规范并改变了意见的范围——这就是它的"回归"效果。这倒不是说,这些意见变成了"真"(或假),而是它们没有真理的能力——真理在其永恒的多重存在上,仍然对意见没有影响。但它们成了其他。这意味着以前显而易见的判断不再成立,他者成了必要的,交流的手段改变了,如此等等。

我将这一对意见的改组称为真理的力量[*puissance*]。

现在,我们必须自问的问题是:在追求其忠诚历程的处境中,真理的力量有潜力成为一切吗?

真理的全部力量之假设所暗含的是什么东西呢? 为了理解这一点,我们必须牢记我们的本体论公理:一(客观的)处境,尤其是一(主观)真理"运行"其间的处境,永远是多重的、由无限要素(这些要素自身也是多重的)所构成的。那么,意见的一般形式又是什么? 一种意见乃是运用于这一或那一客观处境中的要素的判断——"今天有暴风雨";"我告诉你:所有的政治家都是腐败的"等。为了能够"讨论"处境的诸要素——就是所有属于这一处境中的要素——必须以某种方式来命名它们。"命名"仅仅意味着人类动物正适合于就这些要素进行沟通,将其存在社会化,并且根据其利益来管理它们。

让我们将"处境的语言"称之为命名构成处境的要素之实际可能性,因而也是交流关于它们的意见之实际可能性。

每一真理都这样涉及处境的要素,因为真理的过程都不过是从事件的视角对这些要素进行考察。在此意义上,真理—过程确定了这些要素,进入一真理的主体构成的某个人,将必定通过使用处境的语言——作为"某个人",就像其他每一个人那样用这些语言——为确认这些要素作贡献。从这一立场上看,真理—过程穿过处境的语言,正如它穿过每一种要素的知识。

但是,根据真理而对一个要素进行的考察,同根据意见而进行的实用性评估完全不同。它不是将这一要素包容进人类动物的利益中的问题——人类动物的利益无论如何都是存在分歧的,因为意见是相互矛盾的。它只是按照固有的、事件之后的断裂而展开的对这一要素的评估。这一评估自身是客观的,它寻求赋予该要素以一种永恒性,以便同成为不朽的"某些个人"保持一致,这些个人参与了真理的主题,而该主题提供了评估的实际基础。

从这一点我们可以得出一个关键性的结论:真理最终改变了处境中的诸要素的名字。这意味着,它自身对要素的命名是实际命名之外的某种东西,在其出发点上(事件、忠诚)及在其终点上(一个永恒的真理)都是如此,即使是在真理—过程穿过处境语言的情形中也是如此。

这样,我们就必须承认,除了使意见的交流得以可能的客观处境的语言之外,还存在着一个使命名真理得以可能的主体—语言(主体处境的语言)。

事实上,这是一个不证自明的要点。科学的数学化语言绝对不是意见的语言,包括关于科学的意见语言。宣布爱的语言可能事实上是非常陈腐的(例如,"我爱你"),但它在处境中的力量却是完全不同于对同样这些词语的一般使用。诗人的语言不同于记者的语言,而政治语言是如此独特,以至于对意见的听众来说,它听起来像是难懂的行话。

重要的是,指向意见的真理的力量在与主体语言的接触中,迫使实际的命名(对客观处境的语言)屈服并改变形象。正是这一点且唯有这一点,才在真理的影响之下改变已确立的交流规范。

现在,我们可以界定真理的全部力量会是怎样的:它可能意味着从真理一过程的视角来对客观处境中的所有要素进行命名和评估的能力。尽管主体语言僵化而教条(或者"盲目"),但它却以自己的公理为基础来声称命名实际的全体,并因此改变世界的权力。

当然,处境语言自身的力量是不受限制的:每一个要素都可以从一个既定利益的视角来进行命名,并在人类动物之间的交流中得到判断。但是,由于这一语言在任何处境下都是不一致的,且委身于实用交流,因此,它的总体化使命没有太大的重要性。

相反,当我们面对主体语言(军人、研究人员、艺术家、爱人……的语言),作为真理一过程的结果,这里的全部力量的假设就具有了一种完全不同的秩序。

首先,我们因此假定,客观处境的总体性可以按照一个主观真理的具体一致性而组织起来。

接着,我们假定排除意见的可能性。因为如果主体语言覆盖的是与处境语言一样的范围,如果真理可以对每一个要素发言,那么某一真理的力量就将不只是通过歪曲实用的和交流性的含义来展现自己,而是通过真实命名的绝对权威来展现自己。那样,该真理就会推动单纯用一种主体语言来取代处境语言。这就是说,不朽将会进入存在,作为对承担不朽的人类动物的全盘否定。

当尼采提议,通过破除基督教的虚无主义并以伟大的酒神节之于生命之"是"的普遍化而将"世界历史一分为二"时;或者,当中国文化大革命的一些红卫兵在 1967 年声称完全克制了他们的自利之心时,他们实际上是被一种处境的景象所激发,在这一景象之中,所有的利益都消失不见了,各种意见被尼采和红卫兵们所承诺的真理所取代。同样,19 世纪伟大的实证主义者们想象,科学的陈述正要取代对于所有事物的意见和信仰,而德国浪漫主义所崇拜的,则是被一种绝对化的诗意完全穿透了的那个宇宙。

但是,尼采疯了,红卫兵则在造成极大的伤害之后遭受噩运,或被他们自己的忠诚所出卖。我们这个世纪已经成为了实证主义进步思想的坟地,而已经倾向于自杀的浪漫主义者,则看到其"文学上的绝对"产生了以"美学化政治"的形式出现的怪物①。

因为事实上,每一个真理都在其所诱导的主体之构成中假定了"某个人"的坚持,即总是在真理中被抓住的人类动物的双面活动。即便是伦理的"一致性",如我们所见,也只是在忠诚中对于坚持的无偏涉诺言,而坚持的起源还是利益。因此,任何试图给一个真理强加全部力量的尝试,都将摧毁这一真理的根基。

不朽只能在必死的动物中存在,并通过必死的动物而存在。真理只有通过意见的构造才能使自己实现单称化的渗透。我们所有人都需要沟通,我们都必须表达我们的意见。正是我们,作为我们自己,才将我们自己暴露给正在成为的主体。除了我们自己的历史以外,没有任何其他历史;没有什么真实的世界将要到来。世界之为世界是、也将仍然是在真与假的名下。任何世界都不可能成为善的一致性的俘虏,这个世界在、也将仍然在善与恶的名下。

只有当善不再立志要给世界涂上善的色彩时,善才会是善的,它的全部存在都在于一个单称真理在处境中的出现。因此,真理的力量也必定是无力量。

将某一真理的力量绝对化的所有企图,都会构成一种恶。这种恶不仅摧毁了处境(因为想要根除意见的意志,从根本上说与想要根除人类动物中的动物性,即人类动物的存在的意志,乃是一回事),也打断了真理—过程,正是在真理过程的名义下它才前进,因为它未能在其主体的构成内部坚持利益的二重性(无偏私的利益与纯粹单纯的利益)。

这就是为什么我将这一恶的形象称之为灾难,是被真理的力量的绝对化所诱导的真理的灾难。

真理不具有全部的力量,这意味着,在其终极分析中,主体—语言,真理—过程的生产,没有力量去命名处境中的所有要素。至少一个实际要素必须存在着,即在处境中的多重性存在,这一存在仍然难以达到真实的命名,且是只为意见保留着的,只留给

---

① 菲利浦·拉孔-拉巴特(Lacoue-Labarthe)和简-路克·南希(Jean-LucNancy):《文学上的绝对》,1978[1988]年版。这两位作者多年来一直致力于确定德国浪漫主义与法西斯主义政治美学化之间的关系。也参见拉孔-拉巴特的《海德格尔,艺术和政治》,1988[1990]年版。

处境的语言,至少真理不能强制的一点。

我将把这一要素称之为真理的不可命名①。

不可命名并非"其自身"不可命名:对于处境语言来说,它可能是可接近的,而且我们一定可以交换关于它的意见,因为交流不存在限制。不可命名是就主体—语言而言的不可命名。我们可以说,这个术语不能轻易变成永恒的或不朽的。在此意义上,它是关于处境的纯粹实际的象征,是其自身没有真理的生命的象征。

要决定一个具体类型的真理—过程的不可命名的点究竟在哪里,这对于(哲学)思想来说是个难题。在这里,问题不在于要作出这样的决定。因此,我只要说,就爱而言,可以确定的是,性的快感本身是不能通到真理(那是关于两人的真理)的力量的。对于代表了最卓越的无矛盾思想的数学来说,正是无矛盾这一点是不可命名的:我们知道,事实上是不可能从一个数学体系的内部来证明那个体系的无矛盾(这是哥德尔的著名定理)②。最后,共同体和集体是政治真理的不可命名:每一个试图在政治的意义上命名一个共同体的努力,都诱导了一种灾难性的恶(这同样可以被看做是纳粹主义极端例子中的恶,也是对"法国人"一词的反动性使用中的恶,后者的整个目的是为了迫害一些在法国生活的、被任意划归为"外国人"名下的那些人。)

在此,重要的是一般的原则:在这个案例中,恶是想要以任何代价且在真理的条件下,去强制命名那不可命名的。这恰恰是灾难的原则。

(与事件联系在一起的)幻象、(与忠诚联系在一起的)背叛、以及(与真理的力量联系在一起的)对不可命名的强制命名:这些就是恶——这些恶只是由于我们承认唯一善(真理—过程)才产生的——的三种形象。

---

① 阿兰·巴迪欧:《条件》,1992年版。在这一著作集中,有两篇是关于不可命名的,即《关于减法的讲座》,以及《真理:强制和不可命名的》。

② 科特·哥德尔(Kurt Godel):"论数学原理之不可正式命名的命题及相关体系",载《全集》,第一卷,145—195页。很重要的是,要理解这一著名的定理确切地说了什么。

探寻方法

什么是世纪？我记得让·热内在他的剧作《黑鬼》①的序言中，他反讽地问道："什么是黑鬼？"立刻还可以加上："首先,他是什么颜色?"同样,我想问:一个世纪,有多少年？一百年吗？在这时,博叙埃(Bossuet)的问题需要引起我们的注意:"在其中的一个瞬间湮没它时,那么一百年,一千年是什么?"②我们必须探寻,那个湮没 20 世纪的特殊的瞬间是什么？是柏林墙的倒塌吗？是基因组图的绘制吗？还是欧元的发行？

即便假定我们能够建构这个世纪,即把它建构为思想的对象,这关系到哲学的对

---

① 《黑鬼》像热内在第一部小说之后的所有作品一样(亦即,萨特的大部头的《喜剧演员和殉道者圣热内》出版之后的所有作品),是一个关于世纪的关键文本,因为它将白色的西方和我们所谓的黑色的历史无意识铰合在一起。同样,《屏风》试图创作一个远离阿尔及利亚殖民战争恐怖的舞台。他并没有从奇闻轶事的角度来排演,而是从主体在战争中如何开展的基础上进行创作。这正是这种类型的创作的目的,除了古约塔的华丽而孤寞的《五十万士兵的坟墓》之外,这部电影将电影转换成为类似于卢克莱修那样的唯物主义的诗篇。

　　热内的文学造诣在我们视作他的代表作的《爱的囚徒》中达到巅峰。这一次。我们面对的是一本散文式的著作,而不再是一本剧作。《爱的囚徒》将巴勒斯坦反以战争中的一个关键瞬间永恒化了,同时,和美国黑豹党一起,将我们所谓的合众联邦中的秘密的和持久的内战的瞬间也永恒化了。

② 我并不认为博叙埃——尤其是我引用的他的《死亡的召唤》——在今天被读得很多。不过,他在法国历史上是那些最强有力的声音之一。我们必须感谢菲利普·索雷(Philippe Sollers),正是他多年来坚持不懈地呼喊着博叙埃的重要性。对于所有那些对于世纪的清单感兴趣的人(这也是我希望读本书的读者去做的)来说,非常值得将博叙埃读解成对神赐的,也是理性的人类历史景象的最必然的保卫者,尽管他超出了我们的理解之外。

象,难道其展现出来的唯一的愿望就是思辨的愿望? 难道这个世纪不是历史长河中最重要的世纪吗?

让我们按照历史的航标前行。历史通常被看做是所有政治学的支撑。我完全有理由这样说:这个世纪开始于1914—1918年的战争,这是一个包括1917年十月革命的战争,结束于苏联的崩溃以及冷战的终结的实际。这是一个很短的世纪(75年),一个高度统一的世纪。一句话,苏联的世纪。我们借助历史和政治的标尺将这个世纪建构为众所周知也是极为传统的一个世纪:战争与革命的世纪。在这里,战争与革命都与"世界"有着特殊关联。这个世纪是一个复杂性交织的世纪,一方面,它萦绕着两次世界大战;另一方面,它与作为全球性的"共产主义"阵营的肇始、展开和崩溃相关。

的确,另一些同样深陷于历史(或者说,他们叫做"记忆")泥淖之中的人将这个世纪算做完全不同的东西。我能很容易追随他们的潮流。这一次,世纪在这里是一个悲惨的和恐怖的事件,而唯一能够来称呼其统一性的范畴是罪行:斯大林共产主义的罪行,以及纳粹的罪行。正是在这个世纪之中,正是其罪行为所有其他罪行提供了标准:对欧洲犹太人的毁灭。这个世纪是一个罪恶的世纪。其思考的主要参量是灭绝集中营、毒气房、大屠杀、酷刑和国家有组织的犯罪。数字成为了其中内在质性,因为一旦罪行的范畴与国家有关,它就主宰着对大众的谋杀。世纪的清单立即提出了一个问题,即对死者计数[①]。为何要计数? 因为,对上百万的受害者的计数是这里唯一可以用来发现的过度灭绝罪行的真实的伦理判断。计数是死亡的工业性维度与必要性判断的交织。计数是道德律令设定的真实。这种真实与国家罪行的联合有一个共同的名

---

① 20多年来,"新哲学家们"坚持认为对死者的计数对世纪的账目是有价值的,他们使所有的政治思考隶从于最堕落的"道德"要求。我们可以看看最近出版的《共产主义黑皮书》,这本书可看做为一种与这种不合时宜的堕落的"道德"相匹配的历史著作。在"共产主义"这个什么都能往里面装的词之下,这本书没有说明任何问题,这既没有考虑诸多共产主义的精神的巨大差异,也没有充分考察在历史上跨越了70年的不同阶段的区别,在这样一种计数的总体状况下,我们根本无法看清世界的面貌。如果我们按照这本书所主张的方式去思考,这些大量的屠戮,以及毫无意义地丧失生命,事实上,都与脱离所有思想的政治有关。不过,这并不是长久的想法。与他们经常说的不同,要的是阻止重蹈覆辙,而不是为了记忆。

字:这个世纪是一个极权的世纪①。

可是,对于那些在所有的致命的喧嚣中冷冷地跨过这个短暂的世纪的人,或者对于那些试图将其转化为记忆和忏悔的纪念的对象的人来说,可以从其后果上来历史地思考我们的时代。最终,20 世纪是资本主义和市场的全球性胜利。在隐匿了其狂躁意志的病兆(patholo-gies)之后,无拘无束的市场和漫无边际的民主的结合最后使得这个世纪的意义变得平淡无奇。这个世纪宣布了经济的胜利,这个胜利包含了这个词的所有的意义:资本主义,作为对思想的非理性激情的经济化的胜利。这是一个自由的世纪。这个世纪,议会代议制及其支持者铺就了这种思想登基为王的道路,这也是一个最短的世纪。其开始于 70 年代中叶(那是革命性狂热的最后的日子),仅仅持续了 30年。他们说,这是一个欢乐的世纪。一个世纪的尾巴。

我们如何从哲学上来思考这些问题? 按照这些概念,如何表达极权主义的世纪、苏联的世纪、自由的世纪之间相互交织的关系? 在这其中选择一种客观的和历史的整体类型(共产主义的史诗、或者极端的恶、或者民主的胜利……)对我们来说没有价值。因为这个问题对于我们这些哲学家来说,不是在这个世纪中发生了什么,而是在其中想什么。这并非是对其"前人"的思考简单的发展,而是这个世纪的人们在想什么? 这些思想哪些不是传承下来的? 即那些以前未曾想过的,甚至根本不可能想到的思想是什么?

我的方法是这样:抽取部分这个世纪用以思考自身的产品、文件、痕迹。更准确地说,这个世纪如何思考自己的思想,它是如何将在其关系中的思维的独特性同其思想的历史的真实性等同起来。

为了澄清这个方法的要点,请允许我提出一个在今天被看做是挑衅性的,也是忌

① 在那些关于解放政治或者非自由主义政治的"极权主义"的话语中,有些人相信其根源可以追溯到法国大革命,尤其是其中最核心的雅各宾时代。我们可以说,从 20 世纪 70 年代末开始,即便存在着明显相反的证据,即保皇派(Vendéen)的自由使者们面对共和派在外省策划的"大屠杀",一些无知的人仍将斯大林和罗伯斯庇尔等同起来。在这个意义上,对于一些极端复辟(1a Restauration)分子来说,如果 20 世纪在本质上是某种极权主义的恶的话,它开始于罗伯斯庇尔的公共安全委员会(Comité de salut public)。

讳的问题:纳粹的思想是什么？纳粹们在想什么？有一个方法通常让所有人认识到纳粹所作所为(他们在毒气室里承担着消灭犹太人的任务)，这个方法完全堵塞了通向纳粹在想什么，或者想象他们思考的东西，做他们所做的事情的道路。但是，不从纳粹们自己想什么进行思考，也就无法让我们很好地思考他们的行为，最终，这也禁绝了所有可以防止重蹈他们覆辙的真正的政治。纳粹的思想没有被真正地思考过,它仍然存留在我们之中,未被思考也就没有摧毁它。

　　偶尔有人说,纳粹的行为(灭绝)是一种不可想象的,或者说不能理解的形式,他们可能忘记了一个关键问题,纳粹们非常关心,非常坚决地既想象着,也理解着他们自己的行为。

　　那些认为纳粹主义不是一种思想,或者更普遍地,说野蛮不会思想的人,等于是在暗地里为其洗脱罪名。这实际上是一种"唯一性思想",这实际上促使了一种唯一性政治。即政治是一种思想,而野蛮不是思想,所以政治一点也不野蛮。不过很明显,这种逻辑推理的三段论只不过是用来掩饰主宰着我们今天命运的资本主义代议制的野蛮。为了戳破它们的伪装,我们,在世纪的证明之中并倚靠这种证明来坚称纳粹本身不仅是一种政治,也是一种思想。

　　于是,或许有人会对我说:首先,你不愿看到,纳粹主义以及斯大林主义都是一种大写的恶(Mal)的形象。相反,我在这里坚持认为,将其等同于思想,也等同于政治,我在这里最终按照我自己的意思去判断它,而你们却把判断实体化,并最终保护了这种重复的循环。

　　实际上,在道德上将"不可思议"的纳粹(或者斯大林)等同于恶是一种懦弱的宗教学。因为在我们的漫长的历史中所继承的东西正是在宗教上将恶理解为非在(non-être)。如果存在一种恶的本体上的确实性,如果恶的产生是上帝创造的结果,那么上帝就需要对此负责。对于纯洁的上帝而言,应该拒绝所有的恶的存在。那些认为纳粹主义不是思想,或者不是一种政治(不像他们的"民主")的人只认为只有一种纯洁的思想,或纯洁的政治。也就是说,他们掩盖了真正的纳粹政治和他们宣称的纯洁的政治之间秘密的和深刻的姻亲关系。

这个世纪的一个真相是,民主的盟军对希特勒的战争或多或少不是出于对灭绝的关心。从战略上讲,他们的战争是反对德国的侵略和扩张,而不是反对德国的政体。从战术上讲(攻击的速度、轰炸的目标、特遣队的行动等等),他们没有一个行动是用来阻止,甚至是限制灭绝行为的。还有,他们很早就完全了解了这一倾向①。今天当我们轰炸塞尔维亚和伊拉克时,我们可以同样说我们的民主是彻底的人道主义,而几乎完全可以漠视数百万计的非洲人被一种疾病——艾滋病——所灭绝,而这种疾病在欧洲和美国都得到了有效控制,然而与此相反,出于一种经济和所有权的理性,这是一种源于商业法则和投资优先权的理性,也是一种帝国的理性,这种理性是完全可以想象的,它也是一种思想,他们出于这种理性的思考,根本不会向那些濒临死亡的非洲人捐赠药品和提供治疗。这仅仅只是限于白人的民主。在这两个例子中,这个世纪真正的问题是他们的"民主"和在其行为之后设定的他们的大写他者(Autre)(这是一个真正纯洁的野蛮)之间的关联。真正需要取消的是这种无处不在的纯洁的程序。只有这样,在这一点上,我们才能建构一系列真理。

这些真理的逻辑假定我们决定了他们的主体,也就是说,一种操作性效果(l'opération effective)在否定这个或那个真实的片段时是有效的。这正是我们将要用来对待这个世纪的方式。

我的想法是我们尽可能地贴近世纪的主体性(subjectivités)。不仅是其中任意一种主体性,而且正是与这个世纪本身相关的主体性。其目的在于尝试看"20世纪"这个

① 盟军已经收到过关于毒气室之类的灭绝的信息,我们可以参考鲁道夫·维尔巴(Rudolf Vrba)和阿兰·贝斯蒂克(Alan Bestic)的一本重要著作《我逃离奥斯威辛》(中译注,这本书最开始出版的名称叫做《我不能原谅》),英文版由珍妮·布洛基(Jen-nyPloeki)和莉莉·斯利贝(Lily Slyper)翻译(Ramsay, 1998)。我们可以用塞西尔·温特(Cécile Winter)的论文《为何犹太一词变得不可读》作为补充[中译注:巴迪欧将这篇论文放到了他的《状况》第三卷中,在英文版出版时,又加入到他的论文集《论战集》(Verso, 2006)中]。这篇论文评论了克劳德·朗兹曼(Claude Lanzmann)的电影《犹太人大屠杀》(Shoah)通过鲁道夫·维尔巴的证言进行蒙太奇剪辑的手法。

关于种族灭绝计划的这个阶段的主要著作还有劳尔·希尔伯格(Raul Hilberg)的三卷本的《欧洲犹太人的崩溃》(Fayard, 1988)。

为了全面了解纳粹政治,以及那种否认毒气室存在的对第二次世界大战中法西斯对犹太人大屠杀历史的否认论点和立场的总体情况,我们可以参考娜塔莎·米歇尔编撰的文集《今天人们口中的言辞——否定论:历史或政治?》(Marseille: Al Dante, 1997)。

短语是否能超越简单的经验的计算,从而拥有一种在思想上的相关性。我们在最大范围的内在性层面上采用了一种方法。即其不是将这个世纪理解为一种客观数据(donnée obective),而是探寻它是如何成为主体的,即其在从作为世纪本身的范畴在内在使命的基础上来理解世纪。对我来说,最重要的材料是那些对于这个世纪自身之中的行为者具有意义的文本(或者图片,或者程序……)。或者那些在 21 世纪仍然持续着的,或者刚刚开启的文本,这些文本将"世纪"一词作为它们的关键词之一。

这样,我们通过解决一些问题或许可以置换这些判断。如今最流行的道德使得这个世纪在所有方面被判断和被指责。我的目的不是替这个世纪平反昭雪,而是通过思考它,来展现它自己是如何思考的。首先让我们感兴趣的不是一个人权法庭中的世纪的"价值",这个法庭在才智上同美国所设立的国际刑事法庭的司法和政治一样平庸。让我们从中脱离出来看看几个问题。

为了完成这一讲,我将指出其中一个非常有意义的问题。

20 世纪有一个不同寻常的开局。让我们将 1890 年到 1914 年 20 余年的时间作为这个世纪的序章。那些年,在思想的所有方面都表现出那是一个奇迹般的创造的年代,那是一个可以同佛罗伦萨的文艺复兴和伯利克里时期的雅典相媲美的全面性创造的时代。那是一个令人振奋和与传统决裂的神奇的年代。可以看看几个具有划时代意义的象征:在 1898 年,马拉美去世了,他此前刚刚出版了一部现代写作的宣言般的诗歌——《骰子一掷》(Uh coup de dés)。1905 年,爱因斯坦,如果不是被彭加勒领先的话,他发明了狭义相对论和光的量子理论。1900 年,弗洛伊德出版了他的《梦的解析》,他的第一部著作就掀起了精神分析的革命。同样在维也纳,1908 年勋伯格确立了无调音乐(musiquenon tonale)的可能性。在 1902 年,列宁创造了现代政治,这个创造是在其《怎么办?》中奠定的。也是在这个世纪之初,詹姆斯和康拉德的小说出版了,还有声名更为显赫的普鲁斯特的代表著作《追忆似水年华》和乔伊斯娴熟的《尤利西斯》也在这一时期面世了。由弗雷格所开创的,在罗素、希尔伯特、青年维特根斯坦等人的推动下,数学逻辑以及同其息息相关的语言哲学在英国占据了重要地位。现在可以看到,在 1912 年前后,毕加索和布拉克(Braque)触发了绘画逻辑的革命。胡塞尔在与世隔绝的状态中,展开了对现象学的描述。同时,像彭加勒、希尔伯特这样的天才,为黎曼(Riemann)、德迪坎德(Dedekind)、康托尔(Cantor)等人所承继,赋予了数学新的根基。就在1914年大战的前夕,在葡萄牙,费尔南多·佩索阿(Fernando Pessoa)为诗歌设立了一个赫拉克勒斯般的任务①。电影这个时候只是刚刚被发明出来,但已经涌现了像梅里埃(Méliès)、格里菲斯(Griffith)、卓别林这样的天才。在这样一个短暂的时代,对于这些奇人异事的列举是无穷无尽的。

不过,很快,这个短暂的时期之后紧随而至的是一段长期的悲剧,而1914—1918年的第一次世界大战为这场悲剧定下了基色,在这场悲剧的过程中没有感受到人类的物质性(matériau)。的确有一种30年代精神。我们将会看到,这种精神根本不贫瘠。它和世纪之初的精神一样伟岸,一样粗犷,它富有创造性和敏锐性。这里有一个问题,即我们怎样面对这种延续的意义。

或者还有一个问题。需要问问我们自己:30、40年代,乃至50年代的恐怖,在世界大战之中,在殖民战争之中,在黑暗的政治体制之中,在对大众的屠戮之中,在庞大而岌岌可危的阵营对垒之中,在一场在成本上足以称为失败的胜利之中,所有这些都处在同如此光辉、如此具有创造力、如此文明的作为这个世纪第一个年代的开端有着某种联系,或者没有联系。在这两个时代之间,存在的是1914—1918年的世界大战。那么这场战争的意义是什么? 它的结果,或者说其征兆是什么?

如果我们不记得战争之前的幸福的年代也是殖民征服巅峰时期,欧洲几乎差不多征服了整个地球,我们就完全没有机会解决这个问题。另外,因而那种奴役和屠戮早就出现在既远离而又非常靠近每个人内心,每个家庭的地方。在1914年世界大战之

---

① 英雄赫拉克勒斯(Hereulas,又称Herakles)是宙斯跟安菲特律翁国(Amphit-ryon)的王后阿尔克墨涅(Alemene)所生的,他是珀耳修斯(Perseus)的后裔。赫拉克勒斯是宙斯为了生一个强大无比的儿子以保护神、人免于毁灭而生的。但赫拉嫉妒赫拉克勒斯,令他不能成为地上至高无上的王,更令他发疯杀死儿子,要他为兄长欧律斯透(Eurystheus)完成十二件任务。赫拉克勒斯一生有很多丰功伟绩,除了最为人所熟悉的十二件任务,他还放了普罗米修斯和救了忒萨利亚国(Thessaly)王后阿德墨托斯(Admetus)等;赫拉克勒斯最后被半人马涅索斯(Nessus)的毒血所毒死,赫拉克勒斯死后升天,与众天神一起居住在奥林匹斯山上,并娶了青春女神赫伯为妻。——译者注

前,在非洲,有极少的正直的目击者和艺术家描述了这种征服中的野蛮①。我也同样通过我的父母看到过 1932 年拉鲁斯的独裁下的恐怖,在那里,所有人都记载和描绘了一种种族的等级制,有人说黑人的头骨介于大猩猩的头骨和欧洲人的头骨之间。

在为了他们的奴隶制而到处贩卖人口 20—30 年之后,非洲成为了辉煌灿烂的欧洲、资本主义和民主的噩梦。这种情形一直延续至今。在 30 年代黑人的愤怒中,在对死亡的冷漠之中,其中一部分变成了世界大战的壕堑,而另一部分则可以看做从殖民地,从对待人类社会的巨大差异的方式中的重堕地狱。

要承认我们的世纪是马尔罗所说的一个政治变成悲剧的世纪。在世纪之初,在一个美丽时光的黄金般的开局中,所准备的这些景象究竟是什么? 在此基础上,这个世界从某一点出发,始终萦绕着对人的改造的想法,即创造一种新人类。的确,这种观念在各式各样的法西斯主义和共产主义之中很流行,他们的形象很一致,一方面,无产阶级站在人类解放的门槛上,另一方面,雅利安人的英雄,齐格弗里德(Siegfried)②将堕落之龙带入凡间。创造一种新人总是需要摧毁原有的旧人。对旧人的讨论充满着暴力和势不两立的情绪。在所有的例子中,这些规划都如此之激进以至于它们都没有考虑到在现实化层面上的人类生活的独特性——即其只能作为物质性。与此有点类似,那些现代艺术的艺术家在声音和形式上,撕裂了和谐的旋律和图像,这正是其物质性,这种物质性的目标必须重新定位。或者作为一种形式上的象征,其消化了所有理想化的客体,拒绝了可以自动体制化(mecanisable)的数学。在这个意义上,新人类的规划是在科学、艺术和性上同世纪之初的断裂(rupture),也是这种断裂和建构在历史和国家的秩序中的主体性的和谐。因此可以说,世纪忠实于其自己的序曲。一种残暴的忠实。

---

① 这个世纪法国艺术家提供了关于殖民化之中的野蛮的证据非常稀少,显然,我们可以参考纪德的《刚果游记》。还可以参考拉威尔(Ravel)的作品《马达加斯加之歌》,里面反复唱到:"要当心白人了,岸边的居民们呀"。拉威尔拒绝了参加军队的荣耀,因为法国政府支持任何可能的和可想象的反对俄国布尔什维克革命的战略行动。

② 齐格弗里德是德国著名音乐家瓦格纳的歌剧《尼贝龙根的指环》中的英雄,也是中世纪初期的德意志以及维京时代北欧的最高英雄。他的祖父巴鲁森格是北欧主神奥汀的子孙,其父亲齐格蒙特是当世无双的勇者,拔出了主神奥汀的化身——无名老人插在大树中的神剑古拉姆。齐格弗里德杀死了守护宝藏的巨龙法夫尼尔,并用父亲的神剑古拉姆挖出法夫尼尔的心脏并吞下后变得无敌。齐格弗里德为了妻子、家人和荣誉与对手展开了激战,据说在这个传说中展现了完全的日耳曼精神。——译者注

令人惊奇的是,今天,这些范畴早已烟消云散,化作尘土,再没有人有兴趣去在政治上去创造一种新人。相反,各个方面所需要的是保留旧人和各种濒危的动物物种,包括我们古老的玉米;确实,在今天,基因工程的操作可以改变人的物种,它为人的真正变革铺就好了道路。造就所有差异的正是基因,而其在深层上是与政治无关的。我能相信,这是非常愚蠢的,或者至少这不是一种思想,毋宁是一种技术。因而,它与对普罗米修斯(一个解放了的社会中的新人)的政治规划的惩罚是一致的,它在技术上以及最近在财政上,有可能改变人的特征。因为这种转变与任何规划无关。我们从报纸上看到这种可能性,即我们可以三头六臂,或者长生不老。这些真的可以实现,因为这不是一个规划。这些通过事物自动得以实现。

简言之,我们通过技术最盲目也最客观的经济上的适应对那种最主观,也最坚决的政治上适应的报复而活着。甚至在某种意义上,是科学问题对政治问题的报复。因为是这样:伟大的科学存在一个问题;即它没有规划(projet)。"灵魂深处闹革命"(changer l'homme dans cequ'il a de plus profond)是一项革命的规划,无疑也是一项不怎样的规划;随后,它变成了一个科学问题,或者仅仅是一个技术问题,在所有情形下,这个问题已经有了答案。我们知道或者将会知道这个答案。

当然,我们可以问:我们知道了答案之后该做什么呢?为了回答这一问题,我们需要一个规划。即一个政治规划,一个宏伟的、史诗般的、暴力的规划。相信我,温和的伦理委员会不会给我们提供下面这个问题的答案:"在科学知道了怎样创造新人之后该怎么办?"由于其没有规划,或者说只要没有规划,那就只有一个答案:即利润会告诉我们做什么。

最后,直到其最终,这个世纪还真的是另一种人的出现,激进地改变了人是什么的世纪。在这个意义上,这个世纪同其开端在精神上有一种特别的断裂,从而保持了其忠实性。尽管,其已经一点一点地发生了变化,变成了按照利润的自动安排来规划的秩序。这个规划将会杀死很多人。这种自动安排如果人们不能指明谁应当对此承担责任,这种情形仍然将持续下去。从理性上讲,要承认这个世纪有太多罪恶滔天的记录。此外,这并没有完结,现在有名有姓的罪恶已经被诸如股份有限公司之类的匿名的罪恶(criminels anonymes)所取代。

斯拉沃热·齐泽克

斯拉沃热·齐泽克

(Slavoj Žižek, 1949—　)

　　斯洛文尼亚哲学家与文化批评家,是拉康传统最重要的继承人,长期致力于拉康的精神分析理论与马克思主义哲学之间的沟通。尽管他更像是一位极具挑衅性、而非体系性的哲学家,但从他分散的研究结果中还是可以识别出一种相对系统的悲剧观点。齐泽克关于悲剧问题的研究主要涉及两个相近的问题:什么是悲剧的问题与悲剧在现代(或者后现代)世界是否可能的问题。齐泽克反对黑格尔的悲剧观点,与法国哲学家拉康之间建立了更为紧密的联系,他的悲剧理论同样集中于对悲剧《安提戈涅》的讨论。齐泽克受到拉康对《安提戈涅》解读的很大影响,因而拉康关于悲剧、尤其是对《安提戈涅》的研究,为我们理解齐泽克的悲剧观点提供了有效的切入点。具体体现在,齐泽克以自己的方式部分吸取了拉康的观点——安提戈涅的"非理性主义"与"超越能指"。在齐泽克看来,安提戈涅代表了一种"对'他者事物'的无条件忠诚破坏了整个社会大厦",因此应该被认为是一位"典型的—积极主义者形象",她没有话语、没有理性的争论、没有用她善的动因去进行说服克利翁的尝试,仅仅盲目地坚持她自身的权力……齐泽克认为,在这种文明话语的毁坏中,人们应该找到非理性的绝对命令与极权主义之间的联系。在《视差之见》(*parallax vision*)(2006)中,齐泽克在本质上将安提戈涅的幻象与克尔凯郭尔在《非此即彼》(*either/or*)中对悲剧的讨论联系起来。齐泽克发现,克尔凯郭尔区分了三种基本的生命形式:"美学的"(也就是,快乐主

---

*　《俄狄浦斯向何处去?》选自《敏感的主体:政治本体论的缺席中心》,第六章,应奇等译,凤凰出版传媒集团,江苏人民出版社 2006 年版,第365—376 页、第440—455 页;《从悲剧到喜剧》选自《易碎的绝对——基督教遗产为何值得奋斗》,蒋桂琴、胡大平译,江苏人民出版社 2004 年版,第37—49 页;《神话及神话的盛衰》选自《有人说过集权主义吗?》,宋文伟、侯萍译,江苏人民出版社 2005 年版。

义的)、伦理的和宗教的,后两者之间的区别与对立在亚伯拉罕服从上帝的声音、心甘情愿地牺牲他的儿子之时就已被戏剧化了。齐泽克指出,真正的"非此即彼"(either/or)(因此安提戈涅的"非此即彼")总是介于伦理的和宗教的之间。《安提戈涅》的悲剧揭示了克利翁的伦理维度与安提戈涅的宗教维度之间的"视差的缺口(parallax gap)",换句话说,个体与他者之间"缺失一种普遍的标准,具有某种难以逾越的深渊"。悲剧是关于"视差的缺口",不同的伦理观点之间是不可通约的,而主体本身就是一个"视差的缺口",在这个意义上,齐泽克认为悲剧带给我们的是对不可避免的"伦理暴力"的认识,暴力存在于一种基本的伦理主张中,这种暴力通过理性的谈判,起因于不可能战胜的、根本的伦理论争。正是这种"崇高"(也是"荒谬的")构成了悲剧英雄,安提戈涅"崇高的美丽"在于她希望为了一个原则而放下她的生命,远远超越了通常意义上的审慎范畴与伦理标准。在拉康的观点中,安提戈涅是崇高的,崇高的原因在于她无法形容的主动性,崇高源于她栖居在一个"超越于能指"的地方。对于齐泽克而言,《安提戈涅》是一个真正的悲剧,因为它反映了真正的悲剧事实——根本的伦理分歧本身是无法化解的。

俄狄浦斯向何处去？（节选）

三种父亲

　　拉康从其早期的《家族情绪》（*complexes familiaux*）①开始，便主要研究弗洛伊德发现俄狄浦斯情结的历史真实性，并且研究了俄狄浦斯情结自身的真实性。在现代中产阶级核心家庭内，父亲的两大功能原本是分离的，它们存在于不同的人身上（倾向于服从的理想自我，即认同理想的自我；凶恶的超我，即一种痛苦的禁止力量；图腾的象征性功能及对禁忌的恐惧），但现在却统一在了同一个人的身上［两种功能分离的人格化身是一些土著人之所以做"蠢右"（stupidity）的原因，他们认为人真正的父亲是石头、动物或者鬼怪。他们极为清楚，母亲是靠"真实的"父亲受胎的，因此，他们割裂了真实的父亲与其象征性功能之间的关系］。这种体现父亲形象的模糊对抗，随着中产阶级核心家庭中的两大功能的统一而出现，为现代西方富有活力的个人主义的出现创造了精神条件。但是，它同时也为继之而来的"俄狄浦斯危机"植下了祸根（或更一般地说，关于这类权威人物，他们为19世纪晚期爆发的"授权危机"种下了祸端②）。象征性权威越来越大地受到猥亵势力的浸淫，这样，它从内部受到破坏。当然，拉康认为，这种

---

① Jacqucs Lacan, *Les complexes familiaux dans la formation de l'individu*(1938), Pairs：Navarin 1984.

② 参见 Eric Santner. My *Own Private Germany*, Princeton, NJ：Princeton University Press 1996.

同一性(identity)是"俄狄浦斯情结"的"真相"。只要这种同一性被掩藏,它就能"正常地发挥作用"并将儿童综合进社会的象征秩序。它一旦被这样安置,父亲的潜在权威的形象使他变为一个享乐主义者(德语是 *Luder*),于是软弱无力与极度愤怒在此同时发生,结果是:一个丢丑的父亲与其儿子之间发生想象的对抗。

在此,我们举例作为准确的历史逻辑的范式。正是因为弗洛伊德是"维多利亚女王时代之子"——正如许多批评精神分析学家的历史主义者永不疲倦的那样——所以,他能够表示出这一逻辑的一般特性,而这一特性的"正常",功能是不为人所知的。当然,另外一个例子就是唯一的历史时刻危机状态,对此,马克思认为资本主义是一种极端的(不均衡的)生产方式,并据此进一步强调了人类历史发展的一般逻辑。资本主义是一种偶发的不合法(monstrous)的社会构造,它的"正常"状态是永恒的错乱状态,一种畸形的历史,一种由处在无休止的扩张循环中的邪恶超我所生成的社会制度。虽然这种表述十分精确,但这种社会制度实际上还是整个领先的"正常"的历史"真相"①。

拉康在早期有关俄狄浦斯情结真实性的理论中,就已经在俄狄浦斯精神分析问题与标准的社会心理的 *topoi* 之间建立了联系。而俄狄浦斯精神分析问题是"社会化"的基本形式,是主体与象征秩序之间的整合形式;标准的社会心理主要探讨个人主义的竞争意识如何表明了现代性的特征,即在现代社会中,主体不再完全陷于(并且认同)他们与生俱来的特定的社会身份,而且他们至少在原则上可以自由选择不同的"职能"。现代"抽象"的个人在将他特定的"生活样式"比做他不直接认同的事物——或者说一系列依靠偶发环境的事物。这个基本的经历——我的出生和社会地位(性别、信仰、财富等)并不能完全决定我的命运,不会涉及到我的内在认同——依赖于俄狄浦斯情结的作用的变化,即依赖于两种父亲权威(理想自我与禁止性超我)合而为一并且成

---

① 然而,这难道就不是以下情形吗? 即拉康在描述了俄狄浦斯情结的经验社会形式之后,又把俄狄浦斯描述为一种正式的、超先验的结构和语言结构。这种超先验的结构独立于具体的历史环境(俄狄浦斯的父权制禁令只是例证了这种丧失,即快乐的禁止。它是与这种符号性秩序有内在的联系……)。从严格的同源姿态来讲,阿尔都塞解决了马克思主义——分析具体社会的工具——的"经验危机",他把马克思主义转变为一种正式结构的理论大厦。这种理论大厦与起决定性作用的历史内容无任何联系。这种批评(批评阿尔都塞是通过求助一种先验的符号正式秩序来解决一种"经历性"的危机)没有考虑到拉康在 20 世纪 70 年代所提到的:历史性带着一种复仇的心态回归。

为上文提到的代表"真正的父亲"的那一人。

作为象征秩序的"大他者"(即一种无名线路,该线路调解个人之间的交流并且以一种不可通约的"疏远"作为进入它的代价)与主体和他性(Otherness)"不可能"的关联——该关联不涉及象征性的"大他者"而是指作为真实事物的他者(the Other que the Real Thing)——之间的重要区别在另一方面可以佐证这种双重性。关键是人们不应急于将真实事物与欲望的乱伦对象——象征性禁令(即母系事物)难以表示这种乱伦的对象——等同起来。这一母系事物确切地说是父亲本人,也就是在谋杀之前并被提升为象征权威的中介人(父亲之名)的那个淫秽的父亲快感(Father-*jvuis-sance*)。这就是弗洛伊德为何在神话叙事中不得不再次以"原始父亲"的神话叙事补充俄狄浦斯神话故事的原因[见 *Totem and Taboo*(*T&T*)]。这一神话故事与俄狄浦斯神话恰恰相反,它无须涉及作为第三方的中介人——父亲,他是防止与乱伦对象进行直接接触的中介(这证实了如果父亲不存在,我们就能自由地接近这一对象的幻象)。正是父亲事物(Father-Thing)的消亡(俄狄浦斯愿望的实现)使象征性禁令得以出现(死去的父亲以他的名义得到重生)。在当今备受责难的"俄狄浦斯的衰落"(父亲的象征性权威的衰落)过程中出现的是遵照"原始父亲"的逻辑发挥作用的人物的复归,从"极权主义"政治家到父系性骚扰者。这是为什么呢?当"令人服从"的象征性权威被中止时,避免欲望(内在的不可能性)的复杂僵局的唯一方法是从一个代表原始的享乐主义者的专制人物身上寻求它难于达成的原因。我们不快乐是因为快乐都被他独享。

现在我们可以看出,从俄狄浦斯到 *T&T* 之间发生的重要变化—确切地说——存在于"俄狄浦斯情结"。谋杀长辈(以及与母亲乱伦)是一种受无意识的欲望支配的行为。我们(通常指男性主体)由于父辈禁止我们接近母性对象并扰乱我们与她的共同生活,因此只有在梦中才可以那样做。然而,俄狄浦斯本人却是个例外,唯有他可以真正那样做。相反,在 *T&T* 中,谋杀长辈不再只是我们梦寐以求的对象,我们无意想往的目标——正如弗洛伊德多次强调的那样——是"必须真正发生"的史前事实:为了实现由野蛮向文明状态的过渡,人们将不得不真正地谋杀自己的父亲。换言之,在标准式的俄狄浦斯神话中,谋杀父亲等行为唯有俄狄浦斯可以真正去做,而我们只能在做梦时才如此,然而,在 T&T 中,我们都可以那样做,而且,人类共同体正是基于人人都能犯罪才得以建立……总之,伤害事件不是我们梦寐以求的东西或为将来前景的打算而做的事情。而是从来不曾发生的事情。这样,它便为文明国家提供了证据(因为,这种愿望的实现,例如,与母亲的乱伦的圆满成功,将会取消限制普遍文明的象征性距离或禁令),而当我们遵守文明规则时,创伤事件正是总是已经必须发生的东西。

这样一来,我们应如何解释下述现象:尽管我们真的杀死了父亲,却未能实现曾渴望的乱伦的结果? 这一悖论涉及到 T&T 的核心问题:真正使我们无法接近乱伦对象的禁令的支持者,并不是活着的而是死去的父亲——在他死后,他又以自己的名字复活,即他作为象征性法律或禁令的化身再度复归。这样,T&T 的模型满足了谋杀长辈的结构性必要条件:在由直接的野蛮统治向象征性权威以及禁止性法令过渡的过程中,一种原始的犯罪(或抵赖)行为起了基础性作用。诚如方言所说,"唯有背叛我,才能证明你曾爱过我":父亲在遭背叛和遇害以后,进而成为受人尊敬的法律符号。这一问题也牵涉到大他者而非主体的奇特的无知行为:"父亲已经死了,但他并不知道这件事",也就是说,他并不知道爱他的追从者(总是已经)背叛了他。另一方面,这意味着,父亲"真正认识到自己是一名父亲"、他的权威直接发源于他的下属,而不是仅仅发源于他占据或填补的那个空洞的象征性位置。忠诚的下属应掩饰其领导者的父性形象(paternal figure)的下述事实:领导者的个性的直观性和他占据的象征性位置之间确实存在着一条鸿沟,这一鸿沟说明了父亲作为一个事实存在的人,他完全是无能的和可笑的(当然,李尔王就是一位典型的代表,他惨遭背叛,继而他的软弱无力也暴露无遗——在他被剥夺了象征性职位后,沦为一个狂暴而软弱的傻瓜)。基督曾命令犹大背离他(抑或基督至少字里行间让犹大知道他的愿望……),这种异端学说之所以站得住脚是因为伟人也能独自确保他的声名,但其背叛的必要性却在于权力的终极神秘性。

科林斯(M.Collins)和德瓦利拉(Eamon de Valera)在爱尔兰独立斗争中的关系,乃是对背叛的必要性的另一阐释。1921 年,德瓦利拉也预见了再度陷入战争的灾难性后果,他看到了与英政府达成协议的必要性,但他不希望独自与之缔结和约,并因此由他一个人承担完全的公共责任,因为这会使他的软弱无能及各种缺陷在公众面前暴露无遗(他十分清楚,英国绝不会放弃两条主要原则:一是乌尔斯特地区六块地域保持独立,二是爱尔兰放弃成为共和国的要求,即承认英国对联邦及爱尔兰的统治权)。为了维持他的个人魅力,德瓦利拉不得不操纵科林斯参与同英国缔约之事,结果他因之获得了公开否认这件事的自由,同时,他暗中又接受了和约的内容——正是以这种方式,他才在表面上得以保留其个人魅力。有人证实,德瓦利拉曾这样描述科林斯以及其他赴伦敦谈判的爱尔兰代表团成员:"我们必须要有替罪羊。"①科林斯的悲剧在于,他自愿充当了"替罪的中保"的角色,他和解的积极姿态使主(Mastser)的救世主的个人魅力得以维持,在他同意任伦敦代表团团长之后,他这样写道:"你可以说在我面前出现了一个陷阱"②但在签约后,不祥的预感使他承认:"签约或许对我来说是一个致命的打击。"③在后革命时代,注重实效的领导者背叛了革命理想主义,因此其所言的陈词滥调被颠倒过来。正是这个热诚的民族主义理想家德瓦利拉先利用继而背叛了注重实效的现实主义者,即真正的奠基者④。

然而,这种颠倒是如何可能的? 在 *T&T* 模型(matrix)中,有些地方仍不完善,如

---

① ②　Tim Pat Coogan, *De Valera*, London: Arrow Books 1995. p.249.
③　Tim Pat Coogan, *De Valera*, London: Arrow Books 1995. p.278.
④　人们通常把德瓦利拉和科林斯二人与罗伯斯庇尔和丹东二人(罗伯斯庇尔为了取得战争的胜利离开了丹东,然后牺牲了)作比较,但这个比较会使人产生深深的误解:科林斯本人是罗伯斯庇尔和丹东的一种结合,而德瓦利拉更接近拿破仑一世的形象。下面两则引用的段落能够较好地澄清他们二人在与英政府谈判并签订 1921 年的和约中的关系。首先,从德瓦利拉自己证明的官方传记中,我们可以看到他为什么不去英国谈判,而是坚持让科林斯去的原因。

德瓦利拉相信在这关键时刻,这是非常重要的:共和国的象征应当保持不变,应当不对任何意义上的任何安排妥协,虽然这个安排对于我们获得全权代表是必要的……保持国家的首脑和象征不受触及是非常必要的,这就是他为什么被驱逐的原因。(引自 Googan, *De Valera*. p.247)

科林斯对自己不去英国谈判的论述完全不同于这个"共和国的现存的象征"的自己作主的地位。他指出:

在英国,就像在爱尔兰一样,科林斯传说继续存在。这个传说把我描绘成为一个神秘的、活动的危险物,难以捉摸的、不为人所知的和无法解释的……把我带到伦敦国会的聚光灯下,并很快就发现我这个由变通泥土所制造的人。传说人物的魅力一下子就消失得无影无踪。(引自 Coogan, *De Valera*. p.248)

德瓦利拉和科林斯都没有谈及任何事实的原因,如他们各自的能力,或者谈判过程中的危险及复杂局面,但是,他们谈到了参与谈判的事实损害了他们神秘的象征性地位:德瓦利拉害怕丧失共和国象征的地位,它不能被任何必要的妥协这一肮脏的世俗之事所玷污;而科林斯害怕失去作为不可见的行为者的身份,一旦他被置于日光之下,他就会变为一位普通的人,那么他的光谱的万能性就会萎缩。当然,我们所面临的问题是——就拉康看来——S₁ 和小客体之间的对立,即由其公共性的勋章所支持的象征性的主和其光谱的双倍的、神秘的客体之间的对立,相反,这一客体却能施展它的力量,使人们在白天只能看到它的一半,不能见到它的全部。

只让死去的父亲作为象征性禁令的中介而复活，这是不够的。为了使禁令生效并使其实际上能运用权力，必须依赖肯定的意志行为(positive act of Willing)才能做到。上述之洞见为弗洛伊德关于俄狄浦斯模型更高和最高级之变体——Moses aced Monotheism模型(M&M)——的产生铺平了道路。在这一模型中，我们同样要面对两个父性人物(paternal figuxes)，然而这种双重性并不用于T&T中的双重性。因为此处指涉的两个人物不是前象征(presymbolic)时期之未经阉割而又淫荡的父亲享乐，也不是作为象征性权威(即父亲之名)之载体(bearer)的(已经死去的)父亲，而是年长的埃及人摩西——他运用古老的多神教迷信传说，散布并采用了这样一种观点，即宇宙是由一个独一无二的理性命令(rational Order)决定并统治的，借此他迷惑了一神教——以及犹太人摩西，他实际上正是耶和华——一位生性嫉妒的神灵，当他的依靠背叛他时，他便会发泄复仇之火。总之，M&M模型又一次颠倒了T&T模型：遭其追从者或儿子的背叛及谋害的父亲并不是淫荡的原初人物——享乐的父亲，而恰是那个享有象征性权威的"有理性"的父亲，他为宇宙之一体化理性结构(即逻各斯)赋予了理性。因此，结果便不再是那个淫荡的原初性前象征性父亲在被谋杀后以他自己的名义即象征性权威伪装而回生，而是象征性(即逻各斯)在遭到背叛并被其追从者即儿子杀害后，伪装成生性嫉妒、不善宽恕的，而又气势汹涌的上帝之超我形象复生[1]。唯有在俄狄浦斯模型经过第二次颠倒后，我们才能认识到，在哲人上帝(God of philosophers，作为逻各斯这宇宙结构之上帝，也即宇宙之理性结构)与神人上帝(God of theologists，充满爱与恨之上帝，也即易变之"非理性"宿命论之无法理解的"隐秘上帝")之间存在着人尽皆知的帕斯卡式的(Pascalian)区别。

再重复一下，此上帝与那个淫荡的原初性父亲享乐主义者并不是一回事，这一点十分关键。与那个懂得享乐的原初父亲不同，这个不肯妥协的上帝的基本特征是：他对享乐说"不！"他受极端的无知的支配[2]，他的态度是"我不想知道也不想听你说你的

---

[1]　对于这些转变的精确描述，参见 Michel Lapeyre, *Au-delàdu complexed' CE-dipe*. Paris：Anthropos-Economics 1997。

[2]　Jacques Lacan, *Le Séminaire*, *livre XVII*：*L' envers de la paychanalyse*, (Paris：Editions du seuil 1991)第九章的标题。

有关享乐的任何肮脏的秘密的东西";他消除了传统的带有性特性的智识之意义上的宇宙,这一宇宙与大他者(象征性秩序)和享乐之间的终极和谐存在相似之处——这一宇宙是由潜在的男性与女性的"原则"(阴阳、光明与黑暗、尘世与天堂)之间的紧张的性别张力所支配的,它是一个宏观世界概念。这就是原存在主义者,上帝,其存在——萨特将人的定义时代错误地运用于他(Him)身上——并非仅与其本质(比如中世纪圣托马斯,阿奎那所讲的上帝)相契合,而是先于他的本质的。因此,他不但重复讲述关于他自己的 quidditas("我就是我")之物,而且主要是重复讲述与逻各斯有关的东西,讲述他之所以做他正做的事情的原因。更为准确地说,即他如是命令的原因。他之所以要求或禁止我们如是行动,之所以如是命令,是因为有一种百折不回的持之以恒精神,这种精神最终植根于这样一种信念:"之所以如是,乃是因为我说它会如是!"归根结底,此上帝系纯粹意志(pure Will)之上帝,他乃是变化无常之深渊,存在于逻各斯任何普遍理性命令之外,是一位无须对他的所作所为负责的神灵。

在哲学史上,此种大宇宙之普遍理性大厦的缝隙(crack)——其间存有神的意志(Divine Will)——最早是由司各特(D.Scotus)发现的。然而,对如此骇人的意志深渊(ahyss of Will)作出最为精辟的描述之人,却是谢林(F.W.J.Schelling)。谢林反对"充足理由律"(principle of sufficient reason)的意志:纯粹意志总是自我相同的,它仅依赖其自身的行为——"我想要它,因为我想要它!"谢林在其描述中,充盈着一种骇人的诗意的美。他强调指出,某人的行为如果表现出某种绝对意志,那么他就会让遇见他的普通人感到非常害怕:某物让人神魂颠倒,对人有催眠作用;某人好像被它迷惑了——谢林之所以对纯粹意志之深渊如此强调,是为了攻击黑格尔主张的"泛理论主义"。谢林实想证明,黑格尔的普遍逻辑体系本质上是无效的,它只是一种具有抽象可能性的体系,因此,为了真正实现此种可能性,它必须借助于纯粹意志的"非理性"行为之力。

此上帝一定会对他的追从者或儿子,以及他的"子民"说,声音的介入在此十分重要。诚如拉康在其未发表的有关焦虑(Anxiety)的论文(从 1960 到 1961 年)中所言,声音(真正的"谈话行为")带来了重要网络的 *passage à l'acte*,即"象征性效率"。这种声音本质上没有任何目的,甚至没有任何意义。它只是表明了上帝的一种恶意报复性怒火的消极姿态(所有的意义已经在构造我们的宇宙的象征性秩序中体现出来),但精确地说,它真正实现了纯粹结构性意义,并将这种结构性意义转化为一种感觉经验(experience of Sense)①。当然,说(saying)的另一种方式就是发声,这种声音能显明他的意志,即上帝主体化自身。那个遭其臣民背叛并被杀害的老埃及人摩西是一个无所不包的"逻各斯",是宇宙中的理性实质结构,一种能够由那些知道如何阅读"自然这部大书"的人理解的"书面作品",但他并非是排斥一切的实体,肆意对其生物施加绝对意志。还必须指出的关键一点是,尽管摩西神不讲逻辑,"反复无常",有报复性而且是非理性的,但他并非前象征性的、"原初的"的享乐的父亲。相反,他却是一种禁令的媒介,该媒介被享乐方式的一种"令人生畏的无知"操纵。

这样,我们将不得不面临的一个悖论是,这个神不但具有无根无据的意志以及可怕的"非理性"激情,而且通过他的禁令,他摧毁了那个古老的性征化的知识(Wisdom),从而为现代科学中的"抽象"的去性化了的(de-sexualized)知识留下了空间:如果科学知识的宇宙是由这一具有极端"非理性"特征的"真实父亲"来增补和维系的话,那么,就的确存在"客观的"科学知识(后笛卡尔时代的现代术语)。简言之,笛卡尔所谓的"唯意志论"[参见他的著名论述,即如果上帝意欲如此,那么 2+2 就可能等于 5——与神本性(Divine Nature)同质的永恒真理是不存在的]必定与现代科学知识相对应。前现代时期的亚里士多德学派以及中世纪理论均不是"客观的"理性的科学知识,恰恰是因为它缺失这样一种极端因素,即作为主体的纯粹"非理性"意志:在亚里士多德那里,"上帝"就是他自己的永恒的理性本性;他"只是"事物的一种逻辑秩序。另外一个悖论是,"非理性"的上帝作为禁止性的父性形象,也为这样一种现代性的全面发展留下了空间,即对于非建构主义者来说(他们认为我们的性身份是一种暂时性的社会符号构成),一旦这种禁止性力量减弱,我们就会重陷荣格的新反启蒙主义理论(即当今仍盛兴于世的男性和女性永恒原型理论)的泥潭。

如果我们不完全误解这一裂缝(它把象征性法规/禁令的恰当权威从单一的"用规

---

① 对这一区分的更详细的说明,参见拙著 *The Indivisible Remainder*,(London: Verso 1996)第二章。

则管制"中分离出来:象征性规则如果确实如上述所言,那么,它的范围必须植根于一种规则之外的同义反复的权威,这就是说,"因为我说它这样,所以它才这样!")①,那么上述悖论就十分重要。简言之,除了神的理性之外,还有上帝意志以及他的随机决定的深渊(abyss),这一深渊甚至支持着永恒真理。除了上面提到的这一裂缝为现代的反照自由(reflexive freedom)打开了发展空间外,同样也为现代悲剧奠定了基础。用政治术语来说,古典悲剧与现代悲剧的不同实际上就是传统意义上的暴政与现代意义上的恐怖之间的区别②。传统的英雄为理想(the Cause)牺牲自己,他抵制来自暴君的压力,不惜一切代价履行自己的责任,因此,他受到人们的赞赏,他的牺牲为他带来了莫大的荣誉,他的丰功伟绩被铭记下来以供后人瞻仰。当为事物(Thing)牺牲的逻辑迫使我们牺牲这个事物本身时,我们就会进入到现代悲剧的领域。其中便存在着克洛岱尔笔下的西格尼(Sygne)的困局:西格尼为了证明她对上帝的绝对忠诚而被迫背叛自己的信仰。她没有为比她生命更为重要的东西而牺牲自己的经验生活,她牺牲的只是"在她之中而又多于她自身"的东西,这样,她虽然活了下来,但却只是先前自己的躯壳(因为剥夺了她的肖像)。因此,我们便进入英雄主义的畸形的范围内,因为我们对目标的忠诚迫使我们越出"人性"的门槛。我乐意抛弃自己永恒的灵魂(为了使它遭到永远的诅咒),这难道仍不能证明我的信仰是最高的、绝对的吗? 不管为上帝牺牲自己的灵魂有多坏,让一个人牺牲生命是容易的,因为借此他必然能够赎回自己永恒的灵魂。

也许斯大林主义的受害者能为这种困局,即为将英雄(暴君的反抗者)和恐怖行动的受害者分离的裂缝提供最佳的历史解释:受害者最终仍未明白共产主义是一个意识形态幻象,人们逐渐了解在意识形态理想之外存在一种简单的道德生活。然而,斯大

---

① 因为这样,所以患强迫症的歇斯底里者与性变态者和规则相关联的方式是不同的:强迫症服从规则是为了平静由象征性法律/禁令所带来的冲击,这种禁令对于他来讲是无法忍受的、无条件的,即对于他来讲,规则能规范化由法律带来的过度创伤(如果你遵循这种外在的、清楚的规则,你就不必为你的良心所受的莫名的压力而担忧。天主教教会在以这种方式来控制规则方面总是觉得很有技巧:如果你受到罪的困扰,牧师会给你开出一系列的处方——许多祷文,许多善良的行为等等。一旦你完成以上任务,那么,你就会有一种摆脱罪恶的感觉);而性变态者服从(和遵循)规则是为了隐藏这一事实,即在他的内心世界,不存在潜在的法律,也就是说,他把规则当做一种人造的法律。

② 参见 Jacques Lacan, *Le Séminaire*, *liver VIII*: *Le transfert*, Paris: Editions du seuil 1991。

林主义的受害者不能退守简单的道德生活,因为他已经为了实现伟大的共产主义理想而抛弃这种生活。这种困局解释了这样一种现象:即尽管作为伟大的斯大林主义公开审判对象的受害者[从布哈林(Bukharin)到斯兰斯基(Slansky)]的命运可怕到无法用语言描述的地步,却仍缺乏一种悲惨的特性。也就是说,他们并不悲惨,而是有些可怕同时又好笑,他们被剥夺了尊严,因此他们的命运不再具有悲惨性。正因为这样,安提戈涅才不能作为反抗斯大林式权力的代表,如果我们非这样不可,我们便将斯大林主义从恐怖行动降格为暴政。安提戈涅仍然谈及与暴君式的(虚假的)法律相对应的大他者的欲望(以此来完成象征性仪式并以恰当的方式埋葬她死去的哥哥),然而,确切地说,这种谈及在斯大林主义的公开审判中并不存在。斯大林恐怖主义者为了让受害人蒙羞,剥夺了人的出色的美的一面:受害者超越了一个特定的界限,他"失去了做人的尊严",被降格为丧失肖像从而无法重新叙述其人生的纯粹主体。

因此,恐怖主义不是侵蚀道德态度的外部力量,而是从内部破坏道德态度。具体地说,恐怖主义通过竭尽全力动员并操纵道德计划内在的裂缝来达到目的。因为这一裂缝将象征意义上的目标(如价值等)与作为真实存在的目标割裂开来,或者用政治法律术语来说,这一裂缝将代表肯定的禁令或戒律的上帝与代表纯粹决策行为的上帝割裂开来。克尔凯郭尔对(象征性)道德的悬置难道不也包含一种超越悲惨的行动吗?道德英雄终究是悲惨的,不管信仰之王定居的位置是在两种死亡之内或之外的任何恐怖的地方。因为他(乐意)牺牲对他来说最为珍贵的东西,即他的原始对象(如亚伯拉罕的儿子)。换言之,克尔凯郭尔并非意指亚伯拉罕被迫在服从上帝之责和人性之责之间作出抉择(这种抉择仅仅是悲惨的),而是意指他必须在上帝之责的两方面中作出抉择,即要在上帝本人的两方面间进行抉择:作为共相(universal)的上帝(象征性规范体系)与作为绝对的一元(singularity)的意义上的上帝(后者暂时取消了前者普遍的维度)。

正是由于这个原因,德里达(克尔凯郭尔)对亚伯拉罕在《死的赠与》(*Donner la mort*)[1]中所作的姿态的理解似乎有些缺乏证据,因为他不是将亚伯拉罕的献祭解释

---

① 参见 Jacques Derrida, *Donner la mort*, Paris: Galilée 1995。

为一个被夸大的特例，而是将其看做一件在最普遍的道德生活中人人每天都会反复完成的事情。依德里达之见，我们一旦选择为某人尽责，便忽略（或遗忘）了对其他所有人的责任［因为他者就是他者，任何其他人都是全他者（wholly other）］。如果我选择照顾我自己的孩子，那我就得拿别人的孩子献祭；如果我选择抚养这一他者，我就得放弃其他他者，等等。亚伯拉罕的困局被降格为海德格尔式的此在（Dasein）的原罪（这种罪永远不可能实现它所有的可能性）。我们失去的正是这种困局的自我指认的性质：亚伯拉罕的困局并不立基于这样一个事实，即为了全能的上帝（他者）的利益，他必须拿其他他者献祭（如他最爱的俗世伴侣——儿子），而是立基于下述的事实，即为了证明他对上帝的爱，他必须去献祭他的信仰所在的宗教要求他去爱的东西。因此，这种裂缝内在于信仰本身。它存在于象征世界和实在世界之间，存在于象征性的信仰大厦和纯粹的、绝对的信仰行为之间。正是这种裂缝使我们相信，证明你信仰的唯一途径就是背弃这种信仰要求你爱的东西。

[……]

超越善

这意味着在可信的行为中，依然存在着某些固有的"令人恐怖的"事物，而这种行为是以重新定义"游戏规则"为姿态的，其中包括犯罪者的基本的自我认同——一个适当的政治行为解放了否定性（negativity）的力量，而这种力量却破坏了我们的存在。因此，当左派分子被人指控通过其真诚的、仁慈的建议为斯大林主义的恐怖奠定基础时，他们应该学会避免落入自由的陷阱。这一陷阱就是接受以上指控，别人说什么，他们就假定什么，然后，又试图去保卫自己，说自己无罪（"我们的社会主义是民主的，尊重人权、尊严、快乐；不存在普遍的政党路线"）：自由民主党不是我们最终的水平线；斯大林主义政治虽然听起来令我们不安，但它不会促使我们放弃恐怖本身的原则——我们应该更加迫切地寻求"善的恐怖"（good terror）。根据定义，自由的真正意义的政治行为的结构难道不是一种被迫选择的结构吗？难道不具有恐怖主义倾向吗？20世纪40

年代,当法国抵抗军(the French Resistance)呼吁个人加入他们的行列,积极地反对德国对法国的占领时,其呼吁所暗含的结构不是"你可以自由地选择我们或德国人",而是"你必须选择我们! 如果你选择德国人,那么你必须放弃你的自由!"在自由的真正选择上,我选择我知道我必须得做的东西。

布莱希特(B.Becht)在他的剧作《措施》(*The Measure Taken*)中完全地显现了行为的"恐怖主义"的潜力,把行为定义为随时准备接受一个人的完全的自我消灭("第二次死"):年轻人加入革命后因其对受苦工人的人道主义的同情而使革命充满危险,从而送上自己的性命①。这里,革命受到天真的人性的残余物的危险——即认为其他人不仅是阶级斗争中的人物,而且首要地是受苦的人。布莱希特反对这种同情的情感,认为革命的主体是恐怖的,而这种恐怖能抹去恐怖本身,使之不留一点痕迹,因此,主体接受其自我毁灭的需要:"你是谁? 我们必须除去房间里的臭气,使房间变得干净! 你可能是最后一点必须被除去的污物!"②

穆勒(H.Müller)在其著名的剧作 *Mauser*(1970)③中,试图反驳布莱希特的观点,他用革命的刽子手形象来反驳革命的背叛者形象。刽子手执行极度残酷的任务,而不是用必要的冷漠来对待敌人。他知道他的工作是一种痛苦的但又不得不采取的措施,这种措施注定会产生这样一种状态,即杀不再是必需的。他视革命敌人的毁灭为目的(end-in-itself),即他在毁灭的狂欢中完成了自己的抱负。而背叛者因其人性主义的同情背叛了革命。"我不能杀革命的敌人,因为在他们中间,我看到了无知的受苦的人,这些无助的受害者正好赶上这一历史过程"。在戏剧的末了,革命的刽子手变成一部杀人的机器,而不像那些充满同情心的人被声称是革命的敌人,并被 the Party Chorus,执行了死罪。在此,我们暂时不管《措施》受到怎样的反驳。先来看看 *Mauser*,革命的刽子手的毁灭为"必须除去最后一点污物"提供了极好的例证。当革命"毁灭了自身的

---

① 对 Brecht 的 *The Measure Taken* 详细解读,参见拙著 *Enjoy Your Symptom*! (New York: Routledge 1993)第五章。

② Bertolt Brecht. "The Measure Taken",载于 The Jewish Wife and Other Short Plays, New York: Grove Press 1965, p.97。

③ Brecht, "The Measure Taken", p.106.

骨肉——刽子手"（这种过分的行为是必需的）时，革命就成功了（而不是我们背叛了革命）。换言之，终极的革命伦理姿态不是简单地忠诚于革命，而是愿意接受"消失中的中介"的作用，即刽子手作为叛国者而被处死，因此，革命达到了终极的目的。

更确切地说，在 *Mauser* 中，刽子手被处死，不是因为他为了作为目的的革命的利益而喜欢自己被杀，他没有被（自我）毁灭的假-Bataillean 的狂欢劫持，而是因为他想要"再杀死死人"，把死人完全地从历史的记忆中抹去，分散他们的肉体，使他们完全地消失。因此，新的时代将从零开始，并拥有清白的记录——总之，拉康和萨德所称之的"第二次死"发生了。然而，确切地说，布莱希特《措施》的目标是：年轻的同志不仅必须死，他必须消失，不留一点痕迹，而且他的毁灭必须是总的（total）——年轻的同志"必须消失而且必须总的消失"①。因此，以上三个革命都要求年轻的同志说："是的"，革命需要他们自由地把总的自我毁灭，即第二次死交给命运。这个方面在《措施》中得到了体现，而 *Mauser* 却不包括这一方面。布莱希特斗争的问题不是革命的敌人的总的毁灭或"第二次死亡"，而是革命本身所肩负的恐怖的任务：接受和支持自己的"第二次死亡"，即"把自己从这幅画中完全地抹去"。也正因为这一原因，一旦受害者因革命的缘故而被杀的话，我们可能就不再以尊敬地照顾死者或完全承担杀的负担来对抗（正如穆勒所做的）受害者的总的毁损：在《措施》的末了，这一幕使人想起圣母怜子图，三个同志温柔地把他们的年轻朋友拥在怀里，并把他带到悬崖边上，准备扔下去——即他们完成了他的总的毁损，他的消失本身完全地消失了……

那么，在人道主义者癔病地逃避行为和变态者认同行为之间是否存在第三条道路，或者我们是否遭遇暴力的恶性循环，即革命试图激进地打破过去产生的更坏的特征？在此，穆勒取代了布莱希特。布莱希特倡导的自我毁损的革命行为不起作用，对过去的革命性否定被重复它所否定的东西这个圈套牢，因此，历史开始被强迫性的重复所支配。*Mauser* 中的 the Party Chorns 所提倡的第三条道路包含着一个悖论：就你认为自己是大他者的工具，即大他者——历史——通过你直接行动而言，你可能与革

---

① Brecht, "The Measure Taken", p.106.

命的暴力行为(杀死革命的敌人)保持一定的距离。直接的过分认同(暴力行为变成作为目的的自我毁损的狂欢)与认为自己是历史的大他者的工具(暴力行为看起来像是创造条件的工具,在这个条件下,这种行为将不再是必需的)之间的这种对立关系虽远非彻底地,但正好指明了避开伦理行为的两条道路。然而,我们不应该把行为和作为目的的自我毁损的狂欢这两者相混淆。自我毁损的狂欢是目的,因为它被剥夺了大他者对它的任何保护(一种行为"只能单独地接受授权",它排除了因提及大他者的形象而带来的任何自我工具化和正当化)。而且,如果我们从精神分析中得出一个教训,那么,直接的过分认同和自我工具化将完全一致:变态的自我工具化(认为自己是大他者的工具)将成为(作为目的的)暴力。用黑格尔的话来讲,变态者宣称他完成了他的行为,即他是大他者的工具,而这一宣称的"事实"正好与之相反:他为了隐藏由其行为的毁损性的狂欢带来的快乐,他正在上演大他者这一剧本。

那么,今天的恶(Evil)在哪里呢?占支配地位的意识形态空间提供了两种相反的答案:基要主义和自由主义。按照基要主义的说法,克林顿是撒旦(正如某人在 CNN 圆桌会议上所声称的)——他不仅是公开的恶,而且巧妙地腐蚀着我们的道德标准,并且认为道德标准与我们无关:如果经济繁荣……那么一个人作伪证,妨碍正义是否就意味着不重要了呢?从这个方面来看,在一个每件事情都进行得非常顺利的丰富的用户至上主义的社会中,真正的道德灾难不是残酷的暴力,而是道德的丧失。恶的恐怖之处在于它看起来根本不恐怖,它麻痹我们,使我们生活在一种快乐的无意义的生活中。总之,对于一位保守的基要主义者来讲,克林顿在某种意义上比希特勒更坏,因为希特勒(纳粹主义)是一种恶,它引起道德的义愤,而我们已经到了道德疲乏的程度,甚至不知道克林顿的下流……

虽然左派分子的自由主义立场与这一态度无关,但是,正如我们上面已经提到的,即便是今天的左派分子的自由主义的经历也是错误的,因为他们奇怪地相信某些人物,如美国的布坎南和法国的勒庞。但在这里,我们至少有人公开地打破自由主义舆论的僵局,并且热情地倡导一种压抑的立场,使我们进入到真正的政治斗争中去(我们很容易觉察到传统左派分子对希特勒上任的重复性立场:对于德国共产党来讲,纳粹党比资产阶级的议会政体或社会民主党更好,因为有了纳粹党,我们至少知道我们所处的位置,即他们强迫工人阶级放弃最后的议会自由的幻想,并且接受阶级斗争作为终极现实)。相反,自由主义则把恶的形象定位在基要主义者的幻想方面,即善本身上:恶是基要主义者的一种态度,他们试图消灭、禁止、审查一切不适合善和真理的态度和实践。

这两种截然不同的意见有时也会达成一致,即谴责相同事件为"恶"。让我们回想勒图尔勒(M.K.Letourneau)这一案例。她是一位 36 岁的中学教师,因为与 19 岁的学生相爱而坐牢。这是最近的一个关于性仍然是与真正的社会违犯相联系的爱情故事。道德多数派的基要主义者谴责这件事(认为它是一件淫秽的不合法的事),同样,政治立场正确的自由主义者也谴责它(认为它是一件孩子性骚扰的案子)。

我们经常引用黑格尔的这句名言:守护者监视着恶。他能全方位地视察恶,因此能证实什么是恶。相互对立的自由主义和保守主义从根本上把"恶"定义为一种反照的范畴,即错误地把恶投射到其对手身上的一种凝视。对于今天持多元文化主义立场的宽容的自由主义者来讲,恶难道不正是这种正当的保守的凝视——这种凝视能全方位地感知道德瓦解? 而对于道德多数派的保守主义者来讲,恶难道不正是这种多元文化主义者的宽容——多元文化主义者谴责优先是一种偏袒,并认为斗争是一种排外的、潜在的集权主义。行为(the act)能使我们解开戈耳迪(Gordian)结,因为恶反照地处在守护者的目光之下。只要我们用善来定义道德规范,那么,这个戈耳迪结就是我们的命运,而且,如果我们变得"激进",我们迟早会在对激进的或残忍的恶的迷恋中完蛋——唯一的出路是,使善和道德行为的范围分离。[①]正如拉康指出的,一种恰当意义上的道德行为包括一种"远离善"的运动——不是"远离善和恶",而仅仅是远离善。

以下是事实:勒图尔勒的案例仍然能够说明今天的道德行为。为了能够澄清勒图

[①] 善和道德行为的分离也许能使我们打破以下僵局:如果我们接受"残忍的恶"的概念的程度与善一样,那么又怎么样呢?(这种恶被提升到康德的道德职责的地位,即恶的完成是因原则,而不是因任何病态的利益的缘故)。是否存在一种"恶意识(Evil Consciousness)的声音"? 当我们未能完成激进的恶交给我们的任务时,这种声音会使我们感到有罪。我们是否也能因没有去实行恐怖的犯罪行为而感到有罪呢? 当我们割断严格意义上的道德范围与善的疑问(或者与作为善的阴影的恶)之间的纽带时,这个问题就迎刃而解了。

尔勒行为的真正情况。我们应该把它定位在全球性的基点(co-ordinates)上,这个基点决定了性爱的命运。今天,反照和新的直觉(immediacy)之间的对立也就是科学王国的性能力和新时代的自发性之间的对立。这两个术语将完全导致严格意义上的性能力或性激情的结束。第一种选择——科学方法直接介入性能力——被众所周知的伟哥最好地例证。伟哥用一种纯粹的生化方法来提高男子勃起的持续时间,男性吃了伟哥后完全忽略了心理压抑产生的所有问题。如果伟哥真的能达到它所宣传的作用,那么,它会产生怎样的精神效果呢?

对于那些声称女权运动对男性构成威胁的人来说(因为来自解放了的女性成员的攻击,女性要求从家长式的支配中解放出来,在性接触中保持主动,同时要求从男性同伴那里得到完全的性满足,男性的自信严重地受到打击),伟哥确实使男性脱离了这个受压迫的困境:男性不必再担心;他们知道他们将做得很好。另一方面,女权论者可能认为,伟哥最终剥夺了男性强壮的奥秘,因此有效地使男性与女性的地位平等……但我反对第二种说法,其理由在于,它使男性强壮的方法简单化:授予男性强壮神秘性的是无能的威胁。在男性的性心理经济中,曾经的无能的阴影,在下一次性接触中,阴茎不能勃起的威胁对什么是男性强壮的定义非常重要。

现在,让我们来看看勃起的悖论性描述:勃起完全依赖于我,它在我的脑海里(正如这个笑话所说的:"在这个世界上,什么是最轻的东西呢?因为阴茎的勃起完全依赖于思想"),但是它同时又是我无法控制的东西(如果我心情不好,那么再强毅力都无法使它勃起——对于奥古斯丁而言,这是神对人类傲慢的惩罚,因为人类渴望成为宇宙的主宰……)。下面是对商品化和合理化的阿多诺式(Adornian)批评:勃起是一种真正的自发性的最后残余物,合理—工具程序不可能完全地控制它。这一微小的裂缝——即严格意义上的"我",我的自我不能自由地决定勃起这一事实——是重要的:一位性强壮的男人会使人产生嫉妒,这不是因为他随意都能勃起,而是因为这个深不可测的X——虽然远离意识的控制——决定了勃起,但对于它来说,勃起一点都不困难。

在这里,重要的是区分阴茎(penis,勃起的器官本身)和阳物(phallus,强壮的能指,一种象征性权威的能指，一种授予权威或强壮的——象征性的，不是生物的——量度）。正如一位法官（如我们之前所说），他可能认为自己本身是一位无用的人，但是当他把象征合法权威的勋章佩戴在身上时，他就能施展其权威。这时，他说话不再仅仅代表自己，因为法律本身通过他讲话，个人的男性的强壮作为另一种象征的量度而起作用："阳物"指明了一种象征性的支持，而这一支持使我的阴茎强壮。在拉康看来，正因为阴茎有别于阳物，所以"阉割的焦虑"与怕失去自己的阴茎无关。使我们产生焦虑的是这一威胁，即阴茎崇拜的能指权威是一种欺骗。正因为这样，伟哥是阉割的最终行为者：如果一个男人吃了它，他的阴茎就会勃起，但是他被剥夺了象征性强壮的阴茎崇拜的量度——用伟哥性交的男人是一位只有阴茎而没有阳物的男人。

因此，我们真的能够想象：认为勃起是一种通过直接的药物—机械的介入才能获得的东西，这会产生性经济吗？ 用男性沙文主义者的话来说：女人怎么吸引男人呢？而且，勃起或不勃起都只是使我们了解自己的心理态度的一种信号：如果认为勃起只是一种机械的获得，那么，这似乎有点类似于一个人被剥夺了痛觉——男性主体怎样知道他的真正态度呢？ 当他的不满和抵制不是出于无能时，它们在哪种形式上才能找到一个出口呢？对性贪婪男性的一般性描述是，当贪婪占据他时，他不是用脑思考，而是用阴茎思考——然而，当他被贪婪占据时，又会发生什么事呢？ 通往"情感智力"的道路常常会被它进一步，并且可能是决定性地堵塞吗？ 当然，赞美这一事实是容易的，即我们不再和心灵创伤作斗争了，隐藏的恐惧和压抑不再阻碍我们的性能力。然而，这些隐藏着的恐惧和压抑可能正因为这一原因不会消失——它们将上演弗洛伊德所说的"另一幕"，它们仅被堵塞了主要的出口，正等待在一个合适的时候以一种更加富有暴力的和（自我）毁损的方式爆发出来。总之，从勃起到机械程序的转变将使性交的行为去性化。

在人类发展次序的最后阶级，新时代智慧似乎会为此排忧解难。它真的能做到这一点吗？ 曾经最畅销的雷德（J.Redfield）的《圣境预言书》（*The Celestime Pruphecy*）写道，开启人类"心灵觉悟"的第一个"新的洞察"是觉识（awareness），即觉识到不存在偶然的境遇：因为我们的心灵能量加入到宇宙能量中，而这个宇宙能秘密地决定事物的发展过程，所以，偶然的外在境遇总是向我们传达一个信息；这些境遇都是对我们的需要和困难的一种答复(例如,如果我被某种困境所烦扰并因此可能会发生一些不可预料的事——一位久违的朋友来拜访我;某些事情出了差错——这些偶发事情肯定包含了与我的困境相关的信息)。因此我们会发现,在这个宇宙中,每种事物都有它的意义,在一个原心灵的宇宙中,每种意义在实在的偶然性中都是可察觉的,并且主体间性的结果是极为有趣的。《圣境预言书》写道,我们今天却沉浸于与自己的人类伙伴相竞争的错误当中,试图从他们身上索取我们所缺乏的;而且因为最终的和谐是不可能的,因为他者从来不可能提供给我们正要寻找的东西,所以,紧张是少不了的。然而,在心灵更新后,我们将学会在自己身上找到我们曾经徒劳地在别人身上寻求(男性或女性的竞争)的东西:每个人将成为柏拉图式的完美的人,绝对地依赖于另一个人(领导或配偶),从他身上得着力量。当一位真正自由的主体与另一个人成为伙伴时,他就会远离对另一个人的强烈依恋:对于他来说,他的伙伴只是一种信息的工具;他试图找到与自己的内在进化和成长相关的其他信息……在这里,我们面临着新时代唯灵论者成长的一种必要置换:在对他者的强烈依恋的最后阶段,自足的自我出现了。在这种自我看来,他的他者—伙伴不再是一个主体,而只是一种传达与他有关的信息的载体。

在精神分析中。我们往往会碰到怎样定位信息转送者的地位问题:主体不了解他表达的某些信息,就像在某些侦察小说中,某人的生活突然受到威胁,一位神秘的人企图要杀他。很明显,主体知道某些他不应该知道也不应该分享的信息(比如说,他知道一个会使黑手党的头坐牢的秘密)。但问题的关键是,主体完全不知道这一信息意味着什么,他只知道他知道某些他不应该知道的东西……然而,以下这一观点正好与这种新时代的意识观念(他者是某些与我相关的信息的载体)相反:在精神分析中,主体不是(潜在的)读者,而是向他者传送信息的载体,因此,从原则上讲。这种信息对于主体自身来讲是不可获得的。

现在,让我们回到雷德那里。我认为,所谓的心灵智慧的最高洞察与我们最普通的日常经历相重叠。如果我们让雷德用文字来描述心灵成熟的理想状态,那么这种状态就是后资本家商业化过程中的人与人之间的经历,此时,严格意义上的情感已经消失,他者不再是一种深不可测的事物,隐藏并宣告哪个是"在我之中又多于我自身",而是自足的消费主义者主体的信息载体。新时代的人们没有给我们一种理想的心灵来供应商业化的生活,他们正准备给予我们商业化的生活本身的心灵化的或神秘的化身。

那么,什么能使我们摆脱这一困境呢?我们是否因沮丧地徘徊于科学的客体化和新时代的智慧之间,或者说是伟哥和《圣境预言书》之间而受到指责呢?勒图尔勒案例指明了摆脱这种困境的出路。把这个充满激情的爱情事件嘲笑为一位女人强奸未成年男孩,这确实令人醒目,然而却依然没有人敢公开地捍卫她的行为。她的两个朋友,一位指责她是恶,竟然与六年级的男生交往,完全忘记了基本的责任感和羞耻感,她自己应该为此负责;另一位,她的律师,认为她只有在精神病的胡言乱语中找到避难所,即用医学方法处理这一案例,把她当做一位"躁狂症"患者。如果她是一位躁狂症患者,她不知道自己处于危险之中,或者,正如她的律师所说,她重复着最坏的反女性主义者的陈词滥调——"勒图尔勒投于危险的唯一的一个人就是她自身——她是自身的最大威胁,"(有人可能试图这样说:如果像辩护律师所说的这样,谁还愿意起诉?)。对此,Julie Moore 医生这样"评价"勒图尔勒,她的问题"不是心理上的,而是医学上的",她应该接受药物治疗来稳定她的行为。她说:"对于勒图尔勒来讲,道德始于药丸。"这位医生用医学方法处理勒图尔勒的情感,剥夺她作为一位真正主体的尊严,这真的令人感到十分不安。她声称当勒图尔勒谈到她与男孩之间的爱情时,她真的不知道事情的严重性——她似乎不食人间烟火,不懂得社会对她的要求。

温弗莉(O.Winfrey)主持的两个节目非常喜欢用"躁狂症"这一概念,并且很有趣。患躁狂症的人(病人通常是女的)仍然知道对与错,她仍然知道什么对于她是对的和善的,但是,当她处在狂躁状态时,就丧失了辨别对和善的理性判断力,从而作出冲动的决定。这种丧失难道不是一种处于热恋中的人的真正行为的丧失吗?问题的关键在于,勒图尔勒被迫去做一些与自己的善相违背的事情:她只是控制不住自己的情感;她完全知道,如果远离社会职责,其存在必然面临危险……这一困境允许我们具体说明行为和认知之间的关系。俄狄浦斯不知道他正在做的事(杀自己的父亲),但是,他仍然这样做了;哈姆雷特知道他要做的事,这就是为什么他一直迟迟不做,并且最后也没去做的原因。

然而,信息传送者的地位相当于克洛岱尔的戏剧《人质》(*The Hostage*)①中的 Sygne cue Coufontaine。《人质》是根据《我仍然知道》改编的。Sygne 完全清楚她即将去做的恐怖的现实(她的永在灵魂的毁损),但她还是这样做了(黑街英雄难道不也是这样吗? 他不仅被妖姬引诱,而且完全知道如果他与她私通,那么最后肯定导致灾难性的结局。她背叛了他,但他仍然执迷不悟并把自己交托于她)。如果我们把 Sygne 的态度与玩世不恭者的态度放在一起,我们就清楚地看到:Sygne 的行为与玩世不恭者的行为截然不同。因此,我们所面临的问题是黑格尔的思辨判断力:我们可以从两种角度来理解它,一种是最低级的玩世不恭("我知道我将要做的是最堕落的行为,但到底谁管它呢? 我还是这样做……");一种是最高级的悲剧性的分裂("我完全知道我即将所做的会带来什么样的灾难性后果,但我情不自禁,我要无条件地去做,因此,我将继续这样做……")。

　　最近,德国的一则关于 Davidoff 烟的海报巧妙地处理了认知与行为之间的裂缝——行为中的认知的中止。"虽然我知道我的行为将带来灾难性的后果,但我还会去做",为的是抵消烟广告底部所写的必须警告的字样("吸烟有害健康")。一位有吸烟经历的男人总是会讲"你知道得越多"这句话,这恰恰证明了以下结论:如果你真的够胆,那么你对吸烟的害处知道得越多,你就越应该采取继续吸烟来证明你的叛逆——即你拒绝放弃吸烟是为了证明你的存在……这个广告的逻辑与整天沉迷于健康与长寿的自恋主义者的逻辑相对。悲剧性的分裂难道不也是很好地说明了勒图尔勒的困境吗?

　　那么,这就是宽容的、自由的后资本主义社会的现实:行为的能力被残酷地医学化了,行为被当做一种"躁狂症"的爆发,从而被迫屈从于生化的治疗——在这里,我们不能与自身相遇。前苏联的西方自由民主党人试图把异议者看做是精神错乱者(这种情况在莫斯科的无名机构 Scherbsky Institute 中尤为突出)。那么,毫无疑问,勒图尔勒必须接受治疗(律师曾试图为她的第二次违犯开脱——午夜时,有人发现她和她的情人在一辆汽车里,这使她坐了六个月的牢——因为,在这件事发生之前的前几天,医生

---

① 对于 Claudel 的 *The Hostage* 的仔细阅读,参见拙著 *The Indivisible Remainder* 第二章。

没有定期地给她看病）。

　　温弗莉在其脱口秀节目中采访勒图尔勒时，她正处在事业的最低谷。她本来可以名正言顺地拒绝接受"双重人格"的观点，但她却未能如愿——允许勒图尔勒为她不负责任的行为开脱罪名，这显然是一个简单的、错误的借口。虽然奥普拉尽力坚持中庸之道，她提到勒图尔勒的情感时，自始至终假装冷漠，但她所思所想的正是这些。最终，她热情地提出了一连串令人惊讶的问题——这些问题也是她的同辈、丈夫以及所谓的体面人想要问的——"她怎么能不计后果地去做这件事呢？她怎么能彻底放弃和她生活息息相关的家庭（包括三个孩子）还有职业呢?"，然而，一笔勾销"充分条件原理"，不正是对她这一行为的最佳解释吗？对勒图尔勒来说，最糟糕的时刻毫无疑问是在她遭到审判之时，此时，她承受了巨大的压力，她流着泪承认，她意识到自己做了一件既不合理也不合法的事情。准确地说，"放弃私欲"使她背叛了道德，如果有背叛道德一说的话。换言之，她的罪在于她抛弃了感情。当她后来重又宣称她无条件忠诚于爱情时（她终于学会了对自己诚实），我们可以清楚得知，在屈服了外界压力后，她克服了罪恶感，通过不放弃私欲，她又重新泰然自若了。

　　在奥普拉的节目中，一位心理医生挑起了有关性别对称的争论，这是对勒图尔勒的最为不利的观点。试想一下"洛丽塔"（Lolita）的例子：一个 34 岁的男教师和他的学生——一个 13 岁的小女孩发生了乱伦感情，从某些人的立场出发，这个男老师难道不更应该定罪吗？然而，这样却容易导致错误，因为这些人反对帮助少数弱势群体的赞助性行动，他们的论证基于颠倒的种族主义的推理是错误的（事实是男人强奸女人，而不是女人强奸男人……）①。进而言之，我们应该坚持真正的道德行为的独一性和特质

_____

① 对二者进行详细比较后可以发现（请允许我将一个现实生活中的例子和一个小说中的例子进行比较）：在《洛丽塔》中（在当今政治清明的时代，洛丽塔的故事甚至比小说初版时更让人难以接受。这一点从美国最近改编的同名电影的发行量上就可以知晓），洛丽塔一直是个早熟女孩，亨伯特注意到这一点，并把她当做一个潜在的女人：洛丽塔从 9 岁到 14 岁的体型的变化吸引了亨伯特——她更像是一个男孩而不是成熟女人。然而，勒图尔勒把她的年轻爱人视为成熟的伙伴。洛丽塔是亨伯特意淫的对象，是他唯我式想象的产物。正如小说中亨伯特所说："我疯狂地想占有的并不是她本人，而是我自己的创造，或者说是一个想象的洛丽塔……"因此，他们之间是一种挑逗—滥用（teasing-exploitative）关系，二人彼此伤害（她对他而言是个残酷的孩子；他把她贬低为滥用的意淫对象），然而，勒图尔勒和她的年轻情人之间却截然不同，他们保持了一种纯真的感情。

性,因为这种行为包含了一种使其之所以为善的内在规范性。在这个问题上,我们不能采取中庸之道,不能简单化,也不能预先判定。

因此,我们应该补正拉康的"在两种死亡之间"和"在两种死驱力之间"的概念:在两种死驱力之间应该是终极选择。死驱力的首要特征是超我享乐雷打不动的愚蠢性。此种愚蠢性在电影《面具》(The Mask)(查尔斯·罗素导演,金·凯瑞主演,1994年出品)中得到了最充分的体现。在这部电影中,一个倒霉透顶的银行职员一次次受到同事和他喜爱的女人的羞辱,然而,当他戴上了一个在城市海滨发现的神秘面具后,却获得了超凡的力量。在这里,我有必要先交代一下故事背景:这个面具被弃之海边时,只是一个腐烂的、污秽不堪的尸体残骸,然而,当电影的主人公戴上面具后,它就显现出了"面具之后的那个人"的力量。正如坡的小说所描写的瓦尔德马先生一样,在他重生以后,同样看到了无形的秽物,或者说实在的"看不见的残余物"。电影主人公还有一个重要特征不容忽视:在他得到面具前,他是电视卡通的强迫症患者,在他戴上绿色木制面具后,卡通便占有了他,在"现实生活"中,他变得像一个卡通英雄(他可以灵巧地避开子弹,疯狂地跳舞、大笑,他甚至可以在兴奋时把他的眼睛和舌头伸出很远),总之,他成了"不死的"超人,得到了"永恒的生命",进入了不受限制、没有死亡或性爱的灵界,他的身体可以不受物理定律的限制,任意扭曲或延展(比如,脸部可以无限拉长,可以从身体里吐出子弹,在从高处跌落并被摔得四脚朝天后,仍可以恢复原样并照常走路……)

宇宙本质上具有强迫性,它甚至有着天文学家也不能抵抗的魔力。只要回想一下这部电影中的一个超级镜头就够了:戴着绿面具的英雄,被许多警察堵在了一个角落(当时有许多警车和直升机),为了摆脱这一尴尬境地,他竟然将聚焦在身上的灯光当成舞台灯光,开始又唱又跳,表演起好莱坞版本的拉丁热舞来——警察无法不入迷,他们像舞蹈演员一样也融入进来(一个年轻的女警察在流泪,她无法对抗面具的力量,加入了这支舞曲的行列……)。在此,心理冲动的内在愚蠢性至关重要:它代表了盲目享乐的魔力对我们的吸引方式,正如我们不能抵御有人在我们四周哼唱一首低俗的歌曲一样。这种心理冲动异于主体,却又与主体无比亲密。虽源自外界且无所事事,但却能意识到内在冲动——正如电影中的英雄在绝望之际戴上面具时所说："当我戴上面具时，我便无法自控，我可以做自己想做的任何事情。""控制自身"决不仅仅依赖自我意识障碍的缺失，只有当主要障碍使我无计可施时，我才能控制自己。障碍一旦消失，我便再次陷入心理强迫症的梦魇之中，这种冲动使我"在我之中而又多于我自身"。当面具——朽坏的物体——由于占有我们而重生时，它对我们的影响力正如"活死物"(living dead)对我们的影响力一般，或者像巨大的机器人对我们施加的压力一样——由此，难道我们还不能得出下面的教训吗，即我们的基本幻想，或我们存在的核心正是一个巨大的实体，一个享乐的机器？①

　　另一方面，愚拙的超我禁止享乐，这逐渐支配和管制了新资本家那种刚愎自用的经历。而死驱力则反对超我的这种姿态，它试图逃避"不死的永在的生命"的控制和被困于无休止的快乐圈中的恐怖的命运。虽然死驱力与我们偶然的世俗存在的界限无关，但它却指明了逃避我们所描述的不朽的传统形而上学这一量度的企图。然而，把死驱力分成两种形态的东西是我们几乎觉察不到的：一种形态是，我们盲目强迫地屈从于越来越强烈的快乐，而青少年往往被银屏上的这种充满强烈快感的节目惊呆。另一种形态是，穿越幻想的完全不同的经历。

　　因此，我们不仅要详细地说明拉康所说的两种死驱力，而且我们最终只能在两种死驱力中选择一个：去除愚拙的超我的快乐死驱力的唯一途径是，把死驱力包含在穿

① 这部电影的另一个妙处在于它的结尾，电影并未按常规交代出"面具中隐藏的真实人物"，而是别出心裁地让片中的英雄重新将面具抛回海中，他变得行动精确，因为他已经将自己融合进真正的行动（即当他戴上面具时所作的行为）之中。在此，我们的成熟不仅体现在重新丢弃面具上，还体现在不加考察地接受符号效率上——在法庭上，当法官戴上他的面具（这里指象征其职务的徽章）时，我们常常会把他看做是经他说出的符号法律制度的化身……然而，仅据此认为面具比符号效率（或符号权威对我们施加的压力）更具原初性是错误的。我们必须看到，正当符号权威和令人恶心的直白的面具图腾并不相同，前者往往带有隐喻性。难怪戴着面具的英雄常常是一副动物模样，在卡通的虚拟世界中，动物（如 Tom, Jerry 等）虽然穿戴和人并不相同，但实质和人却并无二致（比如，动画片中常常可以看到，当动物的皮肤被抓破时，露出来的却是人的皮肤）。为了解释列维-施特劳斯的观点，这部电影为我们描绘了一幅当代图腾制度的画像，在当今共和制度中，虚幻的动物图腾面具早已不再辉煌：当英雄碰到那位心理学家时，心理学家在面具上写下了一位畅销书作者的名字，并平静地回答英雄的问题，他说，从面具的隐喻含义上讲，我们都戴着面具，在这部电影的一个重要场景中，当英雄试图证明面具真的具有魔力时，他却发现：面具只不过是一片腐烂的、雕刻过的木头，并没有所谓的魔力。此时，他只好极力掩饰自己的尴尬，手中不停地做着当面具有魔力时他所能做的那些优雅动作……

越幻想的破坏性量度中。有人可能仅用死驱力本身就打败了死驱力——因此,我们最终只能在坏与更坏之间作出选择。这同样适用于弗洛伊德的伦理态度。某些"集权主义者"完全支持超我的禁令"享乐"。在德国,脱脂肉制品上经常贴着"你可以"这一标识语,这向我们提供了"集权主义者"怎样操作的最简洁的公式。也就是说,我们应该拒绝接受今天人们对新基要主义的看法,即把基要主义当做一种对过度自由的渴望的抗议。这种自由存在于"宽容的"、自由的后资本主义社会中,而这一社会通过提供一些禁令给我们一个坚固的依靠——关于个人"逃离自由",进入秘密命令的集权主义者的天空这种陈词滥调简直就是一种误导。

我们也应该拒绝接受一般意义上的弗洛伊德—马克思主义论题,即集权主义(法西斯主义)主体的利比多基础是指所谓的"独裁主义的个性"结构:个人在强迫服从权威中、在压抑自发性的性欲望中、在对不安全和不负责任的恐惧中得到了满足。从传统的独裁主义者到集权主义者转变的关键在于:虽然从表面上看,集权主义者也强调严厉的命令,强迫我们放弃快乐并使我们牺牲于某些更高的职责,但是他的真正禁令,即无条件的和无限制的违犯的命令却正好与之相反。集权主义者除了强加给我们一系列必须服从的标准外,还是中止(道德)惩罚的行为者——他拥有这一秘密命令的武器:"你可以!"这一命令似乎要管制社会生活并确保人们拥有过上体面生活所必需的东西,然而,它完全是无价值的,它只是阻止普通人的一种装备。当它允许你杀死、掠夺、抢劫敌人(Enemy)时,你就会忘乎所以,过度的开心,从而违背了普遍的道德禁令……只要你追随我(Me)的话。因此,服从于控制者也就是服从于骗子,这位骗子会叫你放弃或违犯日常的道德规则:你时常会梦到淫秽的、肮脏的东西,这些都是你过去不得不放弃的东西。然而,当你服从于传统家长式的符号法律时,你就可以沉迷于它们而无需遭受惩罚,这确实像德国的脱脂肉一样,你可能放心地去吃而不会危及健康……

然而,在这里,我们面临的问题是要避开最后的也是致命的陷阱。集权主义者声称你可以(You may!),而心理分析的伦理则反对它,但这一反对不是某种基本意义上的你不可以(You mustn't!),例如我们无条件地接受的基本禁令或限制(尊重邻居的自律和尊严！不要暴力地侵占他的私密空间！）。有关自我约束，即"不要违犯"的道德立场的说法很多，其中包括最近生态学者和人类学者们的呼吁:不要从事生物基因工程和克隆！不要太多地干预自然进程！尽量不要违背神圣的民主原则和冒社会剧变的险！尊重其他道德共同体的风俗习惯和道德观念！这种呼吁与心理分析的观点完全不相容。我们应该抛弃与"极权主义"作斗争的自由—保守的游戏,极权主义通常有一套固定的道德规范,如果谁不遵守它,谁就有灾难:不,大屠杀和古拉格(集中营)不会发生,因为人们忘却了人的尊严的基本原则,"释放了人的兽性的一面",使他们能束缚大屠杀的冲动。因此——再多一次,也是最后一次——我们在坏与更坏之间作出选择。弗洛伊德的道德规范反对"你可以"的"坏的"超我,但它也是一种更加激进的"你可以",一种也即("你被允许……"——这是拉康在 20 世纪 70 年代为一本年鉴所提的词),但是,任何控制者都不会去担保这种,也即,拉康的这句名言"不要向你的欲望妥协"完全认可了这种实用主义的悖论:命令你自由,但同时又警告你对它的违犯。

从悲剧到喜剧

[上一部分是以可口可乐为例的论述]

这个过程的主体间因果关系并不是不明确的。因为资本主义集中于对象 a 的剩余，所以它不再是主人话语的领域，就是在这儿拉康用他自己的术语接管并解释了《共产党宣言》中马克思主义的老话，资本主义如何打破了所有稳定的关系和传统，如何在其冲击下使"一切固定的东西都烟消云散了"。马克思自己解释说"一切固定的东西"并不仅仅主要指物质产品，而且还指为主体提供确定性身份证明的象征秩序的稳定性。因此，一方面，资本主义引进了一套惊人的报废动力学以代替那注定要持续几代人的稳定产品：我们被新的、更新的产品所轰炸，它们有时甚至在开始被完全使用之前就已过时——如果你想赶时髦，个人电脑必须每年都得更换；慢转唱片被 CD 所代替，现在则是 DVD。当然这种持久创新的结果就是永远生产成堆废弃的垃圾。

现代和后现代资本主义工业的主要产品正是垃圾。我们是后现代人类，因为我们认识到，所有从美学上吸引我们的人造消费品最后终将成为残余物；简要地说，它将把地球变为一个巨大的垃圾场。你失去了悲剧感，你感觉进步是可笑的①。

---

① Jacques-Alain Miller, " The Desire of Lacan", *Lucanian ink* 14, Spring 1999, p.19.

因此,资本主义不断地生产新的、更新的产品的动机。最引人注目的一面就是无用垃圾的成堆增长,旧汽车、旧电脑等物堆积如山,就像莫哈韦沙漠那著名的飞机"休息场"……在这些日益增长的不会动的、没有功能的"物质"堆中,这些东西不可能不以它们无用的、惰性的存在影响着我们,人们好像可以感觉到资本主义的动力已经停止了。那就是安德烈·塔科夫斯基(Andrei Tarkovsky)电影的兴趣所在,他的名著《高视阔步者》(stalker)特别生动地体现了后工业的废墟:野生植被长得超过了废弃工厂,混凝土隧道和铁路充满了尿液,野生植物蔓生,迷路的猫狗徘徊于其间。在这儿自然与工业文明再一次地重登,但却是通过一种共同的衰退——(不是通过理想化的和谐的自然,而是)通过分裂中的自然,衰退中的文明再一次处于被开发的过程中。最后的塔科夫斯基式场景是潮湿的自然景象,森林边的小河或池塘,里面充满了人类制造物的碎片(陈旧的混凝土板块或者生锈的金属块)。历史的最终讽刺在于这是一个来自共产主义东方的导演,他对生产和消费动力之引人注目的一面表现出了最大的敏感性。然而,也许这种讽刺显示了一个更深层的必要性,这种必要性取决于海奈·穆勒(Heiner Müller)所称呼的共产主义东欧的"候车室心理"。

发布一条通告:本次列车将于 18:15 分到达,于 18:20 分开出——但是它从来没有在 18:15 分到达过。接下来的一条通告是:本次列车将于 20:10 分到达,等等。你就继续坐在候车室里,想着:它肯定会在 20:15 分到达的。事情就是这样。在根本上,这也是对救世主企盼的情形。弥赛亚即将到来,这一点反复宣布,而其实你非常清楚他是不会来的。但不知何故,还是很高兴听到它被反复地宣告①。

然而,这种对弥赛亚态度的意义并不在于希望还保持着,而是这一事实:既然弥赛亚没来,人们就开始四处察看,注意自身周围环境的惰性物质性,这种惰性与西方形成

① Heiner Müller and Jan Hoet, "Insights into the Production: A Conversation", ducumenta IX. Vol.I, Stuttgart: Edition Cantz 1992, pp.96—97.

对比,在西方,人们忙碌于永不停息的活动,他们甚至完全不在意正在自己周围所发生的一切:

> 因为文化中没有加速作用,德意志民主共和国(DDR)的市民们享受着与大地的更多接触,候车室就是在大地上建立起来的。遇到被耽搁时,他们会深深地体验他们世界的特质,其所有的地形学和历史学的细节……在东方,这种迟滞使人们积累经验,而在西方,向前行进的律令破坏了任何这样的潜能:如果旅行是一种死亡,它使世界变得平凡,那等待则造成了物质的自然增长①。

另一方面——正如引自于雅克-阿兰·米勒的最后一句话所表明的——这同样适用于人与人之间的关系:米勒用"主人—能指到对象 a 的转移"这种格式阐明了如下过渡:在主人话语中,主体的身份是由 S₁ 保证的,是由主人—能指(他的象征头衔——委任权)来担保的,这一能指是对确定主体道德尊严的东西的忠诚。对主人—能指的认同导致了存在的悲剧模式:主体竭力保持他对主人—能指——比方说,对给予他生命以意义和连贯性的使命——的忠诚,一直到最后,但由于抵制主人—能指的残余,他的努力最终失败了。相反,存在着易变的主体,它在主人—能指中缺乏任何稳定的支持,并且它的连贯性是通过与纯粹的剩余物/垃圾/过剩,与一些"不体面的"、天生喜剧的、小块的真实域的关系而维持的。当然,对残留物的这种认同引入了讽刺—喜剧的存在模式、不断瓦解所有牢固的象征认同这样一种拙劣的模仿过程。

这种转移的典型情形就是俄狄浦斯情结轨迹的变化状况:在古希腊,这仅是个令人同情的悲剧,主人公实施了谋杀行为,并英勇地承担了后果,但在现代性中,它却变成了自己的愚弄性拙劣模仿。在关于移情的研讨班上,拉康提到了克洛岱尔(Claudeel)的 *Coûfontaine*。三部曲,在这三部曲中,俄狄浦斯情结的弑亲被赋予了一种滑稽的扭曲:那个儿子确实向他父亲射击了,但没有射中,而那个恐惧的、有失威严

---

① Scribner, "Working Memory", p.150.

的父亲仅仅死于心脏病发作……①(在这种精确的意义上说,不就有可能声称这已经是封建农奴时期的俄狄浦斯了吗? 关于俄狄浦斯王,其在某种程度上就是从悲剧到喜剧过渡的第一个实例)。然而,正如拉康所指出的,这种纯悲剧的缺乏悖反性地使现代环境变得更加可怕:事实就是,尽管全部的恐怖事件,从古拉格集中营到大屠杀,但从资本主义起,就不再有严格意义上的悲剧了——集中营里的受害者或斯大林主义公开审讯的受害者并不完全处于悲剧困境:他们的情形并不是没有喜剧的——或者至少是荒谬的——方面;由此,所有的就变得更加可怕——这种可怕如此深刻以至于它不再能够"升华"为悲剧的地位;而且出于同样理由,它只有通过一个奇异的拙劣模仿/双重的拙劣模仿本身才能达到。

在此。如同在许多其他事情上,是黑格尔指明了道路。换句话说,难道不正是黑格尔,在著名的《精神现象学》一书的"自我异化的精神世界"这部分,提供了从悲剧到喜剧过渡的确定性描述,演示了在辩证中介的过程中,每个有尊严的、"高贵的"立场是如何转变成其对立面的? ——献身于善这一崇高道德任务的"高尚意识"其真相是操纵性的、奴性的、剥削的"不正当的意识":

因此精神所述的有关他自己本身的那种话语。其内容是一切概念和一切真实的颠倒,是对它自己和对于别人的普遍欺骗;而正因为其内容是普遍的欺骗,所以述说这种自欺欺人的谎言骗语时的那种恬不知耻,乃是最大的真理,这种话语就是下述音乐家所说的狂言呓语,这位音乐家,"他曾把三十种各式各样风格的歌曲,意大利的、法兰西的、悲剧的、喜剧的,都杂拌在一起,混合起来;他忽而使用一种深沉的低音,一直低沉到鬼神难辨,忽而又捏住嗓子以一种尖锐的假音怪叫得惊天动地,忽而狂暴,忽而安详,忽而装腔作势,忽而喜笑怒骂"(狄德罗,《拉摩的侄儿》)。对于一个沉静的意识,即对于那真心诚意地以声音的谐和也即以韵调的纯一为真与善的旋律的那种意识看来,这样的话语简直是"明智和愚蠢的一种荒

---

① See Jacques Lacan, *Le séminaire*, *livre VIII*: *Le transfert*, Paris: Editions du seuil 1991.

诞的混杂,是既高雅又庸俗、既有正确思想又有错误观念、既是完全情感错乱和丑恶猥亵而又是极其光明磊落和真诚坦率的一种混合物"……这后一种精神在它的言论里把一切只有一个音调的东西加以颠倒。那是因为这些自身同一的东西只是一种抽象,实际上它们就是其自己本身的反面。①

我们必须强调有关这个著名段落的两件事情。首先,马克思在他的《雾月十八》开头部分对黑格尔历史循环观念所作的著名"修正"(历史重复自己,第一次是作为悲剧出现,第二次是作为笑剧出现)对黑格尔本人已经生效:拉摩的侄儿在其疯狂之舞中,以一种拙劣的模仿方式重复着他叔叔,那个著名作曲家的伟大,正如拿破仑三世,这个侄儿以一种闹剧的方式重复着他叔叔拿破仑一世的事迹。所以黑格尔已经阐述了重复的两种模式在完全辩证张力下的对抗:即"严肃的"重复,历史偶然性以此"否认"历史必然性的表述(拿破仑必须失败两次)以及"喜剧的"重复,它推翻了悲剧的认同。其次,在这里我们可以清楚地看出辩证的过渡是如何在黑格尔那里起作用的——我们是如何从自在(In-itself)达到自为(For-itself)的。虽然"拉摩的侄儿"这个反常的演讲说出了"高尚意识"的真理,但他那坦率的对罪行犬儒主义式的供认却依然是虚伪的——他就像一个骗子。认为他可以通过公开承认他的欺骗行径来挽回声誉(或者,有人想要补充,就像西方学术界一位拿高薪的文化研究教授,他认为自己对西方学术中欧洲中心主义等等偏见不断的自责性批评可以以某种方式使其免于被牵连)。

这里的罪行关系到陈述主体与阐明主体(说话人的主体位置)之间的紧张状态:存在着这样一种方式,人们可以假装(说出)实情来说谎,也就是说,完全坦白地承认罪行是一种根本的欺骗,是保存某个人主体位置的完好无损、免于罪行的特定方式。简而言之,有一种方法可以避免责任和/或罪行,确切地说是通过一种非常夸张的方式强调责任或非常乐于承担罪行。就像上例中那个政治上正确的白人学者一样,他强调了种族主义的男性中心主义罪行,把承认这种罪行用作策略而不去面对这样的情形,即他

---

① G.W.I.Hegel, *phenomenology of spirit*, Oxford: Oxford University Press 1977, pp.317—318.

作为一个"激进的"知识分子，完美地体现了他假装要彻底批判的现存的权力关系。所以——再回到狄德罗的"拉摩"——拉摩的侄儿的问题不在于他不合情理地否定了他威严的叔叔的"高尚意识"，这种行为太激进并具破坏性，而在于正因其过分，这种行为还不够激进：夸张的不合情理的内容似乎要推翻他叔叔那威严的演说，在这儿却隐瞒了这个事实，即在两种情况下，主体的阐明位置都是相同的。供认越坦白，包括公开承认他自己立场的矛盾，它就越虚伪——同样地，在今天众多的访谈节目中，对性生活等最隐私的细节的公开坦白，实际上并没有说出任何有关主体的内心真实情况（也许是因为确实没有什么可说的吧……）。

　　与马克思主义政治经济学批判的联系更加明显了：对于黑格尔本人来说，这种对高尚意识的内在颠覆在货币这样一种无关紧要的小块现实（金属）中找到了最终的表现，这种现实拥有神奇的魔力，可以把每一种规定，不管它如何高尚和严肃，都颠覆为其对立面，将之变为没有任何东西可以抵抗的"疯狂之舞"。难怪黑格尔认为，作为这种完整的"高尚意识"的中介运动的思辨真理，无限判断"自我（das Selbst）即是货币（一块金属）"是颅相学"精神即是骨头"无限判断的新说法。在颅相学辩证法和财富辩证法这两种情形下，每一种凝固的规定的总体的"液化"、每种确定的象征特征的分裂都在其对立面达到顶峰：在纯主观性的辩证一致中、在否定性力量的辩证同一中，那种力量以一种无价值的惰性的物、剩余物、垃圾（骨头、金钱）消解了每一种僵化规定。人们现在会发现拉康的答案是针对德里达下述主张的，"不管它（主体范畴）如何改变，不管为其赋予意识还是无意识，它都会通过它的全部历史线索，指涉由偶然事件干扰的在场的实体性，或自我关联的在场中的适当的/同一的身份"[①]：这个"实体性"不是主体本身的实体性，而是其客观对应物的实体性，是排泄残余/垃圾的实体性，它恰恰维持了作为虚空/空无/非实体的主体。所以我们确实拥有虚空的、非实体性主体——然而，正是如此，它必须由最小限度的"病态的"偶然性客体的瑕疵即对象 a 来维持。这个客体是主体性空无的悖反性替身；在它的他性中，它"是"主体自身。

---

① Jacques Derrida: *Of Grammatology*, Baltimare, MD: Johns Hopkins University Press 1976, pp.68—69.

我们都知道黑格尔对拿破仑"任何人在他仆人眼里都不是英雄"那句话的著名回答:"然而,这不是因为这个人不是一个英雄,而是因为这个仆人只是一个仆人,他的行为只是陪伴这个人,这个人不是作为一个英雄,而是作为一个吃饭、喝酒、穿衣的普通人。"①——简而言之,这个仆人的目光不可能感知到这个英雄所承担的公益之世界历史维度。作为真实域残余的拉康的对象 a ,它的基本教训是黑格尔必须要加以补充:为了使主体同英雄发生移情关系,为了把一个人当作英雄加以尊敬,了解其行为的世界历史维度是不够的;为了让这种了解成为一种真正的崇拜,它必须由一些细节来加以补充,这些细节来源于这个英雄特殊爱好的"病态"领域——正是这仅有的"一小块现实",这个与公共面具背后(一些个人的弱点或类似的"可爱的癖好")"真人"的接触最终把模糊的欣赏变成了真正的崇拜。所以对于有效地发挥英雄功能的英雄来说,仆人那隐秘的凝视必须支持他的公共形象——或者,用拉康的话来说,对象 a 的病理学必须支持 S_1,即主人—能指、英雄的象征委任口令,这个逻辑似乎得出了自我毁灭性的结论:我们不再仅仅关注公共形象的私人病理,或者直接期望这些公共形象公开展示他们"普通人性"的符号——表现癖访谈节目的经验正是把内心深处隐私的(性等方面)特质公开坦白出来的这种行为同样能使一个人出名,将他/她变为一个公共形象……

现今,寻找"真我"成为一种时尚——拉康的答案就是每个主体都被分割成两个"真我"。一方面,存在着主人—能指,它描绘主体的自我理想、他的尊严、他的命令的轮廓;另一方面,存在着象征过程的排泄剩余物/垃圾,一些维持主体剩余快感的可笑的详细特征——精神分析的根本目标是使接受精神分析的主体能够完成从 S_1 到对象 a 的过渡——以某种"你是那个"的经验来认同秘密地维持其象征认同尊严的排泄残留物。因此,这个过渡就是从悲剧到喜剧的过渡——其重要的经验就是并不是仅仅要逃避庄严,而是在其中最高层次和最低层次达到了一致:对象 a 恰恰是象征冷漠的零度。在这一点上圣杯本身显示的只是一堆狗屎。而且,注意从象征认同到与排泄残余

① 黑格尔:《精神现象学》,贺麟、王玖兴译,商务印书馆 1979 年版,下卷,第 66—67 页。

的认同这一过渡是如何转向——在相反的方向完成——象征认同的过程，这一点是至关重要的。那就是说，关于象征认同严格的精神分析观念。它的悖论就在于，在定义上它是一个错误的认同，是对他者对我的误解方式的认同。我们来举一个最基本的例子：作为一个父亲，我知道自己是一个无原则的懦弱者，但同时，我又不想让儿子失望，他以为我是一个有尊严和强烈原则的人，随时准备为一个正义的事业而冒险，而我实际上却不是——因此我认同对我的这种误解，并且实际上当我开始按照这种误解行动时我真的"成为了自己"（很惭愧在我的儿子看来我真的是这样的，而我实际上是在完成英雄行为）。换句话说，如果我们要解释象征认同，仅仅涉及我在别人看来是什么与我真正是什么之间的对立是不够的：当我在别人看来是什么变得比"我的社会面具下"的心理现实更加重要时，象征认同就会发生，就会强迫我去做"从我内心深处来说"永远不可能去做的事情。

那么我们该如何抓住这两个刻画象征过程的差距之间的差异呢？这两个差距是：主人—能指与"普通"能指系列（S_1与S_2）之间的差距，以及能指（S）的真正领域与对象的残留物/剩余物即对象 a 之间的更加根本的差距。有一个很古老的种族主义的笑话在前南斯拉夫很流行，说的是一个接受精神病专家检查的流浪汉。精神病专家一开始就给这个流浪汉解释自由联想是什么：对精神病专家的提示，你立刻说出你头脑里出现的反应。然后，这个精神病专家就开始做测验：他说"桌子"，这个流浪汉回答"与法蒂玛性交"；他说"天空"，流浪汉回答"与法蒂玛性交"；问任何问题流浪汉总是这样回答，最后那个精神病专家爆发了："你根本没有理解我的意思！当我说一个词的时候，你必须告诉我你头脑里突然出现的、你正在想的！"那个流浪汉很平静地回答："是的，我懂你的意思，我没有那么笨，但是我一直在想的就是与法蒂玛性交！"

这个种族主义笑话清楚地表明了黑格尔的"抽象普遍性"结构，但它却依然需要最终起决定作用的扭曲加以补充。这反映在另一个著名的笑话中。这个笑话讲的是一个学生，他的生物老师考查他不同动物的问题，但他却总是将答案最终还原为一匹马的定义。"大象是什么？""是一种住在丛林中的动物，那里没有马。马是一种驯服的哺乳动物，它有四条腿，可以用来骑，在田间劳作，或者是拉车。""鱼是什么？""一种没有腿的动物,不像马。马是一种驯服的哺乳动物……""什么是狗?""狗是一种会叫的动物,它不像马。马是一种驯服的哺乳动物……"等等诸如此类,直到最后,那个绝望的老师问那个学生:"那好,请问什么叫马?"那个可怜的感到吃惊的学生不知所措,完全失去了镇定,他开始咕咕哝哝,并哭了起来,不能给出一个答案……

按照相同的路径,那个精神病专家给那个性饥饿的流浪汉这样的提示:"与法蒂玛性交",毫无疑问,那个可怜的流浪汉肯定会在惊慌——甚至忧虑——中被制服。不能产生任何联想:为什么? 因为(与边沁自我相像理论相反,根据这个理论一个物体是它自身最好的肖像,就是说,它像它自身)一匹马就是一匹马,它不是看起来像或类似于一匹马;正如"与法蒂玛性交"就是"与法蒂玛性交",不是由"与法蒂玛性交"这样的念头所产生的一些联想——马克斯兄弟那著名的悖论"难怪你看起来像以马利·拉乌利,因为你就是以马利·拉乌利"包含了一个不合理的短路(另一个类似的结构是列维-斯特劳斯提到过的一个有名的部落的结构。对这个部落的成员来说,所有的梦都包含着神秘的性含义——除了所有直接拥有性满足的人)。

用哲学术语来说,我们在这儿所遭遇的正是莱布尼兹那著名原则的反换命题,根据这个原则,如果两个事物完全相像,如果它们所有的特性都是无差别的,那他们在数字上也是同一的——即它们就是同一个事物:拉康能指逻辑的反莱布尼兹的教训就是,既然一个事物不会"像它自己",相反地,相似性是非同一性的保证者(这个悖论说明了遇到相似者的奇异效果:他看起来越是像我,他的他者性的深不可测就越是明显)。或者,用黑格尔的话来说:某物的"唯一性"不是基于它的特性,而是基于纯"太一"(One)的否定性综合,它排斥(否定性地关联)所有肯定的特性:这个"太一"(One)保证了物的同一性,它并不归属于其特性,因为它最终是它的能指。

因此我们现在拥有了普通能指系列与中心要素("马""与法蒂玛性交")之间的差异,为了充作前者的根本的组织原则,后者必须保持空白。类似的系列结构及其例外解释了印度毁灭女神迦梨的形象:她通常被绘制成一个可怕的、美杜莎似的实体,拥有无数只手足,摆出进攻性姿势——然而,正如每一个印度人所知道的,关键在于,在这些手足中隐藏着某种元信息(meta-rnes-safe),一只小手以抚慰的姿态伸展出来,似乎是在说："不要把这个荒唐可怕的景象太当真！这只是一种力量的炫耀，而事实上，我并不真的那么险恶，而且实际上我爱你们！"这种异常的信号正是我们要在某种侵略形式中所要寻找的……

把象征区别本身的无穷过程从"最终得到的"残余物中分离出来的差距——这儿的结构就是被突然逆转所打断的无限（从黑格尔"假无限性"这个意义上来说）再分的结构——完全不同于把独特的主人—能指系列从普通能指系列中分离出来的那个差距。用数学术语来说，当分割开的两部分不再是两个一半、先前要素的部分时，当我们不再在某物与另一物之间作出区分，而是在某物与无之间作出区分时，人们就可能说我们到达了尽头；或者用能指的逻辑学术语来说，能指渐进的可辨别的分割只有在这样的时候才到达其尽头，即，当我们达到的分割不再是两个意指成对的能指之间的分割，而是在这样一个能指与其缺席之间的"反思性"分割——不再是 S_1 与 S_2 之间的分割，而是能指 S(ignigier)本身与 $ 之间的分割，$ "是"（被禁闭的）的主体自身的能指短缺或空无。这个"障碍"（"$"中的一竖）就是主体，它仅仅意味着没有什么能指可以充分地代表它。这就是对象开始出现的地方：精神分析称之"对象"的东西恰恰是一种幻想性的"填补物"，它掩盖主体性的空无为它提供存在的外表。这个结构可以以第三个笑话极好地表达出来，这回是来自现在的克罗地亚，是有关其前总统图季曼的。

关于克罗地亚前总统图季曼的笑话大体上显示了拉康理论的一些利益结构——比如，为什么不可能与图季曼玩捉迷藏的游戏？因为如果他要藏起来，则没有人会操心去寻找他……只有人们真想找到他，那关于如何躲藏的一个很好的利比多点才会起作用。但最极端的一个例子是关于图季曼与他的大家庭在克罗地亚上空飞机上的。图季曼知道有传闻说许多克罗地亚人过着悲惨的不幸的生活，而他却和亲信们在聚敛财富，他说："如果我把一张百万美元的支票从窗口扔出去，至少会让一个捡到它的克罗地亚人过上幸福的生活，那将会怎么样？"他那谄媚的妻子说："可是，图季曼，我亲爱的，你为什么不把百万美元分成两张 50 万美元的支票分别扔出去？这样就会让两个克罗地亚人幸福的。"他女儿补充说："为什么不把百万美元分成四张 25 万美元支票扔出去？这样会让四个克罗地亚人幸福的。"如此等等，直到最后，他那孙子——那个公认的天真少年不知不觉地不假思索地脱口说出了真相——他说："但是爷爷,您为什么不直接将您自己扔出窗外而让所有的克罗地亚人幸福?"这儿我们理解了全部:就像阿基里斯试图赶上那只乌龟一样,无限的能指通过细分而接近不可能的极限,然后这个在"假性的无限"逻辑中被捕获的无尽级数就被组合、被包围、被完善,这是通过身体的衰落来实现的,这个身体的真实域代表了主体本人。通过其身体自杀性的衰落,这个主体并没有把"他自己包括在外"(include himself out),而是正相反,他似乎通过把"他自己排除在内"(excluding himself in)来组合这个级数。这儿的身体就完全是用来填补无尽分割缺口的"不可分的残余"了。

神话及神话的盛衰(节选)

在本章中,读者将会惊讶地得知,神话是跟随着社会喜剧而来的次级现象;作为奖赏,他还会了解到一个漂亮女人出现的秘密。

20世纪60年代后期和70年代,在拉康式马克思主义的黄金时代,拉康在法国的许多追随者被他的反美主义所吸引,这一点尤为清楚地表现在,他拒绝把精神分析中的自我心理变化视为"美国生活方式"在意识形态上的表现。尽管这些追随者将拉康的反美主义理解为他的"反资本主义"的一个标志,但是,更为恰当的是应该看到它所包含的标准的保守主题的踪迹:在今天这个资产阶级的、商业化的、"美国化的"社会中,不可能再发生真正的悲剧;这就是为什么像克洛岱尔这样伟大的保守主义作家试图复兴悲剧概念以还尊严于人类生活的原因……正是在这一点上——当拉康尽力为陈旧的真实性(在今天表面化的世界里几乎难以辨别)的最后残余物说好话的时候——他的话听起来似乎是(而且就是)一堆意识形态上的陈词滥调。但是,尽管拉康的反美主义代表了他著作里最"虚假的"和与意识形态有关的论点,在这个意识形态中仍然有一个"理性核心":现代主义的出现实际上破坏了传统的悲剧概念,以及神话中主宰人类命运的命运女神的概念。

俄狄浦斯之前的哈姆雷特

当我们谈到精神分析论及的诸种神话时,实际上我们说的是一个神话,即俄狄浦斯神话——其他所有的弗洛伊德神话(原始父亲的神话、弗洛伊德式的摩西神话)都是这个神话的变异,尽管这是一些必要的变异。但是,由于哈姆雷特的叙述,事情变得复杂起来。当然,用标准的、前拉康的、"天真的"精神分析去阅读《哈姆雷特》的话,人们的注意力都集中在哈姆雷特对他母亲怀有的乱伦情欲方面。于是,哈姆雷特对他父亲之死的震惊被解释为无意识的狂暴愿望(在该剧中,希望父亲死去)的实现对主体产生的损伤性影响;出现在哈姆雷特面前的亡父的幽灵是哈姆雷特对于死亡祝愿①的内疚的投射;他对克劳迪斯的仇恨是自恋对抗状态的结果——克劳迪斯,而不是哈姆雷特自己,得到了他的母亲;总的来看,他对莪菲丽雅和所有女人的厌恶表明了他对令人窒息的乱伦性欲的厌恶,这种厌恶来自于父亲般的禁规/法令的缺失……因此,根据这个标准的阅读理解,作为俄狄浦斯现代版本的哈姆雷特见证了从古代到当代的演进过程中恋母情结禁止乱伦的强化:就恋母情结而论,我们谈论的仍是乱伦问题;而在《哈姆雷特》中,乱伦的欲望受到了抑制和移置。看起来,把哈姆雷特描写成一个强迫性神经官能症患者的真正目的在于:与所有(至少是西方的)历史中的歇斯底里形成鲜明对照的是,强迫性神经官能症显然是一个现代现象。

按照弗洛伊德的英雄主义的阅读理解,《哈姆雷特》被看成了恋母情结神话的现代版本。虽然我们不应该低估这种阅读的力量,但是,问题是我们该如何将它与这样一个事实协调起来,即尽管——在歌德式的人物系列中——哈姆雷特也许像是一个现代(性格内向的、沉思的、优柔寡断的)知识分子的原形,但是,哈姆雷特神话比俄狄浦斯神话要古老。故事的基本梗概(儿子替他的父亲向谋杀哥哥、篡夺王位的邪恶叔父报仇;儿子装"疯"卖傻,但句句真话,得以在他叔父的非法统治下生存)是一个从古老的

---

① 弗洛伊德用语,指的是有意识或无意识地对自己或他人的死亡祝愿。——译注

北欧文化到古代埃及、伊朗和波利尼西亚,处处可见的普通神话。此外,有充足的证据支持这样一个结论,即这个故事最终要说的不是家庭创伤,而是天体事件:哈姆雷特神话的最终"意义"是正在运行的星球的运动——也就是说,哈姆雷特神话将表达极其明确的天文观察编织进了家庭故事中……①然而,这个解释看上去也许十分令人信服,但也立即陷进了自己制造的绝境中:星球运动本身并无意义,只不过是一种无性欲共鸣的自然现象,因此,人们为什么要假借这样一个产生大量性欲纠葛的家庭故事去阐释—隐喻它呢?换言之,"什么意味着什么"的问题决不是由这种阅读理解所决定的:哈姆雷特的故事"意味着"星球,还是星球"意味着"哈姆雷特的故事?也就是说,古代人使用他们的天文知识是为了洞悉人类基本性欲的僵局?

然而,有一点是很清楚的:从时间和逻辑上来看,哈姆雷特的故事确实早于俄狄浦斯神话。我们在此谈论的是弗洛伊德很熟悉的无意识移置的心理机制:逻辑上早一些的事情只能被看作(或者成为,或者将自己写进故事中)某个被认为是"原始"故事的后来的间接变形。那是常常被误认为"做梦"的源头,这种做梦涉及到潜在的梦想和梦里明确表达的无意识欲望之间的区别:在做梦的时候,潜在的思想被用密码书写/被移置,但正是通过这种移置,另一个真正的无意识思想才得以明确表达它自己。

因此,就俄狄浦斯和哈姆雷特而言,人们从线性/历史的角度阅读《哈姆雷特》,把它读成了受到间接变形的俄狄浦斯故事,而俄狄浦斯神话则是(如黑格尔已经声称的)西方希腊文明(代表古老的前希腊宇宙瓦解的斯芬克斯自取灭亡的跳跃)的开篇神话;正是在哈姆雷特对俄狄浦斯神话的"变形"中,其受抑制的内容明确表达了自己——可以证明这一点的事实是,哈姆雷特的母体在前古典神话中无处不在,并可上溯到古埃及本身,其精神失败的标志是斯芬克斯自取灭亡的跳跃。(顺便提一句,要是相同的事情甚至发生在基督教上会怎么样呢:难道不是弗洛伊德所说的《新约》中上帝的被谋杀揭示了《旧约》中"否认的"创伤吗?)那么,哈姆雷特的前俄狄浦斯的"秘密"是什么呢?人们应该谨记,俄狄浦斯是一个真正的"神话",而哈姆雷特故事是这个神话的"现代化

---

① 当然,我这里指的是乔尔乔·德·桑蒂利亚纳和赫尔塔·冯·德肯德臭名昭著的新时代经典,《哈姆雷特的磨坊》(Boston, MA: David R.Godine, 1977)。

的"错位/讹误;人们应该记取的教训是,俄狄浦斯"神话"——也许还有神话般的"天真"本身——被用于混淆某些遭禁的知识,它最终是关于父亲的猥亵的知识。

那么,在一个悲剧性的格局中,行为和知识是怎样联系在一起的呢? 俄狄浦斯和哈姆雷特是两个基本的对立面:俄狄浦斯完成(弑父)行为是因为他不知道自己在做什么;与俄狄浦斯形成对照的是,哈姆雷特知道,而且正是因为这个原因,他无法继续(为他父亲之死报仇的)行为。此外,如拉康所强调的那样,不仅哈姆雷特知道,而且哈姆雷特的父亲也神秘地知道自己死了,甚至知道自己是怎么死的,这与弗洛伊德阐述的梦里的父亲形成了对照,梦中的父亲并不知道自己死了——正是这过多的知识说明了《哈姆雷特》极低的传奇剧效果。也就是说,与以某种误认或无知为基础的悲剧截然不同的是,传奇剧总是包含某些意想不到的、过多的知识,这些知识并非主人公而是他或她的对立面拥有的,它是在剧终夸张的大逆转中传授给主人公的。

让我们回想一下沃顿的《纯真年代》这一著名传奇剧式小说最终夸张的逆转。小说中,多年来一直对奥伦斯卡女伯爵心怀不正常爱恋的丈夫获悉,他年轻的妻子始终知道他隐匿不露的情欲。或许这也可以提供一种重新评价不幸的《廊桥遗梦》的方法:假设在影片的结尾,不久于世的弗朗西丝卡知道了她那位纯朴的丈夫始终知道自己的妻子与《国家地理》杂志摄影师那段热烈的露水私情,并知道这段私情对于她意义非同一般,但为了不伤害她,就一直对此事保持沉默。这就是认知之谜:一个局面的精神体系的突然改变不是发生在主人公直接得知某事(长期隐匿的秘密)的时候,而是发生在他逐渐得知另一个人(他以为不知情的那个人)也始终知道此事,但为了顾全面子而佯装不知的时候。世上还有比以下这种情形更令人感到羞辱的吗? 一个丈夫在长期与人私通之后,突然得悉自己的妻子一直知道此事,但出于礼貌或者——甚至更糟的是——出于对他的爱而始终保持沉默。

在《母女情深》中,黛布拉·温格身患癌症在医院病床上弥留之际告诉儿子(他因为母亲被他的父亲、她的丈夫抛弃而很是看不起她),她深知他是多么真心地爱她——她知道在她死后,在将来的某个时候,他会向自己承认这一点;到那时候,他会为他过去对母亲的憎恨感到内疚,所以,她现在就让他知道她预先原谅了他,从而解除了他日后的负疚……这种处理未来负疚感的方法是最佳的传奇剧;原谅儿子的举动反而使儿子预先感到了内疚。(基督教最高明的手法就在于通过这种赦罪之举将罪恶感和象征性负疚感加之于人。)

然而,在"他不知道这事,因此他做了"和"他知道这事,因此不去做"之外,还有第三种公式:"他很清楚自己在做什么;可是,他还是要做。"假如第一种公式用于描写传统的主人公,第二种公式用于描写早期现代的主人公,那么,以模棱两可的方法将认知和行为结合在一起的最后一种公式,说明的则是晚期现代的——当代的——主人公。也就是说:第三种公式允许两种完全相反的解读——很像黑格尔的思辨判断中最低点和最高点的重合:一方面,"他很清楚自己在做什么;可是,他还是要做"最明确地表达了道德堕落的愤世嫉俗态度——"是的,我是人渣,撒谎行骗,那又怎么样? 这就是生活!";另一方面,"他很清楚自己在做什么;可是,他还是要做"同样可以表达与愤世嫉俗相反的最最激进的态度——这是一种悲剧意识:虽然我将做的事对我的安康和我直系亲属的安康会产生灾难性的后果,可是,由于无情的道德命令,我还是不得不做。(让我们回想一下《黑色数字》中主人公的典型态度:他完全知道,如果他听从那个荡妇的召唤,等待他的只有死路一条,他也非常清楚,他正在陷入一个双重陷阱,那个女人肯定会背叛他;可是,他抵挡不住诱惑,还是做了……)

这种分化不仅是"病理学"——安乐、愉悦、利益——和道德命令之间的分化,而且也可以是我通常遵循的道德标准和我不得不服从的无条件道德命令之间的分化,就像亚伯拉罕所面临的困境:他"非常清楚杀害自己的儿子意味着什么",可还是决定去杀,或者像基督徒,为了实现更远大的颂扬上帝的目标,随时准备犯下可怕的罪行(牺牲他的不死灵魂)。简言之,当更高的需要使我不得不背叛我生存的基本道德要旨时,现代的后悲剧或超悲剧情况便会发生。

弃儿出美人

当然,在我们的时代里,有大量的灾难性事件,其恐怖程度可能超越了过去的灾难性事件——不过,我们仍然可以称奥斯威辛集中营或者斯大林集中营为"悲剧"吗? 斯大林时代那些做做样子的公审中的受害者,或者(第二次世界大战期间纳粹对犹太人)大屠杀中的受害者难道就不会认为有更激进的因素在起作用? "悲剧"这个词,至少在它的传统用法中,难道不是仍然蕴涵着命运女神的逻辑吗? 用它来解释大屠杀不是十分荒谬吗? 灭绝犹太人是服从命运女神隐藏的需要的说法本身就已经越来越站不住脚了。拉康在阅读保罗·克洛岱尔的《贡冯泰尼》三部曲时感到非常震惊,决心要打破这个僵局[①]。

精神分析中的陈词滥调之一是,一个十足的精神病患者的产生需要三代人;拉康分析《贡冯泰尼》三部曲的起始点是,一个(美丽的)情欲对象的产生也需要三代人。俄狄浦斯家族神话和贡冯泰尼家族传奇的共同特点是,两个家族连续三代人都服从以下母体:(1)扮有缺陷的象征性交换;(2)不合格者的身份;(3)出众的情欲对象的出现。"原罪",祖父母对象征性盟约的破坏(俄狄浦斯的父母将他驱逐出门;西格妮·德·贡冯泰尼抛弃她的真爱,嫁给了遭人鄙视的图仁吕赫)生出一个不想要的弃儿(俄狄浦斯本人;路易斯·德·贡冯泰尼),其后代是倾城倾国的美女,绝顶的欲望客体(安提戈涅;盲女佩赛·德·贡冯泰尼)。我们在此探讨的是一种深层结构需要,可以用第三个例子来证实。这个例子源于深久的法兰西(指代表永恒的法兰西心理文化和人口地域)的某种"下层"文化,正因如此,它以纯粹的、提炼过的形式展示了这种母体:马赛尔·帕尼奥尔的两部小说《让·德·弗罗里特》和《水源玛农》,包括它们的两个电影版本(首先是帕尼奥尔本人在将它们写成小说之前拍摄的这两部电影;后来是克劳德·贝利于1987年的大制作)。

现在我们来看一下故事梗概。在20世纪20年代初期的普罗旺斯(法国东南部一地区),罗锅让·德·弗罗里特,一个从书本上学会农活的受过教育的城里人(收税员),突然从他母亲弗罗里特那里继承了一小块土地。于是,让和他那曾是歌剧演员的爱妻以及他的娇女玛农一起,打算在农场定居,饲养并非当地传统产品的兔子。让是

---

① 见雅克·拉康:《精神分析的四个基本概念》(Harmondsworth: Penguin, 1979),第116—119页。

个空想家,集深厚的宗教感情、过真正的乡村生活的渴望、以科学方法开垦土地的理想于一身。很显然,过一种真正的乡村生活而不是堕落的城市生活的理想被贬为城市神话:正相反,乡下人自己却专注自我和沉默寡言——让的到来所扰乱的社区基本道德准则是不管闲事……

不幸接二连三地迅速降临:让的邻居们,富裕的老光棍恺撒和他那头脑简单的侄子厄戈兰——曾是当地权贵的显赫的索贝让家族的遗老遗少——对这块土地另有打算。他们想在这块土地上种植康乃馨,拿到附近的大城市出售。于是,这叔侄两人便周密策划出一个击败让的阴谋——阴谋策划者恺撒并不仅仅是邪恶和贪婪;他还用他的价值观来为自己的做法辩解,其核心是土地和家族的延续性。因此,在他看来,他的阴谋是完全正当的,因为这是保卫土地不受外来闯入者侵略的需要。在让到来以前,恺撒和厄戈兰用水泥堵死了让土地上的泉源。因此,当天不下雨时,植物便枯萎,兔子便开始死亡,让和他的家人只得从早到晚去远处的一个泉水井拉水以拯救他们的庄稼,却不知道一眼丰水泉就在他们鼻子底下。以下这一情景让人看了感到痛苦而难忘:可怜的一家人长途跋涉,像骡子一样运水,筋疲力尽到了极点,而全村人却在看着他们,非常清楚让自己的土地上就有一眼清泉——但是,谁也不愿改变主意把实情告诉他,因为不管闲事……让意志坚定,不屈不挠,非常执着,最后他在一次爆炸中丧生(在绝望中打井找水时);他妻子被迫把土地卖给恺撒和厄戈兰,带着玛农搬到附近山里一个荒凉的山洞里;当然,恺撒和厄戈林很快就"发现了"水泉,开始种植康乃馨。

第二部分发生在十年之后;这时玛农已经出落成一个美丽的牧羊女,颇似当地的一个仙女,神秘地住在山里,不愿与村民为伍。两个男人对她心存爱意:新来的年轻乡村教师和丑陋而不幸的厄戈兰。厄戈兰在偷看过她于旷野中裸体歌舞之后便疯狂地爱上了她,甚至把鸟和兔子放进她设的陷阱里去帮助她。但是,尽管她还是个小姑娘,玛农并不相信厄戈兰明显表现出来的对她的友情。玛农发现了两个重大情况:她了解到她父亲土地上的水泉是被恺撒和厄戈兰堵死的,而且全村人都知道这件事;在探寻地下山洞时,她还意外地发现了全村人用的水源。因此,现在轮到她来策划和报仇了:她切断了全村的供水。

现在,事态的发展变得快多了。厄戈兰含糊其辞地公开承认了他和恺撒对死去的让所犯下的罪行,并可悲地提出娶玛农为妻,照顾她,以此为他从前的过错赎罪;当玛农当众拒绝他后,厄戈兰便上吊身亡,将他所有的财产和土地都留给了玛农。由于对水的极度渴望,村民们请来了一位国家水利资源专家,专家给他们讲了一大堆复杂的理论,但是没找到水;于是,当地的牧师便提议在村里的那口主井周围列队行进祈祷。牧师在布道中明确地暗示,断水是对集体犯罪的惩罚。最后,那位教师——他对玛农的爱情得到了她的报答,他怀疑玛农知道突然断水的秘密,而且她本人就是造成断水的原因——劝她原谅村民,恢复供水。他们两人一起走进山洞开通水源,翌日,在村民们列队行进祈祷期间,水又开始流了出来。教师和玛农喜结连理,她生下一个可爱的、不驼背的孩子,而年事已高的恺撒从一个老熟人——在村里度过晚年的瞎女人——口中了解到让残废的秘密。

让的母亲弗罗里特是当地的美人,原来是恺撒的至爱。在他们一夜风流之后,恺撒出发去阿尔及利亚服兵役;弗罗里特无比骄傲,不愿承认她对恺撒的爱情。但是,不久以后,她写信给远在阿尔及利亚的他,说她怀上了他的孩子,说她爱着他——然而,不幸的是,那封信从未到达恺撒手中。弗罗里特以为恺撒不要她了,绝望中想方设法要打掉她腹中的胎儿,便采取从楼梯上滚下来等方法,但都无济于事。于是,她搬到邻村,很快勾引上了当地的铁匠,嫁给他生下了让。由于她试图堕胎的原因,让一生下来就是个罗锅。恺撒这才知道是他图谋并导致了他自己的独生子的死亡,他是多么地盼望有个儿子传宗接代延续香火。他的大限到了,他决定赴死:他给玛农写了一封长信,向她阐明他是她的祖父,将索贝让的全部财产都留给她,并请求她原谅。然后,他躺下来平静地死去。

于是,这整个悲剧都起因于一封在绕了两代人的长长弯路之后才迟迟到达目的地的信(弗罗里特写给恺撒的信):当这封信没寄到身在阿尔及利亚的恺撒手中时,悲剧就开始了,最后,当信送到他手里,迫使他面对他不明就里地杀害了他的独生子的可怕事实时,悲剧便结束了。

在俄狄浦斯神话和克洛岱尔的《贡冯泰尼》三部曲中,美丽的客体(玛农)是作为一个弃儿的后代,一个不想要的孩子的后代出现的(让的驼背,像俄狄浦斯的瘸腿一样,实际上就是父母抛弃后代的标志;让天生是个驼背,因为他那不幸的母亲自己从楼梯和陡路上往下滚,试图终止妊娠)。人们禁不住想通过逻辑时间三个阶段颠倒的母体的透镜去阅读这三代人的故事[1]:

● 在第一代中,灾难性事件是由致命的假结论引发的(使人疏远的合同);

● 接下来便是"理解的时间"(理解以下这种情况所需要的时间,即由于这个合同,我失去了一切,我成了一个弃儿——简而言之,这个故事中是与大他者的剥离,即我被剥夺了在象征性秩序中的立足点);

● 最后是一个"观察时刻"——看什么? 当然是看美丽的客体[2]。

从第二时刻到第三时刻的过渡与从令人厌恶的恐怖症客体到令人振奋的崇拜的过渡相同——也就是说,我们这里所谈论的是对同一客体的主体态度的逆转——不是通常的"珍宝变废物"的逆转,而是相反的"废物变珍宝"的逆转,是从一文不名的弃儿变成价值连城的宝石的逆转。潜伏在这一现象背后的是美丽的(女性)客体出现的奥秘:首先,是"原罪",使人疏远的交换行为("一封信——弗罗里特写给恺撒的信——没有寄到它的收信人手里",爱情接触失败了,一对恋人没有团圆)。这个原始灾难(恺撒无视弗罗里特对他的深切的爱)被看作造成他们的后代那令人发指的残疾的"客观对应物";然后接下来是残疾变成绝代佳人(让的女儿玛农)的奇迹般的逆转[3]。在帕尼奥尔的作品中,悲剧是逆转的俄狄浦斯:与俄狄浦斯神话中儿子在不知情的情况下杀死了自己的父亲形成鲜明对照的是,恺撒在无意中送了他儿子的命。恺撒不单单是恶毒;他还固守无条件厮守自己的土地、不惜任何代价保护它不受外来闯入者侵犯的传统道德,实施他的害人行为。另外,社区本身,在袖手旁观让一家人长期受苦的过程

---

① 见雅克·拉康:《精神分析的四个基本概念》(Harmondsworth: Penguin, 1979),第116—119页。

② 同样,安提戈涅也是个美人。但是,《克洛诺斯的俄狄浦斯》所表达的是自我消亡的凤愿:俄狄浦斯在诅咒了包括他自己在内的整个世界之后便消失了。

③ 顺便提一句,威尔第的《弄臣》中不也有类似的情形吗? 一个丑陋的驼背人有一个美艳的女儿。

中,也只是在遵循它原始的道德箴言:不管闲事,以及与此相似的格言,一开口就滔滔不绝。

因此,三个男性中心人物的悲剧都有其自身的特点。恺撒最终意识到他击败的敌人是他自己的私生子——悲剧性经历中闭环现象的一个完美例子:射向敌人的箭反射回开弓者。在这一时刻,命运之圈完成了,唯一留下的是为了死去的主体,就像老恺撒那样带着尊严死去。小说中最可悲的人物也许要数厄戈兰了。毫无疑问,他对玛农的爱远远深过浅薄而轻佻的教师伯特兰德,但他由于内疚和不幸福的爱情被逼上了自杀之路。最后,是让本人的悲剧性的一面——当化来甘霖滋润干渴土地的云彩涌过他的农场上空时,他仰面朝天,(有点荒谬地)用无力而愤怒的口气喊道:"我是个罗锅。做一个罗锅不易呀。天上没人吗?"让代表着父亲的角色,决心要把他的计划进行到底,他依靠的是气象统计资料,而全然不顾他的开垦土地的事业给他的家庭酿成的苦难①。构成他的悲剧的原因是他的努力完全没有意义:他动员全家人长时间地从一口遥远的井里运水,日复一日,而不知道他的土地上就有一个丰沛的水源。

从喜剧到悲剧

社会和悲剧性个人之间的标准关系就这样被颠倒了:在传统的悲剧形式中,是个人冒犯社会,与此形成鲜明对照的是,在帕尼奥尔的作品中,却是社会冒犯个人。在传统的悲剧中,罪过是在作为个体的违法的主人公身上,他后来会被原谅并重新被社会所接纳;而在帕尼奥尔的小说中,基本的罪过是社会本身的罪过:这罪过不在于他们做了什么,而在于他们什么也没有做——在于他们的知识和他们的行动之间的差异:他们都知道水泉的事情,然而他们却没有一个人准备把有关水泉的真相告诉不幸的让。

如果说,典型的传统悲剧表现的是主人公个人的悲剧:他犯了法,但他这种行为所导致的后果却超出了他的认知范围——他扰乱了他生活其中的社会的神圣秩序,无意

---

① 因此,让就类似于保罗·西劳克斯的《蚊子海岸》中的父亲形象。

识地犯了罪,那么,在帕尼奥尔的作品中,主人公则是社会本身(全体村民)——不是他们做了什么,而是他们知道而没有做的事情:他们只需要把他们所知道的告诉让,而不是默默地目睹着让一家人在辛勤地劳作。结果,玛农的悲剧性的顿悟就产生了,这不是因为她得知其他人(社区)做了什么,而是因为她得知他们知道实情。为此,在故事结尾,当全体村民突然开始指责恺撒截堵水泉时,他对他们的反驳是有道理的。他说,即使这事的确是他和厄戈兰干的,全体村民也都是同谋,因为他们都知道这个事实……社区的这个罪行在死去的让的鬼魂中显现出来:他以幽灵的形式出现,搅得村民们不得安宁,指责他们不把水泉的真相告诉他。玛农,这个不会上当受骗的沉默寡言的孩子,观察着一切,尽管她只能默默地看着她父亲非凡的努力和失败:她那些技法拙劣的表现全家运水情景的幼稚的图画使社区(全体村民)时刻想起发生过的一切,感到不堪忍受。

当然,用拉康的话来说,玛农和村庄社区之间的对立是 J 和 A 之间的对立,是狂喜的实质和大他者之间的对立。玛农是"源泉",她代表生命源的现实(不仅是性,而是生命本身),这就是为什么她能够切断生命之源(水)的流淌,从而导致社区衰落的原因——当社区驱逐她时,他们无意识中枯竭了他们自己的生命实体。一旦社区被从其源头切断,它便露出了真实面目,成了象征性机械发出的无力呻吟:帕尼奥尔小说中讽刺的高潮无疑是村民们与国家水利机构代表的见面,他用一大堆伪科学话语来掩饰他对导致村庄水源枯竭的可能原因的愚昧无知。在此,人们不禁会想起弗洛伊德在他关于厄玛注射之梦第二部分中三位医生同事的空洞滑稽的闲聊,医生们列举了种种可能的借口,为弗洛伊德在医治厄玛期间的任何罪过开脱责任。意味深长的是,是作为调停者介入此事的当地牧师指出了调解方法,他提醒村民们想起了他们的同谋罪行,将解决问题的焦点从科学知识转移到主观真相。因而,最终以玛农和年轻教师之间的婚姻达成调解也就不足为奇了,玛农的怀孕证实了生命实体的真实和象征性的"大他者"之间重新建立起来的和谐。玛农与莱尼·里芬斯塔尔的早期名作《蓝光》中的琼塔不是很相似吗? 琼塔是个美丽的弃儿,被闭塞的村庄社区剥夺了公民权,但她享有探索生命奥秘的权利。

牧师的调停还展现了思想意义出现的初级机制:就在(国家供水专家对泉水断流原因)所做的解释不能成立的时候,意义填补了这个空间——也就是说,牧师改变了人们的思维范围,并建议社区成员不要简单地认为断水是由于自然过程(土壤深处压力的改变、干旱、地下水改道并寻找新河床)所致,而应把它看作某种社区道德败坏的标志(他本人将之与底比斯进行比较,该城的瘟疫起因是皇室的乱伦)。然后,在人们用宗教形式列队行进祈祷求水的过程中,"奇迹"出现了:突然,泉水复又开始流出(因为玛农掘开了源头)。我们在此涉及的是一个简单的欺骗? 真正的宗教信仰何在? 牧师非常清楚问题的症结;他对玛农说:"我知道奇迹将不是一个真正的奇迹,泉水会重新流淌,因为你会掘开源头——但是,真正的奇迹不是外在的,而是内在的。真正的奇迹是,像你这样的人——由于社区对你的家庭所做的错事,你拥有一切权利去仇恨我们的社区——会鼓足勇气改变主意,作出一种姿态。真正的奇迹是这种内心的转变,通过这种内心转变,个人便会冲出复仇的圈子,对发生的事表示原谅。"真正的奇迹在于不让罪行和过错再次发生。

我们在此遇到的是最纯粹的思想意识上的我很明白,但终究……:尽管没有物质上的奇迹,但有另一个"较深的""内心"层面上的奇迹。在此,人们可以清楚地看到帕尼奥尔那令人困惑的中间人立场。一方面,他似乎想依赖于外部的、物质事件和"内心"真相之间一致性的前现代概念,即渔王神话中表达出来的最终的一致性("荒原"是国王的道德失败的表现),另一方面,他又反过来考虑了这个一致性的虚幻特征。

这个中间人的地位在号称封闭而神秘的悲剧命运的世界投下了一道阴影,在这个世界里,所有四散的线索最后都能找到一个共同的结果。如此的一个史诗悲剧在今天看来似乎完全不合适。在今天这个时代,电影里总是出现各种暴力事件以引起我们的注意,唯一可以采纳的对话构成了越来越聪明或越来越滑稽的俏皮话,唯一可以接受的全盘阴谋越来越成了一首阴谋叙事诗。然而,在帕尼奥尔的小说中,事情以庄严的速度运动,如同在一部希腊悲剧中,沿着它们延续三代人的不屈不挠的道路前进;那儿没有悬念,所有的动机都事先展示出来,将会发生什么事都非常清楚——但正是由于那个原因,当真的出事时所产生的恐惧就更加灾难深重了。

但是,帕尼奥尔没有叙述一段真实的神秘经历,而是提供了这样一段经历的怀旧回复版本。难道不是吗? 仔细研究帕尼奥尔呈献给公众的小说中的一种连续的形式(首先是他的两部电影,然后是他后来根据小说自己制片的电影,最后是克劳德·贝利的两部电影)揭露了躁动不安的事实,开头是最不神秘的:只有在贝利的"后现代"怀旧版本中我们才能得到神秘命运的封闭世界的完整轮廓。当它保留人们的举止行为遵循陈旧的、准异教徒宗教模式的"权威性的"法国地方社区生活的痕迹时,帕尼奥尔的版本也产生了情节的戏剧性和滑稽性;贝利的两部电影,尽管它们拍得更为"现实",强调的是命运和过多的情节(不可忽略的是,以威尔第的《命运的力量》为基础的电影的主要音乐主题旋律)①。因此,自相矛盾的是,封闭的仪式化的后现代社区意味着戏剧性的滑稽和讽刺,而现代"现实主义的"表演涉及的是命运女神和双剧性的过度②。

在此想再问一遍,我们没有遇到《哈姆雷特》的悖论吗? 即叙事内容的"神秘"形式不是起点,而是移置和压缩的一个复合过程的终结。在帕尼奥尔名作的三个连续形式中,我们因此看到了道德态度的社会戏剧逐渐僵化为神话——以"自然"顺序的逆转,该运动是从喜剧到悲剧。我们得到的训诫是,说今天的神话是杜撰的,是假的,是复古的人工制品的说法是不充分的:神话杜撰模仿的观念应被彻底改为神话本身是一个虚构的故事的观念。

[……]

---

① 见菲尔·帕里,《20世纪80年代的法国电影》(Oxford: Clarendon, 1977),第50—61页。

② 黑格尔早期的神学—政治著作中也有这种出人意料的"对角"联系。这些著作是建立在双重对立基础上的:主观宗教与客观宗教的对立;个体宗教与大众宗教的对立。我们没有看到预料中的个体—主观对大众—客观之间的联系:这种联系是"对角的",也就是说,现代宗教是个体的和客观的,而古代希腊宗教同时是大众的(深入到了公众的社会政治生活中)和"主观的",也就是说是主体本人的(而不是他人的)精神物质。

同样,拉康的"性别化公式"中的这两对公式之间的相互关联也是对角的:无例外的非全体对有例外的普遍性。这种联系甚至是内在的:男性世界是"客观的",但其个体是例外,与之相对,女性世界是非全体的,也就是说,是主观的,同时又是没有例外的,是公众的。

雅克·朗西埃

马克思的工作(2002 年)

美学和政治的伦理转向(2004 年)*

雅克·朗西埃

(Jacques Rancière, 1940 年—　　)

　　法国哲学家,1940 年出生于阿尔及利亚,当代后马克思主义和批判理论的代表人物。朗西埃 60 年代毕业于巴黎高师哲学系,师从著名的马克思主义哲学家阿尔都塞,并与之合作撰写《读〈资本论〉》(1965),采用症候式方法分析马克思的著作。“五月风暴”之后,由于不满阿尔都塞的理论精英主义,朗西埃与导师分道扬镳。70 年代至 80年代中期,朗西埃主要致力于 19 世纪工人运动档案史的研究。90 年代之后,朗西埃转入政治哲学研究,并逐渐获得英语世界的关注。同时,也是自 90 年代始,随着对历史诗学以及文学的关注,朗西埃的学术兴趣逐渐转向美学理论和当代艺术领域。进入 21世纪以来,朗西埃极富创意和启发性的审美政治理论迅速在当代艺术批评和美学领域扩散,掀起了身份政治与后殖民学说之外另一轮批判艺术的讨论热潮,朗西埃也被誉为当今世界最有影响的研究“美学”的欧陆哲学家。《歧义:政治与哲学》(*Disagreement*: *Politics and Philosophy*)(1998)是朗西埃的代表著作,全书立足于政治、哲学、审美、日常生活等思想活动的交汇环节,试图重新激活政治在审美感知基础上的冲突性场景,还虚无主义和共识时代政治以争辩性的真实面目。朗西埃创造性的从经验性、认知性、理性或“理据”等三个层面上来理解“感觉”,从而突出了美学与政治的关系问题,同时,他在书中提出了一个重要概念:“感性的分配”(the distribution of the sensible),

---

* 《马克思的工作》选自《哲学家和他的穷人们》,蒋海燕译,南京大学出版社 2014 年版,第 135—161 页。英文版参见 *The Philosopher and his poor*, Part Ⅱ "Marx's Labor", Duke Univ. Press, 2004;《美学和政治的伦理转向》译自雅克·朗西埃的英文论文集《歧见》(Jacques Rancière, *Dissensus*, trans. Steven Corcoran, London & New-York: Comtinnum, 2010, pp184—204),谢卓婷译。此文另在朗西埃著作《美学中的不满》(*Aesthetics and Its Discontents*, translated by Steven Corcoran, Cambridge: Polity, 2004)以及其他论文集,如让-菲利普·德朗蒂(Jean-Philippe Deranty)主编的《承认·工作·政治:法国批判理论新方向》(*Work*, *Politics*: *New Direction in French Critical Theory*, Leiden & Boston: Brill, 2007, pp.27—45)等书中有所收录。——译注

朗西埃的思想主要涉及"政治"与"审美"两大领域,二者并非两大对立的板块,而是互相沟通的"感知的分配"形式,也正是"感性的分配"在本质上将二者联结起来。在这个意义上,审美作为感觉经验的分配与再分配,美学本身即是政治,而政治作为一种感性分配/分享的双重模式,原则上也是一种美学。事实上自博士论文《无产阶级之夜——法国19世纪工人的梦想》(1981)开始,朗西埃就致力于"审美革命"和主体解放命题的思考,并极力在"感性的分配"(partage du sensible[distribution of the sensible])的理念基础之上将政治与美学两大领域打通,从而使"政治的美学"与"美学的政治"成为一种雅努斯式的双面存在。《马克思的工作》(Marx's Labor)一文选自《哲学家和他的穷人们》,如书中所述,朗西埃想要指出的是"马克思是如何通过摧毁柏拉图的意识形态帝国、通过告诉无产阶级真理来更好地将他们排除在学者们专享的科学之外,从而做到延伸他要推翻之物。"朗西埃将马克思与柏拉图视为"哲学王"式的人物,他之所以在这篇文章中对马克思的理论作出辛辣嘲讽,主要是出于对马克思的阶级分析理论、尤其对无产阶级革命性的不信任。"马克思把这最根本的落后看成历史的悲剧,其实是以他一以贯之的唯物主义眼光下只有闹剧。生存和繁衍的唯物主义历史破坏了生产和毁灭的革命的辩证法……"这里涉及的一个核心问题是朗西埃关于无产阶级主体化的问题,他并不认同马克思对无产阶级的整齐划一,认为这使得马克思只能从"唯物主义"的物质基础与生存论上寻找答案,从而在一定程度上取消了主体的革命性动能。在这个意义上,马克思悲剧理论中的各个角色不过是阶级斗争的种种替身,而这些替身所弄出来的政治笑话,实际上又与马克思的唯物主义理论背道而驰,既而造成了马克思"变戏法"似的悲剧与闹剧的悖论。在《美学和政治的伦理转向》一文中,朗西埃对美学之伦理转向(ethical turn)进行了批判性的反思,"伦理"一词所表达的含义与通常意义上的道德关切并不相关,其内涵是"事实与规范、所是与应是之间区分的瓦解,也是规范溶解于事实的过程"。在政治上,"恐怖"是创伤在现代社会中的名称,在美学上体现为对"不可再现之物"的思辨。在悲剧的俄狄浦斯向悲剧的安提戈涅转变的过程中,"悲剧预示着文明内部的不和谐,在文明中,社会秩序的律法往往会被支撑社会的东西所摧毁。"总体而言,朗西埃在这里主要试图解析并消解后现代崇高美学对"不可再现之物"的执念,而所谓的"伦理转向",在他看来并不一定会真正发生。

马克思的工作

施特劳宾人的天才

但是,哲学家无法放弃这些无可救药的笨蛋。分裂中的纯粹非存在必须有一个躯体:那就是为了预见德意志还没有形成的无产阶级;但也是为了分裂这个总是快速与它的共同利益及其现代代表组织起来的阶级。共产国际可能首先就是作为无阶级的工人联合:一种反对现代组织的武器,在英国、法国或者德国,这些现代组织过于强调表达作为阶级的工人利益。一般来说没什么比政党的小丑们更适合这一点了,尤其是施特劳宾人。为了反对组织德国工人协会,用莱比锡的李卜克内西这头多愁善感的南德笨驴;为了控制李卜克内西——他在整个德国所传播的共产国际证不超过六个——就动用这位日内瓦的老谋反分子贝克尔(Becker)。为了控制贝克尔,就用这位杰出的马克思主义施特劳宾人,埃卡留斯(Eccarius)裁缝,这位"纺织之子",他在伦敦逃亡期间学习了阅读,但是还没有学习生产,在他作为领导人和政论者的新生活中,他非常高兴找到了在"服装行业这个人间地狱"中失去的回报。

这些滑稽面孔,除了因为桀骜不驯的贝克尔而获得的尊重外,他们肯定做不出什么高明的提议,尽是胡言乱语。但是,对不代表任何人的人,我们可以对他们给予信任。以滑稽的方式扮演人民的角色,他们还是无可替代的,其同门宋木匠扮演《夏夜之梦》中的狮子。诗人,恶灵之人。裁缝乌尔姆(Ulmer),这位本真之人受到一位特别的"天才"的启示。当愤怒使之成为诗人,他的天才使之恼怒,在民主党人的会议中播下政治恐怖。"另外,也播下共产党人自知肯定有效的骄傲。"①

主张解体、反对代表制的莎士比亚式的鲜明个体面对拉萨尔的席勒式代议制部队。当恩格斯指责拉萨尔在其剧本《弗兰茨·冯·济金根》(Franz von Sickingen)——其主要人物都是阶级和既定趋势的代表——忘记了法尔斯塔夫背景时,他可能想到了自己的"政党":"乞丐王、挨饿的德国雇佣步兵、各种各样的冒险家"。他们是"封建力量分崩离析"②时代的特征。在资产阶级"第二次经历其 16 世纪"③的 1850 年代,悲剧的文学问题也是革命的政治问题。为了达到革命的悲剧意义,就得使通过莎士比亚有关分裂的悲喜剧表演的资产阶级悲剧——席勒式的、拉萨尔式的、社会民主的——加倍;通过乞丐思想家、共产主义里挨饿的德国施特劳宾人的混杂而使在"大工业中最先诞生的孩子"④的合法性得以加大;通过革命工兵的传奇使生产力的发展的合理性得以翻倍。革命工兵,人们有时会把他和黑格尔的知音——《理性》的计谋——相混淆,他也是莎士比亚笔下的人物形象。但是,他改变了表演的舞台。黑格尔从《哈姆莱特》王子的这部悲剧中借用了工兵,这部悲剧看到了新资产阶级个体的首次分裂。唯物主义者卡尔·马克思看起来更喜欢幻梦剧。在一个为了庆祝英国工业中"最先诞生的孩子"而举办的宴会上,他赋予旧工兵新的名字,并且赋予新意。他说,该工兵实际上叫罗宾·古德非洛(Robin Goodfellow),即帕克,《夏夜之梦》中淘气的小妖精⑤。帕克被看作是波罗斯(Poros)和佩尼亚(Penia)之子魔鬼爱罗斯(Eros)的现代形象,是一个不再充满狡诈却弥漫讽刺意味的故事中的天才。

流产的革命

无产阶级不能没有党,党不能没有宣言,这种依存关系的成立,还是应该绕几个圈

---

① 《马克思恩格斯通信集》卷二,1851 年 8 月 25 日,第 306 页。

② 《恩格斯致拉萨尔》,1859 年 5 月 18 日,《马克思恩格斯通信集》卷五,第 324 页。

③ 《马克思恩格斯通信集》卷五,1858 年 10 月 8 日,第 225 页。

④⑤ 《人民日报年度节日讲话》,1856 年 4 月 14 日,伦敦,《马恩全集》卷十二,第 4 页。

子的。不过,科学与政党的所有宣言应该抑制这种曲折,坚持历史的乐观主义理性。这是一个所有人都能看到的"必然的"历史。这种谦让的做法为玩弄双关语的《共产党宣言》(简称《宣言》)提供论证的内容,《宣言》声称除了宣布在所有人眼里看来都是一目了然的事实外,它不会宣布任何别的东西。"我们见证了""我们注意到""我们看见""我们刚刚看到""我们已经看到":至今的历史只不过是阶级斗争的历史,也就是说,从根本上讲,生产力的发展是建立在一定的所有关系的基础上,而这种关系又变成了上述生产力发展的桎梏。这时这种关系需要被打破,这一点已经被证明。打破旧的生产关系,建立新的生产关系,这个过程循环往复,一直持续到占有和非占有双方的最终对决。资产阶级制造了自己的无产阶级掘墓人,他们要以地动山摇的方式埋葬资产阶级:"无产阶级位于我们这个社会的最下层,他们如果想要直起身子、挺直腰杆,就必须彻底摧毁压在上边的正统社会的整个上层结构层。"[1]

马克思博士喜欢地质学,经常用地质名词打比喻。那些比喻说明他认为自己完全看清了现代社会这片土壤:无产阶级受它的滋养,而资产阶级用自己发展中的新陈代谢产物做它的肥料。如果说《共产党宣言》充满共产主义乐观,而其两位作者的共产主义经验却并不多,这种落差正是源自《宣言》中的共产主义依靠的不是在世界舞台上还不存在的无产阶级的力量,而是资产阶级的力量。在这里,它所说的一切发展与矛盾的力量,其实来自资产阶级的行动和激情。

资产阶级的主宰

《共产党宣言》是以其主角共产党进入舞台开始。即使说共产党存在,那它也不是来自施特劳宾人的手工业组织社;也不是来自假想中由现代大工业催生的无产阶级的虚有力量。它的存在是因为在其幽灵前,所有的力量都极度不安。重要的是要以"党自己的宣言"来打破"共产主义幽灵的吓人童话"。不过,"党自身"也只是作为这个童

---

[1] 《共产党宣言》,第50页。

话的改写。它有力量,那是因为它的幽灵让所有势力都不安。它的合理性——哪怕是被颠倒了——来自教皇、沙皇、梅特涅(Metternich)和基佐这些联合起来驱魔的势力。

只需要让幽灵现身,就可以看到这个主角了。这种省事的捷径可以避免走费尔巴哈式的弯路。费尔巴哈认为,推倒神化的幽灵并不能产生全人类,而只能产生众多的个人,即各有不同的形式多样的实在。他的让步,使他的论证有了力量(幽灵一现身就赶不走了),但同时也使论证出现弱点,按照他的观点,每个存在本质只有当能够被算进那个整体才能存在。所以,共产主义也只能在寻找博爱的单调无限中才存在。"人类只有成为一个总体才能了解自然,人类只有成为一个总体才能过上人的生活。"[1]这就像那个安德斯·勒·拉普兰一样去各地演讲,走上一条没有尽头的旅途。

同理,马克思的颠覆应该产生相同的结果。在《德意志意识形态》里,他写人们不会思辨只顾生活。在这里,《宣言》为共产主义幽灵做了一番辩护,最后却只能谈谈现实中处境悲惨的共产主义者。想要超出这个范围,那就要在相加和相乘的唯物主义原则——生命个体和永不停息的代代繁殖的原则——中加入关于死亡的辩证原则。这种划分是有效的,因为它预先假定一种统一,即一种无论怎么相加和相乘都得不到的整体。应该有一个"一",它其实也是"二",是没有区分就没法存在的一个整体。

资产阶级被这个幽灵吓到产生的结果是:它滋生了作为"一"的政党的出现,用党的"一"对抗其他所有。资产阶级感到"恐惧",这跟儿童与老人的恐慌完全不是一回事。创造了共产主义幽灵的力量同时也发明了铁路。资产阶级心存恐惧是因为他或多或少隐约地知道无产阶级就像是他们的另一半,是他和生产力之神——或者之魔鬼——之间所签订的契约的另一方。他的恐惧仍然是其力量的表现。如果说资产阶级的激情带来了共产主义,那也是因为他的行动催生了无产阶级。

因为,根据《共产党宣言》,只有资产阶级有力量做代言人。他带来了全球文明,在这个世界里,城市、工厂、铁路、轮船和电报要打破一切社会等级和民族的障碍,要让所有的原始野蛮和落后倒退的迹象化为乌有。他同时也是毁灭自身的力量,他过于陶醉

---

[1] 歌德写给席勒的信,费尔巴哈引用,《哲学宣言》,阿尔都塞(Althusser)译,法国大学出版社,第15页。

自己手中的悲剧力量，为了逃避自己的命运，他只能不断进行生产工具的革命，不断解放把自己拖向无底深渊的生产力。《共产党宣言》是一部关于信念的剧本，讲述的是对资产阶级自杀结局的信念。

在这幕剧里，无产阶级没有任何机会成为主角，最多，也只是配角。他只是掘墓人。甚至不能自己动手搞暗杀。他们拥有一切来自资产阶级的行动或者激情。他们仅仅是工业的战士、劳动的工具、机器的附属物；只有接受分配去进行斗争，或者拾起落后的手工业对抗机器，他们才可成为人；他们只能从外部获得力量。他们不断加强联合，这归因于工业的日益集中，归因于技能的增长，归因于铁路的快捷。他们从资产阶级那里获得政治主体的地位，因为资产阶级在反对封建秩序的斗争中与之结盟。他们所受的持久不变的政治教育就是坚持废除统治阶级，而统治阶级却按照他们的思想培训出大批战士，源源不断地加入他们，统治阶级派出自己的思想家来指导他们的战斗。

不过，无产阶级至少有一个特有的优点：他们"一无所有"，他们被剥夺了一切所有权，对他们来说，财产、家庭、宗教和民族没有任何意义，他们因此大彻大悟了。不过，单凭这点他们也不如资产阶级。无产者与其妻子和孩子的关系和"资产阶级与其妻子和孩子的关系没有任何相同之处"。但是，资产阶级的婚姻已经是"共妻制"①了。无产阶级没有国界。但是，资产阶级自己也只能作为世界性的阶级而存在。他推倒了保卫国家利益和传统守旧的"万里长城"。对无产者来说，"法律、道德和宗教"就是"资产阶级的偏见，在其背后隐藏的全是资产阶级的利益。"但是，资产阶级已经受过"利己主义的冷水"的洗礼，不再迷信宗教、鼓吹道德②。"没有身份"这一点让无产阶级极为被动，但却为资产阶级提供精神动力，让其不断地去推翻一切陈规，清除没落的固有价值。资产阶级是革命者，这不仅仅是因为他们创建了大工业，还因为他们打破了一切固有和守旧的价值、解散了所有阶级。资产阶级已经是那个非阶级的阶级，他主演这场生产与毁灭的悲剧。在资产阶级的这场革命中，无产阶级只不过是一个替身、一个反角，

---

① 《共产党宣言》，第49、63页。

② 《共产党宣言》，第33、49页。

只能见证主角的生与死。那并不是辩证的行动,而仅仅是唯物主义的行动。这个掘墓人见证了资产阶级革命的完成。

资产阶级的背叛

这样,《共产党宣言》用唯物主义解明真相,又用辩证法解释毁灭的结局,完成这个构想所要求的无产阶级还不存在,所以它又将任务交给资产阶级。它对资产阶级的激进所赋予的信赖也是对它自己的信心,它自信用政治可以解释历史。

但是,1848 年革命让它的这种信心受到重创。1848 年革命是失败的表演,它把悲剧演成了一出闹剧,这出闹剧可以起名叫"受骗的解谜人"。

其实,要证明《共产党宣言》所确认的事实,当时各种条件都已经具备。1848 年 6 月将书上描绘的真相变成了街头景象,在街垒的两边明显分割为不同阶级。经过血腥镇压的典礼,共和国完完全全就是作为完整阶级的资产阶级的专政,摘下了掩饰的面具,露出了权力的本质。

事情发展到这一步,一切都证实了《法国阶级斗争》的观察者的理论。但是,接下来却变得没有头绪。本应该看到资产阶级实现专制。政治历史应该像书中所预见的那样变成阶级斗争。可是,现实却没有像《宣言》所明解的那样变得简单,反而充满了难以理解的事。政治舞台上不再是它公认的角色,即资产者和无产者,走上舞台的却是一个杂要剧团,其滑稽可笑的表演最后以小丑路易·波拿巴的胜利而告终。显然,这是虚名胜过事理,盗窃胜过生产,倒退胜过历史。

本来应该上演揭露真相的舞台却演出了一场闹剧或者说杂要,这正好说明,这些阶级是没法存在的,因为一个阶级必须具备政治表达的能力,而那些阶级却没有这样的能力。

无产阶级当时处在还没有完全死亡的旧事物和还没有诞生的新事物之间,它还不能胜任自己的任务,这一点是能够预料到的。无产阶级当时实力太弱,还撑不起自己的角色。所以,在二月事件中,他只能"依靠"资产阶级来主张自己的利益,而在六月事件中,他们依靠自己进行斗争却只能面对悲哀的失败。问题的根源就在资产阶级身上,那时革命的力量还掌握在这个阶级手中。1848 年那起动荡不安的事件,本身就是资产阶级掌权后无力完成自己的事业才导致的。这个获胜的阶级,它解放了大工业力量,找到了自己的政治抱负,形成了自己的意识形态,最后他却让位给一个甚至连巫师都不是的江湖骗子。资产阶级没作任何抵抗便将他的权力交给了这个骗子,交给了这个由社会寄生虫们捧出的头头;交给了这个乡巴佬,这个乡巴佬不只是代表他身边那些盗贼等,尤其代表旧农业法国的倒退。

当然,马克思对此也给出了一种唯物主义解释,他说这是因为恐惧。在六月的街垒斗争中,资产阶级真真切切地近距离看到了自己死亡的预兆。他发现自己的政治统治的"纯粹"形式赤裸裸地激起了阶级斗争,清扫了最终对决的战场。他害怕最后的胜利会将自己埋葬。他承认,为了自身的利益,他"必须避开危险,放弃统治"①。为了保存其社会力量完好无损,他将自己的政治权力交给一个傀儡,想在背后对其进行任意操纵。资产阶级本来只想在表面交出权力,换来对自己事务有利的秩序,但是却掉进这个傀儡的圈套,并且被强迫放弃是实质的权力。总之,资产阶级牺牲政治利益仅仅来换取自己的社会利益。

但是,这种解释并没有解决问题,而只是又把问题绕回去了。谨慎的确是唯物主义者的一个长处,但是,这样他就不能用辩证的行动来推动历史的发展了。在阶级斗争中,不敢担当自己的角色、并且还觉得可以把自己的角色委托给最先来的冒险者,对这样的政治利益集团,我们还能把它称作阶级吗?《共产党宣言》中的资产阶级本该不是这样,他本该是一个激进的阶级,本该自始至终彻底执行其历史使命,全力执行催产和破坏。然而,在他刚刚开始接手其任务的时候,我们却看到他退缩了。如果说这个阶级已经接近完成任务了,因为感到害怕而不惜一切抓住生存的手段,这倒是还可以理解,而事实上,工业资产阶级在法国还没有掌权。"工业资产阶级想要建立统治,就必须等现代工业以自己的方式理顺一切产权关;而只有当工业占领了世界市场的时

---

① 《路易·波拿巴的雾月十八日》,第 213 页。

候,它才能获得这一权力。"①而一向闭关自守的法国离这些条件还差得远呢。

还没成熟,这样的资产阶级就已经显得老态龙钟了。他不仅在执行其政治统治时退缩,而且还把自己的事业丢在一边,撒手不管生产力的发展。"关于建造从巴黎到阿维尼翁这段铁路的争论在 1850 年冬天开始,到 1851 年 12 月时还没有进展。"②获胜的阶级看起来显露了倒退,对未来又充满恐惧,好像要解体了。

"受骗的解谜人"这出闹剧和"园丁浇水反而被水浇了"并不一样。它其实让人看到阶级原本就有的前后不一且不坚定。在到处都是资产阶级和世界市场的时代,最后的胜利竟然被一个最滑稽可笑的个人夺去,最高权力被一个特殊的姓氏担起,这不仅仅是历史的恶作剧。这里是说,在历史瓦解过程中的关键时候,那些阶级到了需要行动、做出表率的时候,他们却开始瓦解,不发挥作用。这时,他们好像都有了替身,好像是被他自己的丑化了的形象所分解,或者,准确地说,被他的流氓版所分解。

流氓的胜利

对阶级解体一分为二的说法,一般认为只出现在对"流氓无产阶级"的描绘中。根据《共产党宣言》的说法,这些人是旧社会最底层的"消极而腐朽的人群",根据《法国阶级斗争》的说法,他们"是滋生各种盗贼和犯罪的温床,是社会中上以垃圾为生的人"。而这个更下层的无产阶级被组织成别动队,在 1848 年 6 月镇压了由真正的无产阶级发起的暴动。

从社会学的角度所做的这种解释完全是无根据的。通过查资料我们便知道,参加别动队的人更确切地说来自无产阶级的上层,而不是底层③。"流氓"不是一个阶级,而是一个杜撰的说法,它代表的是历史中寄生的负面力量,总是影响历史的正确方向。

---

① 《法兰西阶级斗争》,社会出版社,第 48 页。
② 《路易·波拿巴的雾月十八日》,第 214 页。
③ 参考皮埃尔·卡斯帕德的文章《法国阶级斗争的一面:别动队的征兵》,《历史期刊》卷二,1974 年,第 81—106 页。

从这个意义上说,它已经包含在那种被编造出来的似是而非的政治谎言中了:利用这种说法,资产阶级揭发盗贼、妓女和"越狱的苦役犯",揭发他们是一切工人或者共和党人发动骚乱叛乱的动因;利用这种说法,工人揭露在巴黎街头斗争中骑墙围观的群众不是真正的劳动人民、不是真正的战斗者。马克思当然也知道,卡贝那一派也是利用这种说法揭露了咖啡馆革命①。至于"流氓"这个词,马克思可能是借自海涅:1832年,新的垃圾清洁车投入使用,社会正统人士纷纷反对,拾荒者也发起骚乱,海涅在对这两派之间的联系进行分析时,他发现发起这次标志性斗争的是过去年代里行会的保守力量,他们是"传统糟粕"的捍卫者,代表"一切败类"的捍卫者,总之,他们是贻害至今的"中世纪渣滓"②。

但是,对马克思来说,过去的垃圾腐烂在街道上倒不是问题,成问题的是阶级的解体出现了两个决然相反的方式,一种是积极的蜕变,它代表正确的方向,它对等级集团的秩序发起攻击,并将它推向灭亡;另一种是消极的蜕变,它代表错误的方向,它使各个阶级无功而返。一个阶级的"流氓化",那其实就是说这个阶级退一步只为保存自身,而这时,这个阶级就解体为一个纯粹的个体增加乌合之众。拿流氓无产者和无产阶级对比,就好像是拿消极的解体和积极的解体对比、拿一个还不够资格的阶级和已经超越了的阶级对比。资产阶级出钱雇用流氓充军的这种怪诞形象掩盖了一个更让人可怕的秘密:在工人阶级中招兵买马就可以对付工人阶级。别动队朝自己的"兄弟"工人阶级开枪,这次出人意料的背叛在后来的事实中证实了:在1850年,尽管出台的法律剥夺了三百万工人的选举权,工业的繁荣还是让工人同胞们对此不做反应,这是一种普遍的背叛。"就这样为了一时的安逸,他们忘记他们这个阶级的革命追求,抛弃了成为胜利阶级的荣耀"③。任何一个阶级,只要其成员捍卫自己的"社会利益",那他就变成了自己的流氓。

---

① 参考马克思对车努(Chenu)的著作《阴谋家》所作的书评,《马恩全集》卷七,第266—279页。
② 海涅《法国》,沃比埃·蒙田(Aubier-Montaigne)出版社,1930年,第104页。另参考同书里普罗厄(Prawer),第201—202页,关于马克思和海涅的关系,参考阿苏恩(P.L.Assoun)的《马克思与历史重复》,法国大学出版社。
③ 《路易·波拿巴的雾月十八日》,第216页。

资产阶级的溃败只能如此解释。在它就要取得绝对主宰的时候却失去权力,这其中的问题也是出自同样的过程。资产阶级不断地朝自己内部退缩,不断地放弃政治利益以确保社会利益。为了其成员的物质利益,他不断地牺牲自己的阶级利益。就像无产阶级的解体一样,资产阶级的解体也产生了一个替身。我们本该看到资产阶级的替身向资产阶级自身发起挑战,却发现这个替身是他自己的"流氓版"。现代工业资产阶级身上长出了一种叫金融贵族的寄生虫,这群人的本事就是无中生有,以财富增值为生。因此,在那个叫路易·菲利普的资产阶级君主政体中,实际上真正的资产阶级转换成了金融贵族,榨取财富。金融贵族"起草法律、管理国家、操控公权"。他们将自己的法则强加给整个社会,即反生产的法则,全面物欲的狂欢:"从法庭之上到广众之间,在每一个角落,滋生着同样的卖淫嫖娼、相同的无耻欺诈、同样的暴富妄想,这一切靠的不是生产,而是侵占别人所拥有的财富。正是在资产阶级社会的顶层,爆发了最肮脏的、最放纵的病态而无度的贪欲,并且在每时每刻都在突破资产阶级自身的法度,正是在那里,暴赚的财富自然被用去寻欢作乐,享乐变得荒淫无度,金钱、污垢和肉体混杂一团。从敛财方式和享乐手段来看,金融贵族就是流氓无产阶级在资产阶级社会的重现。"①

按照推理,1848年建立的法兰西第二共和国应该为资本主义生产力的发展力量清除这些寄生的流氓贵族。可惜,真正的生产阶级和不搞生产的非生产阶级之间的对立关系很快就被推翻。在资产阶级共和国的背景下,所谓的金融贵族现出真身。他正是资产阶级本身,他就是在国债中获益的"一切资产阶级和准资产阶级数不胜数的人组成的民主群体"②。用榨取的税金和租金代替工业资本,维持政府的运转、供养所谓的金融贵族,这不仅仅是获得统治所必要的秩序所要付出的代价,它也促成了资产阶级解体的过程,在这个过程中,资产阶级解散成自顾营生的原子集合体。掌权的资产阶级表现了他的本来面貌:他们根本不是大工业化身的力量,他们只是一群极尽所能让自己的钱包鼓起来的贪婪的个体。他们甚至也不计算一下《资本论》中说到的国家成

---

① 《法兰西阶级斗争》,第 42 页。
② 《法兰西阶级斗争》,第 103 页。

本,也不计算会产生多少收益。他们只想到自己的蝇头小利。如果说他们接受国家如此榨取财富,一方面是因为他们为了能够安心地进行投机买卖,另一方面因为他们自己也是贪得无厌的吸血鬼,他们渴望通过多拿一份"国家发的钱",来补充靠"利润、利息、租金和酬金的方式"①所无法赚取的那份钱。资产阶级牺牲其政治利益而谋取的所谓的"社会利益",只是汇集了其同伙的"最狭隘的、最肮脏的"各种私人利益。那个招摇撞骗的波拿巴皇帝后代及其团伙最终能够胜出也得到了解释:成就了资产阶级工业辉煌的那个阶级其实只是一个投机分子团伙。第二帝国工业的发展也将是"骗子猖獗、金融榨取横行、股票公司仓促冒险[……]、高级阶级的各种低级欲求喧嚣不已[……]卖淫泛滥"②。现代资产阶级还只是一群落后的乌合之众,他们重现了社会底层的荒淫无耻、中世纪的腐朽和农村肮脏污秽。与之相对的是,在 1871 年春天,巴黎公社的捍卫者们表现出了工人阶级的"强有力的渴望"和"无比的力量"。但是,这个事件难道不是也证明了吗,工人阶级也没有逃脱所有阶级的一般宿命,即在其进行成员吸纳的过程中所存在的潜在的解体? 对放荡淫乐的想象,仅仅是陷入这个总是在增多和扩散的世界中的假想货币。

沼泽中的花

这种陷入递增分解采用两种虚构的形式:一是自耕的农民,二是拿破仑的走狗。马克思主义传统已经将马克思在《雾月十八日》这本书中关于农民的几段文字视为经典,成为马克思思想分析社会各阶级的范型。但是也完全可以反过来看,其实它证明用阶级的说法来做政治解释完全就是在闹笑话。马克思对这群在无窗的房子里居住生活、数不胜数又令人厌恶得难以形容的愚蠢的野蛮人所做的天方夜谭似的描述,他鄙视这群只能像土豆一样充个数量的人,但是他的这些话和经济、社会或者政治分析毫无相干。当然,马克思是根据所得税报税单来计算农民的门窗数,他也会根据不同

---

① 《路易·波拿巴的雾月十八日》,第 210 页。
② 《法兰西内战》,第 259 页。

的政治立场来判断那种文化是否现代。对这位曾经把被判去莫尔比昂省居住看作是变相地被判了死刑的学者来说,塞文山脉地区是法国农业的未来。这些面目模糊的穴居人农民只迷信一个人,那就是路易·拿破仑。这些人的原始聚集生活简单地表达了他对那种方向错误的解体的想象,其中的元素还是中世纪腐朽腐败的形象或者只有加法的数字。另外,马克思还及时把"农村的流氓无产阶级这些沼泽之花"①变成"青年农民之花"的替身。前面的论证已经足够充分:这些落后的农民揭露了"现代"的各个阶级的真相,他们总是在连续的解体中回到基本生存的需要,他们表现了一种无法回答自身概念要求的集体无能。

所以,对社会各个阶级所做的所谓的唯物主义分析只能说是这样的一套谎言。它表明人们的认同连续流失,各个阶级共同被遗弃。在前面已经讲到,工人阶级从来就只是小资产阶级,空想理论家被说成是猪倌,施特劳宾人被说成是落后的北欧土著。现在我们知道,在大工业的企业家中,也定会有旺代省沼泽地的穴居人,定会有喜欢臭鱼的爱尔兰人,或者有被一伙流氓簇拥的昏君。不管是资产阶级还是农民,他们都支持这位叫路易·拿破仑的粗野之人。正如梯也尔这个耍弄心机的投机分子,路易·拿破仑之所以让资产阶级着迷,那是因为"他完全代表了这个阶级的腐败堕落"②。这位小丑如实地表现了历史,一种只有生存闹剧上演的历史。

大革命的失败因此正好走到阶级斗争的反面。并没有从整体中诞生什么历史的代言人,这次革命的闹剧出现的只是由那些替身组成的各色人等,确切地说,是"十二月十日会"那帮拿破仑的走狗团体。"在这个团体里,除了一些来历不明和生计无着的颓废浪荡汉之外,除了那些铤而走险、腐败堕落的资产阶级之外,还有各种游手好闲的流浪汉、退伍士兵、释放的刑事犯、脱逃的劳役犯、兜售假药的、卖艺的、打零工的、偷钱包的、玩魔术的、赌钱的、拉皮条的、妓院看门的、帮人搬运行李的、蹩脚写作的、拉琴卖唱的、捡破烂的、磨刀的、补铁锅的、要饭的,一句话,就是一大群如同无法计数的一团

---

① 《路易·波拿巴的雾月十八日》,第 263 页。
② 《法兰西内战》,第 182 页。

散沙、随风东游西窜的人,这就是法国人所说的波西米亚流浪汉。"①

这份无法证实也无法伪造的名单,正如同洞穴房屋的数目。通过重复计算,又列出了一串令人眩晕的名单。这群社会底层的各色人等就像柏拉图所说的"民众"中的乌合之众。加瓦尔尼(Gavarni)创作的这些假想画面,幽灵般地阐明了受累加法则支配的历史毫无意义。这是柏拉图式的谎言,在这个谎言中世界倒错,人们陷身钱欲,这些人好像身处剧场,审美和政治的现代性让他们全成了演员和观众。他们就像各地迎接小丑皇帝路易·拿破仑巡游的群众,狂热之中扮演的却是一个错误的角色,就像木匠斯纳格扮演狮子角色时一样②。

小丑皇帝和乞丐皇帝

阶级斗争到了最白热化时却让一个小丑皇帝获胜,在资产阶级经济的合理性轻易地左右政府的时候却让国家的压榨扩大,这其中的矛盾并不是说历史时机尚未成熟,也不用去严谨分析社会结构来给历史定位。费尽心思去给法国的落后寻找解释其实是无用的。无论是在现代英国,还是在穴居人时代的法国,恶都是与生俱来的:"资产阶级没有自己直接进行统治的能力。"③如果说国家是社会供养的寄生虫,就等于说社会是社会自己供养的寄生虫、并且不断解体为一群"只顾生计的个人",这些人"在创造历史之前",首先必须要吃、喝、穿、住、繁衍后代,这样的事还能列出很多,多的让人看不到尽头。历史悲剧最根本的落后,其实是唯物主义者眼光下一贯的闹剧。生存和繁衍的唯物主义历史破坏了生产和毁灭的革命辩证法。在阶级斗争中替身闹出来的政治笑话,让那套科学理论在相反的事实面前也显得可笑。唯物辩证法的分析对象闹了笑话,这也体现出了唯物辩证法本身的自相矛盾。拿破仑三世和他手下那帮流浪汉,既象征了唯物主义理论,又讽刺了唯物主义理论。这种理论把政治上和意识形态上的

---

① 《路易·波拿巴的雾月十八日》,第 220 页。
② 《路易·波拿巴的雾月十八日》,第 222 页。
③ 《恩格斯致马克思通信集》卷八,1866 年 4 月 13 日,第 261 页。

理论空想都简而化之,归结到现实的经济情况,比如以此嘲笑有人竟为了逃债企图"改写历史"①。在这位小丑皇帝的宿命论思想里,他认为人生来就被一些无法抵抗的力量控制,比如雪茄烟和香槟酒、鲜鸡肉和蒜蓉腊肠,哲学王则认为他的科学理论被夸张歪曲了。这个王座上的骗子其实就是这位揭示真相的科学理论家的替身,因为他用自己的一套方式实现历史唯物主义理论的纲领,从天上的理念回到地上的现实,他也把大的政治冲突和意识形态幻象简而化之,"不加掩饰"地归结到纯属个人利益的基本现实上。"他认为,他把各国人民的生活和行为以及国家的行为都看作是最为恶俗的闹剧,就像在化装舞会里那些华丽的服装、辞藻、夸张的动作都是为了掩饰背后的一次次小恶作剧。"②

马克思对小丑王及其周围流浪汉的卑微身份如此纠结,让人不禁对他这套科学理论自身的地位和身份有所审视。马克思批评流氓无产阶级见风使舵,说这个"没有主见的阶级"背叛了法国大革命,这其实也隐射了马克思本人所处的社会:这个让革命者流亡他乡的社会。马克思给拿破仑三世起外号叫"克拉飘零斯基"(Crapulinski)不是没有原因的,这个名字出自海涅笔下,海涅又是一个流落他乡的德国人,他用这个词的初衷是取笑流亡中的波兰骑士。马克思在伦敦时的克星也是这么一位"克拉飘零斯基",这人就是哥特弗里德·金克尔,他自封为未来德意志共和国的领袖,他迷恋各种传统糟粕,一个伪诗人,一个真正做作的人,他去给街头小贩诵读他自己的诗,他还为了提倡文明社会而组织湖边诗歌聚会,强制每人朗读一首席勒的诗。这位波拿巴流氓身上表现的这些可笑的行为,也体现在德国革命中流亡的那群流浪汉、寄生虫和渣滓们的滑稽表演之中:"河马肚"沙佩尔,跟"自觉高尚的骑士"维利希同流合污;曾任马克思"秘书"的皮佩尔,给罗斯柴尔德家族教课,为了钱,追求卖菜人家还未成年的女儿,从他那声名狼藉的朋友那里染上梅毒,仍然在任何场合都标榜自己是个奇才。马克

---

① 《路易·波拿巴的雾月十八日》,第 246 页。另见《法兰西内战》中对于勒·法弗尔(Jules Favre)的类似批评,它说法弗尔也企图改写历史以免被送上破产法庭。还可以参考一封马克思写给恩格斯的信:"大批的法国资产阶级[……]对即将到来的商业损失,在焦虑不安中等待着清算。这时他们发现自己就像拿破仑三世那样盼望政变了。"(《通信集》卷五,第 124 页。)

② 《路易·波拿巴的雾月十八日》,第 221 页。

思的妻弟埃德加尔,到德克萨斯州体验了一把伐木工的生活,回来之后又一心想重返德州去开个酒馆或者烟草店;"天才"乌尔姆狂暴一发作就全身震颤;一群"赖皮裁缝"去了加州淘金;他们的同伙伦普夫(Rumpf)虽然没有去但却发了疯,他建议马克思让自己来当总理以解决社会问题;那位著名的"拉伯利亚人"安德斯,在大街上发起了酒疯;绰号"大流氓"的康拉德·施拉姆,患上肺痨终结了他混乱的一生;游手好闲的小学教师比斯康普,从乡下学校离职,想在一个被低调地命名为《人民报》(Das Volk)的报纸上发起"反资本的劳动斗争",在他身上结合了"康德式的道德观念和不加收敛的轻佻";"笨驴"李卜克内西,他喜欢马克思家的熏肉胜过马克思的书,在伦敦逗留期间什么都没弄成,倒是弄出了一个"小李卜克内西"。在这儿还要提一提的是,这些纯粹的人物中最为出类拔萃的那些人:那位"勇敢的、忠诚的、卓越的无产阶级先锋"威廉·沃尔夫,他在去曼彻斯特逛妓院时遭人毒打;还有马克思的友人恩格斯,去巴黎调戏完女店员后又去曼彻斯特猎狐狸,他用伞柄对酒友一顿痛打,却没能在曼彻斯特为第一国际送出哪怕两张会员卡。流浪的哲学王马克思本人在这样一个世界里,又处在怎样的位置上呢? 他过着两种日子,他一边给美国读者写文章分析土耳其问题,一边想方设法给他的账单延期,有时他也会讽刺性地抱怨像他这样的普通人,被剥夺了银行家或是王子总统们那样的逃债手段。

因此马克思很有必要准备两套话。马克思做出了选择,他赶在革命闹剧散场之前就清算了他那些"同党",借此专心投入他的科学著作。由于这次经济危机得到消除,所以人们必须等它下次带来更大范围的危害,让生产力的历史和革命的历史融为一体:"问题只有当无产阶级通过世界大战开始领导那些掌管世界市场的人、开始领导英格兰的时候才能解决。在这种时候不会终结而是会有序进行的革命,这不是什么轻而易举的革命。当前这一代人就像摩西领着走出沙漠的犹太人一样。他们不仅要征服一个新的世界,他们还要消亡,以便为进入这个新世界的人让位。"[1]

以"牺牲"为代价,生产力的发展史和价值谱系就可以重合了。当前这一代人不过

———————————

[1] 《法兰西的阶级斗争》,第105页。

是作为替代者的一代人。由于没有资产阶级可以担负这项使命,所以拿破仑三世的巫师就成了把生产力弄得不可收拾的人,物欲的狂欢就是在酝酿大规模的生产与毁灭。而马克思这个犹太人在他身处的虚无荒漠中,埋头研究他的科学理论,而这个科学理论只有新世界里的新人类才能用得上。

于是可以说,科学理论的绝对主宰地位得到了确保,这样它就能在吃革命饭的各色人等中,成为未来革命的唯一代表。马克思和恩格斯针对一群目光短浅的粗人的代表所提出的要通过选举重组党的领导班子时所做的"令人瞠目"的回答便可证明这一点:马克思说他和恩格斯才是"无产阶级政党的代表",这早已由他们自己全权任命①。只有科学的理论才能抑制从社会阶级关系上说仍然落后、从政治上说总是流产的矛盾的利剑。但是,这套科学理论的独特之处也在于它标志着它属于堂吉诃德和法斯塔夫的独特之处也在于它标志着它属于堂吉诃德和法斯塔夫的解体与再生世界。马克思在伦敦流亡的闹剧证实了这套科学理论自相矛盾的处境,就像《德法年鉴》中赋予哲学的那种处境:它成了由极端落后而造成的一片纯净的虚无之地。而被盗窃的革命闹剧,并不能单独归结为人们理性的狡诈。它证明。这又一个 16 世纪的历史还是像莎士比亚眼中一样,它本该把资产阶级送进坟墓,却又像旧的 16 世纪一样让资产阶级得以重生;它证明,解体的力量让阶级走向灭亡,让他们甘心在落后中度过余生;它还证明,在这个"科学的胜利似乎是以失去个性为代价"②的时代,在这个虽然区分了个人和阶级却造成了社会的千篇一律的时代,在这个时代中就算是莱布尼茨都很难找出特别的差异,而莎士比亚也很难认出他的同胞,但是各种人都有他们的影响力③。革命的悲剧只能演成一场悲喜剧。这套科学理论的双翼的联合,即现代生产力的合理性与四处游荡的骑士的疯狂,并不是简单地受时机所限。科学理论本身也是这些"环境"的组成部分。可能应该等待时机成熟。但科学理论著作本身就是那些"不成熟的、终日沉湎

---

① 《恩格斯致马克思通信集》卷五,1859 年 5 月 18 日,第 336 页。
② 《人民日报》年会上的讲话,选自《马恩全集》卷十二,第 4 页。
③ 《英国人》,《新闻报》,《马恩全集》卷七,第 6 页。

在革命幻想中的人"①的产物;它又是乞丐团体的武器,这个乞丐团体危害阶级秩序和生产的合理性,而同时它自己又被社会秩序所危害。卡尔·马克思就像魔术师汉斯·勒克尔一样,他必须把他发明的东西卖给魔鬼,再把换来的钱拿来为魔鬼和刽子手买单。他也是个要饭皇帝,依赖资本家和工人供养为生。在曼彻斯特,雇员在欧门和恩格斯的公司里工作,这样,公司老板恩格斯就能用挣来的钱让科学理论家马克思不用干什么活,使他可以一心著书,在书里写出一个无产阶级,并让他成为消灭资本的纯粹主体。

----

① 《马克思致菲利普·贝希尔的信》,《通信集》卷七,第6页。

美学和政治的伦理转向

谢卓婷　译

为了准确理解给当今美学和政治带来冲击的伦理转向之关键问题是什么,我们必须准确界定"伦理"(ethics)这个词的意思。毫无疑问,伦理是一个时髦词。但是它常常被当作是对一个旧词——"道德"(morals)的一种简单,而且也更顺耳的转译。伦理被视作规范性的一般实体,它使人得以判断,在不同的判断和行为领域,实践和话语运作的有效性。按照这种方式来理解,伦理转向将意味着当今一种日渐增长的趋势,它使政治和艺术屈从于有关原则及实践结果之有效性的道德判断。不少人为伦理价值的此种回归而欢呼雀跃。

我认为此种庆贺并无多少道理,因为我并不认为这种转向真正在发生。伦理的支配并不是凌驾于艺术操作或政治行动之上的道德判断的支配。相反,它表示的是一个模糊(indistinct)领域的建构,其中,不仅是政治和艺术实践的特殊性被溶解掉了,也溶解了"旧式道德"的真正核心:事实与法则之间,实然与应然之间的区分。伦理相当于将标准溶解而为事实:换言之,是将所有话语和实践形式都涵括在同一个含糊的视角之下。在表明一种标准或一种道德之前,"习俗"(ethos)这个词指的是两种事物:既是指一种居所,也是指一种存在方式,或者说与居所相对应的生活方式。因此,伦理是一种思考方式,在这种方式中,一种在环境、存在方式与行为原则之间的同一性被确立了。当代伦理转向是这样两种现象的特定联结。一方面,进行评价和决定的判断的实体,发现自己在法则之不可抗拒的力量面前卑躬屈膝;另一方面,这个律法的彻底性,不留任何选择的余地,等同于事物秩序的纯粹限制。事实与法则之间不断加大的模糊性,让位于一场前所未有的关于无限邪恶、无限正义与无限救赎的演剧法。

两部均为 2002 年上映的电影描述了在一个地方性共同体中的这种正义化身形象,它们将有助于我们理解此种悖论。第一个是由拉斯·冯·提尔(Lars von Trier)执导的《狗镇》(*Dogville*)。电影讲述了一个名叫格蕾丝(Grace)的姑娘的故事。作为一个外来者,为了能被小镇居民接受,她心甘情愿地为他们服务。起初,她使自己屈从于各种剥削,接下来,当她试图逃离他们时又遭受到迫害。这个故事是对布莱希特的《屠宰场的圣约翰娜》(*Saint Joan of the Stockyards*)的一种改写,剧中,圣约翰娜被描绘为一个想要将基督教道德注入资本主义丛林的形象①。但是,这种改写却是两个时代之间裂隙的极好说明。布莱希特的寓言设定的是,所有概念都可以一分为二。事实证明,以基督教道德对抗经济秩序的暴力无济于事。它必须转换成为一种战斗的道德,将反抗压迫的必要性作为其标准。受压迫者的权利因此与参与压迫且为破坏罢工的军警所捍卫的权利势不两立。这两种暴力类型之间的对立因而也是两种道德与权利之间的对立。

这种对暴力、道德和权利的划分有一个名字,它就叫做政治。政治并不如通常所说的,是道德的对立面。它只是道德的一种划分(division)。布莱希特把关于圣约翰娜的戏剧写作为一部政治寓言,证明了这两种权利、两种暴力类型之间调停的不可能性。在《狗镇》中,格蕾丝所遭遇到的邪恶则相反,它没有别的来由,除了邪恶自身。格蕾丝不再代表因对邪恶来由的无知而大惑不解的善良的灵魂。她只是一个陌生人,一个"被排除者"(excluded),她想要被共同体所接受,这使得她在压榨面前只能臣服。这样一种关于苦难与幻灭的故事不再源自于任何一种支配性体系,这种体系尚且还可以理

---

① 布莱希特的《屠宰场的圣约翰娜》(德语,1929—1931),写作于华尔街金融危机的影响之下。对工人示威的残暴镇压以及大萧条的开始,被设置在屠宰场、工人住宅区以及神秘的芝加哥股票交易所的场景中展开。

解和废除。《狗镇》却建立在其因果关系只是其自我复制的邪恶形式的基础之上。这就是为什么对这个共同体的唯一恰当的报复就是由一个主(Lord)或者父(Father)所施行的对它的彻底灭绝。这个人不是别的,他只是一个暴徒之王。布莱希特的教导是:"暴力当道之处,唯有以暴抗暴。"(Only Violence Helps Where Violence Reigns)而适合于我们的共识与人道主义时代的改写原则却是:"只有邪恶才能偿还邪恶。"让我们将之转译成乔治·W.布什(George W.Bush)的话:在对邪恶轴心的战斗中,无限正义才是唯一的正义。

"无限正义"(infinite justice)的表述已激怒了不少人,且被认为最好是在舆论传播上迅速收回此种论调。据称,这已是一种糟糕透顶的选择;但是或许,这也是唯一再合适不过的选择。也许正是出于同样的理由,《狗镇》所描述的道德也制造了此类丑闻。戛纳电影节的评委会就谴责这部电影的人道主义匮乏。这种匮乏无疑存在于这样的理念之中,即,正是在非正义之处,正义才得以执行。在此种意义上,一部人道主义的作品将必须是这样一种作品:它正是通过抹除正义与非正义之间的对立来取消此种正义。这也正是第二部电影所提出的命题,即克林特·伊斯特伍德(Clint Eastwood)的《神秘河》(Mystic River)。在此部电影中,吉米(Jimmy)犯了一个罪:他将昔日老友戴夫(Dave)草率处决了,因为他认为戴夫是谋杀其女儿的罪人。不过,吉米并没有因此而得到惩罚,而是与此桩罪恶的参与者及同谋者——警察西恩(Sean)一起,将其保存为一个共同的秘密。为什么? 因为吉米和西恩的共同罪恶已经超出了法庭可以裁决的一切。正是他俩,在还是孩子的时候,曾让戴夫在危险的街道游戏中单独落下;也正是因为他俩,戴夫被假扮警察的坏人带走,遭受绑架与鸡奸。这样的创伤使得戴夫成年后成为了一个有问题的人,而其异常举动更是使其被当作了谋杀年轻女孩的理想的嫌疑犯。

《狗镇》是对一种戏剧性和政治性寓言的改写,《神秘河》则是对一种电影和道德寓言的转换,这是在阿尔弗雷德·希区柯克(Alfred Hitchcock)和弗朗茨·朗(Fritz Lang)的电影中曾得到过特别描述的情节方案:即关于错误指控的情节[①]。在这样的

---

① 参看阿尔弗雷德·希区柯克的《伸冤记》(The Wrong Man, 1957);弗朗茨·朗的《愤怒》(Fury, 1936)以及《你只活一次》(You Only Live Once, 1937)。

情节中,真相总是面临来自法庭和公众意见的错误裁决,但最终总是会胜出,尽管有时会付出遭遇另一致命形式的代价。然而,今天,邪恶,无论是无辜者还是有罪者的一方,都已成为了一种创伤,既不知道谁是无辜者,也不知道谁是罪人,它处于一个罪人与无辜者之间、精神错乱与社会动荡之间的不可分辨的地带。正是在此种创伤性的暴力中,吉米杀死了戴夫,而戴夫自己也是遭受鸡奸创伤的受害人,或许,对其施暴的凶手自身也是另一创伤的受害人。然而,这并非只是以错乱或疾病的情节取代正义的情节,疾病自身已经改变了其意义。新的精神分析作品与 20 世纪 40 年代希区柯克和朗的作品大相径庭。在希区柯克和朗的作品中,重新激活一段早已埋葬的童年记忆,可以使暴力或者疾病得到缓解①。(而在《狗镇》与《神秘河》中,)童年的创伤已成为一种与生俱来的创伤,成为降临在每一个人身上的单纯的不幸,因为每一个人都是一只早产的动物。这种无人得以逃离的不幸,取消的正是这样的概念,即非正义能够通过正义的施行而得以处置。它并没有取消惩罚。但是,它确实取消了惩罚的正义性。它将惩罚简化为一种保护社会集体的律令。通常,这总是会有一些麻烦。于是,为了维持共同体的秩序,无限正义作为一种清除创伤所需的必要的暴力,呈现为其"人道主义"的面目。

很多人喜欢轻易谴责好莱坞电影中这些精神分析式的剧情具有过分简化的特性。不过,这些情节确实使结构和基调都更忠实于专业的精神分析的训导。从朗和希区柯克的作品中对成功治愈的描述,到克林特·伊斯特伍德对被掩埋的秘密与不可调和的创伤的呈现,我们很容易认识到,从俄狄浦斯的(Oedipal)知识的诡计到另一伟大的文学形象,即悲剧女英雄安提戈涅(Antigone)所标志的知识与法则之间不可化解的分裂的转变。在俄狄浦斯的标记下,创伤等于一个被遗忘的事件,当其被重新激活时,创伤也可以被治愈。当安提戈涅在拉康的理论框架中取代了俄狄浦斯,一种新的秘密形式就被建立起来了,那是一种不能被化解为任何一种拯救性知识的秘密。封存在《安提戈涅》中的创伤,既没有开始,也没有结束。悲剧在此显示了一种文明的不满,在其中,社会

---

① 参看希区柯克的《爱德华大夫》(*The House of Dr. Edwards*, 1945);朗的《门后的秘密》(*The Secret behind the Door*, 1948)。

秩序的律法正是被那些支撑着它的事物所破坏,它们是:血亲、大地和夜晚的力量。

拉康说,安提戈涅不是由现代民主信徒所创造的人权英雄。相反,她是一个恐怖分子,一个见证了支撑着社会秩序之秘密恐怖的目击者。恐怖正是创伤在政治问题中所采用的名字,也正是我们时代的流行词之一。无疑,它指认了一种谁也不容忽视的罪恶和恐怖的现实,但是,与此同时,它也是一个将事物抛入无区别状态的术语。恐怖不仅指认了2001年9月11日的对纽约的袭击,或者是2004年3月11日的马德里袭击,也可以指涵括了这些袭击的战略。但是,渐渐地,"恐怖"这个词被扩展为不仅是指这些事件在人们精神上所引起的震动,也可以指一种担心同样的事件将会再次发生,有可能进一步导致不可想象的暴力行动的恐惧,以及一种以国家机器对这些恐惧加以管理为其特征的当下形势。谈论反恐战争,就是将这些袭击形式与一种彼此心照不宣的焦虑联系在一起,此种焦虑使我们中的每一个人都成为了同一条绳索上的蚂蚱。反恐战争与无限正义于是陷入一种由预防性正义所引起的无区别状态之中,这种正义对任何确定的或者可能引发恐怖的事物,对任何威胁着维系共同体团结的社会纽带的事物都予以打击。这种正义形式的逻辑,只有当恐怖自身停止的那一刻方可停止。然而,按照定义,对于必须忍受与生俱来的创伤的生灵而言,这是一种永远不会停止的恐怖。因此,同时,这也是一种对它而言,没有任何其他种类的正义能够作为标准的正义——它是一种将自身置于法律规则之上的正义。

格蕾丝的不幸和戴夫的被处决极好地说明了这种被我称之为伦理转向的对于我们经验的阐释图式的转变。这个转变过程的本质特征当然不是对道德标准的良性回归。相反,它恰恰是对"道德"这个词所意味着的一种划分的压制。道德意味着在法则与事实之间的分离。同样,它也意味着不同道德形式和权利形式之间,以及权利对立于事实的不同方式之间的划分。对这种划分的压制有一个享有特权的名字:它就是"共识"(consensus)。共识也是我们时代的一个主导词。然而,存在着一种对其意义进行最小化的潮流。一些人将之简化为政府与其对立政党之间在关键的国家利益问题上的总体赞同;另一些人则更为宽泛地将之视作一种新的治理(government)风格,这种治理在解决冲突时,总是赋予讨论和协商以优先地位。其实,共识意味着比这多得多的东西——它界定了一种共同体的象征结构模式,这种共同体清空了构成共同体的政治核心,即歧见(dissension)。一种政治的(*political*)共同体事实上是在结构上有所分割的共同体,不是在不同利益群体和不同意见之间的划分,而是与其自身关系的划分。一种政治性的"人民"(people)从来不能与人口总数同日而语。在与任何一种人口及其组成部分之计数的关系中,它总是一种补充性的象征化形式。这种象征化形式往往是一种争讼性(litigious)的形式。政治冲突的古典形式反对将不同的"人民"凝成一个整体,这些人民包括:被铭写在法律和宪法之既存形式中的"人民";在国家中得以体现的"人民";被法律所忽视,或其权利不被国家承认的人民,以及只能以尚未被铭记在事实之中的另外的权利之名发声的人民。共识则是将这些不同的"人民"简化为单一的人民,它与人口及其组成部分的计数相等同,与整体的共同体及其组成部分的利益计算相等同。

既然共识努力要将人民简化而为人口,事实上,它也就将权利降格而为了事实。它不断努力去填充所有这些权利与事实之间的间隔,正是通过这些间隔,权利与人民被分割开来。政治的共同体因此倾向于转化为伦理的共同体,转化为一个将单个的人聚集起来的共同体,在其中,所有人都被假设为是被计数了的。只有这样一个计数程序才会遭遇到成问题的剩余者(remainder),其名称就是"被排除者"。不过,至关重要的是,这样一个术语自身并不是单义性的。被排除者可以意指两个极其不同的事物。在政治共同体中,被排除者是一个冲突性的角色,一个将其自身作为一种增补性的政治主体而被包含在共同体之中的角色,他持有尚未被承认的权利,或见证了在权利的现有状态之下的不公正。但是,在伦理共同体中,这种增补不再被认为会发生,因为每一个人都被包括进去了。因此,在这种共同体结构中,被排除者是没有地位的。一方面,被排除者仅仅只是很意外地落在了所有人的伟大平等之外的人,如病人、智障者或被遗弃者,为了重建"社会纽带"(social bond),国家必须向他们伸出援手。另一方面,被排除者成为了绝对的他者,他们与共同体分离,仅仅只是出于一个简单事实,即他们是异类于这个共同体的,他们不能共享那种将彼此团结在一起的身份,或他们会对我们每一个人生活于其中的共同体构成威胁。于是,一种去政治化的国家共同体将自己建构成像《狗镇》中那样的小型社会,通过一种双重性,它既要在共同体内部促进社会服务,同时也包括对他者的一种绝对排斥。

一种新的国际景观与这样一种国家共同体的新形象是相呼应的,其中,伦理确立了其统治地位,最初是以人道主义的形式,而后则是以无限正义对抗邪恶轴心国的形式。它得以如此,就是通过这样一种相似的在事实与权利之间日益模糊的过程来完成的。在国家舞台上,这一过程标志着权利与事实之间的间隔的消失,而正是在此种间隔中,歧见和政治主体才得以确立。在国际舞台上,此一过程则变成了权利自身的消失。其最可见的表现是锁定式暗杀和权利干预。不过这种消失的发生是经过了一种迂回的。它包括一种凌驾于所有其他权利之上的权利的确立,也就是,一种受害者的绝对权利。这种权利的建构自身毋宁说就包含了对一种元—司法性的(metal-juridical)根基,或者可以说,是对权利之权利,即人权的重大颠覆。20 世纪晚期以来,人权经历了一种奇怪的转化。长期以来,它是马克思主义对"形式"(formal)权利持怀疑论立场的牺牲品,但是在 20 世纪 80 年代,它却又在东欧的异议运动中被重新激活了。20 世纪 90 年代初,苏联体系坍塌,这似乎为一个世界铺平了道路,在这个世界中,这些作为新的国家共识之表层根基的权利,也将充当一种新国际秩序的基础。不过,这样一种乐观主义幻象不久即被新一轮的种族冲突和宗教战争证伪了。人权,曾经是异议者的武器(他们使用人权,将单个的人民与政府声称要作为其化身的人民对立起来),于是便成为了新的种族战争之受害人口的权利,成为了那些家园顿毁、遭受驱逐的个体,那些被强暴的女人与惨遭屠戮的男人们的权利。这些权利因此也就成为了不能够行使权利的人们之特定的权利。结果,如下一种二选一的情形就出现了:要么是人权不再具有任何意义,要么成为无权者的绝对权利。换而言之,权力要求一种同等的绝对回应:它超越于一切形式的、司法的标准之上。

然而,这种无权者的绝对权利当然只能在另一部分人的协助下才得以实现。这个转变,起初被称之为人道主义权利或人道主义干预;然而,接下来,反对人权压迫的人道主义战争成为了一种打击看不见的且无所不在的敌人之无限正义。这些敌人使那些在其自身领土上的受害者之绝对权利的护卫者们感到了恐怖。于是,绝对权利被等同于对某个真实的共同体的安全进行保护的直接需求。这使得人道主义战争成为了一种无止境的反恐战争：这不是一场战争，而是一种无限保护机制；是一种解决创伤的方式，创伤在此被提升至一种文明现象的地位。

我们因此不能再在古典的框架之内讨论手段和目的。二者之间的区分已坍塌而为事实与权利，或原因与效果之间无法分辨的同一状态。因而与恐怖的邪恶对立的，要么是一种更少的邪恶，一种对实然的简单留存；要么是对一场拯救的期待，它自是会在对灾难的一种彻底化中腾空出现。

此种政治思考中的颠倒呈现为两种主要形式，它们已将自身置于哲学思考的中心：一方面，是对大他者(the Other)权利的肯定，它为维持和平的武力的权利提供了哲学的辩护；另一方面，是对一种例外状态(a state of exception)的肯定，它使得政治和权利不再生效，但是却开启了这样的希望：某种弥撒亚式的拯救将从绝望的深渊冉冉升起。第一种立场可以很好地概括为利奥塔(Jean-François Lyotard)在1993年发表的题为《他者的权利》(The Other's Right)一文中的观点①。它是对"国际特赦组织"(Amnesty International)所提出的一个问题的回应：在人道主义干涉背景下，人权发生了什么？利奥塔对"他者的权利"的界定，所通过的方式揭示了伦理或伦理转向的意义。正如他所说，人权不能是人作为人的权利，而是赤裸的人(the bare human being)的权利。此论断的核心并无新意。它只是伯克(Burke)、马克思(Marx)和阿伦特(Arandt)的批判序列的延续。他们都主张，赤裸的，非政治的人不具有权利。因此，为了拥有权利，他们必须是"其他"而不仅仅只是一个"人"。"公民"(Citizen)就是这个"不是人的人"(other than human)的历史称名。历史上，人与公民的二元性已经表明了两种事物：首先，是对这些权利之两面性的批判，这通常总是指向其所在之位的他处；其次则是政治行动，它在人与公民之间的裂隙中确立了种种歧见形式。

然而，在共识和人道主义行动的时代，这一"不是人的人"发生了彻底变形。不再

---

① 让-弗朗索瓦·利奥塔的《他者的权利》一文，见斯蒂芬·舒特和苏珊·赫尔利主编的《论人权：牛津特赦讲座》(Stephen shute & Susan Hurley eds. *On Human Rights*: *The Oxford Amnesty Lectures*, New York: Basic Books, 1993, pp.136—147)。

是公民作为人的补充,而是人与其自身分离的非人(inhuman)。对于利奥塔来说,那种被高调宣称的侵犯人权的非人性,实际上是对另外一种"非人"的错误识别,我们可以说,这是一种"积极的"(positive)非人。在此,"非人"是我们无法控制的自身的一部分,是那个呈现出若干形象和若干名字的部分。它可以是一种孩子式的依赖,或无意识的法则,或者是对绝对他者的服从关系。"非人"就是对不可掌握的绝对他者之人的彻底依赖。"他者的权利"于是成为一种见证我们对这种"大他者"之律法的屈从的权利。根据利奥塔的说法,一种想要掌控"不可掌控之物"的意志,就是违反此种权利的开始。据称,此种意志为启蒙思想家们的心系之物,且在大革命中得以彰显。这种意志也应该是纳粹的种族灭绝通过对某类人的消灭而得以实现了的,这类人的天命就是见证对大他者之律法的一种必然依赖。这种意志据称还在今天这样一个消费一般化与透明化的社会里,以各种柔性形式得以延续。

因此,有两个特征可以概括这种伦理转向:首先,它是对时间之流的一种倒转,即,一种朝向完满实现之目的——进步、解放、或者其他——的时间,被一种朝向我们身后的灾难之时间所代替。但是,这同时也正是对灾难形式的一种均匀化。对欧洲犹太人的灭绝于是呈现为一种全球情境下的清晰形式,呈现为我们民主自由生活之日常存在的主要特征。这就是乔治·阿甘本(Giorgio Agamben)所概括的:集中营就是现代性的法律(nomos)。它就是现代性法则的位置与规则,一种自身等同于彻底的例外性的规则。当然,阿甘本的视角与利奥塔并不相同。阿甘本没有确立任何一种大他者的律法,相反,他谴责对例外状态的一种普遍化,并且呼吁对一种来自灾难深渊的拯救的弥撒亚式的期待。然而,尽管如此,他的分析还是极好地概括了我所说的那种"伦理转向"。例外状态是这样一种状态,它抹除了帮凶与受害者之间的差异,甚至包括纳粹国家的极端罪恶与我们的民主的日常生活之间的差异。阿甘本写道:比毒气室更为恐怖的,或者说,集中营的真正恐怖,发生在没有什么发生的时刻,党卫军(SS)与死亡别动队(Sonderkommando)的犹太人一起玩的一场足球比赛①。每当我们打开

---

① 乔治·阿甘本的《奥斯威辛的残余:证词与档案》(Remnants of Auschwitz: The Witness and the Archive),D. Heller-Roazen译,纽约:Zone Books出版社,1999年;意大利语原版,1998年。

电视机去观看一场足球比赛的时候,这种游戏就会重演。在全球情境的法则之中,所有差异都彻底消失了。结果,这种情境呈现而为一种本体论命运的完成。它清除了政治歧见的可能性,也清除了未来拯救的希望,除了等待一场不大可能的本体论革命降临。

这样一种政治与权利中的差异在伦理的模糊中逐渐消失的趋势,也同样是对艺术与美学思考的某种当下状态的界定。与共识和无限正义的联合抹煞政治的方式一样,艺术与审美的思考也倾向于在其目的是致力于社会联系的艺术,与对作为对灾难之无止境见证的艺术之间重新分配自身。

艺术借此而去见证一个有着压迫标记的世界之矛盾的种种创造性编排,在几十年后的今天,却指向了一个共同的伦理归属。例如,让我们比较一下两个时隔三十年,但却探索了同一个观念的作品。在 20 世纪 70 年代,越战结束前,克里斯·伯顿(Chris Burden)创作了一个题为"另一种纪念"(*Other Memorial*)的作品,献给大洋彼岸的死者,或成千上万既没有名姓也没有纪念碑的越战的受害者。在纪念碑的铜板上,伯顿将从电话簿上随机挑选出来的一些听起来像是越南人名的名字刻在了上面,为这些匿名的受难者命名。2002 年,克里斯蒂安·波尔坦斯基(Christian Boltanski)也展出了一个名为"电话用户"(*Les abonnés du téléphone*)的装置①。正如前文所述,这是一个由两套大书架组成的装置,上面放着来自世界各地的电话簿,还有两张长桌,参观者可以坐下来随兴查阅这些电话号码簿。今天的这个装置仍然是以昔日那个反纪念碑的形式观念作为基础的,它仍然是关于匿名性的问题,但是,却有着完全不同的物质实现形式和政治意义。不同于树立一块反对另外一种纪念碑的纪念碑,我们现在看到的是作为一种公共空间的模仿(*mimesis*)的空间。昔日的目的是同时赋予那些被国家权力所剥夺的人们以名字和生命,今天的匿名的大众,正如艺术家所说的,他们仅仅只是"人类的样品"(specimens of humanity),只是在一个大的共同体中与我们捆绑在一起的人们。

---

① 波尔坦斯基的《电话用户》是受"当代艺术协会"(Contemporary Art Society)委托的艺术项目。2002 年由巴库现代艺术馆(巴黎)借出,到南伦敦美术馆展出。

因此,波尔坦斯基的装置是囊括了一种展览的精神的极好方式。与昔日那个侧重于分歧的装置相反,这个展出旨在成为一个共同历史的世纪,即一种统一的记忆景观的百科全书。和许多当代装置一样,波尔坦斯基运用了一种程序,三十年前,它曾是一种批判艺术的职能:将世界上的各种物体和形象系统地引入到艺术殿堂之中。但是这种混合的意义已经被彻底改变了。之前,制造一种异质性元素之间的相遇,是为了强调一个有着剥削印记的世界的种种矛盾,并对这一矛盾世界之内的艺术及制度提出质疑。今天,这样一种同类聚集被宣称为艺术的一种积极操作,其功能在于负责记录和见证一个共同世界。这种聚集因此也就是一种打上了共识范畴印记的艺术态度的一部分:恢复共同世界之失落的意义,或修复社会关系中的种种裂缝。譬如说,这样的目的在关系艺术的规划中也许得到了直接表达。关系艺术的根本目的就是创立一种共同体的情境,促进社会纽带之新形式的发展。这一点,在相同的艺术程序,尤其是同一个艺术家个体对之加以运用,但意义却发生了改变的方式中表现得尤为明显。例如戈达尔(Jean-Luc Godard)对拼贴,也就是一种将异质性元素联合在一起的技术的运用。作为一个电影导演,这是贯穿其整个电影生涯,不断得以重复的技术。然而,在 60 年代,他这样做是以对立面之冲突的方式,尤其是高级文化世界与商品世界之间的冲突:在《轻蔑》(Le Mépris)中,是弗里茨·朗(Fritz Lang)对拍摄《奥德赛》(The Odyssey)的阐述与制片人粗鲁的冷嘲热讽;在《狂人皮埃罗》(Pierrot le Fou)中,是埃里·福尔(Élie Faure)的《艺术的历史》(History of Art)与施康纳(Scandale)内衣广告;在《随心所欲》(Vivre sa vie)中,是妓女娜娜(Nana)的精打细算与德莱叶(Dreyer)饰演的电影《圣女贞德》(Joan of Arc)的眼泪。在他 80 年代的电影中,戈达尔显然仍忠实于那种联结异质性元素的拼贴原则,但是拼贴的形式已经产生了改变:曾经的影像冲突(clash)成为了一种融合(fusion)。影像的融合同时见证了一个自主影像世界的现实,及其共同体建构的力量。从《受难记》(Passion)到《爱之颂》(Éloge De L'Amour),或者从《德意志九零》(Allemagne 90 Nuef zéro)到他的《电影史》(Histoire(s) Du Cinéma),各种电影镜头与想象的博物馆的绘画、死亡集中营的影像,以及用来反对明晰意义的文学文本之间出其不意的相遇,构成了同一个影像王国,致力于一个单一的使命:还人性一个"在世界中的位置"①。

因此,一方面,争辩性的艺术部署(*dispositifs*)已趋向于一种社会调停的功能,成为参与到一个难以名状的共同体之中来的证明或象征,这个共同体可视作是对社会纽带或共同世界的恢复。然而,另一方面,昔日那种争议性的暴力却趋向于呈现出一种新的形象。它被激进化为一种对不可再现之物,对无限邪恶与灾难的证明。

在美学思考中,不可再现(unrepresentable)是伦理转向的一个关键范畴,同时也是一个在权利与事实之间产生了模糊性的范畴,它在美学思考中所占据的地位与恐怖在政治层面的地位一样。不可再现的理念,事实上是两个不同概念的异文合并:不可能性(impossibility)与禁止(interdiction)。通过艺术手段宣称某种既定主题是不可再现的,事实上是在同时说几件事物。它可以是指艺术的特定手段,或者是某一种艺术不足以表现一种特定主题的独一性(singularity)。正是在此意义上,伯克曾经宣称弥尔顿(Milton)在《失乐园》(*Paradise Lost*)里对路法西(Lucifer)②的描述是绘画中不可再现的事物。原因就在于,其崇高方面所依赖的是词语的一种双重游戏,它不让我们真正看见它们要向我们所展示的事物。然而,当词语的图像对应物是以视觉方式加以展现时,就像从博斯(Bosch)③到达利(Dali)④那样的艺术家在其画作《圣安东尼的诱惑》(*Temptation of Saint Antoine*)中所展示的一样,路法西变成了一种独特或奇异的形象。莱辛(Lessing)在《拉奥孔》(*Laocoon*)中提出了同样的观点。莱辛论道:维吉尔(Virgil)在《埃涅阿斯纪》(*Aeniad*)中的拉奥孔的痛苦在雕塑中是不可表现的,因为其视觉现实主义会破坏艺术的理想,从而取消其角色的尊严。极端的痛苦属于这样一种

---

① 戈达尔担任了《轻蔑》(1963)的导演与编剧;他的《狂人皮埃罗》(1965)是以莱昂内尔·怀特(Lionel White)的小说《痴迷》(*Obsession*,1962)为基础的;《随心所欲》(1962)在美国曾以别名《我的一生》(*My Life to Live*)和《赖活》(*It's My Life*)上映;《受难记》(1982)之后有《爱之颂》(2001),《德意志九零》(1991),以及《电影史》(1988—1998)。

② 路法西(Lucifer)为古罗马神话中的"晨星之神"。在弥尔顿的《失乐园》中,它被塑造为一个由上帝的大天使到地狱的撒旦的堕落之神与反叛之神的形象。——译注

③ 西罗尼穆斯·博斯(Hieronymus Bosch,1450—1516),荷兰15—16世纪著名画家,其作品多以恶魔、半人半兽、机械等形象表现人类的罪恶与道德沉沦。博斯画风复杂怪诞,充满魔幻和神秘色彩,常被认为是20世纪超现实主义的重要启发者。——译注

④ 萨尔瓦多·达利(Salvador Dali,1904—1989),西班牙超现实主义画家和版画家,以非凡的天才与想象力,探索人类潜意识的表现意象著称。——译注

现实,原则上,它是被排除在可视性艺术之外的。

　　显然,一种以不可再现的名义对美国电视系列片《大屠杀》(*Holocaust*, 1978)①的攻击,却不是这个意思。这个系列片通过两个家庭的故事来展现大屠杀,引发了诸多争论。问题不是说,一个关于"淋浴房"的场景引发了笑声,而是,通过呈现模仿集中营的帮凶与受害者的虚构形象来制作一部灭绝犹太人的电影是不可能的。这种对不可能性的宣告,事实上就隐藏着一种禁令(prohibition)。但是这种禁令自身也是对两种事物的异文合并:一是与事件相关的禁止,一是与艺术相关的禁止。一方面,有人会说,为了审美愉悦,大屠杀集中营里的活动与痛苦在本质上是禁止任何一种对其的描绘的;另一方面,这样一种史无前例的大屠杀事件吁求一种新的艺术,一种不可再现的艺术。于是,这种艺术的任务就与反再现的要求联系在了一起,反再现的要求也是现代艺术自身的规范②。因此,从标志着画图形象之死亡的马列维奇(Malevich)的《黑色方块》(*Black Square*)(以1915年为其开端),到克劳德·朗兹曼(Claude Lanzmann)处理种族灭绝之不可再现主题的电影《浩劫》(*Shoah*)(至1985年完成),二者之间被画上了一道直线。

　　然而,我们必须追问的是,在什么意义上这部电影属于一种不可再现的艺术? 和所有别的电影一样,它刻画了人物和情境;和许多别的其他电影一样,它一开始也即刻将我们带入一种诗性场景之中。在此情形中,一条河流蜿蜒流过原野,河面上一只小船,伴随着一首怀旧老歌的节奏缓缓摇过。导演自身以一种煽情的表述介绍着这首田园曲,宣告了电影的虚构特质:"这个故事开始于我们的时代,它发生在波兰的纳雷夫河(Ner)两岸。"因此,一种所谓的大屠杀之不可再现性其实并不意味着,虚构就不能被用来直面大屠杀残酷的真实。这是与莱辛在《拉奥孔》中的结论非常不同的,莱辛的观点立基于真实呈现与艺术再现之间的距离。相反,正是因为所有事物都是可以再现

---

① 1978年4月由美国NBC播放的四集文献电视系列剧《大屠杀》(Holocaust),由马文·乔姆斯基(Marvin J.Chomsky)导演,詹姆斯·伍兹(James Woods)、梅丽尔·斯特里普(Meryl Streep)、迈克尔·莫拉蒂(Michael Moriarty)等主演。该剧通过一个与雅利安人通婚的犹太人家庭1935年之后十年的遭遇为主线,全景式地再现了德国纳粹从兴起到败落的整个历史,尤其再现了惨绝人寰的纳粹屠杀计划与奥斯威辛集中营的惨烈场景。影片播出反响甚大,同时也因涉及到大屠杀的极端场景而遭到了众多批评家的伦理质疑。——译注

② 吉拉德·瓦克曼(Gérard Wajcman):《世纪的对象》(L'Objetdu siècle, Verdier, 1998)。

的，没有什么可以将虚构的再现从现实的呈现中分离开来，对大屠杀进行呈现的问题就被提出来了。这个问题不是去了解我们是否能够或者必须去再现，而是要去了解什么是我们想要再现的，以及什么再现方式适宜于此目的。现在，对于朗兹曼来说，大屠杀的本质特征就存在于其组织的完美合理性与对此一规划的任何一种阐释理由之不充分之间的裂隙中。大屠杀在其执行中是完全理性的，它甚至计划了如何去销毁其踪迹。但是这种合理性自身并不依赖于任何一种原因与效果之间充分的理性关联。因此，使得对《浩劫》的虚构化之描述难以充分的，正是这两种理性之间的裂隙。这种虚构向我们展示了一种从普通人到魔鬼，从受尊敬的公民到人类垃圾的变形。因此，它遵循了一种古典的再现逻辑。根据这个逻辑，人物角色进入到彼此间的冲突中来，由于其人性特点，由于其所追求的目的，以及他们根据情境而作出相应改变的方式。然而，这种逻辑注定会同时错失两样东西：此种合理性之独特性以及其理性之缺席的独特性。相反，还存在着另外一种虚构，它被证明是完全符合朗兹曼想要讲述的这种"故事"的，这就是，一种虚构的调查。其原型是《公民凯恩》(*Citizen Kane*, 1941)：这种叙述形式以一个深不可测的事件或人物为中心，试图去抓取其秘密，不惜冒着将只会遇见理由之空洞，或秘密之无意义的危险。在《凯恩》的例子中，这就是在微型玻璃球里飘落的雪花，以及一个孩子的雪橇上的名字。在《浩劫》的例子中，则是一种超出任何可以理性加以重构的原因的事件。

因此，电影《浩劫》并不与电视剧《大屠杀》对立，就像是不可再现的艺术并不与再现艺术对立一样。与再现的古典秩序的断裂并不意味着一种不可再现艺术的到来。相反，相对于那些禁止再现拉奥孔的痛苦或者弥尔顿的路法西之崇高层面的规范而言，《浩劫》是一种自由释放。正是这些再现的规范定义了不可再现性。它们禁止对某种场面的表现，要求将特定的类型和形式赋予每一特殊的主题类型，要求人物角色的行动能从其心理及情态环境中推导出来，以符合其心理学动机的合理性以及因果存在的关系。没有哪一种诸如此类的药方适用于《浩劫》所属的艺术类型。与再现的古老逻辑相对的不是不可再现；相反，它是对一种边界的消除，这个边界限制了对可再现主题以及再现方式的有效选择。一种反—再现的艺术不是不再去再现的艺术。它是对再现主题和再现方式的选择不再受限制的艺术。这就是为何再现犹太人的种族灭绝是可能的原因之所在。它不再必须是从应归之于某个角色的动机，或从一种情势逻辑中推导出来；也不再必须去展示毒气室，或种族灭绝的场景，展现帮凶或者受害者。这也是为什么一种无需任何灭绝场景而再现了大屠杀之例外特征的艺术，与仅由线条和色块组成的绘画，以及仅仅只是对借自商品世界或日常生活世界的物品或影像加以重新展示的装置艺术类型，都是同时代的艺术之原因所在。

因此，为了唤起一种不可再现的艺术，有必要将这种不可再现性带到艺术自身之外的领域。它必须使得这种禁止与不可能性相一致，这假定了两种暴力的理论姿态。首先，通过把再现犹太教上帝的禁令转换为再现犹太人种族灭绝的不可能性，一种宗教的禁令必须被引入到艺术中来。其次，那种内在于再现秩序之毁灭的再现的剩余，必须被转换成其对立面，即：再现的匮乏或者不可能性。这证明艺术现代性的概念是以这样的方式建构起来的，通过将作为一个整体的现代艺术转变成一种不断致力于见证不可再现性的艺术，它把禁令嵌入到了不可能性之中。

有一个概念尤其被广泛地运用于此类操作，它就是"崇高"(sublime)。我们已经知道，为了这些目的，利奥塔对崇高进行了再构。我们也已经看到，作出这样的重构所需要的条件。利奥塔必须不仅颠倒反一再现性断裂的意义，而且要颠倒康德的崇高的意义。将现代艺术置于崇高概念之下，需要将可再现之物与再现手段的无限性转化为其对立面：可感物质性与思想之间一种根本不谐的体验。它一开始就假设将艺术操作的游戏等同于一种不可能的要求之演剧法。不过，这种演剧法的意义也被倒转了。在康德那里，想象力的感性能力体验到了其与思考保持一致的界限。它的失败标志着感性能力自身的局限性，同时也开启了理性的"无限性"。它因此也指示了一种从审美领域到道德领域的过渡。利奥塔却使这一过渡超出艺术的领域，成为艺术的法则。但是，他这样做的代价是颠倒了角色。它不再是一种未能履行理性要求的感性的能力；相反，它是一种有缺陷的精神，受召去完成接近物质，抓取感性之独一性这一不可能的任务。但是，此种感性的独特性事实上已经被还原成了对同一种债务(debt)无期限的重复体验。因此，艺术先锋派的使命就在于重复一种铭记着他异性之震惊的姿态。

这种他异性初看起来是一种感性的品质,但最终却将自身显示为与弗洛伊德的"物"(Thing)或者摩西(Mosaic)的律法相等同的棘手的力量。对崇高的"伦理"转化之意义正是在于:将审美自律和康德的道德自律的联合转化成同一种异质性的法则,转化成同样一种律法,借此,其专横的命令被同化为激进的能力。艺术的姿态因此就存在于精神对律法之无限债务的无期限的证明中,这种法则既是摩西的上帝的秩序,也是无意识的真实的律法。物质抵抗的事实变成了对他者律令的屈服。但是,这种他者律法反过来又只是我们对总是出生太早这一前提条件的屈从。

美学颠倒而为伦理,当然不能根据艺术成为了"后现代主义"的角度来理解。现代与后现代之间的简单对立,阻止了我们去理解对当下情形及其关键性问题的转换。它事实上忘记了现代主义自身也只是两种相反的审美政治之间一种长久的矛盾,这两种政治是相反的,但又建立在一个共同的核心基础之上,它将艺术的自主性与对未来共同体的预设联系在了一起,因此,也将这种自律性与对其的一种自我取消的承诺联系在了一起。正是"先锋派"(avant-garde)这个词指定了同一组结(knot)的两种相反的形式,此组结将艺术的自主性与包含在其中的对解放的承诺联结起来。有时是以或多或少的混淆的方式,在另外的时刻又可以是更为清晰地显示出对抗性的方式。一方面,先锋派运动曾经旨在转化艺术形式,使其等同于创建一个新世界的形式,在此,艺术将不再作为一种单独的现实而存在;另一方面,先锋派也保留了艺术领域的自律性,使其摆脱对权力实践和政治斗争的妥协,或者对资本主义世界的生活审美化形式的妥协。当先锋派运动是未来主义(Futurist)或构成主义(constructivist)在一种新的感性世界的形构中,朝向艺术之自我消除的梦想,它同时也包括一种保存艺术自律性的斗争,以使其从所有权力形式与商品审美化形式中解脱出来。这根本不是由于为艺术而艺术之纯粹的愉悦而保留它,相反,是作为在此世界之中,要去铭记审美承诺与压迫现实之间不可解决的矛盾而去保留它。

政治形式中的一种已在苏联式的梦想中消亡殆尽,尽管它仍存活在关于新城市建筑,或以新都市设计为基础而重新创造一个共同体的设计者,或者将一个对象、一种影像、一段非同寻常的铭记引入到"恶劣的"(difficult)市郊景观之中的"关系"艺术家们更为温和的当代乌托邦之中。这可以称之为美学的伦理转向的"温和"版本。任何一种后现代革命都没有抛弃这第二种版本。后-现代狂欢基本上只不过是一种障眼法,它隐藏了第二种现代主义向"伦理"的转换,这种转换不再是审美的解放承诺之更温和的以及社会化的版本,而是其纯粹而简单的倒转。这种倒转不再将艺术的独特性与一种解放的未来相联系,而是反过来,将其与一种亘古以来且永无终结的灾难捆绑在了一起。

对此的证明已是一种普遍性的话语,在这种话语中,艺术被置于这样的地位——它为不可再现性效劳,或服务于去见证:要么是昨日的种族灭绝,或一种永无止境的当下的灾难,要么则是文明之亘古洪荒的创伤。利奥塔的崇高美学就是对这一颠倒的最简洁概括。在阿多诺的传统中,他号召先锋派不断回溯至那条将艺术作品与文化和交流之不纯混合分离开来的界线。但是,这种目的已不再是为了保存艺术的解放承诺,相反,它是为了无止境地证明一种自古以来的异化,即,是将所有解放的承诺都转化成一种谎言,它只能以无限罪恶的形式方可实现,艺术对此的回答就是提供一种"抵抗"(resistance),此种"抵抗"不是别的,而只是永无止境的悲悼。

因此,先锋派的两种形象之间的历史性张力便日趋消失在了一种伦理的耦合(couple)之中,即,在致力于修复社会纽带的共同体艺术,与见证此一纽带之本源处无可挽救的灾难的艺术之间的耦合。这样一种变化正是对另外一种转化的复制,根据这种转化,权利与事实之间的政治张力也在共识与反对无限邪恶的无限正义之间的耦合中消失殆尽。人们禁不住会说,这种当代伦理话语只是新的统治形式的加冕时刻,然而这种说法将错失一个关键点:如果说那种柔性的(soft)共识伦理与亲近性的(proximity)艺术是昔日美学与政治的激进性适应当时状况的方式,那么,无限邪恶以及投身于对不可救赎之灾难的无尽悲悼的硬性的(hard)伦理,则正是相反地呈现而为对那种激进性的倒转。促成这种倒转的是这样一种时间概念,这是伦理激进性从现代主义激进性那里继承而来的一种时间概念,是一种可被某个决定性的事件一分为二的时间观念。长久以来,这个决定性的事件就是即将到来的革命。在伦理转向中,这样的方向被完全颠倒过来:根据一种激进事件在时间上的切分,历史成为了被预定的历史。这一激进事件不再立于我们面前,而是已然于我们的身后。如果说在发现集中营的四十或五十年之后,纳粹的种族灭绝将其自身寄寓于哲学、美学和政治思考的中心,那么,其理由就不仅只是第一代幸存者的保持沉默。而在 1989 年前后,当这场革命之最后的遗迹轰然坍塌之际,直到那时,这些事件都还是将政治与美学的激进性与一种历史性时间的切分紧紧联系在一起的。然而,这种曾经被那种激进性所需要的切分,将只能被大屠杀所代替,以此付出的代价就是:倒转其意义,或将之转化为一种承受已久的灾难,由此,唯有一个上帝可以拯救它。

我的言下之意,并不是说今天的政治和艺术已完全屈从于此种景象。通过举出一些独立于此种主流趋势,或对之怀有敌意的政治行动和艺术介入的例子,我们可能轻易就可以反对它。这也正是我所理解的:伦理转向并非一种历史的必然。道理很简单,因为根本就不存在此种必然性。然而,这种转向的力量却在于,它能对昔日那些旨在带来一种激进政治和/或审美变革的思想形式与态度进行重新编码与倒转。伦理转向不是简单地在共识秩序中对政治与艺术之间的种种歧见形式进行缓和,它似乎更是一种对此歧见加以绝对化的意志之终极形式。一种阿多诺式的现代主义的严格,想要将艺术的解放潜力从其与文化商业以及审美化生活的任何一种妥协形式中提纯出来,从而把艺术简化为对一种不可再现之灾难的见证;阿伦特的政治纯粹主义,孤注一掷地将政治自由与社会必需性(necessity)截然二分,从而沦为了对共识秩序之必要性的一种合法化形式;康德的道德律令的自主性,成为了对大他者法则的一种伦理屈服;人权变成了复仇者的特权;将世界一分为二的英雄传奇变成了反恐战争。但是,这场倒转的中心要素,毫无疑问是某种关于时间的神学,是将现代性当作一种注定要实现其内在必然性的时间理念,不过,其昔日的荣光,已成今日之灾难。这是一种通过奠基性的事件或某种即将到来的事件而一分为二的时间概念。打破当今的这种伦理构型,让政治与艺术的发明回归其分歧性,这需要我们抗拒其纯粹性的幻象,将总是充满歧义的、不确定的、争辩性的划分状态归还给这些发明。这也必然需要把它们从任何一种时间神学,任何一种关于原始的创伤或即将来临的救赎思想中解脱出来①。

---

① 这篇文章是 2004 年 3 月,朗西埃在西班牙巴塞罗那的"银行论坛"(Forum of the Caix)上提交的论文,会议的主题是"当代思想的地理学"(Geographies of Contemporary Thought)。

特里·伊格尔顿

甜蜜的暴力:悲剧的理念(2003 年)

恐怖与自由(2005 年)

悲剧、希望与乐观主义(2008 年)

《陌生人的麻烦:伦理学研究》(节选)(2009 年)*

特里·伊格尔顿

(Terry Eagleton, 1943—   )

　　出生于英国曼彻斯特,师从雷蒙德·威廉斯,是牛津大学英国文学的教授,也是英国马克思主义文学批评的一位领军人物。他的研究工作是欧洲马克思主义广阔领域中的重要组成部分,与《新左派评论》(*New Left Review*)之间具有紧密联系,在这个刊物上我们可以看到大量此前难以用英语获取的对马克思手稿的翻译。这种理论上的多元化将伊格尔顿与雷蒙德·威廉斯和E.P.汤姆森代表的更鲜明的“英国”文学和历史研究相区别。伊格尔顿通过对这些英国传统的争论发展了他的研究方法,比较著名的有他对雷蒙德·威廉斯的反对,还有对与卢卡奇和詹姆逊相关联的更加黑格尔派的马克思主义的批评。在早期的著作中,伊格尔顿企图运用马克思主义理论建立一种“真正的文本科学”,70年代后,伊格尔顿格外重视意识形态问题,提出“马克思主义批评家的任务是积极参与并指导人民大众的文化解放”。他获得学术上的声望主要源于在《批评与意识形态》(1976)中的一种阿尔都塞式的文学研究方法,伊格尔顿随后扩展了自身的理论坐标,他与后结构主义结合发展了一种唯物主义批评模式、并走向多样化的开放性思潮研究,这种方法以《美学意识形态》(1990)一书为典范。伊格尔顿认为,政治上的革命书写是辩证法与讽刺文的本质模式,他的批评风格也结合了布莱希

---

*　《甜蜜的暴力:悲剧的理念》选自《当代国外马克思主义评论》(8),人民文学出版社2010年版,第393—423页,袁新译。中译本参见特里·伊格尔顿:《甜蜜的暴力:悲剧的观念》,方杰等译,南京大学出版社2007年版;《恐怖与自由》选自《马克思主义美学研究》2010年第2期,本文为伊格尔顿《神圣的恐怖》(*Holy Terror*)一书的第三章龙昕、肖琼译;《悲剧、希望与乐观主义》选自《马克思主义美学研究》2008年第2期,第16—22页,许娇娜译;《陌生人的麻烦:伦理学研究》译自特里·伊格尔顿:《陌生人的麻烦:伦理学研究》一书的“结论”部分,中译本选自《马克思主义美学研究》第19卷第2期,第148—156页,何信玉译。本书在2009年由英国威利-布莱克威尔(Wiley-Blackwell)出版社首次公开出版发行。(Terry Eagleton: *Trouble with Strangers: A Study of Ethics*, Wiley-Blackwell, A John Wiley & Sons, Ltd., Publication, 2009, pp.317—326)

特和本雅明的批评精神以随笔式的笔法反映了这一点,尤其体现在《瓦尔特·本雅明》(1981)和《格格不入》(*Against the Grain*)(1986)两部作品中。悲剧理论在伊格尔顿的整个思想体系中占据重要地位,他的多本著作中都有关于悲剧问题的思考,并始终处于持续的理论更新状态。伊格尔顿最重要的一部悲剧理论著作是《甜蜜的暴力:悲剧的观念》(2003),本书深入系统化和哲理化了现代悲剧的有关理论与思想,分别从悲剧与意识形态、悲剧与现代性的关系、悲剧与革命的关系三个方面叙述了现代悲剧观念的复杂内涵,试图发掘"悲剧"这一古老而没落的理论在现代社会焕发生机与活力。这本书不仅是对威廉斯理论观点的继承与发展,更是对"悲剧消亡"论的又一次回击。伊格尔顿一针见血地指出,20世纪最大的悲剧在于社会主义在它最应该实现的地方失败了,他的指向是1989年苏维埃政权瓦解这一重要历史事件。区别于西方文化传统的"悲剧"与"悲剧理论",伊格尔顿选择用"悲剧的观念"(the idea of tragic)代替"悲剧的理论",以对应现代化以来的复杂的悲剧性现实。更为重要的一点在于,书中深入反思了悲剧与现代性之间的关系问题,"20世纪发生在悲剧身上的不是它的死亡,而是它变成了现代主义"。在现代社会中,悲剧不仅没有消亡,反而以一种精神形态渗透到社会生活中,其内涵变得更加丰富多彩。在此基础上,伊格尔顿提出了"世俗性崇高"的概念,将悲剧观念与日常生活、悲剧观念与建设一个更美好的社会——"社会主义社会"——联系起来,从而有力地论述了悲剧观念在当代社会生活中的生命力和重要作用。与此同时,悲剧观念与"自由"概念密切相关,在《恐怖与自由》一文中,伊格尔顿在当代语境中对"自由"与"绝对自由"进行深入思考,在他看来,全球化趋势对差异的消除是一种绝对的抽象,它使得绝对自由在实践中丧失了表达的形式,因而寄蕴艺术作品以寓言的形式来表征绝对自由的虚构本质。《悲剧、希望与乐观主义》一文从"悲剧"角度切入,将"希望"与"乐观主义"相区分,悲剧带给人们的是希望,绝不是肤浅的乐观主义,两者的区别在于希望总是与失败的经验紧密结合。《陌生人恶麻烦:伦理学研究》(2009)是伊格尔顿一部重要的伦理学研究著作,伊格尔顿通过借鉴雅克·拉康的精神分析理论,将从亚里士多德到整个现代欧洲对伦理学的思考汇成一种个人的、政治的伦理学,为悲剧、政治、文学、道德和宗教等多个领域提供了独特的分析视角,进一步打开了悲剧研究的伦理学维度、扩展了现代悲剧理论的研究视域。此外,伊格尔顿通过介绍极具影响力的导论的文本建立了更为广泛的读者群,例如:《马克思主义与文学批评》(1976)、《文学理论》(1983)、《批评的功能》(1984)。其他的著作还包括《莎士比亚和社会》(1967)、《流亡和移民者》(1970)、《神话的力量》(1976)、《克拉莉莎被辱》(1982)、《意识形态》(1991)等等。

甜蜜的暴力：悲剧的理念[1]

如今悲剧已经不再是一个时髦的主题了，但这也正好是反思和写作它的充分理由。提到悲剧，就会让人想起孔武有力的战士和被当作祭品的少女，以及无法逃避的命运和坚忍的顺从。而正是这些个生存中的不能承受之轻，使悲剧这一艺术类型具有了本体论的深度，以及高度的重要性，并使它给后现代感受带来烦躁与不安。作为艺术形式中的贵族，对于现代化都市中那些充满怀疑态度的文化来说，悲剧的调子太过严肃认真和自命不凡。的确，这个术语也几乎不可能被收入到后现代词汇中去。对一些女权主义者来说，悲剧艺术不过是对牺牲、犯了错误的英雄和男性在精神上高人一等的极度迷恋，是一种在孩子们面前卖弄传奇故事的自命不凡。而对左派们来说，悲剧则通常带有令人讨厌的偶像色彩，以及包裹着一层令人厌恶的神话和血缘崇拜的氛围。它是一种形而上学的罪恶和一种残酷无情的命运。

那些性格孤僻的左派们之所以要对悲剧著书立说，今天通常被理所当然地认为是，因为他们对这种他们先前拒绝了的艺术形式反应过敏。这是一种绝妙地节省脑力劳动的策略。它很像假定说，因为所有的非马克思主义哲学家都拒绝物质世界存在，

---

①　译自 Terry Eagleton, *Sweet Violence：The idea of the tragic*(Blackwell Publishing, 2003 年)一书序言。

所以他们就可以把自己从那冗长乏味的阅读中解救出来。乔纳森·蒂里莫①似乎接受悲剧总是宿命的、顺从的和无法逃避的观点②。而弗朗西斯·巴克尔③则不赞成把悲剧说成是"用从权力顶端跌落下来的形式去呈现对最高统治者的称颂"④。巴克尔把悲剧看成天生就是非历史的。他的观点是,悲剧的特点是比事物本身还要真实。他和蒂里莫都把这种艺术形式变成阐述的基本形式,也就是当他人在进行肯定的阐述时,他们则进行否定的阐述。巴克尔极不情愿地承认道,"我们的处境是,表面上栖居于一个共同的星球,但所做的一切却并非都与这个相同空间有关。有效性和愉悦也可以被适当描绘成是悲剧性的"。他以这个看法结束了他对悲剧的杰出研究。的确,事实上,如果这一切不冠以这样的标题的话,就很难明白它们的所作所为。可是尽管如此,巴克尔还是感到了一股需要提出一个紧急预防误解的说明的压力。"悲剧不能被定义成是一种无法逃避的、不能补救的给予,一种不可解除的历史决定论,或者是一种神秘的状态。"⑤事实的确也是这样,但是为什么,我们却允许我们的政治对手们去独占这种艺术形式的定义呢? 以至于像巴克尔一样,对这个术语的使用百倍地小心翼翼。而且难以置信的是,这一切竟是发生在这样的一个时代里,比起历史上的任何一个时代来,这个时代,愈来愈多的男男女女已惨遭杀戮,或者正在被精心策划着推向死亡⑥。20 世纪

---

① 乔纳森·蒂里莫(Jonathan Dollimore, 1948—   ):英国社会学家和学者,就职于英国苏塞克斯(Sussex)大学。主要从事文艺复兴和现代文学研究以及性别研究。研究方向为同性恋、双性恋、观念史。特别是热衷于对西方文化的颓废和死亡、批评史、新历史主义和文化唯物主义等进行哲学的考察。代表著有 *Sexual Dissidence*:*Augustine to Wilde*, *Freud to Foucault*, 1991. *Different Desires*:*Subjectivity and Transgression in Wilde and Gide*, 1993. *Death*, *Desire and Loss in Western Culture*, 1998. *Sex*, *Literature and Censorship*, 2001. ——译者注

② Jonathan Dollimore, *Death*,*Desire and Loss in Western Culture*(London 1998), p.XVIII.虽然如此,但这是一个无论是在雄心上,包括的范围上,还是在充满了激情的认真研究上都是值得钦佩的。

③ 弗朗西斯·巴克尔(Francis Barker,出生年月不详,去世于 2000 年):毕业于英国苏塞克斯大学,并就职于苏塞克斯大学文学系,主要从事文化研究,以及后殖民地理论研究。主要著作有:*The Culture of Violence*:*Essays on Tragedy and History*, 1993. *The Tremulous Private Body*:*Easays on Subjection*(*The Body*, *In Theory*:*Histories of Cultural Materilism*), 1995. *Colonial Discourse*/*Postcolonial Theory*, 1996。——译者注

④ Francis Barker, *The Culture of Violence*(Manchester, 1993), p.12.如果不能对这位天才、这位致力于言词锐利的学者,我的朋友与学生表达我的悲伤,那么我就不能提及巴尔克的著作,更不用说把它当成是一项任务。

⑤ Francis Barker, *The Culture of Violence*(Manchester, 1993), p.233.

⑥ 参见 Erick Hobsbawm, *Age of Extremes*:*The Short Twentieth Century 1914—1991*(London 1994), p.12a。

因战争而死亡人数的最新估计是 1.87 亿,相当于 1900 年世界人口的十分之一。于是,悲剧被保留了下来,成为一个明显使左派感到焦虑不安的词汇。

如果说对于悲剧,某些后现代主义者显得相当肤浅的话,那么一些后结构主义者则过于严肃认真了。一本新近出版的,名为《哲学与悲剧》①的论文集充满了对权力、等级和错综复杂的钦佩,却对像命运与英雄主义、神与本质、酒神的狂暴、痛苦所起的高贵作用、专制特征、为了总体而牺牲个体的需要和悲剧具有肯定性超越品质等这一些古典悲剧概念所表现出来的情感,以及公认的传统悲剧理论气质高尚,宽宏大量等这一类陈词滥调所散发出来的气味没有一句批评。后结构主义扮演的角色,似乎是更愿意去重新阐释这些概念,而不是去改变这些概念。但由于整个文集的确具有一定的洞察深度,所以其中暗含的悲剧政治,就被那些在含含糊糊地提及漂浮的能指时,想达到索福克勒斯悲剧中那永恒智慧的学者们毫无保留地接受了。从一个极端到另一个极端,文集几乎不提悲剧仍是人类的不幸和绝望,是人类的挫折和扭曲。就像稍后大家会看到的那样,我们将涉及到一种具有说服力的论点,亦即在现代,悲剧乃是哲学以另一种方式的继续。但是它似乎并没有意识到,它对历史性的理论的傲慢轻视,意味着它们之间的这种牵连缺少诱惑。

这倒不是为了表明,我这本著作本身就是对悲剧的历史性的研究②,而毋宁是为了说明,它是对悲剧的政治性的研究。这两个术语含义不同。甚至,我几乎可以冒险地说,在今天,它们实际上正处在某种成为对立面的危险之中。我在别处也争辩过,尽管没有多大效果,那就是历史化决不是天生就是一场激进运动③。许多历史决定论者,从埃德蒙·伯克④到迈克尔·欧克肖特⑤,他们都是政治上的保守派。如果相信在历史

---

① 参见 Miguel de Beistegui and Simon Sparks(eds), *Philosophy and Tragedy*(London 2000)。

② 像这类研究都是非常出色的,或是里程碑式的研究。参见 Walter Cohen, *Drama of a Nation*(Ithaca, NY. 1985)。

③ 参见,例如,Terry Eagleton, *Illusions of Postmodernism*(Oxford, 1996)。

④ 艾德蒙·伯克(Edmund Burke, 1729—1792):英国 18 世纪最伟大的政治思想家之一,保守主义的集大成者。主要著作有《对法国大革命的反思》,《对我们崇高观念和美观念的起源的哲学质询》和《为自然社会辩护》。——译者注

⑤ 迈克尔·欧克肖特(Michael Oakshott, 1901—1990):20 世纪英国和世界最重要的政治哲学家之一。主要著作有《政治中的理性主义》《信仰和怀疑主义政治学》等。——译者注

的前后关系中有一种垄断性的力量,那么左派就只不过是一种欺骗。历史化的确是关键,但时下正流行的,自我标榜的左翼历史决定论似乎更多地应当感激资本主义意识形态,而不是社会主义理论。在这个由短期契约、立等可取、地球规模变得愈来愈小和不停地被改造、以及由瞬息万变的时髦和资本投资、丰富多彩的职业生涯和多功能产品组合成的世界上,这些理论家们似乎已令人惊讶地相信,我们主要的敌人乃是自然化、静态和不变。但真相却是,对全球千百万生活在贫困和烦恼中的工人们来说,而不仅仅只是对那些学者们来说,在经历了劳作、转变和多重身份变迁后的稍事休息乃是神圣赦免的降临。

对多元、可塑、拆解、不稳定和无限的自我创造力的信仰——所有的这一切,在某些语境中,无疑也是激进的——还意味着存在有一种特色鲜明的西方文化和一个发达的资本主义世界。尤其是,特别意味着西方文化的特殊一隅——美国。而在这个国家中,那种自我改革的意识形态和那种积极奋发的、自我肯定的性格模式,比起欧洲那疑惑重重的、缺乏自信的和宿命论的文化氛围来,总是更能强烈地抓住人们的想象。只是在资本主义生产的晚期,亦即现在,我们才面对着一个无主体、自适应的单一景观。就相对于文化"差异性"的文化开放性来说,它其实就是预先隐藏在概念中的多变性、临时性和表述性,这些特性使得另外一些文化给人留下明显具有外国特征的印象。但用不着吃惊的是,对文化差异性的这种高度敏感却在不经意间构成了他们自己那个世界关于整个人性的意识形态。毕竟,这也是他们的那些统治者们在相当长的一段时间里的所作所为。

因此,在最极端意义上来说,文化差异不过是一种对在里斯本由于历史笼罩而造成的窒息和在洛杉矶因缺乏历史而造成的窒息之间所进行的选择。但是在何种意义上,这可以(视为)是历史决定论冒险成为激进政治的对立面,而不是成为知识分子同盟而上升兴旺的标记呢?或仅仅是因为它被激进政治所必定提出来的许多东西复杂化了。这些东西包括:由来已久的、仍然不肯挪动位子的权力结构;像飓风一般完全不肯让步的教条和不轻易屈从于变化的深层欲望与反抗。而如果这种毫无经验的历史决定论是对的话,那么我们怎么会不久就让自己重新从枯燥乏味的连续性中摆脱出来呢？此外,对于那些带着刺耳怀疑腔调,坚决主张事物的发展不过是事物的延展,并认为"静态""静力"这一类术语毫不含糊总是消极的,而"动态""动力"这一类术语则毫无疑问总是积极的人们来说,他们倾向于忘记了,有一些改变如同那些被肯定和被赞美的永恒的和连续的形式一样,是非常令人不快的和不受欢迎的。资本主义可能会由于具有许多缺点而受到公正谴责,但是缺乏推动力很难说是一种缺点。我们可以思考一下瓦尔特·本杰明睿智的格言:革命并非一列失控的,只能用紧急刹车才能停下来的火车。也并非只有资本主义才是无政府主义,才是奢侈放纵的和失控的;而社会主义才是节制的、入世的和现实的。但这起码是为什么无政府主义和奢侈放纵的后结构主义对其充满戒备的一个原因。无论如何,如果情况的确是这样,即人类主体总是历史地构成的,那么至少在这极为重要的一点上,它是一个非历史的真理。

我们这个时代的左翼历史决定论,大部分都是归纳主义的。它们没有认识到,当谈到变化频率时,历史就处于窘迫之中。如果说存在着稍纵即逝的事态的话,那么也存在着持续经久的生产方式。有时候,它的变化似乎并不比行星的变化更容易被人们察觉到;而有时候,它的变化则处在两个中时段之间,姑且说,两种政治状态之间。一个特殊的历史事件——例如说,罢工——都可能会涉及到这三种情形。如果仅仅只注意其中第一种情形的话,那么就会像弗朗西斯·牟恩[①]已经证明的那样,把历史简化为变化[②]。但是在人类发展记录中,却存在着大量不变的,或者是变化极为缓慢的东西。并且,这些东西还成了激进政治存在的原因。大部分现在都是由过去构成的,或像牟恩坚决主张的那样,绝大部分都是连续的。它拥有自己永远不能被改变的、复杂的物质重量。甚至当我们设法去改变它时,我们仍然能够发现这种重量像噩梦一般盘踞在活着的人们的头脑中。

但这仍然是那些审慎的现实主义者们的秘诀,而不是政治失意者们的秘方。唯物

---

① 弗朗西斯·牟恩(Francis Mulhern, 1969——　):现就职于英国米德尔塞克斯大学(Middlesex),任艺术学院学术研究和研究生教育主任。主要著作有 *The Present Lasts a Long Time*, 1999. *Beyond Metaculture*, 2002。——译者注

② 参见 Francis Mulhern, *Contemporary Marxist Literary Criticism*(London, 1992), p.22。

主义者考虑的，是政治事件所具有的突发性冲击、政治力量平衡中的戏剧性变化。可甚至就是在苏维埃政权被颠覆的前几年，谁又会想得到，仅仅在一夜之间，仅仅动用了最低限度的暴力，这个政权就被推翻了？所以，一个真正的唯物主义者，在反对历史相对论和历史唯心主义的同时，同样留心那些构成我们作为类存在的永恒结构的方面。他不仅关注文化价值，关注历史行程；而且还关注我们生存中的生物维度和生态领域，以及处于其中的痛苦现实。阿多尔诺曾经有过一个著名的评论，"那些所有只能获得偶然喘息机会而坚持生活到今天的人，从目的论的角度来看，大概都是些痛苦的绝对"①。

所以，从具体情况来看，尽管这种痛苦总是特殊的，但它并没有给那些平庸的文化论者，或者是历史主义者留下反驳的余地。一个亲身经历过本民族种族大屠杀的人怎么能够对这一切视而不见呢？这就仿佛是人们指出的那样，在晚会上，令人奇怪的是，每一个戴着厚厚墨镜的人，其实反而难堪地告诉别人，他们乃是出于另外一些原因才戴上墨镜的。因此，阿多尔诺做出的论点不是说，折磨和痛苦是无缘无故的，而是说在如此多的情形下，从新石器时期到北大西洋公约组织时代，它们出现了具有如此令人吃惊的规律性。这一个事实，尽管它是"非历史的"，但是难道不值得关注吗？这一点难道不正好是超历史的吗？如果那些左翼人士被这种超历史的思想本能地吓坏了的话，那么部分原因是他们不能够理解这一思想如同田园诗和议会一样，长期以来就一直是人类历史的一个主要部分；部分原因则是对历史的变化，他们能够设想的唯一选择就是这种无时间的本质。而为什么在这个方面，他们的想象被唯心主义牢牢地抓住了呢？这则是一个不同的问题。他们不让唯物主义，对象偶然性与实在性等这样一些相对的事物和范畴，自己去提出一些似乎是更加有道理的选择，因为他们害怕那种把一切都还原成生物性的生物学主义。但是他们却不害怕那种把一切都还原成为历史的历史决定论。他们似乎也没有认识到，变化和永恒之间的区别与文化和自然之间的对照是不相同的，它正在证明，在我们这个时代，改变某些遗传结构比起干预资本主义

---

① T.W.Adorno, *Negative Dialectics* (London, 1973), p.320.

和父权制来说要切实可行得多。

激进派怀疑超历史，是因为他们认为，这种思想主张有一些东西是不能被改变的，所以它会助长政治上的宿命论。的确，这是一些不错的怀疑理由。但真相是，不仅仅有一些东西是不可能被改变，而且是它们不能被改变。并且在一定情形下，这是一件要庆祝，而不是一件要惋惜的事情。否则的话，它只会使对所有四十岁以上人的（出于生存需要的）非宗教仪式性的屠杀（的远古习俗）看上去是人类文化合情合理的永恒特征。有一些境遇是不能被改变的，但它们无甚大害，而有一些则会使我们感到懊恼。悲剧处理的是历史紧要关头的短兵相接，但是因为有一些痛苦乃是根植于我们的类存在之中的，所以悲剧还需要善于识别人性中那些更具自然性和更加物质性的方面。正像意大利哲学家塞巴斯蒂亚诺·廷帕纳罗①指出的那样，像爱、成熟、疾病、对自己死亡的害怕、对别人死亡的悲哀、人生的短暂、存在的脆弱、以及人性的软弱性与宇宙明显的无限性之间的对比等等这样一些现象，它们都是人类文化不断重复的特征，当然它们以多种方式再现出来②。可是，左翼历史决定论者们怀疑这种普遍性是统治阶级的阴谋，但事实是，无论如何，我们死了。固然，对于那些认为我们死亡的形式是如此的丰富多彩，我们退出生存的模式是如此的别具一格，以及死亡并非是一种可怕的实在毁灭，而是一系列四处传扬的文化风格的逝去的多元主义者来说，这是一种令人感到安慰的思想。的确，或许我们应该提到，死亡乃是生存受到挑战的一种方式，是一种并不比呼吸与做爱低级，或者高级，而仅仅是不同的生存形式。也许，死亡并非是真正的灭亡，而仅仅是被赋予另外一种权利。但无论如何，我们死了。

廷帕纳罗指出，文化连续性"可能是这样一个事实给与的。亦即自打文明开始至今，作为生物性存在的人类从根本上说没有改变过；而那些最接近人类生存本质的作为生物学事实的情感和表现也基本上没变过"③。可是，文化论者们可能会在这种把

---

① 塞巴斯蒂亚诺·廷帕纳罗(Sebastiano Timpanaro, 1923—2000)：意大利著名哲学家，代表著作有《论历史唯物主义》，《弗洛伊德主义的失足：心理分析与文本批评》等。——译者注

② 参见 Sebastiano Timpanaro, *On Materialism*(London , 1975), Chapter 1。

③ 参见 Sebastiano Timpanaro, *On Materialism*(London, 1975), p.52。

"情感和表现"与"生物学事实"紧密联系起来的做法前退缩,但完全正确的是,例如说,去问为什么要同情菲罗克忒忒斯①就是由伪历史决定论提出的一个假问题。我们同情菲罗克忒忒斯乃是因为他受到脚部化脓肿胀痛苦的折磨。佯称他的脚部是一个难以理解的他者的领域是没有用的,这只不过是以野蛮地把"过去"殖民化作为代价而获得的一个现代概念。关于菲罗克忒忒斯的跛行和怒吼并不存在着释义学意义上的晦暗不明。固然,存在着大量的,对我们来说,充满了深奥和晦涩的塑造其形象的艺术形式。例如,我们就被安提戈涅②声称"她不愿意站在其兄弟的对立面,为丈夫和儿子而违背法律"这样一件事情搞得昏头昏脑和感到多少有点反感。但是它和那些善良的自由主义者们所说的不是一回事情。直至其痛苦消失时为止,我们都是用那些"能理解缠绕着我们的痛苦的方式"去理解菲罗克忒忒斯的。与其说这样的回应是"非历史的",不如说人类历史就包含着身体历史。而这种身体上的痛苦可能几个世纪以来几乎没有什么变化。无疑这也是为什么痛苦的肉体,尽管对它也有许多精彩的、观察入微的考虑,但是在以身体为导向的学术中,它并不是一个最流行的主题,很难与性欲的、惩罚的和狂欢的身体相比。它在无意中证实了历史可塑这样一个事实。但是,痛苦的身体在很大程度是消极被动的,它并不去取悦那些能自我调节的意识形态。告诉那些酷刑的受害者,他们的痛苦源自文化结构,这并不会给他们带来安慰。如果会的话,那么这或许就是告诉那些在性别等级或是种族划分中处于较低地位的人,他们的地位乃是历史地变化着的。

当前对身体的过度关注,部分是随着反理性主义和客观性的观点而发展起来的。这是一种反讽,因为人类身体就是那个给予我们客观世界,并使客观性根植于其中的东西。当然,还存在着一个光彩夺目的文化世界,并竭力声称,它也具有某种程度上的客观性,但是这种客观性只是在文化世界同样也是由"类身体"构成其母体这个意义上才是可能的。并不存在着所谓这样的文化世界,亦即人们在里面竟然用大量硫酸来相

---

① 菲罗克忒忒斯(Philoctetes):希腊神话之神,在特洛伊战争中用其父大力 Hercules 所遗之弓和毒箭杀死特洛伊王子 Paris 的英雄。——译者注

② 安提戈涅(Antigone):底比斯王俄狄浦斯之女,因违抗禁令而自杀身亡。——译者注

互为其成就干杯；也不存在一个没有任何社会关系的文化世界，或者是一个对事实没有任何观念的文化世界。假使这样的世界能够存在，那么它也不可能存在下去，它会很快就又重新消失掉。或许这就是路德维希·维特根斯坦在《哲学研究》一书中，进行语焉不详的评论时，其脑子里所想的。他说，如果铁能够说话的话，那么我们也不能够理解其所说的；如果我们能，那么我们也不能够和它就"事实"是什么样子而达成一种共识。因为，"事实"是什么样子，对铁来说和对我们来说，是不一样的。

尽管我们尊敬白鼬，但我们也尊重黄鼠狼有自主选择生存的权利。物种歧视如果不是道德上的，那么一定是认识论上的。鉴于此，客观性概念其实意味着，我们相互之间总是能够就"事实"是什么样子而进行辩论。因为我们共有一个物质的身体。换言之，争论成为我们存在的组成部分，正如它不能够成为我们和獾之间关系的组成部分一样。身体本身也是一种符号，在其中，当意义被当作一个世界呈现出来时，我们才能被更好地呈现出来，但同时它也给意义设置了外部边界。历史决定论有权坚持认为，只有通过我们的类存在，世界才能给予我们，虽然这总是不那么最有意义和令人激动。宇宙也可能是最无价值的，但俄瑞斯忒斯①必须睡觉，或者考狄利娅②有一对吸引我们注意的双膝（等这一类东西却又）并不是事实。从修辞学上来指认唯物主义，只会导致不合逻辑拒绝类身体的意义。

历史决定论的错误是，认为我们的类存在在政治上肯定是倒退的，或者是落后于潮流的。的确，有可能是这样。但是，人们难道能够指望那些文化相对论的信徒们会改变意见，成为不那么固执的普遍主义者吗？的确，在我们的类存在中，存在着许多消极被动的、强迫性的和无生气的东西，但这只可能会成为激进政治的源泉，而不是它的阻碍。例如，我们的消极性是紧紧地同我们的过失和弱点联系在一起的，但它却是任何真实政治的支撑点。其中悲剧成了我们屈从于我们的界限和我们的脆弱的象征。没有这一点的话，那么任何政治安排都很可能会失败。但是这种弱点也是力量之源，因为它是我们的一些需要产生的地方。如果这些需要被断然拒绝的话，那么在它们的

---

① 俄瑞斯忒斯（Orestes）：阿伽门农之子。——译者注
② 考狄利娅（Cordelia）：莎士比亚悲剧《李尔王》中李尔王诚实、善良的幼女。——译者注

后面就可能会产生出一种与纯粹文化力量相比,相当难以驾御的力量。变化多端的拥护者并不感谢这种有时候恰恰是我们所需要的难以驾御性。如果我们能够成功地面对死亡行为、压迫力量,那么这不是因为历史是我们手中的文化泥人,或者是同一个意识形态的更加庸俗化的版本;而是因为有一种意志,就会有一条道路。正是因为存在着从压迫中摆脱出来的冲动,尽管这种冲动的目的是由文化建构起来的,但它似乎和物质性生存的驱动力一样,是顽固执拗的和难以满足的。当然,这也决不是说,它在任何地方都是那么的明显,或者总是能够获得成功。

我提及到这么几层意思,其中之一是:说到悲剧的某些方面与文化左派正统学说的思路格格不入。可这并不是说,这些方面就能够大体上说清楚这种形式;而是说像我试图表明的那样,悲剧的这些方面仍未被整合成为整体,并且在这种形式中还存在着一些直接反对这种考虑的因素。但是在本书中,我感兴趣的是悲剧艺术,作为对文化主义者和历史主义者狂妄自大的非难,是如何突出我们生命的短暂和脆弱,以及生命的局促和缓慢的。它强调的,不仅仅是"允许我们调动部署的生存空间的不足";而且是"与其说我们如何雄心勃勃",还不如说是"我们如何遵命行事"。这种认识,的确是那些相信命运的神秘信仰的积极的一面。为何一些人主张的宿命论或者悲观主义,对其他一些人来说,反而是清醒的现实主义,而且这种现实主义还是那些实用伦理,或者是实用政治的唯一可靠的基础。所以说,只有掌握了我们的局限性,我们才能够建设性地去行动。

我不仅把悲剧的这些方面看成是某种程度上构成现在的,以及是那些健忘的后现代主义者顺便压制的,一些具有生命力的遗产,而且还把它看成是一些最严重的致命因子。如果我们不能够按照我们的选择去筹划我们自己的生活的话,那么就像亨瑞克·伊卜生理解的那样,这是因为我们总是在历史的重压下踉跄而行,而不是因为我们受到现在的限制。这个真理,在这个几乎没有历史的社会里,可能几乎没有人能够理解。虽然如此,但这是一个普遍的真理。而悲剧所考虑的,就是不能够让那些圆滑的排他主义把这种普遍性抛到一旁。就某种意义来说,的确,所有的悲剧都是特殊的,悲剧总是个人的、性别的、或者是某一个国家和社会群体的悲剧。英国手摇纺织机工人的消亡、美国非洲裔奴隶生存环境的长期恶化、侮辱妇女行为的逐日加剧,更不用提那些生活在黑暗中和不幸中的微不足道的个体生命,甚至连所谓集体政治的尊严也没有。而且从理论上来说,这些经验是无法与他人交换的。这是因为,除了他们没有共同的痛苦之外,他们还没有共同的本质。但是,就对于分享共同性的东西来说,痛苦是一种高贵的、充满了力量的语言。只有处于其中,才能够在不同的生活方式之间建立起一种对话。它是一个意义的共同体。它是今天许多所谓激进分子已经在多大程度上偏离了社会主义的标志。首先,如果他们曾经接近过它的话,那么他们所有关于共同体的议论都是一种阴险的故弄玄虚。他们似乎并没有注意到,差异、多样性和不稳定性无非是跨国公司的最新花样。但是痛苦共同体与那些团队精神、大民族主义、均质化、组织上的统一,或者是与那种霸道的、标准化的意见一致是不一样的。对于像这样的一个共同体来说,伤害、分裂和对抗也都是你所共享的。

悲剧用它令人难堪的、具有预见性的"深度"使那些文化上的左翼分子们惊慌失措。的确,毫无疑问,一些读者将会发现,这本书对于他们的口味来说,无论是谈论魔力或是恶魔;还是不合时宜地使用一些神学术语去揭露一些政治现实时,都太过于形而上了。政治左派们对宗教的沉默是令人奇怪的。假如从范围、吸引力和生命周期等角度来看,不用提艺术,就是把它与体育相比较,宗教无疑也是已知人性中最重要的符号形式。当那些左翼人士们认真地说,斯宾诺莎的理性主义和谢林的唯心主义已经用一种粗鲁的态度把宗教看成是一种纯粹虚假的意识而打发掉了时,那些热衷于研究大众文化的人们却仍然对这个全球性的、长时间持续的和最有效的符号形式令人困窘地置之不理。只有几个极少数的例外。例如,其中之一是那个关于资本主义和新教徒制度之间关系的,具有提示性的历史研究。至于后现代主义,相当奇怪的是,在漠视宗教信仰这个经常在他们心目中显得是如此重要的问题上,他们倒是谦恭地同其他文化,例如西方老套的自由主义一个鼻孔出气。而那些因为具有广博知识,比如说,那些因知晓土著人的宇宙生成论而感到自豪的知识分子在谈到基督教时,他们只能够不知羞耻地提出一些最无知的、最简化的和漫画化的东西作为回应。那些平时习惯了能用非常冷静的态度去讨论问题的人,在讨论这个问题时却变得毫无理性。

在某种意义上,这种态度是完全可以理解的。宗教,可能特别是基督教,曾在人世间制造了数不清的破坏:偏见、假慰藉、野蛮的极权主义、性压迫等等。有一大把罪状可以让它在历史审判席上接受声讨。除掉某些可敬的例外,它的作用就是让人献身于抢劫和推崇不公。从其外表许多方面来看,如今的宗教仍是我们这个星球上反动政治的最可憎的形式之一,是对人类自由的践踏和对财富和权力的支持。但是,依然有一些神学观念需要从政治角度加以阐释。其中这本书就是对这些东西的一个探索。因此,它可能应该在一开始时就提出在结尾时将要表明的结论:那就是,尽管我们的讨论并非是文化左派们所期盼的那种形而上的、神学的和基础的讨论,但它肯定有利于扩展它的神学视野,有利于冲破它目前带有狭隘、重复和封闭等偏见特征的那些"见解"。这当然不是意味着,要去放弃这些"见解",而是要去在共鸣中深化这些"见解"。而本研究就是对这个结论的一个贡献。

恐怖与自由

在现代,最具崇高性的现象是自由。自由如同酒神狄奥尼索斯一样具有天使与魔鬼、美丽和恐怖的两面性。如果说自由具有某种神圣性,那么这不仅仅因为它是高贵的,还因为它既具创造性又具毁灭性。对于"自由来自何处"这一问题,现代性往往给出这样的回答:"自由来自于它本身。"如果自由被赋予了绝对的价值,那么这种价值必定是源于它自己的无限性而非他物。否则,如果我们能指出从外部支撑自由的基础,它就立即具有了相对性。弗里德里希·谢林写道,"自由是支撑所有事物的原则"①。然而宣称一件事物是以自身为基础不仅是击败质疑者的必要方式,同时又是站不住脚的冗词。它似乎险些接近于承认它根本就没有基础——似乎承认人类仅仅是以自身为基础,而人类自身听起来根本不是最可靠的基础。自由悬于一种虚无的境界,用以作为它自身的起源与终结,并使自身获得认可。这就是在现代在艺术作品中发现自由的实体性映像的原因,这同样被看做是以自我为基础和以自身为目的的。

在前现代时期,上帝为我们提供了解决这种两难处境的途径。上帝就是"我们的自由来自何处"这一问题的答案,即,我们之所以能成为自由的个体,是因为我们分享着他的无限的自由。这种分享传统上被认为是上帝的恩典。宣称上帝照他自己的模

① Schelling, *System of Transcendental Idealism*, Charlottesville, Va., 1978, p.35.

样创造了我们,等于说我们最类似于他的地方就是我们的自主权。应该说不可能有耶和华的雕像,因为耶和华唯一真实的映像是人本身。像他一样,我们也仅仅是为了存在而存在,愉悦自我,独立自主,而不是为某个更大整体的发展效力。对于我们来说生存没有其他意义,就如同存在对于上帝来说没有其他意义一样。是上帝帮助我们获得一切。上帝并不阻碍我们成就自我,而是使我们得以成就自我的一种神秘力量。离开他就意味着堕入虚无。上帝是我们自由的基础,而不是障碍。成为上帝的创造物意味着依赖于他的存在而存在,并且上帝的存在就是自由。因此,正如圣保罗热切地指出的那样,这种依赖性与奴役完全相反。我们最具独立自主性的时候,是上帝最虔诚的子民。

所以自由可拥有最坚实的基础,而同时又不受其限制。这一点看起来解决了一个尴尬的问题。因为我们一想到一个坚实的基础,就总是能够想象到在它之下还隐藏着另外一个基础。考虑到这样一个基础就是将它视为一个有限的客体,并且因此否定了它的基础性的本性——就像维特根斯坦曾经作过的评价,人一旦想到事物的源头,就总是会认为一定还可以追溯源头背后的东西。然而,如果上帝是万物之源,这一追溯就会停止。因为很明显,上帝不是任何一种客体或者有限的原理。因此上帝似乎给我们提供了一种我们所需要的基础,即某个最根本的基础。没有什么东西可能比上帝更深入,他就是无底的、深不可测的存在。因此支持上帝(条件是你能暂时对"一直追溯到什么"这一问题不予考虑)就是支持无限。因为我们赖以存在的基础完全由自由构成,我们可以安全地停泊于此,却又仍能感觉到似乎在空中自由漂浮。

如果上帝无处不在,那么,他必定潜藏于人类主观性内部的圣所,正是这一点才显示出我们至上的无限性。主观性永远朝向一切方向:沉思中,我能看到我从何处来又去往何处的幻象,但始终是我在沉思。我不能脱离我的主观性,如同我不能跃出我的肉体。这就是为什么对于谢林来说,自我意识是光的来源,光只向前照亮,而不向后照亮[1]。这个主体不能抓住它自身的边界或起源,因为要这样做,它必须跳到它的自身之外,而这是不可能的(因为我们总是能问"在她自己之外的是谁")。上帝的不可见性与

----

[1] Schelling, *System of Transcendental Idealism*, Charlottesville, Va., 1978, p.34.

内在自我的不可见性是同样的,而不似那些高空飞行的飞机。

　　然而,一旦上帝及其所有作品已经不再具有可信性,关于我们的自由来源的问题必定会重新出现。对于现代,现在不再是上帝而是人类是自身永恒的造物主。不依靠任何可见的辅助手段,人类用魔法般的方式将自身从无法探究的深处召唤出来。自由就是纯粹自主这一现代概念和其他类似观念是上帝的世俗化版本。上帝现在已经堕入凡间成了一位无政府主义者。然而,如尼采所说,这并不是什么进步。上帝绝没有退出历史舞台,而只是被一个被称为人类的至高的替代品所代替。由于丧失了自己的绝对基础而惊惶失措,人类用其手边最近的事物填充了这个空隙,即人本身。对于尼采来说,这只是在新的经营者之下一切照常的事务。人具有真实存在这一优点,这一点毫无疑问,而不真实存在对于他的创造者来说则是明显的不足之处。和懒惰的上班族一样,上帝的缺席成了他事业前途的一个重大不利条件。自由的可感知图像似乎比看不见的要好,然而由于正被讨论的自由的本质就在于它的不可触摸性,所以它的实体形象是不是一个矛盾尚不清楚。

　　在尼采看来,上帝的死亡必定导致人类的消亡。人只是其在天国的制造者的一个替身,一部为了保证上帝活着的人为的机器。踢开人类形而上学的基础不可避免地会使其失去中心。人本主义否认上帝的死亡,人作为物神来填满自己这个无底的深渊。具有讽刺意味的是,尼采没有注意到在这个解体上帝的工程中,基督教已先他一步。在基督的人道主义中,圣父已不再是令人敬畏的理论基础。

　　由于约束造就了我们,绝对自由的观念必定会导致恐怖主义。这无疑成为支持黑格尔的论据。黑格尔发现法国大革命体现了这种绝对的自由并称之为"虚幻的自由"。①这种自由具有死亡的味道——但是这种死亡毫无意义,是一种"不包含任何积极因素的否定、不包含任何实质性内容的否定所带来的极端的恐怖"②。因此他认为,这种纯粹否定的自由,是一种"毁灭的狂怒",它能打破原有的政权但是无力重建另一个政权来取而代之。这是逻辑上的无能,而不是实际经验的不足,因为不管这种自由可

①　Hegel, *Phenomenology of Spirit*, Oxford, 1977, p.360.

②　Hegel, *Phenomenology of Spirit*, Oxford, 1977, p.362.

能形成什么，都不可避免会构成对它自身的限制。黑格尔指出，这种自由只能在破坏性的行为中存在——这个观点在我们考虑邪恶这一问题的时候意义重大。抱负因此非常奇怪地接近于一种虚无主义。与这种狂怒的自由等同的是一种虚无，是一切真实事物的缺陷性投下的一个怪诞的阴影。这种自由是一种绝对的拒绝，因此期望死亡的绝对否定性来填补它的空缺处。它带有形而上的恐怖分子的否定性自由的味道，一种我们稍后将会讨论的自由类型，这些恐怖分子将在他们的狂怒中摧毁整个世界。只有死亡才会真正满足这种无情的拒绝，就如同与恐怖做无尽战争的绝对自由——恐怖是我们这个时代的坏的极致——只可能通过将世界变成荒原得到满足。只要还存在他人，就存在着潜在的威胁。自由永远无法是绝对的，除非在纯粹的孤独中。

在黑格尔看来，将世界变成一片荒原之后，这种自由最终必然会毁灭它自己。甚至于它自己感触不到的存在都会成为一个太大的障碍。它对约束是如此之反感，以至于甚至不能够忍耐它自己，因而最终将消失在它自己否定性的黑洞中。因此正是法国革命者自己被关进死囚押送车送往断头台。像一个饥饿的奋斗者，革命开始吞噬它自己的身体。正如在莎士比亚的作品《特洛伊罗斯和克瑞西达》中，俄底修斯在他著名的关于秩序的赞美诗中发出的警告：

> 那时一切听命于强权，
>
> 强权听命于意志，意志听命于欲望；
>
> 而欲望这东西是一只吞噬一切的恶狼，
>
> 由意志和强权双双支持，
>
> 一定要到处寻觅猎物，
>
> 最后吃掉自己。（第一幕，第三场）

不难看出这种自我毁灭与我们自己的政治世界之间的关联。为了维护自由，西方社会却发现自己日益处于根除自由的危险之中。防止恐怖意味着偷取它的衣服。自由是那样的宝贵，以至于甚至专制主义可以借它的名义得到许可。诚然，如果你死了，享受公民自由毫无意义。但是被剥夺自由的生活是否完全值得一活同样值得质询。人们并非饶有兴趣地憧憬着西方除了利润之外别无需要保护的东西这一天。然而，要与恐怖主义斗争，压制你的公民表面上看起来不是什么有效的方式，实则不然。如果你把你自己转化为你的专制的敌人的镜像，那么他们为什么要摧毁你这一点就变得可疑。某种罪犯蠢蠢欲动，总想要将最诚实的公民变得和他一样或相像，无疑这就是狄更斯笔下的盗窃集团头子费金对奥利弗·特威斯特如此着迷的原因。

西方有些人想象伊斯兰原教旨主义者之所以残害或谋杀他人，是出于对西方自由的嫉妒。这始终是一种极为荒谬的观点。因为原教旨主义者并不妒忌这样的自由，就如同他们不渴望在阿姆斯特丹的咖啡厅吸食毒品或读西蒙·波伏娃写的书一样。然而，当西方社会清算起一些它自己的自由的时候，它开始以自己的行动推翻这一论点。当你最终通过否认自由这种方式来保护自己免受伊斯兰原教旨主义者暴力伤害的时候，双方都可以被认定为输赢参半。

那时，绝对自由在它的巅峰从高处跪将下来，从拥有一切变成一片虚无。莎士比亚的想象正是被这一倒置一再紧紧抓住。首先，绝对的自由似乎是一种积极的否定：什么也不是意味着具有某种变成任何事物的潜能①。最终它又成为纯粹、简单的虚无。莎士比亚的麦克白就是一个富有启发性的例子。为了拥有一切，他超越自己的能力，损毁自己的力量，最后一头栽入纯粹虚无的国度之中。在这部戏剧中，三位无名、无体、奇形怪状的巫婆代表着虚无。他们的否定性逐渐地渗透进那位高贵的主人公内心，直到解体其所有的确定意义和身份，将其分解成杂乱无章、荒谬可笑、随心所欲罗列的故事，一场毫无意义的痴人说梦。

在莎士比亚的世界里，是傻子，即软弱、有限和必死性的化身，在朝相反的方向游动。傻子其实代表着一种虚无；但是他在承认自身的空无的同时，又发现了一种确定的身份。承认自己的局限性就是超越它们。事实上，我们不能确定这种局限性，除非我们可以隐隐见到我们超越于它的方式。如同我们稍后将会探讨的作为替罪羊的人，

---

① 席勒的美学观念依赖于打着"永恒的可能性"旗号的现实性愚念。见弗里德里希·席勒的《审美教育书简》。

傻子从虚无中拯救出某种东西。双重否定就是肯定:通过加倍强调他的微不足道,把他提升到具有反讽性的自我意识状态,他渐渐地就会超越它。

拒绝绝对的自由就是接受死亡——这显然是那种自由难以容忍的现象。相反,它疯狂地追求着永生——这种永生并不是指我们通常所知的理想化的生活,而是生命的永恒存在。在所谓进步的学说里,天堂与地平线平行了,这是中产阶级的成果。天堂恰恰只是对地狱的传统描述的无限大的剩余量。

在黑格尔看来,绝对的自由不可能有任何确定性的内容。如果它有,它就会受其限制,那么这种自由就不是绝对的了。他在《精神现象学》中称这样的自由为"不包含任何积极因素的否定、不包含任何实质性内容的否定所带来的极端的恐怖"①。如果自由只是借着达到某些特定的目标的名义,然后学着自由的样,那么这自由就不再是绝对的了。不论是黑格尔,还是康德都认为:如果我只是依照我的需要、利益和欲望而行动,那么我就没有真正的自由,因为我的自由依赖于外在的东西。女人、为和平而战的战士,或者葡萄牙人的行动就绝不会不受限制。纯粹的自由意味着行动免受所有特定的利益和欲望的影响——也就是说,在某种无底的深渊中行动,"绝对"意味着"免受任何事物影响"。这时,我不再被限制——但仅仅是因为我不再有任何需要抑制的实体的利己主义。真正自由的行动起源于最纯粹的利己主义,而这种行动也使我们最无用处。我们只有通过去除我们所有的具体性存在才可以到达这一终点,就如同象征派诗人梦想的那样,免去乏味晦涩的语言直接剖析意义的核心。

那么自由在最完美时,似乎是渺无影踪。绝对的自由是完全的虚空,因为它废除了所有的特性,我们没有理由必须以这种方式行动而不以另一种方式行动。我们是如此强大、无所不能,以至于我们的肌肉变得粗大僵硬。拜访患病的亲戚是一种自由的行为,在护士转身离去的时候用他的枕头把他憋死也是一种自由行为。但是这种自由并不对行为的好坏起指导作用。它只是一个纯粹的形式化概念。从这种意义上说,这种被现代文明誉为其精神实质的自由本质上同样也是虚空。

---

① Hegel, *Phenomenology of Spirit*, Oxford, 1977, p.362.

绝对的自由招致差异的消亡。在现象学中,黑格尔将这种差异的消亡与死亡的摧毁力和"死亡的恐惧"①联系起来。绝对的自由是活着的死神萨纳托斯。它疯狂地进行一次抽象的驱车旅行,横行霸道,为所欲为,碾过种种具体的事物——但是由于它不能够在任何具体事物身上找到自身的图像,从而驾驭不住自己,堕入一种虚无。甚至于政府权力的执掌人和他们的叛乱的对手之间的区分也开始渐渐消失,尤其当你通过使用拷问折磨的方式来驱逐恐怖的时候。在一部经典的偏执狂的电影脚本中,西方就像彭萨斯一样,开始渐渐变化,变成和他的对抗者一样。而这些对抗者实际上从不像他们表面上看起来那么不同于西方人。正如我们已经指出的,这正是那些对抗者心中所想。你自己让你的自由臭名远扬比外界的人批判你的文化更能使之名誉扫地。在一次柔道式的军事演习中,西方冒着因为自己用力笨拙而倒地的危险。自由本身变得令人窒息、难以控制、不自由。它成了自己的囚徒。正如在席勒的戏剧《强盗》中,卡罗所呼喊的:"哦,我多愚蠢呀,我居然假想可以用恐怖使世界变得公平,用非法的手段伸张正义。"(第一幕第二场)

　　在格奥尔格·毕希纳的戏剧《丹东之死》中,丹东问道,我们这些数学家为了求解那永远无法算出来的未知数 x,用碎骨头在人体上画方程式,这种惨状究竟要继续多久呢? 在这一不同寻常的意象中,雅各宾派或政府恐怖主义者被认为是在狂热追求某种虚幻的东西——将它们称为正义或自由也好,真理或民主也罢——这些被恶意抽象化后都是肉体不共戴天的仇敌。他们将肉身瓜分,将其肢体重新组装成简练的代数公式,希望能勾画出一些方程式,也许能从这些方程式中演算出来一种无形的抽象的东西作为解决问题的方案。为了拯救人类,他们准备强行闯入他的肉体中,对其施以暴力,来对抗其隐藏于灵魂深处的想法。今天,相似的一幕在一些西方国家的政治中展开。这是一种充斥着幻想的政治。这些西方国家希望首先消灭那些不如他们幸运的民族,剖开他们的尸体,找到镌刻于他们心脏上的"民主"二字,从而拯救那些民族。

　　大马士革的市场或者蒙大拿山脉(mountains of Montana)中常见的恐怖主义都是

---

① Hegel, *Phenomenology of Spirit*, Oxford, 1977, p.261.

暴力和道德理想主义的混合体。从这种意义上来说,这是对它所反对的生活形式的骇人的拙劣模仿。资本主义社会是一个理想主义和愤世嫉俗的奇特混合体,像天使,又似魔鬼,争夺利益,却又用虔诚的信仰掩盖。这一现象在美国最为明显。这里既洋溢着高尚的宗教热情,又充斥着卑鄙的物质利己主义。正如托克维尔在他的《美国的民主》中指出的,"在美国。宗教狂热是普遍的"。(然而,西方文明,特别是英国文明,基本上遵循着可称之为酒精顾问的宗教观点:只要它还没开始干涉你每天的日常生活,那么一切都好。这也是公司经理们趋向于采纳的道德观点。)

恐怖主义反映出这种理想和愤世嫉俗的统一。另一方面,它又有恶魔般的或愉快的虚无主义的面目:看,这就是你们宝贵的西方文明——它只不过相当于一堆毫无价值的焖烧的肉,不过是一些飘散于风中的未经处理毫无象征意义的物质,就如这么多流血的肢体。但同样请看,我们以天使般的理想主义之名将你的房子彻底摧毁。正是我们高尚的理想主义鼓舞着我们,把你们当成渣滓加以消灭。

在资本主义制度早期,这种善与恶、天使与魔鬼之间的分裂并未导致什么大问题。新教的出现很方便地解决了这一问题。新教的语言既有世俗的一面,又有非尘世的一面,正好如人所需地将形而上学和世俗联系起来。难道创造利润本身不能成为神的挑选的一种象征吗?或许上帝并不像我们所估计的那样那么蔑视复式记录登录账目。或许再也没有什么能比银行存款的不断增长更让他高兴的了。几乎毫无痕迹地使这种神圣的教义沦入这般境地的不仅是对宗教总体上的怀疑,还有从工业制度到后工业制度的转变——从资本主义制度的生产阶段到消费时代。因为相信上帝希望你节俭、审慎、勤勉,控制你的欲望,温顺地服从权威,比认为上帝想要你看赤裸裸性描写的色情影片,购买一个舰队的私人飞机,消费大量的垃圾食品貌似更有理,更令人信服。消费主义因此中断了物质和形而上学之间的联系。

然而,从这些瓦砾中还有可能重新找回的,是有关自由的思想。因为自由是一种含糊不清的观念,易于对其作出多种解释。自由将高尚的精神感觉和缺乏教育意义的物质结合起来。事实上,自由像是一种特有的语言,在这一语言中,前者和后者可以不断地相互转换。自由意味着一系列宝贵的人权,但也是对异国城市发起残忍的致命攻击的一个逻辑依据。这是人类无法扑灭的精神,但也是对被缴械的入室夜盗者背部开枪的权力。弱小的农民因自由的名义破产,医院里因自由的名义大量地堆积着烧焦的肉体。作为一种悬于精神和肉体之间的概念,自由是大主教和赌场老板、石油大王和牛津哲学家同样津津乐道的极少数话题之一。

黑格尔不是绝对自由的崇拜者;但是如同看待大多数令人不快的事物一样,他把绝对自由看成在人类历史的演变中起着基本作用的因素。他不是认为一切事物大体都是偶然性发生的那种思想家。当自由首先以政治解放的形式出现时,它有肆无忌惮发展的趋势,活力四溢,不够稳重。因而对待诸如法国大革命之类的事件,我们应像一位父亲或母亲发现自己的十几岁的女儿刚刚喝光一瓶杜松子酒时那样,既心怀宽容,又难耐焦虑。这确实令人惊慌,但她会成熟,最终会改掉这一缺点的。然而,尽管中产阶级社会确实已变得成熟,度过了其莽撞的青少年时期,但它一直暗暗留恋着旧时邪恶放荡的生活,并在政治危机时往往旧病复发。在过去的几年里,我们已目睹了它的故态复萌。在应对恐怖主义的道德败坏时,刚愎自用的西方绝对主义威胁着要践踏本可帮助其成长的控制力与约束力。

当然,自由资本主义制度并不认为自由在实践中是绝对的。每个个体的自由都必须受他人的权力限制。我拥有不受他人限制的权力是以自己服从于这些约束为前提的。然而,问题是,这种自由的政治性与它的形而上学不相符合。从形而上学的意义上讲,这种自由无始无终。你不能够询问它来自何方,就如同你不能询问上帝来自何方一样。诚然,绝对的自由在很多方面都不像上帝。例如,它极其孤独,而上帝却是三者相互为伴。它还有一点不同于上帝,即上帝是自我约束的。他不可能既恶毒、蠢钝、无能,又同时保持他的神圣。他无权残忍行事或反复无常。就像一只仓鼠,他不能不忠实于他自己的本性——尽管这本性是如此之伟大,但这似乎仍有失为一个瑕疵。

同样,绝对的自由不可能是真正的自由;但是由于它没有确定的内容,这一点使得它归于虚无。然而,在其他方面,它确实和上帝相像。例如,这二者从逻辑上讲,都不可能有其创造者。并且,绝对自由和上帝一样,自己就是法律。这就是"自治权"的字面意义。如果它依赖于某一源头,或受制于某一个目标,那么它就失去其绝对性了。

就像资本积累的过程一样,它没有必然的结束。正如托马斯·霍布斯所说:统治权是不可能约束自己的。如果它要不受约束地去给全人类戴上镣铐,那么它自己就必须是自由的。试图约束绝对自由就如同试图去把风捆绑起来。如果它是有限的,那它就不再是它自己了。

那么这种自由必须一直延伸下去。因为正是它构成了本体的核心,这正是我们准备为之死和为之伤的东西。因为一切无限的东西都是潜在的恐怖之源。资本主义制度自身内部就隐藏着这种崇高的怒火的剩余。正是这种崇高的怒火导致了资本主义的产生。在正统的自由主义教义中,革命恐怖主义的否定性自由历久犹存,只不过平息了很多,削弱了很多。这并不是说,所有的商人和政客都是初露头角的丹东。自由主义的自由代表一种无比珍贵的传统——如果没有这种传统,任何社会主义无疑从一开始就站不住脚跟。社会主义者不是自由主义者的敌人,而是将他们的信条看成是至高无上的人。然而,如果说自由主义者和社会主义者一样有着坚定的信仰的话,部分是因为他们试图限制的权力本质上是无政府主义的。当这些权力逐渐变得无礼又专横时,又激起了另外一种无政府状态,而这种状态正是他们自己倒置的镜像。

实际上,自由并不是自始至终一直延续的。我们所能取得的自决权是鉴于一种更根本的依赖性而存在的。自由的自我属于一段难懂的、无法破译的历史,孕育过它的根基或土地仍顽强地存留于它的体内。在俄狄浦斯的神话故事中,俄狄浦斯王受伤的脚,一个一直怪异地反映于他的名字(肿胀的脚)中的原生的伤处,象征着这一现象。俄狄浦斯从他谜一般的身世中重新获得了身份——古希腊人认为他来源于天神。他的自治性依赖于他者——这意味着他不仅是他自身的自由的产物,同时也是他人的自由的产物。如果说这个他者与德尔斐神谕一样晦涩难懂的话,除其他原因之外,还因为这些自由的行动是如此错综复杂地纠缠在一起,以至于要判断某个人在何处停止行动而另一个人又在何处开始行动相当困难。在这种情况下,"谁在这儿行动"是一个有效的问题,至于"谁在渴望",如同"这里谁正遭遇痛苦"这一类问题就站不住脚了。在俄狄浦斯神话中,这种身份的歪曲与争夺最后竟然发展到乱伦的地步。如果你既是一个人的儿子,同时又是这个人的丈夫,那就很难说出你究竟是谁了。

在实践中,绝对的自由应该全力确定限制的范围。然而,从它自己的立场来看,这些限制并不是它本性的一部分,就如同戴上手铐不是窃贼本性的一部分一样。相反,对于非绝对主义者来说,自由的限制性既是外在的也是内在的。一个人的自由是由某些人的需求在人的内心深处确立的。仅仅通过这些人,自由就能实现。我要自由,就应该考虑到他人也有自由,而不仅仅是尊重他人的自由——这样假想着他人的自由,让他人的自由构成我自己的自由。只有这样自由才能摆脱它潜在的恐怖主义特性。

那么,自由总是在它的核心处藏着某一既不能吊销也不能注上违章记录的特别执照。考虑到它以潜在的无政府主义自由的名义呼吁秩序和权威,那么可以说资本主义现状中存在着一种与生俱来的非法性。绝对的自由是被压抑的欲望或者有分寸的、合理的、市民资本主义的政治无意识。它是资本家的幻想。资本家幻想他不存在竞争者,哪怕他非常清楚这样会招致他自己和对手的死亡。这种自由是一种专制性的暴虐,如同自动生成的艺术作品只是忠诚于它自己的规律。作为一种持久性的违法,它只存在于抵制法律、摆脱束缚和不受约束的行为中。因为它纯粹的否定性,它不能实体化,因此完全无法表述出来。

从某种意义上讲,中产阶级文明的核心原理不能包括在绝对自由之内。这种难以解释、瞬息万变的被称之为自由的东西在它表征的意义网中自由地滑动,我们只能感知到它晦涩难懂的沉默或者模糊的显现。对于康德来说,我们之所以知道我们是自由的,是因为我们用眼角的余光看见我们在自由地行事。但是,我们不能够将这种善变的力量形成一个认知的理论或感官的图像。中产阶级社会因而是偶像的破坏者,并且中产阶级人性的最核心部分就是一种虚无。像上帝一样,这个基础只是一种虚无,一种纯粹的空虚。而且这种虚无将一直延续下去。我们能从内心最迅捷地感觉到我们的自由,但是我们不能制造出它的偶像。科学逐渐掌握越来越多的真理,哲学则坚持有着自由本质的知道者本人就如同最远的星星一样遥不可及。

那么,自由有一种奇特地脱离现实的特性,这一特性加强了这已经建立起来的制度——尽管这一制度对消费品很是着迷,但它对物质又满怀敌意。如果说它渴望这个可触知的世界,除了其他原因之外,还因为它想对它进行致命的攻击,将它捣得粉碎。

由是观之,激进的伊斯兰教观点认为西方是一个肮脏的物质主义的世界,这一观点从某种程度上说是正确的,但从另一种角度来看又是错误的。绝对的自由,像欲望一样,恼怒于填塞到它肚子里的各种各样零零碎碎的东西。给它这些东西,貌似满足它,事实上却可能阻碍它。背地里,欲望像苦行主义者一般禁欲,它将任何到手的东西洗劫一空,只是为了握紧拳头来对抗这种无限性。正是目标的缺乏使这种无限性痛苦地记起自己的存在。它非常准确地知道它是什么——即,与它所遭遇到的一切事物相反的事物。如果没有在实践中得以实现,自由不可能得到发展;但是它又受它自身的创造物限制。它的创造物的无价值和它自身无穷的潜能之间的强烈对比弄得它垂头丧气。与之相似的是,欲望的实现是对欲望本身的一种威胁。然而,若以无限的名义来拒绝某些特定的事物,它又将冒一无所获的风险。但是,如果欲望生硬地回绝所有的追求者,那同样是因为它害怕自己消失而显得六神无主。就像济慈面对夜莺,它怀疑它的实现就意味着它的死亡。这就是它为什么要从逗笑、推延和不置可否中获取快乐(就像济慈在希腊古瓮前一样)。欲望的禁止对于它的旺盛是不可或缺的。在欲望内部潜藏着一种对欲望的敌意,正如一位暴君努力挣扎着要摆脱绝对的自由。

因此,绝对的自由与浮士德的忧郁从来就没有什么区别——他的成就在他的嘴里化为灰烬。它恼怒于事物的瑕疵、不完美,又为灵魂与肉体的毁灭的纯粹感到狂喜。只有永远在实现自由的边缘摇摇欲坠,它才不会因为自由的实现而感到幻灭。这极端荒谬。我们使我们的欲望得到满足,却又不喜欢满足我们欲望的东西。在莎士比亚的戏剧中克瑞西达哭着说:"无论什么东西,一到了人家手里,便一切都完了;无论什么事情,也只有在进行的时候兴趣最为浓厚。"(第一幕第二场),而特洛伊罗斯痛苦地意识到黑格尔可能称为欲望的"坏的无限性":姑娘,这就是恋爱的可怕的地方,意志是无限的,实行起来却有许多不可能;欲望是无穷的,行为却必须受制于种种束缚。(第三幕第二场)

因为这种形式的权力是无形的,它不必去感受它造成的肆意的破坏。它就像暴风雨前的李尔王。诚然,资本主义在其巅峰时期,虽然得以将像凯列班那样令人厌恶的大量商品神奇地变形成像爱丽儿(凯列班和爱丽儿都是莎士比亚《暴风雨》中的形象)精灵一样的一系列准则与语言符号,但它同时仍然需要物质设施和随身用具。而正是这一需要使其不堪一击。无论什么东西,只要它有形,都能被压得粉碎。没有人曾亲眼见过通货膨胀或利率,但是令人惊慌的是,银行和总裁们是有形的。像金融资本一样,政治恐怖主义同样是四处扩散、普遍存在的,而且在很大程度上是无形的。政治恐怖主义和常规部队之间存在着某种联系,这种联系就像笔记本电脑与老式打字机之间的关系一样。然而如果它利用先进技术的话,它就是为了让男男女女陈尸于大街上。这种装置越是精美、无形,大屠杀就会越残忍。恐怖主义将先进技术和肉体、无形与有形结合起来,成为后现代主义的精髓。

绝对的权力使这个世界丧失了内在的意义,因而它无力抵抗施加于它身上的阴谋。但是首先,一个不具有意义的世界不值得去征服。自由不得不在一个被它自己削弱的现实世界行使它的权力。从这种意义上讲,这更是一种新教现象而不是天主教现象。某种激进的新教教义为维护上帝的权力使世界失去了其固有的价值。如果事物本身具有价值和意义,那么这一定会使上帝的权力受到令人难以接受的限制。基于这一逻辑,种族灭绝本身并不坏,慷慨大方也不是绝对的好。他们的好坏是由上帝决定的。如果他的法律是绝对的,那这种法律必定是专制的。但是它又有何价值呢?

笛卡儿就是持这种观点的思想家之一。如果上帝没有被这种确实有损他尊严的逻辑所限制,他一定已创造出了一个 $2+2=5$ 的世界。其实,他完全可以创造另外一个存在着十诫的宇宙,但是这个"十诫"里没有任何"不许做这""不可做那"的戒律。我们不幸而生活在这个世界上。这个上帝就像一位后现代主义的哲学家,是一个极端的反本质主义者:他创造了没有本质的万物,以免受它们的阻碍。反本质主义和专制的权力相互联合。如果神圣的至上权力需要得到保护,本质就必须清除。如果事物没有自己的本质,那么不仅上帝而且人类都可以随心所欲地虐待他们。也可以说,这种上帝有着一副铁石心肠。某一种人就是照他的样创造的。相反,对于主流神学来说,上帝希望万物良善。世界有它自己的形状和厚度,对于这一点,他不得不加以尊重。不然,如果世界不是这样独立存在的,那这就不是他的世界了。谈到绝对的权力或自由,唯意志论和虚无主义其实就是同一枚硬币的两面。如果要使现实成为易于驾驭的东西,那么就必须清除它的意义。后现代结构主义是这种存在已久的白日梦的最新全盛期。然而没有抵抗权力何以繁盛？而且,在一个毫无价值的世界开拓殖民地又有何意义呢？在与这样的世界进行交易的过程中,很可能你只是前脚把货物偷运过去,后脚又把这些货物拖回来,仅此而已。就像维特根斯坦的《哲学研究》中的替罪羊,仿佛一个人把钱从自己的一只手递到另一只手中,还以为自己是在做一笔金钱交易。

像在法国恐怖时期一样,绝对自由只存在于否定性的行为中。尽管它对轻微的挫折都感到恼怒,但它需要障碍和敌手使自己获得活力。如果没有可以逾越的界限,就不会有犯罪行为了。然而绝对自由将这界限践踏成一团烂泥。对敌手的需求在当代政治中是够清楚的了,似乎西方需要继续以咒语召来一个魔鬼。这一任务因总是不乏痛恨西方之人而变得非常易于完成。用弗洛伊德的话来说,欲望需要刺激其对立物。更通俗地说,这种对对手的需要就像军火工业。诚然,周围确实有大量的危险的敌人,必须挫败他们滥杀无辜的阴谋。但是敌人也是证明客观世界的存在的宝贵证据,从而可以让你自己的计划增添一份本体论上的可信度。当权力缺乏抵抗时,它很快就会堕入自我陶醉和妄想之中,就像一位极为富有的名人或无所不有的独裁者。绝对权威很可能会毁掉赋予它意义的条件。不是它的弱点,而是它的长处对它的存在构成威胁。

萨德侯爵幻想中的不可毁灭因而可以永远受折磨的牺牲者,就是对这种两难处境的虚构的反应。一个死了的受害人所带来的麻烦是他不再能为你的至高无上作证。消灭你的反对者是否认你对他的依赖性的一种方式,但是要以面临身份危机为代价。这同样是世界政治的特点。征服整个地球,很显然可以获得很多实际利益。还有一点不太明显的好处,就是它可以帮助你解决如何使你的权力合法化的问题。但是,如果没有反对者,你又向谁表示你的权利是合法的呢？这又有何意义呢？如果所有的人都安全地受你统治,没有谁需要你用你日益令人难以置信的意识形态的虚构性来说服,那怎么办？绝对的权力能否成为真理的前提？这会不会成为令人欢欣的意识形态的终结？

然而,从另一种意义上来看,不再有世界让你来征服是很危险的。全球性的一致是一个自相矛盾的说法。因为它消除了一切身份赖以存在的差异性。一切事物都剧变成了与之相反的事物:将差异性碾碎于脚下,你将陷于一无所知的境地,尤其是对你自己一无所知。没有人会和那些在地球的每个角落部署军事基地的人那样对地理学如此无知。一方面拥有勘测世界每一寸土地的人造卫星,另一方面却又教出认为马拉维是迪斯尼童话中的人物的学童,这种情况也是极有可能出现的。这种文化,就像酒吧间令人讨厌的人一样,必定将处于孤独无援又无法脱身的困境。借用克尔恺郭尔的话来说,他们成了"没有国家可统治的最高统治者"。

新保守派的狂热时常被视为西方文明准则的可怕的畸变。从一定程度上讲,它确实是。对于习惯于把意识形态的狂热者视为异端的开明的资本主义社会,要面对这一现实,即它自己的常识也是一种意识形态,而且这种意识形态和基督教统一神灵协会的教义一样地极端,这实在是非常令人尴尬。但是这些畸变,如我们所见到的,对于阐明西方文明准则自身也是意义重大的。资本主义制度不同于其他文化。在这种文化中,犯罪不但是注定的而且也是必须的。在这种文化中,如果没有无休止的逾越界限,歪曲是非,篡改规则,以及藐视禁忌,日常生活就会跟跟跄跄地停滞下来。那么,在这种生活的形态中,法律和欲望之间的密谋关系首先以精神分析理论的形式被暴露出来,也是不足为奇的。这是一个只有通过维持忙乱的高速运转才能保持稳定的制度。因为个人主义的制度天生就是无形的,将它铸造成型的力量必须强加于它的身上,而强加于人的制度总是最不稳定的。

确实,在大多数时间,资本主义的卓越之处被伯克所说的文明社会之美严实地遮盖住了。新保守主义完全照字面意义去理解自由的本性,从而破坏了这份平静。如果自由是绝对的,那么它为什么不能既在理论中也在实践中成为它自己的法律,自己说了算?它为什么还需要受权力、舆论、外交和合法化等诸如此类的事物限制?如果自由是至高无上的,那么又怎么可能有所谓的过度的自由呢?这些想法确实偏离常规,但也揭示了其准则可能存在的异常性。

绝对自由完全不知道什么是内在约束。只有从外部对它施加道德、法律和政治约束的时候,它才会安分一些。这就意味着资本主义社会暴露出了其内容与形式之间的永恒的冲突。这肯定是为什么哲学家们梦想着有一种完全忠实于其内容的形式并在艺术作品中建立了这个政治乌托邦的原因。鉴于艺术在这个社会起着日益不实际的作用这一情况,我们本来可能不会指望艺术受到这么多的关注;然而从康德到德里达,现代的西方哲学家再三地探讨着美学问题。这个有机整体的政治寓意解释了为什么在这个没有什么文化内涵的平庸社会中审美论显得如此之卓越非凡[1]。当然,肯定还有很多其他原因。艺术品的形式或法则不是随意强加于它之上的;相反,艺术品只是反映了其内容自发的内在组织性,别无其他含义。这并不是能从作品感官方面的细节中抽象出来的规律或法则,而只是它们共同勾画出来的一个轮廓。从这个意义上说,艺术品可以将日常生活中难以驾驭的物质组织成一个有条理的优美的整体,但同时又能保留它们的生命力。如果说它是对政治绝对论的一个尖锐反驳,那么它也是驳斥无政府主义的一个论据。

审美人道主义既坚决抵制空洞的形式主义,又反对无形的自由意志论。它认为艺术作品调和了精力与秩序、个体性与普遍性、变化与静止、自由与必然性,以及短暂与永恒。在这样做的过程中,艺术作品成了一个寓言,象征着应怎样填补中产阶级社会中道德与文化领域的停滞不变和经济与政治领域的随意变动之间的裂缝。并且,如果这个艺术品的法则是不可见地体现在它所塑造的题材中,那么从政治角度看,艺术品代表着领导权,而不是高压政治。从形而上学意义上讲,它代表着爱与法律之间的调和,而这两者之间的调和过去是由上帝来实现的。

因为艺术品的形式只是它的内容的外形,因此它带有一点必然性。艺术品能够提供自由的形象,这形象的创造不仅仅是出于纯粹的偶然性。艺术的一切似乎都是必然的。因此,将某些词序描述为"诗体的语言",就是宣称这些诗体语言中的词不能以其他的顺序出现,否则就会造成严重的损失。现代世界的大体情况绝非如此。正如我们所看到的,在现代世界里,自由似乎与"任何事物,尤其是我们,根本没必要存在"这样的令人愤慨之事分不开。既有白兰地酒又有脑外科医生,是令人愉快的,但是这并不是不可避免的。为确保我们的安全,我们所需要的似乎是一种不可能不存在的自由;在前现代的文明中,在上帝身上能找到这种自由,而现代社会却不得不用远不及上帝受人欢迎和有效的艺术思想来取代高贵威严的上帝。

---

[1] See my *The Ideology of the Aesthetic*, Oxford, 1990, p.362.

悲剧、希望与乐观主义

在现代性的时代,悲剧(the tragic)的观念如此突出且经久不衰,可以说主要有四个方面的原因。在我谈到这些原因之前,有必要指出一点,现代是有据可查最为血腥的时代这个也许最明显不过的原因并不是其中之一,因为现代悲剧理论通常并不把日常的、无意义的痛苦当做核心问题加以探讨。第一个原因是,悲剧具有精神的绝对性和超验的崇高性,试图在世俗的时代取代宗教。在过去数个世纪中,这项取宗教而代之的规划拥有诸多候选者——艺术、文化、人性宗教(the Religion of Humanity)、人文学科(the Humanities),甚至社会科学——结果证明所有这些都彻底失败了。在拥有最具威严的绝对真理从而对无数普通男女的日常行为产生影响的问题上,宗教是完全无可匹敌的。这就是为什么宗教在今天是越发强有力而不是相反。任何以纯粹的审美替代宗教的行为终将失败,因为它不可避免只对少数人具有吸引力。广义的文化某种程度上可以做到,因为文化就像宗教一样,无论男女都可能为了它而去杀人;但狭义的文化就不具备这种力量。事实上,即使是最宽泛意义上的文化仍然缺乏宗教的普遍的、基础性的力量,也不具有宗教的神性(numinousness)。宗教是人类所设计的最成功的意识形态工程,其他的都不可能拥有足够的力量取代它,更不用说《菲德拉》①和

---

① 《菲德拉》(*Phèdre*),拉辛写于 1677 年的著名悲剧作品。——译者注

《菲洛克忒忒斯》①了。

第二个原因是,悲剧允诺提供一个审美的答案来解决这样一个重要的问题:为什么人们似乎在任何地方都是自由的,同时又处处被束缚。简言之,也就是关于自由与决定论的问题。这个问题将暂且搁置一边。我只想指出,如果你被迫寻找一种审美的②方式来解决一个政治和理论矛盾,那你可惹了大麻烦了。

第三,悲剧在今天扮演的是罪恶的神正论或者说为罪恶辩护的角色。在我们这个时代超验只以否定的形式存在。奥斯威辛似乎是我们所能达到的最接近超自然世界的事件。对这个问题我也不想多说,我只想指出悲剧并没有比历史上其他的神正论获得更多的胜利。我自己并不是那些不相信罪恶观念的自由理性主义者中的一分子,而且我还确信罪恶是无法解释的,但我并不认为罪恶可以被证明为正当,因此我是一个已交纳会费的自由理性主义者。

悲剧的观念之所以能够如此持久的第四个原因要比前面三个都重要得多,这就是悲剧理论作为一种文化批判(kulturkritik)形式,作为一种含蓄的现代性批判,成为精神贵族主义在一个堕落的世界中最后的光辉事业之一。在这个意义上,悲剧话语是视野更加开阔的现代性的一部分。这个现代性包含了从柯勒律治和罗斯金一直到早期托马斯·曼、何塞·奥尔特加·加塞特、卡尔·曼海姆、T.S.艾略特以及其他许许多多思想家的系列,对它而言,审美的、经典的、英雄的、超验的和黑暗的诸神都将与充斥着理性主义、自由主义、科学、进步、个人主义、民主、工业主义、平等主义以及其他诸多令人不胜其烦的"主义"的当代西方世界相对抗。悲剧变成高雅文化衰落的一个例子,成为对某个遥远年代的一种精神上的怀旧,那个时候男人具有真正的男子气概,即使他们的小孩被炖熟了端上来给他们享用,他们也能镇定自如,丝毫不改其高贵的面容。因而悲剧实际上是针对在今天的人们眼里已经堕落、腐化的日常生活所作出的反应。就一点而言,这种传统主义的悲剧观就跟大多数所谓的传统主义一样,一点也不传统。

---

① 《菲洛克忒忒斯》(*Philoctetes*),古希腊著名悲剧作家索福克勒斯的作品,创作于公元前 409 年。——译者注
② 原文为斜体,下同。——译者注

无论古代、中世纪还是现代早期的注释者都不会把它看做是对某种文体的说明,但是他们都会同意古代希腊的悲剧概念包含有某种"宏大的""严肃的"或者"升华了的""高尚的"意味。而这一点才真正(这个词在此至多是表达一种语气或气氛)是文化批判者(Kulturkritiker)从传统中抢救出来的。文化批判曾拥有一个写作能力格外旺盛、占有相当丰富的资源、卷入巨大的政治灾难的谱系,到今天只留下少数后裔。因此我们这个时代悲剧最热心的拥护者之一乔治·斯坦纳①,同时也是这少数依然健在的后裔之一,这并非偶然。我不禁要引用斯坦纳在《悲剧之死》一书中响亮的宣言,他说:"如果阿特柔斯的房子里安装了浴室,那是为了让阿伽门农在这里被杀死。"这个句子混合了华丽与傲慢、专横与简洁优雅,体现了斯坦纳主义的最纯粹本质。悲剧的反面是抽水马桶。

这里我要偏离一下主题,谈一下最近的文化批判宣言之一,也就是从拉康和列维纳斯到德里达和巴迪欧等人所提出的所谓的真实界(the Real)的伦理学。诚然,它主要是关于一种右派现象的一个左派版本,但它与右派一样蔑视属于理性的、规范的、日常的、集体的、纯粹道德的事物,视之为高尚的、合乎伦理的对立面。

文化批判的其中一个版本认为,悲剧具备了上帝的在场所带来的无法承受的重负,这种绝对价值将你从现代的混沌世界中拯救出来,从而显得弥足珍贵。但是这种在场同时贬低了世俗经验的价值,因此反而肯定了这个混沌的世界,把你交给一个与万能的上帝一样绝对的悲剧性的无意义。悲剧是一种抵制启蒙理性主义的形式,因此它既是值得赞美的又是令人惊骇的。与资产阶级理性主义者的幼稚看法相反,悲剧认为人类的生活是晦暗不明的,具有不可估量的深度和内容因而显得神秘而不可穿透。不过如果你把这种批判推进得过了头,你又会让自己陷入某种虚无主义的困境,完全站到了资产阶级现代性的背面。要与这种虚无主义以及它的全部令人厌恶的偶然性和碎片化相对抗,你就必须坚持现实自身内含条理清晰的叙事秩序或者宇宙秩序。也

---

① 乔治·斯坦纳(George Steiner),犹太作家、理论家,1929 年出生于巴黎,1940 年流亡到美国。他以研究犹太大屠杀和西方文化的关系闻名,同时也是杰出的翻译理论家,代表作是《巴别塔之后:语言及翻译面面观》(*After Babel: Aspects of Language and Translation*)。他的比较文学博士论文受到牛津大学的拒绝,这就是他的首部成功作品《悲剧之死》(*The Death of Tragedy*)。该书的主要观点是:悲剧在现代看台上已不受人关注,因为现代戏剧已经不再围绕贵族展开,观众也不再支持一种单一的宗教信仰。这个论点为伊格尔顿所反对。

就是说,世界是像故事一样结构起来的。不过接着你就会发现,你已经同意支持如下主张:现实固有一种对称性和明晰性,它威胁着要将一切简化成纸那么薄的超验性,废黜黑暗之神,其结果就是把你与你之前恰恰反对的科学理性主义重新联合起来。避免这个僵局的唯一方法是承认事物的确具有一个模式,但它是不可言说的——而这压根没有从不存在模式的观点往前迈进多少。

这是悲剧的文化批判自我矛盾的一种表现。除此之外,这种自我矛盾还体现在以下几个方面。首先,在文化批判理论中,悲剧是本体论层面的(这一点亚里士多德肯定是不赞同的),但同时它又是相当精英化的事件,基本只限于英雄和贵族。这就显得很奇怪了,本体论的条件同时是只跟少数人有关的事,就好像说只有那些获得东方语言学博士学位的人才会得禽流感一样无稽。你可以争辩说精英准确而清楚地揭示了适合我们所有人的状况,把这个说不过去的事勉强糊弄过去;不过这也就意味着我们大多数人都不自觉地生活在一种悲惨的状况之中。对这种思潮而言你可能活得很悲惨却对此一无所知,这一点远非确定无疑的,就如跟一个人说你可以很痛,他却不知道你很痛;或者说你正在跳着探戈,他却不知道你在跳一样犹疑。

另外还有一个更深的矛盾潜伏在自由概念之中。一方面,悲剧不再承认任何高贵的人类价值,即使我们正要讨论的自由也必须在臣服于更高的权力之后才能变得真实可靠。另一方面,自由恰恰是资产阶级的标志,因而也就成为悲剧的文化批判所要反对的意识形态累赘之一,这可能是因为文化批判是一种关于更神秘的天意或者宇宙决定论的观念。问题是,如何把这种宏大的宇宙命运与平凡普通的科学决定论区分开来呢?这样你不就又一次回到起点上了吗?与之相关的个人主义的概念也是如此,它的日常的、庸俗的、小资产阶级的意味正是这种悲剧理论所要反对的,后者所倡导的是公共的、史诗般的、仪式的或者像古希腊合唱队那样的东西。但是个人主义也在一个更高的层面倍增,这就是在孤独的英雄这种非亚里士多德式的形象之中。

自由包含着责任,这是文化批判的思考方法遇到的另外一个难题。如果悲剧的主人公一点也不为他或她自己的毁灭负责任,所产生的效果就只是纯粹的令人震惊;但如果他/她负完全的责任,那么又会大大地削弱该形象在道德上的可信度。因此必须在以下两类主人公之间划出清晰的界线：一类主人公是不应承担任何罪责，因此反而比那些道德高尚的行为者显得更加不幸的受害者；另一类主人公则被赋予自取灭亡的荣耀，而他们需要付出的代价只不过是使自己的道德形象受到玷污。

文化批判理论主体部分的另一个不一致的地方是对待希望的态度。当然，它必须拒绝任何形式的庸俗的进步主义。正因如此，斯坦纳似乎从悲剧是完全否定的，甚至连可赎回的鬼魂都不存在这个事实中获得一种恐怖的乐趣，他宁愿拥抱荒谬至极的贵族，也不要一个资产阶级的乌托邦。另外一方面，要是谁有我这样的冷硬心肠，能够在这个问题上一针见血，他就会看到虚无主义对于统治阶级来说并不是什么好东西。悲观主义中存在着某些非常具有颠覆性的东西，这就是为什么托马斯·哈代——18世纪塞缪尔·理查森之后第一个真正的英国悲剧小说家——受到了这么多的谩骂。正如腓力斯人(philistines)经常说的：如果艺术不能让你振奋一些，那它还有什么用？因此你既要描绘出人类精神的不灭，又要避免成为启蒙乐观主义的浅薄风格的猎物。这样，我们又一次回到自由与决定论，或者说悲剧的悖论问题上。这个悖论在于：人们正是通过毫不退缩地服从于自己所遭受到的痛苦从而超越了它。

换句话说，诀窍在于一下子同时避开虚无主义和常胜主义。如果成功地做到这一点，那么悲剧的另一个名称就是现实主义了。你必须击败那些缺乏理想主义因而贬低了人类精神的寒酸之人，但也不要像那些贫血的启蒙乐观主义者那样时刻把量尺和计算器抓在手里。如果你贬低人类的精神，那么你就剥夺了人们可以用来衡量自己的痛苦与失败的标准；但如果你无限抬高人类的精神，那么他们的痛苦和失败就会显得非常琐碎，一文不值。

如果一定要为悲剧提出一个本质，我想你可能做得比这里所说的要糟糕得多。在最好的情况下，悲剧教导我们如何希望而且无须信奉乐观主义，因此它对于那些希望既保持信仰又不用牺牲政治现实主义的清醒的左派人士来说是再适合不过的模式了。也许这就是为什么它在我们这个时代会变成某种时髦话题的原因之一吧。几乎对每个问题，从亚里士多德书中的欲望到梅兰妮·克莱因所讨论的胸部都发表过看法的美国哲学家乔纳森·李尔(Jonathan Lear)，最近出版了一本书，书名叫做《激进的希望》(*Radical Hope*)。该书考察了北美的一个印第安部落克劳族(Crow)的历史，克劳部落在19世纪晚期遭遇了一次巨大的文化灾难,先是遭受疾病的蹂躏,紧接着又被他们的对手苏族(Sioux)和黑脚族(Blackfeet)打败,几乎被夺走了所有的野牛。克劳族在19世纪90年代失去了将近2/3的族人,最终美国政府只好划出专用地,将他们集中起来。从此以后,据他们的首领普朗提·库兹(Plenty Coups)观察所得,"无事发生"——李尔认为,这里的意思并不是真的无事发生,而是决定对于这个部族来说哪些才算得上重要事件的解释框架整个解体了。他们遭受了事件发生的领域大崩溃的过程。但是,在一个梦中普朗提·库兹被告知如果他和他的族人放弃传统的生活方式,他们毕竟还是能够保留住自己的领地。事实也是如此发生的,克劳族接受了专用地上的生活方式,作为回报,政府把属于他们的部分领地归还给他们。

普朗提·库兹当然不是一个乐观主义者,远远不是。他接受了自己部族的文化最后不可避免要解体的现实,恰恰是这种坚定的悲剧性的现实主义成为帮助他和他的族人熬过这场灾难的力量。只有放弃旧的,你才能清理出空间来接受新的。在悲剧艺术中存在着与这种复杂的经验相似的例子,尽管也有大量伪造的版本。希望与乐观主义不一样,它不会满怀信心地预言好的结果。相反地,它更经常相信人类的足智多谋和富有弹性,而它之所以能做到这一点,是因为它已经获得一种被毁灭和打败过并且随时可能重蹈覆辙的经验(就像普朗提·库兹一样)。正如埃德加(Edgar)研究了《李尔王》中一句华丽的诗句后所说的:"只要我们还能说'这是最糟糕的',那么它就不是最糟糕的。"

在这个意义上,如果没有失败的经验就不存在最终的希望。少了这一点就只会变成天真的乐观主义。希望与为了展示不可战胜的力量而屈服于命运完全是两回事。希望当这种力量已被破坏或者已耗尽时你所发现的,如果你足够幸运的话。在卡瓦利山上,如果耶稣一边服从于被钉死在十字架上的命运一边精明地看到自己的复活——如果他小声嘀咕:"嗯,只需要在坟墓里待上三天,然后就能出来进入天堂"——那么他慈爱的天父肯定不会让他起死回生。但是如果他没有,用拉康的话说,坚持他的欲望①——

---

① 拉康原话为"ne pas ceder sur son desir",英文一般译为"never give way on your desire",中文有译为"不要屈服于你的欲望"或"不要给你的欲望让步"的,其实都是误译,这句话的意思就是不要在欲望问题上让步,或者说不要让出你的欲望。台湾学者万毓泽在翻译齐泽克的《神经质主体》一书时将其译为"坚持欲望",乃正解。

这个例子中的欲望指的是一种特殊的爱,我们称之为信仰——那么他同样不能从死亡中复活。被钉死在十字架上的刑罚不是某种霍迪尼①式的骗局,而是与绝对的缺乏之真实界一次地狱般的遭遇,只有这样它才象征着通往新生的通道(transitus)。只有当耶稣认识到他压根不能完成所肩负的使命时,这个使命才会在其他人的生活中获得成功。这正是殉难的意义所在,它把必死的愿望,或者说死亡驱力(the death drive)套在爱神厄洛斯或者活着的人们的礼拜仪式上面。企图穿过死亡的尽头凝视远方,只会保证使你完全困在这条死胡同之中。相反,拥有希望——譬如,即使处在孤独绝望的境地,也不要放弃信仰和爱,不管它们被实现或者获得回报的可能性多么微乎其微——才能够使障碍变成地平线。只有对于那些看到自己的死亡已成定局的人,希望才存在:也许这个事实最终并不会发生。就像托马斯·曼的《浮士德博士》(Doctor Faustus)终篇那似乎来自地狱的交响乐的结束音却是一个几乎听不到的、安静得让人觉得不可能的音符,似乎只是空气中一丝流动的痕迹。也许它恰恰预告了另一种观看和生活的方式,谁知道呢?

接受与变容②的辩证法同时也是"平常的"与"非凡的"之间的辩证法,因此它不同于文化批判在悲剧的张力与日常生活的平庸无奇之间所做的崇高的对比。文化批判模式的悲剧加入到从日常生活飞跃的行列之中,然而,在另外两种于我看来更加权威的形式——基督教和社会主义中,它看到了异常之事与日常生活之间富于革命性的连续性。有一些事物我们可以称之为"尘世的崇高",基督教便是一个很好的例子:在它那里,整个宇宙是吉是凶全系于一杯水之上(正如查尔斯·泰勒在《自我的根源》一书中所指出的,实际上是基督教最先发明了日常生活的概念)。而社会主义则与寻常琐事中表现出来的英雄主义有关。如果真的存在着一个革命的真实界,以及它所发生的全部戏剧性事件、危机和改革的失败,那么它是由日常存在或者说象征秩序(the symbolic order)所造成的,也只为后者而存在。

---

① 哈里·霍迪尼(Harry Houdini, 1874—1926):美国魔术师,以能从锁链、手铐、紧身衣及用挂锁锁住的箱子中逃脱而闻名,被举为"创造了魔术界的神话"。

② 变容(Transfiguration):据新约《马太福音》记载,复活后的耶稣在其门徒面前三次变容显现,脸面明亮如日头,衣装洁白如光。

《陌生人的麻烦:伦理学研究》(节选)

在某种意义上,所有的陌生人都是指无血缘关系的陌生人(blood strangers)。圣保罗(St.Paul)在他的《以非所书》的书信中谈到以色列与异教徒之间壁垒的坍塌——这些外来人"曾经在很远的地方,但是现在已被带到基督宝血(the blood of Christ)的身旁"。保罗自身,如他所标明的,"已经向远方的你们宣传和平,也向近处的人们宣传和平"。基督重置了地理空间,拭去了在法律内外的人与人之间的区别。身体地带已不再那么重要。

保持我们无意识的同情禁闭在我们所知道的事情之中是错误的,当我们处在一定的距离上关注这些事情,便一定会借助于抽象原因的腐朽机制。很多人会感觉对一些遥远的现象比对他们隔壁的人(抑或比这还要亲近的人)更加充满激情。相比于你兄弟的破产,你可能更会因为一位遥远的女性,或者已超过一个世纪的、古老的政治失败而失眠。心地善良的人误以为情感在很大程度上属于家庭事务。这并不是真的,就像许多保守者所怀疑的,感情是世界主义的敌人。感情仅仅是在字面意义上始于家庭,主要由于我们在家庭中首次学习它们。然而,尽管这样,我们第一次热切的依恋之情可能是对我们的领袖(the Leader),而不是对我们的亲属。可能会有人认为,感伤主义是一种绝对不会离开居所的情感形式。对于这种狭隘观念,康德坚持认为,将我们珍视的事情或多或少地当成我们在与陌生人打交道会更有价值。他这样说并不意味着我们必须对我们的伙伴或者孩子施以情感上的漠视，这完全是另一回事，因为我们并非总是在情感上毫不关心陌生人。即使英国人也可以接受这一点。

雪维安·爱嘉辛斯基(Sylviane Agacinski)坚持认为，"在一种伦理尊重或者忠诚的爱中，我的亲缘关系从一种漠不关心的需求流向了他者的个性。"如果这意味着我们总是在陌生人所关切的地方表现得毫无感情，这种主张显然是不真实的。我们也已经看见，对另一个个体漠不关心在情感上并不会限制一个人去爱特定的人群，例如朋友、或者同胞、或者相同星座、或者头发颜色与自己相同的人，不顾及他们的特殊需求并不必然意味着不在意他们的个性。无论如何，相比于去感受个人情感，对他们来说有更多的方式去尊重他者的个性。爱嘉辛斯基补充道，法律总是要求"一种联结的消解——这种联结使我们依附于有限的个性，这种联结将个体的身体存在捆绑在了一起。"①但是我们已经在夏洛克的例子中看到，法律的存在是为了保护身体的联结，而非要取消它们。一个人与他人的身体联结并不是简单的面对面。无论是国家的法律还是爱的法律，并不意味着我们自身与他者之间的情感联结一定会被在我们之间起维系作用的法律所消解。爱嘉辛斯基使休谟主义者(the Humean)错误地认为情感必然是局部的，而法律不过是它们长久的替身；然而事实是我们不仅能感受到这些对我们而言未知的事物，而且一个人对这些近在咫尺事物的感觉，在某种程度上也会从他与陌生人接触时所学到的东西中迸发出来。

在这种情况下，想象界与符号界之间并没有明显的敌意。相比于我们不熟悉的人，我们自然会对我们了解的人感受到更深的情义；但是当涉及到陌生人的情况下，喜爱并不是唯一的感觉。就像布鲁斯·罗宾斯(Bruce Robbins)所指出的，"你并不是必须要带有完满的想象力和强烈的情感去达成与世界上遥远的人们相联系的巧妙伎俩，以此来游说关于他们自身幸福生活的更好的政策"②"深厚的"联系并不总是人际之间

---

① Sylviane Agacinski, "We Are Not Sublime: Love and Sacrifice, Abraham and Ourselves"("我们并不崇高：爱与牺牲，亚伯拉罕与我们自己"), in Jonathan Rée and Jane Chamberlain, eds, *Kierkegaard: A Critical Reader*, Oxford, 1998, p.146.

② Bruce Robbins, *Feeling Global: Internationalism in Distress*, New York and London, 1999, p.152.

的关系:"这种深厚的、浓厚的表现状态很容易以一种家庭事实被接受",罗宾斯写道,
"但无法拒绝跨民族的要求与联系。"①无论如何,就像阿奎那(Aquinas)指出的,个人友
谊可以为不是很密切的联系充当一种道德体育馆。对于阿奎那来说,菲利亚(Philia,
意为友爱)或者人类友情不是一种处于首位的个人事务;但是它在这里可以使我们培
养出那样一种敏感性,我们也需要在更加非个人的正义与政治问题中去实践这种敏
感性。

符号界的关系受到法律、政治和语言的调解;并且这些——拉康的大他者(Oth-
er)——总是具有与团结(solidarity)几乎等量的分隔媒介(media of division)。这种关
系很容易陷入实用主义或契约主义中。然而,在已给定的我们与陌生人之间关系的优
先权中,符号界也提醒我们这并非字面意义上的毗邻,而是伦理行为的范式,包括我们
对实际邻居的态度。这并不在于陌生人仅仅是我们尚未交往的朋友,而在于朋友是我
们碰巧知道的陌生生物。这种决定性的爱的行动并非是一种灵魂的混合,而是因为毒
气室(gas chambers)的缘故才取代了队列中的一位陌生人。一个人能为一位朋友而
死,就像一个人能够爱一位陌生人;但是为一位陌生人而死是终极的伦理"事件"。基
督徒将这样一种死亡视为上帝的要求,这是他为什么不会交替地爱与憎恨的一个原
因,也是为什么他的爱是一种神圣的恐怖(holy terror)。

总的来说,这并不是约定俗成的道德智慧。我们这种对不计其数的无名他者的同
情的延伸,可以观察一下美国右翼分子罗伯特·西布利(Robert Sibley),"努力将我们
具体的现实扩展为包括一些遥远和普遍的'他者',我们被告知,他们(即他者)是我们
全球性的邻人。"②将具体的现实扩展到遥远而普遍的他者,即所谓的帝国主义,事实上
已经涉及时常处于紧张状态下的美国。符号界暗示着一个局外人介入我们的事务,包
括我们最近的事务,它不断地深入并具有潜在的破坏性。并且这里就是真实界被插入
的薄薄的边缘。对真实界而言,邻人(neighbour)是当我们处于惨无人道的困苦时接纳
我们的人,以及与我们信奉相同精神的人。毗邻关系(neighbourhood)是一种实践而不

---

① Bruce Robbins, *Feeling Global*: *Internationalism in Distress*, New York and London, 1999, p.172.

② 引自 Kwame Anthony Appiah, *Cosmopolitanism*: *Ethics in a World of Strangers*, London, 2006, p.157.

是一个位置。只有扎根于我们道德弱点的关系,才拥有一个发展为超越于自恋欲(narcissistic)①之外的机会。

然后,真实界代表了符号界秩序内部的断裂点,即导致它失败的矛盾、使它偏离于真实之外的创伤、为达到繁荣它必须要排除的消极因素、带有自身局限的致命的偶然性,可能会允许它重塑自身。肉与血可能是想象界的基础,与符号界脱离实体的能指形成鲜明的对比;但是它也是真实界的标签——动物性的、受损害的、被死亡困扰的人类,为我们作为一个物种所分享。这样,导致亲密行为的原因其实也就是导致普遍性的原因。纯粹作为好交际的身体彼此相遇,与它是抽象的概念一样容易被感知。因为肉与血组成了我们,物种的普遍性进入到我们每一次的呼吸与动作中。这是后现代主义最为严重否定的,这种时下通行的想法具有一种崭新的以文化而著称的绝对领域,并已经替代了基础主义更为古典的形式。

血和肉是人类的零度,可以凭借匿名的身份即刻变得巨大,也是我们最为珍视的联系媒介。这是因为终有一死的、备受折磨的身体处于所有文化的根源,局部与整体之间并没有根本上的不协调。就像我们已经看到的,对于犹太人所谓的《旧约全书》(Old Testament)而言,身体并不是首个受过训练的或者色情的、被纹饰的或者具有审美意味的存在,但是这个原则用我们所属的类的身体将我们团结在一起。如慈善家所见,它属于我们的生物属性,将一种特殊身份赠予我们能够直接感知与认识到的东西。但是,它也是我们动物性的一部分,就像慈善家不会非常欣然的作出给予,同情他者只是因为他们具有与我们同样的身体,无论这些身体可能在肉体上或者文化上有多大的不同。它自身的差异绝不是可以用来建立一种伦理学或者政治学的一个足够可靠的基础。只有当我们发现所占有的普遍形式已经由于某种原因失败的时候,它才会出现。

我们已经看到近与远至少在这个意义上是相互联系的,邻人不过是诸如此类的陌生人偶然进入到我们的面前。这种抽象的个体可交换性通过符号界成为可能;但是从

---

① 为了更好的讨论,参见 Martha Nussbaum, *For Love of Country: The Limits of Patriotism*, Boston, 1996。

伦理上说,它的存在是为了被超越。博爱的无差别性处于为特殊他者的服务中,并不是一种践踏与欺凌他们特殊性的方式。因为符号界将我们从个性中解放出来,它也能为了它(个性)而解放我们。现在任何人都能作为独特的存在而被珍惜,这并不是想象界的情况。在通常意义上,启蒙就总是经由它坏的一面发展。

对基督教的信条而言,这种符号界的真实与真实界是矛盾的——意味着,在这种环境中,一种破坏性的过度或者无限、一种对有限性的超越可以证明既是精力充沛的也是有害的。这种基督教模式的有限性是指对于博爱(上帝之爱)来说没有尽头,这是一种处于不朽生命的快感(jouissance)中的分享形式;以至于当有一种在身份上或者符号上的对等存在于博爱所指定的客体之间,这种爱便会不顾一切地奉献给他们中的任何一个,并以真实界的方式掩盖了平等的价值。时刻准备为另一个人——任何他者——放下个体生命,将这种不顾一切推向崇高的荒谬这一点,并且通过这样做捕捉到了基督教某种特有的诽谤(有辱教规的)和疯狂行为。然而,这种难以想象的真实界不过是符号界秩序的可交换性被迫走向了一个极端。如果基督教信仰既包括符号界也包括真实界,它同时也提出了自身想象界的模式。问题中的模仿(mimesis)并不是对我们周围文明图像的某种伯克式的模仿(Burkeian imitation),而是模仿基督(imitatio Christi)——也就是说,实际上,这种意愿将在追逐正义的过程中被国家所谋杀。正是这种残酷的命运使耶稣明令召集他的同伴。在 18 世纪被认为的同情——即自身处于另一个人所处条件中的消遣——在这里给出了一种更加血腥的扭曲,就如同我们将作为社会慈善的爱转变为作为献祭死亡的爱。当提到基督徒必须共同分担基督的为他者而存在(being-for-others),也就是声称他们必须要准备排演他愚蠢的自我消耗直到死亡的终点。尽管这样,这种福音所要求的、草率的自我滥用,与一种狭隘的、一报还一报的伦理截然相反,并不会与列维纳斯主义者(Levinasian)在个人能力的无限与审慎的政治要求之间的对比相混淆。事实上博爱并没有终点,不应该被认为是一种高于一切审慎与现实主义的秘诀,这是它们自身值得想望的道德品质。博爱,例如,必须要考虑到对正义的需求,这也是它的一部分。正如阿拉斯代尔·麦金泰尔(Alasdair MacIntyre)所说,"博爱朝向(我们的邻人)超越,但总是包括正义"①。这并不是说正义是站在政治这一边,反之爱是一种纯粹的个人事务。

同时也不能这样说,就像列维纳斯主义者们(Levinasians)坚持的,爱或者责任的个人关系处于每一种意义的不均衡,与符号界秩序的严格公平形成了鲜明对比。准确地说,这一点在我们刚刚提到的意义上是真的——博爱在原则上没有终点。当一个人对待他的敌人时这同样是真的。这里的不均衡是为了忍受粗暴侮辱的一种礼貌用语,用来作为对慷慨行为的报答。但是对于那种最完满的爱而言这并不是真的,就像我们已经提到的,爱必须是公平与互利的。所以在道德—真实界(ethical-Real)与政治—符号界(political-symbolic)之间并没有严格的差别。这就是为什么个人的爱可能会在某种社会秩序中更容易出现的一个原因,同时培养了相互依存与平等主义的美德。当然会有不均衡的负面形式——例如被列维纳斯明显忽视了的阶级或者性别上的不公平——也会有积极的形式方面。

从伦理上说,我们需要警惕我们已经研究过的每一位拉康主义登记者(registers)的失与得。关于想象界有一种敏锐的同情(quickness of sympathy),并不是真正的道德能轻易除掉的。它就处在一种纯粹法律上的伦理所跌落的地方。最后,法律并非是一种足够深厚的人类交往的媒介。由于对这种符号维度的剥夺,我们就好像堕入了广大利己主义小团体的危险之中,小心翼翼地提防陌生人并且因为非同一性而惴惴不安。一种想象界的伦理学也流露出对真实界的厌恶,例如,就像它过于一本正经地怀疑纯粹邪恶的现实。如果真实界是一种太不善交际(unsociable)的伦理学,想象界多少有些太好交际了。

符号界秩序,对它而言,将我们展现给政治,但会为了这种珍贵的普遍性向它的成员索取一份血与肉的贡礼以作为他们的入场券。所以就会出现,我们必须为了正义、自由、平等和普遍性等种种非人性的终点而牺牲我们个人的特性。如果想象界过于热情,那么符号界未免太缺乏激情了。情感的激励让步于理性的估算,作为一种介于镜中自我之间的、想象界的相互作用,屈服于一种异与同的辩证法。我们已经几次指出

---

① Alasdair MacIntyre, *Selected Essays*, *vol.2*: *Ethics and Politics*, Cambridge, 2006, p.146.

了一种调解特殊性与普遍性的方法,并在这个方面去关照任何人的无论何种特殊需求。这是世界上的天使使者——符号界秩序中更顽固的布道者——严重忽略了的。

在真实界的抽象与具体之间有一种类似的相互作用。首先,如我们所见,血与肉对于我们来说是最易感知的,但也是最普遍的。另一方面,最亲密地了解他者在某种意义上说是作为陌生人邂逅他们,戴维·赫伯特·劳伦斯很少令人生厌的情绪中的真实正是在于精微的意识。也许这就是为什么爱默生会把朋友说成是一种"美丽的敌人"(beautiful enemy)。此外,如果拉康是可信的,那么我们便踏上了一条穿过抽象的符号界秩序的道路,不料竟会在它的远方发现不可削减的特殊的欲望,正是这种欲望使我们成为了我们。然而,这种欲望的残余对于我们来说就如同符号界秩序自身的、非人道的法律一样陌生。所以拉康在这个有利的地位上晦涩地指出,我们变得有能力胜任一种无止境的爱。如果不与想象界完全相切合,我们就会被返回到最近的他者所在;但是现在,我们能够带着一种匿名的符号界律法的全部顽强的力量去爱他们,这种律法在经历了一场巨变之后进入到真实界的欲望。然而我们已经看到,我们为了接近这一领域所付出的那部分价值是一种精神上的精英主义(spiritual elitism)和悲剧性的极端主义(tragic extremism)。

对客体具有一种持续不断的浪漫主义梦想包含所有肉体上的热情与亲密,甚至是一种语言的全部普遍领域。它是在浪漫主义符号或者具体的普遍概念中寻找到的一种想象界与符号界的融合。我们也已经在康德对个体身体(艺术作品)的美学想象中瞥见它,身体好像化身为一种普适性的法律,还表现出如同母亲的照顾一般对我们快感的塑造。基督教则更进一步,将真实界增加到另外两位登记者的统一。复活的基督、上帝的话语,是一个人的身体,这个身体带有一种语言的全部普遍的有效性①。在献祭的圣餐中我们已经看到,这种身体的"真实"怎样体现为它是经由它的献祭通道而穿越死亡,现在就存在于面包与酒的通用"语言"之中,参与者之间的符号交流的媒介,就类似于某种一个意义存在于一个字中的方式。真实界与符号秩序就这样融入到一

---

① 参见 Terry Eagleton, *The Body as Language*, London, 1970。

个独一无二的行动中。圣餐的组成部分(面包与酒)以一种通常的生活形式被分享;但是因为消费面包与酒是为了从一种毁灭性的行动中得到永生,他们同时也暗示着从死亡中得到的永生,即真实界或者这一事件的献祭结构。真实界与符号界也受缚于想象界,分享面包与酒在基督教中也含有一种身份上的相互交换。有一种基督教的想象是可以作为典范的,即"当你这样做并不是为了我的教友,你是为我而做"。可以说,这就是神圣的互易感觉(transitivism)的一个例子。一个人应该为他者做某事的训诫,也即是你应该让他们来为你做某事,对于受虐狂而言这是一种危险的忠告,也产生了一种想象界的换位。因此,圣餐庆祝了一种与他者之间欢乐的共存,作为一种爱宴(love-feast)预示了一个和平与正义的未来王国;但是它是建立于死亡、暴力与革命变革的基础之上,置于超越快乐原则以外的条件中。

当然,基督教可能并不是真实的。在这个研究中也的确没有将真实看做理所当然。也可能出现的情况是,精神分析同样是不真实的。也许二者都是非真实的一个原因在于,他们都设想一种所谓的人类生存条件的虚假状态。如果是这种情况,那么为什么二者都是虚假的一个原因可能与为什么后现代主义是真实的原因如出一辙。如果精神分析是真实的而基督教是虚假的,那么这个问题就产生了。如果是这样的话,它随后可能会理性地声称人类生存状况的悲剧维度最终是不可挽回的。由于基督教的福音为真实界的恐怖与死亡驱力的破坏提供了一种彻底的解决方式——个体发现一种救赎的真相恰好就存在在这个最为不利的地方,这与用自由主义或者社会主义人文主义的方式去否认这些事情相去甚远。通过以信仰著称的精神革命,"毫无价值的"死亡驱力的淫秽的享乐,被转化成"无可损失的"(nothing to lose,一无所有)、毫无顾虑的美好生活。

如果基督教与精神分析都不是真实的,我们可以稍微放松一点。没有了救赎,但也没有谁需要它。不需要一种解决方式,因为并没有问题存在。或者至少,没有精神分析所假设存在的问题。如果基督教是真实而精神分析是虚假的,那么我们已经运用后者错误的识别前者所承诺救赎的条件。但是假使(又一次造成了我们的第一个置换)如果基督教是虚假的而心理分析是真实的将会怎样呢?如果那样的话,个体可能会想到,我们被抛回到我们的政治资源之上来修复后者所判定的困难。相比于这两位政治怀疑论者——即弗洛伊德与拉康——中的任意一位,政治真正能够起到很大的作用来缓和我们的生存条件,这一点已经被确信。但是令人疑惑的是,政治变革本身在本质上完全有能力解决他们描绘的悲剧性状况。对于这一点,就像基督教所认为的,个体需要一种渗透到身体自身材料之中的改造。如果这是一个神话,那么问题就在于,在没有超自然力量介入的情况下,个体要如何忍受我们的境况才能得以被塑造。

伦理与政治之间的联系没有围绕爱与治理、无限与有限、近与远、密友与陌生人或者非对称与对称之间的对比而展开。二者并不随着从精神到物质、从内在到外在、从个体到社会或者从唯一到普遍而相互关联。从列维纳斯到德里达,对于他者的责任并不是绝对的和无限的,而是必须通过正义、审慎与现实主义来调和。这并不是在伦理上对待邻人,相反是在政治上对待陌生人。伦理不仅仅是对大他者(Other)的一种恭敬的开放,而是这样的一个问题,也就是说,在广告上详细的阐释政策或者杀婴罪,同时也会影响个体所不知道的这些人。就如同现实主义者一丝不苟地想象,它并不会因为被主位化(主题化)而贬值。

就像政治一样,伦理也包括非个人的要求。相反,政治问题(例如正义与平等)适用于个体自身与大他者(Other)之间的关系,几乎与他们和陌生人之间所保有的关系相等同。伦理与政治并非是不可比较的领域,二者只要通过一些巧妙的解构策略就可以被联系起来,但是在相同的现实中存在着不同的观点。例如,没有这样一种作为"伦理的"社会主义的事物,与贴着"非伦理"标签的信条形成对照。伦理是这样一个问题,即我们怎样能够最有价值的彼此相处,而政治则是什么样的机构最利于推进这一目标实现的问题。亚里士多德在《政治学》中提到,政治联合的两端是"生活与好的生活"。如果你将伦理与政治看做两块分开的区域,或者感觉有必要从后者肮脏的魔爪中夺回前者,你很有可能会以诋毁政治和把伦理理想化而告终。在一个政治幻灭的时代,伦理只能被迫放弃城邦(polis)并四海为家:存在于艺术、信仰、超然境界、他者、事件、无限、决定或者真实界之中。

对于大屠杀(Holocaust)的一个确定观点是,它能加深伦理与政治之间的裂痕。

因为大屠杀看起来是要求绝对的道德评判,对于一些阴谋论者来说也指向了对恶的超越,伦理问题在它后面保持的比以往更为迫切。然而,由于这种宏大的政治或历史叙述可能会衍生出这样一个大灾难,只是因为这个原因就必须被遗弃,或者因为没有全然的历史方法能够对这样的邪恶做出解释,这些绝对的评判也就不再存有根基。他们就这样毫无理由的坚持着。道德评判既是被要求的也是被解除的。我们被遗弃了,然后,伦理如同一种空洞的超越。

事实上,符号界可能是一个太过薄弱的环境,很难使伦理兴盛起来。但是这并不是说法律、政治、权力、国家和人民福利由于如此多的必然性就应该被傲慢的轻蔑,而是在精神上对技术的扼杀。只有这些拥有足够特权的人不需要他们的保护就能把法律与权威看作固有的邪恶。当符号界的秩序扎根于身体中时它才是最有效的——处于对人的需要与需求的感知中,而非置于道德的抽象概念之中。马克思曾经大力地赞扬了资本主义制度,但仅在这个方面上考虑还远远不够。它仅仅是在作为抽象的自由和平等公民上将男人与女人联结起来,而并非基于他们独异的特质。只有社会主义制度,已经缩小了政治国家与日常生活和劳动之间的鸿沟,可以做到这一点。

对于真实界而言,(个体可能会声称为了所有它所显现的缺点),"坚持你的欲望!"的标语在当代是一个很好的政治命令。在政治中,勉强接受一半毫无意义。这已经使全球资本主义在我们的时代更加难以挑战,实际上它已经增加了更多的掠夺,而不是更少。这意味着系统中的这些改革已经有助于使左派气馁和衰竭,这也是为什么反对系统残余的需要变得比平时更为紧迫。左派应该因此坚持它的信仰,而不是屈服于改良主义或者失败主义的诱惑。它应该去响应这样一种政治系统,即或者没有能力供给人类,或者没有能力让步于它足够的正义,带有一种安提戈涅式的某种难以调和的拒绝——这种拒绝对于保守派来说是愚蠢的,而对于自由主义者来说则是绊脚石。尽管它在这个规划中最终失败了,但它至少能收获这种苦中有甜(bitter-sweet)的满足感,因为它始终知道它一直都是正确的。

后记

我们的国家社科基金重点项目"中国现代悲剧观念的形成及其发展研究",自2014年申请立项,至今已有五年的时间,但是这本悲剧理论研究手册,从计划编撰、到最后的成书出版,实际上经历了整整六年多的时间。关于这本手册的整个编写工作,我与导师王杰教授前前后后讨论了不下几十次,在此期间,我们不断地对选文内容作出修改和调整,王杰老师甚至在欧洲开会期间还携带着重重的书稿进行审阅,我们都为这本手册的最终完成付出了很多努力。本书现将由上海人民出版社出版。

我们非常感谢各位译者的鼎力支持,感谢《现代悲剧》一书的译者香港岭南大学的丁尔苏先生,他在2019年1月还专程赶到浙江大学参加我们召开的"当代中国艺术批评:理论建构的可能性"的学术讨论会,感谢斯坦福大学的王斑先生、中国人民大学的陈奇佳先生和张永清先生、南京大学的蓝江先生和胡大平先生、陕西师范大学的陈越先生、广州大学的李茂增先生、广西师范大学的麦永雄先生等,他们都在接到用稿通知后的第一时间将授权书赐予我们,在此由衷地向各位老师表示感谢。感谢我们研究团队的成员肖琼、许娇娜、谢卓婷等,她们都为这本手册提供了非常优秀的译稿,也是这一研究领域的优秀学者。最后,诚挚地感谢上海人民出版社的舒光浩先生、屠毅力博士他们参与了本书的整个出版过程,对70余万字书稿的编审和校对是一项非常繁重的工作,其中还涉及不同译本和不同理论术语的翻译等问题,我们在此期间又进行了多次的沟通与调整,还专程在上海和杭州两地就本书的出版事宜进行面对面的讨论与交流,以期拿出一本可以得到业界人士认可的优秀学术书籍。

马克思主义的现代悲剧理论是一项非常庞大的理论工程,具有非常重要的当代意义与学术价值,我们由衷地希望这本手册的出版可以为学界相关领域的学术研究作出贡献,促进马克思主义美学的当代发展与理论建设。

何信玉

2019 年 6 月 22 日　哈尔滨

图书在版编目(CIP)数据

现代悲剧理论研究手册/王杰,何信玉主编.—上
海:上海人民出版社,2019
ISBN 978-7-208-16073-6

Ⅰ.①现…　Ⅱ.①王…　②何…　Ⅲ.①悲剧-文学研
究-文集　Ⅳ.①I053-53

中国版本图书馆 CIP 数据核字(2019)第 203217 号

责任编辑　屠毅力　舒光浩
封面设计　胡　斌　刘健敏

现代悲剧理论研究手册

王　杰　何信玉　主编

出　　版　上海人民出版社
　　　　　　(200001　上海福建中路 193 号)
发　　行　上海人民出版社发行中心
印　　刷　上海商务联西印刷有限公司
开　　本　720×1000　1/16
印　　张　58.75
插　　页　4
字　　数　869,000
版　　次　2019 年 12 月第 1 版
印　　次　2019 年 12 月第 1 次印刷
ISBN 978-7-208-16073-6/A·139
定　　价　218.00 元(全二册)